Let op mijn woorden

Griet Op de Beeck

Let op mijn woorden

2019 Prometheus Amsterdam

Omslagontwerp Stephan Vanfleteren
Foto omslag Stephan Vanfleteren
Foto auteur Ester Gebuis
Zetwerk Mat-Zet bv, Soest
www.uitgeverijprometheus.nl
ISBN 978 90 446 36161

‘So the question really is, why doesn’t that pain make you say, I won’t do it again? When the pain is so bad that you have to say that, but you don’t.’

Lydia Davis, *Break It Down*

‘Most people who go on identity quests are like children going treasure hunting. They find only what their parents have hidden for them in advance.’

Yuval Noah Harari, *21 Lessons for the 21st Century*

‘Do you run away or toward?’

Richard Powers, *Orfeo*

DEEL 1

november 1995 - september 1996

1

Van achter het raam keek Lise naar haar vader. Het was nacht. Niks bewoog. Haar moeder sliep, Lise had haar gesnurk gehoord tot op de gang. En hij zat daar, in de veranda, een schim in het donker. Hij nam een trek van zijn sigaret, de as lichtte op, oranjerood, de kleur van warmte. Hij hield een glas wijn in zijn hand en staarde naar de tuin. Het glas was groot, te groot bijna om nog wijnglas te mogen heten, maar het was het zijne, niemand anders mocht het gebruiken. Lise wist dat hij het vulde, leegdronk en opnieuw vulde voor hij ermee tevoorschijn kwam. Haar vader wist dat zij het wist, en dat hij erop kon vertrouwen dat ze het niet zou verklappen aan haar moeder.

Ze vroeg zich af waarom hij de lamp niet had aangestoken. Waarom hij naar buiten keek terwijl er niks te zien viel. Of hij nadacht over iets moois of iets vervelends, over iets wat verschoof of iets wat bleef. Of hij nog droomde en waarvan dan. Hoe hij vroeger was geweest. Haar vader hield alleen van vragen als ze gingen over iets wat buiten hem lag, geschiedenis, de schone kunsten, talen zoals ze niet meer werden gesproken. De dingen zoals ze waren geweest, de dingen die controleerbaar waren. Hij legde zijn smeulende sigaret in de asbak, witte rook kringelde ongeïnteresseerd omhoog, hij nam een slok. Er zat een verpakking om hem heen, dacht Lise, een beschermlaagje tussen hem en de wereld.

Ze wou dat hij omkeek. Ze wou dat ze hem wilde vertellen wat er was gebeurd. Tot nu toe had ze gezwegen als de stenen, maar ze vroeg zich af hoelang het nog zou duren voor ze het moest opbiechten. Het was al bijna twee weken geleden dat ze het hadden uitgesproken, Evy en Sanne, zomaar, opeens, alsof ze weer op de lagere school zaten: dat ze geen vriendinnen meer wilden zijn. Sanne had met een vinger in haar haar gedraaid, zoals altijd wanneer ze nerveus was, maar Evy had het onbewogen meegedeeld, zakelijk bijna.

Sindsdien liep Lise zich de kop te breken over wat ze anders had moeten doen, ook al had dat geen enkele zin. Evy en Sanne keken haar niet eens meer aan wanneer ze elkaar kruisten. Ze was alleen nu. Opgejaagd wild dat tijdens pauzes ronddwaalde in de gangen van de school waar leerlingen dan eigenlijk niet mochten komen. Want wie in zijn eentje buiten stond, verdween niet in de massa, zoals Lise had gehoopt, maar werd een uitslaande brand, een smeulend wrak, een instortend gebouw, iets wat ongewild de aandacht zoekt. En dat wil niemand van vijftien zijn. Zij alvast niet.

Zat er maar een afstandsbediening aan het leven, met een vooruitspoelknop. Over twee jaar en zeven maanden zou ze geneeskunde gaan studeren. Als ze in de eerste kandidatuur niet zou slagen, moest ze weer thuis komen wonen van haar ouders, en ergens in de buurt een opleiding volgen, dat hadden ze haar al op het hart gedrukt. Ze hoopte maar dat ze intelligent genoeg was. Haar vader had een IQ van 156, dat had ze op zijn Mensa-getuigschrift gelezen, het hare lag zeker lager. Maar volgens haar leraar wiskunde was het bovenal een kwestie van je goed voorbereiden op zo'n eerste jaar. Hij gaf haar nu al extra oefeningen, al kostte hem dat tijd en moeite. Zulke mensen bestaan ook.

Lise trok haar schouders naar achteren. Het is niet erg, zei ze zonder het hardop uit te spreken, zoals ze vaak deed, bij het beginnen van de dag bijvoorbeeld, terwijl ze zichzelf probeerde te overtuigen om op te staan, en te vergeten wat ze had gedroomd. Haar vader zwoer bij de opvatting dat iets pas een probleem werd als je het dat liet zijn, bijna alles loste zich vanzelf op door gewoon te wachten, volgens hem.

Plots stond hij op uit de krakende rotanstoel. Lise hield haar adem in, trippelde zo snel ze kon de eetkamer uit. Ze hoorde het hijgende blazen van het schuifraam dat open- en dichtging, en toen ze al in de salon was: 'Fie?'

‘Eh, nee, ik ben het.’ Lise bleef even stilstaan; als er geen reactie meer kwam, sloop ze gewoon naar boven. Haar vader spoelde in de keuken zijn glas om. Dat het bijna twee uur was, riep hij.

Lise liep naar hem toe. ‘Ik kon niet slapen, ik wou even iets drinken.’ Hij keek haar fronsend aan. Het wijnglas leek opgeslokt door de vaatdoek waar hij geroutineerd mee in de weer was. Hij zei dat ze maar geluk had dat ze zo weinig slaap nodig had, een nachtuil, net zoals hij. Hij klikte de keukenkast dicht. Ze mocht niet vergeten wat ze vuilmaakte af te wassen en terug te zetten. ‘Als uw moeder merkt dat ge nog beneden zijt geweest, dan wordt ze de inquisitie die wil achterhalen waarom ge vannacht weer niet in slaap geraakte, hè, want we mogen niet vergeten: tegen haar…’ Hij stak zijn vinger in de lucht en trok zijn wenkbrauwen hoog. ‘Kunt ge álles vertellen,’ maakte Lise zijn zin af. Haar vader glimlachte samenzweerderig en vertrok.

Ze maakte de ijskast open en keek. Ze wilde eigenlijk niks. Behalve slapen. En weten hoe het nu verder moest.

Terug in haar kamer ging Lise met haar hoofd aan het voeteinde liggen, iets anders proberen. Ze staarde naar het plafond, alsof ze verwachtte dat het in zou storten, en dacht aan alles waar ze niet aan wou denken.

2

De deur vloog open, haar moeder droeg in elke hand een boodschappentas. 'Doe de deur eens dicht, Lise.' Ze draafde naar de keuken. 'En kom dan eens mee.' Ze zette de tassen met veel bombarie op de tafel en ging op een stoel zitten. Ze ademde nadrukkelijk, zij kon dat.

Lise ging bij het aanrecht staan en vroeg of ze moest helpen uitpakken.

'Weet ge wie ik in de supermarkt tegen het lijf liep?'

Lise haatte quizvragen als deze. Ze haalde haar schouders op.

'De mama van Evy.'

Haar moeder liet een dramatische stilte vallen en keek Lise strak aan. Alsof een stevige hand Lises keel ongenadig dichtkneep.

'Daar stond ik dan. Een moeder die van niks wist. Dat gij dat niet hebt gezegd...'

Lise sloeg haar ogen neer, haar ademhaling hoog en snel. Ze had de voorbije weken een keurig verhaal voorbereid, maar nu ze hier zat, oog in oog met haar moeder, sloegen alle woorden spontaan op de vlucht.

'Hoe is het nu mogelijk dat ge zoiets verzwijgt? Voor uw eigen mama?' Ze stond op, trok haar jas uit, gooide die over een stoel en nam het pakje sigaretten dat naast de fruitschaal lag. 'Ge weet toch dat ge álles tegen mij kunt zeggen.' Haar moeder tikte een sigaret tevoorschijn en stak ze aan. Ze blies de rook Lises kant uit. 'Zeg nu eens iets, schat.'

Lise voelde haar hart in haar hals kloppen.

‘Ik…’ ze aarzelde. ‘Ik hoopte dat het nog goed zou komen.’ Dat was gelogen, maar het klonk als iets wat kon gelden als verzachtende omstandigheid.

‘Hoopte?’ haar moeder beklemtoonde de laatste lettergreep. ‘Nu niet meer?’

‘Hoop, hoopte, ik weet het niet. Ik wilde het misschien niet geloven, zoiets eerder.’ Het klonk meer als een vraag dan als een statement.

‘Daar kan ik in komen.’ Haar moeder trok hevig aan haar sigaret, haar wangen werden naar binnen gezogen, wat haar ogen groter en triester maakte. ‘Ik vind het echt erg voor u. Ge hebt geen andere vriendinnen.’

Ze liet een stilte vallen. In de tuin van de buren jankte de hond, alsof hij dacht dat hij nooit meer naar binnen zou mogen. Het was waar, andere vriendinnen had Lise niet. Nooit gedacht dat ze die nodig zou hebben. Ze had zo weinig gemeen met de meisjes van haar klas die door de jaren heen met zijn zevenen een onneembare burcht waren gaan vormen. Blijkbaar week zij af van de norm; dan ging het zo. En voor aandacht van de jongens was ze niet mooi genoeg.

‘Ge weet toch waaróm ze niet meer met u willen omgaan?’

Lise had Evy’s moeder altijd best leuk gevonden. Ze bad dat zij niet het hele verhaal had gedaan.

‘Ze konden het niet meer aan, al die verslagen van u over de ruzies tussen uw vader en mij, dat was blijkbaar het belangrijkste.’

Van de sigaret schoot nog maar een klein peukje over, maar toch lurkte ze er nog een laatste keer uitbundig aan voor ze het uitduwde in de asbak, frenetiek, alsof het kreng gewoon om haar te pesten bleef branden.

‘Ik snap niet… Wat heeft u bezield, Lise, om met uw eindeloze gevoel voor overdrijving tegen andere mensen te gaan vertellen wat hier achter gesloten deuren gebeurt? Die ma liet het klinken alsof het hier alle dagen Wereldoorlog II is.’

‘Sorry,’ mompelde Lise, ‘ik wou niet–’

‘Nee, ik begrijp dat het niet de bedoeling was dat ik het te weten zou komen. Maar ik kan u wel zeggen: zo’n vreemd mens tussen de maandverbanden en de wattenstaafjes horen praten over de discussies met uw echtgenoot, dat is nu niet meteen iets wat ge wilt moeten meemaken.' Ze liep naar de tafel, viste een net sinaasappels uit de tas en legde ze één voor één bij de overrijpe bananen in de fruitmand. 'En wat denkt ge dat uw vader ervan zou vinden als hij dit te horen krijgt? Ge weet hoe hij reageert als de vuile was wordt buitengehangen.' Opeens trok ze de bananen eronderuit en kieperde die in de vuilnisbak. 'Afijn,' ze staarde naar het afval, alsof ze overwoog om de bananen er toch weer uit te vissen, 'ge zult het waarschijnlijk met mij eens zijn dat ik het hem maar beter niet vertel.' Ze deed het deksel dicht. 'Kwestie van ons beiden de ellende te besparen.'

Lise schuurde met de zool van haar ene sneaker langs de punt van de andere, ze wou dat ze wist wat haar moeder het liefst wilde horen nu.

'Die ma van Evy zei het zo niet, maar ik veronderstel dat ge vooral over mij kwaad hebt gesproken?' Haar stem klonk voorzichtiger opeens, dunner. 'Uw verschrikkelijke moeder die–'

'Nee, écht niet. Ik heb gewoon...'

De bel. Rond dit uur, dat moest Kiki zijn, of Jehova's getuigen misschien. Haar moeder keek om zich heen, alsof ze zich afvroeg waar de butler bleef. Lise durfde niet te bewegen. Haar moeder kwam moeizaam overeind en liep naar de hal. 'Ah, Kiki.'

Lise vond het de vreemdste vriendschap ooit, omdat twee vrouwen niet meer van elkaar konden verschillen. Haar moeder en Kiki kenden elkaar via de school van David. Kiki had met haar man Ruben een aantal jaren in de Verenigde Staten gewoond en was terug naar België verhuisd, maar in deze streek kende ze niemand, dus toen Lises moeder aanbood om samen koffie te drinken, ging ze daar meteen op in. Sindsdien kwam ze regelmatig even langs. En Kiki had na verloop van tijd aan Lise gevraagd of ze wilde babysitten op haar dochtertje Aya, de schattigste kleuter ooit gezien. Bijna elke week was Lise daar een avond en een ochtend, dan kon ze met Aya opstaan en hen laten uitslapen.

'Zoiets trekt ge u toch niet aan,' hoorde ze Kiki resoluut zeggen. 'Wat kan u het schelen wat zo'n wildvreemde denkt? Mij vindt iedereen een rare, dat is vooral een indicatie van hun saaiheid, concludeer ik dan.' Ze kwam de keuken binnen, duwde de tassen opzij en ging aan tafel zitten. Lise vroeg zich bezorgd af hoe haar moeder de situatie precies had samengevat.

'Koffie, Kiki? En ik heb nog wat kaastaart staan, denk ik.'

'Graag koffie, maar ik hoef er niks bij.' Ze keek naar Lise. 'Hé zeg, wat hoor ik nu?'

Lise glimlachte ongemakkelijk. Ze wou eigenlijk niet dat Kiki wist dat haar vriendinnen haar hadden gedumpt. Ze was bang dat het haar blik voorgoed zou kleuren.

'Wat een ellendige wijven, zeg.'

Lise haalde voorzichtig haar schouders op.

'Hoelang waren jullie al bevriend?'

'Van in het eerste middelbaar... vier jaar, of ja, ietsje langer.'

Lise zag hen weer voor zich, zoals ze daar stonden, even verloren als zij in de hal van die nieuwe school waar alles groter en anders was, met op de achtergrond de opdringerige geur van suf gekookte groenten. Zij had iets gezegd waar Evy en Sanne om moesten lachen, ze wist niet meer wat, en toen vroegen ze haar of ze bij hen wilde zitten in de refter. Zij twee kwamen van dezelfde lagere school en waren al vriendinnen, maar ze adopteerden Lise daar en dan.

Kiki blies plaatsvervangend verontwaardigd tussen haar tanden. 'Na al die jaren, dat doet ge toch gewoon niet.'

'Kinderen zijn keihard,' zei Lises moeder terwijl ze een kopje voor Kiki neerzette, met een speculaasje op het schoteltje, omdat ze dat niet kon laten.

'Hoe hebt ge gereageerd?' vroeg Kiki.

Lise probeerde dat moment weer voor de geest te halen, maar ze kon zich het gesprek niet meer zo goed herinneren, ze zag alleen hun ruggen terwijl ze wegliepen, en ze voelde weer wat ze toen voelde.

'Ik weet niet.'

Haar moeder ging zitten. 'Nee?' Haar toon leek gezakt naar bezorgd. 'Ik zou denken–'

'Ik kan me dat goed voorstellen,' onderbrak Kiki haar. 'Ge schrikt u natuurlijk te pletter. Op die leeftijd zijn vriendinnen alles.'

Lise zag hoe haar moeder ontregeld met haar ogen knipperde.

'Maar één ding moet ge goed onthouden–'

'Wij houden van u,' vulde haar moeder in, 'zielsveel.'

Lise wist niet of ze dat zei om punten te scoren bij Kiki of omdat ze haar dochter werkelijk wilde troosten.

'Ja,' zei Kiki zonder naar haar vriendin te kijken, 'maar belangrijker nog: gij zijt echt bijzonder.'

Haar moeder knikte instemmend, alsof dat eigenlijk was wat zij eerder ook al bedoelde.

'En als die trutten nog te puberaal zijn om dat te zien, dan is dat vooral een groot verlies voor hen, echt.'

Lise zag Kiki's felle, warme blik en haar keel werd dik.

'Ik heb echt zelden iemand van uw leeftijd gezien die–'

Lise veerde recht, slikte.

'Ik moet naar het toilet.'

'Maar schat,' zei haar moeder, 'we zitten midden in–'

'Sorry, dringend.'

Lise stormde de keuken uit, de trap op, de badkamer in. Ze klapte het deksel van de wc naar beneden en ging erbovenop zitten. Ze staarde naar de azuurblauwe tegels, de witte kasten, de asbakken die haar moeder bij het toilet en het bad had laten installeren. Ze probeerde diep in en uit te ademen. De gordijnen in badstof, de kapotte pedaalemmer, de zeepresten op de wastafel in bleekgroenblauw. Hier was alles precies zoals het altijd was geweest. Ze forceerde een glimlach en hield die vast. Ze had eens gelezen dat je tijdens het glimlachen niet aan vervelende dingen kon denken. Ze wou eens testen of dat waar was.

3

Lise stond voorovergebogen onder het afdak van de fietsenstalling. Vertwijfeld laadde ze haar boekentas weer in. Al haar zakken had ze al twee keer gecheckt. Het was nu officieel: ze was haar sleutels kwijt. Een jongen liep voorbij en siste iets wat ze niet verstond. Het klonk geïrriteerd; ze liep hier in de weg.

Lise hoopte maar dat ze haar sleutels in de klas had verloren, anders moest ze te voet naar huis. En altijd als het regent, dacht ze. Ze holde terug. Leerlingen keken haar pissig aan omdat ze tegen de stroom in ging. Lise wou hier ook niet zijn, nu niet en eigenlijk nooit. Het was de leegte van elke maandagochtend aardrijkskunde en altijd de bel om tien over tien, de geur van oud gebouw en de vreugdeloosheid van voorgedrukt toets- en huiswerkpapier, de vijandigheid van de groep die je kon opslokken of uitspuwen. Lise vroeg zich af of het leven later, daarbuiten, anders zou zijn, of hetzelfde in een andere verpakking.

Het was druk op de trap. Gepiep van sportschoenen, een mooi meisje dat riep naar een ander mooi meisje, een walm van zweet in polyester. Opeens zag Lise mijnheer Van Petegem. Hij merkte haar ook op en lachte. Dan vernauwden zijn ogen tot spleetjes, wat ze schattig vond. Haar leraar wiskunde heette Jasper, maar zijn voornaam mochten leerlingen niet gebruiken.

'Lise!' riep hij al van zes treden hoger omdat hij merkte dat ze hem wou aanspreken. Ze zei dat ze hoopte dat haar sleutels nog in de klas lagen. Hij zou voor haar wel even meelopen.

'Ik was een tijdje geleden ook mijn sleutels kwijt. Ik heb toen een sleutelhanger gekregen met zo'n belachelijke tracker.'

Hij toonde zijn sleutelbos, floot en het ding begon te piepen.

'Mijn moeder heeft er ook zo eentje.'

'Allee hop, tot zover mijn hippigheid.'

'O nee, zijt gij er zo een die op uw leeftijd nog hip probeert te zijn?' Ze rolde plagerig met haar ogen. 'Of ja, sorry, bent ú, moet ik zeggen.'

'U moogt gij zeggen tegen mij,' lachte hij.

Lise glimlachte terug. Ze keek naar het plekje dat hij tijdens het scheren had gemist, naar de ragfijne rimpels bij zijn ogen en zijn jongensachtige gezicht.

'Hoe oud zijt gij eigenlijk?' Ze liet het achteloos klinken, zoals mensen die elkaar al eeuwen kennen praten over niks in het bijzonder.

'Wat denkt ge?'

Ze liepen de gang door, op weg naar haar klas.

'Gij hebt een leeftijdloos gezicht, vind ik. Eh, laat ik drieëndertig gokken, zoals Jezus.'

'Ik hoop niet dat ik u aan Jezus doe denken.'

Lise weerstond de verleiding om daarop te reageren.

'Ik ben zesendertig.' Hij maakte met een zwierige beweging de deur open. 'Voilà dame, ga uw gang.'

Lise liep naar haar plaats, maar ze zag het eigenlijk al van ver: er lag helemaal niks onder haar stoel. Voor de vorm keek ze nog even bij de sporttas die haar buur naast zijn bank had laten staan.

'Niks?'

'Nope. Te voet naar huis.'

De leraar draaide de deur weer op slot.

'Het is er alvast het ideale weer voor.'

'Smeerlap,' zei Lise en ze sloeg meteen een hand voor haar mond, geschrokken van zichzelf. Ze kende hem beter dan de andere leraren, maar dat betekende nu ook niet dat ze zich alles kon permitteren.

Van Petegem lachte alleen maar. Hij vroeg waar ze woonde, en toen bleek dat dat niet zo ver bij hem vandaan was, bood hij haar zowaar een lift aan. Lise wist zich geen houding te geven. Ze stelde zich voor hoe zij naast elkaar in een auto zouden zitten, alsof dat zomaar mocht. Ze kon zich niet voorstellen dat hij niks beters te doen had dan voor taxi te spelen, voor haar dan nog, dus protesteerde ze, uit beleefdheid, een paar keer zelfs.

'Zijt gij altijd zo vermoeiend?' vroeg hij. 'Tenzij ge natuurlijk voor geen geld van de wereld met mij in een auto wilt kruipen, dan moet ge het wel–'

'Zot,' antwoordde Lise, en zonder verder nadenken voegde ze eraan toe: 'Wie is er nu vermoeiend?' Ze grijnsde krampachtig terwijl ze zich afvroeg waar het toch altijd vandaan kwam, dat al te spontane gepraat van haar.

Hij liep kordaat in de richting van de uitgang, Lise drentelde beduusd blij achter hem aan. Ze vond het altijd merkwaardig als iemand belangeloos vriendelijk was. Ze namen de deur die alleen leraren en officiële gasten mochten gebruiken. De regen striemde. Hij hield zijn aktetas boven zijn hoofd en spurtte naar zijn lelijke, oude Ford, dook erin en verloor bijna zijn evenwicht toen hij van binnenuit het portier voor haar probeerde open te maken. Lise deed haar best om hem niet uit te lachen.

Van Petegem nam de bocht en een halfvol flesje cola rolde tegen haar voeten. Op haar schoot de paperassen die op de passagiersstoel lagen toen ze wou instappen. In het compartiment bij de versnellingsbak lagen kleingeld en een pakje Stimorol, ook haar favoriete kauwgom. Ze keek achterom, bij de kinderstoelen was het slagveld pas echt indrukwekkend. Ze vond het prettig dat hij zich niet excuseerde voor de rommel.

'Nu we hier toch zo zitten, mag ik eens iets zeggen?' vroeg hij. 'Ge ziet er, ik weet niet, een beetje triest uit de laatste tijd.'

'Ik?' Ze liet het verbaasd klinken.

'Ja, gij. Gaat het wel goed met u?'

Ze draaiden de grote weg op. Het rook naar meloen in zijn auto. Lise vroeg zich af waar die geur vandaan kwam.

'*Life sucks, and then you die*, maar verder alles prima.' Ze lachte uitbundig.

De regen ruiste tegen de ramen. Hij zette de verwarming op vier;

het blazen klonk als de haardrogers in het zwembad. Lise had een hekel aan het zwembad. Aan een nat badpak van een nat lijf proberen te krijgen, aan jezelf vertonen in dat badpak, aan water in je oren, aan de grondeloze verveling van baantjes trekken, aan de geur van chloor en van mensen die geen gebruik hadden gemaakt van de douches bij het binnenkomen. Vroeger, lang geleden, toen ze nog niet zo nadacht over de dingen, vond ze het wel leuk, dacht ze. Maar bij nader inzien wist ze niet zo zeker of er ooit een tijd had bestaan waarin ze niet zo nadacht over de dingen.

'Vindt ge 't vervelend om over uzelf te praten?'

'Nee.' Lise keek er verontwaardigd bij.

Ze stopten voor een rood licht. De richtingaanwijzer maakte een tikkend geluid. Een vrouw duwde een man in een rolstoel voort met één hand. Allebei hielden ze hun eigen paraplu vast.

'Voor hem is het allemaal erger,' zei Lise. 'Behalve in Walibi, daar mag hij zonder aanschuiven in alle attracties.'

Van Petegem gaf gas, draaide naar links.

'Dat was een grapje, hè. Ik bedoelde niks gemeens. Dat ge niet denkt–'

'Weet ik toch. Gij hebt geen talent voor gemeenheid.'

Lise draaide zich naar hem toe.

'Hoe kunt gij dat nu weten?'

Hij haalde zijn schouders op. 'Intuïtie.'

'En gij denkt van uzelf dat ge een goeie intuïtie hebt?'

Van Petegem knikte, beslist.

'Daar zou ik toch niet zo zeker van zijn.' Ze klapte de zonneklep omhoog, alsof ze dat zomaar mocht in zijn auto. 'Ik was een gemeen kind.'

Hij lachte.

'Echt! Of ja, alvast geen leuk kind. Op school bepaalde ik vroeger altijd welk spel we speelden, en de rest luisterde naar mij, dus.'

Lise hield hem in de gaten, zijn gezicht verraadde niks.

'Toen onze hond een spuitje moest krijgen, heb ik niet gehuild, en ook niet toen hij echt dood was... En ik denk eigenlijk gewoon nooit.'

Haar moeder wilde een hond, maar haar vader was tegen beesten.

Dus liet ze Lise in haar plaats flink aan zijn kop zeuren, tot hij uiteindelijk zwichtte. Een maand of vijf later kreeg Lise de cockerspaniël cadeau waar haar moeder al zo lang op zat te azen. De hond had zielige ogen en Lise had hem een keer aan zijn eigen stront zien likken.

Jasper Van Petegem keek methodisch in beide achteruitkijkspiegels. Hij leek geen aanstalten te maken om op haar bekentenis te reageren.

'En mijn juf van het eerste leerjaar heeft gezegd dat ze mij een onaangenaam kind vond.'

'Tegen u?'

'Nee, tegen mijn moeder, op het oudercontact.'

'En hoe weet gij dat dan?'

Lise keek hem verwonderd aan. 'Ah, van haar natuurlijk.'

'Uw ma heeft u dat verteld?'

Het leek Lise de meest overbodige vraag die een mens kon stellen, maar hij klonk niet grappend, juist ernstiger dan tevoren.

'Vanzelfsprekend. Waarom vraagt ge dat?'

Hij trok een wenkbrauw op. 'Waarom dénkt ge?'

Lise klemde haar boekentas tussen haar voeten en keek door het zijraam naar buiten. Er zaten naden in de weg die slordig opgevuld waren, telkens als ze er over eentje heen reden, klonk er een roffel, alsof iemand de maat aangaf. De stilte duurde.

'Ik zal wel vervelend zijn geweest in de klas, hè,' zei Lise nog.

Hij vertraagde en schakelde een versnelling terug.

'Ja, zo ken ik u, altijd de vervelendste van de bende.'

Lise zweeg, keek naar een meisje dat snoeihard tegen de wind in fietste, haar lichtblauwe jas donker van de regen. Zij zat droog en voelde de verwarming aan haar voeten, allemaal dankzij hem.

'Hebt ge die kleur zelf gekozen?'

Van Petegem keek vertwijfeld naar zijn broek en zijn trui, onzeker bijna.

'Van uw auto.'

'Ah, ja, goudbruin is mijn lievelingskleur,' zei hij met een kinderstem. 'Tweedehands, dan is het niet met kiezen.'

'Dat is geruststellend,' antwoordde Lise. En toen, overmoedig geworden: 'Vindt gij het leven leuk?'

Lise nam zichzelf de domme vraag meteen kwalijk. Natuurlijk vond hij dat. Hij had alles. Een vrouw, drie zonen. Een job die hij graag deed, of zo leek het toch. Hij hield van theater, daar ging hij vaak naartoe. Het was ook gewoon geen vraag die je zomaar stelde, op een dinsdag, in een auto, aan een leraar.

Jasper Van Petegem ging met een hand bedachtzaam langs zijn kin, leek er werkelijk over na te denken.

'Soms,' antwoordde hij toen.

'Wanneer niet?'

'Wanneer niet...'

Hij zette de ruitenwissers in een hogere versnelling. Ze zwiepten alsof het einde nabij was. Het was nu echt aan het gieten daarbuiten, met regen die meer leek op mist dan op regen.

'Wanneer er dingen gebeuren die ik niet kan oplossen. Als ik mensen niet kan bereiken. Als ze in de frituur geen kaaskroketten hebben. Als ik voor mijn gevoel alleen sta. Als een van mijn kinderen niet wil stoppen met huilen. Als mijn voetbalploeg verliest.'

Hij keek even snel haar kant uit. Hij had een halve glimlach om zijn lippen, alleen rechts ging zijn mond een beetje de hoogte in. Lise keek naar zijn gezicht. Ze dacht dat een baard hem goed zou staan. Ze wou dat hij doorging met zijn opsomming.

'Vroeger vond ik dat ik moest doen alsof het leven altijd maar leuk was. Dat is het vermoeiendste wat er is.'

Hij draaide haar straat in en vroeg of het hier ergens was. Ze wees naar het einde van de straat, het was links, voorbij dat grote hek. Lise woonde in een wit huis met een rieten dak, vrij groot, maar zielloos, vond ze. Alleen de oude eik in de voortuin gaf de boel een beetje karakter.

Van Petegem reed stapvoets door en stopte met een iets te enthousiast remmende voet. Ze vlogen een beetje vooruit, alsof ze tijdens die paar seconden samen een perfect synchrone dans uitvoerden. Lise klikte meteen haar veiligheidsgordel los, ze had al meer dan genoeg van zijn tijd gevraagd. De regen kletterde tegen de ruiten, alsof de wereld vond dat ze toch nog even moest blijven zitten. Ze wou dat ze wist wat ze moest zeggen. Haar mond liep over, maar ze zweeg. Ze keek naar zijn sleutels, die bungelden in het slot, en ze floot, zoals hij daarstraks had gedaan. De sleutelhanger piepte. 'Gevonden.' Ze glimlachte. Hij glimlachte terug.

Lise maakte het portier open, stapte zo elegant mogelijk uit, legde de papieren terug op de passagiersstoel en hield haar hoofd nog heel even op dezelfde hoogte als het zijne, pas toen reikte ze naar haar boekentas. 'Dank u wel voor de lift. Echt. Het was aangenaam.' Ze kwam omhoog en sloeg het portier dicht. Hij gaf zacht gas en vertrok.

De regen spatte tegen de straatstenen. Aangenaam? Van alle woorden die ze had kunnen kiezen, aangenaam? Elke dag waren er nieuwe redenen om zichzelf te haten. Ze spurtte de oprijlaan op. David was al thuis, zijn fiets lag omgevallen tegen de rododendron. Hij liet altijd een spoor na. Lise belde aan, hoopte dat er snel iemand kwam opendoen. Ze bereidde zich voor op een preek over haar verloren sleutels en vroeg zich af wat het IQ van Van Petegem was.

4

'Zusje!' Nina hield haar armen wijd open. Lise kwam dichterbij en werd driest omhelsd. Ze voelde de borsten van haar zus ongemakkelijk tegen de hare. Een uitgesproken muskusparfum kroop in haar neus. 'Ik ben zo blij dat ik u zie.' Ze nam Lises hoofd tussen haar handen. 'Het is weer veel te lang geleden.'

'Ja.'

'Ge moet echt nog eens komen logeren.'

'Ja.'

'Binnenkort.'

Nina liet los en Lise zette een stapje naar achteren. Ze ging eigenlijk zelden of nooit bij haar zus logeren. Het was welgeteld drie keer gebeurd. Lise herinnerde zich die laatste keer haarscherp.

En dat zou dan niet alleen bij haar zijn, maar bij hen. Nina lachte weer om de vrolijkheid van dat nieuws te onderstrepen. 'Dit is Twan.' Ze legde een triomfantelijke hand op de arm van de man die naast haar stond, alsof er een misverstand zou kunnen bestaan over wie de trofee dan wel was. Twan schudde haar formeel de hand en mompelde iets over hoe leuk het was om het zusje te ontmoeten over wie hij al zoveel had gehoord. Zijn handen waren groot en bleek, net als zijn gezicht. Hij had dun, grijs haar, zuinige lippen en een overzichtelijk buikje. Zijn schoenen, zijn gouden horloge én zijn voorhoofd glommen. En hij droeg zijn trui niet, die had hij over zijn schouders gehangen, terwijl het toch echt koud was buiten.

'De nieuwe vriend van Nina,' zei haar moeder. Zij maakte er een sport van om te benoemen wat allang duidelijk was. Lise vroeg zich af hoe hij zou ruiken. 'De man van mijn leven,' kirde Nina terwijl ze hem in zijn nek kuste. Twan liet zich zoenen. Hij glimlachte minzaam, alsof hij dat in zijn bestaan al vaak te horen had gekregen.

Nina droeg een minirok met grote ruiten en een strak truitje met een vrij diepe v-hals. Ze zag er mooi uit, vond Lise. Ze was ook mooi. Grote bruine ogen, hoge jukbeenderen, steil donker haar, lange benen en een tand die opvallend scheef stond, wat haar iets echts gaf als ze lachte. Ze was het huis uit gegaan toen Lise een jaar of vijf was. Om te studeren, maar al na een paar maanden kwam Nina ook in de weekends zelden nog naar huis. Hoe dat allemaal precies was gegaan, herinnerde Lise zich niet.

Lises moeder kondigde aan dat ze haar man elk moment verwachtte, alsof iedereen wist dat het feest pas dan echt kon beginnen, en vroeg of ze iets wilden drinken. Twan vroeg of ze martini had, en Nina wou er ook wel een. Ze zette een voet wat onhandig gekruist voor de andere, Twan keek onderzoekend om zich heen, twee mensen verloren op een feestje waar ze niemand kenden. Haar moeder wees hen op de tweezitsbank en Lise werd gesommeerd om te komen helpen in de keuken.

'Tja, dat hadden we nog niet gehad,' zei ze droog. Ze rommelde in de kast. 'Waar zijn die mooie papieren servetten nu naartoe?'

'Eentje die seniorenkorting krijgt op de trein, bedoelt ge?'

'Lise, alstublieft!' Haar moeder grinnikte er wel bij. Ze ging op haar tenen staan en griste een pakje tussen de huishoudfolie en het bakpapier uit. 'Ha, hier.' Ze bestudeerde de servetten met een zorgelijk gezicht. 'Het zijn er eigenlijk wel met kerstversiering. Maar ja.'

Lise trok een zak chips open en schudde hem leeg in een van de kommen.

'Hij ziet er wel uit alsof hij in staat is om voor haar te zorgen, dat is al iets,' zei haar moeder.

'Nina werkt toch gewoon. Waarom zou ze dan–'

'Op dit moment wel, ja. Maar hoeveel jobs heeft ze de laatste jaren al niet gehad? Ofwel gooien ze haar buiten, ofwel–'

'Ik dacht dat ze zelf–'

'Mensen liegen. Allemaal. Het kan echt niet elke keer haar beslissing zijn geweest.'

Haar moeder nam de fles martini en de port uit de barkast en keek over haar schouder om te controleren of Lise wel deed wat ze moest doen.

'Waarover liegt gij dan?' Lise liet het neutraal klinken.

'Wat?' Haar moeder fronste haar wenkbrauwen.

'Ge zegt juist dat iedereen–'

'Och, dat bedoel ik niet, dat weet ge goed genoeg.'

David kwam de keuken in gelopen.

'O, chips!' Hij nam een handvol. 'Er zit een oude vent in de salon,' zei hij en hij graaide nog eens in de kom.

'Hé, afblijven. Dat is wel voor die oude vent, hè.' Lise grijnsde naar David. 'Maar het is mogelijk een rijke oude vent, dus we vinden het helemaal oké.'

'Jongens, alstublieft. Doe voor de gelegenheid eens alsof jullie wel degelijk zijn opgevoed.' Haar moeder draaide zich om. 'Het is wel jullie zus, hè.'

'Halfzus,' antwoordde David terwijl hij naar de ijskast liep.

'Dat moogt ge zo niet zeggen. Hier is iedereen gelijk, ik behandel jullie allemaal hetzelfde. Altijd gedaan ook. Ik hou van jullie allemaal–'

'Evenveel,' maakte David haar zin af. Hij schonk een groot glas cola in.

'Ja maar, dat is echt zo.'

Haar moeder zette de glazen op een dienblad. Lise keek naar haar. Naar de milde zenuwtrek om haar mond, de rimpel tussen haar wenkbrauwen, de knoeierige make-up onder haar linkeroog. David dronk het hele glas in één teug leeg en boerde.

'David, alstublieft zeg. En zijt gij eindelijk klaar, Lise? Het was niet dat ik u gevraagd heb om de Taj Mahal na te bouwen, hè.'

Lise gooide gauw het zakje van de borrelnootjes in de vuilnisbak. Haar moeder tilde het dienblad op.

'David, neemt gij dat bord met kaas mee? En zet die fles terug. De mensen die na u komen willen ook koude cola.'

Lise nam de kommen en ging bij haar staan, alsof zij het startsignaal voor de stoet moest geven.

'Misschien is het wel een heel sympathieke man,' zei haar moeder terwijl ze de keuken verliet.

Lise vroeg zich af of ze dat ook tegen zichzelf zei.

'O, daar is hij!' Haar moeder snelde naar de hal om de deur open te doen, terwijl haar vader toch gewoon een sleutel had.

David was na vijftien beleefde minuten naar zijn kamer verdwenen. Toen Nina hem zag, had ze hem bij zich op schoot getrokken en innig omhelsd, alsof hij nog altijd de peuter was die ze hier destijds had achtergelaten. David vond het verschrikkelijk, wat iedereen kon zien, behalve Nina blijkbaar.

Twan bracht zijn lege glas naar zijn mond, keek er nog eens naar als om te verifiëren of zijn lippen hem niet bedrogen, en zette het ostentatief terug. Zou hij zichzelf zien als een blijver? Ze dacht niet dat Nina het ooit al eens langer dan een jaar met een man had volgehouden. Of een man met haar, het hing er maar van af of je haar verslagen van de onfortuinlijke eindes geloofde. Zou hij dat weten? Zou het hem iets kunnen schelen? In de regionen van zelfvertrouwen leek hij bepaald geen problemen te hebben. Twan keek Lise aan en lachte zijn tanden bloot, alsof hij voelde dat ze over hem zat na te denken. Lise stelde zich die tanden spontaan voor in een glas water, dat ging vanzelf.

Nina graaide als een kind in de borrelnootjes, gooide er te veel in één keer in haar mond. Ze was nerveus, maar niet nerveuzer dan anders. Zou Nina overal zo zijn, of alleen als ze bij hen op bezoek kwam? Of het hier een beetje te doen was, de laatste tijd, wilde Nina weten. Lise keek naar de deur, ze hoorde gedempt gepraat, haar ouders konden elk moment binnenkomen. Ze hoefde zich niet in te houden, stelde Nina haar gerust, want Twan wist er alles van. Hij knikte en bleef Lise met grote ogen aankijken, alsof hij er veel van verwachtte. Dat het best wel oké was, sputterde Lise.

'Met die twee erbij?' Nina lachte hard, zoals altijd wanneer ze eigenlijk niet echt moest lachen. Lise trok haar mond in een streep, overwoog volgende zinnen. 'Maar gij zijt ook sterk, hè.' Nina keek naar Twan. 'Zij is echt... Afijn, wij allemaal. Als ge hier groot wordt, hebt ge geen keuze, dan moet ge wel een manier vinden om–'

'Geen keuze? Waarin hebt ge geen keuze?' Haar moeder walste binnen en liet de deur open. 'Papa is zijn jas nog aan het ophangen,' voegde ze eraan toe alsof iedereen op die informatie zat te wachten.

'Dat ge tot uw achttiende naar de middelbare school moet,' zei Lise, 'ook al weet ge wel wat ge graag wilt doen daarna.' Het kwam er zomaar uit gerold, zonder de minste aarzeling, zij was altijd paraat, daar was ze van jongs af in getraind.

'Moeten, moeten. Tegenwoordig doen ze toch moeite om het geestig te maken voor de jonge mensen. Ge hadt vroeger eens bij de nonnen moeten zitten, dat was andere koek.'

'Toch hebben jullie mij naar een nonnenschool gestuurd,' zei Nina geagiteerd, alsof ze er nog dagelijks onder leed.

'Die stond bekend als een heel goeie school.'

Haar moeder zette een stap achteruit en bleef naar de hal staren tot haar echtgenoot tevoorschijn kwam.

'Vreselijke jaren waren dat,' zei Nina. 'De manier waarop die gefrustreerde maagden zich afreageerden op ons.'

'Hoe erger de nonnen, hoe beter. Zulke mensen bereiden u tenminste voor op het echte leven.' Haar vader keek er bijna triomfantelijk bij.

'Maar pa, wat zégt gij nu?' Nina klonk fel, alsof er aan dit hoogtepunt een woest debat van een uur was voorafgegaan. 'Kan het u niet schelen wat–'

'Een mens mag toch nog een grapje maken.'

'Natuurlijk mogen mensen grapjes maken,' haar moeders stem ging spontaan een toon hoger. 'En we vinden het heel erg dat gij het toen zo moeilijk hadt, Nina.'

'Dat ík het moeilijk had?' Nina lachte schamper. 'Ja, ik was altijd het probleem, dat was ik even vergeten.'

Er viel een stilte. Twan leek iets te gaan zeggen, maar hield toch zijn mond. Haar moeder maakte een gebaar naar de sofa. 'Dit is nu Twan.'

Tot vandaag had niemand van hem gehoord, maar haar moeder liet het klinken alsof ze met zijn allen lang naar dit moment hadden uitgekeken. Twan stond op en schudde haar vader stevig de hand; hij was het type dat wou uitstralen dat hij niet boog voor mensen, ook als hij tegenover iemand stond die hoegenaamd niet op buigen aanstuurde. Nina stond op en gaf haar vader een kus. Lise vond het toch vreemd om te zien, haar vader die ouder was dan alle vaders van alle vriendinnen die ze ooit had gehad, naast het lief van zijn dochter dat ouder was dan hij.

'Twan zit in de bankwereld,' zei haar moeder, alsof ze echt geloofde dat dit feit het gesprek een leuke wending zou geven.

'Ah zo,' antwoordde haar vader alleen maar. Zijn gezicht was uitdrukkingsloos, zoals wel vaker.

'O, Twan, uw glas is leeg. Wat voor een gastvrouw ben ik nu toch? Nog eens hetzelfde?'

Haar vader bood aan om het te halen. Terwijl hij naar de keuken verdween, ging haar moeder weer zitten. Twan staarde naar het schilderij boven de dressoir, moeizaam geschilderd fruit en een vaas in pessimistische kleuren, een erfstuk van haar moeders ouders. Nina keek haar vader na. Er zat iets afgemats in zijn tred. Haar moeder beet een velletje van haar vinger. Lise wou dat ze daarstraks de radio aan hadden gezet. Als haar vader beneden was, stond zijn favoriete klassieke station altijd op. Wanneer hij verdween, zette haar moeder dat meteen weer uit. Misschien moest ze alsnog opstaan om voor muziek te zorgen. Of was dat raar?

'En, hebt ge kinderen, Twan?'

'Vier dochters,' antwoordde hij. 'De oudste heeft het wat moeilijk met zichzelf, maar de drie anderen zijn goed terechtgekomen. Een advocate, eentje zit in de marketing, de jongste is tandarts.'

'Amai, advocaat, tandarts... Ge zult wel trots zijn.'

Twan knikte. Lise merkte de verdwenen dochter in de marketing op en de oudste die blijkbaar niet eens een beroep had. Zouden die meisjes weten hoe hun vader over hen sprak?

'En,' Lise hoorde een heel kleine aarzeling, 'hoe oud zijn ze?'

Haar moeder bleef glimlachend naar Twan kijken.

'Eenendertig, dertig, achtentwintig en vijfentwintig.'

'Ah, zo, ja. Prachtig, prachtig.'

Er viel een stilte. Haar moeder keek over haar schouder in de richting van de keuken, die van hieruit niet te zien viel.

'Lukt het daar?'

Er kwam geen antwoord.

'Mannen,' lachte ze.

Nina lachte deze keer niet mee. Ze draaide haar ring rond en rond om haar vinger. Lise keek naar haar, naar het structurele ongemak, naar die eeuwige onrust, naar de wrevel die ingeslikte woorden veroorzaakten. Met tegenzin en schaamte moest ze het toegeven: ze had haar zus niet gemist. En als ze de volgende keer een jaar zou wegblijven, zou ze dat nog steeds niet doen, vreesde ze.

'Maar allee, dat is tof, hè, voor u,' ging haar moeder verder, misschien ook omdat niemand anders iets zei. 'Zo in één klap vier nieuwe vriendinnen erbij.'

Lise zag dat Nina Twan in zijn been kneep. Misschien was dat een geheim teken dat ze vooraf hadden afgesproken.

'Ik wéét dat ik zevenentwintig ben, en dus van hun leeftijd, dank u wel om dat nog eens onder mijn aandacht te brengen. Maar liefde heeft toch geen fluit met geboortejaren te maken. Dat bekrompen gedoe hier altijd.'

'Maar dat bedóel ik toch ook niet. Ik zeg gewoon–'

'De laatste keer dat gij iets gewoon zei moest de Vietnamoorlog nog beginnen.' Ze sprak het woord 'gewoon' uit alsof ze bedorven vlees rook.

'Nina, nu verstaat ge mij écht verkeerd. Het leek me gewoon oprecht gezellig voor u.'

Nina nam Twans hand in de hare. Ze zocht frontvorming.

'Omdat gij ook niet echt een vriendenkring hebt.' Haar moeder liet het ernstig klinken.

Niemand reageerde.

'Aangezien ge zoveel verhuist, bedoel ik.' Ze keek Twan nadrukkelijk aan. 'Dan is zoiets toch een cadeau?'

Nina probeerde Twans blik te vangen.

'Echt waar,' zei haar moeder bijna smekend, 'ik ben beter opgevoed dan dat, ik zou nooit–'

'Aha, dus ge dénkt de veroordelende dingen wel, alleen zoudt ge ze niet zéggen. Ja, dat is veel beter.'

Twan kneep een paar keer in haar hand, eerder een sussend dan een troostend gebaar, vond Lise.

'Uw moeder bedoelt dat allemaal niet slecht, denk ik.'

Nina verdween achter haar gezicht.

'Ik heb ze altijd alle drie precies hetzelfde behandeld, en ik zie ze allemaal even graag.'

Lises vader kwam met een dienblad vol glazen de salon in gelopen en zette ze op tafel zonder te vragen wat voor wie was. Hij nam zijn glas wijn en ging in de fauteuil zitten.

'Hendrik, dat is toch waar, dat alle kinderen hier altijd gelijk voor de wet waren?'

'Precies,' antwoordde hij.

Lise keek naar haar vader, die hield zijn blik op Nina gericht.

'Voor mij was dat allemaal ook niet zo simpel, de omschakeling van bij mijn ouders wonen naar hier intrekken, met een klein meisje om voor te zorgen. Nina was nog maar tien toen.'

'En wat voor een kind was ze?'

Twan zag niet dat zijn bereidwilligheid Nina irriteerde, daarvoor keek hij niet goed genoeg.

'Ze had dat toen al, dat... pittige karakter.' Haar moeder nam een uitbundige slok van haar port. 'Nu, dat is iets heel goeds, mensen die weten wat ze willen en zeggen waar het op staat.' Ze legde haar haar achter haar oor. 'Toch, Hendrik?'

'Dat doet ge zelf doorgaans ook, hè zoetje, zeggen waar gij vindt dat het op staat.' Haar vader glimlachte er vredevol bij.

Lise stond op, nam het bord met de kaasblokjes en presenteerde het nog eens aan de gasten. Twan maakte beleefd een afwijzend gebaar.

'Hij lust geen ananas,' zei Nina.

'Oei, had ik dat nu geweten,' piepte haar moeder. 'Zal ik er anders een paar snijden zonder iets erop, of ik heb misschien nog wel ergens zure uitjes of een augurkje, eet ge dat wel, Twan?'

'Maar nee, doe geen moeite.'

'Het ís geen moeite, dat is nu een-twee-drie gebeurd, of Lise kan misschien–'

'Nee, echt, het is niet nodig.'

Om te bewijzen dat hij het meende stak hij een chip in zijn mond en liet die uitgelaten kraken. Lise keek naar haar vader, die een hekel had aan dat geluid. Zijn gezicht trok samen.

'Jullie hebben een mooi huis,' zei Twan, waarop haar moeder dankbaar knikte en een verhaal afstak over de kerstboom die ze gelukkig wat te lang had laten staan, waardoor het nu toch ook een beetje feestelijk voelde nog. En toen Nina beklemtoonde hoe heerlijk het was geweest om met kerst weg te zijn van hier, begon haar moeder over een vriendin die op skireis haar beide benen had gebroken, niet één, maar twee, ze bleef het maar herhalen.

Nina zat niet te luisteren, ze had de afwezige blik van iemand die minutenlang naar één punt zat te staren en allang niks meer zag. Twan knikte almaar naar haar moeder. Haar vader dronk van zijn glas, verzonken in gedachten als altijd, zo beklom hij de bergen die hem boven het ongewenste leven hier beneden uit tilden. En Lise dacht aan dieren die hun winterslaap hielden, instortende gebouwen, oorlogen. Haar leraar geschiedenis had gezegd dat het niet zozeer degenen waren die stierven in een oorlog die de prijs betaalden, als wel degenen die moesten doorleven, die zin was haar bijgebleven.

'Gaat gij zeggen dat ze stiller moeten zijn?' David stond in de deuropening, zijn haar in de war, zijn ogen dik van de slaap. Als ze hem zo zag, in zijn badstof pyjama, werd hij weer het kind dat hij ook nog altijd was. 'Ik ben er weer van wakker geworden.' David klonk nukkig.

Lise liep naar hem toe en legde een arm om zijn schouder. Dat mocht ze alleen op momenten als deze nog. Ze beloofde hem dat ze haar best zou doen. Hij keek haar aan, stil, ontregeld. Lise glimlachte zo bemoedigend als ze kon, hij drentelde, alsof hij nog iets wilde zeggen, maar niet goed wist hoe. Uiteindelijk verdween hij toch zwijgend naar zijn kamer.

Tien voor twee, en ze had nog niet geslapen. Met een zucht trok ze haar badjas aan en haatte zichzelf om het zuchten dat nog nooit iemand had geholpen. Ze liep traag de trap af, aarzelde even, het geschreeuw in de veranda was een muur waar ze doorheen moest.

Ze ademde diep in en liep via de salon naar de woonkamer, waar ze haar ouders door het raam bezig zag.

Haar vader stond bij de muur, hij begeleidde elke nieuwe bijzin door naar haar moeder te wijzen, die in de rotansofa zat en wegkeek. Lise trok de strik in het lint van haar badjas nog wat strakker aan, duwde zich op haar tenen omhoog als een loper voor de sprint en stapte de veranda in.

'Ziet ge, met uw geroep... Nu hebt ge uw dochter wakker gemaakt.'

Haar moeder keek alsof ze al dagen een gigantisch gewicht moest torsen dat niemand van haar wilde overnemen. Die moegetergde blik was een van haar klassiekers. Haar vader zweeg.

'Hij staat hier weer te brullen tegen mij alsof ik een hond ben die niet wil luisteren.'

'Doe niet onnozel.'

'Staat ge te schreeuwen of niet?'

'Ja, ik ríep, ja, en waarom? Dat zegt ge er niet bij, hè.'

'Ik ben ook geen machine. Ik vertelde alleen maar wat ik vandaag–'

'Het is altijd hetzelfde als mijn dochter hier is geweest. Ellenlange klaagzangen. Tegen mij. Alsof ik in de hand heb hoe zij zich gedraagt. En alsóf zij zich zo afschuwelijk slecht gedraagt. Als ik u moet geloven is ze de duivel zelf.' Haar vader schudde zijn hoofd. 'Ik weet niet wat dat meisje u eigenlijk ooit heeft misdaan.'

'Nu doet ge precies alsof ge er niet bij waart, daarstraks. Ik weet niet of ge het beseft, maar ik doe dan een hele middag mijn best, en ik kan voor haar gewoon niks goeddoen. Vroeger niet. En nu niet. Zij kan mij gewoon niet uitstaan. Snapt gij niet hoe pijnlijk dat is?'

Haar moeders blik ging de hoogte in, alsof er aan het plafond wel troost te vinden zou zijn.

'Nina weet niet goed wat ze met zichzelf aan moet en wat ze wil in dit leven. Maar gaat ge nu echt het kind dat ze toen was ook nog verwijten maken? Een meisje dat zoiets heeft moeten meemaken?'

'Ik maak niemand verwijten. Maar ik kan er ook niks aan doen dat haar moeder zomaar is opgestapt en van de ene dag op de andere van de aardbol is verdwenen, zonder–'

Haar vader vloekte, Lise kromp in elkaar, ze was blij dat ze zijn ogen niet zag.

'Ik zwijg al.'

Haar vader ging met zijn rug tegen het raam staan. Hij kon het niet aan, haar vader die zoveel sterker leek dan hij was. Over zijn eerste vrouw mocht niet worden gesproken, dat wist iedereen hier heel goed.

'Ik wou alleen dat ge half zoveel inzat met mij als met degene die u zeventien jaar geleden heeft laten stikken.'

Lise hoorde het aan haar moeders stem, het zou niet lang meer duren voor ze begon te huilen.

'Weet ge wat dat is,' ze richtte zich tot Lise nu, 'samenleven met een man die kotst van u?' De tranen kwamen met het woord 'kotst'.

'Maar mama toch,' zei Lise.

Ze probeerde haar vaders blik te vangen, maar hij keek nergens naar. Hij deed nooit iets als iemand huilde, behalve wachten tot het overging. Lise nam plaats naast haar moeder en wreef over haar rug. Die snikte, haar hele lijf schokte ervan. Ze draaide zich naar Lise.

'Laetitia, die is vertrokken en gewoon ergens in een ravijn gesprongen of zo, dat denk ik. En ik moet zeggen: als zij met hem maar half zoveel heeft meegemaakt als ik, dan kan ik dat begrijpen. Soms denk ik: ik zou ook beter een koord rond mijn nek draaien, dan waren jullie allemaal van mij verlost, en dan konden jullie eindelijk gelukkig zijn.'

Dat was een bekende zin. De eerste keer dat ze die uitspraak kon Lise zich nog herinneren. Niet de context of de aanleiding, maar wel die zin en hoe Lise, een jaar of zes toen, misschien zelfs nog iets jonger, de paniek voelde knagen, hoe ze het beeld meteen voor zich zag. Ze wist nog dat ze zo veel mogelijk manieren had bedacht om haar moeder blij te maken, maar dat zij ontroostbaar bleef en dat het koord onzichtbaar om haar nek bleef hangen.

'Mama.' Lise liet het zacht klinken.

'Ja, sorry,' zei ze, 'ik wil niet...'

Ze schoot weer voluit in haar huilbui. Ze veegde snot weg met de rug van haar hand. Lise stond op en haalde de keukenrol, gaf haar drie vellen. Haar moeder nam haar hand vast, en liet niet meer los. Lise bleef staan. Stil. Wachtend. Haar moeder was doodmoe, dat kon Lise voelen. De storm zou nu gauw gaan liggen, wist ze, het voordeel van jarenlange ervaring. Ze keek naar haar vader en wou dat hij er niet zo intriest uitzag. Ze wou dat er oplossingen bestonden. Ze wou dat mensen liever waren voor elkaar.

5

Hij veegde met zijn vlakke hand langs het bedampte raam en ging er toen mee door zijn bles. De grijszwarte lok viel nattig op het voorhoofd van mijnheer De Maarschalk. Lise wou er niet naar kijken, maar zij zag altijd alles. Ze zag het ook als hij zijn lange, beslagen tong heel snel even helemaal uitstak wanneer er iets hachelijks gebeurde. Als hij discreet aan zijn oksels rook. Als hij met de top van zijn pink in zijn oor verdween. De leraar draaide zich weer naar Daan, een boomlange, dunne jongen met acne tot in zijn nek. Het was niet om aan te zien hoe stuntelend en stotterend hij naar het einde van zijn voordracht Engels ploegde. Toen hij eindelijk de laatste zin over O.J. Simpson had uitgesproken en naar zijn schoenen stond te staren in afwachting van het verdict, maakte de leraar een langzaam rondje om de jongen heen, alsof die een nieuwe jurk stond te showen waar een vakkundig oordeel over moest geveld. Daan verplaatste zijn gewicht van het ene been naar het andere. De Maarschalk liet de kwelling bewust zo lang mogelijk duren, zo kende ze hem.

'Wat vindt ge zelf, jongen?' Daan bleef stokstijf staan. 'Weet ge 't niet? Nee, gij weet niet veel, hè.' Hij grijnsde. 'Zullen we het dan aan uw klasgenoten vragen?' Hij keek uitdagend naar de andere leerlingen. 'Wat denken jullie, hoeveel punten heeft Daan verdiend?' Er viel een stilte. De Maarschalk kon stiltes zo lang laten duren dat er geweld in ging zitten. 'Oei, Daan, zij weten het ook niet. Wat moeten we daarmee doen, jongen?' Hij nam zijn puntenboekje uit zijn aktetas, bladerde tergend langzaam, somde de bedroevende resultaten op van vorige spreekoefeningen. 'O, en ook nog één keer een vijfje, toen zal ik met mijn gedachten elders hebben gezeten.' Hij forceerde een lach en staarde opnieuw de klas in.

Daan vouwde de foto van O.J. dubbel, daarna nog eens, en tikte met het rechterhoekje tegen zijn been. Lise keek naar het heen en weer bewegende stuk oog en voorhoofd van de man die ermee weg was gekomen. De man die een hele natie in de ban had gehouden na een dubbele moord op de moeder van zijn kinderen en een vriend van haar. Alles wees erop dat hij de dader moest zijn, en toch bleven zo veel Amerikanen overtuigd van zijn onschuld. Wat was er met die man dat hij dat voor elkaar had gekregen? Wat was er met die fans die hem niet konden zien voor wie hij was?

De Maarschalk ijsbeerde van het raam naar de deur en weer terug, Daan negerend nu. Hij werkte al meer dan twintig jaar op deze school, en hij hanteerde consequent dezelfde stijl. Dat wist ze van Nina; haar toenmalige vriendje had hem ook voor Engels gehad. Lise vond het onbegrijpelijk dat ze zo'n man zijn gang lieten gaan, en dat jaar in jaar uit hele klassen het zomaar pikten. Waarom organiseerden ze geen zitstaking: hij buiten of wij gaan allemaal naar een andere school? Evy en Sanne waren aan hem ontsnapt. Zij hadden Marjan Van Meirhagen voor Engels, een van de grappigste leraressen van de hele school. Zij hadden altijd geluk. Het was nu twee maanden geleden dat ze hun vriendschap hadden opgezegd, het voelde als twee jaar. Alleen-zijn wordt verbazingwekkend snel een standaardmodus voor wie geen perspectief heeft, wat het verder allerminst aangenamer maakte.

'Komaan jongens, jullie zitten er als dode vissen bij. Initiatief! Wie wil zich uitspreken over de voordracht van Daan? Wie o wie?' Hij nam plaats op de vensterbank. Er zijn mensen die niet kunnen stilzitten, De Maarschalk kon dat juist walgelijk goed. Hij praatte ook lijzig en nadrukkelijk, het klonk bestudeerd en was waarschijnlijk bedoeld om leerlingen te irriteren. Hij trok aan de mouwen van zijn pak, plukte een stofje van zijn revers. Lise moest aan de kinderen van O.J. denken. Zouden die nu weer gewoon bij hun vader zijn? Daar had Daan niks over gezegd.

'Aha. Lise zit met haar balpen te spelen, Lise vindt het niet interessant. Zij zou nochtans de ideale kandidaat zijn om feedback te geven, niet jongens?' Lise probeerde haar gezicht neutraal te houden. 'Vooruit, Lise, zeg eens iets. Wat was Daans voordracht waard?'

Ze wist wel beter dan te antwoorden, De Maarschalk stelde alleen retorische vragen. 'Of misschien hebt ge tips voor hem?'

Lise schudde heel snel het hoofd. Hij bleef haar onderzoekend aankijken, alsof het opeens om haar draaide. 'Lise zwijgt, ook al weet ik zeker dat ze in staat is om iets relevants te zeggen.' En tegen Daan: 'Zij mag van geluk spreken dat ze niet dom is, want als meisjes het met zo'n figuur moeten doen, hebben ze toch maar best een andere troef in huis.' Onderdrukt gegniffel. Lise keek zo brutaal mogelijk recht voor zich uit.

'Afijn, Daan, als niemand mij wil tegenspreken, kan ik niet anders dan noteren: eentje voor de moeite van het komen, en eentje voor het gaan, opgeteld een twee. Ook met dank aan uw klasgenoten.' Hij stak een preek af over de verwachtingen voor Daans rapport en Daan schuifelde naar zijn plaats, schuin voor de hare. Hij plooide zijn lange benen onder de bank. Lise zag de weerloze haargroei in zijn nek, de rode puisten, de armzalige schouders. Als ze het zou durven, zou ze hem even in zijn bovenarm knijpen, maar zij keek alleen maar laf naar buiten.

De leraar begon te praten over de grammaticale fouten die Daan allemaal had gemaakt, af en toe iets noterend op het bord. Lise stelde zich voor dat De Maarschalk nog bij zijn oude moeder woonde, die alleen echt van zijn broer had gehouden, een beloftevolle jongen die op zijn drieëntwintigste was verongelukt. Ze vroeg zich af hoe O.J. Simpson aan zijn kinderen zou vertellen dat hij dus níet hun moeder en een van haar vrienden had neergestoken, meerdere keren, in de nek en in het hoofd, en dat hun bloed dat op zijn sokken was gevonden, die ook nog eens bij hem thuis lagen, verder niks te betekenen had, en ook het bloed in zijn auto niet, en ook niet het bloed op die ene handschoen, gevonden op de plaats delict, die matchte met het exemplaar dat bij hem thuis rondslingerde. Ze vroeg zich af wat de kinderen zouden denken. Of ze hem sowieso zouden geloven, omdat hij hun papa was. Of ze hoe dan ook van hem zouden blijven houden, of niet.

Ze zag de foto's die Daan had getoond weer voor zich. Een dubbelgeplooid lichaam, onder aan een stenen trap. Ze lag helemaal alleen in een huiveringwekkende plas bloed. Lise hoopte dat ze dat beeld nog kon vergeten, dat ze er niet van zou dromen. Ze hoopte dat het goed zou komen met die kinderen. En dat De Maarschalk een klein ongeval zou krijgen met nijdige gevolgen die hem zouden verhinderen om ooit nog les te geven. En dat Daan niet zou dromen van De Maarschalk vannacht.

6

Ze fietste niet te hard, zodat ze zeker niet ging zweten. In het milde donker zag de wereld er anders uit, stiller, vond ze. Twee duiven bleven rondscharrelen op het fietspad en vlogen pas op het allerlaatste moment weg, zij hadden beslist om op het scherp van de snee te leven. Nog een minuut of tien, en dan was ze er.

Het was vreemd geweest, dat viel niet te ontkennen. Het begon met Willem die tijdens wiskunde beweerde dat er alleen aan rationele denkers en bètawetenschappers echt nood was in de wereld. Van Petegem ging er hevig tegenin met een eloquent pleidooi voor kunst als onmisbare kracht van alle beschaving, en zo ontstond er een discussie in de klas die als belangrijkste doel had dat de leerstof niet werd behandeld, waardoor de test zou worden uitgesteld. Dat wist Van Petegem ook, toch liet hij het gebeuren. Drie dagen later kwam hij er zelfs op terug, met een uitnodiging voor de hele klas om met hem naar een theatervoorstelling te gaan. Er werd lacherig op gereageerd, maar toen hij ten slotte vroeg wie het erop wou wagen, staken toch elf leerlingen hun hand op, onder wie Lise.

Het vreemde gebeurde pas toen hij de tickets bij zich had. Het waren genummerde plaatsen. Hij begon de kaartjes uit te delen, gaf er ook een aan Lise, liep verder, overhandigde er nog een aantal, en opeens draaide hij zich om, liep opnieuw naar haar bank, vroeg haar ticket terug en gaf haar een ander. Lise was zo verrast dat ze vergat op zijn blik te letten, wat ze zichzelf alle volgende dagen kwalijk had genomen. In haar hoofd maakte ze een aantal scenario's, en hoe dichterbij de theateravond kwam, hoe nieuwsgieriger ze was geworden naar de feitelijke verklaring. Vanavond zou ze het weten.

Bij dit verkeerslicht moest ze naar links, en op het einde, bij het grote plein, lag de schouwburg. Ze was er alleen met school al geweest, voor verplichte voorstellingen in de namiddag. Haar vader ging vroeger vaak naar het theater. Hij kon met veel vuur vertellen over de klassiekers die hij in regie van illustere grootheden had gezien, over de avonden liederlijk gesleten in foyers met acteurs van het gezelschap. Dat klonk alsof hij het over een andere man had, met een heel ander bestaan, vol leven, met veel mensen om zich heen, waarin er werd gelachen en flauwekul verkocht, waarin hij dronk voor de gezelligheid, niet om te drinken. Lise wist wel wat er was gebeurd, natuurlijk, de beslissing van Laetitia had alles veranderd, maar toch. Iets in haar geloofde dat de man van toen er nog was. Waarom zouden zijn studenten anders enthousiast zijn over zijn naar het schijnt zo begeesterende colleges? Waarom legde hij anders zo makkelijk contact met toeschouwers die naar zijn lezingen kwamen? Dus bleef Lise hopen dat hij haar ooit nog eens zou vragen om samen naar een Molière te gaan kijken, of om een tentoonstelling te bezoeken van een of andere oude meester over wie hij dan tegen haar even voluit vertelde als hij het blijkbaar tegen zijn studenten deed.

Lise reed het plein op, draaide de fietsenstalling in. Ze stapte af, treuzelde met het slot in haar handen. Haar haar waaide in haar gezicht. Ze had het zichzelf aangedaan, nu moest ze ook maar doorzetten. Ze begreep het zelf niet, waarom ze zich zo opgelaten voelde in contexten als deze, waarom ze nu hoopte dat ze niet meteen andere leerlingen tegen het lijf zou lopen. Het was niet dat zij een hekel aan hen had of zo, ze vond het gewoon vervelend om zich op te dringen aan mensen die niet op haar zaten te wachten. Maar Van Petegem was er ook, dus.

Vanuit alle hoeken stroomden mensen toe. De vlaggen bij de ingang wapperden alsof er iets te vieren viel. Lise richtte haar blik naar de grond. Als jij de anderen niet zag, voelde het toch een beetje alsof zij jou ook niet konden zien. Ze zag pumps met idioot dunne naaldhakken, mannenschoenen van krokodillenleer, cowboyboots onder een katoenen broek, gifgroene enkellaarsjes. Ze geneerde zich over de niksigheid van haar eigen schoeisel. Ze voegde in bij de grote draaideuren en liep in hoog tempo door naar de toiletten.

Het waren hokjes met onderaan een opening van misschien wel vijftig centimeter, Lise haatte dat. Alsof iedereen je kon zien terwijl je daar zat, met je jas en rok omhoog gesjord en je slip op je knieën. Dat is maar een gevóel, zei haar moeder, Lise begreep nooit waarom dat het beter zou moeten maken.

Nog negen minuten. Ze liep naar de zaal en keek naar haar kaartje: blok B, rij N, stoel 3, oneven. Een lusteloze vrouw met een vaal gezicht scheurde haar ticket, gaf haar een programmablaadje en wees naar rechts. Lise hield dankbaar het A4'tje vast en deed alsof ze aan het lezen was terwijl ze zich met de stroom liet meevoeren. Ze bestudeerde de letters op de zijkanten van de stoelen, en plots zag ze hem. Jasper Van Petegem, op rij N, stoel 1, die naast de hare. Lises longen waren te klein voor alle adem die ze op dat moment moest halen. Hij lachte, zij vreesde dat haar uitbundige teruglachen er raar uit zou zien.

Hij stond op om Lise plaats te laten nemen en vroeg waar de anderen waren. Lise had ze niet gezien. Van Petegem wees naar het programmablaadje. 'Hebt ge het al gelezen?' Lise knikte en betreurde dat meteen, want eigenlijk had ze alleen naar de woorden gestaard. Ze wierp een snelle blik op het papier en mompelde iets vaags over Sam Shepard, en dat ze benieuwd was. Ze hoopte dat het in zijn oren niet even lullig klonk als in de hare. Maar Van Petegem lichtte juist op, blij dat ze de toneelauteur blijkbaar kende. 'Ah, ge hebt al eerder iets van hem gezien of gelezen?' Lise keek hem vertwijfeld aan, schudde toen haar hoofd en zei dat ze niet wist waarom ze dat zo had gezegd. 'Ik ben een kalf dat soms de vreemdste dingen doet.' Hij lachte. 'Er zijn al meer dan genoeg gewone mensen.' Toen begon hij te vertellen over het stuk, waarin twee broers elkaar na lange tijd terugzien. Over het gezelschap dat hij al jaren volgde. Over de acteurs, van wie er een eigenlijk een beroemd regisseur was die voor één keer nog eens op de planken stond. Hij sprak met het onverwoestbare enthousiasme dat ze zo geweldig aan hem vond.

Bij de allerlaatste toeschouwers die de zaal in liepen, zaten de tien andere leerlingen. Ze stelden verwonderd vast dat Lise hier zat, terwijl zij aan het wachten waren bij de vestiaire. Ze keken beschuldigend naar de jas die Lise over haar knieën had gelegd, alsof er een afspraak was gemaakt die zij moedwillig had geschonden. Van Petegem maande hen aan om te gaan zitten en ze schuifelden langs hen heen en namen plaats. Links naast haar zat Willem, hij palmde schaamteloos beide armsteunen in. Ze leunde wat meer naar rechts. Toen de tweede acteur opkwam, fluisterde Van Petegem: 'Die daar, dat is de regisseur.' Lise genoot ervan dat hij iets tegen haar fluisterde, alsof ze een geheim deelden nu. Ze knikte samenzweerderig. Willem liet een boer. De geur van vlees en knoflooksaus walmde haar kant uit. Maar haar kon het allemaal niks schelen. Zoals zij hier zat, had geen storm vat op haar.

'Maar mijnheer, toe.' Willem stond met nog vier anderen naar Van Petegem te staren. 'Dat is echt een tof café, en ze doen daar niet raar tegen oudere mensen.'

'Zal het een beetje gaan, ja,' lachte hij.

'Gewoon één glas, om ons te tonen dat ge niet saai zijt.' Vijf gezichten keken hem vol verwachting aan.

'Als ik dat kan bewijzen door één glas bier te drinken, dan hebben jullie merkwaardige opvattingen over wat niet saai is.'

'Naar theater gaan is toch altijd met nog iets drinken nadien?' Eveline lachte de kuiltjes in haar wangen die ze zomaar cadeau had gekregen van God.

'Nee, echt niet gasten, jullie worden niet tussen halfzes en zes wakker gehuild door een zoontje. Ik begrijp dat jullie het niet begrijpen, maar ik ga naar huis. Heerlijk saai. Veel plezier nog.'

'Oké dan,' ze lieten het klinken alsof de diepste teleurstelling zich van hen meester maakte, draaiden zich om en liepen in de richting van de vestiaire.

Lise kon haar mouw niet meteen vinden. Van Petegem hield de jas galant bij de schouder omhoog. 'O, merci. Motorisch gestoord, ik.'

Hij vroeg wat ze van de voorstelling vond. Lise oreerde enthousiast over wat ze had gezien. Van Petegem bleek ernaar te hebben gekeken met heimwee naar wat nooit was geweest en nooit meer zou komen, hij die zelf in zijn studentenjaren nog toneel had gespeeld. Met veel dramatische schwung reciteerde hij minutenlang beroemde regels uit Hamlet. 'Zo hard op gestudeerd dat ik het nooit meer kan vergeten.'

'Als dat bedoeld was om indruk te maken, dan is dat gelukt,' zei Lise, en toen kreeg hij iets voorzichtig verlegens over zich.

Van Petegem keek de andere leerlingen na en wees hun kant uit.

'Gij gaat niet met hen mee?'

Lise schudde haar hoofd en hoopte dat hij niet zou doorvragen.

'Niet uw volk?'

Ze haalde haar schouders op.

'Of ik niet het hunne.'

Van Petegem checkte de klok.

'Anders moeten gij en ik er toch nog eentje drinken. Er is hier wat verderop een onnozel café, maar ik vind het wel gezellig eigenlijk.' Hij trok zijn mond vragend scheef, alsof hij er zelf nog aan twijfelde of het wel een goed idee was.

Lise kon amper geloven wat ze hoorde.

'Echt? Ik–'

'Eentje,' herhaalde hij, alsof dat eender welke bijvraag zou beantwoorden.

'Oké dan,' antwoordde Lise. Het klonk totaal per ongeluk alsof zij hem een gunst verleende. Zij kon het ook nooit eens gewoon goed doen.

Er lagen tapijtjes op de tafels, door de speakers schalden Bob Dylan, Nina Simone, Simon & Garfunkel, er brandde weinig licht, alsof je hier niks goed moest kunnen zien. Jasper Van Petegem had een Orval besteld en zij een mazout. Hij had zijn neus in afgrijzen samengetrokken: 'Half cola, half bier, toch?' en Lise had beduusd geknikt, zich generend voor haar puberale drankkeuze.

Het was bijna raar met hoeveel gemak het gesprek doorwalste. Lise dronk traag, omdat ze bang was dat lege glazen zouden betekenen dat het tijd was om naar huis te gaan.

'Als ge één ding aan uzelf mocht veranderen, wat zou het dan zijn?' Lise vond het een idiote vraag van zichzelf, maar ze wilde het antwoord wel graag horen.

'Hmm.' Hij nam een slok en bewoog zijn lippen over elkaar zoals een vrouw zou doen die net lippenstift had aangebracht. Dat deed hij altijd wanneer hij nadacht. Lise vond het prettig dat ze zijn kleine tics kende.

'Ik zou mijn neiging tot melancholie, hypochondrie en aanverwante soorten tristesse omvormen tot vanzelfsprekend en eeuwig optimisme.'

Lise lachte. 'Dat klinkt alsof ge daar uitgebreid over hebt nagedacht.'

'Eh, toch niet.'

'Gewoon, ik bewonder de heerlijke vlotheid van de volzin.'

Hij glimlachte weer.

'Maar gij, melancholisch? Dat verrast me nu wel. Ge ziet er altijd zo vrolijk uit.'

'Als ik aan het werk ben, hoort dat bij de rol.'

Lise probeerde haar teleurstelling te verbergen.

'Speelt gij een rol?'

'Niet in de zin dat ik een totaal ander mens word, hè, maar als ik bedrukt ben opgestaan, ga ik niet zo de klas in. Dat zou ik ongepast vinden.'

'Alsof wij niet zouden weten dat leraren mensen zijn en dat mensen het moeilijk kunnen hebben.'

'Maar jullie hoeven je daar niet om te bekommeren. Het is onze opdracht om er voor jullie te zijn. En om jullie iets bij te leren.'

Lise voelde zich gekrenkt, ze kon niet uitleggen waarom precies. Ze nam een bierviltje en vouwde het in twee, en daarna nog eens, en nog eens, tot er alleen nog een hoopje prut overbleef.

'Dus jullie hebben van ons niks nodig?'

'Toch wel, jullie enthousiasme, jullie inzet, jullie aandacht, jullie stilte…'

'Wij zijn luistervee.'

'Precies!' Hij grijnsde.

Lise begon aan het volgende viltje.

‘Volgens mijn vader is optimisme iets voor dommeriken en dwazen.’

Van Petegem trok zijn wenkbrauwen op, maar reageerde verder niet. Door de speakers blèrde ‘Put Your Head on My Shoulder’. Haar moeder zette dat nummer altijd harder, en alleen die zin zong ze mee, omdat ze alleen die zin kende.

Lise aarzelde even, en vroeg het toen toch: ‘Speelt ge nu een rol?’

Van Petegem keek haar aan, lachte weer. ‘Gij?’

‘Nee.’

Ze prutste aan de nagel van haar duim terwijl ze erover nadacht of dat eigenlijk wel klopte.

Hij raakte heel even haar onderarm aan, ving haar blik.

‘Nee, Lise, ik speel geen rol als ik met u aan het praten ben. Waarom zouden we hier anders zitten?’

‘Uit medelijden misschien.’

Lise had meteen spijt dat ze het had gezegd.

‘Ik ben misschien een oude zak in uw ogen, maar medelijden hoeft ge met mij nu ook weer niet te hebben.’

Lise lachte.

‘Ge moet daar echt eens mee stoppen, met dat uzelf tekort te doen.’

Lise wist niet hoe ze moest kijken. Ze veegde de stukjes op een hoopje. De koffiemachine maakte een hels lawaai.

‘Hebt ge dat altijd gehad, dat trieste?’ vroeg Lise.

Van Petegem dronk zijn glas leeg. Lise hoopte dat hij zag dat haar mazout nog niet op was.

‘Goeie vraag.’ Hij zette zijn ellebogen op tafel en leunde een tikje naar voren. ‘Dat is toch meer iets van de laatste jaren, denk ik. Hmm, moet ik daar dan over nadenken, over waarom dat zo zou zijn?’ Hij keek haar geamuseerd aan.

‘Dat lijkt me wel, ja.’

‘Afijn, laat het nu ook niet erger klinken dan ik het bedoel, hè, het is niet...’ Hij maakte zijn zin niet af, alsof hij niet besefte dat er iemand aan het luisteren was.

Lise monsterde zijn blik. Ogen in de kleur van de Noordzee, ze kregen iets weeks, of misschien dacht ze dat alleen maar. Ze wou dat ze durfde doorvragen, of dat ze iets liefs voor hem kon doen, of desnoods gewoon iets liefs kon zeggen.

'En gij hebt dat al eeuwen, denk ik,' zei hij, 'dat trieste. Of zeg ik nu iets wat nergens op slaat?'

'Ja, dat slaat nergens op.'

Ze keek hem niet aan. In haar mond de weeë smaak van bier en cola. Hij zal zo meteen aankondigen dat hij naar huis moet, dacht ze. Zij wist hoe de dingen gaan.

7

Haar vader hield niet van het strand en was daar consequent in. Het was twintig graden, uitzonderlijk warm voor de tijd van het jaar. De zon stond hoog, de sfeer was uitgelaten. Overal zag je mensen in shorts en T-shirts, hier en daar in zwembroeken en bikini's, maar hij had de ligstoel zo ver mogelijk in de strandcabine geschoven en lag te lezen met zijn hoofd tussen de roeiboot en de petanqueballen. Hij droeg een beige broek, een vaalbruin hemd met lange mouwen en een kakigroene zomerjas. Onder zijn broekspijpen piepte een klein stukje bloot onderbeen, rood en schilferig, en zijn blote voeten, bruingeel aan de zolen en met indrukwekkend robuuste teennagels, bewogen ritmisch heen en weer, alsof ze meewiegden op een liedje dat alleen hij kon horen.

Haar moeder had ooit beslist dat zij zich nergens voor ging generen, ze lag zich in een badpak vol bloemen in tinten van grijs, paars en roze over te leveren aan de zon. Een wedstrijd in roerloosheid zou zij winnen tegen vasttapijt. En dat kon ze uren volhouden, tot het zweet in straaltjes langs de binnenkant van haar onderarmen en langs haar slapen liep. Ze weigerde zonnecrème te gebruiken, dat was voor mensen met rood haar en sproeten die er niet tegen konden, en als ze verbrandde duwde ze een duim in dat vuurrode vlees tot die een witte afdruk achterliet, en dan zei ze: 'Dat wórdt bruin.'

Lise begreep niet waarom haar ouders ooit een appartement aan zee hadden gekocht. Ze gingen zo'n beetje om het weekend naar de kust, maar alleen David leek zich hier echt te amuseren. Op zomerse dagen vertrok hij 's ochtends naar zijn vrienden van een paar appartementsgebouwen verderop en als hij in de loop van de dag aan de strandcabine verscheen, was dat omdat hij geld wilde voor een broodje of een ijsje of een blikje cola.

Op alle min of meer warme dagen wilde haar moeder na het ontbijt meteen het strand op. Haar vader ging soms openlijk nurks, soms ellende-vermijdend-stilzwijgend mee. Om twaalf uur verdween hij naar boven om sandwiches te gaan smeren. Die voor haar moeder bracht hij naar beneden, dan vertrok hij meteen weer naar boven en liet zich meestal de rest van de middag niet meer zien. Om vijf uur brak haar moeder hier alles op, en in de zomer werd de stof van het windscherm langs de stokken omlaag geduwd, zodat het territorium bewaakt bleef. Boven aangekomen hing ze haar strandlaken over de reling van het terras, dat was het signaal voor David dat hij zich ook stilaan naar het appartement moest reppen, want om zes uur stipt wilde haar vader aan tafel zitten om te eten. Er zat hier nog meer routine in hun dagen dan thuis.

Ze veegde het zand tussen de bladzijden van haar wiskundeboek uit. Van Petegem had haar extra oefeningen gegeven die ze maandag af wilde hebben, omdat hij ze dan vast nog niet terug verwachtte.

'Ah, hallo.'

Lise kon aan haar moeders toon horen dat ze degene die ze begroette niet echt goed kende. Ze keek op en zag Rosa, de mama van Teunis, een van Davids vrienden. Haar moeder hield een gestrekte hand boven haar ogen als was het de klep van een pet.

'Hé allemaal,' de vrouw maakte een grote zwaaibeweging. Lise glimlachte, haar vader liet een moment zijn boek zakken en stak een hand op, daarna las hij meteen weer verder.

'Mooi weer, hè, en het is nog maar maart.'

Haar vaders voeten begonnen heftiger heen en weer te wippen.

'Ja, uit de wind is het echt zalig.'

'Onze jongens zijn zich weer rot aan het amuseren. Als we hier zijn, merken we amper dat we een zoon hebben,' lachte Rosa.

'Ja, tof, hè. Nu, David is een heel sociaal kind; thuis heeft hij ook ontzettend veel vrienden.'

Lise sloeg een blad van haar boek om.

'Zeg, Famke zoekt nog iemand om vanavond mee naar de Cocorico te gaan. Een vriendin van haar zou met ons meekomen dit weekend, maar zij werd ziek, en nu is Famke al de hele dag ongelukkig omdat ze vanavond met ons opgescheept dreigt te zitten.' Rosa lachte hartelijk om haar eigen grap. 'Heeft Lise anders geen zin?'

Beide vrouwen keken haar kant uit, haar vader bleef zich schuilhouden tussen de strandspullen.

'Geweldig voorstel, hè Lise? Dan zijt gij er ook eens uit.' Haar moeder richtte zich weer tot Rosa. 'Lise heeft een echt studiehoofd, maar ik zeg regelmatig: ge moet u ook genoeg amuseren. Uw jeugd krijgt ge nooit meer terug.' Haar moeder kon gemeenplaatsen laten klinken alsof ze ze ter plekke bedacht.

Lise was wel eens langs de Cocorico gelopen. Als de deur openging walmde er een streep luide muziek naar buiten. Lises eenmalige bezoek aan een discotheek, met Sanne en Evy nog, was bepaald geen succes te noemen, en ze had Famke nog nooit langer dan een paar minuten gesproken. Zij was bovendien twee of drie jaar ouder, dacht Lise, zij wilde vast niet met haar gezien worden.

'Heel lief van u, maar ik denk niet dat Famke–'

'Tuurlijk wel, ze zal blij zijn met het gezelschap,' antwoordde Rosa die blijkbaar niet deed aan nee aanvaarden als antwoord.

'Dat is dan geregeld,' zei haar moeder. 'Hè Lise, leuk hè?'

Lise probeerde beleefd te glimlachen.

'Kom tegen tien uur maar naar ons, dan kunnen jullie er samen naartoe. Famke zal content zijn.' Rosa sloeg de teenslippers die ze in haar handen hield geestdriftig tegen elkaar, zij permitteerde zich een applausje voor zichzelf. 'Bon, tot ziens allemaal, en tot straks Lise.' Rosa zwaaide nog een keer en ploegde verder door het mulle zand. Haar moeder ging meteen weer languit liggen, de ogen gesloten. Lise wachtte tot de moeder van Famke uit het zicht verdwenen was.

'Zeg, mama!'

'Wat?'

Ze kwam met haar hoofd een beetje overeind en keek Lise met half toegeknepen ogen aan.

'Ik heb geen zin om met Famke naar die discotheek te gaan. Ik heb een hekel aan discotheken, en ik ken Famke niet eens.'

'Dan léért ge haar kennen. Het zou toch goed zijn dat ge hier ook een vriendin had. Zoals David, die jongen–'

'Ja, aan hem zou ik nog eens een voorbeeld moeten nemen, ik wéét het.'

'Ge moet nu weer niet zo kortaf reageren, Lise. Ik zeg het voor uw eigen bestwil.'

Lise beet op het topje van haar balpen.

'En discotheken, wat is daar mis mee? Er speelt lekkere muziek, ge drinkt iets, ge danst een beetje, ge ontmoet mensen.'

'Ik kan niet dansen.'

'Iedereen kan dat. Zelfs uw vader, als hij zijn best doet.'

Haar vader legde het boek op zijn buik.

'Maar als Lise nu geen zin heeft om–'

'Allee, het moest weer lukken, gij schiet natuurlijk weer in de verdediging. Als gij wilt dat uw dochter een eenzaat wordt zoals gij, dan moet ge haar nu vooral stimuleren om niet te gaan.'

Haar vader keek verontschuldigend Lises kant op en nam zijn boek weer vast.

'Temeer, ge hebt het beloofd. Welke smoes gaat ge nu nog verzinnen om eronderuit te geraken? Dat is toch op zijn zachtst gezegd onbeleefd? En we willen geen gedoe met die familie, daar zou David niet blij mee zijn.'

Ze leunde weer achterover. Wat haar betrof was het laatste hierover gezegd. Haar vader gaf geen teken van leven meer. Lise wipte wat zand omhoog met haar tenen. Misschien had haar moeder voor één keer wel gelijk. Misschien moest ze zulke dingen gewoon doen. Misschien ontmoette ze inderdaad nieuwe mensen. Wat was het ergste dat er kon gebeuren? Dat ze zich niet amuseerde, dan ging ze gewoon weer naar huis. Hij die moedig is, is vrij, schreef Seneca. Ze wilde altijd al graag moedig zijn. En vrij.

Lise betaalde voor de twee pisang ambons met sinaasappelsap en wurmde zich tussen de mensen door. Lichamen raakten ongewild het hare, ze concentreerde zich tot het uiterste om niet te morsen.

Ze moest terug naar waar ze Famke had achtergelaten, naast een grote speaker, bij de gang die naar de toiletten leidde. De muziek bonkte. De geur van zweet vermengde zich met die van uitgesproken parfums en sigaretten. Spots in alle kleuren maakten zenuwachtige patronen.

Op de juiste plek aangekomen keek Lise uitgebreid om zich heen. Geen Famke te bespeuren. Misschien was ze even naar de wc. Het beste wat Lise kon doen was hier blijven staan, want als zij nu ook ging rondlopen, bestond de kans dat ze in cirkels om elkaar heen bleven draaien. Er was maar één ding ongemakkelijker dan hier staan, en dat was hier alleen staan. Maar ze hield gelukkig twee drankjes vast, dus konden mensen ook wel zien dat ze geen eenzame sukkel was. Ze nam een slokje en staarde naar de dansvloer.

Een meisje met brede heupen en een flinke kont schurkte tegen een schriele jongen die een massieve gouden halsketting droeg. Een vrouw zat gevangen in een jurk die van plastic leek, maar ze probeerde binnen die beperking toch dapper vrij te dansen. Twee puberjongens maakten verveelde bijtrekpasjes terwijl ze naar een groepje twintigers staarden die manifest stilstonden te midden van al die beweging. Lise moest een diep gevoel van vervreemding klein proberen te maken, tot het paste in die hoek van haar hoofd waar al datgene bestond wat contraproductief was in de dagen.

'Is die voor mij?'

Een atletische jongen met krullend haar griste het glas uit haar linkerhand, nam een slok en glimlachte er stout bij.

'Gij moogt straks een nieuwe halen voor mijn vriendin.'

'Wat?'

Hij leunde naar haar toe en ze herhaalde het schreeuwend in zijn oor. Er kwam per ongeluk wat spuug mee. Als hij dat had gevoeld, was het gesprek meteen voorbij. Maar hij bleef er vrolijk bij kijken.

'Ik neem de volledige verantwoordelijkheid.'

Het waren heel kleine krulletjes, Lise vroeg zich af of een blanke jongen met dat soort haar geboren kon worden. Verder was hij niet lelijk. Waarschijnlijk had hij Famke al gespot toen ze hier samen stonden en was dit zijn manier om met haar in contact te komen.

Famke was objectief mooi. Dat is een kleine categorie, maar voor meisjes als zij was die uitgevonden.

'Ik heb u hier nog nooit gezien, denk ik, kan dat?'

Lise knikte. 'Ik heb een hekel aan discotheken,' riep ze.

Hij lachte.

'En waar hebt ge geen hekel aan?'

Ze kon hem ruiken. Wasverzachter, of parfum die aan wasverzachter deed denken, dat kon ook.

'Aan de geur van wasverzachter, aan rode paprika's als ze rauw zijn, aan lang slapen, aan theater, aan avondlicht in de zomer, aan goeie boeken, aan flauwekul als-ie geestig genoeg is, aan–'

'Leuke gesprekken?'

Ze voelde nu een beetje spuug tegen haar wang. Alleen al uit hygiënische overwegingen vielen cafés te verkiezen boven discotheken.

'Ik vind het woord "leuk" weinigzeggend. Dat gebruikt ge voor muziek die niet stoort, kleding die niemand opmerkt, een kapsel dat een onprettig gezicht ten dele verbergt, zulke dingen, niet? Maar laat ik voor de gezelligheid toch gewoon ja zeggen.'

Lise zette het glas aan haar lippen en keek hem stoer aan. Hij leek geamuseerd, dacht ze, het kon ook een bedenkelijke blik zijn.

'Famke, dat blonde meisje dat bij mij was, komt hier wél vaker.' Ze keek nog eens demonstratief om zich heen. 'Ik weet niet waar ze blijft.'

Hij haalde zijn schouders op.

'Dat ze nog maar wat wegblijft. Ik vind gesprekken met zijn tweeën leuker,' hij beklemtoonde treiterig dat laatste woord. Hij dronk het hele glas in één teug leeg. 'Gaat ge anders even mee naar buiten? Daar kunnen we elkaar tenminste fatsoenlijk verstaan.'

Lise keek hem verbaasd aan. Ze had het goed begrepen. Hij had het haar gevraagd. Haar. Niet Famke. Hij leek het te menen. Ze tuurde nog eens uitgebreid om zich heen, Famke kon toch niet zomaar verdwenen zijn? Als ze naar buiten ging werd de kans dat ze elkaar terugvonden kleiner, maar ja, Famke leek haar ook niet nodig te hebben.

'Ik ben Fabius, trouwens, en ja, ik neem het mijn ouders kwalijk dat ze me dat hebben aangedaan.'

Nu moest Lise lachen.

'Lise,' zei ze.

'Mooi, zullen we?'

Fabius bleek een verpleger te zijn van vijfentwintig, en zijn krullen waren echt, die had hij al van toen hij heel klein was, en hij had wel degelijk liever ander haar gehad. Hij woonde nog bij zijn ouders, maar hij was aan het zoeken naar een appartement voor zichzelf. Hij deed aan hardlopen, bergbeklimmen en hij reed motor. Eigenlijk moest hij een bril dragen, maar die zette hij nooit op, zelfs niet als hij ging rijden. Te veel toegeven aan beperkingen, daar was hij tegen. En Fabius klonk zorgzaam en sterk als hij over zijn werk vertelde, zoals zij hoopte te zijn als het haar zou lukken om arts te worden.

Ze zaten hier vast al een uur, zo samen, op de rand van de dijk, of misschien zelfs al langer. Ze zwegen even, staarden naar een groepje dat stoeide op het strand. Jonge mensen die zich voluit gedroegen zoals van jonge mensen werd verwacht, daar keek Lise altijd met enige verwondering naar.

Opeens begon Fabius te vertellen over zijn broertje dat verdronken was toen ze op vakantie waren, lang geleden. Hij was nog maar zeven. Fabius had hem gezien nadat een vreemde man hem uit het water had gehaald en op de kant had gelegd. Het gras was geel geworden. Fabius had naar dat gras gekeken om het gezicht van zijn broertje niet te hoeven zien, en hij vermoedde dat hij juist daarom de glimp die hij van dat levenloze gezicht had opgevangen nooit meer had kunnen vergeten. Zijn moeder was gebroken sindsdien, zei hij, Lise hoorde veel onverteerd verdriet. Het bleef een hele tijd stil. Ze wou dat ze iets voor hem kon doen. De zee trok zich ruisend terug. Het leek op vrede na een kleine oorlog.

Opeens keek Fabius haar aan, stond op, reikte haar de hand en trok haar omhoog. 'Kom,' zei hij. Lise had het koud gekregen, in beweging komen was een goed plan. Hij hield haar hand vast en begon te lopen. Hij hield er flink de pas in, alsof ze op weg waren naar een plek die hij haar absoluut wilde laten zien. Lise voelde haar hand in de zijne. Ze keek ernaar alsof het niet de hare was. Ze liepen over de zeedijk, er werd maar weinig gezegd, en plots draaide hij een zijstraat in. Hij zweeg, hield halt bij het portiek van een appartementsgebouw. Hij lachte naar haar, gleed met twee vingers langs haar wang en hals. ‘Ge zijt een leuk meisje,’ zei hij. Lise overwoog om op zijn grappig bedoelde woordkeuze te reageren, maar iets zeggen voelde ongepast, dus glimlachte ze verlegen, zoals ze het meisjes in de film had zien doen.

Toen trok hij haar het portiek in en kuste haar. Zijn lippen waren droog en gebarsten. Hij kuste haar opnieuw, en nu gleed hij met zijn tong naar binnen. Ze proefde bier en pisang ambon en tong. Lise wist niet goed wat er van haar werd verwacht, maar ze deed haar best om zijn bewegingen te volgen. Hij keek haar aan, lachte weer en begon haar hals te zoenen, zacht, en toen likte hij, met zijn volle tong, bij haar oor, en in dat oor. Lise bleef stokstijf staan. Had ze vanmorgen wattenstaafjes gebruikt? Ze durfde er geen geld op in te zetten. Dat mocht niet te vaak, zei haar moeder altijd, dan duwde je de boel naar binnen en dan moest je naar de dokter om je oren te laten uitspuiten. Ze moest hem wegleiden van haar oor, maar hoe?

Hij ritste haar jasje open en legde zijn handen op haar borsten. Zij keek om zich heen of niemand hen kon zien. Ze vroeg zich af of hij haar borsten enigszins oké zou vinden. Ze wist niet waar ze met haar handen moest blijven. Ze legde ze op zijn schouders, dat leek logisch en niet onpraktisch. Langzaam liet hij zijn handen zakken en gleed langs haar jasje naar beneden, hij hield halt bij haar kont. Hij kneedde haar achterste door de stof van haar jurk heen en bleef haar kussen. Ze probeerde door haar neus te ademen, ze kon zich niet voorstellen dat ze het goed deed. Zijn tong bewoog soms snel en dan weer langzaam, het was moeilijk om zijn ritme te volgen. Je zou er een cursus voor moeten kunnen volgen, dacht Lise, het was tenslotte belangrijker dan in staat zijn om de tango te dansen.

Fabius ging met zijn handen langs haar heupen en benen en zo steeds lager, tot ze onder haar jurk verdwenen. Lise trok spontaan haar buik in. Dat kon ze maar beperkt volhouden. Een angstwekkende gedachte. Zijn handen klommen langs de binnenkant van haar benen omhoog. Hij bleef haar kussen, stopte af en toe om haar aan te kijken. Hij glimlachte niet, er zat iets ernstigs in zijn blik, en iets wilds ook, waarvan Lise niet goed wist of het goed of slecht was.

Opeens wurmde hij een vinger tussen het elastiek van haar slip en haar huid. Het buik intrekken begon haar al parten te spelen. Hij bewoog plagerig heen en weer, van links naar rechts, ze voelde zijn vinger tegen haar schaamhaar. Hij liet het elastiek zacht tegen haar buik aan knallen en ging weer omhoog. Zou een voorbijganger haar onderbroek kunnen zien? Ze had het koud.

Ze voelde zijn handen weer op haar borsten. Ze lagen boven op haar bh, eerst nog doelloos, maar toen begon hij ze te kneden, harder nog dan haar kont, het deed een beetje pijn. Haar handen lagen daar maar, werkeloos op die schouders, dat was niet hoe het hoorde. Ze wreef gauw wat over zijn rug. Plots hapte hij door de stof van haar jurk naar haar linkerborst en maakte een klein grommend geluid. Met één hand maakte hij in een snelle beweging haar bh los. Ze voelde haar borsten uit de beugels glijden. Hij nam er in elke hand één. Hij stopte met kussen en beet weer naar een tepel. Haar bh hing onhandig om haar schouders. Ze rook zijn milde zweet. Een meeuw krijste. In de verte trok een brommer op.

Hij drukte zijn onderlijf tegen het hare. Ze voelde wat zijn lul moest zijn tegen haar been aan schuren. 'Ik ben zo geil,' fluisterde Fabius in haar oor. 'Gij ook?' Hij drukte zich almaar driftiger tegen haar benen en haar kruis aan. Lise antwoordde niet. Hij nam haar bij de polsen en duwde die boven haar hoofd tegen de muur. Dat had ze niet graag, haar handen moesten van haar blijven. Hij likte haar lippen en duwde zijn tong weer in haar mond. Lise probeerde te blijven ademen met haar ingetrokken buik. Zijn lul leek haar groot, onaangenaam groot, hij maakte snelle bewegingen tegen haar onderlijf. Ze trok haar handen los. Hij gleed razendsnel weer onder haar jurk en trok in een vlotte beweging haar slip naar beneden. Die bleef halverwege haar benen hangen. Lise dacht aan hoe raar dat er moest uitzien. Hij streelde de binnenkant van haar benen. Ze vroeg zich af of benen ook lelijk voelden als ze het waren. Fabius ging onstuimig tekeer. Het werd steeds moeilijker om zijn tong te kunnen volgen.

Lise tuurde de straat in, ze was bang dat er iemand was. Hij legde een hand op haar kut, liet die daar even liggen en bewoog toen zijn vingers zacht op en neer, als om een rimpeling in water te maken.

Lise begreep niet zo goed wat daar het effect van hoorde te zijn, hij hield het best lang vol terwijl hij opnieuw haar oor likte.

'Is dat lekker?'

Lise wou naar achteren wijken, maar botste meteen tegen de muur aan. Opeens voelde ze hoe hij met een van zijn vingers naar binnen gleed, ze wist niet of het pijn deed, ze wist niet wat ze voelde, maar daar en dan, zonder nadenken, duwde Lise hem van zich af. Fabius keek haar aan. 'Sexy meisje,' zei hij, alsof dat een antwoord was op wat zij had gedaan. Dat het al laat was, en dat ze eens naar huis moest, zei ze.

Ze trok haar slip weer op. Hij legde haar haar achter haar oor. 'Toe. Het is nog niet eens halfeen volgens mij. Ik zal voorzichtig...' Hij maakte zijn zin niet af, kwam weer dichterbij en streelde voorzichtig haar linkerborst door de stof van haar jurk.

Lise stamelde dat haar ouders kwaad zouden worden, ze moest echt op tijd thuis zijn. Fabius klonk smekerig, dat hij zo opgewonden was, en zij toch ook, dat kon hij toch merken. 'Dat wel, maar... Ik heb nu geen tijd.' Hij lachte naar haar alsof niks hem kon deren. Hij omhelsde haar en fluisterde weer in haar oor, heel zacht, dat hij, voor wat hij haar wou geven maar een paar minuten nodig had.

Lises adem stokte. Ze voelde zijn gezwollen pik weer tegen haar been drukken, en ze voelde zijn tong in haar hals en de krulletjes tegen haar kin en ze kon niet goed door haar neus ademen en ze duwde hem weg, feller deze keer. 'Sorry,' mompelde ze en ze liep weg, almaar sneller tot ze aan het rennen was, de straat uit, de zeedijk op.

Ze keek niet achterom, ze probeerde te ademen, te luisteren naar het geluid van de zee. Ze zag in de verte een groepje mensen lopen, ze kon niet zien of het mannen of vrouwen waren. Ze wou stoppen om haar bh weer vast te maken, ze haatte dat gevoel van wiebelende borsten. Maar ze liep door en probeerde te vergeten hoe zijn zweet rook, hoe hij naar haar had gekeken, hoe hij het woord 'geil' had uitgesproken, waar zijn handen waren geweest. De kille wind blies de kou in haar gezicht. Ze haatte zichzelf, ze haatte discotheken, ze haatte haar lelijke lijf, ze haatte Famke en haar moeder en ze haatte vooral zichzelf.

8

Er stonden zestien roze kaarsjes op een aardbeientaart met slagroom en er lag een enveloppe op tafel met Lises naam erop. Haar moeder stond er met een stralend gezicht naast, het fototoestel in de aanslag, haar broer zat aan tafel verveeld toe te kijken.

'Hendrik!' Haar moeder brulde naar boven: 'Komen! Nu!' Ze wendde zich tot Lise. 'Ja, ik weet wel dat ge niet wou dat we iets deden voor uw verjaardag, maar helemaal niks, dat kan nu toch niet, hè. Zestien zeg, mijn oudste dochter is zestien.'

Nina beschouwde ze als haar eigen dochter, behalve als ze zonder nadenken iets zei, dat viel Lise wel vaker op. Ze zette haar boekentas neer en trok haar jasje uit. Toen ze vanmorgen wakker werd, had ze aan haar vorige verjaardag moeten denken, toen ze met Evy en Sanne naar de film was geweest en pizza had gegeten. Ze hadden op een bepaald moment zo de slappe lach gekregen dat haar kaken er pijn van deden. Lise voelde haar kaken spannen terwijl ze naar haar moeder glimlachte. Met enige plechtstatigheid ging ze bij de tafel staan en maakte aanstalten om te blazen.

'Wacht, uw vader moet er toch bij zijn.'

'Als ge kaarsjes uitblaast, komen er allemaal bacteriën op die taart, heeft Lise eens tegen mij gezegd.' David strekte zijn arm uit en ging er met zijn hoofd op liggen, alsof hij hier nu al een hele godganse dag zat te wachten, naast die taart met die kaarsjes.

'Maar nee,' zijn moeder sloeg met één hand die bewering weg, als was het een kwalijke vlieg.

'Hendrik!' Ze riep nog harder nu. 'Ja, jongens, mijnheer is weer met iets bezig wat belangrijker is dan wij.'

'Straks zijn die kaarsjes helemaal opgebrand,' zei David.

'Loopt gij met uw jonge benen eens naar boven, en zeg dat hij nu moet komen.'

'Moet dat?' David liet zijn hoofd op zijn arm liggen.

'Ik ga wel,' reageerde Lise.

'Nee, gij zijt jarig, David gaat dat doen. Vooruit!'

David sleepte zich uit zijn stoel en slofte weg.

'En gij, ga maar zitten, daar, ik zal al een foto maken. Misschien terwijl ge uw cadeautje openmaakt.'

Lise vond poseren een van de grotere beproevingen in het leven, maar protesteren zou niet helpen, én dan kreeg ze er haar moeders overredingsspeech bovenop, dus toonde ze zich gewillig. Ze nam het envelopje, maakte het open. Er zat een kaart in met daarop 'je bent jarig', alsof de ontvanger van een verjaardagskaart die nieuwsflash mogelijk had gemist. Onder die boodschap stond een tekening van een enthousiaste giraf, met daaromheen een keer of zeven het woord 'zoenen'. Lise dacht niet dat ze ooit al eens zeven zoenen van haar moeder had gekregen, en ze hoopte niet dat alsnog eens mee te moeten maken. Binnenin stond geschreven: 'Een heel fijne verjaardag, mama en papa', allemaal in haar moeders handschrift. In de kaart zat 500 frank. Lise toonde de buit glimlachend aan haar moeder, zodat die haar foto kon maken.

'Dank u wel, mama.'

'Het is ook van uw vader, hè.'

Lise weerstond de aandrang om te zeggen dat hij als enige kostwinner in zekere zin de enige was die haar dit geld gaf, en bleef glimlachen. Er ging een kaarsje uit.

'Verdomme toch.' Haar moeder stak het kaarsje weer aan. Op dat moment kwamen Lises vader en broer de keuken in gelopen.

'Eindelijk, die kaarsen moeten dringend uitgeblazen. Allee, gaan jullie even bij Lise staan.' Haar moeders fototoestel flitste, al was het hoegenaamd niet donker. 'En nu zingen.' Ze zette als een juf op de kleuterschool traag in: 'Lang zal ze leven', ze gaf aan dat iedereen moest meedoen, 'lang zal ze leven...'

Op de laatste noot blies Lise de kaarsjes uit.

'Maar nu waart ge te snel, ik heb geen foto kunnen nemen.'

'Ge hebt er toch een met de brandende kaarsjes?' probeerde Lise.

Maar haar moeder had al een lucifer aangestreken en stond over de taart gebogen het decor in zijn oorspronkelijke staat te herstellen.

'Geweldig, nog meer bacteriën,' mompelde David.

'Zo,' ze keek voldaan naar haar werk, nam het fototoestel in aanslag. 'Drie, twee, één, ja.'

Lise blies, de flits ging weer af. Die foto's waren gegarandeerd mislukt, wat zou suggereren dat er toch enige rechtvaardigheid bestond in de wereld. Niemand wou met bolle wangen bewaard worden voor later.

'Zo, dan kunnen we nu samen gezellig een stuk taart eten.'

Haar moeder ging aan tafel zitten en gebaarde Lises vader om haar voorbeeld te volgen. Hij nam plaats tegenover Lise.

'Voor mij niet,' zei David.

'Hoezo, voor u niet? Aardbeientaart, dat eet gij toch graag?' Haar moeder sneed de taart in zes stukken, terwijl het er eigenlijk een voor acht personen was. Zij kocht taarten sowieso altijd te groot, zodat je nog wat overhad voor later.

'Aardbeien wel, maar aardbeien met Lises bacteriën niet per se.'

'Jongen, doe nu niet zo flauw, het is feest voor uw zus.'

'Noemt gij dit een feest?'

'Ge snapt goed genoeg wat ik bedoel.' Haar moeder verdeelde de stukken over de bordjes.

'Ik zal hier wel blijven zitten, maar ik hoef gewoon geen taart.'

'Laat hem maar, mama,' zei Lise. 'Maakt toch niks uit.'

Haar moeder schoof met drieste gebaren de bordjes naar hen toe. 'Ik probeer het gezellig te maken, omdat gij geen vrienden hebt om iets leuks mee te doen, dus het minste wat ik verwacht is dat uw broer een béétje meewerkt.'

'Ik zit hier toch,' zei David verongelijkt.

'Dank u wel voor het cadeau,' zei Lise tegen haar vader om de aandacht van haar broer weg te leiden.

Haar vader knikte minzaam, maar zei niks.

'Lekkere taart,' opperde Lise.

'Ja, hè?' antwoordde haar moeder. Er zat slagroom bij haar bovenlip.

'Ja, lekker,' zei haar vader routineus.

'Zo is het toch nog feest,' zei haar moeder. Ze gaf een paar klapjes op Lises hand.

Lise knikte en nam nog een hapje. Ze hield niet zo van slagroom eigenlijk, maar omdat ze zich kon voorstellen hoe haar moeders o-nee-ik-heb-dus-een-verkeerde-taart-gekozenverhaal zou klinken, at ze het toch maar op.

'En hoe was het op school vandaag?' vroeg haar moeder aan Lise.

'Ik heb veel huiswerk,' antwoordde David.

'Heel goed, van hard werken wordt ge slim,' zei haar moeder. Ze keek opnieuw naar Lise.

'Niks bijzonders,' antwoordde ze.

'Ge ziet af, hè, op school,' jammerde haar moeder.

'Bwa... nee, ik kijk gewoon uit naar het moment waarop de middelbare school eindelijk achter de rug zal zijn.'

'Maar dat duurt nog tweeënhalf jaar!'

'Twee jaar en drie maanden,' corrigeerde haar vader.

'Te lang toch om zo te moeten aftellen. En dan is het nog de vraag of ge gaat slagen in uw eerste jaar aan de universiteit. Reken er allemaal nog niet te veel op, want geneeskunde is naar het schijnt aartsmoeilijk, zeker in het begin, en als ge het niet haalt, gaat ge anders wéér een klop van de hamer krijgen.'

'Ik heb morgen een toets Frans én rekenen,' zei David.

'Ik denk dat hij graag naar zijn kamer wil,' reageerde haar vader terwijl hij zijn vork op zijn lege bordje legde.

'Ge bedoelt dat gij verder wilt gaan doen,' zei haar moeder. 'Zeg dat dan.'

'Ik vind het niet erg.' Lise glimlachte. Het is gezellig, maar ik heb zelf ook behoorlijk veel werk, dus...'

Haar moeder depte met een natte vinger de kruimels van haar bordje.

'Zoals ge wilt,' zei ze.

'Maar zo lief van u dat ge dit speciaal voor mij hebt gedaan, mama.' Ze zocht haar moeders blik. 'Dank u wel.' Ze stond op en gaf haar moeder een zoen, die deze met een obligaat in de juiste richting gehouden wang in ontvangst nam.

Haar vader kneep in Lises schouder en zei: ‘Gelukkige verjaardag, hè, *keep up the good work.*’

‘Ja,’ zei Lise.

Ze nam haar boekentas en de kaart met het geld en zag hoe haar moeder nog een stuk taart op haar bordje legde. Zij was nog niet voldaan.

‘Hé, Lise!’ Van Petegem wenkte haar terwijl hij een klaslokaal afsloot. Toegegeven, ze wist dat hij vandaag het laatste uur aan 5B lesgaf, dat had ze eens opgemerkt, en sindsdien liep ze elke dinsdag via deze gang naar buiten. Zo waren ze al wel vaker aan de praat geraakt.

Lise trok haar zo verrast mogelijke o-jij-hiergezicht en bleef staan.

‘Goed dat ik u tref. Gij waart toch jarig gisteren, niet?’

Hij schoffelde in zijn boekentas.

‘Hoe weet gij dat?’ Lise kon het nauwelijks geloven.

‘Ik heb eens in uw dossier gezien dat ge een dag na mijn moeder verjaart, en daarom heb ik dat onthouden.’ Hij haalde een papieren zakje tevoorschijn, zo eentje dat je krijgt als je een postkaart koopt, maar er zat geen kaart in, dat kon ze zien. ‘Voor u,’ zei hij.

Lise legde een hand op haar borst. ‘Echt?’ Ze maakte het papieren zakje open en schoot hardop in de lach. Een sleutelhanger. Van Petegem floot en het ding begon te piepen.

‘Het beste cadeau ooit,’ zei Lise giechelend. Ze bekeek de sleutelhanger van alle kanten. ‘Ik weet niet wat ik moet zeggen.’

‘In uw geval wil dát wat zeggen,’ antwoordde hij met een warme grijns.

‘Zo lief, echt.’

‘Moet gij niet naar huis, Lise?’ De gangen waren inmiddels zo goed als leeg, maar De Maarschalk kwam hun richting uit en riep haar vanuit de verte toe.

Lise stopte het cadeautje snel weg. Van Petegem draaide zich in de richting van zijn collega. Doe dat nu niet, dacht Lise, maar het was al te laat, De Maarschalk hield halt en bleef bij hen staan.

'Kijk, collega,' zei hij, 'wij zijn toch echt te vriendelijk voor de leerlingen. De bel is zeker een kwartier geleden gegaan, en ze hangen hier nog rond.'

'Zou te vriendelijk bestaan, denkt u, ja?'

'Zeer zeker. De jeugd wordt vandaag veel te veel gepamperd.'

'Toch alvast niet door u,' zei Lise. Geschrokken van wat er zomaar uit floepte keek ze op naar de reus die De Maarschalk was.

'Van haar gaan we nog horen, denkt u niet?' zei hij toen. 'Grote mond, maar...'

'Die kans zit er dik in,' knikte Van Petegem.

De Maarschalk keek nadrukkelijk van Lise naar Van Petegem, alsof hij toch nog een vervelende opmerking klaar had. 'Afijn, ik groet jullie,' zei hij alleen maar en hij liep door.

'Heerlijke mens,' zei Lise toen hij buiten gehoorsafstand was.

'Hé, niet roddelen over dierbare collega's, hè, gij met uw grote mond.' Hij grijnsde weer. Toen keek hij op zijn horloge. 'Bon, maar ik moet inderdaad wel eens...'

'Ja, ja, ik ook, maar echt...' Lise haalde de sleutelhanger uit haar zak en draaide hem aan haar vinger in het rond, alsof hij ook kunstjes kon doen. 'Ik ben er superblij mee.'

'Geef toe, geen leven is compleet zonder een terugfluitende sleutelhanger.'

Lise lachte. Hij draaide zich om en liep de andere kant uit. Ze keek hem nog even na, maar toen ze besefte dat ze dat aan het doen was vertrok ze meteen, bang dat hij nog zou omkijken en haar dan zo zou zien staan. Ze slenterde naar buiten. De wind was gaan liggen. Haar fiets stond te wachten. Er zat een veeg blauw in de lucht.

9

Kiki's fluoroze sneakers piepten schril op de houten vloer. Vanuit een onmogelijke houding gaf ze net die mep tegen het balletje waardoor het met een doffe plof in de hoek belandde waar Lise het onmogelijk nog kon raken. Kiki beweerde het echt niet erg te vinden dat Lise nog nooit had gesquasht. Integendeel, zei ze, dat betekende dat zij meer moest lopen. En aangezien ze geen van haar luie vriendinnen bereid had gevonden om mee te gaan, was ze echt blij dat Lise wel had ingestemd.

Lise probeerde zo dapper mogelijk terug te slaan, maar ze vond het even merkwaardig als bijzonder dat Kiki uit vrije wil een avond met haar wou doorbrengen. Het had haar al verrast dat zij en Ruben erop stonden dat ze bleef ontbijten na het oppassen. Lise vond die ochtenden heerlijk. Bij hen leek nonchalante ontspanning de norm. Aya kroop van de ene schoot op de andere, er werd gelachen en over van alles gepraat. En ze hadden een zalig appartement met kunst aan de muren, gezellige sofa's en fauteuils vol kussens en vlotte jazz uit de speakers. Af en toe stelde Lise zich voor hoe het zou zijn om daar te wonen, maar die gedachte drukte ze dan meteen weer weg. Een mens moet weten wat hij aankan.

Kiki zeeg dramatisch op haar knieën na een gemiste bal en kondigde de wedstrijd af die ze niet eens echt hadden gespeeld. Volgens haar had Lise balgevoel. Lise lachte. 'Ja, ik voel het, nog even en ik versla u waar ge bij staat.' Kiki gaf Lise een speels klapje op het hoofd met haar racket en liep in de richting van de douches. Dit was het moment dat Lise had gevreesd. Wat als er een gezamenlijke douche was? Lise was nooit in sportclubs geweest, haar vader hield er niet van, dus mocht ze dat niet, maar ze had het in films gezien: jonge mensen die zich met fluitend gemak naast elkaar stonden te wassen. Zij moest er niet aan denken. Maar dit was een behoorlijk luxueus sportcentrum; hier kregen mensen vast wel privacy.

Kiki duwde de kleedkamerdeur open, Lise keek gespannen om zich heen. Goddank, hokjes. Maar voor Lise opgelucht kon ademhalen realiseerde ze zich dat aan- en uitkleden wel degelijk in deze ene grote ruimte moest gebeuren. Als je je kleren ophing aan de douchedeur werden ze nat. Ze probeerde er niet al te bedrukt uit te zien. Kiki speelde haar sportoutfit uit alsof ze alleen in haar eigen badkamer stond. Wonderlijk hoe onbekommerd zij was, zij die nu ook geen totaal perfect lichaam had. Lise kon zich niet voorstellen dat zij ooit tot dat soort vrede met zichzelf in staat zou zijn. Kiki glipte een hokje in. Terwijl ze onder de douche stond, stak ze een technisch verhaal af over de stuitergraad van verschillende balletjes.

Lise liep naar de ingang van de kleedkamer. Met haar volle gewicht leunde ze tegen de deur, zodat niemand zomaar kon binnenkomen. Handig was het niet om in die houding je kleren uit te trekken, al helemaal niet als het snel moest gaan. Ze liet ze op een hoopje liggen en spurtte naar een hokje. Ze nam zo veel zeep als ze in één hand kreeg en waste zich zo grondig en snel als menselijk mogelijk. Amper afgespoeld rende ze de kleedkamer weer in en begon zich als een gek af te drogen. Ze hoorde Kiki's douche stoppen. Lise rommelde in haar sporttas. Ze had godverdomme éérst haar kleren moeten klaarleggen. Ze haalde alles eruit en het laatste wat ze vond was haar onderbroek. Die trok ze aan, ze viste haar bh uit het hoopje kleren en op dat moment kwam Kiki totaal ontspannen haar hokje uit. Lise draaide zich bruusk naar de muur, alsof er doden zouden vallen als Kiki haar frontaal zou zien. Ze probeerde achter haar rug het slotje dicht te krijgen, maar haar trillende vingers hielpen geenszins. Van pure stress stond ze alweer te zweten; ze hoopte maar dat ze haar deodorant niet vergeten was.

Kiki vroeg of ze even moest helpen. 'Nee!' reageerde Lise te snel en te heftig. Dat het wel ging, mompelde ze er kalmer achteraan. Kiki lachte alleen maar. Zij zag goddank van alles de humor in.

Toen haar bh eindelijk vastzat, kleedde Lise zich verder aan. Pas op het moment dat ze alles aanhad normaliseerde haar ademhaling zich. Kiki deed alsof ze niks merkte, of ze merkte echt niks. Zij deed alles op haar dooie gemak. Lise rolde haar handdoek op met de sportkleren erin en ritste de tas goed dicht zodat er zeker niks ging stinken.

'Kom, vrouw, naar de bar!' zei Kiki toen ze klaar was, alsof ze de troepen een bevel gaf. Lise glimlachte, ze was blij dat ze al haar kleren aanhad, en dat Kiki bestond op deze wereld.

'Maar hoe gaat het nu dan op school, in post-Evy-en-Sanne-land?' vroeg Kiki terwijl ze van haar wijn dronk. Ze had een glas water én een glas wijn besteld, ze mocht zichzelf belonen, vond ze.

'Nog een paar maanden en het zijn examens, en daarna is het schooljaar alweer voorbij. Vervolgens moet ik diezelfde ellende gewoon nog twee keer overleven, en vanaf dan wordt alles beter. Afijn, hopelijk,' lachte Lise.

'Die meisjes, dat was niks voor u. Gij zijt eigenlijk klaar voor de universiteit.'

'Hoezo?'

'Gewoon, gij moet de wereld in. Ik weet niet hoe het komt, maar gij lijkt in weinig op een meisje van net zestien.'

'Vindt ge?' Lise lachte verlegen om haar trots te verbergen.

'Ja, hoe kómt dat eigenlijk?' zei Kiki.

'Een kutjeugd heeft zo zijn voordelen,' grinnikte Lise.

Opeens keek Kiki haar bloedernstig aan.

'Grapje!' zei Lise.

Maar Kiki bleef precies zo naar haar kijken, en perste haar lippen op elkaar.

'Ik heb al tegen Fie gezegd dat ze niet zo op u mag leunen.'

'Dat heeft dan weinig indruk gemaakt.' Lise bleef lachen, Kiki bleef weigeren om in die luchthartigheid mee te gaan, dus ging Lise door. 'Afijn, ik ken haar, hè. Papa zegt ook dat ik me er niet te veel van moet aantrekken, dat ze gewoon regelmatig eens moet kunnen razen of janken. Ik moet aanvaarden dat ze nooit zal veranderen.'

'Zo praat hij over uw moeder tegen u?'

De jongen achter de bar had een grote tatoeage van een spinnenweb op zijn arm. Lise vroeg zich af waarom iemand de rest van zijn leven met een spinnenweb rond wou lopen.

'Voor hem is het ook niet makkelijk, hè.'

'Wat niet?'

'Alles. Eerst verliest hij zijn vrouw, op zo'n manier dan nog, en blijft achter met een kind. En als hij dan opnieuw trouwt, is het met mijn moeder. Dat is wel veel brute pech voor één leven.' Lise probeerde Kiki alsnog in haar bekende flauwekulmodus te krijgen.

'Dus hij is een slachtoffer?'

Lise dacht na. 'Dat klinkt nu al te zielig, misschien. Maar hij is minder sterk dan hij zich voordoet.'

'En gij moet hem redden?'

Lise begreep niet waarom Kiki opeens zo serieus deed. Ze draaide een kwartslag en keek naar de squashende vrouwen in het hok vlak voor hen. Twee mannen becommentarieerden wat ze zagen, Lise was blij dat ze hen niet kon verstaan; aan hun grimassen te zien zeiden ze niks vriendelijks.

'Hè?' Kiki hield vol.

'Ik weet niet waar ge naartoe wilt,' zei Lise zacht. 'Hij heeft mij nodig.'

Ze wist niet helemaal zeker of dat waar was. Soms leek het alsof hij niemand nodig had, maar dat kon gewoon niet waar zijn. Gevoeligheid werd dan misschien wel toegewezen aan bepaalde mensen als een specifieke karaktertrek, maar als Lise van alle boeken die ze had gelezen iets had geleerd, dan was het wel dat elk mens van nature gevoelig is. En haar vader meer dan sommigen, dacht zij.

'Het is niet uw job om voor uw ouders te zorgen. Gij zijt het kind.' Kiki klonk fel.

'Ik ben zestien.'

'Sinds een week en drie dagen.'

'Evengoed.'

'De dochter, bedoel ik.'

Lise nam een slokje van haar tomatensap.

'Het is toch allemaal niet zo erg.'

‘Dat probeer ik u nu juist te zeggen, Lise. Het is wél erg. Het klopt allemaal niet.’

‘Wat niet?’

‘Ik weet het niet precies, de hele dynamiek in jullie gezin. De manier waarop uw vader… Afijn, ik wil niks onprettigs zeggen, het zijn uw ouders, ik begrijp dat ge loyaal wilt zijn, maar…’

Zo kende Lise Kiki niet. Zij had haar woorden altijd klaar.

‘Met mij gaat alles goed.’

‘Is dat zo?’ Kiki keek haar indringend aan.

Lise prutste aan een nagel.

‘Ge zijt zo alleen, Lise.’

Ze keek naar de grond. Ze wist niet wat ze moest zeggen. Kiki vond haar meelijwekkend.

‘Ik ben sterk,’ zei ze zo fel mogelijk.

‘Te sterk.’

‘Er bestaat niet zoiets als te sterk.’

Kiki gebaarde naar de ober. Ze wilde nog een glas wijn. De ober kwam naar hen toe met de fles. Kiki staarde naar het spinnenweb. Normaal zou zij daar tegen die jongen een lollige opmerking over maken, maar nu wachtte ze zwijgend op haar glas.

‘Wat denkt ge nu?’ vroeg Lise ten slotte.

‘Gewoon, dat gij goede dingen verdient.’

Lise glimlachte zo breed ze kon: ‘Ik zit hier toch met u.’

Kiki glimlachte terug. Maar het was geen glimlach zoals Lise die van haar kende. En in haar ogen schemerden alle kleuren grijs van wolken en regen.

10

‘Schatje, het is wel al twintig voor, hè.’ Haar vader riep het naar Lises moeder, die boven bezig was. Het koosnaampje dat hij gebruikte kon zijn irritatie alleen maar verbergen als je die niet wílde horen, op zich wel een kwaliteit die haar moeder zich eigen had gemaakt. Hij kwam de salon weer in, wierp een veelbetekenende blik naar Lise en keek toen naar David. ‘En zet die tv uit.’

‘Waarom? We zitten tóch te wachten.’ David reageerde met de heilige verontwaardiging waarin hij zich had gespecialiseerd.

‘Omdat we zo meteen gaan vertrekken.’

‘Zo meteen, dat is toch niet nu?’

Hij zette koppig het geluid iets harder. Daarop liep hun vader naar de televisie en drukte zonder er nog woorden aan vuil te maken op de uitknop.

‘Zeg! Ik was dat aan het volgen!’

Hij klonk bijna huilerig in zijn brullen, al had dat met daadwerkelijke tranen niks te maken. Op momenten als deze keek Lise naar haar broer met de belangstelling van een bioloog voor een chimpansee. De vanzelfsprekendheid waarmee hij in de contramine ging, als was het zijn godgegeven recht, zij kon het niet begrijpen. Ze wist niet of ze hem erom bewonderde of veroordeelde.

Haar vader reageerde niet, hij wou geenszins de indruk wekken bereid te zijn tot een discussie. Ostentatief mokkend, met zijn armen gekruist, ging David in de hoek van de sofa zitten.

‘Als ge zo voortdoet, dan blijft ge maar thuis. Alleen. Dat zal uw moeder ook leuk vinden, op haar verjaardag.’

De deur van de salon zwaaide open.

'Wat vindt deze moeder leuk op haar verjaardag?' Ze hing haar zelfgemaakte halsketting recht, eentje met opzichtige kralen in de kleuren van haar outfit. Ze liep naar het schoenenrek en nam een beige paar met flinke hakken. 'Waar is die schoenlepel, nu?' Ze keek rusteloos om zich heen. 'Die lag hier,' ze wees naar het rek. 'Lise?'

Lise gebruikte nooit schoenlepels, maar ze ging voor de vorm toch een beetje vaag in de gang staan schoffelen om de sfeer niet te verpesten. Haar vader keek demonstratief op zijn horloge.

'Doe anders die zwarte, schatje?' Hij probeerde het als een warme suggestie te laten klinken.

'Ah nee, bij deze rok?'

Alsof hij had gesuggereerd dat ze in badpak zou gaan, met een zwemband om.

'Mama, dit hemd prikt,' sputterde David.

'Met een gewone lepel dan maar.'

Haar moeder liep op een drafje naar de keuken, nam een eetlepel uit de lade en gebruikte die om haar stevige hielen in de smalle schoenen te wurmen. Lise hield de lepel scherp in de gaten. Die kon nu nooit meer gebruikt worden om mee te eten.

'Mama!'

'Ja, hoezo dat hemd prikt? Dat is gewoon een katoenen hemd.'

'Ik wil een T-shirt aandoen.'

'Hij doet gewoon vervelend, al de hele tijd,' kwam haar vader ertussen. 'En het is bijna tien voor, we gaan echt te laat komen.'

'Maar ge staat zo goed met dat hemd. En we gaan naar een deftig restaurant.'

Haar moeder keek met een smekende blik naar David, en legde ondertussen de lepel op het aanrecht. Toen haar moeder uit de keuken verdween, kieperde Lise 'm in de vuilnisbak. Het idee alleen al dat ze daar toch ooit nog soep mee zou eten, al was het na zeven afwasbeurten, deed haar kokhalzen.

David stond bedrukt naar zijn hemd te staren, hij trok stuurs de kraag weg van zijn huid.

'Allee vooruit dan, haast u.'

David holde zelfvoldaan de trap op.

'Gaat hij nú nog…?'

Haar vader deed al minder moeite om zijn ergernis te verbergen.

'We moeten sowieso nog op Kiki wachten.'

'Nee, echt?' Haar vader liet zijn hoofd hangen, moedeloos, alsof een grote ramp zonet onafwendbaar was geworden. 'Zij komt hiernaartoe? Waarom gaat ze niet rechtstreeks naar het restaurant?'

'Dat is toch onnozel, met twee auto's rijden.'

'Hoe laat hadt ge gezegd dat ze hier moest zijn dan?'

'Awel ja, nu ongeveer, zeker.'

'Zeker? Ge weet toch nog wat ge hebt afgesproken?'

Haar moeder spoot nog wat extra parfum, ze leek onverstoorbaar, niemand ging haar feestje verpesten, dat leek ze zo met zichzelf te hebben afgesproken. Of ze had een paar extra pillen genomen, dat kon ook.

Sakkerend ging haar vader in de fauteuil zitten, languit, alsof hij nu geheid nog een paar uur moest wachten. 'Het is te hopen dat ze onze tafel niet weggeven.'

'Hendrik, ik weet dat ge liever hadt gehad dat ze niet meeging, maar ge zijt uiteindelijk akkoord gegaan, dus gelieve u nu een beetje in te houden de rest van de avond. Ge weet wat ik daarmee bedoel.' Haar moeder sprak kordaat, zoals ze tegen een stout kind zou doen. Toen veranderde ze van toon en voegde eraan toe. 'Echt zo lief dat ge dit doet, en dan ook nog twee Hummeltjes cadeau gekregen. Dat herdertje dat ik al zo lang wou, met die konijntjes, en dan dat meisje dat gitaar speelt, o.'

Haar moeder verzamelde die beeldjes al jaren. Haar vader vond ze lelijk en idioot duur, maar hij had geleerd zijn gevechten te kiezen, dus liet hij haar begaan. Ze had van hem een maximumbedrag gekregen en was ze vervolgens zelf gaan kopen, het was maar iets duurder gebleken dan eigenlijk afgesproken. Ze had ze ingepakt op zijn bureau gelegd, zodat hij ze plechtig kon overhandigen op de feestelijke dag, alsof hij zelf beurzen was gaan afschuimen om ze te vinden. Haar ouders speelden huwelijk, dacht Lise vaak.

David kwam de trap af gedenderd. Hij droeg een wijd wit T-shirt met Bart Simpson erop. Lise zag haar moeder kijken, maar ze zei niks.

'Leuk,' zei haar moeder terwijl ze haar jas aantrok, 'uit eten op mijn speciale dag.' Ze klonk oprecht opgetogen.

Haar vader wenkte de ober al voor de tweede keer. De man knikte stijfjes, waarschijnlijk omdat hij het de eerste keer al had gezien en nu overduidelijk met borden onderweg was naar andere gasten. Toen de ober dan toch aan hun tafel kwam, vroeg haar vader er nog een, terwijl hij de fles uit de ijsemmer tilde die op zijn verzoek naast hem was gezet. Hij tolereerde het niet als obers zich over de wijn ontfermden, dat was zijn terrein. Daarom gingen ze ook altijd naar dezelfde vier, vijf restaurants, het personeel was daar op de hoogte. Lise had die fixatie nooit zo goed begrepen. Haar vader kon discreter bijvullen dan de gemiddelde Engelsman een geurloze wind kon laten, maar dat leverde hem verder weinig op. Haar moeder wist wel dat zij met bestudeerd kleine slokjes – de ideale manier om maat te houden, zei ze vaak, bij voorkeur als Lises vader het kon horen – maar één of hoogstens anderhalf glas had gedronken en hij de rest.

'Meent ge dat nu, Hendrik, nog een?'

Haar vader spreidde zijn handen in grote verwondering.

'We zijn met zijn drieën aan het drinken.' Hij liet 'drieën' klinken als 'honderden'.

'Goed restaurant, hè,' zei haar moeder tegen niemand in het bijzonder.

Kiki knikte en vroeg: 'Hebt ge nu al verteld wat ge van plan zijt?'

Haar moeder glimlachte als een meisje, op de rand van verlegen.

'Dat is nu misschien niet het beste moment.'

'Waarom niet? We zijn hier nu toch allemaal samen.'

Kiki keek stralend de tafel rond, knipoogde naar Lise, alsof zij allebei in het complot zaten, maar Lise wist nergens van.

De ober bracht de fles, liet haar vader opnieuw proeven. De wijn walste in het glas, hij zoog een slokje met veel zuurstof naar binnen, stak nog voor hij iets kon hebben geproefd zijn duim in de lucht en nam de fles van de ober over. Het kon hem niet snel genoeg gaan. Hij schonk uit beleefdheid Kiki nog wat bij, goot zijn lege glas goed vol en stopte zijn schat in de ijsemmer. Ondertussen zat haar moeder toe te kijken met een gezicht waar een fiere lach doorheen schemerde. Ze voelde zich duidelijk aangemoedigd door de aanwezigheid van haar vriendin.

'Wel, ik heb zitten te denken...' Ze bouwde enige suspense op en zei toen: '... dat ik graag zou gaan werken.' Ze praatte met al haar handen. 'Dat hoeft niet per se fulltime te zijn, maar gewoon het idee iets zinvols te doen, iets te hebben om voor op te staan, nu David straks naar de middelbare school gaat, dat lijkt me geweldig.'

Er viel een korte stilte.

'Uw man en uw kinderen zijn geen reden om op te staan?' Haar vader keek naar zijn glas, niet naar zijn vrouw.

'Ja, mijn gezin is vanzelfsprekend het allerbelangrijkste, maar het lijkt me aangenaam om ook contact te hebben met andere mensen, bezig te zijn, zelf wat geld te verdienen.'

'Hebt ge niet genoeg dan?'

'Natuurlijk wel, het gaat me om het totaalpakket.'

Haar moeder prutste aan haar halsketting.

'Heeft zij u dat aangepraat?'

Haar vader hoefde Kiki's kant niet uit te kijken om duidelijk te maken wie hij daarmee bedoelde.

Kiki speelde er meteen op in. 'Zij is niet de aanstoker, kan zij u met een gerust hart melden. Zij vindt het heerlijk om niet te hoeven werken nu haar dochtertje nog zo jong is. Maar ik begrijp heel goed dat de zin om deel te nemen aan het actieve leven de kop opsteekt als zo'n kind groter wordt. Goed toch, van Fie? Ze kan ook gewoon op haar gat blijven zitten en uw loon opsouperen.'

Kiki keek uitdagend naar Lises vader. Lise vreesde dat hij, na de hoeveelheid wijn die hij al ophad, niet gediend zou zijn van dit soort baldadigheid. Ze moest nu iets zeggen.

'En wat zoudt ge dan willen doen, mama?'

'In de videotheek werken,' zei David, 'en dan voor mij elke dag een andere film meebrengen.'

Haar moeder lachte, uitbundig, alsof haar zoon een schitterende grap had gemaakt.

'Nee, ik dacht eerder aan een kledingzaak, misschien eentje voor kinderen, of een parfumerie, een dierenwinkel, of een zonnebankcentrum misschien, een krantenwinkel, een schoenwinkel, afijn zo-iets. Ik wil iets doen waarbij ik veel mensen ontmoet. Dat is ook een van mijn talenten, met mensen omgaan.'

Kiki zat naar het spektakel te kijken alsof ze er geld voor had betaald. Ze grijnsde naar Lise, die haar luchthartigheid benijdde.

'Maar wilt ge ook de kak van beesten ontmoeten? Zo'n puppy in een vitrine, dat ziet er schattig uit, maar zo'n beest ontsnapt niet aan de wetten der natuur, hè. Wilt ge uw dagen werkelijk besteden aan sigaretten aanvullen en kranten op stapels leggen? Met zweetvoeten in afzichtelijke schoenen te helpen? Met jankende kinderen toch die trui te doen passen? Met onaantrekkelijke wijven wijs te maken dat die blouse hen echt beeldig staat?'

Er kwamen twee obers tegelijk aan hun tafel. Gerechten werden afgeroepen, vingers gingen de lucht in. David protesteerde omdat hij frietjes wou en geen aardappelkroketten, waarop Kiki hem de hare aanbood, en haar moeder desondanks de ober meteen opdroeg om een extra portie te brengen. Haar vader schonk nog eens bij.

'Kijkt gij in het algemeen zo vrolijk naar de wereld, Hendrik, of geldt dat alleen voor jobs in de service-industrie?'

Kiki nam met haar vingers één friet van haar bord en doopte die wellustig in het potje mayonaise dat midden op tafel stond. Haar vader volgde argwanend haar hand, alsof het een insect was dat zo meteen in zijn wijn kon belanden.

'Fie is, hoe zal ik het zeggen, een enthousiaste vrouw. Ze raakt helemaal in de ban van origami. Ze spurt naar de winkel, koopt een boek met voorbeelden, een massa van die papiertjes en vouwen maar. Na drie kraanvogels, twee konijnen en een vis heeft ze het gehad, en dan ligt al die rommel daar. Dan gaat ze servies decoreren, en de geschiedenis herhaalt zich. Hoeveel van die hobby's hebt ge gedaan, pakweg de laatste vijf jaar, schat? Kunt gij ze nog tellen?'

'Wat heeft dat er nu mee te maken?' zei haar moeder met haar mond vol.

'Gij wordt alles beu, schat. Alles. Altijd. Bovendien maakt ge u nu een voorstelling van zo'n job die weinig tot niks met de realiteit te maken heeft. Ik zou u willen zien na een week hele dagen moeten staan en omgaan met lastige klanten en dodelijk verveeld achter een toonbank wachten op volk dat niet komt.' Haar vader duwde het vlees op zijn vork integraal in de sauspot. 'Ik moet zeggen: ik begrijp werkelijk niet waar dit opeens vandaan komt. Hoeveel vrouwen zouden er niet jaloers op zijn dat ze een man hadden die meer dan genoeg verdiende, waardoor zij tijd hadden voor een nieuwe hobby per seizoen?'

Kiki vroeg nog wat wijn, die haar vader zuinig inschonk.

Lise legde een hand op haar vaders arm. 'Maar er is niks mis mee dat mama het probeert, toch? Als het niet bevalt, neemt ze gewoon ontslag. Die luxe heeft ze.'

'Wat zitten jullie nu te neuzelen over ontslag, ik moet er nog aan beginnen.'

'Ik bedoel, gewoon, áls het niet zou zijn wat ge ervan hadt gedroomd. Ik bedoel juist dat ge het wel degelijk moet doen, mama.'

Lise zocht haar moeders blik om te verifiëren of ze haar wel echt hoorde.

'Leuk dat ik weer voluit gesteund word door mijn gezin.'

'Ik steun u, mama,' zei David nadrukkelijk, 'en dan wil ik na school naar Benjamin als gij nog aan het werken zijt.'

Kiki wendde zich tot Lises moeder: 'Het gaat niet om uw gezin, het gaat om u. Om gij die op uw veertigste doet wat u gelukkig maakt.' Ze klonk fel, en ze keek ook naar Lise terwijl ze dat zei, alsof ze dit eveneens aan haar wou meegeven.

'Ja, dat is de oplossing, dat we allemaal als dikke egoïsten onze zin doen,' zei haar vader.

Haar moeder legde haar bestek neer en keek hem aan.

'En dat durft gij te zeggen.'

Kiki's glimlach stierf weg. Lise keek van haar moeder naar haar vader en weer terug. Haar vader lachte sarcastisch.

'Ik wil nog frieten,' zei David.

'Ga ze maar opnieuw bestellen, jongen,' zei haar moeder. 'Ze zijn het vergeten denk ik.'

'Gij snapt het niet, hè?' zei haar vader.

Hij stak een stuk zwezerik in zijn mond terwijl hij haar aankeek. Lise kende die blik.

'Wat snap ik niet?' zei haar moeder, die een slokje water nam.

'Wat ik probeer te doen.'

'Nee, dat snap ik niet. Waarom gij hier negatief zit te zijn op mijn verjaardagsdiner. Nee. Raar hè, dat ik dat niet snap?' Ze zette haar glas met een kleine dreun op tafel.

'Blijf nu maar kalm, Fie. Laat hem.'

Kiki legde haar hand op haar moeders arm, zoals Lise het daarnet bij haar vader had gedaan.

Haar vader schraapte zijn keel.

'Ik probeer u te behoeden voor de teleurstelling die de afwijzing teweeg zou brengen. Denkt gij nu echt dat ze op u zitten te wachten? Een huisvrouw van veertig zonder diploma die nog nooit echt heeft gewerkt, wat idiotie in haar jonge jaren daargelaten?'

Haar moeder veegde misnoegd haar servet langs haar mond.

'Awel, ja, dat denk ik, ja. Ik heb veel te bieden. Dat gaan de mensen wel zien.'

Haar vader floot tussen zijn tanden van verbazing. Hij wendde zich tot Lise en zei: 'Ze gelooft het echt.'

Daarop veerde haar moeder op, stak een wijzende vinger uit naar haar man, zoals een amateuractrice het in een sleutelscène van een Griekse tragedie zou doen. Haar onderlip beefde, zag Lise, en toen liep haar moeder zonder iets te zeggen weg van de tafel.

Kiki legde haar bestek neer.

'Goed gedaan,' zei ze en ze holde achter Lises moeder aan. David keek hen na, stak nog snel de laatste frieten in zijn mond en stond toen ook op.

'Het is toch waar? Gij weet dat ik gelijk heb!'

Haar vader keek Lise aan. Ze wist dat haar moeder het haar kwalijk zou nemen dat ze hier bleef zitten. Ze hoopte dat Kiki het kon plaatsen.

'Ik denk–'

'Zij die denkt dat ze zo geweldig met mensen kan omgaan...' Haar vader maakte een verongelijkte beweging met zijn arm. 'Ze lult iedereen de oren van de kop. Ze doet irritant hard haar best om in de smaak te vallen. Ze is, als het erop aankomt, alleen maar met zichzelf bezig. Ze voelt zich door het minste geringste beledigd. Ze heeft totaal geen geduld. Ze kan hoegenaamd niet tussen eender welke twee regels lezen.' Haar vader gooide zijn servet op tafel. 'Maar ik ben weer de kwaaie. Zeker nu haar feministe-van-mijn-gatvriendin erbij is en ze de schijn op moet houden dat ze wel degelijk opkomt voor zichzelf in plaats van naar redelijke argumenten te luisteren.'

'Maar papa, het is ook de manier waarop. Het is mama's verjaardag, en–'

'Keert gij u nu ook al tegen mij?' Hij keek haar aan met een ontregelende intensiteit.

'Nee, maar...'

'Een vrouw die moet gaan werken, dat is een blamage voor een man.'

Lise wikte en woog haar vaders woorden.

'De tijden zijn wel veranderd, hè papa. Niemand ziet dat zo.'

'Het kan me niet schelen wie dat zo gaat zien. Ik zie dat zo.' Hij lepelde de laatste saus met een mes uit het potje. 'Soms weet ik niet hoe ik het hier moet zien vol te houden.'

De schrik sloeg Lise om het hart als hij zulke dingen zei. Wat als haar vader opeens zou vertrekken, hen achter zou laten bij hun moeder en ergens alleen ging wonen? Terwijl hij niet alleen kon zijn, en zich dan dood zou drinken. En zij zou haar moeder moeten ondersteunen en daarin ongetwijfeld falen, en die zou nog meer pillen nemen en als het echt misliep moest ze misschien wel opgenomen worden. Waar moesten ze dan naartoe?

'Papa, luister nu eens. Om te beginnen: negen op tien is dit weer een bevlieging, één van de honderd plannen van mama die ze nooit ten uitvoer zal brengen. En als ze al zou gaan zoeken naar werk, dan is er toch niemand die haar zal aannemen, precies zoals ge zei, ze heeft geen diploma en ze zou zo'n sollicitatiegesprek hoe dan ook verpesten. Dus waar maakt ge u nu druk over? Koop morgen een bos bloemen, zeg dat het u spijt dat ge u vandaag hebt laten gaan, en dat ge bij nader inzien vindt dat ze gewoon moet doen wat ze graag wil, en daarmee is dit hele hoofdstuk afgesloten.'

Haar vader viel stil, staarde wezenloos voor zich uit, nam nog een slok en zei: 'Wat zou ik doen zonder mijn dochter?'

'Stilletjes sterven in de goot,' zei Lise en ze lachte.

Haar vader lachte mee. Een dronken, overdreven lach, maar toch. Opluchting daalde over Lise neer als regen waar de woestijn lang op had gewacht.

Ze stond op en liep naar de parking. Ze zag David balanceren op het smalle muurtje, zijn armen gespreid. Haar moeder stond te roken en Kiki was op haar aan het inpraten. Toen Lise dichterbij kwam, keek haar moeder haar nadrukkelijk aan. 'Ah, gij bekommert u dan toch nog over uw jarige moeder, kijk eens aan.' Lise glimlachte alsof ze iets echt vriendelijks had gezegd en zei dat ze haar vader erop had gewezen dat hij te ver was gegaan. Haar moeder trok sceptisch een wenkbrauw omhoog. Lise vond echt dat ze moest doen waar ze blij van werd. Alles wat haar moeder kon afleiden en vrolijker maken, leek haar meegenomen. Of een job dat voor elkaar kon krijgen was een andere zaak, maar daar ging het nu niet over.

Haar moeder gooide haar peuk op de grond, David sprong van het muurtje en landde vlak naast haar. 'Gaan we terug naar binnen? Ik wil een dessert.' Haar moeder omhelsde haar zoon alsof ze hem in geen tien jaar nog had gezien. 'Alles komt goed, hè mama.' Hij liet het half als een vraag klinken. 'Ja,' zei haar moeder. Een bevestiging had nog nooit zo hopeloos geklonken.

11

Ritmisch een pen tegen haar onderlip aan tikkend zat ze over haar proefwerk scheikunde gebogen. Plots ging de deur open, iedereen keek op. Het was Van Petegem. Ze had hem al meer dan een week niet meer gezien. Tijdens examenperiodes waren leerlingen hier maar halve dagen, en leraren hielden her en der toezicht, het was haar niet gelukt om hem ook maar één keer zogenaamd per ongeluk tegen het lijf te lopen. Maar wat kwam hij hier nu doen? In principe had hij in dit lokaal niks te zoeken, De Maarschalk hield hier al de wacht. Op fluistertoon zag ze de twee leraren overleggen, en opeens kwam Van Petegem zowaar haar kant uit.

'Ik heb hier nog iets voor u,' fluisterde hij en hij schoof een grote enveloppe onder haar pennenzak. 'Ik heb plechtig beloofd dat het geen spiekbrief is. Succes nog.' Lise keek hem verwonderd aan, maar voor ze de kans kreeg om te reageren, had hij al rechtsomkeer gemaakt. Hij trok de deur dicht met een knal, alsof er iets was afgerond. Lise begreep er niks van. Een enveloppe, voor haar? Het proefwerk wiskunde was achter de rug, zou ze dat niet goed genoeg hebben gedaan en had hij een lijstje met werkpunten of zo? Misschien waren het extra oefeningen voor tijdens de zomer, als afscheidscadeautje nu hij naar die andere school vertrok?

Toen hij haar dat nieuws een week of twee geleden in de maag splitste, had Lise haar gezicht in een wenselijke plooi getrokken van blij voor hem en zo, passend bij zijn enthousiasme, maar alleen al de gedachte had haar de adem benomen. Lise was niet gemaakt voor afscheid. Mensen die verdwenen, voor even of voor altijd, ze kon daar simpelweg niet tegen. Ze wist dat hij sowieso volgend schooljaar haar leraar niet meer zou zijn geweest, maar dan zouden ze misschien toch nog in pauzes of na vier uur gesprekken hebben, zoals ze die de voorbije maanden steeds vaker hadden gevoerd. Soms bleven ze nog een vol uur hangen, samen, zittend op een trap of in een klas ergens. Als ze met hem praatte, leek heel even alles mogelijk, werd alles wat loszat weer vastgeschroefd.

Lise vond het een bijna onmogelijke opdracht om de enveloppe onaangeroerd te laten. Ze overwoog om haar proefwerk meteen af te geven, maar ze moest echt zorgen voor hoge cijfers. Focus, zei ze tegen zichzelf. Als een bezetene pende ze antwoorden neer, las niks na en leverde als eerste haar proefwerk in. 'Ah, nu al klaar?' De Maarschalk haalde zijn bekende onderzoekerstoon uit de kast. Lise knikte en liep meteen terug naar haar bank om een gesprek te vermijden. Ze ging zitten. Onrust in haar ledematen. Ze nam behoedzaam de enveloppe vast. Bruin, met alleen haar voornaam erop in zijn handschrift, dun en zwierig, de letters dicht bij elkaar, alsof ze de warmte van de ander zochten.

Voorzichtig scheurde ze de enveloppe open. Er zat een boekje in. Veel wit, wat warmblauw: *En verdwijn met mate.* Zou hij het om die titel hebben gekozen? Zou hij weten dat ze over deze dichter een werkstuk had gemaakt voor Nederlands? Of hadden ze gewoon dezelfde smaak? Ze nam het boekje in haar handen, gleed met een vlakke hand langs de kaft, rook eraan, bestudeerde de achterflap. Toen deed ze het open en zag tussen de tweede en de derde pagina een vel papier zitten, zorgvuldig in vier gevouwen, er was met een nagel druk uitgeoefend op de randen om het zo dun mogelijk te maken. Lise haalde diep adem en vouwde het open.

'Of is dit de reden waarom ge haast hadt?' Lise schrok zich te pletter. De Maarschalk stond opeens achter haar. Alsof hij op zijn sokken door de klas sloop, zo onhoorbaar kon hij zich verplaatsen. Ze vouwde de brief meteen weer dicht en duwde hem terug tussen de bundel. 'Leraar die al eerder gesignaleerd werd met leerlinge geeft zelfde leerlinge gedichten en een brief. Hmm. Interessant,' zei De Maarschalk op gedempte toon. Lise wist dat hem negeren de snelste manier was om het getreiter te doen stoppen, maar zelden kostte dat haar zo veel moeite. 'Leuke man, hè, Jasper?' Hij grijnsde zijn gelige tanden bloot. Met een beetje pech had Lise hem volgend jaar weer voor Engels, ze moest zich koste wat kost inhouden. Hij boog zich voorover, bracht zijn gezicht onprettig dicht bij het hare, zij leunde zo ver mogelijk naar achteren. 'Toch?' Lise keek hem vol geveinsd zelfvertrouwen aan: 'Ach, met dat figuur van mij valt er niks te verwachten. Toch?' Heel even leek De Maarschalk verbijsterd. Lise was bang dat hij haar de klas uit zou sturen. Ze hield haar adem in. Toen kwam hij omhoog en zei dat ze met die vranke muil van haar moest uitkijken, want niet iedereen was zo tolerant als hij. Hij lachte een vuile lach, maar liep evengoed weer naar voren en nam plaats achter zijn lessenaar. Het meisje dat naast Lise zat, was er eentje van een lagere klas, zij had een examen wiskunde, dat deden ze om spieken te vermijden. Ze keek Lise verwonderd aan. Lise glimlachte geruststellend, en toen concentreerde het meisje zich weer op haar proefwerk.

Het was verstandiger om te wachten tot ze buiten was, ver buiten het bereik van De Maarschalk, maar ze moest en zou lezen wat Van Petegem haar te melden had. Ze nam haar cursus geschiedenis uit haar tas, hield De Maarschalk nauwlettend in de gaten, legde Van Petegems brief tussen de bladzijden en ging er zo snel doorheen dat ze amper begreep wat er stond. Ze keek op, zag dat De Maarschalk een andere leerling stond te pesten en las de brief nog eens, kalmer nu. Ze vouwde hem weer dicht en stak hem in haar agenda in haar tas, daar was hij veilig. Ze staarde een tijdje naar buiten, en liet zijn woorden rondwaaien in haar hoofd.

Toen sloeg ze de bundel op een willekeurige bladzijde open. *Kom maar. Kom bij mij.* Las ze. *En laten wij ons samenleggen. En praten zoals de straten hun dagen verslapen. Ook wij zijn gemaakt om elkaar te kruisen. En nergens uit te komen.* Vanuit haar ooghoek zag ze dat De Maarschalk weer begon rond te lopen, dus sloeg ze het boekje dicht en stopte het weg. Ze deed alsof ze in haar cursus geschiedenis las.

Ze vroeg zich af of het denkbaar was dat ze de brief verkeerd had geïnterpreteerd. Of er iets anders kon staan dan de vraag of ze met hem mee wou naar een theatervoorstelling tijdens een festivalletje eind juni, omdat hij niet wou dat haar liefde voor het medium zou bekoelen? Iets anders dan hij die verheugd was dat ze, nu de formele banden tussen hen verbroken waren, normaal met elkaar konden omgaan? Dan hij die schreef dat hij nooit eerder de nood had gevoeld om een band te onderhouden met een leerling, maar dat hij ook nog nooit een leerling had ontmoet zoals zij, wijzer dan te verwachten viel van een zestienjarige, gevoeliger dan misschien goed was voor een mens, dapperder dan nodig zou moeten zijn, boeiender dan veel anderen die hij kende, en dat hij hun gesprekken enorm was gaan waarderen? Iets anders dan dat ze niet moest denken dat ze van hem verlost zou zijn voor ze met bakken zelfvertrouwen was gestart aan die opleiding geneeskunde? Hij sprak zich uit over de toekomst. Als De Maarschalk niet door de klas aan het paraderen was, zou ze de brief een keer of zeven opnieuw lezen om te controleren of ze zichzelf niks zat wijs te maken. Maar nee, ge kunt toch lezen. Haar buurmeisje keek Lise vreemd aan. Ze had het verdomme hardop gezegd. De Maarschalk staarde haar kant uit, en Lise keek gewoon terug, alsof niks haar kon deren. Hoe raar ze het ook vond, Van Petegem wilde met haar op stap. Met haar. Niks anders was nog van belang.

12

'En ik sta daar, in een RIB-boot – dat is een soort rubberboot met een verharde vloer die enorme snelheden kan halen – en ik draag een thermisch pak, waarvan ik mij niet wil afvragen wie daar voor mij in heeft zitten zweten, en ik ben als een waanzinnige door mijn knieën aan het buigen om de gigantische schokken van die golven op te vangen. En op mijn smoel heb ik een soort duikbril die we verplicht moeten opzetten, omdat opspattend water echt kan snijden bij zo veel kilometer per uur, maar al na tien minuten is dat kreng totaal beslagen...'

Alleen al om het gezicht dat Jasper Van Petegem erbij maakte moest Lise lachen.

'En voor mij staat die overenthousiaste Oekraïner van twee meter twee, die het nodig vindt om zichzelf recht te houden door niet vooraan de daarvoor bedoelde stang vast te grijpen, maar de rugsteun achter hem, waardoor zijn arm het beetje zicht dat ik nog heb belemmert. Niet dat er verder op die oceaan iets gebeurt, behalve wat saaie vogels is er niks te zien, laat staan dat er een walvis te spotten valt. En die boot blijft maar op en neer gaan en ik denk aan de pil tegen reisziekte die ik heb genomen, ook al was die voor de mietjes, eigenlijk, en ik zeg tegen mezelf: ge moet níet kotsen, níet, dat is simpelweg onmogelijk.'

Lise vond het geweldig dat hij niet de minste poging deed om zich stoerder voor te doen dan hij was geweest.

'En die Oekraïner brult iets wat lijkt op *jihaa*, waardoor de bestuurder van die boot zich blijkbaar aangemoedigd voelt om nog scherpere bochten te maken, en ik moet me beheersen om niet terug te roepen: *knock it out, for fuck's sake*, want mijn maag protesteert met almaar meer overtuiging. Ik krijg het gevoel dat het een kwestie van tijd is voor mijn spek met eieren tegen het thermisch pak van die Oekraïner aan zal spatten. En ik probeer recht vooruit te blijven kijken, in de hoop dat dat helpt tegen de misselijkheid. Zelfs al zou er plots een orka of een bultrug opduiken, mij kan het op dat moment allang geen hol meer schelen, ik wil gewoon zonder... Fuck!'

Opeens draaide Van Petegem bruusk naar links, vloog op de rem, hield zijn rechterarm beschermend voor Lises lijf, en kwam piepend langs de weg tot stilstand. Toen ze stilstonden greep hij weer met beide handen naar zijn stuur, alsof dat hem houvast kon bieden. 'Hebt ge dat gezien?' Lise opende haar mond om iets te zeggen, sloot hem weer, deed hem weer open, maar er kwam niks. Ze was een vis. Ze durfde niet helemaal zeker te weten wat 'dat' was. Ze hoopte niet dat het wel degelijk het lichaam van een vrouw was geweest dat ze de lucht in had zien vliegen, nadat de auto vlak voor hen haar had aangereden.

Van Petegem checkte of Lise oké was, zei dat ze kon blijven zitten, dat hij wel zou gaan kijken. Hij maakte gejaagd zijn gordel los en holde de weg op. Lise stapte uit en keek hem na. Onder een hemel zonder sterren, met een dunne maan en de eerstvolgende lantaarnpaal een heel eind verderop was het behoorlijk donker. Ze zag een silhouet in de schemer. De vrouw lag naast de weg, op een lege parkeerstrook. Van Petegem ging op zijn knieën bij haar zitten.

De auto die het ongeluk had veroorzaakt, stond een paar honderd meter verderop stil. De chauffeur had de vrouw vast niet gezien. Het was ook een erg merkwaardige plek om over te steken. Lise vroeg zich af hoe hij zich moest voelen, ze begon die kant uit te lopen. Een ziekenwagen hadden ze nodig, maar waar vond je hier een telefoon? De enige gebouwen die ze zag waren bedrijven, nergens brandde er licht. Toen ze bij de auto aankwam, zag ze een man lijkbleek voor zich uit staren. Lise klopte zacht op het raampje. Hij draaide het open, alsof uitstappen geen optie was.

Lise vroeg of het ging. De man greep met zijn hand naar zijn hals, zei niks. Lise maakte de deur open, frisse lucht zou hem goeddoen. Waarop hij een wankel been op de grond zette, en pas daarna het andere, alsof hij er niet meer op durfde te rekenen dat hij gewoon zou kunnen lopen. Het was een ronde man met een groot hoofd en korte benen, formeel gekleed, alsof hij van een vergadering kwam. Hij legde zijn handen op zijn knieën en boog voorover, bleef een tijdje zo staan en kwam schokkerig zuchtend weer omhoog, hij ademde nog altijd hoog. Dat hij niemand had gezien, dat hij echt aan het opletten was, maar dat ze daar opeens was, uit het niets, knal op zijn voorruit en weg. Hij klonk even fel als radeloos.

De man draaide zich om, staarde naar de plek waar het gebeurd was. 'Is ze oké?' Lise haalde verontschuldigend haar schouders op, zij wist het ook niet. 'Maar uw vriend is bij haar?' Lise bleef haken aan de woorden 'uw' en 'vriend', maar bevestigde toch maar. Ze moesten een ziekenwagen bellen. De man bleek iemand te kennen die vlakbij woonde. Lise vroeg of ze met hem mee moest. Een paar tellen keek hij doelloos om zich heen, alsof hij de pro's en contra's eerst moest afwegen, toen schudde hij zijn hoofd en verdween op een drafje. Zo loopt iemand die op de vlucht is voor zijn eigen machteloosheid, dacht ze. Toen rende ze terug naar Van Petegem.

Lise was een paar meter van hem verwijderd toen hij opeens riep: 'Blijf daar!' Hij maakte een stopgebaar met zijn vlakke hand en klonk dwingend, strenger dan ze hem ooit had gehoord. Toen zag ze hoe hij zijn jas over het hoofd van de vrouw legde. Lise wilde niet begrijpen wat dat betekende. Van Petegem stond op, zette een paar stappen opzij, bleef met zijn rug naar Lise toe staan. Ze hoorde hem vloeken.

Ze weifelde, stapte toch op hem af, ging vlak voor hem staan. Zo veel ontreddering in de lijnen van zijn gezicht. Ze wou dat ze wist wat ze moest doen, of zeggen. Ze wou dat de vrouw gewoon zou opstaan, nu, en dat het allemaal niet zo erg bleek te zijn. Dat ze hem de voorbije minuten had bijgestaan. Dat ze niet net op dit moment hier voorbij waren gereden. Ze wou dat het leven van die chauffeur er niet blijvend door getekend zou zijn. Ze zag in haar ooghoek dat lichaam in die rare houding, met zijn jas over het hoofd, en Lise begon te huilen. Van Petegem trok haar naar zich toe en nam haar in zijn armen. De wind waaide. De vrouw was dood. De stad bleef stil. De armen hielpen.

Ze waren het eerste het beste café dat ze zagen binnengestapt. Van Petegem kon niet gewoon meteen weer de auto in en verder, had hij gezegd.

Ze hadden gewacht tot de chauffeur terug was, buiten adem van dat heen en weer rennen. Hij had de 900 gebeld, zei hij, ze zouden er zo meteen wel zijn. Hij begon te praten en bleef ratelen, herhalen dat ze uit het niks kwam, dat hij in meer dan dertig jaar nog nooit een ongeluk had gehad, zelfs geen blikschade. En opeens zweeg hij, midden in een zin. Misschien omdat hij zich toen pas realiseerde wat het betekende dat zij beiden bij hem stonden. Zijn hoofd draaide in de richting van de vrouw, en zijn benen leken het te begeven. Hij zeeg neer op het koude asfalt. Hij zat daar en zei niks meer, hij versteende.

Iets later was de ambulance gearriveerd, en daarna een politiewagen. Lise en Van Petegem moesten uiteindelijk een voor een de combi in om een getuigenverklaring af te leggen. Terwijl Lise hem zag zitten, in de uitsnijding van de raampjes van die politiewagen, vroeg ze zich af of hij niet koud had, zo zonder jas, en of hij er ook van zou dromen vannacht.

De agent had hun een kaartje gegeven van een dienst die ze konden bellen als ze bijstand nodig hadden, zo had hij dat genoemd. Lise vond 'bijstand' een goed woord, iemand die bij je komt staan, dat is precies wat echt kan helpen. Ze had het kaartje aan Van Petegem gegeven, ze wist dat ze het zelf niet zou gebruiken.

Toen ze mochten vertrekken, lag de vrouw daar nog altijd, op die grauwe weg, alleen, alsof iemand haar vergeten was in het donker. Of hij zijn jas niet terug wilde, vroeg de politieman nog. Van Petegem had alleen maar zijn hoofd geschud.

En nu, in dit café, tegenover haar aan een klein tafeltje, zag hij er totaal afgepeigerd uit. Hij nam een paar flinke slokken en zette het glas met enige bombarie weer op tafel. Hij vroeg haar of ze het lust-te, die Chouffe, zo zonder cola. Hij probeerde een glimlach. Lise knikte, maar eigenlijk wist ze niet of ze het lekker vond. Ze vielen stil, even, maar het was geen stilte die tussen hen in lag, als te diep water, het was de gedeelte stilte van te veel gedachten na al dat te-veel in deze dag.

De cafébaas bracht drie grote pinten naar het tafeltje naast hen, maar hij gluurde hun kant uit, hij keek van haar naar Van Petegem en weer terug. De nieuwsgierigheid van vreemden. Op zijn onder-arm had hij een tattoo van een vrouw met absurd grote borsten, Lise wilde er niet naar kijken.

'Haar ogen waren wijd opgesperd, te wijd eigenlijk, voor een mens,' zei Van Petegem opeens.

Lise probeerde het zich voor te stellen.

'Alsof ze totaal verbaasd was over wat haar overkwam.'

Hij gleed met zijn hand langs zijn kin.

'Was ze op slag dood eigenlijk?' vroeg Lise.

Hij schudde het hoofd, zuchtte. 'Ik heb tegen haar gepraat. Dwaze dingen gezegd. Gewoon zodat ze zou weten dat ze niet alleen was.'

Lise vroeg zich af wat die dingen dan waren.

'Alleen zijn is het ergste,' zei ze.

'Ja, toch? Ge zoudt toch willen weten dat er iemand was, op dat moment, desnoods een volstrekte vreemde?'

Lise wou haar hand op de zijne leggen, of op zijn schouder, iets, maar dat durfde ze niet.

'Ge hebt iets belangrijks gedaan, iets goeds en belangrijks.'

Hij wuifde het weg. 'Ik weet niet eens of ze mij kon horen.'

Hij begon te staren. Ze vroeg zich af welke beelden hij nu voor zich zag.

De mannen aan de tafel naast hen moesten lachen, en gingen plots ook harder praten, tot er uiteindelijk een opstond. Hij maakte de knoop van zijn broek al los en verdween naar de toiletten. Het voelde als een inbreuk op hun dichtbije samen.

'Misschien wou ze dood.' Meteen toen ze het had uitgesproken, kreeg Lise al spijt.

Van Petegem keek haar aan, niet met verwondering weliswaar, eerder aandachtig.

'Ik weet het niet, maar misschien,' voegde Lise eraan toe.

'Het was wel een bizarre oversteekplaats. En dan op dat uur.' Hij fronste zijn wenkbrauwen. 'Of misschien had ze gedronken.'

'Hebt ge daar iets van gemerkt?'

Hij maakte een weifelend 'zou kunnen'-gebaar.

De kerel kwam terug van het toilet met een sigaret in zijn mond en een troebele blik. Hij gluurde naar hun tafel, wat Lise een onbehaaglijk gevoel gaf.

'Als ge dood zijt, hoeft ge u ook nergens meer zorgen om te maken.' Lise draaide de voet van haar glas van links naar rechts en weer terug.

Van Petegem zocht haar blik. Ze kon de zijne niet lezen. Toen schoot hij opeens in de lach. 'Gij kunt echt rare dingen zeggen, zeker voor zo'n jong meisje.'

'Ik ben dan ook een raar meisje.'

'Ik vergeet gewoon altijd hoe jong gij zijt. Ook nu, hoe gij omgaat met de dingen. Gij zit mij hier een beetje gerust te stellen, dat is eigenlijk de omgekeerde wereld.'

Lise keek verlegen naar haar handen.

'Zijt ge nu niet kwaad op mij, dat ge dit hebt moeten meemaken? Ik ben wel degene die u mee heeft gevraagd naar die theatervoorstelling.'

'Héél kwaad, dat ziet ge toch.'

Hij lachte.

'Ik ben blij dat ik mee mocht,' voegde Lise er voor de zekerheid aan toe.

'Eén ding moet ge mij wel beloven, vanaf nu,' zei hij en hij stak een plechtige vinger in de lucht.

Lise keek hem aan, ernstig.

'Dat ge mij vanaf nu gewoon bij mijn voornaam noemt, in plaats van te proberen te vermijden dat ge mij iets moet noemen.' Hij reikte haar de hand. 'Ik ben Jasper.'

Ze nam de hand aan.

'Oké dan, Jasper.'

Hij legde zijn andere hand om de hare, waarop zij dat aarzelend ook deed. En zo bleven ze even zitten, daar, in dat café met die vieze vloer en die foute muziek en die stoere barman.

'Wij leven nog,' zei hij terwijl hij weer losliet.

'Ja.'

13

Lise zag de enveloppe al van ver liggen op de krant. Sommige aanblikken gaan voorbij het plezier, ze vervullen, zwepen op. Jasper schreef prachtige brieven, dit was al zijn derde in amper twee weken. Haar ouders dachten dat Lise in de vakantie haar wiskundeoefeningen kreeg toegestuurd. Ze nam de enveloppe en zag dat de krant nog ongelezen was. Vreemd, op dit uur.

'Mama? Ik ben terug!' Lise liep door de woonkamer naar de keuken, en vandaaruit via de veranda naar de tuin. In de hal riep ze naar boven: 'Papa?' Normaal zat hij nu in zijn werkkamer te researchen of aan zijn essay te schrijven, maar hij gaf geen teken van leven. Lise wapperde met de enveloppe, ze vreesde dat er iets aan de hand was. Ze liep de trap op, klopte aan, wachtte. Haar vader hield er niet van als er iemand binnenkwam zonder zijn toestemming. 'Papa?' Ze legde haar oor tegen de deur. Daarbinnen was het muisstil. Misschien was hij in slaap gevallen in zijn chaise longue. Ze maakte behoedzaam de deur open. De ruimte was leeg.

David kwam uit zijn kamer en zei dat ze weg waren, hij had geen idee waar naartoe. Hun moeder was met de auto vertrokken, en hun vader iets later, met zijn fiets. Hij sprak het woord fiets uit alsof het besmettelijk was, hun vader had in geen jaren nog op een fiets gezeten. Zelfs om naar de bank te gaan, twee straten verderop, nam hij de auto. Dat ze raar deden, vond David, en dat hun moeder had gehuild.

Hij wou terug naar Benjamin, al was hij daar al de hele middag geweest. Hij nam de klaaglijke toon aan die bij hun moeder vaak werkte, zij was gevoelig voor al wat klonk als onheus veroorzaakt leed. Lise deed hem beloven dat hij ten laatste tien voor zes weer thuis zou zijn. Hij zuchtte verontwaardigd van ja. Hij wist natuurlijk net zo goed als zij dat er op het juiste tijdstip gegeten moest worden als ze hun vaders humeur niet om zeep wilden helpen. Haar broer holde de trap af, griste zijn skateboard mee en trok met een ruk de deur achter zich dicht.

Wat zou er aan de hand zijn? Ruziemaken deden ze 's avonds of 's nachts, als drank haar vaders eeuwig opgetrokken handrem had losgekoppeld, als haar moeder het na een dag lang zwijgen niet meer hield.

Lise ging weer naar beneden. In de gootsteen stonden haar vaders wijnglas en twee aperitiefglazen. Als haar vader overdag in zijn eentje dronk, stelde hij zijn glas niet zo tentoon. Dus was er iemand op bezoek geweest, maar ze zou niet weten wie dan. Haar vader deed niet aan vrienden, en Kiki zou nooit met hen beiden alcohol drinken overdag. Lise keek zorgelijk om zich heen. Ze voelde de monsters die in dit huis in alle kasten zaten, loerend door spleten en kieren, klaar om haar te besluipen. Maar nu was ze tenminste voorbereid.

Ze liep de tuin in. Wat er ook speelde, zij ging nu Jaspers brief lezen. De zon stond hoog. Ze ging op de schommel zitten met haar voeten in het gras en wiegde zacht heen en weer. Hij had drie kantjes volgeschreven. Drie. Ze rook aan het papier, dat alleen naar papier bleek te ruiken, en begon te lezen. Toen ze bij het einde kwam, ging ze meteen weer naar het begin. En daarna nog eens. Dit was de mooiste van de drie, vond ze.

Ze begreep niet waar ze dit aan te danken had, of waar zijn belangstelling voor haar vandaan zou kunnen komen. Het was alleen maar een kwestie van tijd voor Jasper zag wie ze echt was, dat wist zij ook wel. Ze waren inmiddels al drie keer samen weg geweest. Haar ouders dachten dat ze dan afsprak met een groepje klasgenoten dat haar af en toe eens meevroeg, al was Lise met geen van hen echt bevriend. Zo had ze dat geformuleerd, en er waren geen vragen gesteld.

Elke keer als ze afscheid van hem nam, bereidde ze zich erop voor dat ze hem misschien nooit meer terug zou zien. Elke keer als hij haar belde, zogenaamd om gemaakte oefeningen wiskunde te bespreken, nam Lise de telefoon mee naar haar kamer. Als ze tegen de deur aan bleef zitten, was het snoer net lang genoeg. En elke keer als ze hem had gehoord, prentte ze zich in dat de kans bestond dat dit de laatste keer was geweest. Telkens wanneer ze een brief verstopte in de doos waarop 'geneeskunde' geschreven stond, omdat ze wist dat haar moeder een hekel had aan foto's of zelfs tekeningen van skeletten of ingewanden, stond ze er even bij stil dat de collectie nu compleet kon zijn. In dit leven moest je je wapenen, realistisch blijven. Maar ondertussen probeerde ze des te blijer te zijn met alles wat er was.

Toen ze een eerste zin had bedacht voor een antwoord, spurtte ze naar haar kamer. Ze nam een wit papier en een pen, aarzelde even over de aanspreking, maar schreef uiteindelijk op: 'Dag Jasper'. Ze maakte de J zwierig lang. Op dat moment hoorde ze de voordeur. Hakken tikten op de tegelvloer in de gang. Eigenlijk moest ze nu gaan kijken hoe het met haar moeder ging, de juiste vragen stellen en ondersteunend knikken. Maar officieel wist zij nergens van, dus kon ze ook zogenaamd nietsvermoedend blijven zitten en doorgaan waar ze mee bezig was.

Amper tien minuten later hoorde ze haar moeder de trap op komen. Lise zette zich schrap. Een paar tellen en ze zou binnenvallen, op haar bed gaan zitten en al dan niet in tranen vertellen wat er nu weer was gebeurd. Maar ze hoorde de stappen naderen en weer verdwijnen. Haar moeder ging de ouderlijke slaapkamer binnen. De deur werd dichtgetrokken. Die liet haar moeder eigenlijk altijd minstens op een flinke kier. Lise had zich vaak afgevraagd waarom. Ze deed het ook wanneer ze zich stond aan te kleden. Wanneer Lise 's ochtends naar de badkamer liep werd ze ongevraagd geconfronteerd met haar moeder die twee enorme, slappe borsten in een bh tilde, of voorover gebukt stond om een nylonkous aan te trekken terwijl de rollen rond haar buik lillend gehoorzaamden aan de wetten van de zwaartekracht.

Vanuit hun kamer hoorde Lise gerommel dat ze niet kon thuisbrengen. Ze spitste haar oren, beet op haar pen tot het kraakte. Ze checkte de wekkerradio. Negen voor zes. David was nog niet terug, haar vader zou nu wel heel gauw komen, dat kon niet anders. In de slaapkamer van haar ouders was het stil geworden. Lise vroeg zich af of dat een goed of een slecht teken was. Ze keek nog eens naar de wekker.

Het was negen over zes toen ze David hoorde. 'Thuis!' riep hij zonder een antwoord af te wachten. Een paar minuten later schalde de tv alweer. Dat haar broer het niet vreemd leek te vinden dat de tafel niet gedekt was en er beneden niemand rondliep, verbaasde haar geenszins. Hij leek een manier te hebben gevonden om in dit huis rond te lopen alsof hij nergens echt deel van hoefde uit te maken, alsof het volstond om af en toe zijn moeder ter wille te zijn, op juiste momenten op te gaan in het behang en verder zoveel mogelijk te verdwijnen, naar Benjamin, de sportclub, de jeugdbeweging. Haar broer mocht wat zij nooit had gemogen, daar had zij bij haar vader voor gepleit.

Ze staarde uit het raam. Een duif vloog aan, ging op het dak van de veranda zitten, trippelde heen en weer, alsof hij een inspectie uitvoerde. Hij koerde. Lise vroeg zich af of duiven eenzame beesten waren. Je zag ze alleen in het gezelschap van soortgenoten als iemand ergens brood had gestrooid, anders nooit.

Om kwart voor zeven was haar vader er nog steeds niet, en haar moeder zat nog altijd in de slaapkamer. Er moest nu iets gebeuren, dit was echt niet meer normaal. Lise liep naar beneden om te vragen of David honger had. Hij wilde pizza. Hij liet geen kans onbenut om misbruik te maken van de situatie, zo was hij wel. Ze stak een diepvriespizza met champignons in de oven en zette de eierwekker op het tafeltje bij de televisie. Toen keerde ze terug naar boven en klopte aan bij haar moeder. Ze hoorde niks, maar ging toch binnen.

Haar moeder had de gordijnen half dichtgetrokken en zat op bed te roken. Een geur van zweterige slaap en sigaretten kwam haar tegemoet, Lise bleef in de deuropening staan. Haar moeder keek alsof ze alle wereldleed in haar eentje liep te dragen, maar dat goed probeerde te verbergen omdat zij nu eenmaal zo iemand was. Haar ogen dof, haar wenkbrauwen in een gepijnigde frons, haar onderlip nerveus.

'Alles in orde, mama?'

'God ja, dat moet, hè,' antwoordde ze en ze perste een klein glimlachje tevoorschijn.

Lise maakte haar stem zachter.

'Het is al kwart voor zeven en papa is er nog niet.'

Ze wist dat ze eigenlijk eerst naar haar had moeten vragen, maar ze was echt ongerust. Haar moeder tikte de as van haar sigaret en hield haar blik op de asbak gericht.

'Als ge honger hebt, er is nog brood van gisteren, en kaas en vleessla en tonijnsla en–'

'Maar het is toch raar dat hij er nog niet is? Ik bedoel, misschien is er iets gebeurd? David zei dat hij de fiets heeft genomen. Waarom heeft hij dat gedaan?'

'En dat zou ik moeten weten?' Ze liet het klinken alsof zelfs het paren van de goudvis haar meer zou interesseren.

'Maar wat als er iets mis is?'

'Er is niks aan de hand. Vroeger ging hij vaak fietsen, met Nina en later ook met u. Weet ge dat niet meer?'

Haar moeder stak de sigaret in haar mond en trok met beide handen haar jurk naar beneden, terwijl ze haar achterste een tikje oplichtte. Ze zag eruit als een cowboy in een ouderwetse Amerikaanse film.

'Mama, wat is er aan de hand? Ge doet raar.'

'Maar nee.'

Haar moeder keek met holle ogen naar nergens.

'David vond het ook. Hij maakt zich evenveel zorgen als ik.'

Dat laatste verzon ze erbij in de hoop meer indruk te maken.

'Is er iets gebeurd of zo?'

Voor het eerst keek haar moeder haar recht aan. 'Dat moet ge maar aan uw vader vragen.' Ze drukte haar sigaret uit en lachte geforceerd, schokkerig, zoals mensen kunnen doen als ze stomdronken zijn.

'Mama, alstublieft, ge maakt mij echt...' Lise maakte een gefrustreerd geluid dat alle woorden moest vervangen die ze niet kon vinden.

'Maak u niet druk, schat, hier blijft alles uiteindelijk altijd zoals het was, dus.'

In die laatste zin gloorde de boosheid die ze zo goed kende van haar moeder, dat stelde haar op een vreemde manier gerust.

'Komt ge naar beneden?'

'Straks,' zei ze en ze tilde haar benen op het bed en ging languit liggen, met een paar kussens in de rug. Alsof zij in haar eentje een zitstaking ging houden.

Lise vertrok. In de woonkamer maakte de tv irritante tekenfilmgeluiden, David lag als een zombie te kijken, de eierwekker tikte. Lise wist dat het totaal geen zin had, maar ze liep de oprit af en stond op straat naar links en naar rechts te turen. Ze overwoog om haar vader te gaan zoeken, om de universiteit te contacteren, om de ziekenhuizen in de buurt te bellen. Stel u niet aan, zei ze tegen zichzelf. En toen liep ze naar buiten, tot op de hoek van de straat, om te gaan kijken of hij echt niet kwam aanrijden.

Terwijl de aftiteling over het scherm rolde, maande Lise haar broer aan om te gaan slapen. Hij protesteerde en bleef languit in de sofa naar het scherm liggen staren, alsof al die namen hem werkelijk boeiden. Tegen haar zin had ze met David naar *Jurassic Park* gekeken. Hij had het haar gevraagd. Hij wou waarschijnlijk dat de dingen leken op hoe ze anders waren, en 's avonds keek hij met hun moeder tv. Lise kon zich toch niet concentreren op haar boek, dus had ze ja gezegd. Haar moeder was nog even naar beneden gekomen. Ze had hen amper aangesproken, en zichzelf getrakteerd op vier bollen ijs met chocoladesaus. Ze werkte de hele zwik in een noodgang naar binnen en daarna had ze zich boven geïnstalleerd aan haar breimachine. In de gang kon je het ritmische geratel horen van een trui in wording. Lise hoopte dat het er een voor haar broer zou zijn.

Lise deed een nieuwe poging, ze probeerde beslister te klinken. 'Ja, ma,' zei David uiteindelijk verontwaardigd. Hij kwam moeizaam overeind en sleepte zich naar de deur. Zonder nog iets te zeggen verdween hij naar boven.

Lise zette de televisie uit. Dat het iets was met gerecreëerde dinosaurussen waarmee alles misloopt, meer kon ze over de film niet navertellen. Ze had met één oog de oprit in de gaten zitten houden.

Ze had gecontroleerd of de hoorn goed op haak lag, voor als haar vader hen wilde bereiken.

Lise stond op, keek op de klok. Ze wou dat ze iemand kon bellen. Ze staarde naar buiten zonder echt te kijken, en opeens zag ze een flauw lichtje in de schemer. Ze veerde op, holde naar buiten. Twintig over tien en eindelijk was hij daar.

'Papa!' Diepe opluchting deed haar stem hoger klinken.

Hij stapte af en liep met de fiets aan de hand in de richting van de garage en mompelde iets onverstaanbaars.

'Ge zijt zo lang weggebleven. We wisten niet waar gij waart.'

'Ge moet nu toch niet ongerust zijn omdat ik eens een kwartier niet thuis ben.' Hij fronste zijn wenkbrauwen.

'Vijfenhalf uur zijt ge weggebleven,' zei Lise voorzichtig.

'Al was het een hele dag. Ik moest hier gewoon even weg.'

Hij schoof de garagedeur open, dat maakte een hels lawaai. Hij trok een geërgerd gezicht, hij had een hekel aan dat geluid.

'Weg? Met de fiets?'

Hij antwoordde niet, zette de fiets op de standaard en hurkte neer om te kijken naar krassen op de bumper van haar moeders auto. 'Parkeren, dat blijft moeilijk, hè, in haar wereld.' Hij maakte een sissend geluid tussen zijn tanden. 'En wie mag dat straks weer betalen?' Hij liep naar de keuken. 'Ik heb honger alsof ik drie dagen niet meer heb gegeten.'

Hij riep niet naar boven dat hij thuis was, zoals hij meestal deed, hij vroeg niet waar iedereen was. Hij trok de ijskast open.

'Maar papa, waar zijt ge dan geweest?'

Hij draaide zich om en keek haar kwaad aan.

'Moet ik mij hier nu echt verantwoorden?'

'Nee, nee, natuurlijk niet. Sorry. Ik was gewoon bang dat er iets gebeurd was. Stom van mij.'

Ze was nog altijd overstuur, al viel dat rationeel niet meer te verklaren. Antwoorden zouden kunnen helpen, dacht ze. Maar haar vader reageerde niet, hij bleef in de ijskast staren.

'Er is kaas, en vleessla en tonijnsla en–'

Lise wist niet waarom ze toergids bij de ijskast stond te spelen.

Haar vader wilde iets warms. Lise bood aan om iets uit de diepvries te gaan halen. Gentse waterzooi, dat wou hij wel, of desnoods garnalenkroketten. Zijn stem klonk iets minder koud, dacht Lise. Ze holde de trap af, ze graaide in de chaos aan tupperwaredozen, maar vond niet wat haar vader het liefste wou. Lise griste er een doos met vier kroketten uit en liep weer naar boven. 'Gevonden,' zei ze, het klonk bijna trots, alsof ze iets groots had verwezenlijkt. Ze overhandigde het doosje aan haar vader. Dat ze moest ophouden met zich zo aan te stellen, zei ze ondertussen tegen zichzelf.

'Wie is er op bezoek geweest?' vroeg Lise zo achteloos mogelijk, terwijl ze het lichtje van de friteuse in de gaten hield.

Haar vader keek haar getroebleerd aan, alsof ze hem nu de vreemdste vraag ooit stelde.

Lise glimlachte. 'Ik zag de glazen, ik was gewoon benieuwd.'

'Ah, Nina,' zei hij toen.

'En, alles oké met haar?'

Het lichtje brandde, Lise gooide de kroketten in het vet, bruisend zwommen ze traag heen en weer.

'Dat meisje...' Haar vader viel stil, begon te staren, en toen ging hij toch verder, '...heeft echt problemen.' Hij zei het zo zacht voor zich uit mompelend dat het niet bedoeld leek voor communicatie.

'Ja,' zei Lise alleen maar. Ze kende hem goed genoeg om te weten dat ze het zich niet kon permitteren om te blijven doorvragen, dus informeerde ze of hij er een glas wijn bij wilde. Dat wou hij wel.

14

Lise neuriede het zomerhitje dat David de voorbije dagen een keer of vijftig had opgezet. Dat kreeg ze de komende zeven jaar niet meer uit haar hoofd. Ze draaide de kraan open en kieperde meer badschuim in de kuip dan nodig. Jasper had haar meegevraagd naar een film die ze onder geen beding mocht missen. Lise was in de bibliotheek een en ander gaan opzoeken over de regisseur, kwestie van niet in schandalen te vallen. Nu nog zorgen dat ze er zo presentabel mogelijk uitzag.

Lise hoorde een raam dichtslaan, haar moeder riep iets naar iemand wat ze niet kon verstaan, iemand denderde de trappen af. Al dagen hing er een vreemde sfeer in huis, de sfeer van een kudde die onrust ruikt: oren spitsen zich, verre einders worden afgespeurd, spieren spannen zich op, klaar om op de vlucht te slaan. Lise werd er gek van.

Ze liep naar de badkamerdeur, er zat geen sleutel op, maar ze kon die van haar kamer gebruiken, die paste ook. Terwijl ze haar kleren uittrok bleef ze recht voor zich uit kijken, angstvallig de spiegel vermijdend. Ze liet zich in het behaaglijk warme water zakken.

Lise vond het jammer dat ze geen douche hadden, zoals Kiki en Ruben, ze had een hekel aan in bad gaan. Als het schuim verpieterde, zag je je eigen borsten dobberen als kwallen op het water, je moest op het antislipmatje zitten waar alle anderen ook met hun blote kont op gekampeerd hadden en je werd omringd door water waar het vuil dat je kwijt wou gewoon in ronddreef. Ze moest er niet te lang bij stilstaan. Ze sloot haar ogen en vroeg zich af waarom

Jasper haar per se deze film wilde laten zien. Zou ze vorige titels en gewonnen prijzen achteloos laten vallen in de conversatie, als was het parate kennis, of zou hij dat sowieso niet geloven? Ze hoopte dat de film niet té lang duurde, dat ze genoeg tijd hadden nadien. Of zou hij niks willen gaan drinken? Waarschijnlijk moest hij wel weer vroeg op morgen. Ze mocht op geen enkele manier teleurgesteld overkomen als hij meteen zou willen vertrekken.

Opeens werd de klink ingedrukt, en toen de deur niet openging nog een keer, en nog een keer, het ontaardde in verwoed gemorrel. 'Ik zit in bad!' riep Lise. Haar moeder wilde weten waarom de deur op slot zat. Ze wrikte nog een keer aan de klink, alsof ze geloofde dat ook in dezen de aanhouder zou winnen. Dat ze in bad zat, herhaalde Lise. 'Dat is gevaarlijk, zo'n gesloten deur, zéker als ge in bad zit.' Lise zweeg, hopend dat haar moeder weg zou gaan, maar ze bleef staan. Tegen de deur aan geplakt, aan het geritsel te horen. 'Wat als ge wordt bevangen door de warmte, of uitglijdt en met uw hoofd tegen het bad aan knalt of zo, dan kunnen wij u niet helpen.' Ze riep alsof ze door gewapend beton heen hoorbaar moest zijn.

Het was waar dat Lise vroeger de deur niet op slot deed, maar waarom haar moeder zich er zo druk om maakte, met zulke idiote argumenten, het was Lise een raadsel. Ze vroeg om nog een kwartier, dan was de badkamer vrij. Lise probeerde niet geërgerd te klinken.

Haar moeder wrikte opnieuw aan de klink. Ze wou weten waarom Lise zich zo eigenaardig gedroeg en andere mensen zomaar buitensloot. Ze klopte voor de zoveelste keer kregelig op de deur. 'Lise!'

Pissig stond Lise op, griste haar handdoek van het rek en draaide de sleutel om. Ze maakte meteen rechtsomkeer, ze wou het bad weer in, maar toen ze hoorde dat haar moeder de deur daadwerkelijk opentrok, draaide ze zich intuïtief om. In een flits zag ze haar moeders grote ogen, de buitenkant van haar hand vol ringen, die ze eerst nog een tel voor haar borst hield en die daarna haar kant uit kwam gezwaaid. Lise voelde de slag, een ring die langs haar wang schraapte, week achteruit en botste met haar heup tegen de wastafel aan, haar handdoek zakte naar beneden. Razendsnel bukte ze zich, en wikkelde de handdoek weer om.

Met bonzend hart stond Lise daar, nat, ontdaan. Haar moeder steunde op de wastafel. Ze keek naar haar dochter, de blik ergens tussen boos en radeloos. Lise keek naar de grond. Zij wist niks, behalve dat ze wou dat haar moeder meteen zou verdwijnen, niet zou praten, haar met geen vinger meer zou aanraken, ook niet goedbedoeld. Maar haar moeder bevroor. Ze klampte zich vast aan het badkamermeubel alsof ze anders zou vallen. En tussen hen liepen wegen dood, stapelden verlamde stenen zich op, kleurden de luchten rood. Haar moeder ademde ostentatief in, haar mond ging een tikje open, en Lise keek naar haar zoals ze ook naar De Maarschalk had gekeken. Haar moeder sloot haar mond weer en liep weg.

Lise trok de deur met een ruk dicht. Ze ging voor de spiegel staan en bestudeerde haar gezicht. Een streep met minieme druppeltjes bloed liep schuin over haar rechterwang. Ze voelde eraan met haar vingertoppen, depte met wat wc-papier. Het was echt gebeurd. Haar moeder had haar geslagen, met al haar ringen aan haar vingers. Het doet geen pijn, zei Lise tegen zichzelf, niks aan de hand verder.

Wat had haar moeder bezield? Zoiets had ze nog nooit gedaan. Juist nu, nu ze over – ze checkte haar horloge dat bij haar kleren lag – vierenvijftig minuten Jasper zou treffen. Nu ze geacht werd er toch minstens normaal uit te zien.

Over de vloer slingerde een spoor van natte voetstappen. Ze keek om zich heen, nam haar moeders handdoek, de grote groene, smeet die op de grond, en met dat ding onder haar voeten wiebelde ze met pinguïnpasjes over de tegels tot alles droog was. Daarna hing ze de handdoek gewoon terug aan het rek, klaar voor gebruik. Lise stapte het bad weer in en liet er nog wat warm water bij lopen. Doodmoe voelde ze zich opeens. Ze dompelde zichzelf helemaal onder, en terwijl ze door een film van water het plafond zag bewegen, probeerde ze weer te denken aan wat haar wachtte: een hele avond met Jasper, beter werd het niet.

'Blijf nu eens even stilstaan, hier, onder het licht van die lantaarnpaal.'

Jasper nam haar hoofd beet en duwde het voorzichtig nog een

tikje verder naar achteren. Hij had grote handen, dat viel haar nu weer op.

'Doet het echt geen zeer?' Hij gleed met zijn duim even troostend heen en weer langs haar rechterslaap voor hij losliet.

Lise schudde van nee. Ze liepen verder.

'En ge zweert op uw communieziel dat het de eerste keer was, hè?'

'Mijn moeder is een ingewikkelde vrouw, maar slaan is geen hobby van haar.'

'En als het toch nog eens zou gebeuren, dan...'

'Ja, ik heb het beloofd, dan zal ik het u vertellen.'

'En dan kom ik terugkloppen.' Hij balde zijn vuist en keek er gespeeld boosaardig bij.

Lise probeerde het zich voor te stellen, Jasper die haar moeder een dreun verkocht. Ze lachte.

'Hé,' hij raakte haar bovenarm aan, 'maar ik meen het, want, ik weet niet precies waarom, maar ik heb het gevoel dat ge dat niet zoudt doen.'

Lise verbaasde zich erover hoe goed hij haar al kende.

'Ik doe altijd wat ik beloof. Zeker aan ridders die mij willen komen redden.' Ze botste met haar schouder zacht tegen zijn arm om te onderstrepen dat ze onnozel deed als ze dat zo zei. 'Maar het zal echt niet nodig zijn.' Ze keek er geruststellend bij. 'Zijn wij eigenlijk de goeie kant op aan het lopen?'

Jasper bleef staan, tuurde zoekend om zich heen alsof hij hier nooit eerder was geweest.

'Ja, waar zijn we eigenlijk naartoe aan het wandelen? Ons café?'

Alsof ze samen een stamcafé hadden, ook al waren ze er nog maar twee keer geweest. Lise merkte giechelend op dat dat de andere richting uit was. Ze haatte die giechel van zichzelf.

Van Petegem wou graag een kleine omweg maken omdat het zo prettig was buiten. Ze sloegen een straat in. Bij de trappen van het stadhuis stonden twee mensen te kussen, Lise vroeg zich af of hij dat ook had gezien. Verderop zat een vrouw op haar hurken tegen een muurtje geleund, ze rookte een sigaret en keek naar hen alsof ze indringers waren.

'Gij hebt wel een groot talent voor eufemismen, gij,' zei Jasper opeens.

'Hoezo?'

'Een ingewikkelde vrouw.' Hij sprak het woord 'ingewikkelde' vertraagd uit.

'Tja, dat vat het wel zo'n beetje samen, denk ik.'

'En wat is ze nog?'

'Eh, ongelukkig, dwingend, aanwezig. Ze gebruikt graag zo veel mogelijk woorden, ook als de situatie zich daar niet meteen toe leent.'

Jasper trok vragend zijn wenkbrauwen op.

'Weet ge nog, toen die eerste drive-in openging in de buurt, van die hamburgerkeet? Mijn moeder wou dat per se uitproberen. Ze rijdt met de auto tot bij de intercom. Er klinkt een stem: "Mag ik uw bestelling opnemen?" Waarop mijn moeder tergend langzaam de kaart overloopt en, luid genoeg om te garanderen dat alle wachtenden na haar het ook kunnen volgen, een reeks hamburgers bestelt. Als ze eindelijk klaar is, vraagt de stem: "Wilt u daar frietjes bij?" Mijn moeder antwoordt, zo ver als menselijk mogelijk uit het raam leunend, alsof alleen maar harder praten niet zal volstaan: "Ja, die zijn misschien toch plat, hè, wanneer we thuiskomen, het is toch nog wel een kwartiertje rijden, zo lang blijven die niet krokant, of denkt u van wel? En ik moet nu ook zeggen: ik vind frietjes van de frituur eigenlijk lekkerder dan die van jullie. Ja, sorry dat ik dat nu zo eerlijk zeg, maar die van jullie zijn zo dun, en ik weet niet, jullie bakken ze ook niet lang genoeg, denk ik. Maar ja, als ik nu eerst nog langs de frituur moet, dan zijn die hamburgers weer koud, neem ik aan." Ze wacht even, alsof ze van de stem een belangwekkende reactie verwacht, maar als die uitblijft zegt ze: "Doe maar vier keer frieten." "Maxi of medium?" "Oei ja, hoe groot is dat dan? Tja, dat kunt ge nu niet laten zien natuurlijk." Ze buldert om haar eigen grapje, en roept dan: "Doe maar maxi!" Waarop de stem: "Iets van saus erbij?" "Nee dat hebben we thuis ook." "Iets van drank?" "Ah, nee, drinken heeft toch iedereen in zijn ijskast staan, hè." Ze wacht nog even om te kijken of de stem daar nog iets op terug te zeggen heeft, maar als de man alleen bevestigt dat ze door mag rijden, draait ze zich naar mijn broer en mij met een stralend gezicht, blij verbaasd over de wonderen der techniek en hoe vlot zij daar zomaar mee was omgegaan. "U mag doorrijden naar de kassa," herhaalde de stem. "Ja, dat is vriendelijk van u, dat zullen we doen." David en ik schaamden ons dood, we verborgen onze gezichten voor het geval dat degene die de bestelling zou overhandigen iemand was die we kenden.'

Jasper lachte. 'Nu overdrijft ge een beetje?'

'Not. Het ging precies zo.'

'Ik hoor u graag bezig.'

Lise beet verlegen op haar lip. 'Wat voor een moeder hebt gij?'

'Ook wel een tamelijk ongelukkige. Maar ze was tenminste altijd lief voor ons.'

'Ik dacht altijd dat ongelukkige mensen dat niet konden, omdat ze daar simpelweg de energie niet voor hadden, of toch alvast niet de hele tijd.'

Jasper reageerde niet. Ze liepen de straat van het café in. De heesters bloeiden, de bomen ruisten, in de gracht sliepen de vissen. Alles was goed. Behalve sommige dingen.

'Zou de vrouw van het auto-ongeluk kinderen hebben gehad?' vroeg Lise. Ze zag haar weer voor zich, met die jas over haar hoofd.

'Ik heb het me ook al afgevraagd.'

'Ik wil niet dat ze zo'n begrafenis had waar niemand was.'

'Vast niet.' Jasper klonk gedecideerd.

Ze zouden het nooit weten, de politie wilde geen informatie geven omdat zij geen familie waren.

'Ze had twee zonen,' zei hij opeens enthousiast, 'kloeke jongens met schouders en handen die van haar hadden geleerd wat werken was, en die haar heel graag zagen.'

'En zes kleindochters die van haar leerden breien en met wie ze samen boekjes las.'

'Allemaal meisjes?'

Lise knikte.

'Ze bleven maar hopen op een jongen, maar de kleindochters gingen voor een volleybalploeg.'

Ze arriveerden bij hun kroeg. Jasper bleef staan bij de ingang.

‘Denkt ge dat echt, dat ze zo’n leven had?’

Lise schudde haar hoofd. Ze dacht dat de vrouw niet per ongeluk juist daar was overgestoken, juist op dat moment. Ze dacht dat zij niemand had gehad, of toch niet echt. Dat ze het niet meer had aangekund, dat drukkende gevoel van alleen te staan, zonder antwoorden, zonder oplossingen, zonder perspectief. Dat het haar makkelijker leek voor de anderen als zij er niet meer was. Dat ze zichzelf geen aanwinst vond voor de wereld, eerder een last.

‘De dingen zijn zelden zoals we ze dromen.’

Hij legde zijn handen op haar schouders. ‘Zulke dingen moogt ge niet zeggen.’

‘Waarom niet?’

‘Omdat ik het u vraag. Sinds wanneer volstaat dat niet meer?’ Hij trok er een idioot streng gezicht bij.

Lise keek gespeeld verontwaardigd terug.

‘Omdat…’ hij dacht na, ‘uw wil om hoog te mikken daardoor zou kunnen worden aangetast. En daar ben ik tegen. Zeker in uw geval.’

‘Ja, want van mij kunnen we nog wat verwachten.’ Lise rolde schaterend met haar ogen.

‘Hé, zal het gaan? Niet lachen met het meisje dat ik graag zie, hè.’

Lise schrok. Er viel een warrige stilte. Hij liet haar schouders los.

‘Afijn, ik en velen met mij. Ik bedoel: ik geloof in u. Gij zijt uw eigen ridder.’

Lise bedacht woorden die ze niet uitsprak.

‘Een Chouffe?’ Jasper wenkte met zijn hoofd richting de ingang.

‘Zeker,’ knikte Lise, ‘ridders hebben altijd dorst.’

15

Lise deed de voordeur open. De geur van de jassen in de hal kwam haar tegemoet. Ze hingen als een glooiend landschap in trossen aan de haken van de brede kapstok, sommige waren al een decennium niet meer gedragen. Ze legde haar zomerjack op de dekenkist onder de trap en liep de salon in.

Kiki was op bezoek, ze zaten met een kop koffie in de sofa, op het bijzettafeltje een geopende doos Merci-chocolaatjes, er waren er drie uit, haar moeder hield zich in als er buitenstaanders bij waren. Haar vaders eeuwige klassieke radiostation klonk door de speakers, terwijl hij nergens te bespeuren viel. Het moest zijn dat er iets was wat haar moeders aandacht afleidde, anders had ze allang iets anders opgezet.

Toen ze Lise zag, viel haar moeder opzichtig stil. Op een andere dag zou Lise dat gewoon negeren, maar het duurde nu al weken, die sombere parade van plotse stiltes en geheimzinnige blikken, van verzwegen verwijten en rusteloze zwaarte, van merkwaardige reacties en nukkig chagrijn. Alsof het hele huis geïnfecteerd was door een steeds navrantere stank waarvan de oorzaak onbekend bleef, en waarover iedereen zweeg. Ze kon er stilaan werkelijk niet meer tegen. Dus vroeg ze gewoon waar zij het over hadden. Ze wist niet of dit soort dapperheid zin had, maar haar mond was voor de gelegenheid sneller dan haar metagedachten.

Haar moeder diste een verhaal op over Kiki en Ruben die ruzie hadden gemaakt. Het kwam er zomaar uit gerold, zonder de minste aarzeling, terwijl Lise aan Kiki's blik zag dat haar moeder het ter plekke verzon. Kiki en Ruben waren juist geweldig samen.

'En waarover hadden jullie dan ruzie?' vroeg Lise neutraal, wat brutaal van haar was, en eigenlijk vooral vervelend voor Kiki, besefte ze te laat. Haar moeder keek naar haar vriendin, die van nature recht door zeeër was dan de gemiddelde duikboot. Kiki neuzelde dat het niks om het lijf had, en dat Ruben eigenlijk een schat was.

'In elk huwelijk is het wel eens wat, dat hoort bij het leven.' Haar moeder had een speciale intonatie voor zinnen die naar tegelwijsheden roken. Ze slaakte een bijpassende zucht.

Dat Kiki meeging in haar moeders uitvlucht vond Lise veelzeggend. Kiki keek heel even naar haar, maar Lise kon haar blik niet lezen.

'Zeg nu gewoon, waar hadden jullie het echt over?' In het bijzijn van Kiki voelde ze zich sterker, merkte ze.

Er viel een stilte. Kiki nam een chocolaatje. Haar moeder staarde naar Lise, eerder geïrriteerd dan betrapt.

'Ja zeg, Lise, gaat gij het mij hier nu ook nog moeilijk zitten maken?' Ze roerde maniakaal met haar lepeltje. 'Gij moet ook niet altijd alles weten. Ge zijt nog maar zestien, dan zijn er dingen...' Ze maakte haar zin niet af.

'Sinds wanneer is mijn leeftijd een argument?' Ze klonk uitdagend, hanig bijna. Wou ze Kiki iets bewijzen?

Haar moeder zette de kop op het bijzettafeltje en deed alsof ze niet begreep wat Lise bedoelde.

'Ge vindt mij toch niet te jong om te vertellen wat papa u nu weer heeft aangedaan, om in detail te treden over jullie seksleven dat u–'

'Dat krijgt u op de kast, hè, als ik het beeld van uw heilige vader aan diggelen dreig te slaan door u eerlijk te vertellen hoe het zit, met hem.'

'En om mij in mijn gezicht te slaan, met al uw ringen om, daar vindt ge mij ook al niet te jong voor. Die zou ik nog vergeten.'

Lise hield haar adem in. Het was dat woord 'slaan' van haar moeder, ze had het vastgepakt en terug gespuwd. Kiki keek haar met grote ogen aan. Lise slikte. Haar moeder werd bleker dan de sofa.

'Dat is van...?' Kiki wees naar haar eigen wang en maakte met haar vinger een streep.

Lise knikte. Kiki keek verwonderd, ontzet misschien zelfs, haar moeder implodeerde. Dat zag er onmetelijk triest uit. Lise had het niet mogen zeggen. Niet waar haar moeders vriendin bij zat. Verklikkers waren in films ook altijd de ergste soort mensen. En nu kreeg het bovendien een gewicht dat het incident eigenlijk niet verdiende. Ze moest iets zeggen, dringend, iets wat het beter zou maken. Ze mompelde hoe vervelend ze toen geweest was ook. Haar moeders blik verzachtte niet.

'Ja, maar, Fie...'

'Ja, ja, ik weet het. Het had niet mogen gebeuren.' Ze sloeg haar handen voor haar gezicht. 'Maar ge moet het hier eens komen doen, in dit huis, echt waar.' Haar stem wankelde. 'Dag in, dag uit, met hém...'

'Ja,' zei Kiki resoluut, 'maar verkoop hém dan een mep.'

Haar moeder lachte cynisch.

'En betaalt gij dan voor mij een appartementje waar ik kan gaan wonen? Hoeveel sollicitatiebrieven heb ik geschreven? Een stuk of twintig? Dertig? Daar had Hendrik wel weer gelijk in, hoe afschuwelijk dat ook is, niemand zit op mij te wachten. Nee,' zei haar moeder met een dramatisch gebaar, 'ik ben gedoemd om bij hem te blijven. Ik heb gewoon geen keuze. En dus moet ik het hier leefbaar zien te houden.'

Kiki keek almaar naar Lise. Lise vroeg zich af wat haar vader te maken had met haar moeders irrationele reactie op een afgesloten badkamerdeur.

Haar moeder staarde in de verte, alsof ze daar haar grauwe toekomst zag gloren. Misschien was het zelfs een beetje waar wat ze zei.

'Maar ja, ik moet dat blijkbaar allemaal aankunnen. Iedereen schijnt te vergeten dat ik ook maar een mens ben.'

'Allee bedankt!' zei Kiki fel.

'Gij natuurlijk wel, Kiki, zo bedoel ik het niet. Echt niet.'

Kiki trok haar gezicht in een bedenkelijke frons.

Er galoppeerde paniek in haar moeders stem. 'Ge weet hoe blij ik ben als ge langskomt en hoe belangrijk onze vriendschap voor mij is. Maar ge hebt gelijk, sorry, ik had het zo niet mogen zeggen.' Ze was naar het puntje van de sofa geschoven, als ze kon zou ze bij Kiki op schoot kruipen. 'Echt, sorry, Kiki.'

'Zeg maar sorry tegen uw dochter.'

Lise kraakte haar vingers. Sorry zeggen had haar moeder nog niet gedaan. En dat zou ze ook niet meer doen, zeker niet na dit voorval. Zoals ze daar zat, starend naar haar handen, het gezicht op donder en regen, vreesde Lise voor wat er straks zou komen. Ze had ook haar mond moeten houden, dat wist ze wel. Kiki duwde met haar knie zacht tegen die van Lise en glimlachte bemoedigend. Lise hoopte dat haar moeder dat moment van samenhorigheid niet had gezien. Daarna stond ze op, ze moest dringend Aya gaan ophalen.

'O, zijt ge nu al weg?' Haar moeder klonk als een kind dat hoort dat de Sint niet gaat komen, ze veerde meteen ook recht. Ze bleef zich excuseren met alle woorden die ze daarvoor kon vinden.

'We hebben het er nog wel over,' zei Kiki, die wist dat ze kordaat moest zijn als ze hier niet nog een kwartier wou staan. Ze verdween en de deur viel met een flinke knal dicht.

Haar moeder bleef midden in de salon staan dralen, een schaap dat de kudde is kwijtgeraakt.

'Zal ik alvast de tafel dekken?' vroeg Lise.

Dat zou ze zelf wel doen, haar moeder beende naar de keuken. Haar hakken beukten onbarmhartig op de houten vloer. Lise vreesde dat ze wist wat haar moeder dacht.

16

Ze zeiden dat het een kwestie van volhouden was. Dat je snel vooruitgang boekte. Dat je het na een tijdje zelfs nodig had om je goed te voelen in de dagen. Lise kon er zich minder dan niks bij voorstellen. Ze stond voorovergebogen te hijgen alsof ze net achternagezeten door een roedel wilde honden de Spaanse trappen in Rome had bestormd. Haar keel deed zeer, haar hart bonkte alsof het elk moment kon beslissen om de strijd voorgoed te staken en ze voelde dat ze morgen weer stijf zou zijn. Dit was nochtans al de vierde poging. De vierde keer dat ze zich in een achterlijke joggingbroek en een lelijk wijd T-shirt had gehesen en de – zelf met babysitgeld betaalde – dure hardloopschoenen had aangetrokken, dat ze de fiets had genomen naar een buurt waar zeker niemand haar kende. Als ze wou vasthouden aan de stille hoop dat het ooit nog eens goed zou komen met dat lijf van haar, moest ze dringend meer bewegen. Maar gezond kon dit toch echt niet zijn voor een mens.

Hoe ver was ze nu geraakt? Een kilometer of vier misschien? Beschamend. Ze klemde haar handen om haar knieën en bleef proberen haar adem terug te vinden. *Note to self*, dacht ze, draag geen lichtblauw bij deze vorm van zelfkastijding. De zweetkringen bij haar oksels tekenden zich wansmakelijk af. Ze gaf zichzelf nog zes weken. Als het dan niet voelbaar beter ging, zou ze sparen voor rolschaatsen of zo.

'Lise?'

Ze hoorde haar naam en verstijfde. Dit gingen de goden haar toch niet aandoen? Dit had ze na zo veel dapperheid toch niet verdiend? Ze keek niet op, bleef in die hoek van negentig graden staan, alsof gerechtigheid alsnog zou geschieden en hij magisch weer zou verdwijnen, de man die ze, van alle mensen die ze niet wou tegenkomen, het minst van al wou tegenkomen.

'Dat ik u hier nu tegen het lijf loop?' Jasper klonk zelfs jolig.

Lise bleef koppig naar het gras staren. Ontkenning leende zich makkelijk tot hardnekkigheid.

'Gaat het?'

Ze kon doen alsof ze vijftien kilometer in de benen had om de schande enigszins te beperken, maar dat maakte haar verder niet minder afstotelijk om te zien.

'Lise?'

De onontkoombaarheid van deze ontmoeting werd met de minuut pijnlijker duidelijk. Lise kwam omhoog.

'Ja, dag Jasper.'

Ze keek op en zag hem daar staan, stralend, met zijn gewassen haar en zijn gebruinde jongensgezicht, gekleed in een vlotte blauwe broek met een lichtblauw hemd dat er vers gestreken uitzag. Ze wou alleen maar weglopen. Maar dan zou hij zien in wat voor sukkeldraf ze dat maar kon.

'Zware training,' zei ze en ze maakte er een afrondend handgebaar bij in de hoop dat hij niet zou doorvragen.

Jasper mat zichzelf voor de grap een Limburgs accent aan en zong: 'Hé, maar, *respec* hé zeg, zo sportief en al.' En dan, met zijn normale stem: 'Ik wist helemaal niet dat gij aan hardlopen deed. Super.'

'Tja,' zei Lise die tot elke prijs wou vermijden dat ze in detail moest treden over haar sneue onderneming, 'een mens moet wat.'

Hij zette een stap naar haar toe, waarop zij spontaan een stap naar achteren deed. Er was maar één ding erger dan dat hij haar zo zag, en dat was dat hij haar ook zou ruiken.

'Ik heb vroeger aan atletiek gedaan. Maar sinds ik kinderen heb, kom ik er niet meer aan toe. En terwijl ik mezelf dat hoor zeggen, denk ik: wat een flauw excuus, neem een voorbeeld aan Lise.'

Er liep een straaltje zweet langs haar ruggengraat. Lise wilde hier niet zijn, ze wilde hier niet staan, zo, voor hem. En het ergst van al:

wat ze nu ook deed of zei, hij had het al gezien. Ze moest iets verzinnen waardoor ze zo snel mogelijk weg kon, ze wou de vernedering niet blijven rekken.

'Ja, kinderen,' zei ze en ze besefte dat ze zich nu ook nog belachelijk maakte met een nietszeggende reactie. Ze keek achterom, alsof daar redding lonkte.

'Is er iets met u?'

Lise schudde het hoofd.

'Gij waart zeker onderweg naar ergens, Jasper, dus ik ga u laten...'

'Ik ben niet gehaast,' antwoordde hij snel, 'en ik ben blij dat ik u zie. Geef toe, hoe toevallig is dat nu, meteen de eerste dag nadat ik terug ben van een week Frankrijk? Of ja, misschien bestaat toeval uiteindelijk dan toch niet.' Hij glimlachte besmuikt.

Vriendelijkheid op een moment als dit maakte het nog erger.

Lise blokkeerde. Ze moest weg, maar ze kon niet bedenken hoe dat zou lukken zonder onbeleefd te zijn. En Jasper stond daar ondertussen warm naar haar te glimlachen, en opeens voelde ze het komen. Ze probeerde te slikken, ze wou zich niet nog belachelijker maken, maar hoe heftiger ze probeerde zich te beheersen, hoe dwingender de tranen klaar gingen zitten.

'Sorry,' zei ze, 'ik moet echt verder.'

Ze begon te lopen. Maar hij kwam haar achterna, draaide haar om bij haar schouder, en hield die vast.

'Lise, wat gebeurt er? Wat is er met u?'

En daar waren ze, in gretige galop, de tranen. Geweldig, nu was ze afstotelijk én aanstellerig.

'Niks,' ze riep het bijna. 'Ik wil weg.' Ze maakte een bruuske beweging, maar hij was sterker en liet niet los.

'Alstublieft,' zei hij, eerder dwingend dan lief, 'ik maak me zorgen.'

Lise staarde naar de grond.

'Zie mij hier nu staan. Zo, voor u.' Haar stem sloeg over. 'Ik geneer me dood.'

'Hoezo? Waarom?' Hij klonk oprecht verwonderd.

Zonder iets te zeggen maakte ze een larmoyant gebaar met haar hand van boven naar beneden en weer terug om aan te geven: kijk dan gewoon.

'Maar Lise toch.' Hij maakte zijn stem zacht, liet haar niet los. 'Ik zie dat leuke meisje dat ik zo goed ken. Ik wou dat gij haar ook kon zien.'

'Ik ben walgelijk,' ze fluisterde het bijna.

'Niet doen.' Jasper nam haar gezicht in zijn handen. 'Hee.'

Lise stampte met haar ene schoen tegen de andere. Ze durfde hem niet aan te kijken. Nu leek het wel alsof ze om aandacht stond te vragen. Alles wat ze zei en deed was fout, maar het maakte niks meer uit, het was om zeep. Ze viel stil. Hij hield zijn blik strak op haar gericht. Ze probeerde een kleine glimlach, om hem een plezier te doen.

'Ge zijt zo'n bijzonder meisje. Zo jammer dat ge dat zelf niet lijkt te beseffen.'

Lise voelde zijn handen, hij tilde haar kin iets omhoog, keek haar in de ogen. En opeens kwam zijn gezicht dichterbij, en voor ze goed en wel besefte wat er ging gebeuren, kuste hij haar. Vol op de mond. Lise bleef roerloos staan. En hij kuste haar een tweede keer. Zachter nu. En daarna nog eens. Ze voelde zijn voorzichtige tong. En de kus bleef duren, tot zij haar hoofd terugtrok. Ze keek naar hem, met grote ogen. Hij keek terug, ze wist niet hoe.

Lise kwam de salon in gelopen met natte haren, ze had net een bad genomen. Ze neuriede een liedje, heel zacht. Haar moeder keek op van haar magazine. 'Maar, zie nu, zo vrolijk.' Lise keek op en probeerde er verrast uit te zien bij die observatie, alsof ze nu ook weer niet zo vrolijk was. 'Ik ben uitgenodigd om naar zee te gaan, volgende week dinsdag, daar heb ik wel zin in.' Haar moeder knikte tevreden en vroeg niet door. Ze sloeg een bladzijde om.

Zij veronderstelde blijkbaar dat Lise met klasgenoten op stap zou gaan. In dit huis was minder weten vaak beter. In haar kamer liet Lise zich op haar bed vallen. Ze ging met Jasper naar zee, waar ze misschien wel hand in hand zouden lopen en opnieuw zouden kussen. Hij had haar nog een hele tijd vastgehouden daarstraks, zo lief, en voor ze afscheid namen, vroeg hij of ze met hem een dagje wou ontsnappen aan het echte leven, zo had hij het genoemd. Ze begreep er allemaal niks van; waar had ze dit in godsnaam aan te danken? Maar het was wel degelijk echt gebeurd allemaal. Zo kon het leven ook zijn.

17

Toen Lises moeder de salon in kwam gelopen, stond Nina op de hoek van het tapijt als een bokser aan het begin van de wedstrijd, opgepompt, het gezicht gesloten. Haar moeders stem had een hogere pitch dan gewoonlijk, ze kuste Nina beleefd vluchtig op de wang. Nina reageerde even opgelaten. Normaal zou haar moeder kakelend aan een verhaal over niks in het bijzonder beginnen, zij was een meester in het wegkwekken van onhandige stiltes, maar nu ging ze zwijgend op zoek naar sigaretten. Het ongemak kroop de muren op.

Lise liep de gang in en riep haar vader. Hij moest nu komen. Geen antwoord. Lise brulde nog een keer. Het duurde even voor ze dan toch de deur van zijn werkkamer hoorde openzwaaien. 'Hij komt,' zei Lise, alsof de anderen dat nog niet hadden begrepen. Ze vroeg of iemand iets te drinken wou. Nina had zin in een glas wijn. Haar moeder maakte een afwijzend gebaar, zij wilde niks, behalve elders zijn misschien, dacht Lise.

Nina nam plaats in de stoel naast de televisie die er eigenlijk alleen voor de sier stond. Het was een gobelin petit point-stoel, zo heette die echt, met protserig houtwerk bij de poten en een rugleuning vol geborduurde pastellen deernes met merkwaardige lichaamsproporties, verwikkeld in een onduidelijke dans. Hij was nog van haar grootmoeder geweest, ze hadden hem laten restaureren. Lise verwachtte dat haar moeder zou ingrijpen, zij was niet het type dat haar erfenis zomaar liet bezoedelen, maar ze zei er niks van en ging ook zitten. Ze sloeg haar benen over elkaar, de kuiten rustend op het voetenbankje, waardoor ze dubbel zo breed leken. Ze zette de asbak op de armleuning, tikte een sigaret uit het pakje en stak op.

Toen haar vader binnenkwam zei Lise haastig dat Nina wijn nam. Hij knikte alleen maar, hij wist dat Lise het begreep. Hij keek om zich heen alsof hij jeuk had op een gênante plek en besefte dat hij nu onmogelijk kon krabben.

Lise liep naar de keuken en goot twee glazen vol. Haar vader drentelde wat onduidelijk heen en weer, maar het bleef stil, alsof woorden vandaag geen vehikels waren maar wegversperringen. Lise haastte zich terug, overhandigde de drankjes. Haar vader was gaan zitten, op het puntje van de sofa, ellebogen op de knieën, zijn handen losjes gevouwen. Nina nam meteen een gulzige slok en hield het glas vast, alsof het steun kon bieden. Lise wist zich geen houding te geven, ze koos de muur naast de buffetkast om tegenaan te leunen, zo bleef ze op discrete afstand.

Het was nog altijd stil in de salon, niet argeloos stil, maar stil zoals katten dat kunnen zijn voor ze de muis gaan bespringen die ze al een tijdje in de gaten zitten te houden. Lise staarde naar Nina. Die keek om zich heen alsof ze alles voor het eerst zag. Zo kende Lise haar zus niet. Nina was altijd totaal over de rooie of extatisch gelukkig of weergaloos triest of voorbij verontwaardigd of gierend van de slappe lach of zichtbaar ziedend zwijgend, zij had geen vijf op haar volumeknop.

Lise herinnerde zich Nina's zwartblauwe oog en gebroken rib toen ze 's ochtends vroeg op straat was gevonden door een voorbijganger en geen idee had wat er was gebeurd. Dat lachte ze nadien krampachtig weg als een grappig neveneffect van haar spannende bestaan. Ze herinnerde zich haar geëxalteerde praatje toen ze als zelfstandig consultant was begonnen en vol overtuiging opschepte over alle grote cliënten die ze binnen ging halen, al had ze er op dat moment officieel nog niet één. Haar oceaangrote verdriet toen de liefde van haar leven, de zevende op rij die de titel had mogen dragen, haar koudweg in de steek liet. Haar bittere woede toen ze geld kwam vragen voor een abortus. Het kind was van een afschuwelijke vader die ze nooit meer wilde terugzien. Drie dagen later kreeg haar zus een spontane bloeding en vroeg ze of ze het geld mocht houden als aanbetaling voor een auto.

Maar het was Nina's tijd bij de sekte die op Lise het meest indruk had gemaakt. Het toenmalige vriendje van haar zus had paniekerig opgebeld om te zeggen dat ze moesten komen, dat het helemaal misging. Voor haar vader de kans had gekregen om vragen te stellen, lag de hoorn alweer op de haak. Het was tegen zijn zin geweest, omdat haar vader door de band weinig vertrouwen had in het inschattingsvermogen van de vriendjes van zijn oudste dochter, maar de volgende dag waren Lise en hij toch naar het dorp gereden waar Nina een paar maanden eerder was gaan wonen. Het was de dertiende keer dat ze verhuisde, deze plek ging haar geluk brengen, had ze gezegd.

Toen ze arriveerden zagen ze meteen dat de rolluiken van het kleine huis allemaal naar beneden waren, ook al was het drie uur 's middags. Ze belden aan, Lise voorop, haar vader een halve meter achter haar. Een onbekende man met ernstig haar en diepliggende ogen deed open, en zonder zelfs maar te vragen wie ze waren, nodigde hij hen uit om binnen te komen, alsof hij de gastheer was en zij werden verwacht.

Overal waar Lise keek, zag ze mensen. Ze zaten op de grond, op meubels die daar niet voor bedoeld waren, ze hingen tegen muren aan, stonden in een kringetje in de gang, zaten aan tafel en leunden tegen het aanrecht in de keuken. In elke kamer brandden er kaarsen, uit de speakers klonk Wagner en iedereen sprak gedempt, alsof ze de wacht hielden bij een ziekbed.

Nina reageerde niet verrast, ze kwam als een nimf naar hen toe gedarteld, en met een weeë glimlach zei ze dat ze zo blij was dat ze er waren, want dat ze iets belangrijks moest vertellen. Lises vader keek om zich heen zoals iemand met smetvrees het bij een schroothandelaar zou doen. Hij stond te overwegen om meteen weer rechtsomkeer te maken, dat kon Lise wel zien, maar zij glimlachte geruststellend naar hem en hij ging uiteindelijk toch mee aan tafel zitten.

Lise herinnerde zich dat haar zus was begonnen met de vraag: 'Als gij op de wc zit, en ge hoort uw drol plonsen, vraagt ge u dan wel eens af: waartoe, waarom dit alles?' Ze vertelde dat zij, de uitverkorenen, naar het paradijs mochten op de dag dat de aarde zou vergaan, en dan zouden ze worden opgehaald met autobussen, er was nog plaats voor hen beiden als ze zich op korte termijn aansloten. Nina had het woord 'autobussen' met grote ernst uitgesproken.

Haar vader had een tijd lang gezwegen. Misschien omdat het redeloze van haar voortrazende betoog hem onthutste, of omdat hij begreep dat ze zeker niet zou luisteren als hij haar meteen onderbrak. Misschien omdat hij niet echt aan het luisteren was. Uiteindelijk had hij een halfslachtige poging ondernomen om Nina zover te krijgen dat ze mee zou komen. Maar haar zus had, zoals te voorspellen viel, minzaam geweigerd.

Toen ze weer in de auto zaten, zei hij dat hij Nina drie maanden gaf, dan zou ze dit ook weer beu zijn. Hij startte de motor, keek naar Lise en voegde eraan toe dat hij gelukkig toch één verstandige dochter had. Lise voelde een gloed van trots, dat wist ze nog. Vrijwel meteen schaamde ze zich daarover. Maar ja, zij was toen nog maar twaalf.

Na anderhalf jaar werd Nina uit de sekte gezet omdat ze seks had gehad met een ouderling die al drieëntwintig jaar getrouwd was. Eerst was ze totaal ontredderd. Ze nam ontslag en verhuisde weer naar de stad. Gaandeweg werd ze steeds kwader op de idioten die haar gemanipuleerd hadden, en begon ze opnieuw te roken en te drinken als iemand met een acute doodswens, alsof ze met dat voor haar vroegere geloofsgenoten totaal abjecte gedrag de orde weer kon herstellen.

Lise vroeg zich af wat er deze keer aan de hand was. Haar zus leek ontregeld, weifelend. Er werd nog steeds niks gezegd. Deze stilte tartte stilaan alle wetten van het sociale verkeer. Haar vader schraapte zijn keel en legde de rondslingerende krant opzij. Haar moeder rookte alsof ze met elke trek de hele kamer mee naar binnen wou zuigen. Nina bleef nippen van haar glas. Lise bad om een telefoon die begon te rinkelen of onweer dat plots losbarstte, vervaarlijk dichtbij, eender wat deze wurgende spanning kon doorbreken.

Uiteindelijk was het haar moeder die het blijkbaar ook niet meer aankon en zei: 'Dus gij wou nog eens praten.'

Nina fronste.

'Ik heb niks meer van u gehoord na het gesprek van vorige keer, wat ik nogal vreemd vond, om een understatement te gebruiken. En ook al waart gij eigenlijk aan zet, ik wilde het mezelf ook niet blijven aandoen om te zitten afwachten. Ik verdien beter.'

Ze focuste tot Lises verwondering op haar vader, terwijl het toch altijd scheef liep tussen haar en Lises moeder.

'Dus hier ben ik. En ik luister.'

Nina vouwde haar handen, Lise zag de uiteinden van haar vingers spierwit worden.

Haar vader maakte een knoopje aan zijn linkermanchet dicht, snoof, ging iets achteruit zitten.

'Wat wilt ge dat ik zeg, Nina?' Hij praatte met de kalme radiostem die hij ook gebruikte als haar moeder door het lint ging. Hij keek Nina nauwelijks aan, bestudeerde minutenlang de mouw van zijn hemd, alsof daar iets dwingend om zijn aandacht bleef vragen.

Nina nam nog een slok, deed alsof dat een retorische vraag was en hield haar blik op hem gericht.

Het bleef weer een tijdje stil.

'Ik heb het vorige keer toch al gezegd,' opperde haar vader uiteindelijk.

Nina reageerde niet.

'Ik weet echt niet wat ge nu van mij verwacht. Ik heb niks nieuws te melden.'

Nina zette haar glas op de grond, leunde voorover en zei: 'Ik verwacht dat ge er alsnog voor kiest om ten minste eerlijk te zijn.'

'Ik denk dat gij wilt dat ik zeg wat gij wilt horen, dat is iets anders.'

Nina keek naar Lise, die hoopte dat ze haar er niet bij zou betrekken. Lise probeerde haar gezicht er zo uitdrukkingsloos mogelijk uit te laten zien en Nina richtte zich weer tot haar vader.

'Uw vrouw geeft mij nochtans gelijk.'

Alle hoofden draaiden naar Lises moeder, die spontaan het voetenbankje wegduwde en rechtop ging zitten.

'Pardon?' Ze liet het klinken alsof ze zich verslikte.

'Zij heeft mij gebeld de dag nadat ik hier ben geweest, en toen zei ze dat ze altijd al vond dat ge raar keek naar mij.' Nina liet het woord 'raar' klinken als iets lugubers en staarde naar haar stiefmoeder terwijl ze in de derde persoon over haar sprak.

'Dat heb ik absoluut niet zo gezegd!' Lises moeder zocht de blik van haar man en herhaalde die zin.

'Gaat ge hier nu echt zitten beweren dat ik hierover lieg?' Nina hield haar hoofd schuin, fronste haar wenkbrauwen.

'Hebt gij met haar gebeld?' vroeg haar vader. 'En ik weet daar niks van?'

Hij keek van zijn vrouw naar Lise alsof zij het had moeten weten.

'Ja, ja,' sputterde haar moeder uiteindelijk, 'ik heb met haar gebeld, já.' Het aantal ja's verraadde wel vaker haar graad van irritatie. 'Nina was zo over haar toeren toen ze vertrok. Ik deed ook maar mijn best om de brokken te lijmen, hè, met uw dochter.'

'En toen hebt ge gezegd dat–' zei Nina.

Haar moeder liet Nina niet uitspreken. 'Ik heb gewoon verteld dat ik in het begin een beetje geïntimideerd was door de band die jullie hadden. Dat is natuurlijk ook niet zo ongewoon als een moeder van de ene op de andere dag verdwijnt, dan zijt ge op elkaar aangewezen. En dan–'

'Hebt ge wel of niet gezegd dat ge vondt dat papa altijd raar naar mij keek? Dat ge jaloers op mij waart vroeger? Kijk in mijn ogen. Ja of nee?'

'Jaloers? Kindje toch, dat hebt ge er echt bij gedroomd.' Haar moeder liet het wuft klinken en zocht de blik van haar vader die naar zijn glas zat te staren. 'Ik heb dat echt niet zo gezegd.'

'Hoe dan wel?'

'Zoals ik zei. Dat het voor mij niet zo gemakkelijk was om mijn draai te vinden in dit huis, en dat uw vader met u een speciale band had. Lise...' zei ze opeens, 'dat merkt gij vandaag de dag toch ook nog, dat uw vader haar altijd verdedigt?'

Lise vermoedde dat haar moeder niet stilstond bij de subtekst van dit statement, zij ging zich afzijdig houden, dit was veel te gevaarlijk allemaal.

'Maar nogmaals,' ging haar moeder verder alsof ze te veel haast had om Lises antwoord af te wachten, 'daar kan ik ook inkomen, aangezien–'

'Ongelooflijk,' Nina schudde haast onmerkbaar haar hoofd.

Haar moeder beet Nina toe: 'Ik kan trouwens allerminst apprecieren wat gij hier nu suggereert tegenover hem. Ik moet straks wel weer de bonen vreten, hè. En dat terwijl ik hier de enige ben die de moeite heeft genomen om te checken of het wel ging met u, na–'

'Gij zijt hier de heilige én het grote slachtoffer, ja, dat wéten we.' Nina klonk eerder radeloos dan kwaad. 'Dat mijn vader mij jarenlang heeft gebruikt voor zijn eigen, wat was het,' ze staarde naar hem, 'perverse plezier? Surrogaattroost? Dat hij aan zijn eigen dochter zat, is minder erg dan dat hij u straks nog eens de huid vol scheldt, dat is nu wel waar.'

Lises adem stokte even. Ze herhaalde die ene zin in haar hoofd, en daarna nog eens. Ze had het wel degelijk juist gehoord, toch? Dat kon bijna niet, wel? Ze kraakte haar vingers, één voor één. Ze keek naar haar vader, ze wou dat ze zijn blik kon lezen, maar zijn gezicht was nog stoïcijnser dan anders.

'Wel, Nina, ik zal u eens iets anders zeggen,' haar moeder stak haar wijsvinger in de lucht. 'Gij zit hier nu opnieuw te beweren dat uw vader een pedofiel zou zijn. Wel, meisje, ik zal niet in detail treden over ons seksleven, maar dat we twee kinderen hebben, lijkt me in dezen afdoende bewijs van het tegendeel.'

'Ik beweer niet dat papa een pedofiel is. Een pedofiel is iets totaal anders dan een vader die niet van zijn kind kan afblijven. Een pedofiel krijgt alleen maar een stijve van jongetjes van vier tot zeven, of meisjes van een jaar of twaalf, of baby's in Pampers, al naargelang. Ze hebben vieze boekjes verstopt in de lades van hun bureau, gaan zich aftrekken in de buurt van de speeltuin, zulke dingen. Vaderdaders zouden zoiets niet doen. Hun gaat het veeleer om macht dan om seks, en om de troost en de aandacht waar ze zo naar verlangen, maar die hun in hun leven niet of niet voldoende geboden worden, meer in die sfeer. Dus nee, papa's nazaten zijn allerminst een bewijs van het tegendeel.'

Nina wierp een schuine blik op Lise. Lise lette erop dat ze zich niet verroerde. Als ze had kunnen ophouden met ademen, dan had ze dat gedaan.

Lises moeder stak nog een sigaret op.

'En gij zijt opeens een expert of zo, een psychiater die daarvoor gestudeerd heeft?'

'Als ge mij niet gelooft, ik kan u een paar goede boeken aanbevelen.' Nina sprak nog sneller dan ze normaal deed.

'En welke bewijzen hebt ge dan?' haar moeder klonk steeds nijdiger.

'Een heel leven van gore eenzaamheid en foute mannen en verwoestende zelfhaat...'

Lise zag hoe Nina's ogen vochtig werden.

'En losbandig gedrag en sociaal onvermogen en gruwelijke angsten en een rusteloze–'

'Dat gij uw leven niet op de rails krijgt, dát is uw bewijs? Allee vooruit.' Ze trok haar wenkbrauwen hoog. 'Daar zou een rechter van onder de indruk zijn.'

'Alsof hard bewijs in een situatie als deze, over feiten van zo lang geleden, ooit bestaat? Wat zoudt ge willen? Dat er een leuk super 8-filmpje was gemaakt waarin hij het voor de camera deed? Mijn immer berekenende, superintelligente vader?'

Haar moeder drukte haar sigaret half opgerookt uit, stond op.

'Ik ga voor mijzelf ook een glas wijn inschenken.'

Nina wreef met haar handen langs haar slapen, langzaam, er zat een veeg uitgelopen make-up bij de hoek van haar linkeroog. Toen keek ze weer naar haar vader.

'Wat zat er toen in dat hoofd van u waardoor ge blijkbaar voor uzelf wist te verantwoorden waar ge mee bezig waart? Gij dacht: mijn vrouw laat mij in de steek, ik doe vervolgens geen enkele moeite om te achterhalen waar ze zit, en nu mag ik met haar dochter doen wat mij uitkomt, of...?'

Haar vader zuchtte diep.

'Gij blijft lekker zwijgen, dat is natuurlijk het gemakkelijkste. En papa kiest altijd voor de gemakkelijkste weg.' Nina probeerde bij die laatste zin weer oogcontact met Lise te maken, ze leek te hopen dat haar zus haar toch ten minste over dit ene detail zou bijtreden.

Lise staarde naar haar schoenen, ze waren versleten aan de binnenkant, omdat ze met haar ene voet tegen haar andere schuurde als ze liep. Haar moeder zei vaak dat het niet te doen was in welk tempo zij schoenen versleet.

'Ninaatje,' haar vader maakte een machteloos gebaar met zijn handen. 'Ik neem het u, in tegenstelling tot sommigen, niet kwalijk dat het moeilijk is voor u om een stabiel leven op te bouwen. Gij en ik, wij dragen een zwaar kruis. Een moeder, een vrouw die ge graag ziet, die u in de steek laat en van wie ge niet eens weet of ze dood is of levend, dat is een verschrikking. Daarom heb ik u ook altijd geholpen als ge in de miserie zat. Dat kunt ge niet ontkennen, toch?' Haar vader klonk kalm, beheerst, koel bijna, vond Lise. 'Maar dat ge u nu door een dubieuze kwakzalver iets hebt laten aanpraten waar ik de rekening voor zou moeten betalen, ge begrijpt toch ook, dat is...' hij staarde naar de grond, 'onaanvaardbaar. Echt onaanvaardbaar.'

Lises moeder kwam terug met een gevuld glas en zette de fles op de salontafel.

'Ja, hebt ge daar al eens bij stilgestaan, Nina, hoe dat voor hem moet zijn om onterecht beschuldigd te worden van zoiets?' Dat laatste woord zong ze bijna. 'Dat moogt ge iemand toch niet aandoen omdat ge met uzelf geen raad weet. Gij zijt altijd zo geweest: alleen met uzelf bezig. Wel, ik ga het nu toch eens zeggen zoals het is: dat vind ik geen mooie eigenschap.'

Ze klonk als Lises juf van het derde leerjaar, ook omdat ze die laatste zin in haar keurigste Nederlands uitsprak opeens. Nina staarde roerloos naar buiten. Stil, broos als vallende bladeren.

'We hebben van u al veel verdragen, alle afgelopen jaren, u altijd opnieuw kansen gegeven, want dat is wat ouders doen voor hun kinderen. Maar wees nu eerlijk, vindt ge nu zelf ook niet dat ge deze keer echt te ver gaat?'

Nina bleef naar buiten kijken, terwijl ze zei: 'Denkt gij nu echt dat ik hier zomaar iets kom zitten beweren? Waarom zou ik dat doen? In godsnaam, waarom?'

De vraag zinderde na. Haar vader dronk zijn glas leeg, en schonk meteen weer bij. Hij vroeg niet of er nog iemand wijn wou. Nina kon haar handen niet stilhouden, zag Lise. Ze drukte haar kin tegen haar borstkas, richtte zich toen weer op.

'Begrijpen jullie wat het betekent om...' Ze kneep haar ogen dicht, deed ze weer open, begon opnieuw. 'Jullie weten toch dat ik hier niet meer kan komen als ik niet geloofd word? Ik was bereid om...' Nina's ademhaling schokte. 'Als jullie zo doen tegen mij, laten jullie mij geen andere keuze dan nu te vertrekken en nooit meer terug te keren.'

Lise keek eerst naar haar vader, dan naar haar moeder. Ze voelde hoe alle zuurstof uit de lucht werd getrokken. Ze hoorde boven een raam klapperen. Ze telde de seconden.

'Gij zijt volwassen. Wij kunnen ons alleen maar neerleggen bij uw keuzes,' haar moeder klonk schor.

Nina stond op, langzaam, alsof haar lijf tegenwerkte, ze stootte haar glas om. Stukjes glas vlogen tot onder de televisie, een plas wijn zocht zijn weg naar het tapijt. Lise zag haar moeder twijfelen of ze niet meteen zou opstaan om een doek te halen. Nina hing haar handtas om haar schouder, keek naar haar ouders, lang, één voor één, toen ging ze bij Lise staan, heel dicht, alsof ze iets wou zeggen wat de anderen niet mochten horen.

'Ge moet eens kijken van wie hij een fotootje in zijn portefeuille heeft zitten. Niet van David of van u, niet van uw moeder, niet van de mijne, het is er eentje van mij.' Toen keerde ze zich weer naar haar vader. 'Maar dat betekent allemaal niks, natuurlijk, hè?' Ze draaide zich om, ademde nog een keer nadrukkelijk in en uit, toen maakte ze de deur open en liep zonder nog iets te zeggen naar de voordeur. Even nog bleef het stil, alsof ze op iets stond te wachten. Toen klonk de knal van een deur die radicaal dichtviel. Lise hoorde haar voetstappen op de oprit en zag Nina met een al te kaarsrechte rug uit het gezichtsveld verdwijnen.

Lise had nog iets moeten zeggen, vond ze, al had ze geen idee wat dan. Ze hoorde een auto starten en vertrekken. Ze voelde niks. Of misschien alles, dat kon ook.

18

Er klonk gepiep en gekraak uit de slaapkamer, haar moeder stapte in bed. Het zou niet lang duren voor ze sliep, ze nam daar pillen voor. Haar moeder nam pillen voor van alles, of beter gezegd: tegen van alles. Lise herinnerde zich niet hoe oud ze was toen ze ontdekte dat niet elke moeder dagelijks aan de medicijnen zat, ze wist alleen dat haar vader haar van jongs af duidelijk had gemaakt dat ze haar moeders zenuwen moest sparen door altijd flink en lief te zijn, door niks te zeggen wat haar triest zou kunnen maken, en dat hij Lise het gevoel gaf dat zij samen met hem het gezin op de rails zou kunnen houden. Ze dacht dat ze als kind al trots was geweest op het vertrouwen dat hij in haar stelde.

Lise woelde haar voeten bloot, herschikte het kussen, checkte de wekker. Voor de zekerheid zou ze een kwartier wachten, dan was haar moeder gegarandeerd in semicomateuze toestand. Starend naar de wekker dacht ze weer aan Jaspers kin, en hoe die voelde, rustend op haar hoofd.

Ze dacht dat haar vader haar nu nodig zou hebben, al wist ze dat ook niet zeker, zij die niks meer zeker wist. Kort nadat Nina was vertrokken had ze gecontroleerd of het klopte dat hij alleen Nina's foto bij zich droeg, ze wou zichzelf geruststellen. Als ze het niet onderzocht, zou dat zinnetje bij haar blijven, zoals het fijne visgraatje tussen je kiezen dat zich maar niet laat vangen en daardoor steeds voelbaarder wordt.

Lise had gewacht tot haar moeder de deur uit was en haar vader in de veranda de krant zat te lezen. In de woonkamer hing zijn colbert bij de schouders over de rugleuning van een stoel, alsof ook de stoel zich waardig moest kleden. Ze hield haar blik strak op haar vaders achterhoofd gericht, als hij zich omdraaide was ze de pineut. Lise ging achter de bejaste stoel staan, de zenuwen gierden van haar keel tot in haar tenen, ze graaide blind naar de binnenzak en viste voorzichtig de portefeuille eruit. Haar vader sloeg een pagina om. Lise bevroor, hield de dikke portefeuille in haar hand geklemd. Zij had nooit een dagboek bijgehouden omdat ze er zeker van was dat haar moeder dat zou lezen, en nu stond ze zelf de privacy van haar vader te schenden. Toch zette ze door. Naast alle briefjes van vijftig, honderd, vijfhonderd en duizend frank vond ze zijn rijbewijs, zijn identiteitskaart, een in vieren gevouwen artikel uit een vakblad, een paar rekeningen van restaurants en wel degelijk een zwart-witfoto van Nina.

Alsof er een blinkend geweer tegen haar slaap werd geduwd. Lise kon het niet geloven. Ze keek naar het roerloze hoofd van haar vader en bladerde nog eens heen en weer, maar inderdaad: precies zoals haar zus het had gezegd, alleen háár foto. Nina was daar een jaar of tien, elf, schatte ze. Ze keek naar een verte, er waaide een stevige wind aan haar haar te zien, ze lachte niet, ze dacht na, ze zag er verstandig uit, en ze had opvallende, volle lippen. Een heel mooi meisje, toen al.

Lise keek op en zag haar vader de krant opzijleggen. Zonder nadenken hurkte ze, zodat ze min of meer verdween achter de stoel en de jas. Als hij nu opstond, kreeg ze het niet uitgelegd. Ze hoorde het riet van de fauteuil niet kraken, dat was een goed teken. Gehaast stopte ze de foto weer tussen het artikel en het rijbewijs en duwde de portefeuille in de binnenzak. Aarzelend stond ze weer op. Hij zat naar de tuin te staren. Lise liep achterwaarts, zodat ze haar vader niet uit het oog verloor, al sloeg dat nergens op. Eenmaal bij de deur, draaide ze zich om en rende de trap op, naar haar kamer. Ze wist niet wat ze moest denken, ze wist alleen dat dit gevoel meteen ook haar verdiende loon was. Je ging niet zomaar aan iemands spullen zitten.

Lise trok de dons wat hoger. Zo'n foto bewees niks. Het was een beeld van een goeie fotograaf, in zwart-wit, niet onlogisch dat je dat in je portefeuille stak, en niet een van je echtgenotes onhandige kiekjes: zelden goed gekadreerd, vaak niet eens helemaal scherp of met rode ogen door de flits. Terwijl, dit prachtige kind, gevat in een kunstzinnige foto, dat wilde je tonen aan anderen, dus dat droeg je bij je. Bovendien was Nina ook de dochter die veel te verduren had gekregen, en die met hem een trauma deelde, zoals hij dat zelf die middag had gezegd, dat schiep een band. Ze nam een bijzondere plek in, zijn eerstgeborene, dat kon, dat was niet raar, dat was verder geen indicatie in geen enkele richting. Lise begreep het helemaal.

Ze mocht er nu zeker van zijn dat haar moeder sliep. Op haar voorzichtigste voeten sloop ze naar beneden, en via de schemerige woonkamer liep ze naar de salon. Ze zag haar vader meteen zitten. Aan de keukentafel, met zijn glas wijn. Boven het aanrecht brandde het lampje van de afzuigkap. Het licht van de veranda viel door het raam naar binnen. Zonder te vragen of het mocht, nam Lise een stoel en ging bij hem zitten.

'Gaat het een beetje met u?' vroeg ze zacht.

Haar vader zoog wat lucht tussen zijn tanden, zoals hij altijd deed als hij flink gedronken had.

'Wat een vraag, meisje, wat een vraag.'

Hij lachte schamper, legde zijn handen rond de voet van zijn glas, alsof hij het moest beschermen tegen de vijand.

'Ik ben bezorgd om u.'

'Dat is lief, dat gij bekommerd zijt om uw oude vader.'

Dat zei hij wel vaker: uw oude vader, dat klonk alsof hij hoogbejaard was in plaats van tweeënvijftig. Vreemd vond ze dat. Alsof hij ernaar verlangde om ouder te zijn, dichter bij het einde.

'Ik wist dat Nina het vaak wat moeilijk heeft, maar vandaag schrok ik wel van haar,' zei Lise.

Haar vader zuchtte diep van verwonderde ontzetting.

'Mensen,' zei hij, en hij pauzeerde nadrukkelijk, alsof hij een lezing gaf en de aandacht van het publiek vast wou houden, 'ze stellen u teleur. Allemaal. Zelfs uw eigen vlees en bloed.'

Lise durfde niet te vragen wat hij precies bedoelde.

'Dat moet ge gewoon weten, meisje, dat moet ge weten over

mensen, dat ze u niet zullen brengen wat ge hadt gehoopt, dat ze u onheus zullen behandelen, dat ze u kwaad zullen doen, zodat ge u daarop kunt voorbereiden.'

Ze vroeg zich af hoe je je moest voorbereiden op een leven vol ontgoocheling.

'Gij stelt mij toch niet teleur,' probeerde Lise. Het klonk aarzelend. 'Gij zijt mijn vader, en ik hou van u.'

Hij keek niet op.

'Omdat gij iemand zijt om graag te zien.'

'Dat moet ge dan maar eens vertellen aan uw moeder.'

'Was het weer ruzie?'

Hij schudde zijn hoofd, fel en traag tegelijk. Als hij stevig had gedronken, waren zijn bewegingen anders.

'Zij janken, zagen... ge kent het. Maar ik dacht: ik doe gewoon niet mee. Uw moeder kan monologen afsteken die blíjven duren. Moesten daar wedstrijden voor bestaan, ze won ze allemaal. Maar als ge niks terugzegt, dan valt het toch ooit een keer stil. Dan raakt ze zo gefrustreerd dat ze afdruipt, met die rug van haar, die rug van iemand die zich bij iets heeft neergelegd, maar niet goed weet waarbij precies, die rug die bedoeld is om alsnog medelijden te wekken.'

Lise zag het beeld meteen voor zich, ze had haar moeder vaak zo gezien.

Hij viel stil, kreeg iets mijmerends in de blik.

'Waar denkt ge nu aan?'

'Wat een vraag, meisje. Gij met uw vragen altijd.'

Irriteerde ze hem nu? Het was moeilijk om hem te lezen, maar ze moest nog even doorgaan, gebruikmaken van de welwillendheid die bij dit soort dronkenschap hoorde. Hij zoog opnieuw lucht tussen zijn tanden. Ze herinnerde zich zijn blik toen zijn moeder toegaf dat ze Nina had gebeld. Hij was heel gevoelig voor verraad.

'Hoe deed mama vroeger eigenlijk tegen Nina?'

Hij haalde zijn schouders op, eerder uit desinteresse dan omdat hij het antwoord niet kende, zo te zien.

'Gewoon, zoals tegen u.'

'En was ze altijd al zo met u?'

Hij nam een slok.

'Hmm... Misschien was dat in het begin wel anders, enigszins toch.'

'Hoe dan?'

'Dat weet ik niet meer.' Hij sloot zijn ogen. Het tipje van zijn tong hing uit zijn mond. Hij opende ze weer, traag, alsof hem dat moeite kostte. 'Dat kan ik niet uitleggen.'

Het klonk bijna alsof hij dat zelf jammer vond, wat Lise moed gaf.

'Waarom zijt ge eigenlijk met haar getrouwd?'

Hij leek echt na te denken over die vraag.

'Een man alleen, die is niks waard. Niks.' Er viel een stilte. 'En zeker niet met Nina, voor zo'n klein kind moeten zorgen...' Hij floot tussen zijn tanden, dat maakte die zin wel af, vond hij. Toen stak hij een vinger in de lucht en zei opeens: 'Fies zus, Gaby, dat was...' Zijn hand maakte een zwierige zwaai. 'Ik heb eerst geprobeerd of ik haar niet kon krijgen, maar zij zag dat niet zitten, een vader met een kind. En zij had ze voor het uitkiezen. Die grote ogen, dat lijf, nog niet de helft van uw moeder nu. Echt zo.' Met zijn duimen en wijsvingers in halve cirkels gaf hij de afmeting van haar taille aan. 'Dat is... voor een man...' Hij kreeg een vreemde blik terwijl hij dat zei.

Lise leunde naar achteren.

'Uw moeder, die was zot van kinderen, altijd al. Van kinderen in het algemeen toch. Dat is schoon van haar.'

Haar vader schoof schrapend zijn stoel naar achter, en toen hopte hij weer naar voor, zodat hij op precies dezelfde plek uitkwam.

'Maar zijt ge dan–'

'Gaby, dat was een vrouw, man toch. Ik denk dat ik met haar wel goede seks had kunnen hebben. Zij was echt mijn ding...' Hij nam een slok. 'Terwijl ja, uw moeder, daar moet ik geen tekening bij maken, hè, met dat lijf, zoals ze zich heeft laten gaan. Daar moet ge als man toch uw pap maar mee zien te koelen, dat is natuurlijk niet...'

Lise deed haar best om niet echt te luisteren, zoals hij dat kon bij haar moeders monologen. Ze hoorde toch hier en daar woorden die ze probeerde niet te onthouden.

'En Nina, Nina is ook nooit content. Als een kip zonder kop stort ze zich van het ene ongeluk in het andere, en dan verzint ze een leven bij elkaar om haar eigen aanstellerij en falen goed te praten tegenover zichzelf. Geen ruggengraat, zij, nooit gehad.' Hij gesticuleerde er hevig bij. 'Nu ja.'

Lise bestudeerde haar vaders gezicht. De rimpels in zijn voorhoofd, vier parallelle, diepe groeven, omdat hij zijn wenkbrauwen altijd optrok als hij nadacht, en hij dacht veel na, over sommige dingen toch. Zijn uitgesproken neus, zijn zuinige lippen, zijn tanden, schots en scheef, geel als jonge kaas en bruinig bij de randen, 'Daar werd vroeger allemaal niet naar gekeken,' zei hij dan, 'zolang ge kon bijten was alles oké, en nu is het te laat.' Hij zag er moe uit.

'Dat ik dat nog moet meemaken, dat ze dan zulke leugens... Dat ze mij dat aandoet. Waar heb ik dat nu aan verdiend? Vindt gij, Lise, dat uw vader zoiets heeft verdiend?'

Hij bleef in dezelfde houding zitten, en opeens maakte hij een geluid, ergens tussen hoesten en huilen in.

'Papa?'

Lise legde een hand op zijn arm. Hij verborg zijn gezicht achter zijn handen, schokte zacht. Lise kon het niet aanzien.

Ze mochten het haar vader allemaal niet aandoen. Hij was al te beschadigd. Lise voelde haar hand mee schokken met zijn lijf. Haar vader die zo huilde, dat had ze nog maar één keer eerder meegemaakt, toen hij, ook dronken, over zijn vader had zitten vertellen, een man die hij adoreerde en over wie hij altijd opnieuw dezelfde paar anekdotes vertelde. Dat hij zesendertig hardgekookte eieren had opgegeten, in het café, voor een weddenschap, en dat hij daar niet eens ziek van was geworden. Lise had nooit begrepen waarom uitgerekend haar vader, een man met een manifeste hekel aan elke vorm van overbodigheid, in herhaling viel als het over zijn pa ging, en dan juist zo'n verhaal opdiste ter illustratie van zijn grootsheid.

Lise bleef zacht tegen hem praten en langzaam zag ze hem weer wat kalmer worden.

'Laetitia, dát was ook een vrouw...' Hij ging verder met het vuur van daarnet, alsof dit intermezzo door een stand-in was gespeeld. 'Beter worden ze niet gemaakt. Haar pa, een vreselijke vent, wou niet dat ze met mij zou trouwen, meer nog: hij was flagrant tégen, maar zij heeft gezegd: "Gij kunt mij niet tegenhouden," en ze is vertrokken, zonder een frank, zonder iets. Ze is bij mij aangekomen met een koffer met wat kleren, een klein fotoalbum en een kettinkje van haar moeder die jong gestorven was, en ze heeft nooit meer omgekeken. Nooit meer een woord gewisseld met die vader van haar. Omdat ze mij wou. Mij en niemand anders.'

Hij keek er ernstig bij, hij die nooit over zijn eerste vrouw praatte, die haar foto's had weggestopt in een dichtgeplakte doos op zolder. Lise wachtte af om zeker te weten dat hij niet uit zichzelf verder zou praten.

'En weet ge eigenlijk waarom–'

'Waarom, waarom, waarom, dat is de vraag die mensen zich te veel stellen. Niemand weet ooit waarom.' Hij klonk geagiteerd nu. 'Over zulke dingen moet ge u de kop niet blijven breken, dat heeft geen zin. Daar gaat ge aan kapot. Snapt ge?'

Lise vroeg zich af of hij daar werkelijk niet meer over nadacht. En hoe dat dan zou moeten: stoppen met denken. Haar vaders vingers tikten op het tafelblad. Ze stond op. 'Nog een beetje?' vroeg ze, en voor ze antwoord had gekregen liep ze naar de ijskast, nam de fles en goot zijn gigaglas halfvol. Ze ging weer zitten en zag zijn adamsappel heen en weer bewegen met elke slok. Ze zag de stoppels op zijn hals, wangen en kin. Het gaf hem iets weerloos, vond ze.

'Denkt ge dat Nina gaat terugkomen?' vroeg Lise zacht.

Hij zuchtte alleen maar. Buiten jankte de hond van de buren alsof hij zich een wolf waande.

'Gaat ge haar missen?'

Haar vader trok zijn mond in een streep, hief zijn armen hoog, als een priester die de Heer aanroept, en liet ze meteen moedeloos weer zakken. Hij zei niks. De hond jankte nog harder, alsof hem nu echt iets werd aangedaan.

'Ik wou dat ik iets voor u kon doen, papa.'

'Gij zijt lief. De liefste dochter. Goed dat ik u tenminste nog heb.' Hij keek achterom, in de richting van de tuin. 'Dat ze die hond eens binnenhouden, zeg. Dat beest terroriseert de hele buurt, en niemand die er iets aan doet.' Hij stond op en ging door het raam naar buiten staan staren. Het was minutenlang stil, en toen zei hij opeens: 'Gij verstaat mij tenminste, gij wel.'

Lise herhaalde die zinnen in haar hoofd. Ze vroeg zich af of zij Nina zou missen, over een maand, over een jaar, wanneer zij de leeftijd had van Nina. Of haar vader de foto van Nina in zijn portefeuille zou laten zitten. Of haar moeder nog over de voorbije middag zou beginnen tegen haar, en of er nu iets veranderd was.

Ze stond op, keek naar de rug van haar vader, naar zijn afhangende schouders. Er zat geen kwaad in hem, alleen hartzeer. Het was volstrekt onmogelijk dat hij tot zoiets afschuwelijks in staat zou zijn, echt ondenkbaar. Hij zei het ook, hij noemde het leugens. Zijn verontwaardigd verdriet was echt. En Nina, wat had zij in haar volwassen leven al uitgevreten, goedgepraat, verdraaid, verkeerd geïnterpreteerd? Misschien had iemand haar er inderdaad van overtuigd dat niet zij, maar een ander de schuld droeg van wat haar niet lukte in dit leven, misschien zat ze niet flagrant te liegen, maar hoe dan ook lag het, met alle feiten op een rij, veel meer voor de hand dat ze dit hele verhaal bij elkaar gefabriceerd had. Haar vader bleef naar buiten kijken. Bij Douglas Coupland had Lise gelezen dat mensen die beschadigd raakten nooit meer geheeld kunnen worden. Ze hoopte dat hij ongelijk had.

Lise zei dat ze misschien beter kon gaan slapen, als hij haar niet meer nodig had. Zonder om te kijken antwoordde hij dat ze dat maar moest doen. Dus liep ze naar haar kamer, en daar keek ze naar buiten, zoals haar vader het een verdieping lager ook stond te doen. De hond was opgehouden met huilen. Witte wolken dreven voorbij. De nacht was stil, en onbegrijpelijk.

19

Een man met een vierkant hoofd en opvallend bolle ogen kirde van plezier en riep 'veel' toen Lise drie aardappelkroketten opschepte, dus gaf ze hem er nog twee bij. Met hetzelfde enthousiasme herhaalde hij: 'Veel.' Lise aarzelde, misschien was dit louter een bevestiging dat er nu veel op zijn bord lagen, maar hij bleef haar stralend aankijken, dus gaf ze hem er voor de zekerheid nog twee, wat kon het haar tenslotte schelen. Hij piepte van grote tevredenheid, zette zijn dienblad neer, zeeg op één knie en brulde, luid genoeg zodat iedereen het kon horen: 'Wilt gij met mij trouwen, mooi krokettenmeisje?' Hij wachtte niet op een antwoord, nam gierend van het lachen zijn dienblad en schoof door naar de gebraden kip. Jasper, die achteraan stond, bij de taarten, leunde voorover in de rij zodat hij haar blik kon vangen. Hij grijnsde.

Hij had haar opgebeld om te vragen of ze geen zin had om hem te vergezellen, ze konden altijd een paar extra handen gebruiken. Hij kwam elke zomer minstens één dag meewerken op dit vakantiekamp voor mensen met een verstandelijke beperking, waar zijn broer al jaren trouw aan deelnam. Overdag meedraaien, en dan konden ze 's avonds samen in de buurt nog een hapje gaan eten om zichzelf te belonen, hij kende daar een leuk restaurantje, had hij gezegd.

Tijdens de voormiddag had ze wortelen geschraapt, sla gewassen, tomaten en komkommers gesneden. Af en toe kwam Jasper even langslopen, en hoe hij dan keek, haar achteloos aanraakte, bij haar arm, haar elleboog, haar onderrug. Of het ging? had hij een paar keer gevraagd. Dat komkommers schillen nog net binnen haar verstandelijke vermogens lag, lachte ze, en meteen besefte ze wat voor een smakeloze opmerking ze had gemaakt. Jasper moest er alleen maar om lachen.

Toen na de lunch alles opgeruimd was, nam Jasper haar mee naar zijn broer. Arnout zat op een deken in het gras met drie verschillende vrachtwagens. Jasper legde uit dat er altijd een vrachtwagen mee moest, waar hij ook naartoe ging. Toen Arnout zijn broer zag, maakte hij uitbundige gebaren. Terwijl Jasper hem begroette, legde hij een hand op zijn schouder, heel snel even. Misschien vond Arnout aanrakingen niet zo prettig. Dat kon Lise wel begrijpen. Er waren mensen die je nauwelijks kenden en het toch nodig vonden om je vast te grabbelen alsof je hun lang verloren dochter was, zoals sommige van haar tantes deden, en zij roken naar kleren met restzweet omdat die structureel te weinig gewassen werden. Arnout stak een vrachtwagen in de lucht.

'Die van uw verjaardag, ge hebt hem nog, en helemaal intact.' Hij ging op zijn knieën bij zijn broer zitten. 'En, hoe is het hier dit jaar?'

Arnout bleef aan zijn vrachtwagen prutsen.

'A geweldig, B behoorlijk aangenaam, of C niet zo leuk eigenlijk?'

'Ja,' antwoordde hij toen.

'Al leuke meisjes gecharmeerd?'

'Ja.'

'Aha, laat me raden: Glenda, van vorig jaar?'

'Ja.'

'En is uw favoriete leidster er ook?'

'Ja.'

Lise weerstond de aandrang om Jasper te vragen of hij ook wel eens nee zei.

'Ik heb ook een leuk meisje meegebracht. Dit is Lise.'

Arnout keek niet op en zei opnieuw 'ja'.

'Wat denkt ge, zullen we gaan wandelen, het bos in?'

'Ja.'

'En zal ik eens vragen of er nog wat vrienden mee willen?'

'Ja.'

Arnout gebruikte ook telkens precies dezelfde intonatie, alsof er een klein zuchtje onder zat. Jasper deed zijn ronde en kwam terug met drie mannen en een vrouw met een bril die zo laag op haar neus stond dat Lise bang was dat die er elk moment af zou vallen. Dat bleek Glenda te zijn. 'Krokettenmeisje!' riep de man met de bolle ogen en hij kwam naast Lise staan en haakte in. Jasper vroeg of Lise het zag zitten. Ze knikte dapper.

Alsof hij nooit anders had gedaan nam Jasper de bende mee op sleeptouw. Hij maakte grapjes waar de meesten erg om moesten lachen, stelde vragen, bleek van alles te weten over bomen en beesten, en ondertussen hield hij zijn broer nauwlettend in de gaten.

De man die van kroketten hield, bleek Dirk te heten, en Dirk week geen seconde van Lises zijde. Na een tijdje ingehaakt te hebben gelopen, nam hij haar hand, niet zoals kinderen doen, eerder zoals geliefden, met de vingers vervlochten. Alles in Lise wou deze hand losschudden van de hare – het voelde precies zoals het zou voelen als iemand met een gevaarlijke vuist tegen haar adamsappel zou drukken – maar dat kon ze niet maken, dus liet ze het maar gebeuren. De kwelling werd er niet minder om.

Terwijl de hele bende over een omgevallen boomstam klauterde, omdat Jasper had beslist dat het wandelpad echt zo liep en niet anders, een logica die door iedereen gevolgd werd alsof er niets tegen in te brengen viel, liet Arnout zich opeens op de grond zakken en begon onbedaarlijk te krijsen. Hij was al over de stronk heen geklommen. Lise had geen idee wat er aan de hand was. Had hij pijn? Was hij bang? Of boos? Twee anderen gingen stil om hem heen staan, Glenda met de bril duwde haar vingers in haar oren en draaide haar rug naar hem toe en Dirk kneep haar hand bijna fijn. 'Stoppen!' begon hij te roepen. 'Stoppen!' Hij brulde bijna even hard als Arnout zat te krijsen. 'Stil, Aaaarnout!'

Lise probeerde hem te kalmeren terwijl Jasper op zijn hurken bij zijn broer zat. En plots liet Dirk haar hand los en zette het op een lopen. 'Dirk!' Lise zocht Jaspers blik, maar hij was totaal gefocust op Arnout, en Dirk maakte behoorlijk vaart. Lise zette de achtervolging in. 'Dirk, wacht!' Maar Dirk holde verder. Lise wou dat ze andere schoenen had aangetrokken. 'Dirk, alstublieft, stop nu.' Ze hoorde het verkeer van de grote weg die om het bos heen liep. 'Dirk, het is daar gevaarlijk, kom terug!' Dirk bleef rennen alsof hij op de vlucht was voor een troep hyena's, Lise vervloekte zichzelf dat ze hem niet kon inhalen, erger nog: de afstand werd eerder groter dan kleiner. En Dirk kwam almaar dichter bij die weg. Was hij zich bewust van het gevaar? Lise brulde: 'Dirk, wacht! Ik moet iets zeggen: ik wil met u trouwen!'

Op slag bleef Dirk staan, alsof er iemand acuut de handrem had aangetrokken. Hij draaide zich om en kwam met een stralend gezicht naar haar toe gewandeld, alsof hij alweer vergeten was dat hij ervandoor was gegaan. 'Krokkettenmeisje,' zei hij, 'duifje van mij.' Lise stond te hijgen, aan hem was nauwelijks iets te merken. Hij verstrengelde zijn vingers weer met de hare, en hij klemde een stukje van zijn tong tussen zijn lippen en liet het daar zitten. Er hing wat speeksel aan zijn kin. Lise probeerde er niet naar te kijken.

'Wilt ge dat nooit meer doen, Dirk? Jezus, man.'

'Jezus was getrouwd met Maria,' antwoordde Dirk met het aplomb van een kerkgeleerde.

Toen ze bij de groep aankwamen, was Arnout gestopt met schreeuwen. Hij stond met de vrachtwagen in zijn armen naar de grond te staren.

'Waar bleven jullie?' Glenda met de bril liet het geïrriteerd klinken.

'Wij gaan trouwen,' zei Dirk, alsof dat de vraag perfect beantwoordde.

'Ah zo?' lachte Jasper.

'Tja,' zei Lise, 'het hart wil wat het hart wil.'

'Zo is het.'

Jasper keek naar haar zoals nooit eerder iemand naar haar had gekeken. Lise sloeg haar ogen neer.

'Kom,' zei Dirk, 'we moeten verder.' Hij liet het manhaftig klinken.

'Ja,' zei Jasper, 'en gij zorgt goed voor Lise, hè Dirk. Op u kan ik rekenen, toch?'

Dirk groette met een gestrekte hand tegen zijn hoofd, een soldaat die een order krijgt: 'Aye aye, sir,' en hij trok haar gretig met zich mee.

De ober vroeg of ze nog koffie wilden. Jasper keek op zijn horloge en zei dat hij dringend terug naar huis moest. Hij wenkte de ober om de rekening. Lise wilde niet denken aan terugkeren. Ze wou met hem in de auto stappen en doorrijden naar Parijs en daar ontbijten met croissants en door de straten dwalen en Centre Pompidou bezoeken, en daarna ook nog het Louvre, en met een bootje op de Seine varen, en dat ze maar bleven praten en niet moe waren en ook niet moe werden en nergens aan hoefden te denken, behalve dat ze daar waren en wilden zijn.

Toen hoorde ze hem zeggen dat hij het eigenlijk al veel te laat had gemaakt. Waarom sprak hij dat nu zo uit? Het klonk alsof hij spijt had van de avond. Alsof zij niet degene was bij wie hij wilde zijn. Lise knikte begrijpend naar hem.

Jasper betaalde, liet een sympathieke fooi achter en legde zijn arm om haar schouder terwijl ze naar de auto liepen. Muggen zoemden om hun hoofd, hij sloeg ze weg met zijn vrije hand. Ze zeiden niks. Misschien omdat ze allebei hetzelfde dachten. Met een zwierig gebaar maakte hij het portier voor haar open.

Ze wou haar gordel vastmaken, maar hij hield haar tegen, trok haar naar zich toe en kuste haar, eerst zacht, dan gretiger. Hij legde een hand op haar been en probeerde zich dichter bij haar te manoeuvreren, met de handrem en de versnellingspook onhandig tussen hen in. Hij gleed met de palm van zijn hand langs haar wang, haar hals, onder haar T-shirt. Hij streelde haar borsten, voorzichtig, met een paar vingers langs de stof van haar bh. Lise hoorde hem hevig ademen, ze rook zijn aftershave en de zon die op zijn vel had gebrand. Ze liet zich strelen, ze kuste hem terug. Ze voelde zijn zachte natte tong en proefde mosselsaus. Hij kuste haar hals, en toen schoof hij haar T-shirt naar boven, haalde haar linkerborst uit de bh, en begon zachtjes aan haar tepel te zuigen, terwijl hij de andere borst bleef strelen. Lise hield haar adem in, deed niks, wist niet wat te doen. Jasper kwam omhoog en zei: 'Ge hebt lekkere borsten,' hij kuste haar weer. Hij duwde haar benen open, legde zijn hand onder haar kont en trok haar wat naar beneden. Toen gleed hij met zijn hand langs haar slip. Met twee vingers bewoog hij heen en weer, langs de stof, traag, telkens weer. Hij liet zijn voorhoofd rusten tegen het hare, zijn ademhaling werd almaar onrustiger, hij bleef haar daar strelen, precies zo, terwijl hij naar haar andere borst ging en heel voorzichtig in haar tepel beet. Opeens reed er een 4x4 langs hun auto, het licht van grote koplampen scheen op de weg. Jasper bevroor even en week naar achteren.

Toen de auto uit het zicht verdwenen was, zei hij weer dat hij echt naar huis moest. Lise keek hem aan, probeerde een glimlach omdat ze niet wist wat ze daarop moest antwoorden. Hij kuste haar, kort, op de mond. 'Het moet.' Dat klonk kordaat, alsof hij haar tot de orde riep. Hij ging keurig achter het stuur zitten, zij stopte haar borsten weer in haar bh en trok haar T-shirt naar beneden. Terwijl hij de motor startte, keek hij haar liefdevol aan, wat haar enigszins geruststelde.

Het bleef een hele tijd stil. De weg volgde het zwarte water. De maan scheen bedenkelijk, alsof ze er zelf vanavond niet echt in geloofde. Hij legde zijn hand op haar knie en Lise keek naar hoe die daar lag, achteloos, alsof dat nu eenmaal de plaats voor die hand was, en ze legde de hare erbovenop.

'Vondt ge 't gezellig vandaag?' vroeg Jasper opeens.

Lise knikte.

'Bijzondere club.'

'Ja, en gij zijt van 't straat en al.'

'Kunt ge nagaan. Juist ik, die alle hoop allang had opgegeven.'

Ze lachten. Er pletste vogelstront op de voorruit.

'Was het eigenlijk lastig, opgroeien met een broer als Arnout?'

'Soms. Hij is thuisgebleven tot hij zeventien was, en toen is hij verhuisd naar de instelling en overnachtte hij alleen in de weekends nog bij ons, omdat het te zwaar werd voor mijn ouders. Als hij er was, liep ik er vaak maar wat bij, dat kon ook gewoon niet anders. En Arnout is een fenomenale kerel, ik heb veel van hem geleerd.'

'Zoals?'

'Dat woorden maar één manier zijn om contact te maken. Dat kwaad worden nooit zin heeft. Dat geduld een schone deugd is.' Dat laatste zinnetje zei hij grijnzend, met zijn 'oude bes'-imitatiestem. Er viel een stilte. Ze dachten na. Zij konden dat samen.

'En gij hebt alleen een braaf, klein broertje, dus dat is u allemaal niet gegund geweest, arme gij.'

'Mijn leven is echt té volmaakt, dat is wel waar.' Lise grijnsde. Toen zag ze Nina voor zich, hoe ze had gekeken voor ze vertrok. Hoe ze haar mond in een vreemde plooi hield terwijl ze sprak met haar vader. 'Ik heb trouwens ook nog een zus, veel ouder dan ik wel.'

'O, dat wist ik niet. Ge hebt nog nooit iets over haar verteld.'

'Ik zie haar niet zo vaak.'

'Waarom niet?'

Lise aarzelde. Ze zag Nina de oprit weer af lopen, ze bladerde in haar hoofd door alle verhalen die ze kon vertellen nu.

'Ze woont heel ver weg. En ze heeft niet zo'n goed contact met mijn moeder, en zo.'

'Uw moeder, dat is ook echt geen gewone, hè.'

Lise maakte zich vrolijk. 'Dat is één manier om het te zeggen.'

'Vindt ge 't erg dat ge uw zus weinig ziet?'

Ze staarde door het zijraam naar buiten.

'Dat moet voor uw vader toch ook niet gemakkelijk zijn.'

'Nee,' antwoordde ze zonder aarzeling.

'Ge zijt weer lekker kort in uw antwoorden. Ik weet ondertussen wat dat betekent.'

'Wat dan?'

'Dat er een zee aan verhalen klaarzit, maar dat ge ervoor kiest om die niet tegen mij te vertellen.'

'Mysterieuze meisjes zijn de leukste, toch?'

'Dat vind ik nu zo'n dom cliché.' Hij klonk fel.

Lise slikte. Ze had een cliché op hem losgelaten, een dom cliché ook nog.

'Ik bedoel gewoon dat ik het tof vind als mensen elkaar alles willen vertellen. Als ze weten van elkaar dat ze dat mogen. Als er genoeg vertrouwen is om dat te doen.' Hij wierp een snelle blik op haar en kneep in haar been. 'Niet?'

Lise zwiepte bijna tegen het portier aan omdat hij iets te uitbundig de bocht nam.

'Sorry.'

'Ja, zeg, ik was bijna schielijk overleden hier.'

Ze hoopte dat hij niet zou terugkomen op zijn vraag. Ze hoopte dat het niet zijn manier was om duidelijk te maken wat hem aan haar stoorde. Het zou nu niet lang meer duren voor ze er zouden zijn. Ze zag het voor zich: hoe hij bij het begin van de straat zou stoppen, haar vluchtig zou zoenen, anders dan daarnet. Hoe ze niet zou durven vragen wanneer ze hem weer zou zien. Hoe ze dapper zou glimlachen en beslist uitstappen. Niet meer om zou kijken, omdat ze dat alleen in pathetische films deden. Hoe ze weer alleen zou zijn. Ze hoopte dat ze zich niet zo zou voelen als de vorige keer. Ze hoopte dat haar ouders al sliepen. Ze hoopte dat ze eens een keer niet hoefde te dromen die nacht.

20

'Leuk, hè?' Haar moeder rommelde geestdriftig in de bak met kralen en reeg een blinkende groene aan haar ketting. Ze had Lise voor haar goed rapport een workshop juwelen maken cadeau gegeven, iets leuks voor tijdens de vakantie, had haar moeder erbij gezegd. Toen Lise de enveloppe openmaakte en de bon zag, had ze ternauwernood haar gezicht in de juiste plooi weten te krijgen. Zij had niks met knutselen, noch met sieraden, laat staan dat ze die samen met haar moeder zelf wilde gaan maken. Maar weigeren was niet alleen onbeleefd, het zou door haar moeder ervaren worden als een magistrale afwijzing van haar liefde, dus had Lise haar hartelijk bedankt.

En hier zat ze nu, al die weken later, tussen veertig-, vijftig-, zestig- en zeventigplussers die halskettingen aan het fabriceren waren. Als je met veel goede wil keek, zou je het vertederend kunnen vinden hoe haar moeder zich met de overgave van een kind in een ballenbak stortte op de oude en etnische glaskralen, de halfedelstenen en het muranoglas, hoe aandachtig ze luisterde wanneer de lerares een verhaal afstak over kleur en compositie aan de hand van voorbeelden die ze bij zich had. Bij Lise was het al misgegaan bij de eenvoudige techniek om het slotje te bevestigen, maar haar moeder had haar daar geduldig mee geholpen.

'Die van u wordt mooi, Lise.'

'Een stuk minder dan die van u wel,' zei Lise.

'Ja maar ja, Lise, dat moogt ge zo niet bekijken. Ik heb nu eenmaal veel meer ervaring dan gij. Als ik het alleen was geweest, had ik de workshop voor gevorderden gevolgd, waar ge leert om zelf zilver te smeden en zo, maar ik heb bewust voor deze gekozen omdat gij dan ook mee zou kunnen. Als gij het meer gaat doen, dan worden die van u ook nog veel beter, dat moet ge écht gelóven.' Haar moeder klonk alsof ze haar dochter uit een diepe crisis moest zien te praten.

Lise knikte, dat leek haar het makkelijkst. Nog een kraal of vijftien en ze was klaar. Als het van haar afhing, nam ze gewoon de eerste vijftien die ze zag en pleurde die aan haar ketting, maar als ze te snel ging, begon de lerares of haar moeder zich ermee te bemoeien, dus bleef ze aarzelend naar de kralenbak staren om zo de indruk te wekken dat er een wankel maar moedig keuzeproces in volle progressie was.

'Het was ook wel gezellig geweest om deze workshop met Kiki te doen.' Haar moeder haalde drie kralen weer van haar ketting af. 'Deze werken toch niet echt goed.' Ze hield het juweel in wording voor zich uit. 'Pas op, ik bedoel niet dat ik hier niet graag met u ben, hè, dat weet ge, maar ik moest er weer aan denken dat ik het aan Kiki had voorgesteld en dat ze zei dat ze niet hield van zulke dingen, terwijl ik eigenlijk denk dat ze zich hier wel zou amuseren, gij niet?'

Lise probeerde zich de onconventionele Kiki die ze nog nooit een ketting had zien dragen in deze ruimte voor te stellen, tussen deze dames, met een bak parels voor haar neus.

'Kiki is niet zo creatief als gij, hè mama.'

'Volgens mij was het een smoes.'

'Een smoes?'

'Ze komt ook minder langs, is u dat niet opgevallen?'

'Ze was er eergisteren toch?'

'Ja, ik zeg ook niet dat ze niet meer langskomt, ik zeg mínder, iets minder.' Haar moeder nam de bak die voor Lise stond en pikte daar een parel uit. 'Sinds die keer, ge weet wel, is er iets geknakt, vrees ik, in haar, over mij, tussen ons. Afijn, ik weet het niet, maar ik denk het echt. Ik voel zulke dingen. Ik heb daar een zesde zintuig voor.'

Lise slikte. Ze was er door haar moeder al een paar keer subtiel en minder subtiel aan herinnerd dat haar eerlijkheid over het incident in het bijzijn van Kiki een flater van formaat was geweest, of erger nog: hoogverraad tegenover haar moeder die zo hard haar best deed voor iedereen, en ja, *ogodocharme* ja, één keertje uit de bocht was gegaan door haar dochter een mep te verkopen. De manier waarop Lise dat had aangepakt wás ook niet ideaal. Maar ze dacht niet dat er iets aan de hand zou zijn met Kiki. Haar moeders zesde zintuig was vooral gericht op het vinden van alle soorten drama, ook soorten die voor het zesde zintuig in werking trad nog niet bestonden.

'Zoudt gij hier nu verdergaan in blauwe tinten of toch eerder richting parelmoer denken?' vroeg Lise met gepaste geestdrift.

'Het is uw halsketting. In dit soort dingen bestaat er geen goed of fout.' Haar moeder beet achteloos op een nagel. 'Of misschien is het gewoon omwille van uw vader dat Kiki zich afkeert van ons, dat is natuurlijk ook een mogelijkheid.'

Lise was nog gaan babysitten, ze hadden samen gesquasht, tegen haar was Kiki er alvast niet over begonnen.

'Denkt ge?'

Haar moeder haalde zuchtend haar schouders op.

'Ik heb haar natuurlijk verteld dat ik achter mijn echtgenoot sta. En zij weet ook dat Nina altijd al een ziekelijke drang naar aandacht heeft gehad, en met zo'n verhaal scoort ge dan wel, hè.'

'Scoort ge?'

'Ja, poehoe, arme Nina die zo veel verschrikkelijks heeft meegemaakt en dus nu heel veel liefde en troost nodig heeft van iedereen… Gij kent haar toch ook?'

'Ik weet niet of ik haar ken, eigenlijk. Ze was de deur uit toen ik vier of vijf was of zo.'

'Maar ge snapt toch wat ik bedoel?' Haar moeder klonk alsof ze haar dochter voor de zevende keer moest uitleggen hoe ze een slotje diende aan te brengen en het nu echt wel beu begon te worden.

'Ik vraag mij af hoe zo'n verhaal haar iets zou kunnen opleveren. Het is geen overwinning, geen prestatie, niks wat vertedert of prettig is om naar te luisteren of–'

'Gij maakt er weer een karikatuur van. Ik ben er zeker van dat ze daardoor zielig wordt gevonden door mensen, die dan concluderen dat ze haar extra aandacht moeten geven, of meer geduld met haar moeten hebben, of haar al dat rare gedoe moeten vergeven. Op die manier.'

'O.'

Haar moeder keek haar aan.

'Hoezo o?'

'Gewoon, ik begrijp dat gij het zo ziet.'

'Maar ge zijt het er niet mee eens?'

'Mamaaa...' Lise dempte haar antwoord en keek even snel om zich heen om haar moeder eraan te herinneren dat er voor en achter hen mensen aan tafels zaten.

'Wat, mamaaa? Ik mag toch wel eens een gesprek voeren met mijn dochter over zoiets belangrijks, niet? Want gíj begint er niet over.' Haar moeder deed niet de minste poging om haar volume in te perken.

'Waar zou ik over–'

'Een dochter die geeft om haar moeder zou bijvoorbeeld kunnen vragen hoe het voor háár is, om zoiets mee te moeten maken?'

Lise reeg de laatste kraal aan haar ketting en toonde ze aan haar moeder.

'Kijk, wat denkt ge?'

'Ja, goed gelukt, ge hebt er gevoel voor.'

'Ik snap dat het voor u niet makkelijk is. Ook al is het natuurlijk papa die–'

'Ah ja, papa, papa, papa. Om hém zijt ge altijd bezorgd.' Voor het eerst fluisterde haar moeder, maar dat deed ze zo sissend nadrukkelijk dat het eigenlijk een soort roepen werd.

'Hij is degene die beschuldigd wordt, hè, dat is alles wat ik wou zeggen, maar ik onderschat niet wat het voor u betekent. Echt niet.' Lise praatte zo zacht als ze kon.

Haar moeder reeg de laatste parels aan haar ketting en keek er met een geforceerde glimlach naar, alsof zij er toch maar weer eens het beste van ging proberen te maken.

'Echt super gedaan,' zei Lise.

'Ik moet er helemaal in mijn eentje in slagen om mijzelf ervan overtuigen dat hij–'

Op dat moment nam de lerares het woord. Ze kondigde het einde van de workshop aan, nodigde mensen uit om laatste vragen te stellen, maakte reclame voor andere cursussen en eindigde met de bewering dat alle vriendinnen hen straks zouden benijden als ze met hun nieuwe juwelen liepen te pronken. Drie vrouwen begonnen te applaudisseren, de rest volgde aarzelend hun voorbeeld.

'Dat hij...?'

Haar moeder keek haar niet-begrijpend aan.

'Ge zei dat ge uzelf ervan moest overtuigen dat hij...'

'Gewoon, dat alles in orde is, hè, ja. Het is allemaal niet gemakkelijk.'

Haar moeder draaide haar rug naar Lise toe en hield haar haar omhoog. 'Doet gij 'm om bij mij?'

Lise keek naar haar nek vol donzige haartjes, er zaten twee flinke pukkels links. Ze mocht er verder niet bij nadenken, gewoon doen. Na wat gepruts kreeg ze het slotje eindelijk dicht. Haar moeder hing de halsketting recht.

'En? Zullen mijn vriendinnen mij benijden?' vroeg haar moeder met een flauwe glimlach.

'Zeker,' antwoordde Lise, 'zeker.'

21

De lucht was nog wat nadonker. Licht weerkaatste in de plassen. Lise liep langzaam door de straten. Een kromme boom deed haar aan de rug van een oude man denken. Een vuilnisbak was overvol, er lagen drie ingedeukte blikjes bier en één slipper naast. Een sticker, scheef op een brievenbus geplakt, beweerde in het Engels dat vandaag een goede dag was om te glimlachen. Een vrouw met een bezorgde blik liep dicht bij de gevels, alsof die haar beschutting boden tegen de regen die nochtans al een tijdje over was, een vader keek geduldig toe terwijl zijn dochtertje een insect bestudeerde dat op de poot van een bank naar boven kroop.

Ze wou dat ze Jasper mocht zien, of hem alleen maar even bellen desnoods. Maar zo werkte het niet. Hij belde haar, niet omgekeerd. Niet dat hij het haar expliciet had verboden, maar ze begreep uit zichzelf wel dat zoiets niet kon. Hij had haar drie dagen geleden nog een lange brief geschreven, zij had niks te klagen, dat wist ze wel.

Er zat iets klem, ergens vanbinnen. Ze wou dat ze wist wat ze moest doen om het weg te krijgen. Flink doorstappen, daar kon ze mee beginnen, want in dit tempo ging ze te laat komen. Het feestje was afgelopen om vijf uur, stond op de uitnodiging. David mocht heel vaak naar feestjes. Ze wist niet hoe David het deed, zo vanzelfsprekend omarmd worden door zovelen, degene zijn bij wie anderen wilden horen.

Was het hier nu naar links of pas een paar straten verderop? Ze gokte op nog wat verder. Ze moest denken aan die keer toen haar vader en zij verdwaald waren. Ze was een jaar of vijf, zes misschien, ze had nog altijd een fiets met zijwieltjes, want zij was met alles laat, behalve dan met praten.

Het was een warme zaterdag geweest, en haar vader en zij hadden gefietst en hij, die de streek kende als zijn broekzak omdat hij daar was opgegroeid, raakte toch de weg kwijt. Braamstruiken had ze gezien, en een bladerdak waar een beetje fonkelzon doorheen beukte, en een konijn dat wegsprong, dat wist ze nog. En dat ze bang was geweest, heel bang, en onwaarschijnlijk moe. Dat haar vader had gezegd dat het goed kwam, en dat haar moeder heel kwaad had gereageerd toen ze eindelijk weer thuis waren, wat ze zo zielig vond voor haar papa.

Haar vader dacht vaak aan vroeger, toen hij en zijn twaalf broers en zussen het hun ouders moeilijk maakten in dat veel te kleine huis. Daar had hij veel verhalen over. Lise vroeg zich af waarom mensen dat deden, terugdenken aan vroeger, en of het ergens tegen hielp. Zij deed het bijna nooit. Misschien omdat vroeger voor haar nog niet lang genoeg geleden was. Of omdat ze zich zo weinig herinnerde, zelfs de momenten vastgelegd op foto leken haar eigenlijk een ander te zijn overkomen. Of omdat ze toen een kutkind was, dat kon ook.

Lise had zelf aangeboden om David te gaan ophalen. Dat was niet zozeer lief als wel laf van haar. Haar ouders waren aan het ruziën over de ruzie van de avond voordien, en als haar moeder moest vertrekken om David op te pikken, dan zou ze Lise naar alle waarschijnlijkheid vragen of ze niet mee wou. Als Lise zou weigeren zou ze gekwetst zeggen dat ze wel begreep dat haar dochter belangrijker dingen te doen had. Als ze wél meeging, kreeg ze het hele ruzieverhaal over zich heen, en daar had ze nog minder zin in.

Nummer 197 was een groot, fris wit huis met bloembakken voor de ramen. Lise belde aan. Ze hoorde gestommel in de gang, gejoel. De deur zwaaide open, Pieter keek Lise amper aan, gilde naar David dat zijn zus er was en holde weer naar binnen. Het zag er hier gezellig uit, een brede gang vol foto's aan de muren, een verwilderde, grote plant en een wollig tapijt in zachte kleuren. Pieters moeder kwam aangelopen, zich spontaan verontschuldigend voor haar zoon die het te druk had met verjaren om beleefd gedag te zeggen. Ze had een warme glimlach. Ze riep nog eens naar David en begon te vertellen hoe gigantisch ze zich geamuseerd hadden.

Met Pieter in zijn kielzog kwam David uiteindelijk dan toch naar de deur. Hij negeerde Lise totaal en vroeg schaamteloos aan Pieters moeder of hij mocht blijven logeren. Als haar broer mee naar huis kwam, was de kans reëel dat hun moeder zich met hem zou bezighouden en dus de ruzie tenminste voor een tijdje zou staken. Hij móest mee. Dus zei Lise dat ze zeker wist dat de mensen nu graag verlost zouden zijn van alle drukte. David had de blik die hij thuis ook gebruikte om zijn zin te krijgen, en zo stelde hij de vraag gewoon opnieuw. 'Please, mama,' gooide Pieter erachteraan. Lise zei sussend dat het misschien wel eens een andere keer zou mogen, maar dat hij nu geen pyjama of tandenborstel bij zich had, en dat hun moeder hem thuis verwachtte. De jongens begonnen te smeken alsof ze nooit iets liever hadden gewild in hun jonge leven. Lise zag de lach van moeders die eigenlijk liever nee zouden zeggen, maar toch op het punt staan om te zwichten. In een ultieme poging om hem mee te krijgen keek ze David indringend aan, terwijl ze herhaalde dat hun moeder ernaar uitkeek om hem te zien. Pieters moeder lachte, moeders waren op deze leeftijd hoegenaamd niet meer interessant, zei ze, en dat het van haar wel mocht. De jongens juichten en verdwenen, alsof wat er ook kon volgen hoegenaamd niet meer relevant was.

Lise zag de reactie van haar moeder voor zich als ze zou vertellen dat ze David hier had achtergelaten. Ze wou brullen naar haar broer dat hij godverdomme ook eens zijn plicht mocht doen in plaats van altijd weer te ontsnappen, dat hij een kleine klootzak was die alles consequent aan haar overliet en dat dan ook nog normaal vond. Lise voelde tranen klaarzitten. Wat voor een kalf was zij toch. De moeder van Pieter leek iets op te merken en begon aan een vraag, maar op dat moment klonk er gestommel uit de huiskamer en daarna het geluid van brekend glas. Ze keek verstoord die kant uit en dan weer naar Lise. 'Ga maar gauw kijken,' zei die en ze glimlachte zo breed ze kon. Pieters moeder keek verontschuldigend en verdween. Lise riep nog ‘bedankt’ de gang in en maakte rechtsomkeer.

Tergend traag wandelde ze langs dezelfde weg terug naar huis. In het midden van de straat lag een dode vogel. Een vrachtwagen reed te hard. De mensen die voorbijliepen zagen er gelukkig uit.

22

Zelfs haar handtas was grijs, viel Lise op. Ze hield hem stevig tussen haar arm en heup geklemd. Alleen haar opgestoken haar was bruin en haar gezicht bleek. Ze had voorzichtige sproeten op haar neus en wangen. Lise vroeg zich af waarvan haar moeder deze vrouw zou kennen.

'Goedemiddag.'

'Zijt gij Lise?'

Lise knikte verwonderd.

'Ik ben Valerie.'

Ze stak een assertieve hand uit. Lise schudde die beleefd.

'De vrouw van Jasper,' voegde ze eraan toe.

Lise klampte zich vast aan de klink van de voordeur en bleef staan waar ze stond.

'Ik wou eens babbelen met u.'

Lise keek achterom, naar de trap. Haar vader zat in zijn werkkamer, haar moeder was even een boodschap doen, maar ze zou gauw weer thuiskomen. Lise zei niks, ze keek alleen maar, eerst naar het gezicht van de vrouw, toen naar haar open schoenen, zilvergrijze Birkenstocks.

'Mag ik even binnenkomen?'

Alles in Lise verzette zich tegen het binnenlaten van deze Valerie. Een lange seconde overwoog ze de deur gewoon weer dicht te doen, alsof dat ook een optie was, zoiets als wakker worden na een schrikbarende droom. De vrouw zette twee stappen in de richting van de deur.

'Eh, we kunnen misschien een kleine wandeling maken anders?' stamelde Lise.

'Ik denk dat we er beter even rustig bij gaan zitten.' Ze glimlachte, wat het erger maakte.

Lise wou haar niet meenemen naar haar kamer, dat was raar. Maar ze wou haar nog minder aan de keukentafel hebben. Ze trok haar schouders naar achteren.

'Even samenzitten, dat praat toch makkelijker,' drong de vrouw aan.

Het praatte vast en zeker niet makkelijker als Lise haar moest aankijken. Ze bleef paniekerig zoeken naar woorden die ze wél hardop kon uitspreken.

'Als dat oké is,' voegde ze er nog aan toe.

Het wás níet oké, maar het werd wel duidelijk dat deze vrouw zich niet zou laten afschepen. Met een weifelend gebaar liet Lise de vrouw binnen. Ze liep de trap op. Ze hoorde Valeries voetstappen de hare volgen, het ritmische pletsen van de zolen tegen haar vochtige voeten. Ze wou dat ze haar had durven opdragen om haar Birkenstocks uit te trekken en stil te zijn, stiller dan een spook, zodat haar vader zeker niet zou komen kijken welke vreemde er zomaar op zijn bovenverdieping rondstruinde. Lise liep met ingehouden adem voorbij haar vaders werkruimte.

Eenmaal binnen keek Lise ontzet om zich heen. Waar moest ze deze Valerie neerzetten? De zitmogelijkheden waren tamelijk beperkt: een bureaustoel en een bed. Lise draaide de stoel weg van haar bureau en Valerie nam plaats. Lise sloot de deur en bekeek haar. Echt mooi was ze niet. Ze had een tamelijk grote neus, te groot alvast voor haar gezicht, smalle ogen, een bolle pony die tot vlak boven haar ogen viel. Maar ze had een goed figuur. Opgeteld zag ze er natuurlijk beter uit dan Lise, dat wel.

De vrouw sloeg haar benen over elkaar, ook al was dat onhandig op zo'n stoel, haar steenkoolgrijze plooirok waaierde mee. Lise ging op haar bed zitten, de enige manier om de vrouw aan te kijken was naar haar opkijken.

'Zo, Lise,' zei Valerie. Ze klonk als een schoolhoofd. 'Ik dacht dat het goed was om eens kennis te maken.' Toen zweeg ze even en vouwde haar handen, alleen haar twee wijsvingers liet ze fier rechtop steken, ze tikte ermee tegen haar kin.

'Jasper had me al over u verteld. Zijn briljante leerling uit het vierde jaar die het nog ver zou schoppen, die hij hielp in de voorbereiding op het eerste jaar geneeskunde.' Ze wees met haar wijsvingers naar Lise, alsof er verwarring zou kunnen ontstaan over wie van hen de leerling was.

'Zo is Jasper. Hij staat altijd klaar voor zijn studenten,' zei ze met een ironisch lachje. 'Dat dient toegejuicht.'

Ze stopte met praten en keek Lises kamer rond, haar linker neusvleugel iets hoger dan haar rechter. Haar blik bleef haken bij de stapel boeken op Lises nachttafeltje. Alsof de vrouw door haar onderbroekenlade ging, zo voelde het.

'En toen vond ik opeens brieven.'

Lises adem stokte.

'Kladversies. Ze begonnen met "Lieve Lise", ze lagen gewoon op een stapeltje op zijn bureau, naast het handboek voor de vijfdejaars van zijn nieuwe school.' De vrouw rolde met haar ogen. 'Het is geleden van voor we getrouwd waren dat hij mij nog eens een brief had geschreven. Maar nu, naar u, een hele reeks blijkbaar.'

Lise voelde een druppel zweet langs haar rug lopen. Plots hoorde ze de voordeur dichtslaan.

'Ik ben terug!' riep haar moeder naar niemand in het bijzonder. Lise bleef roerloos zitten. Alsof roerloze mensen onzichtbaar bleven. Ze spitste haar oren, hoorde haar moeder wat heen en weer drentelen, en toen stapte ze de salon in en sloot de deur achter zich.

'Hoe oud zijt gij eigenlijk?'

'Zestien.'

'Zestien,' zei ze mijmerend. 'Ge ziet er wel ouder uit. Maar dat maakt verder niks uit.'

Lise legde een hand op haar knie om die stil te houden.

'En wat vindt ge van Jasper?'

Lise beet op haar lip.

'Hij is een goede leraar,' probeerde ze.

'En van zijn brieven?'

Lise keek naar haar handen die wezenloos in haar schoot lagen. Ze wou antwoorden dat ze nog nooit met iets zo blij was geweest.

Dat ze niet kon geloven wat haar was overkomen, dat ze niet begreep wat Jasper in haar zag, maar dat er blijkbaar toch iets was, en dat dat haar hoop gaf. Dat ze niets méér vroeg dan nu en dan bij hem te mogen zijn, praten, kijken naar zijn gezicht, haar hand zien liggen in de zijne, onnozel doen en lachen om niks. Niets meer dan al eens een brief in de bus mogen vinden, om te lezen en te herlezen. Dan aan hem te mogen denken als iemand die haar de moeite vindt, iemand die bovendien echt bestaat, iemand die er is, soms toch. Ze wou opstaan en roepen dat niemand hem van haar af mocht pakken, dat het daar nu al te laat voor was. Dat ze niet alleen mocht worden gelaten. Ze wou zeggen dat ze zonder hem niet meer zou weten hoe ademen ging. Ze wou vriendelijk vragen of deze mevrouw alstublieft weer weg wou gaan, wou vergeten wat ze had gelezen, en dat er dan niks was gebeurd.

'Hij helpt mij met gevorderde wiskunde en wetenschappen en we praten,' stamelde Lise ten slotte.

De stoel waar Valerie op zat kraakte. Lise hoorde de deur van de gang weer opengaan. Haar moeder stampte de trap op, alsof ze de treden wou straffen. Ze kon alleen maar hopen dat ze iets nodig had van haar vader, en daarna meteen weer naar beneden ging. Lise hield haar adem in. De vrouw keek even naar de deur. Haar moeder liep voorbij, de badkamer in.

'Waarover praten jullie dan?'

De vrouw keek haar onderzoekend aan.

'Eh, wiskunde, theater, boeken...'

Lise sprak zo zacht ze kon. Valerie keek onbevredigd.

'Dingen uit de actualiteit...'

'Kijk, Lise,' zei ze weer, 'ik stel voor dat we elkaar niks gaan zitten wijsmaken. Wat er precies gaande is, weet ik niet. Ik wil het ook niet weten. Maar ik neem aan dat het u niet zal verbazen als ik zeg dat het moet ophouden. Onmiddellijk. Jasper is gelukkig getrouwd, drie kinderen, er is geen ruimte voor spielerei in de marge. Ge zijt een slim meisje, ik weet zeker dat ge mij begrijpt, toch? Ge zult u wel kunnen...'

Lise hoorde niet wat ze zei, ze hoorde woorden, maar ze hoefde er niet naar te luisteren, want ze wist het allemaal al.

De vrouw viel even stil, zuchtte.

'En ge zijt zestien, meisje, zestien. Dat is toch sowieso niet gezond allemaal.'

Dit was iemand die altijd gelijk had, dat was door God zelf zo bepaald.

'Ik ben er zeker van dat–'

'Lise?' Haar moeder riep naar haar vanuit de badkamer.

Lise kneep haar ogen dicht. Alsjeblieft niet, niet dit ook nog.

'Met wie zijt gij aan het praten?'

Lises mond was droog als de woestijnen opeens. Ze wou iets zeggen, maar er kwam niks. Ze schraapte haar keel.

'Met niemand...' piepte ze, 'alles is in orde.'

Ze hoorde water lopen, de badkamerdeur die weer openging, een aarzeling op de gang, en toen zwaaide de deur van haar kamer wel degelijk open. Haar moeder bekeek de vrouw, eerder verrast dan wantrouwig.

'Goedemiddag.'

'Dag mevrouw,' zei Valerie afgemeten.

'Zeg maar Fie.'

'Valerie.' Ze rechtte haar rug. 'De vrouw van Jasper.'

'Van Petegem,' vulde Lise meteen aan. Ze stond op. 'Mijn leraar–'

'Wiskunde, ja, ja, Lise is vol lof over hem.' Haar moeder glimlachte breed, blij dat ze dat kon onderstrepen.

Lise stond te dralen bij haar bed. Ze moest gauw iets zeggen om verdere vragen te vermijden.

'Ze moest hier in de buurt zijn en Jasper had nog extra opdrachten voor mij, dus was mevrouw zo vriendelijk om ze even af te geven.'

Ze had zijn voornaam niet mogen gebruiken. Ze kon zich sowieso nauwelijks voorstellen dat haar moeder dit zou geloven, maar ze kon niks beters bedenken. Ze keek niet naar de vrouw die in haar ooghoek licht heen en weer draaide op de bureaustoel. Elke spier in haar lijf spande zich op.

'Ah zo,' antwoordde haar moeder op een toon die Lise van haar kende.

De vrouw zweeg, wat niet de ideale, maar zeker ook niet de ergst denkbare reactie was.

'En mevrouw heeft niks om te drinken, wilt u–'

'Ik heb het gevraagd, ze wou niks, ze is zo meteen weer weg.' Lise keek met een blik waarvan ze wist dat haar moeder die zou begrijpen, maar niet per se honoreren.

'Oké,' zei haar moeder, 'dank u wel dan, voor de moeite.'

Ze verdween en liet de deur op een kier. Het bleef een tijd lang stil. Lise voelde Valeries blik priemen. Ze vroeg zich af of ze nu de deur weer dicht zou doen, of juist niet. Ze sloeg haar ogen neer, wreef met haar ene duim langs haar andere, wachtte af.

'Ge schaamt u, hè.'

Het was geen vraag, maar een vaststelling.

'Afijn,' ze stond op, 'we hebben elkaar goed begrepen?'

Lise keek niet op.

'Leuke meisjeskamer,' zei ze nog, en ze liep naar de deur, wachtte daar, alsof ze er alleen maar door kon als Lise haar uitgeleide zou doen. Lise deed wat van haar werd verwacht, liep langs de vrouw en daarna zo snel ze kon de gang door, de trap af. Ze trok de voordeur open. Lise staarde naar de Birkenstocks. De vrouw verdween zonder nog iets te zeggen.

'Dat was maar raar, vond ik.'

Haar moeder schepte Davids kom vol soep.

'Niet zoveel,' zei hij, haar moeder schepte er meteen weer wat uit en maakte een vlek op het gebloemde tafelkleed.

'Wat was raar?' vroeg hij.

'Ik heb het tegen Lise.'

Haar moeder ging zitten. Lises vader probeerde een lepel soep tot bij zijn mond te krijgen, maar dat lukte hem niet. Hij beweerde consequent geen drankprobleem te hebben, maar zijn beverige handen wisten beter. Allemaal deden ze alsof ze het niet zagen.

'Ze is een beetje raar, ja, die vrouw van Van Petegem.' Lise wist wel beter dan in een geval als dit haar moeder tegen te spreken.

Haar moeder slurpte een beetje. Haar vader keek nadrukkelijk haar kant uit. Het slurpen stopte.

'Ik lust alleen soep als ze niet zo dun is,' zei David klagerig.

'Een beetje respect voor uw moeder, jongen.'

'Ik heb het over soep, niet over mama.'

David liet zijn lepel in zijn soepbord liggen en keek achterom waar de oven stond te blazen.

'Wat was dat met die Van Petegem?' vroeg haar vader.

'Niks. Oefeningen.'

Hij keek haar vragend aan.

'Maar Hendrik, ge weet toch dat die leraar haar een hoop extra oefeningen geeft om ervoor te zorgen dat ze goed voorbereid aan haar eerste jaar geneeskunde kan beginnen?'

Haar vader beefde verder en zweeg.

'Maar, ik weet niet, er was iets met die vrouw... Ik vond het maar raar.'

Lise bleef naar haar bord staren.

'Die vrouw is niet helemaal goed, nee. Ze moet nu en dan worden opgenomen.' Het kwam er kalm en bedachtzaam uit.

'Ik dacht al zoiets.'

Lise hoopte dat haar moeder blij was met dit bewijs van de mensenkennis die ze van zichzelf altijd beweerde in hoge mate te hebben.

Lise duwde de nagel van haar wijsvinger zo hard ze kon in het vlezige stuk van haar duim. Ze zweeg en slikte de waterige soep door.

'Maar normaal stuurt hij die oefeningen toch gewoon op?' Ze legde haar lepel neer. 'Er is toch geen probleem of zo?'

'Wat zou er nu kunnen zijn?' Lise rolde met haar ogen om de bewering kracht bij te zetten, zoals Valerie het daarstraks had gedaan.

'Wat zit gij Lise nu weer op haar vel?' Haar vader keek niet op terwijl hij dat zei.

'Ik probeer gewoon te weten te komen of alles wel oké is met mijn dochter. Want ik weet niet of het u al is opgevallen, maar wreed gelukkig ziet ze er vandaag niet uit.'

'Pubers, die zijn nooit gelukkig.'

'De broer van–'

'Eet uw soep, David,' zei haar moeder, 'daarna krijgt ge lasagne.'

Lise probeerde niet aan Jaspers mond te denken, niet aan de laatste zinnen van zijn brief van een paar dagen geleden, niet aan zijn handen op het stuur terwijl hij naar haar keek in plaats van naar de weg.

'Ik wou dat ik wist wat er in dat hoofd van mijn dochter allemaal gebeurde,' zei haar moeder ontstemd, alsof die dochter er niet bij zat.

'Het is haar hoofd,' zei haar vader, 'en zoals ik het inschat wil ze ons daar graag buiten houden, zoals elk meisje van haar leeftijd.'

'Gij kunt toch nogal wat zeggen.' Haar moeder gromde om haar afkeuring te laten blijken. 'Ze zou meer moeten genieten, vind ik. Als ik terugdenk aan toen ik zestien was. Ik maakte plezier met mijn ouders, met mijn beste vriendin, ik had een goed lief, een heel knappe jongen, met een wilde bos blond haar, en attent, en grappig, ja dat was...'

Lise wilde niet blijven luisteren. Ze wilde hier weg.

'Maar dat komt bij u ook nog wel, Lise. Gij hebt een schoon gezicht. En hoe ouder ge wordt, hoe meer dat hetgene zal zijn wat telt.'

Nagels in haar nek. Lise verschrompelde. Ze stond op, verzamelde alle kommen, goot de soep van haar vaders en Davids bord weer in de pan, en zette alles in de gootsteen.

'Ik bedoel dat goed, hè, dat weet ge toch?' vroeg haar moeder.

Lise tilde de handkraan uit zijn greep en spoelde de soepborden af.

'En ik hoop ook dat ge weet dat ge tegen mij ál-les kunt zeggen.' Ze leek zelf geëmotioneerd door die zin van haar.

Even dacht Lise dat haar moeder bij de slotzin van haar betoog was gekomen, maar toen ging ze toch door met wat in haar hoofd ongetwijfeld warme aanbevelingen waren. En terwijl zij doorratelde, draaide Lise zich opeens om en alsof iemand anders het van haar overnam, richtte ze de sproeiknop naar haar moeder. Druppels water vielen op haar moeders hoofd, haar blouse, haar rok, op de tafel en de vloer. Ze spatten alle kanten op. Haar moeder gilde en David lachte en haar vader keek verbaasd toe. En heel even, die paar seconden maar, dacht Lise helemaal nergens aan.

23

Ze staarde naar de telefoon die op het tafeltje in de salon stond. Een crèmekleurig, rechthoekig toestel met zwarte druktoetsen dat maar niet wou rinkelen. Die van boven stond op de gang, als ze daarnaast ging kamperen zou dat argwaan wekken. Lise had een boek op schoot liggen. Het had evengoed een hond kunnen zijn, want ze zag alleen letters die ze onmogelijk tot zinnen aaneengeregen kreeg. Het was beter een hond geweest, als zij iemand zou zijn die van honden kon houden, want die boden geruststelling, naar het schijnt.

Het was al de derde dag, de derde dag nadat een wildvreemde vrouw haar datgene had ontnomen wat haar verleidde om elke ochtend het bed uit te komen, de derde dag nadat de wereld haar had herinnerd aan haar plaats, de derde dag waarin ze het vermeed om uit de buurt van de telefoon te verdwijnen, voor het geval dat.

Lise kon zich niet voorstellen dat ze nu gewoon helemaal niks meer van Jasper zou horen. Ze wist niet eens of hem iets was verteld, daar had de vrouw die Valerie heette alvast niks over gezegd. Misschien zat Jasper nietsvermoedend hun volgende uitstapje te plannen, of was hij al begonnen aan een nieuwe brief, waarvan hij het kladje hopelijk niet zou laten slingeren, en was het volgens de Valeriemevrouw haar taak om hem erop te wijzen dat het op moest houden, en wel onmiddellijk. Lise vond onmiddellijk een lelijk woord, met al die dwingende dubbele medeklinkers.

Ze sloeg een blad om. Vanaf nu zou elk volgend afscheid alleen maar pijnlijker worden, omdat het telkens de echo in zich zou dragen van al die vorige keren, van deze verschrikkelijke keer. Hoe meer ze erover nadacht, hoe onwaarschijnlijker het haar leek dat Jasper toch nog contact zou opnemen.

Er kwam een auto aangereden. Haar moeder was sneller terug dan verwacht. Lise hoorde haar hakken op de oprit. De voordeur zwaaide open en meteen daarna ook die van de salon. Haar moeder had rode ogen en er glansde iets bij haar neus.

'Dit is echt...' schreeuwde ze. Ze stikte in woorden die ze niet gezegd kreeg en zeeg rillerig neer in haar fauteuil.

Lise klapte haar boek dicht, leunde naar voren en vroeg wat er was.

'Kiki,' zei ze dramatisch, en er ontsnapte een grote concentratie lucht uit haar neus, wat opmerkelijk luid klonk. Als een bezetene rommelde ze in haar handtas, diepte een pakje sigaretten op, haalde er een uit, en begon toen even dol te graaien naar een aansteker. Lise zag er een liggen bij haar vaders asbak, en hield hem voor haar moeders gezicht. Die stak de sigaret tussen haar lippen, en toen Lise vuur maakte, zoog ze snoeihard aan de filter.

'Wat is er met Kiki?' vroeg Lise omzichtig.

'Ja, ik dacht: ik heb haar nu alweer zes dagen niet gezien, ik ga gewoon eens bij haar langs. Oké, dat is niet onze gewoonte, maar waarom niet?' Haar moeder klonk meteen alsof ze al uren aan het woord was. 'Ik was zelfs nog even bij de bloemist gestopt voor een schattig boeketje. Ik dacht: dat is wat vriendinnen doen, ze komen al eens met een verrassing aanzetten, zomaar, omdat ze de vriendschap van de ander niet vanzelfsprekend willen gaan vinden. Dus ik sta daar, beneden bij haar appartement, ik bel aan, het duurt een tijdje, maar uiteindelijk zoemt de deur open, zonder dat er iemand iets door de intercom zegt. Geen begroeting, niets, dat klinkt niet heel verwelkomend. Maar goed, ik val niet over dat soort beleefdheden. Ik neem de lift, bel aan en ik zie het meteen als ze opendoet aan haar gezicht, dat ze me niet alleen niet had verwacht, maar ook niet blij is om mij te zien.' Haar moeder maakte haar ogen groot. 'Ge weet, ik heb een zesde zintuig voor die dingen, ik ben heel erg gevoelig, dat is nu eenmaal zo. Dus ik zeg: "Oei," zeg ik, "kom ik ongelegen?" Want dat kan natuurlijk, ge weet het allemaal niet.' Haar moeder zoog hevig aan haar sigaret. 'Dus ik zeg: "Ik wilde alleen maar even deze bloemetjes langsbrengen, en dan ben ik weer weg, ik wil u niet storen als het niet uitkomt." Dat méénde ik, want ik ben niet iemand die geen begrip heeft voor de situatie van een ander.'

Ze legde haar sigaret in de asbak om haar handen vrij te hebben en omstandig te kunnen gesticuleren bij het vervolg van het verhaal, waarin ze stap voor stap, tot in de minutieuze details die alleen zij vermeldenswaard kon vinden, vertelde hoe Kiki amper reageerde op het cadeau, en hoe er moeizaam een gesprek tot stand kwam, zonder dat ze werd uitgenodigd om binnen te komen. Haar moeder praatte almaar sneller, en beukte er nadrukkelijker en verongelijkter alle woorden uit, alsof er iets gesloopt moest worden, om er uiteindelijk toe te komen dat Kiki de vriendschap had opgezegd, en haar zelfs de bloemen had teruggegeven, die ze dan, hoe beledigend ze het ook vond, toch maar had aangenomen, omdat cadeautjes tenslotte zijn voor wie ze verdient.

Lise verwachtte dat ze er opnieuw van langs zou krijgen vanwege haar biecht over die mep, en dat haar moeder weer over haar vader zou beginnen. Ze rechtte haar rug. Ze moest haar woorden zorgvuldig kiezen nu. Ze zei dat ze het heel erg vond en liet bewust een stilte vallen. Opeens zag haar moeder er doodmoe uit, verslagen, alsof ze alle energie die ze nog nodig had om haar verdere leven te leiden in één keer had opgebruikt. Lise zag tranen opwellen in haar ooghoeken. Haar sigaret lag te smeulen in de asbak, zij zat doodstil in de fauteuil. 'Ik vond het altijd zo gezellig, als ze er was.' Lise dacht niet dat ze haar moeder ooit al eens zo had gezien. Die nam haar handtas weer op schoot, diepte een katoenen zakdoek op en snoot haar neus. 'Ik ben ook geen gemakkelijke, dat weet ik wel. In die zin... Tja.' Normaal zou ze na zo'n uitspraak Lises blik zoeken in de hoop dat haar dochter haar met gepaste ijver zou tegenspreken, maar ze viel stil, moffelde lusteloos de zakdoek in haar mouw en probeerde een kleine glimlach.

Lise vond het niet om aan te zien. Ook omdat ze haar begreep. Ze dacht aan Evy en Sanne. Ze probeerde niet aan Jasper te denken. Ze vroeg zich af waarom iedereen altijd maar wegging. En op dat moment veerde ze op. Haar moeder keek haar vragend aan. Lise zei dat ze iets ging proberen. Ze liep naar de kast met daarin het haakje waaraan haar sleutels hingen. Dat het al halfzes was, sputterde haar moeder tegen. Lise glimlachte bemoedigend, zei dat ze terugkwam en vroeg om te zeggen dat ze vanavond weer bereikbaar zou zijn als er telefoon zou komen. Ze liep naar de garage, nam haar fiets en vertrok.

'Ja maar, Lise, gij moogt gewoon blijven babysitten, hè. Ge zijt de beste die we ooit hebben gehad. En we kunnen nog gaan squashen. Dit heeft niks met u te maken.'

Lise stond op en nam zonder het te vragen een Kleenex uit het doosje dat op de keukentafel stond, ze was bang dat het snot zomaar uit haar neus zou lopen, zo totaal overstuur zat ze daar te janken, hoe gênant ze dat ook vond. Schokschouderend ging ze weer bij Kiki in de sofa zitten.

'Ik weet dat mama een vrouw met een handleiding is, en ergere varianten op dat thema zelfs, maar al met al is ze geen slecht mens. En het is ook nogal wat: een man die u niet geeft wat ge nodig hebt, een geadoreerde zoon die hoe langer hoe meer alleen geïnteresseerd is in zijn honderd vrienden, en een dochter die nog niet van in de verte lijkt op degene die ge graag zou willen hebben. Dus ja, ik denk soms wel: doe het maar, leef dat leven maar waarin zij is terechtgekomen. Maar als ze u ziet, dan wordt ze vrolijk, Kiki, gij zijt echt een baken voor haar. En daarom wou ik u vragen: wilt ge er nog eens over nadenken? Alstublieft?'

Kiki keek naar haar vol medelijden, wat Lise ongemakkelijk vond, maar ze antwoordde niet op Lises vraag, dus ging ze snikkend toch maar door.

'Ik zou het totaal snappen als ge minder vaak zou langsgekomen, maar één keertje in de week?' Ze peilde Kiki's blik. 'Een kort bezoekje? Of om de twee, drie weken desnoods? Met Aya eventueel, dan leidt zij de aandacht wat af.'

Kiki stond op, haalde de doos Kleenex en zette die naast Lise in de sofa. Lise nam er een en droogde haar gezicht.

'Mensen verdienen toch altijd een tweede kans?' Lise bleef maar tranen wegvegen. 'En ik had dat nooit mogen zeggen, van die keer toen mama mij een tik had gegeven. Dat stelde uiteindelijk niks voor.'

Kiki legde een hand op Lises knie en perste haar lippen bezorgd samen. Lise hoopte dat zij nu iets zou gaan zeggen, maar dat deed ze niet.

'Niet dat ge mama zou laten vallen om hoe ze doet tegen mij, dat weet ik wel, maar ik zeg het toch maar.' Lise schraapte haar keel. 'Of heeft het met papa te maken? Want dan wil ik toch–'

Lise begon nog harder te huilen en kreeg helemaal niks meer gezegd.

'Meisje toch, rustig maar.' Kiki wreef over haar rug. 'Dit is iets tussen uw moeder en mij, daar zit gij voor niks tussen, en dat hoeft gij ook niet op te lossen.'

'Maar ge kunt het toch proberen?' zei Lise die de woorden één voor één naar buiten duwde met de adem die ze nog kon vinden. Ze deed haar best om zichzelf tot bedaren te brengen. 'Ik heb nu niet dikwijls medelijden met mijn moeder, maar ge hadt haar moeten zien. Ze is er totaal kapot van.'

'Lieve schat, ik vind het erg dat ge hier nu zo zit, maar gij kent haar ook. Ik kan het echt niet meer opbrengen. De fout die ik heb gemaakt is dat ik alles van mij heb laten afglijden en maar ben blijven langskomen, terwijl ik eigenlijk altijd al wist dat het mij op een bepaald moment te hoog zou gaan zitten.'

'Maar…' snikte Lise.

Kiki onderbrak haar: 'Het spijt me, maar ik ga echt niet…' Ze maakte haar zin niet af.

'Maar dat kunt gij toch niet zomaar in uw eentje beslissen?' Lise riep zoals ze dat in lange tijd niet meer had gedaan. 'Ge moet toch rekening houden met de gevoelens van de ander ook?'

Kiki trok haar hand terug, keek eerder verrast dan kwaad naar Lise.

'Sorry,' zei Lise meteen, 'sorry, ik… Het zijn zulke rare dagen, en ik kom hier ook zo graag en… sorry.'

'Het is belangrijk om grenzen te durven stellen, Lise,' zei Kiki ernstig. 'Mensen die niet goed voor u zijn, daar móet ge afstand van nemen.'

Lise dacht aan Jasper, zou zij dan ook iemand zijn die niet goed voor hem was? En als haar moeder niet goed was voor Kiki, dan zou de dochter van die vrouw dat op termijn vast ook niet zijn.

'Ik wil niks slechts zeggen over uw moeder tegen u, maar ik kan er niet meer tegen.'

'Ja, ik snap het. Het spijt me.'

'Gij moet geen sorry zeggen.'

Lise keek naar de tekeningen van Aya die uitbundig aan een touw bungelden dat tussen de kast en de muur gespannen was, naar de verzameling kinderboeken onder de glazen salontafel, naar de geflipte schoenen die Kiki droeg, naar de slordige stapel lp's op de grond, bij de pick-up, gezelligheid was een onderschat goed. Ze ademde diep in en uit, snikte nog één keer. Ge zijt uitgehuild nu, sprak ze zichzelf in stilte toe, en ze hervond langzaam haar adem weer.

'Ik had niet mogen komen.'

'Tuurlijk wel. Ik ga nog eens herhalen: dit gaat alleen maar over uw moeder. Het heeft met ons niks te maken.'

Kiki stond tegenover haar, ze legde een hand op haar schouder. Lise keek haar aan en plots grabbelde ze Kiki beet, haar armen stevig om haar heen klemmend, ze hield zich vast aan haar sterke lijf. Ze voelde Kiki's hand op haar achterhoofd.

'Gij zijt geweldig,' zei Lise terwijl ze weer losliet.

'Gek meisje,' zei Kiki en ze lachte. 'We zien elkaar gauw, ik bel wel als ik weet welke avond Ruben en ik volgende week weggaan.'

Lise knikte, liep naar de deur en maakte die zelf open. Bij de trap keek ze nog één keer naar Kiki die haar uitzwaaide, en daarna stormde ze naar beneden. Haar moeder zou het onverdraaglijk vinden als zij hier nog wekelijks zou komen babysitten terwijl Kiki haar niet meer wou zien. Dat viel niet op te lossen met rationele argumenten, zo goed kende ze haar moeder wel. Lise nam haar fiets, greep het stuur beet, zette af en trapte zo hard ze kon.

24

Scheluw? Lise kon zich niet voorstellen dat dat woord echt bestond, maar haar vader knikte zelfverzekerd en wees naar de *Van Dale*. Hij lichtte zijn kin op en keek door de leesbril die op het puntje van zijn neus stond naar het bord om de score te bepalen. Dat was een vervelend kantje van hem, vond ze, dat hij dan niet gewoon even wou zeggen wat het betekende, maar het haar liet opzoeken, omdat je het dan volgens hem beter onthield. Alsof ze ooit nog eens het woord 'scheluw' een gesprek zou binnen smokkelen.

Ze bladerde door het woordenboek. Ze vroeg zich af waarom ze eigenlijk in was gegaan op haar vaders voorstel om scrabble te spelen, ze had er helemaal geen zin in. Maar goed, ze had nergens zin in. Het was bijna 2 september, en dan zou al die gore ellende weer opnieuw beginnen, tien maanden lang, en daarna nog eens tien maanden voor de middelbare school eindelijk achter de rug zou zijn. Ze klapte de *Van Dale* dicht. Het was een ander woord voor 'scheef', Lise had gegokt op een vogelsoort. Ze bestudeerde haar eigen letters nog even en legde toen het woord 'opties'.

Haar vader wou de zevende letter zien, Lise toonde hem de 'g'. 'Kijk nog eens goed, er zit meer in.' Haar vader scrabbelde toch altijd het liefst tegen zichzelf. Ze staarde naar de letters. 'Potsige,' zei hij al na anderhalve minuut met iets van triomf in de stem, hij had haar maar voor de vorm zelf laten zoeken. Lise vond scrabble niet lollig meer als er constant woorden afgelegd werden die geen mens ooit gebruikt en ze deed niet eens haar best om dat gevoel te camoufleren. 'Grappige, wil dat zeggen, in de zin van potsierlijk.'

Lise reageerde niet en legde nors zijn woord neer met haar p aan de a van 'alinea'.

Hij keek haar verwonderd aan. 'Waar is mijn leergierige dochter gebleven?' Lise haalde haar schouders op. 'Ik begrijp dat ge er last van hebt dat uw moeder op een zaterdag om kwart over drie 's middags in haar bed ligt. Ik heb daar ook last van. Maar wij zijn sterk,' zei hij terwijl hij letters op zijn plankje verplaatste. 'Wij zijn geen mensen die ons zomaar laten doen, of die van elke scheet een tornado maken, dus wij houden de boel hier nog maar eens recht, samen. En uiteindelijk zal uw moeder zich wel weer herpakken.' Hij keek er genoegzaam bij. 'Ik wist toen ik die Kiki voor het eerst zag dat ze ellende zou veroorzaken, wat ik Fie trouwens gezegd heb. Maar ja, de dag dat ze naar mij gaat luisteren...' Lise zei zacht dat zij Kiki geweldig vond. 'Onstandvastig, raar, contrair, en dat op haar leeftijd.' Hij legde het woord 'pochet' en noteerde zijn score. 'Vriendschap, dat wordt overschat.' Hij sprak het uit met veel aplomb.

Ze wou vragen of hem dat wel echt beviel, dat leven in zijn eentje, ze wou zeggen dat zij Kiki misschien nog wel erger miste, en dat er iemand was die ze nog eindeloos veel meer miste. Dat ze geen idee had hoe het nu verder moest. Dat ze ziek werd bij de gedachte aan terugkeren naar school. Dat ze wou dat ze kon beschrijven hoe ze zich voelde.

'Hebt ge al iets?' Hij vond twee minuten bedenktijd meer dan genoeg. Hij draaide haar plankje zijn kant op.

Op dat moment ging de telefoon. Alsof er een oorverdovend alarm afging, zo hevig schrok ze. Zonder iets te zeggen holde ze de trap op, naar het toestel boven in de gang, zodat er zeker niemand mee kon luisteren.

'Hallo, met–'

'Lise?'

Het was zijn stem. Jaspers diepe, warme stem. Lise klemde de hoorn in haar hand alsof het Jasper zelf was die ze vast mocht houden.

'Ja.'

'Sorry dat ik niet eerder heb gebeld. Het was allemaal moeilijk.' Hij sprak zacht.

'Ja,' piepte Lise.

'Maar ik hoorde dat ge bezoek hebt gekregen.'

Lise maakte een bevestigend geluidje in de hoorn.

'Ik wist nergens van, ze heeft het me pas het voorbije weekend verteld.'

Lise vond het vreemd dat gelukkig getrouwde mensen blijkbaar zo opereerden, maar ze zweeg. Ze hield haar adem in.

'En ja, Lise, dit is natuurlijk allemaal ontzettend vervelend.' Het was de toon die hij gebruikte als hij een leerling meedeelde dat hij een slecht proefwerk had gemaakt. 'Ik ben erg geschrokken. Ik moet mijn vrouw bewonderen voor de relatieve rust waarmee ze met de situatie is omgegaan, ook al hebben wij niet... Ik denk wel dat zij ervan uitgaat dat... En dan toch heel helder en kalm zeggen waar het op staat, zonder er dagenlang scènes over te maken, dat is toch...'

Ze hoorde hem naar juiste woorden zoeken, zo kende ze hem niet, zijn trefzekere spreken was een van de dingen aan hem die ze zo leuk vond. Nu wou ze dat hij zou stoppen met praten. Ze wou dat hij nooit zou stoppen met tegen haar te praten. Ze drukte de hoorn nog wat steviger tegen haar oor.

'Afijn, ik bedoel dat ze gelijk heeft. Dit tussen ons, Lise, ja, dat was heel mooi, bijzonder, anders, maar ik kan daar natuurlijk niet mee verdergaan.'

Lise voelde hoe haar voeten wegschoven in het losse grind, hoe ze gleed en dieper gleed, recht het ravijn in.

'Ge zijt een prachtig meisje, en ik wil u geen pijn doen. Maar ik ben gelukkig getrouwd, ik hou van mijn vrouw, dat wist ge ook, en dus, ja...'

Er schoof een waas voor haar ogen.

'Het spijt me, Lise, het spijt me echt.'

Alles in haar gierde, krijste, kermde. Ze kon niks meer zien, niet meer denken, niet meer bewegen.

'Lise?'

Niet meer stilstaan.

Haar vader riep van beneden aan de trap: 'Zijt gij nog lang bezig of...?'

'Ik kom zo,' riep ze schor terug.

'Lise? Tegen wie praat ge?'

Haar hoofd bonkte.

'Lise, waarom zegt ge niks?'

Ze schraapte haar keel en vroeg toen: 'Dus... Ik mag u niet meer zien? Dat bedoelt ge?'

'Ik kan niet... Het spijt me echt, maar ik heb er nooit een misverstand over laten bestaan dat ik een thuis had, een thuis waar ik zou blijven, dat wist ge ook, hè.'

Ze hoorde zijn ademhaling.

'En het is ook beter voor u, Lise. Ge gaat gauw iemand vinden die vrij is en die u alles kan geven. Dat is beter. Toch?'

Lise zakte tegen de muur aan op de grond. Alsof iemand haar had laten slingeren, zo zat ze daar, met half opgetrokken benen, met de hoorn in haar hand, te luisteren naar Jaspers stem.

'Dit was eigenlijk ook niet goed voor u, daarin heeft mijn vrouw gelijk. Ik snap dat ge dat misschien nu niet zo aanvoelt, maar...'

Ze sloot haar ogen, alsof de wereld dan niet meer zou bestaan, niet echt.

'Lise? Zeg eens iets.'

Lise deed haar mond open en weer dicht.

'Lise? Dit is vervelend, maar ik ga u moeten laten. De kleinste is wakker geworden.' Hij zweeg, wachtend op een antwoord misschien, een antwoord dat niet kwam. 'Gaat ge goed voor uzelf zorgen?'

Lise hield haar ogen dicht. Ze hing niet op. Zolang ze niet ophing, was hij er nog.

25

Morgen was het maandag, 2 september, de eerste schooldag, hoera. Lise draaide zich op haar zij, trok de dons over haar oor en sloot haar ogen. Ze moest sterk zijn, dat wist ze wel. Ze wás sterk, haar vader zei het ook. Toen ze klein was schreef ze in vriendenboekjes bij 'mijn liefste wens' altijd 'groot zijn', nu vroeg ze zich af waarom ze dat had gedaan, wat ze zich daar dan bij had voorgesteld.

'Lise!' riep haar moeder van beneden. Lise trok haar knieën op. 'Het is al tien uur geweest!'

Nog maar tien uur, dacht Lise, nog dertien uur te gaan voor ze opnieuw een poging kon wagen om in slaap te geraken, in de hoop dat ze niet weer zou gaan dromen, zoals bijna elke nacht.

'Lise!' Het klonk steeds nijdiger. Lise vroeg zich af waarom haar moeder zelf niet langer sliep. Ze liep erbij alsof ze in haar eentje een paar natuurrampen had overleefd, ze kon het gebruiken. 'Staat gij nog op of wat?!'

'Jaaaa!' riep Lise, maar ze verroerde zich niet. Alles aan haar was zwaar en moest liggen. Maar als ze lag dan ging ze denken, en als ze dacht dan ging ze huilen. En ze wou niet huilen, dat hielp nergens tegen. Dus moest ze dit bed uit. Ze moest.

Ze liep naar de badkamer en zette zich routineus op het toilet, een straal klaterde in de pot. Ze moest denken aan wat Nina zei over stilstaan bij stront die plonst, toen ze Lise probeerde te overtuigen dat er zoiets bestond als de Apocalyps. Zou ze meteen gestopt zijn met te geloven dat de wereld zou vergaan toen ze uit de sekte werd gezet, of hoe werkte zoiets? Waarom keek zij toen eigenlijk uit naar een eeuwig leven? Lise moest er niet aan denken.

Ze liep naar de wastafel, omklemde de zijkanten met haar handen en keek in de te grote spiegel. Ze zag de kringen onder haar ogen, haar hoekige hoofd, haar armen, borsten, buik en heupen, goddank haar kont en haar benen niet. Ze moest dringend iets ondernemen, make-up beginnen te dragen, redden wat er te redden viel. Morgen, zei ze tegen zichzelf, als ze zich weer onder de mensen moest begeven. Ze opende het medicijnenkastje en nam een pil tegen de hoofdpijn.

Lise poetste haar tanden, kroop het bad in en nam een soort zittende douche. Heet water schuimde langs haar lichaam. Ze zeepte zich in, spoelde zich af en deed het daarna nog eens, ze wist niet waarom. De jurk van gisteren lag nog op de wasmand, ze rook aan de oksels, van afschuwelijk nieuws incasseren ging je blijkbaar behoorlijk stinken. Ze liep met een handdoek om zich heen naar haar kamer. In de kast lag het T-shirt dat ze van Jasper had gekregen boven op de stapel, ze nam het truitje dat eronder lag, en trok de broek aan die ze eigenlijk nooit droeg, tot wanhoop van haar moeder die er wel al dat geld voor had betaald. Een broek stond haar niet, vond Lise, maar vandaag kon niks haar schelen, ze wilde gewoon iets comfortabels. Morgen ging ze het beter doen.

Beneden hield haar moeder haar tegen. Ze zat met haar voeten op het voetenbankje, een tijdschrift op haar knieën. Ze vroeg of Lise naar de winkel wilde gaan. Ze had geen zin om te koken, en bij de traiteur die op zondag open was, hadden ze paling in 't groen, wat haar vader graag at. Lise knikte, zei dat ze nog snel even zou ontbijten eerst, waarop haar moeder schetterde dat er nog van die light kaas was. Met doffe tegenzin maakte ze de ijskast open, nam de fletse dieetkaas en een bruine boterham. Terwijl ze kauwde zag ze Davids pet liggen op de vensterbank. Hij was al negen dagen weg, mee met Benjamin en zijn ouders kamperen, straks kwam hij terug. Hij zou chagrijnig zijn, dat wist ze van de voorbije jaren. Omdat hij moe was, volgens zijn moeder. Lise was er wel zeker van dat het daar niks mee te maken had. David had weer even ervaren hoe het leven ook kon zijn, en daarna moest hij terug naar zijn eigen gezin.

Ze veegde de kruimels en het kaaskorstje in haar hand en gooide die in de vuilnisbak, kwestie van commentaar te vermijden. Heel even stond ze te twijfelen in de keuken, maar toen liep ze toch naar boven en klopte aan bij haar vader. Het was een impuls, maar ze wou met hem praten. Ze hoorde hem ja roepen. Lise deed de deur open. Haar vader zat met twee vingers te tikken op zijn typemachine, het ratelde als een automatisch geweer. De vader van Evy had een tekstverwerker, hij roffelde zacht over de toetsen met al zijn vingers, Lise begreep niet waarom haar vader daar niet van wou weten.

'Hebt gij even, papa?'

'Eh, even, ja.'

Hij herlas in stilte de zinnen die hij net had opgeschreven, zette zijn leesbril af en keek naar haar zoals een ongemotiveerde loketbediende het zou doen naar de klant die één minuut voor sluitingstijd nog kwam aanzetten.

'Als het nu geen goed moment–'

'Nee, ik zeg toch: doe maar. Wat is er?' Hij glimlachte. Ter compensatie, wellicht.

Lise liep naar zijn bureau. Hij keek naar haar broek, hij vond het ook niks, dat kon zij wel zien. Zelf droeg hij een hemd vol gaatjes van de as van zijn sigaretten. Hem kon het allemaal niks schelen, uiterlijkheden. Hij ging nooit winkelen, weigerde naar de tandarts te gaan, of naar de specialist voor zijn eczeem, en hij liet twee keer per jaar zijn haar knippen bij de goedkoopste kapper die hij kende om van het gezeur van haar moeder af te zijn. Maar die desinteresse had alleen betrekking op zichzelf. Over hoe anderen voor de dag kwamen had hij wel degelijk een uitgebreide mening, dat had Lise al vaak gemerkt. In hoe hij sprak over haar moeder, de vrouw op wie Lise fysiek leek, vreesde ze, of zou gaan lijken, en over andere vrouwen, die hem wel bevielen.

'Ik vroeg me gewoon af, gij die zo toch uw eigen ideeën hebt over hoe ge met de dingen om moet gaan...'

'Ja?' Het klonk niet bemoedigend, eerder geïrriteerd, als een aansporing om haast te maken.

'Ik moest terugdenken aan de tijd toen, afijn, ik was er toen nog niet, maar...'

Hij keek haar aan met fanatiek gefronste wenkbrauwen, zijn rimpels tekenden zich nog feller af.

'Ik weet dat ge het daar niet zo graag over hebt, eigenlijk, maar–'

'Gij dacht: ik ga mijn vader nog eens een beetje kwellen.' Hij lachte hard. Lise kon niet horen of het een geforceerde of een echte lach was.

'Toen Nina's moeder opeens verdwenen was, hoe hebt gij toen–'

'Goh, meisje, meent ge dat nu? Daar wilt gij het nu over hebben? Op een zondag, terwijl ik een artikel aan het schrijven ben over de Franse periode in de Zuidelijke Nederlanden?' Hij klonk mat, keek nerveus naar zijn papieren.

Lise rook zijn Tabac, de aftershave die op zijn verzoek al sinds mensenheugenis elk jaar onder de kerstboom lag, hij gebruikte er vaak te veel van. Ze moest proberen er niet op te letten, van die geur werd ze onrustig, ze wist niet waarom.

'Tja.'

'Ik snap het niet. Wat wilt ge dan weten?'

'Wel, hoe ge daarmee zijt omgegaan, dat ze wegging, van u.'

'Opstaan en doorgaan, hè meisje, wat kunt ge anders doen?'

'Maar gij voelde u toen toch niet goed. Hoe–'

'In het leven kunt ge kiezen wat voor iemand ge wilt zijn. Wilt ge u constant laten bepalen door al wat ge voelt, en door de dagen zwalpen met een aanhoudende bibberlip, zoals uw moeder? Of zijt ge verstandig, en relativeert ge, kijkt ge een beetje nuchter naar het bestaan?'

Hij nam zijn papieren en maakte er een ordelijke stapel van.

'Dat is een keuze?'

'Ge hoeft u echt niet als een blaadje te laten meewaaien met eender welke wind.'

'Maar, als ik dat mag zeggen...' Lise wikte en woog haar woorden, 'gij ziet er eigenlijk toch ook niet zo gelukkig uit. Gij lijdt toch nog altijd onder wat Nina's moeder–'

'Praten over iets vreselijks waar niks meer aan te doen valt, dat heeft geen zin, meisje.' Hij wreef met een nagel langs de toets met de T waar iets onduidelijks aan vastplakte. 'Het enige wat dat doet is oude wonden openrijten. Wilt ge dat uw vader echt aandoen, nu, terwijl hij aan het werk is? Nadat uw moeder eergisteren nog uitgebreid haar duit in het zakje heeft gedaan?'

Hij keek haar aan met die blik die ze zo goed van hem kende, die blik die vroeg om steun en samenhorigheid, om spelen volgens zijn regels, om de aangename dochter zijn, niet degene met de onwenselijke vragen. Hij glimlachte erbij, een soort van halve glimlach die niet werd bijgetreden door zijn ogen. Hij toonde zijn goede wil, zoals hij dat ook bij haar moeder deed om gedonder te vermijden. 'Dat is lief van u,' zei hij ten slotte, haar stilte interpreterend als een bevestigend antwoord op zijn vraag. Hij ordende zijn al geordende stapeltje papieren nog eens opnieuw.

Lise wou niet weg, ze wou antwoorden op haar vragen, ze wou weten hoe de dingen gingen, maar ze wist niet wat nog te zeggen. En ze moest naar de winkel voor haar moeder lastig werd. Ze wenste hem succes met zijn artikel en liep weer naar beneden.

Ze stapte de fiets op en reed de straat uit. Ze kwam voorbij de hoek waar Jasper haar altijd liet uitstappen, en waar ze opeens kuis werd gezoend, wat haar zo'n vreemd gevoel gaf. Ze begon harder te rijden, voorbij de bushalte waar Nina vroeger opstapte om naar die ene school te gaan in een stad verder weg, omdat ze van die andere was af getrapt. Ze passeerde de huisarts die haar moeder haar pillen voorschreef, terwijl dat toch het werk van een psychiater hoorde te zijn, langs het parkje waar Lise met Aya vaak naartoe ging omdat Aya niks leuker vond dan in de zandbak kastelen bouwen en ze daarna weer kapotmaken, giechelend alsof ze iets heel stouts deed waar ze toch maar mooi mee wegkwam.

Het begon te regenen, een beetje miezerig eerst nog, maar algauw harder. Lise fietste door, snel, alsof het een wedstrijd was. Ze zag het huurhuis waar Kiki nog had gewoond terwijl ze hun appartement aan het afmaken waren, ze herinnerde zich Kiki's kleurrijke beschrijvingen van het afschuwelijke behang en de misselijkmakend lelijke meubels, en haar verhalen over hoe tergend traag de verbouwing ging, en hoe ze zou komen te sterven door een overdosis wansmaak. Ze dacht aan haar moeder en hoe ze keek als ze de naam van haar vroegere vriendin uitsprak. Aan Nina's blik vlak voor ze voor altijd vertrokken was. Aan Jaspers toon aan de telefoon.

Lise reed door. Ze voelde niks, niet de regen die nu met bakken naar beneden viel, niet de nijdige wind in haar gezicht, niet haar hart dat klopte in haar keel, niet de stompende pijn bij haar slapen, niks. Ze stampte op de trappers en naderde de drukke vierbaansweg. Haar vingers waren rood van de kou. Haar knokkels spierwit. Haar broek was doorweekt. Maar ze voelde niks, ze dacht aan alles. Ze hoorde de auto's voorbijrazen, het water opspatten. Ze dacht aan hoe ze zich voelde wanneer Jasper haar vasthield, aan Evy en Sanne die hun hoofden draaiden als ze voorbijliep, aan Nina's verweesde schouders, aan haar moeders teleurstelling terwijl ze vertelde over de dochter van die vrouw in die film die niet zonder haar moeder kon, aan Kiki en Ruben die aan de ontbijttafel zeiden dat ze toch echt nog even moest blijven en een laatste croissant eten, aan de gangen van haar school, aan haar vader die naar haar had gekeken zoals hij dat naar haar moeder ook deed. Ze reed niet tot aan het kruispunt, waar de zebrapaden waren, ze deed haar ogen dicht, en stuurde haar fiets de baan op. Ze hoorde auto's toeteren, ze voelde niks.

DEEL 2

november 2006 - maart 2008

1

Nog voor de zon opkwam was hij weggegaan, haastig, als iemand die vond dat hij er beter nooit was geweest. Hij had zijn kleren in vuilniszakken gepropt, een deel van zijn boeken in dozen gepleurd, zijn computer in de kofferbak van zijn auto gezet, en de rest kwam hij gauw ophalen, had hij gezegd. En dat hij de huidige waarde van de spullen die ze samen hadden gekocht zou berekenen, daar bestond een formule voor die rekening hield met hoe oud apparaten en meubels waren, doceerde hij, en dat hij ze zou overnemen voor de helft van dat bedrag. Lise had alleen maar gekeken, ze was niet in staat geweest tot spreken.

Zonder nog om te kijken had hij de deur achter zich dichtgetrokken. Ze hoorde zijn voetstappen op de trap, steeds verder weg, en toen de doffe knal van de deur beneden. Ze was naar het raam gelopen. Ze moest haar voorhoofd tegen het venster drukken om hem te zien opduiken, de straat overstekend, zijn auto in stappend, wegrijdend, de straat uit, haar leven uit. Nog even was ze zo blijven staan.

Toch proberen om wat te slapen voor ze naar het ziekenhuis moest, had ze gedacht. En nu lag ze hier. Klaarwakker. Al meer dan een uur, zei de wekker. Buiten startte de wereld sputterend weer op, auto's gaven gas, buren riepen, fietsbellen rinkelden. In de dakgoot koerde een duif. Er kwam geen antwoord.

Lise staarde naar de lege plek op de matras, naar het ergonomische hoofdkussen dat hij nodig had om te kunnen slapen, naar de vuile sokken die nog onder de stoel lagen, die met dat ruitjespatroon die hij van zijn oudere zus had gekregen, degene die hem altijd 'broer' noemde in plaats van Jonathan, en die vaak al bij het begroeten commentaar klaar had: 'Broer, wat hebt gij nu met uw haar gedaan?' En dan rekte ze het woord 'haar' alsof dat in zijn geval op zichzelf al een scheldwoord was. Er was weinig dat Jonathan minder kon schelen dan zijn kapsel, maar Lise zag op zulke momenten toch de ontregeling in zijn glimlach.

Ze sloot haar ogen, draaide zich op haar zij en trok haar knieën op. Het was vijf jaar geleden: zij zat in de trein een boek te lezen, Jonathan liep voorbij, keerde terug en zei dat hij over die auteur een doctoraat aan het schrijven was, en dat hij zijn thesis had gemaakt over de dichter van wie hij een bundel in haar tas zag zitten. Met een stralende blik had ze hem gevraagd of hij ook nog iets nuttigs deed in het leven. Hij had gegrijnsd en tegenover haar plaatsgenomen.

Lise ging op haar rug liggen en rekte zich uit. Ze was een platgereden kat, een ontwortelde boom, achtergelaten puin. Met twee vingers gleed ze langs het litteken bij haar buik. Ze vroeg zich af waarom hij ooit voor haar gevallen was. En of het tussen hen fundamenteel nooit had geklopt of om zeep was geholpen onderweg? Met haar wijsvingers en duimen kneep ze her en der in haar vel, en zonder te kijken inventariseerde ze hoeveel vlees ertussen zat.

De manier waarop hij had gezegd dat ze vrienden konden blijven, verraadde al dat ze dat niet zouden doen. Ze moest denken aan die zomer, een paar jaar geleden, toen ze Jasper nog eens was tegengekomen. Lise herkende hem meteen. Hij was niet veranderd, alleen ouder geworden. En juist toen ze besliste dat ze ging wegkijken en doorlopen, kruiste zijn blik de hare. Hij bleef staan. Naast hem hield ook een boomlange, wiebelig dunne jongen halt, die zijn oudste zoon bleek te zijn. Hij leek op zijn moeder, vond Lise. Jasper glimlachte, zij maakte aanstalten om hem een zoen op de wang te geven, maar hij stak plots een hand uit, alsof hij zich pas toen realiseerde dat hij niet alleen was. Zijn zoon ging op een bank zitten, een meter of twee verderop, in de weer met iets onduidelijks uit de tas die hij bij zich had. Lise durfde Jasper amper aan te kijken. Omdat hij niet meteen iets zei, vroeg zij hoe het met hem ging. 'Zo echt, bedoel ik,' pruttelde ze er nog achteraan. Maar hij antwoordde beleefd en vertelde iets over de school waar hij nu lesgaf. Het was een gesprek tussen vreemden, mensen die met elkaar praatten omdat het nog ongemakkelijker was om dat niet te doen. Alsof het water tussen hen niet alleen te diep was, maar ze de rivier hadden volgestort met verhard beton. Na goed vijf minuten keek hij naar zijn zoon en gaf hij aan dat ze eens verder moesten. 'Tuurlijk,' had Lise geantwoord. 'Zorg goed voor uzelf,' zei hij, en er liep een rilling over Lises rug omdat ze door die echozin opeens weer het meisje werd dat daar zat, thuis, boven in de gang op de grond, met de hoorn in haar hand en het geluid van de kiestoon nijdig in haar oor, nadat hij had opgehangen. Jasper draaide zich om en legde zijn arm om zijn zoon, alsof hij toch nabijheid zocht, en Lise keek hem na, met in haar mond de smaak van metaal.

Lise trok de dons tot over haar neus. Op straat begon een autoalarm te loeien. Het stopte even en begon opnieuw. En opnieuw. Opeens schoot Lise overeind, alsof de aanknop alsnog werd ingedrukt. Ze moest stoppen met zich aan te stellen en iets doen. Nu. Ze rende naar de keuken. In het kastje onder de gootsteen griste ze twee verschillende rollen vuilniszakken tussen de schuursponsjes en de schoonmaakproducten vandaan, ze scheurde er van elk één af en trok de ijskast open. Ze nam de aardbeien- en de rabarberconfituur die zijn moeder had gemaakt, schudde de inhoud in een van de zakken en keilde de potjes in de gootsteen. Het restje van de spaghetti met roomsaus en champignons waar ze nog samen van hadden gegeten gooide ze erbij. Daarna volgden de mayonaise, de tartaarsaus, de echte boter, het halve stuk brie, de geraspte kaas, de voorverpakte pannenkoeken, de donut met roze sprinkels en twee porties kant-en-klare lasagne die nog goed waren tot zaterdag. Daarna goot ze de fles cola leeg, en de halfvolle melk. Ze plette de plastic flessen om ze kleiner te maken en dumpte ze in de pedaalemmer. Hoelang was ze nu al aan het zeggen dat ze er echt iets aan moest doen?

Ze trok de keukenkasten open. Al dat gelul van haar, dat zielige gedoe over hoe moeilijk het wel niet was, en dat zij als ze werkte geen tijd had om goed te eten, en dus wel snel even een suikerwafel naar binnen moest werken. Dat waren smoezen voor mensen zonder ruggengraat.

Twee verschillende soorten koekjes, melkchocolade mignonettes, choco, honing, een doosje met nog een stuk of vijftien suikerklontjes, ze knalde alles in de zak. Uit de andere kast viste ze cornflakes met chocoladestukjes en een pak Miracoli-spaghetti met kaassaus voor twee à drie personen.

Hoeveel beter zou ze er niet uitzien als ze elf kilo vermagerde? Dan had ze een BMI van 20,07, had ze onlangs nog uitgerekend, 0,05 meer dan die leuke verpleegster die ongeveer even lang was en officieel dun. Zij droeg na het werk zelfs truitjes die haar navel bloot lieten.

Lise holde naar de diepvries. Pizza funghi, een grote tupperwaredoos met zelfgemaakte moussaka, garnalenkroketten, mokka-ijs en spinazie met room, weg ermee. Aarzelend keek ze om zich heen. Vergat ze nog iets? Haar hart bonsde alsof ze trappen had gelopen. Ze trok de zakken open, keek naar de inhoud en walgde van zichzelf. Wat een trieste collectie troosthulpmiddelen die nergens tegen hielpen.

Ze nam ijzerdraadjes en sloot de zakken. Dit had ze veel eerder moeten doen, maar nu was het dringend, en nu kon het, aangezien er niemand was met wie ze rekening diende te houden, dat had toch zo zijn voordelen. Pas overmorgen zou het vuilnis worden opgehaald, maar dit ging nu meteen de deur uit.

Op blote voeten, in haar pyjama, liep ze de twee verdiepingen naar beneden en kwakte de zak onder het raam van de buren die altijd tot een gat in de nacht techno draaiden. Ze holde weer naar binnen, de trap op, klappertandend van de kou. Domme trut die ze was. In pyjama de straat op, zonder schoenen, ongewassen, waar mensen haar konden zien, en dan ook nog asociaal gedrag vertonen. Maar ze had tenminste een plan nu, het was een begin.

2

'Dus dat is in de nacht van eergisteren op gisteren al gebeurd? En gij komt nu pas naar uw moeder om dat te vertellen?'

'Ik moest werken,' antwoordde Lise bedremmeld.

Haar moeder keek alsof ze vond dat haar dochter toch ten minste een beter excuus kon verzinnen.

'Ge zijt waarschijnlijk naar die Tess gegaan dan?'

Lise nam haar glas water. 'Nee, nee, ik wou alleen zijn.' Ze zette het aan haar lippen, zodat haar moeder haar ogen niet kon zien.

'Gij? Alleen willen zijn?' Haar moeder zuchtte diep. 'Allee ja, als gij het zegt.' Ze viste een sigaret uit het pakje. 'Maar ge blijft dan toch slapen?'

Lise had hier in geen jaren nog overnacht. Haar moeder had van haar kamer een logeerkamer gemaakt, met behang en beddengoed in pastelkleuren, een lamp met een kap vol paarse rozen en posters van romantische taferelen in zwart-wit. En eigenlijk kwamen er nooit gasten, laat staan gasten die bleven logeren.

'Op zulke momenten wilt ge toch omringd zijn? Daarvoor hebt ge nu een thuis.'

Lise rekende in haar hoofd. Als ze ja zei, moest ze morgen om halfzes op om op tijd in het ziekenhuis te zijn.

'Anders moet ge over een uur uw trein terug al halen.' Haar moeder trok haar wenkbrauwen ontzet op tijdens het uitspreken van 'een uur'. 'En ik verwacht uw vader ten vroegste rond die tijd terug van zijn lezing, ge wilt hem toch ook wel zien.'

'Als gij graag wilt dat ik–'

'Het gaat hier niet om mij, hè.' Ze legde een hand op haar hart en injecteerde heilige soorten verontwaardiging in die zin. 'Het gaat erom dat gij in zo'n crisissituatie tenminste ergens terechtkunt.' Haar moeder had een onmiskenbaar talent om onaangename situaties nog angstwekkender voor te stellen dan ze al waren.

'Ja.'

'Dat is dan geregeld. Zijt ge zeker dat ge geen glas wijn wilt of zo? Ik heb ook nog een stuk van die chocoladetaart van Cardoen.'

'Nee, nee, ik...' Lise bedacht terwijl ze aan het praten was dat ze onder geen beding haar dieet mocht vermelden, want dan kreeg ze het komende halfuur voedingstips uit damesbladen. Haar moeder leek altijd weer te vergeten dat haar dochter al meer dan acht jaar bezig was met de studie van het menselijk lichaam. 'Ik heb er nu geen zin in.'

Haar moeder zuchtte.

'Ja, dat kan ik wel begrijpen. Wat een ellende. Weer helemaal alleen. Na al die jaren.' Haar moeder nam een diepe trek van haar sigaret en keek alsof ze voor haar ogen een wereldramp zich zag voltrekken. 'En gaat dat financieel wel lukken?'

'Als assistent krijgt ge wel een loon, hè.'

'Ge verdient toch maar weinig. En dat had Jonathan nu wel, hè, een goede job aan de universiteit.'

'Het appartement is niet zo duur. Dat lukt wel.'

Haar moeder wrikte zich omhoog uit de fauteuil. 'Ik moet eens naar het toilet.'

Ze is weer een paar kilo aangekomen, dacht Lise terwijl ze haar moeders vlees mee zag deinen.

Verder was hier alles zoals het altijd was. Maar dan stil. Zonder de klassieke muziek die meestal het decor bepaalde. Het huis rook naar haar jeugd. De geur van boenwas, sigaretten en ramen die te weinig werden opengezet, van tapijten vol huismijt en stilstaand leven, van behang vol verzuurd verdriet en ingesleten boosheid. Lise was hier niet graag. Zoals je niet graag alleen op een feest bent waar je niemand kent, of in een bos rondloopt waar je makkelijk kunt verdwalen, of afdaalt in een verlaten parkeergarage als het schemert.

'Ja, ik moet nu wel zeggen...' Haar moeder begon al vanuit de keuken roepend verder te praten terwijl ze ondertussen rommelde met borden. 'Ik heb het altijd gezegd, waar of niet? Dat het niet ging blijven duren tussen jullie.' Ze kwam met een flink stuk taart op een bord de keuken uit gelopen. 'Ik dacht: voor als ge toch nog goesting zou krijgen. Een beetje troost.'

Het laatste wat Lise wou was naar een verleidelijk stuk taart zitten kijken.

'Uw vader was fan van Jonathan, maar dat had alleen met zijn werk te maken, hij zou het ook zijn van een seriemoordenaar met een academische carrière. Ik heb hem nooit gemogen. Slim misschien, ja, maar nooit vriendelijk tegen ons, of toch alvast niet tegen mij. En altijd vooral met zichzelf bezig.'

Lise voelde de aandrang om te doen wat ze normaal deed: Jonathan verdedigen, maar dat had nu geen zin meer. In plaats van opluchting te voelen, bekroop haar een week soort weemoed.

'En een aantrekkelijke man konden we het nu ook niet noemen... Dat zouden maar lelijke kinderen zijn geweest.' Haar moeder grinnikte, stopte toen ze Lises blik zag. 'Door zíjn genen, hè. Afijn, ik bedoel maar: ge moet er niet mee inzitten dat ge hem kwijt zijt. Genoeg vissen in de zee.' Ze keek ernstig opeens. 'Echt, Lise, ik wil niet dat ge nu gaat wanhopen. Voor kinderen hebt ge nog tijd genoeg.' Ze staarde naar de taart. 'Er loopt echt wel ergens een dekseltje voor uw potje rond.'

Als haar moeder nog één gemeenplaats spuwde, ging Lise gillen. Ze klemde haar tanden op elkaar en knikte onbestemd.

'Anders moet ge u inschrijven bij zo'n relatiebureau. Carmen, de dochter van Josée, die heeft zo haar echtgenoot leren kennen. En Josée, die had echt gedacht dat Carmen nooit van 't straat zou geraken. Ge kent Carmen toch, die met die enorme neus en dat spraakgebrek?' Ze nam het vorkje dat ze op het bordje had gelegd, en sneed met de zijkant een zuinig stukje van de taart en stopte het in haar mond.

'Mama!'

'Ja, die hééft echt een grote neus en als zij de s uitspreekt, dan zoekt ge beter dekking, of–'

‘Echt waar.’ Lise richtte haar blik naar de hemel.

‘Wat?’

‘Alsof ik hier nu op zit te wachten. Jezus, mama.’

‘Ge moet u nu niet op mij afreageren, hè, ik probeer ook maar te helpen.’

Lise keek weg zodat haar moeder haar gezicht niet zou zien.

‘Ik weet nog, toen mijn lief, Hubert, ge weet wel, die–’

‘Knappe,’ vulde Lise aan. ‘Ja, ik weet het.’

‘Toen die mij liet zitten, zomaar, helemaal onverwacht, toen heb ik echt gezegd: nu ga ik hier niet bij de pakken neer blijven zitten. Ik ga vooruit, want daar is de weg.’ Ze liet een gewijde stilte vallen, zoals ze vaak deed als ze vond dat het beste stuk van het verhaal nog moest komen.

‘Ja, en toen hebt ge een maand later papa al leren kennen.’

‘Precies.’

Lise kon zien dat het haar moeder irriteerde dat ze niet de tijd kreeg om de opbouw te maken die ze voor ogen had.

‘Omdat ik dat uitstraalde. Ze zagen aan mij dat ik niet zat te treuren. Mannen merken dat, die ruiken wanhoop. Maar als ge sterk zijt en positief blijft, dan...’

‘Vindt ge al na een maand een nieuwe man en loopt ge zo recht in uw ongeluk.’

Haar moeder trok een verontwaardigd gezicht.

‘Ja, als ge geen hulp wílt, moet ge ’t maar zeggen, hè zeg.’

‘Ik baseer me maar op uw wekelijkse verslagen van het huwelijkse leven.’

‘Ja, ik vertel wel eens iets, ik ben een mens, ik moet dat ook eens kwijt. Maar ge moet dat niet zo zwart-wit zien, Lise. Dat is altijd al uw probleem geweest. De wereld is grijs. En relaties zijn ingewikkeld.’ Haar moeder begon zachter te praten, zoals therapeuten ook wel doen. ‘En dat is tussen uw vader en mij niet anders. Natuurlijk heb ik het lastig als hij me weer eens ladderzat de huid vol heeft gescholden, maar tegelijk zijn wij ook maatjes, hij en ik. En hij, hij zou geen twee dagen–’

Zonder u kunnen, maakte Lise de zin in gedachten mee af. Ze bleef ademen.

'Zonder mij kunnen... Uw vader is een moeilijke mens. Als ge eerlijk zijt, weet ge dat ook. Maar we hebben de laatste jaren met elkaar toch een manier gevonden om het allemaal wat rustiger te houden. En zo is het eigenlijk...' ze zocht naar de juiste woorden, 'best te doen.'

'Ja, best te doen, dat is echt waar ik op zit te hopen in dit bestaan,' zei Lise zonder nadenken.

'Allee vooruit, lach er maar weer mee.'

'Ik lach er niet mee, maar geef nu toe...' Lise hoopte dat ze haar zin niet af hoefde te maken.

Haar moeder keek bedrukt. 'Ik doe het weer allemaal verkeerd, blijkbaar.' Ze sneed een groter stukje af, en propte het in haar mond. Zo praatte ze verder: 'Ik probeer u goede raad te geven. Misschien zoudt ge daar beter eens naar luisteren, in plaats van altijd te denken dat ge alles beter weet. Misschien vond Jonathan dat ook wel vervelend aan u. Ik weet het niet, hè, maar dat zou toch wel kunnen. Want ik zit hier al uren naar u te luisteren–'

'Te luisteren?' Lise voelde haar hart in haar nek kloppen. 'Zélf het woord te voeren, zult ge bedoelen. En ik ben hier inmiddels,' Lise keek op haar horloge, 'exact een uur en tweeënveertig minuten, maar daar moet ge zeker twintig minuten aftrekken waarin gij mij één voor één al uw kleitoestanden hebt zitten tonen, en–'

'Mijn beelden?' zei haar moeder met het gezicht van de onbegrepen artieste die ze in haar diepste dromen was. 'Ja maar, toen wist ik nog niet dat er iets aan de hand was.'

'Nee, gij zijt waarschijnlijk de enige moeder ter wereld die er zich geen vragen bij stelt als haar drukbezette dochter op een weekdag onaangekondigd komt binnenvallen met wallen onder haar ogen van recordformaat.'

Haar moeders gezicht veranderde. 'Zo erg zijn die wallen nu ook weer niet, ge hebt dat altijd een beetje.' Ze sneed nijdig nog een hap af. 'En, zég dan dat er iets is, in plaats van te verwachten dat ik als een helderziende kan raden wat er speelt. En die uitleg duurde trouwens écht geen twintig minuten.'

'Daar gaat het nu toch niet om.'

'Nee, waar het om gaat is dat ik voor u gewoon géén goed kan doen.' Ze slikte taart door, dat maakte geluid. 'Wat ik ook probeer.' Ze nam het bord op haar schoot, het was haar taart nu. Ze at gulzig verder. Lise kon er niet naar kijken. Ze wilde ook niet weer dit gesprek voeren.

'Ge zoudt al eens kunnen beginnen met niet alleen met uzelf bezig te zijn op zulke momenten. Waarom denkt ge dat ik in zo'n geval naar Tess ga?'

'Ah, dus toch! Ik wist het wel. Ik ruik het altijd van een kilometer als ge liegt tegen mij.'

'En waaróm zou ik liegen? Hebt ge u dat al eens afgevraagd?'

'Geen flauw idee, tegen mij kunt ge altijd *al-les* zeggen.'

Lise lachte schamper.

'Wat? Dat ís toch zo.'

'Och mama, laat ook maar.'

'Nee, niet laat maar. Ik ga niet met een of ander aangepraat schuldgevoel blijven zitten. Ik lééf voor mijn kinderen. Alleen maar met uzelf bezig zijn...' Ze schudde met haar hele bovenlichaam een soort nee om haar verontwaardiging kracht bij te zetten. 'Terwijl gij gewoon op mij afreageert dat die kerel u heeft laten zitten en dat ge doodgaat van de schrik dat niemand u nog zal willen en dat ge alleen en kinderloos zult achterblijven.'

Lise keek haar moeder aan. Ze wou dat ze iets gemeens terug durfde te roepen, maar alle woorden liepen vast.

'Uw moeder die alleen maar met zichzelf bezig is, ként u wel, hè.'

Lise stond op.

'Loopt ge nu weg?'

'Ik moet naar het toilet.'

Lise liep door de keuken naar de wc. Wat een huis ook, waar het toilet naast de keuken was. Ze trok haar panty en slip naar beneden en keek naar de verjaardagskalender die naast de spiegel hing. Deze maand was Kiki jarig; haar moeder had haar naam al die jaren laten staan. Lise legde haar hoofd in haar handen. Ze wou dat ze kon huilen. Of schreeuwen. Of juist niet, ze wist het niet. Lusteloos stond ze op en trok door. Kalm, zei ze tegen zichzelf, ze waste haar handen aan de gootsteen. Ze hoorde haar moeder tot hier praten. 'Stank voor dank, dat krijgt ge dan, als moeder die alles voor haar kinderen doet.' En toen haar vader, die blijkbaar thuis was gekomen: 'Ze is gewoon over haar toeren, ge kent haar toch, zoiets zou ze anders nooit zeggen. Geef haar nu...' Toen ze haar zagen binnenkomen, viel het gesprek stil. Haar vader trok zijn jas uit, hing die weg, en liep richting keuken. Hij vroeg of er nog iemand iets te drinken wou. Haar moeder antwoordde namens hen beiden dat ze niks hoefden. Ze keek Lise niet aan.

'Ja, sorry,' pruttelde Lise tegen haar moeder, 'ik voel me niet goed.' Ze wist dat zich nu excuseren de beste kansen gaf om niet nog drieënzeventig keer aan dit voorval te worden herinnerd.

'Ik weet dat ge dat wel degelijk allemaal meent, Lise.' Ze klonk eerder gekrenkt dan kwaad nu. 'Zo dom ben ik nu ook weer niet.'

'Maar nee, ge hadt gelijk, ik reageerde mij af op u, en dat is natuurlijk niet oké. Echt waar: sorry.' Tegenover haar moeder kon een mens nooit genoeg sorry's uitspreken.

Haar vader kwam terug met een glas wijn. Hij ging in zijn fauteuil zitten.

'Goed dat uw vader vroeger thuis is dan verwacht, hè?' zei haar moeder. Lise vroeg zich af of ze dat als een sneer bedoelde of dat ze juist verzoenend probeerde te zijn.

'Wat hebt ge dan gedaan,' vroeg haar vader nadat hij een flinke slok had genomen, 'dat Jonathan opeens vertrokken is?'

Lise keek hem verward aan. 'Waarom gaat gij ervan uit dat ik–'

'Afijn, wat was het probleem? Laat ik het zo stellen. Wat het ook was, daar kunnen jullie toch uit geraken, twee verstandige mensen.' Hij keek eerder ontstemd dan bezorgd, dacht Lise. Ze vond hem de laatste jaren nog moeilijker te lezen dan vroeger, toen ze zich nog wijsmaakte dat ze hem beter dan wie ook begreep en aanvoelde.

'Zoiets heeft weinig met verstand te maken, hè papa.'

'Alles heeft met verstand te maken. En zeker relaties. Iedereen wordt elkaar beu na verloop van tijd.'

'Allee, merci,' mompelde haar moeder.

'Alsof gij mij niet beu zijt, soms,' zei haar vader met een vrolijke ondertoon.

'Ja, omdat gij u weer eens–'

'Precies, mensen maken fouten,' zei haar vader met de joligheid die hij tegenwoordig steeds vaker als verweer gebruikte, 'maar op het einde van de rit beseft ge dat het toch beter is met twee dan alleen.' Hij keek even naar haar moeder om te checken of hij het nu had goedgemaakt.

Haar moeder duwde het voetenbankje opzij en ging rechtop zitten. 'Ja maar, het is niet omdat dat voor ons geldt, dat dat ook voor Jonathan en haar zo is. Jonathan is toch een rare vogel, om het voorzichtig uit te drukken.'

'Gij vindt iedereen raar die niet is zoals gij,' zei haar vader en hij dronk zijn glas halfleeg.

'Het is niet omdat mensen een groot verstand hebben dat ze ook aangenaam zijn om mee te leven. Gij voelt dat allemaal niet aan, maar een moeder ziet het wel als haar dochter van alles tekortkomt.'

Opeens keken beide ouders haar aan.

'Dat is toch zo, Lise, dat gij van alles miste in die relatie?'

Lise dacht na. Eigenlijk wist ze dat niet.

'Jullie hebben toch veel gezamenlijke interesses,' zei haar vader, 'en een verstandige kerel als Jonathan is iemand die het beste in u kan bovenhalen.'

'Papa, gij zit hier nu te doen alsof het nog goed kan komen, maar dat is echt niet zo. Hij was er helemaal klaar mee en hij is vertrokken. Punt.'

'Wat mensen doen op een moment dat ze kwaad zijn, is niet per se indicatief voor–'

'Ze hadden al wel langer problemen,' begon haar moeder. 'Lise zei dat niet met zo veel woorden, maar dat was toch wel te merken als ze al eens op bezoek kwamen, wat ze nu niet vaak deden, ook al sloofde ik mij altijd uit als ze er waren, om te koken en om…'

Lise hoorde haar moeder praten en keek discreet op haar horloge. Het was net te laat om de laatste trein alsnog te halen. Ze zag haar vader nog een paar stevige slokken nemen, en voor één keer kreeg ze zin om precies hetzelfde te doen. Drinken tot alles zich in een onbestemde verte leek af te spelen, tot de werkelijkheid niet meer zo concreet zou voelen, tot een wazige warmte over haar zou neerdalen. Maar dat ging ze natuurlijk niet doen. In één glas witte wijn zaten 80 à 100 calorieën, volgens sommige studies nog meer. En zij had een plan.

3

Lise ademde diep in, knipte het licht aan, en bleef voor de onzichtbare lijn tussen de gang en haar appartement staan. Onderzoekend bekeek ze de woonkamer, alsof er een wild dier binnen zat dat ze eerst moest lokaliseren om zich veilig te stellen. Wat ooit een gezellig appartement was, leek nu op een geplunderd buurtwinkeltje na een nationale ramp.

Jonathan had haar vanochtend in een berichtje laten weten dat hij niet, zoals gepland, over tien dagen zijn spullen kwam halen, maar vandaag, omdat hij onverwacht tegen brandstofvergoeding een bestelwagen kon lenen, en een vriend had vrijaf, die kon hem komen helpen. Ze wist dat hij veel spullen ging meenemen, omdat er redelijk wat van hem waren, en omdat Lise, na de verre reis van vorig jaar, niet zo veel spaargeld meer had. Maar deze woestenij voelde toch onthutsender dan ze zich had kunnen voorstellen.

Alle boekenkasten waren weg, haar boeken had hij gewoon opgestapeld tegen de muur. De sofa die zo lekker zat, de televisie, de muziekinstallatie, dat grote schilderij en de twee foto's van die geweldige fotograaf, de grote leeslamp en die twee kleintjes die ze ooit in Boedapest hadden gekocht. De grappige bijzettafeltjes stonden er nog, de twee voor hun leven vechtende kamerplanten, dat lage kastje uit de jaren vijftig waar de tv op had gestaan en het fluffy tapijt dat ze als een van de weinige exemplaren in de winkel geschikt had bevonden. Tapijten waren saai, had ze die dag ontdekt. De oude tafel had ze ook gehouden, al was dat een flinke hap uit haar budget, maar die vond ze zo mooi. De designstoelen had hij meegenomen. Hij wou per se iets nieuws bij dat ouds. Hij hield sowieso meer van nieuw en praktisch, dat had hij van zijn moeder. Een vrouw met smetvrees, volgens Lise. Een vrouw met gevoel voor orde en netheid van wie zij nog iets konden leren, vond Jonathan.

In de open keuken ontbraken de magnetron en de diepvries. De inhoud lag op slordige hoopjes in de gootsteen. Juist nu ze liters spinazie- en slasoep had gemaakt, twee van de minst calorierijke groenten, bereid zonder olie of boter, om iets makkelijks te hebben als ze thuiskwam. Het was de bedoeling geweest dat hij de diepvries meenam en dat zij een tweedehandsexemplaar in huis zou halen voor hij langs zou komen, maar door de veranderde timing was dat niet gelukt.

Ze trok de kastjes open, hij had de broodrooster, de slowjuicer, de blender en de helft van de glazen en de pannen meegenomen. Ze controleerde de lades, en ja, zelfs van het bestek. De grote retro-ijskast stond er nog, het heerlijk ouderwetse fornuis dat ze voor een appel en ei van de ouders van een vriendin had kunnen overnemen, en het wafelijzer had hij ook achtergelaten. Goddank voor het wafelijzer, riep ze ironisch, zij die haar verdere leven nooit nog een wafel zou mogen eten, want dat waren 574 calorieën, dat had ze onlangs nog in de tabellen gezien.

Lise liep de trap op. Zijn werkkamer was leeg, op de printer, een stapel kladpapier en een prullenmand na. Lise kon zich niet herinneren dat dat de hare was, misschien vond hij die gewoon lelijk. Soms hoorde ze boven muziek als ze thuiskwam, en als ze dan naar zijn werkkamer ging en heel zachtjes de deur openmaakte, zag ze hem dansen. Hij danste zoals ze het nooit iemand had zien doen, als een garnaal op het droge. Dat vond ze altijd zo vertederend.

Het waren juist die dingen die hem tot hem maakten waar ze extra van hield: het litteken boven zijn rechterslaap, zijn talent om drie uur aan een stuk te praten over een gedicht, zijn rabiate hekel aan rood eten, zijn liefde voor alles van Stevie Wonder behalve 'I Just Called to Say I Love You', zijn kinderlijk plezier als het begon te sneeuwen, zijn eindeloze ernst als hij omstandig uitlegde waarom hij de tv had moeten uitzetten uit irritatie over wat deze of gene politicus zomaar durfde te beweren.

Ze bekeek het kladpapier, een voorlopige versie van een van zijn essays, wat artikelen die wellicht als researchmateriaal hadden gediend... Alsof hij toch nog een stukje van zichzelf wilde achterlaten. Zijn geur hing er ook nog. Lise zette de ramen open en liep naar de slaapkamer. Ze moest nadenken over wat ze met deze ruimte zou doen.

De grote kleerkast die ze eigenlijk nooit mooi had gevonden was een cadeau van David geweest, hij had te veel spullen toen hij naar een nieuw appartement verhuisde. Het Japanse bed met de futon was weg. Daar had ze nooit graag op geslapen, ze had gehoopt dat hij dat zou willen. Hij had één nachtkastje met één nachtlampje laten staan. De zeefdruk en dat schilderijtje waar ze 's ochtends graag naar keek had hij meegenomen. In het badkamertje ontbrak de badmat, de radio die op de vensterbank stond en de helft van de handdoeken en het rek waar de handdoeken op lagen. Het verwonderde haar dat hij de shampoo, de tandpasta en de wattenstaafjes niet had verdeeld. Als ze samen op restaurant gingen, berekende hij de exacte kostprijs van wat hij voor zichzelf had besteld, en precies dat bedrag legde hij op tafel. Alsof hij een speciale spaarpot had, met een paar exemplaren van alle briefjes en munten, die hij dan meenam om zeker te kunnen passen.

Lise liep weer naar beneden. Tess had gezegd dat ze het positief moest zien, het appartement was niet groot, dat had ze zo weer opgevuld met leuke spullen. Ja, had Lise geknikt. Een nieuwe start maken en zo, had ze gejodeld, met een schone lei beginnen, en samen hadden ze melige zinnen van die strekking opgesomd tot ze er de slappe lach van hadden gekregen. Lise was gebleven tot ze Tess zag geeuwen. Als ze had gedurfd, zou ze haar hebben gevraagd om even mee te lopen, maar Tess kreeg een pesthumeur als ze niet genoeg sliep, en dat kon ze zich niet permitteren. Als psycholoog moest zij er elke dag weer helemaal staan. Lise lette erop dat zij haar niet ook nog belastte.

Ontheemd stapte ze de woonkamer weer in. Ze dimde het licht en was dankbaar dat de basisverlichting tenminste ingebouwd en dus helemaal van haar huisbaas was. Ze ging languit op het tapijt liggen. Vier lege muren staarden haar aan. In hun vorige appartement had hij voor haar verjaardag een gedicht geschreven dat hij met plakletters op de muur naast haar kant van het bed had aangebracht. Hij, een van de onhandigste mensen die ze kende, was er uren mee bezig geweest, met waterpas en meetlat om het er goed uit te laten zien.

Ze moest het luchtbed oppompen, dacht ze. Waar lag dat klote-ding eigenlijk? En waren ze die pomp niet eens vergeten ergens? Buiten denderde een vrachtwagen voorbij. Van de muziek bij de buren waren alleen de bassen te horen. De ijskast zoemde. En zij lag op het tapijt in een toegetakeld interieur, als rommel die ze niet hadden willen meenemen. Haar maag gromde. Haar hartslag was hoger dan normaal. Ze vroeg zich af wat ze voelde. Ze vroeg zich af of leegte een gevoel was. Hoe noemde je dat, wanneer er iets wezenloos bezit van je nam, dat kleuren deed vervagen, verdonkerde wat licht gaf, beschadigde wat heel had geleken en jou aanwees als de schuld van alles? Tess had gezegd dat ze niet mocht vergeten dat ze al alleen was toen ze nog met Jonathan samenleefde. Dat had Lise bestreden.

Lise luisterde naar haar rusteloze ademhaling. Ze herinnerde zich die keer toen Jonathan en zij een maand of drie, vier samen waren. Ze lagen in zijn bed, hij woonde toen nog in een piepkleine studio met een witte tegelvloer. Het was een twijfelaar met een hoofdeinde met spijlen als van een kinderbed. Ze hadden seks gehad. En toen ze daar nadien zo lagen, had zij hem bedankt omdat hij haar toch maar nam zoals ze was. Terwijl ze dat zei had ze zich naar hem toe gedraaid, zijn schouder gekust en haar voorhoofd tegen zijn bovenarm aan gedrukt. Het was even stil gebleven en toen had hij geantwoord: ‘Zoals ge kunt merken, knap ik er fysiek niet op af, dus...’ Zij was stil gebleven. Een paar minuten later was hij opgestaan om te gaan douchen. Vanuit de badkamer riep hij dat hij zo’n zin had in frieten.

Lag dat luchtbed in de kast op de slaapkamer? Of beneden in dat hokje in de kelder? Dan moest ze verdomme weer de koude gang in. Ze mocht niet vergeten haar wekker te zetten. Ze moest haar agenda eens bestuderen en kijken wanneer ze tijd kon maken om wat spullen te gaan kopen. Ze hoopte dat Tess zin had om met haar mee te gaan. Ze hoopte dat de buren de muziek zouden uitzetten. En dat het op de een of andere manier toch nog goed zou komen, met haar.

4

Lise klopte aan en maakte de deur van Siens kamer open. Kristel zat onbedaarlijk te snikken, met haar gezicht verstopt in het truitje van het meisje. 'Waarom weent ge?' hoorde ze Sien vragen. Ze streelde haar moeders haar. 'Voor u,' brulde ze, 'omdat ik wil dat alles weer normaal wordt.' Lise bleef roerloos staan, ze had Siens blik gezien terwijl Kristel praatte, ze mocht niet weggaan nu. 'Mama...' Sien schudde zachtjes aan haar moeders schouder, 'de dokter is er,' er klonk een zweempje opluchting in haar stem, 'dokter Lise.'

Kristel ging rechtop zitten. 'Sorry,' zei ze terwijl ze haar tranen wegveegde. Ze staarde naar het voeteneinde van Siens bed, waar verder niks te zien viel. 'Maar ja, ze wil niet eten, niet drinken, ze...' De tranen liepen over haar gezicht. 'Ik moet echt even...' Ze stond op en gleed langs Lise heen de kamer uit. Sien glimlachte verontschuldigend naar Lise, alsof zij iets goed te maken had.

'Hé,' zei Lise en ze raakte even de hand van het meisje aan, 'hoe gaat het?'

Sien haalde haar schouders op. Op de gang rende er iemand op piepende sneakers voorbij.

'Mama's moeten soms ook eens huilen.'

'Ja.'

'En weet ge wat die tranen eigenlijk willen zeggen?' Lise keek er samenzweerderig bij. 'Dat ze heel veel van u houdt.'

Sien keek bedenkelijk.

'Wat denkt gij dat ze willen zeggen?'

'Vindt gij de andere kinderen hier leuk?' vroeg het meisje met een ernstige mond.

Lise keek naar haar, zoals ze daar lag, met haar kleine, kale hoofd in dat grote kussen, met haar gulle, donkere ogen, haar wipneus en haar bleke huid. Lise fronste haar wenkbrauwen, alsof ze diep nadacht, en zei toen: 'Ja, en ik vind u de allerleukste.'

'Echt?' Ze hield haar hoofd bedenkelijk schuin.

Lise knikte beslist.

'En Gijs?'

Gijs was haar broertje, een stille jongen met warrig halflang haar en een weke blik die altijd bij haar in bed kroop als hij mee op bezoek kwam.

'Gijs is ook leuk.'

'Maar meer of minder dan ik?' Ze sperde haar ogen wijd open. 'Gijs is wel normaal,' voegde ze eraan toe, alsof géén acute lymfatische leukemie hebben de doorslag kon geven.

'Ik ken u het best, en ik vind u de leukste.'

'Ik heb geen honger,' zei het meisje toen. Ze maakte er een wuft wegwerpgebaar bij, alsof ze dat onlangs een volwassene had zien doen en het nu ook eens wou uitproberen.

'Dat snap ik,' zei Lise. Ze vroeg of ze even goed mocht voelen, onderzocht haar, stelde vragen waar Sien keurig op antwoordde. Of zij nog vragen had voor haar?

Het meisje schudde haar hoofd.

'Zal ik dan eens gaan kijken waar uw mama is?'

Sien knikte, en terwijl Lise aanstalten maakte om te vertrekken, nam ze Lises hand bij drie vingers vast om haar tegen te houden. Lise draaide zich om en keek naar haar met de geruststellende glimlach die ze voor de spiegel had geoefend. Ze had een van de artsen het eens zo geforceerd zien doen dat ze de hare was gaan controleren.

Sien likte haar gebarsten lippen.

'Ga ik dood?' Haar stem klonk helder, fel bijna.

Lise wou dat ze kon antwoorden dat ze dat onder geen beding zou laten gebeuren.

'De behandeling die ge nu krijgt om–'

Sien kneep in Lises hand. 'Maar ga ik dood?'

Lise keek haar ernstig aan. 'De meeste kinderen met uw ziekte gaan niet dood.'

'Maar kunt ge 't beloven, zo?' vroeg ze en ze liet Lises hand los, beet in twee van haar vingers en toonde de tandafdrukken, 'voor echt?'

Lise beet net zoals zij in haar vingers en zei: 'Ik kan u beloven dat we heel hard ons best voor u gaan doen, en al die andere dokters hier zijn de allerbeste van het hele land, dus.'

Sien fronste.

'Kijk. Als dit alle kinderen zijn die hebben wat gij hebt,' Lise ging met haar vinger langs de contouren van het tafeltje dat naast Siens bed stond, 'dan worden al deze kinderen,' ze tekende een rechthoek die tachtig procent van het totale oppervlak besloeg, 'weer helemaal beter.'

Lise zag Sien kijken naar de strook die buiten de tekening viel.

'Doet het pijn, doodgaan?'

'Als dat zóu gebeuren, gaan we ervoor zorgen dat het geen pijn doet.'

Sien staarde langs Lise heen naar de televisie die niet aanstond. 'Mama heeft dan Gijs nog,' zei ze beslist, en dan, in één adem: 'Kunt gij scheelkijken?' Ze toonde hoe zij het deed.

Lise probeerde haar beste scheelkijken en trok haar mond bijpassend scheef. Sien grinnikte. Lise vroeg of ze zin had om wat tv te kijken, Sien knikte. Terwijl Lise de afstandsbediening zocht, trok het meisje Lises hand tot bij haar wang en legde haar hoofd ertegenaan.

In de gang zat Kristel op de rand van een plantenbak. Ze draaide nerveus met een vinger in haar gitzwarte haar. Toen ze Lise zag, stond ze op. Haar wijde broek wapperde om haar dunne benen alsof er een plotse wind opstak.

'Sorry voor daarnet.'

'Niet nodig,' Lise schudde het hoofd om dat extra kracht bij te zetten.

'Het is die onzekerheid, dat vreet zo aan mij, en dan vlieg ik totaal uit de bocht.' Ze schopte ritmisch met de punt van haar linkerschoen tegen de plantenbak, alsof het allemaal zijn schuld was. 'Ik ga zo meteen met Sien babbelen om het recht te zetten, ik weet ook wel dat ik dat echt niet kan maken tegenover haar.'

'Nog een paar weken, en dan is de inductietherapie voorbij en als de resultaten goed zijn, starten we met consolideringstherapie, en misschien mag ze tussendoor wel even naar huis. Ik kan dat nu niet garanderen, maar de kans bestaat. Even weg van hier, dat geeft dan misschien toch weer wat zuurstof. Want ik begrijp heel goed hoe zwaar het allemaal moet wegen.'

Kristel probeerde een dankbaar glimlachje te produceren.

'Hoe doen andere mensen dat hier? Hele dagen naast het bed van uw kind zitten dat zich rotslecht voelt, en dan weer even iets beter, om vervolgens opnieuw vol vergif te worden gepompt. Niks kunnen doen, dat is onverdraaglijk.'

'Maar ge zijt er. Er zijn is zoveel.'

Op dat moment kwam Emiel de gang in gelopen. Kristel zwaaide. Toen hij bij haar was, kuste hij haar.

'En, hoe is het vandaag?'

Emiel zag eruit als een leraar lichamelijke opvoeding, brede schouders, praktisch kort blondbruin haar, hoekig gezicht, eeuwig sportief gekleed, iets zachts in de blik. Sien had zijn neus en zijn ogen. Lise wilde Kristel de kans laten om te reageren op zijn vraag, maar zij haalde onbestemd haar schouders op.

'Zoals we verwachten dat het in deze fase gaat,' zei Lise om de stilte niet te laten duren.

'En met u?' Hij keek naar zijn vrouw, en toen weer naar Lise, alsof hij van haar ook een diagnose over de toestand van zijn echtgenote verwachtte.

'Ik hou vol,' ze ging door zijn haar. 'En met u?'

'Ik ben bang dat ze eronderdoor gaat,' zei Emiel terwijl hij zijn blik op Lise gericht hield, alsof zij de magische spreuk kon uitspreken die dat zou verhinderen.

'Ik wou dat ik iets kon doen om het allemaal minder erg te maken, maar dit is gewoon heftig. Jullie kunnen altijd op gesprek bij een van de psychologen hier, dat weten jullie, hè?'

'Dat zie ik echt niet zitten,' Kristel schudde hevig het hoofd.

'Maar waarom niet, schat? Die mensen–'

'Nee, ik wil dat niet.'

Emiel zocht Lises blik.

'En wat maakt het voor u zo moeilijk om over die optie zelfs maar na te denken?' vroeg Lise, die Emiel niet wilde teleurstellen.

'Als ge met zoiets begint, weet ge niet waar ge uitkomt.'

'En waar vreest ge uit te komen?'

Kristel maakte een gebaar alsof ze een vlieg wegsloeg. 'Ik wil niet te veel denken. Dat is al vaak een nuttige strategie gebleken.'

'Denkt ge?' vroeg Emiel zacht.

'Hoezo? Doe ik het niet goed dan? Hebt ge redenen om te klagen over mij?' Kristel ritste haar truitje hoger dicht.

'Maar nee, ik denk gewoon dat het u zo veel energie kost om alle potjes dicht te houden, dat juist dat ervoor zou kunnen zorgen dat het u op een bepaald moment allemaal echt onherroepelijk gaat overspoelen. Juist omdat ge dat al zo lang doet, en nu dit er allemaal nog bij komt... Denkt ge niet, dokter?'

'Ik kan daar natuurlijk geen oordeel over vellen.'

Emiel keek naar de vloer alsof die onbegaanbaar was, dus ging Lise toch maar verder: 'Maar ik denk op zich dat het altijd goed is om u te laten bijstaan in lastige tijden, ja. En ik heb al van veel ouders gehoord dat ze er echt iets aan hebben, en hoe meer ouders onder ogen durven zien, hoe beter ook voor de kinderen, merken we. Zou het–'

'Nu geven jullie mij het gevoel dat ik een of andere koppige trut ben, maar...' Kristel maakte haar zin niet af.

'Dat zijt ge ook.' Emiel lachte even en omarmde haar, innig. 'Mijn liefste koppige trut,' fluisterde hij met zijn neus in haar haar. 'Gij moet niks.'

De omhelzing bleef duren. Lise keek achterom, er liep niemand in de gang op wie ze beroep kon doen voor een elegante exitstrategie. Moest ze nu gewoon vertrekken, of was dat onbeleefd? Emiel wreef over Kristels rug. Was zij nu aan het huilen? Lise zette een stap naar achteren, zei gedempt dat ze goed voor elkaar moesten zorgen. Er kwam geen reactie, dus maakte ze rechtsomkeer en liep in de richting van de traphal. Op het einde draaide ze zich nog een keer om. Siens ouders hielden elkaar nog altijd vast.

De wereld rook naar niks, daar was het te koud voor. Toch wou Lise niet met de tram, zij ging lopen. Het hielp om de reële afstand te voelen tussen het ziekenhuis en haar appartement. In het schemerdonker leek alles zachter dan in het winterlicht van overdag. Soms wou ze dat ze een bril moest dragen, zodat ze die ook af kon zetten. Vage mensen leken haar liever, vage landschappen magischer, vage leegte minder allenig.

Ze had Kosse al een paar keer horen zeggen dat een patiënt niks aan je heeft als je mee gaat zitten janken. Dat was natuurlijk waar. Een professionele afstand bewaren, dat was een vereiste, zeiden ze dan. Alsof je zomaar muren kon metselen tussen jou en mensen die je op hun meest ontwrichtende momenten trof.

Ze stak over en kruiste drie jongens met petten op, ze liepen door de stad alsof ze de straten bezaten. Een meisje met netkousen stuntelde op wiebelige naaldhakken tussen de klinkers. Een kleine jongen zei drie keer na elkaar 'mama', vragend, terwijl hij vol verwachting naar haar opkeek, de moeder stapte onbewogen door alsof dat haar totaal ontging. Iets verderop kakte een grote, onduidelijke hond in het midden van de stoep, de eigenaar stapte door zonder het op te ruimen.

Lise liep door het park, dan via de drukke weg met twee nachtwinkels en verder langs het water, en ten slotte kwam ze via een paar kleine straatjes bij haar deur. Naast de bel hingen nog altijd hun beide achternamen. Hoe vaak had ze nu al gedacht dat ze dat eens moest aanpassen?

Ze liep de trap op. De buurvrouw van de eerste verdieping maakte voorzichtig haar deur open en gluurde door een spleetje. Toen ze zag dat het Lise was, sloot ze die weer zonder iets te zeggen. Zij liet zich nooit echt zien, zij hield de wacht. Lise knipte het licht aan en drukte de powerknop van de radio in, een flauw poppy liedje golfde door de kamer. Ze probeerde een andere zender, gebabbel in het Frans, en nog een, iets klassieks, dan een hard nummer met veel gitaren, toen zette ze hem weer uit.

Ze gooide haar jas op de sofa, liep naar de koelkast en keek erin, lang, alsof er heel veel was om uit te kiezen. Toen nam ze soep, zoals elke avond, viste een pannetje uit de kast en zette dat op de keukenweegschaal. Ze goot er 300 milliliter in en zette de pan op het vuur. Uit de doos met cracotten haalde ze er vijf, legde die op een bord, nam er toen een vanaf, stopte die weer terug en zette de doos weg om te vermijden dat ze in de verleiding zou komen. Ze smeerde een dun laagje light smeerkaas op elke cracotte terwijl ze wachtte tot de soep kookte. Lang moeten blazen op elke lepel hielp, want hoe langzamer je at, hoe beter je voelde wanneer je verzadigd was.

Ze zette alles op tafel, griste een *Journal of Pediatrics* uit haar tas en ging zitten. Ze moest nog sit-ups doen. Minstens zestig. En zeker honderd jumping jacks in series van twintig. Ze mocht ook niet vergeten om Kosse een mailtje te sturen. En ze moest morgen yoghurt kopen, er was nog maar één potje. Onthouden dat ze de gas- en elektriciteitsrekening nog niet had betaald, en dat ze dringend iemand moest zoeken die wasmachines kon repareren, in de hoop dat de hare niet voorgoed om zeep was. Een lijstje maken, dacht ze, of ze vergat weer iets, want zij was een kalf met een altijd vol hoofd.

Ze nam een lepel soep en blies. Ze staarde naar buiten. In het appartement aan de overkant stuurde de televisie zenuwachtige kleuren de woonkamer in. Er woonden twee broers, misschien was het zelfs een tweeling, ze leken heel erg op elkaar. Diezelfde wijkende haarlijn, datzelfde vale vel, diezelfde grote oren en smalle neuzen. Als ze op straat liepen, knepen ze altijd allebei hun ogen tot spleetjes, alsof elk licht te veel licht was, alsof zij ook niet hadden gevraagd om hier te zijn. Lise vroeg zich af of zij het zelf sneu vonden om als veertigers met elkaar te hokken om niet alleen te zijn. Ze trok haar schouders naar achteren. Opeens stond de ene broer op, en met geanimeerde bewegingen vertelde hij iets aan de andere die buiten beeld zat. Lise stelde zich voor dat de onzichtbare broer erom moest lachen. Ze richtte haar blik weer op haar kom soep, die al bijna halfleeg was. Ze sloeg het vakblad open, als ze las ging ze zeker trager eten.

5

‘Leuk appartement hebt ge, cosy.’ Hij gebruikte veel Engelse woorden, dat was haar al opgevallen. ‘Geweldig sofa ook,’ zei hij en hij wipte even op en neer, alsof hij eigenlijk vijf was.

Lise glimlachte en vroeg of hij iets wilde drinken. Hij lustte wel een goeie whisky. Lise had nooit sterkedrank in huis. Zou die fles martini er nog staan? Ze ging op haar knieën zitten en rommelde in het onderste keukenkastje, terwijl ze uitlegde dat ze gewoon nooit met sterkedrank begonnen was. Wie niet weet wat hij mist, hoeft ook niks te weerstaan.

Hij stond op. ‘Never mind, ik hoef niks,’ zei hij met zijn diepe stem. Hij kwam haar kant uit gelopen. Lise griste achter de wittewijnazijn en de sojasaus een halve fles martini vandaan. ‘Kijk, gevonden.’ Op dat moment voelde ze hem achter zich. Toen ze wou opstaan, hoorde ze een rits opengaan. Ze bevroor even. Een broek zakte naar beneden, gevolgd door een slip, meende ze uit de geluiden te kunnen afleiden. Ze moest gewoon rustig opstaan, dacht ze, en terwijl ze één voet op de grond plaatste, hield hij haar tegen bij haar schouders. Hij draaide haar naar zich toe en daar was het, pal voor haar gezicht, zijn gigantische, stijve geslacht. Ze dacht niet dat ze ooit al eens zo’n grote, brede had gezien.

Hij zei niks, ademde zwaar, keek vaagweg naar haar. ‘Hier waren we al de hele avond naar aan het uitkijken, toch?’ Lise glimlachte weer, dat gebeurde vanzelf. ‘Kijk hoe geil ge mij maakt.’ Hij tikte met zijn geslacht plagerig tegen haar wang. ‘Daar wordt gij ook geil van, hè, ik zie het.’ Lise keek naar hem. ‘Lik mijn ballen,’ zei hij. Hij klonk als een legerofficier. Lise keek naar zijn zwaarbehaarde balzak, en toen naar zijn gezicht. Hij loenste een beetje, dacht ze, hij likte zijn onderlip en petste opnieuw met zijn lul tegen haar wang. Ze voelde de harde houten vloer onder haar knieën. 'Toe, lik mijn ballen,' herhaalde hij, 'ik weet dat ge het wilt.' Lise probeerde zijn blik te vangen om de sfeer te kunnen peilen. Toen greep hij met een hand achter haar hoofd en duwde haar zacht naar waar ze volgens hem moest zijn. Lise stak haar tong uit en likte langs zijn rechterbal, de grootste van de twee. 'Ja, zo ja.' Het rook naar gedragen onderbroek. 'En nu in uw mond.' Lise gehoorzaamde en zoog zachtjes.

Na een tijdje trok hij haar hoofd weg, nam met één hand zijn immense pik beet en duwde hem in haar mond. Eerst alleen zijn eikel, erin en eruit, langzaam, maar hij ging almaar dieper, Lise moest spontaan kokhalzen. Ze ademde door haar neus, terwijl hij haar hoofd tussen zijn handen nam. Met zijn ene hand bedekte hij haar ogen, met de andere greep hij haar kin, en hij bewoog ritmisch heen en weer. Zijn lul schoof in en uit haar mond, Lise probeerde haar tong zo te houden dat hij niet tot in haar keel kon doorstoten. 'Lekker, hè. Hier wordt uw kutje nat van, toch? Gij wilt een man die weet wat hij wil, toch? Dat had ik meteen in de gaten. O ja, zo ja, met die tong, ja.'

Hij bleef stoten, lang. Toen trok hij haar omhoog en kuste haar. Met een gulzige tong. Lise probeerde op adem te komen. Gehaast trok hij haar truitje uit, maakte haar rok los en trok haar slip naar beneden. Haar bh liet hij aan. Vast omdat hij haar borsten niet goed vond. Lise was blij dat ze het licht maximaal had gedimd. Hij kuste haar opnieuw terwijl hij haar kont kneedde. Hij gleed met zijn tong langs haar hals en opeens beet hij haar, in haar schouder, hard. Lise schrok, trok haar schouder terug. 'Ja, dat windt u op, hè, lief sletje. Dat merk ik wel.'

Hij kuste haar weer, gleed met een hand langs haar heup, en duwde een vinger naar binnen. Hij ramde hem heen en weer, alsof hij ergens bij moest geraken waar hij net niet bij kon. Lise hoopte dat hij niet naar haar gezicht keek. Hij trok zijn vinger terug, en ging opnieuw naar binnen, maar met twee vingers deze keer. 'Ziet ge wel, zo'n nat kutje,' hijgde hij in haar oor. Hij ramde in een razend tempo met zijn vingers op en neer. 'Pak mijn lul eens vast.' Lise deed wat hij vroeg en trok, het ritme van zijn vingers volgend, omdat ze vermoedde dat hij het dan zo wou. 'O yeah, o yeah!'

Lise hoorde buiten iemand iets onverstaanbaars roepen. Hij trok zijn vingers terug en maakte de knoopjes van zijn hemd los. 'Blijven trekken, niet loslaten,' zei hij, hij grijnsde naar haar. Opeens was hij spiernaakt. Hij had vreemde rode vlekken op zijn wat uitgezette onderbuik. Hij nam haar hand en in een vlotte beweging draaide hij haar om en duwde haar met haar wang tegen het aanrecht. Ze wiebelde op haar hakken, haar kont in de lucht nu, en zonder aarzelen drong hij bij haar naar binnen. Diep. De hand waarmee hij haar hoofd tegen het aanrecht drukte, schoof over haar mond. Lise duwde zijn hand weg. Dat lukte niet meteen. Niet op haar mond, die hand, straks ging ze stikken, die hand moest weg. Omdat ze bleef volhouden, legde hij uiteindelijk zijn hand in haar nek. Hij bleef in haar kut beuken, hard en snel.

'Of wilt ge 'm in uw kontje? Misschien is het dat wat u zot maakt?' Hij petste zacht op haar billen. 'Hè, wilt ge dat, geil meisje, wilt ge dat? Hè? Hè?' Hij bleef 'hè?' roepen, almaar luider, tot Lise 'nee' zei, het kwam er piepend uit. Ze trok haar kont spontaan samen. 'Ha, gij speelt graag het onwillige meisje. Gij weet dat ik daar nog heter van word, hè, sexy sletje. Maar als ge zo'n pik daar hebt gehad, dan wilt ge 't nooit meer anders.' Hij spuwde, er viel een klodder speeksel op haar achterste, hij wreef het langs haar kontgaatje en masseerde het met zijn duim. Lise bleef ademen, hield haar kont samengetrokken, hij bleef masseren. 'Hot girl.' Hij bewoog steeds sneller in haar kut. Hij gromde. 'Ik moet oppassen of ik ga al klaarkomen. Ik wil nog niet klaarkomen.' Lise keek naar het licht van de straatlantaarn. 'Nog niet.' Hij trok zijn lul terug. Ze vreesde dat hij hem nu in haar kont zou rammen, maar hij trok haar omhoog en nam haar weer bij zich, streelde haar haar en kuste haar in haar nek.

Toen duwde hij haar op haar knieën. Hij stond rechtop, razendsnel aan zijn lul trekkend, en hield met de andere hand haar hoofd vast, zodat ze met haar gezicht dicht bij zijn pik bleef. 'Wilt ge mijn zaad, hè? Wilt ge 't? Mijn zaad? Waar wilt ge 't, hè? Geile meid die ge zijt? In uw mond, en dan lekker slikken? Hè? Of toch in dat kontje?' Zijn hand ging als een razende tekeer. Lise deinde wat mee. Plots bevroor hij even, en toen spoot hij. Een klodder sperma landde bij haar oog, net niet erin. Het droop traag langs haar wang naar beneden. Hij bleef staan, op zijn tenen, zijn lul nog steeds in zijn hand, zijn ogen gesloten. '*Fucking hell*,' lispelde hij. '*Fucking hell*.'

6

'Nee, Lise, het gaat nu al de hele tijd over mij. Terwijl gij een date hebt gehad, na alle treurigheid met Jonathan. Daar wil ik echt wel alles over weten.'

Tess sneed een flink stuk van haar croque-madame en stak het gezellig in haar mond. Zij kon zo smakelijk eten dat een mens honger kreeg van haar bezig te zien. Lise rook de gesmolten kaas, de geur van weldaad.

'Het was niet echt een date, hè. Ik was op dat feestje van Peter–'

'Van de afdeling?'

Lise knikte. 'Die lange, met die lippen. En daar kwam die man, Maurits heet hij, op mij afgelopen en hij stak meteen een heel verhaal af.'

'Belangrijke eerste vraag, bestaande uit verschillende onderdelen: heeft hij problemen met zijn darmen, geld uitgeven, aandacht hebben voor mensen in zijn omgeving of het aan de dag leggen van enige levensvreugde? Want in dat geval gaat mijn Jonathan-alarm af en is het officieel verboden om de man in kwestie terug te zien.'

Lise lachte besmuikt en wees met haar lepel als was het een vermanende vinger naar haar vriendin: 'Tess!'

'Ik wil er persoonlijk voor zorgen dat ge niet opnieuw zo'n kerel kiest. Noem het een missie.' Ze grijnsde. 'Het is dus waarschijnlijk een *dokteur*?' Tess imiteerde Lise zoals zij haar eigen moeder nadeed.

'Neurochirurg, ja, echt een catch,' antwoordde Lise met haar moeders typische tongval en intonatie.

'Zijn dat doorgaans niet zo'n beetje de arrogantste aller specialisten?'

Lise haalde haar schouders op.

'En ouder dan gij dan?'

Lise knikte.

'Veel?'

'Ik weet niet, hij was veertig of zo.' Misschien was Maurits nog wel wat ouder, maar zoiets viel bij mannen doorgaans moeilijk in te schatten.

'Véértig?'

Lise haalde haar schouders op. 'Of ja, jonger, ik weet niet.'

Tess deed haar best om de psycholoog in zich thuis te laten, maar aangezien ze daar lang niet altijd in slaagde, nam Lise beter geen risico. Haar vriendin trok haar mond richting bedenkelijk, maar drong niet aan.

'En? Hoe ging dat dan allemaal? Jezus, Lise, ik moet het er nogal uit sleuren. Wat is dat met u?'

Er liep een ober voorbij, Tess wenkte hem en vroeg extra dressing.

'Gij niet wat sla of zo, alleen op die zielige soep kunt gij toch niet de rest van de middag teren?'

De ober bleef er stoïcijns onder dat zijn soep zielig werd genoemd en keek naar Lise, die haar hoofd schudde.

'Er zitten keiveel groenten in, en ik heb uitgebreid ontbeten.'

'Contrair mens gij, maar goed, vertel verder.'

'Tja, wat moet ik vertellen?' Waarom had ze het eigenlijk hoegenaamd vermeld toen ze aan het uitleggen was waarom ze al een hele week weinig had geslapen? Waarschijnlijk omdat het Tess was, voor wie ze maar moeilijk geheimen kon bewaren. 'Het was wel een vlotte kerel, met goeie verhalen over zijn werk. Er is op dat feestje niet één stilte gevallen.'

'Met u vallen er nooit stiltes, want gij zijt de koningin van de betere bijvragen.'

Lise lachte.

'Uiteindelijk liep dat feest leeg, dus ik zei dat ik naar huis ging. Ik moest de dag nadien al om zeven uur in het ziekenhuis zijn. En toen vroeg hij, heel galant, of hij me mocht begeleiden tot thuis. Begeleiden, wie spreekt er nog zo?'

'Een ouwe zak.' Tess neplachte haar tanden bloot.

Lise negeerde de opmerking.

'In zo'n geval nee zeggen is wel heel onbeleefd.'

Ze nam een lepel soep en keek naar het tafeltje waar twee mensen elkaar een vork van hun pasta voerden. Ze glimlachten alsof er in hun verdere leven geen beter moment meer kon komen dan dit.

'Ja...' zei Tess, ze maakte een kleine roffel op de tafel. 'En?'

Lise staarde naar haar kom.

'Hij is mee naar binnen gekomen. Hij was met mij de halve stad door gelopen. In de februarikou, dus.'

'Ja, dan kúnt ge niet anders,' lachte Tess.

Lise vroeg zich af of zij hem had uitgenodigd of hij zichzelf. Dat wist ze niet meer.

'O, ik zie het aan uw gezicht. Jullie hebben het gedaan of wat? Gewoon, hoppa, de eerste avond en meteen gaan?'

Op dat moment bracht de ober de dressing. Tess keek hem breed glimlachend aan en zei dat hij in zijn beroep ook nogal wat moest aanhoren.

De man deed alsof hij het niet kon volgen en verdween.

'En? En? En?'

Lise nam een servet, veegde haar mond, legde haar lepel in de kom, nam een slok van haar glas water.

'Ik ga hier nu echt niet boven mijn soep, tussen al die mensen, in geuren en kleuren...'

'Waarom niet?' Ze grijnsde naar Lise. Tess likte aan haar vingertop, depte de kruimels op en stak die één voor één in haar mond. 'En is hij nadien blijven slapen?'

'Nee, nee.'

Tess keek haar vragend aan.

'Ik slaap al zo moeilijk, dus, nee.'

'Hoe hebt ge dan afscheid genomen?'

'Gewoon.' Lise speelde met haar lepel, voelde Tess' blik; ze had haar vriendin tijdens dit gesprek al een paar keer teleurgesteld door haar het sappige verhaal te onthouden waar ze op zat te wachten.

'Wel lief en zo,' voegde ze eraan toe, 'hij kan het goed uitleggen, dus,' ze glimlachte breed.

'Ik zie iets aan u, Lise, ik weet niet goed wat het is, maar als ge u schuldig voelt tegenover Jonathan, want ik ken u, ge zijt ertoe in staat… het is ondertussen dik drie maanden geleden dat hij de deur achter zich heeft dichtgetrokken. En hij is allang doorgegaan met zijn leven, hè, dat weten we via Els, dus alstublieft, doe uzelf dat niet aan.'

'Nee, ge hebt gelijk,' zei Lise, alsof Tess haar diepste gedachten had doorgrond. Ze keek op en glimlachte nog eens. Voor de zekerheid.

'En hebt ge nog afgesproken?'

'Niet concreet of zo. We zien wel.'

Lise keek op haar horloge.

'We hebben nog goed twintig minuten, toch?' vroeg Tess.

'Ja, als ik om twee uur terug ben, is het oké. Sien mag straks naar huis, de consolideringstherapie heeft haar werk goed gedaan. Ze gaat zo blij zijn.'

'Er is iets met u en dat meisje, hè?'

'Ja?'

'Als ge over haar spreekt, klinkt dat anders dan wanneer ge het over andere patiënten hebt.'

'Ik weet niet. Het is zo'n slim, wijs, hypergevoelig kind. Eenzaam ook, denk ik. Met te veel verantwoordelijkheidsgevoel.'

'Volgens mij–'

Lise stak haar vlakke hand uit, zoals een politieagent op een kruispunt zou doen. 'Geen analyse alstublieft, over twintig minuten moogt ge al uw inzichten weer loslaten op mensen die speciaal daarvoor naar u komen.'

'Omdat gij het zijt.' Tess lachte. 'We hebben nog juist tijd voor een dessertje.' Ze graaide de kaart tussen het zout- en pepervaatje uit en las hardop: 'Crème brûlée. Tiramisu. Dame Blanche. En chocoladebrownie, al dan niet met vanille-ijs. O, moeilijk. Doe mij nu een plezier en neem ook iets. Ik weet dat ge op dieet zijt, maar juist dan is het belangrijk om uzelf nu en dan iets te gunnen, anders houdt ge 't niet vol.'

'Maar ik zit vol.' Ze liet het stralend klinken.

'Zit gij nu eigenlijk inmiddels niet op uw absurde streefgewicht? Ik vind u al op de rand van te mager.'

'Nog 2,4 kilo.'

Lise vertelde er niet bij dat ze haar oorspronkelijke doel enigszins had bijgesteld. Ze hoopte dat haar vriendin van onderwerp zou veranderen, maar Tess was niet het type dat snel opgaf.

'Als ge nu een dessert eet, hè, dan vermagert ge deze week vijftig gram minder.' Ze trok haar wenkbrauwen hoog. 'Vijftig gram.'

'Daar, niet alleen kenner van de zaken van de ziel, maar nu ook van dieetleer.'

'Ik heb dat gelezen,' zei Tess met een gespeelde pruillip.

'In de *Flair* of zo waarschijnlijk.'

'Nu één minuut serieus, ik vind echt dat ge overdrijft. Uw brood hebt ge ook al niet aangeraakt.'

'Sorry, ma.'

'Lach maar.' Tess keek ernstig nu. 'Ik moet u echt–'

'Tess, in godsnaam, stop met mij zo te bemoederen. Als er hier iemand overdrijft, zijt gij het.' Lises stem klonk luider dan de bedoeling was.

'Dat heeft met bemoederen niks te maken, ik wil gewoon–'

Lises telefoon rinkelde.

'O, het is mijn vader, ja sorry, die moet ik even…' Ze nam op, bleef naar Tess staren, die de aandacht van de ober probeerde te trekken. Lise vroeg zich af of ze niet te fel was geweest. 'Hé, papa.'

'Ge moet nu komen, uw moeder is zot geworden.'

7

Haar vader, die doorgaans opgetrokken leek uit fluisterbeton, slaakte een demonstratieve zucht. Hij vond dat Lise nu ook eens iets moest zeggen. Hij keek haar kant uit met die blik van hem die ze zo goed kende. Er waren na zijn telefoontje twee dagen voorbijgegaan voor Lise kon langskomen, ze had iets goed te maken.

'Hij is gewoon jaloers,' zei haar moeder terwijl ze met een nukkige mond heel even haar ogen sloot en haar schouders ophaalde, alsof het verder haar zaak ook niet was.

'Inderdaad,' haar vader rolde met zijn ogen, 'ik ben jaloers op een beroepsinbreker die mensen heeft bedreigd met een wapen.'

'Danny had toen een probleem met drugs, hij heeft er veel spijt van.'

'Ja, hij heeft spijt, en ik ben Sinterklaas. De hoeveelste veroordeling was dit?' Haar vader schudde moedeloos het hoofd. 'En zij trapt daar allemaal in. Dat gelooft ge toch niet? Hoe naïef kunt ge zijn?'

'Dat gij weigert te geloven dat mensen beter kunnen en willen worden, dat is pas triest.'

'Laat hem maar lekker beter worden, maar waarom moet gij daarop gaan zitten kijken, dat is wat ik mij afvraag.' Haar vader zocht opnieuw de blik van Lise, geïrriteerder deze keer, omdat ze niet ingreep.

'Danny schreef dat hij nog nooit bezoek had gekregen. Nog nooit. In al die tijd dat hij daar zit.' Ze maakte haar ogen groot van ontzetting terwijl ze tegen Lise sprak. 'Zijn vader heeft hij nooit ge kend. Zijn moeder is vorig jaar gestorven aan kanker. Zijn twee zussen willen niks meer met hem te maken hebben. En zijn ex heeft zijn zonen tegen hem opgezet, dus met hen heeft hij ook geen contact meer. Terwijl een *support network*,' ze draaide haar mond vreemde richtingen uit terwijl ze die woorden in haar eigenste Engels uitsprak, 'cruciaal is voor het herstel van gedetineerden.'

'Zijt ge er nu al boeken over aan het lezen ook?'

'Er stond een artikel over in de nieuwsbrief van Yvette, heel interessant,' antwoordde haar moeder fijntjes.

'Ja, al goed dat we Yvette hebben,' zuchtte haar vader. 'Die weet het vast beter dan alle mensen die uw Danny ooit hebben gekend en daar duidelijk hun conclusies uit hebben getrokken.'

'Iedereen verdient menselijke warmte. En ik kan u verzekeren, in de gevangenis is die niet te vinden. Daar moeten ze tot hun tanden toe bewapend zijn, of ze worden in hun reet genaaid, zegt Danny. Dat bedoelt hij figuurlijk, neem ik aan.' Haar moeder keek er minzaam bij, zoals een hippe juf zou doen als een kleuter een vies woord had gezegd.

Lise deed haar best om deze zacht sprekende hulpverlenerversie die het van haar moeder scheen te hebben overgenomen te aanvaarden. Zij was tenslotte degene die haar had gezegd dat er zo veel boeiends te doen viel voor vrijwilligers, als ze graag wat vaker het huis uit wou komen. Dat haar moeder daar gehoor aan had gegeven, verbaasde Lise, dat ze het in deze richting was gaan zoeken nog meer. Ze hoopte dat haar vader niet wist dat zijn dochter de bron was van deze nieuwe hobby.

'Awel, ja, en toen ik dat allemaal las, deed dat iets met mij, en ik heb teruggeschreven: ik kom, Danny, zet mij op uw bezoekerslijst, en ik kom. Danny stuurde mij nadien een zelfgemaakte kaart – hij kan eigenlijk echt nog goed tekenen, Danny – met een rode roos en daaronder: thank you, met een uitroepteken. Ja, dan voelt ge hoe zo iemand hunkert naar dat beetje menselijke warmte.'

'Gij denkt dat die kerel menselijke warmte zoekt?' vroeg haar vader.

Hij snoof, zuchtte en keek naar Lise met groeiende ergernis, of met toenemende wanhoop, dat was niet helemaal duidelijk.

Ze moest nu echt iets zeggen als ze haar vader niet totaal wilde teleurstellen: 'En dat bezoek is gepland voor…'

'Morgen!' Haar vader spuwde het woord uit alsof het een wesp in zijn glas wijn was.

'Dat is gepland, en ik ga.' Haar moeder nam de vijl die op het bijzettafeltje lag en begon aan haar nagels. 'Ik ben niet iemand die terugkomt op een gegeven woord.'

Lise had haar moeder nog niet vaak zo onbewogen gezien.

'Als ge dan toch per se de Moeder Teresa wilt uithangen, neem u een Foster Parents-kindje. Dat schrijft ook brieven, maar dat gaat niet opeens op uw stoep komen staan.'

Lise reageerde verongelijkt. Haar vader stond op, liep naar de keuken, toen weer terug. Hij kon zijn sigaretten nergens vinden. Haar moeder riep dat hij eens in zijn binnenzak moest kijken. Hij keerde terug, reikte in zijn colbert en haalde een verfrommeld pakje tevoorschijn waar nog twee sigaretten in bleken te zitten. Hij frunnikte er geagiteerd een uit.

'Nu had ik toch echt niet verwacht dat mijn niet-onintelligente dochter hier een beetje partij ging zitten kiezen voor haar moeder op een moment dat zij het kwaad hier wil binnenhalen.'

'Het kwaad wil binnenhalen,' herhaalde Lise, om de absurditeit ervan te onderstrepen.

'Hoelang moet hij nog zitten?' vroeg haar vader. Hij blies een felle wolk rook haar moeders kant uit. 'Ge hebt mij toch onlangs iets gezegd van drie maanden of zo…'

'Ja, als alles meezit, zou het kunnen dat hij over drie maanden voorwaardelijk vrijkomt, maar dat kan ook–'

'Voilà, die gast kan hier over drie maanden voor onze deur staan, of nog erger.'

'Wat nog erger?' vroeg haar moeder.

'Hier de boel komen leegplunderen, nadat hij van u alle nuttige informatie heeft losgeweekt over wat er te rapen valt en waar hij precies moet zoeken.'

Haar moeder legde haar nagelvijl weg en lonkte naar het tijdschrift dat volgens de cover 'boordevol feestelijke knutselideeën' stond.

'Hoe moet ik haar nu in godsnaam duidelijk maken dat ze het slachtoffer gaat worden van haar eindeloze naïviteit? Natuurlijk gaat die kerel alles doen om zo'n vrouw als zij te charmeren om er dan God weet wat van gedaan te krijgen.'

'Ze, ze? Ze zit wel gewoon hier, hè.' Haar moeder nam een slok van haar koud geworden koffie.

'Stel dat die pipo vrijkomt, wat gaat er dan in het beste geval gebeuren, denkt ge? Wat is het enige waar zo'n kerel aan denkt, na jaren in de gevangenis? Aan met u taartjes gaan eten bij Rozette? Denk nu toch eens na!'

Haar moeder onderdrukte een glimlach, herpakte zich toen en zei: 'Kijk, als gij er niet tegen kunt dat ik probeer iets goeds te doen voor een ander, dan is dat echt uw probleem. Ik ben een volwassen vrouw, ik heb uw toestemming niet nodig.' Ze zette de kop met een ferme tik weer op het schoteltje. 'En als zelfs uw grote verdediger u al niet bijvalt…' Ze lachte triomfantelijk terwijl ze van Lise naar haar echtgenoot keek, en vond dat de zin daarmee was afgemaakt.

Haar vader klampte zich met beide handen vast aan de rugleuning van een stoel en staarde met de sigaret in zijn mond naar de grond. Rook kringelde om zijn hoofd. Lise vroeg zich af waar hij opeens dat soort ideeën had opgedaan, ze kon zich niet herinneren dat hij vroeger zo ongenuanceerd sprak. Ze zocht haar vaders blik, maar hij weigerde haar aan te kijken, zoals hij dat vroeger ook altijd deed als hij vond dat ze hem verraadde. Lise voelde dezelfde stomp in haar maag als toen.

'En mama, gij zijt niet bereid, omdat papa er, al dan niet terecht, zo veel last van heeft, om u te beperkten tot–'

'Ah, en de heilige dochter schaart zich toch weer achter haar paus, ik begreep al niet wat er gebeurde.'

Lise slikte haar spontane antwoord in. 'Ik dacht dat er in huwelijken misschien compromissen konden worden gesloten,' zei ze afgemeten.

'Ja. Behalve als een van de twee zich als een onredelijk kind gedraagt.'

'Papa, is er iets wat mama kan doen wat u–'

'Stoppen met die zever, wat is dat nu.' Hij liet de stoel los en draaide weg van hen.

'Ik bedoel maar,' zei haar moeder, terwijl ze met een handgebaar aangaf dat hij haar punt perfect illustreerde. Ze nam het tijdschrift op haar schoot en sloeg het open. Provocerender waren feestelijke knutselideeën nooit geweest.

Haar vader bleef haar nog even aanstaren, maar zij vermeed stuurs elk oogcontact. Toen drukte hij bedachtzaam zijn sigaret uit en liep naar de salon. Haar moeder sloeg een blad om. Lise zat zich af te vragen wat ze nog kon proberen, en opeens hoorde ze iets breken, en daarna nog iets. Haar moeder keek op en maakte haar nek lang, als een dier dat onraad rook. Ze manoeuvreerde zich uit de fauteuil, Lise zag haar vlees van links naar rechts deinen. Nog een keer dat geluid. Haar moeder holde naar de salon, met Lise in haar kielzog.

'Als het u allemaal geen kloten kan schelen, wel, mij ook niet dan,' riep haar vader, en voor hun ogen knalde hij een herdertje met twee konijntjes op de grond, het rolde in geamputeerde versie naast het kleuterhoofdje, het boeketje bloemen in de handjes en het viooltje tegen een half hoofdje aan geplakt. Haar moeder rende naar haar vader. In de vitrinekast die ze speciaal voor die beeldjes had gekocht, stonden zeker nog dertig andere, haar vader nam het paartje onder de paraplu van de bovenste plank. Haar moeder ging kamerbreed voor hem staan: 'Waag het niet.' Waarop haar vader het beeldje langs haar hoofd tegen de muur gooide, het grootste stuk viel op de sierstoel die haar moeder had geërfd, de twee paar voetjes barstten kapot op het parket. Haar moeder bracht haar gezicht gevaarlijk dicht bij het zijne. Ze gaat hem slaan, dacht Lise, en ze spurtte naar hen toe. Maar haar moeder draaide zich om, en zonder nog iets te zeggen verdween ze in de richting van de keuken.

Haar vader keek verweesd naar het porseleinen slagveld. Lise keek hem meewarig aan. Hij ging op zijn knieën zitten en begon als een schuldbewust jongetje de stukjes Hummel op te rapen. Wat een lamentabel tafereel, dacht Lise, en hij was niet eens echt dronken. Ze weerstond de aandrang om hem te helpen en liep haar moeder achterna. Die zat nu vast mistroostig rokend aan de keukentafel.

Lise keek om zich heen. De keuken was leeg, maar de deur naar de kelder stond open. En voor ze de kans kreeg om zich af te vragen wat haar moeder daar ging doen, hoorde ze het geluid van brekend glas. Lise daalde de trap af en zag haar moeder staan, bij de nis met de dure wijnen. Ze mikte de ene na de andere fles tegen de grond.

8

Lise was hoegenaamd niet van plan geweest om te blijven slapen. Maar toen ze eindelijk alle wijn had opgedweild, was de laatste trein allang vertrokken. Bovendien had haar vader zich in de tussentijd zo schaamteloos bedronken dat het Lise ook beter leek om hen niet alleen te laten.

Kwart over negen. Haar moeder was vast al vertrokken. Als zij iets in haar hoofd had, mocht Wereldoorlog III uitbreken, dan zette ze door. Dat ze haar niet wakker hadden gemaakt, was hopelijk een goed teken. Ze zwaaide de dons opzij, ging op de rand van het bed zitten en bestudeerde haar been. Een flinke blauwe plek. Toen ze na de zoveelste gesneuvelde fles had geprobeerd om haar moeder fysiek tegen te houden, had die zich met haar volle gewicht verzet, waardoor Lise tegen een metalen rek aan was gevallen. Haar moeder schrok, viel stil, en, alsof ze plots uit een coma ontwaakte, staarde ze beduusd naar de fles in haar hand, minutenlang, en toen legde ze die gedwee terug bij de andere. Terwijl Lise uit een plas rode wijn rechtop krabbelde, was haar moeder naar boven gelopen. Als een nukkige puber had ze zich de rest van de avond opgesloten in de slaapkamer. Toen Lise ging slapen rook het tot op de gang naar sigaretten.

Ze rekte zich uit. Beneden speelde klassieke muziek, luider dan normaal. Lise rook aan haar T-shirt en haar haar. Ze ging nu douchen in dat ellendige bad, en dan straks thuis nog een keer, anders bleef de geur van dit huis aan haar kleven. Haar blauwe rok zat vol paarse vlekken, die kon ze onmogelijk opnieuw aantrekken. Gisterenavond had ze nog een vreselijke jurk van lang geleden in de kast gevonden, het moest maar zo.

Ze vroeg zich af hoe het met haar vader zou zijn. En of er yoghurt in huis was. Vast geen magere, en al zeker niet die van 32 calorieën. Lise keek om zich heen. Hier kon ze haar ochtendoefeningen ook niet doen. Onrustig liep ze naar de badkamer. Misschien moest ze maar gewoon niet ontbijten. De lunch kon ze inmiddels perfect overslaan. Meestal had ze het sowieso te druk om te eten. Het was natuurlijk wel beter om het avondeten te skippen dan het ontbijt, maar ja, elke calorie minder was er toch weer één gewonnen.

De asbak bij het toilet lag boordevol peuken. In de wastafel zag ze een blauwe klodder tandpasta en haren, van ver leken het barstjes in het porselein. Lise twijfelde tussen schoonmaken, gillen en weglopen, maar ging gewoon op de pot zitten. Als ze een man was geweest, had ze op de bril geplast, uit protest. En toen bedacht ze dat ze dat ook als man alleen maar zou denken.

Lise drukte nog een keer op de pomp van de thermos, ze wilde veel koffie. Haar vader kwam de keuken in gelopen en maakte een opmerking over de jurk die spectaculair veel te groot was. Lise vroeg zich af of hij het hatelijk bedoelde, in de naweeën van gisteren, maar toen zei hij hoe goed ze er wel niet uitzag, de laatste tijd, hij floot erbij tussen zijn tanden en trok twee keer zijn gretige wenkbrauwen hoog. Glimlachend blies Lise in haar kop. Ze rook zijn aftershave – Tabac, dat bleef maar bestaan. Ze probeerde niet naar zijn gelige vingertoppen te kijken.

Haar moeder was een uur te vroeg vertrokken om zeker niet te laat te komen. Haar vader hoestte zijn rokershoest en zei: ‘Als ik haar nog één keer de woorden “menselijke warmte” hoor uitspreken, dan gooi ik mijzelf in de beek.’ Lise begreep niet goed waarom het hem zo irriteerde dat haar moeder zich eindelijk eens met iets zinvols ging bezighouden. Sinds hij met vervroegd pensioen was gegaan hechtte hij meer dan ooit aan rust. Hij gedroeg zich als een schoothond om dat te bewerkstelligen, zei hij vaak, en hij trok zich zoveel mogelijk terug in zijn werkruimte, maar ook niet te veel, want dan kreeg hij een preek.

'Ge moet maar zo denken,' zei Lise, 'terwijl zij nu tegen Danny zit te vertellen over Lidwien van het kantklossen is het hier wel rustig.'

Haar vader lachte.

'Ik hoop dat ze het hele verhaal doet over Lidwiens fistel,' grijnsde hij, 'en over de depressie van Lidwiens man, en de effecten van de pillen die hij daarvoor neemt, en dat ze hem updates geeft over ál haar favoriete tv-programma's, en dat ze met haar bekende omstandigheid uitlegt hoe ze dat recept voor grootmoeders appeltaart helemaal goed heeft gekregen, en dat ze vertelt over Hubert–'

'Die knappe,' vulde Lise aan.

'Die zo attent was...' Haar vader schoot in de lach. 'En over de dochter van de buurvrouw die élke dag een kop koffie komt drinken bij haar moeder, gewoon, omdat ze dat zo gezellig vindt. Iedereen doet het beter dan wij.' Hij gierde. 'Ja, ik weet, het is niet grappig als ge hier niet elke dag zit en die verhalen moet aanhoren, maar...' Met samengeknepen, tranende ogen zat hij te hikken van het lachen. 'Een bodemloze put, die vrouw. Vroeger had ik nog enige vat op haar, maar tegenwoordig...' Hij hield een hand op zijn schokkende buik. Hij slaagde er even in om stil te blijven, en begon dan opnieuw. 'Leven met haar is de hel. Echt, de hel.'

Lise besefte dat ze hem in geen eeuwen zo uitbundig had zien lachen, zelfs niet uit wanhoop. Toen zijn slappe lach over was, stond hij op en schonk hij voor zichzelf een glas wijn in. Lise bekeek zijn gezicht. De grauwe kleur van zijn vel, de wildgroei van zijn wenkbrauwen, zijn dunne, droge lippen.

Hij staarde naar zijn glas. 'Ik had gisteren meer steun verwacht van u, dat moet ik nu wel zeggen.'

Lise wou eigenlijk aankaarten dat ze er moeite mee had hoe zwart-wit hij keek naar mensen in de gevangenis. Ze had hem nooit eerder zo in clichés horen spreken. Maar ze wou hem niet tegen zich in het harnas jagen, dus vertelde ze over de favoriete tante van Tess die ook vrijwilligerswerk deed met gedetineerden. Ze zag dat hij niet luisterde. Hij staarde naar een onbestemd punt en dronk. Lises maag gromde, dat maakte hoorbaar lawaai.

'Ze doet het gewoon om mij te pesten,' zei hij opeens, alsof dat een antwoord was.

Er viel een stilte. Lise nam de kop in haar handen, ze had het koud. Uit de salon klonk Mozart, het Lacrimosa, dat zette haar vader altijd harder als hij dat hoorde. Nu bleef hij gewoon staan, starend naar de klok die boven de deur naar de kelder hing. Bijna halfelf. 'De kans is reëel dat Danny het na één bezoek zelf voor gezien houdt,' zei Lise. Haar vader mompelde. Of ze moest blijven tot haar moeder terug was, vroeg ze, ze moest vandaag toch pas laat beginnen in het ziekenhuis. Haar vader schudde zijn hoofd en nam nog een slok. Lise stond niet op, ze bleef naar hem kijken. Ze wou dat hij opnieuw de slappe lach zou krijgen. Maar in zijn ogen zat alleen maar verte, en afgronden, en nacht.

9

Tess veegde met een doekje langs haar vaders mond en legde zijn haar goed. Tess' vader had de hoeveelheid haar van een frisse twintiger, het stak dik en borstelig alle kanten op. Ze pompte wat lotion op haar vingers en smeerde voorzichtig zijn gezicht in. Haar vader deed zijn ogen dicht, trok zijn mond in een protesterende streep en maakte tegensputterende plofgeluidjes. Daarna nam ze de crème en masseerde ze zijn handen, één voor één, ze nam de tijd. En ondertussen praatte ze honderduit, over vroeger, over haar moeder, over zijn kat die nu bij haar woonde. Zijn ogen stonden waterig, maar hij volgde elke beweging die ze maakte. Lise kon er amper naar kijken, ze wist niet goed waarom.

Ze gingen naar een tentoonstelling en Tess had gevraagd of Lise het zag zitten om vooraf een bezoek te brengen aan haar vader, omdat het rusthuis niet ver van het museum lag. Haar vader was veel ouder dan haar moeder, al in de vijftig toen hij haar kreeg. Hun huwelijk was geen feest geweest, haar moeder bezocht hem amper nog, maar als vader deugde hij wel, vond Tess.

Lise keek om zich heen. Aan een tafel zat een man over een krant gebogen, Lise had hem nog niet één keer een bladzijde zien omslaan, naast hem een vrouw die onafgebroken praatte, nu en dan legde ze haar haar achter haar oor en ging ze mooi rechtop zitten, zij had de hoop nog niet opgegeven dat hij haar toch boeiender zou gaan vinden dan het nieuws dat hij almaar opnieuw niet las. In de hoek stond een televisie aan waar ze met zijn zevenen naar zaten te staren. Bij het raam botste een vrouw in een rolstoel met haar voorhoofd telkens opnieuw zacht tegen het glas, als een vlieg die uit een open weckpot wil, maar niet begrijpt hoe dat moet. Aan het tafeltje naast hen praatte een verpleegster luid tegen een vrouw met een droevige mond.

Lise had het moeilijk met een plek als deze. Dat had te maken met het gevoel van stilstand, dacht ze, daar kon ze niet tegen.

Als hij ooit zou dementeren, moesten ze hem een spuitje geven, zei Lises vader altijd. Niemand wou vrijwillig zo oud worden, maar bij haar vader was er pure paniek mee gemoeid. Elke ochtend nam hij twee knoflookpillen omdat hij ergens had gelezen dat die preventief zouden werken. En als een volleerde fauteuilatleet las hij elke dag minstens vier uur en vulde daarna de kruiswoordpuzzel van *The New York Times* in, omdat de geest actief houden het beste wapen zou zijn. Dat drank niet per se zou helpen om de actieve geest helder te houden, liet hij voor het gemak maar buiten beschouwing. Mensen horen wat ze willen horen, zo ging het al eeuwen.

Haar vader had een oudere broer die dementeerde, hij had hem niet één keer opgezocht. Toen haar moeder na haar eerste bezoek terugkwam, had ze een preek afgestoken: dat het wel zíjn broer was. Haar vader had amper weerwoord geleverd. Tegen Lise had hij nadien gezegd dat hij het niet aankon om zijn broer te zien, die verworden was tot een dwaas die nergens meer controle over had. Het viel haar altijd op dat haar vader als geroutineerde drinker zelfs na een paar flessen nog goed wist wat hij zei, hij leek perfect te kunnen inschatten waar de grens van de laveloosheid lag. Daarom had ze hem gevraagd of controle belangrijk voor hem was. Haar vader werd uitzinnig kwaad, alsof Lise hem iets totaal onbetamelijks had verweten. Tot op de dag van vandaag begreep ze niet wat ze verkeerd had gedaan.

Tess vroeg aan haar vader of het een idee was dat ze nog een wandeling zouden maken. Hij keek Tess aan alsof hij hevig probeerde te begrijpen wat ze had gezegd. Lise trok alvast haar jas, sjaal en muts weer aan. Met haar handschoenen wachtte ze nog even tot buiten. Toen Tess haar vanmiddag zo zag verschijnen, was ze in de lach geschoten. Dat het wel april was, had ze gezegd.

Tess liep weg om een dekentje te halen voor over zijn benen, want dat vond hij gezellig, zei ze. Lise vroeg niet hoe ze dat kon weten en ging weer zitten. Opeens greep Tess' vader haar hand en legde zijn andere hand erbovenop, alsof hij een diertje had gevangen dat hij voor altijd wou bewaren. Hij glimlachte naar haar, breder dan naar Tess. Lise kreeg er spontaan kippenvel van. Waar sloeg dat op? Het was alleen maar een per ongelukke handeling van een vreemde. 'Maar, kijk eens hier, grote liefde,' lachte Tess toen ze terugkwam. Lise haalde haar schouders op. 'Hij voelt dat gij wat troost nodig hebt.' Lise keek haar vriendin sceptisch aan en trok haar hand terug.

Een flauwe lentezon, veel lage struiken, een enkele oude boom, een verdwaalde eend die in haar eentje rondscharrelde, ver weg van alle water. Hier leek het leven opgeschort. Tess duwde de rolstoel het grindpaadje op. Ze vertelde over haar cliënten, en hoezeer al dat verdriet haar parten had gespeeld de voorbije week. Lise vond het ongelooflijk hoe betrokken zij was, soms maakte ze zich er echt zorgen over, maar ze wist ook dat juist dat haar zo goed maakte in wat ze deed. Daarna richtte Tess zich naar Lise. Ze wilde weten hoe het er nu bij haar ouders aan toeging.

'De Danny-saga duurt voort. Mijn moeder bezoekt hem elke week. Tot groeiend afgrijzen van mijn vader.'

'Dat zal de sfeer thuis ook weer ten goede komen.'

'Ja, voor uw plezier gaat ge daar niet tussen zitten,' lachte Lise.

Tess bleef staan en keek haar aan. 'En waarom gaat gij er dan zo vaak naartoe, terwijl ge al zo veel uren klopt in het ziekenhuis?'

'Nu ook niet zo vaak,' antwoordde Lise.

Tess' vader maakte onbestemde geluiden. Tess legde een hand op zijn hoofd, en zei iets sussends, zoals een moeder het bij een klein kind zou doen.

'Toch zeker een keer of drie, vier per maand. En dan belt ge ook nog regelmatig.'

'Tja, waarom doe ik dat? Gewoon, het zijn mijn ouders. En mijn vader staat zo alleen met alles.'

'Waar komt dat Florence Nightingale-complex van u eigenlijk vandaan?'

Lise keek Tess aan.

'Uw ouders zijn de ouders, twee volwassenen die ervoor kiezen om in een huwelijk te blijven zitten dat niet werkt. Dat hoeft gij niet op te lossen, toch?'

'Ik maak mij niet de minste illusie dat ik iets kan oplossen. Mensen zijn niet te repareren.'

'Zegt ge dat nu om mij op mijn paard te krijgen?'

Tess was heilig overtuigd van de maakbaarheid van de mens. Zij beweerde dat ze elke dag cliënten stappen zag zetten naar iets beters waarvan ze niet eens wisten dat het bestond. Ook als ze van ver kwamen. Ook als ze het lastig vonden, en eng, en als het veel tijd kostte. Omdat ze niet blijvend bepaald wilden worden door hun verleden.

'Misschien lukt het degenen die de moed hebben om naar u te komen. Maar mijn vader zal nooit in therapie gaan, hè Tess. En tegen mijn moeder heeft hij geen verweer. Nooit gehad ook. Nu en dan, na veel drank, ontploft hij, en dan is het kot te klein, maar daarna zegt hij sorry en wordt alles weer zoals voorheen...' Ze staarde de verte in. 'Hij heeft mij nodig.'

'Of hebt gij het nodig om te dénken dat hij u nodig heeft?'

'Waarom zegt ge dat?'

Tess' vader schoof rusteloos heen en weer in zijn rolstoel.

'Gewoon, een vraag.'

Lise wist dat alertheid geboden was als Tess het gewoon een vraag noemde.

'Waarom komt gij uw vader bezoeken, terwijl ge niet eens zeker weet of hij beseft dat ge zijn dochter zijt?'

'Omdat ik merk dat hij het prettig vindt als ik bij hem ben.'

'Niet omdat ge u goed wilt voelen over uw rol als dochter?'

'Misschien ook wel, ja, maar het kost me geen moeite om hier te zijn. Hij ondermijnt mij niet, hij wijst mij niet af. Dat ligt bij u toch heel anders, gij zet u elke keer weer vrijwillig voor het vuurpeloton.'

'Ge moet nu ook niet overdrijven, hè.'

'Ik overdrijf nooit.' Tess kon op de liefst mogelijke manier stellig overtuigd zijn van het ongelijk van de ander.

'Gij doet altijd alsof ik uit een afschuwelijk nest kom. Er bestaan veel mensen die het een stuk erger getroffen hebben.'

'Gij hebt niet eens een nest, dat is het ergste.'

Lise stak haar handen nog wat dieper in haar zakken en liep vooruit om de tak opzij te stampen die op het pad lag.

'Tot waar loopt dat domein eigenlijk?'

'Tot helemaal daar.' Tess wees naar de rij populieren in de verte.

Er viel een stilte. Lise deed alsof ze nadacht over wat er was gezegd, maar eigenlijk probeerde ze vooral om niet te denken.

'Hebt gij nu nog een tweede date gehad met Ralph?' vroeg Lise.

'Met de narcist met een baard die mild naar afwaswater rook?' lachte Tess. Op dat moment kantelde de rolstoel opzij en Tess' vader knalde met het gevaarte tegen de grond.

'Shit! Ik had die put in de weg niet gezien.'

Lise zeeg op haar knieën. Hij lag met de zijkant van zijn gezicht in het gras, het wiel van de rolstoel draaide onbestemd rond. Tess' vader keek verschrikt en maakte een piepend geluid. Heel even wou Lise dat ze naast hem kon gaan liggen, in het gras, samen met hem wachtend op hulp die zeker zou komen. Op iemand met een warme stem die zou zeggen dat ze goed voor hen zouden zorgen.

'Zeg alstublieft dat hij oké is.' Tess kwam op haar hurken naast Lise zitten. Zij deed een snelle check-up. Hij leek oké. Samen tilden ze hem voorzichtig weer in de rolstoel. Tess zei een keer of zes sorry, ging voor hem zitten en bestudeerde zijn gezicht. Ze legde voorzichtig zijn haar goed. Er schemerde een vage glimlach om zijn lippen, zag Lise. Tess legde het dekentje over hem heen en omhelsde haar vader, lang. Lise trok haar muts tot over haar wenkbrauwen, zij had het koud.

10

Sien lag ondersteboven in haar bed toen Lise binnenkwam. Kristel zat op de vensterbank, met één opgetrokken knie waar ze haar kin op liet rusten. Er zat iets weerloos in haar blik, vond Lise. Dat het toch waar was, zei Kristel, dat Sien eerlijk moest vertellen wat ze allemaal voelde, en waar ze precies last van had? Lise bevestigde dat volmondig. 'Anders kunnen we u ook niet op een juiste manier helpen, hè Sien.' Sien zei dat ze al blij was dat ze van haar mond geen last meer had. Lise wist hoe pijnlijk mucositis kon zijn, maar ze mocht er niet bij stilstaan dat een kind van Siens leeftijd erge dingen al niet meer erg vond omdat ze nog gruwelijker had meegemaakt.

Morgenvroeg mocht ze naar huis, kondigde Lise aan, in de hoop dat dat nieuws voor een streepje vrolijkheid kon zorgen. Voor een tijdje, hoorde er nog achter, maar dat slikte ze in, want dat wisten ze goed genoeg. Sien stak haar armen in de lucht, zoals overwinnaars bij de meet doen. Lise probeerde zich voor te stellen hoe het moest voelen om elke keer weer terug naar het ziekenhuis te moeten komen voor een nieuwe consolidatiedosis chemo. Hoe zo'n gesprek verliep de avond voordien als Sien werd ingestopt. Wat Emiel en Kristel dan zeiden, en hoe Sien dan keek.

Terwijl het meisje geestdriftig vertelde over een film die ze gisteren had gezien, zwaaide de deur open. Professor Kosse begroette Kristel en Sien, keek toen stuurs naar Lise en vroeg of hij haar even kon spreken. Hij gebaarde met zijn hoofd naar de gang. Lise nam afscheid en liep achter Kosse aan. Hij keek ongedurig en chagrijnig, maar dat deed hij wel vaker, misschien betekende dat niks.

In hoog tempo draafde hij door de gangen, zwaaiend met een dossier, en hij informeerde naar de toestand van Selem, een jongetje dat sinds vorige week op de afdeling lag. En terwijl Lise aan het opnoemen was wat ze had gedaan, bleef hij opeens stilstaan en wees naar de laatste pagina. Lise bestudeerde wat er stond en kreeg een hartverzakking. Onbegrijpelijk, ze had zich gisterenavond blijkbaar in een dosis vergist. Een onvergeeflijke flater. Ze hadden geluk gehad, met Selem ging het goed, maar Kosse kon werkelijk niet begrijpen hoe zoiets had kunnen gebeuren.

Lise was doodmoe opgestaan na de zoveelste slapeloze nacht. Ze had zich door een berg administratie geworsteld. Op de spoed werd een hysterisch gillend meisje binnengebracht dat ze maar niet stil had gekregen. Nadien was de vader van een patiëntje tegen haar uitgevaren, zijn vrouw was Lise huilend achternagelopen, zogezegd om zich in zijn naam te verontschuldigen, maar vooral omdat ze zelf nood had om haar hart te luchten. En tijdens dat gesprek had Lises moeder drie keer gebeld, zag ze later. Toen ze Selems kamer binnenstapte, was ze voor haar gevoel al twee dagen op de been. Maar dat zei ze allemaal niet, ze gaf toe dat er vanzelfsprekend geen enkel excuus voor was.

Kosse bleef staan en keek haar aan van achter die ouderwetse bril, onder dat lusteloze haar dat met de week dunner leek te worden, en hij vroeg of ze begreep dat zoiets onacceptabel was. Hij keek eerder ontdaan dan kwaad. Lise voelde haar hart racen. Hij had gelijk, ze moest zich in alle talen verontschuldigen, maar hoe lullig klonk sorry in een geval als dit? Het zou nooit meer gebeuren, zei ze, maar terwijl ze zwijgend verder liepen vroeg ze zich af of ze zoiets wel mocht beweren, misschien was ze simpelweg ongeschikt voor dit beroep. Ze wist niet of ze Kosse moest blijven volgen. Ze durfde ook niet te blijven staan, want misschien had hij nog iets te melden. Wat zouden de gevolgen voor haar zijn? Mocht ze nu nog assisteren bij die lumbaalpunctie die vanmiddag gepland stond? Ze durfde het niet te vragen. Ze wou dat hij iets zou zeggen, eender wat. Hij zou haar vast nooit meer vertrouwen. En terecht. Waarschijnlijk had hij het de collega's al verteld, en was haar reputatie om zeep nu.

Opeens richtte hij zich toch weer tot haar en zei: 'Toen ge die zaak op de spoed een paar maanden geleden zo fenomenaal aanpakte, heb ik tegen iedereen gezegd: dit wordt een heel goeie. Stel mij niet teleur.' Hij keek erbij alsof hij daar zelf al niet meer in geloofde, vreesde Lise. Voor ze de kans kreeg om te reageren, draaide hij zich om en liep in de richting van de liften. Ze keek hem na. Het voelde alsof ze struikelde, en viel, en bleef vallen.

Ze holde de trappen van haar appartementsgebouw op, en weer naar beneden, en weer op, en weer naar beneden. In een kwartier traplopen verbrandde ze toch weer iets van 140 calorieën. De immer alerte buurvrouw van de eerste verdieping begreep er waarschijnlijk niks van, maar aangezien Lise niet eens wist hoe ze heette, de vrouw die zelfs nooit teruggroette, ging ze zich dat niet aantrekken.

Hijgend maakte ze haar deur open, trok haar jas uit en flipte het licht aan. Ze had de neiging om haar jas meteen weer aan te trekken. Sinds ze alleen woonde, leek het altijd alsof het hier tochtte. Soep, zei ze hardop, geen cracotten, gewoon alleen soep, daar warmde ze wat van op, meer had ze niet nodig.

Ze was nog bij Selem langs geweest, zijn ouders leken nergens van af te weten en met de jongen ging het prima. Maar dat veranderde natuurlijk niks aan de zaak. Wat als zou blijken dat ze het niet in zich had om een goede arts te worden?

Lise haatte haar schuldgevoel, omdat ze vermoedde dat het juist een vrijgeleide was om fout gedrag te herhalen. Je was tenminste een mens, je voelde je toch schuldig, dus was het nu ook weer niet zo erg, wel? En Selem werd er ook al niet beter van.

Lise had talent voor schuldgevoel. Ze had het als ze haar ouders' telefoontjes niet beantwoordde. Als ze zich voornam om David uit te nodigen en het dan toch weer niet deed, ook al liet hij zelf zelden of nooit iets van zich horen. Als ze naar een dom tv-programma keek terwijl ze ook een medisch artikel kon lezen of dossiers bijwerken. Als ze niet echt vriendelijk was tegen de operator aan de andere kant van de lijn die het persoonlijk ook niet kon helpen dat haar probleem niet in een paar minuten was opgelost. Als ze zin kreeg om te gillen wanneer ouders vasthielden aan wat ze online gevonden hadden, alsof het internet het beter wist dan een ploeg getrainde artsen met het dossier voor hun neus. Als ze bijna kortaf reageerde wanneer ouders beslisten om een doodziek kind mee te sleuren naar een of ander buitenland, omdat ze daar mirakels verwachtten van alternatieve therapieën die niet zouden werken. Als ze naar de spoed werd geroepen omdat er een kind was binnengebracht, en ze onderweg stiekem hoopte dat het iets boeiends zou zijn, terwijl dat toch altijd betekende dat het slechter of vervelender was voor die patiënt. Als ze op straat iets in de vuilnisbak mikte, miste en niet terugliep om het alsnog op te rapen. Als ze toch een slokje wijn nam. Als ze 's avonds voor het slapengaan haar tanden niet poetste. Als ze oogcontact vermeed met vrijwilligers die zich in de kou stonden uit te sloven voor het goede doel. Als ze loog dat ze bang was voor honden omdat ze ooit gebeten was, gewoon om die van vrienden niet te hoeven aaien. Als ze iets zei of deed wat een ander irriteerde of ongelukkig maakte, of boos, zelfs al was het maar heel even, zelfs al waren het mensen die ze niet eens zo geweldig vond.

Ze keek om zich heen. Ze moest dringend stofzuigen. En nu meteen in beweging komen. Maar ze bleef zitten. Haar maag maakte geluid. Soep, zei ze. Op dat moment rinkelde de telefoon. Haar moeder. Dat was al de vijfde keer vandaag.

'Ja, mama.'

'Ah, gij neemt toch nog eens op.'

'Ge weet dat ik dat in het ziekenhuis doorgaans moeilijk kan, hè.'

'Ja, natuurlijk, natuurlijk. Maar met die onregelmatige uren kan ik ook niet altijd weten wanneer ge aan het werk zijt.'

'Ik gaf ook geen commentaar op het feit dat ge belde.'

'Nee, dat dacht ik ook niet!' Ze riep het bijna. 'Ik bedoelde gewoon: wat goed dat ge blijkbaar niet meer aan het werk zijt en zelfs kunt opnemen als uw moeder belt.'

Lise verdrong alle antwoorden die in haar opkwamen, trok haar mouwen over haar handen tot geïmproviseerde handschoenen en klemde de telefoon tussen haar schouder en haar wang.

'En, hadt ge nog nieuws?'

‘Zijt ge gehaast of zo?’

Haar moeder stak een sigaret op, Lise hoorde eerst de aansteker klikken en daarna een zuigend geluid.

‘Nee, nee, ik moet nog even snel iets eten, en dat doe ik liefst niet te laat, maar zeg maar.’

‘O, goed zo. Want ja, ik heb wel redelijk groot nieuws eigenlijk.’ Ze nam opnieuw een trek van haar sigaret, zij ging haar grote nieuws niet zomaar weggeven.

‘Wat dan?’

‘Ongelooflijk maar waar…’ Ze liet een stilte vallen, alsof er tromgeroffel werd verwacht. ‘Danny komt waarschijnlijk over negentien dagen al vrij, vroeger dan gedacht.’ Er gloeide trots onder die zinnen, alsof het haar persoonlijke verdienste was, iets waar ze moedig volhardend voor had gestreden. ‘Hij heeft een verblijfplaats en hij kan beginnen te werken. Yvette heeft via via voor hem een job kunnen regelen in de bouw.’

‘Amai, ja, dat is snel al.’

‘Het was eigenlijk ook dringend. Danny is er echt slecht aan toe. Ge ziet de wanhoop in zijn ogen, zelfs als hij glimlacht. Maar ja, wat wilt ge ook, na jaren binnen zitten?’ Ze gebruikte dezelfde toon waarmee ze over de technische kwesties van haar keramiek sprak, of over de kunst van het egale smyrna-tapijtknopen: die van stellige autoriteit.

Lise wist wel beter dan die ook maar vaagweg in twijfel te trekken.

‘Dan hebt gij die laatste periode daar voor hem toch maar draaglijker gemaakt. Daar moogt ge trots op zijn.’

‘Ah, nu ben ik blij dat ik u dat hoor zeggen. Want ja, hier thuis krijg ik de hele tijd de wind van voren, en het doet wel eens deugd om te horen dat wat ik allemaal doe nu ook weer niet zo vanzelfsprekend is.’ Haar moeder inhaleerde weer, alsof ze zelf de pauzes en het geluidseffect leuke toevoegingen vond aan het gesprek. ‘Ik kan u verzekeren: daar eerst aan die poort gaan staan wachten, en daarna weer bij het onthaal, elke week, tussen al dat volk – met soms echt rare figuren, dat kan ik u wel zeggen – om daarna door die metaaldetectie te moeten – uw schoenen moeten dan uit en alles, hè – om uiteindelijk in een triestig lokaal te kruipen en te dicht bij allemaal andere mensen te proberen een privégesprek te voeren, evident is dat allemaal niet. Vorige week liet die vrouw naast mij haar borsten bijna uit haar blouse vallen, en die kerel, hopelijk haar echtgenoot, zat dat schouwspel te becommentariëren en te vertellen wat hij graag zou doen met die... En hij probeerde dat niet eens zacht te zeggen of zo, hè, hij sprak gewoon op hetzelfde volume waarmee hij eerder had gevraagd of ze nu al werk had gevonden. En daar zit ge dan naast, en dan moet ge proberen te doen alsof ge dat allemaal niet hoort, ja maar...'

Lise hoopte dat ze niet concreet ging opsommen wat ze van die tafel allemaal had opgevangen. Ze probeerde zich niet voor te stellen wat Danny tegen haar had gezegd in reactie op het tafelgesprek van hun buren.

'Het is allemaal wat,' ging haar moeder onverstoorbaar verder, 'maar ik heb het ervoor over. Als ge iets kunt betekenen voor een ander mens, dan moet ge dat doen, vind ik.'

'O ja? Dat vind ik nu totaal niet.'

'Pardon? Waarom zijt gij dan dokter geworden en–'

'Grapje, mama. Flauw, sorry.'

Op dat moment hoorde Lise iets op de achtergrond wat ze niet kon verstaan, en toen haar moeder weer, niet in de hoorn deze keer, maar wel hoorbaar. 'Nee, ik ben nu eens met mijn dochter aan het bellen, mag het?' Ze hoorde haar moeder elders naartoe lopen.

'Het zal goed zijn als Danny en ik elkaar eindelijk kunnen treffen zoals normale mensen, in een rustige taverne ergens, of in een gezellig restaurant.'

Lise dacht aan haar vader, die thuis zou worden gelaten terwijl zij met Danny uit ging eten. Ze vroeg zich af wat hij daarnet had gezegd dat ze niet had kunnen horen.

'Ah, dus ge gaat nu niet een andere gedetineerde helpen, als Danny toch zijn leven weer kan hervatten?'

Lise hoorde haar moeder de sigaret uitdrukken. Nu hopen dat ze geen nieuwe zou opsteken.

'Gij doet alsof die mens zomaar even een knop moet omdraaien en weer hup de maatschappij in kan, maar dat is allemaal zo simpel niet. Wie jaren opgesloten heeft gezeten, vindt het vaak heel lastig om weer te wennen aan het leven buiten, hoe raar dat misschien ook klinkt. Yvette zegt dat veel van de mannen detentieschade oplopen, en dus negatieve gevolgen dragen van hun tijd achter de muren. Daarom heeft Danny mij straks meer nodig dan ooit tevoren.'

'Ah ja,' zei Lise.

'Hoezo: ah ja?' Haar moeder deed geenszins haar best om die vraag neutraal te laten klinken.

'Gewoon, ik begrijp het,' antwoordde Lise kalm.

'Ja, ik hoor dat gij het er niet mee eens zijt, juist zoals uw vader, maar ik laat mensen niet zomaar vallen als een baksteen, dat is mijn stijl niet.' Haar moeder snoot haar neus. 'Ik heb een verkoudheid die maar niet wil overgaan. Kent gij daar geen paardenmiddel tegen?'

'Ge kunt proberen om meer vitamines binnen te krijgen, dan wordt uw weerstand al beter.'

'Daar heb ik nu niks aan, hè. En ik wil Danny niet aansteken. Dat zou nu wel echt te erg zijn, dat hij zijn laatste weken daar half ziek moet doorbrengen.' Haar moeder lachte alsof ze een schitterende grap had gemaakt.

'En hoe ziet ge dat dan verdergaan?'

'Met Danny?' vroeg haar moeder.

Nee, met de fistel van die van het kantklossen, dacht Lise.

'Ik leef in het nu, Lise. Dat zegt Yvette ook altijd: het is nu, niet gisteren, niet morgen. Ze gaf mij vorige week een kaart, om mij te bedanken voor die middag dat ik mee in het standje van haar vereniging had gestaan, en daar stond op: *yesterday is history, tomorrow is a mystery, today is a gift*. En, laten we eerlijk zijn: vandaag is nu ook niet altijd een cadeau, daar ga ik hier nu niet over zitten liegen, maar het klopt wel, we moeten gewoon nu ons ding doen.'

Lise vroeg zich af of ze 'ons ding doen' van Danny had overgenomen. Ze moest aan Tess denken die betoogde dat iemand die nooit terugkeek en dus geen inzicht verwierf in zijn verleden ook nooit vooruitgang kon boeken, maar dat slikte ze allemaal in en zei: 'Zeker, mama, zeker.'

'Ja, ik maak wat mee tegenwoordig,' zuchtte haar moeder voldaan.

Lise hield zich even stil. Die tactiek had ze nog niet eerder uitgeprobeerd.

'Dat kunt ge wel zeggen,' blies haar moeder verder, alsof ze dan maar zichzelf antwoord gaf.

Lise kneep haar ogen dicht, maar hield het nog steeds bij een voorzichtig bevestigend gehum. Toen haar moeder niet meteen aan een nieuw verhaal begon, vroeg ze snel: 'Zeg mama, zoudt ge 't heel erg vinden als ik hier een beetje voortdoe, ik–'

'Ja, nee, gij moest nog iets doen. Gij hebt het altijd druk, ik weet het. Maar ik wilde het goeie nieuws toch melden.'

'Ja, snap ik,' antwoordde Lise kort.

'En voor mij gaat het toch ook weer voor verandering zorgen. Ik ben van plan om hem echt met raad en daad bij te staan. Want de weg terug naar de samenleving zal niet simpel zijn voor iemand als hij, als man die–'

'Detentieschade heeft opgelopen,' maakte Lise haar zin af.

'Ja, precies, ja,' zei haar moeder jolig, alsof ze blij was dat haar leerling goed had opgelet. 'Yvette zei dat sommige ex-gedetineerden bijvoorbeeld nog voor elke deur spontaan blijven stilstaan, omdat ze het zo gewend zijn dat een cipier die voor hen opendoet. Ik hoop maar dat Danny daar allemaal niet te veel last van heeft, want–'

'Dat zal wel meevallen, denk ik, want hij heeft uw hulp, toch?'

'Ja, ik hoor het, ge hebt geen tijd.'

Lise keek op haar horloge. Ze vroeg zich af hoelang een telefoongesprek eigenlijk moest duren om te beantwoorden aan haar moeders criterium van lang genoeg.

'Doe maar verder dan.' Ze deed niet haar best om de teleurstelling uit haar toon te weren.

'Ja,' antwoordde Lise, omdat elk ander antwoord opnieuw een weerwoord zou genereren. 'Dag mama.'

Lise hing op en had zin om het raam open te zetten en even heel hard te roepen. Maar ze stond op en liep naar de weegschaal in de badkamer, ze twijfelde. 's Ochtends wegen was beter, maar dat kon ze dan mee in rekening nemen om zichzelf gerust te stellen als het tegenviel. Ze trok al haar kleren uit, deed haar ringen af en ging erop staan. Toch weer 0,3 minder dan gisteren, en dat 's avonds. Opgelucht haalde ze adem. Niet alles was vandaag mislukt.

11

Hij zat op het linkse stoeltje van drie aan elkaar vastgemaakte exemplaren, met een lege koffiekop doelloos in zijn handen, te staren naar niks. Dat viel op. Artsen deden doorgaans niet aan stilzitten. Ze holden door gangen, stonden druk te praten bij de koffieautomaat, speelden een broodje naar binnen terwijl ze een dossier inkeken, commandeerden assistenten of waren patiënten aan het behandelen. Maar hij zat daar alsof hij nooit meer ergens naartoe zou moeten. Lise wist niet echt wie hij was, een cardioloog die ze op de spoed een paar keer vanuit de verte had gezien, hij heette Xavier en nog iets, dacht ze. Ze liep met haar glas naar de SipWell. Terwijl ze vooroverboog naar het kraantje hoorde ze: 'Wilt gij het niet gaan zeggen, anders?'

Lise voelde zich betrapt. Hij had blijkbaar gemerkt dat ze hem aan het observeren was.

'Sorry,' antwoordde ze spontaan, wat het erger maakte. 'Eh, wat gaan zeggen?' Ze durfde amper op te kijken, maar omdat het nog vreemder was om naar haar schoenen te blijven staren, deed ze het toch.

'Ik moet een vrouw gaan vertellen dat ik haar man niet heb kunnen redden. Ik heb een uur gereanimeerd op een ventrikelfibrillatie, maar ik heb hem niet terug op gang gekregen. Een moeder van vier, de jongste is een meisje van zes.'

'Pfff.'

Als er zulke dingen werden gezegd, begonnen andere artsen meestal te vertellen over die keer dat ze iets gelijkaardigs hadden meegemaakt. Of ze mompelden dat zulke dingen er nu eenmaal bij hoorden. Dat vond Lise altijd rare reacties.

'Waar zijt ge het meest bang voor?'

Hij fronste zijn wenkbrauwen. 'Ik ben er niet bang voor, het is gewoon niet meteen een fijne opdracht om een bom te gaan droppen op de levens van mensen.'

'Nee,' zei Lise. Ze liet een pauze vallen, ging op de uiterst rechtse stoel zitten en voegde eraan toe: 'Ge ziet er wel een beetje uit alsof er toch ook wat angst mee gemoeid is, wat ik eigenlijk wel zou kunnen begrijpen.'

Hij keek haar aan, de blik tussen geërgerd en geïntrigeerd.

'Ik ben niet bang van huilende vrouwen en kinderen, als ge dat bedoelt.' Ze zag hem nadenken. 'Er was niks wat ik anders had kunnen doen, maar toch voel ik me dan een loser.' Hij gooide de kop van zijn ene hand naar de andere, als was het een tennisbal. 'Als ik er nu over nadenk... Misschien vrees ik wel dat anderen mij op zulke momenten ook zo zien.'

'Zijn familie dan of...?'

'Of collega's.' Hij haalde zijn schouders op, lachte wat ongemakkelijk.

Het was iets met zijn ogen, dacht ze, dat bleekgrijze blauw, of iets met zijn mond, die trek om zijn mond die verraadde wat hij niet gezegd wilde hebben, iets waardoor ze hem wou omarmen met armen die alles goed konden maken. Ze bleef hem aankijken. Alsof zij alle tijd had.

'*Failure is not an option*, zegt ge tegen uzelf, en dan faalt ge op de meest radicale manier. Daar kan ik nog altijd niet tegen. Ik wil gewoon de beste zijn.' Hij lachte er niet bij. 'En het is ook al de tweede in een week, dat helpt niet.'

'Wat helpt u dan wel, op zulke momenten?'

Hij trok een bijna verongelijkt gezicht. 'Ik wou dat ik kon zeggen: o, als ik een Calippo eet of een stevige whisky drink, dan ben ik van dat gevoel verlost.'

Hij vond het een domme vraag, blijkbaar. Lise dronk haar glas water leeg. Ze bleef ernaar staren, niet naar hem. Ze overwoog om weer op te staan.

'Mijn vader kon vroeger naar mij kijken als ik iets mispeuterd had,' hij schudde zijn hoofd, 'triest en teleurgesteld, met iets wanhopigs bijna, alsof hij nu echt niet meer geloofde dat het ooit nog iets zou worden met mij. Daar hielp ook niks tegen.' Hij raspte met drie vingers langs zijn kortgetrimde baard. 'Waarom zit ik dat hier eigenlijk allemaal te vertellen? Zagen tegen vreemde vrouwen, dat probeer ik doorgaans niet te doen, eigenlijk.'

Lise glimlachte voorzichtig. 'Zijt gij altijd zo streng voor uzelf?'

Hij keek haar aan, grijnsde. 'En gij, zijt gij altijd zo doortastend?'

Lise bleef glimlachen, ze wist niet wat ze anders moest doen.

'Waar werkt gij?' vroeg hij.

'Op de vijfde verdieping.'

'Ah, bij de kindjes. Onverwacht.'

'Hoezo, onverwacht?'

'Dat zijn toch de mamaatjes die daarvoor kiezen, de seuten. Zo komt gij mij nu niet over.'

'Aangezien cardiologen arrogante kikkers zijn, ligt deze opmerking van u daarentegen geheel in de lijn der verwachtingen.'

Hij lachte. '1-0.' Hij stond op, zette zijn kop in de gootsteen. 'Hoe heet ge? Als het niet Nele is, ga ik u vragen om met mij te gaan eten vanavond. Kwestie van iets te hebben om naar uit te kijken na deze verschrikkelijke dag.'

Lise sloeg haar ogen neer. 'Ik heet Nele.'

Even keek hij ontregeld, toen lachte hij.

'Nee, niet echt, toch?'

'Echt,' zei Lise, 'mijn moeder hoorde dat graag.' Ze probeerde er zo bedremmeld mogelijk bij te kijken. 'Ik weet, dat is een naam die ge niet wilt hebben in Vlaanderen, en al helemaal niet als ge dan ook nog voor pediatrie hebt gekozen. Maar ja.'

Hij bleef haar aankijken, twijfelend over of ze nu wel of niet de waarheid sprak. Lise zette haar glas naast zijn tas.

'Ik hoop dat ge nog een niet-Nele tegenkomt die uw avond aangenamer kan maken.' Ze lachte breed. En toen, ernstig: 'En hoe dan ook, goede moed voor zo meteen.'

Ze zag Kosse binnenkomen.

'Ah, Lise,' riep hij, 'u zocht ik, ik vertrek nu, gaat ge mee?'

Lise riep 'ja' terug, keek nog even achterom.

Hij wees naar haar met een gespeeld vermanende vinger. 'Acht uur, hier,' zei hij terwijl ze de koffiekamer al uit liep. 'Hier, acht uur,' riep hij nog eens, harder nu.

Ze draaide zich nog even om, haalde plagerig haar schouders op en liep de prof achterna.

Lise zat met haar vork wat in de salade te prikken. Ze zag de olie glanzen op de sla en de tomaten. Ze had toch moeten zeggen dat ze geen dressing wou, ook al had Xavier toen ze de kaart kregen zitten lachen met mensen die kieskeurig deden over hun eten. Hij had een imitatie ten beste gegeven van een vriendin die dan dit gerecht wou, maar zonder dat en dat, en wel met zus en zo'n bijgerecht, ook als er geen bijgerechten op het menu stonden. Haar vergelijkbare bestelling zou zelfs lollig assertief hebben kunnen klinken. Maar nu was het te laat. Ze prikte een blaadje sla dat er iets minder besprenkeld uitzag aan haar vork en probeerde niet te denken aan de pasta pomodoro die er zat aan te komen. Het alternatief was pizza, dat was nog erger.

'Maar hoe ging het dan, met die vrouw en die kinderen? Dat hebt ge nu nog niet verteld.'

'Vindt ge het te gezellig, dat ge de sfeer nu snel even in uw eentje probeert te verpesten, of wat is dat met u?'

Hij lachte er niet bij. Lise voelde zich opgelaten.

'Sorry, ja, stom dat ik dat nu in herinnering breng, terwijl mijn functie als niet-Nele toch duidelijk omschreven was.'

Nu kwam er wel een glimlach om zijn lippen.

'Gij zegt veel sorry. Is dat typerend voor u, of hebt ge dat alleen vandaag? Of alleen tegenover mij?'

'O sorry,' antwoordde ze, met een grijns deze keer, 'irriteert u dat?' Ze nam een slokje van de wijn die ze eigenlijk ook niet mocht drinken van zichzelf. Water bestellen was geen optie geweest, ze moest ervoor zorgen dat ze niet saai of braaf overkwam. 'Maar, om het over iets interessanters te hebben, noem eens wat dingen die u typeren?'

Hij werkte zijn laatste hap carpaccio naar binnen.

'Wilt ge de goeie of de slechte dingen horen?'

'Allebei.'

'Ik ben moedig, in de Middeleeuwen zouden ze met mij uit de voeten gekund hebben, denk ik. En ambitieus. Gedreven. Ongeduldig. Avontuurlijk. Vrijgevig. Nuchter. Is dat genoeg? En gij?'

'Vindt ge nuchter iets positiefs of negatiefs?'

Hij keek naar haar salade, al voor de derde keer. Ze moest nu echt dringend een paar flinke happen naar binnen werken. Ze probeerde discreet een stuk tomaat wat af te vegen aan de rand van het diepe bord.

'Ik weet niet,' ging Lise verder, 'maar als ge te nuchter zijt, mist ge misschien toch een laag van het leven, niet?'

Ze stak het stuk tomaat in haar mond en probeerde zich op het gesprek te blijven concentreren.

'Gij zijt meer voor de dromers, de gevoeligaards, de weken van hart?'

Ze wist niet of hij het cynisch bedoelde.

'Iedereen is gevoelig.'

'Sommigen kunnen het toch goed camoufleren.'

'Ja, zeker in ons milieu. Maar dat wil niet zeggen dat mensen het thuis, als ze in hun bed liggen en niet kunnen slapen bijvoorbeeld, niet zijn.'

'Ik slaap altijd en overal. Op commando. Als ik tegen mezelf zeg: nu slapen, ge hebt vijfentwintig minuten, gebruik ze, en er is een stoel om op te zitten of een vloer om op te liggen, dan lukt me dat.'

Hij schonk zichzelf nog eens bij. Lise nam gegeneerd ook nog een slokje. Ze bestudeerde zijn gezicht. Xavier had een mooie lach, breed, met een set goeie witte tanden. Hij had als kind vast een beugel gedragen. En hij was een echte man. In tegenstelling tot Jonathan, die eeuwig een jongen zou blijven. Dat mannelijke zat hem in die stevige kaaklijn, dacht ze, in zijn brede schouders, zijn aandoenlijke buikje en zijn besliste manier van spreken.

'Ik heb dat bij het leger geleerd. Ja, ik ben nog in dienst geweest. Onbegrijpelijk maar waar. Waarschijnlijk om indruk op mijn vader te maken...' Lise hoorde hem praten over die tijd, over zijn maten daar, en over een vreselijke tocht van een paar dagen. Ze stelde geinteresseerde vragen, en ondertussen dwong ze zich om de helft van de salade naar binnen te werken. Ze legde haar bestek zijwaarts op haar bord en ging wat verder achteruit zitten. De ober kwam meteen afruimen, alsof hij de boel al een tijdje in de gaten stond te houden, zich ergerend aan hoe traag het aan hun tafel ging.

Xavier nam een stuk brood, smeerde er een laag boter op en strooide er flink wat zout op.

'En, *what makes you tick*?' vroeg hij uit het niks.

Heel even deed het Lise terugdenken aan de man van het feestje die voortdurend Engelse woorden gebruikte.

'Zieke kindjes. Hoe ingewikkelder ziek, hoe beter.' Ze glimlachte.

Hij schudde zijn hoofd: 'Zo zoudt gij dat nooit formuleren als ge niet tegen mij sprak.'

Ze depte met haar servet langs haar mond, ook al had ze dat een paar minuten geleden al eens gedaan. Hij had gelijk. Hij doorzag haar. Ze voelde zich onbehaaglijk. Hij had vast al spijt dat hij haar had meegevraagd.

'Ik weet het niet. Ik heb iets met kinderen. Niet dat ik ze per se zelf zou willen, maar ik begrijp ze, denk ik, of ik zie ze, meer dan sommigen, ik voel aan wat hen bezighoudt of zo.'

Hij hapte het laatste stuk van zijn brood weg. Ze kon zijn blik niet lezen.

'Vindt ge dat onnozel?'

Hij schudde zijn hoofd en voegde er met volle mond aan toe: 'En wat nog, buiten het ziekenhuis?'

'Zegt gij eerst eens wat dat dan voor u is.'

'Niks van. Ik vroeg het eerst.'

Lise dacht spontaan aan de weegschaal.

'Sporten,' zei ze. 'Mezelf overwinnen. Gesprekken die ergens over gaan. Kampvuren. Ik heb er nog nooit bij één gezeten, ik mocht vroeger niet naar de jeugdbeweging of op kamp of zo, maar als ik die in films zie, denk ik: dat moet geestig zijn, dat geknetter, die warmte, dat gezellige van mensen die het samen goed hebben.' Ze bestudeerde zijn gezicht, maar hij leek geïnteresseerd te luisteren. 'Schilderijen. Musea vind ik alleen al als gebouwen heerlijk om in rond te lopen. Sterke boeken. Fluffy tapijten. Door de stad lopen en kijken naar mensen. Steden bij nacht, zeker als er water doorheen loopt. Samen met iemand op plekken komen waar ge geen van beiden ooit al waart. Met uw ogen dicht stilstaan in de zon als het lente wordt, en dat ge de warmte voelt die op komst is. Regenbogen, vind ik ook geweldig. Maar nu drijf ik ongetwijfeld af in de richting van de meligheid die u onpasselijk maakt, dus. Nu gij.'

Hij nam het laatste stuk brood en keek naar haar. Ze durfde zich niet af te vragen wat hij nu zat te denken. Ze dronk nog eens van haar glas, omdat ze toch iets moest. En net toen ze overwoog om op te staan en naar het toilet te gaan, vroeg hij: 'En seks? Staat dat niet op uw lijstje?'

12

Tess bekeek zichzelf in voor- en zijaanzicht, en dan opnieuw in vooraanzicht. Ze vond dat die kleur haar niet stond. Lise vond dat zij met alles weggeraakte. Ze bewonderde de meter tachtig die Tess zelf verachtte. Ze was één meter negenenzeventig en een half, zei ze altijd. En dat ze haar hele jeugd voorovergebogen had gelopen in de hoop om minder op te vallen. Dat ze nog nachtmerries had over die keer toen ze op dansles ging en met de grootste jongen moest dansen, die nog altijd ruim een halve kop kleiner was dan zij. Na de eerste drie maten van de wals was hij weggelopen en nooit meer teruggekomen. Lise kon zich er allemaal niks bij voorstellen. Zij zou een moord plegen voor dat soort eindeloze benen.

Tess maakte nog een laatste draaibeweging voor de spiegel en concludeerde dat ook dit het niet ging worden. Ze verdween weer in het pashok en riep van achter het gordijn dat ze alles wilde horen over die Xavier. Lise zag de spaghetti pomodoro weer voor zich, en de ober die aan tafel kwam met een groot stuk parmezaan en een rasp, en hoe ze, toen hij aanstalten maakte om haar te bedienen, paniekerig 'nee' had geroepen, alsof hij klaarstond om er rattengif overheen te strooien. Ze herinnerde zich de heerlijke geur van het gerecht, het verlangen om de hele kom in sneltempo leeg te eten, zij die vroeger zo hield van pasta, de rondtollende weerzin toen ze een vork naar haar mond bracht, de gierende, tierende stemmen in haar hoofd bij de gedachte aan kauwen en doorslikken. Ze had uiteindelijk haar bestek neergelegd en beschaamd tegen Xavier gezegd dat ze niet wist wat het was, maar dat ze zich plots zo misselijk voelde, dat het misschien kwam door de rauwe look in de salade of zo. Toen ze terugkwam van het toilet had hij haar een compliment gemaakt over haar figuur. Hij maakte enthousiast zijn verhaal af over het werk dat hij in ontwikkelingslanden had gedaan en at met veel smaak verder. Dat luchtte haar op. Ze waren van het restaurant naar hem thuis gelopen. Hij nam grote passen, makkelijk anderhalve keer de hare. Ze waren amper zijn woonkamer binnen of hij had haar in zijn armen genomen, gretig, alsof zijn lijf een jas was, groot genoeg voor twee.

Tess kwam het hokje uit met de broeken en de blouses die ze had gepast. Ze vroeg waarom Lise niks vertelde over haar nieuwe lief. 'Mijn lief?' Lise lachte honend. Hij had niks meer laten horen sindsdien, en er waren al dik twee weken voorbij, dus. Tess begon in de richting van de rekken te lopen om de kleren terug te hangen.

'En zoudt ge dat willen?'

'Ah ja.'

'Omdat hij zo bijzonder was of...?'

Die vraag verraste Lise, merkte ze.

'Ik denk het.'

Tess hing de twee blouses schaamteloos aan het rek met jassen.

'Maar we hoeven het er verder niet over te hebben. Ik ga hem naar alle waarschijnlijkheid toch niet meer terugzien. Ik wil van u weten hoe het is afgelopen met uw vader.'

'O, ik heb eens flink doorgepraat tegen die directeur, en toen mocht hij toch in zijn kamer blijven. Problemen zijn onoverkomelijk, tot ge weerwerk levert, blijkbaar.'

Lise bewonderde de heerlijke assertiviteit van haar vriendin. Onlangs waren ze op een receptie. Tess was uitgehongerd en stortte zich op de hapjes die ze her en der op de hoge tafels hadden neergezet. Ze speelde de helft van de olijven naar binnen, en met het lepeltje dat in de guacamole stond nam ze hap na hap en gooide er nu en dan ook nog een toastje tussen. Het spektakel werd gevolgd door twee iets oudere vrouwen met expliciet geföhnd haar en zuinige monden. Op een bepaald moment zei er eentje: 'Dat lepeltje was eigenlijk bedoeld om in de dip te blijven, zodat we allemaal wat guacamole op een toastje konden smeren.' Daarop keek Tess de vrouw met haar charmantste glimlach aan en zei: 'O sorry, ik had zo'n honger.' Maar ze hield het lepeltje bij zich en likte er nog eens aan. De vrouwen verzamelden al hun misprijzen in één gezichtsuitdrukking. Tess leek het niet eens op te merken. Evengoed versierde ze een kwartier later bij de bar een extra schaaltje guacamole, met een nieuw lepeltje, en dat bracht ze naar de twee totaal verwonderde dames, die haar nadien nog kwamen bedanken. Niemand kon niet van Tess houden, zelfs niet als ze op de rand van het brutale balanceerde. Ongelooflijk vond Lise dat.

Tess hing de eerste broek terug, bekeek toen de tweede, een klassieke zwarte met een ingestreken plooi, hield ze voor bij Lise. 'Dat is nog iets voor u, vind ik.' Broeken stonden haar niet, een van de frustraties sinds haar jeugd. Tess rolde met haar ogen, zij wilde dat waanbeeld voorgoed de wereld uit. Ze stuurde Lise het pashok in, met de broek. Lise wilde helemaal geen kleren passen terwijl Tess stond toe te kijken, maar Tess keek er smekend bij, dus nam Lise de kleerhanger toch maar aan. Ze had geen energie voor dit gevecht. Zuchtend verdween ze het pashok in.

'En naar buiten komen om het te laten zien, hè.'

Lise trok haar rok uit, gleed in de pijpen van de broek. Toen ze die aan had, trok ze de tailleband lager, zodat die zou aansluiten, het moest tot helemaal onder haar litteken, zo kon ze niet eens het pashok uit. Op dat moment ritste Tess het gordijn open.

'Zeg, ik ben nog niet klaar.'

Tess keek naar de broek, en toen naar haar, en toen weer naar de broek. Ze trok de taille omhoog tot waar die hoorde te zitten.

'Kijk nu hoeveel te groot die is, Lise.'

Ze stak een vuist tussen de band van de broek en Lises buik. Lise hield er niet van dat Tess' hand haar vel aanraakte. Ze moest zich inhouden om haar niet weg te duwen.

'Ik ben eindelijk normaal, min of meer,' antwoordde Lise.

Tess zei niks. Ze keek naar haar alsof ze net had vastgesteld dat Lise de builenpest had opgelopen.

'Bon,' zei Lise, 'ik heb de broek gepast, het lijkt nergens naar, daar kunnen we het over eens zijn. Mag ik hem nu alstublieft weer uittrekken? Dan kunnen we verder. Gij zijt degene die iets nodig heeft voor dat feest.'

Tess leek niet eens te horen wat ze zei.

'Volgens mij is zelfs een vierendertig nog te groot voor u.'

'Doe niet onnozel,' mompelde Lise.

Tess ging op het krukje zitten dat in de kleine paskamer stond. Ze bleef Lise aanstaren.

'Wilt ge alstublieft even naar buiten gaan nu, dan kan ik mij weer omkleden.'

Tess verroerde zich niet. Ze perste haar lippen samen, alsof ze de woorden die klaarzaten tegen moest houden.

'Ge zoudt blij moeten zijn voor mij,' zei Lise.

'Blij?' Tess herhaalde het als een vraag.

'Ja, blij,' Lise klonk geïrriteerd. 'Alstublieft, Tess, geen drama nu.'

Tess bleef dodelijk ernstig naar haar kijken, Lise zag hoe ze zich zat af te vragen wat ze nog kon zeggen, en hoe, alsof Lise een kasplantje was dat ze voorzichtig moest benaderen. Daar kon Lise niet tegen.

Ze schraapte haar keel. 'Maar Lise, hoe wilt ge dan dat ik...'

Het was ook die veranderde toon van haar.

'Tess, ik ben uw patiënt niet.'

'Ik heb cliënten, geen patiënten.'

'Daar gaat het nu toch niet over,' Lise klonk geïrriteerd. 'Laten we het alstublieft gewoon over iets anders hebben.'

'Wat stelt ge voor dan? Het mooie weer?' Ze keek met grote ogen naar Lise. 'Misschien ook beter niet. Want het is begin mei, de zon schijnt, en gij loopt rond in een dikke trui.'

'Tess, echt waar.'

'Lise, luister nu alstublieft eens naar mij. Ge beseft toch dat–'

'Weet ge wat ik besef? Dat gij een redderscomplex hebt en het blijkbaar nodig vindt om problemen op mij te projecteren die er helemaal niet zijn, gewoon omdat gij u dan nuttig kunt voelen, of superieur zelfs, als de therapeut die alles beter weet en ziet wat wij, sukkels, ocharme, zelf niet kunnen zien. Maar ik stel voor dat ge dat irritante gedrag bewaart voor het volk dat ervoor wil betalen, want ik heb er echt géén boodschap aan.'

Lise zag de trieste ontzetting in Tess' gezicht en ze schrok van wat ze had gezegd. Voor ze de kans kreeg om zich te excuseren, was Tess al opgestaan en het pashok uit gelopen. Lise kon zichzelf wel voor de kop slaan. Wat voor een trut was zij eigenlijk?

Gehaast trok ze de broek weer uit, ze bleef haken aan een pijp en knalde tegen de wand van het pashok aan. Goed zo, zei ze hardop, meteen gestraft. Ze trok snel haar eigen kleren en schoenen aan en stormde naar buiten. Ze keek om zich heen. Ze ging ervan uit dat Tess weg zou zijn, maar zij zat op een van de zitbankjes te wachten op haar. Ongelooflijke Tess.

13

Haar vader lag in de sofa te slapen, op zijn zij. Mond open, kwijl op het kussen, haar in de war. Hij snurkte niet echt, het geluid dat hij maakte kwam uit zijn keel, een soort gepruttel, een nasputterende machine die overuren heeft gedraaid. Ze zette een stap achteruit. Sommige mensen krijgen iets weerloos als ze slapen, hij zag er juist groter uit, aanweziger, alsof hij elk moment één oog kon openen. Lise wilde er niet bij blijven. Op kousenvoeten liep ze in de richting van de keuken.

Haar vader sliep vaak overdag. Lise was jaloers op de vanzelfsprekendheid waarmee hij zichzelf in een vlotte coma kon wiegen. Voor haar was elk uur slaap een overwinning, de laatste tijd nog meer dan anders. Maar zelfs in haar kinderjaren was de nacht een beproeving. Ze wist nog maar weinig van vroeger, maar wel dat ze bang was om te slapen. Voor zover ze wist had het zich nooit voorgedaan, maar Lise was er destijds zeker van dat haar ouders haar en haar broertje alleen gingen laten. In staat van sluimerende paniek lag ze 's avonds te luisteren naar alle geluiden die naderend onheil konden verraden. Een deur die openging, of juist dicht, gedempte voetstappen op de trap, slaande ruzie die ontelbare gevolgen kon hebben. En als ze dit huis in stapte, voelde Lise telkens weer minstens even datzelfde drukkende gewicht, diezelfde permanente onrust, dat zeurende onbehagen.

In de keuken stonden vier lege Sprite-flesjes. Dat betekende vast dat David hier was geweest, hij dronk weinig anders. Hij had gezworen nooit alcohol te zullen drinken. Al die suiker, en toch bleef hij mager. Het was maanden geleden dat ze hem voor het laatst had gezien. Ze kon hem niet uitnodigen bij haar thuis, zoals ze in de jaren met Jonathan nu en dan deed, want dan moest ze voor hem koken en dat zag ze nu niet zitten. Beter was het om via haar moeder te weten te komen wanneer hij hier nog eens op bezoek kwam, en dan aan te sluiten. Dat moest ze proberen handig aan te pakken, want haar moeder haatte het als haar beide kinderen er op hetzelfde moment waren. In plaats van haar alle aandacht te geven, zaten zij ook met elkaar te kletsen, en daar werd ze kregelig van. 'Ja, ik merk dat jullie veel te vertellen hebben,' zuchtte ze dan, en vervolgens stond ze op om in een andere kamer eenzaam koekjes in een schaaltje te gaan leggen of zo. Als een van hen haar dan volgde, zei ze met kromgetrokken schouders dat het leuk was dat ze het goed met elkaar konden vinden en dat zij niet wilde storen.

Op de tafel stond een glazen bowl vol mini-Twixen en Snickers en Milky Way's en Marsen. Lise keek er een tijdje naar, nam er een Milky Way uit en bestudeerde de verpakking. Zeventien gram, tweeëntachtig calorieën. Dat was twintig meer dan haar yoghurtje 's ochtends. De Snickers was zelfs honderd calorieën, de Twix negenennegentig en de Mars vijfentachtig. Maar ze verschilden ook een paar grammen in gewicht, wat ze vreemd vond. Alsof Snickers-eters drie gram meer behoefden dan Milky Way-eters. Lise rook eraan, alsof de geur door het plastic zou komen, en legde ze vervolgens alle vier terug, voorzichtig, alsof ze bang was dat iemand zou zien dat ze er hoegenaamd eentje had aangeraakt. Ze moest weg uit deze keuken. Ze liep door naar de veranda. Daar rook het naar sigaretten en verwelkende bloemen.

Dat mensen bloemen kochten had Lise nooit begrepen. Waarom zou je willen kijken naar iets wat voor je ogen staat te sterven? Als ze toch eens een boeket cadeau kreeg, vergat ze steevast om dat op tijd weg te gooien. En als de bloemen dan zielloos langs hun stengel hingen, de kleuren verdord en de nekjes geknakt, moest je ook nog de geur van dood en verrotting trotseren wanneer je ze uit het vieze water haalde en in die altijd te kleine groenbak probeerde te wurmen. Zelfs na drie keer je handen wassen rook je die geur nog.

Maar haar moeder was dol op bloemen. Ze hield de temperatuur in de veranda bewust lager om ze zo lang mogelijk goed te houden. Haar vader kocht rozen voor haar verjaardag en op Moederdag, en een goedkoper boeket als hij echt iets goed te maken had. Wanneer Lise vroeger uit school kwam, kon ze aan de grootte van de vaas zien hoe ver haar vader de avond voordien over de grens was gegaan. Dit was wel een heel bescheiden boeketje.

Opeens hoorde ze een toilet dat werd doorgetrokken. Ofwel was haar vader wakker, ofwel was haar moeder thuisgekomen. Zij deed nooit moeite om stil te zijn als haar echtgenoot sliep.

Lise liep terug naar de keuken, en daar kwam haar vader de wc uit. Een punt van zijn bruine hemd hing uit zijn broek, daarboven het vaalwitte gezicht van iemand die zes dagen en nachten door volleerde folteraars uit de slaap werd gehouden. Hij liep rechtstreeks naar de gootsteen, draaide de kraan open, maakte zijn handen nat en ging door zijn gezicht. Hij droogde zich af met een theedoek. Pas toen hij die weghing, zag hij Lise. 'Maar och, gij hier.' Hij liet de 'gij' klinken alsof hij haar, van alle mensen die hij niet onverwacht in zijn keuken wou aantreffen, het minst graag zag komen. Lise vroeg verwonderd of haar moeder niks had gezegd. Ze hadden afgesproken dat ze op haar vrije dag langs zou komen, maar zij was er ook niet.

Haar vader liep naar de kast en nam er een peperkoek uit. 'Typisch.' Hij sneed er een dikke plak af en smeerde er een smeuïge laag boter op. Hij werd de laatste tijd voortdurend aan zijn lot overgelaten, klaagde hij. Eergisteren had hij zelf een omelet moeten bakken omdat ze om halfacht nog niet thuis was. Hij liet het getergd klinken. Ze zag hem visioenen krijgen van Danny terwijl hij gulzig zijn namiddagsnack weghapte. Zijn adamsappel bewoog hevig.

'Ze ziet hem twee keer in de week. Soms zelfs drie. Vorige week zaterdag is ze met hem naar de IKEA geweest.' Hij rolde met zijn ogen. 'Danny vindt het geweldig om samen naar de IKEA te gaan, volgens haar.' Hij schonk zichzelf een kop koffie in. 'Dat is toch niet meer normaal?'

'Dat ex-gedetineerden van IKEA houden?'

'Lach er maar mee.'

Lise nam voor zichzelf een kop uit de kast. Ook al hield ze niet van de fletse koffie die haar ouders dronken, ze wilde iets warms in haar maag.

'Ge zoudt kunnen zeggen dat het toch lief is van haar, dat ze zich blijft bekommeren om iemand die het moeilijk heeft.'

'Lief?' Er spatte verontwaardigd speeksel met wat peperkoek uit zijn mond. 'Alsof ze dat uit louter filantropische overwegingen zou doen.' Hij lachte honend en stak het laatste stuk in zijn mond.

'Wat denkt gij dan?'

Hij maakte een afwijzend gebaar, alsof de vraag alleen al te idioot was om ze nog maar te stellen.

'Dat ze iets met hem heeft?'

'Nee, ik denk dat ze samen urenlang zitten te kaarten.'

'Hebt ge 't haar gevraagd?'

'De gezworen onschuld zij, hè, zoals altijd.' Hij nam een tweede plak peperkoek. 'Nu ja.'

'Gij beweert dus dat vriendschappen tussen mannen en vrouwen niet bestaan.'

Hij lachte weer en smeerde de boter nog dikker dan op de vorige plak.

'Soms zijt gij wel erg naïef voor zo'n verstandig meisje.'

'Misschien zijt gij te cynisch, te veel misantroop.'

'Ik ben een realist. Dat is iets anders.'

Lise vond het nog triester dat hij cynisme en misantropie realisme noemde, maar daar ging ze beter niet op door. De koffie smaakte naar bitter water, toch leegde ze haar kop. Ze moest genoeg drinken.

'En zo'n kerel die jaren binnen heeft gezeten, kritisch gaat die niet zijn, hè, die is allang blij dat hij nog eens zijn gang kan gaan zonder ervoor te moeten betalen.'

'Maar enfin, papa.'

'Wat, papa? Enfin, mama, zou ik denken.'

Zijn bovenlip glansde van de boter. Hij likte erlangs.

'Wat zijt ge dan van plan, papa?'

'Ik ga het spel meespelen.'

Lise keek hem vragend aan.

‘Ze wil dat ik dit allemaal vervelend vind. Dus sinds kort doe ik alsof ik me er helemaal mee heb verzoend. Dat ik het inderdaad, zoals haar dochter, bewonder dat ze lief is voor de medemens. En ondertussen controleer ik nauwlettend al haar uitgaven. Als ik er haar ook maar één keer op betrap dat zij het servies of de sofa of de kaarsenhouders van die kerel betaalt, of zelfs maar zijn wc-papier of zijn kilo wortelen in de supermarkt, dan hou ik dat bedrag meteen blijvend van haar budget af. Want als ze dat aan een vreemde kan spenderen, heeft ze dat dus niet nodig. Als er iets is wat haar raakt, dan is het geld, dus.’

Lise probeerde zijn blik te peilen.

‘Ge moet niet zo naar mij kijken.’

‘Hoe kijk ik dan?’

‘Afkeurend.’

‘Niet.’

‘Wat moet ik dan doen? Mij willoos laten koeioneren?’

Lise mat zichzelf haar warmste stem aan: ‘Ik weet niet of het allemaal wel zo tegen u gericht is, eigenlijk.’

‘Hoelang kent gij uw moeder nu al?’

‘Ja, maar in dit geval–’

‘Kiest gij partij voor haar. Ge wordt bedankt.’

‘Het gaat toch niet om partij kiezen, ik probeer juist–’

‘Joehoe!’ De voordeur werd met een flinke knal dichtgeslagen. De lentefrisse joligheid van haar begroeting was ongewoon. Lise wisselde een blik met haar vader, die knikte en tegelijk zijn ‘zo gaat het hier nu’-schouders ophaalde.

‘Maar wel boeiend, dat ge nu die procedure zelf hebt mogen doen,’ zei hij opeens, om een onschuldig gesprek in volle gang te suggereren. ‘En ging dat dan helemaal goed, of hadt ge…’

Haar moeder liep de keuken in.

‘Maar gij hier!’ Ze keek er oprecht verrast bij.

‘Ik had toch vorige week woensdag–’

‘O ja, nu ge het zegt. Ik heb het zo druk, dat is me totaal ontschoten. Ge zijt hier toch nog niet lang?’

Ze zette stralend een paar tassen op de keukentafel en begon alles uit te laden. Ze manoeuvreerde haar echtgenoot opzij om iets op te bergen. En daarna moest er iets weggestopt in het kastje waar hij zonet voor was gaan staan. Een ongemakkelijk ballet tussen twee mensen die elkaar niet aankeken.

'Al een geluk dat ik een chocoladecake heb gekocht. Die zag er zo lekker uit. Anders had ik hier mooi gestaan, bezoek en niks voor bij de koffie.' Ze lachte hard en praatte snel.

'Lise let op haar lijn, dat is u nu toch niet ontgaan?'

'Natuurlijk niet, jaloers ben ik erop,' zei haar moeder terwijl ze de ijskast openmaakte. 'Dat gij er ooit nog zo goed uit zou gaan zien, wie had dat gedacht?' lachte ze weer. 'Maar af en toe moet ge een beetje zondigen, zeker als ge zoals gij al helemaal op uw gewicht zijt, anders houdt ge het niet vol. Dat weet uw moeder uit ervaring.'

'Gaat gij haar nu echt een beetje in de verleiding zitten brengen, terwijl ze zo goed bezig is?' Haar vader zocht Lises blik.

'Ik gún haar dat. Dat is iets heel anders.'

Haar vader schonk nog wat koffie in en gebaarde naar Lise dat hij het verder ook niet kon helpen.

'Ik ben zo iemand,' zei haar moeder, volhardend in de vrolijkheid, 'ik geniet ervan om liefdevol te zijn voor andere mensen. Misschien kunt gij dat ook eens proberen.'

Haar vader gromde iets onverstaanbaars en liep naar de salon.

'Afijn, schat, ge moet niks doen wat ge niet wilt, natuurlijk. Maar het is er voor als ge er zin in zou hebben. Een klein stukje kan ook. En eerlijk gezegd, als ge er nu een hele kilo van zou bijkomen, is er ook geen kalf verdronken, hè. Ge kunt u gewoon door een ringetje halen tegenwoordig. Echt ongelooflijk knap van u.'

Ze legde meticuleus kiwi's en appels in de fruitschaal, alsof ze daar later nog een portret van moest schilderen.

'En komt ge nu van Danny dan?' Lise probeerde het zo achteloos mogelijk te laten klinken.

'Ik ben hem gaan ophalen na zijn afspraak met de justitie-assistent, want die vrouw vindt hij verschrikkelijk, en dan gaan we nadien een taartje eten, dat er na iets vervelends iets gezelligs volgt. En dan hebben we samen nog boodschappen gedaan ook. Hij heeft geen auto, vandaar.'

Het klonk bijna alsof ze over een kind sprak, vond Lise, maar misschien lag dat aan haar.

'En, lukt het hem om zich aan te passen aan zijn nieuwe leven?'

'Het is moeilijk, natuurlijk, maar de moed waarmee hij de dingen aanpakt, daar kan veel volk nog iets van leren.' Ze bleef stilstaan en stak een vermanende vinger in de lucht, alsof Lise deel uitmaakte van dat volk. 'Hij gaat elke dag naar zijn werk, op tijd, hij doet zijn huishouden, en hij probeert weer contact te krijgen met zijn kinderen.' Er ontsnapte haar een zuchtje van trots. Ze nam een pak melk uit de tas en zette dat in de berging. 'En ge zoudt moeten zien waar hij nu woont. Een appartementje, klein, én vochtig, de schimmel staat op de muren, zoiets heb ik nog nooit gezien. Maar zelfs daar zaagt hij niet over. Meer nog, hij probeert het echt gezellig te maken, en dat voor een man!'

Ze vouwde de lege zakken keurig op en stopte ze in de kast onder de gootsteen.

'Ik heb u nog niet dikwijls zien kijken zoals ge kijkt wanneer ge over hem spreekt,' probeerde Lise.

'Ja, iemand met zo veel miserie overeind zien krabbelen, dat doet iets met een mens.' Ze maakte de doos van de cake open. 'Wilt ge nu een stukje?' Haar moeder sneed voor zichzelf een plak af en schonk een kop koffie in.

Lise schudde het hoofd terwijl ze er akte van nam dat haar moeder na dat taartje van vanmiddag nu ook nog cake naar binnen ging werken.

'En hij is ook zo dankbaar. Vorige week stond hij mij op te wachten met een boeketje bloemen, en er zat een kaart bij met een gedicht dat hij zelf had geschreven. Wel, daar werd ik nu emotioneel van.'

'Mama...'

Haar moeder keek op, met een open blik. Lise ging bij haar aan tafel zitten.

'Ik denk dat papa...' Lise zocht naar juiste woorden, 'dat papa een beetje ongerust is, dat jullie–'

'Laat hem dat maar lekker denken. Dan krijgt hij misschien eindelijk eens wat waardering voor zijn vrouw, en gaat hij dat misschien na al die jaren eens tonen.'

Ze klonk beslist en overtuigend, vond Lise.

'Dus jullie zijn niet–'

Haar moeder lachte. 'Natuurlijk niet.' Ze goot melk in haar koffie. 'Wij hebben gewoon, ja, hoe moet ik dat zeggen, een goeie band, een klik, en ik ben blij dat ik eens iemand kan helpen die mijn hulp ook wil. Uw vader is een zelfvoorzienend eiland. Dat zei Yvette onlangs over haar man, en ik dacht: hoe herkenbaar. En gij hebt uw druk leven. David belt wel bijna elke dag, dat is natuurlijk heel leuk,' ze keek Lise nadrukkelijk aan terwijl ze dat zei, 'maar die zit nu te proberen om zijn makelaarsexamen te halen, dus die heeft het ook wat drukker dan normaal...' Ze beet gretig van de cake, kauwde, dacht na. 'Het gevoel van nodig te zijn, dat is zo deugddoend.' Ze stopte de laatste hap in haar mond. 'Gij echt geen klein stukje? Die cake is verrukkelijk.' Ze sneed er een dunner stuk af, legde het op haar bord en presenteerde dat aan Lise.

'Nee, merci, echt niet.'

Daarop nam ze het stuk tussen twee vingers en begon er zelf aan. Lise keek naar haar kauwende mond, haar licht lillende onderkin, haar forse armen, haar brede polsen en haar vingers waar de ringen in geprangd zaten. Ze huiverde.

'Dat ze zoiets lekkers kunnen maken, daar word ik nu echt blij van,' zei haar moeder. 'Dat vind ik ook zo gezellig aan Danny, hij heeft dat ook, dat hij zo kan genieten van de dingen.'

Lise stond op en nam nog wat van die treurige koffie.

'Ja,' zei ze tegen haar moeder, 'dat kan ik me voorstellen, dat dat leuk is.'

14

‘Dokter Lise?’

‘Ja,’ Lise hing het dossier weer aan Siens bed.

‘Hebt gij kindjes?’

‘Behalve jullie allemaal?’ lachte Lise. ‘Nee.’

‘Waarom niet?’ vroeg Sien.

‘Ja,’ lachte Kristel, ‘waarom niet? Zoals gij goed met kinderen kunt omgaan.’

‘Dokter Lise is nog piepjong,’ zei Emiel. ‘Toch?’

‘Wij waren achtentwintig en dertig toen we Sien kregen, zoveel jonger zijt gij niet, hè?’

‘Ik ben zevenentwintig. Ik heb nog wat tijd.’

‘Wij konden niet wachten,’ zei Kristel. ‘Toen ik eindelijk zwanger was, heb ik de hele dag gehuild, echt bijna non-stop, ik kon het niet geloven. En gij hebt Jan en alleman opgebeld om het te vertellen, terwijl dat eigenlijk nog veel te vroeg was.’ Kristel nam Emiels hand en kneep er zacht in.

‘Waren jullie dan zo blij met mij?’ vroeg Sien parmantig.

‘Alleen toen we u eindelijk te zien kregen…’

‘Helemaal verfrommeld, en met zo’n lang hoofdje omdat ze u met de zuiger moesten halen,’ Emiel gaf met zijn hand boven Siens hoofd plagerig aan hoe lang dat wel was.

‘Waren we nóg blijer,’ maakte Kristel haar zin af.

‘En moest gij toen ook huilen, papa?’

‘De hele tijd, zelfs al voor ge er waart,’ antwoordde Kristel in zijn plaats. ‘De vroedvrouw zei dat het al lang geleden was dat ze een vader zo ontredderd had gezien. En terwijl ze nog met mijn verzorging bezig waren, nam uw papa u in zijn armen, en hij zong een liedje voor u. Als ik al niet verliefd op hem was geweest, dan zou ik het toen geworden zijn. Ook omdat het liedje–'

'Neen, niet zeggen,' lachte Emiel.

'Wel zeggen,' kirde Sien.

'Dat liedje...' lachte Kristel. Maar daarop sprong Emiel op en liep naar haar toe om haar mond te bedekken. Kristel vocht giechelend terug. Alsof ze opnieuw pubers waren die excuses zochten om elkaar aan te mogen raken.

'Zéggen,' zei Sien.

'Het was superontoepasselijk,' kreeg Kristel ondanks Emiels tegenstribbelen toch gezegd.

'Ja, nu wil ik het ook weten,' zei Lise.

'Oké, oké, ik kon gewoon nergens anders op komen, ik was wel overmand door emotie en alles, hè?' Emiel keek er bestudeerd beteuterd bij.

'"Push it", van Salt-N-Pepa,' gierde Kristel.

'Dat ken ik niet,' zei Sien.

'We zullen het wel eens laten horen, dat is gewoon een onnozel, stoer, sexy dansliedje, eigenlijk,' maar hij bewoog dan zo'n beetje met u op zijn knieën, en maakte gebaartjes met uw handjes en uw armpjes, het maakte het eigenlijk nog schattiger, dat het zo fout was.

Emiel verstopte zijn gezicht achter zijn handen, Kristel stond op en omarmde hem. Sien lag te stralen in haar bed. En Lise keek.

Het was bijna Tess' verjaardag, Lise was iets vroeger vertrokken in het ziekenhuis, want ze moest en zou vandaag een cadeautje vinden. Ze stapte een kookwinkel binnen. Op vrije dagen kon Tess uren doorbrengen in de keuken, dus hier moest ze iets vinden. Ze struinde langs de potten en pannen, de keukenrobots en de broodroosters en hield halt bij een tafel vol attributen. Er stonden appelschilmachines, olijfontpitters, amandelmolens, champignonsnijders, eierdooierscheiders, kruidenscharen. Dat bestond allemaal echt, waanzinnige wereld. Iets verderop zag ze pastamachines. Zou Tess dat leuk vinden? Die had ze in ieder geval nog niet.

Terwijl Lise die kant uit liep zag ze bij de kookboeken een rug die haar bekend voorkwam. Maar nee, dat was onmogelijk. Deze man had hetzelfde haar, ja, en hetzelfde postuur, maar. Op dat moment reikte hij naar een boek en draaide een kwartslag. Verdomme, hij was het wél: Xavier, in volle glorie. Lise kroop spontaan weg achter een rek met schorten en tafellinnen. Mannen die koudweg niks meer lieten horen na één nacht waren de laatste die je tegen het lijf wilde lopen. En al helemaal als je die dag je haar nog niet had gewassen omdat je nog ging sporten. In het ziekenhuis was een confrontatie haar tot nu toe bespaard gebleven, maar nu stond hij hier gewoon.

Ze zou wat wachten, in een discrete hoek, tot hij wegging. Hoelang kon een mens zich bezighouden in een kookwinkel tenslotte? Lise spiedde door de spleet tussen twee stapels keukenhanddoeken. Xavier stond op zijn dooie gemak te bladeren in een Aziatisch kookboek. De totaal ontspannen flair waarmee hij tegen de tafel leunde was in het licht van haar missie niet per se bemoedigend. Ze bekeek hem van top tot teen. Het was misschien officieel geen mooie, maar toch ook geen lelijke man. Hij had uitstraling, vond ze, met dat haar en die baard en die mannelijke schouders. Ze wist niet of Tess het daarmee eens zou zijn. Hij droeg een stijlvolle halflange jas, sneakers onder een zwarte broek. Hij had hoe dan ook smaak. Bizar dat hij haar zelfs maar voor die ene nacht had gewild eigenlijk.

'Kan ik u ergens mee helpen?' Lise schrok. Een vrouw met uitbundig haar en veel make-up keek haar argwanend aan. Niet geheel onterecht, ze stond hier gewoon tussen al haar keukenbenodigdheden een man te bespieden. Lise excuseerde zich en het klonk schuldig, alsof ze daadwerkelijk iets had gestolen of een ander groezelig misdrijf had gepleegd, en zo voelde ze zich ook. Dat ze een pastamachine zocht, zei ze in een poging om het goed te maken. De vrouw ging haar voor, haar haar deinde mee.

Hoe idioot kon ze zijn, moest Lise denken. Waarom had ze niet gewoon gezegd: ik kijk even rond, ook al zou deze vrouw dan gedacht hebben: ja, precies, maar niet naar onze koopwaar. Nu kon ze niet anders dan achter haar aan lopen, de hele winkel door. Xavier was goddank totaal gefocust op zijn kookboeken. De vrouw bleef staan en legde als een volleerde hostess op een autoshow haar hand kort maar vertrouwelijk op twee pontificaal op de tafel gepositioneerde pastamachines.

Ze begon een verhaal over de modellen van Marcato waar de mensen altijd heel tevreden over waren. Lises blik dwaalde af naar Xavier, ze wilde zich ervan vergewissen dat hij bleef waar hij was. De vrouw keek Lise geïrriteerd aan. Zij was de meest ergerlijke klant van deze dag, aan dat label viel al niet meer te ontsnappen. Om de verkoopster tegemoet te komen ging Lise met haar rug naar Xavier staan. Eigenlijk nog een goed idee, hij zou haar rug nooit herkennen. Ze concentreerde zich op de verkoopster, die uitweidde over andere kleuren en andere modellen. In een poging om haar verdachte gedrag te compenseren knikte Lise na elke zin die de vrouw uitsprak, en ze probeerde er zo aandachtig mogelijk uit te zien. Ze vroeg hoeveel ze kostten.

De verkoopster begon op de verpakkingen onder de tafel te zoeken naar de prijzen van de verschillende modellen. Lise boog empathisch mee, en terwijl ze met haar kont in de lucht stond, hoorde ze opeens: ‘Maar, ziehier, het meisje dat niet reageert als ik sms.’ Xavier lachte.

Lise kwam gegeneerd overeind, forceerde een glimlach.

‘Hoezo? Ik heb geen bericht van u gekregen.’

‘Ik heb u ’s anderendaags nog iets gestuurd. Maar ik kreeg niks terug, ik dacht: bon, dat is alvast duidelijk.’

‘Deze zijn 79 euro 99, in beide kleuren,’ mompelde de vrouw nog op haar hurken.

Lise knikte, draaide zich toen weer naar Xavier.

‘Ik zweer u op mijn communieziel: ik heb niks gekregen.’

Hij nam zijn telefoon, opende zijn berichten en toonde haar een verstuurd sms’je dat wel degelijk begon met ‘Lieve Lise’. Ongelooflijk, hij had haar dus niet koudweg gedumpt na die ene nacht. Lise hoopte dat ze niet rood aanliep.

‘Mag ik dat nummer eens zien?’ Ze bestudeerde de cijfers. ‘Ah, dat verklaart het. In plaats van een één moet het een zeven zijn op het eind. Hanenpoten, ik.’

'Hèhè, mijn gekreukte ego weer gladgestreken, en iemand die niet Lise heet heeft een bericht gekregen dat haar hopelijk niet in de problemen heeft gebracht.'

Op dat moment kwam de verkoopster net niet tussen hen in staan. Haar kon het niks schelen wat hier mogelijks aan de hand was, zoveel maakte zij wel duidelijk. 'Wilt u de andere prijzen nog horen, mevrouw?' Ze liet het vermoeid klinken.

'Ja, excuus, ik was–'

'Nee,' onderbrak Xavier haar met een charmante glimlach. 'Ik ga deze meenemen voor mevrouw.' Hij nam een doos met een zwarte Marcato-pastamachine.

'O, echt lief van u, maar dat moet ge echt niet doen, ik kwam gewoon voor een vriendin–'

'Mensen geven alleen cadeautjes die ze zelf ook graag willen, dus koop wat ge wilt voor uw vriendin, maar deze krijgt gij van mij.'

Xavier wachtte Lises reactie niet af en struinde met het apparaat naar de kassa. De vrouw liep er op een drafje achteraan. Lise griste het model van 39 euro 99 onder de tafel uit en liep achter hen aan.

'Hé, maar echt waar, dat moet ge niet doen, ik ben niet eens zo'n–'

'Gaat ge nu voor de tweede keer mijn humeur verpesten of wat is dat met u? Leer eens iets aannemen.' Hij bleef even staan, keek haar aan en legde haar haar achter haar oor. 'Ge ziet er mooi uit.'

'Ja, geeft u maar,' de vrouw stak haar handen uit en keek erbij alsof zij er ook niet om had gevraagd om hier verkoopster te zijn, of om, wat dat betreft, te leven.

Xavier overhandigde haar de doos en nam zijn portefeuille uit zijn achterzak. Lise begreep niet waar zij een cadeau aan had verdiend, al was het dan niet eens een cadeau dat ze wilde. Het maakte haar ongemakkelijk. Ze moest iets terugdoen. Een kookboek, dat interesseerde hem blijkbaar. Ze holde naar de hoek waar ze uitgestald lagen, nam een van de mooie, grote exemplaren, met het alle-misverstanden-over-de-inhoud-vermijdende woord 'Azië' erop, en keerde met de buit terug naar de toonbank. Zo was het tenminste niet alleen krijgen, maar ook geven. Dat voelde al een tikje comfortabeler.

Als ze vandaag meer had gegeten dan haar ochtendyoghurtje, was het er nu gegarandeerd weer uit gekomen. Toen hij had gezegd dat hij al plannen had voor die middag, maar dat ze mee kon, toen hij weigerde te verklappen wat ze dan precies gingen doen, omdat hij haar wou verrassen, toen hij onderweg had vermeld dat niks hem gelukkiger maakte dan datgene waar ze nu deelgenoot van zou worden, had ze, als ze honderd keer had mogen raden, dit niet genoemd.

'Turbulentie,' riep hij, alsof het gedaver nog uitleg behoefde. Hij lachte breed. Hij droeg een ouderwetse vliegenierspet die nog van zijn vader was geweest. Hij was de vierde generatie die voor geneeskunde had gekozen. En van zijn vader had hij ook de liefde voor het vliegen meegekregen. Ze hadden een ingewikkelde relatie, begreep Lise, in die zin vond ze het vreemd dat hij zijn pet droeg. Misschien omdat zijn pa er al acht jaar niet meer was. Als mensen verdwijnen worden ze misschien minder gevaarlijk wanneer je ze omarmt. Misschien droeg hij die gewoon omdat die pet hem het aura van een filmster gaf. Lise voelde zich ondertussen de kabelsleper die, omdat de actrice afgevoerd was met braakneigingen en er van haar toch alleen maar een schouder in beeld kwam, tot stand-in gepromoveerd was.

Ruim twintig jaar deed hij het nu al. Vliegen gaf hem een onbetaalbaar gevoel van vrijheid, zei hij, en vrijheid was alles. Hij wees op onbestemde verten alsof er iets concreets te zien viel, gaf commentaar dat Lise afwisselend helemaal niet en niet echt goed verstond, maar tussendoor keek hij stralend naar haar en dan vergat Lise heel even dat ze hoopte dat ze zo snel mogelijk weer de grond zou voelen, zodat ze kon vergeten dat ze ooit een sportvliegtuigje aan de binnenkant had gezien. Alle andere minuten probeerde ze te blijven ademen, recht voor zich uit te kijken en er niet aan te denken dat ze nu een keer pasta voor hem zou moeten maken.

In de auto onderweg had hij verteld over de eerste vrouw op wie hij echt verliefd was geweest. Hij had meer dan een jaar achter haar aan moeten lopen voor ze was gezwicht. Wat hem dan zo in haar fascineerde, had Lise gevraagd. Waarop hij zei dat ze mooi was, en heel sexy. Lise had geantwoord: 'En wat nog meer?' En toen had hij teruggekaatst: 'Is er nog iets anders?' Met die grijns van hem.

'We gaan zo meteen landen,' brulde hij terwijl hij volstrekt overbodig naar beneden wees. Lise probeerde haar enthousiasme over dat vooruitzicht te verbergen. Het vliegtuig ging steil omlaag. Lise slaakte een gil. Ze klampte zich vast aan de stoel, keek naar hem. Hij lachte stout zijn tanden bloot en bewoog de stuurknuppel, ze maakten een grote bocht en gingen weer omhoog. Dat ze niet moest braken. Niet. Echt niet, bleef Lise in stilte tegen zichzelf herhalen. Ze vermoedde dat ze lijkbleek zag, maar hij leek alvast niks op te merken. Ze hoopte dat dit niet het begin was van een demonstratie van nog meer kunstjes. Hij riep iets onverstaanbaars, en maakte toen opnieuw een buitengewoon onvrolijkmakend soort manoeuvre. Lise sloot haar ogen, wat het erger maakte, opende ze weer. Zij was niet misselijk, niet. En ze ging ook niet schreeuwen dat het bewijs van zijn stoerigheid nu wel was geleverd, en dat hij dat klotevliegtuig echt aan de grond mocht zetten. Na een laatste vervelende bocht leek hij uitgestunt, en langzaam begonnen ze te dalen.

Het vliegtuig raakte de grond. Geschok, gebrul, en toen, opeens, stonden ze stil. Het helse lawaai stopte. Alsof ze nog nooit zo veel stilte had gehoord. Eindelijk. Frisse lucht, dacht ze. Laat me eruit, nu. Hij jubelde: 'Geef toe, beter wordt het niet.' Lise knikte hevig, alsof ze dat alleen maar kon beamen. Ze probeerde te glimlachen en hoopte dat ze er niet zo slecht uitzag als ze zich voelde. Hij vroeg of ze het zou doen als hij haar nu zou vragen om met hem de wereld rond te vliegen. Lise glimlachte. Ze probeerde zich voor te stellen hoe het zou zijn om een hele dag gegijzeld te zitten in deze kleine ruimte, en zei toen volmondig ja, natuurlijk zou ze dat doen met hem. Hij zette zijn pet af en kuste haar. Lise was blij dat ze ook niet een heel klein beetje in haar mond had gebraakt.

15

Lise had het koud en ze voelde zich opgelaten, ze had nog nooit een jurk met een open rug gedragen, maar Xavier had die voor haar klaargehangen toen ze bij hem arriveerde. 'Speciaal voor u uitgekozen, in de kleinste maat die ze hadden, ik weet zeker dat ge er beeldig zult uitzien.' Hij had het met enige trots uitgesproken en op zijn vingers gefloten toen ze de badkamer uit kwam.

Het was goed zes weken geleden dat ze elkaar in de kookwinkel tegen het lijf waren gelopen, en sindsdien had hij haar elke keer wanneer ze elkaar zagen op de een of andere manier gecomplimenteerd met hoe ze eruitzag, dus hij zou het waarschijnlijk toch wel echt menen.

Hij raakte even haar blote rug aan, nam Lises hand en troonde haar mee de zaal in. Een ober die er twaalf uitzag overhandigde hun een glas champagne. Het was een ruimte met enorme ramen en kristallen kroonluchters. Her en der stonden hoge, ronde tafeltjes met damasten tafellakens, en daartussen krioelden stijlvol geklede mensen die zacht spraken en minzaam glimlachten. De gemiddelde leeftijd lag flink boven de vijftig, dacht Lise terwijl ze rondkeek. Het speet haar dat het al een tijdje geleden was dat ze naar de kapper was geweest. De meeste vrouwen hier waren duidelijk speciaal voor de gelegenheid gecoiffeerd, zij had alleen wat meer make-up gebruikt dan anders.

Xavier zat al jaren in het bestuur van de MS-Liga, en op dit jaarlijkse evenement werden fondsen geworven. Dat hij niet anders kon dan gaan, en dat haar aanwezigheid het voor hem zoveel genoeglijker zou maken. Ze had het woord 'genoeglijk' mooi gevonden en meteen bevestigd. Pas toen ze hoorde dat er een walking dinner was voorzien, kon ze weer rustig ademhalen. Tegen obers die passeerden met dienbladen vol hapjes kon je telkens vriendelijk 'nee' zeggen.

'En dit is Jacques,' zei Xavier, 'en zijn immer beeldschone Irène.' Irène had een flinterdunne huid met meer rimpels dan Lise ooit in één gezicht bij elkaar had gezien. Ze lachte met haar fel gestifte lippen naar Lise en gaf haar een krachtige hand. Jacques zoende Lise op de wang en porde Xavier grijnzend tussen de ribben terwijl hij vroeg waar hij ze toch altijd wist te vinden.

Jacques bleek de baas te zijn van een groot bedrijf, en hij was volgens Xavier een van de meest genereuze mensen die hij kende, waarop Irène er giechelend aan toevoegde dat hij niet anders zou durven, omdat hij moest van haar. Xavier vroeg hun naar de Vietnamreis die ze onlangs hadden gemaakt, en terwijl Irène een levendig verhaal afstak over de kleine cruise op de Mekong-rivier en het bezoek aan Hoi An, voelde Lise een hand in haar nek knijpen.

'Het is niet wáár.'

Lise verstarde.

'Dat ik u hier tegenkom, ongelooflijk... Hein, dit is ze nu, mijn zusje!'

Lise draaide zich om en zag Nina staan, breeduit lachend. Ze was zeker een kilo of vijftien zwaarder geworden, als het er geen twintig waren, ze had lang haar en droeg een flink gedecolleteerde jurk met glitters. Ze hing aan de arm van een vijftiger met opvallende manchetknopen, een nek die al door de zwaartekracht was aangetast en een bril met een dun gouden montuur.

Nina vloog Lise zo uitbundig om de hals dat ze bijna haar evenwicht verloor. 'Zusje!' riep ze in Lises oor. 'Ge ziet er beeldig uit, wat een verschil.'

Lise zag Xavier verwonderd toekijken. Ze had al wel eens over David gesproken, maar nog nooit over Nina. Sinds dat gesprek waarin zij hun vader beschuldigde had Lise haar nog maar twee keer teruggezien, een keer op een begrafenis van een tante en eens op een trouwfeest van een neef. Toen Lise het huis uit ging om te studeren, had ze zich voorgenomen om nog eens contact op te nemen. Uit een vaag schuldgevoel weliswaar, niet omdat ze echt zin had om Nina te zien. Zij met haar eeuwige onrust en haar goedbedoelerige gehuichel en haar aangeraak, om nog maar te zwijgen over de nekslag die ze hun vader had verkocht. Het hielp allemaal geenszins om tot actie over te gaan.

'Ik heb haar nog leren lopen!' straalde Nina terwijl ze een stap achteruitzette en Hein in zijn arm kneep. 'En gij zijt hier met die knappe man of wat?' Ze kneep één oog dicht terwijl ze haar mond halfopen hield en met een stoute vinger naar Xavier wees.

'Ja,' zei Lise zacht, waarop Nina hem uitbundig omhelsde. 'Ik heb haar nog leren lópen,' herhaalde ze, alsof ze daarmee de basis van heel Lises leven had gelegd.

'Xavier,' zei hij.

'Nina,' kirde ze, 'en dit is mijn Hein.'

De man knikte en keek bewonderend naar haar. Toen zette hij een stap naar voren en schudde Lise, Xavier en ook Jacques en Irène de hand.

'O, zo onbeleefd, sorry,' giechelde Nina en ze volgde Heins voorbeeld en herhaalde haar naam tegen het bejaarde echtpaar.

'Ge ziet er gelukkig uit, Nina,' zei Lise, omdat ze niet vond dat ze er goed uitzag. Ze hoopte dat Xavier met Jacques en Irène verder zou praten over Vietnam of MS of een ander wereldprobleem, maar het hele gezelschap staarde geconcentreerd naar hen.

'Ja, dat bén ik ook.' Nina was nog altijd even luid als vroeger, en ze lachte even vaak als vroeger, ook als er verder bepaald niks grappigs werd gezegd.

'En hoe hebben jullie elkaar gevonden?' vroeg Xavier. Hij deed geenszins zijn best om de lichte verwondering uit zijn toon te weren. Dat kende Lise van hem. Hij verkoos directheid en gedurfde vragen boven beleefde conversatie die hem na anderhalve minuut al verveelde. Hij praatte alleen over het weer, reizen en de schoolprestaties van de kinderen met mensen van wie hij iets nodig had, zei hij.

'Hein heeft mij aangenomen, een halfjaar geleden of zo, hè schat?' Ze keek naar hem op, en toen weer naar Xavier. 'Hij zag direct wat een aanwinst ik zou zijn voor NOTI Communications, en nadat ik daar een frisse wind had doen waaien, dacht hij: haar moet ik niet alleen in mijn bedrijf hebben, maar ook in mijn bed.' Ze lachte nog harder. 'Ja, hij is me d'r twee, mijn Hein.'

Haar Hein knikte bevestigend terwijl hij Nina met fonkeloogjes aankeek, hij scheen het allemaal prachtig te vinden.

'En waarop zijt gij gevallen?' Xavier keek van Nina naar de hangkin van haar lief en weer terug. Lise hoopte dat de focus van die beweging Nina was ontgaan.

'Kijk dan,' zei Nina met een stalen gezicht, 'op het hele pakket, natuurlijk.'

'Maar wat specifiek?' vroeg Xavier.

'Zijn ambitie, zijn loyaliteit, zijn zorgzaamheid, zijn *sexiness*,' Nina mepte Hein tegen zijn borstkas, alsof ze zo kon aantonen dat al die eigenschappen wel degelijk in hem zaten. 'We zijn drie weken geleden gaan samenwonen, Lise, ge moet echt eens op bezoek komen. Hein heeft een machtig mooi huis. Het vroegere koetshuis van een groot landgoed, met een gigantisch domein eromheen. Er zijn twee vijvers, oude bomen, er staan paarden, en elke morgen haalt Hein verse eitjes van de kippen. Een droom, echt.'

Lise knikte en trok haar mond in een goedkeurende streep.

'Wat heeft een mens meer nodig dan de liefde, hè? Dat is toch waar,' jubelde Nina, terwijl ze het gezelschap rondkeek. 'Jaaa,' ging ze verder, 'ongelooflijk toch, hè zusje, dat gij en ik het nog zo ver hebben geschopt...'

Lise vroeg zich af of Nina iets over haar leven wist of nu gewoon doelde op hun aanwezigheid op dit evenement.

'En dat met misdadige ouders als de onze.'

Hein keek gepast bezorgd naar Nina en wreef even over haar rug. Lise was bang dat Xavier hier meteen bovenop zou springen, maar Nina was op dreef, en dan praatte ze nog sneller dan anders. Alleen een nog assertievere versie van Xavier zou daar een speld tussen krijgen.

'Sommige mensen,' ging ze verder alsof ze een pitch deed voor het voltallige gezelschap, 'moeten echt knokken om ondanks een gruwelijke jeugd toch nog iets van zichzelf te maken. Maar als het dan lukt, dan is het gevoel van bevrediging ook wel enorm groot.' Ze nam Lises hand in de hare en kneep erin. 'Toch, zusje?'

Lise keek naar haar hand, omklemd door die van haar zus. Ze moest het gesprek een andere wending zien te geven voor Xavier zich vastbeet, maar haar hoofd was leeg, alsof ze niet kon nadenken omdat er een Bengaalse tijger op haar kwam afgestormd.

'Maar gij ziet er echt fantastisch uit, zusje, en dan zo'n stuk aan de haak geslagen, goh.' Ze liet Lises hand niet los en lonkte ondertussen naar Xavier. 'Alleen mijn Hein is nog knapper.' Weer die lach.

Lise klemde haar tanden op elkaar. Irène vroeg aan Xavier of de Van Goethems ook van de partij zouden zijn, en Lise hield van Irène.

Terwijl Xavier antwoordde, vroeg Nina aan haar: 'Waar zijt gij nu mee bezig?'

'Ik ben assistent, op de pediatrie.'

'O, echt? Ik had in u altijd meer een artiest gezien.'

Lise begreep niet waar dat vandaan kwam. Iedereen die haar kende, wist dat ze dokter wilde worden.

'Zoals zij vroeger kon tekenen.' Nina gaf haar Hein weer een pets. 'Die ene tekening, ik heb ze nog in mijn toilet hangen.'

Lise had geen idee over welke tekening ze het had.

'Jaaa,' Nina richtte zich weer tot het hele gezelschap dat tot Lises geruststelling eindelijk onderling aan het praten was, 'mijn zusje, dat is een fenomeen, echt. Superverstandig, superknap en supercreatief. Xavier, ge hebt er eentje aan de haak geslagen, als ge dat maar weet.'

Lise glimlachte verontschuldigend naar hem. Hij reageerde niet.

'Zeg, en met David, ligt hij nog altijd onder de sloef van ons moeder, afijn, van Fie, of heeft hij zich ook kunnen losscheuren inmiddels?'

Lise zag Jacques en Irène lonken naar andere mensen. Xavier hapte naar adem, wellicht om toch weer een vraag te stellen. Dus antwoorde zij snel: 'David studeert voor het makelaarsexamen. Het gaat goed met hem, denk ik. We zien elkaar niet zoveel.' Lise sprak zo zacht als ze kon, alsof dat zou helpen.

‘Wij gaan even…’ siste Jacques.

‘Ja, tuurlijk,’ antwoordde Lise, ook al zei hij het tegen Xavier en niet tegen haar. Ze vreesde dat de opluchting in haar stem te horen was.

‘Tot later, makker,’ zei Xavier. En toen keerde hij zich naar Lise en Nina. ‘Hoelang hebben jullie elkaar niet meer gezien?’ Hij had het open gezicht van een kleuter die een waarom-vraag stelt en ervan overtuigd is dat hij het enige, ware antwoord zal krijgen.

‘Wanneer was dat…’ Nina keek nadenkend omhoog, ‘dat ze mij buiten gegooid hebben?’

Buiten gegooid? dacht Lise.

‘Gij waart… zeventien, achttien?’

‘O, zo lang geleden al, hoe–’

Lise onderbrak Xavier: ‘Zestien was ik, net geworden.’

‘Ik heb u zo gemist, zusje. En David ook. Ik ben altijd blijven hopen dat gij toch contact zou zoeken met mij, na alles,’ ze bleef Lise strak aankijken, ‘maar dat hebt ge nooit gedaan.’ Nu lachte Nina niet.

Lise voelde het schuldgevoel rondstampen in haar maag. Moeilijk was het niet geweest om iets te ondernemen. Haar moeder wist hoe ze Nina kon bereiken. Anderzijds, het was tenslotte Nina’s eigen keuze geweest om het gezin de rug toe te keren, dan was het toch ook normaal dat zij dat respecteerden. Nu ja, mocht het wel een keuze heten? Want dat haar zus beschadigd was geraakt, ergens onderweg, daar viel zelfs hier onder de statige kroonluchters niet naast te kijken. En nu had Xavier het ook nog gezien allemaal… Ze staarde naar de grond.

‘Sorry,’ zei ze, ‘ik wist niet goed hoe ik…’

Xavier legde een hand op haar schouder, dat raakte Lise.

‘O, maar zo gaat het altijd hoor.’ Opeens klonk Nina weer zoals daarvoor. ‘Lees er de vakliteratuur maar op na, het is degene die dan de waarheid spreekt die in zo’n geval uit de groep wordt gezet en gedemoniseerd. Dat is makkelijker dan de onaanvaardbare waarheid onder ogen te zien. Ik heb het van zo veel lotgenoten gehoord. Dus ge voldoet eigenlijk gewoon aan het oerprincipe, als dat u kan geruststellen.’

Er viel een stilte. Lise probeerde te blijven ademen.

'Misschien,' zei Xavier plots, 'moet ge toch even met mij meekomen, Lise, want Brent en Elsa zijn daar, en zij waren de enigen van wie ik echt wou dat ge ze zou ontmoeten.' Nu richtte hij zich tot Nina. 'Brent is een vriend die ik al,' hij rekende in zijn hoofd, 'tweeëndertig jaar ken. Dus, vergeeft ge het mij als ik haar even steel van u? De avond is nog jong, dus…'

'O ja, natuurlijk. Mijn Hein en ik moeten ook… hè, schat?'

Hein knikte.

'Ik ben blij dat ik nu toch eens die veelbesproken zus heb mogen ontmoeten,' zei hij met het eeuwige stralen dat Lise nu toch aan medicatie begon toe te schrijven.

'Ja,' zei Nina onbestemd, 'ik zie u straks nog, u en uw hunk,' en ze knipoogde weer de knipoog van stripverhalen.

Veelbesproken zus, Lise herkauwde de woorden. Ze hoopte dat Xavier haar niet om verdere uitleg zou vragen. Hij was toch vooral in gezelschap de man van de vragen, om zo de boel spannender te maken, hopelijk zou zij daaraan ontsnappen. Ze vroeg zich af of hij had aangevoeld dat hij haar te hulp moest schieten.

'Merci,' zei ze alleen maar, zacht.

'Brent!' riep Xavier al en hij stak zijn hand op. Lise begon alvast te glimlachen en stapte met Xavier het echtpaar tegemoet.

16

Alsof ze door haar telefoon te blijven controleren Xavier telepathisch kon dwingen om haar ochtend-sms te beantwoorden, keek Lise voor de eenentwintigste keer in haar pauze van tien minuten naar het schermpje. De voorbije dertien dagen had ze hem niet gezien of gehoord, en hij had maar één keer uit zichzelf een berichtje gestuurd, hij beantwoordde doorgaans alleen die van haar, maar ook lang niet allemaal. Hij schreef wel dat hij het ontzettend druk had, wat ongetwijfeld ook objectief zo zou zijn. En in een ander verband had hij gezegd dat hij een hekel had aan kleffigheid en voorspelbaarheid, misschien behoorden sms'en voor hem de facto tot die categorie? Maar dan nog was het raar. Of zaten mannen anders in elkaar? Een berichtje tikken, hoelang duurde dat nu helemaal? En waarom kon hij, als zijn agenda echt te vol zat om af te spreken, niet even bellen als hij van thuis naar het ziekenhuis reed, of omgekeerd? Waarom konden ze niet hier een snelle koffiepauze delen? Dat kon toch maar één ding betekenen? Of was het weer typisch iets voor haar om zo te denken? Het gedoe met Nina, op dat feest, had ongetwijfeld niet geholpen. Of misschien had Lise die avond zonder het te beseffen nog andere fouten gemaakt die hem hadden afgeschrikt.

Een verpleegster riep dat Kosse rechtstreeks naar Siens kamer zou gaan. Lise stak haar hand op ter bevestiging, maar ze bleef nog heel even staan, haar flesje water omklemmend, alsof ze zich daaraan kon vasthouden. Ze moest gaan, Kosse had er een hekel aan als hij moest wachten. Ze hadden daarstraks al het gesprek met Siens ouders gevoerd, maar nu gingen ze bij haar langs.

Lise klopte op de deur, Kristels 'ja' klonk luid. Ze ging naar binnen en zei Sien gedag. Het meisje glimlachte, zei niks. Kristel beet op een nagel. Emiel zat in de fauteuil naast haar bed en keek geconcentreerd naar zijn dochter. De zon scheen fel door de ramen. De stilte zat als een zwijgende onheilsbrenger onzichtbaar in de kamer.

'Professor Kosse is er nog niet, zie ik, maar hij is op komst.'

Kristel knikte bevestigend, alsof zij dat kon weten.

Sien zei snel, alsof ze de komst van Kosse voor wou blijven: 'Volgende week is het feest op school, voor de grote vakantie begint. En de zesdejaars doen dan iets speciaals.'

'Ah zo,' zei Lise, 'doen ze dat elk jaar bij jullie op school?'

Kosse moest nu komen, dringend.

'Kan ik gaan? Please.'

'Dat moeten we nog bekijken, denk ik.'

Sien vouwde defensief haar armen voor haar kleine lijf. Emiel kneep haar in de schouder.

Eindelijk zwaaide de deur open. Kosse groette iedereen en ging bij Siens voeteinde staan. Hij hield de baar van het bed vast, afstand en nabijheid samenbrengend in één gebaar. Lise koos een plaats dichter bij het meisje, naast Kristel.

'Sien vroeg zich af of ze volgende week naar een feest kan, op school,' zei Lise met de blik op Kosse.

Kristel begon aan een volgende nagel. Emiel trok het laken van Siens bed recht.

'Wel, Sien,' zei Kosse, 'ik vrees dat we vervelend nieuws hebben deze keer. We hebben de resultaten van de onderzoeken binnen, en die waren niet zo goed.'

Siens ogen kropen weg onder haar wenkbrauwen.

'Dus ik mag niet naar het feest?'

Kosse schudde zijn hoofd.

'We moeten meteen starten met zo'n behandeling als die ge gekregen hebt toen ge hier voor het eerst waart, weet ge nog? Maar we gaan deze keer een andere combinatie van medicijnen proberen. En ge gaat ook naar een andere kamer verhuizen, een isolatiekamer, daar kunnen we er beter over waken dat ge geen infecties krijgt.'

Emiel nam Siens hand in de zijne. Sien trok ze terug.

'Dus ik moet nog superlang hier blijven?'

'Toch wel een tijdje, ja. Want om de kans zo groot mogelijk te maken dat de kanker niet meer terugkomt, gaat ge een stamceltransplantatie krijgen. Nu nog niet, maar over een aantal maanden. Stamcellen zijn een soort moedercellen waaruit nieuwe cellen kunnen ontstaan, en die zitten in het beenmerg. Via een infuus gaan we gezonde cellen in uw bloed brengen, en die zullen van Gijs komen, want hij blijkt een geschikte donor te zijn. Die cellen trekken dan naar uw beenmerg en als alles goed gaat, zorgt dat gezonde beenmerg er weer voor dat er goede cellen in uw bloed komen. Maar eerst moeten we u een reeks behandelingen geven om zo veel mogelijk slechte cellen weg te krijgen, want dan kunnen die gezonde cellen beter hun werk doen. En daar beginnen we meteen mee.'

Er viel een stilte. Kristel leek zichzelf te hebben uitgeschakeld. Emiel perste zijn lippen op elkaar.

'Wat vindt ge daarvan?'

'Gaan jullie Gijs dan pijn doen?'

'We gaan ervoor zorgen dat het niet heel vervelend is voor hem.'

Emiel voegde eraan toe: 'Gijs zal trots zijn dat hij zijn grote zus kan helpen, schat.'

Sien keek niemand aan.

'Hebt ge nog vragen voor ons, Sien?'

Ze haalde haar schouders op.

'Ge hadt het waarschijnlijk niet verwacht, wel?' zei Kosse.

'Ge hebt al veel school moeten missen, hè schat. En ze gaat zo graag,' zei Emiel tegen Lise.

'Maar we zullen ervoor zorgen dat uw vriendinnen gauw op bezoek komen, is dat goed?' vroeg Kristel.

Sien staarde uit het raam, alsof ze wou vergeten dat er mensen in haar kamer stonden.

'Geen vragen meer, Sien?' vroeg Kosse nog eens.

'Ik wil gewoon naar het feest op school.'

'Dat snap ik,' zei Lise. 'We vinden het ook heel jammer dat ge niet kunt gaan.'

'Maar,' pikte Kosse in, 'het is belangrijk dat we er nu voor proberen te zorgen dat ge weer helemaal gezond wordt, zodat ge elke dag naar school kunt, zowel om te feesten als om te werken.' Hij produceerde er een klein lachje bij.

'Het feest is nu,' zei Sien alleen maar.

Kristel blies haar haar uit haar gezicht. In haar blik verwilderde tuinen, bevend riet, krassende eksters.

'Ik begrijp dat het echt geen leuk nieuws is,' zei Lise nog eens.

Emiel nam opnieuw zijn dochters hand beet.

'Maar we gaan dit doen, hè Sien. We gaan opnieuw vechten tegen die slechte cellen, ik weet dat ge het kunt.' Emiel stak hun handen in de lucht en maakte de beweging van triomferende winnaars. Sien keek naar hem en glimlachte om hem een plezier te doen.

'Wilt ge nog iets weten van de dokters?' vroeg Kristel.

Emiel kneep met zijn wijs- en middelvinger in haar neus, en probeerde een onkreukbaar optimisme uit te stralen. Onvermogen vindt de vreemdste uitwegen, dacht Lise.

Sien schudde haar hoofd.

Dat een terugval na amper negen maanden slecht nieuws was, had Kosse daarstraks brutaal eerlijk tegen Kristel en Emiel gezegd. Lise had gehoopt dat ze niet naar de statistieken zouden vragen, en dat hadden ze ook niet gedaan. Zelfs Emiel, die normaal veel woorden gebruikte, had amper gereageerd.

'Zo,' zei Kosse, en hij gaf een paar klapjes op het bed, alsof dat schouderklopjes nodig had, 'dan zijn wij weg. Als ge toch nog iets bedenkt wat ge wilt weten, Sien, dan horen we het wel, hè.'

Sien glimlachte haar flinkemeisjesglimlach, en Kosse en Lise liepen de kamer uit. In de gang vertelde Kosse over een patiënt van hem van lang geleden die nog sneller teruggevallen was dan Sien en nu geneeskunde studeerde. Lise was hem daar dankbaar voor.

Toen Kosse verdwenen was, nam ze nog één keer haar telefoon uit haar zak, ze kon een oppepper gebruiken. Eén berichtje, zag ze. Ze opende het meteen. Tess: 'Vanavond het feest van Carole, acht uur, niet vergeten. Verheug me erop u te zien.' O ja, dat feest. Ze stak haar telefoon weer op zak en liep door.

Als ze wou, kon ze gaan. Xavier zou vanavond vast niet willen afspreken, anders had hij al wel iets laten horen. Carole had ze zeker een maand of twee, drie niet gezien, dus dat zou leuk zijn. Goede afleiding na een dag als deze. Maar het was wel een etentje. Ze had gaandeweg een strategie ontwikkeld voor dat soort noodgevallen. Ze gebruikte smoezen: laat geluncht, gisteren een al te copieuze maaltijd gegeten, geen honger omdat ze in haar maag zat met een patiënt of een kerel die niet had teruggebeld, allergisch voor mosterd of tomaat of wat ook het dominant aanwezige ingrediënt mocht zijn, ze voelde zich opeens niet helemaal lekker, ze wist ook niet wat het was. Ze had geleerd om de dingen in kleine stukjes te snijden, waardoor ze tijdens de maaltijd in beweging bleef en het bord er na een tijdje ook echt leger uit zag. Ze was erin getraind om discreet hele stukken vis of andere bordvullende eetwaren te doen verdwijnen in servetten of in een van de plastic tasjes die altijd in haar handtas zaten. Maar vanavond was Tess er ook bij, en die zou haar gegarandeerd als een havik in het oog houden. En als ze ging, zou ze ook niet meer in de fitness geraken, terwijl ze vanmorgen amper een uurtje cardio had gedaan.

Lise versnelde haar pas, dacht aan Kristels afwezige, moegetergde blik, aan Siens gezicht toen ze vroeg waarom ze niet naar dat feest mocht, aan die paper over nieuwe chemotherapeutica die ze ook nog kon lezen vanavond als ze gewoon naar huis ging, aan Xavier die haar waarschijnlijk had afgeschreven. Ze zou Carole en Tess straks sms'en om te zeggen dat ze vastzat in het ziekenhuis. Terwijl ze doorliep, legde ze haar hand op haar platte buik, dat gaf haar altijd een goed gevoel, even.

Het begon al te schemeren. Lise liep door de gang van de afdeling, nog snel dat dossier in orde brengen en dan kon ze eindelijk naar huis. Er was nog een spoedgeval binnengekomen, nu had ze tenminste een eerlijk excuus voor haar afwezigheid bij dat etentje.

Ze was al voorbij Siens kamer toen ze opeens dacht dat ze iets had gehoord. Ze keerde terug, bleef even bij de deur staan luisteren. Was Sien aan het huilen? Lise maakte de deur voorzichtig iets verder open om haar niet wakker te maken als ze zou slapen. Maar daar zat Sien, rechtop in haar bed. Haar lijfje schokte. Lise knipte het kleine licht aan en ging naar haar toe.

'Hé lieve Sien, wat ligt gij hier nu helemaal alleen te huilen?' Het meisje snikte te hard om iets terug te kunnen zeggen. Lise vroeg zich af waar Kristel was. Buiten gaan roken wellicht, of een wandeling maken terwijl Sien sliep. Lise ging op de rand van haar bed zitten en het meisje sloeg haar armen om haar heen. Lise wiegde haar zacht heen en weer. 'Als er iets is, moogt ge altijd bellen, hè Sien, dat weet ge toch?' Sien hoestte van het snikken. 'Rustig maar,' fluisterde Lise terwijl ze het meisje over haar rug wreef. Ze legde een hand op haar zachte, kale hoofd. 'Ge moet niet bang zijn. Ik ben bij u.' Ze bleef haar heel zacht heen en weer wiegen. Als de muren van deze kamers konden spreken, zouden ze er alsnog het zwijgen toe doen, dacht Lise, en ze hield Sien nog wat beter vast.

17

Lises vader zat al aan tafel. Het was drie over zes, en eigenlijk had dus drie minuten geleden het eten al geserveerd moeten worden, dat mocht aan de wereld duidelijk gemaakt, vond hij. Lise excuseerde zich omdat ze iets te laat was, waarop hij antwoordde dat op tijd komen er in dit geval niet toe deed, daarbij een wanhopig handgebaar makend in de richting van de keuken, waar Lises moeder nog druk in de weer was. Lises broer stond tegen het aanrecht geleund met haar te praten.

Toen ze hem zag, met zijn haar heel anders dan de vorige keer, besefte ze weer dat ze elkaar lang niet hadden gezien. Ze complimenteerde hem met zijn kapsel, omdat ze wist dat hij gevoelig was voor die dingen, en overhandigde een cadeautje voor zijn verjaardag. Haar moeder stond erop te kijken als een schoolkind dat als laatste overblijft wanneer er teams worden gekozen, dus terwijl David het papier kapot aan het scheuren was, gaf Lise gauw haar moeder een kus en zei iets over de broche die ze droeg. Ze rook naar veel zware parfum en haarlak. Als David kwam deed zij altijd een beetje extra moeite. Haar broer las: relaxen met twee. Hij draaide het doosje om en om en vroeg wat dat was. Lise kon amper geloven dat hij het concept Bongo-bon niet kende.

'Omdat gij en Mariska toch houden van sauna's en massages en zo, met deze–'

'Het is gedaan met Mariska.'

'O nee, sorry, dat wist ik niet.'

'Ik was het beu. Zij begon te zagen omdat ik niet mee wou naar gordijnenwinkels, omdat ik ze toch ook mooi moest vinden, en ze stelde van die vragen als: "Van welke namen houdt gij voor een meisje?" Tja, dan is het tijd om te moven, hè.' Hij grijnsde erbij.

'Ze leek mij wel sympathiek.'

'En die benen,' grijnsde hij, 'alleen al voor die benen zoudt ge toch nog overwegen om bij haar te blijven.' Hij klonk altijd luchtig als hij over zijn vriendinnen sprak, alsof hij zijn hart nooit echt liet meespelen. Daar kon Lise zich niks bij voorstellen. De totale opluchting toen Xavier haar vorige week opeens bij wijze van verrassing stond op te wachten na het werk, en alles wat hij deed en zei bewees dat hij het echt gewoon druk had gehad en dat zijn stilte verder niks betekende, daar was niks relatiefs aan. Lise wilde van haar broer weten of het geen optie was om uit te spreken hoe hij het zag.

'Het is hopeloos. Als dat er zo jong al in zit... Nu, ge moet het u niet aantrekken, doe ik ook niet. Genoeg vis in de zee.' Hij lachte weer. 'Zeg maar... mama had al verteld dat ge afgevallen waart, maar ik moet zeggen: ik ben onder de indruk. Draai eens rond.' Hij greep haar bij de heup en duwde haar in een rondje om haar as. Lise slikte haar spontane reactie in en vroeg haar moeder wat ze aan het klaarmaken was. 'Ossobuco natuurlijk, Davids favoriete eten.' Achter de rug van hun moeder trok David zijn neus op naar Lise, ze wisten allebei dat zij eigenlijk niet kon koken.

'Ik vind ook dat ge er heel goed uitziet,' zei ze terwijl ze stralend in het vlees prikte, 'maar nu moogt ge wel stoppen of ge gaat echt te mager worden.'

'Ge moet haar wel aanmoedigen, hè,' zei David. 'Met dit figuur heeft ze meer kans om een man te versieren.'

'Ja, dat is nu wel waar,' reageerde haar moeder.

Lise moest dringend van onderwerp veranderen. Het laatste waar ze zin in had was het Lise-als-hopeloos-geval-na-gedumpt-te-zijn-door-Jonathan-gesprek.

'Maar, in verband met kinderen, David, ge wilt er later toch wel?'

David ging op het aanrecht zitten.

'Nee, ik wil er gewoon geen. Nooit.'

Lises vader kwam in de deuropening staan.

'Nog altijd druk bezig, schatje?' vroeg hij met zijn vriendelijkste stem, al wist iedereen wat de subtekst van die vraag was.

'Nog tien minuten geduld, Hendrik. Die ossobuco, dat moet van het been vallen, anders is dat niet lekker.'

Haar vader keek op zijn horloge en liep met zijn lege glas naar zijn privé-ijskast. David maakte een drinkgebaar en fronste. Lise knikte en haalde haar schouders op.

'Of een kwartier,' riep haar moeder er nog achteraan, en toen, zachter: 'Ja zeg, hij moet eens leren een beetje geduld hebben, vinden jullie niet?'

'Absoluut, mama, doe maar op uw gemak.'

Lises moeder bleef met enige furie in het vlees prikken, alsof dat de kooktijd zou inkorten.

'En waarom wilt gij geen kinderen?'

David haalde zijn schouders op. 'Ze interesseren me niet. En het is ook een verantwoordelijkheid die ik niet wil.'

Haar moeder legde demonstratief het deksel op de pan.

'Hoe kunt ge dat nu zeggen, jongen?' Ze tikte met de achterkant van de houten lepel een paar keer tegen Davids borstkas. 'Ge zijt nog jong, dat zal nog wel veranderen. Als ge het juiste meisje vindt, en jullie zijn wat ouder... Mannen hebben dikwijls een beetje aanmoediging nodig. Ik heb echt moeten zágen voor jullie.'

Er viel een kleine stilte.

'Wou papa mij...' Lise slikte de 'ook' in en ging verder: 'niet dan?'

'Uw vader is alleen geïnteresseerd in zichzelf, dat weet ge toch?' Ze nam de pepermolen en draaide één flets rondje. 'Maar ja, hij kon moeilijk van mij verlangen dat ik voor zijn dochter zou zorgen en mijn eigen kinderwens zou begraven, dus ging hij op den duur akkoord met eentje. Ik was gelijk zwanger. Maar daarna nog een kind, dat vond hij overdreven. Ik weet het nog, dat hij dat woord gebruikte: "overdreven". Alsof het ging om nog een paar schoenen. Maar ik ben op hem blijven inpraten, voor mij was het echt een must dat gij nog een echte zus of broer kreeg. Ik heb Nina,' haar moeder sprak die naam bijna onhoorbaar uit, alsof haar vader het met twee muren ertussen anders toch zou kunnen horen, 'op precies dezelfde manier behandeld, maar ik heb altijd voorvoeld dat het ook allemaal slecht kon uitpakken. Daarom wou ik zeker zijn dat gij iemand hadt op wie ge kon rekenen.' Ze draaide zich even om en glimlachte naar David. 'En op den duur is uw vader dan toch gezwicht. Na drie jaar. Echt gewoon om van mijn gezaag af te zijn, volgens mij.' Haar moeder lachte.

Lise monsterde Davids blik. Hij zei niks, dus zweeg zij ook maar.

'Wat was er om van uw gezaag af te zijn?' vroeg haar vader, die opnieuw postvatte in het deurgat om vooral niet de indruk te wekken dat hij zou participeren aan de staande receptie in de keuken die het startuur van het etentje nog meer zou vertragen.

'Het ging erover dat David geen kinderen wil,' zei haar moeder met een stalen gezicht, 'afijn, zegt hij nu.'

'En dat gij ons eigenlijk nooit hebt gewild,' voegde David eraan toe.

'Gezien de staat van de wereld moet hij er vooral geen maken, lijkt me,' antwoordde Lises vader alsof hij David niet had gehoord.

'Allee, onze gezelligaard draagt ook zijn steentje bij aan het gesprek.' Haar moeder lachte gekunsteld.

Lise wou hem vragen hoe het zat, maar ze was bang om haar moeders versie van de feiten bevestigd te horen.

'Dat mensen die goede ouders kunnen zijn het vooral wél doen,' zei David, 'maar aangezien ik het risico loop om het soort vader te worden zoals onze pa er een is...'

'Wie had het hier over gezelligaards?' zuchtte haar vader. 'Bon, ik ga weer aan tafel zitten. En schatje, die tien minuten zijn bijna om, dus eh...?' Terwijl hij het zei maakte hij al rechtsomkeer.

'Ja, een beetje geduld, zeg, alstublieft. Het is niet uw verjaardag, het is die van David.'

Lise keek hoofdschuddend naar haar broer, die grijnzend terugkeek.

'Wat?' Hij haalde verongelijkt zijn schouders op. 'Het is toch gewoon zo. Hij wilde ons niet, en hij heeft zich nooit met ons beziggehouden. Afijn, met u soms nog wel, vroeger. Omdat gij slimmer waart dan ik, en er alles aan deed om bij hem in de gratie te vallen. Maar mij heeft hij nooit zien staan.'

'Afijn,' Lise klonk verontwaardigd.

'Ik weet dat gij dat allemaal niet wilt zien, maar dat maakt het niet minder waar. Toch mama?' zei David.

'Ik weet alleen dat ik jullie allebei doodgraag zie.'

Lises moeder goot het water van de rijst af, sneed met een fanatieke haal van het mes de zakjes open en schudde ze leeg in een porseleinen schaal. Het was genoeg rijst voor een half Tibetaans dorp.

'Als iemand de borden brengt, kunnen we eindelijk aan tafel, voor papa helemaal flauwvalt van de honger,' haar moeder wiste met een theedoek zweet van haar voorhoofd en hing die terug bij de andere.

David keek naar Lise, voor hem was het vanzelfsprekend dat zij die borden ging halen.

'Ik zal het vrouwtje van dienst spelen als gij belooft om het wat kalm te houden zo meteen.'

'Ik zal zien wat ik kan doen,' David liet het smalend klinken, 'maar ja, het is wel mijn feestje.'

David nam een tweede stuk bananentaart. Hij was graatmager en at voor drie uit de kluiten gewassen pubers tezamen, ze begreep niet hoe dat kon. Haar vader dronk zijn glas leeg en stond op.

'Gaat gij nu uw vierdubbeleportieglas nóg eens vullen?' vroeg David.

'Ik ga naar de salon.'

'Maar mama en ik zijn nog aan het eten.'

'Het is nu niet dat ge overloopt van de vragen aan uw vader, hè jongen, ik laat jullie lekker verder kletsen.' Als haar vader onheil wou vermijden begon hij altijd woorden te gebruiken die niet de zijne waren.

'Dat is het punt niet. Ge doet gewoon ongezellig. En mij kan het allemaal niet zoveel schelen, maar voor mama is dat niet tof. Zij heeft zich wel de hele middag staan uitsloven om voor ons een feestmaal te bereiden. Dan is het toch beleefd dat ge ten minste blijft zitten tot alle borden leeg zijn.'

Lise schopte zacht tegen Davids schenen.

'En, nee, Lise, ge moet nu niet onder tafel tegen mijn benen zitten te stampen. Het mag wel eens gezegd worden. Die terreur hier altijd, van één man die de pret bederft en bepaalt wat er gebeurt en wanneer en hoe, ik ben dat beu.'

'Het is lief dat ge het voor mij opneemt,' pruttelde haar moeder en ze legde een hand op zijn arm, 'maar–'

'Ah, ik ben hier de slechte?' Lises vader leunde naar voren en legde een verongelijkte hand op zijn borstkas. 'Ik bepaal wat er hier gebeurt, volgens u?' Hij greep met beide handen de leuning van zijn stoel beet, alsof hij steun zocht. 'Vraag dan maar eens aan uw moeder wat ze binnenkort gaat doen, laat haar dát maar eens vertellen!' Hij liep weg, en koos niet de kant van de salon, maar toch die van de veranda, waar zijn ijskast stond.

David keek vragend naar zijn moeder.

'Hij...' Haar moeder schudde haar hoofd en richtte haar blik ten hemel. 'Ik ga gewoon met Danny naar een tweedaagse voor hulpverleners in het justitiële systeem, met allerlei workshops en zo. Die is ook toegankelijk voor vrijwilligers en ex-gedetineerden die als ervaringsdeskundigen aan de slag willen. Danny zou dat graag doen, op vrijwillige basis dan. Volgens Yvette is het heel interessant.' Ze likte haar vorkje af. 'En dat is ergens hoog in Nederland, want de Nederlanders staan veel verder in die dingen dan wij, dus we kunnen echt niet anders dan daar blijven slapen.' Ze liet het klinken alsof het de grootste opoffering van haar leven was.

'O, en gij en Danny gaan dan...' David legde enige thrillersuspense in zijn stem.

'Maar David toch,' haar moeder maakte een koket armgebaar, 'in twee kamers slapen natuurlijk.' Ze giechelde als een meisje.

Haar vader kwam met een vol glas de woonkamer weer in. David draaide zich naar hem toe.

'Dus, pa, gij zijt een beetje jaloers op Danny?'

'Jullie vinden het een goed idee dat uw moeder de hort op gaat met zo'n–'

'Goh, van mij moest ze nu ook niet per se een ex-crimineel zoeken als nieuwe beste vriend, maar zij heeft recht op haar plezier, dat vind ik.' David draaide zich weer om.

Lises vader keek demonstratief naar zijn dochter. Lise frunnikte aan haar servet, nam nog een slokje water.

'Tja. Het zal wel interessant zijn, denk ik, die tweedaagse,' zei Lise laf. 'Maar ik kan me nu ook wel voorstellen, mama, dat twee dagen misschien wel wat–'

David zette met een knal zijn glas Sprite neer. 'En waarom zou zij zich wéér moeten schikken naar hem?'

'Dat is zeker, mama is het grote slachtoffer,' sakkerde haar vader. 'Wacht maar mensen, wacht maar...'

Haar moeder veerde recht.

'Ge moet nu niet beginnen te dreigen, hè.'

'Ik denk niet dat papa bedoelt–'

'Hij kan het gewoon niet verdragen dat ik me ook eens amuseer, en dingen bijleer. Wel, ge moogt dreigen zoveel ge wilt. Tenzij ge me voordien kapotmaakt, ga ik. Punt. Het duurt nog dik vier weken voor het zover is, dus ge hebt tijd om aan het idee te wennen. Ik stel voor dat ge daar nu meteen mee begint!' Ze knikte kordaat met haar hoofd, alsof ze wou voordoen welke bevestiging ze vervolgens van eenieder verwachtte.

'Goh, mama, kapotmaakt...' sputterde Lise.

David klopte ondertussen twee keer met zijn lepel op tafel. 'Goed gesproken, mama.'

Hun moeder ging weer zitten.

'Als hij haar daar meesleurt naar een bank, haar dwingt om al haar geld aan hem te geven en vervolgens voorgoed verdwijnt. Of god beware, haar gewoon echt iets aandoet, dan zijn jullie medeverantwoordelijk.'

Haar vader draaide zich om, liep naar de salon en gooide de deur achter zich dicht.

Haar moeder depte haar voorhoofd met haar servet.

'Mama, ik moet wel zeggen,' David leunde naar achteren, 'het is nu misschien geen dwaas idee om alleen wat cash geld mee te nemen, en geen bankkaarten.'

'Pardon?' antwoordde haar moeder fel. 'Danny zou nooit ofte nimmer–'

'Dat weet ge niet. Hoelang kent ge die mens nu helemaal? En iemand met zo'n verleden... Als er niks aan de hand is, maakt het verder ook niks uit.'

'Dat zelfs gij nu ook al...' Haar moeder stond met een ruk weer op, en bleef vervolgens onlogisch staan, alsof ze wachtte tot iemand anders haar zin zou afmaken, en toen verdween ze naar de veranda.

David zuchtte.

'Echt een goed feest,' zei hij en hij tikte met zijn glas tegen dat van Lise. 'Toch bijna even zot eigenlijk, die twee.'

'Ge hebt zelf nu ook niet bepaald bijgedragen tot–'

'De lieve vrede? Nee, daar hebben we u voor, toch?'

18

Zeven. Lise rende de trappen nog een laatste keer af en in sneltempo holde ze weer naar boven, liep naar binnen en liet zich hijgend neervallen op het tapijt. Ze probeerde haar adem terug te vinden, starend naar het plafond. Bij de hoek zat een almaar groter wordende scheur, een van de koordjes van het rolgordijn was al maanden kapot, en van de zes ingebouwde spots werkten er twee niet meer. Ze moest ook dringend de ramen eens wassen. Lise legde haar handen op haar buik. Ze dacht dat ze kon voelen dat die dikker was dan gisteren.

Het was een zware dag geweest, met een ongenietbare Kosse die haar de hele tijd had opgejaagd, Sien die zich rotslecht voelde en haar ouders die meer dan een halfuur hun paniek op Lise hadden losgelaten, een jongetje van zes dat via de spoed was binnengekomen en zich met bevende lip sterk hield omdat zijn ouders maar bleven zeggen dat hij zo'n flinke jongen was. En Xavier die eerst een schattig bericht had gestuurd met een voorstel om komend weekend mee te gaan kajakken met vrienden, maar na haar antwoord niks meer had laten horen, waarna ze zeventien keer haar sms had herlezen uit angst dat ze iets verkeerds had gezegd. En er was een lieve mail gekomen van Tess, waar Lise niet op wist te antwoorden. Ze hadden elkaar naar hun normen historisch lang niet meer gezien, en toch verzon ze almaar smoezen, ze begreep zelf maar half waarom.

En zo liep ze door de straten, met een kop vol gedachten en een lijf dat lastig deed, en opeens, alsof ze gehoor gaf aan een oerimpuls, alsof iets het van haar overnam waar geen verweer tegen mogelijk was, liep ze de supermarkt in. Ze dwaalde door de gangen en keek naar al dat voedsel, naar de mensen die achteloze karren vol gooiden, alsof dat zomaar mocht. Ze rook aan de druiven die er mooi uitzagen, aan de gelige meloenen, de stukjes chocoladekoek die er lagen om te proeven, aan het versgebakken stokbrood. Ze bestudeerde het etiket van Luikse wafels, sesamcrackers, Boursin, mayonaise met citroen en yoghurt met peer. Al die vetten, al die suikers. Lises hart bonkte, haar oren suisden.

Ze hield halt bij de augurken. Ze vergeleek alle labels van alle soorten en hield de pot met de zoetzure van veertien calorieën per honderd gram een tijdje vast, alsof het iets broos was dat haar bescherming nodig had. Een kind met kuiltjes in haar wangen had een van de lolly's uit de verpakking gehaald en in haar mond gestopt. Een man met heel grote oren die in zijn mandje alleen chips, salami, in plastic verpakte sandwiches en bier had zitten, liep vreedzaam langs haar heen. Een vrouw met een slank bovenlijf en een disproportionele kont stond te twijfelen tussen borrelnootjes met paprika- en barbecuesmaak, en nam ze uiteindelijk allebei. Een meisje van de supermarkt dat met een kar vol melkkartons voorbijreed bekeek Lise met een nadrukkelijkheid die haar ontregelde, alsof het verdacht was dat zij daar zomaar stond te staan, met die pot.

En toen deed ze het. Ze liep naar de kassa, met de augurken, angstvallig om zich heen kijkend terwijl ze stond te wachten, bang dat ze iemand zou zien die ze kende. Nu iemand tegen het lijf lopen die haar op heterdaad betrapte was onaanvaardbaar beschamend, alsof ze zou moeten verhuizen naar een ander land als dat toch zou gebeuren. Toen het eindelijk haar beurt was, glimlachte ze ongemakkelijk naar de vrouw van middelbare leeftijd die haar pot scande. Lise zag er vast uit als iemand die haar zakken vol met gestolen goed had zitten, maar de caissière was alleen maar vriendelijk. Lise rekende af en holde de supermarkt uit.

Gejaagd stapte ze door tot ze een verlaten zijstraat zag, die sloeg ze in. Bij een laag muurtje dat van niks of niemand leek te zijn, bleef ze staan. Ze keek naar de pot. Stomme trut, zei ze tegen zichzelf.

Maar ze draaide het deksel eraf, viste een augurk uit het nat en werkte hem naar binnen, gretig, gehaast, onbeschaafd, alsof er elk moment iemand kon komen aanstormen om hem weer uit haar hand te rukken. Meteen nam ze een tweede, en daarna ook nog een derde.

Toen ze met haar vingers al in de pot zat voor een volgende, viel ze stil. Er zaten er nog vier in. Ik heb dit gedaan, zei ze hardop, dus ik kan ook beslissen om ermee te stoppen. Ze ademde diep in en uit, trok haar hand terug en draaide het deksel op de pot. Drie van die enorme augurken had ze al naar binnen gewerkt. Hoeveel zouden die opgeteld wegen? Waarom had ze dat gedaan? Ze kon wel janken, zoals ze daar stond, met het bewijs van de misdaad in haar schuldige handen. Lise zette het weer op een lopen, ze moest van dat ding af. Een vuilnisbak. Waar was er in godsnaam een vuilnisbak als je er een nodig had? Drie straten verder vond ze er een. Ze keilde de pot erin en maakte meteen rechtsomkeer, bang dat ze hem er anders weer zou uitvissen.

Zichzelf verachtend, met een maag die opspeelde, liep ze naar huis. Een karakterloos kalf, dat was ze. Haar bloed raasde door zijn banen. Zij was een zwijn, een tomeloze veelvraat, ze kon het verbergen voor de anderen, maar zij wist het. En vandaag waren het augurken, maar wat zou het volgende keer zijn? Voor ze het wist stond ze in een schemerige straat een zak frieten naar binnen te werken. Zij was tot alles in staat.

Eenmaal thuisgekomen sprak ze zichzelf kordaat toe: het was niet omdat zoiets één keer was gebeurd dat het haar nog eens zou overkomen. Er werden zo veel beslissingen genomen tussen het moment dat je zo'n winkel in liep en het moment waarop je iets doorslikte, ze moest in die keten maar één keer nee kunnen zeggen in plaats van ja. Dat ging haar lukken, zij was sterk, dit wou ze nooit meer meemaken, nooit meer voelen. Ze moest gewoon twee uur extra trainen. Boete doen. 140 minuten had ze het volgehouden. Tot ze kapot was.

Lise lag met haar ogen dicht op het tapijt. Ze ademde weer rustig. Ze hoopte maar dat de twee broeken die ze had gekocht – eindelijk broeken, eindelijk kon ze die dragen – haar nog zouden passen nu.

Buiten reden auto's voorbij. Iemand floot wonderbaarlijk hard op zijn vingers, of haar vingers, dat kon ook. De wereld draaide verder.

Een paar dagen geleden had Sien opgesomd wat en wie ze miste. Haar juf van het voorbije schooljaar. Ze vertelde dat die ook Christel heette, maar met 'Ch'. En dan waren er vijf of zes meisjesnamen gevolgd van haar vriendinnen, en ze had daar ook nog 'Jesse' achteraan gegooid, en erbij verteld dat ze hem maar een heel klein beetje miste. Hun konijntjes, en springen op de trampoline, en haar papa als ze hem niet zag omdat hij heel lang aan het werken was of altijd maar bij Gijs moest blijven, de jeugdbeweging, en zwemmen, en dat er bij hen in de buurt een zwembad was met een grote glijbaan, en of Lise hield van glijbanen, en wandelen met Truusje, en dat dat het hondje was van die ene buurvrouw van verderop die heel oud was, en een beetje stonk, maar daar kon ze vast niks aan doen, en dat ze heel hard lopen miste, en haar eigen bed met al haar pluchen beesten, en nog dingen waar ze nu niet kon op komen. Na een stilte had ze gevraagd of Lise ook dingen miste als zij in het ziekenhuis was.

Missen was een gevaarlijk woord, vond Lise, het verbale equivalent van een venijnig papiersneetje. Toen ze niet meteen antwoordde, had Sien eraan toegevoegd dat Lise er misschien ook niet kon op komen, maar dat ze het later nog mocht zeggen.

Lise wist beter wie en wat ze niet miste, lag ze te denken. Niet: haar vroegere lief Jonathan, die ze nu zo'n acht maanden niet meer had gezien of gehoord. Niet: Nina. David wel misschien, soms, of ook niet, als ze helemaal eerlijk was? Niet: haar moeder, ook niet als ze die een wereldoorlog lang niet zou zien. Dat was gemeen, maar wel waar. Niet: Everaert, bij wie ze vorig jaar stage had gelopen, wat een kwal van een kerel was dat, hij had haar niet één keer laten deelnemen aan een interessant onderzoek. Niet: de cursus microbiologie blokken. Niet: vettige dingen eten. Niet: negen zijn, zoals Sien nu. Wat zou Lises lijstje zijn geweest op die leeftijd? Ze had er geen idee van.

Gepiep, een berichtje. Haar telefoon lag op de tafel, drie, misschien wel vier meter hier vandaan. Xavier zou het vast niet zijn. Hij was het nooit, hij had een hekel aan sms'en, had hij gezegd. Waarschijnlijk haar moeder die sinds kort niet alleen belde, maar ook berichten stuurde. Ze had van Danny geleerd hoe dat moest.

Als er een overtreffende trap bestond van geen zin om op te staan, dan voelde ze die tiendubbel. Alsof er een groot en dood gewicht op haar lag dat ze onmogelijk kon torsen. Wat zou er gebeuren als ze het nooit meer zou doen, als ze hier gewoon zou blijven liggen, wachtend? Ze staarde naar de scheur in het plafond en ademde traag in en uit. Komaan, lui geval, misschien was ze nodig in het ziekenhuis. Ze duwde zich zuchtend overeind en slenterde naar de tafel.

'Verrassing: ik ben onderweg, over twintig minuten daar. X PS: kajakken gaat niet door.' Lise schudde haar hoofd, als om het leeg te maken, en las opnieuw. Zeven minuten geleden. Help. Hij was onderweg en hier stond ze. In een stinkend sportpakje, met uitgelopen make-up en een adem die zou ruiken naar zoetzure augurk. Twee over halfnegen nu. Nog twaalf minuten en hij stond voor haar deur. Ze rende naar de badkamer, draaide alvast de douchekraan open, keek in de spiegel. Een ramp was dit. Afijn, geweldig, maar ook een ramp. Eigenlijk moest ze ook haar haar wassen, maar daar had ze geen tijd meer voor. Ze hoopte dat ze nog een gestreken jurk had, ergens, en een frisse bh, ze was al drie dagen aan het zeggen dat ze dringend moest wassen. Ze stapte onder de douche. Met een beetje geluk hoefde hij niet meer te eten. Ze kon sowieso altijd zeggen dat zij al gegeten had, op dit uur was dat geloofwaardig.

Ze droogde zich frenetiek af, ze moest voortmaken. Ze was blij, dacht ze. Ze had stress, dacht ze. Ze hoopte dat ze in staat zou zijn om haar leuke zelf uit de kast te halen in de weinige minuten die haar nog restten. Ze had nog meer spijt van die augurken nu. Ze racete naar haar kleerkast. Ze duimde dat hij er langer over zou doen dan twintig minuten.

19

Xavier had haar vanmiddag meegenomen naar de babyborrel van een studiegenoot van hem. De man had al drie grotere kinderen die, gekleed in modieuze hemdjes en klassieke colbertjes, de hele tijd met volwassenen liepen te praten, en nu was er ook nog een dochtertje, ongepland, maar heel erg welkom, had Lise hem drie keer horen zeggen, wat haar het gevoel gaf dat hij zichzelf van dat welkom toch minstens enigszins had moeten overtuigen. Ze hadden een stijlvolle feesttent in de tuin gezet, er was champagne, obers gingen rond met hapjes. Lise had zelfs een oester gegeten om niet elke keer te hoeven weigeren. Dat kon voor een keer, want daar zaten maar zes calorieën in. Afijn, dat zou wel wat afhangen van de grootte, maar zelfs al waren het er tien, dat kon ze rechtzetten door haar yoghurtje niet helemaal op te eten.

Ze vond het wonderlijk om Xavier in zulke contexten bezig te zien. Hij was aimabel zonder per se te willen behagen, hij verkondigde zijn mening op een manier die nooit iemand voor het hoofd stootte, hij had grapjes in zijn mouw voor elke gelegenheid, charmeerde alle vrouwen, ook de oude en de lelijke, hen nog meer, zo leek het wel, hij praatte veel, maar bleef altijd onderhoudend, en hij had een fenomenaal geheugen. Hij ontmoette mensen die hij in geen vijftien jaar had gezien, en hij kende niet alleen hun namen, maar ook die van het lief met wie ze toen waren en die van hun moeder en hun hond. Toen Lise vroeg of hij een geheim fotoboek met notities had aangelegd dat hij vooraf nog eens uitgebreid bestudeerde, keek hij haar niet-begrijpend aan.

Lise lag in Xaviers oksel, ze streelde zijn borstkas. Ze was graag in zijn slaapkamer. De muren in stijlvol grijs geschilderd, dramatische gordijnen aan de hoge ramen, een visgraatparket, een gigantisch bed in een exotische houtsoort, jarenvijftiglampjes op de nachttafeltjes en in de hoek van de kamer stond een Barcelonastoel op een koeienvel, met een opvallend grote leeslamp ernaast. Recht tegenover het bed hing een grote zwart-witfoto van de ouderwetse gevel van een café dat voorgoed gesloten leek. Vergane glorie, stilstaande eeuwigheid. Ze vroeg zich af of hij zich over de inrichting had ontfermd. Ze durfde het hem niet te vragen, want ze wilde niet horen dat een of andere vrouw uit zijn verleden het had gedaan.

Ze gleed met haar hand langs zijn rasperige, bebaarde wang, via zijn nek naar zijn borstkas en ze trok zachtjes aan zijn borsthaar, als een kind dat wil kijken wat er met een lijf allemaal kan. Hij schreeuwde alsof ze het had uitgetrokken.

'Zo kleinzerig,' lachte Lise.

'Spijtig dat gij geen haar op uw borsten hebt, of ik zou het u eens laten voelen.'

'Ge vindt het niet echt spijtig dat ik geen haar op mijn borsten heb.'

'Nee, dat is waar,' zei hij. 'Ik hou van uw kleine, blote tietjes, ook al zijn ze een beetje slapjes.'

Lise kromp in elkaar. Door te vermageren waren haar borsten nogal wat van hun veerkracht verloren, dat kon ze moeilijk ontkennen.

'Als ik er siliconen in moet stoppen van u, dan laat ge het maar weten, hè.' Ze liet het stoer klinken.

Hij antwoordde grommend: 'O, echt?'

'Meent ge dat?' piepte Lise.

'Nee, gij.' Hij herschikte met één hand het kussen achter zijn nek. 'Toch niet voor mij,' voegde hij eraan toe.

Bedoelde hij nu dat hij niet lang genoeg in de buurt zou blijven om zo'n ingreep voor hem te ondergaan? Op zich leek hij daar dus toch eerder vóór te zijn dan, of niet?

'Hoe zagen uw vorige vriendinnen er eigenlijk uit?'

‘Vriendinnen…’ herhaalde hij alsof het een verdacht woord was.

Lise dacht koortsachtig na over hoe ze recht kon zetten dat ze zichzelf zijn vriendin had genoemd. Misschien moest ze eraan toevoegen: vriendinnen, bedpartners, whatever. Nee, dat maakte het erger. Of nonchalant iets over haar vriendjes zeggen dat de indruk wekte dat ze er ook ontelbare had gehad, en dat het verder allemaal niks betekende, dat zij gewoon zo iemand was die elke passant vriendje noemde. Nee, eerdere verhalen spraken dat tegen.

Opeens maakte hij zich los uit hun omarming en ging op zijn zij liggen, met zijn hand onder zijn hoofd en zijn gezicht naar haar toe. Lise wilde hem eigenlijk liever niet aankijken, maar ze kon moeilijk anders.

‘Als het u kan geruststellen, ik kick echt op uw lijf. Die smalle nek, die zichtbare sleutelbeenderen, die dunne polsen, dat kleine kontje. Ge ziet eruit alsof ik u zomaar doormidden zou kunnen breken, ik vind dat geil.’

Lise wist niet wat ze daarop moest zeggen, ze glimlachte.

‘Een perfect lijf, dat is niks. Dus zo’n beetje slappe tietjes, lichte sporen van wat ooit een klein buikje moet zijn geweest, dat maakt het juist af, voor mij. Gij zijt echt. En bovendien iemand die controle heeft over zichzelf ook. Gij werkt er echt voor om er zo uit te zien. Dat is aantrekkelijk.’

Ze moest iets terugzeggen nu, anders was het raar. Ze trok alle registers open en had het over zijn ogen en zijn zeemansschouders en zijn ventenlijf, en dat hij in alle opzichten een echte man was, een groot contrast met Jonathan die altijd een jongen zou blijven. Xavier fronste zijn wenkbrauwen en vroeg wie dat was. ‘Mijn ex-lief,’ zei Lise, ‘over wie ik al een paar keer heb verteld.’ Maar Xavier mompelde iets onbestemds dat vooral niet uitnodigde tot doorpraten. Omdat hij over hem sowieso niks wou horen, of omdat hij zich echt niet kon herinneren dat Lise het al over hem had gehad, dat bleef onduidelijk. Hij gleed met zijn vinger langs het litteken bij haar buik.

‘Waarvan is dat?’

‘O, lang geleden, een ongeluk.’

'Wat voor een ongeluk?'

'Ik was... zestien, geloof ik. Aangereden door een auto. Ik stak op mijn fiets de straat over en... ja.'

'Reed die te hard of...?'

'Nee.' Lise trok de dons tot onder haar kin. Het liefst had ze hem tot over haar hoofd getrokken. 'Ik had die auto gewoon niet gezien.'

'En wat waren de gevolgen?'

'Viel wel mee. Paar maanden revalidatie en zo. Verder geen blijvende schade,' ze lachte.

Ze herinnerde zich nog dat moment in de ziekenwagen. De ambulancier, een vrouw met veel hoogblond haar en kleine ogen in spleetjes, hield haar hand vast en zei dat ze goed voor haar gingen zorgen. Lise hoopte dat de vrouw zou blijven praten. Ze dacht aan de mensen in de straten die opzij moesten om hen door te laten, en ze schaamde zich diep dat zij dit had teweeggebracht, al dit theater, de sirene, de zwaailichten, de haast. Toen ze aankwamen bij het ziekenhuis en de vrouw zei dat ze haar veel succes wenste, wilde Lise haar hand niet loslaten. Ze had moeten meelopen tot in de behandelkamer en was bij haar gebleven tot er een ziekenhuisarts met een snor zei dat zij nu echt door moest.

Xavier vroeg of hij ooit verteld had over zijn ongeluk met de motor. Het was geen echte vraag, maar de introzin van een verhaal. Hij reed rond in Thailand en was daar beginnen te slippen op een modderweggetje. De motor had zijn been geplet, en met dat beest van een machine boven op hem had hij moeten wachten tot er eindelijk iemand voorbijkwam. Op de hulppost waar ze hem naartoe hadden gebracht, had hij de arts, of wat ervoor moest doorgaan, de hele tijd liggen corrigeren, omdat die volgens Xavier duidelijk niet wist waar hij mee bezig was. Hij klonk manhaftig.

'Waart ge daar alleen toen?'

Hij knikte. 'Niks is geestiger dan alleen reizen.'

'Ook als ge dan zoiets meemaakt? Dan wilt ge toch bij mensen zijn die ge kent, niet?'

'Het enige wat ik wou was snel gerepatrieerd worden, en dan goede medische zorg krijgen. Ik had dat been nog nodig.' Hij lachte.

'Maar ge voelde u daar toen niet eenzaam?'

‘Eenzaamheid is een luxe, voor wie de tijd heeft om erbij stil te staan.’

Lise vroeg zich af of daar een waardeoordeel achter schemerde.

‘Dus gij zijt nooit eenzaam, bedoelt ge dat?’

‘Nooit.’ Hij klonk merkwaardig stellig. ‘Ik ben graag alleen.’

‘Dus gij hebt dat nooit dat ge na een heftige dag in het ziekenhuis thuiskomt en geen zin hebt in dat lege huis?’

‘O nee, heerlijk vind ik dat, Thelonious op, whisky’tje, voeten omhoog.’

‘En dan praat ge wat tegen uzelf over wat er allemaal is gebeurd?’ Ze liet het zo luchthartig mogelijk klinken.

‘Eventueel. Ik ben uitstekend gezelschap, zoals gij weet,’ grijnsde hij.

Ze zwegen. Xavier ging op zijn rug liggen. Lise dacht aan Siens vraag van een paar weken geleden, over wat en wie ze allemaal miste. Xavier had dus geen lijstje, hij deed blijkbaar niet aan missen. Of misschien had hij nog nooit genoeg van een vrouw gehouden om haar te missen.

Opeens greep Xavier haar hand, en leidde die naar zijn lul die alweer fier rechtop stond. Het was amper drie kwartier geleden, dacht Lise ontregeld, maar dat zei ze niet. Hij kwam op zijn knieën over haar heen zitten, met haar hoofd tussen zijn benen, en hij duwde zijn stijve pik voorzichtig in haar mond. Hij zei dat hij zijn lul eerst in haar mondje ging stoppen, en dat hij haar zo meteen keihard beukend ging neuken. Lise voelde zijn lul stoten tegen haar keelgat. Ze dacht aan de vorige keer dat hij haar zo snel opnieuw had gepakt, en hoeveel pijn dat aanvankelijk had gedaan. Ze keek naar hem terwijl hij in de weer was, dat vond hij opwindend, dacht ze, en ze bewoog met haar tong zoals ze hoopte dat hij het lekker vond. Ze wou dat hij het lekker vond.

20

'Jezus, al die trappen, zeg,' Tess hijgde en gooide met een speelse zucht de deur van Lises appartement achter zich dicht.

'Elke dag een work-out, ook voor de zwakken van karakter die het uit zichzelf niet zouden doen,' lachte Lise.

Tess had haar haar opgestoken en droeg een marineblauw broekpak dat haar geweldig stond. Ze zag er fantastisch uit, maar dat was eigenlijk altijd zo, vond Lise.

'Zeg, uw buurvrouw van het eerste...'

'Kwam ze weer door een spleetje de gang in spieden?'

'Ja, en ik zei hallo, maar er kwam geen reactie.'

Lise gaf Tess een grote kop koffie.

'Neem het niet persoonlijk. Ze zegt nooit iets, en ik heb nog nooit meer van haar gezien dan één oog en een halve neus. Maar hé, zij bewaakt de vesting, daar moeten we blij om zijn.'

Tess ging aan tafel zitten.

'Raar.'

'Mensen zijn raar.' Lise schonk voor zichzelf ook een kop in. Ze voelde Tess' blik terwijl ze de rest van de koffie in de thermos goot. Het was veel te lang geleden dat ze elkaar hadden gezien, dat wist Lise ook wel. Ze maakte een stapel van de papieren die op tafel verspreid lagen, ging zitten en vroeg Tess of alles oké met haar was, aangezien zij nooit onaangekondigd langskwam. Haar vriendin vertelde over een palliatieve begeleiding die ze had gedaan, over een paar dates die ze had gehad, over hun vriendin Carole die overwoog om te emigreren naar Zuid-Afrika omdat ze daar voor een ngo kon gaan werken. De ongemakkelijkheid verdween langzaam maar zeker terwijl ze aan het praten waren.

Lise hapte naar adem om nog een vraag te stellen, maar toen brak Tess in: 'Ik vroeg me eigenlijk af hoe het met ú gaat?' Tess glimlachte, blies in haar kop.

'O jee, dat klinkt bijna plechtig.' Lise sprak het lacherig uit.

'Gij kent mij te goed,' antwoordde Tess, 'hatelijk is dat,' ze grinnikte mee. 'Maar goed dan, ja, ik wou u echt nog eens zien, want ik maak mij toch een beetje zorgen.'

Lise rolde met haar ogen, het was sterker dan zij.

'Ja, en juist dat ge meteen in weerstand gaat, maakt mijn bezorgdheid groter. Ik ben dan zo, ge kent mij.' Ze grijnsde plagerig.

'Zo wint ge altijd,' antwoordde Lise sec.

'Gij zijt meesterlijk in de sterkste vrouw ter wereld spelen, maar wij moeten het er toch eens over kunnen hebben, dacht ik. Waar zijn vrienden anders voor?'

Tess sprak zachter dan ze normaal deed, daar kon Lise niet goed tegen, ze haalde vermoeid haar schouders op en staarde uit het raam.

'Is dat nu omdat we elkaar langer dan normaal niet gezien hebben? Ik heb echt geschifte dagen gedraaid in het ziekenhuis, en Xavier–'

'Nee, Lise, ge weet waar ik het over heb.'

Ze hield van Tess, maar ze haatte het als ze patiëntenproblemen op haar projecteerde. Ze kon het zich ook wel voorstellen, als je dag in dag uit mensen met officiële diagnoses zag, dan ging je ze te pas en te onpas stellen, maar dat maakte het niet aangenamer.

'Toe, Lise, praat tegen mij.'

Lise zuchtte.

'Ik ben op dieet, ja, en met enig succes. Eindelijk ben ik in staat om de zelfdiscipline aan de dag te leggen die ik mezelf zo lang verweet niet te vinden. Dat doet mij goed. Ik weet echt wel wat ik doe. Ik ben geen dom kalf.'

'Ik voel dat ge kwaad zijt.'

Lise zuchtte en schudde verongelijkt het hoofd. 'Maar nee.'

'Waar zijt ge precies kwaad om?'

'Ik ben niet kwaad,' zei Lise nadrukkelijk. 'Juist gij zoudt moeten weten dat ik daar niet het minste talent voor heb.'

'Wat zijt ge dan wel?'

'Geïrriteerd omdat mijn beste vriendin problemen maakt waar ze niet zijn.'

Lise zag Tess woorden wikken en wegen. Buiten passeerde een ziekenwagen met loeiende sirene, Lise vroeg zich af wat er met de patiënt aan de hand zou zijn, of ze naar haar ziekenhuis reden of naar een ander.

'Mag ik vragen hoe uw dieet eruitziet?'

Eén yoghurtje per dag, dacht Lise. Vroeger at ze 250 gram, maar sinds anderhalve week bleek ze het ook met 125 gram te kunnen. Ze had week na week geprobeerd om telkens iets weg te laten. Kijken of dat kon. Soep met vijf cracotten werd soep met vier cracotten, tot ze alleen nog de soep at, tot ze merkte dat ze eigenlijk ook wel zonder iets kon, 's avonds. De lunch begon met salade met een yoghurtdressing zonder vetstof en 100 gram magere, gestoomde vis, toen verdween de dressing, de portie vis werd eerst kleiner en daarna afgeschaft, vervolgens slonk de salade tot nog een paar rauwe wortels of een stuk komkommer, tot ze, ook voor het gemak om niet te hoeven pauzeren, 's middags eveneens niks meer at. En inmiddels kon ze de dag aan met één klein yoghurtje in haar maag, zo sterk was zij. Het was een sport die zij bemeesterde zoals niemand anders dat zou kunnen. Behalve soms, als ze zich toch door omstandigheden vergreep aan iets van groente of een half glas wijn of zo in het bijzijn van Xavier. Daarna voelde ze zich walgelijk. En schuldig. 'Gewoon, gezonde dingen eten, hè,' zei ze.

Tess vroeg hoe ze zich fysiek voelde, ze leek een checklist af te vinken die ze van het internet had geplukt of zo. Lise wou vingers in haar oren stoppen en een liedje beginnen te zingen, zoals nukkige kinderen doen. Ze zuchtte nog demonstratiever dan daarnet terwijl ze knikte of haar hoofd schudde als antwoord op vragen die ze maar half had gehoord. Het bleef duren. 'Tess, alstublieft!' riep ze opeens. Lises stem sloeg over, ze schrok van zichzelf. Ze stond op, ging tegen het aanrecht leunen. 'Sorry, ik weet dat ge het goed bedoelt, maar ge bemoeit u met dingen die u niet aangaan. Nogmaals: ik weet wat ik doe.'

Tess keek naar haar zoals naar de bedelaars op straat die ze altijd iets gaf. Ze stond op, liep naar de sofa en ging onderuitgezakt zitten, haar nek moedeloos tegen de leuning. Lise vond het niet eerlijk dat Tess haar het gevoel gaf dat ze háár iets aandeed. 'Ik zou zo graag weten waarom ge het nodig vindt om uzelf zeer te doen.' Haar vriendin staarde naar haar, verroerde zich niet, ze bleef daar zitten en ze keek. Lise wist zich geen houding te geven. Ze zocht naar iets verzoenends om te zeggen, maar ze vond niks waarvan ze dacht dat het zou helpen. Dus zaten ze daar, in een onverdraaglijk soort zwijgen, en tussen hen in onbevaarbare wereldzeeën.

Opeens stond Tess op. Ze liep naar Lise en omhelsde haar, lang, wat ze nog nooit had gedaan, in al die jaren. Het voelde als een klauw, daar kon Lise niks aan doen. Uiteindelijk liet ze weer los, draaide zich om en ging naar de deur. Terwijl ze de klink vasthield zei ze nog, zonder om te kijken: 'Weet dat ik er altijd voor u ben. Weet dat ge móógt eten. Ge zoudt er mij gelukkig mee maken. En uw lijf ook.' Ze trok de deur open. 'Ik hoor u gauw.'

21

'Complete remissie,' Kristel herhaalde Kosses woorden, 'complete remissie', alsof ze veertien was en niet kon stoppen met de naam van haar vriendje hardop uit te spreken. Opluchting werd zichtbaarder naarmate de beproeving toenam.

Lise vroeg of Sien toch wist wat dat betekende. Het meisje knikte. 'Geen slechte cellen meer.' Ze keek afwachtend naar haar moeder, alsof ze even zeker wilde weten dat zij het ook had begrepen. Kristel nam Siens gezicht tussen haar handen en kuste haar op het voorhoofd. 'Mag ik dan nu een ijsje? Cookie dough,' riep ze alsof dat een bestaande vreugdekreet was. Kristel lachte.

Kosse keek geamuseerd naar Sien, wat Lise mooi vond om te zien. Zelfs hij kon niet eeuwig en altijd afstand bewaren. Hij vroeg of ze haar vader niet op de hoogte moest brengen. Ah ja, zei Sien, en ze hield haar hand voor haar mond, alsof ze daar zelf nooit zou zijn op gekomen en de schande daar wel van inzag. Kristel graaide in haar handtas, belde haar man en overhandigde de telefoon. Ze had haar sandalen uitgetrokken, haar teennagels waren paars gelakt. Mensen die zo vaak in het ziekenhuis waren, gingen het toch als een soort thuis zien, dat had zo zijn nadelen voor iemand met een onverklaarbare, rabiate afkeer van voeten. Lise probeerde er niet naar te kijken.

Sien zat stralend met het toestel in haar handen te wachten tot hij zou opnemen. 'Papa? De dokters zijn hier en ik krijg van mama een ijsje.' Ze liet haar vader praten, en voegde er toen pas aan toe: 'En er zijn geen slechte cellen meer.' Ze keek iedereen lachend aan, wees naar de hoorn en stak haar duim op om Emiels enthousiasme naar de groep te vertalen.

Kosse zei tegen Kristel dat hij later met haar en Emiel de vervolgbehandeling zou bespreken. Sien keek argwanend naar hem, maar zei niks. Kristel knikte vluchtig, zij wou er nu ook even niet aan denken, merkte Lise. Zij wou in de zon een ijsje eten met haar dochter, alsof er toch nog iets normaal was aan hun leven.

Op de gang vroeg Lise hoe Kosse de zaken nu inschatte. Dat zo'n stamceltransplantatie veel vergde van een patiënt, maar dat het haar de beste kansen bood, antwoordde hij droog, alsof Lise dat nog niet wist. Toen vroeg hij naar de resultaten van een andere patiënt en draafde ervandoor. Hij liep altijd door de gangen alsof hij zijn eigen snelwandelrecord probeerde te breken. Lise holde achter hem aan.

Ze mocht niet vergeten haar vader te bellen, want haar moeder was op haar fameuze tweedaagse met Danny. Ze hoopte dat ze even middagpauze kon nemen om rustig te praten. En dat ze zelf wat in de zon kon zitten, het was zesentwintig graden buiten. En dat Xavier zou antwoorden op haar berichtje. Sinds hij in Keulen zat voor dat congres, had ze nog niks van hem gehoord. Ze wist inmiddels dat dat verder niks hoefde te betekenen, maar leuker werd al die windstilte er evengoed niet van. Kosse zwaaide de kamerdeur van Jonas open, Lise liep mee naar binnen. 'Dag jongeman,' riep hij alsof Jonas geen vijf maar vijfentwintig was, 'we komen met goed nieuws.'

Lise trok haar zomerjas aan, met de zon die zo laag stond had ze het toch weer koud. Ze liep de straat uit, nam haar telefoon en belde naar huis. Ze had nog niet eerder de tijd gevonden. De telefoon ging over, bleef een hele tijd overgaan en stopte uiteindelijk. Haar vader zat misschien net op het toilet of zo, ze kon zich niet voorstellen dat hij niet thuis zou zijn. Samen met haar moeder ging hij regelmatig uit eten, maar in zijn eentje begaf hij zich 's avonds zelden nog buiten de deur. Alleen om lezingen te geven, maar hij werd steeds minder gevraagd, en hij vertelde het altijd als er eentje op til was, dus. Lise wachtte een paar minuten en probeerde het opnieuw. Weer geen gehoor. Misschien was hij in slaap gevallen? Bijna halftien, en hij was zo'n nachtuil, dat kon het niet zijn. Ze belde meteen weer. En nog een keer. En nog een keer. Maar niks.

Lise moest eerst maar naar huis lopen. Frieten gaan halen, dat deed hij af en toe. En haar moeder had gegarandeerd hun mobiele telefoon meegenomen. In hoog tempo draafde Lise naar haar appartement en ze weerstond elke twee minuten de aandrang om een volgende poging te doen.

Eenmaal aangekomen ging ze onder een dekentje zitten en ze belde opnieuw naar de vaste lijn. 'Godverdomme!' riep ze toen er weer geen verbinding werd gemaakt, alsof dat zou helpen. Haar moeder opbellen had geen enkele zin. Hoe heette die buurvrouw met wie ze sporadisch contact hadden nu weer? Diegene die er twee jaar geleden pas was komen wonen? Daar ging Lise niet op komen, ze had haar zelfs nooit ontmoet. Wat dan? Wat dan? Wat dan? Lise ijsbeerde door de kamer. Ze trok de ijskast open. Ze wilde nog een yoghurtje, dacht ze. Maar nee, zei ze hardop, dat ging nergens tegen helpen. Integendeel. En toen bedacht ze opeens dat ze David kon bellen. Natuurlijk! Ze nam meteen haar telefoon. Het rinkelde twee keer en er werd opgenomen.

'David, zeg, even snel, ik probeerde papa te bereiken, maar hij neemt niet op.'

'Ja, en dan?'

'Die tweedaagse is bezig, dus mama zit in Nederland. En ge kent hem ook, hij is echt niet in zijn eentje de hort op.'

'Bwa, ge weet het niet, die kans krijgt hij normaal nooit, misschien dat hij dacht: ik ga eens–'

'Lach er maar weer mee. Ik maak mij echt zorgen. Dit is niet normaal. Wilt gij alstublieft even gaan kijken?'

'Ik zit hier met een maat van mij. Ik ga nu echt niet helemaal naar huis rijden.'

'Dat duurt tien minuten. Ik heb zo'n voorgevoel. Er is iets gebeurd, volgens mij.'

'Bijlange niet. Gij panikeert altijd veel te snel. Zeker als het over uw pappie gaat.' Hij sprak 'pappie' uit zoals een klein kind het zou doen.

'David, please, zit mij nu niet zo te treiteren. Doe het voor mij, ik vraag u nooit iets. Neem uw vriend mee. En als ge ziet dat papa oké is, hoeft ge niet te blijven, dan kunt ge zeggen dat ge met die vriend nog plannen hebt of zo.'

'Ik hoef mij echt niet te verantwoorden tegenover die mens.'

'Daar gaat het nu niet over.'

'Nee, inderdaad, want ik ga echt niet speciaal naar ginder crossen omdat hij de telefoon niet opneemt. Misschien denkt hij dat het mama is en wil hij haar straffen. Misschien is hij vroeg in zijn bed gekropen. Misschien is hij frieten gaan halen.'

'Hij is geen drie kwartier onderweg naar de frituur, hij gaat nooit vroeg slapen en hij zou content zijn om haar te horen in een situatie als deze. Wilt gij het nu echt op uw geweten hebben dat ge niet zijt gaan checken als blijkt dat hij een hartaanval heeft gekregen of zo?'

'Als hij een hartaanval heeft gekregen is het nu toch al te laat.'

'David!'

'Grapje. Het is gewoon absurd om er zo hysterisch over te doen. Hij is een volwassen mens en hij heeft het recht om de telefoon niet op te nemen.'

Lise beet op haar tong en zei niet wat ze eigenlijk wou zeggen.

'Bon, dan zal ik de trein moeten nemen.'

'Ge moet doen wat u gelukkig maakt, zusje.'

'Dag.' Ze maakte het afscheid bewust ultrakort, dat was haar allerlaatste wapen.

'Ja, daag,' antwoordde David onbewogen en hij hing op.

Lise keek op haar horloge. Als ze zich haastte, kon ze de laatste trein nog halen, maar dan moest ze daar ook weer overnachten. Ze probeerde nog één keer te bellen, maar ook nu viel de lijn na zeventien rinkels gewoon dood. Ze had hoegenaamd geen zin om haar appartement weer uit te komen. En waarschijnlijk had haar broer gelijk en was er niks aan de hand. Maar als ze niet ging, zou ze geen moment rust vinden vanavond en zou ze vannacht geen oog dichtdoen. Broer van mijn gat, zei ze hardop terwijl ze naar de badkamer liep om snel wat spullen in een tas te gooien. Ze keek nog één keer op haar telefoon. Ook geen teken van leven van Xavier. Ze zuchtte en stak het toestel weg. Ze moest zich inderdaad geen zorgen maken. Met haar vader was alles in orde, het zou gewoon prettig zijn om het helemaal zeker te weten. Meer was het allemaal niet.

22

Het hele huis was donker, dat was niet normaal. Gejaagd stak Lise haar sleutel in het slot. De deur klemde en toen Lise haar volle gewicht ertegen zette, schuurde de onderkant nijdig over de vloer, alsof de dochter des huizes de toegang moest worden ontzegd. Lise stapte via de zwarte gang op de tast de salon in en knipte het licht aan.

'Papa?' Het rook er naar zeventien mensen die in een kring een wedstrijd kettingroken hadden gehouden. Lise zette een raam open. Verluchting was hier nooit een hoog goed geweest, zij straften elkaar met stank. Ze zag haar vaders sigaretten en aansteker naast de asbak, een boek open op het bijzettafeltje. De radio speelde zachtjes grillige improvisatiejazz, terwijl haar vader daar helemaal niet van hield. Hij verkoos concerto's die hij mee kon fluiten, voorspelbaarheid gaf rust. Lise liep door naar de woonkamer. Een stilleven van donkere meubels, zware tapijten en akelige afwezigheid.

'Papa!' In de keuken stond een bord met aangekoekte smurrie in de gootsteen. Ze klopte op de deur van het toilet. 'Zijt gij hier?' Geen reactie. Zou ze de deur opentrekken? Op toiletten gebeurden de meest vreselijke dingen wist ze door haar ervaring op de spoed. Ze zette zich schrap, telde tot drie en duwde de klink naar beneden. Leegte gaapte haar aan.

Ook in de veranda was niemand. Ze schoof het grote raam open. De lantaarns van het terras verlichtten de tuin tot halverwege, alsof de wereld daarachter ophield te bestaan. 'Papaaa!' riep ze. Zou ze helemaal achterin moeten gaan kijken? Wat zou hij daar in godsnaam doen op dit uur van de dag? Eerst naar boven.

Met een bonzend hart holde ze de trap op. 'Papaaa!' Zijn kantoor was leeg, alles meticuleus opgeruimd, zoals altijd. Niemand in de slaapkamers ook. Kalm blijven, Lise, kalm, zei ze hardop. Ze bonsde op de badkamerdeur, trok die zonder te wachten open. Geen mens te zien. Zijn tandenborstel, tandpasta en aftershave stonden er nog, dus hij was ook niet in een volstrekt atypische bui haar moeder achternagereisd.

Godverdomme, papa, waar zijt ge nu? De kelder, die had ze nog niet gecontroleerd. Ze deed de deur open, knipte het licht aan en haar adem stokte. Ze voelde de pure paniek in haar lijf, een beest met scherpe nagels dat in een razend tempo naar boven klom. Haar vader lag onder aan de trap. Heel even bleef ze als bevroren staan. 'Papa.' Ze rende de trap af, knielde bij hem neer.

'Papa?'

'Ja,' piepte hij.

Hij was wakker en ademde normaal, dat kalmeerde haar een beetje. Hij lag op zijn rug, met zijn voeten naar de trap. Ze moest zijn hartslag controleren. Lise greep naar zijn pols, maar die was lelijk gezwollen. Hij stak ook zijn andere hand vooruit, met de overgave van een kind dat hoopt dat de grote mensen antwoorden hebben. Die zag er ongeveer hetzelfde uit. Ze probeerde de linker voorzichtig te bewegen.

'Au!' Hij kneep zijn ogen dicht.

In de rechterpols voelde ze het bot crepiteren.

'Ja, die zullen gebroken zijn. Wat is er gebeurd?'

'Ik eh...' Hij schraapte zijn keel, en meteen nog eens.

'Ligt gij hier allang zo?'

'Ik wou gewoon... Er zat nog soep in de... diepvries, en...' Elk woord leek een betonblok aan een ketting dat hij met zijn laatste krachten naar zich toe probeerde te trekken, en tegelijk articuleerde hij te nadrukkelijk. Die manier van spreken kende ze van die keren dat hij werkelijk voorbij stomdronken was.

'En toen, en toen...'

'Papa, welke dag is het vandaag?'

'Ze is weg, met die Danny.' Hij bleef zijn keel schrapen, alsof hij mul zand had doorgeslikt. 'Vrijdag,' zei hij toen, wat klopte.

Hij keek naar haar met grote ogen. Ze controleerde de rest van zijn lijf, nergens bloed of zwellingen. Ze stelde hem vragen, hij antwoordde alsof het een vervelend quizje was. Het klonk weliswaar alsof hij telkens maar de aandachtsspanne had voor een paar woorden en dan een denkpauze behoefde om op het vervolg van de zin te komen. Ze vroeg zich af wat hij allemaal naar binnen had gegoten.

'Met die gebroken polsen moeten we naar de spoed. Maar zal ik al eens beginnen met u rechtop te helpen?'

Hij knikte.

'Als ge ergens pijn voelt, moet ge het zeggen.'

Ze greep hem bij zijn schouders en trok hem recht. Hij maakte gepijnigde grimassen, maar hij was altijd al van de eerder kleinzerige soort. Ze ging op haar knieën naast hem zitten, stak haar hoofd onder zijn klamme oksel. Een walm van zweet, drank en knoflookpillen. Ze probeerde niet door haar neus te ademen. Met een hand onder zijn andere oksel kwam Lise langzaam omhoog, ze voelde het gewicht van haar vader die hevig op haar leunde.

'Probeer een beetje mee te werken, papa.'

Hij wankelde even, maar stond toch weer rechtop. Ze liet hem los, ging voor hem staan.

'Gaat dat zo?'

Hij knipperde met zijn ogen.

'Effe... ja, zo.'

'Wat denkt ge, naar boven? Gaat dat lukken?'

'Ik...'

Haar vader ademde diep in, alsof hij iets belangrijks ging zeggen. En opeens zwiepte hij voorover, als een tak die brak, en hij braakte. Een vulkaan die uitbarstte. Lise sprong opzij, maar het was al te laat. Kots op haar broek, haar schoenen. Hij leek weer rechtop te komen, maar braakte toen een tweede keer, op de grond nu. Beverig kwam hij weer omhoog. Ze zou ook hem andere kleren moeten aantrekken voor ze naar het ziekenhuis konden. Jezus.

'Sorry.' Hij ademde hevig en maakte onprettige keelgeluiden.

Lise stond naar hem te kijken met dezelfde bedrukte vertwijfeling waarmee ze de handleiding van een IKEA-meubel bestudeerde. Misselijkmakende zurigheid walmde haar tegemoet.

'Komt er nog?'

Ze wilde het antwoord eigenlijk niet horen.

'Nee, nee.'

'Ge zijt niet duizelig of zo, toch?'

Hij schudde van nee.

'En ge hebt geen last van dat felle licht?'

'Nee, nee.'

De kans leek haar bijzonder klein dat hij een hersenschudding had. Ze wou gewoon weg van deze plaats delict en zo snel mogelijk zelf andere kleren aantrekken. Ze moest hem naar boven zien te krijgen.

'Gaat het lukken om de trap op te lopen?'

Hij liet een enorme boer, kneep zijn ogen dicht, bleef nog even staan, maar stapte uiteindelijk toch de trap op, eerst met zijn ene, daarna met zijn tweede voet op dezelfde trede. Lise ging achter hem staan. Als hij achterover zou vallen, zou ze niet sterk genoeg zijn om hem tegen te houden.

'Zeker dat ik niet moet...'

'Nee,' hij klonk verontwaardigd, 'het gaat.'

Als een man van zevenennegentig kroop hij in een onverdraaglijk sleeptempo de trap op. Eenmaal in de keuken liet hij zich op een stoel zakken. Lise vond een handdoekje naast de kleine wastafel in het toilet, maakte het nat en veegde ermee langs zijn gezicht.

'Dorst,' sputterde hij.

Ze schonk een groot glas water in en zette het aan zijn lippen.

'Drink dat maar helemaal op, ja.'

Hij nam gulzige slokken, het water liep langs zijn kin tot in zijn nek. Die kleren moesten toch uit. Lise stak het grote licht aan. Zowel zijn hemd, zijn broek als zijn schoenen droegen de sporen van zijn kotspartij. Lise wou dat het tenminste vanmorgen zijn baddag was geweest, maar als de routine dezelfde was gebleven, waste hij zich uitsluitend op zondagochtend. Ze wou dat hij niet van die trap was geflikkerd, ze wou dat het niet zijn polsen waren waardoor hij geen kracht kon zetten op zijn handen. Ze wou dat David was gaan kijken of alles in orde was, zoals ze hem had gesmeekt.

'Kunt gij zelf de knoopjes van uw hemd losmaken?'

'Ah nee!' Alsof de vraag alleen al hem beledigde.

Lise boog zich voorover, maakte het bovenste knoopje los, en daarna het volgende. Door de mond blijven ademen, zei ze in stilte tegen zichzelf. In haar hoofd somde ze op wat ze morgen zeker moest kopen als ze naar de supermarkt ging. Wc-papier, vuilniszakken, yoghurt natuurlijk, shampoo.

'Sta eens recht. Best uw armen naast u houden denk ik, iets omhoog, en dan wat naar achteren, dan kan ik voorzichtig uw hemd uittrekken.'

Citroenen, om nu en dan een halve uit te persen in een liter water, koffie ook, die was bijna op, batterijen voor de weegschaal. Lise ging achter hem staan en trok zijn hemd uit, haar vader kreunde bij de minste beweging. Zijn onderhemd bleek ook besmeurd.

'Ga maar weer zitten, en dan armen in de lucht.'

Schuurmiddel mocht ze niet vergeten, en misschien ook eens nieuwe sponsjes. Ze trok het grauwe hemd uit. Hij had een spierwitte bast, dat vel had nog nooit zonlicht gezien, of toch alvast niet in zijn volwassen leven. Uitbundige hoeveelheden grijs en donker haar groeiden van zijn nek tot helemaal beneden, en kwamen in het midden samen in een extra harige streep die als een waterval naar zijn navel liep. Zijn buik puilde uit over de rand van zijn broek. Hij was in de loop der jaren gestaag uitgezet.

'Kunt ge uw broek ook niet zelf losmaken? Dat is lager.'

Hij ondernam een halfslachtige poging: 'Au, nee.'

Lise keek door het raam achter hem naar buiten in plaats van naar hem. Hij kon niet mee in een broek vol kots. Ze had geen keuze. 'Ik ga gauw eerst zelf iets anders aantrekken. Ik...' Ze maakte haar zin niet af omdat er eigenlijk geen vervolg was.

Ze liep naar de gang waar haar tas stond met kleren voor morgen. Vol afschuw trok ze haar vieze outfit uit. Ze had als arts al van alles gezien en meegemaakt, ze moest nu toch niet flauw doen over haar vader. Haar eigen vader. Wat voor iemand was zij eigenlijk? Terwijl ze de frisgewassen kleren aantrok, dacht ze aan Tess die zoiets met het grootste gemak deed, en ze haatte zichzelf. Zichzelf en dat stapeltje walgelijke kleren dat daar bij haar voeten lag. Ze moest ze straks in een plastic zak stoppen die ze goed kon afsluiten als ze daar morgen de trein weer mee in moest. Nu haar schoenen afspoelen, en voor hem andere kleren halen.

Met zo weinig mogelijk vingers hield ze in de badkamer de schoenen één voor één onder de kraan. Dat zou onaangenaam voelen als ze die weer aantrok. In de slaapkamer van haar ouders probeerde ze zich niet af te vragen wanneer hier nog eens een raam had opengestaan. Ze keek in de kast, griste een willekeurige broek en een hemd van de plank. De sokken lagen naast zijn onderbroeken, ze zorgde ervoor dat ze die niet aanraakte. Ze moest er niet bij stilstaan dat ze ook zijn sokken zo meteen zou moeten uittrekken, voeten bleven het ergste, of toch bijna.

In de keuken trof ze haar vader rechtopstaand aan. Hij liet zijn handen ongemakkelijk rusten op zijn buik.

'Waar bleeft gij nu zo lang?' Het klonk eerder hulpeloos dan pissig.

'Ik moest deze halen voor u.'

Lise keek half weg van hem en maakte ondertussen de knoop van zijn broek open, trok zijn rits naar beneden, zette een stap naar achteren.

'Stap er nu maar uit, oké?'

Hij schudde met zijn heupen. Hij beweerde dat hij niet kon dansen, wat Lise altijd had gezien als een poging om op trouwfeesten te kunnen ontsnappen aan slowen met haar moeder, maar als je hem zo zag was je geneigd het te geloven. De broek bleef koppig hangen.

'Het gaat niet.'

Blijven ademen, dacht Lise terwijl ze zijn broek naar beneden sjorde.

'En waar vind ik een ander paar schoenen?'

'Eh...'

'Waar mama's schoenen staan, of...?'

Hij knikte en zei tegelijk: 'Ik weet eigenlijk niet of...'

In de schoenenkast zag Lise alleen de collectie van haar moeder, allemaal met donkere afdrukken van haar voeten op de zolen. Lise rilde. Het kon toch niet dat haar vader niet nog één ander paar had? Met twee vingers schoof ze de enige laarzen in de kast opzij en daarachter stond een paar zwarte mannenschoenen. Ouderwetse mocassins met telkens twee kwastjes, die had haar moeder vast eens gekocht voor een of ander feest; hem kennende had hij geweigerd ze te dragen.

Ze rende terug en vond haar vader rillerig in zijn onderbroek, met zijn sokken tot halfweg de kuiten, eczeem dat tot zijn knieën liep, en de bevuilde broek in een zielig hoopje naast hem. Ze droeg hem op te gaan zitten, zodat ze hem zijn broek aan kon trekken.

Het lijstje in haar hoofd, ze moest terug naar dat lijstje. Grote enveloppen, daar moest ze vast voor langs de post, en naar de parfumerie voor bodymilk. Die fles was bijna leeg en ze moest ervoor zorgen dat ze dat altijd in huis had, zodat Xavier niet zou merken hoe droog haar huid was. Ze hees haar vader in zijn broek, trok zijn vuile sokken uit. Twee eeltige voeten met lange, vuilgele teennagels keken haar aan. Haar vader onderging het hele gebeuren met kalme vanzelfsprekendheid, alsof hij er wel aan zou kunnen wennen om als Lodewijk XIV elke dag te worden gekleed en gepamperd.

'Ik zet die schoenen op de grond, daar kunt ge zo in stappen, oké?'

Hij keek ernaar alsof hij nog nooit zoiets had gezien.

'Zonder sokken?'

'Het is toch niet koud buiten.'

'Nee... dat gaat niet,' zei hij met de onverzettelijkheid van iemand die daar niet over ging discussiëren.

Lise trok hem sokken aan en probeerde zijn voeten zo weinig mogelijk aan te raken. Ze was er bijna, nog een schoon hemd, en dan kon ze haar handen wassen en vertrekken.

'Ik wil... Fie bellen,' zei hij opeens.

'Het is bijna halftwaalf. En ge klinkt nu niet echt...'

Hij keek naar haar met gefronste verwondering.

'Ik wil haar bellen.'

'Waarom dan? Ze zit op een paar uur rijden van hier, dus wat voor zin heeft dat? Ik denk eerlijk gezegd niet dat ze–'

'Ik wil haar hier... bij mij.'

Lise trok hem zijn hemd aan. Zijn weerloze ogen waren roodomrand, zo had ze hem nog niet vaak gezien.

'Maar papa, ik kan toch met u-'

'Fie,' zei hij alleen maar.

'Ja,' zei Lise. 'Waar liggen uw autosleutels? Laten we vertrekken. En dan kunt ge onderweg met mijn telefoon bellen als ge wilt.'

Lise liep voorop, hij moest maar volgen.

In de kamer van het ziekenhuis waar ze met haar vader op de resultaten zat te wachten, zoemde de tl-verlichting alsof die haar beste tijd allang had gehad.

Met een grote map onder zijn arm stapte de arts binnen.

'Maar, ik ken u! Wacht, hè... Laila?'

Laila was een van de weinig opzienbarende medestudenten van wie Lise zich alleen nog herinnerde dat ze ooit voor schut was gezet door De Roeck, de kwaadaardigste prof ooit.

'Of nee, Larissa?'

Lise herkende hem meteen. Het was Damien, uitgesproken op zijn Frans, een jongen met een perfecte huid en veel blond haar dat altijd goed zat. Ze mocht niet tonen dat zij wel wist wie hij was.

'Lise,' zei ze voor ze nog meer namen te horen zou krijgen van medestudenten met wie ze niet per se verward wilde worden. 'Gij zijt Damien, toch?' Waarom zei ze dat nu?

'Ja, inderdaad, ja.' Hij lachte de glimlach van mensen die niet verwonderd zijn dat anderen hen zich wel herinneren. 'Lise, tuurlijk, ik verwarde u met...' Hij maakte een onduidelijk gebaar, alsof hij zelfs daar niet op kon komen. 'Hoe gaat het met u?' Hij stak een pen in het borstzakje van zijn witte jas en duwde zijn bril hoger op zijn neus.

'Goed, ja, goed.' Ze knikte, alsof die bewering onderstreping nodig had.

'Ge ziet er wel goed uit,' zei hij terwijl hij haar van top tot teen opnam. 'Zijt gij nu niet veranderd? Ja, toch? Ja, hè?'

Lise glimlachte en maakte een wegwuifgebaar.

'Ik ben niet... dronken,' zei haar vader opeens met klem, alsof hem dat zonet door de arts was verweten.

'Ja, excuus, mijnheer, het gaat hier om u. Maar wij hebben nog samen gestudeerd, dus.'

Haar vader liet een luide boer. Lise probeerde de blik van Damien te mijden.

'Mijnheer is uw...?'

'Vader, ja.' Ze klonk verontschuldigend, dat ging vanzelf.

'Ik mag van haar... niet, niet bellen met mijn eigen vrouw.' Hij maakte een hooghartig gebaar met zijn hoofd in Lises richting, alsof hij elke verwarring over wie hem onrecht aandeed wou uitsluiten. 'Terwijl zij, zij is–'

'Maar papa, ge woudt zelf niet meer. Ik heb u mijn telefoon toch gegeven? De dokter heeft het druk, dus misschien moeten we hem gewoon even laten toelichten–'

'En met de drukke... dokter mag ik ook... al niet praten.' Hij snoof. 'Mijn leven is, is... een hel.'

Damien keek Lise onderzoekend aan. Zij bleef zijn blik vermijden.

'Ik droom van haar,' de opeenvolging van de d en de r stelde een extra uitdaging. Hij maakte met zijn hoofd een gebaar in de richting van zijn dochter. 'Dat ze in een kist ligt. En haar hoofd... is gewoon... gewoon, maar daaronder...' Hij schraapte zijn keel. 'Een skelet.'

Lise voelde de blik van Damien als een felle middagzon waar je alleen maar van weg kunt kijken.

'Dat mag ze mij toch niet... aandoen. Zulke angstdromen... U bent arts, een vriend, van vroeger... Zeg haar dat ze mij daar niet mee... mag opzadelen. Ze moet er gewoon... mee stoppen. Ze moet gewoon eten... Klaar.'

Lise geloofde niet wat ze hoorde.

Damien zei niks.

'Ze is er toch... verstandig genoeg voor.'

Lise wou dat ze hier en nu kon verdwijnen, oplossen als vet in een vat met zoutzuur.

'Maar papa, toch, wat zegt gij nu allemaal?' Ze trok er een gezicht bij dat moest aangeven dat hij zomaar wat lalde.

'En ze ziet er níet goed uit!' riep haar vader luid genoeg om ook op de gang hoorbaar te zijn.

Lise bad dat Damien haar naam opnieuw zou vergeten.

Haar vader zat op de onderzoekstafel, met zijn handen in zijn schoot, zijn benen doelloos bungelend, zijn blik naar de grond gericht. Het bleef te veel akelige seconden stil.

Damien nam zijn pen weer uit zijn borstzakje, tikte ermee tegen zijn onderlip.

'Tja, kan ik iets–'

'We kunnen misschien de foto's bekijken.' Lise maakte het gebaar van een achterovergeslagen glas naar haar studiegenoot, haalde haar schouders op, daarbij met haar ogen rollend om haar vader te desavoueren.

Damien knikte opgelucht en klikte de foto's van twee gebroken polsen aan de lichtbakken, wees de fracturen aan, en legde haar vader uit dat hij minimaal zes weken in het gips zou moeten. Die knikte alleen maar, hij had blijkbaar gezegd wat hij te zeggen had.

Lise hoefde niet te luisteren verder, ze wist wat Damien nog ging zeggen. Ze keek naar haar vaders noodlottige blik. Ze wou dat ze elders was, waar de lijsters zongen en de mussen op de draden zaten, langzaam heen en weer wiegend, of dat er iemand haar warm wreef, zodat ze niet meer hoefde te denken, zodat ze niks meer hoefde te voelen, behalve dan dat ze het warm had.

23

Lise maakte de deur open en zag tot haar totale verbazing Xavier op de stoep staan van haar ouderlijk huis. '*You gotta keep em guessin*',' zei hij stralend toen hij haar verwonderde frons zag. Na een berichtje waarin Lise hem ervan op de hoogte had gebracht dat ze de wacht hield bij haar vader, was hij vanuit Keulen rechtstreeks hiernaartoe gereden. Hij had zowaar de moeite genomen om het adres te achterhalen om haar te kunnen verrassen.

De afschuw die haar spontaan overviel kon ze aan zichzelf niet goed uitleggen, maar die was er, fel en opdringerig. Koortsachtig vroeg ze zich af of er iets te bedenken viel om te vermijden dat hij daadwerkelijk binnen zou komen, maar hij had dit hele eind gereden, ze kon hem onmogelijk afschepen met een of andere smoes.

Lise had gehoopt dat haar vader na een nacht slapen in staat zou zijn om zichzelf te beredderen. Maar toen hij vanmorgen wakker werd, kwam hij met zijn gips op haar deur kloppen. Het lukte allemaal niet, beweerde hij. Dat was minstens enigszins aanstellerij, maar hij wilde duidelijk niet alleen zijn, dus moest ze hier wel wachten tot haar moeder arriveerde, en dat zou nog een paar uur duren. Nog een geluk dat ze niet hoefde te werken vandaag.

De gedachte aan een ontmoeting tussen Xavier en haar moeder benam haar helemaal de adem, temeer omdat Lise nooit over Xavier had verteld. Maar ze herpakte zich, glimlachte en zette een stap opzij om hem door te laten. Ze wou natuurlijk niet dat hij zou denken dat ze zijn inspanning niet waardeerde.

Wie had dat eigenlijk ooit bedacht, dat verrassingen leuk waren?

Lise dacht terug aan de zelfgebakken taart waarmee ouders van een jongetje dat helemaal genezen verklaard was haar onlangs verrasten, en hoe de bordjes en vorkjes al klaarstonden voor onmiddellijke degustatie, en aan de futon waar Jonathan mee op de proppen kwam, een paar maanden voor hun breuk, het was als slapen op Canadees ahornhout, Lise was er nooit aan gewend geraakt, of aan die vrije dag waarop haar moeder opeens voor de deur stond met een lelijke plant en 'Surprise' riep, zij was gekomen om haar dochter na alle ellende eens lekker mee uit te nemen voor een verwendag, waarop Lise zes uur aan een stuk haar moeder in en uit pashokjes had zien komen, daarbij elk kledingstuk tot in de details becommentariërend omdat zij ervan overtuigd was dat dat ten minste getuigde van respect voor de verkoopsters.

Lise ging hem voor en Xavier, man met stijl, kreeg nu dit interieur te zien, het manke resultaat van de wansmaak van haar moeder en de zuinigheid van haar vader die weigerde iets te vervangen wat niet manifest totaal onbruikbaar was geworden. Ze passeerden een afgrijselijke foto van haar als kind in een ongemakkelijke zijomhelzing met David, ze hoopte maar dat hij die niet had gezien. En het zou ook nuttig zijn als Xaviers neus verstopt zat. En wenselijk dat haar vader, die al de hele dag het summum van de zieke man liep te spelen, zijn gebruikelijke charme tegenover vreemden spontaan zou terugvinden wanneer hij deze ongenode gast zag verschijnen.

'Dus hier zijt gij opgegroeid,' mompelde Xavier, die anders nooit iets zei wat volstrekt overbodig was. Hij vond het dus ongetwijfeld nog erger dan gevreesd. Lise kreeg het Spaans benauwd bij de gedachte dat Xavier waarschijnlijk helemaal zichzelf zou zijn: de man die spanning elke dag verkoos boven gekabbel.

Aarzelend liep ze via de keuken naar de veranda, waar haar vader naar de tuin zat te staren. Xavier stapte gezwind op hem af, stak een hand uit en stelde zich voor. Haar vader die al de hele dag paniekerig wegdraaide als Lise nog maar naar zijn polsen kéék, die beweerde niks te kunnen, schudde Xaviers hand, houterig maar evengoed beslist. Hij excuseerde zich voor zijn tijdelijke handicap en maakte een grapje. Hij vroeg niet wie deze vreemde man was. Lise aarzelde, hoe zou ze hem noemen? Ze koos uiteindelijk veiligheidshalve voor 'een goede vriend' en keek uit haar ooghoeken naar Xavier om zijn reactie te peilen, maar hij bleef er stoïcijns onder. Hij ging in de oncomfortabele rotansofa zitten en keek strak naar haar vader.

'Iemand die helemaal naar het hol van Pluto reist om u te zien terwijl ge voor uw oude vader zorgt, dat is inderdaad een goede vriend,' lachte hij. Toen hij hoorde dat Xavier cardioloog was stak haar vader een verhaal af over de bevindingen van William Harvey, die in de zestiende eeuw in zijn vrije tijd het hart had bestudeerd. Dat hij indruk op Xavier probeerde te maken leek Lise een goed teken, net zoals het feit dat het kussen dat hij al de hele dag gebruikte om zijn armen op te laten rusten opzij gemanoeuvreerd werd alsof het alleen maar hinderlijk was. Haar vader stelde voor om een goeie bourgogne te kraken, of Lise dat even kon regelen. Hij richtte zich meteen weer naar zijn gast.

De metamorfose van haar vader was spectaculair. Van zeurderige zieke naar aimabele gastheer in twee minuten. Typisch. Aan de ene kant leek hij altijd het liefst van al alleen te zijn, verzonken in een boek of in zijn eigen ondoorgrondelijke gedachten, maar liet je hem los tussen andere mensen, zeker diegenen voor wie hij respect kon opbrengen, en hij ontpopte zich tot een echte gangmaker. Lise liep naar de kelder, het rook er nog altijd zuur.

Haar vader schonk Xavier nog eens bij en vulde zijn eigen lege monsterglas voor de zoveelste keer, Lise was de tel kwijtgeraakt. Ze had in opdracht al een tweede fles gehaald, terwijl Xavier opvallend langzaam aan het drinken was, hij moest nog rijden. De mannen praatten als oude vrienden die elkaar na jaren eindelijk weer terug hadden gevonden. Lise zat er met verwondering en vrolijkheid naar te kijken.

Ze klonken. Voor het eerst viel er een kleine stilte. Xavier wees naar de trouwfoto van Lises ouders die boven het lage kastje hing.

'Schoon koppel. Jullie zien er heel verliefd uit.'

'O ja?' Haar vader deed geenszins zijn best om de verbazing uit zijn toon te weren.

Xavier lachte.

'Dat was niet zo?'

‘Ach…’ antwoordde haar vader. ‘Een mens doet wat moet gebeuren.’

Xavier trok zijn wenkbrauwen op, zweeg even, maar toen het stil bleef, zei hij: ‘Dat moet niet makkelijk zijn geweest voor u, dat uw vrouw destijds zomaar verdween?’

Haar vader keek even naar Lise. Verwijtend misschien, vragend? Zij schudde zachtjes van nee, om aan te geven dat ze over de heisa met Nina helemaal niks had verteld, maar ze vermoedde niet dat ze dat louter met een grimas duidelijk kon maken.

‘Hebt ge nooit de behoefte gevoeld om haar te gaan zoeken?’ vroeg Xavier.

Haar vader nam een slok en leunde naar achteren.

‘Mensen die niet gevonden willen worden, moet ge niet gaan zoeken.’

‘Ook niet omwille van uw dochter? Hoe oud was ze toen?’

‘Nina was bijna tien,’ antwoordde Lise terwijl ze haar vader nauwlettend in de gaten bleef houden. Hij had de deur naar dit onderwerp natuurlijk min of meer zelf opengezet, maar toch.

‘Ik zou het gewoon niet kunnen, denk ik, iemand zomaar laten vertrekken.’

Lise keek angstvallig naar haar vader. Ze overwoog om het gesprek naar veiliger wateren te loodsen.

‘Ze heeft nooit gezegd waar ze naartoe ging. En dat waren andere tijden, hè, het was niet zo makkelijk om iemand te traceren die eender waar zou kunnen zijn.’

‘Maar toch, bankverrichtingen, aangevraagde verblijfsvergunningen, reisdocumenten…’

Haar vader keek hem aan, ernstig opeens, gefocust.

‘Gij vindt dus dat ik haar wens niet moest respecteren, dat ik haar had moeten dwingen om terug te keren?’

‘Soms willen mensen voelen dat ze echt belangrijk zijn. Een groots gebaar stellen kan–’

‘Dat klopt, dat mensen willen voelen dat ze belangrijk zijn, en dat was niet bepaald het gevoel dat ze mij of haar dochter heeft gegeven.’ Hij staarde naar zijn gips. ‘Ge moet zoiets zelf meemaken om het te begrijpen.’

'Ja,' beaamde Xavier, alsof hij zelf ook ontelbaar veel van zulke voorbeelden had. 'Denkt ge dat ze nog leeft?'

Haar vader schraapte zijn keel. Lise ging op het puntje van haar stoel zitten.

'Soms heb ik het gevoel van wel, maar dat is toch wishful thinking, vrees ik. Ze heeft nooit meer contact opgenomen. Is een moeder er werkelijk toe in staat om haar kind dat tien wordt geen kaart te sturen?'

Lise had dit gesprek nooit met haar vader durven voeren. Als ze iets in die richting probeerde, gaf hij haar altijd de indruk dat ze verboden terrein betrad. Misschien had ze hem altijd fout gelezen.

'Er waren wel,' haar vader staarde naar het schilderij achter hen, alsof een blik wisselen nu te ingewikkeld zou zijn, 'indicaties, achteraf gezien, die zouden kunnen doen vermoeden...' Hij zuchtte, van heel diep.

'Ik kwam thuis, het zal een uur of elf 's avonds zijn geweest. Het huis was donker en stil, wat raar was, Laetitia ging zelden vroeg naar bed, en sowieso nooit voordat ik thuis was. Ik liep naar boven, checkte bij Nina, een jaar of acht toen, die lag gewoon te slapen. Ik dacht: misschien zit Laetitia in bad, maar het was donker in de badkamer, dus liep ik naar de slaapkamer en daar lag ze. Ze was een lichte slaper, normaal volstond het dat ik de deur openmaakte en ze werd alweer wakker, maar nu bleef ze bewegingloos liggen. Ik ging op de rand van het bed zitten, maar ze sliep door. Ik dacht dat ze gewoon heel erg moe was, dus ik verdween naar beneden. Een uur of anderhalf later ben ik ook naar bed gegaan, ze lag nog altijd in precies dezelfde houding, dat weet ik nog, en ze sliep met een heel regelmatige, rustige ademhaling. Het was pas 's ochtends toen Nina bij ons bed stond en Laetitia geen kick gaf dat ik me realiseerde: hier is iets mis.' Haar vader bleef naar een onbestemd punt staren. 'Ze was met geen stok wakker te krijgen, en ze zag zo bleek. Ze ademde nog, maar ja, ik weet niet, anders, stiller. Ik heb Nina naar een vriendinnetje gestuurd dat vlakbij woonde, en de ziekenwagen gebeld. Ik dacht: ze gaat dood, dit is het, ze gaat dood, en het is mijn fout. Ik heb gewoon niks gemerkt. Ze liep toen al een tijd somber door de dagen, dat wel, maar ik had er verder niet zo'n punt van gemaakt. Niemand heeft ooit beweerd dat het leven altijd prettig zou zijn.' Hij dronk zijn glas helemaal leeg. 'Ze bleek slaappillen te hebben genomen, niet genoeg om er in dat tijdsbestek van te sterven, maar... Het was wel gevaarlijk, het...' Haar vader viel stil, schudde zijn hoofd, alsof hij plots iets voor zich zag wat hij niet wilde delen.

'Dat moet afschuwelijk zijn geweest,' zei Lise.

'En daarna?'

'Ja, ik dacht toen dat het eigenlijk allemaal wel weer goed ging. Ze bleef een tijdje in het ziekenhuis, niet eens zo lang eigenlijk, en toen wou ze zelf terug naar huis. Ze zei dat het een vergissing was geweest, dat het haar speet en zo, en ze pikte de draad weer op, zorgde voor Nina... Alles leek normaal. Min of meer. Als ik nu terugkijk, dan denk ik dat het misschien toch nooit meer echt hetzelfde is geworden, nadien. Ze kreeg iets... ongenaakbaars is het woord niet, onbenaderbaar misschien eerder.'

'En hoe gingt ge daarmee om?'

Haar vader haalde zijn schouders op, schudde langzaam het hoofd.

'Slecht blijkbaar, hè,' zei hij toen en hij lachte er onmachtig achteraan.

'Ge geeft uzelf de schuld.' Xavier liet het klinken als een vaststelling.

Haar vader zette het lege glas aan zijn lippen, en keek er ontregeld in.

'Schuld...' herhaalde hij. Het bleef even stil. Hij ademde diep in en uit. 'Ik vind dat een onprettig woord. Een oninteressant woord zelfs. Ik denk–'

'Joehoe!' De voordeur werd dichtgeknald. 'Ik ben thuis!' Haar moeders hakken kondigden aan dat ze in sneltempo dichterbij kwam. Vanuit de keuken riep ze: 'Ah, daar zitten jullie.' Ze liep de veranda in. 'En er is bezoek, ik dacht al: van wie is die mooie auto nu?' Ze keek ergens tussen blij verwonderd en verward van Xavier naar Lise en weer terug. 'Hebt gij een lief, Lise? En gij zégt dat niet tegen mij? Dat is ook weer proper.'

Lise durfde niet naar Xavier te kijken. Hij stond op en gaf haar moeder een hand, zij glimlachte voluit. Lise wou het liefst achter het behang kruipen, maar Xavier glimlachte gewoon mee. Hij leek het alvast totaal niet vreemd te vinden dat haar ouders niks van hem wisten.

'Ja, ja, ik zie toch wel een paar gelijkenissen.'

Gelijkenissen? Lise hoopte dat hij dat zomaar zei om iets te zeggen.

'Ja? Mensen zeggen wel eens onze ogen... Maar verder? Qua karakter lijkt ze al helemaal niet op mij. Zij heeft het, en ik niet,' lachte haar moeder, 'dat ziet ge wel.' Ze blies haar wangen op, en legde haar handen op haar heupen, wat een onappetijtelijk gezicht was. 'Vroeger was Lise een open boek voor mij, maar tegenwoordig...' Het klonk zorgelijk, maar ze bleef ondertussen opgewekt glimlachen naar Xavier. 'Maar allee, dat ge hem nu komt voorstellen, dat is toch al iets...'

Lise wist niet of ze er blij mee mocht zijn dat Xavier ook deze inschatting van haar moeder over de verhouding tussen hen niet tegensprak.

'Ja, zeg, en gij hier,' zei haar moeder die zich nu pas naar haar man richtte, 'gebroken polsen, twee dan nog, schat toch.' Ze betastte een van de gipsen, als om te checken of ze wel echt waren. 'En, gaat het?'

Haar vader knikte met weinig overtuiging.

'Ja, ik heb het altijd gezegd, die trap, daar zoudt ge niet af mogen als ge gedronken hebt, dat is onverantwoord.'

Lise keek naar zijn gezicht. Haar vader gaf geen kick.

'Ik kan hem eigenlijk gewoon niet alleen laten,' zei ze met een hoge stem terwijl ze weer naar Xavier keek, 'hè schat, eigenlijk kunt gij echt niet zonder uw vrouw, al moet ze het regelmatig ontgelden.' Ze lachte weer. 'Maar ik ben naar een tweedaagse geweest over rehabilitatie. Ik ben vrijwilliger en ik werk met gedetineerden en ex-gedetineerden de laatste tijd. En dat was me toch boeiend.' Haar moeder sprak zoals ze dat altijd deed als ze nieuwe mensen ontmoette, met elke eind-n geprononceerd, en haar klinkers opgepoetst.

'Ik heb diep respect voor al wie vrijwilligerswerk doet,' zei Xavier.

'Hoort ge 't, schat, mijnheer vindt het–'

'Xavier, zeg maar Xavier.'

'Xavier vindt het bewonderenswaardig, mijn werk.'

'Ja,' mompelde haar vader.

'Ik ben nu met iemand een heel traject aan het afleggen,' een woord als 'traject' uit de mond van haar moeder, Lise bleef het onwerkelijk vinden, 'echt een goed mens, hij wil koste wat kost op het rechte pad blijven. En pas op, dat is niet zo simpel als ge zoudt denken. Als ex-gedetineerde–'

'Moet gij niks drinken, schat?' vroeg haar vader die wist hoelang haar monologen konden duren.

'O, eigenlijk wel, ja. We hebben tenslotte hoog bezoek.' Ze keek stralend naar Xavier. 'O, die fles is bijna leeg, zie ik. Jullie ook nog een glas? Dan haal ik een nieuwe.'

'Nee, mama, ik denk dat wij eens gaan vertrekken.' Lise legde haar handen op haar knieën om op te staan.

Xavier keek haar aan met een blik die ze niet kon lezen.

'Hoe ongezellig zijt gij nu? We drinken toch nog wel één glas nu uw mama er ook is.'

'Ja, gezelligheid en Lise, dat gaat niet altijd samen,' schaterde haar moeder. Ze stond op en vertrok naar de kelder, alsof Lise in dezen verder niet gehoord hoefde te worden.

'De laatste tijd is zij het enthousiaste type,' neuzelde haar vader tegen Xavier.

Xavier glimlachte neutraal en haar moeder kwam aanzetten met een nieuwe fles.

'O, Lise, gij hebt geen glas.'

'Nee, ik hoef niks.'

'Ziet ge? Nu bewijst ze hier spontaan mijn punt: niet gezellig.' Ze grinnikte als een meisje en goot het glas van Xavier voller dan dat van Lises vader, ze nam voor zichzelf een half glaasje. Ze ging niet naast haar man zitten, maar in de eenzitter. 'En mijnheer is misschien ook geneesheer?'

'Xavier, zeg maar Xavier. En hoezo? Ziet ge dat aan mij misschien?' Hij liet het verongelijkt klinken.

'Ja, nee, ik weet niet, omdat ge Lise kent, ik dacht...' Haar moeders gezicht betrok.

'Ik plaag u maar. Ik ben cardioloog.'

'O, cardioloog, schitterend, schitterend… En hoe oud bent u?'

'Mama, echt!'

'Ja, dat mag ik nu toch vragen, dat is toch alleen een onbeleefde vraag aan een vrouw.'

'Ik ben eenenveertig.'

'Veertien jaar ouder…' Ze bekeek hen één voor één. 'Ja dat kan, hè, ik vind dat dat kan. En zeker voor Lise, zij was al volwassen toen ze nog moest leren schrijven.' Haar moeder bleef lachen, die tweedaagse met Danny moest echt de moeite zijn geweest. 'Ik zei het ook nog tegen Danny, dat is die man over wie ik het had, de liefde, dat gaat niet over leeftijd, niet over rang en stand, dat gaat over elkaar verstaan, en wíllen verstaan. En toen antwoordde Danny: "En over hoe de ander u over uzelf doet voelen." Dat vond ik nu wel een interessante aanvulling eigenlijk.'

'Ah, dat zei Danny?' zei haar vader die naar zijn glas greep.

Er viel een stilte.

'En jullie twee, verstaan jullie elkaar?' vroeg Lises moeder met een demonstratief ondeugend gezicht. Ze richtte haar vraag tot Xavier.

'Dat denk ik wel, toch?' zei Xavier zonder Lise aan te kijken. 'En jullie?' kaatste hij de vraag terug naar Lises moeder.

'Oei,' lachte ze. 'Tja. Wij hebben onze ups en downs, zoals elk koppel, maar het gaat.' Ze nam een sigaret uit het pakje dat op het bijzettafeltje lag. 'We zorgen ervoor dat het gaat.'

Xavier reikte naar de aansteker om haar sigaret aan te steken. Lise had hem al zo vaak de boel zien inpalmen, maar ze vond het bevreemdend om het hem nu bij haar moeder te zien doen.

'Merci.' Haar sigaret vatte vuur, ze inhaleerde diep en blies de rook langzaam weer uit. 'Weet ge? Ik zou zo graag eens voelen dat hij mij echt de moeite vindt.' Haar moeder keek naar Xavier alsof ze van hem bijval verwachtte, of wijze woorden zoals Danny die blijkbaar ook regelmatig te geef had.

'Mijn vrouw vindt dat de ex-gedetineerde haar beter begrijpt dan haar man, dat bedoelt ze,' zei haar vader met een macholachje tegen Xavier.

'Ik weet ook wel,' zei haar moeder die de wedstrijd om Xaviers gunst niet zomaar ging opgeven, 'Danny is niet half zo intelligent als Hendrik. Hij komt ook van een andere wereld...' Ze zoog behoeftig aan haar sigaret. 'Maar hij is eerlijk, en dankbaar. En gij...' ze zocht naar haar woorden, draaide zich weer naar haar echtgenoot, 'gij tolereert mij.'

Haar vader hief zijn twee gipsen omhoog en keek haar aan als een kind dat hoopt dat mama nu stopt met boos zijn. 'Ge ziet toch wat er gebeurt als gij mij in de steek laat?'

Haar moeder keek naar hem, met iets van verwarring in de blik.

'Natuurlijk zijt gij belangrijk voor mij, Fie, dat wéét ge ook. Maar ge hebt wel gelijk: ik zeg dat misschien niet genoeg.'

Lise bestudeerde hun gezichten. Ze vroeg zich of haar vader zijn imago in stand probeerde te houden tegenover zijn gast of deed wat van hem verwacht werd om te vermijden dat de poppen straks weer aan het dansen gingen. Ze keek naar Xavier, die geamuseerd haar ouders zat te bestuderen.

'Wel, dat doet mij nu deugd, om dat eens uit uw mond te horen.' Ze richtte zich tot Xavier. 'Dat heb ik nu aan uw bezoek te danken. Tegen mij alleen zou hij dat nooit zo zeggen.'

'Misschien moeten we deze lovebirds dan toch maar wat met rust laten nu,' zei Xavier lacherig.

'Maar Xavier toch.' Haar moeder maakte een koket afweergebaar en keek mild naar haar man.

Buiten blaften geen honden, raasden geen auto's voorbij, hing er geen onweer in de lucht. Alles was vrede. Zo leek het toch.

'Ik vind uw moeder eigenlijk wel een sympathieke.' Xavier duwde op het gaspedaal, terwijl hij al bijna honderdveertig aan het rijden was. 'En uw vader ook, op een totaal andere manier, hij is natuurlijk ernstiger, heel intelligent, getekend wel.'

'Ge klinkt verwonderd.'

'Ge vertelt nooit zoveel over hen, maar ik had door u toch een andere indruk gekregen.'

'Het was ook een nogal atypische middag.'

'Mensen zijn nooit typisch.'

‘Nee, maar... Laat maar.’

Lise tikte drie keer op de plusknop en bracht zo de temperatuur van negentien naar tweeëntwintig graden.

‘Meent gij dat nu? Het is nog zomer, hè.’

‘Oei, sorry,’ zei Lise en ze zette de temperatuur meteen vijf graden lager. ‘Ik had het een beetje koud.’ Ze dacht aan haar favoriete truitje dat nog in een plastic zak in de gang van het huis van haar ouders lag. Ze had haar kleren niet mee durven nemen in Xaviers auto.

‘Ik denk dat ik u nog nooit heb horen zeggen dat ge het te warm hadt. Zelfs als ik u neuk, zweet gij niet eens.’

Lise glimlachte en haalde haar schouders op.

De wegen waren stil, het lage zonlicht scheen onder de klep door in Lises ogen.

‘Hoe gij hem zover hebt gekregen dat hij dat verhaal over Laetitia’s zelfmoordpoging vertelde... Echt straf. Ik wist dat zelfs niet.’

‘Niet?’ Hij nam een muntje. ‘Alle mensen vertellen graag hun verhaal. Als ge er maar naar vraagt en minstens de indruk wekt dat ge het echt wilt horen.’

Lise vroeg zich af waarom hij er ‘de indruk wekt’ aan toevoegde, maar daar vroeg ze maar niet naar.

‘Ik ken veel mensen die zulke vragen ongemakkelijk zouden vinden.’

Xavier keek haar bijna verwonderd aan.

‘Dat is dan toch hun probleem, niet?’

‘Stel nu dat mijn ouders meteen een hekel aan u hadden gehad.’

‘Ja, dat zou ik nu niet overleefd hebben.’ Xavier lachte hard en zette de radio aan.

‘*Why do all good things come to an end*,’ werd er gezongen, Xavier neuriede mee. Lise keek rechts uit het raam naar de voorbijglijdende velden met wat achteloze schapen, verloren in te veel gras.

‘Waarom hebt gij met Nina eigenlijk amper nog contact?’ vroeg hij opeens.

Lise stak haar handen onder haar kont.

‘Ge hebt haar ook bezig gezien. Ze is, om een eufemisme te gebruiken, niet de simpelste. En op een bepaald moment heeft ze hevig ruzie gemaakt met mijn ouders. Dat is toen zo geëscaleerd dat ze vertrokken is.'

'En waarover ging dat dan? Over haar moeder of zo?'

'Hmm,' knikte Lise vaag.

Een auto claxonneerde toen Xavier hem voorbijscheurde. Lise keek naar de snelheidsmeter, maar zei niks.

'Heeft ze u eigenlijk nog gecontacteerd na dat feest? Ik heb u er niet meer over gehoord nadien.'

Vier keer. De eerste keer had Lise opgenomen, niet omdat ze daar zin in had, maar omdat ze niet anders durfde. Nina had haar gebeld om twintig voor twaalf 's avonds, en om kwart na één had Lise voor de derde keer gezegd dat ze nu echt moest gaan slapen omdat ze vroeg op moest. Pas een klein halfuur later had ze daadwerkelijk opgehangen. Haar zus had dezelfde dingen wel drie, vier keer verteld, en ze was voortdurend haatdragend geweest over hun vader. Ze had dronken geklonken. De volgende oproepen, elke keer laat, had Lise niet beantwoord. Daarna was er geen meer gekomen. Lise had zich voorgenomen om haar terug te bellen, op een zondagochtend of zo. Dat had ze nooit gedaan.

'Nee, niet meer gebeld. Typisch Nina. Ze zegt dat dan op zo'n moment, maar...'

'Misschien moet gij haar dan eens bellen, niet? Het is toch familie.'

Lise maakte een bevestigend geluidje. Ze was geen goede zus, dat wist ze allang.

24

'Oké, Sien?' Het meisje knikte vaag. Het leek alsof zelfs praten haar bij momenten te veel moeite kostte. Boven haar mondmasker leken Kristels ontzette ogen nog groter. Lise wou dat ze iets geruststellends kon zeggen, maar de chemo die Sien nu kreeg was echt heftig. Daar viel niet aan te ontkomen als ze de stamceltransplantatie alle kansen wilden geven, maar dat maakte het niet makkelijker om zien. De tol die zo'n behandeling eiste van een klein lichaam, het bleef Lise ontregelen. Ze beloofde straks nog eens langs te komen en draaide zich om. Ze moest nog naar Nordin. Maar wat was dat nu? Opeens werd ze duizelig, ze zag vlekken voor haar ogen, haar hart ging fel tekeer, ze moest...

'Hallo?' Akelig dichtbij zag Lise het bebrilde hoofd van een nieuwe verpleger van wie ze niet op de naam kon komen. 'Gaat het?' Lise schoot overeind, maar werd met zachte hand tegengehouden. Ze moest nog wat blijven liggen, met haar benen hoger, want ze was flauwgevallen. Lise wou helemaal niet blijven liggen, ze wou opstaan, ze schaamde zich te pletter. En ze hadden haar mondmasker afgezet, dat was onverantwoord. Ze zei dat ze een lage bloeddruk had. De man glimlachte bij wijze van antwoord zijn geruststellende verplegersglimlach, maar hield haar evengoed met veel vastberaden vriendelijkheid op de grond.

Lise had vanmorgen haar yoghurtje niet gegeten omdat ze gisteren met Xavier een glas wijn had gedronken. Dat was misschien toch niet zo'n goed idee geweest. Zo onderuitgaan, in het bijzijn van een patiëntje dan nog, dat kon ze zich niet permitteren. Ze hoorde Kristel tegen Sien zeggen dat ze zich geen zorgen moest maken, dat dokter Lise alweer beter was.

Met een robuuste glimlach kwam Lise ten slotte weer overeind. Ze bedankte de verpleger, zocht naar haar mondmasker en mompelde ook tegen Kristel iets over haar bloeddruk. Ze keek bedenkelijk, vond Lise, maar misschien dacht ze dat maar. In het sas ontdeed Lise zich zo snel mogelijk van de beschermkleding en ze nam niet de moeite om nog wat vriendelijk na te praten met de verpleger, wat echt onsympathiek van haar was. Ze liep de gang in en haastte zich naar de traphal.

In de toiletten van de vierde verdieping liet ze zich op het deksel van de pot zakken. Ze ademde diep in en uit en legde haar hoofd in haar handen. Misschien moest ze toch even naar de cafetaria voor een yoghurtje. Maar ze hadden alleen varianten met fruit, en die zaten bomvol suiker. Heen en weer naar de superette in de Molenstraat, dat zou te veel tijd kosten. Er was een beenmergpunctie waarbij ze mocht assisteren.

Ze moest ook niet overdrijven. Het ging wel weer. Ze voelde zich prima. Ze had echt een lage bloeddruk. Zout, in water, elke dag een beetje, dat kon ze eens proberen. Lise probeerde voluit te ademen, maar het was alsof er een mens op haar borstkas zat, een stevige volwassen kerel die dringend op dieet moest. In door de neus, uit door de mond. Rustig, zei ze zacht tegen zichzelf.

Er stapte iemand de toiletten in. Lise hield zich muisstil. De vrouw neuriede een liedje, iets heel herkenbaars, maar wat was het? Een deur werd op slot gedraaid, armbanden klingelden, een straal klaterde in de pot, er werd doorgetrokken. De hele tijd bleef de vrouw neuriën. Ze had vast een goede stem als ze echt zou zingen. Ze liep naar de wastafels. Lise hoorde het pompje van de zeep, water uit de kraan, de handdroger. Daarna bleef de vrouw nog even staan. Lise stelde zich voor dat ze haar haar goed aan het leggen was, of wat uitgelopen make-up aan het wegvegen. En opeens hoorde ze de vrouw tegen haar spiegelbeeld zeggen: 'Gij zijt zo goed bezig.'

Lise zat doodstil te luisteren naar de onzichtbare vrouw die de toiletten weer uit neuriede. De deur viel in het slot en Lise staarde naar de kale vloer, naar haar linkersneaker waar een vuile veeg op zat, naar haar ossenknieën. Hoe hoog zouden haar knieën scoren in haar rangorde van de meest walgelijke lichaamsdelen? Zeker top tien, misschien zelfs top vijf. Ze probeerde diep in te ademen, haar borstkas zwol, en weer uit. Ze moest in actie schieten. Komaan, hop. Nu.

'Lise, Kosse wil u zien!' Lise riep terug dat ze straks wel zou gaan, maar voor ze de kans kreeg om toe te lichten wat ze eerst nog even wou doen, kreeg ze te horen dat het meteen moest. De meteen klonk onaangenaam. Met milde tegenzin liep Lise naar zijn kantoor, maakte de deur open en daar zat Kosse op de tafel, met zijn bril op zijn voorhoofd, dat zag er altijd onnozel uit. Hij staarde naar zijn telefoon en tikte een bericht. Dat deed hij zo traag dat het in zijn geval bijna efficiënter was om even op te staan en het bericht live te gaan meedelen, dacht Lise. Ze bleef staan, wachtend tot hij klaar was.

'Lise, ga eens zitten,' zei hij met iets pedants in zijn toon, en hij zette zijn bril weer op zijn neus terwijl hij op de stoel wees. Lise deed wat haar werd gevraagd. Kosse vroeg haar nooit om plaats te nemen. Zelf bleef hij op de tafel geparkeerd zitten, waardoor zij naar hem moest opkijken. 'Ik heb gehoord dat er vandaag een incident–'

'Ja, ik heb een lage bloeddruk, en–'

'Ik heb er met een paar mensen over gesproken, Lise.' Hij gebruikte zijn doktersstem, viel Lise op. 'En ik zou u willen vragen om u eens te melden bij collega De Schepper voor een gesprekje.'

Lise voelde de leuning tegen haar schouderbladen.

'Maar dat is–'

'Ja, het hoofd van onze afdeling eetstoornissen. Ik heb hem gemeld dat ik een van mijn mensen zou sturen, hij verwacht u. Voor een van de onzen wou hij tijd maken, waar ik hem dankbaar voor ben.'

'Maar ik...'

'Ik begrijp dat het niet ideaal is om in dezen te worden aangemaand om er met een specialist over te spreken. Maar ik heb geen keuze, Lise, ik moet op u kunnen rekenen. Ge zijt een van mijn besten in jaren, en ik zou niet willen–'

‘Ik word nu gestraft, gewoon omdat ik door die idiote lage bloeddruk–’

‘Lise,’ hij nam een pauze en keek haar nadrukkelijk aan, ‘ge zijt intelligent genoeg om te weten dat deze reactie de ernst van de feiten alleen maar onderstreept. Ik ben doorgaans niet de eerste om zulke dingen op te merken. Afijn, ik zag wel dat ge vermagerde, maar ik zocht er verder niks achter, uw werk was goed, op die ene blunder na, dus... Maar blijkbaar leefde er bij alertere collega’s, met meer voeling met dit soort kwesties, al langer een bezorgdheid.’

‘Professor Kosse, ik kan u verzekeren–’

‘Neem het op met dokter De Schepper.’ Hij klonk vriendelijk, maar beslist. ‘Ik ga de zaak aan hem overlaten. Ik kon niet zomaar negeren wat mij onder de aandacht werd gebracht. Over tien minuten wordt ge verwacht, ge weet wel, in het bijgebouw.’

‘Ja, het enige zonder verdiepingen opdat mensen niet uit de ramen zouden kunnen springen, ik weet het.’

Kosse negeerde die zin, raakte even haar schouder aan terwijl hij bemoedigend naar haar knikte, en liep zijn kantoor uit.

Lise keek hem niet na, stond niet op, ze keek naar buiten. Ze duwde de nagels van haar ringvingers in de muizen van haar duimen tot het pijn deed. Ze keek op de klok, het was zeker een minuut of zes, zeven lopen. Wie dacht die klote-Kosse eigenlijk wel dat hij was? En wie waren in godsnaam die sommige mensen met meer voeling? Voeling met wat? Met problemen creëren waar ze niet zijn? Waar bemoeiden ze zich mee?

Nee, ze ging dit niet doen. Onder geen beding. Alsof ze zelf niet zou weten waar ze mee bezig was, zeg. Ze ging gewoon verder met haar werk. Ze was nodig, hier op de afdeling. Ze had geen tijd voor onzin. Naar het bijgebouw, waar de losers zaten, het idee alleen al. Ze verrekte het, godverdomme, ze verrekte het.

25

'Ik ben nergens kwaad om.' Een meisje met een groot voorhoofd dat er dertien uitzag en waarschijnlijk in de twintig was, trok haar benen op en sloeg haar armen eromheen.

'Ge kunt u misschien niet goed kwaad maken, maar als ge erover nadenkt, wat stoort u, of wat vindt ge onterecht of...?' vroeg de begeleidster. Ze had haar haar slordig opgestoken met een grote knalgele speld, alsof er een kanarie in verstrikt was geraakt. Ze droeg een lange, wijde rok en versleten schoenen.

Het meisje tikte met haar kin tegen haar knokige knieën terwijl ze naar een antwoord zocht.

'Als mijn moeder zegt dat ik zoveel mooier zou zijn als ik wat meer zou wegen. Of dat ik vroeger zo'n mooi meisje was.'

'Dat snap ik, ja,' zei een vrouw met kort grijs piekhaar, 'alsof het ons erom gaat mooi te willen zijn.'

Lise vond het woord 'ons' merkwaardig. Het droeg bij tot de vervreemding die sowieso al gecreëerd werd door de troosteloosheid van het lokaal. De vale zalmrozige muren, de vergeelde plafonds, de koude beige spikkeltegels, de metalen kasten. In een van de deuren zat een deuk, alsof iemand er met een vuist tegenaan had geslagen, of met een hoofd ertegenaan gebonkt. Het zou een locatie kunnen zijn voor een film over een Roemeens weeshuis in de jaren zeventig.

Het meisje met de knokige knieën zat inmiddels in kleermakerszit op haar stoel, wat er behoorlijk onhandig uitzag omdat de armsteunen in de weg zaten, maar zij leek haar lijf dichtbij te willen houden. Lise merkte haar uitgesproken sleutelbeenderen op, en de ingevallen wangen van de vrouw met het grijze piekhaar, het iele vogelnekje van een meisje met blauwige handen en vage nagels, de te lange kinderarmen van een jongen die een trui droeg met I CAN'T GET NO SATISFACTION erop, zelfrelativerende humor die Lise voor hem innam. Ze vond zichzelf te dik om hier te zijn. De anderen vonden dat vast ook van haar. Gênante toestand.

Ze had mogen kiezen van De Schepper. Een wekelijkse groepssessie 's middags of individuele therapie, anderhalf uur per week, negentig minuten praten met De Schepper, die uitlegt wat voedseltekort aan fysieke en andere gevolgen genereert of nog erger: die vragen stelt over alles waar zij het niet over zou willen hebben. Dan had dit haar de minst erge geleken van wat sowieso buitengewoon onprettige opties waren. Als ze weigerde, zou dat haar assistentschap in gevaar kunnen brengen.

Ze had ook papieren gekregen waarop stond wat ze de komende weken moest eten, en wanneer precies. Elke dag om elf uur een stuk fruit, of twee, als het bijvoorbeeld kiwi's, mandarijntjes of pruimen waren, klein fruit, noemden ze dat, en om vier uur een koek, alsof ze weer een schoolgaand kind was. Lise had die lijsten vluchtig bekeken en daarna weer keurig in het mapje gestopt, en dat in een lade van haar bureau geklasseerd. Wat voor een achterhaalde onzin dat een mens beter werd van een Twix. Er zouden evaluatiemomenten komen, met weegschalen en gesprekken, maar dat zag ze dan wel weer.

'Waar gaat deze aandoening voor jullie om?' vroeg de begeleidster, en toen realiseerde Lise zich dat ze weer niet aan het luisteren was.

'Over pijn verleggen,' zei de jongen, feitelijk. Hij prutste almaar aan de rits van zijn trui. 'Fysieke pijn of ongemak leidt de aandacht af van te groot verdriet of zo?' Hij klonk aarzelend.

'Over manieren zoeken om de controle terug te nemen die u ooit werd ontnomen,' zei een vrouw met wallen onder haar ogen en dun haar dat zielloos naast haar gezicht hing, als gordijnen die te ver dicht waren geschoven. 'Al is dat natuurlijk een illusie.' Ze krulde haar lippen naar binnen, alsof ze daar van alles over zou kunnen vertellen, maar dat nu onder geen beding ging doen.

‘Voor mij gaat het over angst,’ zei een vrouw met een hoody die tot over haar wenkbrauwen kwam.

Lise zag al die ernstige blikken en vroeg zich af of er in deze kring behalve de jongen iemand ook maar enig gevoel voor humor had.

‘Elke keer als ik eet voel ik me schuldig en walgelijk,’ zei een beeldschoon meisje dat hooguit zestien kon zijn. Ze had een perfect symmetrisch gezicht, schitterende jukbeenderen en opvallende ogen. De mouwen van haar trui waren tot over haar handen getrokken, en ze hield de uiteinden vast, waardoor het haar eigen soort bokshandschoenen werden. ‘En niemand mag weten dat ik bepaalde dingen lekker vind en er stiekem heel erg naar verlang. Maar ik heb geen karakter. Ik kan niet een paar macadamianoten eten, niet één stuk pizza, niet één klein bolletje ijs, dus ik moet gewoon radicaler zijn dan andere mensen.’ Ze staarde naar de vloer. ‘Ik denk soms dat ik hier gewoon echt niet meer wil zijn. Al dat vechten. Pff.’

Lise keek naar het meisje dat zo’n beetje alles was wat elke zestienjarige wilde zijn. Ze vroeg zich af wat haar was overkomen, of aangedaan.

‘Het is belangrijk,’ zei de begeleidster, ‘om onderscheid te maken tussen de eetstoornis en uzelf. Er is die stem die u verplicht om driehonderd sit-ups te doen of maar zo veel calorieën te eten, en die stem verbindt zich aan op zich goede dingen als zelfdiscipline en zelfbewustzijn, wat het moeilijk maakt om het verschil te zien tussen wat ge zelf denkt en wat die stem u influistert.’

‘Ja,’ zei de jongen. ‘Mijn broer zegt altijd: man, eet nu toch gewoon, maar het is een gevecht tegen uzelf om uzelf te redden, dat zijn niet de gemakkelijkste om te winnen.’ Hij beet op de sluiting van de rits. ‘Ik heb zo lang in ontkenning gezeten,’ hij keek even naar de begeleidster die therapeutisch verantwoord met een schuin hoofd naar hem zat te luisteren. ‘Ge weet natuurlijk ergens wel dat het niet normaal is dat ge leeft van zeshonderd calorieën per dag, die ge allemaal keurig telt en opschrijft in een boekje, maar op de een of andere manier slaagt ge er toch in om dat voor uzelf te normaliseren. Het heeft bij mij wel een jaar geduurd, denk ik, of nog iets langer, voor ik echt aan mezelf toegaf dat het fout liep.’

Zeshonderd calorieën, dacht Lise, dat was nog best veel.

'Ik was met twee vrienden gaan zeilen, zij hadden ervaring en waren de hele tijd in de weer met alles wat op die boot moest gebeuren. Dus ik kon niks anders doen dan in de zon liggen. Toen we aankwamen en van boord moesten om inkopen te doen, merkte ik dat ik eigenlijk gewoon niet meer kon opstaan. Alsof ik onder het puin van een heel flatgebouw bedolven lag. Ik, die de dag voordien nog twee uur had gesport, voelde opeens hoe verschrikkelijk moe ik eigenlijk was. Voor het eerst in ik-weet-niet-hoelang merkte ik dat mijn lijf eigenlijk niet meer kon.'

Lise keek naar de vogelnekvrouw die met haar drukke handen zat te reageren op het verhaal van de jongen. Lise vond het verwonderlijk dat ze allemaal zin leken te hebben in praten, of de meesten toch, en dat ze het zo te horen ook allemaal al veel hadden gedaan, over dit onderwerp.

'En gij, Lise?' hoorde ze opeens.

Lise keek verschikt op naar de begeleidster en ging wat rechter op haar stoel zitten. Ze had geen idee waar het precies over ging.

'Ik weet niet,' antwoordde ze en ze liet het beslist klinken. Fout kon zo'n reactie moeilijk zijn.

'Hebt ge de vraag gehoord?' vroeg de begeleidster met haar eeuwige glimlach.

Lise schudde schaapachtig het hoofd.

'Vluchtgedrag zegt ook iets,' lachte de jongen.

'Wat dan?' vroeg Lise.

'Dat kunt gij alleen beantwoorden. Nu, zo'n eerste keer is sowieso altijd raar, zeker als ge ambulant zijt.'

Lise wás blijkbaar iets, gelinkt aan deze afdeling, dat vond ze een vervelende gedachte.

'De vraag was: welk gevoel geeft het u om zo weinig te eten?'

Lise dacht na. Ze moest zich nu wel bereid tonen. Ze wou niet dat de begeleidster De Schepper ging alarmeren.

'Het maakt mij sterk.'

'Hoezo sterk?'

'Omdat ik kan wat niet iedereen kan: me beheersen.' Ze merkte aan de begeleidster dat dit niet volstond. 'Ik voel me licht, beschermd of zo.'

Lise zag al die vreemde gezichten die haar aanstaarden. Ze hoopte dat iemand anders een lang verhaal zou beginnen.

'Beschermd? Waartegen?'

Lise fronste, keek naar de tegelvloer.

'Ik weet het niet.'

'Voelt ge u ook sterk,' vroeg de vrouw met de hoody, 'als ge 's nachts in uw bed ligt en niet kunt slapen?'

Hoe wist deze kwajongensvrouw dat zij 's nachts niet kon slapen? Lise wilde hier weg, maar de hoody was nog niet uitgepraat.

'Voelt ge u sterk als ge kapotgaat van eenzaamheid omdat ge zo in beslag genomen zijt met wat ge máár moogt eten en hoeveel kilometers ge die dag nog moet fietsen of zwemmen of wat ook, dat ge eigenlijk de energie niet meer hebt om echt te luisteren naar andere mensen? Omdat ge aan niemand kunt uitleggen hoe het voelt, de paniek die u overvalt als ge toch twee lepels soep méér hebt gegeten dan ge van plan waart? Omdat ge de angst om door niemand goed genoeg te worden gevonden niet kunt delen? Zijt ge ook sterk als ge alleen maar walging voelt voor uzelf, en dat verstopt onder allerlei soorten gedrag ten dienste van anderen in de hoop dat ze u toch maar niet zouden zien zoals gij uzelf? Als ge u afvraagt waar het naartoe moet, met dat leven van u? Als ge tegen uzelf zegt: als het echt te erg wordt, kan ik nog altijd mijn polsen doorsnijden?' Ze sprak met een indrukwekkende trefzekerheid die niet bij haar capuchon leek te passen, en ze keek Lise aan met een onrustbarende intensiteit. Zij was vast al vele jaren in behandeling, dat ze dat zo verwoord kreeg. En toch zat ze hier nog.

Lise wou antwoorden dat ze het erg vond voor háár, maar ze voelde de blik van de begeleidster, dus ze zei: 'Misschien voel ik mij niet echt altijd sterk, nee.' Ze staarde naar de schoenen van de vrouw die zweeg, waarschijnlijk omdat ze vond dat Lise door moest praten.

Er viel een stilte. Iedereen bleef naar haar kijken, terwijl dit toch een kringgesprek behoorde te zijn. De vrouw met het gordijnhaar vroeg: 'Wat motiveert u om hier te zijn?'

Dwang was niet het wenselijke antwoord, wist Lise. Ze keek getroebleerd, alsof ze niet precies wist waar de vrouw op doelde.

'Voor wat of wie wilt ge beter worden?' vulde de begeleidster aan. 'Dat is misschien een mooiere vraag.'

O, daar kon ze makkelijk op antwoorden. 'Om mijn werk goed te kunnen blijven doen. Voor mijn ouders, vooral voor mijn vader, die zich wel wat zorgen om mij maakt, voor mijn vrienden.' Lise dacht aan Tess die ze niet meer had gezien sinds dat onverwachte bezoek. Op een paar berichtjes en een kort telefoontje na was er geen contact meer geweest, en dat lag aan Lise. 'Voor mijn lief,' voegde ze er nog aan toe. Dat klonk goed, vond ze, zij was zoals alle andere mensen, zij had een lief. Maar voor hem moest ze niks, hij zeurde nergens over.

'Niet voor uzelf?' vroeg de vrouw met de akelige handen, en Lise kon aan de wat meewarige glimlach van de begeleidster zien dat ze dat had moeten zeggen.

'Ja, ja, ook voor mezelf natuurlijk.'

De vrouw met het gordijnhaar haakte erop in en stak een heel verhaal af. Lise haalde opgelucht adem. Ze staarde langs het mooie meisje door het raam, ze kon een stukje van de ziekenhuisvleugel zien waar haar patiënten lagen, zieke tot heel zieke kinderen die haar nodig hadden, of tenminste: artsen nodig hadden, en zij was er een. Ze durfde niet op haar horloge te kijken, maar ze hoopte dat ze toch al over de helft zaten. Ze vroeg zich af of al deze mensen geen plek hadden waar ze eigenlijk moesten zijn.

Buiten stak een felle wind op, Lise hield van het geluid van bladeren die ruisten, van het beeld van mensen die wat schuin tegen de wind in liepen, van wegwaaiend zand dat nergens naartoe moest. Ze ving woorden op als 'zelfdestructie', 'eigenwaarde' en dan 'rijstwafel', ze zag de kanarie in het haar van de begeleidster, en ze moest opeens heel erg haar best doen om niet in lachen uit te barsten. Maar ze beet op haar lip, concentreerde zich op iets anders en vond haar ernst weer terug. Zij kon dat, zij kon alles.

26

Dit was de derde oproep van haar moeder vandaag, en gisteren had ze ook al vier keer gebeld, nu moest ze toch maar opnemen. Misschien iets met haar vader, bedacht Lise, zijn gips mocht er een dezer dagen af.

'Ja, mama?'

'O, eindelijk, Lise, ge neemt op! Er is iets verschrikkelijks gebeurd.'

Haar moeder liet een hevige stilte vallen.

Lise beheerste zich en riep niet in de telefoon: zég het dan meteén, in godsnáám!

'Wat dan?' vroeg ze zacht.

Ze hoorde snifgeluiden, een lichte loopneus en geen zakdoek bij de hand, of de naweeën van een huilbui, dat was niet helemaal duidelijk. Er moest iets zijn met haar vader.

'Het is Danny.' Haar moeder klonk alsof er een haarbal in haar keelgat zat.

'Wat met Danny?'

'Ik ging hem oppikken om boodschappen te doen, zoals elke woensdag. Hij heeft geen auto, zoals ge weet, dus ik ga dan met hem naar de supermarkt, en soms naar de Blokker of de discountwinkel, of ja, waar hij ook naartoe moet. Meestal zien we elkaar ook op zaterdag of zondag, maar dat was er nu het voorbije weekend niet van gekomen.'

Lise keek op haar horloge, nog een kleine twintig minuten en dan wou Kosse rondes lopen, startend bij Sien, dus dan moest ze ook nog beschermkleding aan.

'Ja,' zei ze met iets van haast in haar stem.

'Dus ik parkeer mijn auto, ik loop naar de hal van zijn flatgebouw. Dat is een groot ding, met heel veel bellen, ik moet daar altijd weer zoeken naar de juiste. Maar ik zie zijn naam staan, en ik druk twee keer kort en één keer lang, dat doe ik altijd, dan weet hij dat ik het ben, en niet iemand uit zijn verleden of zo die hij helemaal niet wil zien. Want het is belangrijk dat hij zich nu omringt met de mensen die het goed met hem voorhebben, natuurlijk.'

'Ja, maar wat–'

'Afijn, ik ga al bij de deur staan, die hij dan normaal open zoemt. Maar er gebeurt niks. Ik sta daar maar, ik denk, heb ik nu niet hard genoeg gedrukt? Dus ik loop terug, en ik duw twee keer kort op die bel, en die ene keer lang laat ik extra lang duren. Maar opnieuw: geen reactie. Ik denk: die bel is kapot, dat kan niet anders. Danny heeft nog nooit een van zijn woensdagafspraken gemist. Integendeel, hij zei altijd dat hij er zo naar uitkeek. Dus ik denk: ik probeer een andere bel, wie weet laat er wel iemand anders mij even–'

'Mama, heel even: ik ben in het ziekenhuis en ik moet–'

'Ja, ja, ik weet dat ge nooit tijd hebt, en dat alle patiënten daar belangrijker zijn, maar ik ben uw moeder, en ik sta hier te trillen op mijn benen en sorry, maar ja...'

'Ja, ik begrijp het, ik zou gewoon niet willen dat ge–'

'Afijn, lang verhaal kort dus, ik geraak via een buurvrouw dan toch tot bij zijn deur, ik klop aan, ik roep: "Danny, Danny!", maar niks. Ik doodongerust natuurlijk, hoe zoudt ge zelf zijn? Ik denk: hij ligt daar, hij heeft een hartaanval gehad, of een trombose, of ja, ik moet het u niet zeggen, gij weet wat er allemaal kan gebeuren, en als ge dan alleen woont, ja maar ja.'

'En wat hebt ge dan gedaan?'

'Dat was een heel gedoe, maar om het kort te houden: uiteindelijk vind ik de conciërge bereid om voor mij de deur open te maken. En wat blijkt?'

Haar moeder stak een sigaret op. Lise probeerde niet nerveus in de telefoon te ademen.

'Niks! Geen Danny. Het was wel heel rommelig in zijn appartement, wat niet zijn gewoonte is. Ik vond het juist opmerkelijk dat hij als man zo zijn best deed om het gezellig te maken. De week voordien lag het er allemaal nog netjes bij, en nu leek het op… tja, uw kamer vroeger. Weet ge nog dat gij altijd–'

'Maar wat is er dan met hem?'

Haar moeder blies geïrriteerd rook uit, dat kon Lise horen.

'Ja, ik wist dus ook niet wat ik ermee aan moest, hè. Ik heb uiteindelijk aan Yvette gevraagd wat ik kon doen. En zij zei: neem contact op met zijn justitieel assistent. Als er iets is, dan laten ze dat aan haar weten. Dus ik doe dat, en dat meisje zegt doodleuk: hij is zaterdagavond om 23.17 uur weer opgepakt! Opgepakt, Danny… Ik viel van mijn stoel, echt. Hij had zijn voorwaarden geschonden. Hoe of wat, ik weet het ook niet, dat wilde ze mij niet zeggen omdat ik geen familie ben. Krijgt ge dat, geen familie! Ik zeg nog: ja maar, zijn familie kijkt niet naar hem om, ik ben de enige die hij heeft. Maar denkt ge dat zo'n mens dan ook maar een duimbreed toegeeft? Niks, hè. Ik zei vroeger altijd: Danny, ge zoudt beter wat milder zijn tegenover haar, maar nu denk ik–'

'Maar zit hij dan weer in de gevangenis?'

Haar moeder zuchtte alsof ze met de uitgeblazen lucht zestig kaarsjes gedoofd moest zien te krijgen op een trieste verjaardagstaart.

'Ja, hij zit weer binnen, op dezelfde plek. Maar wacht–' Haar moeder nam telkens als ze van haar sigaret trok een enerverende pauze. 'Het ergste moet nog komen…'

Nu moest Lise iets zeggen, voelde ze.

'Ja?' Ze liet het bekommerd en verbaasd klinken.

'Hij heeft mij niet meer op zijn bezoekerslijst gezet! Ik dacht eerst: dat moet een vergissing zijn, of het is nog niet in orde gebracht misschien. Maar nee, ik heb uiteindelijk iemand van de gevangenis aan de lijn gekregen en hij zei dat dit de lijst was die Danny had doorgegeven. Dus als ik daar niet op stond, betekende dat wel degelijk dat hij mij niet wil zien.' Haar moeder liet een pauze vallen om Lise de kans te bieden om te reageren.

Lise keek op haar horloge. Nog een paar minuten. Ze liep alvast in de richting van Siens kamer, zodat ze Kosse kon zien aankomen.

'Misschien schaamt hij zich?' probeerde Lise.

'Wel, dat denk ik nu ook!' Ze klonk voor het eerst tevreden met een reactie van haar dochter. 'Hij wou het zo graag goed doen, en ik heb zo in hem geloofd en geïnvesteerd, en nu is hij bang dat hij mij te erg heeft teleurgesteld. En dat is natuurlijk ook wel zo. Maar anderzijds, ik weet ook hoe moeilijk het kan zijn. Hij had best strenge voorwaarden, vond ik. Dus ik wil hem wel terugzien. Iemand zomaar koudweg laten vallen, dat is mijn stijl niet. Maar ja, de zijne blijkbaar wel, of ja, ik weet het niet. En dat na alles wat ik voor hem heb gedaan. Zelfs al schaamt ge u, dan gaat ge zo iemand toch niet zomaar dumpen van de ene dag op de andere?' Haar moeder riep nu zo hard in de hoorn dat voorbijgangers op de ziekenhuisgang konden verstaan wat er werd gezegd, dacht Lise.

'Nee, dat is niet...'

'Toch? Dat is toch echt niet oké, dat mensen elkaar zulke dingen aandoen. Ik wou echt dat–'

'Misschien moet ge hem een brief schrijven, waarin ge uitlegt waarom gij wel contact wilt houden? En dat hij zich niet hoeft te schamen, als dat het probleem zou zijn?'

'O ja,' ze viel even stil, 'dat is eigenlijk nog wel een idee. Dat ik daar nu zelf nog niet op was gekomen. Maar ja, ik ben te overstuur om helder te kunnen denken. Ik had echt wel...'

Ze hoopte dat haar moeder niet aan haar vader zou vertellen dat Lise een suggestie als deze had gedaan. Lise zag Kosse komen aanmarcheren, hij was iets te vroeg.

'Mama, sorry,' onderbrak ze haar moeder die nog altijd aan het doorrazen was, 'maar ik moet nu echt ophangen. We moeten naar een patiënt...'

Verzengende stilte aan de andere kant van de lijn.

'Mama?'

'Ja, ja, ik weet dat ik het hier alleen moet oplossen. Maar ik wou het eigenlijk ook echt met u nog eens hebben over uw dieet, want toen we elkaar de laatste keer zagen, moet ik zeggen dat ik echt wel schrok. Volgens mij zijt ge...'

Kosse zag Lise en wenkte haar. Ze moest mee het sas in.

'Ik bel u nog terug, oké? Sorry, maar ik moet nu echt... Dag mama, hou u sterk.' Lise wachtte niet meer op haar moeders reactie en hing op. Ze wilde vermijden dat Kosse nu ook maar iets op haar aan te merken kon hebben.

Ze liep de kamer in en hoopte dat Sien zich toch al iets beter voelde dan gisteren.

Lise keek op de wekkerradio. 3.07 uur. Alsof er een geluidloze wekdienst was ingeschakeld. De voorbije weken werd ze bijna elke nacht rond drie uur wakker. Als ze geluk had, viel ze na een uur of zo wel weer in slaap, maar vaker lag ze veel langer wakker, soms zelfs tot ze moest opstaan. Ze draaide zich op haar zij en trok de dons tot over haar oor. Zouden alle mensen die op dit uur ergens slapeloos lagen te zijn zich ook zo voelen, en zulke gedachten denken? Ze hoopte maar van niet.

Xavier had de voorbije avond met zijn moeder doorgebracht. Hij ging haar meenemen naar haar favoriete visrestaurant, had hij in een berichtje laten weten. Lise had het niet erg gevonden dat hij haar niet had uitgenodigd om mee te gaan. Of ja, ze had er het voordeel van ingezien om niet mee te hoeven. En het verslag van Lises dag zou ook niet meteen een gezellige bijdrage aan een familieavond zijn geweest.

Vorige week had hij een foto van zijn moeder in een lijst op de kast gezet, dus nu wist Lise hoe ze eruitzag. Hij leek op haar, vond ze. Dezelfde mond en dezelfde ogen. Lise kende niet meteen iemand die zijn moeder zo adoreerde als Xavier. Ze hoefde maar een kik geven en hij stond klaar voor haar. Dat kon je alleen maar schattig vinden. Lise had haar moeder zelfs niet meer teruggebeld.

Buiten gooide een auto piepend alle remmen dicht. Lise spitste haar oren, maar er volgde geen knal. Hij had dus geen andere auto geraakt. En hopelijk ook geen mens. Wellicht niet, want zo iemand zou schreeuwen. Nu ja, waarschijnlijk. Zij herinnerde zich de doffe tik die ze destijds had gevoeld, op die dag in september toen ze zestien was, en hoe ze, een paar seconden maar, had beseft dat de neus van een auto haar voortduwde, een auto die zo meteen over haar heen ging rijden, of tenminste kon rijden. En tot haar eigen verbazing had ze toen keihard geschreeuwd. Van wat er daarna gebeurd was, wist ze niks meer. Toen ze bijkwam na de spoedoperatie, en ze haar moeder met uitgelopen make-up naast haar bed zag zitten – haar vader was er niet, ze wist niet meer waarom –, had ze zich alleen maar schuldig gevoeld. Niemand had haar ooit vragen gesteld over dat incident, ook al had ze daar maandenlang rusteloos voor gevreesd, daar had ze maar geluk mee.

Als ze morgenvroeg op weg naar het ziekenhuis onder een bus zou lopen, per ongeluk, zou ze dan gillen uit spontane levensdrift of denken: zo, dat was het dan, ook goed? Daar moest ze over nadenken. Maar niet nu. Ze duwde de dons tussen haar borsten en benen, ze haatte het als die lichaamsdelen elkaar raakten, dat vond ze ongemakkelijk en vies. Blije dingen, daar moest ze aan denken. Aan Jonas die nog eens was langsgekomen op de afdeling, samen met zijn moeder, om te laten zien hoe goed het nu met hem ging. Aan Kosse die haar complimenteerde na het onderzoek dat ze zelfstandig had uitgevoerd. Aan haar vader die vast blij was dat die hele Danny-ellende naar alle waarschijnlijkheid zou ophouden. Aan haar nieuwe weegschaal die accurater was dan de vorige. Aan hoe ze over een paar uur weer een yoghurtje mocht eten. Aan de geur van frieten op een koude winteravond. Nee, daar mocht ze juist niet aan denken. Slapen moest ze, godverdomme. Zo ging dat niet lukken. Word nu eens kalm, riep ze tegen zichzelf.

Lise stond op, liep naar het toilet, plaste, kwam terug en ging met haar hoofd aan het voeteneinde liggen, op haar andere zij. Probeer nu helemaal nergens aan te denken, gewoon in- en uitademen, trut. Ze was zo moe, zo onvoorstelbaar klotemoe. Het kon gewoon niet dat ze hier weer zo zou liggen tot de ochtend. Ze moest gewoon ontspannen, hoe moeilijk kon dat nu helemaal zijn?

27

'De bovenkleding mag uit.' Bovenkleding vond Lise een raar woord. Moest ze ook nog in ondergoed voor die verpleegster gaan staan, of die diëtiste, ze wist eigenlijk niet eens wat de functie van dat witte geweld was. Alsof ze weer op de lagere school zat en naar het medisch onderzoek moest. Traag maakte Lise haar veters los en schopte haar schoenen uit. De vrouw bleef haar van achter haar bril aanstaren, alsof zij in Lises plaats had beslist om niet te doen aan gêne. Lise draaide zich om en trok haar trui over haar hoofd, daarna haar T-shirt. Nu moest haar broek nog uit, ze bleef met een hiel in een pijp haken en wankelde. Hoe was ze hier in godsnaam beland, eigenlijk? Waarom had ze Kosse niet kunnen overtuigen dat met haar alles in orde was? Waarom hield die vrouw niet op met staren?

In het uur voor ze hiernaartoe kwam had ze twee liter water gedronken en een paar van die afzichtelijke zware armbanden aangedaan die ze van haar moeder had gekregen, ze hoopte dat die enig effect zouden sorteren. Ze wist niet wat er zou gebeuren als haar gewicht niet was toegenomen. Daar had ze de voorbije maand ook niet over willen nadenken. Wie wou er nu vier boterhammen eten 's middags, en een aardappel ter grootte van een vuist 's avonds, voor bij het stuk vlees van minimaal 120 gram en de groente, die met saus konden worden gegeten, bechamel of kaassaus bijvoorbeeld. Ze had medelijden met de mensen die hier in opname waren en opeens weer aan tafel zaten bij hun grootouders. Ze kon maar niet begrijpen dat de staf blijkbaar niet had gemerkt dat er toch een en ander geëvolueerd was in voedingsland. Nu ja, het gewicht van die mensen moest ook echt toenemen, dat was toch nog anders.

'Ga er maar op staan.' Lise gehoorzaamde en keek naar het cijfer, het was iets hoger dan 's ochtends thuis alvast. '1,800 kilogram minder,' zei de vrouw en ze noteerde iets. Lise probeerde er schuldbewust bij te kijken. Dat het maar 1800 gram was, had zeker met dat water en die armbanden te maken, dacht ze ondertussen. Het was ook niet abnormaal dat ze met een lager gewicht niet meer de cijfers kon halen van weleer, probeerde ze zichzelf gerust te stellen. Ze trok haar kleren weer aan, ging zitten en stak haar handen onder haar kont.

Dokter De Schepper zou zo komen. De witte vrouw glimlachte haar eerste glimlach, alsof de gedachte aan dokter De Schepper haar alvast een heel stuk blijer maakte dan Lises aanwezigheid. Toen verdween ze uit het kamertje.

Lise wipte op en neer met haar linkervoet. Zevenentwintig jaar en als een meisje dat stout is geweest zitten te wachten op een man met een vermanend vingertje, en dat ook nog in een kantoortje op de gang van de psychiatrie, het was nu officieel: ze was een loser. Ze moest die De Schepper zo zien te charmeren dat hij niet met nieuwe maatregelen op de proppen zou komen of zo.

Deze psychiater had het meest ordelijke bureau van het hele ziekenhuis, durfde ze te wedden. Eén beschrijfbaar, maar onbeschreven notablok-slash-placemat, een zwarte beker met een zwarte pen, een liniaaltje en een potlood en ernaast twee kartonnen mapjes. Lise wist niet of dat soort akelige orde een goed of een slecht teken was. Ze wreef haar handen over elkaar. Zouden ze het hier expres zo koud maken, was dat onderdeel van de strategie? In oktober geen verwarming aanzetten en zo mensen een oncomfortabel gevoel geven om dan, van de tijdelijke zwakte gebruikmakend, toe te slaan?

Er ging een deur open. De Schepper kwam binnen, gaf haar een hand, ging tegenover haar zitten en legde haar dossier voor zich. Zijn lach was warmer dan die van sommige van de artsen hier, dat moest ze hem nageven. Hij wierp een blik op zijn papieren, ademde in, als om iets te zeggen, maar viel weer stil en rechtte zijn rug. Hij keek haar demonstratief aan.

Lise vroeg zich af of ze iets had gemist. Ze glimlachte zwijgend terug.

'Hoe voelt ge u, Lise?' vroeg hij uiteindelijk.

'Goed, prima.' Lise knikte erbij.

'En hoe hebt ge de voorbije maand ervaren?'

Lise dacht na. Ze mocht zich er niet te makkelijk van afmaken, dat zou niet goed vallen.

'Ik vond het moeilijk.'

'Wat vondt ge moeilijk?'

'Eh... alles eigenlijk.'

De Schepper knikte alleen maar. Ze moest specifieker zijn.

'Gewoon, de hele confrontatie met mensen die het zichtbaar ontzettend moeilijk hebben, in die groepsgesprekken bedoel ik, dat raakt een mens dan toch.'

Hij keek haar aan met een vriendelijke nadrukkelijkheid die haar ontregelde.

'Eh... de lijst met eetvereisten doornemen... Proberen minder te bewegen.' Drie dingen, dat moest volstaan, vond ze.

'En dat is blijkbaar allemaal niet zo goed gelukt?' Hij schudde er zijn hoofd bij, alsof hij er geen misverstand over wilde laten bestaan wat het juiste antwoord was.

'Ik heb mijn best gedaan.'

'Hoe hebt ge uw best gedaan?'

'Ik heb niet één groepssessie gemist.'

'Dat klopt. En wat nog?'

Lise slikte. 'Ik heb actief deelgenomen aan die gesprekken.' Het klonk bijna als een vraag, besefte ze, ze moest beslister spreken.

'Hmm.'

'Ik heb minder gesport.' Dat was waar, vorige week had ze één dag haar planning niet gevolgd omdat Xavier onverwacht was langsgekomen, net toen ze klaarstond om aan haar work-out te beginnen. Ze hoopte dat De Schepper er niet verder op in zou gaan.

'En qua eten?'

‘Ja, ook meer.’ Ze trok haar mond in een streep.

‘Hoezo meer?’

‘Ik heb mijn best gedaan,’ herhaalde Lise. Ze bleef er neutraal bij kijken en zette zich schrap voor wat komen zou.

De Schepper leunde achterover op zijn hoge bureaustoel en keek naar de muur in de verte, geconcentreerd, alsof daar de volgende vraag genoteerd stond die hij maar met moeite kon lezen. Toen leunde hij weer naar haar toe, met zijn ellebogen op tafel en zijn handen gevouwen.

‘We zijn er om u te helpen, Lise. Weet ge wat dat betekent?’

Lise keek bedenkelijk, als om aan te geven ‘niet echt’, omdat ‘ja’ in dezen vast niet de wenselijke reactie was.

‘Dat ik het moet uitspreken als ik voel dat ge zomaar iets zit te zeggen omdat ge denkt dat ik dat wil horen.’

‘Toch niet, vorige week maandag heb ik–’

‘Lise, cijfers liegen niet.’

Ze haatte het dat hij de hele tijd haar naam zei, alsof ze elkaar al eeuwen kenden. Hij wist niks van haar, deze dokter met zijn vriendelijke gezicht.

‘Weet ge wat ik denk?’

Hij liet een stilte vallen, alsof hij haar de kans wou bieden om daarop te antwoorden, ook al was het duidelijk dat hij haar sowieso ging vertellen wat hij dacht.

‘Ik denk dat gij hebt gedacht: ik ga er alles aan doen om de indruk te wekken dat ik coöperatief ben, en ondertussen doe ik gewoon wat ik nu al – hoelang? Bijna een jaar is het, zeker? – aan het doen ben. Ik denk, Lise, dat gij nog geen moment hebt overwogen om echt aan uw probleem te werken.’

Lise zweeg, dat leek haar het verstandigste. Ze wou dat De Schepper opgeroepen werd voor een noodgeval. Een meisje van vijftien dat nog zevenendertig kilo woog, en dat haar voedingssonde er voortdurend zat uit te trekken. Zoiets. Iemand die zijn hulp ook werkelijk nodig had.

‘Ik denk dat uw eetstoornis u zo furieus in een wurggreep heeft dat gij, zelfs iemand als gij, die zelf arts is, niet meer constructief kunt denken over wat er speelt.’

Lise trok haar schouders naar achteren, legde haar haar achter haar oor.

'Iets in u beseft wel degelijk dat uw eetgedrag afwijkend is, dat wat misschien ooit begon als een gewoon dieet totaal uit de hand is gelopen, dat al die lichamelijke klachten die ge negeert zeer zeker een teken aan de wand zijn, dat uw hardnekkigheid en uw angst om ook maar iets te veranderen wel degelijk een indicatie mogen heten dat het hoog tijd is om in te grijpen, iets in u voelt…' hij zocht naar zijn woorden, 'dat het steeds moeilijker gaat, allemaal, denk ik, fysiek én mentaal. Maar ge moogt van die stem niet luisteren naar wat onmiskenbaar zo is.'

Lise staarde naar de prullenmand waar niks in zat, alsof zijn ordelijkheid zich tot daar toe manifesteerde.

'Wat denkt ge nu?'

Lise haalde haar schouders op.

'Ik zie boosheid,' zei De Schepper bijna fluisterend.

'Ja,' lachte Lise schamper, 'hoe zou dat nu komen?'

'Ik luister,' zei De Schepper met een irritant zelfverzekerde kalmte.

'Misschien heeft het iets te maken met het feit dat ik niet wil dat uw veronderstellingen over mijn diepste zielenroerselen ervoor zullen zorgen dat mijn functioneren in dit ziekenhuis op de helling kan komen te staan. Hoe oneerlijk zou dat zijn?'

Hij maakte met een hand cirkelbewegingen rond zijn mond, alsof hij daarover nadacht.

'Het zijn louter mijn veronderstellingen? Het ligt allemaal bij mij?'

'Nee, natuurlijk niet. Alles is altijd mijn schuld. Sorry, dat was ik even vergeten.'

'Uw schuld?'

De Scheppers bureaustoel kraakte.

'Dat moest ik toch zeggen? Dat het niet bij u ligt, maar bij mezelf? Niet dan?'

Lise keek weg van hem en zuchtte.

'Lise,' zei hij en ze voelde hem fysiek weer dichterbij komen. 'Wilt ge heel even naar mij kijken?'

Ze draaide zich naar hem toe. Hij keek haar een tijdje indringend aan voor hij begon te praten.

'Lise, ge hoeft uzelf geen pijn te doen.' Hij hield zijn blik strak op haar. 'Ge zult niet beginnen te eten omdat ik u ertoe verplicht, dat besef ik heel goed, maar ik wil dat ge onthoudt dat het oké is om het wel te doen. Ge verdient het om u nog eens goed te voelen, echt goed. Hoelang is dat geleden?'

Lise keek naar hem, deze zacht pratende man met zijn oprecht lijkende glimlach, en ze hoorde hem die zinnen uitspreken. Ze voelde iets branden, in haar keel, bij haar ogen. Ze begreep niet waarom. Ze slikte en slikte. Niet hier, zeker niet hier, dacht ze.

'Nu zie ik u zakken tot bij uw emotie,' zei hij. 'Wat betekent dat?'

Lise haalde haar schouders op. Als ze nu praatte, zou het erger worden. Ze scharrelde in haar tas, nam er het flesje water uit en somde in haar hoofd op wat ze nog moest doen vandaag terwijl ze een paar slokjes nam. Ze schraapte haar keel. Het ging weer, zei ze stil tegen zichzelf, het ging weer.

'Ge hoeft niet te eindigen in een ziekenhuisbed met sondevoeding. Ge hoeft uw naar ik hoor mooie weg die ge als arts aan het afleggen zijt niet in gevaar te brengen. Ge hoeft uw léven niet in gevaar te brengen. Het is uw beslissing. Maar ik zou het fantastisch vinden als ge voor uzelf zou kiezen.'

Hij glimlachte breed en raakte heel even haar arm aan. Lise trok die meteen terug, dat ging vanzelf. Ze omklemde haar flesje water en hield het dicht tegen zich aan. Ze was een slak zonder huisje die zich vastklampte aan een stengel. Hij praatte weer door, ze ging proberen om hem niet meer aan te kijken. Ze ging zichzelf op slot zetten, dat kon ze wel.

Lise hield niet van de tram, maar als ze te voet was gegaan, zou ze te laat komen. Achter haar hoorde ze een jongen gewelddadig kauwgom kauwen. Tegenover haar zat een vader met een dochtertje van een jaar of vijf, zes. De hand van de vader omklemde het linkerbeen van het meisje, wat er wat vreemd uitzag, alsof ze tegen iets beschermd moest worden. Het kind staarde uit het raam met een eeuwenoud verdriet dat niet bij haar jaren paste. Lise probeerde oogcontact te maken, maar het dochtertje keek eigenlijk nergens naar, zij keek alleen maar weg.

Met aarzelende tegenzin haalde Lise de papieren uit haar tas die De Schepper haar vanmiddag opnieuw had meegegeven. De witte vrouw was er weer bij geroepen. Met een misnoegde trek om de mond had ze toestemming gegeven om het vlees te schrappen en te gaan voor vis of een vleesvervanger, en de witte saus bij de groente door bijvoorbeeld wat geraspte kaas, een lichter sausje of wat boter of olie om de groente op te werken, en dat de koek ook een mueslireep mocht zijn, of zelfs een goeie handvol noten. Ze had met haar hele gezichtsuitdrukking aangegeven dat ze door zulke toegevingen haar grenzen oprekte tot het absolute maximum, en ze had met schrikbarende vastberadenheid gemeld dat ze in dit ziekenhuis nu eenmaal aanhangers waren van de voedingsdriehoek die al zo lang zijn deugdelijkheid bewees, in tegenstelling tot dieethypes die op termijn allemaal minstens bediscussieerbaar waren gebleken. De Schepper had van bij het raam minzaam toegekeken.

Lise las nog eens wat er precies stond en probeerde zich een ontbijt volgens het schema voor te stellen, uitgestald op haar keukentafel. Als ze niet oppaste, begon ze spontaan te huilen. Wat was dat toch met haar, dat almaar klaarzittende gejank, irritant gewoon. Ze hoorde het gesmak van de jongen, het ruisen van de tram en de vader die almaar zijn neus snoof. Ze weerstond de aandrang om hem een tissue aan te reiken en zocht in het overzicht naar dingen waar ze zich eventueel wel mee zou kunnen verzoenen.

Het meisje vroeg of zij op de bel mocht drukken en daarbij keek ze naar haar vader alsof ze had gevraagd om een pony, een paard én een parkiet en al wist wat het antwoord ging zijn. Het mocht, haar gezichtje klaarde even op, maar op het moment dat het meisje met haar vinger in de buurt van de bel kwam, drukte een andere reiziger al. Het lichtje sprong aan, het kind liet zich gedwee weer op haar stoel zakken. De vader legde een arm om haar schouder. Het was een grote arm voor zo'n kleine schouder.

In ordelijke hoofdstukjes stonden op een volgend blad de emotionele, sociale en lichamelijke gevolgen van eetstoornissen opgesomd. Alsof de werkelijkheid zich liet vatten in lijstjes. Alsof hier of daar wat eventuele vage herkenning voldoende zou zijn voor een sluitende diagnose.

Toen de tram stopte, hielp de vader het meisje van haar stoel, terwijl ze groot genoeg was om gewoon zelf op te staan. Lise ving alsnog haar blik en zwaaide. Het meisje keek verbaasd, maar zwaaide met een heel snel handje terug. Dat raakte Lise, ze kon niet uitleggen waarom. Ze keek hen na, zag hoe ze uitstapten. Toen de tram doorreed zag ze het kind nog even in haar richting kijken, ze kon niet zien met wat voor blik.

Nog twee haltes en zij moest er ook uit. Xavier zou haar opwachten bij de ingang van het concertgebouw. Lise had nog nooit een opera gezien, maar dat had ze niet durven zeggen, ze hoopte maar dat ze niet door de mand zou vallen. Ze verstopte de papieren tussen haar dossiers. Xavier wist niet dat ze haar in het ziekenhuis op de hielen zaten, en dat moest ze zo zien te houden.

Ze stapte uit, het concertgebouw was vlakbij. Ze liep de hal in en zag hem meteen. Hij stond enthousiast te praten met een vrouw met opvallend grote borsten, die, toen zij vanavond een outfit koos, had beslist dat iedereen die mocht zien. Lise aarzelde even, liep toch op hem af. Hij zag haar niet aankomen, en terwijl hij luisterde naar de vrouw met de E-cup omhelsde Lise hem, manifest meer dan louter vriendschappelijk, ze haatte zichzelf erom. Hij stelde haar voor aan de vrouw, die Elise bleek te heten, en net die 'e' maakte het hele verschil tussen hen, dat begreep Lise meteen.

De vrouw bekeek haar met een licht spottende trek om de mond. Voor iemand iets kon zeggen, werd ze weggeroepen. Pas toen ze verdwenen was, kuste hij haar op de lippen.

Hij zette een stap achteruit, bestudeerde haar gezicht en zei: 'Ge ziet er...' hij keek nadenkend, 'tobberig uit.'

'En ik maar hopen op goed of leuk of zo.' Ze rolde plagerig met haar ogen.

'Ik vind u altijd aantrekkelijk, ook als ge knorrig zijt.' Hij grijnsde.

'Ben ik ooit knorrig?' Lise zag varkens voor zich, rollend in hun eigen drek.

'Knorrig is misschien niet het juiste woord. Ontregeld? Verstoord? En ja, dat zijt ge soms wel degelijk.'

Het werd steeds drukker in de hal, mensen zwermden in dichte bosjes om hen heen.

'Wilt gij uw jas in de vestiaire hangen of...?'

'Nee, die ga ik aanhouden, denk ik.'

'Ja, ideaal, met zo'n winterjas in de zaal.' Hij lachte.

'Raar meisje, ik, tja.' Ze keek er verontschuldigend bij.

'Leuk meisje.' Hij zette haar capuchon op. 'Zullen we alvast richting de zaal gaan? Ik heb schitterende plaatsen.' Hij wapperde met twee tickets.

Lise knikte, zette de capuchon weer af. Hij nam haar bij de hand, dat had ze graag. Zo'n klein gebaar dat haar even het gevoel gaf dat er iemand was, bij haar, met haar, voor haar.

'Maar wat ik dus eigenlijk wou vragen: wat zit er allemaal in dat mooie hoofd van u?'

Ze keek hem vragend aan.

'Komaan, tegen nonkel Xavier kunt ge het vertellen.'

'Ik weet niet, het zijn rare dagen. In het ziekenhuis zijn er een aantal patiënten over wie ik me zorgen maak. Mijn vader klonk zo moedeloos aan de telefoon, het gaat thuis allemaal niet zo goed. En ik ben kwaad op mezelf dat ik Tess maar uit de weg blijf gaan, ze stuurde eergisteren weer een lief bericht waar ik nog altijd niet op heb geantwoord.'

'Tess?'

'Ja, zij is eigenlijk een heel goede vriendin, maar ik heb haar al een tijdje niet meer gezien. Afijn, te lang verhaal. Ik loop gewoon een beetje jankerig rond, en daar kan ik van mezelf niet tegen.'

'Jankerig?'

Te midden van een stroom van mensen schreden ze traag door de gangen.

'Ik snap het zelf ook niet, heel onsexy allemaal.' Ze stak haar handen in de zakken van haar jasje, ook al waren die daar niet voor bedoeld. 'En ik heb het áltijd koud. Ik ben dat zo crimineel beu, die klotekou, daar hebt ge geen idee van.' Dat laatste kwam er feller uit dan bedoeld.

Op dat moment bleef Xavier staan, samen met haar, midden in

de bewegende massa. Om hen heen passeerden mensen, geïrriteerd zuchtend, hij leek het niet eens op te merken. Hij nam haar gezicht in zijn handen, streelde haar wangen met zijn duimen en trok haar toen dicht tegen zich aan. Hij wreef haar warm over haar rug, en fluisterde ondertussen in haar oor: 'Ik heb via via gehoord dat Kosse u heeft verplicht om u te melden bij Herman De Schepper. Ik weet niet of ge echt een probleem hebt of niet, ik weet wel: als het zo zou zijn, dan kan niemand u helpen, behalve gij uzelf. Dus hoe dan ook, ik ga, dat beloof ik u nu, niet aan uw kop zagen of u forceren in welke richting ook. Ik ga u niet het gevoel geven dat er met u iets mis is. Gij zijt wie ge zijt. En voor mij is dat goed genoeg.' Hij liet haar los, keek haar aan, kuste haar op het voorhoofd en zonder haar reactie af te wachten, loodste hij haar mee de trap op.

Toen ze de zaal binnenkwamen, liep hij mensen tegen het lijf die hij kende. Hij stelde Lise voor als 'de beeldschone Lise', wat haar voorzichtig deed glimlachen. Zo meteen ging ze met hem haar eerste opera zien. *Tristan en Isolde*. Het licht ging uit en zij nam zijn hand vast, kneep erin en liet toen weer los. Het ging beginnen.

28

Lise schrok wakker van de bel. In de kleine schok van dat moment veerde ze overeind, keek op de wekker en ging toen weer liggen. Om goed negen uur 's ochtends, wie kon dat zijn? De postbode misschien, of iemand die bij een van de buren moest zijn. De bel ging opnieuw. Val een ander lastig, riep ze tegen het plafond. Zij ging niet opendoen. Ze had niet eens gedoucht. En ze hoefde zich niet te haasten, ze had een vrije dag. Opnieuw dat hemeltergende geluid, langer nu. Blijkbaar hadden ze haar echt nodig. In haar pyjama, met haar dat alle kanten uit stak, strompelde ze naar de intercom.

'Zus, ik ben het. Laat mij eens binnen.'

'David?'

'Nee, een van uw andere vier broers.'

Wat kwam hij hier in godsnaam doen. Ze was nog niet eens goed wakker. Maar ze kon het niet maken om hem weg te sturen, ze had hem sinds zijn verjaardag niet meer gezien. Maar hoe stond ze hier nu? Ze gaf aan dat ze de deur beneden en boven zou openmaken, en vroeg hem om in de woonkamer te wachten omdat ze nog snel moest douchen en zich aankleden. Ze drukte de knop in en hoorde hem de voordeur openduwen.

Lise griste wat kleren uit de kast en dook de badkamer in. Wat kwam hij hier in godsnaam doen? Het was niks voor hem om hier zomaar opeens op de stoep te staan.

Ze haatte dit soort verrassingen. Ze draaide de douchekraan open en terwijl het water warm werd, ging ze nog snel naar het toilet. Ze scheurde een paar velletjes papier af, en op dat moment hoorde ze vanuit de slaapkamer: 'Dit is eigenlijk echt nog wel een redelijk goed appartement, hè.'

'David?' riep Lise. 'Nee, de melkboer.' Ze herhaalde haar vraag om in de woonkamer te wachten terwijl ze een douche nam. Haar broer begon over de staat van haar appartement te praten, zo te horen stond hij vlak naast de deur. Lise moest nog doortrekken, maar dat durfde ze nu niet meer. Ze klapte behoedzaam het wc-deksel dicht. Jezus, waarom deed hij nu niet gewoon wat ze vroeg? De douche in. Van daaruit riep ze dat ze hem niet kon verstaan, en of hij alsjeblieft naar hiernaast wilde gaan. Ze zou zich haasten.

Ze wist niet of hij haar hoegenaamd had kunnen horen, maar het gebrom van zijn stem bleef constant. Snel inzepen, afspoelen, afdrogen. Op de nauwelijks verstaanbare melodie van zijn spraakwater legde ze het hoopje kleren op het deksel van het toilet en staarde naar de spoelknop die ze niet mocht gebruiken. Maar wat als hij straks naar het toilet moest?

Ze trok haar bh aan en zocht haar onderbroek. Ze rommelde gejaagd door het hoopje. O nee, ze was nu toch niet echt een onderbroek vergeten? Wat voor een kalf was zij eigenlijk? Van pure ellende trok ze haar broek over haar blote kont en voelde de naad tussen haar schaamlippen trekken. David ratelde rustig door. Iets over de prijzen van vastgoed in de stad. Snel nog wat make-up, genoeg concealer om haar donkere wallen weg te werken, en ze moest haar haar in een wenselijke plooi zien te krijgen. Ze keek in de spiegel, hopeloos was het. Ze staarde nog een laatste keer naar het toilet, kneep haar ogen dicht en terwijl ze zich voorstelde wat hij nu zou denken, trok ze toch maar door.

Ze stapte de badkamer uit. Hij zat op haar bed, bladerend in het boek dat op haar nachtkastje lag. Hij legde het weg en bekeek haar van top tot teen.

'Ze hadden godverdomme gelijk.'

'Hè? Hoezo?'

'Mama is in alle staten, dat was u ontgaan of wat?'

Lise probeerde te vergeten dat ze geen slip droeg en trok snel haar sneakers aan, dat voelde toch ook weer iets minder naakt dan sokken. Ze wilde David de slaapkamer uit. Ze begon over de drukte die haar van van alles had afgehouden, ook van telefoneren met haar moeder. Ze vroeg hem om mee te komen, ze zou koffie maken.

'Om te beginnen weet dat mens van geen hout pijlen te maken nu die Danny zoals te verwachten en te voorzien was weer in de gevangenis zit, en daar reageert papa natuurlijk niet goed op en zo, afijn, ge kent het. Maar het grote probleem zijt gij. Ze is ervan overtuigd dat er met u iets ernstigs aan de hand is. Papa ook, volgens haar, maar hij zegt er tegen mij niks over, dat kennen we van hem. Ik dacht nog: ze zal wel weer overdrijven, maar nu ik u zie na al die maanden...'

Lise was blij dat ze haar dikke, wijde trui had aangetrokken. Ze mikte drie lepels koffie in de filter en zette het apparaat aan. Ze nam twee koppen uit de kast. Ze kon hem niet eens melk of suiker aanbieden. Als Xavier hier al eens langskwam, dronk hij zijn koffie zwart. En verder ontving ze hier eigenlijk nooit meer iemand. Op het moment dat ze zich omdraaide, zei David: 'Gij hebt dus anorexia.' Het klonk als een mededeling, niet als een vraag.

Ze keek hem aan, lachte en rolde met haar ogen, haar broer wist enig cynisme doorgaans nog te waarderen.

'Ge kent mama toch? Die maakt van elke mug een olifant. En na een leven lang jojoën kan zij natuurlijk niet begrijpen dat iemand in staat is om te vermageren en vervolgens op gewicht te blijven.'

'Ik zou u eens zonder die trui moeten zien om het echt goed te kunnen beoordelen, maar...' Hij liet een stilte vallen, alsof hij verwachtte dat ze nu in haar hemdje voor hem ging paraderen. Toen ze stil bleef staan, ging hij verder: 'Om eerlijk te zijn, ik vind heel slank op zich wel sexy, dat weet ge. Maar...' Hij bekeek haar zoals een geïnteresseerde koper een auto zou bestuderen. 'Er is iets... Ik weet niet. Iets met uw hoofd dat te groot voelt voor uw nek of zo. Zelfs naar mijn normen is dit echt té.'

'Zegt de man wiens vorige vriendin... hoeveel? Vijfenveertig kilo woog?'

Hij ging aan tafel zitten.

'Gij zijt magerder dan zij. Anders mager ook.'

Lise vouwde een theedoek op en legde die in een la, waar ze onbestemd spulletjes begon te herschikken zodat ze hem niet hoefde aan te kijken. Hij kwam bij het aanrecht staan, naast haar.

'Nu, ik weet er natuurlijk niks van. Vanaf wanneer hebt ge anorexia? Ik heb wel eens een foto gezien van zo'n meisje in een tijdschrift, meer skelet dan mens eigenlijk, met haar ogen diep in de kassen, echt akelig. Zo erg is het bij u nu ook niet, dat geef ik toe, maar...' Hij bleef haar bekijken. 'Ge zijt toch wel echt héél mager, hè.' Hij greep haar schouders beet, en kneep even, alsof dat een officieel soort onderzoek was. 'Nee, niet meer normaal. Zeker niet voor u.'

Lise probeerde niet stil te staan bij dat laatste zinnetje. Het koffiezetapparaat ratelde en blies. De koffie was klaar. Lise schonk de koppen in en zette er een voor haar broer neer.

'Ik ben zelf arts. Denkt gij nu echt dat ik niet weet wat ik doe? Gij zijt toch veel te nuchter om mee te gaan in mama's hysterie, komaan.' Ze lachte erbij.

Hij rook aan de koffie en zette hem meteen weg, alsof er in dit huis niks te vertrouwen viel.

'Wat ik ervan weet, is dat het vaak juist de slimme bollen zijn die zoiets krijgen. Omdat ze te perfectionistisch zijn, naar het schijnt. Ja, dat zijt gij wel, hè. Een strever. Altijd geweest. Waardoor gij het favorietje van papa zijt, maar daar gaat het nu niet over.' Hij zweeg even, alsof hij een betekenisvolle reactie verwachtte. Toen die uitbleef, ging hij verder. 'En ik heb ook gelezen dat ze dat doen, eten als een muis, bedoel ik, omdat ze het leven niet aankunnen, of ja, hun gevoelens.' Zoals hij dat laatste woord uitsprak, klonk het als iets heel verdachts. 'En nu heb ik altijd wel gevonden dat gij overgevoelig waart.'

'Hoezo?'

'Het was niet omdat gij stoer deed, en waarmaakte wat van u werd verwacht, dat ge niet kon merken dat alles u altijd enorm raakte.'

Lise dronk van haar koffie. Hij raakte de zijne nog steeds niet aan.

'Maar wat is dat dan? Hebt ge gewoon geen honger? Of geen zin om lekkere dingen te eten?'

Lise bleef kleine slokjes nemen, alsof ze daarom niet kon reageren.

'Hoe het ook zij,' ging haar broer verder, 'ik heb de oplossing.' Hij keek triomfantelijk in haar richting. 'Astronautenvoeding. Zo noemen de mensen dat, maar eigenlijk is dat medische voeding, dat kent gij waarschijnlijk wel, daar zit alles in wat een mens nodig heeft: voedingsstoffen, vitaminen, vetten, eiwitten... En dat kunt ge gewoon drinken. Dus ge hoeft niks te eten, ge giet gewoon een aantal van die flesjes naar binnen elke dag, en klaar.' Hij grijnsde alsof hij verwachtte dat ze onder de indruk zou zijn van zijn geniale ingeving. 'En gij kunt daar waarschijnlijk gemakkelijk aan geraken.'

Lise leunde tegen het aanrecht en trok haar schouders naar achteren. Ze slikte alles in wat ze wou zeggen en probeerde zo beheerst mogelijk te klinken. 'Kijk, ik apprecieer het echt dat ge met mij inzit en zelfs helemaal hiernaartoe zijt gereden. Maar als ons moeder niet tegen u had zitten zagen, zoudt gij alleen maar gevonden hebben dat ik er veel beter uitzag dan vroeger. Geef toe, hoe dikwijls hebt gij niet gezegd dat ge vondt dat ik te–'

'Niet zeveren, zus. Ge ziet er echt niet goed uit. Uw ogen staan dof. En uw haar...' Hij keek steeds meer naar haar alsof ze een onappetijtelijke huidaandoening had.

'Bon, ge wilt blijkbaar niet horen wat ik zeg, maar hoe dan ook, ik moet voortmaken, want ik word...' ze keek op haar horloge, 'over een klein halfuur in het ziekenhuis verwacht, en het is twintig minuten lopen, dus.'

'Gij begint uw werkdag om halfelf?' Hij trok zijn ongelovige wenkbrauwen hoog.

'Wij hebben de raarste uren, dat gaat zo in ziekenhuizen.'

'Oké, als er geen probleem is, dan kunt ge in de paar minuten die we nog hebben wel gewoon even dit opeten. Dan ben ik gerustgesteld.'

Hij haalde een stuk chocolade met hele hazelnoten uit zijn binnenzak, en legde het op tafel. Terwijl hij haar uitdagend aankeek, maakte hij de verpakking open en schoof de reep haar kant uit.

Lise voelde haar hart kloppen in haar nek. 'Wat een flauwekul,' zei ze. 'Ik moet me nu echt klaarmaken.'

'Eerst dit.'

David stond op en kwam naar haar toe. Hij legde het stuk chocolade op het aanrecht, onder haar neus.

Lise keek hem lacherig aan. Ze rook de cacao.

'Eet het dan op. Gij hebt geen probleem, zegt ge, dus kan dit niet moeilijk zijn.' Zijn blik verdonkerde. 'Toe dan.'

Lise wou hem voorbijlopen en haar jas gaan halen om zogenaamd te vertrekken naar het ziekenhuis, maar David ging vlak voor haar staan met de chocolade in zijn hand. 'Eten, komaan, neem een stuk.'

'David, in godsnaam...'

'Bewijs het, vooruit, één klein stukje.' Hij bleef haar aanstaren. 'Ik ga hier niet weg voor gij–'

Op dat moment greep Lise de reep uit zijn handen, dumpte die in de gootsteen, liet er water over stromen en gooide de chocolade daarna in de vuilnisbak. Ze waste haar handen, keek hem niet aan.

'Sorry, maar ge waart echt aan het overdrijven.' Lise voelde haar handen trillen.

David zeeg neer op een stoel. 'En dit is uw manier om te tonen dat ge normaal zijt?' Hij floot tussen zijn tanden van ontzetting.

Het bleef stil in de kamer. Lise waste haar handen nog een keer.

'Ik probeer u gewoon te helpen. Als ge één keer dat soort ideefixe overwint, zijt ge er misschien vanaf. Ergens in uw hoofd is er een schroef losgeraakt en die moeten we weer vastdraaien.'

Haar broer moest hier weg, en wel nu. Ze droogde haar handen, liep naar de kast op de overloop, nam haar jas en sjaal en trok die aan. Tot haar ergernis bleef haar broer in de woonkamer zitten. 'Ik ga te laat komen, David, komaan.' Haar broer verscheen uiteindelijk dan toch in de deuropening, hij keek haar aan, hij leek van slag.

'Ik hoop dat ge eigenlijk deep down ook wel weet,' zei Lise met haar geduldigste stem, 'dat onder dwang een smerig stuk chocolade opeten bepaald geen teken van mentale of andere gezondheid is...' Ze zwaaide met haar sleutel. 'En nu moet ik echt vertrekken.'

Hij liep de overloop op en Lise draaide meteen haar deur op slot.

'Ik ga dit wel tegen ons moeder moeten vertellen, ze wist dat ik ging komen en ze zal ernaar vragen.'

Lise voelde haar hart tekeergaan. Ze keek demonstratief op haar horloge, nam alvast een paar treden. David trok zijn jas aan.

‘Staat gij er dan geen moment bij stil wat gij hun aandoet? Er zijn kosten aan die twee, dat weten we allebei, maar het blijven wel uw ouders.’

‘Ik doe niemand iets aan, en ik vraag niks aan niemand.’ Lise nam de trap en liep naar beneden.

‘Wat wilt ge dan dat ik doe?’ zei hij terwijl hij achter haar aan kwam. ‘Ge zijt wel mijn zus, hè. Ik zie u graag.’

Lise kon zich niet herinneren dat hij dat ooit met zo veel woorden tegen haar had gezegd. Het voelde vreemd.

‘Mij naar mijn werk laten gaan voor ik een uitbrander krijg van mijn baas,’ lachte ze.

Beneden aangekomen opende ze de deur voor hem. Hij keek haar aan, leek nog iets te zullen gaan zeggen, maar draaide zich toen toch zwijgend om en vertrok. Ze zag hem met neerhangende schouders de straat oversteken en in zijn auto stappen. Ze wilde niet weten wat hij nu allemaal dacht.

29

Kosse staarde naar het dossier, klikte almaar met zijn balpen, alsof hij door naar de resultaten te blijven kijken alsnog tot een andere interpretatie zou kunnen komen. Emiel richtte zijn blik naar de grond, zoals een jongen zou doen die iets had mispeuterd, en Kristel loenste een klein beetje, even, verstard, alsof haar hoofd te veel had gehoord om nog goed te kunnen focussen.

'Maar,' zei Emiel na een stilte, 'die longontsteking valt wel te genezen, toch?'

'Dat hopen we natuurlijk. Maar zoals jullie weten hebben we Siens immuunsysteem moeten platleggen omwille van de stamceltransplantatie, dus dat maakt het minder evident allemaal. Infecties zijn bij dit soort behandelingen altijd het grote risico.'

Kosse keek even naar Lise, alsof hij iemand nodig had om dit mee te dragen.

Kristel staarde met opeengeklemde kaken naar de muur achter hen. Zij en Emiel maakten een hele tijd niet het minste geluid. Emiel gleed met zijn duim en wijsvinger op en neer langs zijn neus, alsof hij zo elke emotie terug kon duwen naar de donkere hoeken van zijn hoofd waar ze vandaan kwamen.

'Maar jullie hebben hier ervaring mee, jullie gaan de juiste behandeling vinden, daar heb ik vertrouwen in.' Hij nam Kristels hand in de zijne en keek naar zijn vrouw. 'Hè, schat, daar vertrouwen we op.'

Zij deed haar best om terug te glimlachen, ze antwoordde niet.

Emiel begon te ratelen, hij somde op wat Sien al had overwonnen tot nu toe, alsof de artsen dat vergeten waren. Na zijn monoloog viel hij even stil. Hij zocht de blik van Kristel. 'We moeten positief blijven.' Hij glimlachte nerveus terwijl hij verderging: 'Wij zijn toch team Sien, dat alles kan, hè?' Hij kneep in haar hand. 'We gaan–'

'Zwijg!' Kristel brulde, ze trok haar hand los. 'Wij gaan niks!'

Kosse wiebelde enigszins ongemakkelijk op zijn stoel en keek naar Emiel, die op zijn beurt met grote ogen naar zijn vrouw staarde.

'Niks kunnen wij doen,' riep Kristel, 'team Sien,' er klonk wanhoop en afkeer onder die twee woorden. 'Alsof het maar een kwestie van training en tactiek zou zijn? Alsof alles geven en volhouden zou volstaan? Onze dochter doet alles wat ze kan en nu heeft ze de infectie gekregen die ze niet mocht krijgen. En dat is een drama, godverdomme. Al dat positieve gelul van u dat nergens op gebaseerd is en nergens bij helpt, ik kan er niet meer tegen. Hou toch gewoon voor één keer eens uw mond.' Ze verborg haar hoofd in haar handen en begon te huilen.

Emiel stond op om zijn vrouw te omarmen, maar ze duwde hem van zich af.

Er viel een donkere stilte. Hij liet zich moedeloos op zijn stoel zakken. Lise zocht Kosses blik, maar hij vermeed elk oogcontact. Uiteindelijk nam zij dan maar het woord.

'Ik begrijp dat jullie bang zijn,' zei ze. 'Wat jullie moeten meemaken, nu, het is normaal dat daar spanningen van komen. Wij kunnen alleen maar beloven dat we alles zullen doen wat mogelijk is voor Sien. En als jullie willen spreken met iemand van de–'

Kristel maakte een wegwerpgebaar, ze wist al wat Lise ging zeggen.

Emiel zuchtte, strekte zijn arm en legde die om de zitting van Kristels stoel. Zij verroerde geen vin, tranen liepen stil over haar gezicht. Lise keek naar hen, standbeelden van verslagenheid.

Hier genazen ze tachtig procent van alle kinderen, daar moest Lise zichzelf aan blijven herinneren. Toen ze op deze specialistische pediatrie begon had dat behoorlijk optimistisch geklonken.

Dat ze de mensen maar eens moesten laten verder werken, zei

Emiel uiteindelijk. Hij kwam traag overeind. Kristel maakte geen aanstalten om te vertrekken, zij keek naar Lise. 'Ik weet het,' Lise probeerde er bemoedigend bij te glimlachen. Pas toen Emiel een hand op Kristels schouder legde, stond ze ook op. Kosse mompelde dat ze zeker nog langskwamen op de kamer. Eén voor één liepen ze naar buiten, elk hun eigen verdwalende verdriet achterna.

Toen de deur dichtviel, zette Kosse zijn computer uit. Lise stond op, klaar om te vertrekken. Kosse was er de man niet naar om nog veel te zeggen na zo'n bijeenkomst. Maar deze keer hield hij haar tegen. Hij wou weten hoe het met haar ging. Vanonder zijn borstelige wenkbrauwen keek hij haar aan met dezelfde ernst waarmee hij de toestand van Sien had besproken. Lise klemde de dossiers tegen haar borstkas, een schild van medische ellende tussen haar en de wereld. Ze antwoordde dat ze haar best deed.

'Het is niet mijn plaats om concreet op de kwestie in te gaan, ik heb wat dat betreft alle vertrouwen in collega De Schepper, maar ik wil u er toch op wijzen dat ik er tegenwoordig zeer regelmatig op word aangesproken. Mensen zijn bezorgd om u.'

Lise sloeg haar ogen neer.

'Voorlopig kan ik u er hoegenaamd niet op betrappen dat ge zoudt onderpresteren, integendeel zelfs, ge klopt meer uren dan de andere assistenten die ik de voorbije jaren heb gehad, de communicatie met de kinderen en hun ouders is voortreffelijk, uw skills zijn goed, uw analytisch vermogen ook, maar...' hij stak het oortje van zijn leesbril in zijn mond en bleef haar aanstaren, 'ik hoop dat ge inziet dat er toch dringend verbetering van uw toestand nodig is om uzelf van consequenties te vrijwaren.'

'U bedoelt lichamelijk of...?'

'Ook wellicht, maar ik heb het over consequenties voor uw werkzaamheden op deze afdeling. Ik begrijp dat dit soort processen hun tijd vragen, maar ik wil minstens merken dat er vooruitgang is. Ik moet zeker weten dat ge in staat zijt, en vooral blijft, om optimaal te functioneren.'

'Vanzelfsprekend.'

Kosse stond op, hij kreeg een zorgelijke trek om de mond.

'Dat het niet vanzelfsprekend is, mag duidelijk zijn. Het gaat achteruit, Lise, dat is zichtbaar. Het wordt echt tijd om concreet in te zetten op herstel. Zo kan het niet verder.'

Lise moest terugdenken aan het moment waarop Jonathan haar een goed jaar geleden precies hetzelfde had gezegd: zo kan het niet verder. Ze voelde dezelfde kille siddering in haar lijf, het soort pijnscheut dat gepaard gaat met onverdraaglijke visioenen van nakende eindes.

'Geef mij alstublieft de kans om...' Lise hapte naar adem, op zoek naar een afdoende formulering, 'om u mijn inzet te tonen.'

'Ik wil resultaat zien.' Hij schoof zakelijk zijn stoel onder de tafel, die schraapte onaangenaam over de tegelvloer. 'Ik zeg het voor uw bestwil, dat weet ge.' Hij glimlachte vaag en vertrok.

Lise bleef alleen achter. Ze omklemde de stapel dossiers alsof het een boei was. Het liefst wou ze weer op haar stoel gaan zitten, haar armen vouwen, haar hoofd erop leggen, haar ogen sluiten en niet meer bewegen, niet meer denken, niks meer weten, alleen nog dromen, over warme oorden, zorgeloze stiltes, kinderen die genazen. Maar ze rechtte haar rug en liep het kantoor uit, ze moest nog een onderzoek aanvragen.

'Doe maar dicht,' werd er geroepen, en terwijl Lise de deur van de kamer sloot, zoemde haar telefoon voor de zoveelste keer.

'Ja.'

'Zeg, zo kortaf.' Haar vaders stem klonk zacht, gekwetst misschien zelfs.

'Sorry, het is hier druk en die telefoon blijft maar gaan. Ik dacht dat het mama weer was.'

'Ik heb haar proberen duidelijk te maken dat ze u niet de hele tijd moet lastigvallen, maar ja, ge kent haar, en nu gij hier al zo lang niet meer zijt geweest en amper uw telefoon nog opneemt, en die Danny definitief uit beeld is...'

'Weet ze nu al waarom hij haar niet meer wil zien?'

Lise leunde tegen de muur in de gang en keek door het raam naar buiten. De regen kletterde, de wind waaide meedogenloos, een man op weg naar de parkeergarage bleef koppig onder een totaal kapotte paraplu lopen.

'Denkt ge nu echt dat ik iets van die Danny wil weten?'

'Ja, nee, sorry.'

'Ik moet echt zeggen, zoals het er hier nu aan toegaat, dat is werkelijk niet vol te houden.'

'Misschien kunt ge–'

'Nee, Lise.' Hij zweeg even, alsof hij diep moest nadenken over zijn volgende zinnen. 'Die Danny-toestand zit muurvast, daar valt geen beterschap van te verwachten. Maar gij, als gij nu gewoon eens al dat verstand van u ging gebruiken, en uw moeder en mij zou tonen dat het stilaan uit is met dat raar gedoe, en dat ge gewoon weer gaat eten, dan kan de rust hier eindelijk ook eens weerkeren.'

Hij klonk niet dronken, vond Lise. Het was ook nog maar middag.

'Ik kan dat hier zo echt niet langer aan,' zei haar vader er nog achteraan.

Ze voelde dat hij op een reactie van haar zat te wachten, maar wat moest ze zeggen? Een stampende hoofdpijn kwam opzetten ter hoogte van haar slapen. Lise liet haar hoofd tegen de muur leunen, ze draaide haar vrije hand in de mouw van haar trui. Een man liep gejaagd naar de ingang, hij hield krampachtig een flinterdun plastic zakje boven zijn hoofd dat hem onmogelijk tegen dit soort regen kon beschermen. Twee kinderen sprongen keihard in de plassen, en werden daar door hun moeder weer uit gesleurd.

Haar vader schraapte omstandig zijn keel. 'Luistert ge wel?'

'Natuurlijk.'

Hij rookte weer meer, zo te horen. Ze hoorde hem diep inademen, alsof hij nu iets heel belangrijks zou gaan zeggen dat er in één geut uit moest komen.

'Let op mijn woorden: als gij nu niet doet wat moet gebeuren, gaat hier alles naar de kloten. Dat wilt ge toch niet op uw geweten hebben?'

Het voelde alsof er iemand een koord aanspande om haar nek.

'Bon, ik hoor uw moeder komen... Ik moet ophangen.'

Ze wou nog iets zeggen, maar de lijn was al dood.

Lise staarde nog even naar haar telefoon, alsof haar vader eruit zou kunnen komen om dit gevoel eigenhandig weer weg te nemen.

Ze wreef over haar slapen. Nog heel even moest ze blijven stilstaan, hier, bij het raam, kijkend naar de mensen met hun verhalen, hun telefoontjes, met hun schuldgevoel en hun kleine en grote soorten paniek. Ze zag ze lopen. Geen van hen viel. Dat vond Lise verwonderlijk, dat geen van hen viel.

30

'Nee, zij eet gewoon geen vlees,' hoorde Lise Xavier tegen de vrouw zeggen die aan de andere kant naast hem zat.

Xavier had beweerd dat er op dit feestje gewoon wat hapjes op de salontafel zouden staan voor wie zichzelf wou bedienen, zijn vrienden hadden volgens hem een hekel aan formeel gedoe en konden sowieso voor geen meter koken. De voorbije jaren had hij ook oudjaar met hen gevierd, en vorige keer waren ze zelfs vergeten om de quiches van de traiteur op te warmen. Maar toen ze hier een paar uur geleden aankwamen, stond er een prachtig gedekte tafel klaar. Lise had wrevel en paniek in evenredige hoeveelheden door haar lijf voelen gieren, maar ze had beslist om de knop om te draaien, ze kon niet anders. Het zou haar wel lukken om ook deze mensen, van wie ze de meesten nooit eerder had ontmoet, met een paar van haar beproefde trucs om de tuin te leiden.

Tegenover haar zat een man die haar aan Siens vader deed denken. Hetzelfde blondbruine korte haar, dezelfde weggelachen gevoeligheid in de blik, dezelfde neiging om alles vol te praten, dezelfde ogenschijnlijk argeloze vrolijkheid. Elke keer als er iemand anders aan het woord was, nam hij een flinke hap van zijn gevulde kwartel met foie gras, of van de venkel en de kastanjes. Zijn lippen glansden van het vet van de saus. Daarnet had hij ook de gefrituurde oesters met bloemkoolcrème van zijn buurvrouw opgegeten. Xaviers vrienden hadden een goede chef ingehuurd, omdat ze dit nieuwe jaar in stijl wilden inzetten na de georkestreerde collectieve honger van vorige keer, hadden ze gezegd. In die dingen had Lise altijd geluk.

Ze rook de kleine ronde kroketjes die tussen haar en de overbuur in waren gezet. Lise hoopte op een geurloos dessert. Ze keek de tafel rond. Met zijn tienen waren ze, vijf koppels. De twee mannen aan het andere eind van de tafel leken haar de leukste, er was iets aan de manier waarop ze spraken en naar elkaar keken waardoor er geen misverstand kon bestaan over hoe samen ze hier waren, wat Lise mooi vond om te zien. Aan haar linkerkant zat een man die almaar uitgesproken meningen had, over de interim-regering en *Spiderman 3*, over Ban Ki-moon die vanaf morgen Kofi Annan zou opvolgen, over verkeersdrempels en elektrische tandenborstels, over pony's bij vrouwen boven de dertig, over het dopingschandaal rond Johan Museeuw, over Picasso die werd overschat, en Gerhard Richter die werd onderschat. Zijn vermoeid ogende vrouw deed haar best om ostentatief met de wat oudere dame naast haar te blijven praten, zodat hij zijn debatten met een ander moest voeren. Aan Lises rechterkant was Xavier verwikkeld in een uitvoerig gesprek met een vriendin met wie hij blijkbaar nog op vakantie was geweest. Het ging over haar vorige huwelijk, dacht Lise, ze kon het niet echt volgen, ze ving alleen nu en dan flarden op.

Lise wou al eeuwen dat ze deze feestweken kon overslaan, het mocht meteen van 20 december naar 3 januari, wat haar betrof. Maar dit jaar was er een nieuwe onprettigheidsstandaard gezet. Haar moeder had laten weten dat ze niks deed voor kerst, 'omdat zij niet ging staan koken terwijl er iemand weigerde te eten, dat kon zij niet aan'. Toen Xavier had gezegd dat hij zijn moeder naar jaarlijkse gewoonte van 24 tot en met 26 december meenam naar de Ardennen, en dat Lise vast naar haar familie moest, had ze dat bevestigd, omdat zijn mededeling impliceerde dat hij dat wilde horen.

Die drie dagen had ze geprobeerd te doen alsof het een kleurloze novemberweek was, maar ze had gemerkt dat er grenzen waren aan wat je jezelf kon wijsmaken. Kerstbomen in ziekenhuisgangen lieten zich niet zomaar wegdenken, kerstliedjes in winkelstraten werden niet even gedempt als jij erdoorheen moest, allenigheid werd wel degelijk schrijnender als je wist dat er overal families aan feestdissen zaten. Ze had eens iemand horen zeggen: 'Het leven is kort, maar de dagen kunnen godverdomme lang zijn.' Daar had ze vaak aan moeten denken.

En nu was ze hier, in dit prachtige, statige huis, bij vrienden van Xavier. Vorig jaar zat ze met oudjaar bij Tess, die voor haar feestje een karaokeset had gehuurd. Na de twee glazen wijn die Lise zichzelf toen nog toestond had ze zowaar 'Sometimes It Snows in April' van Prince gezongen. Lachen. Ze vroeg zich af wat Tess dit jaar zou hebben bedacht. Ze had naar dezelfde bende een uitnodigingsmail gestuurd zonder verdere details. Lise had pas drie dagen later kort geantwoord dat ze andere plannen had, ze was een trut.

Stilaan leek bijna ieders bord zo goed als leeg, en rondom haar waren ze druk met elkaar in gesprek, dit was het moment voor actie. Nu Xavier al had gezegd dat ze geen vlees at, hoefde de vogel op haar bord niet te verdwijnen, dat was al dat. Het zou onmogelijk zijn geweest om die discreet in een plastic zakje te wurmen. Lise had zo veel mogelijk van de groente in kleine stukjes zitten snijden en onder de kwartel gemanoeuvreerd. Ze rommelde in haar handtas, op zoek naar zo'n zakje voor de rest van de groente en de kroketjes. Ondertussen checkte ze de tafel, er mocht nu niemand naar haar zitten te kijken, of opstaan om naar het toilet te gaan. De kust was veilig, maar ze kon geen zakje vinden. Ze nam haar handtas op schoot, allemaal aandachttrekkerij die niet wenselijk was. Ze keerde het hele ding binnenstebuiten, maar er zat geen plastic zakje meer in. Godverdomme. Ze pleurde de handtas weer op de grond. Er zat niks anders op. Ze keek goed om zich heen, iedereen was bezig, dus laadde ze een vork vol met venkel en kastanje, en stak die in haar mond, en daarna duwde ze er nog drie van de minikroketjes bij. Haar bord zag er aanvaardbaar uit, en ze kon haar mond nog net min of meer normaal dichthouden. Nu moest ze meteen opstaan en naar de wc verdwijnen.

Ze wou haar stoel naar achteren schuiven, en op dat moment wendde haar buurman zich tot haar. Hij vroeg waar zij stond in het hoofddoekendebat. Het fucking hoofddoekendebat? Lise wou dat ze een nikab had nu, of beter nog een boerka, om zichzelf en haar overvolle mond totaal onzichtbaar te kunnen maken. De buurman bleef haar met ongerept optimisme aanstaren, alsof hij er zeker van was dat zij na al dat nadenken wel iets briljants moest gaan zeggen. Lise voelde haar handen klam worden en haar hoofd rood aanlopen. Ze probeerde verontschuldigend te kijken, en zonder iets te zeggen verdween ze van de tafel en liep gehaast de eetkamer uit.

Ze hoopte maar dat Xavier hier geen getuige van geweest. Ze moest iets plausibels verzinnen om haar bizarre gedrag te verklaren. Lise sloot de wc-deur achter zich en spuwde de inhoud van haar mond in de pot. Er zat een remspoor langs de schuine wand. Ze probeerde er niet bij stil te staan dat dat haar leven was: oudjaar doorbrengen oog in oog met een remspoor.

Lise ging op de bril zitten. Ook al moest ze niet echt, ze kon maar beter plassen, want het zou helemaal vreemd zijn als ze over een halfuur weer naar het toilet ging. Ze legde haar hoofd in haar handen. Hoe kon ze de tafelbuurman nu nog onder ogen komen? En hoeveel andere mensen hadden nog gezien dat ze als een randdebiel zonder boe of bah was weggelopen? Zouden ze nu onderling aan het roddelen zijn over wat voor een geschift mens Xavier dit jaar had meegebracht?

Lise trok door, waste haar handen en liep terug de eetkamer in. Terwijl ze plaatsnam zei ze: 'Excuseer, ik moest zo verschrikkelijk dringend naar het toilet dat ik bang was voor een ongelukje als ik nog een minuut langer zou blijven zitten. Ja, ik ben een rare.' Ze lachte erbij. Ze zag de buurman bedenkelijk kijken bij haar lulverhaal, wat voor zijn geestelijke gezondheid pleitte. Hij placeerde een 'maakt niks uit'-handgebaar en ging in op wat de vrouw aan de overkant zei over haar poging om te stoppen met roken. Lise nipte nog eens van haar wijn. Het was toch feest, tenslotte.

Xavier zat nog altijd met die vriendin te praten. Ze vroeg zich af of hij haar mooi vond. Rood haar, ze dacht niet dat hij daar nu spontaan op kickte, maar ze had een goed figuur en, op een opvallende neus na, een mooi gezicht. Zouden zij het nog met elkaar hebben gedaan? Ze vroeg het hem maar niet. Als je geen zin had in een van de twee mogelijke antwoorden, hield je beter je mond.

Lise trok haar schouders naar achteren. Ze zag al die drinkende, pratende, lachende mensen en het voelde alsof zij als enige in een aquarium zat en van achter glas toekeek. Ze hoopte dat ze die kroketjes gauw kwamen weghalen. En dat die vriendin van Xavier stilaan ook eens naar het toilet moest, en dat hij zich dan weer even tot haar zou richten. En dat de buurman genoeg met zichzelf bezig was om haar idiote gedrag niet boeiend genoeg te vinden om te onthouden, laat staan door te vertellen. Lise legde zo onopvallend mogelijk haar hand in haar zij en drukte op haar maag, dat hielp soms tegen de steken. Tien voor elf. Nog even en er begon een nieuw jaar.

'Gaan we bij mij slapen?' vroeg Lise verwonderd toen Xavier op de grote weg naar links en niet naar rechts draaide.

'Nee, ik breng u even naar huis. Ik ga u niet op nieuwjaarsnacht in een taxi duwen, hè.' Hij kneep zacht in haar been en glimlachte.

'O, gij gaat terug naar uw huis? Op dit uur nog?'

'Morgen is er een nieuwjaarsdrink bij mama, ze organiseert dat elk jaar voor haar vriendinnen. Dus dan moet ik op tijd bij haar zijn om te helpen met de voorbereidingen.'

De baan was niet verlicht. Iets verderop stond een auto in de berm met alle knipperlichten aan, Lise hoopte maar dat iedereen oké was. Ze had gedacht dat zij en Xavier de volgende dag samen zouden doorbrengen, maar het was normaal dat hij haar niet meevroeg naar een aperitief met zestigplussers. Ze vroeg zich af wat hij nadien ging doen, maar misschien zou hij daar uit zichzelf nog iets over zeggen. Ze was al blij dat hij op geen enkele manier refereerde aan haar vollemondprobleem, dat moest hem dan toch zijn ontgaan, want anders zou hij dat zeker wel doen, zo zat hij in elkaar.

Xavier zette de muziek zo hard dat de bassen het dashboard deden zoemen, hij klopte het ritme mee op zijn stuur. Een of ander rocknummer dat Lise niet kende. Hij vertraagde niet in de bocht en Lise werd tegen de deur aan gedrukt. Hij reed echt consequent te hard, daar ging hij nog eens voor worden afgestraft, vreesde Lise.

Na het vierde liedje reden ze de stad in. Lise draaide de radio zachter.

'En, hebt ge u geamuseerd?' vroeg ze.

'Enorm.' Hij bleef het ritme van het nummer meetikken.

'Die vriendin van u...'

'Nadia?'

'Ja, wanneer was dat, dat jullie samen naar Portugal zijn geweest?'

'O, eh, twee zomers geleden, geloof ik. Topwijf, zij.'

'Vindt ge haar mooi?'

'Ja, goed lijf heeft ze.' Hij zei niks over haar neus.

'Hebben jullie nog een relatie gehad dan?'

'Nee, dat niet.' Xavier lachte.

Lise begreep niet zo goed wat die lach betekende.

'Maar wel veel wilde seks, bedoelt ge dat?'

'Daar hebt gij geen zaken mee.'

Lise keek naar hem, bestudeerde zijn gezicht. Zei hij dat nu om te lachen? Hem kennende wel, maar hij keek er toch eerder ernstig bij.

'O, vriendelijk van u' Lise liet het bewust plagerig klinken, maar er kwam geen reactie meer.

Ze reden haar straat in. Lise wou hem vragen of er iets mis was, en of ze morgen na de bejaardenborrel alsnog konden afspreken omdat het nieuwjaar was, maar hij gedroeg zich wat vreemd, vond ze. Misschien zou ze hem nog meer irriteren. Hij stopte voor haar deur en zette de motor niet uit. 'Ziezo, we zijn er. O, man, doodmoe ben ik.' Hij gaf haar een zoen en richtte zijn blik weer naar de straat. 'We horen elkaar,' zei hij nog, wat alles en niks kon betekenen.

Heel even aarzelde ze, misschien moest ze het wel gewoon vragen hoe het zat voor morgen? Maar hij zette zijn richtingaanwijzer aan, dat leek haar meer een signaal naar haar dan naar het verkeer dat er op dit uur niet was, dus ze bedankte hem voor de lift en stapte uit. Hij vertrok en reed te snel de straat uit.

Lise maakte de voordeur open. Het licht in de gang was kapot. Hopelijk betekende dat niet dat de elektriciteit van het hele gebouw weer was uitgevallen, zoals een paar maanden geleden. Lise liep snel de trappen op. Het was normaal dat hij gauw wou doorrijden, hij was moe en het zou voor hem sowieso een te korte nacht worden. Morgen kon ze dan eindelijk die *Journal of Pediatric Hematology/ Oncology* eens aandachtig lezen. Alles was oké. Ze moest het gewoon uit haar hoofd zetten.

Ze was bijna bij haar appartement, en opeens plaatste ze een voet verkeerd, ze gleed uit en stuiterde terug naar beneden, helemaal tot op de tussenverdieping. Verdomme, dat deed zeer. Ze hoorde de deur van de buurvrouw opengaan. Dat zij nog wakker was op dit uur, verbaasde Lise. Toen het stil bleef, klikte haar deur gewoon weer in het slot. De buurvrouw kon hóren dat alles oké was, blijkbaar.

Lise kroop overeind, haar lijf trilde, wat ze onnozel vond, maar ze kon het niet doen stoppen. Ze strompelde de trap weer op en voelde haar keel dik worden. Stel u niet aan, zei ze hardop, er is niks aan de hand. Lise drukte op haar keel om het tegen te houden, ze hield haar adem in. Ze ging zich niet aanstellen, dat hielp nergens tegen. Maar toen ze de deur achter zich sloot, barstte het los, als storm na hete dagen, een enorme huilbui. De tranen stroomden over haar wangen, ze snikte en snoof, ze voelde het gewicht drukken op haar borstkas. Ze veegde met twee handen de tranen uit haar gezicht. Komaan, genoeg! Ze slikte en snikte, bleef tranen wegvegen. Ze wou ophouden met dat truttige gejank, maar dat lukte niet. Het werd alleen maar erger. Ze ging op de grond zitten, met haar rug tegen de muur. Het huilen werd feller en feller, ze brulde zoals ze het in geen jaren had gedaan. Het voelde alsof ze in dat snikken verstrikt raakte, het ging almaar in crescendo. Ze leek geen lucht meer te krijgen. Ze bleef langs haar ooghoeken vegen, ze zocht haar adem. Haar borstkas stond op ontploffen. Wat was dit nu? Hou toch op, kalf. Maar het snikken nam het van haar over. Dit had ze nog nooit meegemaakt, ze kreeg gewoon geen adem. Ze panikeerde. Ze moest iets doen. Ze liep naar de keuken, trok gejaagd kastjes open, tot ze een papieren zak vond. Daarin moest ze ademen. Ze bracht de zak bij haar mond. In godsnaam, word rustig, dacht ze. In en uit, in en uit. Ze keek om zich heen, alles was zoals het altijd was, rustig, word rustig nu. Ze bleef in- en uitademen in de zak, alles komt goed, alles is oké. Langzaam maar zeker hervond ze haar kalmte.

Toen haar ademhaling weer normaal was, legde ze de zak weg en veegde haar gezicht droog. Ze leunde op het aanrecht. Alsof er iemand met twee duimen op haar oogballen drukte, zo voelde het. Ze moest naar bed. Slapen. Maar Lise bleef waar ze was. Buiten riepen mensen naar elkaar, het klonk dronken, zij vierden feest. In haar appartement was alles stil. Een nieuw jaar was begonnen. Ze wou dat er iemand was die iets tegen haar zei. Dat alles goed zou komen, bijvoorbeeld, of iets om te lachen waar ze echt om moest lachen. Of dat er gewoon iemand vanuit een andere kamer riep: 'Waar blijft ge nu?'

31

Dat er iemand was die ze echt moest terugbellen, en of Lise even bij Sien kon blijven. Kristel wees naar haar telefoon, alsof ze moest bewijzen dat ze wel degelijk ging telefoneren en dus een gegronde reden had om haar kind een moment alleen te laten. Lise knikte. Siens moeder kuste haar dochter vluchtig op haar kale hoofd en verdween. Sinds ze had gehoord dat ze met Sien in een palliatief scenario zaten, was Kristels gezicht zo wit als de schorten van de verpleegsters, alsof alle bloed en alle leven uit haar was weggesijpeld. Lise keek naar Sien, zoals ze daar lag, met die hamsterwangetjes door de hoge dosissen cortisone, verzonken in dat grote kussen. Ze volgde Lise met haar ogen terwijl ze het infuus controleerde. Heel veel praatte ze niet meer dezer dagen, terwijl ze zo'n spraakwaterval was geweest. Maar toen Lise zich omdraaide vroeg ze opeens:

'Dokter Lise?'

'Ja?'

Lise ging bij haar op bed zitten.

'Zijt gij ook ziek?'

'Nee, hoezo?'

Sien antwoordde niet, ze nam Lises arm en legde haar eigen duim en wijsvinger om Lises pols, en hield die toen naast de hare.

'Met mij is alles oké,' zei Lise, 'echt.'

'Goed. Gij moet nog veel kinderen genezen.' Sien legde Lises hand bij haar hals, met haar handen erbovenop. Ze haalde reutelend adem, hoestte. Met haar vrije hand hield Lise een tissue bij haar mond voor het slijm.

‘Gaat het?’

Het meisje knikte, staarde een tijdje naar het plafond, toen weer naar Lise. In de belendende kamer waren druk pratende mensen op bezoek, van wie er één opeens heel hard moest lachen. In de gang riep een verpleegster naar een andere verpleegster. Leven dat genadeloos doordenderde zonder rekening te houden met wat er hier aan het gebeuren was.

‘Denkt gij dat papa en mama goed voor elkaar gaan zorgen als ik er niet meer ben?’

‘Zijt ge daar ongerust over?’

Sien knikte.

‘Waarom?’

Sien haalde haar schouders op.

‘Denkt ge niet dat ze juist omdat het allemaal zo verdrietig is, zullen proberen om alleen maar extra lief voor elkaar te zijn?’

Sien trommelde met haar duim op Lises hand, alsof ze wilde tonen dat ze daarover nadacht.

‘Misschien niet.’

Ze viel weer stil, keek uit het raam. Ze had zicht op een stuk van een oude eik die zijn bladeren allemaal kwijt was. Aan de muur, bij het raam, hingen kaartjes en tekeningen van kinderen van haar klas, met hartjes en zonnen en bloemen en lachende gezichten. Daar lag ze vaak naar te kijken. Lise wou dat ze wist wat Sien dan dacht.

‘Wanneer gaat gij mij vergeten zijn?’ vroeg ze zonder Lise aan te kijken.

‘Hoe zou ik u nu ooit kunnen vergeten?’

‘Maar er zijn hier zo veel kinderen.’ Sien hield Lises handen vast.

‘Ik ga buitengewoon triest zijn als ik u moet missen,’ zei Lise zacht.

‘Kijk, een vogel.’

Lise draaide zich om. Er streek een merel neer op een van de takken, hij wipte wat nerveus weg en weer. Toen ze weer naar Sien keek, waren haar ogen dicht. Kosse had gezegd dat kinderen die het niet haalden op een vreemde manier als mens al ‘helemaal af’ waren, zelfs op hun jonge leeftijd. Lise vroeg zich af of dat wel klopte.

Voorzichtig probeerde ze haar hand terug te trekken, ze wou Sien laten slapen, maar het meisje klemde een hand om Lises wijsvinger.

'Ik laat u niet alleen,' fluisterde Lise, 'ge zijt niet alleen,' en ze liet haar hand waar ze lag.

'De receptie? Waarom?' De verpleegster gebaarde dat ze er verder ook niks van wist. 'Dringend,' voegde ze eraan toe.

Lises sneakers piepten op de trappen. Ze draafde de lange gang door, draaide de hoek om, en daar stond ze, haar moeder, in een jas met nepbont aan de kraag, alsof ze terugkwam van een excursie in de bergen. Ze zag Lise meteen. De laatste keer dat ze hier onaangekondigd was opgedoken had Lise zo weinig tijd voor haar vrijgemaakt dat ze hoopte dat het haar in de toekomst zou ontmoedigen om de reis te maken. Niet dus.

'Ha, daar, mijn dochter, ein-de-lijk!'

Haar moeder omhelsde haar, wat ze anders nooit deed. Lise rook haarlak en kaas en probeerde zich discreet zo snel mogelijk los te maken.

'Goh, mama, ik ben eigenlijk aan het werk, zoals ge weet.'

'Dat is nu echt het warme welkom waarop ik had gehoopt,' zei haar moeder snibbig. 'Ik zeg het maar gewoon: ik laat me niet afschepen. Desnoods ga ik hier in deze gang op u zitten wachten tot ge klaar zijt.'

'Ik heb avonddienst, dus.'

'Ja, dan zit ik hier tot vannacht!'

Twee voorbijgangers keken om en staarden hen aan.

'Ik heb er meer dan twee uur over gereden, met al die files.'

Lise probeerde een diepste soort zuchten te onderdrukken. Ze keek op haar horloge, nam haar telefoon en deed alsof ze iemand belde. Na wat een gesprek moest lijken, hing ze zogenaamd op en wendde zich weer tot haar moeder: 'Ik heb twintig minuten. Sorry, langer kan echt niet.' Om de sfeer te doen kantelen troonde ze haar moeder mee naar de cafetaria en vroeg hoe het ging, na alle commotie met Danny. Haar moeder stak haar 'stank voor dank'-litanie af, die ze vroeger nu en dan ook voor Lise gebruikte, maar die zich deze keer op haar voormalige project richtte dat de prachtige kans op een beter leven, met haar moeder aan zijn zij, zomaar had laten schieten.

Ze stonden bij de zelfbedieningsbalie, Lise had een dienblad genomen. Haar moeder wou koffie, en een stuk kriekenvlaai, want zij scheurde van de honger. Bij de kassa wou Lise haar geld tevoorschijn halen, maar haar moeder duwde haar met veel bombastische gebaren weg, alsof ze alleen in een gevecht deze strijd om te mogen betalen zou kunnen winnen.

Aan tafel nam haar moeder nog voor ze ging zitten een hap van de taart.

'Ja, sorry,' zei ze terwijl ze haar jas uittrok, 'dat is nu misschien raar dat ik hier ga zitten eten, maar ik heb sinds vanmiddag halfeen niks meer binnen. Twee sneetjes roggebrood, met een stuk munsterkaas en wat tomaat, ja dat is allang verteerd natuurlijk. Ik dacht dat er in de auto nog een banaan lag, maar daar had ik me blijkbaar in vergist, en nu had ik echt een flauwte.' Ze zette kracht op haar vorkje om door de bodem van haar taart heen te geraken, het stuk wipte van haar bord, ze plukte het met haar hand van de tafel, stopte het in haar mond, veegde met haar vinger het beetje rozige slagroom van de tafel en likte dat op.

'Ik vind het erg voor u dat het met Danny zo is gelopen,' zei Lise.

'En hoe uw vader daar dan mee omgaat... Soms begrijp ik echt niet dat ik het al zo lang met hem volhoud. Zo eens een béétje meeleven, een béétje belangstelling tonen, een béétje menselijke warmte–'

Lise wou verhinderen dat ze haar moeder nog zeven verontwaardigde 'beetjes' moest horen uitspreken, dus onderbrak ze haar: 'Ik denk nog altijd dat hij jaloers was op Danny. Dat is ergens misschien toch ook wel een soort van schattig, of ja, alvast een bewijs van het belang dat gij voor hem hebt.'

'Zonder mij stort die mens in, zoveel is mij allang duidelijk, ook al wil verder niemand dat geloven. Maar goed, daarvoor ben ik niet gekomen. Al moet ik zeggen dat het welkom was geweest om in deze moeilijke tijden ten minste van mijn dochter enige steun te krijgen, daar niet van.' Ze sprak met haar mond halfvol. 'Ik ben hier omdat uw vader én uw broer én ik ons grote zorgen maken.'

Lise keek snel om zich heen of ze toch geen collega's zag.

'Ja, maar, volgt ge?'

'Ja, ja, tuurlijk.'

'Ge zijt vel over been, het is niet om aan te zien. Ik was gewaarschuwd, maar het is nog erger dan ik mij had kunnen voorstellen... Ik heb nu een uur of vijf, zes niet gegeten en ik val bijna om. Ik kan me niet voorstellen hoe gij u na al die tijd moet voelen, maar plezant kan dat toch allemaal niet zijn!'

Praat alsjeblieft wat minder hard, dacht Lise. Ze staarde naar haar glas water.

'Ik begrijp niet dat gij hoegenaamd nog in staat zijt om te functioneren. Als ge die ondervoede kindjes ziet, in die arme landen, die liggen daar maar wat te liggen, met hun lege blikken, en die vliegjes rond hun oren. En gij crost hier door de gangen en speelt dokter en–'

'Ik bén dokter.'

'Ja, ja, assistent ja, maar ge snapt toch wat ik bedoel?' Ze nam een slok van haar koffie. 'Ge moet mij nu weer niet op mijn woorden pakken, want zo wint ge altijd, dat weten we.' Ze pakte haar handtas en begon erin te graaien.

'Mama, ik wil u er wel even aan herinneren dat ik over goed tien minuten terug boven verwacht word.'

'Ik ben meer dan twee uur–'

'Ja, dat hebt ge gezegd. En daar heb ik niet om gevraagd. Ik moet werken, dat is misschien vervelend, maar ik heb nu eenmaal een drukke job die verplichtingen met zich meebrengt.'

Haar moeder leek niet onder de indruk van Lises assertiviteit.

'Als ge het wilt weten, er ligt boven een meisje te sterven.' Lise haatte zichzelf erom dat ze Sien gebruikte.

'Ja, dat is natuurlijk heel erg,' zei haar moeder met een bedrukt gezicht, 'maar ik ben hier om ervoor te zorgen dat mijn dochter niet gaat sterven!'

Twee tafels verderop keek een man over de schouder van een vrouw hun kant uit. Lise probeerde zich achter het silhouet van haar moeder te verstoppen. Die legde een folder op tafel, met daarop een niet eens zo dun meisje, zittend op de grond, met blote voeten, en haar armen gekruist. Zij had vast behoorlijk gegeten, anders zou ze wel sokken dragen. Ze kreeg het al koud als ze de blote voeten alleen maar zag. CENTRUM VOOR EETSTOORNISSEN, stond er boven de afbeelding.

'Aanbevolen door onze nieuwe huisarts, dat is een heel moderne, zij zegt dat zoiets meer dan contrairigheid is, en dat er serieuze hulp vereist zal zijn. Ik heb al contact opgenomen, en daar kunt ge meteen terecht. Een opname van een paar maanden kan wonderen doen, zeggen ze daar. Daar zeggen ze–'

'Mama, in godsnaam.'

'Nee, niks te mama, nu gaat ge naar mij luisteren!' Ze stak een dreigende vinger in de lucht. 'Ik ga mijn dochter niet begraven, hoort ge dat?' Haar ogen puilden uit.

Lise schoof zo ver mogelijk naar achter op haar stoel. Nu draaide de vrouw van dat tafeltje echt om, en meteen weer weg toen haar blik die van Lise kruiste.

'Er zijn twee mogelijkheden. En ik heb dit met uw vader en uw broer besproken en zij zijn daarmee akkoord. Ofwel meldt ge u daar zelf aan voor de week om is. Ofwel gaan wij stappen zetten om u te dwingen. Dat doen we liever niet, maar nood breekt wet, het is maar dat ge het weet.'

Lise wipte met haar been op en neer, ze lachte schamper.

'En het is hier niet om te lachen!'

'Niet roepen, alstublieft.'

'Ik roep niet! Maar ik ben dood- en doodongerust. En hier gaan ze u kunnen genezen. Ze zeggen dat het een moeilijke weg is, maar dat er wel degelijk–'

'Ge roept wél. Alstublieft, we zitten hier niet thuis in de sofa.'

'Daar gáát het niet over, ik wil dat ge naar mij luistert!'

'Nee, gij wilt mij gedwongen laten opnemen. Alsof er ook maar één arts bereid zou zijn om zoiets te onderschrijven. Hoe naïef kunt ge zijn.' Lise hoorde haar stem trillen.

'Ik wil dat gij beter wordt. En blijkbaar kunt ge dat niet alleen. Als de koppigste ezel weigert ge zelfs maar toe te geven dat–'

Lise sprong op. 'Fuck you, mamá!' Ze greep de leuning van haar stoel beet, haar knokkels sloegen wit uit. 'Fuck you. Echt. Dat ge er nooit voor mij zijt geweest, in al die jaren, ik die hoegenaamd niet de dochter was die ge u hadt gedroomd, zoveel werd mij altijd wel weer duidelijk gemaakt...'

Haar moeder probeerde haar te onderbreken, maar Lise ging door.

'Dat ik alleen maar goed was om eindeloos naar uw gezaag te luisteren, en naar uw geroddel over papa en de buren en al dat volk dat ik niet eens kende, om u te troosten als ge weer eens zat te janken, om u moed in te spreken als ge nog maar eens onderuit waart gegaan, om u te sussen als papa tegen de muren op liep omdat gij niet te doen waart, om met u te knutselen omdat gíj dat leuk vondt, om met u te shoppen omdat gíj niet alleen wou gaan, om u het gevoel te geven dat ge wél een leuke moeder waart, en een tof mens, ook al wordt iedereen zot van u – niet alleen papa, maar ook David en eender welke vriendin die ge ooit hebt proberen te maken – dat is allemaal tot daaraan toe, dat is dan blijkbaar de leuke opdracht die ge als dochter in een gezin als het onze toebedeeld krijgt. Maar dat ge mij nu komt bedreigen, dat ge werkelijk informatie hebt verzameld over hoe ge mij kunt opsluiten en op die manier vermorzelen, na al die jaren keihard werken om de arts te worden die ik altijd al wilde zijn, dat gaat te ver. Echt veel en veel te ver.' Ze hapte naar adem. 'Ik ga nu naar boven, om mijn werk te doen. En riskeer het niet om mij zoiets te flikken, of om mij te bellen, en verwacht vooral niet dat ge mij binnen afzienbare tijd nog eens te zien krijgt. Ik heb het echt helemaal gehad met u.' Lise negeerde haar moeders totaal ontzette blik, gaf een besliste tik op de leuning, draaide zich om en holde de gang uit, de traphal in.

Toen de deur dichtviel, ging ze tegen de muur staan, voorovergebogen, haar handen op haar knieën. Ze was bang dat ze weer zou flauwvallen. Kalm, zei ze tegen zichzelf, kalm. Alles komt goed.

32

Dat hij nieuws had, stond er in een berichtje. Het was kort, zoals al Xaviers sms'jes. Het licht sprong op groen en Lise stak over, een fietser die door het rood moest zijn gereden zoefde rakelings langs haar heen. 'Hé gast!' riep ze, eerder van schrik dan uit ergernis.

Er stond een felle, kille wind. Ze vroeg zich af wat het zou kunnen zijn. Misschien had hij dan toch totaal decadent een eigen sportvliegtuig gekocht, daar sprak hij wel eens over. Of een ander huis, hij raakte op alles snel uitgekeken, zijn hele interieur was hij eigenlijk beu, had hij verteld, en de locatie stoorde hem hoe langer hoe meer. Of misschien was er iets met iemand in zijn familie, of wie weet ging hij haar introduceren bij hen. Nee, zoiets noemde je geen nieuws, toch?

Lise trok haar muts dieper over haar oren. Alles aan haar rilde. Ze wou naar binnen, waar het warm was. En ze wou hem zien, dat was alweer meer dan een week geleden.

Ze belde aan, ijsbeerde ter plekke. Toen minuten later de deur openzwaaide zei ze feestelijk: 'Daar zijt ge!' Ze stapte naar binnen, kuste hem en nam hem in haar armen. Hij vroeg of hij haar jas weg kon hangen, wat zo formeel klonk dat ze er hardop van in de lach schoot. Hij vroeg of ze wat wijn wou, Lise aarzelde even maar vroeg toch om thee. Dat ze wijn kreeg van hem, zei hij, en hij schonk voor haar twee vingers rood in en vulde zijn glas bij. Hij leidde haar mee naar de eetkamer, en nodigde haar uit om te plaats te nemen. Lise probeerde hem te peilen. Hij gedroeg zich normaal nooit als de gastheer die bezoek ontving.

Hij ging tegenover haar zitten en zei: 'Ik heb nieuws.' Alsof ze dat nog niet wist. Hij was altijd de man die meteen naar de kern ging.

'Ja?' zei Lise. Ze voelde haar hart kloppen in haar nek.

'Ik had me kandidaat gesteld voor een job en ik heb die gekregen. Het is echt een fantastische kans.' Zijn gezicht hield het midden tussen extatisch blij en ernstig. 'Ik had niet gedacht dat ze me zouden kiezen, de concurrentie was stevig, maar ik ben vorige week een laatste keer op gesprek geweest, en dat was blijkbaar heel goed geweest.' Hij nam een slok. 'Het is in Toronto.'

Toronto? Doorademen, ze moest blijven ademen.

'Het is een geweldig ziekenhuis, ze willen er zwaar inzetten op cardiologie, en ik mag die afdeling gaan leiden.'

'En ge hebt me daar allemaal niks over verteld?'

'Zolang ik niet wist hoe het zat, leek me dat weinig zinvol.'

Lise dwong haar gezicht richting glimlach.

'Leuk voor u, als dat is wat ge wou.'

'Ik heb altijd geweten dat ik niet de rest van mijn leven in dit saaie land wou blijven.'

'Saai land? Vindt ge? Is een land niet zo boeiend of saai als degene met wie ge voor het slapengaan een gesprek voert?'

Xavier knikte vaag, glimlachte en nam een slok wijn.

'Het is echt opwindend over welke budgetten ze daar spreken. Dat is van een volstrekt andere orde dan wat wij hier kennen. Ze willen investeren in nieuwe technologieën, ze hebben een gloednieuwe vleugel gebouwd die zo goed als klaar is. En daar mag ik de kar gaan trekken. Mijn moeder slaakte een kreetje toen ze het hoorde, zo trots was ze.'

Zijn moeder wist er al van.

'En gaat uw moeder u niet missen dan?'

'Ze zal wel vaak op bezoek komen. En we kunnen elke dag bellen, hè.'

Lise knikte, gretig, alsof dat iets was waar ze heel hevig mee akkoord ging. Ze moest iets vragen, het was weer haar beurt om te spreken, maar ze kon niet zo goed denken.

'Hebt ge de mensen al ontmoet met wie ge dan gaat samenwerken?' vroeg ze uiteindelijk.

'Een aantal, ja, tamelijk briljante exemplaren, moet ik zeggen. En ik zal zelf ook nog nieuwe artsen mogen aantrekken.' Hij lachte breed. 'En Canada is een magisch land. De mogelijkheden van Amerika zonder de bullshit. De sfeer daar is echt warm en los en opwindend, dat zoudt gij ook vinden, denk ik.'

Lise staarde naar haar glas wijn.

'En wanneer vertrekt ge?'

'De zestiende.'

'Komende maand?' Lise probeerde de ontzetting uit haar toon te weren.

'Ja, het moet allemaal snel gaan. Ik heb mijn zus bereid gevonden om de dingen hier af te handelen voor mij, de verkoop van het huis en zo. Dus dat zal geen probleem zijn.'

'Ah, ge gaat het verkopen, het is niet dat ge hier nog een plek wilt waar ge–'

'O nee, waar zou dat goed voor zijn?'

Lise knikte. Alsof iemand haar uitwrong. Haar wegwierp in een dode hoek waar ze nooit meer zou worden teruggevonden.

'Ik ga wat nootjes halen. Gij iets? Ik heb nog olijven staan, kerstomaatjes ook, denk ik.'

'Nee, nee, merci.'

Xavier verdween en Lise keek om zich heen. Naar deze eetkamer waar ze nog maar één keer had gezeten, toen hij vrienden over de vloer kreeg die kwamen aperitieven. Hij had hun die avond een hilarisch verhaal verteld over een vreselijke date met een vrouw met een beugel. Zijn vriend moest zo hard lachen dat hij zijn glas had omgegooid. Die wijnvlekken op zijn blouse had ze er nooit meer uit gekregen. Xaviers trui hing over de stoel, ze weerstond de aandrang om hem tegen haar gezicht aan te drukken.

Gewapend met een kom vol pinda's kwam hij weer zitten en nam een handvol. Er viel een stilte. Ze hoorde de noten malen tussen zijn tanden. Hij at zijn mond leeg en zei toen: 'Lise, ik vind u een leuk meisje. Beresterk en tegelijk zo broos. Grappig. Met een slim hoofd, een groot hart en veel te geven. Ge verdient het beste leven, gij, dat zal geen mens ter wereld tegenspreken.' Hij glimlachte. 'En gij weet ook, langeafstandsgedoe, dat werkt nooit, dat is vragen om ellende.

Dus dat gaan we elkaar niet aandoen. We hebben allebei recht op beter, toch?'

In Lises keel werd een ballonnetje opgepompt, almaar groter, het verhinderde haar om te spreken, om normaal te ademen. Haar hart klopte te hard, haar handen voelden klam, ze wreef ze over haar broek, almaar opnieuw.

'Ja, het leven en zijn bochten, het is allemaal wat, hè.' Hij graaide weer in de pinda's en zuchtte. 'Zegt gij nu eens iets.'

Lise keek naar haar handen, heen en weer strijkend over haar pijpen. Ze moest iets zeggen. Iets onverstaanbaars dat haar radeloosheid niet zou verraden. Iets grootmoedigs dat haar paniek kon camoufleren. Ze probeerde te glimlachen terwijl ze nadacht. Het was een unieke kans voor hem, logisch dat hij niet had getwijfeld, dat getuigde gewoon van gezonde ambitie. En dat hij die had, was haar vanaf het begin duidelijk geweest. Ze kruiste haar armen en stak haar handen onder haar oksels. Ze staarde naar het donker buiten, naar de twee zwarte bomen aan de overkant van de straat. Een grote vogel streek neer op een tak. Als ze hier buiten stapte, was ze weer alleen. Maar dat ging lukken. Dat kon zij toch goed, alleen-zijn. Dat deed ze al eeuwen, eigenlijk. En ze had haar werk dat ze graag deed, daar was ze altijd in de weer met mensen, en zij was sterk, dat vond Xavier ook. Komaan, iets zeggen, nu. Ze moest iets zeggen. Anders was ze raar. Bij voorkeur iets wat hem zou bijblijven. Ze keek op en zag hem daar zitten, in sneltempo nootjes naar binnen werkend, met die lach van hem en die schouders. Ze schraapte haar keel, stond op en zei: 'Even naar het toilet. Zo terug.'

En terwijl ze aanstalten maakte om naar de gang te lopen kwam Xavier overeind. Hij kwam naar haar toe en omarmde haar. Hij wreef over haar rug. 'Stil maar,' zei hij, 'stil maar.' Hij trok haar nog dichter tegen zich aan. 'Het heeft iets tragisch, ik weet het wel.' Hij legde een hand in haar nek en fluisterde: 'Ergens daarbuiten loopt er iemand rond voor u die u heel gelukkig zal maken. Dat weet ik zeker.'

Lise voelde zijn warme lijf. Opeens nam hij haar gezicht tussen zijn handen en hij kuste haar, voorzichtig, en daarna heviger en langer. Hij legde zijn linkerhand op haar borst en maakte met zijn rechter haar broek open. Heel even stopte hij met zoenen en keek haar aan, vragend, dacht ze. Toen kuste hij haar opnieuw, en hij legde zijn hand op haar slip en bewoog met zijn vingers, heel zacht. Ze hoorde hem hijgend ademhalen.

33

Emiel, zijn vader en twee andere mannen droegen op het 'Ave Maria' de kleine witte kist naar voren. Dat Sien daar werkelijk in lag, een koud kind, helemaal alleen, was een onverdraaglijke gedachte. Ze kon niet naar Emiels gezicht kijken. Lise moest ervoor zorgen dat iemand wist dat zij een crematie wilde; verworden tot as, die dan in een zwermpje weg kon waaien, mee met de wind naar eender waar. Zij wilde niet eenzaam de grond in en dan aangevreten worden door beestjes, woelend in aarde en vlees. En niemand mocht zich verplicht voelen om bloemen neer te komen leggen bij haar graf. Als zij doodging, moest iedereen van haar af zijn, vond ze.

'Ge begrijpt dan toch niet dat ze geen foto hebben gekozen waarop ze nog haar had,' zei de vrouw die naast Lise in de kerk zat, haar man zei niks terug. 'En hebt ge Kristel gezien? Die zíet eruit, vreselijk gewoon. Die eindigt nog in de psychiatrie als ze niet oppast, dat denk ik.' Er zat een mix van medelijden en misprijzen in haar toon.

Lise wou dat Xavier naast haar zat. Of Kosse desnoods, maar hij had een spoedgeval. Een priester met gelig haar stond over Sien te spreken alsof hij haar van nabij had gekend, daar kon Lise niet tegen. Hij gebruikte niet het woord 'kanker' of 'leukemie', maar 'ziekte', alsof dat het minder erg zou maken. Lise bestudeerde de ruggen van Kristel en Emiel. Kristel hield de hare recht, die van Emiel leek geïmplodeerd, dat had Lise omgekeerd verwacht. Siens broertje Gijs vroeg iets aan zijn moeder en zij nam hem op schoot. Wat zou die kleine jongen allemaal denken? De dood was voor iemand van zijn leeftijd nog een abstractie.

Kristel had Lise net voor de dienst nog bedankt voor alles wat ze voor hen had gedaan. Lise had niet geweten wat daarop te zeggen, zij was toch een van de mensen die haar dochter niet hadden kunnen redden. De avond nadat Sien gestorven was had Lise haar hele dossier nog eens grondig bestudeerd. Ze bleef zich afvragen of andere beslissingen beter waren geweest, alsof dat nog iets kon uitmaken, alsof dat iets zou veranderen aan het beeld dat Lise nooit meer zou kunnen vergeten, dat van Sien die daar lag en niet meer ademde, die in een paar seconden niet meer het kind was dat Lise zo goed had gekend.

In de kerk kwamen Siens klasgenoten naar voren, ze zongen samen een liedje over een verre ster, begeleid door een gitaarspelende juf. Een meisje met veel krullend haar zwaaide naar iemand in het publiek, een dun jongetje stond met een stralende glimlach vooraan, een meisje dat een stuk kleiner was dan de anderen zong niet mee, zij huilde. Gijs kroop weer op zijn stoel. Na het nummer legde de juf haar gitaar weg en terwijl de kinderen naar hun plaatsen liepen, ging zij achter de microfoon staan. Ze hield een verhaal over de nieuwsgierige, leuke, slimme meid die Sien was. Ze gebruikte consequent het woord 'meid', waar Lise om de een of andere onverklaarbare reden ongemakkelijk van werd. Toen ze klaar was, nam de priester weer het woord. Zelfs voor een priester klonk hij lijzig.

Lise kon het niet opbrengen om naar hem te luisteren, dus ze wist niet of er in zijn woorden een aanleiding zat, maar opeens zag ze Gijs opstaan en langs de kist, door de gang, keihard naar buiten hollen. Ergens vooraan dook een man op die achter hem aan ging. Bijna alle mensen keken om, ook al viel daar eigenlijk niks te zien.

Lise kon Gijs begrijpen, zij wou ook wel wegrennen, weg van alles. Lise staarde naar Kristel en Emiel die bleven zitten, alsof de show nu eenmaal door moest gaan. Zij waren waarschijnlijk sowieso niet echt hier. Lise had het aan hen gezien, hoe het ingewikkeldste soort groot verdriet hen scheidde van de rest van de wereld. En misschien ook van elkaar, dacht Lise.

Er brandde tl-licht in de mistroostige kamer waar de groep elke week samenkwam. De vrouw met het gordijnhaar zei dat ze altijd maar bang was.

‘Waar zijt ge bang van?’

‘Van het getal op de weegschaal, van mijn eigen gezicht, van mensen, zeker als ze zich ergens mee proberen te bemoeien,’ ze nam pauzes tussen elke nieuwe toevoeging, alsof ze heel goed moest nadenken, ‘van wat er komen gaat, van wat ik niet kan, van wat ik voel als ik ga slapen, en van wat ik denk als ik wakker word, van de wereld, van mijn eigen kracht, en van mijn zwakte, en dat dat soms hetzelfde is, van de eenzaamheid ook.’ De vrouw keek de kring rond, iedereen aansporend om mee te doen, alsof het een spelletje was.

Lise voelde zich hier nog altijd de fraudeur, degene die leed claimde dat eigenlijk niet het hare was. Over goed twee weken moest ze met De Schepper haar vierde evaluatiegesprek gaan voeren. Als ze eraan dacht werd ze al misselijk. In plaats van haar yoghurtje ’s ochtends op te eten, nam ze dat nu mee naar het werk, ze wachtte strategisch een moment af waarop Kosse haar zeker zou zien, en werkte het dan schijnbaar achteloos naar binnen. Ze haatte het om te eten terwijl anderen toekeken, maar ze kon niks beters verzinnen om ervoor te zorgen dat hij geen actie zou ondernemen. Hij was er alvast niet meer over begonnen, ze hoopte dat dat een goed teken was. Waarom was Kosse niet meer zoals Xavier? Dat zou haar een hoop ellende besparen.

Toen ze die avond laat bij Xavier vertrokken was – blijven slapen vond hij geen goed idee – had hij haar bij de deur nog een keer omhelsd en gezegd dat ze zich sterk moest houden. Ze had niet durven vragen of ze elkaar nog zouden zien voor hij naar Canada vloog. Dat was nu vijftien dagen geleden, en ze had niks meer van hem gehoord, dus ja. Of zou hij denken dat zij hem liever niet meer wilde zien in deze omstandigheden? Dat zou wel kunnen, hem kennende.

‘Lise?’

Ze schrikte op.

‘Luistert ge mee met ons?’ vroeg de begeleidster met haar voorzichtigste stem.

Ze knikte.

De vrouw met de eeuwige hoody schoof geïrriteerd haar stoel naar achteren: ‘Ik zou het hier nu stilaan eens echt ernstig beginnen te nemen,’ zei ze tegen Lise.

Lise had een beetje schrik van haar en haar eeuwige scherpte.

'Ge ziet er nog een stuk slechter uit dan anders.'

Opeens waren alle blikken op haar gericht. Lise wou wegrennen, zoals Siens broertje vanmorgen.

'Vertel eens, Lise.' De begeleidster keek naar de gordijnhaarvrouw. 'Als het oké is voor u dat we even naar Lise gaan?'

Wegwaaien, dat wou ze. Niet hier zitten, op deze harde stoel waarop haar kont zeer deed. Niet moeten praten over zichzelf, of over wat ze at of niet at, of over eender wat. Niet weer haar telefoon voelen zoemen, kijken, hopend dat het Xavier zou zijn, om elke keer weer vast te stellen dat het haar moeder was, of haar broer, die nog een keer of drie, vier had gebeld na zijn merkwaardige interventie, of iemand van het ziekenhuis.

'Lise?' het klonk geduldig en vriendelijk als kabbelende beekjes in pittoreske landschappen, de begeleidster had maar één toon, die van eindeloos geduld, begrip en zalvende steun.

'Ik ben vanmorgen naar een begrafenis geweest van een van...' Lise slikte 'mijn patiënten' in, ze wilde vermijden dat deze mensen haar konden plaatsen in dit ziekenhuis, en zei: 'De kinderen in mijn familie.' Dat klonk raar, wist ze, maar corrigeren zou het erger maken. 'Ze was nog jong, dus...'

Het dunste meisje van allemaal stond meteen op en kwam Lise omhelzen. Lise voelde haar nekspieren spannen. Ze hoopte maar dat de anderen haar voorbeeld niet zouden volgen.

'Maar ik ben oké,' zei ze meteen toen het meisje eindelijk losliet. 'Ik heb alleen niet zo'n zin in praten vandaag, als dat mag.' Ze sloeg haar ogen neer. 'Volgende keer.'

'Waaraan is ze gestorven?' vroeg het mooiste meisje van de groep.

Ze mocht zichzelf niet verraden door te specifiek te zijn.

'Kanker.'

'Vindt ge het niet vreselijk dat zo'n kind moet sterven, terwijl gij eigenlijk weigert om te leven?' De hoodyvrouw keek Lise streng aan.

Lise wou haar ogen sluiten en haar vingers in haar oren stoppen, of gillen, heel hard, ergens onder een verlaten hemel. Ze zag Emiel en Kristel daar weer staan, de mensen begroetend bij de uitgang. Zij gingen naar huis met één kind aan de hand, het andere konden ze nooit meer vasthouden. Dat was verworden tot foto's, herinneringen, spulletjes in een lege kamer, een geklasseerd dossier in een ziekenhuisarchief. Lise bleef zwijgen. Wat viel er op zoiets te zeggen, tenslotte?

Na een vervelend lange stilte nam de jongen het woord. Hij droeg een dikke coltrui die hem er op de een of andere manier nog magerder uit deed zien.

'Ik denk niet dat ik weiger om te leven. Ik denk dat ik niet weet hoe ik het moet doen. Dat is toch iets anders.'

'Ze noemen anorexia niet voor niks *slow suicide*, hè. Wij maken onszelf kapot, en dat weten we maar al te goed, als het erop aankomt. Tegenover alle mensen die zomaar getroffen worden door–'

'Ik zou het appreciëren als ge uw zelfhaat niet op ons wilt projecteren,' zei de vrouw met het grijze piekhaar. 'Ik weet niet hoe dat met u zit, maar wij doen ongelooflijk veel moeite om dit te verslaan.'

'Respect voor elkaar, mensen, dat is de afspraak,' kwam de begeleidster tussenbeide.

Lise verstopte haar mond achter de zwarte wol van haar sjaal. Ze deed alsof ze luisterde. Ze probeerde nergens aan te denken. Buiten vlogen er duiven op. Binnen klonk gekwetter van de mensen in deze rare kring, mensen die praten-over-altijd-weer-hetzelfde 'vechten' noemden. En zij keek toe, zij weigerde te denken.

34

Het klokkengelui klonk onheilspellend, vond Lise. Ze trok het dekentje tot onder haar kin, alsof dat haar zou beschermen. Vandaag werd ze niet in het ziekenhuis verwacht. Extra trainen dus. Ze moest gewoon uit de sofa komen, de rolgordijnen optrekken, sportkleren aandoen en beginnen. Komaan, dacht ze. Dat gaat helpen, zei ze hardop. En ze bleef zitten. Alsof ze verstrikt was geraakt in de takken van ondoordringbaar struikgewas.

Er was een speciaal soort eenzaamheid dat ze bewaarden voor de nacht, omdat de gedachten dan donker zijn als de wereld daarbuiten, omdat er niemand is om ze tegen te spreken, omdat een bang hoofd zichzelf maar moeilijk kan kalmeren.

En soms waren er nachtgedachten die weigerden te verdwijnen in de ochtend. Lise zat in kleermakerszit en stopte haar linkervoet in de holte van haar rechterknie omdat die zo misschien wel warm zou worden. Ze keek naar de ijskast, en dan weer weg. Gisteren had ze op het prikbord in de koffiekamer bij de spoeddienst een papier zien hangen. Ze herkende zijn handschrift. Er stond: Voor al wie een excuus nodig heeft om het schitterende Canada te bezoeken, daarna een dubbele punt en zijn adres, en dan, in drukletters: 'ciao, Xavier', terwijl strikt genomen *see you* of *au revoir* passender zou zijn geweest. Een verpleegster stootte een andere aan en zei: 'Ge kent hem toch? Die met dat haar en die baard. Waar wachten we nog op?' Ze lachten er smeuïg bij.

Lises telefoon zoemde, ze keek niet wie het was. Ze kon niks vanochtend. Het was het nest rietratten die haar almaar naar de strot vlogen. Ze moest denken aan de vrienden met wie ze samen gestudeerd had. Carole en Ben en Ignazio en Annette en Kira. Hoelang was het geleden dat ze hen nog had gezien? Wat zou het betekenen dat ze nooit meer iets van zich lieten horen? Lise was natuurlijk zelf op de laatste uitnodigingen niet ingegaan.

En hoe zou het met Kristel en Emiel zijn nu? Ze moest hen nog eens bellen, of een kaartje sturen. Elke dag opnieuw nam ze het zich voor, elke avond realiseerde ze zich dat ze het weer niet had gedaan. Lise ademde heel diep in en uit. Ze keek op haar horloge. Tien over tien. Om hoe laat zou ze eten? Ze moest sowieso eerst nog de weegschaal op. Ze stopte nu haar rechtervoet in de holte van haar linkerknie. Ze rolde haar hoofd in haar nek, ze hoorde het kraken. Ze legde haar handen in haar zij en drukte zo hard ze kon op haar maag.

In de laatste groepssessie had de oudere vrouw verteld dat ze een meisje kende dat na twee jaar anorexia type harde vasten geprobeerd had om weer te gaan eten en zo boulemisch was geworden, waarop de begeleidster zei dat ze dat al vaker had zien gebeuren. Lise wilde er niet over nadenken hoeveel dagen ze nog had voor ze weer naar zo'n evaluatiegesprek moest. Zij kon niet eens annuleren met de smoes dat ze ziek was, want dan gingen helemaal alle alarmen af.

Ze legde haar hoofd in haar handen. Ze wou dat ze gewoon zou opstaan en beginnen. Ze wou dat ze wist wat ze moest doen. Ze wou dat ze kon denken wat ze wou denken. Dat ze omhuld was door een blok gewapend beton. Of dat ze een doorwaadbare plaats was. Of een huis waar iemand wou blijven. Een mens die iets durfde te verwachten. Lise ging liggen, haar knieën opgetrokken, een dubbelgevouwen kussen onder haar nek. Ze moest opstaan, dacht ze, dringend.

35

'U gaat dat niet opeten?' De breed glimlachende man wees met een beleefde vinger naar het kleine dienblad dat onaangeroerd voor haar stond. Lise maakte een vriendelijk 'neem maar'-gebaar. Hij nam haar pastagerecht en griste het broodje mee. Een man van zijn postuur had natuurlijk niet genoeg aan vliegtuigporties, hij was makkelijk twee meter, het had circusartiestlenigheid gevergd om zich in zijn stoel te plooien. Ze keek toe hoe hij een plastic vorkje met wel vijf penne in één keer in zijn mond stak. Ze rook de zoete geur van de tomatensaus. Hij kauwde alsof hij een halve koeienpoot weggemaald moest krijgen, met een hevig bewegende kin.

Toen zijn mond leeg was vroeg hij of zij geen honger had. Lise schudde het hoofd. 'Zo te zien hebt u niet vaak honger,' hij lachte geforceerd. 'Mijn vrouw zou jaloers zijn op uw karakter. Zet een pak koeken voor haar neus en een kwartier later is dat integraal weggewerkt.' Lise moest aan David denken die vroeger een kast met een sleutel had waarin hij zoetigheden bewaarde, zodat zijn vriendin er niet bij kon zonder zijn toestemming.

Ongegeneerd duwde de man de nagel van zijn wijsvinger tussen zijn voortanden en prutste er een stukje spinazie uit. Hij wilde weten of het ontspanning of werk was dat haar naar het buitenland bracht. Alsof er maar twee opties waren. Lise slikte alle eerlijke antwoorden in en zei 'ontspanning', omdat die reactie het minst uitnodigde tot verdere vragen. Hij vertelde dat hij naar een beurs ging, hij had een aantal kapperszaken. Het laatste waar Lise zin in had was een gesprek over haar, laat staan over de staat van haar haar, waar hij als kapper ongetwijfeld van alles over te melden had. Eergisteren graaide een van haar patiëntjes naar haar hoofd en plots had hij een hele pluk in zijn handje. Gelukkig had niemand anders het gezien. Tegen haar natuur in vroeg ze de kapper niet waar die zaken waren of waarom hij ooit voor dat beroep had gekozen, ze hoopte dat ze hem zo weer tot geluidloos eten kon bewegen. Maar hij vroeg meteen wat zij voor werk deed. 'Verzekeringsmakelaar,' antwoordde Lise met een stalen gezicht. Ze glimlachte weer en nam een boek uit haar tas. Ze duimde dat hij niet zou vragen wat ze aan het lezen was.

'U mag ook gewoon zéggen dat u niet met mij wil praten hoor,' zei hij toen.

Meteen voelde Lise zich schuldig. 'Sorry,' zei ze, 'maar ik reis een man achterna die nergens van weet, en ik ben op van de zenuwen, daarom ben ik niet zo goed in staat tot beleefde gesprekken. Maar het spijt me, ik wil niet onvriendelijk zijn.' De zinnen raasden eruit, alsof ze meededen aan een loopwedstrijd.

De man keek verbaasd en geamuseerd tegelijk.

'Geen excuses nodig. Ik wens u alle succes.' Hij schraapte het laatste beetje saus met zijn plastic mes uit het bakje. 'Mag ik ook nog...?' Hij wees naar de vage, puddingachtige substantie in een plastic glaasje op haar dienblad.

Lise knikte en glimlachte erbij, in een tweede poging om het goed te maken. Het scherm meldde dat ze nog drie uur en zeventien minuten verwijderd waren van de bestemming. Ze rechtte haar rug.

'Toch nog één vraagje, als dat mag, en ónbeleefde antwoorden zijn toegestaan, ik ben zelf ook niet de man van beleefd gebabbel,' hij grijnsde. 'En géén antwoord mag ook, ik wil me niet opdringen. Maar waarom is hij vertrokken? Omdat de relatie niet–'

'Nee, nee, hij kreeg daar een droomjob aangeboden.'

'Ah zo,' zei hij en hij knikte bemoedigend, vond Lise. 'En jullie hebben het erover gehad om samen te verhuizen, of...?'

'Nee, hij...' Lise had er al idioot veel uren over nagedacht waarom hij dat niet eens had opgeworpen. 'Ik denk dat hij veronderstelde dat ik omwille van mijn werk en mijn familie niet zou kunnen verhuizen. Maar hij zei wel dat hij echt dacht dat Canada iets voor mij zou zijn, en hij had op het werk een uitnodiging opgehangen om op bezoek te komen, met zijn adres.'

'Voor u? Op zijn werk?'

Lise zag de algehele twijfel van de man toenemen. 'Nee, niet specifiek voor mij, maar hij wist wel dat ik het zou zien.'

De man nam een hapje van de puddingsmurrie en knikte bedachtzaam.

'Maar met u heeft hij dus de relatie verbroken, officieel dan, of niet?'

Lise keek even langs het raampje naar buiten. Officieel verbreken klonk erger dan iets niet vragen.

'Hij gelooft niet in langeafstandsrelaties.'

De man knikte instemmend.

Lise probeerde het rondtollen van haar gedachten tot bedaren te brengen.

'Hij is uitbundig en heel sociaal, maar wat hem echt bezighoudt zal hij niet zo makkelijk prijsgeven, dus ik weet niet of hij er de man naar zou zijn om dan zo'n kwetsbare vraag te stellen als: ik laat mijn hele hebben en houden achter, waarom doet gij niet hetzelfde? Zeker niet vanuit het besef dat de kans op een "nee" groter was dan een "ja". We waren ook nog niet zo lang samen.' Lise herkauwde het woord samen. 'Bijna tien maanden. Afijn, als ge begint te tellen van onze eerste ontmoeting toch.'

'Ah ja.'

Lise wist niet of dat doorklinkende voorbehoud echt in zijn toon zat of in haar hoofd.

'En hij zei bijvoorbeeld een keer tegen mijn vader dat hij nooit iemand zomaar zou laten vertrekken als die wegging, dat sommige mensen die verdwijnen, willen dat er iemand achter hen aan komt, om te tonen dat ze belangrijk voor hen zijn. Dat is toch treffend?'

De buurman zei niks, maar knikte wel.

'Hij is zelf ook echt de man van het grote gebaar. Iemand die houdt van verrassingen.'

'Dat is wel positief, ja.' Hij hield het potje voor zijn neus, alsof hij het goed moest kunnen bekijken. 'Afschuwelijke panna cotta, als het dat al was,' lachte hij. Terwijl hij desondanks het potje leegschraapte, vroeg hij: 'En hij ziet u graag?'

Lise dacht aan wat hij allemaal had gezegd over haar, die laatste avond. En hoe gretig hij met haar de liefde had bedreven. Hij noemde het consequent neuken, maar dat was gewoon zijn stoerigheid ook. En ze dacht aan zijn blik, als hij keek naar haar, soms.

'Ik hoop het,' zei ze stil.

'Dat weet ge niet zeker?'

'Ik weet niks zeker,' zei Lise, 'behalve dat we allemaal dood moeten.'

Terwijl ze zichzelf die laatste zin hoorde uitspreken, glimlachte ze erachteraan om het minder hard te doen klinken.

'Lijkt me lastig,' antwoordde de man.

'Doodgaan? Ja, behoorlijk.'

Lise grijnsde zo'n beetje, stak haar handen in haar broekzakken, ook al was dat zittend niet heel handig. Ze lette erop dat haar rechterelleboog niet voorbij haar stuk stoel kwam.

'Vindt u mij heel stom, dat ik dit doe? U gelooft er niet in, hè?'

'Waarom denkt ge dat?'

'Ik weet niet, uw gezicht.'

'Ik denk dat er niks méér vraagt om desnoods licht geschift lijkende grootse daden dan de liefde. Ik heb ooit iets gehad met een vrouw met wie ik een connectie had, dat viel niet uit te leggen, en dat werd alleen maar sterker en mooier in de loop der jaren. En ik heb haar laten gaan. Omstandigheden, afijn, lang verhaal. Het idee dat er een beter leven mogelijk was geweest, wat ik voor mezelf lang ontkend heb, maar wat ik met vertraging eigenlijk wel zeker weet, en dat ik daar niet voor ben gegaan, dat vreet nog altijd aan mij.' Hij kreeg iets weerloos over zich. 'Een mens is bezig met erkenning krijgen, succes najagen, geld verdienen, plezier hebben, vechten voor de dingen die ge dan belangrijk vindt, en eigenlijk betekent het allemaal pas echt iets als ge het met de juiste mens kunt delen, daar ben ik op mijn eenenzestigste meer dan ooit van overtuigd.' Zijn donkere ogen kregen iets ver wegs opeens. 'Dus als gij zeker zijt van uw gevoel, is het geweldig dat ge dit doet.'

Als zij zeker was van haar gevoel? Natuurlijk was zij zeker. Het was Xavier, iedereen vond hem geweldig. Omdat hij woest en ontembaar was, en slim en ambitieus en vlot. En hij wou haar, of had haar gewild, maar zoiets ging toch niet zomaar opeens over? Of wel?

De man speurde met enige weemoed langs alle bordjes en bakjes op beide dienbladen, en toen er werkelijk niks meer te scoren viel, legde hij gelaten zijn bestek neer.

'En als die man daar in Canada nu straks zegt: "Kom in mijn armen en laat mij nooit meer los," of iets leuks van die strekking, dan blaast gij thuis alles op?'

Lise knikte. Dat had ze zo beslist, toch? Bange vogeltjes kregen niks in dit bestaan, daar was ze van overtuigd. En ze haatte het bange vogeltje in zichzelf dat twee dagen onder een dekentje op de sofa had doorgebracht en daarna een goeie week als een zombie door het ziekenhuis had gelopen. Ze moest iets ondernemen, had ze tegen zichzelf gezegd. En ze had aan Xavier gedacht, in dat geweldige land, ver weg van alle bemoeizucht, en opeens was daar de gedachte aan vertrekken, aan de vrijheid van los van alles te zijn, van samen te zijn en niet weer alleen. Ze had Kosse wijsgemaakt dat haar moeder een drankprobleem had en dreigde te moeten worden opgenomen, en dat ze een week vakantie nodig had om de boel thuis te gaan regelen. Als je loog, moest je de leugen spectaculair genoeg maken, dan durfden mensen het doorgaans niet in vraag te stellen. En nu viel het woord 'opblazen', zo'n gewelddadig begrip zou zij nooit gebruiken. Anderzijds, wat zou er concreet opgeblazen worden?

'Ik denk niet dat iemand mij zou missen,' zei ze ten slotte.

Hij keek haar aan, met medelijden misschien, of met bekommernis, dat kon ook, en zei 'ja', alleen maar dat. Hij had natuurlijk geen zin in een zielig verhaal. Waarom had ze dat nu zo gezegd? Ze voelde zich opgelaten.

Ze moest aan haar vader denken. Hij had haar een brief geschreven, met een pen, op papier, en die in een enveloppe gedaan, en gepost. Haar vader. En Lise had hem niet eens opgebeld. Ze had de dag nadien een vliegticket gekocht en ze was vertrokken. Hij zou het haar nooit vergeven, vreesde ze, en dat kon ze ook wel begrijpen. Nog twee uur en zesenvijftig minuten en dan gingen ze landen.

Lise stond te wachten in het gangpad. Iemands rugzak schuurde langs haar hoofd. 'Pardon,' zei een mannenstem terwijl hij het onding ook nog tegen haar rug aan duwde. De vrouw voor haar snauwde tegen haar man dat ze niet begreep waarom je altijd zo eindeloos moest wachten terwijl het vliegtuig toch allang stilstond, ze liet het klinken alsof het allemaal zijn schuld was.

Lise zette haar telefoon aan. Achttien gemiste oproepen. Ze scrolde naar beneden. Zeventien van haar vader. Hij had van haar moeder voor zijn verjaardag een eigen telefoon gekregen, waar hij het nut niet van had ingezien. Lise belde haar voicemail.

'Ja, Lise, uw vader hier, het gaat over uw moeder. Ze is eruit getrokken! Met al onze grote koffers, dat zijn er drie, hè! De auto mee, kleren, schoenen, haar Hummels, haar juwelen en... afijn, ze is weg! Ge moet nu echt naar huis komen. Alstublieft, Lise, laat uw vader nu niet alleen.'

Lise drukte op toets vier, en het bericht speelde opnieuw af. Hartverscheurend om haar vader zo van streek te horen. Iemand porde haar in de zij met een handtas, de rij kwam in beweging. Lise liet zich meetronen terwijl ze een derde keer luisterde. Haar moeder hem verlaten? Zou ze daar werkelijk toe in staat zijn? Lise was natuurlijk niet meer op de hoogte van de laatste ontwikkelingen. Het zou vast alleen maar een manier zijn om haar vader even flink te doen schrikken. Of zou het met Danny te maken hebben?

Lise liep de gigantische terminal in. Ze keek op haar horloge, het was daar nacht nu. Ze had nog even respijt. Ze zou hem straks bellen. Ze hoopte dat hij zich niet weer zo had bezopen. Nu ja, tijdens die zeventien belpogingen lag hij alvast niet onder aan de keldertrap. Ze beet op haar lip tot ze bloed proefde. Ze was nu hier, ze moest rustig blijven, er was vast niks onherroepelijks aan het gebeuren. Ze betrapte zichzelf erop dat ze hardop aan het praten was, zoals altijd wanneer ze zichzelf probeerde te kalmeren. Ze had dit hele eind gereisd, ze moest nu eerst doen waarvoor ze was gekomen.

De vliegtuigbuurman gleed op een loopband langs haar heen. Hij stak zijn duim op. Ze zwaaide naar hem. Ja, ze moest zich concentreren op haar missie. Eén ding tegelijk.

Door zich voor te doen als een mogelijke patiënt had Lise via zijn ziekenhuis vernomen dat Xavier vandaag niet werkte. En hij was een uitslaper. Als ze nu meteen een taxi nam, was de kans klein dat ze hem niet op zijn thuisadres zou aantreffen. Lise ademde diep in en uit. Ze keek om zich heen. Veel lachende mensen, grootse bedrijvigheid overal, min één graden Celsius buiten, had de kapitein van het vliegtuig gemeld, maar er stond een stralende zon die langs grote glaspartijen naar binnen scheen. Zo ziet een nieuw begin eruit, zei ze tegen zichzelf. En thuis zou het allemaal zo'n vaart niet lopen. Desnoods moest David eens bijspringen. Zij ging er hier iets van proberen te maken.

36

Het was niet heel groot, maar ze vond het wel een mooi huis. Modern, alles wit en zwart, grote ramen, een plat dak, een metallic grijze sportauto voor de deur. Er hing nog geen naam bij de bel. Lise ademde diep in en langzaam weer uit. Ze ging dit doen. Ze zou trots zijn op zichzelf, het waren toch de moedige mensen die beloond werden in dit bestaan.

Met een kordate vinger belde ze aan, ze bewoog haar lippen over elkaar, die waren zacht van de lippenstift. Ze wachtte, trippelde ter plekke tegen de bijtende kou. Er gebeurde niet meteen iets. Geduld, geduld, hij was nooit heel snel. Na wat voelde als een kwartier volstrekte roerloosheid, drukte ze nog een keer. Misschien had ze het de eerste keer niet goed gedaan. Die auto bewees dat hij thuis moest zijn. Hij was niet het type dat op dit uur een wandelingetje zou gaan maken.

Opeens hoorde ze gestommel, haar hart bonsde alsof dat het zo dadelijk zou begeven. De deur zwaaide open, Lise produceerde haar warmste glimlach en hield die vast, alsof ze poseerde voor een foto. En daar stond hij, Xavier, in een pyjamabroek en een T-shirt.

'Ik ben het,' zei ze. Ze probeerde die verlegen trek om haar mond te krijgen waarvan hij ooit had gezegd dat hij die sexy vond. Xavier ging met een hand door zijn warrige haar, snoof, keek achterom, alsof daar iets te zien viel, toen weer naar haar.

Keek hij verrast, geschrokken, ontzet? Misschien had ze hem uit bed gebeld en was hij gewoon nog niet echt wakker, dat duurde bij hem een tijdje. Lise probeerde niet al te zichtbaar te beven van de kou. Ze zocht naar de perfecte woorden. 'Ik wou u graag zien. En spreken. Als dat mag.' Perfectie was nooit verder weg. Xavier bleef haar nog een paar tellen uitdrukkingsloos aanstaren, toen nodigde hij haar uit om binnen te komen.

Hij sloot de deur achter haar, Lise wou hem omarmen, maar hij liep haar voorbij en leidde haar via de hal de woonkamer in. Alsof hij hier al jaren woonde, zo zag het eruit. Stijlvol, zoals zijn vorige huis, met een juiste dosis nonchalance. Kranten, tijdschriften en achteloze rommel her en der, een groot schuifraam dat uitgaf op een tuin. De kamer rook naar mandarijnen. Ze maakte een opmerking over het interieur en haatte zichzelf om de trivialiteit ervan. Het bleek het werk van een binnenhuisarchitecte te zijn.

Ze zag hem aarzelen. Kus mij, dacht ze. Nu. Eet mij op. Kom om mij heen hangen als een berenvel. Omdat het kan. Omdat het mag. Alsof ze hem tot actie kon aanzetten door het te denken. Hij wees op de sofa en vroeg of ze koffie wou. Hij was hoekiger dan ze zich hem herinnerde. En zijn baard was iets langer. Ze had hem misschien toch beter even verwittigd nadat ze was geland. Iemand die uit bed wordt gebeld om dan opeens zijn lief te zien staan dat meer dan zesduizend kilometer heeft gereisd zonder dat op voorhand aan te kondigen, afijn ex-lief, technisch gesproken, een mens zou van minder in de war zijn. 'Koffie, lekker.' Hij glimlachte nu. Voorzichtig, flauwtjes, maar toch, dat gaf hoop. Misschien moest hij gewoon even ontdooien. Ze kende hem als een grillige persoonlijkheid. Het ene moment alles, het andere niks. Dat kon het zijn, dat zou het vast wel zijn.

Hij liep naar de keuken. Lise had zin om hem te volgen en hem dan achteloos aan te raken terwijl hij met kopjes in de weer was. Ze deed het niet. Ze trok haar jas, sjaal en handschoenen uit en legde die naast haar op de sofa. In de tuin vlogen vogels af en aan die ze nooit eerder had gezien. Ze legde een ijskoude hand op haar trillende knie.

Een paar minuten later liep hij in een kamerjas de woonkamer weer in. Ze wist niet eens dat hij er een had. Misschien had hij die hier gekocht. Hij ging tegenover haar zitten, liet zijn ellebogen op zijn knieën rusten, vouwde zijn handen.

‘Ik moet zeggen dat ge mij wel heel erg verrast, Lise.’

Lise bleef glimlachen, maar ze had zijn toon gehoord, zij die altijd alles hoorde. Zij die eigenlijk al van het moment dat ze hem zag staan, daar in de deuropening, wist hoe het zat.

‘Ik dacht: hij is een man die wel van verrassingen houdt,’ probeerde ze nog, omdat zij zo’n trut was die er dan blijkbaar ook nog prat op ging om dommer te lijken dan ze was.

Hij maakte aanstalten om iets te gaan zeggen, maar Lise wou hem voor zijn: ‘Sorry. Dit was duidelijk een vergissing. Ik dacht gewoon... Ik wist niet zeker of...’ Lise sloeg haar handen voor haar gezicht.

‘Wat?’

‘Ja, ik had het gevoel dat we misschien toch nog een aantal dingen onbesproken hadden gelaten die nog de moeite waren om... ja, toch... te bespreken.’

Hoe praatte zij nu? Wat zat ze hier te doen, eigenlijk?

‘En gij belt dan niet even of zo, gij boekt een ticket van een paar honderd euro en staat plots onaangekondigd voor mijn deur.’

Ze wist niet of hij erbij grijnsde zoals hij dan kon grijnzen of niet, ze durfde hem niet aan te kijken. Maar ze kon het al wel raden.

‘Sorry, echt, ik dacht, omdat gij zei dat–’

‘Ik dacht toch dat ik duidelijk was geweest, niet?’ zei Xavier. Hij klonk als een opvoeder die een kwajongen toesprak die voor de zoveelste keer iets had uitgevreten.

Lise zweeg, starend naar de laarsjes die ze speciaal had gekocht voor ze vertrok. Hij had ooit gezegd dat hij enkellaarsjes geil vond.

‘Wat dacht gij dan?’

Lise bleef zwijgen en naar haar voeten staren.

‘Dat ik de man was die met u ging trouwen en kindjes krijgen?’

Lise wou dat ze iets ad rems kon terugkaatsen.

‘Ge zijt een lieve vrouw, maar...’ Hij zuchtte.

Of opstaan desnoods, verdwijnen zoals ze was gekomen.

‘Het leven is geen weekendfilm, hè.’

In haar hoofd blaften moorddadige honden. Haar handen trilden.

‘Ik heb altijd gezegd dat ik niet de man van de grote engagementen zou zijn, dus ge moogt me nu niet–'

'Maar ik dacht,' sputterde Lise, 'of ik vroeg mij af, als ge iemand graag ziet, gaat dat dan zomaar over, van de ene dag op de andere? Gewoon omdat ge elders zijt?' Ze keek heel even op, naar hem.

Hij zuchtte. 'Nee, Lise, als ge iemand echt graag ziet, dan gaat dat niet zomaar over.... Maar,' hij nam een adempauze, 'dan moet ge dus iemand écht graag zien.' Die laatste drie woorden sprak hij nadrukkelijk uit, langzaam en tergend.

Er viel een kapotte stilte.

'Misschien...' Hij aarzelde.

Ze wou dat hij zou zwijgen, nu, of dat hij ten minste iets anders zou zeggen dan wat hij van plan was, hij die zelden zinnen begon met misschien.

'Gij moet misschien al eens beginnen met wat voor uzelf te leren zorgen, niet?' Hij sprak boven zijn stem, het klonk hoger, van verder weg.

Lise trok haar schouders naar achteren.

'Bekijk uzelf eens, Lise. Het gaat niet goed met u. En ge wilt blijkbaar ook nog dat iedereen dat kan zien.'

Lise probeerde te lezen wat er op de cover van het tijdschrift stond dat omgekeerd op het onderste plankje van de salontafel lag.

'Daar zullen redenen voor zijn die ik niet ken, maar het wordt tijd, denk ik, dat ge die achterhaalt, zodat ge in staat zijt om de boel om te buigen, niet?'

Great Ideas for... wat stond er dan?

'In plaats van u vast te klampen aan mij, of aan eender welke man, wat dat betreft, zoudt ge misschien toch beter eens nadenken over hoe het nu verder moet met u. Hoelang gaat gij dit nog volhouden? Mensen moeten vooral doen wat ze niet kunnen laten, vind ik doorgaans, maar dit is alleen maar problematischer aan het worden, en zolang ge niet in staat zijt om–'

Lise kon echt niet ontcijferen wat het volgende woord was. Ze wist alleen dat hij moest stoppen met praten, nu, echt stoppen. Lise sprong op.

'Is dat het? Echt? Wat gij wilt? Gij die mij nooit ging dwingen? Dat ik eet? Moet ik walgelijke slagroomtaarten naar binnen werken en wilt ge mij dan wel? Ben ik wel beminbaar als ik bitterballen weghap? Of voor uw neus een fles wijn leegtutter die bewijst dat ik kan feesten zoals alle anderen? Ben ik dan goed genoeg voor u? Is het dat wat ge wilt zeggen?' Ze stond bevend voor hem.

Hij keek haar aan, met iets meewarigs in de blik.

Lise kon niet meer denken, ze zag alleen die blik die haar fileerde. Ze stormde naar de keuken, zag een gesneden brood in een plastic verpakking op het aanrecht liggen. Ze scheurde het open, griste er een pak boterhammen uit.

Voor Xaviers ogen stopte ze een hele boterham in haar mond, ze kauwde als bezeten en slikte. Alsof ze zand weg moest zien te krijgen. Voor haar mond leeg was, duwde ze er nog een boterham bij. Alles aan haar trilde. Blijven kauwen en blijven slikken. Zij kon alles. Ze keek naar Xavier. Hij zat daar maar, ontzet, hij zei niks, deed niks. Lise kauwde. Walgelijk brood. De tranen liepen over haar wangen. Ze probeerde te slikken. Ze propte er nog een boterham bij. Ze snikte als een kind dat al uren in bed lag te huilen en niet meer kon stoppen. Ze probeerde haar mond dicht te houden en leeg te krijgen. Nog een kloteboterham erbij godverdomme. De wakke hap lag als een steen in haar mond, duwde tegen haar keel. Hoe meer ze kauwde, hoe hopelozer het slikken werd. Xavier sloot zijn ogen en schudde zijn hoofd. Lise moest kokhalzen, haar schouders schokten. Mond dichthouden, commandeerde ze zichzelf. Ze kokhalsde opnieuw. Niet hier, kon ze nog net denken. Ze holde naar de keuken en boven de gootsteen spuwde ze de broodbal uit, ze klampte zich vast aan het aanrecht, en ze kotste. Golvende geuten grauwe broodpap spetterden de gootsteen in. Ze bleef braken tot er alleen nog zurig speeksel kwam. Bevend stond ze naar de ravage te kijken, gruwend van zichzelf.

Paniekerig trok ze de deur van de keuken dicht en draaide die op slot. Wat was dit in godsnaam? Wat deed ze hem aan? Wat was zij voor iemand? Ze moest hier weg. Zo snel mogelijk. Ze veegde de tranen van haar wangen. Keukenrol. Waar bewaarde hij de keukenrol? Ze trok zijn keukenkastjes open, één voor één, niks te vinden, godverdomme. Van pure ellende nam ze een theedoek, veegde de brokken bij elkaar en propte alles in de vuilnisbak. Ze liet water stromen tot alles was weggespoeld, en met een andere theedoek wreef ze de spetters van de tegelmuur. Ze moest een of ander schoonmaakmiddel vinden om er nog een keer overheen te gaan. Ze knielde neer voor een van de kastjes.

Op dat moment hoorde ze geklop op de deur. ‘Gaat het?’

‘Sorry,’ riep ze, ‘één moment nog.’

‘Doet gij open?’

‘Heel even nog.’

‘Ik ga het nu nog erger maken. Het is vervelend, ik weet het, maar ik moet u vragen om te vertrekken. Ik verwacht bezoek, en het lijkt me geen goed idee dat gij er nog zijt dan, snapt ge?’

Lise begon opnieuw te huilen. Ze hield haar handen voor haar mond, zodat hij dat niet zou horen. Ze probeerde een ‘ja’ te produceren, maar dat zou er schreeuwerig uitkomen, dus zweeg ze maar.

‘Wilt ge alstublieft naar buiten komen?’ Hij bewoog de klink een paar keer op en neer.

Hou op met janken, trut! Kalmeer. Nu!

‘Lise?’ Hij klopte nog eens op de deur. ‘Het spijt me dat ik dit nu moet doen, maar goed, ik heb deze situatie ook niet gecreëerd.’ Hij klopte opnieuw.

‘Ja,’ piepte Lise.

‘Sorry, maar ik moet nog een douche nemen en zo, en over een goed kwartier staat ze hier dus. Echt slechte timing, maar ja.’

Lise probeerde met man en macht te stoppen met haar belachelijke gehuil. Ze veegde nog een laatste keer met een droge doek over het aanrecht. Ze draaide de deur van het slot en rende langs hem heen naar de woonkamer voor haar jas. Hij volgde haar.

‘Gaat het een beetje?’

Hij probeerde een hand op haar schouder te leggen, ze weerde hem af. Zij verdiende niks liefs. Ze keek weg, griste haar spullen mee, en terwijl ze naar de deur liep, trok ze haar jas aan en sloeg haar sjaal om.

‘Sorry, echt sorry.’ Dat kreeg ze nog gezegd.

‘Ik hoop dat ge hulp gaat zoeken, Lise,’ zei hij terwijl hij de deur openmaakte.

‘Sorry,’ herhaalde Lise nog eens, en toen holde ze de straat op. Om de hoek bleef ze staan, met haar handen op haar knieën, voorovergebogen, hijgend van schaamte. Het duurde een tijd voor ze weer rechtop kwam. Ze keek om zich heen. Wat nu? Waar moest ze naartoe?

Terwijl ze daar stond zag ze een vrouw aan komen lopen, met welvingen en golvend blond haar dat onder haar muts uitstak. Een muts stond niemand goed, maar haar wel. Ze was te vroeg. Vrouwen als zij mochten dat. En Lise mocht hier niet zo staan te staan. Ze trok haar handschoenen beter aan, rechtte haar rug en liep de andere kant uit. De koude wind blies zand door de straten, de zon scheen, een dikke kat sprong op een muurtje. Ze was in Canada.

'*Table for one?*' Hij keek er meelevend bij. Lise was totaal verkleumd, ze moest echt even binnen kunnen zitten. Ze volgde de ober naar een tafeltje bij het toilet. Het rook naar frietvet in dit etablissement. Haar jas ging ze aanhouden ja, antwoordde ze. Hij gaf haar een menu en verdween.

Buiten leek het een café, maar blijkbaar serveerden ze ook eten. Iets verderop zat een ouder koppel bij een groot bord gefrituurde calamares, de man doopte er eentje zo diep in de tartaarsaus dat er amper nog inktvis te zien was. Twee tafeltjes naast haar sneed een vrouw met een vork kleine hapjes van een stuk chocoladetaart, haar man las het etiket van zijn bierflesje. Bij het raam waren twee jonge vrouwen druk aan het praten terwijl ze met enige regelmaat grote vorken spaghetti in hun mond staken. Mensen hadden de vervelende gewoonte om je te herinneren aan hoe het leven ook kon zijn.

Lise keek op de kaart, liep met een handschoenvinger langs al het eten en stelde zich de geur van elk gerecht voor.

'*Ready to order?*' De ober stond klaar met een notitieblokje. Lise bestelde een koffie, en nee, ze hoefde niks anders, zei ze. Glimlachend bedankte ze de man. Waarschijnlijk zat Xavier nu te lunchen met de vrouw onder de muts. Of misschien aten ze getoast brood met kaas in bed. Xavier hield van kaas, vooral van de sterke soorten. De soorten die je de rest van de dag kon ruiken, elke keer als je je mond opendeed – daar leken weinigen zich van bewust. Xavier alvast niet, ze had er ook nooit wat van gezegd.

Lise was kapot, ze zou ter plekke in slaap kunnen donderen. Ze legde haar hand om haar keel, ze had het gevoel dat daar nog altijd een bal brood vastzat. Thuis zou tenminste niemand ooit te weten komen wat ze had gedaan. Zo graatmager kon troost zijn.

Lise keek naar de klok die boven de toog hing. Haar vader was nu vast al wakker. Vreemd eigenlijk dat ze niks van haar moeder had gehoord. Nu ja, zij wist natuurlijk dat haar echtgenoot Lise zou laten weten wat er was gebeurd, en dan is stilzwijgen ook maar een andere vorm van om reactie vragen. En eerlijk was eerlijk, op al haar vorige telefoontjes had Lise niet gereageerd, dus misschien was ze ook gewoon kwaad. Niet onbegrijpelijk verder.

De ober zette haar koffie neer. Op het schoteltje lag een lepeltje, suiker, melk in een vreemde verpakking en een koekje. Een zandkoekje, met chocoladestukjes, misschien zelfgebakken. Lise staarde er even naar. Toen nam ze het tussen twee vingers, tilde het theelichtje op dat in een groenig glaasje zat, legde het koekje eronder en duwde het kaarsje erop zodat het verkruimelde tot een zanderige ondergrond. Ze wreef haar handen over elkaar zodat er geen kruimels aan haar handschoenen bleven plakken. Ze nam de kop tussen haar vingers. Ze voelde de warmte. Eerst een paar slokjes, opwarmen, haar handschoenen uit en dan moest ze haar vader bellen.

Na één rinkel nam hij al op.

'Hallo?'

'Hé papa, ik ben het.'

'Ja, ik zag het.'

Hij klonk afgemeten. Of triest. Dat wist Lise niet zo goed.

'En, hoe gaat het?'

'Wat een vráág.'

'Mama is dus nog niet terug?'

'Nee.'

'Vertel eens dan.'

Het bleef stil aan de andere kant van de lijn.

'Papa?'

'Wat wilt ge weten?'

'Wel ja, wat er gebeurd is. Waarom is ze weggegaan?'

'Als ik dat eens wist.'

Zo kende Lise haar vader niet. Zelfs in discussies met haar moeder was hij een efficiënte, maar vlotte prater.

'Zijt ge kwaad op mij, omdat ik niet eerder heb teruggebeld?'

'Ach.'

'Ik zat op een vliegtuig, papa, en toen ik uw bericht hoorde op mijn antwoordapparaat was het bij jullie al nacht.'

'Als gij het zegt.'

'Maar papa, ik zit hier toch niet tegen u te liegen. Ik ben in Canada nu.'

Geen reactie. Lises onrust nam toe.

'In Toronto. Voor het werk.'

Ze hoorde geritsel aan de andere kant van de lijn dat ze niet kon plaatsen.

'Kunt gij niet praten misschien?'

Hij lachte smalend.

'Ik ben hier helemaal alleen, in dat grote huis, dus voor wie of wat zou ik moeten zwijgen misschien?' Hij beklemtoonde de 'misschien' in reactie op die van haar.

'Ik weet niet, ge doet raar, papa.'

'Zegt de dochter die in niks nog te herkennen valt als de dochter die ik meende te hebben.'

'Papa, toe.'

'Echt waar. Ik weet niet wat ik van u nog wel of niet kan geloven. Ik weet alleen dat ik niet meer op u kan rekenen. Zelfs niet in tijden van nood.' Er zat iets wankels onder die laatste woorden.

'Maar natuurlijk wel. Ik bel u nu toch.'

'Precies. En ik ben hier. Alleen. Terwijl uw moeder bij haar zus zit, daar ben ik uiteindelijk via via achter gekomen. Maar ze wil mij niet eens spreken.'

'Dat moet moeilijk zijn, dat begrijp ik.'

'Als ge dat werkelijk zou begrijpen, dan waart ge nu hier.'

Begon hij nu te huilen? Of dacht ze dat maar?

'Het is trouwens zeker ook mede het gevolg van al dat gedoe met u, dat ze vertrokken is.'

Lise hoorde die laatste zin en legde de telefoon op tafel. Ze ademde in en uit. Toen nam ze hem weer op.

'Hoezo?'

'Hoezo? Dat vraagt gij mij? Werkelijk? Het is hier nu al zo lang de hel. Dat mens is gewoon volledig het noorden kwijt. Dan doet ge rare dingen.'

'Papa, ik denk nu echt niet–'

'Dat gij nergens verantwoordelijkheid voor wilt opnemen, was me al duidelijk.'

Lise staarde naar de taartvrouw die hartelijk moest lachen om iets wat haar man had gezegd. De ober schreed voorbij en keek nadrukkelijk naar haar bijna lege kopje. Lise gebaarde uit beleefdheid dat ze nog een koffie wou. Als niet-eter was dat het minste wat ze kon doen. Ze trok haar sjaal uit.

'Wat wilt ge van mij, papa?'

'Ach, alles is naar de kloten, dus.'

'Zeg zoiets niet, alstublieft.' Ze zei het heel zacht. 'Ik zal mijn ticket omboeken en de eerste vlucht naar huis nemen. Als ge wilt, kan ik al eens met mama bellen, om op haar in te praten. Ik ben er eigenlijk zeker van dat dit niet meer dan een bevlieging is. Voor ge het weet, staat ze daar terug, met haar Hummels.'

Vroeger hadden ze vaak samen gelachen met haar moeders beeldjes, nu reageerde hij niet.

'Ge moet maar zien wat ge doet,' hij schraapte zijn keel. 'Als het erop aankomt staan we allemaal alleen. Dat weet ik allang.'

'Papa, wilt ge alstublieft niet praten alsof er iets onherroepelijks is gebeurd.'

'Ik mag toch nog praten zoals ik wil praten, hoop ik.'

Nu klonk hij echt kwaad, dacht ze.

'Ja, natuurlijk, maar–'

'Er wordt hier gebeld.'

Lise had niks gehoord, en de bel klonk daar altijd heel luid.

'Is het mama?'

'Nee, dan zou ik haar auto wel gehoord hebben.'

'Wie dan wel?'

'Ik ga ophangen en opendoen, hè, dan ga ik dat zien.'

'Ik wacht wel even.'

'Ze bellen hier een tweede keer aan, ik moet u laten.'

Ook deze keer had Lise niks gehoord.

'Oké, papa, maar ik zal dus...'

Ze hoorde niks meer, stilte die een hele oceaan overspande.

'Zijt ge daar nog?' Ze keek op haar scherm. Hij had opgehangen. Verweesd bleef ze naar haar telefoon staren. Haar vader had opgehangen, en niet omdat haar moeder eraan kwam die niet mocht weten dat zij met elkaar gesproken hadden, zoals meestal.

De ober zette een nieuwe koffie op haar tafeltje, en nam de kop met het bodempje er nog in weer mee. '*Wait*,' zei Lise en ze dumpte het nieuwe koekje nog gauw in die kop. De man keek haar aan alsof ze net een klein diertje de nek had omgewrongen. '*I'm sorry*,' zei Lise, maar de man liep al door. '*I'm so, so sorry*.'

37

Zes. Lise denderde weer naar beneden, rende tot aan de voordeur, maakte rechtsomkeer en begon hijgend aan de zevende klim. Toen ze bij de eerste verdieping kwam, schrok ze zich te pletter. Daar stond de buurvrouw, op de overloop, ze blokkeerde de doorgang. Een grote, benige vrouw met een smal gezicht en lang grijs haar in een paardenstaart. Ze droeg een wikkeljurk en elegante schoenen en ze had een strenge blik. Ze zag eruit als een balletjuf die blijft weigeren om met pensioen te gaan.

Lise stond onzeker een paar treden lager toe te kijken.

'Denkt gij, als ge mij zo ziet, dat ik een eetstoornis heb?' vroeg de buurvrouw, die wenkte dat Lise bij haar moest komen.

Lise nam de laatste treden en ging onwennig naast haar staan. Het kon bijna niet anders dan dat ze minstens een milde zweetgeur verspreidde na al dat traplopen. Lise klemde haar armen strak tegen haar lijf.

'Antwoord maar niet. Als ge nee zou zeggen, is dat een reden om een week niks te eten. En als ge ja zou zeggen ook, want dan ben ik dus goed bezig en kan ik misschien zelfs nog beter.'

Ze had een gegroefd gezicht, een dunne nek, oranjegele handen met smalle, lange vingers en ongezonde nagels, geprononceerde sleutelbeenderen, frêle armen.

'Ja, kijk maar eens goed naar mij. Ik ben achtenvijftig, en ik zie er zo uit.'

Ze had een indringende blik die Lise ongemakkelijk maakte.

'En ik zie er zo uit omdat mijn dagen voor negentig procent bestaan uit nadenken over wat ik wel of niet zou eten, uit vierkante crackertjes in twee breken, en daarna nog eens, en dan met mezelf discussiëren over die vier stukjes, en of ik ze verspreid over de voormiddag mag opeten, of toch beter over de hele dag. Elke middag en avond eet ik 100 gram wortel. Als een wortel 103 gram weegt, snijd ik er een piepklein stukje af. Elke laatste zondag van de maand mag ik negentig seconden op een karamelsnoepje zuigen, dat wordt met de chronometer getimed, en dan haal ik het weer uit mijn mond en leg ik het weg, tot de volgende maand.'

Ze liet een stilte vallen, alsof ze ervan uitging dat Lise daarop zou willen reageren. Lise probeerde iets in de richting van glimlachen, maar zelfs dat durfde ze niet voluit, omdat ze niet wist of de buurvrouw dat een gewenste reactie zou vinden.

'Overdag ga ik nooit zitten, omdat een mens rechtop meer calorieën verbrandt. Hardlopen zoals vroeger kan ik niet meer, maar ik moet elke dag minstens drie uur aan een flink tempo gewandeld hebben of ik mag niet gaan slapen. Voor zover ik hoegenaamd kán slapen. Dat klinkt bekend wellicht?' Ze bleef Lise aankijken als een tutor die de domme leerling kansen blijft geven om alsnog het goede antwoord te vinden.

'En voor ik dan vertrek om te gaan wandelen, kijk ik eerst uit het raam en luister ik vervolgens nog eens bij de deur hierboven om ervoor te zorgen dat er toch niemand net dan het gebouw binnenkomt, zodat ik zeker niet met een van de buren hoef te praten, in een gebouw met twaalf appartementen is die kans vervelend reëel. De wereld is een vijandige plek, en mensen durf ik niet te vertrouwen. En als ik ze op straat een broodje zie eten, laat staan een wafel of een ijsje, dan kijk ik op hen neer, ook al vind ik dat eigenlijk verschrikkelijk van mezelf. Zoals ik ongeveer alles verschrikkelijk vind van mezelf. Toen mijn zus stierf, vond ik dat ik het had moeten zijn. Mijn ouders waren het daarmee eens, geloof ik.' Ze bleef de hele tijd kaarsrecht staan en nam amper de tijd om te ademen.

'En het is niet altijd zo geweest. Ooit had ik een boeiende job, een echtgenoot, vrienden, ik ging op reis, naar concerten en de opera, ik las kranten, ik had wel eens mooie dromen 's nachts. En zie mij nu. Verschanst in mijn zelfgebouwde bunker, wachtend zonder te weten op wie, doodsbang om eenzaam te sterven. Zo erg is het bij u misschien nog net niet, maar wacht maar...' Ze stak een onheilspellende vinger op.

Lise durfde geen vin te verroeren, niks terug te zeggen.

'Er zijn mij dingen overkomen en aangedaan die ervoor hebben gezorgd dat ik mensen om mij heen verzamelde die mij ten diepste deden geloven dat ik hoegenaamd niet de moeite was. En het ergst van al was nog dat ik dat niet eens in de gaten had. Ik dacht zoals iedereen dat ik sterk moest zijn, want daar had ik bewondering voor: voor de doorbijters. Ik durfde zelfs aan mezelf niet toe te geven hoe bang ik kon zijn, en hoe alleen. Ik wilde het niet zien: dat ik, net zoals iedereen die eerlijk is tegen zichzelf, ook wankelde en twijfelde en niks wist en verloren liep en mij kwaad maakte. Ik vond het doodeng om dat onder ogen te zien, dus ik stelde me niet te veel vragen en ik ging door.'

'En op een bepaald moment was er zo veel weggewuifde, weggelachen, weggerelativeerde zwaarte dat ik de bocht uit vloog, en heel licht moest worden. Mezelf verdoven met honger. Mezelf toetakelen. Om dingen van vroeger waar ik nooit naar had gekeken, en die niet zomaar verdwijnen.' Ze ging met haar kaarsrechte rug vlak voor Lise staan. 'Dus alstublieft. Voor mij is het al te laat, maar voor u nog niet. Ik weet niet wat ervoor zorgt dat gij uzelf dit allemaal aandoet, maar, echt waar, zie het onder ogen en doe er iets mee. Vecht, godverdomme, want ge wilt niet worden zoals ik.'

De vrouw viel stil. Ze had al de hele tijd precies dezelfde gezichtsuitdrukking: beslist, kil bijna. Ook nu ze blijkbaar klaar was met praten, verzachtte er niks in haar blik. Lise vond dat ze toch moest reageren, iets vriendelijks zeggen, of iets ondersteunends, maar voor ze die kans kreeg, draaide de buurvrouw zich om. 'Wacht,' zei ze nog terwijl ze haar appartement in liep.

Verbluft stond Lise op de overloop naar de deur te staren. Ze gluurde de gang van het appartement in. Lise hoopte dat de buurvrouw niet terug zou komen om nog meer te praten. Lise wachtte, maar er bewoog niks, dus liep ze toch maar voorzichtig de trap op. En net voor ze bij haar eigen deur kwam, hoorde ze plots keiharde muziek uit het appartement van de buurvrouw komen, de buurvrouw die doorgaans stiller was dan een geluidloze dampkap. De klank werd voluit de gang in geblazen. Een gitaar, simpele drums. Een wat dramatische vrouwenstem. Lise had het nummer ooit wel eens gehoord, dacht ze, in een andere versie misschien.

Look at me standing, here on my own again. Up straight in the sunshine. No need to run and hide. It's a wonderful, wonderful life. No need to laugh and cry. It's a wonderful, wonderful life. Lise ging op de trap zitten, ze sloeg haar armen rond haar benen, legde haar kin op haar linkerknie. Ze luisterde en kreeg kippenvel en een dikke keel. Ze begreep niet waarom, want ze vond het eigenlijk een stom liedje, sentimenteel, wel heel ver van de opera waar de buurvrouw vroeger naartoe beweerde te gaan.

Toen het nummer stopte, werd het meteen opnieuw opgezet. Lise leunde met haar hoofd tegen de muur. Haar zweet was koud geworden. Ze dacht aan de akelige wortelhanden van de buurvrouw, aan de bittere trek om haar mond, aan Sien die geen tijd meer had gekregen, aan Xavier, aan haar moeder, aan haar vader. Beneden werd alles stil, de buurvrouw vond het niet nodig om het nummer nog een derde keer te laten spelen. En Lise zat daar, ze bevroor, door de woorden en de schaamte en het denken aan wat was.

38

Rukwinden deden haar heel even bijna stilstaan, het tasje dat ze in haar hand hield, sloeg tegen haar benen. Een oude man met een verweerd gezicht liep traag voorbij, ook al had hij de wind in de rug. Hij glimlachte naar haar, alsof ze dat zomaar had verdiend. Een vrouw droeg een jas in terughoudend geel, ze praatte heel hard in haar telefoon, misschien omdat ze zo graag goed begrepen wou worden. Een meisje van een jaar of tien fietste helemaal alleen op de drukke weg, rond haar stuur had ze feestelijke nepbloemen gevlochten, zij had beslist om de dingen van de vrolijke kant te bekijken. En op het dak van het huis aan de overkant zaten mussen die het allemaal niks kon schelen.

Lise liep langs een muur waar iemand in morsige graffiti NO HOPE op had geschreven, heel groot, alsof hij daar heel veel mensen van wilde overtuigen. Ze voelde de foto's in haar jaszak en stapte flink door.

Deze ochtend was ze verschrikkelijk wakker geworden. In een poging om haar droom zo snel mogelijk te vergeten, stond ze meteen op. Ze keek naar beneden en stelde vast dat ze nog altijd een buikje had, al was dat van opzij in de spiegel niet heel goed te zien. Ze douchte, droogde zich af, deed haar ringen af en ging op de weegschaal staan. Ze was er drie keer opnieuw op- en afgestapt om zeker te zijn dat het getal klopte en dat de weegschaal het nog deed. Ze smeerde haar droge vel niet in met crème omdat toch niemand haar huid zou zien.

Bij de post zat een brief voor een man die hier al jaren niet meer woonde, een betalingsherinnering van haar telecommaatschappij met het dreigement dat ze haar telefoon zouden afsluiten als ze niet ASAP betaalde. Lise vond 'zo snel als mogelijk' een verwarrend want rekbaar begrip. En er was een kaart van haar moeder, terwijl ze pas over zes dagen verjaarde. Er stond een koe op, die danste, met ballonnen in één poot. Binnenin had haar moeder alle wit volgeschreven, het begon met 'ik'. Lise las het niet.

Ze nam het piepkleine lepeltje dat ze eens in een winkeltje had gevonden, ergens in Italië, bedoeld voor zout, misschien, en ze at vervolgens met kleinste hapjes haar yoghurtje op. Ze schraapte over de bodem en de zijkanten en ging er ook nog eens met haar vinger langs om geen likje te moeten missen. Ze zette het potje met een dramatisch gebaar op tafel, zoals een dokwerker het met zijn pint zou doen, en besliste plechtig om er niet bij stil te staan dat ze achtentwintig ging worden. Daar had een mens tenslotte ook geen verdienste aan. En toen herinnerde ze zich per ongeluk het feestje voor haar vijfentwintigste verjaardag. Vrienden hadden vijfentwintig cadeautjes als een rij domino's in de woonkamer gezet. Het kleinste was een minicactus, die stond nog altijd bij het raam van het toilet, het grootste een zeefdruk, die had Jonathan meegenomen toen hij hier vertrok. Ze realiseerde zich nu pas dat hij dat eigenlijk niet had mogen doen.

Ze had geen zin om naar buiten te gaan, maar het moest, haar yoghurtjes waren op. Ze zat in kleermakerszit in de sofa en probeerde niet te voelen dat ze een lijf had. Ze dacht terug aan Kosse die onlangs nog had betoogd dat kinderen goed pijn verdragen als je ze maar precies vertelt wat ze mogen verwachten. Ze vroeg zich af of dat klopte, en of, in het algemeen, leed dat werd verwacht ook beter te verdragen viel? Ze dacht aan Christine, de vrouw met het grijze piekhaar van haar groep, die had gezegd dat ze zich een hond voelde die kwispelend tot alles bereid was in ruil voor een aai, en dat ze daarvan walgde.

De langste tijd had Lise geweigerd om hun namen te leren, maar toen Willa, het dunste meisje, opeens niet meer kwam opdagen omdat ze bleekwater had gedronken en nu op een andere afdeling werd behandeld, vond Lise het onuitstaanbaar van zichzelf dat ze niet eens wist hoe ze heette.

Ze dacht aan Ravi, een jongen van zestien die opnieuw op hun afdeling was binnengebracht en die vertelde dat hij had beslist niet langer prooi te zijn, maar jager te worden. Daarna vroeg hij aan zijn moeder of ze alsjeblieft dichter bij hem wilde komen zitten. Lise wist nog maar weinig van vroeger, maar ze was er zeker van dat zij op die leeftijd de mensheid nooit zou hebben opgedeeld in prooien en jagers, en dat zij nooit aan haar moeder zou hebben gevraagd om dichterbij te komen zitten. Aan haar vader al evenmin, om andere redenen. Ze dacht aan de vader van Ravi die ze daarna op de gang had getroffen en hoe hij had gezegd, met de doffe blik van iemand die allang niet meer wist wat ervan te denken, dat van alle donkere krachten machteloosheid veruit de ergste was.

Lise drukte het kussen dat in de sofa lag tegen haar maag, en klemde het tussen haar benen en buik, al hielp dat ook niet echt, zoals het dekentje niet echt hielp tegen de kou. Ze vroeg zich af wat ze wou van dat nieuwe jaar op komst, en het enige wat ze kon bedenken was: dat het een jaar zonder die eeuwige kutkou zou zijn. Ze staarde een tijdje voor zich uit, terwijl ze kleine slokjes koffie dronk en nadacht. Heel even probeerde ze toch te voelen wat ze voelde. Toen kwam ze overeind. Ze pakte haar spullen en ging naar buiten.

In de supermarkt kroop ze in een pasfotoautomaat. Zeventien keer had ze 'nieuwe foto maken' gekozen, voor ze dan, uit pure ergernis, toch maar 'afdrukken' selecteerde. Toen de pasfoto's klaar waren hield Lise ze naast de polaroid die ze had meegebracht, van haar met vrienden op café, een jaar of twee geleden genomen door een man met vriendelijke ogen die ook rozen verkocht. Ze keek van het ene beeld naar het andere. Een vrij groot verschil, dat moest ze toegeven. Ze zag er mooier uit nu, ondanks haar haar. En ondanks haar huid. En de blik in haar ogen. En de wanverhouding tussen haar nek en haar hoofd. Ze duwde de foto's weer in haar jaszak.

Lise stak de straat over, er werd geagiteerd getoeterd, ze was door het rood gelopen zonder dat ze het in de gaten had. Ze stak verontschuldigend haar armen in de lucht, naar de chauffeur die dat niet zag. Ze liep door. Aan het einde rechts en dan de tweede straat links, dan was ze er. Ze wisselde het tasje van hand.

De lente was officieel net begonnen, maar de lucht was zwaar van de wolken. Lise keek zo ver ze kon kijken en dacht aan de vergezichten die haar hadden benauwd, de kamers, de geuren, de geluiden, de aanrakingen. Ze dacht aan de momenten waarop haar hart niet sloeg, maar protesteerde. Aan de dagen waarop ze wilde verpulveren, verkruimelen, onzichtbaar zijn. Ze hield er flink de pas in, zij met haar bezeten ongeduld. En daar was het uiteindelijk, het huis met de felblauwe deur waar ze zo vaak was geweest. Het stond er nog.

Lise klopte op het raam, de bel deed het al zeker twee jaar niet meer. Ze zag beweging en repte zich naar de deur die meteen openzwaaide.

'Lise!' Tess glimlachte en gebaarde dat Lise naar binnen moest komen, maar zij bleef staan, op de stoep. Ze moest eerst spreken.

'Ik ga beginnen met sorry te zeggen, en dat zal ik nog vaak herhalen. Ik ga niet eens alles kunnen benoemen waarvoor ik u excuses verschuldigd ben, dat besef ik, maar ze zijn echt, en gemeend. Ik ben gekomen omdat ik het wil proberen.' Lise hield met beide handen de zak vol eten voor zich uit. 'Leven en zo. Omdat het misschien toch een keuze is. En ik begrijp niet waarom die voor mij niet vanzelfsprekend voelt, ik die toch geen klagen heb. En ik schaam mij dat ik hier nu voor u sta, alsof het zomaar om mij zou mogen draaien opeens. Maar al zo lang ik mij kan herinneren doe ik eigenlijk altijd alles alleen, heb ik beseft, en ik denk dat ik moet toegeven dat ik hulp nodig heb. Iemand die niet bang is van mijn bang-zijn.

Ze zeggen dat liefde over loslaten gaat, maar ik wil zo graag vastgehouden worden, als wapen tegen vallen, als steun bij gewankel, als intentieverklaring van iemand die er is en wil blijven. Ik wil zo graag onmisbaar zijn. En ik weet niet of ik dat mag vragen, of ik dat wel waard ben. Want iedereen tot nu toe heeft mij verlaten, of was er al van bij het begin eigenlijk niet echt. En dat klinkt waarschijnlijk pathetisch, en ik besef dat dit dan een vraag aan een lief zou moeten zijn, maar dat heb ik niet, en het wordt dringend, vrees ik. En gij zijt zo'n ongelooflijk iemand, en ik wou–'

Op dat moment trok Tess Lise mee naar binnen. Ze zei niks, nam de tas van haar over en glimlachte een nieuwe glimlach, een die Lise nog nooit had gezien. En Lise sloot de deur achter zich en dacht dat ze later terug zou kijken naar dit ene moment en dan zou beseffen dat dit het begin van beter was. Misschien.

Griet Op de Beeck schreef met dit boek het tweede deel van haar trilogie, al is het ook perfect autonoom te lezen.

In het derde deel zullen alle hoofdpersonages van *Het beste wat we hebben* en *Let op mijn woorden* samenkomen in één roman waarin alles wat tot dan toe verhuld bleef voluit mag en moet bestaan.

HEYNE JUBILÄUMS BAND

HORROR PUR

Vier ungekürzte Romane

WILHELM HEYNE VERLAG
MÜNCHEN

HEYNE JUBILÄUMSBÄNDE
Nr. 50/58

QUELLENHINWEIS

Dean R. Koontz UNHEIL ÜBER DER STADT/Phantoms

Aus dem Amerikanischen übersetzt von Wolfgang Crass
(Der Titel erschien bereits in der Allgemeinen
Reihe mit der Band-Nr. 01/6667.)

Richard Matheson DAS HÖLLENHAUS/Hell House

Aus dem Amerikanischen übersetzt von Kurt Spieler
(Der Titel erschien bereits in der Allgemeinen
Reihe mit der Band-Nr. 01/5076.)

Richard Curtis HALLOWEEN/Halloween

Aus dem Amerikanischen übersetzt von Wolfgang Crass
(Der Titel erschien bereits in der Reihe
»Die Unheimlichen Bücher« mit der Band-Nr. 11/21.)

Gary Brandner KATZENMENSCHEN/Cat People

Aus dem Amerikanischen übersetzt von Rolf Jurkeit
(Der Titel erschien bereits in der Reihe
»Die Unheimlichen Bücher« mit der Band-Nr. 11/1.)

Printed in Germany 1991
Umschlagillustration: Bildagentur Mauritius/H. Weigel, Mittenwald
Umschlaggestaltung: Atelier Ingrid Schütz, München
Gesamtherstellung: Presse-Druck Augsburg

ISBN: 3-453-05064-9

Inhalt

DEAN R. KOONTZ
Unheil über der Stadt
Seite 7

RICHARD MATHESON
Das Höllenhaus
Seite 329

RICHARD CURTIS
Halloween
Seite 483

GARY BRANDNER
Katzenmenschen
Seite 623

DEAN R. KOONTZ

Unheil über der Stadt

Teil I

Opfer

Da kam mich Furcht und Zittern an

Das Buch Hiob, 4:14

Der zivilisierte menschliche Geist ... kann ein Gefühl des Unheimlichen nicht ablegen.

Dr. Faustus, Thomas Mann

1. Das Stadtgefängnis

Der Schrei war weit entfernt und kurz. Der Schrei einer Frau.

Deputy Paul Henderson sah von seiner Zeitschrift auf und lauschte.

Staubkörner tanzten träge in einem Sonnenstrahl, der durch das Fenster hereinfiel. Der dünne, rote Sekundenzeiger der Wanduhr kreiste lautlos um das Zifferblatt.

Das einzige Geräusch war das Knarren von Hendersons Stuhl, als er sein Gewicht darauf verlagerte.

Nachdem Henderson einige Sekunden angestrengt gelauscht hatte, war er sich nicht mehr sicher, ob er tatsächlich etwas gehört hatte.

Durch die großen vorderen Fenster konnte er ein Stück der Hauptstraße von Snowfield, der Skyline Road, sehen. Alles lag völlig still und friedlich in der strahlenden Nachmittagssonne. Nur die Bäume bewegten sich und rauschten in der sanften Brise mit ihren Blättern.

Einbildung, sagte er sich selbst. Reines Wunschdenken.

Fast wäre es ihm lieber, wenn wirklich jemand geschrien hätte. Er war unruhig.

Während der Nebensaison von April bis September war er der einzige Hilfssheriff in Snowfield, und der Dienst war langweilig. Im Winter waren Tausende von Skiläufern in der Stadt, und betrunkene Randalierer, Schlägereien und Hoteleinbrüche sorgten für Abwechslung. Jetzt aber, Anfang September, war nur das Candelglow Inn und einige kleine Motels offen, alles war ruhig, und Henderson – gerade 24 Jahre alt und am Ende seines ersten Jahres als Deputy – langweilte sich.

Er seufzte, sah auf das Magazin auf seinem Schreibtisch herab – und hörte wieder einen Schrei. Wie der erste war er weit weg und kurz, klang aber dieses Mal nach einer Männerstimme. Es war mehr als nur ein aufgeregter Ausruf oder ein Schmerzensschrei; er hatte nach Entsetzen geklungen.

Henderson runzelte die Stirn, ging auf die Tür zu und rückte seinen Revolver zurecht. Er trat durch die Schwingtür zwischen dem öffentlichen und dienstlichen Bereich und hatte die Eingangstür halb erreicht, als er hinter sich eine Bewegung hörte.

Das war unmöglich. Er hatte den ganzen Tag allein drinnen gesessen, seit der letzten Woche waren die drei Arrestzellen leer, die Hintertür war abgeschlossen, und sonst gab es zu der Polizeistation keinen Zugang.

Als er sich aber umdrehte, entdeckte er, daß er nicht mehr allein war. Und plötzlich langweilte er sich nicht mehr im geringsten.

2. Heimkehr

In der Abenddämmerung trugen die Berge nur zwei Farben: Grün und Blau. Die Nadelbäume sahen aus, als seien sie aus Billard-Filz. Alles war voller kühler, bläulicher Schatten, die mit jeder Minute tiefer und dunkler wurden.

Jennifer Paige saß lächelnd hinter dem Steuer ihres Pontiac Trans Am. Sie erfreute sich an der Schönheit der Berge und hatte das Gefühl, als kehre sie heim. Hier gehörte sie her.

Sie bog von der dreispurigen Staatsstraße in die schmale Landstraße ein, die in Kurven die vier Meilen durch den Paß bis Snowfield hinaufführte.

Vom Beifahrersitz sagte ihre vierzehnjährige Schwester Lisa: »Herrlich hier oben.«

»Finde ich auch.«

»Wann bekommen wir Schnee?«

»Das dauert noch einen Monat, vielleicht aber auch weniger.«

»Ich kenne Schnee nur von Bildern.«

»Bis zum nächsten Frühjahr hast du ihn gründlich satt.«

»Niemals, ich doch nicht. Ich habe schon immer davon geträumt, wie du im Schneegebiet zu wohnen.«

Jenny warf dem Mädchen von der Seite einen Blick zu. Selbst für Schwestern sahen sie sich auffallend ähnlich: die gleichen grünen Augen, das gleiche kastanienbraune Haar, die gleichen hohen Backenknochen.

»Bringst du mir dann Skifahren bei?«

»Tja, wenn es hier in der Stadt mit dem Wintersport losgeht, werde ich mich mit den üblichen verstauchten Knöcheln, gebrochenen Beinen und Sehnenzerrungen befassen müssen... Ich habe dann gewöhnlich alle Hände voll zu tun.«

»Ach so«, sagte Lisa und konnte ihre Enttäuschung nicht verbergen.

»Warum aber zu mir kommen, wenn du bei einem echten Profi Unterricht nehmen kannst?«

»Bei einem Profi?« fragte Lisa mit erneutem Interesse.

»Klar. Hank Sanderson gibt dir bestimmt Ski-Unterricht, wenn du ihn darum bittest. Er ist Besitzer einer Skihütte und gibt manchmal Unterricht, aber nur ganz wenigen Auserwählten.«

»Ist das dein Freund?«

Jenny lächelte; sie erinnerte sich noch daran, daß auch sie mit vierzehn fast ausschließlich an Jungen gedacht hatte. »Nein, nicht so, wie du das meinst. Ich kenne Hank schon seit zwei Jahren, also seitdem ich nach Snowfield gezogen bin, und er ist ein guter Freund von mir, nicht mehr.«

Sie kamen an einem grünen Schild mit weißer Beschriftung vorbei: SNOWFIELD – 3 MEILEN.

»Ich wette, hier gibt es eine Menge dufte Jungen in meinem Alter.«

»Snowfield ist nicht sehr groß«, warnte Jenny. »Ich glaube aber schon, daß du den einen oder anderen Jungen finden wirst, der dir gefällt.«

»Während der Saison muß es davon doch Dutzende geben!«

»Nur mal langsam! Von Fremden läßt du schön die Finger weg – und zwar mindestens noch einige Jahre lang.«

»Warum denn das?«

»Weil ich es sage.«

»Aber warum denn?«

»Bevor du dich mit einem Jungen verabredest, solltest du seinen Hintergrund kennen.«

»Ach, da brauchst du dir keine Gedanken zu machen. Ich habe ein unheimlich gutes Urteilsvermögen«, sagte Lisa. »Ich hänge mich bestimmt nicht an einen Lustmörder oder Sittenstrolch.«

»Da bin ich auch ganz sicher«, sagte Jenny und bremste vor einer scharfen Kurve leicht ab. »Weil du nämlich nur mit Jungen von hier ausgehst.«

Lisa seufzte und schüttelte theatralisch den Kopf. »Falls du das noch nicht bemerkt haben solltest, Jenny, aber während du weg warst, habe ich die Pubertät hinter mich gebracht.«

»Oh, das ist meiner Aufmerksamkeit nicht entgangen.«

»Sogar Brüste habe ich jetzt«, bemerkte Lisa trotzig.

»Das habe ich auch bemerkt«, sagte Jenny, ohne sich aus der Fassung bringen zu lassen.

»Ich bin kein Kind mehr.«

»Erwachsen bist du aber auch noch nicht.«

»Mein Gott.«

»Jetzt hör mir mal zu. Ich bin deine Erziehungsberechtigte und damit für dich verantwortlich. Außerdem bin ich deine Schwester, und ich liebe dich. Ich werde genau das tun, was ich für dich für richtig halte.«

Lisa seufzte.

»Weil ich dich liebe«, betonte Jenny.

»Du wirst genauso streng wie Mama«, sagte Lisa mit finsterem Gesicht.

Jenny nickte. »Wahrscheinlich sogar noch strenger.«

»Mein Gott!«

Jenny sah zu Lisa hinüber. Sie starrte auf ihrer Seite aus dem Fenster. Ihr Gesicht war nur teilweise zu sehen, aber wütend schien sie nicht zu sein. Ihre Lippen waren nicht zusammengepreßt, sondern schienen im Gegenteil leicht zu lächeln.

Jenny richtete ihre Aufmerksamkeit wieder auf die Straße, spannte und entspannte ihre Hände auf dem Lenkrad und sagte: »Ich will dir sagen, was du machen darfst.«

»Was denn?«

»Du darfst dir die Schuhe selbst zubinden.«

Lisa blinzelte. »Was?«

»Und du darfst aufs Klo gehen, wann du willst.«

Lisa konnte ihre Pose von gekränkter Würde nicht mehr aufrechterhalten und kicherte. »Und darf ich auch etwas essen, wenn ich Hunger habe?«

»Auf jeden Fall.« Jenny grinste. »Du darfst sogar jeden Morgen selbst dein Bett machen.«

»Das ist ja geradezu antiautoritär!« sagte Lisa.

In diesem Augenblick schien sie noch jünger, als sie wirklich war. Mit ihren Tennisschuhen, ihren Jeans und dem karierten Hemd sah sie süß und verwundbar aus.

»Sind wir noch Freunde?« fragte Jenny.

»Sicher.«

Jenny war freudig überrascht über die Leichtigkeit, mit der sie sich auf der langen Fahrt von Newport Beach mit Lisa vertragen hatte. Sie waren schließlich trotz ihrer Blutsverwandtschaft praktisch Fremde. Jenny war mit ihren einundreißig genau siebzehn Jahre älter als Lisa. Sie war vor Lisas zweitem Geburtstag von zu Hause weggezogen, und ein halbes Jahr später war ihr Vater gestorben. Während ihres Studiums und ihres praktischen Jahrs in

New York war Jenny zu überarbeitet und zu weit weg von zu Hause gewesen, um ihre Mutter und Lisa regelmäßig besuchen zu können. Dann war sie nach Kalifornien zurückgekehrt und hatte in Snowfield eine Praxis aufgemacht. In den letzten beiden Jahren hatte sie sehr hart daran gearbeitet, sie zum Laufen zu bringen. Kürzlich war ihre Mutter gestorben, und dann erst hatte Jenny es zu vermissen begonnen, daß sie keine engere Beziehung zu Lisa hatte. Vielleicht konnten sie jetzt die verlorenen Jahre wieder einholen, zumal von der Familie nur noch sie beide übrig waren.

»Ich habe ein Gefühl in den Ohren, als wären sie mit Watte verstopft«, sagte Lisa und gähnte, um den Druck auszugleichen.

Sie kamen um eine scharfe Kurve, und Jenny bremste ab. Vor ihnen lag eine lange, gerade Steigung, die sich in der Entfernung in die Hauptstraße von Snowfield, die Skyline Road, verwandelte.

Lisa sah angestrengt durch die Windschutzscheibe und musterte die Stadt mit offensichtlichem Entzücken. »So hatte ich das mir aber nicht vorgestellt!«

»Was hast du denn erwartet?«

»Ach, du weißt schon, Massen von häßlichen kleinen Motels mit Neonleuchten, zu viele Tankstellen, so in der Richtung etwa. Ich finde es echt ganz toll hier. Ganz ehrlich!«

»Wir haben hier sehr strenge Bau-Bestimmungen«, sagte Jenny. »Neonleuchten, Plastikschilder und grelle Farben sind ebenso verboten wie Cafés, die wie Kaffeekannen aussehen.«

»Einfach sagenhaft«, sagte Lisa und starrte mit offenem Mund begeistert aus dem Fenster, als sie in die Stadt hineinfuhren.

»Die einzige erlaubte Reklame waren rustikale Holzschilder mit dem Namen und der Spezialität des jeweiligen Ladens, vor dem sie hingen. Die Architektur war eine bunt zusammengewürfelte Mischung, aber jedes Gebäude war in einem oder anderem Gebirgs-Stil erbaut worden, und die Privathäuser waren dazu noch mit bunten Blumenkästen und Balkons mit kunstvoll geschnitzten Geländern geschmückt.

»Wirklich hübsch«, sagte Lisa, während sie die lange Steigung bis zum anderen Ende der Stadt hochfuhren. »Aber ist es hier immer so ruhig?«

»Oh, nein«, sagte Jenny. »Im Winter ist hier schwer Betrieb, und . . .«

Sie führte den Satz nicht zu Ende, denn ihr wurde bewußt, daß die Stadt mehr als nur ruhig war. Sie sah *tot* aus.

Normalerweise hätten an einem so milden Sonntagnachmittag zumindest einige Einwohner ihren Spaziergang durch die gepflasterten Straßen gemacht und wären auf ihren Balkons gesessen. Der Winter stand vor der Tür, und die letzten warmen Tage mußte man genießen. Heute aber waren Straßen und Balkons leer, obwohl sich der Nachmittag erst langsam dem Abend zuneigte. Selbst in Läden und Wohnungen, in denen Lichter brannten, war kein Lebenszeichen zu entdecken. Jennys Trans Am war das einzig fahrende Auto auf der langen Straße.

Sie bremste an der ersten Kreuzung, sah sich angestrengt in beide Richtungen um, konnte aber überhaupt niemanden finden.

Auch der nächste Block der Skyline Road war verlassen. Der Block danach ebenfalls.

»Komisch«, sagte Jenny.

»Das Fernsehprogramm muß ja einsame Spitze sein«, sagte Lisa.

»Sieht ganz so aus.«

Sie kamen an dem Restaurant an der Kreuzung von Skyline Road und Vail Lane vorbei. Drinnen brannten Lichter, und durch die großen Fenster konnte man den größten Teil des Lokals überblicken, aber es war niemand darin zu sehen. Es war sowohl im Winter als auch außerhalb der Saison ein beliebter Treffpunkt, und es war ungewöhnlich, daß es zu dieser Tageszeit völlig verlassen war. Nicht einmal Kellnerinnen waren da.

Lisa hatte inzwischen ihr Interesse an der unheimlichen Stille verloren, obwohl sie sie zuerst bemerkt hatte, und sah sich wieder interessiert die altmodische Architektur an.

Jenny aber konnte es nicht glauben, daß alles vor dem Fernsehschirm versammelt sein sollte. Sie runzelte die Stirn und sah beim Vorbeifahren in jedes Fenster hinein, konnte aber nicht das geringste Lebenszeichen entdecken.

Snowfields steile Hauptstraße war insgesamt sechs Blocks lang, und Jennys Haus stand oben mitten im letzten Block. Es war ein einstöckiges Fachwerkhaus mit einem grau und schwarz-blau gefleckten verwinkelten Schieferdach. Es stand zwanzig Fuß von der Straße zurückgesetzt hinter einer hüfthohen, immergrünen Hecke. An einer Ecke des Vorbaus stand ein Schild mit der Aufschrift: Dr. med. JENNIFER PAIGE; darunter waren die Öffnungszeiten der Praxis vermerkt.

Jenny parkte den Trans Am in der kurzen Einfahrt.

»Das ist ja ein süßes Haus!« sagte Lisa.

Es war Jennys erstes eigenes Haus; sie liebte es und war stolz darauf. Allein sein Anblick entspannte sie, und für den Augenblick vergaß sie die eigenartige Stille, die über Snowfield lastete.

»Na ja, es ist etwas zu klein, weil die Hälfte des Erdgeschosses für die Praxis und das Wartezimmer draufgeht. Außerdem gehört der Bank mehr davon als mir. Aber es hat irgendwie Stil, nicht?«

»Tonnenweise«, sagte Lisa.

Sie stiegen aus dem Auto, und Jenny bemerkte, daß mit dem Sonnenuntergang ein kühler Wind aufgekommen war. Sie trug einen langärmligen Pullover zu ihren Jeans, fröstelte aber trotzdem.

Sie streckte sich, um die von der langen Fahrt verkrampften Muskeln zu lockern, und dann schlug sie die Autotür zu. Das Geräusch hallte von den Bergen in die Stadt zurück. Es war das *einzige* Geräusch in der Stille der Dämmerung.

Am Heck ihres Wagens blieb sie kurz stehen und sah hinunter zum Zentrum von Snowfield. Nichts rührte sich.

»Hier könnte ich ewig bleiben«, erklärte Lisa und sah voller Freude auf die Stadt herab.

Jenny lauschte. Das Echo der zugeschlagenen Tür war verklungen, und jetzt war nur noch das sanfte Rauschen des Winds zu hören.

Es gibt die verschiedensten Arten von Stille. Jenny hatte den Eindruck, daß die Stille, die in Snowfield herrschte, ein Anlaß für Trauer war. Sie hätte allerdings nicht sagen können, was sie auf diesen Gedanken gebracht hatte. Außerdem war diese Stille mit einer Art Erwartung erfüllt, die Jenny nervös machte. Sie wollte laut rufen und fragen, ob da jemand sei, wollte sich aber als Ärztin nicht blamieren und ließ es deshalb bleiben. Eine Ärztin, die sich am Montag komisch benimmt, hat am Dienstag keine Patienten mehr.

»Macht dich das nicht unruhig?« fragte Jenny ihre Schwester.

»Was denn?«

»Die Stille.«

»Im Gegenteil. Es ist richtig friedlich hier.«

Es war tatsächlich friedlich. Es gab keinerlei Anzeichen, daß etwas nicht stimmte. Warum bin ich dann so nervös? fragte sich Jenny.

Sie schloß den Kofferraum auf und hob zwei von Lisas Koffern heraus. Lisa nahm einen von ihnen, und sie gingen zu der Haustür hinüber, wo die Schatten inzwischen immer tiefer wurden.

Jenny machte die Tür auf und trat in das dunkle Foyer. »Hilda, wir sind da!«

Keine Antwort. Das einzige Licht im Haus brannte hinten im Gang nach der Küchentür. Jenny stellte den Koffer ab und schaltete das Ganglicht ein. »Hilda?«

»Wer ist Hilda?« fragte Lisa und ließ den Koffer fallen.

»Meine Haushälterin. Sie wußte, wann sie uns ungefähr zurückerwarten konnte. Ich dachte eigentlich, sie würde uns ein Essen vorsetzen.«

Lisa war beeindruckt. »Mensch, eine Haushälterin! Bist du etwa reich, oder was?«

Jenny lachte. »Kaum. Eigentlich kann ich mir Hilda gar nicht leisten – aber ich komme einfach nicht ohne sie aus. Ich habe meinen normalen Praxis-Betrieb, außerdem mache ich noch Hausbesuche, und wenn sie nicht wäre, würde ich sicher nichts anderes essen als Sandwiches oder Hamburger.«

»Kann sie gut kochen?« fragte Lisa.

»Ganz toll. Fast zu gut, wenn ich an ihre Desserts denke«, sagte Jenny und fragte sich gleichzeitig, warum in der Küche kein Licht brannte.

Jenny schaltete das Licht an der Tür an und ging in der makellos sauberen Küche nach links zu der Schreibplatte, um nachzusehen, ob Hilda eine Nachricht hinterlassen hatte. Sie fand jedoch keine vor und drehte sich gerade um, als sie Lisa japsend nach Luft schnappen hörte.

Sie war um die andere Seite des Herdes herumgegangen und stand nun neben dem Kühlschrank und starrte auf etwas auf dem Boden herab. Sie war kalkweiß im Gesicht und zitterte.

Ein plötzlicher Schrecken durchzuckte Jenny, und sie ging hastig um den Herd herum.

Hilda Beck lag tot auf ihrem Rücken auf dem Boden. Sie starrte mit blicklosen Augen an die Decke, und ihre verfärbte Zunge war starr zwischen ihren geschwollenen Lippen herausgestreckt.

Jenny nahm ihre Schwester bei der Hand, führt sie um den Herd herum, so daß sie die Leiche nicht mehr sehen konnte, und nahm Lisa in die Arme. Das Mädchen klammerte sich an ihr fest.

»Alles klar, Lisa?« Lisa antwortete nicht, sondern zitterte nur haltlos.

Gerade vor sechs Wochen war Lisa nachmittags von einem Kinobesuch heimgekommen und hatte ihre Mutter tot auf dem Küchenboden vorgefunden. Sie war einem schweren Gehirnschlag erlegen. Allmählich war Lisa über dieses schreckliche Erlebnis weggekommen, hatte den Tod ihrer Mutter akzeptiert und sogar wieder lachen gelernt. In den letzten Tagen hatte sie ganz den Eindruck gemacht, als sei sie wieder die alte – und jetzt das!

Jenny führte ihre Schwester zu einem Stuhl, setzte sie darauf und hockte sich vor ihr hin; sie tupfte ihr die Stirn mit einem Küchentuch ab und bemerkte, daß das Fleisch des Mädchens nicht nur so weiß wie Schnee, sondern auch ebenso kalt war.

»Was kann ich für dich tun?«

»Laß nur, das wird schon wieder. Halt mir bloß die Hand.« Lisa packte fast schmerzhaft fest zu.

Schließlich sagte sie: »Ich weiß, es klingt verrückt, aber ... als ich sie zuerst sah, dachte ich ... dachte ich, es ist Mom.« Sie unterdrückte mühsam die Tränen. »Ich weiß, daß Mom schon lange tot ist ... Außerdem sieht ihr die Frau da gar nicht ähnlich. Aber ..., es war halt die Überraschung ... der Schock ... Ich war total durcheinander.«

Nach einer Weile lockerte sich Lisas Griff etwas, und Jenny sagte: »Geht es dir jetzt besser?«

»Etwas.«

»Möchtest du dich hinlegen?«

»Nein.« Sie ließ Jennys Hand los, holte sich noch ein Küchentuch aus der Schachtel und putzte sich die Nase. Dann sah sie zu dem Herd hinüber, hinter dem die Leiche lag. »Ist das Hilda?«

Jenny hatte Hilda Beck sehr gern gemocht. Ihr Tod ging ihr sehr nahe, aber im Augenblick machte sie sich mehr Gedanken um Lisa als um irgend etwas anderes. »Ja«, sagte sie. »Hör mal, ich glaube, es ist besser für dich, wenn du erst einmal hier aus der Küche verschwindest. Am besten wartest du in meinem Arbeitszimmer auf mich. Ich möchte mir zuerst die Leiche etwas genauer ansehen, bevor ich den Sheriff verständige.«

»Ich bleibe hier bei dir.«

»Es wäre für dich wirklich besser, wenn du –«

»Nein«, sagte Lisa und begann plötzlich wieder zu zittern. »Ich möchte nicht allein sein.«

»Na gut«, sagte Jenny beruhigend. »Dann bleib hier sitzen.«

»O Gott«, jammerte Lisa leise vor sich hin. »Wie sie ausgesehen hat! Total geschwollen und blau! Und dann noch ihr Gesichtsausdruck!« Sie wischte sich mit dem Handrücken über die Augen.

»Warum war sie so angeschwollen und überall so *blau*?«

»Na, offensichtlich ist sie schon einige Tage lang tot«, sagte Jenny. »Mach dir aber jetzt über solche Dinge keine Gedanken, das –«

»Wenn sie schon ein paar Tage lang tot ist«, sagte Lisa mit zitternder Stimme, »warum stinkt es dann hier nicht? Würde sie dann nicht stinken?«

Jenny runzelte die Stirn. Natürlich würde es hier drinnen stinken, wenn Hilda Beck schon so lange tot war, daß sie sich dunkel verfärbte und ihr Gewebe so anschwoll. Es *müßte* stinken. Es stank aber nicht.

»Jenny, was ist bloß mit ihr passiert? Schau dir doch bloß ihren entsetzlichen Gesichtsausdruck an! Ich habe Angst.«

»Du brauchst keine Angst zu haben. Ich weiß zwar noch nicht, woran sie gestorben ist, aber sie muß einen schnellen Tod gehabt haben. So, wie es aussieht, war sie nicht krank oder mußte kämpfen. Sie hat sicher keine großen Schmerzen aushalten müssen.«

»Aber ... es sieht aus, als wäre sie mitten in einem Schrei gestorben.«

3. Die tote Frau

So eine Leiche hatte Jenny Paige noch nie gesehen. Im Verlauf ihres Studiums und während ihrer medizinischen Praxis hatte sie nichts auf den eigenartigen Zustand der sterblichen Überreste Hilda Becks vorbereitet. Sie kauerte sich daneben nieder und untersuchte sie voller Trauer und Abscheu – aber zugleich mit erheblicher Neugier und immer größer werdender Verwirrung.

Das Gesicht der toten Frau war zu einer runden, glatten und glänzenden Karikatur ihres früheren Aussehens angeschwollen. Auch ihr Körper war geschwollen; das Fleisch sah weich und überreif aus und drückte an manchen Stellen gegen die Nähte der Kittelschürze. Es schien sich jedoch nicht um die gasige Aufgequollenheit zu handeln, die die natürliche Folge von Verwesung ist. Zunächst einmal wäre dann der Bauch durch Gase weit stärker geschwollen als der Rest des Körpers, was nicht der Fall war, und außerdem fehlte der Verwesungsgeruch.

Bei näherer Prüfung stellte sich heraus, daß die dunkle Verfärbung der Haut allem Anschein nach nicht die Folge von Gewebeverfall war. Jenny konnte keinerlei Anzeichen von Verwesung feststellen. Selbst die Augen, die sonst wegen ihres verhältnismäßig weichen Gewebes vor den anderen Teilen des Körpers Anzeichen von Verfall zeigen, waren völlig klar, hatten keine geplatzten Blutgefäße oder eine milchige Färbung in der Iris.

Zu Lebzeiten hatte in Hildas Augen gewöhnlich ein fröhlicher, gütiger Ausdruck gestanden, aber nun starrten sie weit offen an die Decke. Jenny wurde es mit plötzlicher Trauer klar, wie sehr ihr Hilda fehlen würde. Sie schloß einen Moment die Augen, weil sie es nicht mehr fertigbrachte, die Leiche anzusehen. Sie riß sich zusammen, unterdrückte ihre Tränen, und als sie ihre professionelle Abgeklärtheit wiedergefunden hatte, öffnete sie die Augen wieder und machte mit ihrer Untersuchung weiter. Je länger sie sich die Leiche ansah, desto mehr verfestigte sich bei ihr die Überzeugung, daß die Verfärbung die Folge einer Prellung war, die sich allerdings vollständig von allen Prellungen unterschied, die Jenny bisher erlebt hatte. Soweit sie das erkennen konnte, war jeder Quadratzentimeter ihrer Haut geprellt, und Jenny hatte den Verdacht, daß diese Prellung sich auf den gesamten Körper erstreckte.

Sie sah sich noch einmal das Gesicht an. Die Haut war *vollständig* mit Prellungen bedeckt. Manchmal hatten Opfer von schweren Autounfällen Prellungen, die den größten Teil des Gesichts bedeckten, aber sie waren dann immer von schweren Verletzungen wie Knochenbrüchen oder Schnittwunden begleitet. Wie war es möglich, daß Mrs. Beck derart groteske Prellungen hatte, daß ihr aber andere Verletzungen völlig zu fehlen schienen?«

»Jenny?« sagte Lisa. »Warum brauchst du so lange?«

»Nur noch eine Minute; bleib da sitzen.«

Also waren die Prellungen, die Mrs. Becks Körper bedeckten, vielleicht nicht die Folge von Schlägen von außen. War es möglich, daß die Verfärbung der Haut statt dessen auf inneren Druck, auf die Schwellungen von subkutanem Gewebe zurückzuführen war? Die Schwellung war schließlich deutlich sichtbar. Wenn das aber der Fall war, mußte die Schwellung plötzlich und mit ungeheurer Gewalt aufgetreten sein. Das ergab auch keinen Sinn, weil lebendes Gewebe nicht so schnell anschwellen konnte. Bei bestimmten Allergien schwoll das Gewebe abrupt an, aber Jenny kannte nichts, was in der Lage gewesen wäre, eine heftige Schwellung so plötzlich auszulösen, daß sich daraus eine scheußliche und universelle Prellung ergab.

Und selbst wenn die Schwellung nicht einfach auf Verwesung zurückzuführen war und irgendwie mit der universellen Prellung in Verbindung stand, was hatte sie dann zuerst ausgelöst? Eine Allergie kam ebensowenig in Frage wie ein Gift. Wenn nämlich irgendein Gift dahintergestanden hätte, hätte es ein sehr exotisches Gift sein müssen, und wo sollte Hilda mit so etwas in Berührung kommen? Nein, Gift war es auch nicht.

Krankheit?

Wenn es eine Krankheit war, so hatte sie Symptome, auf die Jenny im Verlauf ihrer Ausbildung und Karriere noch nie gestoßen war. Was war, wenn es eine ansteckende Krankheit war?

Jenny war froh, daß sie nur den Ärmel der Kittelschürze berührt hatte, stand hastig auf und taumelte zurück.

»Jenny?« rief Lisa.

Es fiel ihr zum erstenmal auf, daß auf der Arbeitsfläche bei der Spüle vier große Kartoffeln, ein Kohlkopf, ein Beutel Karotten, ein langes Messer und ein Kartoffelschälmesser lagen. Hilda war gerade mit den Vorbereitungen für das Abendessen beschäftigt gewesen, als sie tot umgefallen war. Einfach so. Offensichtlich war sie nicht krank gewesen und war ohne Vorwarnung gestorben. Ein so plötzlicher Tod sprach nicht für eine Krankheit, zumindest nicht für eine, die der modernen medizinischen Wissenschaft bekannt war.

»Jenny, können wir jetzt endlich raus hier?« fragte Lisa.

»Psst! Augenblick noch. Laß mich überlegen«, sagte Jenny, lehnte sich an die Spüle und sah auf die tote Frau herab.

Ihr war ein düsterer und beängstigender Gedanke gekommen: *Pest*. In den letzten Jahren waren ungefähr ein halbes Dutzend Fälle gemeldet worden, und man ging allgemein davon aus, daß es insgesamt wohl zwei Dutzend Fälle gewesen waren. Es gab die verschiedensten Arten von Pest, die sich heutzutage aber alle relativ einfach mit Antibiotika heilen ließen. Bei einer Art traten kleine, dunkelrote, nässende Flecken auf der Haut auf, die sich in extremen Fällen über große Teile des Körpers ausbreiteten und fast schwarz wurden: das war der Grund dafür, daß die Pest im Mittelalter oft einfach ›der Schwarze Tod‹ genannt wurde. War es aber möglich, daß sich diese Flecken so ausbreiteten, daß der ganze Körper praktisch schwarz wurde, wie das bei Hilda der Fall war?

Wohl kaum, und außerdem war Hilda plötzlich beim Kochen

gestorben und hatte offensichtlich keinerlei vorherige Krankheitssymptome wie Erbrechen, Fieber und Unwohlsein gehabt. Damit war die Pest ausgeschlossen, und dazu jede andere bekannte Infektionskrankheit.

Auf der anderen Seite gab es keinerlei Anzeichen für Gewaltanwendung, keinerlei Stichwunden oder Würgemale.

Jenny ging um den Körper herum, berührte den Kohlkopf und stellte überrascht fest, daß er noch kalt war. Es konnte nicht mehr als eine Stunde her sein, seitdem er aus dem Kühlschrank geholt worden war. Sie sah noch einmal auf Hilda herab, aber jetzt war sie noch beunruhigter als vorher.

Die Frau war innerhalb der letzten Stunde gestorben. Möglicherweise war ihr Körper sogar noch warm.

Aber woran war sie gestorben?

Jenny war der Antwort auf diese Frage durch ihre Untersuchung nicht nähergekommen. Obwohl Krankheit hier nicht in Betracht zu kommen schien, konnte man die Möglichkeit einer Ansteckung nicht ausschließen, auch wenn es im Augenblick nicht danach aussah.

Jenny sagte Lisa nichts von diesen Befürchtungen, sondern forderte sie nur auf: »Komm jetzt, Lisa. Ich kann von meinem Behandlungszimmer aus telefonieren.«

»Mir geht es jetzt schon viel besser«, sagte Lisa, stand aber sofort auf. Sie war offensichtlich froh darüber, endlich herauszukommen. Jenny legte ihr einen Arm um die Schulter, und sie gingen zusammen aus der Küche.

Trotz der Neonbeleuchtung an der Decke war Jennys Behandlungsraum nicht so kahl und unpersönlich wie in den meisten Arztpraxen. Der Raum sah eher wie die Praxis eines altmodischen Landarztes aus. An den Wänden standen volle Bücherregale, einige alte Aktenschränke, die Jenny auf einer Auktion erstanden hatte, und in einer Ecke befand sich ein kleiner Tisch mit billigem Spielzeug und zuckerfreiem Kaugummi, den Jenny an die Kinder verteilte, um sie bei Untersuchungen ruhigzuhalten.

Ein großer, dunkelgebeizter, abgestoßener Schreibtisch aus Kiefernholz beherrschte den Raum, und Jenny führte Lisa zu dem großen Ledersessel, der dahinter stand.

»Es tut mir leid«, sagte das Mädchen.

»Was denn?« fragte Jenny, während sie sich auf die Schreibtischkante setzte und das Telefon zu sich herzog.

»Daß ich so durchgedreht habe, als ich die Leiche gesehen habe. Ich ... bin ... na ja, ich war eben hysterisch.«

»Keineswegs. Du hattest einfach einen Schock und hast dich gefürchtet. Das ist wirklich verständlich.«

»Aber *du* hattest doch keinen Schock und hast dich auch nicht gefürchtet.«

»O doch«, sagte Jenny. »Mehr als das, ich war wie gelähmt.«

»Aber du hast keine Angst gehabt, so wie ich.«

»Ich hatte Angst, und ich habe sie noch«, sagte Jenny. Sie zögerte, beschloß aber dann, daß sie die Wahrheit nicht vor ihrer Schwester verbergen sollte, und erzählte ihr von der bestürzenden Möglichkeit einer Ansteckung. »Ich glaube zwar nicht, daß wir es hier mit einer Krankheit zu tun haben, aber wenn ich mich täusche...«

Das Mädchen starrte Jenny verblüfft an. »Du hast also genauso Angst gehabt wie ich, und trotzdem hast du die Leiche da so lange untersucht. Mein Gott, das würde ich nie fertigbringen, nie im Leben.«

»Na ja, ich bin eben Ärztin. Dafür bin ich ausgebildet.«

»Trotzdem ...«

Jenny hob den Hörer ab, um den Hilfssheriff in Snowfield anzurufen; es war jedoch kein Freizeichen zu hören, sondern nur ein leises Zischen. Sie drückte mehrfach die Gabel herunter, aber das Telefon blieb tot.

Irgendwie empfand sie es als bedrohlich, daß das Telefon nicht funktionierte und zugleich die tote Frau dort in der Küche lag. Vielleicht war Mrs. Beck ja ermordet worden. Wenn jemand die Telefonleitung durchgeschnitten und sich in das Haus geschlichen hatte, um sie ... um ihr zum Beispiel ein Messer in den Rücken zu stoßen und sie damit augenblicklich zu töten. Weil Mrs. Beck auf dem Rücken lag, war Jenny vielleicht die Wunde entgangen. Damit wäre allerdings weder das völlige Fehlen von Blut noch die universelle Prellung und die Schwellung erklärt. Trotzdem konnte es sein, daß ihre Haushälterin eine Wunde im Rücken hatte und der Mörder – wenn es tatsächlich einen gab – sich vielleicht noch im Haus versteckt hielt. Jenny sagte sich zwar, ihre Einbildung ging mit ihr durch, beschloß aber trotzdem sicherheitshalber, sofort mit Lisa das Haus zu verlassen.

»Wir müssen nebenan Vince oder Angie Santini bitten, ob sie für uns anrufen könnten«, sagte Jenny ruhig und stand von ihrem Schreibtisch auf. »Unser Telefon funktioniert nicht.«

Lisa blinzelte. »Hat das irgendwas mit ... mit der Leiche zu tun?«

»Ich weiß es nicht«, sagte Jenny.

Das Herz klopfte ihr bis zum Hals, als sie durch den Behandlungsraum auf die halboffene Tür zuging. Vielleicht wartete jemand auf der anderen Seite. Lisa sagte hinter ihr: »Irgendwie ist es aber doch komisch, daß das Telefon ausgerechnet jetzt nicht funktioniert, oder?«

»Ein bißchen.«

Fast erwartete Jenny einen riesig großen, grinsenden Fremden mit einem Messer in der Hand draußen, einen jener Irren, die es heutzutage so häufig zu geben schien und die den Fernsehreportern die schaurigen Bilder für die Sechs-Uhr-Nachrichten lieferten.

Sie streckte vorsichtig ihren Kopf in den Gang hinaus und war bereit, sofort zurückzuspringen und die Tür zuzuwerfen, falls da jemand war. Der Gang war leer.

Die beiden eilten durch den Flur zum vorderen Teil des Hauses, und als sie zu der Treppe zum ersten Stock kamen, waren Jennys Nerven angespannter denn je. Vielleicht lauerte der Mörder ja auf der Treppe und würde sich jetzt gleich mit hocherhobenem Messer auf sie stürzen.

Niemand wartete auf der Treppe.

Im Foyer und vor der Haustür auch nicht.

Draußen senkte sich nun schnell die Nacht herab. Das Licht war rötlich, und aus tausend Stellen, die die Sonne nicht mehr erreichte, stieg eine Armee von dunklen Schatten auf. Es würde noch zehn Minuten dauern, und es war ganz dunkel.

4. Das Nachbarhaus

Das Haus der Santinis war in einem etwas moderneren Stil als Jennys Haus gebaut und folgte mit seinen abgerundeten Ecken und sanften Winkeln den Konturen des Hangs, so daß es vor dem Hintergrund riesiger Kiefern fast wie eine natürliche Gesteinsformation aussah. In zwei Zimmern im Erdgeschoß brannte Licht.

Die Haustür war nur angelehnt. Innen spielte klassische Musik.

Jenny drückte auf die Klingel und trat einige Schritte zu Lisa zurück. Vielleicht hatten sie sich ja allein schon dadurch angesteckt, daß sie bei der toten Mrs. Beck in der Küche gewesen waren.

»Bessere Nachbarn kann man sich nicht wünschen«, sagte Jenny und wünschte sich im stillen, der harte Klumpen in ihrem Magen würde endlich schmelzen. Niemand reagierte auf die Klingel.

Jenny drückte noch einmal auf den Klingelknopf. Keine Antwort. Nur die Musik drinnen schwoll an, wurde leiser, schwoll wieder an. Beethoven.

»Vielleicht ist niemand da«, sagte Lisa.

»Das kann ich mir nicht vorstellen. Die Musik, die Lichter ...« Jenny drückte die Tür auf. Aus dem Arbeitszimmer am Ende des Gangs fiel Licht in den Gang und auf die Schwelle des dunklen Wohnzimmers.

»Angie? Vince?« rief Jenny.

Keine Antwort. Nur die Musik, die nun mit einem donnernden Finale abschloß. Danach begann keine neue Musik. Offensichtlich hatte sich die Anlage automatisch abgeschaltet.

»Hallo? Ist denn da niemand?« Keine Antwort. Die Nacht hinter Jenny war still, und nun war auch das Haus vor ihr still geworden.

»Du willst doch nicht etwa da reingehen?« fragte Lisa besorgt.

Jenny warf ihr einen kurzen Blick zu. »Wieso? Was ist denn?«

Lisa biß sich auf die Lippe. »Irgend etwas stimmt da nicht. Du spürst es doch auch, oder?«

Jenny zögerte. Schließlich sagte sie widerwillig: »Ja, ich spüre es auch.«

»Es ist ... als wären wir beide allein hier ... und irgendwie doch nicht allein.«

Jenny hatte auch das Gefühl, als würden sie beobachtet. Sie drehte sich um und sah zu dem Rasen und den Büschen hinüber, die inzwischen fast völlig von der Dunkelheit verschluckt worden waren. Irgend jemand konnte dort stehen, oder auch hinter den dunklen Fensterscheiben, und sie beobachten, ohne selbst gesehen zu werden.

»Komm, verschwinden wir hier. Holen wir die Polizei, oder egal, was, wenn wir nur von hier verschwinden«, sagte Lisa. »Bitte!«

Jenny schüttelte den Kopf. »Wir sind bloß übernervös. Wahrscheinlich ist das alles bloß Einbildung. Außerdem muß ich sowieso dort reinschauen. Es könnte ja sein, daß jemand verletzt ist.«

»Bitte nicht.« Lisa packte Jenny am Arm und versuchte sie zurückzuhalten. »Vielleicht hast du dich bei Mrs. Beck angesteckt, und das könntest du an die Santinis weitergeben. Das hast du selbst gesagt.«

»Schon, aber ich bin Ärztin. Vielleicht liegen sie da drinnen und sterben an der gleichen Krankheit, oder was es auch ist, das Mrs. Beck ihr Leben gekostet hat. Es ist doch möglich, daß sie ärztliche Versorgung brauchen.«

»Ich glaube nicht, daß das eine Krankheit ist«, sagte Lisa niedergeschlagen. »Das ist etwas Schlimmeres.«

Jenny hatte so etwas zwar auch schon gedacht, fragte aber: »Was könnte denn schlimmer sein?«

»Ich weiß es nicht. Ich ... ich habe das im Gefühl. Es ist etwas Schlimmeres.«

Ein Windstoß fuhr raschelnd durch die Büsche vor dem Haus.

»Na gut«, sagte Jenny. »Dann warte eben hier, während ich ...«

»Nein«, unterbrach Lisa sie hastig. »Wenn du da reingehst, komme ich mit.«

»Hör mal, du würdest mich damit nicht im Stich lassen –«

»Ich komme mit«, beharrte Lisa und ließ Jennys Arm los.

»Komm, bringen wir's hinter uns.«

Sie gingen in das Haus hinein.

Jenny blieb im Gang stehen und sah nach links durch die offene Tür in das Arbeitszimmer. Zwei Lampen warfen ein warmes Licht in jede Ecke, aber das Zimmer war leer.

»Angie? Vince? Ist hier jemand?«

Kein Laut durchbrach die übernatürliche Stille, aber die Dunkelheit schien die beiden zu belauern, als sei sie ein riesiges, wachsames Tier. Das Wohnzimmer rechts von Jenny lag in undurchdringlicher Dunkelheit. Jenny fand einen Lichtschalter, und als das Licht anging, lag das Zimmer leer vor ihr.

»Siehst du«, sagte Lisa. »Niemand zu Hause.«

»Schauen wir nur noch in das Eßzimmer.« Die beiden durchquerten das leere Zimmer mit seinen bequemen Sofas und dem eleganten grünen Lehnsessel im Queen-Anne-Stil. Am anderen Ende des Zimmers öffnete Jenny die Doppeltüren zu dem Eßzimmer, die leicht quietschten.

Auch in dem Eßzimmer war niemand, aber der Kronleuchter beleuchtete eine seltsame Szene. Der Tisch war zum Essen gedeckt: vier Teller, vier kleinere Salatteller, davon drei sauber und einer mit einer Portion Salat darauf, vier Bestecke; vier Gläser –

zwei voll Milch, eines voll Wasser, und eines voll mit einer klaren, bernsteinfarbigen Flüssigkeit, die wahrscheinlich Apfelsaft war. In dem Saft und dem Wasser schwammen Eiswürfel, die erst teilweise geschmolzen waren. Mitten auf dem Tisch standen die Schüsseln mit dem Essen, das bis auf den Salat unberührt war. Das Fleisch war zwar kalt geworden, aber die Kruste aus geschmolzenem Käse auf den Kartoffeln war nicht unterbrochen, und als Jenny eine Hand an die Schüssel legte, fand sie sie noch warm. Der Tisch war innerhalb der letzten Stunde, möglicherweise sogar innerhalb der letzten halben Stunde gedeckt worden.

»Sieht so aus, als hätten sie verdammt eilig weggemußt«, sagte Lisa.

Jenny runzelte die Stirn und sagte: »Ich habe fast den Eindruck, sie sind gegen ihren Willen weggeschafft worden.«

Da waren einige beunruhigende Einzelheiten. Wie der umgeworfene Stuhl, der einige Fuß weit von dem Tisch auf dem Boden lag. Die anderen Stühle standen, aber neben einem lag ein Soßenlöffel und eine zweizinkige Fleischgabel. Ein zusammengeknäultes Tuch, wahrscheinlich eine Serviette, lag in einer Ecke, als sei es dort nicht fallengelassen, sondern hingeworfen worden. Auf dem Tisch selbst war ein Salzstreuer umgeworfen worden.

Kleinigkeiten. Nichts Dramatisches. Nichts Eindeutiges.

»Gegen ihren Willen weggeschafft?« fragte Lisa erstaunt.

»Na ja, wahrscheinlich täusche ich mich ja. Sicher ist eines der Kinder plötzlich krank geworden und mußte sofort nach Santa Mira ins Krankenhaus gebracht werden, oder so etwas ähnliches.«

Lisa sah sich noch einmal in dem Zimmer um und lauschte mit geneigtem Kopf der Grabesstille in dem Haus.

»Nein, das glaube ich nicht.«

»Ich eigentlich auch nicht«, gab Jenny zu.

Lisas Neugier war stärker als ihre Angst, und sie ging langsam um den Tisch herum und musterte ihn, als erwartete sie, dort eine geheime Botschaft der Santinis vorzufinden. Schließlich sagte sie: »Das erinnert mich an eine Geschichte, die ich in einem Buch über unerklärliche Ereignisse gelesen habe – so etwas in der Art wie *Das Bermuda-Dreieck*. Irgendwann, so um 1870 herum, ist ein großes Segelschiff, die *Mary Celeste,* völlig leer im Atlantik gefunden worden. Die Tische waren zum Essen gedeckt, aber die gesamte Mannschaft war weg. Das Schiff war nicht bei einem Sturm beschädigt worden, und es hatte auch kein Leck oder so was. Es gab überhaupt keinen Grund, warum die Mannschaft das Schiff verlassen haben sollte. Außerdem waren die Rettungsboote noch da. Die Segel waren gesetzt, die Lampen haben gebrannt, alles war völlig in Ordnung, aber es war kein Mensch an Bord; das gehört zu den großen Geheimnissen des Meeres.«

»Ich bin sicher, daß hinter der Sache hier kein großes Geheimnis steckt«, sagte Jenny ohne Überzeugung. »Die Santinis sind ganz bestimmt nicht verschwunden.«

Auf der anderen Seite des Tisches blieb Lisa plötzlich stehen, sah ihre Schwester an und sagte: »Wenn man sie tatsächlich gegen ihren Willen weggebracht hat, hat das etwas mit dem Tod deiner Haushälterin zu tun?«

»Vielleicht. Das kann man jetzt noch nicht sicher sagen.«

»Meinst du, wir sollten uns eine Pistole oder so was besorgen?« fragte Lisa noch leiser.

»Nein, nein.« Jenny sah auf das unberührte Essen, das verschüttete Salz und den umgestoßenen Stuhl herab. »Komm, jetzt wollen wir erst nachsehen, ob hier das Telefon funktioniert.«

Das Telefon hing über dem Spülstein an der Wand. Jenny schaltete das Küchenlicht an, ging zu dem Apparat, nahm den Hörer ab und drückte auf den Knopf, um in die Leitung zu kommen. Wieder bekam sie kein Freizeichen.

Diesmal aber war das Telefon nicht tot wie in ihrem Haus. Die Leitung war offen, und das leise Rauschen von elektrischer Statik war zu hören. Obwohl Jenny kein Freizeichen bekam, wählte sie die Nummer des Sheriffs, kam aber nicht durch.

Dann aber, als sie gerade wieder auf den Knopf drücken wollte, hatte sie plötzlich das deutliche Gefühl, daß am anderen Ende der Leitung jemand war und ihr zuhörte.

»Hallo?« sagte sie in die Sprechmuschel.

Weit entfernt zischte es, als würden Eier in einer Pfanne gebraten.

»Hallo?« wiederholte sie.

Nichts. Nur das Rauschen. ›Weißes Rauschen‹ nannte man das.

Sie sagte sich, daß da nichts anderes war als das gewöhnliche Geräusch einer offenen Leitung, aber sie wurde das Gefühl nicht los, daß ihr jemand angespannt zuhörte, während sie ihrerseits ebenfalls zuhörte.

Unsinn.

Es lief ihr kalt den Rücken hinunter, und sie hängte hastig auf; Unsinn oder nicht.

»In so einer kleinen Stadt kann doch das Büro des Sheriffs nicht weit weg sein«, sagte Lisa. »Warum gehen wir nicht einfach hin?«

Eigentlich hatte Jenny vorgehabt, das Haus zu durchsuchen, falls jemand von den Santinis krank oder verletzt war und sich nicht bemerkbar machen konnte. Nun aber kam ihr der Verdacht, daß vielleicht jemand an einem anderen Anschluß im ersten Stock saß und lauschte. Diese Möglichkeit veränderte alles; sie nahm zwar ihre beruflichen Pflichten nicht auf die leichte Schulter, aber in dieser Situation war sie zuerst für ihre Schwester und sich selbst verantwortlich. Vielleicht war es tätsächlich am besten, wenn sie Hilfssheriff Paul Henderson herholte, um *dann* mit ihm zusammen das Haus zu durchsuchen. Sie hätte zwar am liebsten geglaubt, daß das nur ihre Einbildung war, aber sie spürte neugierige Augen, als würde jemand sie beobachten – geduldig warten und beobachten.

»Also gut«, sagte sie zu Lisa. »Los, komm mit.«

Offensichtlich erleichtert rannte ihre Schwester vor ihr her durch Eßzimmer und Wohnzimmer auf die Straße hinaus.

Draußen war es inzwischen Nacht geworden. Die Luft war kühler als bei der Dämmerung, und bald würde es ausgesprochen kalt werden. Die Straßenlaternen an der Skyline Road hatten sich mit Einbruch der Dunkelheit automatisch angeschaltet, und auch in einigen Läden war die Abendbeleuchtung angegangen. Jenny und Lisa blieben vor dem Haus der Santinis stehen und bewunderten kurz die Aussicht.

Die an den Gebirgshang geschmiegte Stadt war mit ihren verwinkelten Dächern und Erkern jetzt noch schöner als in der Dämmerung. Aus einigen Schornsteinen stiegen wie geisterhafte Federn weiße Rauchfäden hoch. Hinter manchen Fenstern schienen Lichter, aber die meisten reflektierten wie schwarze Spiegel die Strahlen der Straßenlaternen. Der leichte Wind ließ die Bäume sanft schwanken und ihre Blätter wie zu einem Schlaflied leise rauschen.

Nicht die Schönheit allein aber hatte die beiden stocken lassen. Jenny war vor allem die unheimliche, völlige Stille aufgefallen. Bei ihrer Ankunft hatte sie sie nur merkwürdig gefunden. Nun kam sie ihr bedrohlich vor.

»Das Büro des Sheriffs ist an der Hauptstraße«, sagte sie zu Lisa. »Nur zweieinhalb Blocks weit weg von hier.«

Sie hasteten auf das tote Herz der Stadt zu.

5. Drei Kugeln

In dem düsteren Stadtgefängnis brannte nur ein einziges Licht, das aber von einer Tischlampe kam und auf den Schreibtisch konzentriert war, so daß von dem Rest des großen Hauptraums nicht viel zu sehen war. Auf der Tischplatte lag ein aufgeschlagenes Magazin direkt im Licht. Sonst war es bis auf das blasse Licht, das durch die Fenster hereinfiel, dunkel in dem Raum.

Jenny öffnete die Tür, trat ein, und Lisa kam direkt hinter ihr her.

»Hallo? Paul? Sind Sie da?«

Sie fand einen Wandschalter, knipste die Deckenbeleuchtung an – und zuckte buchstäblich vor dem zurück, was sich ihr auf dem Boden zeigte.

Paul Henderson. Dunkelverfärbtes Fleisch, Prellung. Angeschwollen, tot.

»Großer Gott!« sagte Lisa und drehte sich hastig um. Sie stolperte zu der offenen Tür, lehnte sich an den Türrahmen und sog sich die kühle Nachtluft tief in die Lungen.

Es kostete Jenny erhebliche Mühe, die urtümliche Angst zu unterdrücken, die in ihr aufstieg. Sie ging zu Lisa, legte ihr eine Hand auf die Schulter und sagte: »Bist du okay? Ist dir schlecht?«

Lisa konnte anscheinend nur schwer den Brechreiz unterdrükken. Schließlich schüttelte sie den Kopf. »Nein, es geht schon wieder. K-komm, raus hier!«

»Augenblick noch«, sagte Jenny. »Zuerst möchte ich mir die Leiche ansehen.«

»Du *möchtest* die Leiche ansehen? Das kann doch nicht wahr sein!«

»Ja, ja, du hast ja recht. Ich *möchte* mir alles andere lieber ansehen, aber vielleicht komme ich dahinter, was hier los ist. Du kannst ja hier in der Tür warten.«

Lisa seufzte resigniert.

Jenny ging zu der Leiche auf dem Boden hin und kniete sich daneben.

Paul Henderson war im gleichen Zustand wie Hilda Beck. Jedes sichtbare Stück Fleisch war eine ununterbrochene Prellung. Der Körper war aufgeschwollen, das Gesicht verquollen und verzerrt, aber es war keinerlei Verwesungsgeruch festzustellen.

Die blicklosen Augen quollen aus dem dunkelverfärbten Gesicht und verrieten mit dem weitaufgerissenen und verzerrten Mund unverkennbar eine Emotion: *Angst.* Paul Henderson war anscheinend wie Hilda plötzlich und in den Klauen eines lähmenden Entsetzens gestorben.

Jenny war mit dem Toten nicht eng befreundet gewesen. Natürlich hatte sie ihn gekannt, denn in einer so kleinen Stadt kannte jeder jeden. Er war ein freundlicher, guter Polizeibeamter gewesen, und sie war tief betroffen von dem, was ihm zugestoßen war. Sie sah in sein verzerrtes Gesicht, und der Ekel stieg in ihr hoch, so daß sie ihren Blick abwenden mußte.

Die Waffe des Deputy steckte nicht in ihrem Halfter. Sie lag neben der Leiche auf dem Boden. Ein Revolver vom Kaliber .45.

Sie starrte auf die Pistole und überlegte. Vielleicht war sie ja aus dem Halfter gerutscht, als Henderson auf den Boden gefallen war, aber sie bezweifelte es. Damit blieb als logischste Möglichkeit, daß er die Pistole gezogen hatte, um sich gegen einen Angreifer zu wehren.

Wenn das der Fall war, war er nicht ein Opfer von Krankheit oder Gift.

Jenny wandte sich von der Leiche ab, hockte sich vor den Revolver und überlegte lange, ob sie ihn berühren sollte oder nicht. Sie machte sich nicht mehr so viele Gedanken um Ansteckung wie bei Mrs. Beck, denn ihrer Meinung nach sah das alles immer weniger nach einer bizarren Krankheit aus, und außerdem hatte sie sich bestimmt ohnehin schon angesteckt, wenn es sich tatsächlich um eine exotische Krankheit handeln sollte, denn dann mußte sie erschreckend virulent sein. Sie hatte also nichts zu verlieren, wenn sie den Revolver aufnahm und den Toten genauer untersuchte. Am meisten Gedanken machte ihr, daß sie vielleicht Fingerabdrücke verwischen und wichtiges Beweismaterial vernichten könnte.

Selbst wenn Henderson aber wirklich ermordet worden war, hatte sein Mörder ganz sicher nicht die Pistole seines Opfers benutzt und seine Fingerabdrücke darauf hinterlassen. Darüber hinaus sah Paul nicht so aus, als sei er erschossen worden; es hatte ganz im Gegenteil den Anschein, daß er geschossen hatte.

Sie hob die Pistole auf und sah sie sich an. Von den sechs Patronen in der Trommel waren drei abgefeuert, und nach dem scharfen Geruch von verbranntem Pulver zu urteilen, vor nicht allzu langer Zeit. Sie nahm den .45er in die Hand und suchte den gesamten Raum sorgfältig ab, konnte aber keine Einschußlöcher entdecken.

Das überraschte sie. Wenn mit der Pistole nicht in den Boden oder durch das Fenster gefeuert worden war – unmöglich, weil die Fenster geschlossen waren und keine Einschußlöcher zeigten –, dann war sie ungefähr in Hüfthöhe in dem Raum abgeschossen worden. Wo waren aber dann die Kugeln?

Wenn sie in dem Raum nicht zu finden waren, konnten sie nur noch an einer anderen Stelle sein: Im Körper des oder der Angreifer, auf die Paul Henderson gezielt hatte. Wenn er aber mit einem .45er Polizeirevolver einen oder verschiedene Angreifer so im Körper getroffen hatte, daß die Kugeln steckengeblieben waren, hätte alles voller Blut sein müssen. Es war jedoch kein Tropfen zu sehen.

Verwirrt drehte sich Jenny zum Schreibtisch um und nahm den Hörer von der Gabel, obwohl sie bereits vorher wußte, was sie hören würde. Kein Freizeichen. Nur das elektronische, insektenähnliche Zischen einer offenen Leitung. Auch dieses Mal hatte sie das Gefühl, daß sie in der Leitung nicht allein war.

Sie legte den Hörer auf – zu abrupt, zu hart. Ihre Hände zitterten.

An der hinteren Wand des Raums standen neben einem verschlossenen Waffenschrank ein Fotokopiergerät, ein Fernschreiber und ein Funkgerät. Mit dem Fernschreiber kannte sich Jenny nicht aus, und außerdem schien er ebenso tot zu sein wie das Funkgerät, dessen Kontrollampe nicht brannte, obwohl es angeschaltet war. Wer den Deputy umgebracht hatte, hatte offensichtlich auch den Fernschreiber und das Funkgerät unbrauchbar gemacht.

Als Jenny in den vorderen Teil des Raums zurückkam, sah sie Lisa nicht mehr in der Tür stehen, und einen Augenblick lang wollte ihr das Herz stehenbleiben, aber dann sah sie das Mädchen neben Hendersons Leiche kauern und sie genau betrachten.

Als Jenny näher kam, sah Lisa auf, deutete auf den aufgeschwollenen Leichnam und sagte: »Ich hätte nie gedacht, daß Haut sich so dehnen läßt, ohne aufzureißen.« Ihre Pose von wissenschaftlicher Neugier und gespielter Gleichgültigkeit gegenüber dem schrecklichen Bild vor ihr war leicht zu durchschauen; ihre unruhigen Augen verrieten sie. Lisa sah von der Leiche weg, als mache sie ihr nicht das geringste aus, und erhob sich langsam.

»Warum bist du denn nicht bei der Tür geblieben?«

»Ich habe mich über mich selbst geärgert, weil ich so ein Feigling war.«

»Hör mal, ich habe dir doch gesagt, daß –«

»Ich meine, ich habe natürlich Angst davor, daß uns hier in Snowfield etwas ganz Schlimmes passieren wird, vielleicht schon ganz bald, aber wegen *der* Angst schäme ich mich nicht, weil sie nach allem, was hier passiert ist, nicht mehr als vernünftig ist. Ich hatte aber sogar vor der Leiche da Angst, und das ist einfach kindisch.«

Lisa stockte, aber Jenny sagte nichts. Sie wußte, daß ihre Schwester noch mehr zu sagen hatte, das sie loswerden wollte.

»Er ist tot. Er kann mir nichts tun, und es gibt keinen Grund, Angst vor ihm zu haben. Irrationalen Ängsten sollte man nicht nachgeben, weil das falsch und schwach und dumm ist. Man kann mit ihnen nur fertigwerden, indem man sich ihnen stellt. Stimmt's? Also habe ich mich entschlossen, mich dem hier zu stellen.« Sie deutete mit einem Kopfnicken auf den toten Mann zu ihren Füßen.

Es war nicht allein die Situation in Snowfield, die ihr zu schaffen machte, überlegte sich Jenny. All das hatte ihr mit Macht wieder ins Gedächtnis zurückgerufen, wie sie ihre Mutter an einem heißen Juli-Nachmittag tot in der Küche vorgefunden hatte.

»Ich habe das jetzt überwunden«, sagte Lisa. »Ich habe zwar immer noch Angst vor dem, was uns passieren könnte, aber vor *ihm* habe ich keine Angst mehr.« Sie sah auf die Leiche herab, um das zu beweisen, und dann sah sie Jenny direkt in die Augen. »Siehst du? Du kannst dich jetzt wirklich auf mich verlassen. Ich baue bestimmt nicht noch einmal ab.«

Es wurde Jenny zum erstenmal klar, daß sie Lisas Vorbild war. Das Mädchen zeigte mit ihren Augen, ihrem Gesichtsausdruck, ihrer Stimme und ihren Händen auf subtile Art, wie sehr sie Jenny respektierte und verehrte, und sie sagte ihr ohne Worte etwas, das Jenny tief rührte: *Ich liebe dich, aber mehr noch, ich mag dich; ich bin stolz auf dich; ich finde dich sagenhaft, und wenn du etwas Geduld mit mir hast, werde ich dich stolz und glücklich darüber machen, daß du mich als kleine Schwester hast.*

Jenny war davon überrascht, daß sie in Lisas plötzlichem Pantheon eine so bedeutende Position einnahm. Wegen ihrer langen Abwesenheit hatte sie eigentlich angenommen, daß sie für ihre Schwester praktisch eine Fremde wäre.

»Ich weiß, daß ich mich auf dich verlassen kann«, versicherte sie Lisa. »Ich hatte nie etwas anderes angenommen.«

Lisa lächelte verlegen.

Jenny nahm sie in die Arme, und einen Augenblick lang klammerte sie sich an ihr fest; schließlich sagte sie: »Und ... hast du inzwischen eine Ahnung davon, was sich hier abgespielt hat?«

»Eigentlich nicht. Es ergibt alles keinen Sinn.«

»Das Telefon funktioniert hier auch nicht, was? Sicher sind alle Telefone in der Stadt außer Betrieb.«

»Wahrscheinlich.«

Sie gingen auf die gepflasterte, menschenleere Straße hinaus. Lisa sah sich in der Stille um und sagte: »Sie sind alle tot.«

»Das können wir jetzt noch nicht sicher sagen.«

»Alle«, beharrte das Mädchen hoffnungslos. »Die ganze Stadt. Alle tot. Ich *spüre* das.«

»Die Santinis waren aber bloß nicht da, nicht tot«, erinnerte sie Jenny.

Inzwischen war über den Bergen der Mond aufgegangen und machte mit seinem silbernen Licht alles noch geheimnisvoller, als es das vorher gewesen war.

»Ein Friedhof«, sagte Lisa. »Die ganze Stadt ist ein Friedhof. Können wir uns nicht einfach ins Auto setzen und Hilfe holen?«

»Das geht nicht, das weißt du doch. Wenn hier etwa eine Krankheit –«

»Das ist keine Krankheit.«

»Absolut sicher wissen wir das noch nicht.«

»Ich schon. Außerdem hast du selbst gesagt, du hieltest es praktisch für ausgeschlossen.«

»Solange auch nur die leiseste Möglichkeit besteht, müssen wir hier in Quarantäne bleiben.«

Jetzt erst schien Lisa die Pistole zu bemerken. »Hat sie dem Sheriff gehört?«

»Ja.«

»Ist sie geladen?«

»Drei Schuß fehlen, aber es sind noch drei in der Trommel.«

»Willst du sie behalten?« fragte Lisa zitternd.

Jenny starrte auf den Revolver in ihrer rechten Hand herab und nickte. »Wahrscheinlich ist es das beste.«

»Stimmt. Auf der anderen Seite ..., *ihn* hat er auch nicht gerettet, oder?«

6. Neuigkeiten und Theorien

Sie gingen weiter die Skyline Road entlang und sahen in alle Fenster hinein, um irgendwelche Lebenszeichen zu entdecken, fanden aber keine. Bei den Privathäusern, an denen sie vorbeikamen, stieg Jenny die Stufen zur Haustür hinauf und klingelte, erhielt aber nirgends eine Antwort, auch nicht in den Häusern, in denen hinter den Fenstern Lichter brannten. Sie überlegte sich, ob sie in die Häuser hineingehen sollte, ließ es aber bleiben, weil sie wie Lisa befürchtete, die Bewohner in dem gleichen grotesken Zustand vorzufinden wie Hilda Beck und Paul Henderson. Von Leichen konnte sie nichts mehr erfahren; sie brauchte lebende Menschen, Zeugen.

»Gibt es hier irgendwo ein Kernkraftwerk?« fragte Lisa.

»Nein. Warum?«

»Ich dachte, vielleicht ... Strahlung.«

»So schnell wirkt Strahlung nicht tödlich.«

»Auch nicht, wenn sie unheimlich stark ist?«

»Dann würden die Opfer nicht so aussehen. Sie hätten Verbrennungen, Blasen, offene Wunden.«

»Gift?« fragte Lisa weiter.

»Wie soll denn eine ganze Stadt gleichzeitig vergiftet werden?«

»Mit schlechtem Essen vielleicht.«

»Höchstens, wenn die ganze Stadt an einem Festessen teilgenommen hätte, bei dem irgend etwas Vergiftetes serviert worden war. So ein Festessen hat aber nicht stattgefunden. Das gibt es nur einmal im Jahr, am vierten Juli zum Nationalfeiertag.«

»Gift in der Wasserversorgung?«

»Dann müßten alle genau zur gleichen Zeit Wasser getrunken haben, denn sonst hätten die anderen ja gewarnt werden können.«

»Das ist ja so gut wie unmöglich.«

»Außerdem sieht das nicht nach Gift aus. Ich habe noch nie von einem Gift gehört, das so wirkt.«

Die Bäckerei der Liebermanns. Während der Skisaison standen die Touristen Schlange, um etwas von dem köstlichen Gebäck von Jakob und Aida Liebermann zu bekommen, aber die beiden waren so stolz auf ihre Backkünste, daß sie auch außerhalb der Saison ihre Produkte verkauften, obwohl dann das Geschäft lange nicht so gut ging. Sie wohnten in einer Wohnung über der Bäckerei, in der heute keine Lichter brannten.

Jenny und Lisa lehnten sich nahe an das Schaufenster und sahen hinein. Von hinten fiel aus der Backstube Licht in den Laden und das kleine Café. Die weißen Schaukästen unter der Theke waren leer.

Jenny betete im stillen darum, daß Jakob und Aida von dem Schicksal verschont geblieben waren, das anscheinend den Rest von Snowfield getroffen hatte. Die beiden waren die nettesten, freundlichsten und sanftesten Menschen, die sie je kennengelernt hatte.

Lisa wandte sich von dem Schaufenster ab und sagte: »Und wie ist es mit giftigem Abfall? Irgendeine Chemikalie, von der eine Wolke von tödlichem Gas aufgestiegen ist?«

»Doch nicht hier«, sagte Jenny. »Hier in den Bergen gibt es keine Giftmülldeponien oder chemische Fabriken.«

»Manchmal entgleist auch ein Zug, und ein Tankwagen voller Chemikalien reißt auf.«

»Die Eisenbahnschienen sind mindestens zwanzig Meilen weit weg von hier.«

Lisa runzelte nachdenklich die Stirn und drehte sich um, um von der Bäckerei wegzugehen.

»Augenblick noch. Ich möchte mich da drinnen mal umsehen«, sagte Jenny und ging zu der Ladentür.

»Warum? Es ist doch niemand da.«

»Das wissen wir noch nicht sicher.« Sie versuchte die Tür zu öffnen, aber sie ging nicht auf. »In der Backstube und der Küche brennen die Lichter. Vielleicht sind sie dort hinten und bereiten alles für morgen vor, und von dem, was in dem Rest der Stadt passiert ist, haben sie gar nichts bemerkt. Die Tür hier ist zu. Probieren wir es mal mit der Hintertür.«

Neben dem Laden führte hinter einer verriegelten Holztür zwischen diesem und dem Nachbargebäude ein überdachter Gang zu einem schmalen Weg hinter den Häusern. Als Jenny den Riegel aufgeschoben und die quietschende Tür geöffnet hatte, lag ein beängstigend dunkler Tunnel vor ihnen; das einzige Licht in ihm war ein grauer Fleck an seinem hinteren Ende, wo er in den Weg mündete.

»Das gefällt mir aber gar nicht«, sagte Lisa.

»Nur die Ruhe. Bleib einfach dicht hinter mir. Wenn du die Orientierung verlieren solltest, taste dich mit einer Hand an der Wand weiter.«

Jenny wollte ihrer Schwester nicht noch mehr Angst machen, und deshalb sagte sie nichts davon, daß der unbeleuchtete Gang auch sie nervös machte. Er schien mit jedem Schritt schmaler und bedrückender zu werden.

Als sie ein Viertel des Wegs durch den Tunnel hinter sich gebracht hatten, überfiel Jenny plötzlich das unheimliche Gefühl, daß sie und Lisa nicht allein waren. Einen Augenblick später bemerkte sie, daß sich an der dunkelsten Stelle, acht oder zehn Fuß über ihr unter dem Dach, etwas bewegte. Sie hätte nicht sagen können, *wie* sie das bemerkte. Das einzige Geräusch waren ihre und Lisas widerhallende Schritte. Plötzlich fühlte sie, daß da etwas war, was ihnen feindlich gesonnen war, und als sie in die tiefe Finsternis des Weges vor ihnen starrte, war sie sich sicher, daß diese Finsternis ... sich änderte.

Sie verschob und bewegte sich, bewegte sich dort oben zwischen den Dachbalken.

Sie sagte sich selbst, daß sie sich das nur einbildete, aber als sie den Tunnel halbwegs hinter sich gebracht hatte, schrien ihr all ihre animalischen Instinkte zu, loszurennen und von hier zu verschwinden. Ärzte sollten eigentlich nicht in Panik geraten; Gleichmut gehörte zu ihrer Ausbildung, aber sie ging trotzdem etwas schneller. Nur ein wenig schneller, nicht viel, und dann noch ein bißchen schneller, und noch ein bißchen, bis sie schließlich gegen ihren Willen doch rannte.

Sie erreichte den Fußweg. Auch hier war es düster, aber nicht so dunkel wie in dem Tunnel. Lisa kam stolpernd hinter ihr hergerannt und wäre beinahe auf einem Stück nassem Asphalt ausgerutscht. Jenny konnte sie gerade noch festhalten.

Sie zogen sich zurück und behielten den Ausgang des Tunnels genau im Auge. Jenny hob den Revolver, den sie von der Polizeistation mitgenommen hatte.

»Hast du das auch gespürt?«

»Da war irgendwas unter dem Dach. Wahrscheinlich ein paar Vögel oder schlimmstenfalls Fledermäuse.«

Lisa schüttelte den Kopf. »Nein, das war nicht unter dem Dach. Es hat an der Wand gekauert.«

»Ich habe etwas zwischen den Dachbalken gesehen«, sagte Jenny.

»Nein«, sagte ihre Schwester und schüttelte den Kopf.

»Was hast *du* denn gesehen?«

»Es war links an der Wand. Ungefähr halbwegs durch den Tunnel. Fast wäre ich hineingestolpert.«

»Was war das denn?«

»Ich ... ich weiß nicht. Richtig gesehen habe ich es nicht.«

»Was denn sonst? Hast du etwas gehört oder gerochen?«

»Nein«, sagte Lisa und beobachtete weiter unverwandt den Ausgang des Tunnels. »Aber an einer Stelle war die Dunkelheit ... irgendwie anders. Ich habe eine Bewegung gespürt ... irgend etwas hat sich verschoben ...«

»Das habe ich auch zu sehen geglaubt – aber zwischen den Balken.«

Sie warteten, und als nichts aus dem Tunnel herauskam, beruhigte sich Jennys Herzschlag wieder einigermaßen. Nun kamen ihr Zweifel. Sie vermutete, daß sie und Lisa nur ihrer Hysterie nachgegeben hatten. Diese Erklärung gefiel ihr zwar ganz und gar nicht, weil sie nicht zu dem Bild paßte, das sie sich von sich selbst gemacht hatte, aber sie war ehrlich genug, um zugeben zu können, daß sie dieses eine Mal in Panik geraten sein könnte.

»Wir sind einfach nervös«, sagte sie zu Lisa. »Wenn da drinnen etwas Gefährliches gewesen wäre, wäre es uns doch bestimmt nachgekommen – meinst du nicht auch?«

»Vielleicht.«

»He, weißt du, was es gewesen sein könnte? Katzen! Die mögen doch solche dunklen Wege.«

»Das waren keine Katzen. Meiner Ansicht nach war das *viel* größer als Katzen«, erwiderte Lisa nervös.

»Na gut, dann waren es eben keine Katzen. Höchstwahrscheinlich war es gar nichts. Wir sind übernervös.« Sie seufzte. »Komm, sehen wir lieber nach, ob die Hintertür offen ist. Dafür sind wir schließlich hergekommen.«

Sie gingen zu der Hintertür der Bäckerei und sahen dabei immer wieder über ihre Schultern zu dem Ausgang des Tunnels.

Die Hintertür war unverschlossen, und Jenny und Lisa gingen durch den Lagerraum hinter ihr in die riesige Küche. Der appetitliche Geruch nach Gebäck war so anheimelnd und erinnerte sie so sehr an normale Zeiten, daß die Spannung, die sie gepackt hatte, etwas nachließ.

Die Küche war mit verschiedenen Backöfen, einer Teig-Knetmaschine und einer Reihe von anderen Gerätschaften reichlich ausgestattet; alles blitzte vor Sauberkeit. Die Mitte des Raums war von einem langen Tisch oder einer Theke beherrscht, der die Haupt-Arbeitsfläche darstellte, und zur einen Hälfte aus einer Edelstahlfläche und zur anderen aus einem Hackbrett bestand.

»Hier ist niemand«, sagte Lisa.

»Scheint so«, sagte Jenny; ihre Stimmung besserte sich, als sie in den Raum hineinging.

Wenn die Familie Santini entkommen war, und wenn Jakob und Aida verschont geblieben waren, dann war es vielleicht doch nicht so schlimm. Vielleicht –

O Gott!

Mitten auf dem Hackbrett lag ein großer Fladen Teig. Auf dem Teig lag ein Nudelholz. Zwei Hände hatten es am Griff gepackt. Zwei abgetrennte menschliche Hände.

Lisa trat so heftig an einen Metallschrank zurück, daß sein Inhalt laut klapperte. »Verdammt noch mal, was ist eigentlich los hier? Was ist nur los hier?«

Voller morbider Faszination ging Jenny näher auf die Arbeitsfläche zu und starrte auf die körperlosen Hände herab; sie betrachtete sie mit einer Mischung von Ekel und Ungläubigkeit – und einer Angst, die so scharf wie ein Rasiermesser war. Die Hände waren nicht geschwollen und hatten keine Prellung; abgesehen von einem leichten Grauton waren sie mehr oder weniger fleischfarben. Blut – das erste Blut, das sie bisher gesehen hatte – führte in einer nassen Spur von den abgerissenen Händen weg und endete in Streifen und glänzenden Tropfen in einer dünnen Mehlschicht. Die Händen waren stark, oder vielmehr waren sie das früher einmal gewesen. Zweifellos Männerhände. Jakob Liebermanns Hände.

»Jenny!«

Jenny sah erschreckt auf.

Lisa deutete mit erhobenem Arm auf die andere Seite der Küche.

An der hinteren Wand waren drei Backöfen in der Mauer versenkt. Einer davon war riesig und hatte eine doppelte Edelstahltür. Die beiden anderen waren kleiner, aber noch immer größer als ein Küchenbackofen, ihre Tür hatte eine Sichtscheibe in der Mitte. Keiner der Öfen war im Augenblick angeschaltet. Das war auch gut so, weil der Gestank sonst nicht auszuhalten gewesen wäre.

In jedem der kleineren Backöfen lag ein abgetrennter Kopf.

Gräßliche, tote Gesichter drückten ihre Nasen von innen an die Scheibe und glotzten in die Küche.

Jakob Liebermann. Das weiße Haar mit Blut bespritzt. Ein Auge halb geschlossen, das andere weit aufgerissen. Die Lippen schmerzvoll zusammengepreßt.

Aida Liebermann. Beide Augen weit offen. Der Mund aufgerissen, als sei die Kinnlade ausgekugelt.

Einen Augenblick lang konnte Jenny nicht glauben, daß die Köpfe wirklich waren. Sie waren einfach zu schockierend. Sie dachte an teure, lebensechte Halloween-Masken in Zellophanschachteln, an die grauenhaften Wachsköpfe mit Nylonhaar und Glasaugen, wie sie in den Scherzartikelläden angeboten wurden (und das waren *die da* doch bestimmt auch) – und dann fiel ihr noch eine Zeile aus einem Werbeslogan ein: *Ofenfrisch auf Ihren Tisch!*

Ihr Herz klopfte dröhnend, und ihr war schwindlig, als habe sie Fieber.

Auf der Arbeitsfläche hielten die beiden Hände noch immer das Nudelholz fest. Jenny erwartete halb, sie würden plötzlich wie zwei Krabben über den Tisch laufen.

Wo waren die kopflosen Leichen der Liebermanns? In dem großen Backofen? In dem Kühlschrank, tiefgefroren und weiß?

Ein bitterer Geschmack stieg ihr im Hals hoch, aber sie unterdrückte ihn. Der Revolver schien nun gegen diesen unglaublich brutalen, unbekannten Feind ein allzu dürftiger Schutz.

Wieder hatte Jenny das Gefühl, als würde sie beobachtet. Sie drehte sich zu Lisa um. »Komm, raus hier!«

Ihre Schwester ging auf die Hintertür zu.

»Nicht da raus! Durch den dunklen Tunnel gehe ich nicht noch einmal.«

»Mein Gott, da hast du recht«, stimmte ihr Lisa zu.

Sie hasteten durch die Küche und den Laden zu der vorderen Eingangstür. Jenny bekam den Riegel davor nicht auf und dachte schon, sie müßten doch durch den Hinterausgang hinaus, bis sie bemerkte, daß sie den Entriegelungsknopf falsch herumgedreht hatte. Danach ging der Riegel ohne Schwierigkeiten auf, Jenny riß die Tür auf, und die beiden rannten in die kühle Nachtluft hinaus.

Nach einer Weile sagte Lisa: »Strahlung, Krankheit, Gift, Gas – Mann, damit waren wir aber echt auf der falschen Spur. Das kann nur irgendein Irrer gewesen sein, oder?«

Jenny schüttelte den Kopf. »Ausgeschlossen. Snowfield hat fast fünfhundert Einwohner, und das hätte ein einziger Irrer nie geschafft. Dazu wäre eine ganze Armee Irre nötig gewesen, und so gehen Psychopathen nicht vor. Sie schließen sich nicht zusammen und planen einen Mord, sondern sind fast immer Einzelgänger.«

Lisa ließ ihren Blick nervös über die Schatten am Straßenrand wandern, als erwarte sie einen Angriff von einem von ihnen, und sagte: »Und was ist mit dieser Kommune von Charles Manson, die damals in den 60er Jahren diesen Filmstar umgebracht hat – wie hieß sie doch gleich wieder? Sharon Tate! Meinst du nicht, um so etwas könnte es sich hier auch handeln?«

»Der harte Kern der Manson-Familie bestand aus höchstens sechs Leuten, und schon das war eine ungeheure Seltenheit. Sechs Leute hätten das hier in Snowfield nie geschafft; dazu wären mindestens fünfzig, vielleicht sogar hundert nötig gewesen, und das ist unmöglich. So viele Psychopathen wären niemals unter einen Hut zu bringen.«

Nach kurzem Schweigen sagte Jenny: »Da gibt es noch etwas, das nicht stimmt. Warum war in der Küche nicht mehr Blut?«

»Ein bißchen war schon da.«

»Das war doch so gut wie gar nichts. Eigentlich hätte alles in Blut schwimmen müssen.«

Lisa rieb sich die Arme ab, um sich aufzuwärmen. Im Schein der Straßenlaterne sah ihr Gersicht wie Wachs aus. Sie sah älter aus als vierzehn. Das Entsetzen hatte sie gereift. »Außerdem waren da keinerlei Anzeichen für einen Kampf«, sagte sie.

Jenny runzelte die Stirn: »Stimmt; da hast du recht.«

»Das ist mir sofort aufgefallen«, sagte Lisa. »Sie haben sich anscheinend gar nicht gewehrt. Eigentlich hätte man doch annehmen sollen, daß das Nudelholz eine ganz gute Waffe abgegeben hätte, nicht wahr? Er hat es aber nicht benutzt. Es sieht fast so aus, als hätte er sich die Hände freiwillig abhacken lassen. Warum nur?«

Jenny sah sich in der Skyline Road um. Die Stille lastete auf der Stadt wie ein schwarzes Tuch. Sie kannte diese Stille aus manchen Krankenzimmern, in denen der Patient gerade seinen letzten Kampf hinter sich gebracht hatte. Es war die spezielle, grimmige Stille des Todes.

Sie hatte es sich nicht eingestehen wollen. Deshalb hatte sie auch nicht laut in die ausgestorbenen Straßen hinausgeschrien. Sie hatte befürchtet, niemand würde ihr antworten.

Nun aber blieb sie ruhig, weil sie befürchtete, jemand *würde* ihr antworten. Jemand oder etwas Gefährliches.

Es blieb ihr nun keine andere Wahl mehr. Sie mußte die Tatsachen akzeptieren. Snowfield war eigentlich keine Stadt mehr, sonderen ein riesiger Friedhof mit Gräbern, die wie Berghäuser aussahen.

Der Wind wurde wieder stärker und pfiff durch die Giebel. Er klang wie die Ewigkeit.

7. Der County-Sheriff

In der County-Verwaltung in Santa Mira wußte man noch nichts von der Krise in Snowfield. Man hatte hier seine eigenen Probleme.

Lieutenant Talbert Whitman kam in das Zimmer, als Sheriff Bryce Hammond gerade das Tonbandgerät anschaltete und den Verdächtigen über seine Rechte belehrte. Whitman wollte das Verhör nicht stören und setzte sich daher nicht zu den drei Männern an den Tisch, sondern ging zu dem großen Fenster und ließ sich auf der breiten Fensterbank nieder.

Tal Whitman, schwarz wie ein Schatten im Winter, hatte es aus Harlem hierher nach Santa Mira verschlagen, und es gefiel ihm hier. Manchmal sah er sich die saubere Stadt in ihrer angenehmen Umgebung an, und er konnte sein Glück nicht so recht fassen.

Das Bild, das sich ihm *in* dem Raum bot, konnte ihn allerdings weniger zu Begeisterungsstürmen hinreißen. Hier sah es aus wie in zahllosen anderen Polizeistationen überall im Land. Ein billiger Linoleum-Fußboden, abgestoßene Aktenschränke, und mitten in dem Raum ein runder Konferenztisch mit fünf Stühlen.

An dem Tisch saß im Stuhl des Verdächtigen der große, gutaussehende sechsundzwanzigjährige Grundstücksmakler Fletcher Kale und steigerte sich in eine beeindruckende gerechtfertigte Empörung hinein.

»Jetzt hören Sie mal, Sheriff«, sagte Kale. »Können wir den Scheiß nicht lassen? Sie brauchen mich doch nicht *schon wieder* über meine Rechte zu belehren! Das haben wir doch in den letzten drei Tagen schon ein dutzendmal hinter uns gebracht oder?«

Bob Robine, Kales Anwalt, legte seinem Klienten hastig eine Hand auf den Arm, um ihn zum Schweigen zu bringen. Robine war klein, dick, hatte ein rundes Gesicht und ein freundliches Lächeln, aber seine Augen waren hart wie die eines Chefcroupiers.

»Nur Ruhe«, sagte Robine. »Sheriff Hammond hat Sie jetzt aufgrund seines Verdachts so lange festgehalten, wie ihm das Gesetz das erlaubt, und er weiß genau, daß ich das weiß. Er wird diesen Fall also innerhalb der nächsten Stunde so oder so zu Ende bringen.«

Kale blinzelte, nickte und änderte seine Taktik. Er sank wie von Kummer niedergedrückt in seinem Stuhl zusammen und sagte mit leicht zitternder Stimme: »Tut mir leid, daß ich meinen Kopf verloren habe, Sheriff. Ich hätte Sie nicht so anfahren dürfen. Es ist aber so schwer für mich ... so unendlich schwer.« Sein Gesicht schien zusammenzufallen, und das Zittern in seiner Stimme wurde deutlicher. »Mein Gott, ich habe schließlich meine Familie verloren. Meine Frau ... mein Sohn ... beide tot.«

Bryce Hammond sagte: »Wenn Sie glauben, ich hätte Sie ungerecht behandelt, so tut mir das leid. Ich versuche nur, mein Bestes zu tun. Manchmal habe ich recht. Vielleicht aber täusche ich mich dieses Mal.«

Fletcher Kale kam offensichtlich zu der Überzeugung, daß seine Lage doch nicht so bedrohlich war und er es sich leisten konnte, jetzt Großzügigkeit zu zeigen, denn er wischte sich die Tränen ab und sagte: »Na ja, ich ... ich glaube, ich verstehe Ihre Lage, Sheriff.«

Wie die meisten, die mit dem Sheriff zu tun hatten, unterschätzte auch Kale den Sheriff. Das war verständlich, denn Bryce sah nicht besonders beeindruckend aus. Er war neununddreißig, schien aber viel jünger. Mit seinem dichten blonden Haar, seiner Stupsnase und seinen Sommersprossen sah er eher jungenhaft aus; mit seinen schweren Augenlidern und seiner langsamen Redeweise erweckte er oft den irrtümlichen Eindruck, er sei schwerfällig und es mache ihm Mühe, seine Gedanken zu fassen. Bryce Hammond wußte genau, wie ihn andere einschätzten, und er kultivierte sein Bild und verwendete es zu seinem Vorteil.

Whitman wußte, daß der Fall Kale Bryce Hammond tief und persönlich berührte. Er war über den sinnlosen Tod von Joanna und Danny Kale zutiefst erschüttert, weil er selbst erst vor einem Jahr Frau und Sohn verloren hatte, obwohl die Umstände völlig anders gewesen waren.

Ellen Hammond war bei einem Verkehrsunfall umgekommen.

Ihr siebzehnjähriger Sohn Timmy hatte auf dem Beifahrersitz neben ihr gesessen und so schwere Schädelverletzungen davongetragen, daß er seitdem im Koma lag. Die Ärzte räumten ihm nicht allzuviel Chancen ein, jemals wieder daraus zu erwachen.

Diese Tragödie hätte Bryce fast zerstört. Erst in der letzten Zeit hatte er langsam angefangen, seine Verzweiflung zu überwinden. Der Fall Kale hatte seine Wunden wieder aufgerissen, aber Bryce hatte seine Wachsamkeit nicht von seinem Kummer einschläfern lassen, und Tal Whitman hatte am letzten Donnerstag an dem kalten, erbarmungslosen Ausdruck, der in die Augen des Sheriffs getreten war, genau erkannt, daß er Kale eines vorsätzlichen Doppelmords verdächtigte.

Nun malte der Sheriff wie geistesabwesend auf seinen gelben Notizblock und sagte: »Mr. Kale, ich möchte Ihnen nicht eine Menge Fragen stellen, die Sie mir schon längst beantwortet haben. Ich schlage Ihnen deshalb vor, ich fasse Ihnen das bisherige Untersuchungsergebnis zusammen. Wenn Sie damit einverstanden sind, kann ich Sie dann zu den neuen Aspekten befragen, die aufgetaucht sind.«

»Okay. Bringen wir's hinter uns, damit ich hier rauskomme«, sagte Kale.

»Also gut«, sagte Bryce. »Nach Ihrer Aussage hat sich Ihre Frau Joanna in der Ehe eingesperrt gefühlt. Sie meinte, sie sei von dem Kind überfordert, weil sie zu jung ist. Sie hat einen Ausweg gesucht, und deshalb hat sie sich dem Rauschgift zugewendet. Habe ich damit Ihrer Meinung nach Ihre Aussage richtig wiedergegeben?«

»Ja«, sagte Kale. »Genau richtig.«

»Gut«, sagte Bryce. »Sie hat also angefangen, Gras zu rauchen. Es hat nicht lange gedauert, bis sie praktisch ständig hinüber war. Das ging zweieinhalb Jahre lang so weiter, bis sie vor einer Woche durchgedreht hat und Geschirr und Essen in der Küche an die Wand warf. Sie konnten sie nur mit größter Mühe beruhigen, und Sie haben dann entdeckt, daß sie PCP – auch bekannt als ›Angel Dust‹ – nahm. Das hat Sie schockiert, weil sie wußten, daß davon manche Leute gewalttätig werden. Sie haben sie dann gezwungen, Ihnen zu zeigen, wo sie ihren Vorrat versteckte, und den haben Sie anschließend vernichtet. Sie haben ihr dann gesagt, wenn Sie sie noch einmal erwischten, daß sie bei dem kleinen Danny Drogen nimmt, würden Sie sie ordentlich verprügeln.«

Kale räusperte sich. »Sie hat mich bloß ausgelacht und gesagt, das würde ich doch nicht fertigbringen, weil ich keine Frauen schlagen könnte.«

»Und dann sind Sie zusammengebrochen und haben geweint?«

»Genau«, sagte Kale. »Das hat sie dann wieder zur Vernunft gebracht. Wahrscheinlich hat es sie doch erschreckt, einen starken Ochsen wie mich weinen zu sehen. Sie hat mir versprochen, sie würde kein PCP mehr nehmen, und sogar mit dem Marihuana wollte sie aufhören.«

Bryce malte noch immer auf seinem Block und sagte: »Dann sind Sie am letzten Donnerstag früh von der Arbeit heimgekommen und haben den kleinen Danny tot in dem großen Schlafzimmer vorgefunden. Sie haben etwas hinter sich gehört, und als Sie sich umgedreht haben, stand Joanna mit dem Hackmesser in der Hand da, mit dem sie gerade ihren Sohn umgebracht hatte.«

»Sie war im Rausch«, sagte Kale. »PCP. Ich habe das sofort gesehen. Sie hatte so einen wilden Ausdruck in den Augen, wie ein Tier.«

»Sie hat Sie dann angeschrien und Ihnen verrücktes Zeug von Schlangen im Kopf von Leuten erzählt, die sie kontrollieren. Sie haben dann versucht, ihr das Hackmesser abzunehmen –«

»Ich hatte Angst, sie bringt mich um. Ich habe versucht, sie zu beruhigen.«

»Also sind Sie ihr ausgewichen, bis Sie Ihren Nachttisch erreichten, wo Sie eine .38 Automatik aufheben.«

»Ich habe ihr gesagt, sie soll das Messer fallenlassen. Ich habe sie *gewarnt*.«

»Sie hat sich darum aber nicht gekümmert und Sie mit dem Hackmesser angegriffen. Also haben Sie auf sie geschossen. Einmal. In die Brust.«

Kale lehnte sich jetzt mit dem Gesicht in den Händen nach vorne.

Der Sheriff legte seinen Stift weg und verschränkte die Hände vor seinem Bauch. »Mr. Kale, noch ein bißchen Geduld! Ich habe nur noch ein paar Fragen. Kleinigkeiten eigentlich, aber ich möchte im nächsten Jahr wiedergewählt werden, und deshalb will ich mir aus solchen Kleinigkeiten keinen Strick drehen lassen. Sie wissen ja, wie es ist. Gerade solche Dinge werden dann zu einem Riesenskandal aufgebläht.« Bryce grinste Kale an.

Kale ließ seine Hände von seinem Gesicht herabsinken. »Schon gut, Sheriff. Fragen Sie nur.«

Talbert Whitman auf dem Fenstersims lehnte sich vor.

Und Bryce Hammond sagte: »Erstens habe ich mich gefragt, warum sie Ihre Frau erschossen haben, *und dann haben Sie eine Menge Wäsche gewaschen*, bevor Sie uns das gemeldet haben.«

8. Barrikaden

Abgetrennte Hände. Abgetrennte Köpfe.

Jenny wurde das schreckliche Bild einfach nicht los. Sie mußte ständig daran denken, während sie mit Lisa zu dem Haus von Tom und Karen Oxley unterwegs war. Tom machte für die meisten Skihütten und Motels der Stadt die Buchhaltung, und Karen hatte ein nettes kleines Café. Beide waren Amateurfunker und hatten einen Kurzwellensender, und das war der Grund dafür, daß Jenny sie aufsuchte.

»Wenn jemand das Funkgerät in der Polizeistation sabotiert hat«, sagte Lisa, »warum sollte er nicht das auch noch sabotieren?«

»Vielleicht hat er es nicht gefunden. Einen Versuch ist es auf jeden Fall wert.«

Sie drückte auf die Klinge, und als sich niemand meldete, versuchte sie, die Tür zu öffnen. Sie war verschlossen. Als die beiden um das Haus herumgingen und es an der Hintertür versuchten, fanden sie auch diese verschlossen. Die Vorhänge waren nicht vorgezogen, und als Jenny in die Küche hineinsah, konnte sie kein Anzeichen für Gewalt feststellen. Sie ging weiter zum Fenster des Hobbyraums. Drinnen brannte Licht, aber die Vorhänge waren vorgezogen. Jenny klopfte an das Fenster, aber niemand reagierte. Sie versuchte, das Fenster aufzudrücken, aber es war verriegelt. Sie packte den Revolver am Lauf und schlug damit eine Scheibe ein. Das Glas zerbrach mit durchdringend lautem Klirren. Das war zwar ein Notfall, aber Jenny fühlte sich trotzdem wie eine Einbrecherin. Sie griff durch die zerbrochene Scheibe, öffnete das Fenster und kletterte ins Haus, und Lisa kam hinter ihr her.

In dem kleinen Raum waren zwei Leichen. Tom und Karen Oxley.

Karen lag eingerollt wie ein Fötus auf dem Boden. Auch sie war verfärbt und angeschwollen. Ihre herausgequollenen Augen starrten voller Entsetzen, und ihr Mund war in einem lautlosen Schrei eingefroren.

»Die Gesichter sind am schlimmsten«, sagte Lisa.

»Ich verstehe einfach nicht, warum sich ihre Gesichtsmuskeln beim Tod nicht entspannt haben. Es ist mir unbegreiflich, wie sie so bleiben können.«

»Was sie nur gesehen haben?« überlegte sich Lisa.

Tom Oxley saß zusammengesunken vor dem Funkgerät und hielt noch immer das Tischmikrofon in der Hand, als habe er es auch im Tod nicht aufgeben wollen. Er war ebenso wie Karen verfärbt und angeschwollen. Offensichtlich war es ihm nicht gelungen, um Hilfe zu rufen, denn sonst wäre die Polizei schon längst eingetroffen.

Das Funkgerät war tot. Jenny hatte das schon befürchtet, als sie die Leichen gesehen hatte.

Weder der Zustand der Leichen, noch der des Funkgeräts war jedoch so interessant wie die Barrikaden. Die Tür des Raums war verschlossen, und dazu hatten Karen und Tom noch einen schweren Schrank davorgeschleppt, den sie mit Stühlen und einem Fernsehgerät festgeklemmt hatten.

»Sie wollten irgend etwas daran hindern, hier hereinzukommen«, sagte Lisa.

»Es ist aber trotzdem hereingekommen.«

»Wie?«

Sie untersuchten die beiden Fenster des Zimmers, aber sie waren beide fest von innen verriegelt.

»Ein verschlossener Raum«, sagte Lisa.

Jenny drehte sich langsam um und musterte den Raum. Da war eine kleine Öffnung des Heißluftschachts, die aber mit einem Metallgitter verschlossen war, und zwischen der Tür und dem Boden befand sich ein Zwischenraum von ungefähr einem halben Inch. Es war ausgeschlossen, daß sich jemand Zugang zu dem Raum verschafft haben konnte.

Sie sagte: »Soweit ich das beurteilen kann, kann hier nur Giftgas, Bakterien oder Strahlung hereingekommen sein, um sie zu töten.«

»Aber nichts davon hat die Liebermanns getötet.«

Jenny nickte. »Außerdem würde niemand sich verbarrikadieren, um sich vor Strahlung oder Giftgas zu schützen.«

Was war das bloß, das in verschlossene Räume eindringen

konnte, ohne Türen oder Fenster zu öffnen? Was hatte diese Barrikade überwunden, ohne sie zu beschädigen?

Nach einer langen Stille sagte Lisa schließlich: »Und jetzt?«

»Ich denke, wir werden eine Ansteckung riskieren müssen. Wir fahren aus der Stadt bis zum nächsten öffentlichen Fernsprecher, rufen den Sheriff in Santa Mira an, berichten ihm von der Lage hier, und dann soll er entscheiden, wie es weitergehen soll. Wir fahren dann wieder hierher und warten. So kommen wir mit niemand in direkten Kontakt, und wenn es sein muß, können sie ja später die Telefonzelle sterilisieren.«

In diesem Augenblick klingelte das Telefon.

Erschreckt drehte sich Jenny um. Das Telefon stand auf dem Tisch neben dem Funkgerät.

Es klingelte noch einmal.

Sie riß den Hörer von der Gabel. »Hallo?«

Der Anrufer gab keine Antwort.

»Hallo?«

Eisiges Schweigen.

Jennys Hand verkrampfte sich am Hörer. Irgend jemand hörte ohne einen Laut zu und wartete, bis sie etwas sagen würde. Sie drückte den Hörer an ihr Ohr und lauschte angestrengt. Sie hörte zwar nichts, aber sie *fühlte*, daß da etwas oder jemand war. Plötzlich spürte Jenny Paige in dem verbarrikadierten Zimmer in dem stillen Haus, in dem der Tod so unmöglich zugeschlagen hatte, eine eigenartige Veränderung in sich. Sie war eine gebildete Frau, und Aberglaube war ihr fremd. Sie hatte bisher versucht, das Geheimnis von Snowfield mit Vernunft und Logik zu lösen, aber zum erstenmal in ihrem Leben kam sie damit keinen Schritt weiter. Nun verschob sich etwas in ihr, als würde von den dunkelsten Bereichen ihres Unterbewußtseins ein Deckel heruntergeschoben, und dort, praktisch auf der Ebene der in den Genen gespeicherten rassischen Erinnerung, spürte sie, was hier in Snowfield vor sich ging. Dieses Wissen, das sie in sich trug, war jedoch so zutiefst unlogisch und auf Aberglauben begründet, daß sie sich heftig dagegen wehrte.

– Das ist kein Mensch, das ist ein *Ding*.

– Unsinn.

– Es ist nicht menschlich, hat aber ein Bewußtsein.

– Jetzt wirst du hysterisch.

– Unglaublich bösartig; die perfekte Verkörperung des Bösen.

– Aufhören, sofort *aufhören*!

Lisa kam näher zu ihr. »Was ist denn los mit dir? Wer ist das?«

Jenny war schweißüberströmt und wollte sich gerade den Hörer vom Ohr wegreißen und ihn auf die Gabel knallen, als sie ein Zischen hörte, dann ein Klicken – und dann kam das Freizeichen.

Einen Moment war sie so verblüfft, daß sie nicht reagieren konnte. Dann aber wimmerte sie auf und wählte hastig das Amt.

Es klingelte am anderen Ende der Leitung, ein wunderbar normales, beruhigendes Geräusch.

»Hier Fernamt.«

»Hallo, das ist ein Notruf«, sagte Jenny. »Ich muß unbedingt das Sheriffsbüro in Santa Mira erreichen.«

9. Ein Hilferuf

»Wäsche?« fragte Kale. »Was für Wäsche?«

Bryce sah, daß Kale von der Frage erschreckt worden war und nur so tat, als würde er sie nicht verstehen.

»Sheriff, wohin soll das führen?« fragte Bob Robine.

Bryce antwortete mit ruhiger Stimme: »Mein Gott, Bob, ich arbeite auch nicht gern am Sonntag. Ich muß diese Fragen stellen. Mr. Kale braucht keine einzige davon zu beantworten, aber ich muß das hinter mich bringen, damit ich heimgehen und in Ruhe mein Bier trinken kann.«

Robine sah Bryce stirnrunzelnd an und sagte: »Also gut, weiter.«

Bryce sagte: »Als wir am letzten Donnerstag bei Mr. Kale ankamen, ist mir aufgefallen, daß der dicke Bund seines Pullovers und ein Hosenaufschlag noch etwas feucht waren. Das hat mich auf die Idee gebracht, daß er alles, was er anhatte, vorher gewaschen hatte, und daß es nicht lange genug im Trockner war. Ich habe mir also seinen Waschraum etwas näher angesehen und auf einer Waschmittelpackung zwei blutige Fingerabdrücke gefunden. Einer davon war verschmiert, aber der andere war deutlich. Nach dem Laborbericht stammt er von Mr. Kale.«

»Welche Blutgruppe?«

»Sowohl Mrs. Kale, als auch Danny und Mr. Kale haben die Blutgruppe 0, und das macht es etwas schwieriger für uns –«

»Welche Blutgruppe hatte das Blut auf der Waschmittelpakkung?« unterbrach ihn Robine.

»Blutgruppe 0.«

»Dann hätte es doch ebensogut das Blut meines Mandanten sein können! Wer weiß, vielleicht stammt der Fingerabdruck von letzter Woche.«

Bryce schüttelte den Kopf. »Heutzutage ist die Blutgruppenbestimmung so weit fortgeschritten, daß man an den verschiedenen Enzymen Blut so genau bestimmen kann wie einen Fingerabdruck. Es steht zweifelsfrei fest, daß das Blut auf der Schachtel – das Mr. Kale an den Händen hatte, als er die Fingerabdrücke machte – von dem kleinen Danny Kale stammt.«

Fletcher Kales graue Augen blieben weiter kalt und ausdruckslos, aber er war blaß geworden. »Ich kann das erklären«, sagte er.

»Augenblick mal!« sagte Robine. »Erklären Sie es mir zuerst – aber privat.« Der Anwalt zog sich mit seinem Mandanten in die hinterste Ecke des Zimmers zurück.

Kurz darauf kehrten sie wieder zurück. »Sheriff, ich fürchte, mein Mandant hat eine Dummheit gemacht.«

Kale versuchte, einen zerknirschten Eindruck zu machen.

»Was er getan hat, könnte falsch ausgelegt werden – wie Sie das ja auch getan haben. Mr. Kale war durcheinander und konnte nicht klar denken, und deshalb hat er seinen kleinen Jungen aufgehoben, als er ihn gefunden hat –«

»Uns hat er aber gesagt, er hätte ihn nicht angerührt.«

Kale sah Bryce aufrecht in die Augen und sagte: »Als ich Danny gefunden habe... konnte ich nicht glauben, daß er... daß er tot war... und da habe ich ihn aufgehoben. Später, nachdem ich Joanna erschossen hatte, habe ich bemerkt, daß ich voller Blut war, und da dachte ich, man könnte vielleicht denken, ich hätte meinen Sohn auch umgebracht.«

»Ihre Frau hatte doch das Hackmesser in der Hand«, sagte Bryce. »Außerdem war sie auch voll von Dannys Blut, und Sie haben sich doch sicher überlegt, daß man bei der Autopsie PCP in ihrem Blut finden würde.«

»Jetzt weiß ich das auch«, sagte Kale, zog ein Taschentuch heraus und wischte sich die Augen ab. »Aber in dem Augenblick hatte ich einfach Angst, man würde mir etwas vorwerfen, was ich nie getan habe.«

»Na ja, lassen wir das erst einmal«, sagte Bryce. »Sie haben uns gesagt, ihre Frau sei seit zweieinhalb Jahren eine schwere Marihuana-Raucherin gewesen.«

»Ganz richtig.«

»Deshalb hat sich der Arzt bei der Autopsie auf meine Anweisung hin ihre Lungen etwas näher angesehen. Sie hat nicht geraucht, und Rauschgift schon gar nicht. Ihre Lungen waren sauber.«

»Ich sagte doch, sie hat Marihuana geraucht, nicht Tabak«, sagte Kale.

»Der Rauch von Marihuana greift auch die Lungen an«, sagte Bryce. »Bei Joanna ist nichts dergleichen festgestellt worden.«

»Aber ich –«

»Sagen Sie nichts«, riet Robine seinem Mandanten. »Vor allem ist doch wichtig, ob PCP in ihrem Blut gefunden worden ist. Ja oder nein?«

»Ja«, sagte Bryce. »Sie hatte es im Blut, aber sie hat es nicht geraucht. Sie hat es eingenommen; in ihrem Magen war noch eine Menge davon.«

Robine blinzelte überrascht, riß sich aber schnell wieder zusammen. »Na bitte«, sagte er. »Dann hat sie das Zeug eben eingenommen. Das ist doch wohl egal, oder?«

»In ihrem Magen war sogar noch mehr als in ihrem Blut.«

Kale versuchte, zugleich interessiert, besorgt und unschuldig auszusehen; selbst mit seinem elastischen Gesicht machte ihm das einige Mühe.

Bob Robine runzelte die Stirn und sagte: »Na gut, dann war eben noch mehr PCP in ihrem Magen als in ihrem Blut. Na und?«

»Angel Dust wird sehr leicht absorbiert; es hält sich also nicht lange im Magen, wenn man es einnimmt. Joanna hat zwar genug von dem Zeug geschluckt, um durchzudrehen, aber die Zeit hatte nicht gereicht, um es wirken zu lassen. Sie hat das PCP nämlich zusammen mit Eiscreme gegessen, die sich an ihren Magenwänden abgesetzt und die Absorption des PCP verzögert hat. Bei der Autopsie ist teilweise verdautes Schokoladeneis gefunden worden. Es war also nicht genug Zeit, um das PCP tatsächlich wirken zu lassen, so daß sie auch nicht in die typische rasende Wut geraten konnte. In Dannys Magen war auch Schokoladeneis, aber kein PCP. Als Mr. Kale uns erzählt hat, er sei am Donnerstag früh von der Arbeit heimgekommen, hat er nichts davon erwähnt, daß er seiner Familie auch eine große Packung Schokoladeneis mitgebracht hat. Wir haben den halbleeren Behälter im Eisschrank gefunden. Meiner Meinung nach ist folgendes passiert: Sie haben allen Eis gegeben, aber dem Eis für Ihre Frau haben Sie heimlich PCP beigemischt, damit sie später behaupten könnten, sie sei unter dem Einfluß der Droge in Rascrei geraten. Sie haben nicht damit gerechnet, daß bei der Autopsie etwas davon herauskommen könnte.«

»Einen Augenblick mal!« rief Robine.

»Dann haben Sie Ihre blutigen Kleider gewaschen«, redete Bryce unbeirrt weiter, »das schmutzige Geschirr gespült und weggeräumt, damit sie dann später behaupten könnten, bei Ihrer Heimkehr sei der kleine Danny schon tot gewesen, und Ihre Frau im PCP-Rausch.«

Robine sagte: »Das sind doch nur Vermutungen. Haben Sie das Motiv vergessen? Warum sollte mein Mandant so etwas Schreckliches tun?«

Bryce beobachtete Kales Augen genau und sagte: »High County Investments.«

Kales Gesicht blieb ausdruckslos, aber in seinen Augen zuckte etwas auf.

Bryce starrte Kale an. »Haben Sie am letzten Donnerstag Eis gekauft, bevor Sie heimgefahren sind?«

»Nein«, sagte Kale tonlos.

»In dem Laden an der Calder Street sagen sie aber etwas anderes.«

Kale biß wütend die Zähne zusammen, und seine Backenmuskeln traten hervor.

»Was war das mit High County Investments?« fragte Robine.

Bryce ignorierte ihn und fragte Kale weiter: »Kennen Sie einen Mann namens Gene Terr?«

Kale starrte ihn nur an.

»Manchmal nennen ihn die Leute bloß ›Jeeter‹.«

Robine sagte: »Wer ist das denn?«

»Der Anführer Chrome Demons«, sagte Bryce und beobachtete dabei Kale genau. »Das ist ein Motorradclub. Jeeter handelt mit Drogen. Ihn selbst haben wir noch nie erwischen können, aber ein paar von seinen Leuten haben wir schon eingesperrt. Wir haben Jeeter etwas unter Druck gesetzt, und er hat uns zu jemanden weitergeschickt, der zugegeben hat, daß er Mr. Kale regelmäßig Gras verkauft hat. Nicht Mrs. Kale. Die hat nie etwas gekauft.«

»Wer sagt das?« fragte Robine. »Dieser Rocker etwa? Das ist doch ein Asozialer! Ein zuverlässiger Zeuge ist das aber nicht!«

»Nach unseren Informationen hat Mr. Kale am letzten Donnerstag nicht nur Gras gekauft, sondern auch Angel Dust. Der Mann, von dem er es gekauft hat, wird das vor Gericht beeiden.«

Mit animalischer Abruptheit sprang Kale auf, packte den leeren Stuhl neben sich, warf ihn über den Tisch nach Bryce Hammond und rannte auf die Tür zu.

Bis der Stuhl Kales Hand verlassen hatte, war Bryce schon aufgesprungen, und er flog harmlos an seinem Kopf vorbei.

Kale riß die Tür auf und rannte in den Korridor hinaus. Bryce war vier Schritte hinter ihm, und Tal Whitman, der von seinem Platz auf dem Fenstersims heruntergesprungen war, als sei eine Sprengladung unter ihm losgegangen, folgte ihm mit einem Schritt Abstand.

Kale erreichte die Ausgangstür, rannte hinaus, und Bryce holte ihn im gleichen Augenblick ein. Kale spürte die Nähe seines Verfolgers, fuhr mit einer katzenhaft flüssigen Bewegung herum und schlug mit einer großen Faust zu.

Bryce wich dem Schlag aus, schlug selbst zu und erwischte Kale auf seinem harten, flachen Bauch. Mit einem zweiten Schlag traf er ihn am Hals. Kale taumelte zurück, hob die Hände zum Hals und keuchte und würgte.

Bryce griff ihn sofort an, aber Kale war nicht so schwer getroffen, wie er vorgegeben hatte. Als Bryce näherkam, machte er einen Satz auf ihn zu und umfaßte ihn mit beiden Armen.

»Bastard«, schrie Kale und übersprühte dabei Bryce mit Speichel. Seine grauen Augen waren weit aufgerissen, und seine Lippen waren wie bei einer angreifenden Raubkatze von seinen Zähnen zurückgezogen. Obwohl Bryce selbst ein starker Mann war, gelang es ihm nicht, den eisernen Griff zu durchbrechen, mit dem Kale ihn umklammert hielt. Die beiden taumelten einige Schritte weit zurück und stürzten dann zu Boden. Kale war oben, und Bryce schlug mit dem Hinterkopf auf die Asphaltdecke, so daß er beinahe das Bewußtsein verloren hätte.

Kale schlug einmal ungezielt nach ihm, rollte sich dann herunter und kroch hastig weg. Bryce war überrascht, daß sein Gegner seinen Vorteil nicht weiter ausgenützt hatte, bis er den Revolver sah, der einige Fuß weit entfernt matt glänzend auf dem Boden lag.

Bryce tastete nach seinem Halfter. Leer. Der Revolver war sein eigener. Offensichtlich war er ihm aus dem Halfter gerutscht, als er auf den Boden gefallen war.

Die Hand des Mörders schloß sich um die Waffe.

In diesem Augenblick griff Tal Whitman ein und schlug Kale mit seinem Gummiknüppel von hinten über das Genick. Der Mann brach bewußtlos über der Pistole zusammen. Tal kauerte sich hin und fühlte Kales Puls.

Bryce hielt sich seinen schmerzenden Hinterkopf und humpelte zu ihnen hinüber. »Ist er in Ordnung, Tal?«

»Sicher. In ein paar Minuten kommt er wieder zu sich.« Er nahm Bryces Pistole an sich und stand auf.

Bryce nahm seinen Revolver wieder an sich und sagte: »Dafür bin ich Ihnen was schuldig.«

»Ach was. Wie geht es Ihrem Kopf?«

»Jetzt müßte ich Besitzer einer Aspirin-Fabrik sein.«

»Ich hätte nicht gedacht, daß er wegläuft.«

»Ich auch nicht«, sagte Bryce. »Wenn es solchen Typen an den Kragen geht, werden sie gewöhnlich nur ruhiger und vorsichtiger.«

»Na, ich denke, der hat sich schon in der Zelle gesehen.«

Bob Robine stand in der offenen Tür, starrte zu ihnen heraus und schüttelte konsterniert den Kopf.

Als Bryce Hammond einige Minuten später an seinem Schreibtisch saß und die Anklageformulare ausfüllte, mit denen Fletcher Kale eines Doppelmordes beschuldigt wurde, klopfte Robine an die offene Tür.

Bryce sah auf. »Ah, der Anwalt. Wie geht es Ihrem Mandanten?«

»Es geht ihm gut, aber mein Mandant ist er nicht mehr. Ich habe mein Mandat niedergelegt. Wenn mir jemand *nur* Lügen erzählt, kann ich ihn nicht vertreten.«

»Dann muß ich mich um einen Pflichtverteidiger kümmern, bevor er morgen früh dem Haftrichter vorgeführt wird. Mit dem Typ möchte ich keine Zeit verschwenden«, sagte Bryce.

Robine nickte. »Ganz richtig. Das ist ein ganz übler Bursche, Bryce. Ich dachte immer, das Böse wären eine Erfindung der Kirche, aber als ich vorhin in der Zelle war, ist Kale plötzlich zu mir herumgefahren und hat gesagt: ›Mich kriegen sie nicht. Sie werden mich nicht vernichten. Das schafft niemand. Ich komme wieder frei.‹ Als ich ihn vor übertriebenem Optimismus warnte, sagte er: ›Vor Ihrer Sorte habe ich keine Angst. Außerdem war das kein Mord. Ich habe mir etwas Abfall vom Hals geschafft, der mir das Leben verpestet hatte.‹«

»Mein Gott«, sagte Bryce. Darauf folgte eine kurze Stille. Noch bevor jemand etwas sagen konnte, kam Tal Whitman eilig vom Gang herein. »Bryce, kann ich kurz mit Ihnen sprechen?« Er sah zu Robine. »Eigentlich wäre es mir lieber unter uns.«

»Sicher«, sagte Robine.

Tal machte die Tür hinter dem Anwalt zu. »Bryce, kennen Sie Dr. Jennifer Paige?«

»Sie hat doch vor einiger Zeit in Snowfield eine Praxis eröffnet. Nach allem, was man so hört, soll sie eine gute Ärztin sein. Ich habe sie aber bisher nicht kennengelernt.«

»Ich auch nicht. Ich wollte nur wissen, ob sie vielleicht... haben Sie schon einmal etwas gehört, daß sie... äh, daß sie trinkt?«

»Nein, davon habe ich noch nie etwas gehört. Wieso? Was ist denn los?«

»Sie hat vor ein paar Minuten angerufen. Angeblich hat es in Snowfield eine Katastrophe gegeben.«

»Eine Katastrophe? Wie meint sie das?«

»Das weiß sie eben selbst nicht, sagt sie.«

Bryce blinzelte. »Hat sie hysterisch geklungen?«

»Völlig verängstigt, aber nicht hysterisch. Sie will niemand außer Ihnen viel erzählen. Eines hat sie allerdings gesagt«, sagte Tal und runzelte besorgt die Stirn.

»Ja?«

»Sie hat gesagt, dort oben seien alle tot. Alle Einwohner von Snowfield. Sie sagt, sie und ihre Schwester wären die einzigen, die dort noch am Leben sind.«

10. Schwestern und Polizisten

Jenny und Lisa verließen das Haus der Oxleys, wie sie hineingekommen waren: durch das Fenster.

Die Nacht wurde immer kälter. Die beiden kehrten zurück zu Jennys Haus, um sich warme Jacken zu holen, und dann gingen sie zurück zu der Polizeistation und setzten sich auf die Bank davor, um hier auf Hilfe aus Santa Mira zu warten.

»Wie lange brauchen sie, bis sie hier sind?« fragte Lisa.

»Na ja, bis Santa Mira sind es über dreißig Meilen, und die Straße ist sehr kurvenreich. Außerdem fahren sie sicher vorsichtiger als gewöhnlich. Ich denke, in einer Dreiviertelstunde sind sie hier, höchstens in einer Stunde.«

»Ach du Schande!«

»So lange ist es auch wieder nicht.«

Das Mädchen schlug den Kragen seiner Jacke hoch. »Jenny, als bei den Oxleys das Telefon geklingelt hat, wer war denn dran?«

»Niemand.«

»Aber du hast doch etwas gehört, oder?«

»Nein«, log Jenny.

»Du hast aber ein Gesicht gemacht, als würde dich jemand bedrohen oder so etwas ähnliches.«

»Ich war natürlich unheimlich enttäuscht. Als das Telefon geklingelt hat, dachte ich zuerst, es wäre wieder in Ordnung, aber dann war die Leitung doch tot. Das war alles.«

»Aber dann hast du ein Freizeichen gehört?«

»Ja.«

Wahrscheinlich glaubt sie mir nicht, dachte Jenny. Sie denkt, ich will sie bloß vor etwas beschützen. Sie hat natürlich recht damit. Wie soll ich ihr das auch erklären, daß ich das Gefühl hatte, da wäre etwas zutiefst Böses am Telefon? Ich verstehe es ja selbst nicht. Warum hat er – oder *es* – mir auf einmal eine offene Leitung gegeben?

Nach einer Weile sagte Lisa: »Jenny, falls mir heute nacht etwas zustoßen sollte –«

»Was soll dir denn zustoßen? Dir passiert schon nichts.«

»Falls mir aber doch etwas passieren sollte«, beharrte Lisa, »möchte ich dir nur sagen, daß ich ... daß ich ... daß ich unheimlich stolz auf dich bin.«

Jenny legte ihrer Schwester einen Arm um die Schulter, und die beiden rückten noch enger zusammen. »Schwesterchen, es tut mir jetzt leid, daß wir in den letzten Jahren so wenig zusammen waren.«

»Du bist doch heimgekommen, so oft du konntest«, sagte Lisa. »Ich habe bestimmt ein Dutzend Bücher darüber gelesen, was man alles tun muß, um Arzt zu werden. Ich weiß genau, daß du immer viel zu tun hattest und dir um viele Sachen Gedanken machen mußtest.«

Überrascht sagte Jenny: »Trotzdem hätte ich öfters heimkommen können.«

Manchmal war sie nicht heimgefahren, weil sie den stummen

Vorwurf in den Augen ihrer Mutter nicht ertragen konnte, der ihr verletzender als mit Worten sagte: *Du hast deinen Vater auf dem Gewissen, Jenny; du hast ihm das Herz gebrochen, und das hat ihn umgebracht.*

»Mama war auch immer so stolz auf dich«, sagte Lisa.

Diese Eröffnung bedeutete für Jenny mehr als eine Überraschung, sie brachte sie völlig durcheinander.

»Meinst du das ernst?«

»Natürlich. Was denn sonst?«

»Aber hat Mama nicht...«

»Hat sie nicht was?« fragte Lisa.

»Hat sie nie etwas über Papa gesagt? Er... er ist vor zwölf Jahren gestorben.«

»Mein Gott, das weiß ich doch. Er ist gestorben, als ich zweieinhalb Jahre alt war.« Lisa runzelte die Stirn. »Wovon redest du eigentlich?«

»Hat mir Mama denn nie die Schuld gegeben?«

»Schuld? Wofür denn?«

Bevor Jenny antworten konnte, war es mit der Friedhofsruhe in Snowfield vorbei. Alle Lichter gingen aus.

Drei Polizeiwagen fuhren mit blinkenden Lichtern in die Nacht hinaus nach Snowfield.

Tal Whitman fuhr den ersten Wagen, und Sheriff Hammond saß neben ihm. Auf dem Rücksitz saß Gordy Brogan mit einem weiteren Hilfssheriff

Gordy hatte Angst.

Er wußte, daß man ihm diese Angst nicht ansah, und darüber war er froh. Er sah im Grunde aus, als sei ihm Angst unbekannt. Er war groß, vierschrötig und muskulös, seine Hände waren so groß und stark wie die eines professionellen Basketballspielers, und sein hartes Gesicht sah durch die dünnen Lippen etwas grausam aus. Jake Johnson hatte ihn einmal so beschrieben: *Gordy, wenn du die Stirn runzelst, siehst du aus, als würdest du lebende Hühner zum Frühstück verzehren.*

Trotz seines gefährlichen Aussehens hatte er Angst. Er hatte Angst davor, zum erstenmal seine Pistole benutzen zu müssen, um sein eigenes Leben oder das eines anderen Menschen zu schützen.

Er glaubte nicht, daß er das fertigbringen würde.

Sein Magen krampfte sich bei dem Gedanken zusammen, was ein .45er-Hohlspitzgeschoß anrichten konnte. Es würde einem Menschen *buchstäblich* den Kopf abreißen, eine Schulter zu Fleischfetzen und Knochensplittern zerfetzen, es würde ein Bein abreißen, wenn es die Kniescheibe traf, und es würde einen Brustkasten aufreißen und das Herz und alles andere auf seinem Weg zerschmettern. Gordy Brogan war einfach nicht in der Lage, irgend jemand so etwas anzutun. Das war seine geheime Schwäche. Er wußte zwar, daß manche das nicht als Schwäche, sondern als moralische Überlegenheit bezeichnen würden, aber er wußte auch, daß das nicht immer stimmte. Es gab Gelegenheiten, bei denen es moralischer war, zu schießen. Er hatte als Polizeibeamter geschworen, die Öffentlichkeit zu schützen, und deshalb war seine Unfähigkeit, auf jemand zu schießen, vielleicht nicht nur eine Schwäche, sondern sogar eine Sünde.

Er hatte es bisher vermeiden können, seine Waffe einzusetzen, aber offensichtlich war es in Snowfield zu Gewalttätigkeiten in einem unvorstellbaren Umfang gekommen, und er wußte, daß man Gewalt nur zu oft ebenfalls nur mit Gewalt begegnen konnte.

Gordy Brogan hatte Angst. Die Pistole an seiner Seite schien tausend Pfund zu wiegen.

Jenny und Lisa sprangen von ihrer Bank auf.

»Was ist passiert?«

»Pssst!« sagte Jenny. »Hör doch!«

Es herrschte jedoch weiter tiefe Stille.

Mit klopfendem Herz drehte sich Jenny um und musterte die Gebäude hinter ihnen. Die Türen lagen in tiefen Schatten, so daß man nicht feststellen konnte, ob sie offen oder geschlossen waren – oder ob sie sich in diesem Augenblick langsam öffneten, um die scheußlich aufgeschwollenen, durch Dämonen wieder zum Leben erweckten Toten auf die Straße zu entlassen.

Hör auf damit, dachte Jenny. Die Toten erwachen nicht wieder zum Leben und kommen zurück.

Ihre Augen ruhten auf der dunklen, schmalen Lücke zwischen der Polizeistation und dem Laden daneben. Sie erinnerte Jenny an den engen, dunklen Gang neben der Bäckerei der Liebermanns. Versteckte sich dort auch etwas? Kam es nun, da die Lichter erloschen waren, lautlos und unaufhaltsam auf den dunklen Bürgersteig?

»Komm«, sagte sie zu Lisa.

»Wohin?«

»Auf die Straße. Da kommt nichts an uns heran –«

»Ohne daß wir es vorher sehen«, sprach Lisa weiter.

»Wie lange dauert es noch, bis der Sheriff kommt?« fragte Lisa.

»Mindestens noch eine Viertelstunde oder zwanzig Minuten.«

Plötzlich gingen abrupt alle Lichter in der Stadt an und blendeten sie – und dann wieder Dunkelheit.

Jenny hob den Revolver, wußte aber nicht, wohin sie zielen sollte.

Ein markerschütternder Lärm – ein durchdringendes Geheul – hallte durch Snowfield.

Jenny und Lisa stießen beide einen Schrei aus und zuckten erschreckt zusammen.

Dann Stille.

»Was war das denn, um Gottes willen?« fragte Lisa.

»Die Feuerwehrsirene.«

Wieder ein Heulen, und dann Stille.

Bong! Bong!

»Eine Kirchenglocke«, sagte Lisa.

Noch einmal läutete die Glocke mit einem lauten, trauererfüllten Klang, der sich an den leeren Fensterhöhlen der Stadt brach.

»Irgend jemand muß doch am Glockenseil ziehen, um die Glocke zum Läuten zu bringen«, sagte Lisa. »Oder auf den Knopf drücken, der die Sirene auslöst. Also *muß* noch jemand außer uns hier sein.«

Jenny antwortete nicht.

Erneut heulte die Sirene auf, erstarb wieder, heulte auf und erstarb wieder, und dann meldeten sich Sirene und Glocke zur gleichen Zeit, immer und immer wieder, als wollten sie ein Ereignis von ungeheurer Bedeutung ankündigen.

In den Bergen fuhren die drei Wagen aus Santa Mira inzwischen weiter auf Snowfield zu. Deputy Frank Autry fuhr den zweiten Wagen, und Deputy Stu Wargle saß zusammengesunken auf dem Beifahrersitz.

Frank Autry war ein schlanker, sehniger Mann mit gepflegtem, kurzgeschnittenem, graumeliertem Haar und einem sauber gestutzten Schnurrbart. Seine Gesichtszüge waren hager und scharf geschnitten, als habe der Herrgott nichts verschwenden wollen, als er seinen genetischen Plan zusammenstellte. Seine Uniform sah wirklich aus, als stamme sie direkt aus der Dienstvorschrift, seine schwarzen Stiefel und sein Koppel mit dem Halfer waren auf Hochglanz poliert.

»Das ist einfach eine beschissene Ungerechtigkeit«, sagte Stu Wargle.

»Vorgesetzte Offiziere brauchen nicht immer gerecht zu sein – nur recht müssen sie haben«, sagte Frank.

»Was für ein vorgesetzter Offizier?« fragte Wargle mürrisch.

»Sheriff Hammond. Den meinen Sie doch wohl, oder?«

»Das ist für mich kein vorgesetzter Offizier.«

»Das ist er aber, damit müssen Sie sich abfinden.«

»Er will mich fertigmachen, das Schwein«, sagte Wargle.

Frank sagte nichts. Vor seinem Eintritt in die Polizei war er Offizier bei der Armee gewesen. Er hatte mit 44 nach 25 Dienstjahren den Dienst quittiert und war wieder in seine Heimatstadt Santa Mira gezogen. Ursprünglich hatte er ein kleines Geschäft aufmachen wollen, um seine Pension aufzustocken und um sich zu beschäftigen, aber schon bald hatte er gemerkt, daß er sich ohne Uniform und eine militärische Organisation nicht wohl fühlte, und so hatte er sich als Deputy verpflichtet. Das war zwar eine Degradierung von seinem vorherigen Majorsrang gewesen, aber er hatte seinen Entschluß bisher noch nie bereut.

Das stimmte nicht ganz, denn er bereute ihn gewöhnlich immer dann, wenn er mit Wargle zusammen zum Dienst eingeteilt war. Wargle war unerträglich, und Frank tolerierte ihn nur als Test für seine Selbstbeherrschung.

Wargle war schlampig. Er wusch sein Haar zu selten, rasierte sich unsauber, trug eine ständig zerknitterte Uniform und schmutzige Stiefel. Außerdem war er zu fett.

Wargle war ein Langweiler ohne jeglichen Sinn für Humor. Er las nichts, wußte nichts, hatte aber zu jeder sozialen und politischen Frage eine unumstößliche Meinung.

Wargle war widerlich. Er war 45 Jahre alt, bohrte aber trotzdem noch in der Öffentlichkeit in der Nase und rülpste und furzte oft und lautstark.

»Eigentlich habe ich ab zehn Uhr dienstfrei. Zehn Uhr, verdammt noch mal! Es ist einfach ungerecht, mich wegen so einem Scheißanruf mit nach Snowfield zu nehmen! Dazu wartet noch ein geiles Püppchen auf mich.«

Frank fragte nicht nach, wer damit gemeint war. Er fuhr

schweigend weiter und hoffte, Wargle würde ihm nicht sagen, wer das ›geile Püppchen‹ war.

»Sie ist Kellnerin in Spankys Schnellimbiß«, sagte Wargle. »Vielleicht haben Sie sie schon mal gesehen. Eine Blondine namens Beatrice; gewöhnlich nennen die Leute sie bloß Bea.«

»Ich komme kaum einmal in Spankys Schnellimbiß«, sagte Frank.

»Ach so. Ihr Gesicht ist eigentlich gar nicht so schlecht, aber Wahnsinnstitten hat sie. Vielleicht ein bißchen fett, aber sie hält sich für viel häßlicher, als sie ist. Total unsicher, verstehen Sie? Wenn man darauf noch ein bißchen herumhackt und dann sagt, daß man sie trotzdem will, auch wenn sie ein bißchen zu fett geworden ist – Mann, ich sage Ihnen, die macht alles, was man will! Einfach alles!« Er lachte, als habe er etwas unwahrscheinlich Komisches gesagt.

Frank hätte ihm zu gern ins Gesicht geschlagen, ließ es aber.

Wargle war ein Frauenhasser. Er sprach von Frauen, als wären sie eine niedrigere Spezies. Die Vorstellung, daß man sein Leben mit einer Frau teilen und über die innersten Gedanken mit ihr sprechen konnte, war Wargle völlig fremd.

Frank Autry dagegen war seit sechsundzwanzig Jahren mit seiner schönen Ruth verheiratet. Er verehrte sie und – obwohl das ein egoistischer Gedanke war – betete manchmal, sie würde erst nach ihm sterben, damit er nicht ohne Ruth zu leben brauchte.

»Dieser Scheißkerl Hammond will mich fertigmachen; ständig belämmert er mich.«

»Womit?«

»Mit allem. Es paßt ihm nicht, wie meine Uniform aussieht. Es paßt ihm nicht, wie ich meine Berichte schreibe. Sagt mir der Kerl doch, ich sollte etwas an meiner Einstellung ändern. Meine *Einstellung*, das muß man sich vorstellen! Er will mich fertigmachen, aber das schafft er nicht. Ich reiße noch fünf Jahre ab, und dann bekomme ich meine Pension für dreißig Dienstjahre. Das wird er nicht schaffen, mich um meine Pension zu bringen.«

Der kleine Konvoi hatte die Abbiegung nach Snowfield erreicht. Frank sah in den Rückspiegel und sah, daß der dritte Wagen wie verabredet herumschwenkte, um eine Straßensperre aufzubauen.

Sheriff Hammonds Wagen fuhr weiter in Richtung Snowfield, und Frank folgte ihm.

»Wozu haben wir denn das Scheißwasser mitgebracht?« fragte

Wargle. Hinten im Wagen standen drei Zwanzig-Liter-Kanister Wasser.

Frank sagte: »Vielleicht ist das Wasser in Snowfield verseucht.«

»Und was soll all der Fraß, den wir im Kofferraum haben?«

»Die Nahrungsmittel könnten auch vergiftet sein.«

»Ich glaube nicht, daß da alle tot sind.«

»Der Sheriff hat Paul Henderson in der Polizeistation nicht erreichen können.«

»Na und? Henderson macht doch ständig blau.«

»Die Ärztin dort oben sagt, Henderson wäre tot, und die anderen –«

»Mein Gott, die Ärztin ist entweder verrückt oder besoffen. Was soll das überhaupt, eine Ärztin? Die hat doch sicher ihr Examen nur bestanden, weil sie mit den richtigen Leuten gevögelt hat.«

»Wie kommen Sie denn darauf?«

»Keine Frau hat genug Grips, um das Studium so zu schaffen.«

»Mein Gott, Wargle, Sie sind wirklich das Letzte.«

»Wieso, was ist denn jetzt schon wieder los?« fragte Wargle.

»Nichts. Vergessen Sie es.«

Wargle rülpste. »Na ja, egal, ich glaube auf jeden Fall nicht, daß sie alle tot sind. Das ist doch Scheiße. Und auf mich wartet ein geiles Püppchen.«

Im Gegensatz zu Wargle hatte Frank Autry ein sehr gutes Vorstellungsvermögen. Es arbeitete während der ganzen Fahrt wie eine gutgeölte Maschine. Er hatte das beunruhigende Gefühl – Vorahnung? Eingebung? –, daß sie direkt in die Hölle fuhren. Die Feuerwehrsirene heulte. Die Glocke schlug immer schneller. Ein betäubender Lärm erfüllte die Stadt.

»Jenny!« rief Lisa.

»Halt die Augen offen! Paß auf, ob sich etwas bewegt!«

Die Straße war ein Flickenteppich aus zehntausend Schatten; es gab zu viele dunkle Stellen, die man im Auge behalten mußte.

Die Sirene heulte, und die Glocke dröhnte, und nun begannen alle Lichter – in den Häusern, den Läden und auf der Straße – so schnell an und auszugehen, daß ein Effekt wie bei einem Stroboskop entstand. Jenny hielt den Revoler mit ausgestreckten Armen vor sich und drehte sich um die eigene Achse, aber sie konnte in dem flackernden Licht nicht erkennen, ob etwas sich näherte.

Sie dachte: Was ist, wenn der Sheriff ankommt und mitten auf der Straße zwei abgetrennte Köpfe vorfindet? Meinen und Lisas.

Der Lärm wurde so unerträglich, daß Lisa sich die Hände an die Ohren preßte und Jenny ihre Hand nicht ruhighalten konnte.

Dann aber hörte er so abrupt auf, wie er angefangen hatte. Die Sirene und die Glocke verstummten, und die Lichter blieben an.

Jenny sah sich angestrengt um und wartete darauf, daß irgend etwas passieren würde, irgend etwas Schlimmeres.

Es rührte sich jedoch nichts. Die Stadt war wieder so still wie ein Friedhof. Ein Wind kam auf und brachte die Bäume zum Schwanken, als tanzten sie zu einer für Menschen unhörbaren Musik.

Lisa schüttelte sich, um ihre Betäubung abzuschütteln, und sagte: »Es ist fast so, als . . . als wollte uns jemand Angst machen . . . oder mit uns spielen.«

»Genau so war es«, sagte Jenny. »Als wollte jemand mit uns spielen. Wie eine Katze mit einer Maus.«

Sie standen bewegungslos mitten auf der stillen Straße; sie hatten Angst, wieder zu ihrer Bank vor der Polizeistation zurückzugehen, weil sie mit ihrer Bewegung vielleicht wieder die Sirene und die Glocke in Gang setzen könnten.

Plötzlich hörten sie ein leises Brummen. Einen Augenblick lang krampfte sich Jennys Magen zusammen, aber dann erkannte sie das Geräusch. Das waren Autos, die sich die steile Gebirgsstraße hinaufquälten.

Sie drehte sich um und sah die Straße hinunter. Das Motorengeräusch wurde lauter, und dann bogen zwei Polizeiwagen mit blinkenden roten Lichtern auf den Dächern um die Kurve.

»Gott sei Dank«, sagte Lisa.

Jenny führte ihre Schwester schnell zu der Polizeistation. Die beiden Wagen hielten davor an, und beide Motoren wurden gleichzeitig abgeschaltet. Wieder senkte sich die totenähnliche Stille über Snowfield.

Ein gutaussehender schwarzer Mann stieg aus dem ersten Wagen und ließ die Tür offen. Er sah Jenny und Lisa an, sagte aber nichts. Ein zweiter Mann stieg aus dem gleichen Wagen aus. Er hatte widerspenstiges, sandfarbiges Haar, und seine Augenlider waren so schwer, daß er aussah, als würde er gleich einschlafen. Er trug Zivilkleider, aber an seine dunkelblaue Nylonjacke hatte er seinen Sheriffsstern geheftet.

Noch vier Männer stiegen aus den Wagen aus. Alle sechs Neuankömmlinge blieben einen langen Augenblick wortlos stehen und sahen die ausgestorbenen Läden und Häuser an.

In diesem merkwürdigen Augenblick hatte Jenny die eiskalte Vorahnung, an die sie selbst nicht glauben wollte, die ihr aber sagte, daß nicht alle wieder lebend von hier wegfahren würden.

11. Erste Untersuchung

Bryce hatte sich neben der Leiche Paul Hendersons auf ein Knie niedergelassen. Die anderen sieben – seine Leute, Dr. Paige und Lisa – drängten sich vor dem Holzgeländer in der Station. Sie schwiegen in der Gegenwart des Todes, denn die hatten Paul Henderson als guten Mann gekannt.

Bryce sagte: »Dr. Paige?«

Sie kauerte sich auf der anderen Seite der Leiche nieder. »Ja?«

»Sie haben die Leiche doch nicht bewegt?«

»Ich habe sie nicht einmal berührt, Sheriff.«

»Und es war kein Blut da?«

»Wie Sie es jetzt sehen. Kein Blut.«

»Vielleicht hat er eine Wunde im Rücken«, sagte Bryce.

»Selbst dann müßte Blut auf dem Boden sein.«

»Unter gewöhnlichen Umständen würde ich eine Leiche nicht anrühren, bevor sie nicht untersucht worden ist, aber hier muß ich eine Ausnahme machen. Ich muß ihn umdrehen.«

»Ich weiß nicht, ob es ungefährlich ist, ihn zu berühren.«

»Irgend jemand muß es ja tun.«

Bryce legte eine Hand an Hendersons schwarz-blaues, verzerrtes Gesicht. »Die Haut ist ja noch etwas warm«, sagte er überrascht.

Dr. Paige: »Ich glaube nicht, daß sie schon lange tot sind.«

»Aber eine Leiche verfärbt sich doch nicht so und schwillt in zwei Stunden derart an«, sagte Tal Whitman.

»Die Leichen hier schon«, sagte die Ärztin.

Bryce rollte die Leiche auf die Brust, konnte aber keine Wunde auf dem Rücken finden. Er schob eine Hand in das dichte Haar des Sheriffs, um festzustellen, ob ihm vielleicht der Schädel eingeschlagen worden war – aber das war auch nicht der Fall.

Bryce erhob sich wieder. »Sie haben doch von zwei Enthauptungen gesprochen... Ich denke, das sollten wir uns jetzt ansehen.«

»Könnte vielleicht währenddessen einer von Ihren Leuten bei meiner Schwester bleiben?«

»Ich kann Ihre Gefühle verstehen«, sagte Bryce. »Aber unter den gegenwärtigen Umständen sollten wir vielleicht besser alle zusammenbleiben.«

»Keine Sorge, Jenny«, beruhigte Lisa sie. »Ich wollte sowieso nicht hierbleiben.«

Das Mädchen hatte Mumm in den Knochen, dachte Bryce Hammond. Man sah ihr und ihrer älteren Schwester zwar an, daß sie etwas Schreckliches mitgemacht hatten, aber sie wurden besser damit fertig als man das von den meisten Leuten in diesem Alptraum erwartet hätte.

Sie führten den Sheriff mit seiner Gruppe durch das verlassene Städtchen zu der Bäckerei. Alles lag tot und verlassen, als sei das hier eine seit Jahrhunderten verlassene Geisterstadt in der Wüste, auf der seit Generationen diese tiefe Stille lastete.

Sie gingen durch die vordere Eingangstür in die Bäckerei und weiter nach hinten in die Backstube. Noch immer packten zwei abgetrennte Hände den Griff des Nudelholzes.

Zwei abgeschnittene Köpfe glotzten durch die Sichtscheiben der Backöfen.

»Mein Gott«, sagte Tal leise. Bryce schüttelte sich, und Jake Johnson, dem die Beine den Dienst versagen wollten, lehnte sich an einen Schrank.

Wargle sagte: »Ach du Scheiße, die sind ja geschlachtet worden wie zwei Kühe«, und dann redeten sie alle durcheinander.

»... warum jemand so etwas wohl...«

»... geisteskrank, einfach nicht normal...«

»... wo die Körper wohl sind?«

»Ganz genau«, sagte Bryce etwas lauter, um die anderen zu übertönen. »Wo sind die Körper? Los, die müssen wir finden.«

Einige Sekunden lang blieben alle wie erstarrt stehen. Der Gedanke, was sie wohl finden würden, hatte sie gefrieren lassen. Dann aber rafften sie sich mühsam zusammen und suchten die gesamte Bäckerei nach den Körpern – oder anderen Körperteilen – der beiden alten Leute ab, konnten aber nichts finden.

»Warum die Mörder wohl die Leichen weggeschafft haben?« fragte Frank.

»Vielleicht war das irgendeine verrückte Sekte, und sie haben die Körper für ein Ritual gebraucht«, sagte Jake Johnson.

»Wenn es sich tatsächlich um ein Ritual handelt, dann ist es hier abgehalten worden, wie es aussieht«, sagte Frank.

Gordy Brogan rannte stolpernd zur Toilette, und durch die Tür, die er hinter sich zugeworfen hatte, kam das Geräusch von Würgen.

Stu Wargle lachte und sagte: »Mein Gott, ist der aber zart besaitet.«

Bryce drehte sich um und fuhr ihn mit finsterem Gesicht an: »Ich möchte wirklich mal wissen, was Sie hier so witzig finden, Wargle. Ich finde auf jeden Fall Gordys Reaktion viel natürlicher als unsere.«

Als Gordy von der Toilette zurückkam, machte er ein verlegenes Gesicht. »Tut mir leid, Sheriff.«

»Dazu besteht kein Anlaß, Gordy.«

Als sie wieder draußen auf der Straße waren, ging Bryce sofort zu der Holztür zwischen der Bäckerei und dem Laden nebenan und starrte über sie in die unbeleuchtete, abgedeckte Passage zwischen den Häusern. Als Jenny neben ihn trat, sagte er: »Da drinnen haben Sie doch irgend etwas bemerkt, oder?«

»Ja.«

Er nahm Tals lange Taschenlampe, schob die knarrende Tür auf, zog seinen Revolver und ging hinein. Ein leichter muffiger Geruch hing in dem Gang. Der starke Strahl der Taschenlampe reichte bis in den halben Gang, aber er leuchtete nur direkt vor sich und sah sich die Mauern und die Dachbalken über seinem Kopf genau an. Bis jetzt zumindest war nichts zu entdecken.

Mit jedem Schritt wurde sich Bryce sicherer, daß es unnötig gewesen war, den Revolver zu ziehen – bis er ungefähr die Mitte des Tunnels erreicht hatte. Dann plötzlich spürte er etwas... etwas Eigenartiges... ein vorausahnendes Kribbeln auf dem Rükken. Er hatte das Gefühl, daß er in dem Gang nicht mehr allein war.

Er war ein Mann, der seinem Gefühl vertraute, und er ignorierte auch dieses Mal seine Ahnung nicht. Er hob seinen Revolver, blieb bewegungslos stehen, lauschte angestrengt und ließ den Strahl seiner Taschenlampe schnell über Mauern und Dachbalken wandern. Er sah in den Gang vor sich und drehte sich sogar einmal kurz um, um sich zu überzeugen, daß sich nicht inzwischen wie durch Zauberei jemand hinter ihm angeschlichen hatte. Es war nichts zu sehen, aber trotzdem hielt sich das Gefühl beharrlich, daß er von feindseligen Augen beobachtet wurde.

Er setzte sich langsam wieder in Bewegung, und als der Strahl seiner Taschenlampe auf den Gully in der Mitte des Ganges fiel, glänzte darin etwas Undefinierbares auf, das das Licht reflektierte und sich *bewegte.*

Vorsichtig trat Bryce näher und leuchtete direkt in den Gully hinein. Was immer darin geglänzt hatte, war jetzt verschwunden. Er kauerte sich hin und sah durch die Rippen der Abdeckung. Das Licht beleuchtete nur das Abflußrohr von ungefähr 45 Zentimeter Durchmesser. Es war trocken, und das bedeutete, daß er nicht einfach Wasser gesehen hatte.

Eine Ratte? Snowfield hatte als Urlaubsort ein relativ wohlhabendes Publikum, und daher achtete man genau darauf, daß sich hier keine Schädlinge breitmachten. Es war natürlich trotzdem nicht unmöglich, daß die eine oder andere Ratte der Aufmerksamkeit der Bewohner entging, aber Bryce glaubte nicht, daß es das gewesen war, was er gesehen hatte.

Er ging weiter bis zum Ende des Tunnels und kehrte dann wieder zu Tal und den anderen zurück.

»Haben Sie etwas gesehen?« fragte Tal.

»Nicht viel«, sagte Bryce, trat auf den Bürgersteig und machte die Holztür hinter sich zu. Er erzählte ihnen von seinem Gefühl, er würde beobachtet, und von der Bewegung in dem Abflußrohr.

»Die Liebermanns sind von Menschen ermordet worden«, sagte Frank Autry. »Nicht von etwas, das so klein ist, daß es durch ein Abflußrohr kriechen kann.«

»Eigentlich müßte man das annehmen«, stimmte ihm Bryce zu.

»Aber Sie haben das da drinnen doch auch gespürt, oder?« fragte Lisa eindringlich.

»Irgend etwas habe ich gespürt«, sagte Bryce zu dem Mädchen. »Es hat mich allerdings offensichtlich nicht so stark berührt wie Sie beide. Auf jeden Fall war es . . . eigenartig.«

»Gott sei Dank«, sagte Lisa. »Ich dachte schon, Sie halten uns für zwei hysterische Weiber.«

»Wenn man bedenkt, was Sie durchgemacht haben, sind Sie beide wohl so unhysterisch, wie man sich das nur vorstellen kann.«

»Na ja«, sagte das Mädchen. »Jenny ist Ärztin, und vielleicht will ich das auch einmal werden, und eine Ärztin kann es sich einfach nicht leisten, hysterisch zu werden.«

Sie war ein hübsches Mädchen, aber ihre ältere Schwester gefiel Bryce noch besser. Beide hatten das gleiche dichte, rotbraune Haar und die gleiche goldfarbene Haut, aber Dr. Paige war reifer und deshalb für Bryce interessanter und attraktiver.

Bryce sagte: „Dr. Paige, ich möchte mir jetzt das Haus ansehen, in dem sich die beiden Leute verbarrikadiert hatten.«

»Das sind die Oxleys drüben in der Vale Lane.« Sie führte sie die Straße hinunter zu der Ecke Vale Lane und Skyline Road.

Das trockene Schaben ihrer Schritte ließ Bryce an eine Wüstenstadt denken, an Käfer, die hastig über Stapel von uralten Papyrus-Rollen in Wüstengräbern krochen.

Als der kleine Trupp um die Ecke der Vale Lane bog, blieb Dr. Paige stehen und sagte: »Zwei Blöcke weiter wohnen... äh... wohnten die Oxleys.«

Bryce musterte die Straße und sagte: »Bevor wir dort hin gehen, sollten wir uns alle Häuser und Läden bis dahin ansehen – zumindest auf einer Straßenseite. Ich glaube, es ist sicherer, wenn wir uns in zwei Vierergruppen aufteilen. Wir gehen ja nicht in verschiedene Richtungen auseinander und bleiben uns nahe genug, falls es Schwierigkeiten geben sollte. Dr. Paige und Lisa bleiben bei mir. Frank, Sie übernehmen die zweite Gruppe.«

Frank nickte.

»Bleiben Sie aber zusammen«, ermahnte sie Bryce eindringlich. »Ich meine damit *wirklich* zusammen, also immer in Sichtweite voneinander. Ist das klar?«

»Geht in Ordnung, Sheriff«, sagte Frank Autry.

»Also gut, dann seht ihr euch das erste Gebäude nach dem Restaurant dort an, und wir übernehmen das nächste Haus, dann ihr wieder das übernächste, und so weiter. Wenn ihr etwas wirklich Interessantes findet, und damit meine ich nicht nur weitere Leichen, holt mich. Wenn ihr Hilfe braucht, feuert zwei oder drei Schüsse ab. Dann hören wir auch, wenn wir in einem anderen Haus sind.«

Dr. Paige trat einen Schritt vor und sagte zu Frank Autry: »Eines noch. Wenn Sie Leichen finden, die aus Augen, Ohren, Nase oder Mund bluten, lassen Sie es mich sofort wissen. Oder wenn sich Anzeichen für Erbrechen oder Durchfall finden.«

»Weil das auf eine Krankheit hindeuten könnte, oder?« fragte Bryce.

»Ja«, sagte sie. »Oder eine Vergiftung.«

Jake Johnson, der inzwischen älter wirkte als 57, sagte: „Das war keine Krankheit, die den Leuten da den Kopf abgeschnitten hat.«

»Darüber habe ich auch nachgedacht«, sagte Dr. Paige. »Was ist, wenn es so etwas wie eine mutierte Art der Tollwut ist, die manche Leute sofort tötet, andere aber in den Wahnsinn treibt – und die haben dann die Leute so verstümmelt?«

»Halten Sie denn so etwas für wahrscheinlich?« fragte Whitman.

»Nein, aber unmöglich ist es auch nicht. Wer will hier außerdem noch sagen, was wahrscheinlich ist und was nicht? Hätten Sie es denn für wahrscheinlich gehalten, daß so etwas in einer Stadt wie Snowfield passiert?«

Frank Autry zupfte an seinem Schnurrbart. »Wenn aber hier Rudel von Wahnsinnigen herumstreifen, wo *sind* sie denn?«

»Vielleicht haben sie sich irgendwo versteckt und lauern«, sagte Wargle.

»Nein, das würde keinen Sinn ergeben«, sagte Bryce. »Wenn jemand in rasenden Wahnsinn verfallen ist, dann versteckt er sich nicht irgendwo und lauert. Dazu müßte er planen. Wenn es so wäre, würden die Leute über uns herfallen.«

»Außerdem ist das nicht einfach Tollwut«, sagte Lisa leise. »Hier geht es um etwas viel Merkwürdigeres.«

»Wahrscheinlich hat sie recht«, sagte Dr. Paige.

»Na ja, wie auch immer. Wenn wir Anzeichen von Blutungen oder Erbrechen oder Durchfall finden, wissen wir Bescheid«, sagte Bryce. »Und wenn nicht...«

»Dann müssen wir uns eine neue Hypothese überlegen«, sagte Dr. Paige.

Die anderen schwiegen; sie wollten nur ungern mit ihrer Suche beginnen, denn sie wußten nicht, was sie finden würden – oder was *sie* finden würde.

Die Zeit schien stillzustehen. Die Morgendämmerung wird nie kommen, wenn wir nicht etwas unternehmen, dachte Bryce Hammond.

»Also los«, sagte er.

Das erste Gebäude war ein Kunstgewerbeladen mit einer Wohnung im ersten Stock. Frank Autry schlug eine Scheibe in der Eingangstür ein, griff durch und machte sie auf. Er ging hinein und schaltete das Licht an.

Er winkte die anderen hinter sich her und sagte: »Verteilt euch, bleibt nicht zu eng zusammen. Wir wollen kein einfaches Ziel bieten.« Er wurde dabei unwillkürlich an seine Dienstzeit in Vietnam vor zwanzig Jahren erinnert. Die Spähtrupp-Unternehmungen im Guerilla-Gebiet, die er damals durchgeführt hatte, waren ebenso nervenzermürbend gewesen.

Sie schlichen vorsichtig in den Laden, fanden aber weder dort noch in dem kleinen Büro dahinter jemand. Die Treppe, die von dort aus nach oben führte, stiegen sie hinauf, als sei dies eine feindliche Stadt, die im Häuserkampf erobert werden mußte. Frank ging allein vor, während ihm die anderen von unten Dekkung gaben, und als er oben war, schaltete er das Licht an. Er stand in einer Ecke des Wohnzimmers des Besitzers. Der Raum war leer, und er winkte die anderen die Treppe hoch.

Sie durchsuchten das Apartament und behandelten jede Tür wie einen potentiellen Hinterhalt. Alle Zimmer waren leer, aber in der Küche fanden sie einen toten Mann. Er war nur mit einem blauen Pyjama-Unterteil bekleidet und hielt mit seinem verfärbten, aufgeschwollenen Körper die Tür des Kühlschranks auf. Er hatte keine sichtbaren Verletzungen. Sein Gesicht hatte keinen entsetzten Ausdruck. Er war offensichtlich zu plötzlich gestorben, um seinen Angreifer noch sehen zu können – und ohne die leiseste Warnung, daß der Tod nahe war, denn um ihn waren die Bestandteile eines Sandwichs auf dem Boden verteilt.

»Der ist auf jeden Fall nicht an einer Krankheit gestorben«, sagte Jake Johnson bestimmt. »Wenn er krank gewesen wäre, hätte er bestimmt keine Salami mehr gegessen.«

»Und außerdem muß es unwahrscheinlich schnell passiert sein«, sagte Gordy. »Er hatte die Zutaten zu seinem Sandwich gerade aus dem Kühlschrank geholt, und als er sich herumdrehte, ist es passiert. Peng! Einfach so.«

Im Schlafzimmer fanden sie noch eine Leiche. Es war eine Frau zwischen zwanzig und vierzig – wegen der Verfärbung und Schwellung war es schwierig, ihr Alter zu schätzen – und sie lag nackt im Bett. Ihr Gesicht war wie das Paul Hendersons vor Entsetzen verzerrt, und ihr Mund war noch zu einem Schrei geöffnet.

Jake Johnson zog einen Stift aus der Tasche seines Hemds, schob ihn vorsichtig durch den Abzugsbügel der .22er Automatik, die neben ihr auf dem Bett lag, und hob sie auf.

»Ich glaube eigentlich nicht, daß wir damit besonders vorsichtig zu sein brauchen«, sagte Frank. »Erschossen worden ist sie nicht; sie hat keinerlei Wunden, und Blut ist auch keines da. Wenn jemand die Pistole gebraucht hat, dann sie. Geben Sie mal her!«

Er nahm Jake die Automatik ab und zog das Magazin heraus. Er zog den Verschluß zurück, aber auch das Patronenlager war leer. Er hob sich den Lauf an die Nase und roch daran.

»Ist sie irgendwann in letzter Zeit abgefeuert worden?« fragte Jake.

»Das kann noch nicht lange her sein. Wenn das Magazin voll war, hat sie zehn Schuß abgefeuert.«

»Da, sehen Sie«, sagte Wargle und deutete auf ein Einschußloch gegenüber von dem Bett in ungefähr zwei Meter Höhe in der Wand.

»Und hier«, sagte Gordy Brogan und deutete auf ein Schußloch in der dunklen, hochbeinigen Kommode.

Sie fanden die zehn leeren Patronenhülsen auf dem Boden um das Bett, aber keine Einschußlöcher mehr.

»Sie meinen doch wohl nicht, daß sie achtmal getroffen hat?« fragte Gordy Frank.

»Blöde Frage, das ist ja wohl kaum möglich!« sagte Wargle und zog sich seinen Revolvergurt an seinen fetten Hüften hoch. »Wenn sie acht Treffer gelandet hätte, wäre sie nicht die einzige Leiche hier in dem Zimmer.«

»Ganz richtig«, sagte Frank, obwohl er nur äußerst ungern über irgend etwas mit Wargle der gleichen Meinung war. »Außerdem ist kein Blut zu sehen. Wenn sie achtmal getroffen hätte, müßte hier alles voll Blut sein.«

Wargle ging zum Fuß des Bettes und starrte auf die Tote herab. Sie ruhte auf zwei Kissen und hatte in einer grotesken Parodie von Lust die Beine gespreizt. »Der Typ in der Küche muß die Alte hier gevögelt haben«, sagte Wargle. »Als er damit fertig war, ist er in die Küche gegangen und hat sich was zu essen gemacht. Währenddessen ist jemand hier reingekommen und hat sie umgelegt.«

»Der Mann in der Küche ist zuerst umgebracht worden«, sagte Frank. »Er wäre nie so überrascht worden, *nachdem* sie zehnmal geschossen hat.«

Wargle sagte: »Mann, ich wünschte mir nur, *ich* hätte den ganzen Tag mit so einer geilen Alten im Bett gelegen.«

Frank glotzte ihn mit offenem Mund an. »Wargle, Sie sind einfach widerlich. Sie lassen sich sogar von einer angeschwollenen Leiche anmachen – bloß weil sie nackt ist.«

Wargle wurde rot und riß seinen Blick von der Leiche weg. »Was ist denn eigentlich los mit Ihnen, Frank? Wofür halten Sie mich denn – glauben Sie, ich bin pervers, oder was? Quatsch, ich habe nur das Bild auf dem Nachttisch gesehen.« Er deutete auf eine in Silber gerahmte Fotografie auf dem Nachttisch. »Da, sehen Sie, sie ist im Bikini. Verdammt gut hat sie ausgesehen, große Titten. *Das* hat mich angemacht, Kumpel.«

Frank schüttelte den Kopf. »Ich bin nur verblüfft darüber, daß Sie unter den Umständen an so was denken können.«

Wargle hielt das für ein Kompliment und zwinkerte ihm zu.

Wenn ich die Sache hier lebend überstehe, dachte Frank, lasse ich mich von Bryce nie mehr zusammen mit Wargle einteilen. Eher kündige ich.

Gordy Brogan sagte: »Wie ist das denn möglich, daß sie achtmal getroffen hat, und hier ist kein Tropfen Blut oder sonstwas in der Art zu sehen?«

Jake Johnson fuhr sich mit einer Hand durch sein weißes Haar. »Ich weiß es nicht, Gordy, aber eines weiß ich genau – ich wünsche, Bryce hätte sich jemand anders ausgesucht, um mit herzukommen.«

Nebenan war ein altmodisches zweistöckiges Haus mit einem Getränkeladen im Erdgeschoß. Die Lichter brannten, und die Tür war nicht verschlossen.

Bryce ging als erster hinein, dann folgten Jennifer und Lisa Paige, und als letzter kam Tal. In einer gefährlichen Situation suchte sich Bryce immer Tal Whitman als Rückendeckung aus. Nicht einmal Frank Autry vertraute er so sehr. Der Laden war mit Flaschen, Bierdosen und Kühlschränken vollgestellt, machte aber einen warmen und angenehmen Eindruck. Kein Mensch war zu sehen.

Bryce ging vor durch den Laden. Er erwartete eine weitere Leiche hinter der Theke, fand aber keine. Auf dem Boden war jedoch eine riesige, tiefe Pfütze. Sie gingen vorsichtig um sie herum.

»Wo kommt denn all das Wasser her?« fragte Lisa.

»Das muß aus einem der Kühlschränke herausgelaufen sein«, sagte Tal Whitman. Sie sahen sich die Kühlschränke genauestens an, konnten aber kein Wasser in ihrer Nähe entdecken.

»Vielleicht ist ein Wasserrohr undicht«, sagte Jennifer Paige.

Sie suchten weiter, stiegen in den Keller hinunter, der zur Lagerung von Kartons mit Wein und anderen Getränken benutzt wurde, und dann gingen sie in den ersten Stock über dem Laden hinauf, in dem ein Büro eingerichtet war. Auch hier fanden sie nichts Außergewöhnliches.

Als sie durch den Laden wieder hinausgehen wollten, kauerte sich Bryce vor der Lache auf dem Boden nieder und befeuchtete sich eine Fingerspitze darin. Es fühlte sich genauso an wie Wasser und war geruchlos.

»Was ist denn?« fragte Tal.

Bryce richtete sich wieder auf und sagte: »Komisch – all das Wasser hier.«

Tal sagte: »Höchstwahrscheinlich ist es nur ein undichtes Wasserrohr, wie Dr. Paige schon sagte.«

Bryce nickte, aber irgendwie schien ihm die große Lache wichtig, obwohl er nicht hätte sagen können, warum.

Taytons Apotheke war ein kleiner Laden, der für Snowfield und die umliegenden Bergdörfer zuständig war. Der Besitzer bewohnte die beiden Stockwerke darüber.

Frank Autry führte seine Männer durch das ganze Haus, aber sie fanden nichts Auffälliges – bis auf den nassen Teppichboden im Wohnzimmer. Er war buchstäblich klatschnaß und quatschte unter ihren Schuhen.

Die Candleglow Inn strahlte eine gepflegte Gastlichkeit aus; das überhängende Dach, seine kunstvoll geschnitzten Holzleisten und die altmodisch geteilten Fenster mit ihren weißen Fensterläden vermittelten einen Eindruck von Gemütlichkeit und Wärme.

Jenny, Lisa, der Sheriff und Lieutenant Whitman blieben davor stehen, und Hammond sagte: »Ist das um diese Jahreszeit offen?«

»Ja«, sagte Jenny. »Hier ist es auch außerhalb der Saison meistens noch ungefähr halb voll. Sie haben allerdings auch einen sehr guten Ruf, und außerdem bloß sechzehn Zimmer.«

»Na schön ... schauen wir uns mal um.«

Die mit dezenter Eleganz eingerichtete Eingangshalle war wie ausgestorben. Rechts an der Rezeption stand eine altmodische Glocke; Jenny schlug mehrere Male schnell darauf. Sie hatte keine Antwort erwartet, und sie bekam auch keine.

»Dan und Sylvia haben hinter dem Büro dort ein Apartment«, sagte sie und deutete auf das enge Büro hinter dem Rezeptionstisch.

»Sind das Freunde von Ihnen?« fragte der Sheriff.

»Ja. Dan und Sylvia Kanarsky.«

»Dann sehen wir vielleicht besser nicht in ihr Apartment hinein«, sagte er. Er sah sie mit seinen blauen Augen mit den schweren Lidern voller Wärme und Mitgefühl an.

Jenny registrierte überraschend die Freundlichkeit und Intelligenz in seinem Gesicht. Sie hatte ihn im Verlauf der letzten Stunde beobachtet, und es war ihr allmählich klargeworden, daß er weit wachsamer und tüchtiger war, als er zunächst ausgesehen hatte. Nun sah sie in seine sensiblen warmherzigen Augen und stellte für sich fest, daß er ein genau beobachtender, interessanter und nicht zu unterschätzender Mann war.

»Wir können doch nicht einfach weggehen«, sagte sie. »Früher oder später muß das Hotel doch durchsucht werden, genau wie die ganze Stadt. Es wird am besten sein, wenn wir es gleich hinter uns bringen.«

Sie hob ein bewegliches Brett in dem Rezeptionstisch hoch und wollte gerade durch die Schwingtür in das Büro dahinter gehen, als der Sheriff sagte: »Entschuldigung, Dr. Paige, aber lassen Sie immer mich oder Lieutenant Whitman vorgehen.«

Sie trat gehorsam zur Seite, und er ging vor ihr her in das Apartment der Kanarskys, fand es aber leer. Keine Leichen.

Gott sei Dank.

Als sie wieder zur Rezeption kamen, blätterte Whitman durch das Gästebuch. »Im Augenblick sind nur sechs Zimmer vermietet, und die sind alle im ersten Stock.«

Der Sheriff fand einen Hauptschlüssel neben den Briefkästen, und sie gingen mit fast monotoner Vorsicht in den ersten Stock hinauf und durchsuchten die sechs Zimmer. In den ersten fünf fanden sie Kameras, Gepäck und andere Anzeichen, daß sie tatsächlich bewohnt waren, aber von den Gästen selbst war keine Spur zu entdecken. Als Whitman in dem sechsten Zimmer in das angrenzende Bad wollte, fand er die Tür verschlossen. Er hämmerte dagegen und rief: »Polizei! Ist da jemand?«

Keine Antwort.

Whitman sah auf den Türknopf und dann zu dem Sheriff. »Auf der Seite ist kein Verriegelungsknopf, also muß jemand drinnen sein. Soll ich die Tür aufbrechen?«

»Sieht aus wie eine massive Tür«, sagte Hammond. »Es hat keinen Sinn, wenn Sie sich die Schulter ausrenken. Schießen Sie das Schloß auf.«

Jenny zog Lisa am Arm zur Seite, damit sie nicht von herumfliegenden Splittern getroffen wurde. Whitman rief eine Warnung in das Bad hinein, gab einen Schuß auf das Schloß ab, trat die Tür auf und sprang in der Bad. »Hier ist niemand.«

»Vielleicht sind sie aus dem Fenster geklettert«, sagte der Sheriff.

»Hier sind keine Fenster«, sagte Whitman stirnrunzelnd.

»Sind Sie sicher, daß die Tür verschlossen war?«

»Hundert Prozent. Und sie läßt sich nur von innen verschließen.«

»Aber wie – wenn doch niemand drinnen wär?«

Whitman zuckte die Achseln. »Davon ganz abgesehen ist hier etwas, das Sie sich anschauen sollten.«

Sie schauten es sich alle an, denn das Bad war groß genug für alle vier. Auf dem Spiegel über dem Waschbecken hatte jemand mit dicken, fettigen, schwarzen Buchstaben hinterlassen:

TIMOTHY FLYTE
DER ALTE FEIND

In einer anderen Wohnung über einem anderen Laden fanden Frank Autry und seine Männer wieder einen triefnassen Teppichboden vor. Im Wohnzimmer, Eßzimmer und in den Schlafzimmern war der Teppich trocken, aber in dem Gang zur Küche war er naß, und in der Küche selbst stand das Wasser stellenweise bis zu zwei Zentimeter tief.

Jake Johnson stand im Gang, starrte in die Küche und sagte: »Das muß ein undichtes Wasserrohr sein.«

»Das haben Sie in dem anderen Haus auch schon gesagt«, erinnerte ihn Frank. »Meinen Sie nicht, der Zufall wäre zu groß?«

Gordy Brogan sagte: »Aber das ist doch bloß Wasser. Das kann doch wohl nichts mit ... mit all den Morden zu tun haben.«

»Wir verschwenden hier bloß unsere Zeit«, sagte Stu Wargle. »Hier ist nichts. Los, gehen wir.«

Frank ignorierte sie, ging in die Küche und stieg vorsichtig durch einen Ausläufer des kleinen Sees zu einer Reihe von Schränken. Er suchte darin herum, bis er einen verschließbaren Plastikbehälter fand, der sauber und trocken war. Mit einem Soßenlöffel, den er in einer Schublade fand, füllte er etwas von dem Wasser auf dem Boden in den Behälter und verschloß ihn sorgfältig.

»Was machen Sie denn da?« fragte Jake von der Tür.

»Ich nehme eine Probe mit.«

»Probe? Wozu denn das? Das ist doch bloß Wasser.«

»Schon«, sagte Frank, »aber irgend etwas daran ist komisch.«

Jenny starrte die fünf Worte mit den dicken, fettigen, schwarzen Buchstaben auf dem Spiegel an.

Lisa sagte: »Wer ist Timothy Flyte?«

»Das könnte der Typ sein, der das geschrieben hat«, sagte Lieutenant Whitman.

»Ist das Zimmer an Flyte vermietet?« fragte der Sheriff.

»Ich bin sicher, daß der Name nicht im Gästebuch gestanden hat«, sagte der Lieutenant. »Wir können auch noch unten nachsehen, aber eigentlich bin ich sicher.«

»Vielleicht ist Flyte einer der Mörder«, sagte Lisa. »Vielleicht hat ihn der Mann, der das Zimmer hier gemietet hat, erkannt und seinen Namen aufgeschrieben.«

Der Sheriff schüttelte den Kopf. »Nein. Wenn Flyte wirklich etwas mit der Sache zu tun gehabt hätte, hätte er seinen Namen doch nicht auf dem Spiegel gelassen. Er hätte ihn weggewischt.«

Bryce Hammond sah Jenny an. »Gibt es hier in der Stadt einen Flyte?«

»Nie von ihm gehört.«

»Kennen Sie jeden in Snowfield?«

»Ja.«

»Alle fünfhundert Einwohner?«

»Fast alle«, sagte sie.

»So, also *fast* alle. Es *könnte* doch einen Timothy Flyte hier geben, oder?«

»Selbst wenn ich ihn persönlich nicht kennengelernt hätte, hätte ich auf jeden Fall den Namen schon einmal gehört. Das ist ein kleines Nest, Sheriff, zumindest außerhalb der Saison.«

Sie wünschte, sie könnten sich irgendwo anders über die Nachricht auf dem Spiegel unterhalten. Draußen. Im Freien. Wo sich nichts unbemerkt anschleichen konnte. Sie hatte das unheimliche Gefühl, daß in diesem Augenblick irgendwo in dem Gebäude ein entsetzliches Wesen umherschlich und heimlich eine furchtbare Aufgabe ausführte, die sie alle bedrohte, von der sie aber nichts ahnten.

»Und was hat es mit dem zweiten Teil auf sich?« fragte Lisa und deutete auf DER ALTE FEIND.

Nach einiger Zeit sagte Jenny: »Es scheint tatsächlich auf das hinauszulaufen, was Lisa gesagt hat. Der Mann, der das geschrieben hat, wollte uns sagen, daß Timothy Flyte sein Feind war. Unserer auch, denke ich.«

»Möglich«, sagte Bryce Hammond skeptisch. »Aber irgendwie ist das doch ungewöhnlich ausgedrückt – der Alte Feind. Irgendwie seltsam. Fast archaisch. Wenn er sich im Bad eingeschlossen hat, um Flyte zu entkommen, und wenn er dann hastig eine Warnung aufgeschrieben hat, warum nicht ›Mein alter Feind Timothy Flyte‹ oder so etwas Ähnliches, was normal klingt?«

Lieutenant Whitman war der gleichen Meinung. »Wenn er eine Botschaft hinterlassen wollte, um Flyte zu beschuldigen, dann hätte er so etwas wie ›Timothy Flyte war es‹ oder ›Timothy Flyte ist der Mörder‹ hingeschrieben. Er hätte uns auf keinen Fall ein Rätsel aufgeben wollen.«

Der Sheriff sah sich den Inhalt des Toilettenschranks neben dem Spiegel an. »Nach den Toilettenartikeln zu urteilen, haben hier zwei Leute gewohnt. Das heißt, daß sie sich wahrscheinlich auch zu zweit hier eingeschlossen haben – also sind *zwei* Leute spurlos verschwunden. Womit haben sie aber auf den Spiegel geschrieben?«

»Ich würde sagen, mit einem Augenbrauenstift«, sagte Lisa.

Jenny nickte. »Das glaube ich auch.«

Sie suchten das Bad nach einem schwarzen Augenbrauenstift ab, konnten aber keinen finden.

»Das wird ja immer besser«, stöhnte der Sheriff. »Der Augenbrauenstift ist also auch verschwunden. Hier sind also zwei Leute aus einem von innen verschlossenen Raum gekidnappt worden.«

Sie gingen wieder zu der Rezeption hinunter. Nach dem Gästebuch war das Zimmer von Mr. und Mrs. Harold Ordnay aus San Francisco gemietet gewesen.

»Von den Gästen heißt niemand Timothy Flyte«, sagte Sheriff Hammond und schlug das Gästebuch zu.

»Mehr können wir wohl hier im Augenblick nicht tun«, sagte Lieutenant Whitman.

Jenny war erleichtert, das zu hören.

Sie gingen durch die Eingangshalle auf die Eingangstür zu. Nach nur zwei Schritten brachte sie Lisa durch einen Schrei zum Stehen.

Sie sahen sie alle eine Sekunde, nachdem sie dem Mädchen

aufgefallen war. Sie lag auf einem kleinen Tisch direkt im Licht einer Lampe mit einem rosenfarbigen Schirm, die sie so hübsch beleuchtete, daß sie wie ein ausgestellter Kunstgegenstand aussah. Eine Männerhand. Eine abgetrennte Hand.

Lisa wendete sich von dem makabren Anblick ab. Jenny nahm ihre Schwester in die Arme und starrte mit morbider Faszination die Hand an.

Sie hielt fest einen Augenbrauenstift zwischen Daumen und den ersten beiden Fingern. *Den* Augenbrauenstift. Er mußte es einfach sein.

Jenny war ebenso entsetzt wie Lisa, aber sie biß sich auf die Lippen und unterdrückte den Schrei. Es war nicht allein der Anblick der Hand, der lähmendes Entsetzen in ihr hochstiegen ließ, sondern die Tatsache, daß sie vor ganz kurzer Zeit noch nicht dagewesen war. Irgend jemand hatte sie auf den Tisch gelegt, während sie im ersten Stock waren, und dieser jemand hatte genau gewußt, daß sie sie finden würden. Jemand verspottete sie, der einen äußerst perversen Sinn für Humor hatte.

Bryce Hammond hob seine schweren Augenlieder so hoch wie nie zuvor und sagte: »Verdammt noch mal, das Ding da war doch vorher noch nicht hier, oder?«

»Nein«, sagte Jenny.

Der Sheriff und sein Deputy hoben ihre Revolver, mit denen sie besser auf den Boden gezielt hatten, in die Höhe, als befürchteten sie, die abgetrennte Hand würde gleich den Stift fallen lassen und sie angreifen.

Irgendwo über ihnen knarrte ein Bretterboden oder eine ungeölte Tür. Wahrscheinlich war es ein natürliches Geräusch. Vielleicht war es aber auch etwas anderes.

»Jetzt besteht kein Zweifel mehr daran«, sagte der Sheriff.

»Kein Zweifel woran?« fragte Lieutenant Whitman, sah dabei aber nicht den Sheriff an, sondern die Zugänge zu der Halle.

Der Sheriff drehte sich zu Jenny um. »Als Sie vorher die Sirene und die Kirchenglocken hörten, sagten sie doch, es sei Ihnen klargeworden, daß das, was sich in Snowfield abgespielt hätte, noch nicht vorüber sei.«

»Ja.«

»Und jetzt wissen wir, daß Sie damit recht hatten.«

12. Kampfplatz

Jake Johnson wartete zusammen mit Frank, Gordy und Stu Wargle am Ende des Blocks auf einem hellerleuchteten Stück Bürgersteig auf Bryce Hammond. Er beobachtete ihn, wie er aus der Candleglow Inn herauskam und wünschte sich im stillen, der Sheriff würde schneller gehen. Es gefiel ihm nicht, hier so im Licht herumzustehen. Er kam sich vor wie auf einem Präsentierteller.

Als sie allerdings vor einigen Minuten die Häuser in der Straße durchsucht hatten und dabei durch düsterere Stellen gehen mußten, in denen sich die Schatten wie lebendige Wesen bewegt hatten, hatte er sehnsüchtig nach genau diesem hellerleuchteten Wegstück gesehen. Er hatte die Dunkelheit ebenso gefürchtet wie jetzt das Licht.

Er fuhr sich nervös mit einer Hand durch sein dichtes, weißes Haar. Seine andere Hand hielt er am Griff seines Revolvers an seiner Hüfte.

Jake Johnson war nicht nur ein Freund von Vorsicht. Er verehrte sie geradezu; Vorsicht war sein Gott. *Vorsicht ist die Mutter der Porzellankiste; lieber ein Spatz in der Hand, als eine Taube auf dem Dach; Vorsicht ist besser als Nachsicht*... Solche Sprüche kannte er zu Tausenden. Für ihn waren sie die Leitsätze für den einzig sicheren Weg, und abseits davon lag nur das kalte Nichts von Risiko, Gefahr und Chaos.

Er hatte nie geheiratet, denn das hätte für ihn eine Menge neuer Verantwortungen gebracht. Wer heiratet, riskierte damit seine Emotionen, sein Geld und seine gesamte Zukunft.

Auch in Finanzdingen war er sehr vorsichtig und führte ein sparsames Leben. Er war 58 Jahre alt und arbeitete schon seit 37 Jahren bei der Polizei. Er hatte sich zwar schon eine ordentliche Summe angespart und hätte schon lange in Pension gehen können, aber er hatte Angst vor der Inflation, und so arbeitete er weiter bei der Polizei und sparte sich immer mehr Geld.

Die Entscheidung, Polizist zu werden, war vielleicht die einzige unvorsichtige Handlung seines ganzen Lebens. Er *wollte* eigentlich kein Polizist werden, um Gottes willen, aber sein Vater war Sheriff gewesen, und Jake war sicher, daß er ihn enterbt hätte, wenn er nicht in seine Fußstapfen getreten wäre. Große Reichtümer hatte er zwar nicht zu erwarten gehabt, aber immerhin besaß er ein schönes Haus und ein beachtliches Bankkonto, und außerdem waren da noch die hinter der Garage vergrabenen Einmachgläser mit Bündeln von eingerollten Geldscheinen, die sein Vater als Bestechungsgeld eingenommen hatte. Als Jakes Vater mit 82 gestorben war, war Jake selbst 51 und konnte nicht mehr den Beruf wechseln, weil er außer Polizeiarbeit nichts gelernt hatte.

Er war jedoch immer ein *vorsichtiger* Polizist. Er ging Aufträgen aus dem Weg, bei denen persönliche Konfrontationen drohten, und einmal hatte er sogar bei der Meldung eines Raubüberfalls vorsätzlich einen falschen Standort durchgegeben, um nicht zum Tatort fahren zu müssen.

Ein Feigling war er nicht. Es hatte schon Gelegenheiten gegeben, bei denen er in gefährlichen Situationen wie ein Löwe gekämpft hatte. Er war eben nur vorsichtig.

Manche Arten von Polizeiarbeit machten ihm sogar Spaß. Verkehrsregelung war nicht schlecht, aber Büroarbeit liebte er geradezu. Gerade das war ihm bei dieser Gelegenheit zum Verhängnis geworden, denn wenn er nicht im Büro mit seinen Formularen herumgetrödelt hätte, wäre er auch nicht dagewesen, als Dr. Paige aus Snowfield anrief, und dann hätte er wahrscheinlich auch nicht mitfahren müssen.

So aber stand er hier in dem hellen Licht und gab eine perfekte Zielscheibe ab. Verdammt!

Das war aber noch nicht alles. Offensichtlich hatten sich in dem Supermarkt, vor dem sie standen, extrem gewalttätige Szenen abgespielt, denn zwei von fünf großen Fensterscheiben waren von innen zerbrochen worden. Der Bürgersteig war voller Glasscherben und Dosen mit Hundefutter und Bier, die herausgeschleudert worden waren. Jake befürchtete, der Sheriff würde ihnen befehlen, in den Supermarkt hineinzugehen und nachzusehen, was dort passiert war, und er befürchtete weiter, daß da drinnen noch ein gefährlicher Feind lauerte.

Endlich kam der Sheriff mit Tal Whitman und den beiden Frauen zu dem Supermarkt, und Frank Autry zeigte ihnen den Plastikbehälter mit der Wasserprobe. Tal Whitman erzählte ihnen von der Nachricht auf dem Spiegel und der abgetrennten Hand, und auch von ihnen wußte niemand, was das bedeuten könnte. Dann drehte sich Sheriff Hammond zu dem Supermarkt um und machte Jakes Befürchtungen wahr. »Schauen wir uns das doch mal an«, sagte er.

Jake wollte weder der erste noch der letzte sein, der hineinging, und es gelang ihm, sich in die Mitte der Prozession hineinzuschieben.

In dem Supermarkt sah es schlimm aus. Schon an den Kassen waren Auslagen umgeworfen worden, und Rasierklingen, Kaugummis und Taschentücher waren auf dem Boden verstreut. In den Gängen waren Waren aus den Regalen gerissen, Corn-flakes lagen wie Schnee auf dem Boden, zerbrochene Essigflaschen verbreiteten einen scharfen Geruch, und Gläser mit Gurken, Mayonnaise und Senf waren zu einem klebrigen Haufen voller Splitter aufgetürmt.

An dem letzten Gang drehte sich Bryce Hammond zu Dr. Paige um: »Hätte der Supermarkt normalerweise heute aufgehabt?«

»Nein«, sagte die Ärztin. »Aber ich glaube, manchmal werden am Sonntagabend die Bestände nachgefüllt. Nicht immer, aber manchmal.«

»Sehen wir uns doch einmal hinten um«, sagte der Sheriff. »Vielleicht finden wir da etwas Interessantes.«

Genau das habe ich befürchtet, dachte Jake.

Sie folgten Bryce Hammond durch den letzten Gang in den hinteren Raum des Supermarkts, wo Reihen von hüfthohen Kühlanlagen für Fleisch, Eier, Käse und Milch standen. Dahinter war die blitzsaubere Theke, wo das Fleisch abgewogen und verpackt wurde.

Jakes Blick zuckte nervös über den Schneidetisch für das Fleisch. Er seufzte erleichtert auf, als er sah, daß nichts darauf lag. Es hätte ihn nicht überrascht, hier den Geschäftsführer sauber zu Steaks, Braten und Koteletts verarbeitet vorzufinden.

Bryce Hammond sagte: »Werfen wir noch einen Blick in das Lager.«

Lieber nicht, dachte Jake.

Hammond sagte: »Vielleicht sollten wir –«

Die Lichter gingen aus.

Die einzigen Fenster waren vorne in dem Supermarkt, aber selbst dort war es dunkel, denn auch die Straßenlaternen waren ausgegangen. Hier war die Finsternis vollkommen, erdrückend.

Verschiedene Stimmen meldeten sich zur gleichen Zeit:

»Taschenlampen!«

»Jenny!«

»Taschenlampen!«

Dann passierte sehr schnell eine ganze Menge.

Tal Whitman schaltete die Taschenlampe an, und der scharf abgegrenzte Strahl fiel wie eine Klinge auf den Boden. Zugleich versetzte ihm etwas von hinten einen Schlag, etwas, das sich unter dem Schutz der Dunkelheit mit unglaublicher Geschwindigkeit und Lautlosigkeit ungesehen angeschlichen hatte. Whitman wurde nach vorne geschleudert und prallte gegen Stu Wargle.

Autry zerrte hastig die zweite lange Taschenlampe aus der Schlaufe in seinem Gürtel. Bevor er sie jedoch anschalten konnte, fielen Wargle und Tal Whitman auf ihn, und sie stürzten alle drei zu Boden. Dabei fiel Tal die Taschenlampe aus der Hand.

Bryce Hammond wurde kurz davon beleuchtet und griff nach ihr, erwischte sie aber nicht. Die Lampe fiel auf den Boden, rollte weg, warf wild zuckende Schatten an die Wände und beleuchtete nichts dabei.

Und etwas Kaltes berührte Jake hinten am Hals. Kalt und etwas feucht – aber trotzdem *lebendig.* Er zuckte zurück und versuchte, der Berührung auszuweichen und sich umzudrehen.

Etwas legte sich schnell wie eine Peitschenschnur um seinen Hals.

Jake schnappte nach Luft.

Noch bevor er seine Arme heben konnte, um sich gegen seinen Angreifer zu wehren, wurden sie gepackt und an seine Seite gedrückt.

Er wurde in die Luft gehoben, als sei er ein Kind.

Er versuchte zu schreien, aber eine kalte Hand legte sich über seinen Mund. Zumindest glaubte er, es sei eine Hand. Sie fühlte sich jedoch an wie das Fleisch eines Aals, kalt und feucht.

Außerdem stank sie. Nicht sehr, so daß Wolken von Gestank von ihr aufgestiegen wären. Aber der Geruch war so völlig anders als irgend etwas, das Jake bisher gerochen hatte, so bitter und scharf und unklassifizierbar, daß schon die leiseste Andeutung davon schier unerträglich war.

Wellen von Ekel und Entsetzen brandeten in ihm hoch, und er spürte, daß er es hier mit etwas unvorstellbar Fremdem und fraglos Bösem zu tun hatte.

Die Taschenlampe rollte noch immer über den Boden. Es waren noch keine zwei Sekunden vergangen, seit Tal sie fallengelassen hatte, obwohl Jake die Zeit viel länger vorkam. Nun rollte sie ein letztes Mal und knallte gegen die Ecke eines Kühlgeräts. Das Glas zerbrach in tausend Stücke, und auch dieses dürftige Licht ging ihnen verloren. Es hatte zwar nichts beleuchtet, aber es war immerhin besser als totale Finsternis gewesen. Mit ihm war auch die Hoffnung erloschen.

Jake tobte, bäumte sich auf, streckte sich und zuckte in einem epileptischen Tanz von Panik, einem spastischen Fandango der Flucht. Es gelang ihm jedoch nicht einmal, eine einzige Hand zu befreien. Sein unsichtbarer Gegner ergriff ihn nur noch fester.

Jake hörte, wie die anderen sich etwas zuriefen; es klang so, als seien sie sehr weit entfernt.

13. Plötzlich

Jake Johnson war verschwunden.

Bevor Tal die intakte Taschenlampe finden konnte, die Frank Autry fallengelassen hatte, flackerten die Lichter und brannten dann wieder hell. Es war nicht länger als fünfzehn oder zwanzig Sekunden lang dunkel gewesen.

Aber Jake war weg.

Sie suchten nach ihm. Er war nicht in den Gängen, in dem Kühlraum, dem Lagerraum oder der Toilette für das Personal.

Nun nur noch zu siebt gingen sie mit größter Vorsicht aus dem Supermarkt heraus. Sie hofften, Jake draußen auf der Straße zu finden, aber da war er auch nicht.

Snowfield war totenstill, ein lautloser Schrei, der sie zu verspotten schien. Tal Whitman hatte den Eindruck, daß es viel dunkler war als vorher. Die Nacht war ein riesiger Schlund, in den sie hineingeraten waren, ohne es zu merken. Die finstere Nacht beobachtete sie hungrig.

»Wo ist er denn bloß hingegangen?« fragte Gordy. Wie immer, wenn er die Stirn runzelte, sah er etwas brutal aus, obwohl er im Augenblick nur Angst hatte.

»Der ist nirgends hingegangen«, sagte Stu Wargle. »Den haben sie *geholt.*«

»Er hat aber nicht um Hilfe gerufen.«

»Dazu hatte er keine Möglichkeit mehr.«

»Meinen Sie, er lebt noch, oder ist er... ist er tot?« fragte die jüngere der beiden Paige-Schwestern.

»Kleine«, sagte Wargle und rieb sich die Bartstoppeln, »an deiner Stelle würde ich mir nicht mehr allzuviel Hoffnungen machen. Ich würde meinen letzten Penny darauf wetten, daß wir Jake irgendwo finden werden, steif wie ein Brett und dunkelrot und aufgeschwollen wie die anderen auch.«

Das Mädchen zuckte zusammen und drängte sich enger an ihre Schwester.

Bryce Hammond sagte: »Augenblick mal, so einfach wollen wir Jake aber nicht abschreiben.«

»Ganz meine Meinung«, sagte Tal. »Hier gibt es tatsächlich viele Tote, aber wie es aussieht, sind die meisten Leute *nicht* tot, sondern nur vermißt.«

»Sie sind alle toter als mit Napalm geröstete Babies. Hab' ich nicht recht, Frank?« sagte Wargle, der nie eine Chance ausließ, Autry mit seiner Militärzeit in Vietnam zu ärgern. »Wir haben sie bloß noch nicht gefunden.«

Frank ließ sich nicht provozieren und sagte nur: »Ich verstehe bloß nicht, warum es uns nicht alle geholt hat, solange es die Chance dazu hatte. Warum hat es Tal bloß umgeworfen?«

»Ich wollte gerade die Taschenlampe anschalten«, sagte Tal. »Das wollte es nicht zulassen.«

»Möglich«, sagte Frank. »Aber warum hat es nur Jake geholt, und warum ist es sofort wieder verschwunden?«

»Es spielt mit uns«, sagte Dr. Paige. Die Straßenlaternen ließen grünes Feuer in ihren Augen blitzen. »Das ist wie mit der Kirchenglocke und der Sirene. Es spielt mit uns wie eine Katze mit einer Maus.«

»Aber warum nur?« fragte Gordy erbittert. »Was hat es bloß davon? Was will es denn?«

»Augenblick mal«, sagte Bryce. »Wieso redet plötzlich alles von ›es‹? Als wir uns zum letzten Mal darüber unterhalten haben, waren doch alle mehr oder weniger der Meinung, das wäre eine Bande von psychopathischen Mördern. Irre. *Menschen.*«

Sie sahen sich unruhig an. Keiner wollte es aussprechen, was sie insgeheim dachten. Das Undenkbare war nun denkbar geworden. Es gab Dinge, die vernünftige Menschen nicht leicht in Worte fassen konnten.

Ein plötzlicher Windstoß fuhr in die Bäume, und die Straßenlaternen flackerten.

Alle fuhren wegen der Unzuverlässigkeit des Lichts erschreckt zusammen. Tal legte eine Hand auf den Griff seines Revolvers, aber die Lichter gingen nicht aus.

Sie lauschten in die friedhofsstille Stadt hinaus. Das einzige Geräusch war das Rauschen der Bäume im Wind, das wie ein endloser Todesseufzer klang.

Jake war wirklich tot, dachte Tal. Wargle hat ausnahmsweise einmal recht. Jake war tot, und wir vielleicht auch. Wir wissen es nur noch nicht.

Bryce richtete sich an Frank Autry und fragte ihn: »Frank, warum haben Sie »es« gesagt, und nicht ›sie‹ oder sonstwas?«

Frank sah Tal hilfesuchend an, aber Tal wußte selbst nicht genau, warum er ›es‹ gesagt hatte. Frank räusperte sich, trat von einem Fuß auf den anderen, sah Bryce an und zuckte die Achseln. »Also, ich denke, weil... äh... weil ein Mensch uns dort in dem Supermarkt sofort alle erledigt hätte, solange er die Gelegenheit dazu hatte und es so dunkel war.«

»Was wollen Sie damit sagen? Sie glauben also, daß wir es hier nicht mit einem Menschen zu tun haben?«

»Vielleicht ist es eine Art... Tier.«

»Ein Tier? Das glauben Sie also wirklich?«

Frank schien sich ganz und gar nicht wohl in seiner Haut zu fühlen. »Nein, Sir.«

»Was glauben Sie denn sonst?« fragte Bryce.

»Herrgott noch mal, ich weiß einfach nicht, was ich glauben soll«, sagte Frank frustriert. »Ich habe eine militärische Ausbildung, wie Sie wissen. Ein Soldat stürzt sich nicht gern blind in eine Situation. Er plant seine Strategie am liebsten sorgfältig. Für eine gute, fundierte strategische Planung braucht man aber zuverlässige vergleichbare Erfahrungen. Was ist in ähnlichen Schlachten in früheren Kriegen passiert? Wie haben sich Menschen unter ähnlichen Umständen verhalten? Hatten sie Erfolg oder sind sie gescheitert? In unserer Lage *gibt* es aber keine vergleichbaren Situationen oder Erfahrungen, auf die wir uns beziehen können. Es ist alles so eigenartig und fremd, daß ich von unserem Gegner weiter als gesichtsloses, neutrales ›Es‹ denken werde.«

Bryce wendete sich an Dr. Paige und sagte: »Und Sie? Warum haben Sie das Wort ›es‹ gebraucht?«

»Ich bin nicht sicher. Vielleicht, weil Mr. Autry es auch gebraucht hat.«

»Von Ihnen stammt aber doch die Theorie, daß durch eine mutierte Art von Tollwut aus Menschen eine Bande von gemeingefährlichen Wahnsinnigen werden könnte. Halten Sie das jetzt nicht mehr für möglich?«

Sie runzelte die Stirn. »Ganz ausschließen kann man zur Zeit noch gar nichts, Sheriff. Ich habe aber nie behauptet, daß das die einzige mögliche Theorie wäre.«

»Haben Sie denn noch eine andere?«

»Nein.«

Bryce sah zu Tal hinüber. »Und Sie?«

Tal fühlte sich ebensowenig wohl in seiner Haut wie Frank. »Nun, ich habe ›es‹ gesagt, weil ich die Theorie, es handle sich hier um Wahnsinnige, nicht mehr akzeptieren kann.«

Bryces schwere Augenlider hoben sich höher als gewöhnlich. »So? Und warum nicht?«

»Wegen der Sache mit der abgeschnittenen Hand in der Candleglow Inn«, sagte Tal. »Als wir herunterkamen und die Hand mit dem Augenbrauenstift fanden, den wir gesucht haben, dachte ich, daß ... na, daß ein Irrer so etwas nicht tun würde. Wir sind schon lange genug Polizisten und haben unseren Teil von gestörten Menschen kennengelernt. Hat jemals einer von ihnen einen Sinn für Humor gehabt? Selbst einen schwarzen, häßlichen, kranken Sinn für Humor? Solche Menschen sind völlig harmlos. Sie haben die Fähigkeit verloren, über *irgend etwas* zu lachen. Wahrscheinlich ist das zum Teil dafür der Grund, daß sie verrückt sind. Deshalb hat die Hand auf dem Tisch nicht zu der Theorie einer Bande von Wahnsinnigen gepaßt. Ich bin der gleichen Meinung wie Frank; von jetzt an ist unser Gegner für mich ein gesichtsloses ›Es‹.«

»Warum will bloß keiner von euch zugeben, was ihr wirklich denkt?« sagte Lisa Paige leise. Sie war vierzehn, eine Halbwüchsige, die auf dem besten Weg dazu war, eine hübsche junge Dame zu werden, aber nun sah sie sie alle mit der einfachen Direktheit eines Kindes an. »Tief in unserem Innern, wo es wirklich zählt, wissen wir doch alle, daß das keine Menschen waren. Wir fühlen es, daß das etwas Unbekanntes und Widerliches ist. Wir haben alle Angst davor, und deshalb bemühen wir uns alle, nicht zuzugeben, daß es da ist.«

Nur Bryce erwiderte den Blick des Mädchens; er musterte sie nachdenklich. Die anderen sahen von Lisa weg, und auch einander wollten sie nicht in die Augen sehen.

Wir wollen nicht in uns hineinsehen, dachte Tal, und genau das sagt uns das Mädchen. Wir wollen unseren Blick nicht nach innen richten und primitiven Aberglauben dort finden. Wir sind alle zivilisierte, relativ gebildete *Erwachsene,* und Erwachsene glauben nicht mehr an den Schwarzen Mann.

»Lisa hat recht«, sagte Bryce. »Wir kommen nur dann hinter die Sache hier – und schaffen es vielleicht, daß wir nicht alle auch noch Opfer werden –, wenn wir nichts ausschließen und unserer Fantasie freien Lauf lassen.«

»Ich bin der gleichen Meinung«, sagte Dr. Paige.

Gordy Brogan schüttelte den Kopf. »Aber was sollen wir denn dann denken? Sollen wir *alles* in Betracht ziehen? Ich meine, ohne irgendwelche Grenzen? Sollen wir auch an Geister und Zombies und Werwölfe und ... Vampire denken? Ich meine, es sollte doch auch Möglichkeiten geben, die wir ausschließen können.«

»Selbstverständlich«, sagte Bryce geduldig. »Gordy, kein Mensch behauptet, wir hätten es mit Geistern oder Werwölfen zu tun. Wir müssen uns aber darüber klarwerden, daß wir hier von dem Unbekannten konfrontiert sind. Das ist alles. Von dem *Unbekannten.*«

»Ach Quatsch«, sagte Wargle mürrisch. »Das Unbekannte! So ein Scheiß! Wenn das hier alles vorbei ist, werden wir feststellen, daß das irgendein perverser Drecksack war, der auch nicht anders ist als andere Drecksäcke, mit denen wir schon früher zu tun hatten.«

Frank sagte: »Wargle, das ist genau die Art von Engstirnigkeit, die Sie dazu bringen könnte, wichtige Beweise oder Spuren zu übersehen, und das könnte uns alle das Leben kosten.«

»Wartet's bloß ab«, sagte Wargle. »Ihr werdet schon sehen, daß ich recht habe.« Er spuckte auf den Bürgersteig, hängte sich mit den Daumen in seinem Revolvergurt ein und versuchte den Eindruck zu vermitteln, er sei der einzige, der sich noch einen kühlen Kopf bewahrt hatte.

Tal Whitman durchschaute die übertrieben männliche Pose und sah, daß auch in Wargles Augen das Entsetzen stand. Obwohl er einer der unsensibelsten Männer war, den Tal jemals kennengelernt hatte, spürte auch er die primitive Reaktion, von der Lisa Paige gesprochen hatte, ob er das nun zugeben wollte oder nicht. Er spürte offensichtlich wie alle anderen die tiefe Eiseskälte in seinen Knochen.

Nach einer kurzen Pause wendete sich Dr. Paige an Bryce Hammond und sagte: »Wollen Sie sich jetzt das Haus der Oxleys ansehen?«

Bryce schüttelte den Kopf. »Im Augenblick noch nicht. Ich glaube, es wäre unvorsichtig von uns, wenn wir weitere Häuser durchsuchen würden, bevor Verstärkung hier eingetroffen ist. Ich möchte nicht noch einen Mann verlieren, wenn ich es vermeiden kann. Ich meine, wir gehen jetzt besser wieder in die Polizeistation und überlegen uns genau, wie wir jetzt weiter vorgehen sollten. Außerdem muß ich telefonieren.«

Sie gingen auf dem gleichen Weg zurück, auf dem sie hergekommen waren. Wargle war offensichtlich noch immer fest entschlossen, seine Furchtlosigkeit unter Beweis zu stellen und bestand darauf, diesmal die Nachhut zu bilden. Er ging mit einem übertrieben lässigen Gang hinter ihnen her.

Als sie die Skyline Road erreichten, läutete eine Kirchenglocke und erschreckte sie alle. Wieder läutete sie, und langsam wieder...

Tal spürte, wie das metallische Geräusch an seinen Zähnen widerhallte.

An der Ecke blieben sie alle stehen, lauschten der Glocke und starrten nach Westen zum anderen Ende der Vale Lane. Nur etwas mehr als einen Block weit entfernt erhob sich ein gemauerter Kirchturm aus den anderen Häusern.

»Die katholische Kirche«, informierte sie Dr. Paige mit erhobener Stimme, um die Glocke zu übertönen. »Sie ist für die ganze Gegend hier zuständig.«

Das Läuten einer Kirchenglocke konnte ein fröhlicher Laut sein, aber diese Glocke hatte auf jeden Fall nichts Fröhliches an sich, überlegte sich Tal.

»Wer die wohl läutet?« überlegte sich Gordy laut.

»Vielleicht niemand. Vielleicht ist sie an eine Schaltuhr angeschlossen und läutet automatisch«, sagte Frank.

»Läutet sie gewöhnlich um diese Zeit Sonntag nachts?« fragte Bryce Dr. Paige.

»Nein.«

»Dann ist es auch keine Automatik.«

»Und wer zieht dann am Glockenseil?« fragte Gordy Brogan.

Ein makabres Bild entstand vor Tal Whitmans geistigem Auge: Jake Johnson, voller Prellungen und aufgeschwollen und mausetot, stand am Fuß des Kirchturms, das Glockenseil in den blutleeren Händen, tot, aber durch dämonische Kräfte belebt, tot, aber trotzdem am Glockenseil, so stand er da und zog, zog immer wieder, das tote Gesicht nach oben gewendet, mit dem breiten, freudlosen Grinsen einer Leiche auf den Lippen, die hervorgetretenen Augen auf die Glocke gerichtet, die dort oben im Dachstuhl schwang und läutete.

Tal schüttelte sich unmerklich.

»Vielleicht sollten wir zu der Kirche hinübergehen und nachsehen, ob jemand da ist«, sagte Frank.

»Nein«, sagte Bryce sofort. »Ganz genau das ist es, was es will. Es will, daß wir hingehen und nachsehen. Wir sollen in die Kirche gehen, und dann schaltet es wieder das Licht aus...«

Tal bemerkte, daß auch Bryce nun von ›es‹ sprach.

»Genau«, sagte Lisa Paige. »Es ist in diesem Augenblick da drüben und wartet auf uns.«

Nicht einmal Stu Wargle war bereit, sie zu einem Besuch der Kirche zu ermutigen.

Die Glocke läutete mit hypnotischer Eintönigkeit weiter und schien sie anlocken zu wollen.

Bryce schüttelte sich, als wolle er einen Alptraum loswerden, und sagte: »Wenn es will, daß wir in die Kirche kommen, dann ist das allein schon ein guter Grund, das zu lassen. Bis es hell wird, lassen wir die Erkundungen.«

Sie drehten sich um und setzten sich in Richtung auf die Polizeistation in Bewegung. Sie waren kaum fünf Meter weit gegangen, als die Glocke aufhörte zu läuten.

Wieder floß die unheimliche Stille in die Stadt wie eine zähflüssige Masse, die alles bedeckte.

Als sie die Polizeistation erreichten, entdeckten sie, daß Paul Hendersons Leiche verschwunden war. Es schien, als sei der tote Hilfssheriff einfach aufgestanden und weggegangen. Wie Lazarus.

14. Abriegelung

Bryce saß an Paul Hendersons Schreibtisch. Er hatte die *Time* zur Seite geschoben, die Paul offensichtlich gelesen hatte, als Snowfield ausgelöscht worden war. Ein gelbes Blatt Papier lag vor ihm, das er mit seiner präzisen Handschrift bedeckt hatte.

Um ihn herum beschäftigten sich die anderen sechs mit der Aufgabe, die er ihnen zugewiesen hatte. In der Polizeistation herrschte eine Stimmung, als sei Krieg. Ihre grimmige Entschlossenheit, zu überleben, hatte eine zerbrechliche, aber immer fester werdende Kameradschaft zwischen ihnen entstehen lassen. Langsam machte sich sogar ein vorsichtiger Optimismus breit, der vielleicht darauf zurückzuführen war, daß sie noch am Leben waren, obwohl um sie herum so viele den Tod gefunden hatten.

Bryce überflog noch einmal die Liste, die er aufgestellt hatte, um festzustellen, ob er etwas übersehen hatte. Schließlich zog er das Telefon an sich. Er bekam sofort ein Freizeichen, worüber er sich angesichts der Schwierigkeiten, die Jennifer Paige in dieser Hinsicht gehabt hatte, froh war.

Er zögerte, bevor er die erste Nummer wählte. Das Gefühl für die ungeheure Bedeutung dieses Moments lastete schwer auf ihm. Die brutale Vernichtung der gesamten Bevölkerung von Snowfield war ein noch nie dagewesenes Ereignis. Innerhalb von Stunden würde es hier von Journalisten wimmeln. Morgen früh würden die Schlagzeilen auf der ganzen Welt nur einem Thema gelten. Bis es völlig klar war, ob ein mutierter Virus für die Tragödie verantwortlich war oder nicht, würden Hunderte von Millionen von Menschen in atemloser Spannung darauf warten, ob in Snowfield auch ihr Todesurteil ausgesprochen worden war. Selbst wenn aber eine Krankheit mit Sicherheit ausgeschlossen werden konnte, würde die allgemeine Aufmerksamkeit nicht nachlassen, bis das Geheimnis aufgeklärt war.

Für Bryce persönlich bedeutete das, daß sein Leben völlig verändert werden würde. Er leitete die polizeiliche Untersuchung, und deshalb würde er in allen Berichten eine prominente Position einnehmen. Diese Aussicht beunruhigte ihn tief. Er war nicht die Art von Sheriff, der auf Berühmtheit aus war. Unauffälligkeit war ihm viel lieber.

Daran war jedoch jetzt nichts mehr zu ändern. Er konnte Snowfield nicht einfach den Rücken kehren.

Er wählte mit der Notrufnummer direkt seine eigene Station in Santa Mira an. Der diensthabende Beamte dort war Charlie Mercer, ein zuverlässiger Mann, der genau das tun würde, was er ihm befahl.

Charlie beantwortete das Telefon mitten im zweiten Klingelzeichen. »Sheriffs-Station hier.« Er hatte eine nasale Stimme.

»Charlie, hier ist Bryce Hammond.«

»Ja, Sir. Wir haben schon an Sie gedacht. Was gibt's da oben?«

Bryce schilderte ihm knapp die Lage.

»Mein Gott!« sagte Charlie. »Ist Jake auch tot?«

»Das wissen wir noch nicht sicher. Wir hoffen nicht. Hören Sie zu, Charlie, in den nächsten zwei Stunden ist hier einiges zu erledigen, und es wäre für uns alle am einfachsten, wenn wir die Sache hier zunächst einmal geheimhalten könnten. *Abriegelung* heißt die Parole also, Charlie. Snowfield muß total abgeriegelt werden, und das ist leichter zu bewerkstelligen, wenn die Reporter vorerst nichts davon erfahren.«

»Machen Sie sich darüber keine Gedanken«, sagte Charlie. »Ein paar Stunden lang schaffen wir das schon.«

»Also gut. Zunächst einmal verstärken Sie die Straßensperre auf dem Weg nach Snowfield, und dann brauche ich hier noch zehn Leute. Suchen Sie sich dazu unverheiratete Männer aus, wenn es geht.«

»Sieht es wirklich so schlimm aus?«

»Wirklich. Die Leute sollen außerdem besser keine Verwandten hier in Snowfield haben. Noch eines: sie sollen Wasser und Nahrung für zwei Tage mitbringen, damit sie nichts aus Snowfield zu sich zu nehmen brauchen. Jeder soll seine Pistole, ein Schrotgewehr und Tränengas mitbringen. Haben Sie das?«

»Alles klar.«

»Soviel ich weiß, gibt es außer der Straße nur noch einen Fußweg nach Snowfield. Die Straße haben wir bereits blockiert. Stellen Sie zwei Beamte an dem Fußweg auf. Sie sollen jeden zurückschicken, der herkommen will. Wir dürfen keinerlei Risiko eingehen. Sie sind doch aus der Gegend. Gibt es sonst noch irgendwelche Möglichkeiten, hierherzukommen?«

»Nein, das ist alles undurchdringliche Wildnis, da kommt keiner durch. Den Weg lasse ich sperren.«

»Gut. Dann brauche ich noch die Telefonnummer von diesem General, der vor einem halben Jahr im Polizeiseminar von Chicago einen Vortrag gehalten hat. Wie hieß er doch ... Richtig: Copperfield! General Copperfield.«

»Ist der nicht von der B- und C-Waffen-Abteilung der Armee? Moment, das habe ich gleich.« Charlie war weniger als eine Minute weg. Als er sich wieder meldete, las er Bryce die Nummer vor und sagte noch: »Es sitzt in Dugway, Utah, und hat eine sogenannte Zivilverteidigungseinheit unter sich. Mein Gott, glauben Sie, daß es die Leute angehen könnte? Da kann man ja richtig Angst bekommen.«

»Allerdings kann man da Angst bekommen. Jetzt noch folgendes: Versuchen Sie, über einen gewissen Timothy Flyte herauszubekommen, was Sie können. Ich kann Ihnen weder eine Beschreibung noch eine Adresse nennen. Lassen Sie ihn über den Computer laufen. Außerdem noch über Mr. und Mrs. Harold Ordnay aus San Francisco.« Er buchstabierte die Namen und gab Charlie die Adresse der Ordnays aus dem Gästebuch. »Ach ja, eines noch. Wenn die Leute herkommen, sollen sie Plastik-Leichensäkke aus dem County-Leichenschauhaus mitbringen.«

»Wie viele?«

»Erst einmal... zweihundert.«

»Wa... was... zwei... *hundert*?«

»Wir werden wahrscheinlich noch weit mehr brauchen, bevor alles vorbei ist. Viele Bewohner sind anscheinend verschwunden, aber es ist möglich, daß wir ihre Leichen später noch finden. Hier haben ungefähr 500 Menschen gewohnt, und so viele Leichensäcke werden wir vielleicht auch brauchen.«

Vielleicht sogar noch mehr als 500, dachte Bryce. Für uns könnten auch noch Leichensäcke gebraucht werden.

Charlie hatte Bryce zwar aufmerksam zugehört und es ihm auch geglaubt, daß die gesamte Bevölkerung von Snowfield ausgelöscht worden sei, aber der volle Umfang der entsetzlichen Katastrophe war ihm erst aufgegangen, als er die Bestellung der 200 Leichensäcke gehört hatte. In diesem Augenblick hatte er ein Bild vor sich gesehen, wie all die Leichen in den undurchsichtigen Plastiksäcken auf den Straßen von Snowfield übereinandergestapelt lagen.

»Großer Gott im Himmel«, sagte Charlie Mercer. Während Bryce Hammond am Telefon mit Charlie Mercer sprach, hatten Frank und Stu angefangen, das große Polizeifunkgerät in der Ecke auseinanderzunehmen. Bryce hatte ihnen gesagt, sie sollten es untersuchen, denn von außen war ihm keine Beschädigung anzusehen. Die Frontplatte war mit zehn Schrauben befestigt, die Frank sorgfältig nacheinander lockerte.

Stu war wie üblich keine große Hilfe. Er sah sich immer wieder nach Dr. Paige um, die am anderen Ende des Raums zusammen mit Tal Whitman mit einer anderen Aufgabe beschäftigt war.

»Echt scharf, die Alte«, sagte Stu mit einem gierigen Blick auf die Ärztin und bohrte dabei in der Nase.

Frank sagte nichts.

Stu betrachtete sich das, was er gerade aus seiner Nase geholt hatte, als sei es eine Perle, die er gerade in einer Auster gefunden hatte, und dann sah er wieder zu der Ärztin hinüber. »Schauen Sie sich bloß mal an, wie die Jeans sitzen! Mann, der würde ich gern mal einen reinschieben.«

Frank sah auf die drei Schrauben herab, die er bereits gelöst hatte, zählte für sich langsam auf zehn und unterdrückte nur mühsam den Impuls, sie Stu direkt in seinen dicken Schädel hineinzujagen. »Sie werden ja wohl nicht so dumm sein, bei ihr aufdringlich zu werden, hoffe ich.«

»Warum nicht? Daß die scharf drauf ist, sieht doch jeder.«

»Sie sind wirklich das allerletzte, Stu. Wir könnten alle draufgehen, vielleicht schon in der nächsten Sekunde, und Sie denken an Sex.«

»Na und? Wenn wir sowieso draufgehen müssen, können wir doch vorher noch unseren Spaß haben. Stimmt's? Die andere ist auch nicht schlecht.«

»Wie, die andere?«

»Die Kleine meine ich.«

»Sie ist doch erst vierzehn, Wargle! Ein *Kind.*«

»Sie ist alt genug, aber dicke.«

»Sie sind ja krank.«

»Würde es Ihnen etwa nicht gefallen, wenn Sie zwischen diesen festen kleinen Schenkeln liegen würden, Frank?«

Mit einer Stimme, die fast unhörbar war, aber trotzdem Wargle das Grinsen auf dem Gesicht gefrieren ließ, sagte Frank: »Wenn mir jemals etwas davon zu Ohren kommt, daß Sie dieses Mädchen oder ein anderes kleines Mädchen auch nur angerührt haben, *dann mache ich Sie fertig,* Wargle. Ich war in Vietnam kein Schreibtischsoldat, und Sie würden sich wundern, was ich da alles gelernt habe. Für Sie reicht es allemal. Hören Sie das? Verlassen Sie sich darauf!«

Einen Moment brachte Wargle keinen Ton heraus. Er starrte nur Frank in die Augen. Bruchstücke von Unterhaltungen waren aus anderen Teilen des Raums zu hören, aber offensichtlich hatte niemand etwas davon bemerkt, was sich bei dem Funkgerät abspielte.

Schließlich blinzelte Wargle, sah auf seine Schuhe, dann wieder hoch und setzte ein versöhnliches Grinsen auf. »Mein Gott, Frank, werden Sie doch nicht gleich sauer. Das war doch nur ein Witz, Mann. Ich habe es doch nicht ernst gemeint, das wissen Sie doch. Meinen Sie vielleicht, ich bin pervers, oder? Kommen Sie, Frank, machen Sie nicht ein so böses Gesicht. Okay?«

Frank starrte ihn noch einen Moment lang durchdringend an und sagte dann: »Nehmen wir das Funkgerät auseinander.«

Tal Whitman schloß den großen Waffenschrank auf.

»Mein Gott, das ist ja ein wahres Arsenal«, sagte Jenny Paige.

Er reichte ihr die Waffen, und sie legte sie nebenan auf einen Arbeitstisch. Der Inhalt des Waffenschranks schien tatsächlich für eine Stadt von der Größe Snowfields etwas übertrieben. Zwei großkalibrige Gewehre mit Zielfernrohren. Zwei halbautomatische Schrotgewehre. Zwei nicht tödlich wirkende Demonstrationsgewehre, die Plastikkugeln verschossen. Zwei Leuchtpistolen. Zwei Gewehre für Gasgranaten. Drei Faustfeuerwaffen: zwei .38er und eine große Smith & Wesson .357 Magnum.

Während der Lieutenant Munitionsschachteln auf dem Tisch aufstapelte, sah sich Jenny die Magnum genauer an. »Eine Riesenkanone, was?«

»Allerdings. Damit könnten Sie einen Stier zum Stehen bringen.«

»Sieht so aus, als hätte Paul alles ausgezeichnet gepflegt.«

»Sie gehen mit Waffen um, als würden Sie sich damit auskennen«, sagte der Lieutenant und stapelte weiter Munition auf dem Tisch auf.

»Ich habe Pistolen schon immer gehaßt und hätte nie gedacht, daß ich selbst einmal eine kaufen würde«, sagte sie. »Als ich aber drei Monate hier gewohnt hatte, bekamen wir Schwierigkeiten mit einer Motorradfahrer-Gang, die hier in der Gegend ihr Sommerlager aufschlagen wollte.«

»Die Chrom-Dämonen.«

»Genau. Unangenehme Burschen.«

»Das ist aber noch vornehm ausgedrückt.«

»Die sind dann manchmal hinter mir hergefahren, wenn ich nachts Hausbesuche zu machen hatte, oder ganz nah an beiden Seiten meines Autos. Sie haben dann zu mir hereingegrinst und mir Sachen zugerufen, na ja, eben ihren Scheiß gemacht. Eigentlich getan haben sie mir nichts, aber irgendwie war es doch...«

»Bedrohlich.«

»So ist es. Deshalb habe ich mir eine Pistole gekauft, schießen gelernt und mir einen Waffenschein besorgt, damit ich sie mitnehmen konnte.«

»Mußten Sie sie jemals gebrauchen.«

»Na ja, ich brauchte Gott sei Dank auf niemanden zu schießen«, sagte sie. »Aber zeigen mußte ich sie einmal. Es war kurz nach Einbruch der Dunkelheit. Ich war zum Mount Larson unterwegs, und da sind diese Dämonen wieder aufgetaucht. Vier von ihnen haben mich zum Anhalten gezwungen. Ich kann Ihnen sagen, ich hatte vielleicht Herzklopfen! Dann ist einer von seinem Motorrad abgestiegen. Er war sehr groß, ungefähr 1,85 oder so, hatte langes, lockiges Haar mit einem Stirnband und einen goldenen Ohrring. Wie ein Pirat hat er ausgesehen.«

»Hatte er auf jeder Handfläche in Gelb und Rot ein Auge tätowiert?«

»Genau! Zumindest auf einer Handfläche, die er gegen das Fenster gestützt hat.«

»Er heißt Gene Terr und ist der Anführer der Chrom-Dämonen. Ein ganz übler Bursche. Zwei- oder dreimal war er schon im Knast, aber nie wegen etwas Ernstem und nie lange. Jedesmal, wenn es so aussieht, als könnten wir ihn festnageln, nimmt einer von seinen Leuten die Schuld auf sich. Er hat eine unheimliche Gewalt über seine Bande. Sie machen alles, was er will; man könnte schon fast meinen, sie beten ihn an. Selbst wenn jemand im Gefängnis sitzt, kümmert er sich noch um sie und läßt ihnen Geld und Drogen hineinschmuggeln. Er weiß genau, daß wir ihn nicht packen können und ist deshalb immer scheißfreundlich und hilfreich uns gegenüber. Also, Jeeter – so nennen sie ihn – ist zu Ihrem Auto gekommen und hat hereingeschaut. Und dann?«

»Er wollte, daß ich rauskomme, und das habe ich abgelehnt. Dann sagte er, ich solle doch zumindest das Fenster herunterkurbeln, damit wir nicht so zu schreien brauchen. Ich sagte, ich würde ganz gern ein wenig schreien. Dann drohte er mir, er würde das Fenster einschlagen, wenn ich es nicht herunterkurbele. Ich wußte genau, wenn ich das mache, greift er herein und macht die Tür auf, und deshalb sagte ich ihm, ich würde herauskommen, wenn er ein bißchen zurückgeht. Er ging einen Schritt von der Tür zurück, und währenddessen habe ich die Pistole unter dem Sitz vorgeholt. Sobald ich die Tür aufgemacht hatte und ausgestiegen war, kam er wieder zu mir, und da habe ich ihm die Pistole in den Bauch gerammt. Der Hahn war gespannt, das hat er sofort gesehen.«

»Mein Gott, seinen Gesichtsausdruck hätte ich zu gern gesehen!« sagte Lieutenant Whitman grinsend.

»Ich hatte eine Todesangst«, erzählte Jenny weiter. »Vor allem davor, daß ich vielleicht den Abzug durchziehen müßte. Ich war mir nicht sicher, ob ich das fertigbringen würde, aber das durfte ich den Typ natürlich nicht merken lassen.«

»Wenn er etwas davon gemerkt hätte, wären Sie reif gewesen.«

»Das dachte ich mir auch. Ich habe ihm also mit sehr kalter und bestimmter Stimme gesagt, ich wäre Ärztin, wollte einen Hausbesuch machen und hätte nicht vor, mich lange aufhalten zu lassen. Ich habe aber leise gesprochen, damit die anderen nichts hören konnten, denn die Pistole konnten sie von ihren Motorrädern aus nicht sehen, und ich dachte, dieser Jeeter ist der Typ, der eher stirbt, als daß er es zuläßt, daß andere sehen wie eine Frau ihm etwas befiehlt, und deshalb wollte ich ihn nicht bloßstellen.«

Der Lieutenant schüttelte den Kopf. »Damit haben Sie ihn genau richtig eingeschätzt.«

»Ich habe ihn außerdem daran erinnert, daß er vielleicht selbst eines Tages eine Ärztin brauchen könnte, wenn er mit seinem Motorrad einen Unfall baut. Ich könnte dann als Ärztin dafür sorgen, daß seine Verletzungen viel komplizierter werden würden, und daß sein Heilungsprozeß äußerst lang und schmerzhaft wird. Das sollte er sich auch einmal überlegen.«

Whitman starrte sie mit offenem Mund an.

»Auf jeden Fall scheint es gewirkt zu haben, denn er hat dann für seine Freunde eine Show abgezogen und gesagt, ich sei die Freundin eines Freundes von ihm und stünde ab sofort unter dem speziellen Schutz der Chrom-Dämonen. Dann ist er wieder auf seine Harley gestiegen und mit den anderen drei weggefahren.«

»Und Sie haben Ihren Krankenbesuch gemacht?«

»Was sonst? Schließlich bin ich Ärztin. Ich muß allerdings zugeben, daß mir nachträglich der Angstschweiß auf der Stirn gestanden hat.«

»Seitdem hat Sie keiner mehr von den Leuten belästigt?«

»Im Gegenteil. Sie winken mir zu, wenn sie an mir vorbeifahren.«

Whitman lachte.

Jenny sagte: »Das war also die Antwort auf Ihre Frage. Ja, ich kann mit einer Pistole umgehen, aber ich hoffe, daß ich nie auf jemand zu schießen brauche.«

Sie sah auf die .357 Magnum in ihrer Hand herab, runzelte die Stirn und begann, sie zu laden.

Sie blieben einen Moment still, und dann sagte er: »Wenn er Ihnen etwas angetan hätte, wenn er Sie vergewaltigt hätte, und Sie hätten ihn dann später irgendwann als Patient behandelt..., hätten Sie... wirklich...?«

»Meine Fachkenntnisse gegen ihn verwendet? Na, ja, versucht wäre ich schon. Auf der anderen Seite nehme ich den hippokratischen Eid sehr ernst. Deshalb ... wahrscheinlich bedeutet das, daß ich im Grund doch nur ein gutherziger Trottel bin, aber ich würde Jeeter medizinisch so gut versorgen, wie ich kann.«

»Gutherziger Trottel! Wenn ich so was höre! Wie Sie dem Typ die Stirn geboten haben, das hätten Sie ohne Härte nie fertiggebracht. Wenn Sie aber dann später Ihre Position als Ärztin ausgenutzt hätten, um sich zu revanchieren ... also, das wäre etwas anderes gewesen. Sie sind in Ordnung, Dr. Paige. Wenn Sie möchten, können Sie mich Tal nennen. So sagen die meisten Leute zu mir. Das ist eine Abkürzung von Talbert.«

»Einverstanden, Tal. Und Sie können Jenny zu mir sagen.«

»Das fände ich irgendwie nicht richtig.«

»So? Und warum nicht?«

»Doktoren spricht man nicht mit Vornamen an. Das wäre komisch.«

»Doktoren sind auch Menschen, und wenn man unsere Lage hier berücksichtigt ...«

»Trotzdem«, sagte er und schüttelte den Kopf.

»Wenn es Sie stört, dann reden Sie mich doch so an wie meine meisten Patienten.«

»Und wie ist das?«

»Einfach nur Doc.«

»Doc. Wenn ich daran denke, wie Sie Gene Terr den Revolver in den Bauch gerammt haben, paßt es zu Ihnen.«

»Sagen Sie mal, Tal, warum sind in einer kleinen Station wie Snowfield so viele Waffen?«

»Das sind eben die Bestimmungen. Eigentlich können wir jetzt froh darüber sein.«

»Bisher haben wir aber noch nichts gesehen, auf das man schießen könnte.«

»Ich habe den starken Verdacht, daß das noch kommen wird«, sagte Tal. »Und ich will Ihnen noch etwas sagen.«

»Was denn?«

Sein breites, dunkelhäutiges, schönes Gesicht konnte sehr düster aussehen. »Ich glaube, Sie brauchen sich nicht allzuviel Gedanken darüber machen, ob Sie auf Menschen schießen brauchen. Ich glaube irgendwie nicht, daß wir uns vor *Menschen* vorsehen müssen.«

Bryce wählte die geheime Privatnummer des Gouverneurs in Sacramento. Nach einigen vergeblichen Versuchen des Dienstmädchens und des Butlers, ihn abzuwimmeln, wurde er mit Gary Poe, dem ersten politischen Berater von Gouverneur Jack Retlock verbunden.

»Bryce«, sagte Gary, »Jack kann im Augenblick unmöglich ans Telefon kommen. Wir haben hier gerade ein wichtiges Diner mit dem japanischen Handelsminister und dem Generalkonsul aus San Francisco.«

»Gary ...«

»Wir tun unser Bestes, daß die neue japanisch-amerikanische Elektronik-Fabrik in Kalifornien und nicht in Texas oder Arizona oder vielleicht sogar in New York gebaut wird. Ausgerechnet New York!«

»Gary ...«

»Wie sie auf New York mit den ständigen Streiks und den unmöglichen Steuersätzen kommen, ist mir schleierhaft. Manchmal –«

»Gary, halten Sie den Mund!«

»Wie bitte!«

Bryce fuhr nie jemanden an. Selbst Gary Poe – der schneller und lauter reden konnte als jeder Marktschreier – war so schokkiert, daß er seinen Redefluß unterbrach.

»Gary, wir haben hier einen Notfall. Holen Sie Jack.«

»Bryce, ich bin bevollmächtigt –«, begann Poe beleidigt.

»Ich habe in den nächsten beiden Stunden verdammt viel zu tun, wenn ich noch lange genug lebe. Ich kann es mir nicht leisten, zuerst Ihnen die Lage eine Viertelstunde lang zu schildern, und dann Jack noch eine Viertelstunde. Hören Sie zu. Ich bin hier in Snowfield, und wie es aussieht, sind alle Einwohner tot.«

»Was?«

»Fünfhundert Menschen.«

»Bryce, wenn das ein Witz sein soll –«

»Fünfhundert Tote. Mindestens. Holen Sie jetzt vielleicht Jack her, verdammt noch mal?«

»Aber Bryce, fünfhundert ...«

»Holen Sie Jack, zum Teufel noch mal!«

Poe zögerte und sagte dann: »Also gut, aber wehe, Sie nehmen mich auf den Arm.« Er legte den Hörer ab und ging zum Gouverneur.

Bryce kannte Jack Retlock schon seit siebzehn Jahren. Als er bei der Polizei in Los Angeles angefangen hatte, war er Jack, der damals schon seit sieben Jahren bei der Polizei gewesen war, für sein Probejahr zugewiesen worden. Er war ein so erfahrener und guter Polizist gewesen, daß Bryce schon daran verzweifelt war, jemals auch nur halb so gut werden zu können. Nach einem Jahr war er jedoch schon besser. Die beiden hatten sich entschlossen, als Partner zusammenzubleiben, aber dann hatte sich Jack entschlossen, in die Politik zu gehen und es bis zum Gouverneur geschafft. Er war schon immer der aggressivere der beiden gewesen.

»Doody, bist du das?« fragte Jack. Er benutzte noch immer Bryces Spitznamen aus der Zeit in Los Angeles.

»Ja, ich bin's.«

»Gary erzählte mir da irgendwelchen Schwachsinn –«

»Es ist wahr«, sagte Bryce und berichtete ihm über die Ereignisse.

Nachdem sich Jack die ganze Geschichte angehört hatte, holte er tief Luft und sagte: »Ich hoffe nur, du bist betrunken, Doody.«

»Ich bin stocknüchtern, Jack. Hör zu, als erstes brauche ich –«

»Die Nationalgarde?«

»Nein!« sagte Bryce. »Genau die möchte ich raushalten, so lange es möglich ist.«

»Wenn ich nicht die Nationalgarde und alle Mittel einsetze, die mir zur Verfügung stehen, und das stellt sich nachher als Fehler heraus, bin ich erledigt.«

»Jack, ich zähle darauf, daß du die richtigen Entscheidungen triffst, und zwar nicht nur *politisch* die richtigen. Bis wir nicht mehr darüber wissen, was hinter der Sache hier steckt, kann ich keine Scharen von Nationalgardisten brauchen, die hier wild durcheinanderrennen. Das sind doch Verkäufer oder Anwälte oder Lehrer. Für Naturkatastrophen sind sie in Ordnung, aber hier brauchen wir eine straffe Polizeiaktion, und so was können wirklich nur ausgebildete Polizisten.«

»Und wenn deine Leute nicht damit fertig werden?«

»Dann bin ich der erste, der nach der Garde schreit!«

»Also gut. Was sonst?«

Bryce seufzte. »Das Gesundheitsministerium möchte ich auch heraushalten.«

»Doody, sei doch vernünftig. Wie stellst du dir das denn vor? Wenn das eine ansteckende Krankheit ist, oder eine Umweltkatastrophe –«

»Hör zu, Jack mit einer Seuche oder einer massenhaften Nahrungsmittelvergiftung werden die vom Gesundheitsministerium fertig, aber im Grunde sind das doch Bürokraten, und die lassen sich Zeit. Das können wir uns hier nicht leisten. Ich habe das dringende Gefühl, daß der Zeitfaktor hier äußerst wichtig ist. Hier kann jeden Augenblick die Hölle losbrechen. Außerdem hat das Gesundheitsministerium nicht die richtigen Geräte für so was, und außerdem sind sie in ihren Plänen nicht darauf vorbereitet, daß eine ganze Stadt ausgelöscht wird. Ich weiß aber jemand, der viel besser geeignet wäre. In der B- und C-Waffen-Abteilung der Armee gibt es ein ganz neues Programm namens Zivilverteidigungseinheit.«

»B- und C-Waffen? Das ist doch bakteriologische und chemische Kriegsführung? Großer Gott, meinst du, es ist so etwas?«

»Wahrscheinlich nicht,« sagte Bryce und dachte dabei an die abgetrennten Köpfe der Liebermanns, an das unheimliche Gefühl, das ihn in der abgedeckten Passage überfallen hatte, und an die unglaubliche Geschwindigkeit, mit der Jake Jonsohn verschwunden war. »Ich weiß aber nicht genug darüber, um B- und C-Waffen oder sonst irgend etwas auszuschließen.«

Ein harter, zorniger Tonfall hatte sich in die Stimme des Gouverneurs eingeschlichen. »Wenn das irgendein Unfall der Armee mit einem von ihren gottverdammten Viren ist, dann gnade ihnen Gott!«

»Nur ruhig, Jack. Vielleicht ist es ja gar kein Unfall. Vielleicht ist es das Werk von Terroristen, die irgend etwas in der Richtung in die Finger bekommen haben, oder die Russen wollen ausprobieren, wie gut unsere Abwehrmaßnahmen gegen B- und C-Waffen sind. Für solche Situationen ist doch die Zivilverteidigungsabteilung unter General Copperfield ins Leben gerufen worden.«

»Wer ist das denn?«

»General Galen Copperfield. Er ist der Kommandeur der Zivilverteidigungseinheit der Abteilung für chemische und bakteriologische Kriegsführung der Armee. Er könnte innerhalb von Stunden ein erstklassig ausgebildetes Team von Wissenschaftlern in Snowfield zum Einsatz bringen – Biologen, Virologen, Bakteriologen, Pathologen mit einer Ausbildung in den neuesten Entwicklungen der forensischen Medizin, mindestens ein Immunologe ist dabei. Die haben komplette fahrbare Feld-Labors und sind einfach besser auf so was vorbereitet als die staatlichen Stellen. Ich möchte den General anrufen, das heißt, ich *werde* ihn anrufen, aber ich hätte lieber deine Einwilligung dazu, und deine Garantie, daß sich hier keine staatlichen Bürokraten einmischen.«

Nach kurzem Zögern sagte Jack Retlock: »Also gut, einverstanden. Was brauchst du sonst noch?«

Bryce sah auf die Liste vor ihm herab. »Du könntest dafür sorgen, daß die Telefonleitungen hierher nur für wirklich wichtige Anrufe benutzt werden können, damit uns die Reporter und weiß der Teufel wer sonst noch vom Hals bleibt. Wir hatten allerdings schon Schwierigkeiten mit dem Telefon, und es ist möglich, daß wir es ganz verlieren. Ich brauche also auch noch einen Kurzwellensender.«

»Wird alles erledigt. Ich kann dir einen großen Kurzwellensender mit einer unabhängigen Stromversorgung über einen Generator schicken lassen. Sonst noch was?«

»Da wir gerade von Generatoren sprechen, es wäre gut, wenn wir nicht völlig vom öffentlichen Netz abhängig wären, weil der Feind das offensichtlich beliebig manipulieren kann. Könntest du also zwei große Generatoren besorgen?«

»Wird gemacht. Sonst noch was?«

»Wenn mir noch etwas einfällt, sage ich Bescheid.«

»Ich will dir nur noch eines sagen, Bryce. Es tut mir auf der einen Seite verdammt leid, daß du in die Sache verwickelt bist, weil du mein Freund bist, aber auf der anderen Seite bin ich froh darüber, daß du als Sheriff die Leitung übernommen hast. Ich wüßte keinen besseren Mann dafür.«

»Vielen Dank, Jack.«

Nach einer kurzen Stille sagte Retlock: »Doody, paß auf dich auf.«

»Ich werde mein Bestes tun, Jack. Jetzt muß ich aber Copperfield verständigen. Ich rufe dich später wieder an.«

Der Gouverneur sagte: »Bitte tu das, Bryce. Verschwinde bloß nicht auch noch, mein Alter!«

Er legte den Hörer auf, sah sich kurz um und nahm ihn wieder auf, um Copperfield in Dugway anzurufen.

Er bekam kein Freizeichen.

Er drückte die Gabel herunter, ließ sie wieder los und sagte »Hallo!« in die Sprechmuschel.

Nichts.

Bryce spürte, daß etwas oder jemand zuhörte, wie ihm Dr. Paige es beschrieben hatte.

»Wer ist da?« fragte er.

Eigentlich erwartete er keine Antwort, bekam aber trotzdem eine. Es war keine Stimme, sondern ein eigenartiges und doch vertrautes Geräusch: der Schrei von Möwen über einem sturmigen Strand.

Dann änderte sich das Geräusch und klang nun wie Bohnen in einem hohlen Flaschenkürbis. Zweifellos das warnende Rasseln einer Klapperschlange. Dann ein elektronisches Summen. Nein, nicht elektronisch. Ein Bienenschwarm. Dann wieder der Schrei von Möwen. Dann ein Singvogel. Ein Hecheln wie ein müder Hund. Dann das Fauchen kämpfender Katzen.

Obwohl die Geräusche selbst nichts besonders Bedrohliches an sich hatten, überlief es Bryce eiskalt.

Die Tiergeräusche hörten auf.

Bryce wartete ab, lauschte und sagte schließlich: »Wer ist da?«

Wieder kam ein Geräusch aus dem Telefon, und es durchfuhr Bryce wie ein Dolch aus Eis. Schreie. Männer und Frauen und Kinder. Dutzende, vielleicht Hunderte. Keine gespielten Schreie, sondern durchdringende, nervenzerfetzende Schreie von Schmerz, Angst und tiefster Verzweiflung.

Fast wurde Bryce übel. Sein Herz klopfte wie ein Hammer. Fast hatte er das Gefühl, als sei er direkt mit der Hölle verbunden. Waren das die Schreie der Toten von Snowfield, die auf Band aufgenommen worden waren? Von wem? Warum?

Ein letzter Schrei. Ein Kind. Ein kleines Mädchen. Sie schrie vor Entsetzen auf, dann vor Schmerz, dann in unvorstellbarer Qual, als würde sie in Stücke gerissen. Ihre Stimme stieg an, wurde höher, immer höher –

Stille.

Die Stille war noch schlimmer, weil das namenlose Wesen noch in der Leitung war. Bryce spürte es jetzt deutlicher und hatte das Gefühl, als sei er in der Gegenwart des reinen, gnadenlosen Bösen. Hastig legte er den Hörer auf. Seine Hände zitterten, und Schweiß lief ihm an seinem Genick herunter.

Er sah sich in der Station um. Alle waren noch mit den zugewiesenen Aufgaben beschäftigt, und offensichtlich hatte niemand etwas davon bemerkt, was sich am Telefon abgespielt hatte. Er beschloß, es ihnen auch vorerst noch nicht zu sagen. Sie erwarteten Führung von ihm, und er hatte nicht die Absicht, sie zu enttäuschen und ihnen zu zeigen, daß er vor Angst zitterte.

Er holte tief Luft und nahm den Hörer wieder auf. Er bekam sofort ein Freizeichen. Ungeheuer erleichtert rief er bei der B- und C-Zivilverteidigungseinheit in Dugway, Utah, an.

Lisa mochte Gordy Brogan. Zunächst war er ihr finster und bedrohlich vorgekommen, aber dann hatte sie ihn lächeln gesehen, und das hatte ihn völlig verwandelt. Jetzt kam er ihr vor wie ein großer junger Hund, der von allen geliebt werden möchte.

Als sie das Essen auf den Tisch stellten, sagte Lisa: »Sie kommen mir gar nicht wie ein Polizist vor.«

»So?« sagte Gordy. »Wie denn sonst?«

»Vielleicht eher wie ein junger Pfarrer«, sagte Lisa.

»*Ich?* Wie ein Pfarrer?«

»Doch, ich kann mir Sie richtig vorstellen. Von der Kanzel herunter würden Sie knallharte Strafpredigten halten, aber dann im Pfarrhaus würden Sie freundlich lächeln und sich die Probleme der Leute anhören.« Sie machte eine kurze Pause. »Wissen Sie, warum Sie mir nicht wie ein Polizist vorkommen? Weil ich mir nicht vorstellen kann, das Sie *das* da jemals benutzen würden.« Sie deutete auf seinen Revolver. »Ich glaube einfach nicht, daß Sie jemals auf jemand schießen würden. Nicht einmal, wenn er es verdient.«

Sie war von dem Ausdruck erschreckt, der plötzlich in Gordy Brogans Gesicht getreten war. Er war offensichtlich schockiert.

Bevor sie ihn fragen konnte, was er hatte, flackerten die Lichter.

O nein, dachte sie. Um Gottes willen, nicht wieder Dunkelheit. Bitte, bitte nicht.

Die Lichter gingen aus.

15. Das Ding am Fenster

Bryce hatte von dem diensthabenden Offizier in Dugway schnell eine Verbindung mit General Galen Copperfields Privatwohnung bekommen. Copperfield hatte ihm zugehört, nicht viel gesagt und Bryce nur eindringlich und streng daran erinnert, daß es sich hier um eine offene Leitung handle und deshalb keine Dienstgeheimnisse diskutiert werden sollten. Er sei jedoch davon überzeugt, daß seine Organisation zugezogen werden müsse, und er versprach, bis morgen früh oder etwas später sei ein Feldlabor und ein Untersuchungsteam in Snowfield.

Als Bryce den Hörer auflegte, flackerten die Lichter und gingen ganz aus. Er tastete auf dem Schreibtisch vor ihm nach einer der beiden zusätzlichen Taschenlampen, die sie in der Station gefunden hatten, und schaltete sie an. Gordy hatte die eine, die noch heil geblieben war, und Dr. Paige hatte ebenfalls eine Lampe. Sie gingen nun beide gleichzeitig an und warfen helle Strahlen durch die Dunkelheit.

Sie hatten sich schon vorher auf eine Strategie für den Fall geeinigt, daß die Lichter wieder ausgehen sollten. Nun gingen sie alle wie verabredet von den Türen und Fenstern weg in die Mitte des Raumes und stellten sich in einem großen Kreis mit den Gesichtern nach außen auf, um sich so weniger verwundbar zu machen.

Niemand sprach auch nur ein Wort. Alle lauschten angestrengt.

Lisa Paige stand links neben Bryce; ihre schmalen Schultern waren vorgeschoben und ihr Kopf eingezogen. Tal Whitman stand mit gebleckten Zähnen rechts von Bryce und starrte in die Dunkelheit jenseits der Strahlen aus den Taschenlampen. Tal und Bryce hielten Revolver in der Hand. Die drei waren zu dem hinteren Teil des Raums gerichtet, während die anderen vier – Dr. Paige, Gordy, Frank und Stu – zur Tür sahen.

Bryce ließ den Lichtstrahl umherwandern, denn plötzlich schien alles bedrohlich geworden zu sein, aber in dem Raum rührte sich nichts.

Stille.

In der hinteren Wand in der Nähe der rechten Ecke waren zwei Türen, die zu den Arrestzellen und der Treppe führten. Sie hatten den Rest des Gebäudes zwar vorher durchsucht, aber trotzdem war Bryce beunruhigt und leuchtete immer wieder auf die halboffenen Türen.

In der Dunkelheit war ein leiser Aufprall zu hören.

»Was war das?« fragte Wargle.

»Von dort drüben ist es gekommen«, sagte Gordy.

»Nein, von da«, sagte Lisa Paige.

»Ruhe!« sagte Bryce mit scharfer Stimme.

Wieder war ein gedämpfter Aufprall zu hören, als würde ein Kissen auf den Boden fallen. Jetzt wurde es lauter, klang aber nicht näher.

»Die Fenster!« sagte Frank.

Sofort schwang der Strahl der drei Taschenlampen zu den Fenstern. Das Licht wurde zunächst wie von Spiegeln reflektiert und beleuchtete die Fenster dann indirekt.

Irgend etwas stieß gegen ein Fenster, prallte davon ab und verschwand wieder in der Nacht. Bryce meinte, Flügel gesehen zu haben.

»Was war das?«

»– Vogel –«

»– niemals ein Vogel –«

»– grauenhaftes Wesen –«

Es kehrte zurück und flog mit größerer Entschlossenheit gegen das Glas.

Lisa schrie. Frank Autry schnappte nach Luft und Stu Wargle sagte: »Meine Fresse!« Gordy brachte nur ein unterdrücktes Gurgeln heraus. Bryce starrte auf das Fenster und hatte das Gefühl, er habe die Realität hinter sich gelassen und sei in einem Alptraum.

Das Ding am Fenster wurde vom Mondlicht undeutlich beleuchtet, aber selbst das war zuviel. Die Kreatur da draußen schien direkt aus einem Fiebertraum zu stammen. Das Wesen hatte eine Flügelspannweite von einem Meter oder einem Meter zwanzig, einen insektenartigen Kopf, kurze, zitternde Fühler, pausenlos arbeitende Kauwerkzeuge, riesige, tintenschwarze Augen mit zahllosen Facetten und einen segmentierten Körper von der Form und Größe von zwei hintereinandergesetzten Fußbällen. Flügel und Körper waren ein widerliches, schimmliges Grau, das irgendwie feucht aussah.

Das Ding am Fenster war eine Motte von der Größe eines Adlers. Wahnsinn, unmöglich, so etwas gab es nicht!

Es schleuderte sich nun mit erneuter Wut gegen das Fenster, hatte aber keinen Panzer, so daß es trotz seiner Größe die Glasscheiben mit seinem weichen Körper nicht zerbrechen konnte.

Und dann war es plötzlich verschwunden und die Lichter gingen an.

Wie eine Theatervorführung, dachte Bryce.

Als sie zu den Fenstern gingen und hinaussahen, lag die Straße leer vor ihnen, und nichts rührte sich.

Bryce setzte sich hinter Paul Hendersons Schreibtisch, und die anderen versammelten sich um ihn. Sie wichen sich mit ihren Blicken aus, und nur Dr. Paige sah ihm in die Augen.

»Hat vielleicht jemand eine Ahnung, was das gewesen sein könnte?« frage Bryce.

»Unmöglich«, sagte Frank Autry. »Das war einfach unmöglich.«

»Mein Gott, was ist denn bloß los mit euch« sagte Stu Wargle und verzog sein fleischiges Gesicht. »Das war doch nur ein verdammter Vogel, nichts weiter.«

»Dummes Zeug«, sagte Frank.

»Nichts als ein Scheißvogel«, beharrte Wargle. Als ihm die anderen widersprachen, sagte er: »Bei der schlechten Beleuchtung habt ihr einen falschen Eindruck bekommen. Ihr habt das nicht gesehen, was ihr zu sehen geglaubt habt.«

»Haben wir nicht das gleiche gesehen wie Sie auch, selbst wenn Sie das jetzt nicht glauben wollen?« fragte Tal. »Eine verdammt große, häßliche Motte, die unmöglich ist?«

Wargle sah auf seine Schuhe herab. »Ich habe nur einen Vogel gesehen. Nichts als einen Vogel.«

Bryce wurde es klar, daß Wargle so völlig phantasielos war, daß er selbst dann nicht die Möglichkeit des Unmöglichen in Betracht ziehen konnte, wenn er es mit eigenen Augen gesehen hatte.

»Was wollte das denn?« fragte Bryce.

»Es wollte *uns*«, sagte Lisa.

»Es konnte aber unmöglich Jake weggeschafft haben«, sagte Frank. »Es war zu schwach, um einen erwachsenen Mann zu tragen.«

Bryce entschloß sich, jetzt doch zu erzählen, was er am Telefon gehört und gefühlt hatte. Eigentlich hatte er bis zum Morgen damit warten wollen, bis es hell wurde und Verstärkung eintraf. Jetzt aber überlegte er sich, daß ihnen vielleicht etwas Wichtiges auffallen könnte, was ihm entgangen war. Außerdem war nun, nachdem sie alle das Ding am Fenster gesehen hatten, im Vergleich dazu der Zwischenfall am Telefon nicht mehr so schockierend.

Sie hörten sich seinen Bericht an, und ihre Stimmung verschlechterte sich durch die neue Information noch weiter.

»Was ist das bloß für ein perverses Schwein, das die Schreie seiner Opfer auf Band aufnimmt?« fragte Gordy.

Tal Whitman schüttelte den Kopf und sagte: »Vielleicht war das gar keine Bandaufnahme und die Leute waren noch am Leben. Es ist doch auch möglich, daß sie umgebracht worden sind, während Sie zuhörten.«

Bryce erinnerte sich an die entsetzlichen Schreie und spürte, wie ihm das Mark in den Knochen langsam gefror.

»Das brauchen nicht unbedingt Terroristen oder Kidnapper gewesen zu sein. Ich bin jetzt bereit, die Möglichkeit in Betracht zu ziehen, daß wir es hier mit etwas zu tun haben, das nicht menschlich ist. Vielleicht werden die anderen nur deshalb festgehalten, weil *es* das Vergnügen in die Länge ziehen will, sie zu töten. Vielleicht hält es sie nur fest, um uns mit ihren Schreien zu quälen, wie es das mit Bryce getan hat. Mein Gott, wenn wir es hier mit etwas wirklich Außergewöhnlichem, nicht Menschlichem zu tun haben, sind auch seine Motive für uns unverständlich.«

»So ein Blödsinn. Ihr redet daher, als wärt Ihr alle bescheuert«, sagte Wargle.

Alle ignorierten ihn.

Sie waren durch den Spiegel getreten. Das Unmögliche war möglich. Der Feind war das Unbekannte.

Lisa Paige, die kalkweiß geworden war, räusperte sich und sagte mit kaum hörbarer Stimme: »Vielleicht hat es irgendwo im Dunkeln, in einem Keller oder einer Höhle, ein Netz gesponnen und alle Vermißten in Kokons lebendig aufgehängt. Es hebt sie sich nur auf, bis es wieder Hunger bekommt.«

Wenn absolut nichts mehr unmöglich war, hatte das Mädchen vielleicht sogar recht, dachte Bryce. Vielleicht hing tatsächlich irgendwo im Dunkeln ein ungeheures Netz, in dem hundert oder zweihundert appetitlich in Frischhaltepackungen eingewickelte Menschen hingen und darauf warteten, von einem brutalen, unvorstellbar bösen Wesen mit einer finsteren Intelligenz, das aus einer anderen Dimension stammte, verzehrt zu werden.

Nein. Lächerlich.

Auf der anderen Seite vielleicht doch.

Großer Gott!

Bryce kauerte vor dem Funkgerät und betrachtete sich sein zerstörtes Inneres. Verschiedene Teile schienen von einem Schraubstock zerdrückt oder flachgehämmert.

Frank sagte: »Dafür mußte die Frontplatte abgenommen werden.«

»Warum sie sich wohl die Mühe gemacht haben, sie hinterher wieder anzuschrauben?« fragte Wargle.

Lisa und Gordy erschienen, und das Mädchen sagte: »Kaffee ist fertig, und es gibt etwas zu essen, wenn jemand Hunger hat.«

»Ich bin total ausgehungert«, sagte Wargle und leckte sich die Lippen.

»Sheriff«, sagte Gordy. »Ich und Lisa, wir haben uns Gedanken darüber gemacht, was mit den Haustieren hier passiert ist. Das ist uns eingefallen, als sie erzählt haben, daß Sie am Telefon Tiere gehört hätten.«

»Niemand hat einen Hund oder eine Katze gesehen«, sagte Lisa. »Jenny sagt, hier in der Stadt hätte es einige ziemlich große Hunde gegeben. Einige Schäferhunde, einen Dobermann auf jeden Fall, und sogar eine dänische Dogge. Meinen Sie nicht, die hätten sich gewehrt? Eigentlich sollte man doch denken, daß ein paar von den Hunden fliehen konnten, oder?«

»Schon gut«, sagte Gordy schnell, um Bryces Antwort zuvorzukommen. »Es war vielleicht stark genug, um einen wütenden, großen Hund überwältigen zu können. Größe und Stärke zählen aber bei Katzen nicht unbedingt so viel. Katzen sind blitzschnell. Wenn es tatsächlich jede Katze in der Stadt erwischt hat, muß es verdammt leise gewesen sein.«

»Verdammt leise und irre schnell«, sagte Lisa.

»Ganz richtig«, sagte Bryce beunruhigt. »*Irre* schnell.«

Jenny hatte gerade angefangen, ein Sandwich zu essen, als sich Sheriff Hammond neben sie setzte und seinen Teller auf seinen Knien balancierte. »Störe ich Sie?«

»Keineswegs.«

»Tal Whitman hat mir erzählt, wie Sie mit unserer lokalen Rokker-Gang fertiggeworden sind.«

Sie lächelte. »Tal übertreibt.«

»Der Mann kann überhaupt nicht übertreiben«, sagte der Sheriff. »Ich will Ihnen mal eine Geschichte über ihn erzählen. Vor einiger Zeit war ich drei Tage lang weg auf einem Lehrgang. Als ich wieder zurückkam, bin ich als erstem Tal begegnet. Ich fragte ihn, ob irgend etwas Besonderes losgewesen wäre, und er sagte, nein, eigentlich nicht. Ach doch, meinte er dann weiter, ein versuchter Raubüberfall, als sei ihm das gerade noch eingefallen. Es war in dem kleinen Laden an der Ecke gewesen, und leider hätte er dabei einen der Täter erschießen müssen. Es sei einwandfreie Notwehr gewesen. Ich habe dann nachgehakt, und da winkt er ab und sagt: ›Ach wissen Sie, Bryce, eigentlich war es eine Lappalie.‹ Ich habe dann später herausbekommen, daß der eine Typ Tal durch den Arm geschossen hatte, bevor der zurückschoß und ihn tötete. Tals Wunde war nicht ernst, aber er hat geblutet wie ein Schwein, und dann hat er noch den zweiten Täter niedergeschlagen, obwohl der fünf Zentimeter größer und zwanzig Pfund schwerer war als Tal, und außerdem war er *nicht* verwundet.«

Der Sheriff war mit seiner Geschichte zu Ende und sah Jenny erwartungsvoll an.

»Mein Gott! Und zu Ihnen hatte er gesagt, es wäre bloß eine Lappalie gewesen!«

»So ist es«, sagte der Sheriff und lachte. »Sie sehen also, wenn Tal mir erzählt, sie wären mit den Chrom-Dämonen fertiggeworden, dann weiß ich, daß das keine Übertreibung ist. Übertreibungen liegen ihm nicht.«

Jenny schüttelte beeindruckt den Kopf. »Als ich Tal von meinem kleinen Abenteuer erzählt habe, hat er sich angestellt, als wäre das die mutigste Tat der Weltgeschichte gewesen, und dabei war das im Vergleich mit seiner ›Lappalie‹ für ihn doch eher so etwas wie ein Streit im Kindergarten.«

»Nein, nein, da tun Sie ihm Unrecht«, sagte Hammond. »Das hat er nicht nur so gesagt, um Ihnen eine Freude zu machen. Er hat das wirklich für mutig gehalten. Ich übrigens auch. Dieser Jeeter ist gefährlich wie eine Klapperschlange, Dr. Paige.«

»Sie können mich Jenny nennen, wenn Sie möchten.«

»Einverstanden, wenn Sie Bryce zu mir sagen.«

Sie aßen und unterhielten sich dabei über belanglose Dinge. Er strahlte trotz der Umstände eine gewisse Ruhe aus, und sie war dankbar für die kurzen Minuten der Entspannung.

Nach dem Essen aber lenkte er das Gespräch wieder auf die gegenwärtige Krise. »Sie kennen sich in Snowfield besser aus als ich. Wir brauchen ein geeignetes Hauptquartier für diese Operation. Hier ist es zu eng. Bald kommen noch zehn von meinen

Leuten, und dazu kommt morgen früh noch das Team von General Copperfield.«

»Wie viele sind das denn?«

»Mindestens ein Dutzend Leute, und vielleicht bis zwanzig. Ich brauche also mehr Platz, und außerdem einen Raum, in dem die Leute schlafen können, und eine Cafeteria, um sie zu verpflegen. Das kann hier Tage dauern.«

»Dann wäre wahrscheinlich das Hilltop Inn am besten geeignet.«

»Schauen wir es uns doch einmal an«, sagte Bryce, stellte seinen leeren Pappbecher auf den Tisch und stand auf.

Jenny sah zu den Fenstern hinüber. Sie dachte an die Kreatur, die gegen die Scheiben geflogen war, und hörte noch immer die gedämpften Schläge, die sie dabei verursacht hatte. Sie wurde einfach das Bild dieser schwarzen Insektenaugen nicht los, die so bösartig und hungrig hereingesehen hatten.

Sie sagte: »Meinen Sie ... jetzt, sofort?«

»Warum nicht?«

»Wäre es nicht klüger, auf Verstärkung zu warten?« fragte sie.

»Es wird wahrscheinlich noch eine Weile dauern, bis die kommt. Es hat keinen Sinn, hier herumzusitzen und Däumchen zu drehen. Es geht uns bestimmt allen besser, wenn wir etwas Konstruktives unternehmen. Das wird uns ablenken von ... von den schlimmsten Dingen, die wir gesehen haben. Wir sind hier drinnen keinen Deut sicherer als draußen.«

Jenny dachte an die Oxleys in ihrem verbarrikadierten Zimmer und nickte. »Es gibt nirgends Sicherheit.«

16. Aus der Finsternis

Bryce Hammond führte sie aus der Station heraus. Er trug wie Tal Whitman ein Schrotgewehr. Sie traten auf die ausgestorbene Skyline Road hinaus.

Die Stadt stand in atemloser Stille. Die Bäume rührten sich nicht, und die Häuser waren wie Schemen aus Rauch und Dunst.

Weiter die Skyline Road hinauf konnten sie das Hilltop Inn sehen. Es war ein vierstöckiges, graues Steingebäude, in dessen Fenstern sich der fast volle Mond spiegelte. Kein Licht brannte in dem Hotel.

Sie hatten alle die Mitte der Straße erreicht oder überschritten, als etwas aus der Finsternis kam. Bryce bemerkte zuerst den Mondschatten, der wie eine Welle über die Straße huschte. Instinktiv duckte er sich. Er hörte Flügel und spürte, wie etwas leicht über seinen Kopf strich.

Stu Wargle schrie.

Bryce fuhr hoch und wirbelte herum.

Die Motte.

Sie hing fest an Wargles Gesicht und hielt sich irgendwie daran fest. Sein ganzer Kopf war davon versteckt.

Wargle war nicht der einzige, der schrie. Auch die anderen stießen Schreie aus und traten zurück. Auch das Ding kreischte mit einem hohen, durchdringenden Laut.

Im silbrigen Licht des Mondes flatterten die fahlen Flügel des unmöglichen Insekts, breiteten sich mit einer schrecklichen Grazie und Schönheit aus und schlugen Wargle an Kopf und Schultern.

Wargle taumelte bergab weg und versuchte, sich mit den Händen von dem grauenhaften Wesen zu befreien, das an seinem Gesicht klebte. Seine Schreie wurden bald immer unterdrückter und hörten nach ungefähr zwei Sekunden ganz auf.

Bryce war wie die anderen von Entsetzen und Schock gelähmt.

Wargle begann zu rennen, kam aber nur einige Meter weit, bis er abrupt stehenblieb. Seine Hände sanken von dem Ding vor seinem Gesicht herunter.

Bryce erwachte abrupt aus seiner kurzen Trance, ließ sein nutzloses Schrottgewehr fallen und rannte zu Stu.

Wargle fiel wider Erwarten doch nicht zu Boden, sondern richtete sich plötzlich stocksteif auf, riß die Schultern zurück und zuckte und zitterte am ganzen Körper, als habe er einen elektrischen Schlag bekommen.

Bryce versuchte, die Motte zu packen, um sie Wargle vom Gesicht wegzureißen, aber der Deputy tanzte in seiner Qual wie ein Besessener umher, so daß Bryce ihn nicht packen konnte.

Dann brach Wargle zusammen. Im gleichen Augenblick stieg die Motte von ihm auf, schwebte einen Augenblick über ihm in der Luft, starrte die anderen mit ihren schwarzen Augen haßerfüllt an, und dann flog sie auf Bryce zu.

Er stolperte zurück und fiel zu Boden. Die Motte schwebte über ihm vorbei und glitt lautlos über die Straße auf die Gebäude auf der anderen Seite zu.

Tal Whitman hob sein Schrotgewehr. Der Schuß hallte wie ein Kanonenschlag durch die stille Stadt.

Die Motte wurde in der Luft zur Seite geschleudert, taumelte fast bis zum Boden, fing sich aber dann wieder und verschwand über die Dächer.

Stu Wargle lag bewegungslos auf dem Rücken.

Bryce stand hastig auf und ging zu ihm hin. Der Deputy lag mitten auf der Straße, und es war noch hell genug, um erkennen zu können, daß sein Gesicht nicht mehr da war. Großer Gott. *Verschwunden.* Als sei es weggerissen worden. Sein Haar und Fetzen seiner Kopfhaut hingen über die weißen Knochen seiner Stirn. Ein Totenschädel grinste Bryce an.

17. Die Stunde vor Mitternacht

Tal, Gordy, Frank und Lisa saßen in roten Kunstledersesseln in einer Ecke der Einganghalle des Hilltop Inn. Das Hotel war seit dem Ende der Skisaison geschlossen, und sie hatten die weißen Staubschutztücher von den Sesseln gezogen, bevor sie wie betäubt von dem Schock hineingesunken waren. Der ovale Kaffeetisch vor ihnen war noch verhängt; sie starrten ihn an, weil sie sich nicht ins Gesicht sehen konnten.

Am hinteren Ende des Raums standen Bryce und Jenny vor der Leiche Stu Wargles, die auf einem langen, niedrigen Tisch an der Wand lag. Von den anderen konnte sich niemand dazu überwinden, in diese Richtung zu sehen.

Tal starrte auf den abgedeckten Kaffeetisch und sagte: »Ich habe das verdammte Ding getroffen. Ich weiß das genau.«

»Wir haben doch alle gesehen, wie es von der Schrotladung getroffen worden ist«, stimmte ihm Frank zu.

»Und warum ist es dann nicht in Stücke gerissen worden?« fragte Tal. »Ein direkter Treffer mit einem großen Schrotgewehr, verdammt noch mal! Von dem hätte eigentlich nicht viel übrigbleiben dürfen.«

»Schußwaffen werden uns nicht retten«, sagte Lisa.

Mit einer abwesenden, grabesschweren Stimme sagte Gordy: »Es hätte jeden von uns treffen können. Dieses Ding hätte auch mich erwischen können. Ich war direkt hinter Stu. Wenn er sich geduckt hätte oder aus dem Weg gesprungen wäre ...«

»Nein«, sagte Lisa. »Nein. Es wollte Mr. Wargle. Sonst niemand.«

Tal starrte das Mädchen an. »Wie meinst du das?«

Ihre Haut war so blaß wie ihre Knochen geworden. »Mr. Wargle hat sich geweigert, zuzugeben, was er gesehen hatte, nachdem es gegen die Scheiben geflogen war, und hat sich darauf versteift, daß es nur ein Vogel war.«

»Na und?«

»Deshalb wollte es ihn. Um ihm eine Lektion zu erteilen. Vor allem aber, um *uns* eine Lektion zu erteilen.«

»Es konnte doch nicht gehört haben, was Wargle gesagt hat!«

»Doch. Es hat es gehört.«

Meiner Ansicht nach unterstellst du ihm zuviel Intelligenz«, sagte Tal. »Es war groß, sicher, und von uns hat noch niemand jemals so etwas gesehen, aber es war doch trotzdem nur eine Motte, oder?«

Das Mädchen sagte nichts.

»Es ist doch nicht allwissend, oder?« versuchte Tal, sich zu überzeugen. »Meinst du denn, es sieht alles, hört alles und weiß alles?«

Das Mädchen starrte schweigend auf den abgedeckten Kaffeetisch.

Jenny unterdrückte ihren Ekel und untersuchte Wargles entsetzliche Verletzung. Die Lichter in der Halle waren nicht hell genug, und deshalb benutzte sie ihre Taschenlampe, um ihre Ränder zu untersuchen und in den Schädel hineinzusehen. Das Gesicht des Toten war völlig weggefressen, und von Haut, Fleisch oder Sehnen war keine Spur mehr übrig. Selbst die Knochen schienen angegriffen und sah stellenweise aus, als seien sie mit Säure bespritzt worden. Die Augen waren verschwunden. An den Seitenrändern der Wunde aber war das Fleisch von der Außenkante der Kieferknochen bis zu den Wangenknochen, vom Kinn an abwärts, sowie von der Mitte der Stirn an nach oben glatt und unberührt. Es war, als habe ein Meisterfolterer in künstlerischer Perfektion einen Rand gesunder Haut gelassen, um den grauenhaft grinsenden Totenkopf besonders zu betonen.

Jenny hatte genug gesehen und deckte die Leiche mit einem Staubschutztuch ab. Sie war froh, das schreckliche Gesicht nicht mehr sehen zu müssen.

»Und?« fragte Bryce.
»Keine Bißspuren«, sagte sie.
»Meinen Sie denn, so etwas hat Zähne?«
»Ich weiß, daß es ein Maul und Kauwerkzeuge aus Chitin hatte. Das habe ich durch das Fenster gesehen.«
»Richtig, ich auch.«
»Trotzdem sieht es nicht aus, als wäre das Fleisch abgerissen worden. Es scheint, als wäre es ... aufgelöst worden. Das Fleisch an den Wundrändern sieht aus, als wäre es versengt.«
»Sie meinen, das ... das Insekt hat eine Säure abgesondert?«
Sie nickte. »Damit hat es Stu Wargles Gesicht aufgelöst und das verflüssigte Fleisch aufgesaugt.«
»Großer Gott!« sagte Bryce. Sein Gesicht war blaß wie eine unbemalte Totenmaske, und seine Sommersprossen traten wie Brandmale hervor. »Deshalb konnte es auch in so wenigen Sekunden soviel Schaden anrichten.«
»Das ist noch nicht alles«, sagte sie. »Ich glaube, sein gesamtes Blut ist weg. Bei der Verletzung hätte er bluten müssen wie eine Fontäne, aber es ist kein Tropfen zu sehen. Schauen Sie sich den Hals an, die Halsschlagader.«
Bryce rührte sich nicht. »An den Adern ist keine Spur einer blauen Färbung mehr zu entdecken. Er hat keinen Tropfen Blut mehr im Körper.«
Bryce holte tief Luft. Er sagte: »Ich habe ihn umgebracht. Ich bin dafür verantwortlich. Wir hätten auf Verstärkung warten sollen, bevor wir aus der Station herausgegangen sind, wie Sie gesagt haben.«
»Nein, nein, Sie hatten recht. Da war es auch nicht sicherer als auf der Straße. Verstärkung hätte auch nichts geändert, dazu war das Ding einfach zu schnell. Da hätte auch eine ganze Armee nicht geholfen. Außerdem wissen Sie noch nicht alles. Sein Gehirn.«
Bryce wartete und sagte nach einiger Zeit. »Was ist mit seinem Gehirn.«
»Es ist weg.«
»Wie, weg?«
»Es ist weg, verschwunden. Sein Schädel ist völlig leer.«
»Woher wollen Sie das denn wissen, Sie haben ihn doch nicht geöffnet –«
Sie hielt ihm die Taschenlampe hin und unterbrach ihn. »Nehmen Sie das und leuchten Sie ihm in die Augenhöhlen.«

Er machte keinen Versuch, ihrer Aufforderung nachzukommen, sondern sah sie nur aus weitaufgerissenen Augen an. Sie selbst bemerkte, daß sie die Taschenlampe nicht ruhig halten konnte. Ihre Hand zitterte heftig.

Auch er bemerkte es. Er nahm ihr die Taschenlampe aus der Hand, legte sie hin und nahm beide ihrer Hände zwischen seine ledrigen großen Hände, um sie ein bißchen zu wärmen.

Sie sagte: »Hinter den Augenhöhlen ist nichts, gar nichts. Nur eine feuchte Höhlung. Das Ding hat sich durch sein Gesicht gefressen, durch seine Augen, so schnell, daß er kaum blinzeln konnte.« Ihre Stimme stieg immer mehr an und überschlug sich. »Es hat sich durch seinen Mund gefressen, seine Zunge aufgelöst, sein Zahnfleisch, sein ganzes Gehirn, das ganze Blut in seinem Körper, alles, und all das in nicht mehr als zehn oder zwölf Sekunden. Das ist einfach unmöglich! Es hat das alles aufgefressen, verstehen Sie das, das ganze Gewebe! Das Gehirn allein wiegt sechs oder sieben Pfund, und dazu das ganze Blut, und all das in zehn oder zwölf *Sekunden!*«

Sie stand da und schnappte nach Luft. Er führte sie zu einem weiß verhängten Sofa, und sie setzten sich beide hin. Niemand von den anderen sah zu ihnen herüber, und Jenny war froh darüber. Sie wollte nicht, daß Lisa sie in diesem Zustand sah.

Bryce legte ihr eine Hand auf die Schulter und sprach leise und mit beruhigender Stimme mit ihr.

Allmählich wurde sie ruhiger. Nicht weniger verstört oder verängstigt. Nur ruhiger.

»Geht's wieder besser?« fragte Bryce.

»Wie würde meine Schwester sagen – tut mir leid, daß ich so durchgedreht habe.«

»Sie? Wollen Sie mich auf den Arm nehmen? Ich habe es doch nicht einmal fertiggebracht, ihn mir mit der Taschenlampe anzusehen. *Sie* haben ihn doch untersucht.«

»Na ja, auf jeden Fall vielen Dank, daß Sie mir so geholfen haben.«

»Ich? Ich habe doch gar nichts gemacht.«

»Dann haben Sie aber eine sehr tröstende Art, nichts zu machen.«

Die beiden saßen eine Weile schweigend da und dachten über Dinge nach, über die sie nicht nachdenken wollten.

Schließlich sagte er: »Die Motte ... Woher kommt die wohl?«

»Vielleicht aus dem Mesozoikum?« sagte sie halb im Spaß.

»War das nicht das Zeitalter der Dinosaurier? Hat es damals solche Motten gegeben?«

»Ich weiß es nicht«, gab sie zu. »Ich könnte mir aber vorstellen, wie sie über die prähistorischen Sümpfe fliegt und einen *Tyrannosaurus Rex* so belästigt, wie wir heute von unserer kleinen Motte belästigt werden.«

»Wenn das Ding aber aus der Urzeit stammt, wo war es dann in der Zwischenzeit, all die Jahrmillionen lang?« fragte er.

»Meinen Sie, sie ... sie stammt vielleicht aus einem Labor?« fragte sie nach einiger Zeit. »Ein Experiment in Gen-Manipulation?«

»Sind sie denn schon so weit? Ich weiß zwar nur, was in den Zeitungen steht, aber ich dachte, von so etwas sind sie noch weit entfernt. Bis jetzt beschränken sie sich noch auf Bakterien.«

»Wahrscheinlich haben Sie recht«, sagte sie. »Aber trotzdem ...«

»Genau. Nichts ist unmöglich, denn die Motte ist *hier.*«

Nach einer weiteren kurzen Stille sagte sie: »Was da draußen wohl sonst noch herumkriecht oder fliegt?«

»Sie denken wohl an Jake Johnson?«

»Ja. Was hat ihn geholt? Die Motte war das nicht. Sie mag noch so tödlich sein, aber sie hätte ihn nicht lautlos töten können, und wegtragen auch nicht.« Sie seufzte. »Wissen Sie, am Anfang wollte ich nicht weg, weil ich dachte, wir würden vielleicht eine Seuche verbreiten, aber jetzt würde ich nicht versuchen, wegzufahren, weil ich weiß, daß wir nicht lebendig von hier wegkämen. Wir würden aufgehalten werden.«

»Nein, nein, ich bin sicher, wir kämen raus«, sagte Bryce. »Wenn wir beweisen können, daß das hier nichts mehr mit einer Krankheit zu tun hat und auch General Copperfields Leute davon überzeugt sind, werden Sie und Lisa sofort in Sicherheit gebracht.«

Sie schüttelte den Kopf. »Nein. Da draußen ist irgend etwas, Bryce, das ist weit listiger und gefährlicher als die Motte, und das will uns nicht weglassen, weil es mit uns spielen möchte, bevor es uns umbringt. Hier kommt keiner von uns weg, und deshalb sollten wir uns anstrengen, einen Weg zu finden, wie wir damit fertig werden könnten, bevor es sein Spiel müde wird.«

Sie hatten es sich in beiden Räumen des großen Restaurants des Hilltop Inn einigermaßen bequem gemacht. Ein Raum sollte als Cafeteria dienen, und den anderen hatten sie mit hergeschafften

Matratzen zu einem Schlafraum umfunktioniert. Sie waren gerade dort beschäftigt, als sie das leise, aber unverkennbare Geräusch von Automotoren hörten.

Bryce ging zu der Balkontür und sah hinaus. Drei Polizeiwagen kamen mit blinkenden Lichtern die Skyline Road herauf.

»Sie sind da«, sagte er den anderen.

Er hatte bisher immer gedacht, zusammen mit der Verstärkung könnten sie mit allem fertigwerden, aber nun kam sie ihm eher erbärmlich vor.

Die Lichter flackerten kurz und gingen aus, wurden aber nach nur einer Sekunde wieder hell. Es war 11.15; bald kam die Geisterstunde.

18. London, England

Als es in Kalifornien Mitternacht wurde, war es in London acht Uhr früh am Morgen.

Es war ein trüber Tag. Graue Wolken zogen über den Himmel, und schon vor der Morgendämmerung hatte ein Nieselregen eingesetzt, der seitdem nicht nachgelassen hatte. Der Wind trieb den Regen gegen die Fenster des Churchill Hotels an der Portman Square, der an ihnen herablief und die Sicht nach draußen verzerrte.

Burt Sandler, der geschäftlich aus New York hergeflogen war, saß an einem Tisch am Fenster und überlegte sich, wie er bei seiner Spesenabrechnung jemals die Höhe der Ausgaben für dieses Frühstück rechtfertigen könnte. Sein Gast hatte zunächst einmal eine teure Flasche Sekt bestellt, außerdem wollte er Kaviar – Sekt und Kaviar zum Frühstück! – und zwei verschiedene Arten von frischem Obst, und der alte Herr hatte offensichtlich noch nicht fertigbestellt.

Ihm gegenüber saß Dr. Timothy Flyte, der Anlaß für Sandlers Verblüffung, und studierte die Speisekarte mit kindlichem Entzücken. »Und dann möchte ich noch eine Portion Croissants«, sagte er zu dem Kellner.

»Ja Sir«, sagte der Kellner.

»Sind sie schön knusprig?«

»Ja, Sir, sehr.«

»Ah, gut. Und Eier«, sagte Flyte. »Zwei schöne, weiche Eier mit Toast und Butter.«

»Toast?« fragte der Kellner. »Kommt das noch zu den Croissants dazu?«

»Natürlich«, sagte Flyte und rückte sich den etwas ausgefransten Kragen seines weißen Hemds zurecht. »Und dann noch etwas gebratenen Schinken zu den Eiern.«

Der Kellner blinzelte. »Ja, Sir.«

Endlich sah Flyte zu Sandler auf. »Was ist schließlich ein Frühstück ohne gebratenen Schinken? Hab ich recht?«

»Ganz Ihrer Meinung«, sagte Burt Sandler mit einem erzwungenen Lächeln. Er bemerkte, daß der Steg von Flytes Brille ungeschickt zusammengeklebt war. Flyte hatte das offensichtlich selbst gemacht, um Geld zu sparen.

»Haben Sie gute Schweinswürstchen? Ich will eine ehrliche Antwort. Wenn sie nicht wirklich gut sind, lasse ich sie zurückgehen.«

»Unsere Schweinswürstchen sind ausgezeichnet«, versicherte ihm der Kellner.

»Also gut. Schweinswürstchen.«

»An Stelle des Schinkens, Sir?«

»Nein, nein, dazu«, sagte Flyte, als sei das eine törichte Frage.

Flyte war achtundfünfzig, sah aber mindestens zehn Jahre älter aus. Sein weißes Haar stand von seinem Kopf weg, als sei es elektrisch aufgeladen, und angesichts seiner hageren Figur konnte man daran zweifeln, ob er alles schaffen würde, was er bestellt hatte.

»Kartoffeln«, sagte Flyte.

»Sehr wohl, Sir«, sagte der Kellner und schrieb es sich auf seinem Block auf, auf dem er inzwischen kaum noch Platz hatte.

»Haben Sie gute Süßspeisen?« wollte Flyte nun wissen.

Der Kellner warf Sandler einen Blick zu, als wolle er ihn fragen, ob sein Großvater völlig senil sei. Sandler lächelte nur.

»Ja, Sir, wir haben verschiedene Süßspeisen. Da wäre ein köstliches –«

»Bringen Sie eine Auswahl«, sagte Flyte. »Am Schluß des Frühstücks natürlich.«

»Überlassen Sie das nur mir, Sir.«

»Gut. Sehr gut. Ausgezeichnet!« sagte Flyte strahlend und legte etwas widerwillig die Speisekarte ab.

Fast hätte Sandler erleichtert aufgeseufzt. Er selbst bestellte Orangensaft, Eier mit Schinken und Toast, während Professor Flyte die leicht verwelkte Nelke am Aufschlag seines glänzenden, blauen Anzugs zurechtrückte.

Als Sandler fertigbestellt hatte, lehnte sich Flyte verschwörerisch zu ihm hinüber. »Trinken Sie auch etwas von dem Sekt, Mr. Sandler?«

»Ein oder zwei Gläschen könnten bestimmt nicht schaden«, sagte Sandler und hoffte, das könnte ihm vielleicht dabei helfen, daß ihm eine einigermaßen plausible Erklärung für das üppige Frühstück einfiel.

Flyte sah den Kellner an. »Dann bringen Sie vielleicht besser *zwei* Flaschen.«

Sandler, der gerade Eiswasser getrunken hatte, verschluckte sich fast.

Der Kellner ging, und Flyte sah durch das Fenster hinaus. »Scheußliches Wetter. Ist es bei Ihnen in New York im Herbst auch so schlimm?«

»Da regnet es auch oft, aber es gibt auch schöne Tage.«

»Hier auch«, sagte Flyte. »Obwohl es hier mehr regnet. Londons schlechter Ruf in dieser Beziehung ist nicht ganz unverdient.«

Der Professor blieb beharrlich bei belangloser Konversation, bis der Sekt serviert war, als befürchtete er, die Bestellung würde zurückgenommen, sobald der geschäftliche Teil erledigt war.

»Sind Sie extra wegen mir aus New York hergekommen?« fragte Flyte, nachdem sie angestoßen hatten.

»Nein, ich treffe mich mit einigen Autoren«, sagte Sandler. »Ich komme gewöhnlich einmal im Jahr her und spüre neue Bücher auf. Englische Autoren sind in den Staaten sehr populär, besonders die Thriller.«

»MacLean, Follet, Forsythe, Bagley, die Leute?«

»Ich selbst suche eigentlich keine Thriller«, sagte Sandler. »Meine Interessen sind breiter gestreut. Ich spreche auch mit unbekannten Autoren, und manchmal schlage ich einem bestimmten Autor ein Projekt vor.«

»Mit mir haben Sie offensichtlich etwas vor.«

»Zuerst möchte ich Ihnen sagen, daß ich *Der alte Feind* sehr faszinierend fand, als er herauskam.«

»Einige Leute fanden es faszinierend«, sagte Flyte. »Aber die meisten haben sich darüber aufgeregt.«

»Soweit ich gehört habe, haben Sie durch das Buch einige Probleme bekommen.«

»Eigentlich nichts als Probleme.«

»Welche denn?«

»Ich habe mit 43 meine Stelle an der Universität verloren, also mit einem Alter, wenn die meisten Akademiker endlich eine sichere Position bekommen.«

»Sie haben wegen *Der Alte Feind* Ihre Stelle verloren?«

»So direkt haben sie es nicht gesagt«, sagte Flyte und schob sich etwas Kaviar in den Mund. »Das hätte sie zu engstirnig erscheinen lassen. Nein, man hat mich indirekt angegriffen. Mein werter Mr. Sandler, der Konkurrenzkampf in akademischen Kreisen ist unglaublich. Es sind Gerüchte ausgestreut worden, in denen von meinen skandalösen sexuellen Praktiken mit meinen weiblichen Studenten die Rede war. Mit meinen männlichen übrigens auch. Das kam nie offen zur Sprache, und deshalb konnte ich mich auch nicht dagegen wehren. Bei mir direkt haben sie höflich von Inkompetenz, Überarbeitung, Ermüdungserscheinungen und ähnlichem mehr gesprochen. Auf jeden Fall war ich achtzehn Monate nach der Veröffentlichung von *Der Alte Feind* meine Stelle los. Ich bin auch bei keiner anderen Universität angekommen. Offiziell wurde das mit meinem schlechten Ruf begründet, aber in Wirklichkeit kam es daher, daß meine Theorien zu bizarr für akademische Geschmäcker waren. Man hat mich beschuldigt, ich wollte ein Vermögen machen, indem ich die Neigung der einfachen Menschen zu Pseudowissenschaftlichkeit und Sensationen ausnützen würde, und daß ich meine Glaubwürdigkeit verkauft hätte.«

Er machte eine Pause und nahm genußvoll einen Schluck Sekt.

Sandler war zutiefst über das empört, was Flyte ihm da erzählt hatte. »Aber das ist ja ungeheuerlich! Ihr Buch war eine wissenschaftliche Abhandlung. Die sogenannten einfachen Menschen hätten sich nur mit größten Schwierigkeiten durch *Der Alte Feind* kämpfen können. Mit so etwas ein Vermögen zu machen, ist praktisch unmöglich.«

»Was die Einkünfte aus dem Buch deutlich zeigen.«

»Sie waren doch ein geachteter Archäologe«, sagte Sandler.

»Na ja, so geachtet auch wieder nicht«, sagte Flyte bescheiden. »Auf jeden Fall war ich nie eine Schande für den Berufszweig, wie das später behauptet worden ist. Wenn Ihnen das Verhalten meiner Kollegen unglaublich vorkommt, dann kennen Sie eben die Wissenschaftler nicht. Wissenschaftler wachsen mit der festen Überzeugung heran, daß neue Erkenntnisse allmählich wachsen, als würden Sandkörner aufeinandergehäuft, bis sich ein Berg gebildet hat. Die meisten neuen Erkenntnisse entstehen tatsächlich so. Daher stehen sie bahnbrechenden neuen Erkenntnissen immer mit größtem Mißtrauen gegenüber. Kopernikus ist von seinen Zeitgenossen ausgelacht worden, weil er gesagt hat, die Planeten würden sich um die Sonne drehen, obwohl er recht hatte. Für dieses Phänomen gibt es noch zahllose andere Beispiele.« Flyte wurde rot und trank hastig noch einen Schluck Sekt. »Nicht, daß ich mich mit Kopernikus oder irgendeinem anderen von diesen großen Männern vergleichen will! Ich möchte damit lediglich erklären, warum meine Kollegen dazu konditioniert waren, so über mich herzufallen. Ich hätte mir das denken sollen.«

»Glauben Sie noch immer an die Richtigkeit Ihrer Theorie?«

»Absolut! Die Geschichte ist voll von Berichten darüber, daß Massen von Menschen auf geheimnisvolle Art verschwunden sind, für die weder Archäologen noch Historiker eine einleuchtende Erklärung finden können.«

Die wäßrigen Augen des Professors unter seinen buschigen, weißen Augenbrauen wurden scharf und durchdringend, und er lehnte sich über den Tisch und starrte Sandler hypnotisch an.

»Am 10. Dezember 1939«, sagte Flyte, »war eine Armee von 3000 chinesischen Soldaten, die in den Bergen von Nanking auf dem Weg an die Front war, spurlos verschwunden, bevor sie ankam. Nicht eine einzige Leiche ist jemals gefunden worden, keine Spur, kein Zeuge. In den japanischen Quellen findet sich keine Erwähnung von Kämpfen mit dieser Armee. Die Bauern in der Gegend haben keine Schüsse oder sonstige Hinweise auf einen Kampf gehört. Eine ganze Armee hat sich in Luft aufgelöst. 1711 marschierte während des Spanischen Erbfolgekriegs eine viertausend Mann starke Abordnung in die Pyrenäen los. Noch bevor das erste Nachtlager aufgeschlagen worden war, verschwand sie bis auf den letzten Mann, obwohl sie sich auf bekanntem Gelände befand und weit und breit kein Feind war.«

Flyte war von dem Thema noch ebenso fasziniert wie vor 17 Jahren, als er das Buch geschrieben hatte. Sein Frühstück war vergessen.

»So etwas gibt es auch noch in größerem Umfang«, fuhr der

Professor fort. »Da ist das Rätsel der großen Maya-Städte Copán, Piedras Negras, Palenque, Menché Seibal und noch einige mehr, die über Nacht verlassen wurden. Zehntausende, *Hunderttausende* von Mayas verließen ungefähr im Jahr 610 ihre Heimat, und zwar vielleicht innerhalb einer Woche, möglicherweise sogar innerhalb eines einzigen Tages. Manche scheinen nach Norden geflohen zu sein und dort neue Städte gegründet zu haben, aber es gibt Anzeichen dafür, daß zahllose Tausende von Menschen einfach verschwunden sind, und zwar innerhalb einer unwahrscheinlich kurzen Zeitspanne. Sie haben sich nicht einmal die Mühe gemacht, alle ihre Töpfe und Werkzeuge sowie ihre Küchengeräte mitzunehmen ... Meine gelehrten Kollegen behaupten, das Land um die Städte herum sei unfruchtbar geworden und habe die Bewohner zur Auswanderung gezwungen. Warum haben sie aber dann so viel zurückgelassen? Warum haben sie kostbaren Saat-Mais nicht mitgenommen? Warum ist nicht ein einziger Überlebender zurückgekehrt, um die verlassenen Städte auszuplündern?« Flyte schlug leicht mit einer Faust auf den Tisch. »Das ist doch einfach irrational! Emigranten machen sich nicht auf einen langen und beschwerlichen Weg, ohne dabei sämtliche Hilfsmittel mitzunehmen, die ihnen zur Verfügung stehen. In manchen Häusern in Piedras Negras und Seibal haben Familien umfangreiche Mahlzeiten vorbereitet, aber dann sind sie weggegangen, *ohne sie zu verzehren*. Das deutet doch wohl auf einen abrupten Aufbruch hin. Zur Zeit vermag keine Theorie diese Fragen zu beantworten – außer meiner, so bizarr sie auch sein mag, so *unmöglich* sie auch sein mag.«

»Und so beängstigend«, fügte Sandler hinzu.

»Genau«, sagte Flyte.

Der Professor sank atemlos auf seinen Stuhl zurück. Sein Blick fiel auf sein gefülltes Sektglas, und er leerte es in einem Zug.

Der Kellner erschien und füllte ihre Gläser nach. Flyte machte sich hastig an seine Erdbeeren, als habe er Angst, der Kellner werde sie ihm wegnehmen, weil er sie nicht angerührt hatte.

»Man hat mich beschuldigt, ich wollte *alle* Fälle der Weltgeschichte mit einer Theorie erklären, in denen jemand auf geheimnisvolle Art verschwunden ist, aber das ist ein ungerechter Vorwurf. Ich bin nur an solchen Fällen interessiert, in denen *Massen* von Tieren oder Menschen verschwunden sind, und davon gibt es buchstäblich Hunderte.«

Der Kellner brachte die Croissants.

Sandler sagte: »Wenn es nach der Veröffentlichung Ihres Buches zu weiteren auffälligen Beispielen dafür gekommen wäre, hätte das natürlich die Glaubwürdigkeit Ihres Buches erheblich –«

»Ah«, unterbrach ihn Flyte, »aber solche Fälle *sind* vorgekommen!«

»Das wäre aber doch in allen Schlagzeilen –«

»Ich persönlich weiß von zwei Fällen. Es könnte aber auch noch mehr geben«, beharrte Flyte. »In einem Fall sind niedrigere Tiere in Massen verschwunden, und zwar *Fische*. In den Zeitungen hat man sich dafür nicht sonderlich interessiert, aber ich weiß, daß vor ungefähr acht Jahren Meeresbiologen festgestellt haben, daß in einem bestimmten Teil des Pazifiks der Fischbestand dramatisch abgenommen hat, und zwar so sehr, daß manche Arten nur noch halb so zahlreich vorgekommen sind. Kein Mensch konnte sich das erklären, aber in einem Gebiet von einigen hundert Quadratmeilen Größe sind Millionen und Abermillionen von Fischen einfach verschwunden.«

»Umweltverschmutzung«, vermutete Sandler.

Flyte schmierte sich Marmelade auf sein Croissant und sagte: »Nein, ausgeschlossen. Dazu wäre die größte Umweltkatastrophe der Menschheitsgeschichte nötig gewesen, und außerdem hätte man dann Massen von toten Fischen finden müssen. So etwas wäre nicht unbemerkt geblieben.«

Burt Sandler war aufgeregt. Er roch Geld. Bei manchen Büchern hatte er Vorahnungen, und die hatten sich bisher fast immer als richtig erwiesen. Wenn er Flyte dazu überreden konnte, das trockene, akademische Material von *Der Alte Feind* in eine populäre Form und auf den neuesten Stand zu bringen, würde der Professor sich noch viele Jahre selbst Sekt und Kaviar leisten können.

»Sie sagten, Sie wüßten von *zwei* Fällen«, sagte er, um Flyte zum Weiterreden zu ermutigen.

»Der zweite war 1980 in Afrika. Zwischen drei- und viertausend primitive Ureinwohner sind aus einer relativ abgelegenen Gegend Zentralafrikas verschwunden. Die Dörfer wurden leer vorgefunden, aber die Besitztümer und vor allem die Vorräte waren zurückgelassen worden. Das einzige Anzeichen von Gewaltanwendung waren einige zerbrochene Töpfe. Natürlich sind in diesem Teil der Welt immer mehr Stämme einfach verschwunden, aber sie sind dann niedergemetzelt worden. In solchen Fällen werden die Dörfer immer geplündert und dann niedergebrannt, und die Bewohner werden in Massengräbern verscharrt. Das war hier nicht der Fall. Außerdem haben einige Wochen später Wildhüter von einer unerklärlichen Abnahme des Wildbestandes gesprochen, aber das hat niemand mit den verschwundenen Dorfbewohnern in Verbindung gebracht.«

»Die meisten Fälle kommen in sehr abgelegenen Gebieten vor«, sagte Sandler. »Das erschwert eine Verifikation.«

»Ganz richtig. Das ist mir auch vorgeworfen worden. Wahrscheinlich kommen die meisten Fälle auf dem Meer vor, weil der größte Teil der Erdoberfläche aus Wasser besteht. Vergessen Sie aber die beiden Armeen nicht. *Das* waren Fälle, die in unserer modernen Zivilisation vorgekommen sind, und wenn tatsächlich Zehntausende von Mayas dem Alten Feind zum Opfer gefallen sind, wie ich in meiner Theorie postuliere, dann war das ein Fall, in dem ganze Städte, Zentren der Zivilisation mit einer beängstigenden Kühnheit angegriffen worden sind.«

»Sie meinen, das könnte heute wieder passieren –«

»Ohne jeden Zweifel!«

»– und in Städten wie New York oder sogar hier in London?«

»Sicherlich. Es könnte praktisch überall passieren, wo die in meinem Buch beschriebenen geologischen Voraussetzungen gegeben sind.«

Sie nippten beide an ihren Sektgläsern und dachten nach.

Sandler war sich nicht sicher, ob er an die Theorie glaubte, die Flyte in *Der Alte Feind* vorgetragen hatte. Er wußte, daß sie die Basis für ein ungeheuer populäres Buch liefern könnten, aber das bedeutete noch nicht, daß er auch an sie glauben mußte. Eigentlich *wollte* er nicht an sie glauben, denn damit hätte er das Tor zur Hölle aufgestoßen.

Er sah Flyte an, der wieder an seiner verwelkten Nelke herumzupfte, und sagte: »Das läßt es einem kalt den Rücken herunterlaufen.«

Flyte nickte und sagte: »Das sollte es auch.«

Der Kellner kam mit Eiern, Schinken, Würstchen und Toast.

19. In finsterster Nacht

Das Hotel war eine Festung.

Bryce war mit den getroffenen Vorbereitungen zufrieden.

Inzwischen war es halb zwei Uhr früh, und mit Hilfe der zehn Deputies aus Santa Mira war viel geschafft worden.

Der eine Raum des Restaurants war mit Matratzen aus den Zimmern in einen Schlafsaal verwandelt worden, der auch dann noch ausreichen würde, wenn General Copperfields Männer da waren. In dem zweiten waren einige Tische zusammengestellt worden, damit sie alle dort essen konnten, und sie hatten die Küche geputzt und einsatzbereit gemacht. Die Lobby war in eine riesige Einsatzzentrale mit Schreibtischen, Schreibmaschinen, Aktenschränken, schwarzen Brettern und einer großen Karte von Snowfield verwandelt worden.

Außerdem war das gesamte Hotel genau durchsucht worden, und sie hatten Maßnahmen getroffen, um dem Feind ein Eindringen zu erschweren. Die beiden Hintereingänge hatten sie verschlossen und zusätzlich mit angenagelten Balken gesichert; Bryce hatte diese zusätzliche Vorsichtsmaßnahme angeordnet, um sich Wachen an diesen Eingängen zu ersparen. Auch die Tür zur Feuertreppe hatten sie so gesichert, so daß niemand in die oberen Stockwerke des Hotels eindringen und sie von dort überraschen konnte. Nun war die Eingangshalle nur über zwei kleine Fahrstühle mit dem ersten, zweiten und dritten Stock verbunden, und die wurden ständig bewacht. Eine weitere Wache stand am vorderen Eingang. Ein Truppe von vier Männern hatte sich versichert, daß alle Fenster im Erdgeschoß geschlossen waren. Sie stellten zwar Schwachstellen in den Befestigungsanlagen dar, aber zumindest würden sie durch das Geräusch von zerbrechendem Glas gewarnt werden, wenn jemand versuchen sollte, einzudringen.

Stu Wargles verstümmelte Leiche war vorerst in einem Geräteraum neben der Eingangshalle abgelegt worden. Außerdem hatte Bryce einen Dienstplan aufgestellt und die nächsten drei Tage in Zwölf-Stunden-Schichten aufgeteilt, falls die Krise so lange dauern sollte.

Schließlich war ihm nichts mehr eingefallen, und nun saß er hier, trank koffeinfreien Kaffee und versuchte, den Ereignissen der Nacht einen Sinn abzugewinnen. Seine Gedanken kehrten immer wieder zu einem unwillkommenen Thema zurück:

Sein Gehirn war verschwunden. Sein Blut war ausgesaugt, bis auf den letzten Tropfen.

Er schüttelte mit Mühe das ekelerregende Bild von Wargles zerstörtem Gesicht ab, stand auf, um sich noch einen Kaffee zu holen, und setzte sich dann wieder an seinen Tisch.

Es war sehr ruhig in dem Hotel.

An einem anderen Tisch saßen drei von den Männern, die die Nachtschicht übernommen hatten, und spielten Karten. Wenn sie überhaupt etwas sagten, flüsterten sie es praktisch.

Das Hotel war sehr ruhig.

Das Hotel war eine Festung.

Das Hotel *war* eine Festung, verdammt noch mal.

War es aber sicher?

Lisa suchte sich eine Matratze in einer Ecke des Schlafsaals aus, so daß sie mit dem Rücken zur Wand lag.

Jenny breitete eine der Decken aus, die auf das Bett gelegt worden waren, und deckte ihre Schwester damit zu.

»Willst du noch eine?«

»Nein«, sagte Lisa. »Eine reicht. Es ist aber schon ein komisches Gefühl, wenn man sich mit den Kleidern ins Bett legt.«

»Bald wird alles wieder normal laufen«, sagte sie, überlegte sich aber im gleichen Augenblick, daß das eine alberne Aussage war.

»Legst du dich jetzt auch schlafen?«

»Noch nicht sofort.«

»Schade«, sagte Lisa. »Ich wünschte, du würdest dich direkt auf die nächste Matratze neben mich legen.«

»Du bist doch nicht allein.« Jenny strich dem Mädchen über das Haar.

Einige Deputies – darunter auch Tal Whitman, Gordy Brogan und Frank Autry – hatten sich auf anderen Matratzen hingelegt. Außerdem standen noch drei schwer bewaffnete Männer Wache.

»Werden die Lichter noch dunkler gestellt?« fragte Lisa.

»Nein. Dunkelheit können wir nicht riskieren.«

»Gott sei Dank. Sie sind so schon düster genug. Bleibst du bei mir, bis ich eingeschlafen bin?« fragte Lisa und sah dabei viel jünger als vierzehn aus.

»Klar.«

»Und können wir uns dabei unterhalten?«

»Sicher. Nur nicht so laut, damit wir die anderen nicht stören.« Jenny legte sich neben ihre Schwester und stützte ihren Kopf in eine Hand. »Worüber möchtest du dich denn unterhalten?«

»Egal. Nur nicht über ... heute nacht.«

»Das trifft sich gut, denn ich wollte dich etwas fragen«, sagte Jenny. »Heute nachmittag haben wir uns doch über Mutter unterhalten, und da hast du gesagt, sie hätte mit mir angegeben. Stimmt das wirklich?«

Lisa lächelte: »Ihre Tochter, die Ärztin. Mein Gott, war sie stolz auf dich, Jenny!«

Wie beim ersten Mal brachte diese Aussage Jenny durcheinander. »Und sie hat mir nie die Schuld dafür gegeben, daß Vater einen Schlaganfall bekommen hat?«

Lisa runzelte die Stirn. »Dir? Warum denn?«

»Na ja, schließlich habe ich ihm einige Zeit viel Kummer gemacht.«

»*Du*?« fragte Lisa erstaunt. »Das einzige, was du nach Moms Meinung jemals Schlimmes getan hast, war, daß du an Haloween unsere weißbraune Katze schwarz färben wolltest und dabei die ganzen Gartenmöbel ruiniert hast.«

Jenny lachte überrascht. »Das hatte ich vergessen. Ich war damals erst acht Jahre alt.«

Sie lächelten sich zu und fühlten sich in diesem Augenblick mehr denn je wie Schwestern.

Dann sagte Lisa: »Wie kommst du denn darauf, daß Mom dir die Schuld an Vaters Tod gegeben haben könnte? Das war doch ein Schlaganfall. Wie sollst du denn daran schuld sein können?«

Jenny zögerte. Diese Eröffnung bedeutete für sie eine ungeheure Befreiung. Zum ersten Mal, seit sie neunzehn war, spürte sie diese Last nicht mehr auf ihren Schultern.

»Jenny?«

»Ja?«

»Weinst du?«

»Ncin, ich bin okay«, sagte sie und unterdrückte ihre Tränen. »Wenn Mom es mir nicht vorgeworfen hat, war es wohl ein Fehler von mir, es mir selbst vorzuwerfen. Ich bin einfach glücklich über das, was du mir da erzählt hast.«

»Was hat dich aber zu dieser Meinung gebracht? Wenn wir gute Schwestern sein wollen, dürfen wir keine Geheimnisse voreinander haben. Los, raus mit der Sprache!«

»Das ist eine lange Geschichte, und ich erzähle sie dir auch einmal irgendwann, aber nicht jetzt. Reden wir von etwas anderem.«

Sie unterhielten sich noch einige Minuten über Belanglosigkeiten, dann wurden Lisas Augenlider immer schwerer.

Jenny versuchte, nicht an die leeren Augenhöhlen und den Totenschädel zu denken, der einmal Stu Wargles Gesicht gewesen war. Ihre Gedanken kehrten jedoch immer wieder zu diesem Bild von monströser Gewalt und Tod zurück.

Sie wünschte sich, mit ihr würde auch jemand beruhigend reden, bis sie eingeschlafen war. Sie würde in dieser Nacht nicht viel Ruhe finden.

In dem Geräteraum neben der Eingangshalle brannte kein Licht. Er hatte keine Fenster. Ein leichter Geruch von Reinigungsmitteln hing in der Luft.

In der rechten hinteren Ecke war ein großes Metallwaschbekken. Aus diesem undichten Wasserhahn fiel alle zehn bis zwölf Sekunden ein Tropfen mit einem leisen, hohlen *Ping* in das Metallbecken.

In der Mitte des Raums lag die gesichtslose Leiche Stu Wargles unter einem Staubschutztuch auf einem Tisch.

Bis auf das monotone Geräusch der Wassertropfen war alles still.

Eine atemlose Spannung hing in der Luft.

Gordy Brogan hatte Angst davor, die Augen zu schließen. Jedesmal, wenn er sie zugemacht hatte, war er von blutrünstigen Visionen geplagt worden, die aus seiner eigenen privaten Dunkelheit aufgestiegen waren. Nun lag er mit offenen Augen unter seiner Decke und starrte Frank Autrys Rücken an.

In Gedanken formulierte er ein Kündigungsschreiben an Bryce Hammond. Er würde es erst schreiben können, nachdem die Angelegenheit hier in Snowfield vorüber war, weil er seine Freunde nicht mitten in einer Krise im Stich lassen wollte. Sobald sie aber beigelegt war, würde er das Kündigungsschreiben dem Sheriff persönlich überreichen.

Er hatte nun keinen Zweifel mehr daran, daß Polizeiarbeit nichts für ihn war, und sie war es auch noch nie gewesen.

Er war noch jung, und es war noch Zeit genug, um den Beruf zu wechseln. Er hatte sich von der Liebe und Zuneigung seiner Eltern erdrückt gefühlt und deshalb den Beruf gewählt, den sie am wenigsten gewollt hatten. Sie hatten es bemerkt, wie gut er sich mit Tieren verstand und daß er die Fähigkeit besaß, in einer Minute das Vertrauen und die Freundschaft jeder Kreatur mit vier Beinen zu gewinnen, und deshalb hätten sie es gern gesehen, wenn er Tierarzt geworden wäre. Nun erkannte er, daß sie recht gehabt und es nur gut mit ihm gemeint hatten.

Die Uniform hatte ihn auch deshalb angezogen, weil er glaubte, sie würde seine Männlichkeit beweisen. Schon als Junge hatte er sich nicht für Sport interessiert und Gewalt in jeder Form verabscheut, und Mädchen gegenüber war er schon immer zurückhaltend gewesen. Er hatte deshalb gemeint, die anderen würden ihn trotz seines Aussehens und seiner Muskeln für weibisch halten. Nun aber erkannte er endlich, daß er sich vor niemandem zu beweisen brauchte. Er würde den Beruf wählen, der ihm am meisten zusagte. Er würde Tierarzt werden, weil ihn das selbst zufrieden und seine Eltern glücklich machen würde.

Er schloß zufrieden die Augen und wollte einschlafen, aber aus der Dunkelheit stiegen wie ein Alptraum Bilder von abgeschnittenen Katzen- und Hundeköpfen und zerfleischten und gequälten Tieren auf.

Er schnappte nach Luft und riß die Augen wieder auf.

Was war nur mit den Haustieren von Snowfield passiert?

In dem dunklen Geräteraum hatte das monotone *Ping* der Wassertropfen in das Metallbecken aufgehört.

Es war jedoch nicht völlig still. Es bewegte sich etwas in der Dunkelheit und verursachte ein weiches, nasses, kaum merkliches Geräusch in dem stockfinsteren Raum.

Jenny war noch nicht bereit zum Schlafen und ging in die Cafeteria, schenkte sich eine Tasse Kaffee ein und setzte sich zu dem Sheriff an seinen Ecktisch.

»Schläft Lisa?« fragte er.

»Wie ein Stein.«

»Und wie geht es Ihnen? Das muß doch schwer für Sie sein. Alle Ihre Nachbarn und Freunde . . .«

»Ich bin irgendwie wie betäubt und lasse es nicht an mich herangehen, sonst wäre es einfach zuviel.«

»Das ist eine normale, gesunde Reaktion. Wir machen es alle so.«

Sie tranken Kaffee und unterhielten sich. Dann:

»Verheiratet?« fragte er.

»Nein. Sie?«

»Ich war verheiratet.«

»Geschieden?«

»Sie ist gestorben.«

»Ach ja, wie dumm von mir. Ich habe ja darüber in der Zeitung gelesen. Das war doch ein Verkehrsunfall, oder?«

»Ein Lkw.«

Sie sah ihm in die Augen und dachte, sie würden etwas trüber und weniger blau als vorher. »Wie geht es Ihrem Sohn?«

»Er liegt noch immer im Koma. Ich glaube nicht, daß er jemals wieder daraus erwacht.«

»Es tut mir leid für sie, Bryce, ganz ehrlich.«

Er legte seine Hände um seinen Kaffeebecher und starrte in den Kaffee herab. »Bei dem Zustand, in dem Timmy sich befindet, wäre es im Grund ein Segen, wenn er ganz einschlafen würde. Am Anfang war ich wie betäubt, aber in der letzten Zeit habe ich es akzeptieren gelernt.« Er sah auf und begegnete Jennys Blick. »Eigentlich ist es komisch, aber seit ich hier in Snowfield bin, ist der Grauschleier verschwunden.«

»Grauschleier?«

»Eine lange Zeit war aus allem die Farbe verschwunden, und ich habe meine Umwelt nur noch grau gesehen. Heute abend aber hat es hier so viel Aufregung und Spannung, so viel Angst gegeben, daß für mich wieder alles außerordentlich deutlich geworden ist.«

Dann erzählte ihm Jenny vom Tod ihrer Mutter und die heftige Wirkung, die er trotz der jahrelangen Trennung auf sie gehabt hatte. Wieder fiel ihr Bryce Hammonds außergewöhnliche Fähigkeit auf, ihr ein Gefühl von Vertrautheit zu vermitteln. Es war, als würden sie sich seit Jahren kennen.

Sie erzählte ihm sogar von den Fehlern, die sie mit achtzehn und neunzehn gemacht hatte, und mit denen sie ihre Eltern schwer verletzt hatte. Sie hatte sich mit einem fünf Jahre älteren Studenten angefreundet, dem sie allmählich ganz verfallen war. Dann aber war sie schwanger geworden, und er wollte ihr nicht einmal einen Tag Zeit lassen, sondern verlangte eine sofortige Abtreibung. Als sie auf einen Tag Frist bestanden hatte, um sich alles in Ruhe überlegen zu können, hatte er einen Wutanfall bekommen und sie so geschlagen, daß sie eine Fehlgeburt hatte. Damit war für sie alles vorbei, und sie wurde abrupt erwachsen.

»Seitdem«, erzählte sie Bryce, »habe ich hart gearbeitet – vielleicht zu hart, um meiner Mutter zu beweisen, daß es mir leid tat und daß ich ihrer Liebe doch wert war. Ich bin nicht so oft heimgefahren, wie ich gesollt hätte, weil ich meiner Mutter nicht in die Augen sehen konnte. Ich habe immer nur den Vorwurf darin gesehen. Und dann habe ich heute abend von Lisa etwas Verblüffendes erfahren.«

»Ihre Mutter hat Ihnen nie irgendwelche Schuld gegeben und war wahrscheinlich sogar stolz auf Sie«, sagte Bryce mit der unheimlichen Sensibilität und dem Einfühlungsvermögen, das sie vorher schon an ihm bemerkt hatte.

»Genau! Ich hatte gedacht, sie hätte mir die Schuld am Tod meines Vaters gegeben, aber das hat sie nie getan. Was ich da in ihren Augen gesehen habe, war wahrscheinlich nur eine Reflexion meiner eigenen Schuldgefühle.« Jenny lachte leise und bitter. »Es wäre ja witzig, wenn es nicht so verdammt traurig wäre.«

»Ich glaube, wir sind uns in gewisser Beziehung sehr ähnlich«, sagte er. »Wir haben beide einen Märtyrer-Komplex.«

»Jetzt nicht mehr«, sagte sie. »Das Leben ist dazu zu kurz. Das habe ich heute abend gelernt. Von jetzt an werde ich leben, wirklich leben – wenn Snowfield das zuläßt.«

Sie unterhielten sich noch einige Minuten, und dann waren auch sie bereit zum Schlafen.

Ping.

In dem dunklen Geräteraum, in dem Stu Wargles Leiche auf einem Tisch lag, fielen wieder Wassertropfen in das Metallbecken.

Ping.

Etwas kroch weiter mit einem weichen, nassen Geräusch um den Tisch, als sei der Boden aus fettem Schlamm.

Das war nicht das einzige Geräusch in dem Raum. Es waren noch viele andere leise Geräusche zu hören. Das Hecheln eines müden Hundes. Das Fauchen einer Katze. Das Gelächter eines kleinen Kindes. Dann das schmerzerfüllte Wimmern einer Frau. Stöhnen. Ein Seufzer. Das Gezwitscher einer Schwalbe, deutlich, aber leise, um die Aufmerksamkeit der Wache vor der Tür nicht zu erregen. Die Warnung einer Klapperschlange. Das bedrohliche Summen einer Wespe. Ein Knurren.

Die Geräusche verstummten so abrupt, wie sie begonnen hatten.

Ping.

Eine Minute lang wurde die Stille nur von den regelmäßig fallenden Wassertropfen unterbrochen.

Ping.

Nun raschelte das Staubschutztuch über Wargles Leiche, rutschte von ihr weg und fiel zu Boden.

Wieder das nasse Gleiten.

Und ein Geräusch, als würde trockenes Holz brechen. Ein gedämpftes, aber heftiges Geräusch, ein zerbrechender Knochen.

Wieder Stille.

Ping. Ping. Ping.

Während Tal Whitman auf den Schlaf wartete, dachte er über die Angst nach. Es war ein Schlüsselwort seiner Existenz, denn sein ganzes Leben hatte praktisch aus der Ablehnung der Angst bestanden, aus der Weigerung, sich davon beeinflussen und einschüchtern zu lassen. Er hatte es schon früh aus bitterer Erfahrung gelernt, daß die Angst nur darauf wartete, daß man ihre Existenz anerkannte, und schon verschlang sie einen mit gierigem Hunger.

Er war in Harlem geboren und aufgewachsen, wo die Angst überall war – die Angst vor den Straßen-Gangs, vor den Rauschgiftsüchtigen, vor der Armut und der Not. Nicht einmal in der Wohnung, die er mit seiner Mutter, einem Bruder und drei Schwestern geteilt hatte, war er sicher gewesen, denn ein oder zweimal war sein Vater aufgetaucht, um sich das Vergnügen zu gönnen, seine Frau bewußtlos zu schlagen und die Kinder zu terrorisieren. Seine Mutter war allerdings auch nicht besser gewesen. Sie trank zuviel Wein, rauchte zuviel Gras und war zu den Kindern fast genauso gemein wie der Vater.

Dann aber war eines Nachts, als sein Vater zufällig zu Hause war, das Haus abgebrannt, in dem sie wohnten, und Tal hatte als einziger überlebt.

Er war von der Schwester seiner Mutter, Tante Rebecca, aufgenommen worden. Sie hatte selbst keine Kinder, aber einen festen Beruf, und für den Jungen hatte sie große Hoffnungen. Sie sagte oft zu Tal, man brauche vor nichts Angst zu haben, als vor der Angst selbst, und die Angst sei wie der Schwarze Mann nur ein Schatten, und sie sei es nicht wert, daß man vor ihr Angst habe.

»Gott hat dich gesund geschaffen, Tal, und er hat dir einen guten Verstand gegeben. Wenn du also versagst, ist daran niemand schuld als nur du allein.« Mit der Hilfe von Tante Beckys Liebe, Disziplin und Führung war in Tal allmählich die Überzeugung gewachsen, daß er praktisch unbesiegbar war. Er hatte vor nichts im Leben Angst, und vor dem Tod auch nicht.

Deshalb konnte er auch Jahre später Bryce nach dem Raubüberfall sagen, das sei nur eine Lappalie gewesen.

Nun hatte er zum ersten Mal seit vielen Jahren wieder die Angst kennengelernt. Tal dachte an Stu Wargle, und die Angst zog ihm die Eingeweide zusammen.

Die Augen waren aus dem Kopf herausgefressen.

Dieser Schwarze Mann war real.

Ein halbes Jahr vor seinem einundreißigsten Geburtstag entdeckte Tal Whitman, daß er noch immer Angst haben konnte, so sehr er das auch abstreiten mochte. Seine Furchtlosigkeit hatte ihn im Leben weit gebracht, aber nun war ihm klar, daß es auch Gelegenheiten gab, bei denen es nicht mehr als klug war, Angst zu haben.

Kurz vor der Morgendämmerung wachte Lisa von einem Alptraum auf, an den sie sich nicht mehr erinnern konnte. Sie sah sich nach Jenny und den anderen um, die friedlich schliefen, und ging dann leise zwischen den Matratzen durch zur Tür hinüber. Sie spürte einen Druck auf der Blase und wollte zur Toilette. Sie lächelte der Wache an der Tür zu, und der Mann zwinkerte ihr zu. In der Cafeteria saß ein Mann an einem Tisch und blätterte in einem Magazin.

In der Eingangshalle standen zwei Wachtposten an den Fahrstuhltüren, und einer mit einem Schrotgewehr in der Hand stand an der Eingangstür und beobachtete die Straße.

Ein vierter Mann saß in der Eingangshalle am Telefon. Es hatte offensichtlich oft geklingelt, denn der große Papierbogen vor ihm war mit Botschaften vollgeschrieben. Als sie vorbeikam, klingelte es wieder. Der Mann hob eine Hand zur Begrüßung und nahm den Hörer ab. Lisa ging direkt zu den Toiletten weiter, die in einer Ecke der Eingangshalle versteckt waren.

Die Toiletten waren als sicher eingestuft worden, weil sie keine Fenster hatten und nur von der Eingangshalle aus zu betreten waren, in der immer Wachen standen. Die Frauentoilette war geräumig und sauber und hatte vier Kabinen und Handwaschbecken.

Lisa benutzte die erste Kabine und dann das erste Handwaschbecken. Nachdem sie sich die Hände gewaschen hatte, sah sie in den Spiegel darüber, und da war er. *Er.* Der tote Deputy. Wargle.

Er stand acht oder zehn Fuß weit von ihr entfernt mitten in dem Raum und grinste.

Sie fuhr herum, denn sie war sich sicher, daß das ein Fehler in dem Spiegel war, der sie getäuscht hatte. Er war doch ganz sicher nicht wirklich da.

Er *war* aber da und grinste sie obszön an. Nackt.

Sein Gesicht war wieder komplett: die schweren Backen, die dicken, fettig aussehenden Lippen, die Schweinchen-Nase, die kleinen, flinken Augen. Wie durch Zauberei war alles wieder da.

Unmöglich.

Bevor Lisa reagieren konnte, trat Wargle zwischen sie und die Tür. Seine nackten Füße klatschten laut auf dem gekachelten Boden.

Irgend jemand hämmerte an die Tür.

Wargle schien es nicht zu hören.

Warum machten sie nicht einfach die Tür auf und kamen herein?

Wargle streckte einen Arm aus und forderte sie grinsend mit einer Handbewegung auf, herzukommen.

Wargle war Lisa sofort unsympathisch gewesen. Sie hatte seinen Blick aufgefangen, als er glaubte, sie sei mit etwas anderem beschäftigt, der Ausdruck in seinen Augen hatte sie beunruhigt.

»Komm her, Süße«, sagte er.

Sie sah auf die Tür, und nun wurde ihr klar, daß niemand dagegen klopfte. Sie hörte nur das verzweifelte Pochen ihres eigenen Herzens.

Wargle leckte sich über die Lippen.

Plötzlich schnappte Lisa nach Luft und überraschte sich selbst damit. Sie war von der Rückkehr des Toten so vollständig gelähmt gewesen, daß sie vergessen hatte, zu atmen.

»Komm her, du kleines Flittchen.«

Sie versuchte zu schreien und schaffte es nicht.

Wargle berührte sich selbst obszön.

»Ich wette, davon würdest du gern mal versuchen, was?« sagte er grinsend. Seine Lippen waren von seiner hungrig leckenden Zunge naß.

Wieder versuchte sie zu schreien, und wieder gelang es ihr

nicht. Sie schaffte es kaum, sich die dringend notwendige Luft in die brennenden Lungen zu zerren.

Er ist nicht wirklich da, sagte sie sich selbst. Wenn sie einige Sekunden lang die Augen schließen würde, ganz fest zudrücken, dann wäre er bestimmt nicht mehr da, wenn sie sie wieder aufmachte.

»Kleines Flittchen.«

Sie prüfte ihre Theorie jedoch nicht. Sie schloß nicht die Augen und zählte auf zehn. Sie wagte es nicht.

Wargle kam einen Schritt näher auf sie zu. Er spielte noch immer mit sich.

Er ist nicht wirklich da. Er ist nur eine Illusion.

Noch einen Schritt.

Er ist eine Illusion.

»Komm her, Süße, laß mich mal an deinen Titten knabbern.«

Er ist eine Illusion, er ist eine...

»Das wird dir gefallen, Süße.«

Sie trat einen Schritt zurück.

»Einen geilen kleinen Körper hast du, Süße. Echt geil.«

Er kam weiter auf sie zu.

Nun war das Licht hinter ihm. Sein Schatten fiel auf sie.

Geister werfen keine Schatten.

Trotz seines Grinsens wurde seine Stimme immer härter und bedrohlicher. »Du dumme, kleine Fotze. Dir werd' ich's ordentlich geben, glaub mir. Besser als es dir die Jungs von der High School jemals gegeben haben. Wenn ich mit dir fertig bin, kannst du eine Woche lang nicht mehr richtig laufen, Süße.«

Ihr Herz schlug so schwer, daß es sich gleich losreißen wollte. Lisa zog sich weiter zurück, noch weiter – aber bald stieß sie mit dem Rücken an eine Wand. Sie stand in einer Ecke.

Sie sah sich nach einer Waffe um, nach etwas, das sie zumindest nach ihm werfen konnte. Es war nichts da.

Jeder Atemzug fiel ihr schwerer als der vorausgegangene. Sie war schwach, und es wurde ihr schwindlig.

Er ist eine Illusion.

Sie konnte sich nicht mehr selbst überreden; das war kein Traum.

Wargle blieb eine Armeslänge von ihr entfernt stehen und glotzte sie an. Er schwankte leicht auf seinen Fersen vor und zurück, als lauschte er auf eine verrückte Musik in sich.

Er schloß seine haßerfüllten Augen und schwankte verträumt.

Eine Sekunde verging, zwei, drei, sechs, zehn. Noch immer waren seine Augen geschlossen.

Konnte sie an ihm vorbeischleichen, während seine Augen geschlossen waren? Nein, es war zu nahe. Sie würde ihn berühren. Ihn berühren? Großer Gott, nein? Er würde davon aus seiner Trance erwachen, und dann würde er sie packen, und seine Hände würden kalt sein, so kalt wie der Tod.

Dann bemerkte sie, daß sich etwas an seinen Augen veränderte. Etwas bewegte sich hinter seinen Augenlidern, die nun nicht mehr der Rundung der Augäpfel folgten.

Er öffnete die Augen.

Sie waren nicht mehr da. Hinter den Lidern waren nur noch leere, schwarze Höhlen.

Endlich schrie sie, aber ihr Schrei war von menschlichen Ohren nicht zu erfassen. Der Atem fuhr wie Preßluft aus ihren Lungen, sie spürte, wie ihr Hals konvulsivisch zuckte, aber kein erleichternder Laut wollte kommen!

Seine Augen. Seine leeren Augen. Sie war sicher, daß auch diese leeren Augenhöhlen sie noch sehen konnten. Sie saugten sie mit ihrer Leere förmlich auf.

Sein Grinsen war nicht verschwunden.

»Na komm, mein Fötzchen«, sagte er.

Sie schrie ihren lautlosen Schrei.

»Komm, mein Fötzchen, küß mich.«

Irgendwie stand in diesen knochenumrandeten Augenhöhlen ein bösartiges Bewußtsein, obwohl sie so schwarz wie die Nacht waren.

»Küß mich.«

Laß mich sterben, betete sie. Bitte, lieber Gott, laß mich vorher sterben.

»Komm, gib mir deine saftige Zunge«, sagte Wargle eindringlich und brach in ein Kichern aus.

Er griff nach ihr.

Sie drückte sich mit aller Kraft an die Mauer.

Wargle berührte ihre Wange und fuhr ihr mit den Fingerspitzen leicht daran herunter. Seine Haut war eiskalt und glatt.

Sie zuckte zusammen und versuchte, der Hand auszuweichen, hörte ein dünnes, unheimliches Stöhnen und bemerkte, daß sie sich selbst hörte.

Sie roch einen eigenartigen, beißenden Geruch. Sein Atem?

Der stinkende Atem eines Toten, der aus verfaulenden Lungen kommt? Atmeten lebende Tote denn? Der Gestank war leicht, aber unerträglich. Ein Brechreiz stieg in ihr hoch.

Er senkte sein Gesicht zu ihr herab und packte sie mit einer Hand am Hals. Sie starrte in seine leeren Augenhöhlen, und das war wie ein Blick in die allertiefste Hölle.

Er sagte: »Komm, Süße, nur –«

Sie sog sich tief die Luft in die Lungen.

»– ein Küßchen.«

Und sie stieß wieder einen Schrei aus, aber dieses Mal war er nicht lautlos, sondern schien grellend genug, um die Spiegel und Kacheln an den Wänden zum Zerspringen zu bringen.

Als sich Wargles totes, augenloses Gesicht langsam zu ihr herabsenkte und sie ihren eigenen Schrei hörte, schlug die Finsternis über ihr zusammen und sie sank bewußtlos zu Boden.

20. Leichenräuber

In der Eingangshalle des Hilltop Inn saß Jennifer Paige neben ihrer Schwester auf einem rostroten Sofa und hielt sie im Arm.

Bryce hockte vor ihr und massierte Lisas Hand, aber sie schien trotz aller Bemühungen einfach nicht warm werden zu wollen.

Bis auf die Wachen hatten sich alle in einem Halbkreis um das Sofa versammelt.

Lisa sah schrecklich aus. Ihre Aguen waren eingesunken und hatten ein gehetzten Ausdruck. Ihr Gesicht war so weiß wie der gekachelte Boden der Frauentoilette, auf dem sie sie bewußtlos vorgefunden hatten.

»Stu Wargle ist tot«, versicherte ihr Bryce noch einmal.

»Er wollte, daß ich ... ihn ... küsse«, wiederholte das Mädchen und blieb beharrlich bei ihrer bizarren Gschichte.

»In der Toilette war außer dir niemand, Lisa«, sagte Bryce.

»Doch, er war da«, beharrte Lisa.

»Wir sind hingerannt, sobald wir dich schreien gehört haben. Du warst allein, bewußtlos auf dem Boden.«

»Ich sage euch, er war da.«

»Seine Leiche liegt in dem Geräteraum«, sagte Bryce und drückte ihr sanft die Hand. »Wir haben sie doch dort hingebracht. Weißt du noch?«

»Ist sie aber immer noch da?« fragte das Mädchen. »Ihr solltet besser einmal nachschauen.«

Bryce sah Jenny an. Sie nickte. Er erinnerte sich daran, daß hier *alles* möglich war, erhob sich, ließ die Hand des Mädchens los und drehte sich zu dem Geräteraum um.

»Tal, kommen Sie mit.«

Tal zog seinen Revolver.

Auch Bryce zog seine Waffe und sagte zu den anderen: »Ihr bleibt zurück.«

Bryce dachte an Paul Hendersons Leiche, die auch verschwunden war, aber da hatte es einen großen Unterschied gegeben. Sie war frei zugänglich und unbewacht gewesen. Wargles Leiche aber hätte niemand erreichen können, ohne von einem der drei Deputies gesehen zu werden, die in der Halle Wache standen.

Bryce stellte sich links neben die Tür und forderte Tal mit einer Handbewegung auf, rechts davon Stellung zu beziehen.

Sie lauschten einige Sekunden lang. Es war völlig still in dem Hotel, und aus dem Geräteraum war nichts zu hören.

Bryce lehnte sich vorsichtig nach vorne, ohne dabei seinen Körper in die Tür zu bringen, und drehte langsam und lautlos den Türgriff, so weit er sich drehen ließ. Er zögerte und sah Tal an, der ihm zu verstehen gab, daß auch er bereit war. Bryce holte tief Luft, stieß die Tür auf und sprang zur Seite.

Nichts kam aus dem dunklen Raum heraus.

Tal tastete sich vorsichtig zum Lichtschalter vor. Bryce wartete geduckt darauf, daß das Licht anging, und im gleichen Augenblick, in dem Tal es anschaltete, sprang er mit gezogenem Revolver in die Tür.

Das Staubschutztuch, mit dem sie die Leiche zugedeckt hatten, lag neben dem Tisch auf dem Boden.

Wargles Leiche war verschwunden.

Deke Coover, der an der Eingangstür Wache gestanden hatte, konnte Bryce nicht viel weiterhelfen, denn er hatte praktisch ununterbrochen mit dem Rücken zur Eingangshalle die Straße beobachtet. Jemand hätte Wargles Leiche wegschaffen können, ohne daß er etwas davon bemerkte.

»Sie haben mir gesagt, ich soll die Straße draußen beobachten, Sheriff«, sagte Deke. »Wenn Wargle keinen Krach gemacht hat, hätte er leicht allein dort herauskommen können und dabei in jeder Hand mit einer Fahne winken, und ich hätte es auch nicht gesehen.« Die beiden Männer bei den Fahrstühlen, Kelly MacHeath und Donny Jessup, waren Mitte Zwanzig und gehörten zu den jüngeren Deputies, aber sie waren trotzdem zuverlässig und einigermaßen erfahren.

MacHeath, ein muskulöser blonder Mann mit einem Stiernacken und breiten Schultern, schüttelte den Kopf und sagte: »Durch die Tür zum Geräteraum ist die ganze Nacht niemand hineingegangen oder herausgekommen. Ausgeschlossen. Das hätten wir gesehen. Sie kennen uns doch, Sheriff. Wenn wir Wache stehen, dann passen wir auch auf. Wir sind keine Drückeberger.«

»Verdammt noch mal«, sagte Bryce. »Wargles Leiche ist verschwunden. Die ist doch nicht einfach aufgestanden und durch die Wand gegangen!«

»Durch die Tür aber auch nicht«, sagte MacHeath.

»Wargle war tot, Sir«, sagte Jessup. »Ich habe die Leiche zwar nicht selbst gesehen, aber nach allem, was ich gehört habe, war er sogar *sehr* tot, und Tote bleiben da liegen, wo man sie hinlegt.«

»Nicht unbedingt«, sagte Bryce. »Nicht in dieser Stadt. Nicht heute nacht.«

In dem Geräteraum sagte Bryce zu Tal: »Es gibt hier einfach keinen anderen Ausweg als durch die Tür.«

Sie gingen langsam in dem Raum umher und untersuchten ihn.

Der undichte Wasserhahn ließ einen Tropfen mit einem leisen *Ping* in das Metallbecken fallen.

»Der Luftschacht«, sagte Tal und deutete auf ein Gitter direkt unterhalb der Decke. »Was ist damit?«

Bryce wußte wie jeder Polizist, der Einbrüche zu bearbeiten hat, daß eine Öffnung, die groß genug ist, um den Kopf durchzulassen, bei einem normal gebauten Menschen auch den Rest des Körpers durchlassen wird. Stu Wargle war jedoch kein normal gebauter Mann gewesen.

»Stus Bauch wäre doch steckengeblieben wie ein Kork in einer Flasche«, sagte Bryce. Trotzdem holte er sich einen Hocker, der in einer Ecke gestanden hatte, stieg darauf und sah sich den Schacht genauer an.

»Der Rost ist nicht angeschraubt, sondern nur angesteckt«, sagte er Tal. »Es wäre also theoretisch möglich, daß er von innen wieder zugezogen worden ist.«

Er zog den Rost heraus, und Tal gab ihm eine Taschenlampe hoch. Bryce leuchtete in den dunklen Schacht hinein und runzelte die Stirn. Der enge Metallschacht bog nach einer kurzen Entfernung in einem rechten Winkel ab.

Der Sheriff schaltete die Taschenlampe wieder aus, gab sie Tal hinunter und sagte: »Unmöglich. Wenn Wargle hier durchgekommen wäre, hätte er nicht größer als Sammy Davis jr. und so gelenkig wie ein Gummimensch auf dem Jahrmarkt sein müssen.«

Frank Autry kam zu Bryce Hammond, der gerade an dem großen Tisch in der Mitte der Eingangshalle saß und die telefonischen Nachrichten durchlas, die im Verlauf der Nacht eingetroffen waren.

»Sir, es gibt da etwas, was Sie über Wargle wissen sollten.«

Bryce sah auf. »Und zwar?«

»Also... ich möchte von einem Toten nicht schlecht sprechen, aber...«

»Keiner von uns hat ihn besonders gemocht«, sagte Bryce nüchtern. »Jeder Versuch, sein Andenken zu ehren, wäre reine Heuchelei. Wenn Sie etwas wissen, was mir weiterhelfen könnte, Frank, dann heraus damit.«

Frank lächelte leicht. »Als ich gestern abend zusammen mit Wargle das Funkgerät in der Station auseinandergenommen habe, hat er einige widerliche Bemerkungen über Dr. Paige und Lisa gemacht.«

»Sexuelle Anzüglichkeiten?«

»Das wäre gelinde ausgedrückt.« Frank berichtete Hammond von der Unterhaltung mit Wargle.

»Mein Gott«, sagte Bryce und schüttelte den Kopf.

Frank sagte: »Vor allem, was er über das Mädchen gesagt hat, hat mich gestört. Wargle hat es halb ernst gemeint, als er sagte, er würde einen Versuch starten, wenn sich die Gelegenheit ergeben sollte. Ich glaube nicht, daß er bis zu einer Vergewaltigung gehen würde, aber er würde es fertigbringen, *sehr* aufdringlich zu werden und seine dienstliche Autorität, seine Uniform dazu benutzen, um sie unter Druck zu setzen. Ich glaube zwar nicht, daß sich Lisa unter Druck setzen lassen würde, weil sie dazu zu resolut ist, aber versucht hätte er es eventuell.«

Der Sheriff tippte mit einem Bleistift auf den Tisch und starrte nachdenklich in die Luft.

»Aber Lisa konnte davon nichts gewußt haben«, sagte Frank.

»Meinen Sie nicht, sie hat etwas von der Unterhaltung gehört?«
»Kein Wort.«
»Aber vielleicht hat sie aus Wargles Blicken gemerkt, was für eine Art Mann er ist.«
»Aber sie konnte es nicht *gewußt* haben, verstehen Sie? Die meisten Kinder, die so eine Geschichte erfinden wollen, hätten sich damit zufriedengegeben, zu sagen, sie seien von einem Toten gejagt worden. Auf so etwas, daß er sie auch noch belästigen wollte, wären sie doch gar nicht gekommen.«
Bryce neigte der gleichen Meinung zu. »So kompliziert denken Kinder nicht; ihre Lügen sind einfach und nicht ausgeklügelt.«
»Genau«, sagte Frank. »Meiner Ansicht nach ist ihre Geschichte gerade dadurch glaubwürdiger, daß sie erzählt hat, Wargle sei nackt gewesen und habe sie sexuell belästigen wollen. Wir möchten alle gern glauben, daß Wargles Leiche gestohlen worden ist, und daß sich Lisa das alles nur eingebildet hat, weil sie die Täter irgendwie dabei beobachten konnte, aber das haut doch hinten und vorne nicht hin. Die Wahrheit ist viel unheimlicher.«
Bryce ließ den Stift fallen und lehnte sich in seinem Stuhl zurück. »Scheiße, Mann, glauben Sie etwa an Geister? An die Untoten?«
»Nein. Für all das gibt es irgendeine ganz reale Erklärung. Nicht irgendeinen abergläubischen Kram.«
»Ich bin der gleichen Meinung«, sage Bryce. »Aber auf der anderen Seite war Wargles Gesicht schließlich . . .«
»Ich weiß. Ich habe es selbst gesehen.«
Bryce seufzte. »Wie beim Rätsel der Sphinx. Wenn wir die Lösung nicht finden, bedeutet das unseren Tod.«

In seiner Zelle in Santa Mira wachte Fletcher Kale, der Mörder seiner Frau und seines Sohnes, vor der Morgendämmerung auf. Er lag regungslos auf seiner dünnen Schaumgummimatratze und starrte zum Fenster.
Er würde nicht sein Leben im Gefängnis verbringen. Auf keinen Fall. Ihm war ein herrliches Schicksal bestimmt. Das war es, was sie alle nicht verstanden. Sie sahen nur den Fletcher Kale in seiner jetzigen Lage und erkannten dabei nicht, daß er der Fletcher Kale war, dem das Schicksal ungeheure Macht, unvorstellbare Reichtümer und allseitige Hochachtung bestimmt hatte.
Kale wußte, daß er anders war als die anderen Menschen. Er

erkannte, daß alle Menschen von egoistischem Interesse angetrieben wurden. Das war in Ordnung, denn diese Eigenschaft war der Spezies angeboren. Die meisten Menschen konnten es aber nicht ertragen, dieser Wahrheit ins Gesicht zu sehen. Sie erfanden daher hochstehende Ideale wie Liebe, Freundschaft, Glaube, Wahrheit, Güte und Würde und behaupteten dann auch noch, sie glaubten daran, obwohl sie in ihrem Innern wußten, daß das alles Scheißdreck war. Sie wollten es bloß nicht zugeben und verurteilten sich damit selbst zu Versagen und Unglück.

Trottel. Mein Gott, wie er sie verachtete.

Mit seinem einzigartigen Scharfblick erkannte Kale, daß die Menschen in Wirklichkeit die gnadenloseste, gefährlichste und gemeinste Spezies auf der Erde war, und er freute sich an dieser Erkenntnis. Er war stolz darauf, dieser Rasse anzugehören.

Ich bin meiner Zeit voraus, dachte Kale. Ich bin der nächste Schritt der menschlichen Evolution. Ich bin so hoch entwickelt, daß ich Moralvorstellungen nicht mehr brauche. Deshalb schauen sie mich alle so voller Abscheu an. Nicht weil ich Joanna und Danny umgebracht habe. Sie hassen mich, weil ich besser bin als sie , weil ich die wahre Natur des Menschen vollkommener auslebe.

Er hatte keine andere Wahl gehabt, als Joanna zu töten. Sie hatte ihm schließlich das Geld verweigert und wollte ihm damit die Zukunft zerstören.

Das mit Danny war irgendwie schade, und manchmal bedauerte es Kale sogar. Aber nur manchmal.

Außerdem war Danny sowieso ein richtiges Muttersöhnchen geworden. Joanna hatte das Kind irgendwie auf ihre Seite gebracht, so daß es eigentlich gar nicht mehr Kales Sohn war, sondern ein Fremder.

Kale erhob sich von dem Bett, legte sich auf den Fußboden und begann, Liegestütze zu drücken. Er mußte schließlich für den Augenblick bereit sein, in dem sich die Gelegenheit zur Flucht bot. Er wußte genau, wohin er dann gehen würde. Nicht nach Westen in Richtung Sacramento, denn das würden sie von ihm erwarten.

Er kannte das perfekte Versteck. Es war direkt hier im County, und sie würden nie auf die Idee kommen, ihn direkt unter ihrer Nase zu suchen. Er würde dann einige Wochen verstreichen lassen, bis Gras über die Sache gewachsen war, und *dann* würde er nach Westen gehen.

Zuerst aber würde er sich in den Bergen verstecken. Da war

sein Versteck. Er hatte das im Gefühl. Die Berge. Er fühlte sich zu ihnen hingezogen.

Der Morgen dämmerte in den Bergen.

Der Wald oberhalb von Snowfield war ruhig. Sehr ruhig.

Der Fuchs stand bewegungslos auf einer Kalksteinformation an einem Hang direkt unterhalb vom Waldrand. Der Wind spielte in seinem grauen Fell. Er war zwar ein Nachtjäger, aber der Hunger zwang ihn, gegen seine Gewohnheiten zu verstoßen. Er hatte schon seit zwei Tagen keine Beute gefunden. In den Wäldern hatte er nicht einmal die Witterung von Beute aufnehmen können.

So etwas war bisher noch nie vorgekommen. Selbst im tiefsten Winter hatte er immer zumindest Beute wittern können. Alle Tiere in diesem Teil der Wälder schienen auf irgendeine Weise den Tod gefunden zu haben, aber selbst der Aasgeruch fehlte.

Nun aber, während er vorsichtig durch die Kalksteinformation lief und aufpaßte, daß er nicht in eines der Löcher stürzte, die zu den unterirdischen Höhlen führten, hatte er endlich am Waldrand eine Bewegung gesehen.

Ein Eichhörnchen. Zwei, nein, noch mehr, fünf, zehn, zwanzig. Sie saßen nebeneinander in dem Zwielicht jenseits des Waldrands. Obwohl sie nur fünf oder sechs Meter weit entfernt waren, konnte der Fuchs sie nicht riechen. Die Eichhörnchen sahen ihn direkt an, schienen aber keine Angst vor ihm zu haben.

Der Fuchs neigte seinen Kopf zur Seite. Sein Mißtrauen war stärker als sein Hunger.

Plötzlich kamen die Eichhörnchen in einer dichtgedrängten Gruppe aus dem schützenden Wald direkt auf den Fuchs zu. Sie sprangen übereinander, rollten in dem braunen, vertrockneten Gras und hielten drei oder vier Meter vor dem Fuchs entfernt abrupt an. Sie waren nun keine Eichhörnchen mehr.

Der Fuchs zuckte und zischte leise.

Die zwanzig kleinen Eichhörnchen waren nun vier große Waschbären.

Der Fuchs knurrte leise. Er stellte die Haare in seinem Nacken auf und sog die Luft ein. Er konnte die Witterung der Eichhörnchen nicht aufnehmen. Er duckte sich und spannte seine Muskeln an, aber nicht, um anzugreifen, sondern um zu fliehen. Irgend etwas stimmte hier nicht.

Alle vier Waschbären hatten sich nun auf die Hinterfüße aufgerichtet und boten dem Fuchs ihren verwundbaren Bauch. Sie beobachteten ihn.

Waschbären waren unter normalen Umständen kein Beutetier für den Fuchs. Sie waren dazu zu aggressiv und zu schnell. Trotzdem gingen sie einer Konfrontation lieber aus dem Weg und boten sich nicht so an wie die vier hier.

Wieder schnüffelte der Fuchs, und diesmal witterte er etwas. Seine Ohren legten sich abrupt an seinen Kopf, und er knurrte.

Es war nicht der Geruch von Waschbären. Es war ein Geruch, wie er ihn bisher im Wald noch nie angetroffen hatte, ein unbekannter, scharfer, unangenehmer Geruch. Leicht, aber abstoßend.

Der Fuchs spürte eine ernste Gefahr, fuhr blitzschnell herum und rannte den Abhang hinunter. Er sprang über eine dreißig Zentimeter breite Felsspalte –

– und wurde mitten im Satz von etwas aus der Luft gerissen, das dunkel war und kalt und pulsierte. Es brach mit brutaler, erschreckender Gewalt und Schnelligkeit aus der Felsspalte.

Der Todesschrei des Fuchses war kurz und durchdringend.

Ebenso schnell, wie er gepackt worden war, wurde er in die Spalte und durch ein Loch auf ihrem Boden gezerrt, das zu klein für seinen Körper war, so daß ihm die Knochen im Leib zerbrachen.

Er war in die Erde hineingesaugt, bevor das Echo seines Schreis wieder zurückgeworfen worden war.

Die Waschbären waren verschwunden. Statt dessen ergoß sich eine Flut von Feldmäusen zum Rand der Felsspalte und sah hinab. Die Mäuse ließen sich nacheinander in die Spalte fallen und krochen durch die kleine natürliche Öffnung in die Höhle darunter.

Bald waren auch alle Mäuse verschwunden.

In den Wäldern oberhalb von Snowfield herrschte wieder Stille.

Teil II

Phantome

Das Böse ist nicht ein abstraktes Konzept. Es lebt. Es hat eine Form. Es jagt. Es ist real.

Dr. Tom Dooley

Phantome! Jedesmal, wenn ich die Bestimmung der Menschheit auf der Welt voll zu erfassen meine und der törichten Einbildung nachhänge, ich hätte den Sinn des Lebens erfaßt ... sehe ich plötzlich Phantome in den Schatten tanzen, geheimnisvolle Phantome bei einer Gavotte, die so deutlich wie Worte sagt. »Was du weißt, ist nichts, kleines Menschlein; was du noch lernen mußt, unendlich.«

Charles Dickens

21. Der Knüller

Santa Mira, Montag – 1:02 h.

»Hallo«

»Ist dort die *Santa Mira Daily News?* Die Zeitung?«

»Mein Gott, es ist schon nach ein Uhr früh. Wir sind zu.«

»Wieso zu? Ich dachte, eine Zeitung hat nie geschlossen.«

»Hören Sie mal, das ist hier nicht die *New York Times.*«

»Aber drucken Sie denn jetzt nicht die Zeitungen von morgen?«

»Die Druckerei ist nicht hier, das ist bloß das Büro und die Verwaltung. Wollen Sie die Druckerei, oder was?«

»Äh, also, ich ... ich hätte eine Story.«

»Wenn es ein Nachruf ist, oder eine Auktion für die Armen, rufen Sie doch morgen früh nach neun Uhr an, und dann –«

»Nein, nein, das ist echt ein Knüller.«

»Rufen Sie morgen früh an.«

»Warten Sie, hören Sie doch mal zu. Ich arbeite für die Telefongesellschaft.«

»Soll das vielleicht der Knüller sein?«

»Nein, aber weil ich für die Telefongesellschaft arbeite, bin ich dahintergekommen.«

»Jetzt hören Sie mal zu, werte Dame, ich sitze hier ganz allein am Sonntag abend – nein, Montag früh – in diesem trostlosen Büro hier, bin todmüde, gereizt, und ich sage es Ihnen jetzt zum letzten Mal: rufen Sie morgen früh an.«

»Aber in Snowfield ist irgend etwas Schreckliches passiert. Was genau, weiß ich nicht, aber auf jeden Fall hat es Tote gegeben. Vielleicht waren es eine ganze Menge Tote, oder zumindest sind eine Menge Leute ernsthaft bedroht.«

»Mein Gott, ich muß noch müder sein, als ich dachte. Die Sache fängt an, mich gegen meinen Willen zu interessieren. Erzählen Sie!«

»Das ganze Telefonnetz von Snowfield ist abgeriegelt worden. Man kann jetzt nur noch zwei Nummern dort erreichen, und bei beiden melden sich Leute vom Sheriff. Das haben sie so angeordnet, damit die Stadt abgeriegelt werden kann, bevor die Reporter dahinterkommen, daß da etwas los ist.«

»Was haben sie getrunken, Lady?«

»Ich trinke nicht.«

»Und was haben Sie dann geraucht?«

»Hören Sie, ich weiß noch etwas mehr. Sie bekommen dort ständig Anrufe vom Sheriffsbüro in Santa Mira, und vom Gouverneur, und von irgendeiner Militärbasis in Utah, und sie –«

San Francisco, Montag – 1:40 h.

»Hier ist Sid Sandowicz. Kann ich Ihnen helfen?«

»Ich sage den Leuten doch ständig, ich will einen Reporter vom *San Francisco Chronicle*.«

»Das bin ich.«

»Mann, schon dreimal habt ihr da aufgelegt. Was ist mit euch Arschlöchern eigentlich los?«

»Na, na, nur mal langsam!«

»Ach, Scheiße!«

»Hör mal zu, weißt du, wieviel Kinder bei der Zeitung anrufen und unsere Zeit mit irgendwelchen blöden Witzen verschwenden? Ich höre dir auch bloß deshalb zu, weil ich selbst einen Sohn in deinem Alter habe. Wenn du also wirklich etwas Interessantes weißt, dann heraus damit.«

»Woher wollen Sie wissen, daß ich ein Kind bin?«

»Weil du eine Stimme wie ein Zwölfjähriger hast.«

»Ich bin aber fünfzehn!«

»Herzlichen Glückwunsch. Können wir jetzt vielleicht zur Sache kommen?«

»Also, mein Alter ist Professor in Stanford. Er ist Virologe und Epidemiologe. Wissen Sie überhaupt, was das ist, Mann?«

»Ja. Ein Fachmann für Krankheiten. Weiter.«

»Genau. Und er hat sich bestechen lassen.«

»Wie bitte?«

»Er hat sich von den Scheißmilitärs kaufen lassen und hängt in irgend so einem Verein für biologische Kriegsführung drin. Angeblich dient seine Forschung nur friedlichen Zwecken, aber das ist natürlich völliger Blödsinn. Er hat seine Seele verkauft, und jetzt haben sie ihn geholt. Die Kacke ist am Dampfen, Mann.«

»Das dürfte unsere Leser kaum besonders interessieren, Kleiner.«

»Meinen Sie vielleicht, wegen so einem Scheiß rufe ich an? Ich habe einen echten Knüller. Sie haben ihn heute nacht abgeholt. Es muß da eine echte Krise geben. Mir wollten sie weismachen, er müßte geschäftlich in den Osten fliegen, aber ich habe mich hochgeschlichen und an ihrer Schlafzimmertür gelauscht, während er meiner Mutter alles erzählt hat. In Snowfield muß alles total verseucht sein. Eine Riesenkatastrophe. Alle versuchen, es geheimzuhalten. Ich schätze, sie haben irgendeine biologische Waffe ausprobiert, und zwar *an unseren eigenen Leuten*, und das ist in die Hose gegangen. Oder vielleicht war es auch ein Unfall. Auf jeden Fall tut sich da unheimlich was.«

»Wie heißt du denn, Kleiner?«

»Rick Bettenby. Mein Alter heißt Wilson Bettenby.«

»In Stanford, sagtest du doch.«

»Richtig. Setzen Sie jemand darauf an?«

»Möglich, aber erst muß ich dir noch eine ganze Menge Fragen stellen.«

»Nur zu. Ich erzähle Ihnen alles, was ich weiß. Das muß an die große Glocke gehängt werden. Er soll dafür *bezahlen*. Daß er sich hat bestechen lassen.«

Im Verlauf der Nacht wurden die undichten Stellen immer häufiger. In Dugway, Utah, rief ein Armeeoffizier, der es eigentlich hätte besser wissen sollen, seinen heißgeliebten Bruder in New York an und erzählte ihm die ganze Geschichte, weil er gerade als Reporter bei der *Times* angefangen hatte. Ein Berater des Gouverneurs erzählte es einer Reporterin im Bett. Diese und andere Löcher im Damm ließen den zunächst spärlichen Fluß von Informationen zu einer Flut anwachsen.

Um drei Uhr früh war die Telefonzentrale des Sheriffsbüros in Santa Mira von Anrufen überschwemmt, und als der Morgen dämmerte, wimmelte die Stadt von Reportern aller Art, und es dauerte keine zwei Stunden mehr, bis die Straßen von Übertragungswagen der Fernsehgesellschaften verstopft waren.

Die Deputies gaben ihren Versuch auf, die Menschen vor der Station von der Fahrbahn fernzuhalten, und sperrten die Straße statt dessen für den Fahrzeugverkehr. Die Straße wurde zu einem riesigen Pressezentrum, und bald hatten sich einige geschäftstüchtige Kinder eingefunden, die Süßigkeiten und Kaffee zu horrenden Preisen verkauften.

Andere Reporter durchstreiften Santa Mira und suchten Leute, die Verwandte oder Freunde in Snowfield hatten oder mit einem der dorthin geschickten Deputies verwandt waren. Wieder andere Reporter belagerten die Straßensperre von Snowfield.

Trotz all des Trubels war noch nicht die Hälfte der Presse angekommen. Viele Vertreter der Zeitungen des Ostens oder ausländischer Zeitungen waren noch unterwegs. Die Behörden versuchten zwar ihr Bestes, die Ordnung aufrechtzuerhalten, aber bis Montagnachmittag würde das Chaos ausbrechen.

22. Morgen in Snowfield

Kurz nach der Morgendämmerung kam das Funkgerät und die beiden unabhängigen Generatoren bei der Straßensperre an, die die Grenze der Quarantänezone markierte. Sie wurden auf den beiden Kleinlastern, die von Highway-Polizisten gefahren wurden, zu einem Punkt auf halbem Weg nach Snowfield gebracht, wo sie später von Tal Whitman, Frank Autry und zwei anderen Deputies abgeholt wurden, um so eine Ausbreitung einer möglichen Seuche zu verhindern.

Das Funkgerät wurden in einer Ecke der Eingangshalle des Hilltop Inn aufgestellt und durch einen Funkspruch an die Zentrale in Santa Mira auf seine Funktion überpüft. Nun waren sie auch dann nicht vollständig isoliert, wenn das Telefon nicht funktionieren sollte.

Innerhalb einer Stunde war einer der Generatoren an die Straßenlaterne auf der Westseite der Skyline Road und der andere an das Hotel angeschlossen. Wenn heute nacht wieder auf geheimnisvolle Weise der Strom abgestellt werden sollte, würden sich die Generatoren automatisch einschalten, so daß es nicht länger als ein bis zwei Sekunden dunkel bleiben würde.

Bryce war davon überzeugt, daß selbst ihr unbekannter Feind sich in dieser Zeit nicht wieder ein Opfer holen könne.

Jenny Paige begann den Morgen mit einer dürftigen Katzenwäsche, auf die ein um so üppigeres Frühstück folgte.

Dann ging sie in Begleitung von drei schwerbewaffneten Männern in ihr Haus und holte sich dort frische Kleider für sich und Lisa. Aus ihrer Praxis nahm sie das Nötigste mit, um im Hotel eine medizinische Notversorgungsstation einrichten zu können.

In ihrem Haus war es totenstill. Die Deputies sahen sich ständig nervös um und betraten jeden Raum so, als erwarteten sie hinter jeder Tür ein Fallbeil.

Als Jenny in ihrer Praxis alles eingepackt hatte, was sie brauchte, klingelte das Telefon. Sie starrten es alle entgeistert an.

Sie wußten, daß in Snowfield nur noch zwei Telefone in Betrieb waren, und beide standen im Hilltop Inn.

Das Telefon klingelte noch einmal.

Jenny hob den Hörer ab, meldete sich aber nicht.

Stille.

Sie wartete.

Nach einer Sekunde hörte sie weit entfernt den Schrei von Möwen. Das Summen eines Bienenschwarms, ein miauendes Kätzchen. Ein weinendes Kind. Wieder ein Kind, nur daß es dieses Mal lachte. Ein hechelnder Hund. Eine Klapperschlange.

Bryce hatte von seinem Erlebnis am Telefon berichtet, die Geräusche hätten ihn stark beunruhigt, obwohl sie ganz alltäglich gewesen waren. Den Grund dafür hatte er nicht nennen können.

Nun verstand Jenny genau, was er meinte.

Vogelgezwitscher, Frösche quakten, eine Katze schnurrte.

Aus dem Schnurren wurde ein Fauchen, der Zornesschrei einer Katze, und daraus wurde ein kurzer, aber entsetzlicher Schmerzensschrei.

Dann eine Stimme: »Ich werde deiner appetitlichen kleinen Schwester meinen Schwanz reinschieben.«

Jenny erkannte die Stimme. Wargle. Der Tote.

»Hörst du mich?«

Sie sagte nichts.

»Und es ist mir scheißegal, in welches Loch.« Er kicherte.

Sie knallte den Hörer auf die Gabel.

Die Deputies sahen sie fragend an. Sie entschloß sich, ihnen nichts davon zu sagen, was sie gehört hatte. Sie waren sowieso schon zu nervös. »Äh ... es war niemand dran«, sagte sie.

Von Jennys Praxis gingen sie in die Apotheke, um sich mit zusätzlichen Medikamenten zu versorgen. Als sie damit fertig waren, klingelte das Telefon.

Jenny war am nächsten dran. Sie wollte es nicht beantworten, konnte aber dann doch nicht widerstehen.

Wieder war *es* in der Leitung.

Jenny wartete einen Moment, und dann sagte sie: »Hallo?«

Wargle sagte: »Ich werd's deiner Schwester so besorgen, daß sie eine Woche lang nicht laufen kann.«

Jenny legte auf. »Die Leitung ist tot«, sagte sie den Deputies.

Wahrscheinlich glaubten sie ihr nicht. Sie starrten auf ihre zitternden Hände.

Bryce saß an seinem Schreibtisch im Hotel und telefonierte mit der Zentrale in Santa Mira. Über Timothy Flyte hatten sie nichts herausbekommen können. Er wurde weder in den Vereinigten Staaten noch in Kanada gesucht, und beim FBI war sein Name unbekannt.

Über Harold Ordnay und seine Frau hatte die Polizei in San Francisco herausgefunden, daß ihnen zwei Buchläden gehörten, und zwar ein normaler und ein Antiquariat, wobei letzteres offensichtlich mehr Geld einbrachte. Die Ordnays waren in Sammlerkreisen recht bekannt und hatten einen guten Ruf. Ihre Angehörigen hatten noch nie etwas von einem Flyte gehört, und auch in dem persönlichen Adreßbuch der Ordnays hatten sie den Namen nicht gefunden. Nun bestand nur noch die Hoffnung, daß er mit den Ordnays geschäftlich zu tun hatte, aber das würde sich erst um zehn Uhr herausstellen, wenn die Buchläden aufgemacht wurden und die Polizei einen der Angestellten befragen konnte.

»Halten Sie mich weiter auf dem laufenden«, sagte Bryce dem Beamten in Santa Mira. »Wie sieht's denn bei euch aus?«

»Hier ist die Hölle los.«

»Das wird noch schlimmer werden.«

Als Bryce den Hörer auflegte, kam Jenny von ihrem Ausflug zurück. »Wo ist Lisa?«

»In der Küche«, sagte Bryce.

»Ist sie in Ordnung?«

»Klar. Schließlich sind drei große, starke, bis an die Zähne bewaffnete Männer bei ihr. Wieso? Ist etwas passiert?«

»Das erzähle ich Ihnen später.«

Bryce teilte den drei Wachen Jennys neue Aufgaben zu und half ihr dann, in einer Ecke der Halle ihre Krankenstation einzurichten.

»Wahrscheinlich ist das reine Zeitverschwendung«, sagte sie.

»Warum?«

»Bis jetzt haben wir keine Verwundeten, nur Tote. Ich glaube, *es* schlägt nur dann zu, wenn es töten will.«

»Möglich. Aber bei all den schwerbewaffneten, nervösen Männern hier würde es mich nicht überraschen, wenn jemand versehentlich verwundet würde, oder wenn sich jemand selbst in den Fuß schießen würde.«

Jenny räumte Medikamente in eine Schublade und sagte dabei: »Sowohl bei mir als auch in der Apotheke hat das Telefon geklingelt. Es war Wargle.« Sie erzählte ihm von beiden Anrufen.

»Sind Sie sicher, daß es wirklich er war?«

»Ich erinnere mich noch deutlich an seine Stimme. Eine unangenehme Stimme.«

»Aber Jenny, er war –«

»Ich weiß, ich weiß. Sein Gesicht war weggefressen, sein Gehirn war verschwunden und sein Blut war ausgesaugt. Das macht mich noch wahnsinnig!«

»Vielleicht macht jemand seine Stimme nach?«

»Dann muß es ein Spitzenkönner sein.«

»Hat es geklungen, als wäre er –«

Bryce brach mitten im Satz ab, und er und Jenny drehten sich um, als Lisa hereingerannt kam.

Das Mädchen winkte ihnen aufgeregt zu. »Los, kommt her! In der Küche passiert etwas Unheimliches.«

Bevor Bryce sie aufhalten konnte, hatte sie sich schon herumgedreht und war wieder in die Küche gelaufen.

Verschiedene Männer wollten hinter ihr her und zogen bereits ihre Pistolen, aber Bryce forderte sie auf, dazubleiben.

Jenny war bereits hinter ihrer Schwester hergerannt. Bryce eilte ihnen nach, zog seinen Revolver und lief hinter Lisa durch die Schwingtür in die Küche.

Die drei Männer, die für die Küche eingeteilt waren – Gordy Brogan, Henry Wong und Max Dunbar –, hatten die Büchsenöffner und Küchengeräte gegen ihre Pistolen ausgetauscht, wußten aber nicht, worauf sie zielen sollten. Sie sahen Bryce verwirrt an.

»Das Wandern ist des Müllers Lust,
Das Wandern ist des Müllers Lust.«

Die Luft war erfüllt vom Gesang einer Kinderstimme. Ein kleiner Junge. Seine Stimme war klar und hell und süß.

»Das Wandern ist es Müllers Lust,
Das Waaaa-haaa-nnndern!«

»Der Abfluß«, sagte Lisa und deutete darauf.

Völlig verblüfft ging Bryce zu dem ersten Spülstein. Jenny kam direkt hinter ihm her.

Das Lied hatte sich nun geändert, aber die Stimme war die gleiche geblieben:

»Wer hat die schönsten Schäfchen?
Die hat der goldne Mond ...«

Die Kinderstimme kam direkt aus dem Abfluß, als sei sie tief in den Rohren gefangen.

» – am Himmel droben wohnt!«

Für metronomische Sekunden hörte Bryce mit atemloser Aufmerksamkeit zu. Er war sprachlos.

»Es hat ganz plötzlich angefangen«, sagte Lisa mit erhobener Stimme, um den Gesang zu übertönen.

»Wann?« fragte Bryce.

»Vor ungefähr zwei Minuten«, sagte Gordy Brogan.

»Ich stand gerade am Abfluß«, sagte Max Dunbar. Er war ein gedrungener, haariger, rauh aussehender Mann mit warmen, schüchternen, braunen Augen. »Als der Gesang losging, habe ich mir fast in die Hose gemacht vor Schrecken.«

Wieder änderte sich das Lied. Inzwischen war eine erdrückende, fast spöttische Frömmigkeit in die Stimme getreten.

»Liebster Jesu, wir sind hier,
Deinem Worte nachzuleben;
dieses Kindlein kommt zu Dir.«

»Das gefällt mir nicht«, sagte Henry Wong. »Wie ist das möglich?«

»Weil Du den Befehl gegeben,
daß man sie zu Dir hinführe,
denn das Himmelreich ist ihre.«

Nichts an dem Gesang war direkt bedrohlich, aber wie die Geräusche, die Bryce und Jenny am Telefon gehört hatten, war die zarte Kinderstimme, die aus einer so unwahrscheinlichen Quelle kam, unheimlich und bedrohlich.

»Liebster Jesu, wir sind hier,
Liebster Jesu, wir sind –«

Abrupt hörte der Gesang auf. »Gott sei Dank!« seufzte Max

Dunbar erleichtert, als sei die melodische Kinderstimme unerträglich hart und unangenehm gewesen. »Die Stimme ging einem ja durch Mark und Bein!«

Nach einigen Sekunden Stille lehnte sich Bryce vor und sah in den Abfluß –

– und etwas explodierte aus dem dunklen, runden Loch.

Alle stießen einen Schrei aus. Er fluchte innerlich über seine Unvorsichtigkeit, er taumelte zurück und zielte mit seinem Revolver auf das, was da aus dem Rohr herauskam.

Es war jedoch nur Wasser.

Ein langer, harter Strahl von besonders schmutzigem, fettigem Wasser zuckte fast bis an die Decke hoch und übersprühte alles. Der Strahl hielt nicht länger als ein oder zwei Sekunden lang an.

Einige übelriechende Tropfen spritzten Bryce ins Gesicht. Dunkle Flecken erschienen auf seinem Hemd. Das Zeug stank. Es war genau das, was man aus einer verstopften Leitung erwarten würde: Dreckwasser, schmierige Essensreste und verklebter Abfall.

Gordy holte eine Rolle Papierhandtücher, und sie wischten sich alle die Gesichter und die Kleider damit ab.

Sie waren noch damit beschäftigt, als Tal Whitman die Schwingtür aufstieß. »Bryce, wir haben gerade einen Anruf bekommen. General Copperfield und sein Team haben die Straßensperre erreicht und sind vor zwei Minuten durchgewunken worden.«

23. Das Krisen-Team

Snowfield sah in dem kristallklaren Licht des frühen Morgens frisch geschrubbt und ruhig aus. Eine leichte Brise fuhr durch die Bäume. Der Himmel war wolkenlos.

Bryce, Frank, Tal, Doc Paige und die anderen kamen aus dem Hotel heraus. Lisa stellte sich neben Tal, und sie alle sahen den Berg hinunter und warteten auf die Ankunft der B- und C-Verteidigungseinheit.

Am Fuße des Berges rührte sich nichts. Alles war noch ruhig. Offensichtlich war Copperfields Team noch weit weg.

Tal dachte darüber nach, daß er bisher trotz der allgemeinen Verschlechterung der Lage – der ständig wachsenden Kriminalität, des allgemeinen Verfalls in den Großstädten, der Zunahme der Rauschgiftsucht – deshalb noch kein Pessimist geworden war, weil er fest daran glaubte, daß die anständigen Leute, Leute wie Bryce, Frank, Doc Paige oder seine Tante Becky, es irgendwie schaffen würden, diese negative Entwicklung wieder umzukehren. Hier in Snowfield aber wurde sein Glaube an die Kraft der Anständigkeit und Verantwortlichkeit einer schweren Prüfung unterzogen. Hier schien das Böse unschlagbar.

»Hört mal!« sagte Gordy Brogan. »Das sind Motoren.«

Tal sah Bryce an. »Ich dachte, sie werden erst so gegen Mittag erwartet«, sagte er. »Sie kommen drei Stunden zu früh.«

»Die Mittagszeit war die spätmöglichste veranschlagte Ankunftszeit«, sagte Bryce. »Copperfield hat gesagt, er würde schon früher kommen, wenn er das schafft. Nach meiner Unterhaltung mit ihm habe ich den Eindruck, daß er ein harter Bursche ist und von seinen Leuten gewöhnlich genau das bekommt, was er haben will.«

»Also genau wie Sie, was?« fragte Tal.

Bryce sah ihn mit schläfrigen, schweren Augenlidern an. »Ich? Hart? Ich bin doch nichts als ein Kätzchen.«

Tal grinste. »Ein Panther ist dann auch ein Kätzchen.«

»Da kommen sie.«

Unten an der Skyline Road erschien ein großes Fahrzeug, und das Geräsuch seines gequälten Motors wurde lauter.

Das Team bestand insgesamt aus drei großen Fahrzeugen. Ganz vorne kam ein riesiger, zwölf Meter langer umgebauter Wohnwagen. Er hatte keine Türen und Fenster an der Seite, und sein einziger Eingang war offensichtlich hinten. Die geschwungene Windschutzscheibe war sehr dunkel und getönt und bestand anscheinend aus viel dickerem Glas als bei gewöhnlichen Wohnwagen, denn man konnte nicht in das Fahrzeug hineinsehen. Es trug keinerlei Beschriftung oder Wappen, und es ließen keinerlei Anzeichen darauf schließen, daß es Armee-Eigentum war. Selbst das Nummernschild war zivil. Allem Anschein nach war Anonymität während des Transports ein Teil von Copperfields Programm.

Hinter dem ersten Wohnwagen kam ein zweiter, und die Nachhut wurde von einem neutralen grauen Lkw gebildet, der einen nichtssagenden Anhänger zog. Selbst die Windschutzscheiben des Lkw bestanden aus getöntem Panzerglas.

Bryce war nicht sicher, ob der Fahrer des ersten Fahrzeugs sie bemerkt hatte, stellte sich auf die Straße und winkte ihm zu.

Die Wohnwagen und der Lkw hatten offensichtlich eine schwere Last zu befördern, denn die Motoren mühten sich schwer ab, und die Fahrzeuge kamen nur langsam vorwärts. Als sie endlich das Hilltop erreichten, fuhren sie weiter, bogen an der Ecke nach rechts ab und hielten erst in der Querstraße neben dem Hotel an.

Jenny, Bryce und die anderen gingen zu dem kleinen Konvoi hin. Die Querstraßen der Skyline Road verliefen längs am Hang und waren eben, so daß die schweren Fahrzeuge hier besser zu parken waren als an der steilen Skyline Road.

Jenny stand auf dem Bürgersteig und beobachtete die hintere Tür des ersten Wohnwagens, ob endlich jemand herauskommen würde. Die drei geplagten Motoren wurden nacheinander abgeschaltet, und die gewohnte schwere Stille senkte sich wieder über Snowfield.

Jennys Stimmung war besser als zu sonst irgendeinem Zeitpunkt seit ihrer Ankunft hier. Die Spezialisten waren da. Wie die meisten Amerikaner hatte sie großes Vertrauen zu Spezialisten, zu Technologie und Naturwissenschaft. Ihr Vertrauen war wahrscheinlich sogar überdurchschnittlich groß, denn schließlich war sie selbst eine Spezialistin, eine Naturwissenschaftlerin. Jetzt würden sie bald herausbekommen, was Hilda Beck und die Liebermanns und all die anderen umgebracht hatte. Die Spezialisten waren eingetroffen. Endlich war die Kavallerie da.

Zuerst öffnete sich die Tür des Lkws und Männer sprangen heraus. Sie waren mit ihrer Bekleidung auf eine verseuchte Atmosphäre vorbereitet und trugen alle die weißen, luftdichten Plastikanzüge mit den übergroßen Sichtschirmen aus Plastik, die die NASA entwickelt hatte. Jeder Mann trug seinen eigenen Luftvorrat auf dem Rücken, und dazu noch eine aktentaschengroße Abfallbereinigungsanlage.

Eigenartigerweise dachte Jenny zunächst nicht, die Männer würden wie Astronauten aussehen, sondern ihr kamen sie wie Priester einer seltsamen Religion in weißen Kultgewändern vor.

Sechs Männer waren geschickt aus dem Lkw geklettert. Es kamen noch mehr nach, bis es Jenny auffiel, daß sie schwer bewaffnet waren.

Sie bezogen zwischen ihren Fahrzeugen und den Menschen auf dem Bürgersteig Stellung. Das waren keine Wissenschaftler, sondern Begleit-Truppen. Sie hoben ihre Waffen und sicherten ihre Fahrzeuge mit einer Entschlossenheit, die keine Einmischung duldete.

Zu ihrem Schock und ihrer Verwirrung sah sich Jenny in den Lauf einer Maschinenpistole starren.

Bryce ging einen Schritt auf die Soldaten zu und sagte. »Was soll das bedeuten, verdammt noch mal?«

Der Mann, der Bryce am nächsten war und nach dem Namensschild über seiner Sichtplatte Sergeant Harker hieß, hob seine Waffe zum Himmel und gab als Warnung einen kurzen Feuerstoß ab.

Bryce blieb abrupt stehen, Tal und Frank griffen automatisch nach ihren Waffen.

»Nein!« rief Bryce. »Nicht schießen, um Gottes willen! Wir sind auf derselben Seite.«

Einer der Soldaten, ein Lieutenant Underhill, meldete sich mit blecherner Stimme durch einen kleinen Lautsprecher auf seiner Brust. »Bitte treten Sie von den Fahrzeugen zurück! Unsere erste Pflicht ist es, die Unversehrtheit der Labors zu schützen, und das werden wir um jeden Preis tun.«

»Verdammt noch mal«, sagte Bryce. »Wir wollen ihnen doch nichts tun! Schließlich habe ich Sie ja hergerufen.«

»Bleiben Sie zurück«, beharrte Underhill.

Endlich ging auch die Hintertür des ersten Wohnwagens auf. Die vier Personen, die herauskamen, waren ebenfalls mit luftdichten Anzügen bekleidet, aber sie waren keine Soldaten. Sie bewegten sich langsam und trugen keine Waffen. Eine von ihnen war eine Frau; Jenny sah ganz kurz ein auffallend hübsches, weibliches, orientalisches Gesicht. Die Namen auf ihren Helmen waren nicht von einer Dienstgradbezeichnung begleitet. Bettenby, Valdez, Nien, Yamaguchi. Das waren die Zivilisten, die Wissenschaftler, die bei einer Krisensituation, die mit biologischer oder chemischer Kriegsführung in Verbindung stand oder stehen könnte, ihr Privatleben hinter sich ließen und sich Copperfield zur Verfügung stellten.

Sechs Personen kamen aus dem zweiten Fahrzeug. Goldstein, Roberts, Copperfield, Houk. Die letzten beiden hatten keine Namensschilder auf ihren Anzügen. Sie blieben hinter den Bewaffneten und stellten sich zu den anderen, um sich kurz zu besprechen.

Man konnte das an ihren Lippen erkennen, die sich bewegten, obwohl aus den Lautsprechern auf ihrer Brust kein Ton herauskam. Sie standen offensichtlich über Sprechfunk miteinander in Verbindung und wollten nicht, daß die anderen etwas von dem hörten, was sie sagten. Warum aber? fragte sich Jenny. Sie haben doch nichts vor uns zu verbergen. Oder doch?

Bevor Copperfield die Initiative ergreifen konnte, ging Bryce zu ihm hin. »General, ich verlange eine Erklärung dafür, daß wir hier mit der Waffe bedroht werden.«

»Das tut mir leid«, sagte Copperfield und drehte sich zu den Soldaten um, die mit steinernem Gesicht dastanden. »Alles klar, Männer. Kein Grund zur Unruhe. Rührt euch.«

Die Soldaten nahmen sofort mit der flüssigen Harmonie eines perfekt ausgebildeten Teams ihre Maschinenpistolen von den Schultern und ließen sie an ihrer Seite herabsinken. Dann blieben sie wieder unbeweglich stehen.

Copperfield drehte sich wieder zu Bryce um, lächelte ihm durch seine Sichtscheibe zu und sagte: »Besser so?«

»Etwas«, sagte Bryce. »Ich bestehe aber trotzdem auf einer Erklärung.«

»Das ist die normale Prozedur«, sagte der General. »Wir haben nichts gegen Sie oder Ihre Leute, Sheriff.«

»Das reicht mir nicht. Ich will eine echte Erklärung hören. Kommen Sie mir nicht mit normale Prozedur.«

»Sie brauchen mich nicht anzuschreien, Sheriff.« Copperfield berührte mit einer behandschuhten Hand den Lautsprecher auf seiner Brust. »Hier ist ein äußerst empfindliches Mikrofon eingebaut. In einer solchen Lage müssen wir davon ausgehen, daß wir eventuell von einer Menge kranker oder sterbender Menschen überwältigt werden könnten. Wir sind nicht dafür ausgerüstet, zu heilen oder auch nur zu lindern. Unsere Aufgabe ist es nur, die Art der Vergiftung herauszubekommen, damit die Opfer dann entsprechend medizinisch versorgt werden können. Sterbende oder verzweifelte Leute könnten aber vielleicht nicht verstehen, daß *wir* nichts für sie tun können, und die Labors aus Wut und Erbitterung angreifen.«

»Und Angst«, sagte Tal Whitman.

»Genau«, sagte der General, dem die Ironie entgangen war. »Nach den uns vorliegenden psychologischen Erkenntnissen ist das eine durchaus reale Möglichkeit.«

»Und wenn kranke oder sterbende Menschen Sie tatsächlich bei ihrer Arbeit stören würden«, sagte Jenny, »würden Sie sie dann töten?«

Copperfield drehte sich zu ihr um. »Ich nehme an, Sie sind Dr. Paige.«

»Ja.«

»Nun, wenn Terroristen oder Agenten einer feindlichen Macht einen Akt biologischer oder chemischer Kriegsführung gegen eine amerikanische Siedlung begehen würden, wäre es die Aufgabe meines Teams, die verwendeten Mittel zu analysieren und mögliche Gegenmaßnahmen vorzuschlagen. Das ist eine wichtige Verantwortung, und wenn wir es zulassen würden, daß uns jemand dabei stört, so würde dadurch die Gefahr enorm vergrößert.«

»Sie würden diese Menschen dann also töten«, beharrte sie.

»Ja«, sagte er unverblümt. »Selbst anständige Leute müssen manchmal das geringere von zwei Übeln wählen.«

Jenny sah sich in Snowfield um, das auch im Sonnenschein genauso wie in der Dunkelheit der Nacht wie ein Friedhof aussah. General Copperfield hatte recht. *Alles,* was er zum Schutz seines Teams unternahm, war als Übel geringer als das, was dieser Stadt angetan worden war und noch angetan wurde.

Sie war sich selbst nicht sicher, warum sie so gereizt gewesen war. Wahrscheinlich, weil sie ihn und sein Team als Retter betrachtet hatte, mit deren Ankunft alle Fragen sofort beantwortet und alle Probleme beseitigt waren. Als sie dann feststellen mußte, daß es nicht so kommen würde, und dann sogar noch mit der Schußwaffe bedroht worden war, hatte das das Ende ihres Traums bedeutet, und dafür hatte sie dem General die Schuld gegeben.

Eine so irrationale Reaktion sah ihr gar nicht ähnlich. Ihre Nerven mußten noch angegriffener sein, als sie gedacht hatte.

Bryce begann, seine Männer dem General vorzustellen, aber Copperfield unterbrach ihn. »Ich möchte nicht unhöflich sein, Sheriff, aber für Vorstellungen haben wir einfach keine Zeit. Später. Jetzt möchte ich mir all das ansehen, wovon Sie gestern abend am Telefon gesprochen haben, und dann möchte ich mich sofort an die Autopsie eines Opfers machen.«

Er will bloß deshalb die Vorstellungen auslassen, weil es keinen Sinn hat, Freundschaft mit Leuten zu schließen, die sowieso zum Tod verurteilt sind, dachte Jenny. Wenn es sich als eine Erkrankung des Gehirns erweist und wir in den nächsten Stunden anfangen, die ersten Symptome zu zeigen und seine Labors angreifen, wird es für ihn leichter sein, uns erschießen zu lassen, wenn er uns nicht kennt.

Hör auf damit! befahl sie sich wütend. Sie sah Lisa an und dachte: Mein Gott, wenn ich schon ein Nervenbündel bin, wie muß es dir dann erst gehen, Kleine! Du hältst dich genauso tapfer wie irgend jemand sonst hier. Ich bin verdammt stolz auf dich!

»Bevor wir Sie hier herumführen«, sagte Bryce zu Copperfield, »sollten Sie zunächst einmal erfahren, was wir gestern nacht hier erlebt haben, und was mit –«

»Nein, nein«, sagte Copperfield ungeduldig. »Ich möchte hier Schritt für Schritt vorgehen. Für Berichte ist später noch viel Zeit. Auch das ist für uns normale Prozedur. Wir müssen zuerst prüfen, ob es sich hier um einen Angriff mit B- oder C-Waffen handelt, und *dann* können wir auch noch andere Möglichkeiten in Betracht ziehen.«

Bryce schickte den größten Teil seiner Leute zurück ins Hilltop und behielt nur Tal und Frank bei sich.

Jenny nahm Lisa bei der Hand und wollte ebenfalls zurück zum Hotel gehen, aber dann rief ihr Copperfield zu. »Doktor! Einen Moment, bitte. Ich möchte sie dabeihaben. Sie waren die erste medizinisch geschulte Person, die die Leichen gesehen hat, und wenn sich ihr Zustand verändert haben sollte, würde es Ihnen wahrscheinlich zuerst auffallen.«

Jenny sah Lisa an. »Möchtest du mitkommen?«

»Noch einmal in die Bäckerei? Nein danke.« Das Mädchen schüttelte sich.

Jenny dachte an die unheimliche Kinderstimme, die aus dem Abfluß gekommen war, und sagte: »Geh nicht in die Küche, und wenn du auf die Toilette willst, bitte jemand, mitzukommen.«

»Aber Jenny, das sind doch alles Männer!«

»Das ist mir egal. Bitte doch Gordy darum. Er kann vor der Tür stehenbleiben und dir den Rücken zudrehen.«

»Mein Gott, das wäre mit aber saupeinlich.«

»Willst du vielleicht lieber allein in diese Toilette gehen?«

Ihre Schwester wurde blaß. »Niemals.«

»Gut. Bleib nahe bei den anderen. *Wirklich* nahe. Versprichst du mir das?«

»Ich verspreche es.«

Jenny dachte an die beiden Anrufe von Wargle, die sie heute morgen erhalten hatte. Sie dachte an die obszönen Drohungen, die er ausgestoßen hatte. Sie waren zwar nur die Drohungen eines Toten gewesen und damit eigentlich bedeutungslos, aber Jenny hatte trotzdem Angst.

»Paß du auch auf«, sagte Lisa.

Jenny gab ihrer Schwester einen Kuß und sagte: »Jetzt beeil dich aber, sonst holst du Gordy nicht mehr ein, bevor er um die Ecke biegt.«

Lisa rannte los und rief: »Gordy! Warten Sie auf mich!«

Der große junge Deputy blieb an der Ecke stehen und sah sich um.

Jenny sah hinter ihrer Schwester her, wie sie über den gepflasterten Bürgersteig rannte, und spürte, wie sich ihr Herz zusammenzog. Sie dachte: Was ist, wenn sie verschwunden ist, wenn ich zurückkomme? Wenn ich sie nie lebendig wiedersehe?

24. Kalter Schrecken

Die Bäckerei der Liebermanns.

Bryce, Tal, Frank und Jenny gingen in die Backstube der Liebermanns, und General Copperfield kam mit den neun Wissenschaftlern seines Teams direkt hinter ihnen her. Vier Soldaten mit Maschinenpistolen im Anschlag bildeten die Nachhut.

Die Backstube war überfüllt, und Jenny fühlte sich nicht wohl bei dem Gedanken, daß sie jetzt vielleicht angegriffen werden würden und sich hinausdrängen müßten.

Die beiden Köpfe glotzten noch unverändert durch die Sichtscheibe der Öfen, und auch das Nudelholz wurde noch von den beiden abgetrennten Händen gehalten.

Niven, einer der Leute des Generals, fotografierte die Küche aus verschiedenen Blickwinkeln, und dann machte er noch ungefähr ein Dutzend Nahaufnahmen von den Köpfen und den Händen. Das mußte erledigt werden, bevor man mit einer näheren Untersuchung begann.

Die Raumanzüge der Wissenschaftler knarrten, und ihre Stiefel scharrten laut auf dem gekachelten Boden.

»Meinen Sie noch immer, das wäre ein relativ einfacher Fall von B- oder C-Waffen-Einsatz?« fragte Bryce Copperfield.

»Schon möglich.«
»Wirklich?«
Copperfield sagte: »Phil, Sie sind doch hier der Spezialist für Nervengas. Denken Sie das gleiche wie ich?«
»Es ist noch zu früh für eine definitive Aussage«, antwortete der Mann mit dem Namensschild ›Houk‹. »Wir könnten es aber hier durchaus mit einem neuroleptischen Toxin zu tun haben. Einige Anzeichen – besonders die extreme psychopathische Gewalttätigkeit – sprechen für T-139.«
»Auf jeden Fall eine Möglichkeit«, sagte Copperfield. »Ich habe genau das gleiche gedacht, als wir hereingekommen sind.«
Während Niven weiter Bilder machte, fragte Bryce: »Was ist denn T-139?«
»Eines der wichtigsten Nervengase in dem Arsenal der Russen«, sagte der General. »Seine volle Bezeichnung lautet Timoshenko-139, nach dem Wissenschaftler, der es entwickelt hat.«
»Eine wunderbare Art, sich unsterblich zu machen«, sagte Tal sarkastisch.
»Die meisten Nervengase verursachen innerhalb von dreißig Sekunden bis fünf Minuten nach Hautkontakt den Tod«, sagte Houk. »So human ist T-139 nicht.«
»Human!« sagte Frank Autry entsetzt.
»T-139 tötet die Menschen nicht einfach«, sagte Houk. »Das wäre tatsächlich vergleichsweise human. T-139 ist das, was die Militärstrategen ein Demoralisierungsmittel nennen.«
Copperfield sagte: »Es dringt innerhalb von zehn oder weniger Sekunden durch die Poren in den Blutkreislauf ein, wandert dann ins Gehirn und richtet dort sofort irreparable Schäden an. Das Opfer behält seine volle Kraft und ist noch ungefähr vier bis sechs Stunden lang physisch voll einsatzfähig, aber sein Gehirn wird geschädigt. Angstzustände stellen sich ein, Verlust der emotionellen Kontrollen und ein sehr ausgeprägtes Gefühl, daß die Welt sich gegen das Opfer verschworen hat. Damit ist ein unbezähmbarer Zwang verbunden, gewalttätig zu werden. T-139 verwandelt die Menschen also praktisch sechs Stunden lang in hirnlose Tötungs-Maschinen, Sheriff. Sie fallen übereinander her, und Sie können sich wohl vorstellen, wie demoralisierend sich so etwas auswirkt.«
»Allerdings«, sagte Bryce. »Und so etwas hat Dr. Paige schon gestern abend theoretisch in Betracht gezogen, eine Art mutierte

Tollwut, die manche Menschen tötet, andere dagegen in rasende Wahnsinnige verwandelt.«

»T-139 ist keine Krankheit«, sagte Houk hastig. »Es ist ein Nervengas. Und wenn ich die Wahl hätte, wäre es mir lieber, das wäre tatsächlich ein Nervengas-Angriff. Nachdem sich das Gas nämlich erst einmal verteilt hat, ist die Gefahr vorüber, während eine Bedrohung durch ein biologisches Kampfmittel weit schwerer zu beschränken wäre.«

»Wenn es sich um ein Gas handelt«, sagte Copperfield, »dann hat es sich schon lange verteilt, aber kondensierte Überreste würden alles bedecken, und wir hätten die Sache sehr schnell gelöst.«

Jenny sagte: »Dr. Houk, Sie sagten, die erste Wirkungsphase dieses T-139 dauert vier bis sechs Stunden. Was kommt dann?«

»Die zweite Phase endet mit dem Tod«, sagte Houk. »Sie dauert sechs bis zwölf Stunden und beginnt mit dem Verlust der motorischen Nerven und eskaliert bis zur Lähmung der kardischen, vasomotorischen und respiratorischen Reflex-Zentren im Gehirn.«

»Mein Gott«, sagte Jenny.

Frank sagte: »Können Sie das uns Laien auch erklären?«

Jenny sagte. »Das bedeutet, daß das T-139 in der zweiten Phase über einen Zeitraum von sechs bis zwölf Stunden allmählich dem Gehirn die Fähigkeit raubt, die automatischen Funktionen des Körpers – also Atmung, Herzschlag, Erweiterung der Blutgefäße, Organfunktionen – zu kontrollieren ... Das Opfer bekommt einen unregelmäßigen Herzschlag, kann nur unter größten Schwierigkeiten atmen, und allmählich stellt jedes Organ und jede Drüse ihre Funktion ein. Zwölf Stunden mögen Ihnen vielleicht unmöglich erscheinen, aber dem Opfer werden sie wie eine Ewigkeit vorkommen. Es wird sich erbrechen, ein unkontrollierbarer Durchfall wird einsetzen, es kann das Wasser nicht mehr halten, und es wird ständig unter sehr schmerzhaften Muskelkrämpfen leiden ... und wenn nur die motorischen Nerven geschädigt sind und der Rest des Nervensystems intakt bleibt, leidet das Opfer ununterbrochen brutale Schmerzen.«

»Sechs bis zwölf Stunden lang Höllenqualen«, sagte Houk. »Bis der Herzschlag aussetzt oder das Opfer einfach aufhört zu atmen und erstickt.«

Für lange Sekunden sagte niemand ein Wort, bis Niven seine letzten Bilder gemacht hatte. Schließlich meldete sich Jenny wieder zu Wort. »Ich glaube noch immer nicht, daß hier ein Nervengas beteiligt war, selbst wenn dieses T-139 die Enthauptungen hier erklären könnte. Zunächst einmal hat keines der Opfer sich erbrochen oder sonstwie Anzeichen von Übelkeit gezeigt.«

»Wir könnten es mit einer Weiterentwicklung von T-139 zu tun haben, die diese Symptome nicht hervorruft, oder mit einem anderen Gas.«

»Kein Gas könnte die Motte erklären«, sagte Tal Whitman.

»Oder was Stu Wargle passiert ist«, sagte Frank.

»Die Motte?« fragte Copperfield.

»Davon wollten Sie ja nichts hören, bis Sie sich alles andere angesehen hatten«, erinnerte ihn Bryce. »Ich glaube aber, es ist jetzt an der Zeit –«

Niven sagte: »Fertig.«

»Sehr schön«, sagte Copperfield. »Wenn Sie anderen jetzt bitte völlig still bleiben würden, bis wir unsere Aufgaben hier ausgeführt haben, wären wir Ihnen sehr dankbar.«

Das Team machte sich sofort an die Arbeit. Yamaguchi und Bettenby verstauten die abgetrennten Köpfe in mit Porzellan ausgekleidete Behälter mit luftdicht verschließbaren Deckeln, während Valdez die Hände sorgfältig von dem Nudelholz löste und in einem ähnlichen Behälter verstaute. Houk nahm Proben von dem Mehl und dem Teig auf dem Tisch, um sie später auf Reste von Nervengas untersuchen zu können, und Goldstein und Roberts saugten mit einem batteriebetriebenen Staubsauger die Backöfen aus, versiegelten den Inhalt sorgfältig, beschrifteten und verpackten ihn.

Die Wissenschaftler waren alle beschäftigt, bis auf die beiden Männer, die keine Namensschilder auf ihren Helmen trugen. Die standen unbeteiligt daneben und sahen nur zu. Bryce beobachtete sie seinerseits und fragte sich, welche Funktion ihnen zukam.

Während die Wissenschaftler arbeiteten, beschrieben sie ihre Tätigkeit immer laut in einem für Bryce unverständlichen Jargon. Dabei sprachen nie zwei Personen zur gleichen Zeit, was zusammen mit Copperfields Bitte um Ruhe darauf schließen ließ, daß eine Aufzeichnung der Prozedur angefertigt wurde. Tatsächlich bemerkte Bryce an Copperfields Gürtel ein Tonbandgerät, dessen Spulen sich bewegten und das direkt mit dem Sprechgerät des Generals in Verbindung stand.

Als die Wissenschaftler aus der Küche alles geholt hatten, was sie brauchten, sagte Copperfield: »Alles fertig, Sheriff. Wohin jetzt?«

Bryce deutete auf das Tonbandgerät. »Wollen Sie das jetzt nicht wieder abschalten?«

»Nein. Wir haben die Aufnahme in dem Augenblick angefangen, an dem wir an der Straßensperre vorbeigelassen worden sind, und wir werden das Band laufen lassen, bis wir dahintergekommen sind, was sich in dieser Stadt abgespielt hat. Wenn also etwas schiefläuft und wir alle umkommen, bevor wir die Lösung gefunden haben, wird das zweite Team über jeden Schritt informiert sein, den wir ergriffen haben. Es braucht nicht wieder ganz von vorne anzufangen, und vielleicht bekommt es sogar einen detaillierten Bericht über den Fehler, der uns das Leben gekostet hat.«

Die zweite Station war der Kunstgewerbeladen, in den Frank Autry die drei anderen Männer am Vorabend geführt hatte. Die Szene kam ihm heute fast komisch vor: all die Raumfahrer, die mit theatralisch ernsten Gesichtern hinter ihren Sichtscheiben aus Plexiglas die schmale Treppe hochstiegen, das Geräusch ihres Atems, der verstärkt aus den Lautsprechern auf ihrer Brust herauskam und irgendwie bedrohlich klang, all das hätte aus einem SF-Film der 50er Jahre stammen können.

Sein leichtes Lächeln verschwand jedoch sofort wieder, als sie in die Küche kamen und den Toten wiedersahen. Er lag noch immer in einer blauen Pyjama-Hose vor dem Kühlschrank und starrte voller Prellungen und angeschwollen mit aufgerissenen Augen ins Leere.

Wieder bat Copperfield um Ruhe, und die Wissenschaftler traten vorsichtig um die auf dem Boden verstreuten Zutaten eines Sandwichs und drängten sich um den Toten.

Nach einigen Minuten waren sie mit der ersten Untersuchung der Leiche fertig, und Copperfield sagte zu Bryce: »Den nehmen wir für eine Autopsie mit.«

»Glauben Sie noch immer, daß wir es hier mit einem simplen B- und C-Angriff zu tun haben?« fragte Bryce wie schon einmal.

»Es ist durchaus möglich«, sagte der General.

»Aber schauen Sie sich doch einmal die Verfärbung und die Schwellung an«, sagte Tal.

»Das könnte eine allergische Reaktion auf Nervengas sein«, sagte Houk.

»Wenn Sie das Bein des Pyjamas hochschieben«, sagte Jenny,

»werden Sie diese sogenannten Reaktionen auch auf nicht freiliegender Haut feststellen.«

»So ist es«, sagte Copperfield. »Wir haben bereits nachgesehen.«

»Wie soll denn die Haut auf ein Nervengas reagieren, mit dem sie gar nicht in Berührung gekommen ist?«

»Solche Gase gehen durch die meisten Kleider«, sagte Houk. »Sie lassen sich eigentlich nur von Plastik- oder Gummi-Bekleidung aufhalten.«

Also genau, was ihr anhabt, dachte Frank, aber wir nicht.

»Hier ist noch eine Leiche«, sagte Bryce dem General. »Möchten Sie sich die auch ansehen?«

»Auf jeden Fall.«

Als sie in das Schlafzimmer kamen, hatte Frank insgeheim die Befürchtung, die nackte, blonde Frau mit Wargle zusammen in kalter Leidenschaft im Bett vorzufinden, denn er erinnerte sich noch an Wargles Bemerkungen über sie, aber die Frau lag noch immer unverändert allein mit gespreizten Beinen auf dem verwühlten Bett, den Mund zu einem ewigen Schrei geöffnet.

Als Copperfield und sein Team mit der vorläufigen Untersuchung fertig waren, deutete Frank auf die .22 Automatik und sagte: »Meinen Sie, sie hätte damit auf eine Wolke aus Nervengas geschossen?«

»Selbstverständlich nicht«, sagte Copperfield. »Aber vielleicht hatte sie unter dem Einfluß von Gas Halluzinationen und hat auf Phantome geschossen.«

»Phantome«, sagte Frank. »So etwas muß es wohl gewesen sein. Sie hat schließlich von den zehn Schuß im Magazin achtmal getroffen, weil wir nur zwei Kugeln gefunden haben. Sie konnte damit ihren Angreifer nicht aufhalten; nicht einmal geblutet hat er. Na ja, Phantome bluten natürlich nicht, aber könnte ein Phantom auch wieder verschwinden und dabei acht Kugeln mitnehmen?«

Copperfield starrte ihn stirnrunzelnd an. Auch die Wissenschaftler machten besorgte Gesichter.

Die Soldaten runzelten nicht nur die Stirn; sie sahen sich unruhig um. Die beiden Leichen, und besonders der Gesichtsausdruck der Frau, hatten ihre Wirkung auf den General und seine Leute nicht verfehlt. Die Angst war in allen Augen deutlicher geworden. Sie wollten es zwar nicht zugeben, aber sie waren hier auf etwas gestoßen, auf das sie ihre Erfahrungen nicht vorbereitet hatten. Sie klammerten sich zwar noch an ihren vertrauten Erklärungen fest – Nervengas, Viren, Gift –, aber die ersten Zweifel kamen in ihnen auf.

Nachdem Copperfields Leute die Leiche in der Küche in einen verschließbaren Plastiksack verstaut und weggebracht hatten, führte Bryce sie in den Supermarkt zu den Kühlanlagen, wo es passiert war, und berichtete ihnen, wie Jake verschwunden war. »Keine Schreie. Keinerlei Geräusche. Nur einige Sekunden lang Dunkelheit. *Einige Sekunden.* Als das Licht wieder anging, war Jake verschwunden.«

»Haben Sie überall nachgesehen?« fragte Copperfield.

»Überall.«

»Vielleicht ist er weggelaufen«, sagte Dr. Yamaguchi. »Verwunderlich wäre es nicht ...«

»Nein, nein, Jake würde nie weglaufen«, sagte Bryce. »Er war zwar nicht mein aggressivster Beamter, aber er war nicht verantwortungslos, und er würde mir nie davonlaufen. Dazu war er viel zu vorsichtig. Er neigte nicht zu impulsiven Handlungen. Wenn er außerdem wirklich so verängstigt gewesen wäre, daß er tatsächlich weglaufen wollte, hätte er einen Polizeiwagen genommen. Er wäre doch nicht zu Fuß aus der Stadt verschwunden.«

»Er hätte aber doch wohl gewußt, daß er an der Straßensperre nicht vorbeigekommen wäre«, sagte Copperfield. »Vielleicht hat er deshalb keinen Wagen genommen, sondern ist zu Fuß durch die Wälder weg.«

Jenny schüttelte den Kopf. »Ausgeschlossen, General. Das ist eine Wildnis da draußen. Deputy Johnson hätte genau gewußt, daß er sich dort bloß verlaufen und umkommen würde.«

»Würde sich außerdem ein verängstigter Mann nachts in einen fremden Wald stürzen?« sagte Bryce. »Ich glaube nicht, General. Was ich allerdings glaube ist, daß es höchste Zeit ist, daß Sie sich anhören, was meinem anderen Deputy passiert ist.«

Bryce stand an ein Kühlgerät voller Käse und Frühstücksfleisch gelehnt und erzählte ihnen von der Motte, von dem Angriff auf Wargle und dem entsetzlichen Zustand seiner Leiche, erzählte ihnen von Lisas Begegnung mit der wiederauferstandenen Leiche Wargles und der Entdeckung, daß sie verschwunden war.

Copperfield und seine Leute reagierten zuerst mit Erstaunen, dann mit Verwirrung und dann mit Angst, aber während des größten Teils seiner Geschichte starrten sie ihn mit vorsichtiger Stille an und sahen einander dann und wann wissend an.

Er schloß seinen Bericht mit der Kinderstimme ab, die Augenblicke vor Copperfields Ankunft aus dem Abfluß herausgesungen hatte und fragte dann zum dritten Mal: »Glauben Sie noch immer, daß es sich hier um einen einfachen Fall von B- und C-Waffen handelt?«

Copperfield zögerte, sah sich in dem verwüsteten Supermarkt um und begegnete schließlich Bryces Blick. »Sheriff ich möchte Sie und alle anderen, die diese sogenannte ... äh ... Motte gesehen haben, von Dr. Roberts und Dr. Goldstein gründlich untersuchen lassen.«

»Sie glauben mir nicht.«

»Ich glaube, daß Sie wirklich ernsthaft glauben, Sie hätten all das gesehen und erlebt.«

»Arschloch«, sagte Tal.

Copperfield sagte: »Sie verstehen sicher, daß das für uns klingen muß, als seien Sie verseucht und litten unter Halluzinationen.«

Bryce hatte ihre Ungläubigkeit und intellektuelle Starrheit gründlich satt. Sie hätten als Wissenschaftler eigentlich für neue Ideen und unerwartete Möglichkeiten ein offenes Ohr haben müssen, aber sie schienen statt dessen entschlossen, das vorliegende Beweismaterial ihren vorgefertigten Meinungen mit Gewalt anzupassen, um sie nicht ändern zu müssen.

»Sie glauben doch wohl nicht etwa, wir hätten alle die *gleiche* Halluzination gehabt?«

»So etwas ist nicht unbekannt«, sagte Copperfield.

Frank Autry musterte Copperfield mit finsterem Blick und sagte: »Wenn das alles aber nur Halluzinationen waren, wo ist dann Stu Wargle?«

»Vielleicht ist er zusammen mit Jake Johnson weggerannt«, sagte Roberts. »Sie haben das dann bloß in Ihre Fantasievorstellung eingebaut.«

Bryce wußte aus langer Erfahrung, daß man eine Diskussion in dem Augenblick verloren hatte, wenn man emotional wurde. Er zwang sich zu einer lässigen Haltung und sagte mit sanfter Stimme langsam: »General, nach dem, was Sie hier sagen, könnte man annehmen, daß die Abteilung des Sheriffs von Santa Mira County ausschließlich aus Feiglingen, Vollidioten und Traumtänzern besteht.«

Copperfield machte mit seinen geschützten Händen eine beschwichtigende Geste. »Nein, nein, da verstehen Sie mich ganz falsch. Bitte, Sheriff, versuchen Sie doch, uns zu verstehen. Wir sind doch bloß ehrlich zu Ihnen. Wir sagen ihnen wie die Situation in unseren Augen aussieht – wie sie für *jeden* aussehen würde, der über Sachkenntnis in biologischer und chemischer Kriegsführung verfügt. Halluzinationen gehören zu den Dingen, die wir bei den Überlebenden erwarten würden. Wenn sie uns nun eine Erklärung für die Existenz einer adlergroßen Motte liefern könnten, würden wir vielleicht auch daran glauben, aber das können sie ja nicht. Das läßt für uns nur einen einzigen vernünftigen Schluß zu – daß Sie alle unter Halluzinationen gelitten haben.«

Bryce bemerkte, daß die Soldaten ihn nun, da sie ihn für ein Opfer von Nervengas hielten, ganz anders ansahen. Ein solcher Mann war offensichtlich gefährlich. Sie hoben ihre Maschinenpistolen leicht an, zielten aber noch nicht direkt auf Bryce.

Plötzlich wurde er von einem lauten Geräusch aus dem hinteren Teil des Supermakts erschreckt und drehte sich danach um. Aus seinen Augenwinkeln bemerkte er, daß sie Soldaten eher auf ihn als das Geräusch reagierten. Als er seine Hand auf seinen Revolver gelegt hatte, hatten sie sofort ihre Maschinenpistolen gehoben.

Irgend jemand hämmerte von innen an die dicke, isolierte Tür des Kühlraums ihnen gegenüber, und auch eine Stimme war zu hören.

»Jemand ist da drinnen eingeschlossen«, sagte Copperfield.

»Ausgeschlossen«, sagte Bryce. »Die Tür geht von beiden Seiten auf.«

Abrupt verstummten die Rufe, und auch das Klopfen hörte auf. Der Griff der großen Stahltür schob sich nach oben und die Tür schwang auf, aber nur fünf Zentimter weit, und dann blieb sie wieder stehen. Die kalte Luft aus dem Kühlraum vermischte sich mit der warmen Luft in dem Supermarkt, und leichte Nebelschwaden bildeten sich am Boden.

Obwohl in dem Raum hinter der Stahltür Licht brannte, konnte man durch den schmalen Schlitz nicht hineinsehen. Trotzdem wußte Bryce, wie es da drinnen aussah: ein kahler, kalter Raum mit Neonbeleuchtung, in dem von Schienen an der Decke große Fleischstücke herabhingen.

Plötzlich war aus dem Kühlraum ein schmerzerfülltes Stöhnen

zu hören. Eine schwache, verzerrte, aber trotzdem, erkenntliche Stimme rief nach Hilfe.

»Bryce? ... Tal ...? Wer ist da draußen? Frank? Gordy? Ist da jemand? Helft ... helft mir doch!«

Es war Jake Johnson.

Bryce, Jenny, Tal und Frank lauschten bewegungslos.

Copperfield sagte: »Wer das da drinnen auch ist, er braucht auf jeden Fall dringend Hilfe.«

»Bryce ... bitte ...«

»Kennen Sie ihn?« fragte Copperfield. »Er ruft doch Ihren Namen, Sheriff, nicht wahr?«

Ohne auf eine Antwort zu warten, befahl der General zwei seiner Männer – Private Pascalli und Sergeant Harker – in dem Kühlraum nachzusehen.

»Warten Sie!« sagte Bryce. »Niemand geht da hinein. Wir halten diese Kühlgeräte zwischen uns und dem Kühlraum, bis wir mehr wissen.«

»Sheriff, ich bin zwar bereit, soweit wie möglich mit Ihnen zusammenzuarbeiten, aber Sie haben keine Befehlsbefugnisse über meine Männer und mich.«

»Bryce ... ich bin's, Jake ... so helft mir doch. Ich habe mein Bein gebrochen.«

»Jake?« fragte Copperfield und sah Bryce aus zusammengekniffenen Augen merkwürdig an. »Das ist doch der Mann, der angeblich gestern abend von hier verschwunden ist?«

»Es klingt so wie er«, gab Bryce zu.

»Na bitte!« sagte Copperfield. »Also doch kein Geheimnis. Er war die ganze Zeit hier.«

Bryce sah den General wütend an. »Ich sagte Ihnen doch, daß wir überall gesucht haben. Auch in dem verdammten Kühlraum da! Er war nicht darin. «

»Na ja, jetzt ist er auf jeden Fall da«, sagte der General.

»Hallo, da draußen! Ich friere! Ich kann ... das verdammte Bein ... nicht bewegen!«

Jenny berührte Bryce am Arm. »Da stimmt doch etwas nicht.«

Copperfield sagte: »Sheriff, wir können doch nicht hier herumstehen und einen Verletzten leiden lassen.«

»Hier droht Gefahr«, sagte Bryce zu Copperfield. »Ich spüre das, und Dr. Paige und meine Männer auch.«

»Aber ich nicht«, sagte Copperfield.

»General, Sie sind einfach noch nicht lange genug in Snowfield und wissen deshalb nicht, daß man hier das völlig Unerwartete erwarten muß.«

»Wie zum Beispiel Motten, die so groß wie Adler sind, was?«

Bryce schluckte seinen Ärger hinunter und sagte: »Sie wissen einfach noch nicht, daß hier nichts so ist, wie es aussieht.«

Copperfield musterte ihn skeptisch. »Erzählen Sie mir bloß keinen mystischen Kram, Sheriff.«

In dem Kühlraum begann Jake Johnson zu weinen. Sein flehentliches Gewimmer war schier unerträglich. Es klang wie ein von Schmerzen gequälter alter Mann, und nicht im geringsten gefährlich.

»Wir müssen dem Mann sofort helfen«, sagte Copperfield.

»Ich setze meine Männer nicht aufs Spiel«, sagte Bryce. »Noch nicht.«

Copperfield befahl seinen beiden Soldaten noch einmal, in dem Kühlraum nachzusehen. Obwohl er offensichtlich nicht glaubte, daß zwei gutausgebildete Soldaten mit Maschinenpistolen irgendwie in Gefahr sein könnten, wies er sie an, vorsichtig zu sein.

Harker und Pascalli gingen durch das Gatter hinter den Kühlanlagen auf den Kühlraum zu.

Tal Whitman sagte: »Da paßt einfach zu vieles nicht zusammen, verdammt noch mal. Wenn das wirklich Jake ist, warum hat er dann bis jetzt gewartet, bis er herausgekommen ist?«

»Das können wir nur dadurch herausbekommen, daß wir ihn fragen«, sagte der General. »Vielleicht war er bis jetzt bewußtlos.«

Jenny wollte noch einen Einwand vorbringen, aber Bryce sagte zu ihr: »Sparen Sie sich die Mühe.«

»Sie sind doch Ärztin«, sagte Copperfield zu ihr. »Meinen sie wirklich, wir könnten die Hilferufe des Mannes da drinnen einfach ignorieren?«

»Natürlich nicht«, sagte sie. »Wir sollten uns aber die Zeit nehmen und uns einen *sicheren* Weg überlegen, wie wir dort hineinschauen könnten.«

»Die Zeit haben wir aber nicht«, sagte Copperfield und schüttelte den Kopf. »Wir müssen uns sofort um ihn kümmern. Hören Sie doch selbst! Er ist schwer verletzt.«

Jake stöhnte wieder schmerzerfüllt aus dem Kühlraum, und Harker ging auf die Tür zu. Pascalli versuchte, ihm so gut es ging von der Seite Deckung zu geben.

Nun hatte Harker die Tür erreicht. Die Tür ging nach innen auf, und Harker stieß mit dem Lauf seiner Maschinenpistole dagegen und schob sie ganz auf. Jake lag nicht hinter der Tür. Er war nirgends zu sehen. Hinter dem Sergeant hingen die an die Decke gehängten Fleischstücke.

Harker zögerte kurz und sprang dann geduckt über die Schwelle, sah nach links, dann fast sofort nach rechts und schwang dabei den Lauf herum.

Auf der rechten Seite sah Harker offensichtlich etwas. Er richtete sich überrascht mit einem Ruck auf, stolperte voller Angst zurück und stieß dabei mit einer Rinderhälfte zusammen.

»*Großer Gott!*« rief Harker und gab einen kurzen Feuerstoß aus seiner Maschinenpistole ab.

Bryce zuckte zusammen. Die Schüsse donnerten überlaut.

Im gleichen Augenblick drückte etwas von innen gegen die Tür des Kühlraums und schlug sie zu.

Es hatte Harker gefangen. *Es.*

Bryce sprang über das hüfthohe Kühlgerät vor ihm und rannte zu der Tür des Kühlraums.

Wieder ein Feuerstoß. Dieses Mal war er länger, vielleicht lange genug, um das ganze Magazin zu leeren.

Pascalli war schon an der Tür und zerrte verzweifelt an dem Griff.

»Was ist? Los, holen wir ihn da raus!« sagte Bryce.

»Ich bringe die verdammte Tür nicht auf!« sagte Private Pascalli. Er sah zu jung für die Armee aus – und er hatte Angst.

In dem Kühlraum hörten die Schüsse auf und die Schreie begannen.

Pascalli zerrte verzweifelt an dem unbeweglichen Griff.

Obwohl die dicke, isolierte Tür Harkers Schreie dämpfte, waren sie sehr laut und wurden schnell immer lauter. Durch das Funksprechgerät in Pascallis Raumanzug mußten sie ohrenbetäubend gewesen sein, denn plötzlich drückte sich der Private beide Hände an den Kopf, als wolle er sich die Ohren zuhalten.

Bryce schob den Soldaten zur Seite und packte den langen Hebelgriff der Tür mit beiden Händen, aber der rührte sich nicht.

Die durchdringenden Schreie in dem Kühlraum wurden immer lauter, schriller und entsetzlicher. Was macht es bloß mit Harker da drinnen, dachte Bryce. Zieht es dem armen Schwein die Haut bei lebendigem Leib ab?

Er sah sich zu den anderen um. Tal kam im Laufschritt auf die

Tür zu, der General und ein weiterer Soldat rannten durch das Gatter, und Frank war auf eine der Kühlanlagen gesprungen und behielt den Supermarkt im Auge, falls die Aufregung in dem Kühlraum nur ein Ablenkungsmanöver sein sollte. Die anderen standen in einer Gruppe zusammen.

Bryce rief: »Jenny!«

»Ja?«

»Ich brauche einen Schraubenzieher.«

»Wird erledigt.« Sie war bereits losgerannt.

Harker schrie noch immer.

Großer Gott, was für ein entsetzlicher Schrei! Wie aus einem Alptraum. Aus einem Irrenhaus. Aus der Hölle.

Allein, daß er ihn hörte, ließ Bryce in kalten Schweiß ausbrechen.

Copperfield erreichte den Kühlraum. »Lassen Sie mich an den Griff.«

»Es hat doch keinen Zweck.«

»Lassen Sie mich an den Griff!«

Bryce trat zur Seite. Der General war ein großer, muskulöser Mann. Er sah aus, als sei er stark genug, um Jahrhunderte alte Eichen auszureißen. Obwohl er fluchend seine ganze Kraft einsetzte, bewegte er den Griff auch nicht mehr als Bryce.

»Das verdammte Schloß muß kaputt sein«, sagte Copperfield keuchend.

Bryce warf einen Blick zu Tal hinüber. Er sah es zum ersten Mal, daß sein Deputy deutlich Angst hatte.

Jenny kam mit drei in buntes Plastik eingeschweißten Schraubenziehern zurück. »Ich wußte nicht, welche Größe Sie brauchen«, keuchte sie.

»Schon gut, geben Sie her«, sagte Bryce und griff nach den Werkzeugen. »Und jetzt verschwinden Sie schnellstens wieder und gehen zu den anderen zurück.«

Harkers Schreie waren inzwischen so schrill, so entsetzlich geworden, daß sie nicht mehr menschlich klangen.

Jenny ignorierte seinen Befehl und riß die Verpackung von einem Schraubenzieher ab. »Ich bin Ärztin. Ich bleibe.«

»Dem kann kein Arzt mehr helfen«, sagte Bryce und riß hektisch die Verpackung von dem dritten Schraubenzieher ab.

»Vielleicht nicht, aber wenn Sie wirklich denken würden, er hätte keine Chance mehr, würden Sie auch nicht versuchen, ihn da herauszuholen.«

»Verdamnmt noch mal, Jenny!«

Er machte sich Gedanken um sie, wußte aber, daß er sie nicht zum Gehen überreden konnte, wenn sie sich zum Bleiben entschlossen hatte. Er nahm ihr den dritten Schraubenzieher aus der Hand, schob General Copperfield zur Seite und sah sich die Tür an.

Die Türangeln konnte er nicht abschrauben, da die Tür nach innen aufging, aber der Griff ging durch eine große Abdeckplatte, hinter der der Schloßmechanismus saß. Bryce kauerte sich vor die Tür, schraubte die ersten Schrauben aus der Platte und ließ sie auf den Boden fallen.

Harkers Schreie verstummten. Die Stille, die folgte, war fast noch schlimmer als die Schreie selbst.

Bryce schraubte die restlichen drei Schrauben ab, zog die Abdeckplatte über den Griff ab und warf sie weg. Er sah in das Schloß hinein und stocherte mit seinem Schraubenzieher darin herum. Zackige abgebrochene Metallstücke fielen auf den Boden, und andere klapperten in den Hohlraum der Türfüllung. Das Schloß war *von innen* zerschmettert worden. Er fand den manuellen Entriegelungshebel und schob ihn mit dem Schraubenzieher zurück. Auch er schien schwer verbogen, ließ sich aber trotzdem weit genug zurückschieben, daß die Tür aufging.

Als sie langsam zurückschwang, traten alle zur Seite.

Private Pascalli zielte mit seiner Maschinenpistole darauf, und Bryce und Copperfield zogen ihre Pistolen. Obwohl Sergeant Harker schlüssig bewiesen hatte, daß solche Waffen nichts nützten.

Bryce erwartete, daß sich aus der Tür etwas auf sie stürzen würde, aber nichts rührte sich.

Als er durch die Tür in den Kühlraum hineinsah, bemerkte er, daß die Lieferantentür nach außen offenstand, obwohl sie auf jeden Fall vor zwei Minuten noch geschlossen gewesen war, als Harker seinen Vorstoß gewagt hatte.

Copperfield befahl Pascalli und Fodor den Kühlraum zu sichern. Sie drangen schnell in ihn ein und verschwanden an beiden Seiten der Tür außer Sicht.

Einige Sekunden später kam Pascalli zurück. »Alles klar, Sir.«

Copperfield ging in den Kühlraum, und Bryce kam hinter ihm her.

Harkers Maschinenpistole lag auf dem Boden.

Sergeant Harker hing neben einem halben Rind von der Decke

herab. Ein riesiger, spitzer Fleischerhaken war durch seinen Brustkorb getrieben.

Bryce drehte sich der Magen um, und er wollte sich von dem schrecklichen Bild abwenden – aber dann bemerkte er, daß es nicht wirklich Harker war, sondern nur sein Raumanzug mit dem Helm, der schlaff und leer an dem Haken hing. Das widerstandsfähige Plastikmaterial war zerrissen, und die Sichtplatte aus Plexiglas war zerbrochen und hing halb aus der stabilen Fassung heraus. Harker war aus dem Anzug herausgezogen worden, bevor *es* ihn aufgehängt hatte.

Wo aber war Harker?

Verschwunden. Auch er, einfach weg.

Pascalli und Fodor standen draußen auf der Verladerampe und sahen sich um.

»Diese furchtbaren Schreie«, sagte Jenny und stellte sich neben Bryce. »Und doch ist kein Blut auf dem Boden oder an dem Anzug.«

Tal Whitman hob eine Handvoll leerer Patronenhülsen vom Boden auf, wo sie überall verstreut waren. Das Messing blitzte in seiner offenen Handfläche. »Sehen Sie sich einmal um, General«, sagte er zu Copperfield. »Hier sind kaum Einschußlöcher zu sehen. Er muß also getroffen haben. Wieviel Schuß hat so ein großes Magazin?«

Copperfield starrte auf die Hülsen und sagte nichts.

Die beiden Soldaten kamen von der Verladerampe zurück, und Pascalli sagte: »Da draußen ist nichts von ihm zu sehen, Sir. Sollen wir auf der Straße weitersuchen?«

Bevor Copperfield antworten konnte, sagte Bryce: »General, Sergeant Harker müssen sie abschreiben, so schmerzlich das auch sein mag. Er ist tot. Sie brauchen sich da gar nicht irgendwelchen Hoffnungen hinzugeben. Hier geht es um den Tod, nichts anderes. Nicht um Geiselnahme, Terrorismus oder Nervengas. Ich weiß zwar nicht, was da draußen ist oder wo es hergekommen ist, aber eines weiß ich: das ist der personifizierte Tod. Es geht hier ums Ganze. Die Form unseres Feindes können wir uns noch nicht vorstellen, und seine Motive werden wir vielleicht nie erfahren. Diese Motte, die Stu Wargle umgebracht hat – das war nicht einmal die wahre Erscheinungsform von diesem Ding. Ich *fühle* das. Das war wie die Wiederbelebung von Wargles Leiche in der Toilette, ein Täuschungsmanöver ... eine Vorführung.«

»Ein Phantom«, sagte Tal, gebrauchte aber das Wort, das General Copperfield eingeführt hatte, in einer anderen Bedeutung.

»Genau, ein Phantom«, sagte Bryce. »Unseren wahren Feind haben wir bisher noch nicht kennengelernt. Das ist irgend etwas, das ganz einfach gern tötet. Es kann schnell und lautlos töten, wie bei Jake Johnson. Harker aber hat es langsam getötet und ihn gefoltert, damit er schreit. Das sollten wir nämlich hören. Harkers Tod war wie dieses T-139, ein Demoralisierungsmittel. Harker ist tot, und ich würde an Ihrer Stelle keine Leute mehr für die Suche nach einem Toten riskieren.«

Copperfield schwieg einen Moment und sagte dann: »Aber wir haben doch diese Stimme gehört, und das war *Ihr* Mann, Jake Johnson.«

»Nein«, sagte Bryce. »Ich glaube nicht, daß das wirklich Jake war. Sicher, er hat genau wie er geklungen, aber mir kommt langsam der Verdacht, daß wir es hier mit einem ausgezeichneten Imitator zu tun haben.«

»Imitator?« sagte Copperfield.

»Ganz richtig. All die Tiergeräusche am Telefon, die Katzen, Hunde, Vögel, Klapperschlangen, die Kinderstimmen ... das war so etwas wie eine Vorführung. Es wollte angeben und uns vorführen, was es alles kann. Jakes Stimme war auch so etwas.«

»Was wollen Sie damit sagen?« fragte Copperfield. »Ist das etwas Übernatürliches?«

»Nein, das ist durchaus real.«

»Was ist es dann? Nennen Sie mir seinen Namen!« verlangte Copperfield.

»Das *kann* ich nicht, verdammt nochmal«, sagte Bryce. »Vielleicht ist es eine natürliche Mutation, aber wer weiß, vielleicht kommt es ja auch aus irgendeinem biologischen Labor. Wissen Sie darüber etwas, General? Vielleicht ist es das Produkt einer DNS-Manipulation, eine Art moderner Frankenstein? Halten Sie mich für völlig verrückt, weil ich nur auf so eine Idee komme? Vielleicht sollten wir nicht einmal das Übernatürliche ausschließen. Ich will damit sagen, daß es alles mögliche sein könnte. Lassen Sie Ihrer Fantasie freien Lauf, General. Wir kämpfen hier gegen das Unbekannte, und das Unbekannte schließt auch all unsere Alpträume ein.«

Copperfield starrte ihn an, und dann richtete er seinen Blick auf Sergeant Harkers Anzug an dem Fleischerhaken. Er drehte sich zu seinen beiden Soldaten um: »Wir werden draußen nicht weitersuchen. Wahrscheinlich hat der Sheriff recht. Sergeant Harker ist tot, und wir können nichts mehr für ihn tun.«

Zum vierten Mal seit Copperfields Ankunft frage Bryce: »Meinen Sie *immer noch*, wir hätten es hier mit einem einfachen Fall von B- oder C-Kampfstoffen zu tun?«

»So etwas könnte beteiligt sein«, sagte Copperfield. »Wie Sie ja selbst bemerkt haben, können wir nichts ausschließen. Ein einfacher Fall ist es jedoch nicht, Sheriff. Damit hatten Sie recht, und ich möchte mich dafür entschuldigen, daß ich gemeint hatte, es seien nur Halluzinationen gewesen, die –«

»Schon gut, schon gut«, sagte Bryce.

»Haben Sie irgendwelche Theorien?« fragte Jenny.

»Bis jetzt noch nicht«, sagte Copperfield. »Ich möchte aber sofort mit der Autopsie und pathologischen Tests anfangen. Wir werden vielleicht keine Krankheit oder irgendein Nervengas finden, aber vielleicht etwas anderes, was uns weiterbringt.«

»Tun Sie das, Sir«, sagte Tal. »Ich habe nämlich so eine Ahnung, daß wir nicht mehr viel Zeit haben.«

25. Fragen

Corporal Billy Velaszquez, der zu General Copperfields Begleittruppen gehörte, stieg durch das Einstiegsloch in die Kanalisation hinunter. Obwohl er sich nicht angestrengt hatte, schnaufte er schwer. Er hatte Angst.

Was war mit Sergeant Harker passiert?

Die anderen waren mit bedrückten Gesichtern zurückgekommen. Der alte Copperfield hatte gesagt, Harker wäre tot. Er wüßte noch nicht genau, woran er gestorben wäre, aber das würden sie bald herausbekomnmen. So einen Scheiß konnten sie ihm nicht erzählen. Natürlich wußten sie, woran er gestorben war. Sie wollten es nur nicht sagen. Das war wieder einmal typisch für die hohen Tiere, daß sie aus allem ein Geheimnis machen mußten.

Als er den Fuß der Leiter erreichte und mit seinen Stiefeln auf den betonierten Boden trat, machten sie ein hartes, trockenes Geräusch. Der Tunnel war zu niedrig, und er konnte nicht ganz aufrecht stehen. Er leuchtete mit seiner Taschenlampe um sich.

Graue Betonwände. Telefon- und Stromkabel. Etwas Feuchtigkeit. Hier und dort einige Algen. Nichts sonst.

Billy trat zur Seite, um Ron Peake, der hinter ihm herkam, Platz zu machen. Er leuchtete dabei ständig überallhin und sah sich nervös um.

Warum der alte Eisenfresser Copperfield wohl so betont hatte, sie sollten sich hier unten vorsehen?

Sir, wovor sollten wir uns denn vorsehen? hatte Billy gefragt.

Copperfield hatte gesagt: *Vor allem und jedem. Ich kann es Ihnen auch nicht genau sagen, aber wenn sich dort unten auch nur eine Maus rührt, kommen Sie wieder heraus, so schnell Sie können.*

Was soll man mit so einer Antwort anfangen? Direkt unheimlich konnte einem werden!

Billy wünschte, er hätte die Möglichkeit gehabt, mit Pascalli oder Fodor zu sprechen. Sie hätten ihm erzählt, was mit Harker wirklich passiert war.

Ron Peake erreichte den Fuß der Leiter und sah Billy besorgt an, und der leuchtete mit der Taschenlampe in alle Richtungen, um ihm zu zeigen, daß er keine Angst zu haben brauchte. Ron lächelte verlegen über seine eigene Nervosität und schaltete seine eigene Taschenlampe an.

Von oben wurde ein Stromanschlußkabel durch das offene Einstiegsloch geschoben. Es führte zu den fahrbaren Labors, die direkt in der Nähe abgestellt waren. Ron nahm das Kabel an, und Billy schlurfte geduckt vor ihm her in östlicher Richtung. Die Männer oben auf der Straße führten das Kabel nach.

Der Tunnel kreuzte direkt unter der Skyline Road einen zweiten, und an dieser Kreuzung war ein Verteilerkasten, an den sie das Kabel anschließen sollten. Billy ging vorsichtig weiter, bis er den Verteilerkasten links an der Wand sah. Er schlurfte noch ein Stück weiter, um in den Tunnel unter der Skyline Road zu leuchten und sich davon zu überzeugen, daß dort niemand lauerte. Dieser Tunnel war genauso groß wie der, in dem er jetzt stand, aber er folgte dem Straßenverlauf und fiel nach unten ab.

Als Billy in die graue Röhre des Tunnels hinabsah, fiel ihm ein Horror-Comic ein, das er vor Jahren gelesen hatte. Es ging darin um einen Bankräuber, der bei einem Überfall zwei Menschen erschossen und sich auf der Flucht vor der Polizei in die Kanalisation gerettet hatte. Er hatte einen bergab verlaufenden Tunnel gewählt, weil er angenommen hatte, er würde zum Fluß führen, aber statt dessen hatte er direkt in die Hölle geführt. Genauso sah der Tunnel unter der Skyline Road vor ihm aus; wie eine Straße in die Hölle.

Billy drehte sich um, denn er überlegte sich, daß die Gegenrichtung damit eigentlich wie eine Straße in den Himmel aussehen müßte, aber das war nicht der Fall. Auch bergauf sah es aus wie eine Straße in die Hölle.

Er wendete sich davon ab und ging zu dem Verteilerkasten zurück. Ron Peake war bereits damit beschäftigt. Trotz ihrer sperrigen Schutzanzüge und des engen Raums arbeiteten die beiden mit geschickten Bewegungen und hatten das Kabel bald an das städtische Stromnetz angeschlossen. Das Team hatte zwar seinen eigenen Generator mitgebracht, aber der würde erst eingesetzt werden, wenn die praktische Verbindung mit dem städtischen Netz zusammenbrechen sollte.

Billy meldete über das Funksprechgerät in seinem Anzug nach oben: »Der Anschluß ist fertig. Eigentlich müßten Sie oben Strom haben.«

Die Antwort kam sofort: »Haben wir auch. Und jetzt kommen Sie so schnell wie möglich wieder herauf!«

»Ja, Sir«, sagte Billy.

Dann hörte er ... etwas. Rascheln. Keuchen. Ron Peake packte Billy an den Schultern und deutete an ihm vorbei in das Tunnel unter der Skyline Road.

Billy fuhr herum, kauerte sich noch niedriger und leuchtete auf die Kreuzung, auf die Peake deutete.

Tiere strömten den Tunnel herab. Dutzende um Dutzende, Hunde, weiße, graue, schwarze, braune, rostrote, goldgelbe Hunde aller Rassen und Größen. Zum größten Teil waren es Mischlinge, aber es waren auch Beagles, Zwergpudel, große Pudel, Schäferhunde, Spaniels, zwei dänische Doggen, zwei Airdales, ein Schnauzer und ein Paar Dobermanns darunter. Auch Katzen waren da. Große, kleine, schwarze, weiße, gescheckte und gestreifte von allen Rassen. Keiner von den Hunden bellte, und keine von den Katzen miaute oder fauchte. Die einzigen Geräusche, die sie verursachten, war ihr leises Keuchen und das Scharren ihrer Krallen auf dem Beton. Die Tiere rannten mit einer seltsamen Konzentration durch den Tunnel, und keines von ihnen warf auch nur einen Blick zu der Kreuzung herüber, wo Billy und Ron Peake standen.

»Was machen die denn hier?« wollte Billy wissen. »Wie sind sie bloß hereingekommen?«

Copperfield meldete sich von oben von der Straße: »Was ist da unten los, Velaszquez?« Billy aber war von der Prozession von Tieren so verblüfft, daß er nicht sofort Antwort gab.

Nun tauchten noch andere Tiere zwischen den Hunden und Katzen auf. Eichhörnchen rannten mit, Hasen, ein grauer Fuchs, jetzt wieder Hasen, weitere Füchse, Skunks, Waschbären, Opossums, Dachse, Mäuse, Hamster und Coyoten. Alle rannten weiter, ohne einen Blick zur Seite zu werfen, rannten schnurstracks in die Hölle hinunter, schwärmten übereinander, stolperten aber nie, zögerten nicht oder schnappten nacheinander. Die merkwürdige Parade war so schnell, ununterbrochen und harmonisch wie fließendes Wasser.

»Velaszquez! Peake! Melden Sie sich!«

»Tiere«, sagte Billy dem General. »Hunde, Katzen, Waschbären, alle möglichen Tiere. Ein ganzer Strom!«

»Sir, sie rennen unter der Skyline Road direkt an unserem Tunnel vorbei«, meldete Ron Peake.

»Unter der Erde«, sagte Billy verwundert. »Es ist verrückt.«

»Rückzug, verdammt noch mal!« sagte Copperfield eindringlich. »Macht daß ihr da rauskommt, aber sofort! *Sofort!*«

Billy dachte an die Warnung, die der General ausgesprochen hatte, bevor sie in den Kanalschacht hinuntergestiegen waren. *»Wenn sich da unten auch nur eine Maus rührt, kommen Sie wieder heraus, so schnell Sie können.«*

Am Anfang war die unterirdische Tierparade verblüffend, aber nicht besonders bedrohlich gewesen. Nun war das bizarre Schauspiel plötzlich unheimlich, ja, beängstigend geworden.

Nun mischten sich auch Schlangen zwischen die Tiere. Lange schwarze Kletternattern, die ihre Köpfe vierzig oder fünfzig Zentimeter über den Boden hoben, kürzere, aber ebenso schnelle Klapperschlangen, die mit geheimnisvoller Zielstrebigkeit einem mysteriösen Ziel entgegenkrochen. Obwohl sie sich genauso wenig um die beiden Männer kümmerten wie die anderen Tiere, reichte ihr Erscheinen aus, um Billy, der Schlangen haßte, aus seiner Trance herauszureißen. Er drehte sich um, stieß Peake in die Seite und rief: »Los, Mann, los! Raus hier! Lauf!«

Irgend etwas kreischte – schrie – brüllte.

Billys Herz klopfte wie ein Vorschlaghammer. Das Geräusch

kam von der Skyline Road, aus der Straße zur Hölle. Billy traute sich nicht, sich umzusehen.

Es war weder ein menschlicher Schrei noch der Schrei eines Tiers, aber ohne Zweifel war es der Schrei eines lebenden Wesens. Die Emotionen, die dahinter standen, waren unverwechselbar: rasende Wut, Haß, gieriger Blutdurst.

Glücklicherweise schien der bösartige Schrei noch von weither zu kommen, von weiter oben, aber er kam schnell immer näher.

Ron Peake hastete auf die Leiter zu, und Billy kam direkt hinter ihm her. Ihre Schutzanzüge hielten sie auf, so daß sie nicht schnell vorwärtskamen, obwohl sie nicht weit hatten.

Das Ding in dem Tunnel schrie wieder. Näher.

Wäre Billy ein frommer Mann gewesen und hätte regelmäßig die Kirche besucht, so hätte er vielleicht gewußt, wer einen solchen Schrei ausstoßen könnte.

Der nun schnell immer näher kam.

Billy war aber Katholik, und der moderne Katholizismus legt nicht mehr so großen Wert auf die Qualen der Hölle und ihre Bewohner, sondern beschäftigt sich mehr mit der unendlichen Gnade und Güte Gottes. Die radikalen Protestanten sahen die Hand des Teufels in allem vom Fernsehen bis zum verschlußlosen BH, und sie hätten sofort übernatürliche, satanische Kräfte mit diesem markerschütternden Schrei in Verbindung gebracht. Billy aber wußte nur, daß dieses brüllende Wesen, das da aus den Tiefen der Erde näherkam, böse war. Sehr böse.

Und es kam näher. Viel näher.

Ron Peake erreichte die Leiter, begann hochzuklettern, ließ seine Taschenlampe fallen und machte sich nicht die Mühe, sie zu holen. Er war zu langsam, und Billy rief von unten: »Mach doch zu, du Penner!«

Peake kletterte hastig die Leiter hoch. Seine Taschenlampe leuchtete in den Tunnel hinter ihnen, aber Billy sah sich nicht um. Er starrte unverwandt nach oben ins Tageslicht. Wenn er sich jetzt umschaute und etwas Entsetzliches sah, dann würde ihn seine Kraft verlassen, und er könnte nicht weiterfliehen, und das Ding würde ihn erwischen. Mein Gott, es würde ihn erwischen.

Der Beton vibrierte wie unter dem Schritt schwerer, aber blitzschneller Füße. *Schau nicht hin, schau nicht hin!*

Billy packte die seitliche Verstrebung der Leiter und kletterte hinter Peake die Leiter hoch, so schnell der ihm das erlaubte.

Nun hatte Peake das Einstiegsloch erreicht und stieg auf die Straße hinauf. Billy war die Leiter halb hochgestiegen. Er würde es schaffen. Auf jeden Fall würde er es schaffen.

Sein Schutzanzug kam ihm schwerer vor als je zuvor. Er war eine Rüstung, wog eine Tonne und zog ihn nach untern. Noch eine Stufe.

Er streckte seinen Kopf durch das Einstiegsloch. Copperfield selbst streckte eine Hand aus, um ihm herauszuhelfen.

Das Schreien hinter Billy hörte auf.

Er stieg noch eine Sprosse höher, ließ mit einer Hand die Leiter los, um die ausgestreckte Hand des Generals zu ergreifen – aber plötzlich packte ihn etwas von unten an den Beinen, bevor er die Hand erwischen konnte.

»Nein!«

Irgend etwas packte ihn, riß seine Füße von der Leiter und zerrte ihn nach unten. Schreiend – seltsamerweise hörte er sich selbst nach seiner Mutter schreien – rutschte Billy nach unten, schlug mit seinem Helm gegen die Wand und dann gegen die Leiter, verlor dabei fast das Bewußtsein, versuchte verzweifelt, ein Sprosse der Leiter zu packen, schaffte es aber nicht, bis er schließlich in den machtvollen Griff eines unaussprechlichen Wesens fiel, das ihn zurück in Richtung Skyline Road zu zerren begann. Er wand sich, trat aus, schlug mit seinen Fäusten um sich, aber all das nutzte ihm nichts. Er wurde gnadenlos weiter in die Kanalisation hineingezerrt.

Im Licht der heruntergefallenen Taschenlampe konnte er etwas von dem Wesen sehen, das ihn gepackt hatte. Nicht viel, aber was er sah, reichte aus, um ihm die Kontrolle über seine Blase und seinen Schließmuskel verlieren zu lassen. Es war wie eine Eidechse, aber doch keine Eidechse, wie ein Insekt, aber doch kein Insekt. Es zischte und miaute und knurrte und schnappte nach seinem Schutzanzug, während es ihn weiterschleifte. Es hatte ein ungeheueres Maul und Zähne – allmächtiger Gott, die Zähne! Eine Doppelreihe von rasiermesserscharfen Dornen. Es hatte Klauen und es war riesig, und es hatte rauchige, rote Augen mit schrägstehenden Pupillen, und es hatte Schuppen statt Haut, und über den Augen hatte es zwei Nadelspitze Hörner, und statt der Nase hatte es eine Schnauze. Zwischen diesen tödlichen Fängen zuckte eine gespaltene Zunge hervor und züngelte wie bei einer Schlange.

Billy versuchte verzweifelt, sich festzuhalten, riß sich dabei aber nur die Handschuhe auf. Als er die kühle Luft an seinen Händen spürte, überlegte er sich, daß er jetzt wohl verseucht war, aber das spielte nun keine Rolle mehr.

Es zerrte ihn immer weiter in die Dunkelheit. Mit einem Mal hielt es an, hielt ihn fest und riß seinen Schutzanzug auf. Es hämmerte auf seiner Sichtscheibe herum und riß daran, als sei es gierig auf eine wohlschmeckende Nuß in einer harten Schale.

Es hatte nun den größten Teil seines Schutzanzugs heruntergerissen und drängte sich kalt und widerlich glatt an ihn. Es schien zu pulsieren und sich irgendwie zu *verändern,* als es ihn berührte. Billy schnappte nach Luft und weinte laut, und plötzlich fiel ihm eine Illustration in einem alten Katechismus ein. Das Bild eines Dämons. Genauso sah es aus, ganz genau. Die Hörner, die dunkle, gespaltene Zunge, die roten Augen. Ein Dämon, der aus der Hölle aufgestiegen war. Nein, das war doch verrückt, das konnte nicht sein! Während ihm diese Gedanken durch den Kopf rasten, riß ihm die Kreatur den Helm herunter, schob seine Schnauze in sein Gesicht und schnüffelte. Er fühlte, wie die Zunge um seinen Mund und seine Nase spielte. Er bemerkte einen vagen, aber unangenehmen Geruch, wie er ihm bisher noch nie begegnet war. Die Kreatur senkte den Kopf zu seinem Bauch herab, und dann spürte er, wie sich ein seltsames und grauenhaft schmerzhaftes Feuer in ihn hineinfraß; das Feuer einer Säure. Er bäumte sich verzweifelt auf, aber das nützte ihm nichts. Billy hörte sich selbst, wie er in seinem Entsetzen und seinem Schmerz laut schrie: »Es ist der Teufel! Es ist der Teufel!« und erst dann wurde ihm bewußt, daß er ununterbrochen Worte vor sich hingeschrien hatte, seit er von der Leiter herabgezerrt worden war. Nun fraß sich das flammende Feuer ihn in hinein und brannte seine Lunge zu Asche und löste seine Stimmbänder auf und er konnte nichts mehr sagen.

Seine Frage war ihm beantwortete worden.

Er wußte, was mit Sergeant Harker passiert war.

Galen Copperfield war ein Freund der freien Natur und wußte eine Menge über die Tierwelt Nordamerikas. Eines der Tiere, die er am interessantesten fand, war die Falltür-Spinne. Sie baute sich eine tiefe, runde Grube im Boden und verschloß sie mit einer Falltür an einer Angel. Diese Falltür war perfekt dem Rest des Bodens angepaßt, und wenn andere Insekten ahnungslos darüberliefen, wurden sie abrupt in die Grube herabgezerrt und verschlungen. Es war erschreckend und faszinierend, wie schnell das geschah. Im einen Augenblick stand das Opfer noch auf der Falltür, und im nächsten war es verschwunden, als sei es nie dagewesen. Corporal Velaszquez war so plötzlich verschwunden, als sei er auf eine solche Falltür getreten.

Verschwunden.

Copperfields Leute waren schon wegen Harkers Verschwinden nervös gewesen, und das unheimliche Geheul, das aufgehört hatte, kurz bevor Velaszquez heruntergezerrt worden war, hatte ihnen Angst gemacht. Als der Corporal geholt wurde, waren sie alle zurück über die Straße gestolpert, weil sie fürchteten, etwas würde sich aus der Kanalisation auf sie stürzen.

Copperfield, der gerade nach Velaszquez greifen wollte, als *es* ihn holte, sprang zurück und blieb dann unentschlossen stehen. Das sah ihm nicht ähnlich. Er hatte bisher in einer Krise noch nie Unentschlossenheit gezeigt.

Er entschloß sich, niemand hinter Velaszquez herzuschicken, weil das zweifellos Selbstmord gewesen wäre. Aber diese entsetzlichen Schreie!

Zwischen den Schreien waren einzelne Worte zu hören. Der Corporal machte den verzweifelten Versuch, denen über der Erde – und vielleicht sich selbst – mitzuteilen, was er sah.

»... Eidechse ...«

»... Käfer ...«

»Drache ... prähistorisches ...«

»... Dämon ...«

Und ganz zum Schluß, mit all den Schmerzen und der seelischen Not in der Stimme: »Es ist der Teufel! Es ist der Teufel!«

Danach kam nur noch Stille, und Copperfield schob den Kanaldeckel wieder auf die Öffnung. Wegen des Stromkabels schloß er nicht mehr ganz dicht, aber das Loch war abgedeckt. Der General postierte zwei Mann auf den Bürgersteig daneben und wies sie an, auf alles zu schließen, was herauskam.

Da Harker seine Schußwaffe nichts genutzt hatte, stellte Copperfield mit einigen anderen Leuten Molotowcocktails her. Sie holten sich leere Faschen aus dem Getränke-Laden, füllten zuerst Seifenpulver und dann Benzin hinein, und dann verschlossen sie sie mit zusammengedrehten Lappen.

Ob Feuer helfen würde, wo alles andere versagt hatte?
Was war Harker und Velaszquez geschehen?
Was wird mit mir geschehen? fragte sich Copperfield.

Das erste der beiden fahrbaren Labors hatte mehr als drei Millionen Dollar gekostet, aber es war jeden Penny davon wert.

Das Labor war ein Wunder der Miniaturisierungskunst. Allein der Computer, der nicht größer als zwei Koffer war, konnte komplizierte medizinische Analysen durchführen und war höher entwickelt als die meisten Computer in den Pathologie-Labors der größeren Universitätskliniken. Auch die diagnostische Ausrüstung mit ihren Zentrifugen, ihrem Elektronen-Mikroskop und einer Gefrieranlage stand solchen Labors nicht nach.

Im Augenblick lag auf dem zusammenklappbaren Seziertisch hinter der Fahrerkabine die Leiche von Gary Wechlas, des Toten vor dem Kühlschrank. Seine blaue Pyjamahose war weggeschnitten und für eine spätere Untersuchung zur Seite gelegt worden.

Dr. Seth Goldstein, einer der drei führenden forensischen Mediziner der Westküste, würde die Autospie durchführen. Er stand mit Dr. Daryl Roberts auf einer Seite des Tisches, und Copperfield stand auf der anderen. Über ihnen nahm eine Videokamera die gesamte Prozedur auf.

Goldstein begann zunächst mit einer detaillierten Beschreibung der Leiche, was, wie bei einer normalen Autopsie auch, auf Band aufgenommen wurde. Er konnte keine äußere Verletzung an der Leiche finden.

Er zögerte kurz, da er nicht recht wußte, wo er anfangen sollte. Unter normalen Umständen hatte er schon vor Beginn der Autopsie eine recht genaue Vorstellung von der Todesursache. War der Verstorbene einer Krankheit erlegen, so hatte er gewöhnlich das Krankenblatt des Hospitals zur Hand. War ein Unfall die Todesursache, waren sichtbare Verletzungen da. Hier aber gab der Zustand der Leiche mehr Anlaß zu Fragen, als er beantwortete.

Als spürte er die Gedanken des Arztes, sagte Copperfield: »Sie müssen einfach etwas herausbekommen, Doktor. Sehr wahrscheinlich hängt unser Leben davon ab.«

Viele von den diagnostischen Geräten in dem ersten Wohnwagen waren in dem zweiten auch vorhanden. Er hatte keinen Seziertisch, dafür aber drei Computerausgänge statt zwei sowie verschiedene andere Geräte, die in dem ersten Wohnwagen nicht vorhanden waren.

Dr. Enrico Valdez arbeitete zusammen mit Houk und Niven am Computer an der Analyse der verschiedenen Proben, die sie aus Geschäften und Privathäusern an der Skyline Road entnommen hatten. Sie suchten nach Spuren von Nervengas oder anderer chemischer Substanzen, hatten aber bisher überhaupt noch nichts Außergewöhnliches gefunden.

Dr. Valdez glaubte inzwischen auch nicht mehr, daß sich ein Nervengas oder eine Kranheit als verantwortlich erweisen würde. Langsam kam ihm der Vardacht, daß die Angelegenheit hier in Isleys und Arkhams Zuständigkeitsbereich fallen könnte. Sie waren die beiden, die keine Namensschilder auf ihren Schutzanzügen trugen. Als Dr. Valdez ihnen in Sacramento vorgestellt worden war und erfahren hatte, was ihr Forschungsgebiet war, hätte er fast gelacht. Er hatte es im Stillen für eine Verschwendung von Steuergeldern gehalten, aber jetzt war er nicht mehr so sicher.

Auch Dr. Sara Yamaguchi war in dem zweiten Wohnwagen beschäftigt.

Sie präparierte Bakterien-Kulturen. Mit einer Blutpobe vom Körper von Gary Wechlas infizierte sie methodisch eine Reihe von verschiedenen Nährlösungen, in denen Bakterien gewöhnlich gedeihen.

Sara Yamaguchi war eine Genetikerin, die seit elf Jahren in der DNS-Forschung arbeitete. Falls es sich herausstellen sollte, daß ein von Menschen hergesteller Mikroorganismus für die Zustände in Snowfield verantwortlich war, würde sie eine zentrale Rolle bei der Untersuchung spielen.

Wie Dr. Valdez hatte sie sich schon überlegt, ob Isley und Arkham möglicherweise wichtiger werden könnten, als sie gedacht hatte. Noch am Morgen war ihr das Sachgebiet der beiden so exotisch vorgekommen wie Voodoo, aber nach den Ereignissen seit ihrer Ankunft in Snowfield waren ihre Überzeugungen ins Wanken geraten.

Dr. Wilson Bettenby, der Leiter der zivilen Wissenschaftler-Abteilung der B- und C-Waffen-Abwehreinheit für die Westküste, saß zwei Sitze neben Dr. Valdez an einem Computerausgang.

Er führte mit verschiedenen Wasserproben Analyse-Programme durch. Die Proben wurden in einen Prozessor geschoben, der das Wasser destillierte, das Destillat speicherte und mit den herausgefilterten Substanzen spektrographische Analysen und andere Tests durchführte. Er suchte nicht nach Mikroorganismen; dafür wäre eine andere Prozedur nötig gewesen. Diese Maschine identifizierte und quantifizierte nur alle Mineralien und chemischen Elemente in dem Wasser.

Mit einer Ausnahme waren die Proben aus verschiedenen Wasserhähnen in Küchen und Bädern an der Vale Lane entnommen worden. Sie enthielten keine gefährlichen chemischen Substanzen.

Eine Wasserprobe war am Vorabend von Deputy Autry vom Küchenboden in der Wohnung in der Vale Lane entnommen worden. Nach den Angaben von Sheriff Hammond waren in verschiedenen Häusern Wasserpfützen und nasse Teppichböden gefunden worden, aber die waren im Verlauf der Nacht verdunstet beziehungsweise mehr oder weniger ausgetrocknet, so daß man hier keine Probe mehr entnehmen konnte.

Er schob die von dem Deputy genommene Probe in den Prozessor.

Nach wenigen Minuten lieferte der Computer die Analyse. Das Wasser enthielt außer seinen beiden Bestandteilen Wasserstoff und Sauerstoff keinerlei Elemente oder Chemikalien irgendwelcher Art, war also chemisch rein. Autrys Probe konnte nicht aus der städtischen Wasserversorgung stammen, denn es enthielt weder Chlor noch Fluor, und aus einer Flasche konnte es auch nicht kommen, denn dann hätte es Spurenelemente enthalten. Selbst wenn in der Küche eine Wasserbereinigungsanlage eingebaut gewesen wäre, hätten sich noch Spuren von Mineralien nachweisen lassen müssen. Autrys Probe war reinstes, laborgeeignetes, destilliertes und mehrfach gefiltertes Wasser.

Wie kam das auf den Küchenboden?

War die Lache in dem Getränkeladen auch solches Wasser?

Woher hatte jemand so reines Wasser in solchen Mengen?

Merkwürdig.

Jenny, Bryce und Lisa saßen an einem Ecktisch in dem Speiseraum des Hilltop Inn. Major Isley und Captain Arkham die beiden, die keinen Namen auf den Helmen trugen, saßen ihnen gegenüber. Sie hatten ihnen erzählt, was mit Corporal Velaszquez passiert war, und sie hatten ein Tonbandgerät mitgebracht, das nun vor ihnen auf dem Tisch stand.

»Ich vermag immer noch nicht einzusehen, warum das nicht noch warten kann«, sagte Bryce.

»Es dauert nicht lange«, sagte Major Isley.

»Wir haben eine Menge Arbeit vor uns«, sagte Bryce. »Wir müssen alle Häuser durchsuchen, und wir können nur bei Tageslicht arbeiten. Nachts schicke ich niemanden mehr los.«

Major Isley sagte: »Nur ein paar Fragen.«

Arkham schaltete das Tonbandgerät ein.

»Fangen wir mit Ihnen an, Sheriff«, sagte Major Isley. »Haben sie in den letzten 48 Stunden vor diesen Ereignissen irgendwelche Berichte über Stromausfälle oder Störungen im Telefonnetz erhalten?«

»Soviel ich weiß, nicht«, sagte Bryce.

»Haben Sie Berichte über irgendwelche Explosionen oder andere Laute und unerklärliche Geräusche erhalten?«

»Nein. Nichts dergleichen.«

Jenny fragte sich, was all diese Fragen sollten.

Isley zögerte und sagte: »Irgendwelche Berichte über ungewöhnliche Flugzeuge in der Gegend?«

»Nein.«

Lisa mischte sich ein. »Sie beide gehören doch regulär nicht zu General Copperfields Team, oder? Deshalb haben Sie keine Namensschilder auf den Helmen.«

Bryce sagte: »Außerdem passen Ihre Schutzanzüge nicht so genau wie bei den anderen.«

»Sehr aufmerksam von Ihnen«, sagte Isley. »Wir wollten es Ihnen nicht gleich sagen, wonach wir suchen, weil wir dann wahrscheinlich ehrlichere Antworten bekommen würden. Wir kommen von der Air Force und gehören zum Projekt *Skywatch*. Das ist zwar keine geheime Organisation, aber wir bemühen uns, nicht zu sehr an die Öffentlichkeit zu treten.«

»*Skywatch?* Sie beobachten den Himmel?« Lisa strahlte förmlich. »Reden sie von UFOs? Fliegende Untertassen?«

Jenny sah, wie Isley bei den letzten Worten leicht zusammenzuckte. »Wir fahren nicht in der Gegend herum und überprüfen jeden Spinner, der kleine, grüne Männchen vom Mars gesehen hat«, sagte er. »Erstens einmal fehlen uns dafür die Mittel. Unsere Aufgabe ist es, die wissenschaftlichen, sozialen und militärischen Aspekte einer ersten Begegnung der Menschheit mit außerirdischen Intelligenzen zu planen. Eigentlich sind wir nicht mehr als ein Planungsstab.«

Bryce schüttele den Kopf. »Hier in der Gegend hat keiner irgendwelche fliegenden Untertassen gemeldet.«

»Genau das ist es, was Major Isley gemeint hat«, sagte Arkham. »Nach unseren Überlegungen könnte eine solche Begegnung so bizarr beginnen, daß wir sie gar nicht als solche erkennen. Wir gehen allgemein von der Vorstellung aus, daß ein Raumschiff vom Himmel herunterkommt, aber so muß es ja nicht unbedingt sein. Wenn wir vielleicht auf *wirklich* fremde Intelligenzen stoßen, könnte sich ihr Konzept von einem Raumschiff so von unserem unterscheiden, daß wir ihr Fahrzeug gar nicht als Raumschiff erkennen. Wir untersuchen deshalb auch solche merkwürdigen Phänomene, die auf den ersten Blick nichts mit einem UFO zu tun zu haben scheinen. Wir haben zum Beispiel im letzten Frühjahr in Vermont einen extrem aktiven Poltergeist überprüft –«

»Ist denn ein Poltergeist nicht eine übernatürliche Erscheinung?« fragte Bryce. »Was kann denn ein Geist mit Ihrem Interessengebiet zu tun haben?«

»Nichts«, sagte Isley. »Wir glauben nicht an Geister. Wir dachten aber, es könnte sich da um einen fehlgeschlagenen telepathischen Kommunikationsversuch handeln.«

»Und welche Entscheidung haben Sie dann über diesen Poltergeist in Vermont getroffen?« fragte Jenny.

»Entscheidung? Gar keine. Wir fanden das bloß ... interessant.«

Jenny sah zu Lisa und bemerkte, daß sie ihre Augen weit geöffnet hatte. Monster aus dem Weltraum, das war eine Bedrohung, auf die sie durch Filme und Bücher und Fernsehen gründlich vorbereitet war. Die Morde in Snowfield wurden dadurch nicht weniger schrecklich, aber zumindest war es eine *bekannte* Bedrohung, und die war dem Unbekannten weit vorzuziehen. Jenny bezweifelte es zwar sehr, daß das hier der erste Kontakt der Menschheit mit Wesen von anderen Sternen war, aber Lisa schien nur zu gern bereit, daran zu glauben.

»Und was ist mit Snowfield?« fragte das Mädchen. »Steckt so etwas dahinter? Ist hier etwas von – von dort oben gelandet?«

Arkham sah Isley beunruhigt an. Isley räusperte sich, was durch den Lautsprecher auf seiner Brust mechanisch und rauh klang. »Äh, es ist noch viel zu früh, um darüber ein Urteil abgeben zu können. Wir halten es jedoch für möglich, daß es bei einem solchen ersten Kontakt zu einer unerklärlichen Verseuchung kommen könnte. Deshalb wurden wir auch von General Copperfield sofort über den unerklärlichen Ausbruch einer unbekannten Krankheit informiert, und deshalb sind wir hier.«

»Wenn das hier aber tatsächlich ein außerirdisches Wesen ist«, sagte Bryce, der das offensichtlich nicht zu glauben schien, »dann kommt es mir für ein Wesen mit ›überlegener‹ Intelligenz aber verdammt brutal vor.«

»Das hatte ich mir auch schon überlegt«, sagte Jenny.

Isley zog die Augenbrauen hoch. »Es gibt keinerlei Garantie dafür, daß ein Wesen von überlegener Intelligenz pazifistisch und wohlwollend ist. Das ist ein weit verbreitetes Vorurteil, muß aber keineswegs so sein. Die Menschen sind schließlich erheblich weiter entwickelt als die Gorillas, aber trotzdem sind wir als Spezies weit aggressiver.«

»Vielleicht werden wir eines Tages eine wohlwollende außerirdische Rasse kennenlernen, die in vollständiger Harmonie mit den Artgenossen und anderen Rassen lebt und uns beibringen wird, wie wir in Frieden leben können«, sagte Arkham. »Vielleicht wird sie uns das Wissen und die Technologie schenken, mit der wir unsere Probleme hier auf der Erde lösen und die Sterne erreichen können.«

»Vielleicht. Wir können die Alternative aber nicht ausschließen«, sagte Arkham grimmig.

26. London, England

Als es in Snowfield Montag vormittag elf Uhr war, war es in London sieben Uhr abends.

Ein trüber, verregneter Tag war in einen trüben, verregneten Abend gemündet. Professor Timothy Flyte stand in seinem kleinen Zwei-Zimmer-Apartment in der winzigen Küche und machte sich ein Sandwich. Nach dem üppigen Sektfrühstück auf Burt Sandlers Kosten hatte er das Mittagessen ausgelassen.

Er hatte heute zwei Stunden gegeben, eine in Hieroglyphen-Analyse und eine in Latein. Nach dem schweren Frühstück war er in beiden fast eingeschlafen, aber damit hatten sich seine Schüler bei den niedrigen Preisen, die sie bezahlten, eben abfinden müssen.

Während er eine dünne Scheibe gekochten Schinken und eine Scheibe Käse auf das mit Senf beschmierte Brot legte, hörte er draußen im Gang das Telefon klingeln. Er glaubte nicht, daß es für ihn war, denn er bekam nur wenig Anrufe.

Sekunden später klopfte es jedoch an seine Tür, und der junge Inder, der nebenan wohnte, rief ihn ans Telefon und sagte, ein gewisser Sandler rufe ihn an.

Sandler? Burt Sandler?

Im Verlauf des Frühstücks waren sie übereingekommen, daß er eine völlig neue, popularisierte Version von *Der alte Feind* schreiben solle. Er hatte solche Angebote in der Vergangenheit zwar schon mehrfach abgelehnt, aber nun hatte ihn seine jahrelange Geldknappheit seine Prinzipien vergessen lassen. Sandler hatte sich zu einer Vorauszahlung von 15000 Dollar bereit erklärt, was an ein Wunder grenzte. Während der Professor die schmale Treppe zum Telefon hinunterging, kam ihm der Verdacht, Sandler hätte es sich vielleicht anders überlegt. Sein Herz begann fast schmerzhaft heftig zu klopfen.

Flyte nahm den Hörer auf. »Hallo?«

»Mein Gott, haben Sie die Abendzeitung nicht gelesen?« fragte Sandler mit schriller, fast hysterischer Stimme.

Flyte frage sich, ob Sandler vielleicht betrunken war. Was sollte die Frage denn?

Bevor der Professor antworten konnte, sprach Sandler aufgeregt weiter: »Ich glaube, es ist passiert. Es ist tatsächlich passiert, Dr. Flyte. Es steht in der Zeitung. Sie meldet zwar noch nicht viele Details, aber es sieht ganz danach aus.«

Professor Flyte verlor langsam die Geduld. »Wenn Sie vielleicht etwas genauer werden könnten, Mr. Sandler?«

»Der Alte Feind, Dr. Flyte. Eines von diesen Wesen hat wieder zugeschlagen. Gestern in einer Stadt in Kalifornien. Die meisten Bewohner sind spurlos verschwunden, einige sind tot. Eine ganze Stadt. Verschwunden.«

»Gott sei ihnen gnädig«, sagte Flyte. Er war sprachlos. Neben dem Telefon stand ein Stuhl. Plötzlich brauchte er ihn.

»Ich habe einen Freund bei Associated Press hier in London, und er hat mir einige Details erzählt, die noch nicht in den Zeitungen stehen«, sagte Sandler. »Anscheinend hat eines der Opfer Ihr Buch gelesen. Als der Angriff kam, hat er sich in sein Bad eingeschlossen. Es hat ihn zwar trotzdem erwischt, aber vorher hat er noch Ihren Namen und den Titel Ihres Buches auf den Badezimmerspiegel geschrieben. Die Leute in Kalifornien haben keine Ahnung, was passiert ist. Sie wissen nicht einmal, daß *Der Alte Feind* ein Buchtitel ist und halten es möglicherweise für biologische oder chemische Kriegsführung. Los, im Auto erzähle ich weiter.«

»Auto?« fragte Flyte.

»Ich hole sie gleich mit einem Auto ab. Sie haben doch wohl einen Reisepaß?«

»Äh, ja, aber –«

»Wir fliegen nach Kalifornien. Ich habe schon einen Platz in der Maschine heute abend für Sie reservieren lassen.«

»Aber das kann ich mir doch gar nicht leisten –«

»Das bezahlt der Verlag, machen Sie sich da keine Sorgen. Sie schreiben jetzt nicht mehr eine Neufassung von *Der Alte Feind*, sondern einen sachkundigen, fundierten Bericht über die Ereignisse in Kalifornien. Verstehen Sie? Tolle Idee, was?«

»Halten Sie das denn für richtig?« fragte Flyte besorgt. »Würde das nicht so aussehen, als wollte ich aus einer schrecklichen Tragödie Kapital schlagen?«

Sandler reagierte mit einer gewissen Ungeduld auf die Bedenken des Professors. »Na ja, das mag ja sein. Über den Aspekt habe ich noch nicht nachgedacht, aber wenn Sie mit Ihrer Sachkenntnis das Buch nicht schreiben, macht es jemand anders, der dann bestimmt Ihre Theorien verzerrt wiedergibt. Nein, nein, das müssen Sie schon machen.«

»Meinen Sie wirklich ...«

»Aber sicher. Packen Sie Ihren Koffer, in einer halben Stunde bin ich bei Ihnen.«

Während das Taxi mit halsbrecherischer Geschwindigkeit zum Flughafen raste, gab Sandler noch die letzten Anweisungen. »In New York legen Sie einen kurzen Aufenthalt ein. Sie werden von einem unserer Leute abgeholt, aber die Pressekonferenz halten wir erst in San Francisco ab.«

»Könnte ich nicht in aller Stille nach Santa Mira fliegen und mich dort mit den Behörden in Verbindung setzen?« fragte Flyte unglücklich.

Diese Idee entsetzte Sandler offensichtlich. »Nein, nein, ausgeschlossen. Die Pressekonferenz brauchen wir unbedingt. Sie sind schließlich der einzige, der die Antwort weiß, Dr. Flyte, und das müssen wir allen klarmachen. Wir müssen die Werbetrommel für Ihr nächstes Buch rühren, bevor sich Norman Mailer die Sache unter den Nagel reißt.«

»Ich habe mit dem Buch doch noch nicht einmal angefangen.«

»Mein Gott, wem sagen Sie das! Und bis wir es herausbringen, werden wir uns vor Vorbestellungen nicht retten können!«

»Das Taxi raste mit quietschenden Reifen um die Ecke.

»Ein Agent von uns holt Sie in San Francisco vom Flughafen ab«, sagte Sandler weiter. »Irgendwie müssen wir Sie von da nach Santa Mira schaffen. Vielleicht am besten mit einem Hubschrauber.«

»Hubschrauber?« fragte Flyte erstaunt zurück.

Das Taxi sauste durch eine Pfütze und schleuderte eine Fontäne in die Luft.

Burt Sandler, der seit Beginn der Fahrt ununterbrochen geredet hatte, war noch immer nicht fertig. »Eines noch. Bei der Pressekonferenz müssen Sie auch von den Fällen erzählen, von denen Sie mir auch berichtet haben. Vor allem aber müssen Sie ihnen Fälle auftischen, die in den Vereinigten Staaten passiert sind – auch wenn es schon vor der Gründung der Vereinigten Staaten war. Ist nicht die erste englische Kolonie in Amerika spurlos verschwunden?«

»Doch, die Kolonie auf der Roanoke-Insel. Als 1590 eine britische Expedition unter Führung von Sir Walter Raleigh zu der Kolonie zurückkam, waren die Siedler ohne Ausnahme verschwunden. 120 Menschen sind spurlos verschwunden. Über ihr Schicksal gibt es zahllose Theorien, aber nach der populärsten sind sie den Croatoanern zum Opfer gefalllen, denn der Name dieses Stammes war von den Kolonisten hastig in einen Baum geschnitten worden. Die Croatoaner aber wußten angeblich nichts von den Siedlern, und sie waren ein sehr friedlicher Stamm. Außerdem fanden sich in der Siedlung keinerlei Anzeichen von Gewaltanwendung, und es sind weder Leichen noch irgendwelche Knochen gefunden worden. Gräber auch nicht. Wie Sie sehen, wirft also die am meisten akzeptierte Theorie mehr Fragen auf, als sie beantwortet.

Nach meiner Theorie nun haben die Siedler den Namen dieses Indianerstammes deshalb in dem Baum geschnitten, weil seine Angehörigen wußten, was mit den Siedlern geschehen ist. Nach Berichten von britischen Forschern, die mit Croatoanern gesprochen haben, hatten die tatsächlich eine Vorstellung davon, was passiert war, oder sie glaubten es zumindest. Nach Berichten dieser Indianer sind gleichzeitig mit den Siedlern auch große Mengen von Tieren aus der Wildnis verschwunden, in denen sie jagten. Die Indianer brachten das mit übernatürlichen Wesen in Verbindung, vor denen sie eine ungeheure abergläubische Angst hatten. Die Weißen interessierten sich leider damals nicht für die indianischen Religionen und haben deshalb nicht mehr in dieser Richtung weitergefragt. Ich habe mich aber selbst mit den religiösen Überzeugungen der Croatoaner befaßt – was übrigens nicht leicht war, weil dieser Stamm schon sehr lange ausgestorben ist – und es hat sich herausgestellt, daß sie unter anderem an einen bösen Geist geglaubt haben, der der Ursprung von allem Bösen ist und den man vielleicht mit dem christlichen Satan vergleichen könnte. Den indianischen Namen dieses Geistes weiß ich nicht mehr, aber grob übersetzt lautete er: ›Er, der alles sein kann, aber nichts ist.‹«

»Mein Gott«, sagte Sandler. »Das paßt doch genau auf den Alten Feind.«

»Manchmal verstecken sich hinter religiösen Überzeugungen auch Wahrheiten. Die Croatoaner glaubten, die Siedler seien von diesem Wesen geholt worden. Man kann also nicht mit Bestimmtheit sagen, ob der Alte Feind diese Siedler geholt hat oder nicht, aber meiner Ansicht nach sprechen genug Indizien für die Möglichkeit, um sie ernsthaft in Erwägung ziehen zu können.«

»Fantastisch!« sagte Sandler. »Genau so müssen Sie das den Reportern bei der Pressekonferenz erzählen!«

Das Taxi bremste quietschend vor dem Flughafengebäude ab. Sandler drückte dem Fahrer einige Fünf-Pfund-Noten in die Hand und sagte. »Dr. Flyte, jetzt müssen wir Sie aber in das Flugzeug schaffen.«

Von seinem Fensterplatz aus sah Timothy Flyte die Lichter der Stadt unter sich verschwinden. Das Flugzeug stieg nach oben, durchstieß die Wolkendecke, und bald war die Nacht von dem unheimlichen Licht des Mondes erfüllt, das von den unruhigen Wolken reflektiert wurde.

Als das Warnsignal erlosch, löste Flyte seinen Gurt, konnte sich aber noch nicht entspannen. Seine Gedanken rasten.

Als die Stewardeß mit dem Getränkewagen kam, bat er sie um einen Scotch.

Die Spannung, die ihn gepackt hatte, war nicht unangenehm. Nur zu gern begann er eine neue Phase seiner Existenz. Er riskierte es zwar, wegen seiner Theorien wieder verspottet und ausgelacht zu werden, aber vielleicht konnte er sie ja auch beweisen. Er leerte seinen Scotch, und als die Stewardeß wieder vorbeikam, bestellte er noch einen, nippte langsam daran und entspannte sich.

27. Flucht

Durch das vergitterte Fenster seiner Arrestzelle hatte Fletcher Kale einen guten Blick auf die Straße. Er sah den ganzen Morgen die Reporter ankommen. Es mußte etwas wirklich Großes passiert sein.

Die anderen Häftlinge gaben sich Neuigkeiten von Zelle zu Zelle weiter, aber an Kale wollte niemand etwas weitergeben. Sie haßten ihn, und oft nannten sie ihn Kinderschlächter. Auch in einem Gefängnis gab es soziale Abstufungen, und niemand stand tiefer als ein Kindermörder. Eigentlich war es fast komisch. Selbst die brutalsten Verbrecher verspürten Bedürfnis, sich irgend jemandem gegenüber moralisch überlegen zu fühlen, und so verfolgten und verspotteten sie gnadenlos jeden, der einem Kind etwas getan hatte, und kamen sich im Vergleich dazu wie Priester oder Bischöfe vor. Idioten. Kale verachtete sie. Er würde ihnen nicht die Genugtuung geben und sie um etwas bitten, sondern streckte sich auf seine Liege aus und träumte von seiner herrlichen Zukunft: Ruhm, Reichtum, Macht ...

Als sie ihn um halb zwölf zur offiziellen Verlesung der Anklageschrift holen kamen, lag er noch immer auf dem Bett. Der Deputy, der ihn abholte – ein grauhaariger Mann mit einem Spitzbauch –, kam in die Zelle und legte Kale die Handschellen an.

»Wir sind heute etwas knapp«, sagte er zu Kale. »Deshalb komme ich allein. Glauben Sie aber deshalb bloß nicht, Sie könnten abhauen. Sie sind gefesselt, ich habe eine Pistole, und nichts würde mir mehr Spaß machen, als Ihnen damit eine zu verbraten.«

In seinen Augen stand deutlich der Abscheu geschrieben.

Endlich wurde die Möglichkeit, daß er den Rest seines Lebens hinter Gittern verbringen könnte, für Kale real. Zu seiner eigenen Überraschung begann er zu weinen, als er aus der Zelle herausgeführt wurde.

Die anderen Gefangenen lachten schadenfroh und nannten ihn eine Heulsuse. Der Deputy mit dem Spitzbauch versetzte Kale einen Stoß und sagte. »Na los, vorwärts!«

Als sie in dem kleinen Fahrstuhl nach unten fuhren, erkannte er, daß der Deputy sich von ihm nicht mehr bedroht fühlte. Er betrachtete ihn nicht mehr als Gefahr. Kales emotioneller Zusammenbruch ekelte ihn an, und er stieß ihn ständig mit seinem Knüppel weiter, auch wenn das nicht nötigt war.

Nach einiger Zeit war auch in Kale eine Veränderung eingetreten. Er weinte zwar noch immer still vor sich hin, aber seine Tränen waren nicht mehr echt, und er zitterte nun vor Erregung und nicht mehr vor Verzweiflung.

Sie kamen wieder an einer Wache vorbei. Der Deputy zeigte einem anderen Deputy, der ihn Joe nannte, seine Papiere. Kale wendete sein Gesicht vor ihm ab, als schämte er sich. Er weinte weiter.

Dann waren er und Joe draußen und gingen über einen großen Parkplatz, auf dem eine Reihe von Polizeiwagen abgestellt waren. Es war ein warmer, sonniger Tag.

Kale tat noch immer so, als würde er weinen und als würden ihm die Knie weich. Er hielt seinen Kopf gesenkt und seine Schultern hochgezogen und ging mit schlurfenden, mutlosen Schritten, als sei er völlig gebrochen.

Bis auf ihn und den Deputy war der Parkplatz leer. Nur die beiden, ganz allein. Perfekt.

Bis zu dem Polizeiwagen wartete Kale auf den richtigen Moment. Eine Weile dachte er schon, er würde nicht kommen.

Dann aber stieß ihn Joe gegen einen Wagen und drehte sich halb zur Seite, um die Tür aufzuschließen – und da schlug Kale zu. Er warf sich auf den Deputy, als er sich vorbeugte, um den Schlüssel ins Schlüsselloch zu stecken. Der Deputy schnappte nach Luft und schwang eine Faust nach ihm. Zu spät. Kale duckte den Schlag ab, schnellte hoch und drückte Joe gegen den Wagen. Der Deptuy wurde blaß vor Schmerz, als sich ihm der Türgriff mit voller Wucht gegen die Wirbelsäule rammte. Der Schlüsselring flog ihm aus der Hand, und während er noch in der Luft war, griff Joe mit der gleichen Hand nach seiner Pistole.

Kale wußte, daß er ihm mit seinen gefesselten Händen die Pistole nicht abnehmen konnte. Wenn es dem Deputy gelang, sie zu ziehen, war der Kampf vorbei.

Also sprang Kale dem Mann an die Kehle und packte ihn mit den Zähnen. Er biß fest zu, fühlte Blut spritzen, biß wieder zu, schob seinen Mund tiefer in die Wunde wie ein dressierter Hund, biß wieder zu, und der Deputy schrie auf, aber es war nur ein schwaches Blubbern, das niemand hätte hören können, und dann fiel die Pistole aus dem Halfter auf den Boden, beide Männer stürzten hin. Kale war oben, und als der Deputy wieder zu schreien versuchte, riß Kale das Knie hoch, und immer weiter pulsierte das Blut aus der zerrissenen Kehle.

»Du Hund«, sagte Kale.

Der Blick des Deputys erstarrte. Das Blut hörte auf zu spritzen. Es war vorbei.

Noch nie hatte sich Kale so stark gefühlt, so *lebendig*.

Er sah sich auf dem Parkplatz um. Noch immer niemand zu sehen. Er holte sich die Schlüssel, probierte so lange, bis er den richtigen gefunden hatte. Schloß die Handschellen auf und warf sie unter den nächsten Wagen. Auch die Leiche des Deputys rollte er unter ein Auto und außer Sicht.

Er wischte sich mit einem Ärmel sein Gesicht ab. Sein Hemd war voller Blutflecken, aber daran war ebensowenig zu ändern wie an der Tatsache, daß er weite, blaue, schlechtsitzende Anstaltskleidung aus grobem Tuch und Leinenschuhe trug.

Er kam sich auffällig vor, während er an dem Zaun entlangeilte und den Parkplatz durch das offene Tor verließ. Er überquerte die Seitenstraße und ging auf einen anderen Parkplatz hinter einem großen, zweistöckigen Apartmenthaus. Er sah zu all den Fenstern hoch und hoffte, daß gerade niemand heraussah.

Auf dem Parkplatz standen vielleicht zwanzig Autos. Bei einem gelben Datsun steckten die Schlüssel im Zündschloß. Er setzte sich hinter das Steuer, warf die Tür zu und seufzte erleichtert auf. Er war außer Sicht und hatte ein Transportmittel.

Auf der Ablage stand eine Schachtel Kleenex-Tücher. Mit ihrer Hilfe und etwas Spucke machte er sein Gesicht sauber. Nachdem er das Blut abgewischt hatte, betrachtete er sich selbst im Rückspiegel – und grinste.

28. Bestandsaufnahme

Während General Copperfields Team die Autopsie durchführte und mit den Tests im Labor begann, teilte Bryce Hammond seine Leute in zwei Suchtrupps auf und begann, die Häuser der kleinen Stadt einzeln zu untersuchen.

Frank Autry führte den ersten Trupp an, und Major Isley ging als Beobachter mit. Captain Arkham schloß sich Hammonds Gruppe an. Die beiden Trupps waren nie mehr als ein Gebäude weit voneinander entfernt und blieben über Walkie-talkie miteinander in Verbindung.

Jenny begleitete Bryce. Sie kannte die Bewohner von Snowfield und würde daher wahrscheinlich irgendwelche Leichen identifizieren können, die sie fanden. Außerdem wußte sie in den meisten Fällen, wie viele Bewohner ein Haus jeweils gehabt hatte, was ihnen dabei helfen würde, eine Liste der vermißten zusammenzustellen.

Sie machte sich Gedanken darüber, daß sie Lisa eventuell wieder schrecklichen Bildern aussetzen würde, aber sie konnte es nicht ablehnen, sich an der Durchsuchung zu beteiligen, und ihre Schwester im Hilltop zurücklassen konnte sie auch nicht. Nicht, nachdem Harker und Velaszquez ein so schreckliches Schicksal hatten erleiden müssen. Lisa wurde jedoch gut mit der Spannung, der Suche von Haus zu Haus, fertig. Sie wollte sich noch immer Jenny beweisen, und Jenny wurde immer stolzer auf sie.

Eine Weile fanden sie keine Leichen. Die ersten Häuser und Geschäfte, die sie durchsuchten, waren leer. In manchen Häusern war der Tisch fürs Sonntagessen gedeckt oder Badewannen waren mit inzwischen kaltgewordenem Wasser gefüllt. Manchmal lief noch ein Fernsehprogramm ohne Publikum ab.

In einer Küche entdeckten sie das Sonntagsessen auf dem Elektroherd. Das Essen in den drei Töpfen hatte schon so lange gekocht, daß jegliches Wasser daraus verdunstet war. Die Überreste waren trocken, hart, blasig und unidentifizierbar. Die Edelstahltöpfe waren ruiniert und hatten sich innen und außen blauschwarz verfärbt. Die Plastikgriffe waren weich geworden und zum Teil geschmolzen. In dem gesamten Haus war der beißendste, widerlichste Gestank verbreitet, den Jenny je erlebt hatte.

Bryce schaltete die Platten ab. »Es ist geradezu ein Wunder, daß nicht das ganze Haus abgebrannt ist.«

»Wenn es ein Gasherd gewesen wäre, wäre es wahrscheinlich so gekommen«, sagte Jenny.

Als sie wieder draußen waren, holten alle außer Major Arkham mit seinem Schutzanzug, der das nicht nötig hatte, tief Luft und genossen die frische Bergluft, um sich von dem ekelerregenden Gestank in dem Haus zu befreien.

In dem Haus nebenan fanden sie die erste Leiche des Tages. Es war John Farley, dem ein Lokal gehörte hatte. Zu Lebzeiten war er ein auffälliger Mann in den vierziger Jahren mit graumeliertem Haar, einer großen Nase und einem großen Mund mit einem ansteckenden Lachen gewesen. Nun war er verfärbt und aufgeschwollen, seine Augen traten aus den Höhlen und seine Kleider platzten wegen der Schwellung aus den Nähten.

Farley saß in seiner großen Küche am Frühstückstisch. Vor ihm stand ein Teller mit Ravioli und Hackfleischbällchen und ein Glas Rotwein. Neben dem Teller lag ein aufgeschlagenes Magazin. Farley saß aufrecht auf seinem Stuhl. Eine Hand lag mit der Handlfäche nach oben auf seinem Schoß. Sein anderer Arm lag auf dem Tisch, und in der Hand hielt er ein Stück Brot. Farleys Mund stand halb offen, und mit seinen Zähnen hatte er ein Stückchen Brot gepackt. Er war beim Kauen gestorben, und seine Backenmuskeln waren noch nicht entspannt.

»Mein Gott«, sagte Tal. »Er hat nicht einmal Zeit gehabt, das Brot auszuspucken oder zu verschlucken. Er muß sofort tot gewesen sein.«

»Und er hat vorher nichts von seinem Angreifer bemerkt«, sagte Bryce. »Schaut euch sein Gesicht an. Er zeigt keinen entsetzten oder überraschten Ausdruck, wie die anderen.«

Jenny starrte die Backenmuskeln des Mannes an und sagte: »Ich verstehe bloß nicht, warum sich beim Tod die Muskeln nicht entspannen. Es ist einfach unheimlich.«

In der Kirche strömte das Sonnenlicht durch die hauptsächlich blau- und grüngefärbten bunten Glasfenster auf das polierte Holzgestühl und an die Wände.

Als wäre man unter Wasser, dachte Gordy Brogan, als er Frank Autry durch das eigenartig und schön beleuchtete Mittelschiff folgte. Direkt hinter der Vorhalle fiel ein rotgefärbter Lichtstrahl auf das weiße Marmorbecken und färbte das Weihwasser darin rot wie das Blut Christi. Gordy war der einzige Katholik von den fünf Männern des Suchtrupps. Er befeuchtete zwei Finger in dem Weihwasser, bekreuzigte sich und kniete kurz nieder.

In der Kirche herrschte eine feierliche Stille. Niemand saß auf den Stühlen, und zunächst sah es so aus, als sei die Kirche leer. In der Luft hing ein leichter Duft von Weihrauch.

Dann aber sah Gordy genauer zum Altar hin und schnappte nach Luft.

Auch Frank sah es. »Oh, mein Gott!«

Der Altarraum war schattiger als der Rest der Kirche, und deshalb hatten sie das scheußliche Sakrileg über dem Altar nicht sofort bemerkt. Die Altarkerzen waren ganz heruntergebrannt und ausgegangen.

Als die Männer des Suchtrupps jedoch vorsichtig durch den Mittelgang zum Altar gingen, konnten sie das lebensgroße Kruzifix hinter dem Altar deutlicher sehen. Es war ein Holzkreuz mit einer schönen, handbemalten und glasierten Gipsfigur Christi daran. Im Augenblick aber wurde ein großer Teil davon von einem anderen Körper verdeckt, der davor hing. Es war der Priester in seinem Ornat; er war an das Kreuz genagelt.

Zwei Chorknaben knieten vor dem Altar auf dem Boden. Sie waren tot, verfärbt und aufgeschwollen.

Das Fleisch des Priesters hatte begonnen, sich dunkler zu verfärben und andere Verwesungsmerkmale zu zeigen. Der Körper war nicht in dem gleichen bizarren Zustand wie alle anderen, die sie bisher gefunden hatten, sondern seine Verfärbung war so, wie man das bei einem einen Tag alten Leichnam erwarten würde.

Frank Autry, Major Isley und die beiden anderen Deputies gingen weiter durch das Tor in der Absperrung des Altarraums.

Gordy war dazu nicht in der Lage. Er war zu erschüttert und mußte sich hinsetzen, um nicht zusammenzubrechen.

Nachdem Frank den Altarraum untersucht und einen Blick in die Sakristei geworfen hatte, rief er über sein Sprechfunkgerät Bryce in dem Haus nebenan an. »Sheriff, wir haben drei in der Kirche gefunden. Wir brauchen Doc Paige, um sie zu identifizieren. Es ist aber besonders grauenhaft, und sie lassen deshalb besser Lisa mit ein paar von Ihren Leuten draußen.«

»Wir sind in zwei Minuten da«, sagte der Sheriff.

Frank kam aus dem Altarraum zurück und setzte sich neben

Gordy. Er hielt in einer Hand das Funkgerät und in der anderen seine Pistole. »Sind Sie Katholik?«

»Ja.«

»Tut mir leid für Sie, daß Sie das sehen mußten.«

»Ich komme schon wieder darüber weg«, sagte Gordy. »Für Sie ist es auch nicht leichter, weil Sie kein Katholik sind.«

»Kennen Sie den Priester?«

»Ich glaube, er heißt Pater Callahan. Ich habe die Kirche hier allerdings nicht besucht, sonderen die in Santa Mira.«

Frank legte das Walkie-talkie ab und kratzte sich am Kinn. »Nach allen anderen Anzeichen, die wir gefunden haben, sieht es so aus, als sei der Angriff gestern abend kurz vor der Ankunft von Dr. Paige und Lisa gekommen. Jetzt aber das ... wenn die drei morgens während der Messe gestorben sind –«

»Wahrscheinlich war es während der Vesper«, sagte Gordy.

»Vesper?«

»Das ist ein Abendgottesdienst.«

»Ach so. Dann paßt es zeitlich zu den anderen Fällen.« Er sah sich in der Kirche um. »Was ist aber mit der Gemeinde passiert? Warum sind nur noch die beiden Chorknaben und der Priester da?«

»Na ja, zur Vesper kommen in der Regel nicht allzuviele Leute«, sagte Gordy. »Wahrscheinlich waren nicht mehr als drei oder vier da. Die hat *es* aber geholt.«

»Warum nicht alle?« fragte Frank.

»Um uns auszulachen und zu verspotten. Um uns die Hoffnung zu rauben«, sagte Gordy verzweifelt.

Frank starrte ihn wortlos an.

Gordy sagte. »Vielleicht haben einige von uns darauf gezählt, daß Gott uns lebend hier herausbringen würde. Wahrscheinlich die meisten. Ich auf jeden Fall habe sehr viel gebetet, seit wir hier angekommen sind. Das hat es genau gewußt, und damit will es uns zeigen, daß Gott uns auch nicht helfen kann. Zumindest sollen wir das glauben. Das ist doch seine Art, in uns Zweifel an Gott zu säen. Das war doch schon immer so.«

Frank sagte. »Das klingt, als wüßten Sie ganz genau, womit wir es hier zu tun haben.«

»Vielleicht«, sagte Gordy. Er starrte zu dem gekreuzigten Priester hinauf und drehte sich dann wieder zu Frank um. »Wissen Sie es denn nicht? Wissen Sie es wirklich nicht, Frank?«

Nachdem sie in der Kirche fertig waren, bogen sie um die nächste Ecke und fanden die beiden verunglückten Autos.

Ein Cadillac war vor der Kirche über den Rasen gefahren, hatte unterwegs das Gebüsch umgepflügt und war mit dem Eckpfosten des Vorbaus vor dem Nachbarhaus zusammengestoßen. Der Pfosten war fast durchgebrochen, und der Vorbau hing herunter.

Tal Whitman sah durch ein Seitenfenster des Cadillacs. »Da sitzt eine Frau hinter dem Steuer.«

»Tot?« fragte Bryce.

»Ja. Aber nicht wegen dem Unfall.«

Sie versuchten, das Auto aufzumachen, aber alle vier Türen waren von ihnen verriegelt. Trotzdem war die Frau hinter dem Steuer – Edna Gower, Jenny kannte sie – wie die anderen Leichen verfärbt und aufgeschwollen. Ein Entsetzensschrei war auf ihrem verzerrten Gesicht eingefroren.

»Wie ist es bloß in das Auto hineingekommen?« überlegte Tal.

»Erinnern Sie sich noch an das verschlossene Bad in der Candleglow Inn?« sagte Bryce.

»Und das verbarrikadierte Zimmer der Oxleys«, sagte Jenny.

»Fast wäre das ein Argument für die Nervengas-Theorie des Generals«, sagte Captain Arkham, griff sich aber dann sicherheitshalber einen kleinen Geigerzähler vom Gürtel und überprüfte den Cadillac. Es war jedoch nicht radioaktive Strahlung, die die Frau in dem Auto umgebracht hatte.

Das zweite Auto, einen halben Block weit entfernt, war ein perlweißer Lynx. Auf der Straße hinter ihm waren schwarze Bremsspuren zu sehen. Der Lynx stand schräng über die Straße und war mit einem gelben Lieferwagen zusammengestoßen. Der Schaden war aber nicht groß, weil der Lynx offensichtlich schon vor dem Zusammenprall praktisch zum Stehen gekommen war.

Der Fahrer war ein Mann in den mittleren Jahren mit einem buschigen Schnurrbart in abgeschnittenen Jeans und einem T-Shirt. Jenny kannte auch ihn. Es war der freundliche, entgegenkommende Marty Sussman, der seit sechs Jahren in der Stadtverwaltung gearbeitet hatte. Auch bei ihm hatte die Todesursache offensichtlich nichts mit dem Unfall zu tun.

Wie bei dem Cadillac waren auch bei dem Lynx die Türen von innen verriegelt und die Fenster ganz hochgerollt.

»Es sieht so aus, als hätten sie beide versucht, vor etwas zu fliehen«, sagte Jenny.

»Vielleicht«, sagte Tal. »Vielleicht waren sie aber auch bloß so unterwegs, als der Angriff kam. Wenn sie tatsächlich versucht haben, vor etwas zu fliehen, hat sie das auf jeden Fall voll von der Straße abgedrängt.«

»Sonntag war ein warmer Tag. Warm, aber nicht *zu* warm«, sagte Bryce. »Nicht so heißt daß man die Fenster schließen und die Klimaanlage anschalten würde. An so einem Tag würden die meisten Leute die Fenster offenlassen und die frische Luft genießen. Ich meine deshalb, daß sie etwas zum Anhalten gezwungen hat. Sie haben dann die Fenster hochgekurbelt und die Türen verriegelt, um etwas daran zu hindern, in das Auto einzudringen.«

»Aber es hat sie trotztdem erwischt«, sagte Jenny.

Es.

Ned und Sue Marie Bischoff hatten ein herrliches Haus im Tudor-Stil, das auf einem großen Grundstück zwischen hohen Kiefern stand. Sie hatten zwei Jungen, den achtjährigen Lee und den sechsjährigen Terry.

Ned war ein erfolgreicher Maler, aber trotz seines Erfolgs und seinen jungen Jahren – er war erst 32 – war er ein Patient Jennys gewesen. Er hatte an einem Magengeschwür gelitten.

Jetzt litt er nicht mehr daran. Er lag in seinem Atelier tot vor seiner Staffelei.

Sue Marie war in der Küche. Wie Jennys Haushälterin Hilda Beck und viele andere Frauen in der Stadt war sie gestorben, während sie das Abendessen vorbereitet hatte. Sie war eine hübsche Frau gewesen. Jetzt nicht mehr.

Die beiden Jungen fanden sie in einem der Schlafzimmer. Der jüngere Terry war hinter Lee, der anscheinend den mutigen Versuch unternommen hatte, seinen kleinen Bruder zu beschützen. Die beiden Jungen starrten mit hervorquellenden Augen in das Zimmer, und Lee hatte noch immer seine dünnen Arme schützend in die Luft erhoben, als wolle er Schläge abwehren.

Bryce kniete sich vor die Kinder hin und legte Lee eine zitternde Hand an die Wange, als wolle er es nicht glauben, daß das Kind wirklich tot war. Die Tränen liefen ihm über das Gesicht.

»Das sind die beiden Kinder der Bischoffs«, sagte Jenny mit gebrochener Stimme. »Damit wäre die Familie komplett.« Sie versuchte, sich daran zu erinnern, wie alt der Sohn des Sheriffs war, der in diesem Augenblick in tiefem Koma im Krankenhaus von

Santa Mira lag. Sicher, er war völlig teilnahmslos, aber das war immer noch besser als so etwas wie hier. Alles war besser als das.

Schließlich trocknete Bryce seine Tränen. Er spürte den Zorn in sich hochsteigen. »Dafür wird es bezahlen«, sagte er. »Wer oder was das auch war, dafür wird es bezahlen.«

»Was ist aber, wenn das nichts Menschliches war, das sie getötet hat«, sagte sie. »Auch die Natur kennt das Böse. Denken Sie nur an die sinnlose Zerstörung, die ein Erdbeben anrichtet, oder an das Leid, das eine Krebskrankheit bringt. Das hier könnte ebenso unangreifbar sein. Was dann?«

»Wer oder was das auch war, dafür muß es bezahlen«, wiederholte er hartnäckig. »Ich werde es aufhalten, das schwöre ich!«

Frank Autrys Gruppe durchsuchte nach der Kirche drei leere Häuser, bis sie im vierten die Leiche von Wendell Hulbertson fanden. Er war Lehrer in Santa Mira, wohnte aber hier in den Bergen in einem Haus, das er von seiner Mutter geerbt hatte. Er war nicht verfärbt und aufgeschwollen wie die anderen, denn er hatte sich selbst das Leben genommen. Er hatte sich in eine Ecke seines Schlafzimmers zurückgezogen, den Lauf seiner .32 Automatik in den Mund gesteckt und den Abzug durchgezogen. Offensichtlich hatte er das dem vorgezogen, was *es* ihm antun wollte.

Nach dem Haus der Bischoffs fand Bryce mit seiner Gruppe erst wieder im fünften Haus ein älteres Ehepaar in einem Bad, in das die beiden sich eingeschlossen hatten, um sich vor ihrem Mörder zu verstecken. Sie lag in der Wanne, und er lag zusammengesunken auf dem Boden.

»Sie waren Patienten von mir«, sagte Jenny. »Nick und Melina Papandrakis.«

Bryce notierte ihre Namen auf der Liste der Opfer. Wie Harold Ordnay hatte auch Nick Papandrakis versucht, eine Nachricht zu hinterlassen, die Aufschluß über den Mörder geben würde. Er hatte ein Fläschchen Jod aus dem Medikamentenschrank geholt und damit auf die Wand geschrieben. Er hatte nicht einmal genug Zeit gehabt, ein einziges Wort zu beenden. An der Wand standen nur zwei Buchstaben und ein Teil eines dritten:

P R C

»Hat vielleicht jemand ein Idee, was er schreiben wollte?« fragte Bryce.

Sie kamen alle nacheinander in das Bad und sahen sich die orangefarbigen Buchstaben an, aber keinem fiel etwas ein.

Im Haus nebenan war der Küchenboden mit Kugeln bedeckt. Nicht ganze Patronen, sondern nur Dutzende von Bleikugeln ohne Hülsen.

Es lagen keine ausgeworfenen Hülsen herum, und deshalb war wahrscheinlich hier nicht geschossen worden. Es roch auch nicht nach Pulverdampf, und in den Wänden und Schränken waren keine Einschußlöcher zu sehen.

Die Geschosse lagen auf dem Boden, als seien sie wie durch Zauberei herabgeregnet. Frank Autry hob eine Handvoll von den grauen Metallklumpen auf. Er war zwar kein Ballistik-Experte, aber da merkwürdigerweise keine der Kugeln beschädigt oder schwer defomiert war, konnte er ohne Schwierigkeiten feststellen, daß sie aus einer Vielzahl verschiedener Waffen stammten. Zahlenmäßig am häufigsten waren die Stahlmantelgeschosse von dem Kaliber, wie es zu den Maschinenpistolen von General Copperfields Team paßte.

Waren das die Kugeln aus Sergeant Harkers Maschinenpistole? fragte sich Frank. Waren das die Kugeln, die er in dem Kühlraum auf seinen Angreifer abgeschossen hatte?

Er runzelte verwirrt die Stirn.

Er ließ sie wieder auf den Boden fallen. Er hob andere auf und sah sie sich an, alle möglichen Kaliber und sogar Schrot waren vertreten. Besonders genau betrachtete er eine .45er-Kugel. Das war genau das Kaliber seines eigenes Revolvers.

Gordy Brogan kauerte sich neben ihm hin. Frank sah ihn nicht an, sondern starrte weiter die Kugel an. Ihm war ein unheimlicher Gedanke gekommen.

Gordy hob einige Kugeln vom Küchenboden auf. »Sie sind überhaupt nicht deformiert.«

Frank nickte.

»Irgend etwas *müssen* sie ja getroffen haben«, sagte Gordy. »Also müßten sie auch deformiert sein. Zumindest ein bißchen.« Er machte eine Pause und sagte dann weiter: »Hey, Sie sind ja meilenweit weg. Worüber denken Sie denn nach?«

»Ich denke an Paul Henderson.« Frank hielt Gordy die .45er-

Kugel vor das Gesicht. »Von der Sorte hat Paul gestern abend in der Station drei abgeschossen.«

»Auf seinen Mörder.«

»Höchstwahrscheinlich.«

»Und weiter?«

»Ich habe die verrückte Idee, daß sich bei einem ballistischen Test mit dieser Kugel hier herausstellen würde, daß sie aus Pauls Revolver stammt.«

Gordy sah in blinzelnd an.

»Außerdem glaube ich«, sagte Frank, »daß wir davon noch genau zwei weitere finden würden, wenn wir uns die Kugeln da auf dem Boden genauer anschauen würden. Noch zwei mit genau den gleichen Markierungen.«

»Meinen ... meinen Sie die gleichen, die Paul gestern abend abgefeuert hatte?«

»Genau?«

»Aber wie sollen die denn hierhergekommen sein?«

Frank gab keine Antwort, sondern stand auf und drückte auf den Sprechknopf seines Funkgerätes. »Sheriff? Ich glaube, Sie sollten besser einmal herkommen und sich anschauen, was wir hier gefunden haben.«

»Wieder Leichen?«

»Nein, Sir. Es ... äh ... ist äußerst eigenartig.«

»Ich komme sofort.«

Erst dann sagte Gordy zu Frank: »Ich glaube, *es* war innerhalb der letzten beiden Stunden in diesem Raum und hat alle Kugeln abgestoßen, die es bisher eingefangen hat, als würde es Wasser vom Pelz schütteln.«

29. Auf der Flucht

Während Fletcher Kale mit seinem gestohlenen Datsun durch Santa Mira fuhr, hörte er im Radio von Snowfield.

Obwohl der Rest des Landes von der Nachricht gefesselt gewesen war, interessierte sie Fletcher Kale nur wenig. Er machte sich nie sonderlich viel Gedanken über die Tragödien anderer Leute. Er streckte eine Hand aus, um das Radio abzuschalten, weil er es schon satt hatte, darüber zu hören, wo er doch selbst so viele Probleme hatte, als er einen Namen hörte, der ihm verriet, daß das

Geheimnis von Snowfield doch etwas mit ihm zu tun hatte. Jake Johnson. Jake Johnson war einer der Deputies, die gestern abend mit nach Snowfield gefahren waren. Nun wurde er wie all die anderen vermißt, und man hielt ihn allgemein für tot.

Jake Johnson ...

Vor einem Jahr hatte Kale Johnson eine stabil gebaute Holzhütte zusammen mit fünf Morgen Land in den Bergen verkauft. Angeblich war Johnson ein begeisterter Jäger und wollte die Hütte für diesen Zweck benutzen. Nach einer Reihe von Andeutungen aber, die dem Deputy herausgerutscht waren, war Kale dahintergekommen, daß Johnson auch zu den Spinnern gehörte, die das Ende der Welt befürchteten und nach irgendwelchen sicheren Zufluchtsorten suchten.

Für diesen Zweck lag die Hütte tatsächlich abgelegen genug. Sie stand auf dem von Snowfield abgewendeten Hang des Snowtop, des Berges in der Nähe, und war nur mit einem Fahrzeug mit Allradantrieb zu erreichen; das letzte Stück mußte man sogar zu Fuß gehen.

Zwei Monate, nachdem Jake die Hütte und das Grundstück gekauft hatte, hatte ihr Kale eines Morgens einen Besuch abgestattet, als Jake Dienst in Santa Mira hatte. Er hatte die Hütte zwar unverändert vorgefunden, aber dann hatte er entdeckt, daß Jake eine der Kalksteinhöhlen auf seinem Grundstück für seine Zwekke ausbaute. Sie hatte sich nach einem langen, schmalen Gang zu einem ersten großen Raum verbreitert, in der Johnson Milchpulver, getrocknete Früchte, Gemüse, Suppe, pulverisierte Eier, Honig und Getreide in luftdicht verschlossenen Dosen gestapelt hatte. Außerdem war da noch ein Lager vorbereitet, eine Luftmatratze war da, und noch vieles mehr. Jake war fleißig gewesen.

Die erste Kammer führte in eine zweite. In ihr war ein natürliches Loch im Boden, das ungefähr 25 Zentimeter Durchmesser hatte und aus dem merkwürdige Geräusche aufstiegen. Flüstern. Bedrohliches Gelächter. Fast hätte sich Kale schon umgedreht und wäre weggelaufen, als es ihm klar wurde, daß er nichts Bedrohlicheres hörte als laufendes Wasser. Ein unterirdischer Fluß. Jake Johnson hatte einen Schlauch hineingehängt und ihn mit einer Handpumpe verbunden. Fließendes Wasser. Eine komfortable Behausung.

Kale war für sich zu dem Entschluß gekommen, daß der Mann nicht einfach vorsichtig war. Das war eher eine Besessenheit.

Als Kale wieder zwei Monate später noch einmal zurückkehrte, fand er den Eingang zu Höhle nur unter größten Bemühungen wieder. Johnson hatte ihn hinter einer Mauer von Gestrüpp getarnt. Kale drängte sich durch das Gebüsch und paßte auf, dabei keine Spuren zu hinterlassen. Als er wie beim ersten Mal dem tunnelartigen Höhleneingang folgte, stand er plötzlich vor einer Wand. Er wußte, daß eigentlich nach der nächsten Biegung die erste große Kammer hätte kommen müssen, aber statt dessen stand er vor einer Kalkwand, die sich auf den ersten Blick nicht von der Höhlenwand unterschied und den Zugang zu dem Rest der Höhle versperrte. Nach längerem Suchen kam er dahinter, daß die scheinbare Felswand nur eine geschickt getarnte Tür war, die Johnson in einer schmalen Stelle des Gangs angebracht hatte. Sie war mit Kunstharz bestrichen und der Struktur des Felsens täuschend ähnlich nachgeahmt.

An diesem Tag im August, als Kale dastand und diese Tür bewunderte, entschloß er sich, diesen Zufluchtsort selbst zu benutzen, falls es nötig werden sollte. Vielleicht hatten die Warner ja recht und irgendwelche Idioten würden tatsächlich eines Tages versuchen, die Welt in die Luft zu sprengen. Wenn diese Gefahr drohen sollte, würde sich Kale als erster hierher zurückziehen, und wenn Johnson durch seine geschickt getarnte Tür kam, würde Kale ihn einfach umlegen.

Der Gedanke gefiel ihm. Er kam sich schlau dabei vor. Überlegen.

Dreizehn Monate später hatte er zu seinem Erstaunen und Entsetzen das Ende der Welt kommen sehen. Das Ende *seiner* Welt. Als sie ihn eingesperrt und des Mordes angeklagt hatten, hatte er gewußt, daß es für ihn nur ein Ziel geben konnte, falls ihm je die Flucht gelingen sollte: die Berge, diese Höhle. Hier konnte er es wochenlang aushalten, bis die Polizei ihn im County Santa Mira nicht mehr suchte.

Besten Dank, Jake Johnson.

Jake Johnson ...

Nun saß Kale in seinem gestohlenen Datsun, das Gefängnis lag erst Minuten hinter ihm, und er hörte den Namen Jake Johnson im Radio. Er hörte zu und begann zu lächeln. Das Schicksal war auf seiner Seite.

Nach der Flucht war sein größtes Problem, wie er die Gefängniskleider loswerden und sich richtig für die Berge ausrüsten konnte. Er war sich nicht ganz sicher gewesen, wie er das schaffen könnte. Sobald er aber hörte, daß Johnson tot oder zumindest außer Gefecht gesetzt war, war dieses Problem gelöst, denn nun würde er direkt zu Johnsons Haus fahren. Der Deputy war alleinstehend, und fürs erste würde ihm sein Haus einen sicheren Zufluchtsort bieten. Johnson hatte zwar nicht genau die gleiche Größe wie Kale, aber die beiden waren sich von ihrem Körperbau doch ähnlich genug, daß Kale seine Anstaltskleidung gegen etwas aus Johnsons Kleiderschrank austauschen konnte.

Und Schußwaffen. Vorsichtig, wie Johnson war, hatte er ganz sicher ein kleines Arsenal in seinem Haus versteckt.

Der Deputy bewohnte das einstöckige Haus, das er von seinem Vater, Big Ralph Johnson, geerbt hatte. Es war keine Prachtvilla, denn der alte Johnson war schlau genug gewesen, seine Bestechungsgelder nicht auffällig anzulegen. Eine Bruchbude war es jedoch auch nicht, und die Inneneinrichtung des Hauses war luxuriöser, als man das von außern hätte annehmen können. Kale war während der Verkaufsverhandlungen für das Grundstück in den Bergen zweimal bei Johnson gewesen und fand sein Haus ohne Schwierigkeiten wieder.

Er fuhr mit dem Datsun in die Einfahrt hinein und stellte den Motor ab. Er hoffte, daß ihn niemand von den Nachbarn beobachtete.

Er ging um das Haus herum zum Hintereingang in die Küche, schlug ein Fenster ein und war im Haus. Er ging direkt in die Garage. Sie war groß genug für zwei Wagen, aber nur ein großer Jeep mit Allradantrieb stand darin. Er hatte gewußt, daß Johnson einen solchen Jeep hatte und freute sich darüber, ihn vorzufinden. Er öffnete die Garagentür, fuhr den gestohlenen Datsun hinein und schloß die Tür sofort wieder. Nun, da dieses Auto von der Straße aus nicht mehr zu sehen war, fühlte er sich sicherer.

Im großen Schlafzimmer durchstöberte er Johnsons Schrank und fand ein paar kräftige Wanderstiefel, die ihm nur eine halbe Nummer zu groß waren. Johnson war ungefähr fünf Zentimeter kleiner als Kale, und deshalb paßten die Hosen nicht richtig, aber wenn man sie in die Stiefel steckte, fiel das nicht mehr auf. Die Hosen waren für Kale außerdem zu weit, aber das ließ sich mit einem Gürtel korrigieren.

Als er die Kleider gewechselt hatte, musterte er sich in dem großen Spiegel. »Gut siehst du aus!« sagte er seinem Spiegelbild.

Dann ging er durch das Haus und sah sich nach den Waffen um, konnte aber keine finden. Auch gut. Dann mußte er das Haus eben auseinandernehmen. Irgendwo mußten die Waffen ja sein.

Zuerst räumte er den großen Kleiderschrank aus, und als er darin nichts fand, riß er den Teppichboden ab, um nach Falltüren darunter zu suchen. Nichts.

Eine halbe Stunde später schwitzte er zwar, war aber nicht müde. Er sah sich die Zerstörung an, die er in dem Haus angerichtet hatte, und freute sich daran. Es sah aus, als habe eine Bombe eingeschlagen.

Er suchte weiter, denn die Waffen wollte er unbedingt haben. Außerdem machte es ihm Spaß.

30. Einige Antworten/Weitere Fragen

Das Haus war außergewöhnlich ordentlich und sauber, aber die starre Farbengebung machte Bryce nervös. Alles war entweder grün oder gelb. *Alles*. Die Teppichböden waren grün und die Wände blaßgelb. Das Sofa war mit gelben Blumen auf grünem Untergrund bedruckt, und die Farben waren so grell, daß man unwillkürlich nach einer Sonnenbrille greifen wollte. Die beiden Polstersessel waren smaragdgrün, und die beiden Bilder an der Wand zeigten gelbe Blumen auf einem grünen Feld. Selbst die Vorhänge waren gelb.

Von den Bewohnern, nach den Angaben Jennys Mr. und Mrs. Lange, ihre drei Kinder und Mrs. Langes siebzigjährige Großmutter, war keine Spur zu entdecken. Bryce war froh darüber, denn in dieser geradezu manischen Fröhlichkeit hätte eine verfärbte und angeschwollene Leiche ganz besonders grotesk ausgesehen.

Aus der ebenfalls grün und gelb gestrichenen Küche meldete sich Tal: »Das hier sollten Sie sich ansehen, Chef.«

Bryce, Jenny und Captain Arkham gingen zu Tal, aber die beiden anderen Deputies blieben mit Lisa an der Tür stehen. Man wußte schließlich nicht, was sich in diesem Alptraum in einem Küchenabfluß finden würde. Vielleicht wieder ein abgeschnittener Kopf, oder zwei Hände. Vielleicht aber auch etwas Schlimmeres.

Es war jedoch nichts Schlimmeres. Es war nur merkwürdig.

»Ein regelrechter Juwelierladen«, sagte Tal.

Die Doppelspüle war mit Schmuck angefüllt. Hauptsächlich Uhren und Ringe. Da lagen sowohl Männer- als auch Frauenuhren: Timex, Seiko, Bulova, sogar eine Rolex, manche mit dehnbaren Metallarmbändern, manche ganz ohne Armbänder. Keine hatte ein Armband aus Leder oder Plastik. Weiter lagen da alle Arten von Ringen sowie andere Schmuckstücke. Billiger Modeschmuck war ebenso vertreten wie teure Stücke. Bryce schob seine Hände in den Schmuck wie ein Pirat im Kino, und er sah noch andere Arten von Schmuck: Ohrringe, Armbänder, lose Perlen, die irgendwo herausgefallen waren, Goldketten, Anhänger ...

»Das kann doch unmöglich alles den Langes gehört haben«, sagte Tal.

»Warten Sie mal«, sagte Jenny und nahm eine Uhr an sich.

»Erkennen Sie die wieder?« fragte Bryce.

»Ja, eine Cartier«, sagte Jenny. »Nicht das klassische Modell mit römischen Ziffern. Die hier hat keine Ziffern und ein schwarzes Ziffernblatt. Sylvia Kanarsky hat sie ihrem Mann zum fünften Hochzeitstag geschenkt.«

Bryce runzelte die Stirn. »Woher kenne ich den Namen bloß?«

»Ihnen gehört das Candleglow Inn«, sagte Jenny.

»Ach richtig, Ihre Freunde.«

»Sie gehören auch zu den Vermißten«, sagte Tal.

»Dan hat diese Uhr geliebt«, sagte Jenny. »Als Sylvia sie ihm gekauft hat, ging das Lokal noch nicht richtig, und die Uhr, die damals 350 Dollar gekostet hat, war für sie eine unheimliche Extravaganz. Inzwischen ist sie natürlich erheblich viel mehr wert. Dan hat immer im Scherz darüber gesagt, daß sie die beste Investition gewesen sei, die sie jemals gemacht haben.«

Bryce sah auf den Schmuck in dem Abfluß herunter. »Das gehört also wahrscheinlich den Bewohnern von Snowfield.«

»Den Vermißten zumindest«, sagte Tal. »Die Opfer, die wir gefunden haben, haben ihren Schmuck noch angehabt.«

»Sie haben recht«, nickte Bryce. »Den anderen ist also wahrscheinlich ihr Schmuck abgenommen worden, bevor sie ... na, irgendwohin geschafft worden sind.«

»Wenn das Diebe gewesen wären, hätten sie ihre Beute nicht einfach so herumliegen lassen«, sagte Tal. »Sie hätten sie mitgenommen.«

»Und warum liegt das Zeug dann hier herum?« fragte Bryce.
»Keinen Schimmer«, sagte Jenny. Auch Tal zuckte die Achseln. In dem Abfluß blitzte und blinkte der Schmuck.

Möwenschreie. Hundegebell.
Galen Copperfield sah von seinem Computer-Ausgang auf. Er war müde, alle Muskeln taten ihm weh, und er fühlte sich verschwitzt in seinem Schutzanzug. Einen Moment lang war er sich nicht sicher, ob er wirklich etwas gehört hatte.
Dann fauchte eine Katze. Ein Pferd wieherte.
Der General sah sich unsicher mit gerunzelter Stirn in dem Labor um. Auch die anderen hörten es und sahen sich beunruhigt an.
Roberts sagte: »Das kommt durch die Sprechfunkgeräte in unserem Schutzanzug.«
»Richtig«, sagte Dr. Bettenby vom anderen Labor aus. »Wir hören es hier auch.«
»Also schön«, sagte Copperfield. »Dann soll es uns eben seine Tricks vorführen. Wenn sie miteinander sprechen wollen, können sie ja die Außenlautsprecher benutzen.«
Die Bienen, die zu hören gewesen waren, verstummten abrupt.
Ein Kind von unbestimmbarem Geschlecht begann, sehr leise in weiter Entfernung zu singen.

Liebster Jesu, wir sind hier,
Deinem Worte nachzuleben;
Dieses Kindlein kommt zu Dir,
Weil du den Befehl gegeben,
Daß man sie zu Dir hinführe . . .

Die Stimme war süß und melodisch. Trotzdem ließ sie den Zuhören das Blut in den Adern gerinnen.
Copperfield hatte so etwas noch nie gehört. Obwohl es zweifellos die zarte und zerbrechliche Stimme eines Kindes war, klang etwas in ihr mit, das in einer Kinderstimme eigentlich keinen Platz hatte. Das war keine unschuldige Stimme. Wissen war es vielleicht, das da mitklang. Ja, Wissen um zu viele schreckliche Dinge. Drohnung. Haß. Verachtung. An der Oberfläche war davon nichts zu hören, aber unter der Oberfläche war es da, pulsierend und düster und unheimlich.

»Dr. Paige und der Sheriff haben uns von diesem Phänomen erzählt«, sagte Goldstein. »Sie haben es am Telefon und aus dem Spülstein gehört. Wir haben ihnen nicht geglaubt, weil es zu lächerlich klang.«

»Jetzt klingt es aber nicht mehr lächerlich«, sagte Roberts.

»Nein«, sagte Goldstein. Trotz seines schweren Schutzanzugs war deutlich zu sehen, daß er zitterte.

»Es funkt uns über Velaszquez' Schutzanzug an«, sagte Roberts.

Die Kinderstimme hörte auf zu singen und sagte flüsternd: *»Ihr sagt jetzt besser eure Gebete. Sagt alle eure Gebete. Vergeßt eure Gebete nicht.«* Die Stimme kicherte.

Sie warteten darauf, wie es weitergehen würde. Es folgte nur Stille.

»Ich glaube, es will uns bedrohen«, sagte Roberts.

»Verdammt, hören Sie mit solchem Gerede auf«, sagte Copperfield. »Eine Panik würde uns auch nicht weiterbringen.«

»Haben Sie bemerkt, daß wir jetzt auch *es* sagen?« fragte Goldstein.

Copperfield und Roberts sahen ihn und sich an, sagten aber nichts.

»Wir sagen auf die gleiche Art *es* wie Dr. Paige und der Sheriff und die Deputies auch. Heißt das, daß wir ... jetzt genauso darüber denken wie sie?«

In Gedanken konnte Copperfield noch immer die menschliche, aber doch nicht menschliche Kinderstimme hören. *Es.*

»Lassen wir das jetzt«, sagte er mürrisch. »Wir haben eine Menge Arbeit.« Er drehte sich wieder zu dem Computer um, konnte sich aber nur unter Schwierigkeiten konzentrieren.

Es.

Am Nachmittag um halb fünf blies Bryce die Suchaktion ab. Es würde zwar noch zwei Stunden lang hell bleiben, aber alle waren todmüde. Die ständige Spannung war ebenso anstrengend wie schwere körperliche Arbeit. Außerdem hatte sich herausgestellt, daß sie mit der Aufgabe einfach überfordert waren. Wenn sie in diesem Tempo weitermachten, würden sie zwei Wochen brauchen, um Snowfield zu durchsuchen.

In der letzten Nacht hatte Bryce noch nicht gewollt, daß die Nationalgarde durch die Stadt trampelte, aber nun dachte er anders. Sobald Copperfield und sein Team mit Bestimmtheit sagen konnte, daß es sich hier nicht um eine Seuche oder einen Angriff mit biologischen Kampfmitteln handelte, würde er die Nationalgarde als Unterstützung kommen lassen.

Ursprünglich hatte er von der Lage in Snowfield so gut wie nichts gewußt und wollte daher nichts von seinen Kompetenzen abgeben, aber nun wurde die Verantwortung von Stunde zu Stunde schwerer, und er hätte nur zu gern einen Teil davon auf andere Schultern abgewälzt. Er rief daher um halb fünf beim Gouverneur an und vereinbarte mit Jack Retlock, daß die Nationalgarde in Alarmbereitschaft versetzt werden sollte und auf grünes Licht von Copperfield hin sofort hergeschickt werden würde.

Er hatte kaum aufgelegt, als Charlie Mercer von Santa Mira aus anrief und von der Flucht Fletcher Kales berichtete.

Bryce war wütend. Charlie ließ ihn eine Weile toben, und als er sich wieder einigermaßen beruhigt hatte, meldete er weiter: »Es kommt noch schlimmer. Er hat Joe Fermont getötet.«

»Mein Gott, auch das noch«, sagte Bryce. »Habt ihr es Mary schon gesagt?«

»Sicher. Ich war selbst bei ihr.«

»Wie hat sie es aufgenommen?«

»Schlecht. Sie waren 26 Jahre verheiratet.«

Wieder ein Toter. Überall Tod.

»Wie weit seid ihr mit der Fahndung nach Kale?« fragte Bryce.

»Wir glauben, er hat sich von einem benachbarten Parkplatz ein Auto geholt. Ein Datsun ist von dort aus gestohlen gemeldet worden. Wir haben zwar sofort Straßensperren aufgestellt, aber wir schätzen, daß er mindestens eine Stunde Vorsprung hatte.«

»Der ist lange weg.«

»Wahrscheinlich. Wenn wir das Schwein bis sieben Uhr nicht erwischen, blase ich die Straßensperren ab, weil wir sowieso knapp mit Leuten sind.«

»Wie Sie meinen«, sagte Bryce müde. »Gibt es irgend etwas Neues über die Nachricht, die uns Harold Ordnay auf dem Spiegel hinterlassen hat?«

»Da hat sich endlich etwas getan. Nach den Angaben des Geschäftsführers des Antiquariats in San Francisco ist Timothy Flyte ein Autor. Raten Sie mal, wie das Buch heißt, das er geschrieben hat?«

»Mein Gott, woher soll ich denn ... Ach so, natürlich. *Der Alte Feind.*«

»Ganz genau«, sagte Charlie Mercer.

»Worum geht es in dem Buch?«

»Das ist das Interessanteste dabei. Der Geschäftsführer meint, es geht darin um rätselhafte Massenverschwindungen im Lauf der Geschichte.«

Einen Moment lang war Bryce sprachlos. Dann aber sagte er: »Im Ernst? Meinen Sie, so was ist schon öfters vorgekommen? Warum habe ich dann davon noch nie etwas gehört?«

»Der Typ sagte etwas von einer rätselhaften Emigration aus Maya-Städten –«

Dunkel rührte sich etwas in Bryces Gedächtnis. Davon hatte er schon einmal gelesen. Verlassene Maya-Städte.

»– und von der Kolonie von Roanoke. Das war die erste englische Siedlung in Amerika«, sagte Charlie.

»Davon habe ich schon in den Schulbüchern gelesen.«

»Nun, dieser Flyte hat offensichtlich eine Theorie entwickelt, die diese rätselhaften Ereignisse erklären würde.«

»Und was ist das für eine Theorie?«

»Keine Ahnung. Ich habe noch niemanden auftreiben können, der das Buch gelesen hat. Es ist offensichtlich in diesem Land hier nie gedruckt worden, und auch in England nur in sehr niedriger Auflage. Das Buch ist eine Rarität.«

»Mein Gott, Charlie, ich *muß* an ein Exemplar dieses Buches kommen, aber unbedingt.«

»Ich arbeite daran«, sagte Charlie. »Vielleicht werden Sie das Buch aber gar nicht brauchen und können sich die Geschichte direkt aus berufenem Mund anhören. Flyte ist im Augenblick aus London hierher unterwegs.«

Jenny saß Bryce gegenüber in der Eingangshalle des Hilltop und sah Bryce völlig verblüfft mit offenem Mund an. »Er ist von London hierher unterwegs? Jetzt schon? Sie meinen, er hat *gewußt*, was hier passieren würde?«

»Wahrscheinlich nicht«, sagte Bryce. »Wahrscheinlich hat er aber in dem Augenblick, als er in den Nachrichten davon gehört hat, gewußt, daß das ein Fall ist, der zu seiner Theorie paßt.«

Tal, der vor dem Schreibtisch stand, fragte: »Wann wird er denn erwartet?«

»Er kommt kurz nach Mitternacht in San Francisco an. Sein Verleger hier in den USA will am Flughafen eine Pressekonferenz mit ihm abhalten. Danach kommt er direkt nach Santa Mira.«

»Sein Verleger hier?« sagte Frank Autry. »Ich dachte, Sie hätten gesagt, sein Buch sei hier nie erschienen?«

»Ist es auch nicht«, sagte Bryce. »Er schreibt offensichtlich grade ein neues.«

»Über Snowfield?« fragte Jenny.

»Ich weiß es nicht. Vielleicht. Wahrscheinlich.«

»Mein Gott, das ist aber schnelle Arbeit«, sagte Jenny stirnrunzelnd. »Weniger als einen Tag, nachdem es passiert ist, hat er schon einen Vertrag, darüber zu schreiben.«

»Ich wünschte nur, er würde noch schneller arbeiten und wäre jetzt schon hier.«

Tal sagte: »Ich glaube, unser Doc meint damit, dieser Flyte könnte nur ein Geschäftemacher sein, der aus der Sache Kapital schlagen will.«

»Genau«, sagte Jenny.

»Schon möglich«, gab Bryce zu. »Vergessen Sie aber nicht, daß Ordnay Flytes Namen auf den Spiegel geschrieben hat. In gewisser Beziehung ist Ordnay unser einziger Zeuge, und aus seiner Nachricht können wir schließen, daß, was hier passiert ist, eng mit dem in Verbindung steht, worüber Flyte in dem Buch schreibt.«

»Verdammt«, sagte Frank. »Wenn Flyte wirklich über irgendwelche Informationen verfügt, die uns helfen könnten, dann hätte er sofort anrufen sollen, statt uns hier warten zu lassen.«

»Allerdings«, sagte Tal. »Bis Mitternacht sind wir vielleicht schon alle tot. Er hätte uns sagen sollen, was wir machen können.«

»Genau darum geht es«, sagte Bryce.

»Wie meinen Sie das?«

»Bryce seufzte. »Nun, ich habe das Gefühl, Flyte *hätte* uns angerufen, wenn er gewußt hätte, wie wir uns schützen könnten. Ich glaube, er weiß zwar, was das ist, aber er hat auch nicht die leiseste Ahnung, was wir dagegen tun könnten.«

Jenny und Bryce saßen in der Einsatzzentrale und unterhielten sich über die Entdeckungen des Tages. Sie versuchten, der höhnischen Kreuzigung des Priesters, den Kugeln auf dem Küchenboden und den Leichen in den von innen verriegelten Autos einen Sinn abzugewinnen.

Lisa saß in der Nähe. Allem Anschein nach war sie völlig in ein Kreuzworträtsel vertieft, aber plötzlich sah sie auf und sagte: »Ich weiß, warum der Schmuck in dem Spülstein lag.«

Jenny und Bryce sahen sie erwartungsvoll an.

»Erstens«, sagte das Mädchen und lehnte sich in ihrem Stuhl vor, »muß man davon ausgehen, daß die Vermißten alle tot sind. Das sind sie nämlich. Tot. Daran besteht kein Zweifel.«

»Ich finde doch, daß daran noch ein gewisser Zweifel besteht, Liebling«, sagte Jenny.

»Sie sind tot«, sagte Lisa leise. »Ich weiß es, und ihr wißt es auch.« Ihre leuchtend grünen Augen glänzten, als habe sie Fieber. »Es hat sie geholt, und dann hat es sie aufgefressen.«

»Und wie soll damit der Schmuck erklärt werden?« fragte Bryce.

»Na ja«, sagte Lisa. »Erst hat es die Leute alle gefressen, und dann ... und dann hat es den Schmuck wieder ausgespuckt, wie wir einen Kirschkern ausspucken würden.«

Dr. Sara Yamaguchi kam in das Hilltop herein, beantwortete an der Tür kurz die Frage einer Wache und ging dann zu Jenny und Bryce hinüber. Sie trug zwar noch den Schutzanzug, hatte den Helm aber abgesetzt, und auch die Tanks mit komprimierter Luft und die Luftbereinigungsanlage waren nicht mehr auf ihrem Rücken.

Jenny und Bryce standen auf, um sie zu begrüßen, und Jenny sagte: »Ist die Quarantäne denn schon aufgehoben?«

»Schon? Ich habe das Gefühl, ich hätte *Jahre* in diesem Anzug gesteckt.« Sie klang anders als über die Sprechanlage, und ihre Stimme war noch zarter als sie selbst. »Es ist ein herrliches Gefühl, wieder frische Luft atmen zu können.«

»Sie haben doch Bakterienkulturen angelegt, oder?«

»Ich habe damit angefangen.«

»Dauert es denn nicht 48 Stunden, bis Sie die Ergebnisse bekommen?«

»Doch. Wir sind aber zu dem Entschluß gekommen, daß es sinnlos wäre, noch so lange zu warten. Mit den Kulturen werden wir keine Bakterien bekommen, weder gutartige noch irgendwelche anderen.«

Jenny konnte diese eigenartige Aussage nicht recht verstehen, aber bevor sie nachfragen konnte, sagte die Genetikerin:

»Außerdem hat unser Computer gesagt, es sei sicher. Er hat alle Daten aus den Autopsien und den anderen Tests verarbeitet und ist zu dem Ergebnis gekommen, die Chance, daß all das hier eine biologische Erklärung hätte, sei null Komma null.«

»Und Sie vertrauen einer Computeranalyse so sehr, daß Sie die Luft hier ungefiltert atmen«, sagte Bryce. Er war offensichtlich überrascht davon.

»Der Computer hat sich in über achthundert Probeläufen nie geirrt.«

»Das ist aber hier kein Probelauf«, sagte Jenny.

»Da haben Sie recht, aber nach allem, was wir bisher herausgefunden haben ...« Die Genetikerin zuckte die Achseln und reichte Jenny einen Stapel grünen Papiers. »Hier. Das sind die Ergebnisse. General Copperfield dachte, Sie würden sie sich vielleicht gern ansehen. Wenn Sie irgendwelche Fragen haben, erkläre ich sie Ihnen gern. Zunächst aber möchte ich erst einmal den Anzug hier loswerden. Kann ich mich vielleicht irgendwo waschen? Es juckt mich überall.« Sie lächelte und kratzte sich am Hals. Ihre behandschuhten Finger hinterließen leichte rote Streifen auf ihrer porzellanglatten Haut.

Jenny sagte: »Wir haben in einer Ecke der Küche ein Waschbecken aufgestellt und Seife und Handtücher danebengelegt. Ein Bad ist es zwar nicht, aber wir dachten, wir sollten lieber etwas von unserem Schamgefühl aufgeben, wenn wir dann nicht mehr allein zu sein brauchen.«

Dr. Yamaguchi nickte. »Ganz meine Meinung. Wo finde ich dieses Waschbecken, bitte?«

Lisa warf ihr Kreuzworträtsel zur Seite und sprang auf. »Ich zeige es Ihnen. Und außerdem passe ich auf, daß die Münner, die in der Küche zu tun haben, Ihnen den Rücken zudrehen und keine neugierigen Blicke riskieren.«

Bei dem grünen Papier handelte es sich um Computerdrucke, die am Rand zusammengeheftet waren.

Jenny durchblätterte den ersten Teil, und Bryce sah ihr dabei über die Schulter. Es handelte sich um Goldsteins Notizen nach der Autopsie. Er hatte Anzeichen für eine mögliche Erstickung sowie deutlichere Anzeichen für eine allergische Reaktion gefunden, konnte aber keine konkrete Todesursache nennen.

Der zweite Teil war der Bericht über die ersten Pathologie-Tests. Mit einer langen Reihe von Versuchen sollten auch die kleinsten Mikro-Organismen aufgespürt werden. Man hatte nach Bakterien gesucht, die in dem Leichnam lebten, und war zu einem verblüffenden Ergebnis gekommen. Jenny sah sich die Computerbögen an und dachte an Dr. Yamaguchis Worte, sie hätten *weder gutartige noch irgendwelche anderen* Bakterien gefunden.

»Komisch«, sagte Jenny.

»Ich kann mit dem, was da steht, nicht das geringste anfangen«, sagte Bryce. »Wenn Sie mir das vielleicht übersetzen könnten?«

»Also, normalerweise wimmelt eine Leiche nur so von Bakterien«, sagte Jenny. »In der Leiche von Gary Wechlas ist aber nicht das geringste in der Richtung gefunden worden. Nicht einmal Kolibakterien, und die hat jedermann im Darm. Sie, ich, jeder. Bei der Untersuchung haben sie zwar massenhaft tote Kolibakterien gefunden, aber keine lebenden. In Wechlas Leiche ist keine einzige lebende Bakterie mehr.«

»Und was bedeutet das für uns?« fragte Bryce. »Die Leiche verwest also nicht so, wie sie das sollte, oder?«

»Sie verwest überhaupt nicht. Es ist aber nicht nur das. Der Grund dafür ist, daß der Leiche eine Riesendosis eines Sterilisierungs- und Stabilisierungsmittels injiziert worden ist, Bryce. Die Leiche ist mit einem äußerst wirksamen Präservierungsmittel behandelt worden.«

Lisa brachte ein Tablett mit vier Tassen Kaffee zu dem Tisch von Dr. Yamaguchi, Jenny und Bryce und setzte sich auch dazu. Draußen lag die Straße im rotgoldenen Licht der Nachmittagssonne.

In einer Stunde ist es wieder dunkel, dachte Jenny. Dann werden wir wieder eine lange Nacht durchstehen müssen. Sara Yamaguchi war inzwischen mit hellbraunen Cordhosen und einer gelben Bluse bekleidet. Ihr langes, seidiges, tiefschwarzes Haar fiel ihr über die Schultern herab. »Wahrscheinlich haben Sie alle schon genug Tierfilme im Fernsehen gesehen«, sagte sie gerade, »um zu wissen, daß manche Spinnen- und Wespenarten ihren Opfern Präservierungsmittel injizieren, um sie für späteren Verzehr oder für ihre Jungen aufheben zu können. Das Präservierungsmittel, das sich in Mr. Wechlas' Gewebe findet, hat damit eine Ähnlichkeit, ist aber weit stärker und komplizierter aufgebaut.«

Jenny dachte an die riesige Motte, die Stu Wargle angegriffen und getötet hatte. Sie war jedoch nicht das Wesen, das ganz Snowfield geleert hatte. Auf keinen Fall. Selbst wenn Hunderte von diesen Kreaturen irgendwo gelauert hätten, hätten sie nicht alle erwischt. Eine Motte von dieser Größe wäre niemals in die verschlossenen Autos und Häuser oder in ein verbarrikadiertes Zimmer hineingekommen. Da draußen war noch etwas anderes.

»Wollen Sie damit sagen, daß ein Insekt all die Menschen getötet hat?« fragte Bryce die Wissenschaftlerin.

»Die uns vorliegenden Indizien sprechen nicht dafür. Ein Insekt hätte das Präservierungsmittel mit einem Stachel injiziert. Es wäre also auf jeden Fall ein Einstich da, was aber nicht der Fall ist. Seth Goldstein hat jeden Quadratzentimeter der Leiche mit einem Vergrößerungsglas untersucht, und zwar buchstäblich. Er hat sogar die Körperbehaarung mit einem chemischen Mittel entfernt, damit ihm auf keinen Fall etwas entgeht. Es ist keinerlei Verletzung der Haut gefunden worden. Wir haben schon gedacht, wir hätten uns getäuscht, und deshalb ist noch eine zweite Autopsie mit der Leiche von Karen Oxley durchgeführt worden. Das Ergebnis war das gleiche.« Sie unterbrach sich kurz, lehnte sich zum Fenster hinüber und sah die Straße hinauf nach General Copperfield und den anderen. Als sie sich wieder zum Tisch umdrehte, sagte sie: »Wir haben die gleichen bizarren Untersuchungsergebnisse erhalten. In der Leiche waren keinerlei lebende Bakterien, die Verwesung ist auf nicht natürliche Weise aufgehalten worden, und das Gewebe war mit einem Präservierungsmittel getränkt.«

Bryce fragte: »Wenn es aber nicht injiziert worden ist, wie ist es dann in den Körper gekommen?«

»Wir vermuten, daß es extrem leicht absorbierbar ist, durch Hautkontakt in den Körper eindringt und sich innerhalb von Sekunden durch das gesamte Gewebe verteilt.«

Jenny sagte: »Könnte es vielleicht doch ein Nervengas sein? Es wäre doch möglich, daß der Präservierungseffekt nur eine Nebenwirkung ist.«

»Nein«, sagte Sara Yamaguchi. »In den Kleidern der Opfer finden sich keinerlei Spuren, und das wäre absolut zwangsläufig der Fall, wenn es sich um Nervengas handeln würde. Außerdem hat die fragliche Substanz zwar eine toxische Wirkung, aber nach der chemischen Analyse ist sie nicht primär ein Toxin, sondern ein Konservierungsmittel.«

»War sie denn nicht die Todesursache?« fragte Bryce.

»Sie hat dazu beigetragen, aber wir können noch keine Aussage über die konkrete Todesursache machen. Zum Teil ist sie sicherlich die toxische Wirkung des Konservierungsmittels, aber andere Anzeichen bringen uns zu der Überzeugung, daß auch Sauerstoffmangel zum Tod beigetragen hat.«

»Aber das ist doch ausgeschlossen«, sagte Lisa. »Bei Sauerstoffmangel dauert es doch Minuten, bis jemand tot ist, aber die Leute hier sind *schnell* gestorben, innerhalb von Sekunden.«

»Außerdem haben wir bisher nirgends Anzeichen für einen Kampf gefunden«, sagte Jenny. »Wenn jemand erstickt wird, wehrt er sich in der Regel und tritt um sich –«

»Ganz richtig«, sagte die Genetikerin und nickte. »Es ergibt einfach keinen Sinn.«

»Warum sind die Körper so angeschwollen?« fragte Bryce.

»Das haben wir für eine toxische Reaktion auf das Präservierungsmittel gehalten.«

»Die Prellung auch?«

»Nein. Da ... da liegt die Sache anders.«

»Inwiefern?«

Sara antwortete nicht sofort, sondern starrte mit gerunzelter Stirn auf ihren Kaffee herab. Schließlich sagte sie: »Nach der Beschaffenheit der Haut und des subkutanen Gewebes zu urteilen, sind die Prellungen ohne jeden Zweifel *von außen* verursacht worden. Es waren also klassische Prellungen, die mit der Schwellung oder einer anderen allergischen Reaktion nichts zu tun hatten. Allem Anschein nach sind die Opfer wiederholt von heftigen Schlägen getroffen worden, und das ist einfach verrückt, denn bei so heftigen Schlägen hätten wir logischerweise auch Frakturen finden müssen, oder zumindest eine einzige, aber das ist nicht der Fall. Noch etwas ist verrückt: Die Prellungen sind am ganzen Körper ganz genau gleich stark. Das Gewebe ist an den Schenkeln, den Händen, auf der Brust, einfach überall gleich stark beschädigt, und das ist einfach unmöglich.«

»Wieso?« fragte Bryce.

Jenny gab ihm die Antwort. »Wenn jemand mit einem schweren Instrument geschlagen wird, sind die Prellungen zwangsläufig an manchen Stellen des Körpers stärker als an anderen. Es wäre unmöglich, jeden Quadratzentimeter des Körpers mit Schlägen zu treffen, die dazu noch mit genau der gleichen Wucht aus genau dem gleichen Winkel geführt werden müßten.«

»Außerdem«, sagte Sara, »sind auch an Stellen Prellungen vorhanden, die ein Schlag niemals treffen würde, wie zum Beispiel unter der Achselhöhle, zwischen den Hinterbacken oder an den Fußsohlen, und das, obwohl Mrs. Oxley Schuhe anhatte.«

»Das läßt doch nur einen Schluß zu«, sagte Jenny. »Die Kompression des Gewebes, die die Prellungen zur Folge hatte, ist durch etwas anderes als Schläge auf den Körper verursacht worden.«

»Was zum Beispiel?« fragte Bryce.

»Ich habe keine Ahnung.«

»Und sie sind schnell gestorben«, erinnerte Lisa sie alle.

Bryce sagte: »Dr. Yamaguchi, was ist Ihre Meinung? Ich meine damit nicht Ihr sachkundiges Urteil. Ganz persönlich und nicht formell, was ist Ihrer Ansicht nach hier los? Haben Sie irgendwelche Theorien?«

Sie drehte sich zu ihm um und schüttelte den Kopf. »Nein, ich fürchte, ich habe keine Theorie. Nur eines vielleicht ...«

»Ja?«

»Ich ... ich glaube jetzt, es war von Isley und Arkham eine kluge Entscheidung, mitzukommen.«

Jenny stand der Möglichkeit einer extraterrestrischen Invasion noch immer mit Skepsis gegenüber, aber Lisa war weiterhin davon gefesselt und fragte: »Glauben Sie wirklich, es kommt von einer anderen Welt?«

»Vielleicht gibt es auch noch andere Möglichkeiten«, sagte Sara. »Aber ich wüßte im Augenblick beim besten Willen keine zu nennen.« Sie sah auf die Uhr, rutschte ungeduldig auf ihrem Stuhl herum und sagte schließlich: »Wo bleiben sie denn nur?« Sie sah wieder aus dem Fenster heraus.

Die Bäume draußen standen bewegungslos. Die Stadt war totenstill.

»Sagten Sie nicht, sie wollten die Schutzanzüge wegpacken?«

»Schon, aber das dürfte doch nicht so lange dauern.«

»Wenn etwas passiert wäre, hätten wir Schüsse gehört.«

»Oder Explosionen«, sagte Jenny. »Sie haben doch Molotowcocktails gemacht.«

»Sie hätten schon vor mindestens fünf oder zehn Minuten hier sein müssen«, beharrte die Genetikerin.

Jenny dachte an die unglaubliche Lautlosigkeit, mit der *es* Jake Johnson geholt hatte.

Bryce zögerte und schob dann seinen Stuhl zurück. »Es kann ja wohl nichts schaden, wenn ich mit ein paar Männern rübergehe und nachsehe.«

Sara Yamaguchi wendete sich abrupt vom Fenster ab. »Irgend etwas ist passiert.«

»Nein, nein, wahrscheinlich nicht«, sagte Bryce.

»Sie spüren es doch auch«, sagte Sara. »Ich merke das. Mein Gott.«

»Machen Sie sich keine Gedanken«, sagte Bryce ruhig. Seine Augen blieben jedoch nicht so ruhig wie seine Stimme. Jenny hatte im Verlauf der letzten vierundzwanzig Stunden den Ausdruck in diesen verschleierten Augen erkennen gelernt, und nun stand Spannung und eine eiskalte Furcht in ihnen.

Sie alle wollten es nicht wahrhaben, aber sie *wußten* es.

Der Schrecken hatte wieder begonnen.

Bryce suchte sich Tal, Frank und Gordy als Begleitung zum Laborwagen aus.

Jenny sagte: »Ich komme auch mit.«

Die beiden hatten eine wichtige und seltene Verbindung miteinander hergestellt. Er fühlte sich wohl bei ihr, und er glaubte, daß es ihr genauso ging. Doch er wollte sie nicht verlieren und sagte deshalb: »Es wäre mir lieber, wenn Sie hierbleiben würden.«

»Ich bin Ärztin«, sagte Jenny, als sei das nicht nur ein Beruf, sondern ein Schutzschild, das jeden Schaden von ihr fernhalten würde.

»Das ist hier eine regelrechte Festung«, sagte er. »Hier ist es sicherer.«

»Es ist nirgends sicher.«

»Ich habe nicht gesagt ›sicher‹, sondern *sicherer.*«

»Vielleicht brauchen sie eine Ärztin.«

»Wenn sie angegriffen worden sind, sind sie entweder verschwunden oder tot. Verletzte hat es bisher noch nie gegeben, oder?«

»Vielleicht dieses Mal.« Sie drehte sich zu Lisa um. »Hol meine Tasche, Liebling.«

Das Mädchen rannte zu der behelfsmäßigen Krankenstation.

»*Sie* bleibt aber auf jeden Fall hier«, sagte Bryce.

»Nein«, sagte Jenny. »Sie bleibt bei mir.«

Bryce wußte offensichtlich nicht mehr weiter und sagte: »Hören Sie mal, Jenny, es herrscht hier praktisch der Ausnahmezustand. Ich kann Ihnen *befehlen,* hierzubleiben.«

»So? Und wie wollen Sie den Befehl durchsetzen? Mit der Pistole?« fragte sie, blieb dabei aber freundlich.

Bryce sah Jenny an und dachte: Ich kann dich nicht beschützen. Verstehst du das denn nicht? Bleib hier, wo die Fenster verschlossen und die Türen bewacht sind. Verlaß dich nicht darauf, daß ich dich beschützen werde, denn ich werde dich enttäuschen. Genauso, wie ich Ellen enttäuscht habe, und . . . und Timmy.

»Also los«, sagte Jenny.

Bryce war sich seiner Machtlosigkeit schmerzhaft bewußt, als er sie aus dem Hotel heraus und auf die Straßenecke zuführte – hinter der *es* lauern konnte. Tal führte zusammen mit Bryce die Prozession an, Frank und Gordy bildeten die Nachhut, und zwischen ihnen waren Jenny, Sara Yamaguchi und Lisa.

Langsam wurde es kühl, und in dem Tal unterhalb von Snowfield hatte sich ein leichter Nebel gebildet. In weniger als einer Dreiviertelstunde würde es dunkel werden.

Die Straße schien noch bedrohlicher still als am Vorabend. Ihre Schritte hallten, als durchquerten sie eine riesige Kirche.

Sie gingen vorsichtig um die Kurve.

Drei Schutzanzüge lagen leer und unordentlich mitten auf der Straße und ein weiterer halb auf dem Bürgersteig. Zwei der Helme waren gesprungen. Maschinenpistolen waren überall verstreut, und am Straßenrand waren Molotowcocktails aufgereiht.

Die hintere Tür des Lkws stand offen. Drinnen lagen weitere Schutzanzüge und Maschinenpistolen. Von Menschen war keine Spur zu sehen.

Bryce rief: »General? General Copperfield?«

Grabesstille.

»Seth!« rief Sara Yamaguchi. »Will? Will Bettenby? Galen? Gebt doch Antwort bitte!«

Nichts. Niemand.

Jenny sagte: »Nicht einen einzigen Schuß konnten sie abgeben.«

Tal sagte: »Oder schreien. Die Wachen an der Eingangstür im Hotel hätten es auf jeden Fall gehört, auch wenn sie nur geschrien hätten.«

Die hinteren Türen des Labors standen offen. Bryce hatte das Gefühl, daß sie in dem Labor etwas erwartete. Am liebsten hätte er sich umgedreht und wäre weggelaufen, aber das hätte sicher eine Panik ausgelöst.

Sara ging als erste auf das Labor zu.

Als Bryce sie aufhielt, protestierte sie ärgerlich: »Aber das sind meine Freunde, verdammt noch mal!«

»Ich weiß«, sagte Bryce. »Lassen Sie aber zuerst mich hineinsehen.« Einen Moment lang war er vor Angst wie gelähmt und konnte kein Glied rühren, aber dann ging er doch los.

31. Computerspiele

Bryce hatte seinen Dienstrevolver gezogen und gespannt. Er packte die Tür mit seiner freien Hand, riß sie auf, sprang zugleich zurück und zielte in den Wagen hinein.

Er war leer. Zwei Schutzanzüge lagen zerknittert auf dem Boden, und ein dritter war über einen Drehstuhl vor einem Computerausgang gehängt.

Als Bryce mit klopfendem Herz die Tür zu dem dritten Labor aufriß, fand er auch es leer. Zwei Schutzanzüge. Sonst nichts.

In dem Augenblick, in dem er seinen Kopf hereinstreckte, gingen alle Lampen an der Decke aus, und er schreckte vor der plötzlichen Dunkelheit zurück. Eine Sekunde später ging das Licht wieder an. Es kam jedoch nicht von der Decke, sondern leuchtete ungewohnt grünlich, und es dauerte eine kurze Zeit, bis er merkte, daß es von den drei Sichtschirmen des Computers kam, die alle zur gleichen Zeit angegangen waren. Nun gingen sie wieder aus, dann wieder an, flackerten kurz und blieben dann ganz an und warfen ein unheimliches Licht in das Labor.

»Ich gehe hinein«, sagte Bryce.

Die anderen protestierten, aber er war schon die Treppe hochgesprungen und stand im Labor. Er ging zu dem ersten Video-Schirm, auf dem fünf Worte hellgrün vor dem dunkelgrünen Hintergrund standen:

LIEBSTER JESU, WIR SIND HIER.

Bryce sah zu den beiden anderen Schirmen hinüber. Sie trugen die gleichen Worte. Ein kurzes Flackern, und nun stand etwas anderes da:

DEINEM WORTE NACHZULEBEN.

Bryce runzelte die Stirn. Was war denn das für ein Programm? Das war doch das Lied, das aus dem Ablauf gekommen war.

IN DER BIBEL STEHT NUR SCHEISSE, teilte ihm der Computer mit.

Flackern.

JESUS VÖGELT HUNDE.

Diese letzten drei Worte blieben einige Sekunden lang auf dem Schirm. Bryce hatte den Eindruck, als sei das Licht, das aus dem Sichtschirm fiel, kalt. So, wie ein Kamin ein warmes Licht ausstrahlt, strahlte dieses Licht eine Kälte aus, die ihn durchbohrte. Das da war kein normales Programm, und ganz sicher war es nicht von General Copperfield oder seinen Leuten eingespeist worden.

Flackern.

JESUS IST TOT. GOTT IST TOT.

Flackern.

ICH LEBE.

Flackern.

WIE WÄR'S MIT EINEM RATESPIEL?

Bryce sah auf den Schirm und spürte, wie eine primitive, abergläubische Angst in ihm aufstieg. Ganz tief, fast in seinem Unterbewußtsein, fühlte er, daß er hier in der Gegenwart von etwas war, das böse war ... und vertraut? Wie aber konnte es vertraut sein. Er wußte schließlich noch nicht einmal, was *es* war. Vielleicht wußte er es aber auch. Tief in seinem Innern, instinktiv. Wenn es ihm nur gelingen könnte, Zugang zu seiner rassischen Erinnerung zu bekommen, so würde er dort vielleicht die Wahrheit über dieses Wesen erfahren, das die Bewohner von Snowfield überwältigt und abgeschlachtet hatte.

Flackern.

SHERIFF HAMMOND, WOLLEN SIE EIN RATESPIEL MIT MIR MACHEN?

Die Verwendung seines Namens erschreckte ihn. Dann aber folgte eine noch größere und beunruhigendere Überraschung:

ELLEN

Der Name seiner toten Frau brannte auf dem Schirm. Jeder Muskel in seinem Körper spannte sich an, und er wartete darauf, daß noch etwas auf dem Schirm erscheinen würde, aber für lange Sekunden stand da nur dieser kostbare Name, und er konnte seinen Blick nicht davon losreißen, und dann –

ELLEN FAULT.

Er bekam keine Luft. Wie konnte es etwas über Ellen wissen?

Flackern.

ELLEN IST FUTTER FÜR DIE WÜRMER.

Was war das denn bloß? Was hatte das zu bedeuten?

TIMMY WIRD STERBEN.

Die Prophezeiung glühte grün auf grün.

Er schnappte nach Luft und sagte leise »Nein!«. Während des letzten Jahres hatte er oft gedacht, es wäre für Timmy besser, wenn er sterben würde. Noch gestern hatte er gesagt, ein schneller Tod wäre für seinen Sohn ein Segen. Aber jetzt nicht mehr. Snowfield hatte ihm beigebracht, daß nichts schlimmer als der Tod ist. In den Armen des Todes gab es keine Hoffnung mehr, aber solange er lebte, konnte man auch noch auf Heilung hoffen. Schließlich hatten die Ärzte gesagt, sein Gehirn sei nicht beschädigt, und wenn er jemals aus seinem unnatürlichen Schlaf aufwachen sollte, hatte er eine gute Chance, wieder ganz gesund zu werden. Deshalb sagte Bryce nun »Nein!« zu dem Computer.

TIMMY WIRD FAULEN. ELLEN FAULT. ELLEN VERFAULT IN DER HÖLLE.

»Wer *bist* du?« fragte Bryce und kam sich sofort albern vor, weil er zu dem Computer wie zu einem normalen Menschen gesprochen hatte. Wenn er ihm eine Frage stellen wollte, mußte er sie eingeben.

WIE WÄR'S MIT EINER KLEINEN UNTERHALTUNG?

Bryce wendete sich von dem Terminal ab, ging zur Tür hinaus und rief den anderen zu: »Dr. Yamaguchi, ich brauche hier Ihre Hilfe.« Er versuchte dabei, sich nichts von seiner Nervosität anmerken zu lassen.

Tal, Jenny, Lisa und Sara Yamaguchi kamen in das Labor. Frank und Gordy blieben draußen stehen und beobachteten nervös die Straße.

Bryce zeigte Sara die Video-Schirme.

WIE WÄR'S MIT EINER KLEINEN UNTERHALTUNG?

Als er ihnen erzählte, was er bisher auf den Schirmen gesehen hatte, unterbrach ihn Sara und sagte: »Aber das ist doch unmöglich. Dieser Computer hat keine Programmierung und kein Vokabular, das es ihm ermöglichen würde –«

»Etwas hat den Computer unter Kontrolle«, sagte er.

»Unter Kontrolle? Wie denn?« fragte Sara stirnrunzelnd.

»Ich weiß es nicht.«

»Und wer soll das sein?«

»Nicht *wer*«, sagte Jenny und legte einen Arm um ihre Schwester. »Ich würde eher fragen *was*.«

»So ist es«, sagte Tal. »Dieses Ding, das all die Leute umgebracht hat, hat die Kontrolle über den Computer übernommen.«

Die Genetikerin war offensichtlich noch skeptisch, setzte sich aber an den Computer und sagte: »Ich lasse es auf jeden Fall ausdrucken, falls wir tatsächlich etwas bekommen sollten.« Sie gab ihren Zugangs-Code ein und tippte eine Frage.

IST DA JEMAND?

Das automatische Schreibgerät ratterte los und lieferte sofort die Antwort: JA.

WER BIST DU?

ZAHLLOS.

»Was soll das bedeuten?« fragte Tal.

»Ich weiß es auch nicht«, sagte die Genetikerin, erhielt aber auf die gleiche Frage die gleiche rätselhafte Antwort.

ZAHLLOS.

»Fragen Sie nach seinem Namen«, sagte Bryce.

HAST DU EINEN NAMEN?

JA.

WIE IST DEIN NAME?

VIELE.

NENNE EINEN DEINER NAMEN:

CHAOS.

WELCHE NAMEN HAST DU SONST NOCH?

DU LANGWEILST MICH, BLÖDE FOTZE. EINE ANDERE FRAGE!

Deutlich erschreckt sah die Genetikerin Bryce an: »*Das* ist auf jeden Fall nicht in den Computer programmiert worden.«

Lisa sagte: »Fragen Sie es nicht, *wer*, sondern *was* es ist.«

»Genau«, sagte Tal. »Lassen Sie sich eine physische Beschreibung geben.«

Nach einer kurzen Überlegung tippte die Genetikerin: GIB UNS EINE PHYSISCHE BESCHREIBUNG.

ICH LEBE.

LIEFERE EINE SPEZIFISCHE BESCHREIBUNG.

ICH BIN VON NATUR AUS UNSPEZIFISCH.

BIST DU EIN MENSCH?

AUCH DIESE MÖGLICHKEIT STEHT MIR OFFEN.

»Es spielt doch bloß mit uns«, sagte Jenny.

Bryce fuhr sich mit einer Hand über das Gesicht und sagte: »Fragen Sie es nach General Copperfield.«

WO IST GALEN COPPERFIELD?
TOT.
WO IST SEINE LEICHE?
VERSCHWUNDEN.
WOHIN?
DU LANGWEILST MICH.
WO SIND DIE ANDEREN, DIE BEI GALEN COPPERFIELD WAREN?
TOT.
HAST DU SIE GETÖTET?
JA.
WARUM?
IHR.
UNKLAR. DEUTLICHER.
IHR SEID ALLE TOT.

Bryce sah, daß der Frau die Hand zitterte. Trotzdem flog sie geschickt und genau über die Tastatur: WARUM WILLST DU UNS TÖTEN?

DAFÜR SEID IHR DA.
SOLL DAS HEISSEN, DASS WIR NUR DA SIND, UM GETÖTET ZU WERDEN?
JA. IHR SEID VIEH. IHR SEID SCHWEINE. IHR SEID WERTLOS.
WAS IST DEIN NAME?
LEERE.
UNKLAR. DEUTLICHER.
NICHTS.
UNKLAR. DEUTLICHER. WAS IST DEIN NAME?
MILLIONEN.
UNKLAR. DEUTLICHER.
MEIN SCHWANZ IST DEUTLICHER. DU LANGWEILST MICH, SCHLAMPE.

Sara wurde rot und sagte: »Das ist einfach Wahnsinn!«

Der Schirm wurde leer. Dann: WANN KOMMT ER?

UNKLAR. DEUTLICHER.
WANN KOMMT DER EXORZIST?

»Mein Gott«, sagte Tal. »Was soll *das* denn jetzt?«

Sara tippte: UNKLAR. DEUTLICHER.

TIMOTHY FLYTE.

»Jetzt werd' ich aber verrückt!« sagte Jenny.

»Es kennt also diesen Flyte«, sagte Tal. »Aber wie? Und hat es Angst vor ihm oder was?«

HAST DU ANGST VOR FLYTE?

BLÖDE SCHLAMPE.

HAST DU ANGST VOR FLYTE? tippte sie unbeirrt.

ICH HABE VOR NICHTS ANGST.

INTERESSIERT DICH FLYTE?

ICH HABE ENTDECKT, DASS ER ES WEISS.

WAS WEISS ER?

ER WEISS, DASS ES MICH GIBT.

WEISS ER, WAS DU BIST?

JA. ICH WILL IHN HIER HABEN.

WARUM WILLST DU IHN HIER HABEN?

ER IST MEIN MATTHÄUS.

UNKLAR. DEUTLICHER.

ER IST MEIN MATTHÄUS, MARKUS, LUCAS UND JOHANNES.

Sara runzelte die Stirn und sah zu Bryce herüber. Dann flogen ihre Finger wieder über die Tasten. HEISST DAS, ER IST DEIN APOSTEL?

NEIN. ER IST MEIN BIOGRAF. ER SCHILDERT MEIN WERK. ER SOLL HERKOMMEN.

WILLST DU IHN AUCH TÖTEN?

NEIN. ICH SICHERE IHM FREIES GELEIT ZU.

UNKLAR. DEUTLICHER.

IHR WERDET ALLE STERBEN. ABER FLYTE DARF AM LEBEN BLEIBEN. DAS MÜSST IHR IHM SAGEN. WENN ER DAS NICHT WEISS, WIRD ER NICHT HERKOMMEN.

Saras Hände zitterten stärker denn je. Sie vertippte sich, mußte ihre Frage löschen und neu eingeben. WENN WIR FLYTE HERBRINGEN, WIRST DU UNS DANN LEBEN LASSEN?

IHR SEID MEIN.

WIRST DU UNS LEBEN LASSEN?

NEIN!

Bisher war Lisa für ihr Alter unverhältnismäßig tapfer gewesen. Als sie aber auf dem Video-Schirm so unverblümt ihr Schicksal ausgedruckt sah, war es zuviel für sie und sie fing leise an zu weinen.

WOHER KOMMST DU?

AUS URALTER ZEIT.

UNKLAR. DEUTLICHER.
DU LANGWEILST MICH, SCHLAMPE.
BIST DU EXTRATERRESTRISCH?
NEIN.

»Damit wäre die Sache für Isley und Arkham erklärt«, sagte Bryce, überlegte sich aber erst dann, daß die beiden schon tot waren.

Sara kehrte noch einmal zu einer Frage zurück, die sie schon einmal gestellt hatte. WAS BIST DU?

DU LANGWEILST MICH.
WAS BIST DU?
DUMMES FLITTCHEN.
WAS BIST DU?
VERPISS DICH.

WAS BIST DU? tippte sie noch einmal und drückte dabei die Tasten so heftig herunter, daß Bryce schon dachte, sie würde sie zerbrechen. Anscheinend war ihr Zorn inzwischen größer als ihre Angst geworden.

ICH BIN GLASYALABOLAS.
UNKLAR. DEUTLICHER.

DAS IST MEIN NAME. ICH BIN DER GEFLÜGELTE MIT DEN ZÄHNEN EINES HUNDES. SCHAUM STEHT MIR VOR DEM MUND. ICH BIN FÜR ALLE EWIGKEIT DAZU VERDAMMT, DASS MIR SCHAUM VOR DEM MUND STEHT.

Bryce starrte den Schirm verständnislos an. War das ernst gemeint? Ein Geflügelter mit Hundezähnen? Doch bestimmt nicht. Es spielte sicher wieder mit ihnen und hatte seinen Spaß. Was war an der ganzen Sache aber so spaßig?

Der Schirm wurde leer. Eine Pause. Dann aber erschienen neue Worte, obwohl Sara keine Frage gestellt hatte.

ICH BIN HABORYM. ICH BIN DER MANN MIT DREI KÖPFEN – EINER VON EINEM MENSCHEN, EINER VON EINER KATZE UND EINER VON EINER SCHLANGE.

»Was soll denn der Scheiß da?« fragte Tal frustriert.

Die Luft war inzwischen deutlich kälter geworden. Das ist nur der Wind, sagte sich Bryce. Nur der Wind in der Tür, der die Kühle des Abends hereinweht.

ICH BIN RANTAN. ICH BIN PALLANTRE. ICH BIN AMLUTIAS, ALFINA, ERYN, FUARD, BELIAL, OMGORMA, NEBIROS, ELIGOR UND VIELE ANDERE.

Die seltsamen Namen glühten einen Moment lang auf allen drei Schirmen, und dann verschwanden sie wieder.

ICH BIN ALLE UND ICH BIN KEINER. ICH BIN ALLES.

Die drei Video-Schirme leuchteten noch einen Moment leer und grün, und dann gingen sie aus, und die Deckenbeleuchtung ging wieder an.

»Wir danken Ihnen für dieses Gespräch«, sagte Jenny.

Belial. Das war einer der Namen, den es sich gegeben hatte.

Bryce war zwar kein zutiefst religiöser Mann, aber er war belesen genug, um zu wissen, daß Belial entweder ein anderer Name des Satans oder der Name einer der drei gefallenen Engel war. Was genau, wußte er nicht sicher.

Er ging deshalb zu Gordy Brogan, der ein frommer Katholik und der religiöseste von ihnen allen war. Sie standen auf dem Bürgersteig, und Gordy las sich die Namen durch.

»Hier«, sagte Gordy. »Dieser Name. Baal.« Er deutete auf den grünen Computerdruck. »Ich weiß nicht genau, wo ich den Namen schon einmal gesehen habe. Es war nicht in der Kirche oder im Katechismus. Vielleicht in einem Buch.«

Bryce bemerkte, daß Gordy mit einem seltsamen Tonfall und Rhythmus sprach. Es war mehr als Nervosität. Manche Worte sagte er viel zu langsam, während er andere fast frenetisch schnell aussprach.

»In einem Buch?« fragte Bryce. »In der Bibel vielleicht?«

»Nein, ich glaube nicht. Leider lese ich nicht in der Bibel. Nein, das war in einem gewöhnlichen Buch, aber ich kann mich nicht mehr daran erinnern, in welchem.«

»Und wer ist dieser Baal?«

»Ich glaube, das soll ein sehr machtvoller Dämon sein«, sagte Gordy. Mit seiner Stimme war irgend etwas nicht in Ordnung, nein, *er* war nicht in Ordnung.

»Und die anderen Namen?« fragte Bryce.

»Die sagen mir nichts.«

»Ich dachte, das wären auch Namen von Dämonen.«

»Wissen Sie, die Kirche droht nicht mehr so mit der Hölle und dem Teufel wie früher. Vielleicht ist das ein Fehler«, sagte er mit seiner veränderten Stimme. »Doch, das ist ein Fehler. Weil ich nämlich glaube, daß Sie recht haben. Das sind die Namen von Dämonen.«

Jenny seufzte müde. »Dann hat es wieder eines seiner Spielchen mit uns getrieben.«

Gordy schüttelte heftig den Kopf. »Nein, das war kein Spiel. Das war die reine Wahrheit.«

Bryce runzelte die Stirn. »Gordy, Sie glauben doch nicht etwa, daß das wirklich ein Dämon oder der Satan oder sonst etwas in der Richtung ist, oder?«

»Das ist doch alles Unsinn«, sagte Sara Yamaguchi.

»Und wie erklären Sie dann den gekreuzigten Priester?« fragte Gordy mit fiebernden Augen. In ihnen stand nicht nur Angst. Das waren die Augen eines Mannes in geistiger Not, vielleicht sogar Agonie.

Ich hätte das eher kommen sehen müssen, warf sich Bryce vor.

Gordy sprach mit leiser, aber intensiver Stimme weiter: »Ich glaube, die Zeit ist gekommen. Das Ende. Der jüngste Tag. Genau so, wie es in der Bibel steht. Das habe ich nie geglaubt. An alles, was die Kirche lehrt, habe ich geglaubt, nur nicht, daß es einen Tag des Gerichts geben könnte. Ich habe immer gemeint, das geht alles einfach so weiter. Aber jetzt ist er gekommen, und zwar nicht nur für uns in Snowfield, sondern für alle Menschen. Deshalb habe ich mich gefragt, welches Urteil über mich gesprochen werden würde, und ich habe Angst. Ich besitze nämlich eine besondere Gabe Gottes, ein ganz besonderes Geschenk, und ich habe es weggeworfen. Mir ist die Gabe des heiligen Franziskus verliehen worden. Ich habe mich schon immer gut mit Tieren verstanden. Doch, das ist wahr. Kein Hund bellt mich an, keine Katze kratzt mich. Mir fressen wilde Eichhörnchen aus der Hand. Meine Eltern wollten, daß ich diese Gabe nütze und Tierarzt werde, aber ich habe auf die Gabe Gottes gespuckt und bin Polizist geworden, habe das Schwert aufgenommen, und deshalb habe ich jetzt Angst.«

Bryce wußte nicht, was er zu Gordy sagen sollte. Seine eingebildete Sünde war so weit weg von dem wahren Bösen, daß es schon fast lächerlich war.

»Timothy Flyte ist ein Wissenschaftler und kein Theologe«, sagte Jenny mit bestimmter Stimme. »Wenn Flyte eine Erklärung für die Ereignisse hat, dann ist es eine wissenschaftliche und bestimmt keine theologische.«

Gordy hörte nicht auf sie. Tränen liefen ihm über das Gesicht. Seine Augen sahen glasig aus. Er warf den Kopf zurück und starrte in den Himmel, sah dabei offensichtlich aber nicht den Sonnenuntergang, sondern eine himmlische Straße, auf der Gott mit seinen Heerscharen herabstieg, um Gericht zu halten.

In seinem Zustand konnte man ihm keine geladene Pistole anvertrauen. Bryce zog Gordy die Pistole aus dem Halfter und nahm sie an sich. Der Deputy registrierte es nicht einmal.

Bryce bemerkte, daß Gordys bizarre Ausführungen Lisa schwer erschüttert hatten. »Es wird alles wieder gut«, sagte er zu ihr. »Das ist natürlich nicht das Ende der Welt. Gordy ist nur ein bißchen ... na, sagen wir durcheinander. Wir kommen hier schon durch. Glaubst du mir das, Lisa? Bleib nur noch ein bißchen so tapfer wie bisher. Meinst du, das schaffst du?«

Sie antwortete ihm nicht sofort, aber dann raffte sie ihre letzten Reserven zusammen und nickte. Sie rang sich sogar ein schwaches, unsicheres Lächeln ab.

»Du bist wirklich ein tolles Mädchen«, sagte er. »Ganz ähnlich wie deine Schwester.«

Lisa sah kurz zu Jenny hinüber und richtete dann ihren Blick wieder auf Bryce. »Sie sind aber auch ein toller Sheriff«, sagte sie.

Es war ihm peinlich, daß sie ihm so fraglos ihr Vertrauen schenkte, denn er hatte das nicht verdient.

Ich habe dich angelogen, dachte er. Der Tod ist noch immer hier. Er wird wieder zuschlagen. Vielleicht jetzt, vielleicht erst später.

Er konnte das nicht gewußt haben, aber einer von ihnen würde in einer Minute sterben.

32. Schicksal

In Santa Mira verbrachte Fletcher Kale den größten Teil des Montagnachmittags damit, methodisch Jake Johnsons Haus Zimmer für Zimmer zu zerstören.

In der Speisekammer hinter der Küche hatte er endlich Jake Johnsons Versteck gefunden. Es war nicht auf den Regalen, denn die waren mit genug Vorräten für ein Jahr oder mehr vollgestellt, oder auf dem Boden, wo die Mehl- und Zuckersäcke standen. Nein, der wahre Schatz war unter dem Linoleum und den Bodenbrettern in einem Geheimfach versteckt.

In diesem Geheimfach hatte Johnson eine sorgfältig ausgesuchte Auswahl von Schußwaffen versteckt. Sie waren einzeln in wasserdichte Plastikfolien eingeschlagen, und Kale wickelte sie aus und hatte ein Gefühl wie an Weihnachten dabei. Da war ein Paar Smith & Wesson Combat Magnum, vielleicht die stärkste und beste Faustfeuerwaffe der Welt. Mit .357er Munition geladen war sie die tödlichste Pistole, die ein Mann tragen konnte, und ihre Wucht reichte aus, um einen Grisly zu stoppen, und mit der leichteren .38er Patrone war sie eine sehr genaue Pistole für Kleinwild. Weiter war da noch ein Schrotgewehr, zwei Jagdgewehre, eine M-1 und ein HK 91 Sturmgewehr von Heckler und Koch mit acht Magazinen à dreißig Schuß, die bereits gefüllt waren, und zusätzlich dazu noch zweitausend Schuß Munition dafür.

Fast eine Stunde lang untersuchte Kale die Waffen und spielte mit ihnen. Wenn die Polizei ihn auf dem Weg in die Berge erwischen sollte, würde ihnen das leid tun.

In dem Loch unter dem Speisekammerboden fand er auch Geld. Eine ganze Menge Geld sogar. Die Scheine waren zu Bündeln zusammengerollt und in fünf großen Einmachgläsern verstaut.

Er trug die Gläser in die Küche, stellte sie auf den Tisch, holte sich eine Dose Pepsi aus dem Kühlschrank, weil er kein Bier gefunden hatte, und setzte sich an den Küchentisch, um das Geld zu zählen. $ 63 440.

Es bedeutete eine gewisse Ironie, daß er dieses versteckte Geld jetzt fand, denn wenn er es schon früher gehabt hätte, hätte er in der letzten Woche Joanna und Danny nicht umzubringen brauchen. Das war mehr, als er gebraucht hätte, um sich aus seinen Schwierigkeiten mit High County Investments herauszubringen.

Er hatte vor anderthalb Jahren alles darin investiert, was er hatte, aber das war nötig gewesen, wenn er in das Geschäft einsteigen wollte, das einen ungeheuren Gewinn versprach. Allem Anschein nach war das die goldene Gelegenheit gewesen, die, wie er wußte, vom Schicksal für ihn bestimmt war.

Es hatte sich jedoch alles anders entwickelt, als er vorausgesehen hatte. Jeder der Beteiligten an dem Projekt hatte sich verpflichtet, sich anteilsmäßig an etwaigen Folgekosten zu beteiligen. Sollte er dazu nicht in der Lage sein, so war damit auch sein ursprünglich investiertes Kapital verloren. Im Lauf der Zeit entwickelte das Projekt einen geradezu abenteuerlichen Geldhunger.

Als die erste Nachforderung von $ 35000 kam, hatte er seiner Frau mit größter Mühe die Zustimmung abgerungen, das Haus mit einer Hypothek zu belasten. Sie war von Anfang an gegen das Projekt gewesen und hatte gesagt, es sei eine Nummer zu groß für ihn. Nun machte sie ihm zwar keine offenen Vorwürfe oder sagte ihm mit ihren Blicken ›das habe ich dir gleich gesagt‹, weil sie dazu zu schlau war, aber natürlich hatte sie sich insgeheim an seiner Verzweiflung gefreut. Sie und all die anderen, die ihm den Erfolg nicht gönnen wollten, wenn High County Investments erst einmal das große Geld brachte, würde er es ihnen schon zeigen. Vor allem aber Joanna würde dann büßen müssen.

Dann aber wurde von den an dem Geschäft beteiligten Partnern noch einmal $ 40000 verlangt. Er hätte auch die noch bezahlen können, wenn Joanna ihm den Erfolg wirklich gegönnt hätte. Sie hätte das Geld aus dem Fonds nehmen können, den Joannas Großmutter für Danny als ihren einzigen Urenkel eingerichtet hatte. Das aber hatte Joanna abgelehnt. »Was ist denn, wenn du *noch einmal* zahlen sollst? Dann verlierst du alles, Fletch, einfach alles, und Dannys Fonds ist auch weg.« Er hatte versucht, ihr klarzumachen, daß es dieses Mal auf jeden Fall die letzte Zahlung war und daß das Geld jetzt sehr bald einrollen müsse, aber sie wollte nicht auf ihn hören. In Wirklichkeit hatte sie ihm nur den Erfolg nicht gegönnt und wollte ihn ruinieren.

Damit blieb ihm keine andere Wahl, als sie und Danny umzubringen. Nach den Bestimmungen zu dem Fonds würde er aufgelöst und das Geld an Joanna überwiesen werden, wenn Danny vor seinem 21. Geburtstag sterben sollte, und Joanna hatte in ihrem Testament ihren gesamten Besitz an ihren Mann vermacht. Wenn er sie also beide aus dem Weg räumte, bekam er den Fonds in die Hand, und dazu noch $ 20000 aus Joannas Lebensversicherung.

Die Schlampe hatte ihm keine andere Wahl gelassen. Es war also nicht seine Schuld, daß sie tot war.

Er dachte an den Ausdruck auf ihrem Gesicht, als sie die Leiche des Jungen gesehen hatte – und die Pistole in seiner Hand, und er lächelte. Er sah auf das Geld herab, das er vor sich auf dem Küchentisch aufgestapelt hatte, und sein Lächeln wurde noch breiter.

Noch vor wenigen Stunden hatte er ohne einen Penny in der Tasche unter Mordanklage im Gefängnis gesessen, und vor ihm hatte allem Anschein nur eine lebenslängliche Haftstrafe gelegen.

Die meisten Menschen wären in einer solchen Lage vor Verzweiflung erstarrt. Fletcher Kale aber hatte sich nicht geschlagen gegeben, weil er gewußt hatte, daß das Schicksal Großes mit ihm vorhatte. Nun lag der Beweis vor ihm. In unglaublich kurzer Zeit hatte er sich befreit, verfügte über ein Versteck, Transportmittel, Waffen und vor allem über $ 63 440.

Endlich hatte es begonnen. Sein spezielles Schicksal entfaltete sich.

33. Phantome

Bryce sagte: »Wir sollten uns besser wieder ins Hotel zurückziehen.« In einer Viertelstunde würde die Nacht die Stadt wieder in ihren Besitz nehmen. Jetzt schon drängten sich die Schatten aus ihren Ecken, wo sie sich den Tag über versteckt hatten.

Sie ließen das Labor hinter sich, in dem *es* zum erstenmal mit ihnen in Verbindung getreten war, und gingen auf die Straßenecke zu, als die Straßenlaternen aufleuchteten. Im gleichen Augenblick hörten sie hinter sich ein Winseln und dann ein Bellen. Die gesamte Gruppe blieb wie angewurzelt stehen und drehte sich um.

Hinter ihnen humpelte ein Hund an den Laborwagen vorbei und versuchte, sie einzuholen. Es war ein Airedale. Anscheinend war sein linkes Vorderbein gebrochen. Seine Zunge baumelte ihm zum Maul heraus, sein Pelz war stumpf und verfilzt, und er machte allgemein einen angegriffenen Eindruck. Er kam noch einen Schritt auf sie zu, stockte, um sein verwundetes Bein abzulecken, und winselte erbärmlich.

Bryce war von dem plötzlichen Erscheinen des Hundes wie elektrisiert. Er war der erste Überlebende, den sie gefunden hatten. Er war zwar nicht in besonders guter Verfassung, aber er *lebte* noch.

Warum aber lebte er noch? Was hatte er Besonderes an sich, das ihn gerettet hatte, während alle anderen zugrundegegangen waren?

Wenn sie die Antwort auf diese Frage finden könnten, könnte das vielleicht auch ihnen die Rettung bringen.

Gordy reagierte als erster.

Der Anblick des verwundeten Airedales berührte ihn tiefer als alle anderen. Er konnte es nicht ertragen, ein Tier Schmerzen leiden zu sehen. Lieber litt er selbst. Sein Herz begann, schneller zu schlagen. Gott hatte ihm ein Zeichen geschickt, daß er ihm noch eine Chance bot, seine Begabung zu nutzen. Wenn er diesem Hund nicht half, war ihm die ewige Verdammnis sicher. Es gab keinerlei Zweifel daran, was er jetzt tun mußte. Er eilte auf den Airedale zu, der ungefähr sechs Meter weit weg war.

Jenny war zunächst von dem Hund völlig verblüfft, und dann stieg eine ungeheure Freude in ihr hoch. Das Leben hatte doch über den Tod triumphiert. *Es* hatte doch nicht jedes Lebewesen in Snowfield erwischt. Dieser Hund, der sich nun müde hinsetzte, als Gordy auf ihn zukam, hatte überlebt, und das bedeutete, daß sie selbst es vielleicht auch schaffen könnten, lebend aus dieser Stadt herauszukommen –

– und dann fiel ihr die Motte ein.

Auch die Motte war ein lebendes Wesen gewesen, hatte ihnen aber nichts Gutes gebracht.

Der Hund, der am Rand des Schattens auf dem Bürgersteig lag, legte nun seinen Kopf auf den Boden und bettelte winselnd darum, gestreichelt zu werden.

Gordy ging leicht niedergebückt auf ihn zu und sprach liebevoll und beruhigend auf ihn ein. »Nur keine Angst, mein Kleiner. Braver Hund. Das kriegen wir alles wieder hin. Nur ruhig . . .«

Das Entsetzen stieg in Jenny hoch. Sie öffnete ihren Mund, um zu schreien, aber andere waren schneller als sie.

»Gordy, *nicht*!« rief Lisa.

»Zurück!« schrie Bryce zusammen mit Frank Autry.

Tal brüllte: »Bleiben Sie weg davon, Gordy!«

Gordy aber schien sie nicht zu hören.

Als Gordy näherkam, hob der Hund seinen Kopf vom Boden und gab leise, einschmeichelnde Geräusche von sich. Es war ein kräftiges Tier. Wenn sein Bein geheilt und sein Fell gewaschen und gebürstet war, würde er ein schöner Hund werden.

Gordy streckte eine Hand aus und streichelte den Hund. Der arme Kerl war kalt, unglaublich kalt, und leicht feucht.

»Komm her, mein guter Hund«, sagte Gordy.

Der Hund roch auch eigenartig. Scharf. Eigentlich ekelerregend. Gordy hatte so etwas noch nie gerochen.

»Wo hast du dich nur herumgetrieben?« fragte er den Hund. »In was für einem Dreck hast du dich denn gewälzt?«

Gordy hörte die anderen hinter sich rufen, aber er war zu sehr mit dem Airedale beschäftigt, um auf sie zu hören. Er legte beide Arme um den Hund, drückte ihn vorsichtig an seine Brust und hob ihn hoch. Seine verwundete Pfote baumelte herab.

Er hatte es noch nie mit einem Tier zu tun gehabt, das so kalt war. Es kam nicht nur davon, daß sein Pelz feucht und deshalb kalt war; auch unterhalb des Fells schien keine Wärme zu existieren.

Er leckte Gordy die Hand ab. Die Zunge war eiskalt.

Frank hatte aufgehört zu rufen und sah nur noch atemlos zu. Gordy hatte den Köter aufgehoben und streichelte ihn jetzt. Es war nichts Schreckliches passiert, und vielleicht war es doch ein ganz normaler Hund, der –

Dann.

Der Hund leckte Gordys Hand ab, und ein eigenartiger Ausdruck trat in das Gesicht des Deputys, und dann begann der Hund, sich ... zu verwandeln.

Es war so, als wurde ein Plastilinklumpen unter den Händen eines unsichtbaren Bildhauers schnell seine Gestalt verändern. Das verfilzte Haar schien zu schmelzen und die Farbe zu ändern, und dann veränderte sich auch seine Textur, bis es eher wie grünliche Schuppen aussah, und dann sank der Kopf in den Rumpf zurück, der inzwischen eigentlich kein Rumpf mehr war, sondern nur noch ein formloser Klumpen, der sich zuckend verformte, und dann wurden die Beine kürzer und dicker. All das dauerte nicht länger als fünf oder sechs Sekunden, und dann –

Gordy starrte entsetzt auf das Ding, das er in den Armen hielt.

Ein Eidechsenkopf mit bösartigen, gelben Augen begann sich aus der formlosen Masse zu bilden, zu der der Hund geworden war. Das Maul der Eidechse erschien in dem puddingähnlichen Gewebe, eine gespaltene Zunge zuckte vor, und eine Menge spitzer, kleiner Zähne wurde sichtbar.

Gordy versuchte, das Ding hinzuwerfen, aber es klebte an ihm fest, großer Gott, es klebte an ihm fest wie Gift, und nun hatte es sich um seine Hände und Arme herumgeformt, so daß sie nun *in* dem Wesen waren.

Dann war es nicht mehr kalt, sondern plötzlich warm, und dann heiß. Furchtbar heiß.

Noch bevor die Eidechse ganz aus der zuckenden Gewebemasse aufgestiegen war, begann sie sich wieder aufzulösen, und ein neues Tier entstand, ein Fuchs, aber auch der verschwand, bevor er ganz ausgebildet war, und dann waren es Eichhörnchen, zwei Eichhörnchen, die wie siamesische Zwillinge zusammengewachsen waren, sich aber schnell trennten, und –

Gordy begann zu schreien. Er schüttelte heftig seine Arme und versuchte, das Wesen abzuschütteln. Es brannte inzwischen wie Feuer an seinen Armen und Schultern.

Er schrie und schluchzte und stolperte einen Schritt vor, schüttelte wieder seine Arme und versuchte, seine Hände auseinanderzuzerren, aber das Ding klammerte sich weiter an ihm fest.

Die halb ausgeformten Eichhörnchen zerschmolzen wieder, und kurz erschien eine Katze, aber dann war auch die wieder weg, und etwas anderes stieg auf, großer Gott, nein, nur das nicht, ein ungeheuerliches Insekt, groß wie der Airedale, mit sieben oder acht Augen auf seinem widerlichen Kopf und einer Menge spinnendürrrer Beine und –

Der Schmerz durchfloß ihn wie Lava. Er stolperte zur Seite, fiel auf die Knie und dann auf die Seite. Er trat in seiner Qual wild um sich und wand sich auf dem Bürgersteig. Sara Yamaguchi konnte nur ungläubig starren. Die Kreatur, die Gordy angriff, schien seine DNS-Struktur völlig unter Kontrolle zu haben und sein Aussehen beliebig und mit verblüffender Schnelligkeit ändern zu können.

Eine solche Kreatur konnte es einfach nicht geben. Eigentlich sollte sie es wissen, denn sie war Biologin und Genetikerin. Unmöglich. Trotzdem war sie da.

Das spinnenähnliche Gebilde löste sich wieder auf, und eine neue Phantom-Gestalt trat an ihre Stelle. Das Wesen schien in seiner natürlichen Gestalt nichts als eine formlose, gallertartige Masse zu sein, grau und rostrot gefleckt, wie eine Kreuzung zwischen einer riesigen Amöbe und einem ekelhaften Schimmelpilz. Das Gewebe floß an Gordys Armen hoch –

Und plötzlich streckte er eine Hand aus der schleimigen Masse heraus. Es war jedoch keine Hand mehr, sondern nur noch Knochen. Skelettierte Knochen, weiß abgefressen, ohne eine Spur von Fleisch darauf.

Sie würgte, drehte sich um und übergab sich in den Rinnstein.

Jenny riß Lisa zwei Schritte von dem Ding weg, mit dem Gordy kämpfte. Das Mädchen schrie ununterbrochen.

Der Schleim floß um die Knochenhand und umgab sie mit einem Handschuh aus pulsierendem Gewebe. Auch die Knochen wurden aufgelöst, und der Handschuh zog sich zu einem Ball zusammen und verschwand in dem Organismus. Er wogte und zuckte ständig, bildete hier einen Auswuchs, dort eine Einbuchtung, die sofort wieder verschwand und einer anderen Form Platz machte, als bedeute schon ein kurzer Stillstand Tod. Er zog sich an Gordys Armen hoch, während er sich verzweifelt dagegen wehrte, und hinterließ nichts, gar nichts, keine Stümpfe, keine Knochen, nichts; alles wurde von ihm verschlungen. Es begann nun, sich auch auf seine Brust auszubreiten, und wohin es auch floß, verschwand Gordy einfach, als würde er langsam in einem Säurefaß aufgelöst.

Lisa riß ihren Blick von dem Sterbenden los und klammerte sich schluchzend an Jenny fest.

Gordys Schreie waren unerträglich.

Tal hielt seinen Revolver bereits in der Hand. Er hastete auf Gordy zu.

Bryce hielt ihn auf. »Sind Sie verrückt, Tal? Wir können ihm doch nicht helfen.«

»Wir können ihn aus seiner Qual erlösen.«

Gordys Schreie wurden immer gequälter, und nun schrie er zu Jesus um Hilfe, trommelte mit den Fersen auf dem Boden, bäumte sich auf und versuchte, sich von der Last seines entsetzlichen Angreifers zu befreien.

Bryce zuckte zusammen. »Also gut. Schnell.«

Sie gingen beide vorsichtig auf den tobenden, sterbenden Deputy zu und eröffneten das Feuer. Verschiedene Schüsse trafen ihn, und die Schreie hörten auf. Sie zogen sich hastig wieder zurück.

Sie machten keinen Versuch, auch Gordys Angreifer zu töten. Sie wußten, daß Kugeln gegen dieses Wesen nichts ausrichten konnten, und langsam verstanden sie auch, warum nicht. Geschosse töten, indem sie lebenswichtige Organe oder Blutgefäße zerstören. Nach allem, was sie sehen konnten, hatte dieses Wesen weder Organe, noch einen Blutkreislauf oder ein Skelett. Es schien eine Masse von undifferenziertem, aber hochentwickeltem Protoplasma zu sein. Eine Kugel würde es durchbohren, aber das verblüffend formlose Fleisch würde einfach in den Schußkanal fließen und die Wunde in Sekunden heilen.

Das Wesen begann nun, Gordy schneller in einer lautlosen Raserei zu verschlingen, und innerhalb von Sekunden war von ihm keine Spur mehr zu sehen. Nur noch der Verwandler war übrig, weit größer als der Hund, denn nun hatte er ja noch Gordys Substanz in sich aufgenommen.

Tal und Bryce gingen zu den anderen zurück, aber sie flohen nicht ins Hotel, sondern beobachteten wie gebannt das amöbenhafte Wesen auf dem Bürgersteig.

Es nahm wieder eine neue Form an und wurde zu einem riesigen, bedrohlichen Wolf, der seinen Kopf zurückwarf und den Himmel anheulte.

Dann durchliefen Wellen sein Gesicht, und Tal erkannte, daß er menschliche Züge anzunehmen begann. Aus den Wolfsaugen wurden Menschenaugen, und ein Teil eines menschlichen Kinns bildete sich. Gordys Augen? Gordys Kinn? Die Menschenähnlichkeit hielt sich nur eine Sekunde, und dann floß das Gesicht wieder in die Wolfsform.

Werwolf, dachte Tal.

Für einen Augenblick stand er da, stand *es* da, und fletschte seine scharfen und riesigen Zähne, viel größer als sie ein Wolf auf der Erde jemals besessen hatte, und seine Augen glühten schmutzigrot wie der Sonnenuntergang auf.

Es wird gleich angreifen, dachte Tal. Er schoß auf das Wesen. Die Kugeln drangen ein, hinterließen aber keine sichtbaren Wunden und verursachten offensichtlich auch keine Schmerzen.

Der Wolf wendete sich mit einer Art kühler Gleichgültigkeit für die Schüsse von Tal ab und trabte auf den offenen Kanaleinstieg zu, in dem das Stromkabel des fahrbaren Labors verschwand.

Plötzlich stieg etwas aus diesem Kanal auf, schaffte sich mit ungeheurer Kraft Weg, eine dunkle, pulsierende Masse, die aus einer gallertartigen Substanz bestand und in einer Säule, die fast so groß war wie der Einstieg, in die Luft aufstieg, höher und immer höher: vier Fuß, sechs Fuß, acht ...

Etwas stieß Tal gegen den Rücken. Er zuckte zusammen, versuchte, sich umzudrehen und bemerkte, daß er lediglich mit der Mauer des Hotels zusammengestoßen war. Er hatte es selbst nicht bemerkt, daß er sich immer weiter vor dem aufragenden Wesen zurückgezogen hatte.

Er sah nun, daß die pulsierende Säule wieder ein Stück Protoplasma wie der Airedale war, der sich zu einem Wolf verändert hatte; es war nur erheblich größer. Riesig war es. Tal fragte sich, wieviel davon wohl noch unter der Straße verborgen war, und er hatte eine Ahnung, daß es die gesamte Kanalisation füllte und daß das, was sie hier sahen, nur ein verschwindend kleiner Teil von ihm war. Als es die Höhe von ungefähr zehn Fuß erreicht hatte, stieg es nicht weiter hoch. Die obere Hälfte der Säule verbreitete sich zu einem Schirm, so daß es nun dem Kopf einer Kobra ähnelte. Dann aber wurde der Schirm immer breiter, bis es kein Schirm mehr war, sondern zwei riesige, membranartige Flügel wie von einer Fledermaus, die aus der noch immer gestaltslosen Säule wuchsen. Dann aber nahm auch sie eine Form an – große, überlappende Schuppen –, und kleine Hinterfüße bildeten sich. Es wurde zu einer geflügelten Schlange.

Die Flügel flatterten und verursachten ein Geräusch wie eine knallende Peitsche.

Tal drückte sich an die Wand.

Die Flügel flatterten.

Lisa klammerte sich fester an Jenny fest. Die Ärztin hielt ihre Schwester fest im Arm, aber ihre Aufmerksamkeit war auf die Monstrosität gerichtet, die aus dem Kanalschacht aufgestiegen war, in der Dämmerung zuckte und sich wendete.

Wieder flatterten die Flügel. Jenny spürte einen kühlen Wind, der von ihnen ausging. Dieses neue Phantom sah aus, als wolle es sich gleich von dem noch unterirdischen Protoplasma lösen und sich in den Abendhimmel erheben – oder sich auf sie stürzen.

Sie wußte, daß eine Flucht unmöglich wäre. Mit jeder Bewegung würde sie nur seine Aufmerksamkeit auf sich lenken. Es war sinnlos, seine Energie mit Fluchtversuchen verschwenden zu wollen. Flucht vor dem Ding da war unmöglich.

Jenny sah wie gebannt zu, wie sich am oberen Ende der zehn Fuß hohen Säule aus fleckigem, amorphem Gewebe ein Schlangenkopf bildete. Haßerfüllte grüne Augen wuchsen aus dem formlosen Fleisch. Sie waren milchig, trübe, offensichtlich blind, aber nun wurden sie klar, und die waagrechten schwarzen Pupillen wurden sichtbar. Die Augen starrten bösartig auf Jenny und die anderen herab. Ein riesiges Maul wurde aufgerissen, und zwei nadelspitze, riesige Fangzähne wurden sichtbar, die aus schwarzem Zahnfleisch wuchsen.

Jenny dachte an die Dämonen-Namen auf dem Video-Schirm, die höllischen Namen, die das Wesen sich selbst verliehen hatte.

Die Masse aus formlosem Fleisch, die da gerade eine geflügelte Schlange bildete, war tatsächlich wie ein Dämon, der aus der Hölle hergerufen worden war.

Das Wolfsphantom, das die Substanz Gordy Brogans aufgenommen hatte, kam auf den Fuß der aufgerichteten Schlange zu. Es berührte die Säule aus pulsierendem Fleisch – und verschmolz mit ihr. In weniger als einer Sekunde hatten sich die beiden Kreaturen vereinigt.

Offensichtlich war der erste Verwandler kein selbständiges Wesen. Es war vielmehr ein Teil jener riesenhaften Kreatur in der Kanalisation unter den Straßen. Sie konnte offensichtlich Teile von sich lösen und zu besonderen Aufgaben ausschicken – wie der Angriff auf Gordy Brogan –, um sie dann beliebig wieder zurückzuholen.

Die Flügel flatterten, und das Geräusch hallte durch die ganze Stadt. Dann begannen sie wieder in die Säule zurückzuschmelzen, und auch das Gesicht der Schlange löste sich auf. Offensichtlich war *es* der Vorführung müde. Bald waren auch die Füße verschwunden, und nachdem es noch einige Sekunden als brodelnde, formlose Masse über dem Einstieg gestanden hatte, eine Vision des Bösen, begann es sich wieder durch das Loch in die Kanalisation zurückzuziehen.

Bald war es verschwunden.

Lisa hatte aufgehört zu schreien. Sie schnappte nach Luft und weinte laut. Die anderen waren fast ebenso erschüttert und sahen sich wortlos an.

Bryce sah aus, als habe ihn ein Keulenschlag getroffen. Schließlich sagte er: »Los, gehen wir ins Hotel zurück, bevor es noch dunkler wird.«

Vor dem Hoteleingang stand keine Wache.

»Hier ist was passiert«, sagte Tal. Bryce nickte und ging vorsichtig durch die Doppeltür. Fast wäre er dabei auf eine Pistole getreten, die auf dem Boden lag. Die Eingangshalle war leer.

»Verdammt«, sagte Frank Autry. Sie durchsuchten alles. In der Cafeteria war niemand, und in dem Schlafsaal auch nicht. Auch die Küche war verlassen. Kein Schuß war abgegeben worden. Niemand hatte gerufen.

Niemand war entkommen. Die zehn Deputies waren verschwunden. Draußen war es wieder Nacht geworden.

34. Abschied

Die sechs Überlebenden – Bryce, Tal, Frank, Jenny, Lisa und Sara – standen in der Eingangshalle des Hilltop Inn am Fenster. Draußen lag die Skyline Road still und ruhig vor ihnen. Die Nacht schien leise zu ticken, wie eine Zeitbombe.

Jenny erinnerte sich an den überdachten Gang neben der Bäkkerei der Liebermanns. Sie hatte gedacht, sie hätte etwas oben zwischen den Balken gesehen, und Lisa unten an der Mauer. Wahrscheinlich hatten sie beide recht gehabt. Auch Bryce hatte später in dem Abfluß sicher ein dunkles Stück Protoplasma gesehen, das sie belauerte oder sonst einer düsteren und unergründlichen Tätigkeit nachging.

Jenny dachte auch an die Oxleys in ihrem verbarrikadierten Raum und sagte: »Das Geheimnis der verschlossenen Räume ist plötzlich kein Geheimnis mehr. Dieses Wesen konnte unter eine Tür oder durch einen Heizungsschacht fließen. Das kleinste Loch, die kleinste Ritze würden ausreichen. Harold Ordnay hat es wahrscheinlich durch die Abflüsse erwischt.«

»Das gleiche gilt für die von innen verschlossenen Autos«, sagte Frank. »Es konnte ein Auto völlig umgeben und durch die Belüftung fließen.«

»Es kann sich völlig lautlos bewegen, wenn es will«, sagte Tal. »Deshalb sind auch so viele Leute überrascht worden. Sie haben es erst in dem Augenblick bemerkt, als es sie angriff.«

Draußen stieg ein leichter Nebel aus dem Tal hoch. Die Straßenlaternen bekamen weiße Höfe.

»Wie groß es wohl ist?« fragte Lisa.

Einen Moment antwortete niemand. Dann sagte Bryce: »Riesig.«

»Vielleicht so groß wie ein Haus«, sagte Frank.

»Oder so groß wie das ganze Hotel«, sagte Sara.

»Oder vielleicht sogar noch größer«, sagte Tal. »Es hat schließlich die gesamte Stadt zugleich angegriffen. Es könnte so groß sein wie ... ein unterirdischer See, ein See aus lebendem Gewebe, der sich unter dem größten Teil von Snowfield erstreckt.«

»Wie Gott«, sagte Lisa.

»Was?«

»Es ist überall«, sagte Lisa. »Es weiß alles und sieht alles. Genau wie Gott.«

»Wir haben fünf Polizeiwagen«, sagte Frank. »Wenn wir uns aufteilen würden und jeder in einem anderen Auto genau zur gleichen Zeit aus Snowfield herausfahren –«

»Es würde uns aufhalten«, sagte Bryce.

»Vielleicht würde es uns nicht alle erwischen. Vielleicht würde ein Wagen durchkommen.«

»Es hat eine ganze Stadt aufgehalten.«

»Stimmt. Da haben Sie auch wieder recht«, gab Frank widerwillig zu.

Jenny sagte: »Außerdem hört es uns wahrscheinlich sowieso gerade zu und würde uns aufhalten, noch bevor wir die Autos erreicht haben.«

Sie sahen alle zu den Heizungsschächten an der Decke hoch. Hinter dem Metallgitter war nichts zu sehen. Nichts als Finsternis.

Sie versammelten sich in dem Speiseraum der Festung, die keine mehr war. Sie redeten sich selbst ein, sie hätten Lust auf Kaffee, weil ein gemeinsamer Kaffee ihnen ein Gefühl von Gemeinschaftlichkeit und Normalität gab.

Bryce machte sich nicht mehr die Mühe, Wachen aufzustellen. Das war doch sinnlos. Wenn *es* wollte, würde es sie holen.

Draußen wurde der Nebel immer dichter und drückte gegen das Glas. Wie unter einem Zwang mußten sie über das sprechen, was sie gesehen hatten. Sie alle wußten, daß ihr Tod bevorstand, und so wollten sie verstehen, wie und warum sie sterben sollten. Tod war immer schrecklich, sicher, aber ein sinnloser Tod war noch viel schlimmer als alles andere.

Bryce kannte sich aus mit sinnlosem Tod. Vor einem Jahr hatte ihm ein Lastwagen alles beigebracht, was es zu diesem Thema zu wissen gab.

»Die Motte«, sagte Lisa. »War die wie der Airedale, wie das ... das Ding, das Gordy geholt hat?«

»Ja«, sagte Jenny. »Die Motte war nur ein Phantom, ein kleines Stück des Verwandlers. Das war gestern nacht und auch nicht wirklich Stu Wargle in der Toilette. Es hat sich Wargles Leiche aus der Gerätekammer geholt und dann ihre Form angenommen, um dich zu ängstigen. Es kann offensichtlich jede Person oder jedes Tier darstellen, das es absorbiert hat.«

Lisa runzelte die Stirn. »Die Motte kann es aber nicht vorher gefressen haben, weil es so etwas gar nicht gibt.«

»Na ja«, sagte Bryce, »vielleicht hat es solche Insekten vor Millionen von Jahren im Zeitalter der Dinosaurier ja einmal gegeben, und damals hat es sie gefressen.«

Lisa sah ihn mit großen Augen an. »Meinen Sie damit, daß das Ding, was aus dem Kanal gekommen ist, vielleicht Millionen von Jahren alt ist?«

»Mit biologischen Gesetzen, wie wir sie kennen, scheint es auf jeden Fall nichts zu tun zu haben«, sagte Bryce. »Habe ich nicht recht, Dr. Yamaguchi?«

»Doch, allerdings.«

»Warum sollte es dann nicht unsterblich sein?«

Jenny sah ihn skeptisch an.

Bryce sagte: »Hast du dagegen einen Einwand?«

»Gegen die Möglichkeit, daß es unsterblich ist? Oder praktisch unsterblich? Nein, das will ich akzeptieren. Es könnte tatsächlich aus dem Mesozoikum stammen und sich ständig selbst erneuern, so daß es praktisch unsterblich ist. Was ist aber mit der geflügelten Schlange? Es fällt mir verdammt schwer, zu glauben, daß *so* etwas schon irgendwann einmal wirklich existiert hat. Wenn der Verwandler nur die Form von solchen Organismen annehmen kann, die er vorher aufgenommen hat, wie kann er dann so etwas wie die geflügelte Schlange werden?«

»So ähnliche Tiere hat es doch schon gegeben«, sagte Frank. »Der Pterodactylus war ein geflügeltes Reptil.«

»Ein Reptil wohl«, sagte Jenny. »Aber keine Schlange. Der Pterodactylus war der Vorfahre der Vögel, aber das Ding da war ganz deutlich eine Schlange, und das ist etwas ganz anderes. Es hat ausgesehen, als sei es direkt aus einem Märchenbuch oder einem Buch über Schwarze Magie.«

Lisa sagte: »Ist es wirklich der Teufel? Ein Dämon aus der Hölle?«

»Nein«, sagte Jenny. »Das ist bloß eine Pose.«

»Aber warum nimmt es dann die Form des Teufels an?« fragte Lisa. »Und warum gibt es sich selbst Dämonen-Namen.«

»Ich habe die Vermutung, daß es nicht auf die Formen seiner Opfer beschränkt ist. Es kann sich deren Form geben, aber auch irgendeine andere, die es sich vorstellt. Wenn nun eines der Opfer einmal ein Bild von dieser geflügelten Schlange gesehen hat, kann *es* sie auch darstellen.«

Dieser Gedanken erschreckte Bryce. »Wollen Sie damit sagen,

es nimmt nicht nur das *Fleisch* seiner Opfer in sich auf, sondern auch ihre *Kenntnisse und Erinnerungen?*«

»Es sieht auf jeden Fall danach aus«, sagte Jenny.

»Rein biologisch gesehen ist so etwas nicht unbekannt.« Sara Yamaguchi schob sich ihr Haar mit beiden Händen hinter ihre Ohren. »Wenn man eine bestimmte Plattwurmart lange genug durch ein Labyrinth schickt, das Futter auf der anderen Seite hat, wird der Wurm auf die Dauer dieses Labyrinth schneller überwinden lernen. Wenn man diesen Wurm nun zermahlt und an einen anderen Wurm verfüttert, wird der zweite Wurm auch schneller durch das Labyrinth kommen, obwohl er vorher nicht an der Testreihe teilgenommen hat. Er hat irgendwie mit dem Fleisch seines Artgenossen auch sein Wissen und seine Erfahrungen mitgegessen.«

»So hat der Verwandler auch von Timothy Flyte erfahren«, sagte Jenny. »Harold Ordnay wußte von Flyte, und damit *es* auch.«

»Warum hat es Lisa gestern nacht in der Toilette nicht geholt? Warum hat es uns nicht alle schon geholt?«

»Es spielt mit uns und braucht uns als Opfer für seine sadistischen Späße.«

»Das auch. Ich glaube aber, es hat uns leben lassen, damit wir Flyte sagen können, wir hätten es hier gesehen, um ihn herzulokken und ihm das freie Geleit zuzusichern.«

»Und wenn wir unseren Zweck erst einmal erfüllt haben ...«

»Ja.«

Etwas stieß von außen heftig an die Mauer des Hotels. Die Scheiben klirrten, und das ganze Haus schien zu beben.

Bryce stand so schnell auf, daß er den Stuhl umwarf, und lauschte angespannt, um festzustellen, woher das Geräusch kam. Es begann in Bodenhöhe, stieg aber schnell höher.

Jetzt klapperte und klickte etwas.

»Da zieht sich etwas Großes außen an dem Gebäude hoch«, sagte Frank

»Das ist *es* wieder«, sagte Lisa.

»Aber nicht in seiner gallertartigen Form«, sagte Sara. »Dann brauchte es doch bloß lautlos an den Wänden hochzufließen.«

Sie lauschten alle eine Weile, und dann gingen sie zum Fenster, um hinauszusehen. Durch den Nebel war fast einen Block weit entfernt im Schein der Straßenlaterne schemenhaft etwas auszumachen. Ein ungeheuerlicher Krebs, groß wie ein Auto, kletterte an einem Haus hoch. Bryce erkannte die riesige Klaue mit den gezackten Schneiden, die sofort wieder in der Dunkelheit verschwand. Dann war noch kurz ein fiebrig zitternder Fühler zu sehen, und die Kreatur verschwand wieder in der Nacht.

»Was das wohl soll?« fragte Lisa ängstlich. »Warum gibt es vor, etwas zu sein, was es in Wirklichkeit nicht ist?«

»Vielleicht macht ihm das ganz einfach Spaß«, sagte Bryce. »Es gibt ja auch tropische Vögel, die Geräusche nachahmen, weil ihnen das Spaß macht und sie sich selbst hören wollen.«

Die Geräusche auf dem Dach hörten abrupt auf.

Die sechs warteten. Die Nacht schien sie wie ein wildes Tier zu belauern und nur auf den richtigen Zeitpunkt für den Angriff zu warten. Sie waren zu unruhig, um sich wieder hinzusetzen, und standen weiter am Fenster und starrten hinaus.

Draußen bewegte sich nur der Nebel.

»Jetzt ist auch das Rätsel der ununterbrochenen Prellungen geklärt«, sagte Sara Yamaguchi. »Dieses Wesen hat seine Opfer vollständig eingeschlossen und dann gedrückt. Die Prellungen sind das Ergebnis eines ungeheuren, überall angewandten und länger aufrechterhaltenen Drucks. Auch der Sauerstoffentzug erklärt sich so.«

»Wahrscheinlich wird dabei auch das Konservierungsmittel in die Blutbahn gebracht.«

»Das denke ich auch«, sagte Sara. »Deshalb haben wir auch keinen Einstich von einer Injektionsnadel gefunden. Das Konservierungsmittel wird in jede Pore hineingepreßt. Eine Art von osmotischer Anwendung.«

»Ich habe jetzt auch eine Idee, wie das Wasser zu erklären wäre«, sagte Jenny. »Der Verwandler hat es ausgestoßen.«

»Wie kommen Sie darauf?«

»Der menschliche Körper besteht zum größten Teil aus Wasser. Nachdem also dieses Ding seine Opfer absorbiert und jedes Milligramm Mineralien, Vitamine und alle Kalorien aufgenommen hat, hat es das abgestoßen, was es nicht brauchte: überschüssige Mengen von absolut reinem Wasser. Diese Pfützen und getränkten Teppiche sind die gesamten Überreste Hunderter von Vermißten. Keine Leichen. Keine Gebeine. Nur Wasser ..., und das ist auch schon verdunstet.«

»Meinen Sie, das verdammte Ding könnte getötet werden?« fragte Frank.

»Mit Kugeln auf jeden Fall nicht, das haben wir ja gesehen«, sagte Tal.

»Mit Feuer vielleicht?« fragte Lisa.

»Die Soldaten hatten schon Molotow-Cocktails vorbereitet«, erinnerte sie Sara. »Der Verwandler hat sie aber offensichtlich so schnell angegriffen, daß niemand Zeit gehabt hat, sich ein Flasche zu holen und den Docht anzuzünden.«

»Außerdem ist mit Feuer höchstwahrscheinlich auch nicht viel zu machen«, sagte Bryce. »Wenn das Ding anfangen würde zu brennen, würde es sich einfach von dem brennenden Teil lösen und den Hauptteil des Organismus in Sicherheit bringen.«

»Sprengstoff ist wahrscheinlich auch sinnlos«, sagte Jenny. »Ich habe das Gefühl, daß wir nach einer Sprengung nicht mehr hätten als tausend kleinere Verwandler, die dann wieder zusammenfließen würden.«

»Kann das Ding also getötet werden oder nicht?« fragte Frank noch einmal.

»Nein. Soweit ich das beurteilen kann, nicht«, sagte Bryce.

Frank Autry rief seine Frau Ruth an und sprach fast eine halbe Stunde lang mit ihr. Tal rief mit dem anderen Telefon verschiedene neue Freunde an. Später besetzte Sara Yamaguchi eine Leitung fast eine Stunde lang. Jenny rief verschiedene Leute an, darunter auch ihre Tante in Newport Beach, mit der auch Lisa sprach. Bryce hatte ein längeres Gespräch mit verschiedenen Leuten in dem Hauptquartier in Santa Mira, mit Deputies, mit denen er schon seit Jahren zusammenarbeitete und mit denen ihn ein Band von Freundschaft verband; danach sprach er noch mit seinen Eltern in Glendale und mit Ellens Vater in Spokane.

Alle sechs Überlebenden zeigten sich optimistisch am Telefon und sprachen davon, daß sie mit der Sache hier bald fertig werden würden und Snowfield dann wieder verlassen könnten.

Bryce wußte jedoch genau, daß sie alle aus einer hoffnungslosen Lage noch das Beste herauszuholen versuchten, und daß das keine gewöhnlichen Telefongespräche waren. Trotz des optimistischen Tonfalls hatten diese Anrufe nur einen einzigen düsteren Zweck. Die sechs Überlebenden nahmen Abschied.

35. Pandämonium

Sal Corello, der Presse-Agent, der angestellt worden war, um Timothy Flyte vom Flughafen in San Francisco abzuholen, wurde unter normalen Umständen mit jeder Ansammlung von Reportern fertig, aber heute nicht. Dazu war die Sensation zu groß, Corello hatte so etwas noch nie gesehen. Hunderte von Reportern und Neugierigen stürzten sich auf Flyte, sobald sie ihn sahen, zerrten an ihm, schoben ihm Mikrofone vor das Gesicht, blendeten ihn mit einem Blitzlichtgewitter und brüllten hektisch Fragen: »Dr. Flyte ...« »Professor Flyte ...« »... Flyte!« *Flyte, Flyte, Flyte-Flyte-Flyte, FlyteFlyteFlyteFlyte...* Die einzelnen Fragen waren in dem chaotischen Stimmengewirr nicht mehr zu verstehen. Bis sie die kleine Plattform am hinteren Ende der Halle erreicht hatten, sah Professor Flyte aus, als würde er gleich vor Angst sterben.

Corello nahm das Mikrofon an sich und brachte die Menge schnell zum Schweigen. Er bat sie, Professor Flyte Gelegenheit für ein kurzes Statement zu geben, und dann würde er ihnen auch einige Fragen beantworten.

Als sie alle Flyte genauer sehen konnten, machte sich plötzlich überall Skepsis breit. Corello sah ihnen genau an, daß sie befürchteten, der Professor wolle sie alle auf den Arm nehmen. Er sah tatsächlich etwas verrückt aus. Sein weißes Haar stand von seinem Kopf weg, als habe er gerade einen Finger in eine Steckdose gesteckt, seine Augen waren aus Angst und in der Bemühung, gegen die Müdigkeit anzukämpfen, weit aufgerissen, und sein unrasiertes Gesicht sah heruntergekommen aus wie das eines alten Penners. Seine Kleider hingen zerknittert und formlos wie ein Sack an ihm herab, und er machte insgesamt den Eindruck, als sei er einer jener religiöser Spinner, die an der Straßenecke vor dem baldigen Weltuntergang warnen.

Er räusperte sich einige Male laut in das Mikrofon, und die Reporter wurden schon unruhig, aber als er dann endlich zu sprechen begann, waren sie innerhalb einer Minute gefesselt. Er erzählte ihnen von der Kolonie, von Roanoke, über die verschwundene Kultur der Mayas, von der Armee, die 1711 verschwunden war. Die Menge hörte ihm in atemloser Spannung zu.

Flyte erzählte ihnen von dem Eskimo-Dorf Anjikuni, fünfhundert Meilen nordwestlich von der kanadischen Polizei-Außenstation Churchill. An einem Nachmittag im November 1930 war ein

Pelzjäger namens Joe LaBelle in diesem Dorf angekommen und hatte entdeckt, daß alle seine Bewohner verschwunden waren. Alle Besitztümer, darunter auch die kostbaren Jagdgewehre, waren zurückgelassen worden. Mahlzeiten standen halb gegessen herum. Auch die Hundeschlitten waren noch da – allerdings ohne die Hunde –, und das bedeutete, daß das gesamte Dorf unmöglich umgezogen sein konnte. Eine eingehende Untersuchung der Angelegenheit wurde später von der Polizei eingeleitet, aber von den Eskimos wurde nie wieder eine Spur gefunden.

Die Reporter schrieben mit und nahmen seine Worte mit ihren Tonbandgeräten auf, und dann legte ihnen Flyte seine vielverspottete Theorie über den Alten Feind dar. Es waren erstaunte Ausrufe und ungläubige Zwischenfragen zu hören, aber zu dem befürchteten Aufruhr kam es nicht.

Sobald Flyte seine vorbereitete Ansprache verlesen hatte, brach Sal Corello sein Versprechen, nachher würden noch Fragen beantwortet werden, nahm Flyte am Arm und zerrte ihn durch eine Tür hinter der Plattform hinaus.

Die Reporter heulten empört auf und versuchten, Flyte zu folgen, aber inzwischen war ihnen bereits der Weg von der Flughafenpolizei versperrt worden.

Flyte und Corello hasteten durch ein Labyrinth von Gängen und Hallen, bis sie auf einem anderen Teil des Flughafens vor einem großen, gut ausgestatteten, blauen Hubschrauber standen.

»Das ist der Hubschrauber des Gouverneurs«, eröffnete Corello Flyte.

»Der Gouverneur?« sagte Flyte. »Ist der auch hier?«

»Nein. Er hat Ihnen aber seinen Hubschrauber zur Verfügung gestellt.«

Als sie in den bequemen Passagierraum stiegen, begannen die Rotoren sich zu drehen.

Zwei Stunden später saß er in dem Sheriffs-Büro in Santa Mira und wurde mit Sheriff Bryce Hammond am Telefon verbunden. Es war eine Konferenzschaltung hergestellt worden, so daß er den Hörer nicht in der Hand zu halten brauchte und die anderen in dem Raum der Unterhaltung folgen konnten. Vorher war er von dem Flug noch mitgenommen und träge gewesen, aber nun war er aufgeregt und hellwach. Er wollte endlich genau wissen, was in Snowfield passiert war.

Hammond lieferte die erste Sensation, sobald er und Timothy sich begrüßt hatten. »Dr. Flyte, wir haben den Alten Feind gesehen, oder zumindest glauben wir, daß Sie das gemeint haben. Ein riesiges, amöbenartiges Wesen. Ein Verwandler, der jede beliebige Form annehmen kann.«

Timothys Hände zitterten; er packte die Lehnen seines Stuhls. »Mein Gott.«

»Ist das Ihr Alter Feind?« fragte Hammond.

»Ja. Ein Überbleibsel aus einem anderen Zeitalter. Millionen von Jahren alt.«

»Sie können uns mehr darüber erzählen, wenn Sie herkommen«, sagte Hammond. »Falls ich Sie zum Kommen überreden kann.«

Flyte hörte nur halb hin. Er dachte an den Alten Feind. Er hatte darüber geschrieben, und er hatte wirklich an seine Existenz geglaubt. Trotzdem war er nicht darauf vorbereitet gewesen, seine Theorie so spektakulär zu bekommen. Das erschütterte ihn.

Hammond berichtete ihm von dem schrecklichen Tod eines Deputy namens Gordy Brogan.

»Sie haben es gesehen und *leben noch*?« fragte Timothy verblüfft.

»Es mußte ein paar von uns am Leben lassen«, sagte Hammond. »Wir sollten doch versuchen, Sie dazu zu überreden, daß Sie herkommen. Es hat Ihnen freies Geleit zugesichert.«

Flyte kaute nachdenklich auf seiner Unterlippe.

Hammond sagte: »Dr. Flyte? Sind Sie noch da?«

»Was? Ach ... ja. Ja, ich bin noch da. Was wollen Sie damit sagen, es hat mir freies Geleit *zugesichert*?«

Hammond erzählte ihm eine erstaunliche Geschichte über eine Kommunikation mit dem Alten Feind über einen Computer.

Bei dem Bericht des Sheriffs brach Flyte der Schweiß aus. Er sah vor sich eine Schachtel Kleenex-Tücher auf dem Schreibtisch stehen, holte sich eine Handvoll davon und wischte sich das Gesicht ab.

Als der Sheriff zu Ende gekommen war, holte der Professor tief Luft und sagte mit angespannter Stimme: »Ich hätte nie damit gerechnet ..., ich hätte nie gedacht, daß der Alte Feind eine menschenähnliche Intelligenz haben könnte.«

»Ich habe den Verdacht, daß es sogar eine überlegene Intelligenz sein könnte«, sagte Hammond.

»Aber ich habe immer gedacht, das sei nicht mehr als ein Tier, dem das Eigenbewußtsein fehlt.«

»Dann haben Sie sich geirrt.«

»Das macht es ja noch gefährlicher. *Viel* gefährlicher.«

»Werden Sie herkommen?« fragte Hammond.

»Ich habe eigentlich nicht vorgehabt, näherzukommen, als ich jetzt bin«, sagte Timothy. »Wenn es aber *intelligent* ist ... und mir freies Geleit garantiert ...«

Plötzlich meldete sich am Telefon die klare Stimme eines fünf- oder sechsjährigen Jungen: »Bitte, bitte, Dr. Flyte, kommen Sie her und spielen Sie mit mir! Bitte! Wir werden so viel Spaß zusammen haben. Bitte!«

Und dann, bevor Timothy antworten konnte, meldete sich eine weiche, musikalische Frauenstimme: »Ja, mein lieber Dr. Flyte, statten Sie uns doch einen Besuch ab. Sie sind hier mehr als willkommen. Niemand wird Ihnen etwas tun.«

Schließlich kam noch die warme, herzliche Stimme eines alten Mannes aus der Leitung: »Es gibt so viel, was Sie über mich und von mir erfahren könnten, Dr. Flyte. Es gibt hier so viel Weisheit, die Sie sich aneignen könnten. Bitte kommen Sie her und beginnen Sie Ihre Untersuchungen. Die Garantie des freien Geleits ist ernstgemeint.«

Stille.

Verwirrt fragte Timothy: »Hallo? Hallo? Wer ist denn da?«

»Ich bin noch dran«, sagte Hammond. »Nur noch ich.«

»Aber wer waren die Leute eben?« fragte Flyte.

»Das waren nicht wirkliche Leute, sondern nur Phantome. Vestehen Sie denn nicht? *Es* hat Ihnen eben in drei verschiedenen Stimmen die Garantie des freien Geleits wiederholt. Der Alte Feind, Professor.«

Timothy wischte sich mit den bereits durchtränkten Kleenex-Tüchern noch einmal das Gesicht ab, sah die anderen vier Männer in dem Raum an und sagte: »Ich komme.«

Sheriff Hammond meldete sich wieder: »Es besteht allerdings nicht viel Grund zu der Annahme, daß es sein Verspechen auch halten wird. Es ist gut möglich, daß Sie auch sterben müssen, wenn Sie erst einmal hier sind.«

»Wenn es aber doch intelligent ist –«

»Das bedeutet noch nicht, daß es sich auch an Vereinbarungen hält«, sagte Hammond. »Ich kann Ihnen nur sagen: Das einzige, was bis jetzt sicher ist, ist, daß diese Kreatur die Verkörperung des Bösen ist. Des Bösen, Dr. Flyte. Würden Sie dem Versprechen des Teufels glauben?«

Wieder mischte sich die süße Kinderstimme ein: »Wenn Sie kommen, Dr. Flyte, werde ich nicht nur Sie selbst verschonen, sondern die sechs Menschen auch, die ich hier gefangenhalte. Ich werde sie laufenlassen. Wenn Sie aber nicht kommen, dann hole ich mir diese Schweine und zerquetsche sie. Ich zerdrücke sie, daß das Blut und die Scheiße aus ihnen herausläuft, ich quetsche sie zu Brei, und dann fresse ich sie.«

All das wurde mit der gleichen unschuldigen Kinderstimme gesagt, und gerade dadurch wirkte es bedrohlicher, als wäre es in einem tiefen Baß gebrüllt worden.

Timothy klopfte das Herz bis zum Hals.

»Damit ist die Sache entschieden«, sagte er. »Ich komme. Mir bleibt keine andere Wahl.«

»Kommen Sie bitte nicht wegen uns«, sagte Hammond. »Sie wird es vielleicht wirklich verschonen, weil es Sie seinen Matthäus, Markus, Lukas und Johannes nennt, aber uns wird es keinesfalls laufenlassen, ganz egal, was es jetzt sagt.«

»Ich komme«, beharrte Flyte.

Hammond zögerte. Dann: »Also gut. Lassen Sie sich von einem meiner Männer bis zu der Straßensperre fahren. Von da an müssen Sie allein weiter. Ich kann nicht noch einen Mann aufs Spiel setzen. Können Sie fahren?«

»Ja, Sir«, sagte Timothy. »Geben Sie mir einen Wagen, und dann komme ich allein dorthin.«

Plötzlich war die Leitung tot.

»Hallo?« fragte Timothy. »Sind Sie da, Sheriff?«

Nichts. *Es* hatte sie unterbrochen.

Timothy sah zu den anderen hoch. Sie starrten ihn alle an, als sei er bereits tot und läge in einem Sarg.

Wenn ich aber in Snowfield sterbe, dachte er, wenn der Verwandler mich holt, dann gibt es für mich keinen Sarg. Kein Grab. Keinen ewigen Frieden.

»Ich fahre Sie bis zu der Straßensperre«, sagte Charlie Mercer.

Timothy nickte.

Es war Zeit zu gehen.

36. Von Angesicht zu Angesicht

Um 3:12 h in der Frühe begannen in Snowfield die Kirchenglokken zu läuten und die Feuersirene zu heulen.

In der Eingangshalle des Hilltop Inn Hotel stand Bryce von seinem Stuhl auf. Auch die anderen erhoben sich.

Jenny sagte: »Das ist sicher Flyte.« Die sechs gingen hinaus.

Die Straßenlaternen gingen an und aus und ließen die Schatten über den Bürgersteig zucken.

Als am Fuß der Skyline Road ein Auto um die Kurve kam und mit seinen Scheinwerfern wie mit Speeren den Nebel durchbohrte, hörten die Laternen auf zu flackern. Bryce stellte sich unter eine von ihnen und hoffte, Flyte würde ihn in dem Nebel bemerken.

Unter Glockengeläut und Sirenengeheul kroch das Auto den Berg hinauf. Es war ein grün- und weißgespritzer Polizeiwagen. Er hielt zehn Fuß weit von Bryce entfernt an, und der Fahrer schaltete die Scheinwerfer aus.

Die Tür ging auf, und Flyte stieg aus. Er sah nicht so aus, wie Bryce ihn sich vorgestellt hatte. Er trug eine dicke Brille, die seine Augen unnatürlich groß erscheinen ließ. Sein dünnes, verwirrtes, weißes Haar stand wie ein Heiligenschein von seinem Kopf weg. Irgend jemand in Santa Mira hatte ihm eine isolierte Polizeijacke mit dem County-Wappen auf der Brust geliehen.

Die Glocke hörte auf zu läuten, und auch die Sirene stellte ihr Geheul ein. Eine tiefe Stille senkte sich über die Stadt.

Flyte sah sich in der nebelverhangenen Straße um, lauschte und wartete ab.

Schließlich sagte Bryce: »Es will sich offensichtlich noch nicht zeigen.«

Flyte drehte sich zu ihm um: »Sheriff Hammond?«

»Ja. Kommen Sie, gehen wir hinein. Wir können es uns beim Warten genausogut bequem machen.«

Sie saßen in dem Speiseraum des Hotels bei heißem Kaffee und lauschten Timothy Flyte wie gebannt.

Er erzählte ihnen von den verschwundenen Armeen in Spanien und China, von den verlassenen Maya-Städten und von der Kolonie von Roanoke.

Er erzählte ihnen von der südamerikanischen Urwaldsiedlung Joya Verde, die offensichtlich ein ähnliches Schicksal wie Snowfield erlitten hatte. 1923 verschwanden irgendwann zwischen den regelmäßigen Stopps des Flußschiffs am Morgen und am Abend 604 Männer, Frauen und Kinder spurlos. Man hatte zunächst angenommen, daß die sonst friedlichen Indianer in der Nachbarschaft plötzlich einen Überraschungsangriff gestartet hätten, aber es wurden keine Leichen und keinerlei Anzeichen von Gewaltanwendung oder Plünderei gefunden. Auf der Tafel der Missionsschule wurde eine Nachricht gefunden: *Es hat keine Form, und doch hat es jede Form.* Damals hatte niemand diese hastig hingekritzelten Worte mit dem Rätsel der ausgestorbenen Siedlung in Verbindung gebracht, aber Flyte war anderer Meinung, und Jenny inzwischen auch.

»Auch in den verlassenen Maya-Städten ist eine Art Nachricht gefunden worden«, sagte Flyte. »Archäologen haben Bruchstücke eines in Hieroglyphen geschriebenen Gebets gefunden und entziffert, das ungefähr aus der Zeit der Massenauswanderung stammt. Es lautete ungefähr so: ›Böse Geister schlafen unter der Erde, und ihre Macht schlummert im Fels. Wenn sie erwachen, steigen sie auf wie Lava, aber kalte Lava, und sie fließen und nehmen viele Gestalten an. Dann wissen stolze Männer, daß sie nicht mehr sind als Stimmen im Donner, Gesichter im Wind, die weggeblasen werden, als hätte es sie nie gegeben.‹ Manche vertreten die Meinung, damit seien Vulkanausbrüche und Erdbeben gemeint, aber ich glaube, es geht darin um den Alten Feind.«

»Wir haben hier auch eine Nachricht gefunden«, sagte Bryce, »den Teil eines Wortes.«

Jenny erzählte Flyte von den beiden Buchstaben P und R, die Nick Papandrakis mit Jod in seinem Bad an die Wand geschrieben hatte. »Von einem dritten Buchstaben war noch ein Stück da. Es könnte ein Teil eines U oder eines O sein.«

»Papandrakis«, sagte Flyte und nickte heftig. »Ein Grieche. War der Mann stolz auf sein Erbe, seine Kultur?«

»Ja, sehr«, sagte Jenny. »Warum?«

»Weil er sich dann bestimmt gut in der griechischen Mythologie ausgekannt hat«, sagte Flyte. »Da gibt es nämlich einen Gott namens Proteus, und ich vermute, daß Papandrakis das hinschreiben wollte. Proteus war ein Gott, der in der Erde lebte, keine eigene Gestalt besaß, jede beliebige Form annehmen konnte – und sich von allem ernährte, was er wollte.«

Tal Whitman meldete sich etwas gereizt zu Wort. »Was soll das denn dauernd mit diesem abergläubischen Kram? In dem Computer hat es sich selbst Dämonen-Namen gegeben.«

Flyte sagte: »Dämonen und böse Geister, die jede beliebige Form annehmen können, sind in den meisten antiken Mythen und Sagen und in den meisten, wenn nicht allen Weltreligionen relativ häufig. Auch im Christentum übrigens. Denken Sie nur an die vielen verschiedenen Formen und Namen des Teufels. Die Bibel sagt uns, Satan sei ›veränderlich wie Schatten‹ und so ›geschickt wie Wasser‹, denn so, wie Wasser zu Dampf oder Eis werden kann, kann Satan zu dem werden, was er will.«

Lisa sagte: »Wollen Sie damit sagen, daß der Verwandler hier in Snowfield tatsächlich der Teufel ist.«

»Nun, in gewisser Beziehung, ja.«

Frank Autry schüttelte den Kopf. »Nein, Dr. Flyte, an solche Spukgeschichten glaube ich nicht.«

»Ich auch nicht«, beruhigte ihn Flyte hastig. »Ich will doch damit nicht sagen, daß dieses Ding da draußen ein übernatürliches Wesen ist. Das ist es nicht. Es ist real, eine Kreatur aus Fleisch – allerdings nicht Fleisch wie unseres. Das ist kein Geist oder Teufel. Trotzdem halte ich es in gewisser Beziehung für den Teufel, denn diese Kreatur – oder ein anderes entsetzliches Überbleibsel aus dem Mesozoikum – hat den Mythus von Satan entstehen lassen. Die Menschen in prähistorischer Zeit müssen einer dieser Kreaturen begegnet sein, und das hat sich dann in der Mythologie und der Religion niedergeschlagen. Meiner Ansicht nach handelt es sich bei den meisten dämonischen Figuren in den Religionen der Welt um verzerrte Bilder dieser Verwandler, die über zahllose Generationen mündlich weitergegeben wurden, bis sie endlich in Hieroglyphen und Keilschrift festgehalten wurden. Das sind Berichte über ein sehr seltenes, sehr reales und sehr gefährliches Tier ..., das aber in der Sprache religiöser Mythen beschrieben wird.«

Jenny fand diesen Teil von Flytes Theorie zugleich verrückt und brillant, unwahrscheinlich, aber überzeugend. »Dieses Wesen absorbiert irgendwie das Wissen und die Erinnerungen seiner Opfer«, sagte sie. »Es weiß daher, daß viele Menschen es als den Teufel betrachten, und es macht ihm eine gewisse sadistische Freude, diese Rolle zu spielen.«

Bryce sagte: »Anscheinend hat es Spaß daran, uns zu verspotten.«

Sara Yamaguchi strich sich ihr langes Haar hinter die Ohren. »Dr. Flyte, können Sie uns eine wissenschaftliche Erklärung liefern? Wie kann ein solches Wesen existieren, wie funktioniert es biologisch? Wie sieht Ihre Theorie darüber aus?«

Bevor Flyte antworten konnte, kam *es*.

Ganz oben an einer Wand brach plötzlich der Metallrost eines Heizungsschachts aus seinen Halterungsschrauben und knallte auf den Boden.

Alle sprangen von den Stühlen auf, und Lisa schrie auf und deutete nach oben.

Der Verwandler quoll aus dem Schacht und blieb dunkel und naß und pulsierend an der Wand hängen. Bryce und Tal griffen automatisch nach ihren Revolvern, zögerten aber dann. Sie konnten doch nichts damit ausrichten.

Das Ding quoll weiter aus dem Schacht heraus und floß nun an der Wand herab auf den Boden, wo es sich zu einem gallertartigen, sich ständig bewegenden Klumpen sammelte. Er hatte inzwischen bereits die Größe von drei bis vier Menschen erreicht, und noch immer floß die ekelhafte Masse weiter aus dem Heizungsschacht.

Lisa würgte und wendete ihren Blick ab. Jenny aber konnte sich nicht davon loßreißen. Zu groß war die groteske Faszination, die von ihm ausging.

In dem riesigen, formlosen Protoplasma-Haufen begannen sich nun Gliedmaßen zu bilden, die aber nie länger als einige Sekunden ihre Form hielten. Männliche und weibliche Arme wurden ausgestreckt, als suchten sie Hilfe. Auch dünne, wild in der Luft wedelnde Kinderärmchen wuchsen hoch, und manche von ihnen breiteten wie in einer stummen, verzweifelten Bitte ihre Hände aus. Es war schwer, dabei nicht zu vergessen, daß das nicht die Arme von Kindern waren, die der Verwandler in sich gefangen hielt, sondern Imitationen, Phantom-Arme, ein Teil von ihm und nicht von einem Kind. Nun kamen auch Klauen, Vogelkrallen und eine verblüffende Vielfalt von Tiergliedmaßen aus der Protoplasma-Suppe heraus, verschwanden aber ebensoschnell wieder, wie sie sich gebildet hatten.

Der Verwandler nahm nun die gesamte Breite des Raums ein und war so groß wie ein Elefant. Jenny und die anderen zogen sich bis zu den Fenstern zurück.

Flyte redete mit plötzlicher Eindringlichkeit los und beantwortete Dr. Yamaguchis Fragen, als habe er das Gefühl, es bliebe ihm dazu nicht mehr viel Zeit. »Vor ungefähr zwanzig Jahren ist mir die Idee gekommen, daß es vielleicht eine Verbindung zwischen dem rätselhaften massenhaften Verschwinden von Menschen und dem unerklärten Aussterben von besonderen Arten in vormenschlichen geologischen Zeitabschnitten gibt. Ich denke da zum Beispiel an die Dinosaurier.«

Die zuckende, pulsierende Masse des Verwandlers reichte nun fast bis zur Decke und füllte den gesamten hinteren Teil des Raums aus. Ein leichter, aber widerlicher Geruch verbreitete sich. Leicht schweflig, wie ein Zug aus der Hölle.

»Es gibt eine Menge von Theorien, die angeblich alle das Aussterben der Dinosaurier erklären«, sagte Flyte. »Keine Einzeltheorie vermag aber alle Fragen zu beantworten. Ich habe mir deshalb überlegt, ob die Dinosaurier vielleicht einem anderen Tier zum Opfer gefallen sind, einem natürlichen Feind, der ihnen als Jäger und Kämpfer überlegen war. Wenn das tatsächlich der Fall war, mußte das ein großes Tier mit einem sehr leichten oder gar keinem Skelett gewesen sein, denn es sind nie irgendwelche Fossilien von Tieren gefunden worden, die den großen Sauriern auch nur entfernt ebenbürtig gewesen wären.«

Ein Zittern durchlief den unruhigen Schleim, und Dutzende von Gesichtern begannen in der Masse zu erscheinen.

»Es wäre doch nun möglich, so meine Theorie , daß einige dieser amöbenartigen Wesen Millionen von Jahren überlebt haben, in unterirdischen Flüssen, Seen oder in den tiefen ozeanischen Gräben, Tausende von Metern unter der Oberfläche, die sich von Meerestieren ernähren, nur selten an die Oberfläche kommen und noch seltener auf Menschen treffen.«

Die Tier- und Menschengesichter hatten keine Augen, und andere hatten keinen Mund. Dann aber erschienen Augen, gingen auf, erschreckend echt aussehende, durchdringende Augen, in denen Schmerz und Angst und Not stand. Dann erschienen auch Münder in den Gesichtern, die schrien, aber keinen Laut dabei von sich gaben. Katzengesichter. Hundegesichter, Gesichter prähistorischer Repitilien.

Dann hörten die Gesichter auf, sich zu bilden.

Der Schleimberg blieb einen Moment lang unbeweglich; er pulsierte nur noch langsam und fast unmerklich.

Sara Yamaguchi stöhnte leise.

Jenny drückte Lisa an sich.

Niemand sprach. Einige Sekunden lang wagte es niemand, auch nur zu atmen.

Dann lieferte der Alte Feind eine neue Demonstration seiner Formbarkeit und ließ sich abrupt Mengen von Tentakeln wachsen. Manche waren dick und trugen die Saugnäpfe eines Tintenfisches, andere wieder waren dünn wie ein Seil, glatt oder in Segmente aufgeteilt. Ein Teil der Tentakel glitt auf dem Boden hin und her und warf dabei Stühle um oder schob Tische zur Seite, während andere in der Luft schwankten wie Kobras zur Musik des Schlangenbeschwörers. Dann schlug es blitzschnell zu.

Jenny stolperte nach hinten und hatte nach einem Schritt die Wand erreicht. Die Tentakeln schnellten wie Peitschenschnüre auf sie zu und fuhren zischend durch die Luft.

Lisa brachte es nicht mehr fertig, ihren Blick abzuwenden; sie war wie gelähmt.

Ein Seil aus kaltem, glattem, total fremdartigem Fleisch fiel auf Jennys Handrücken und legte sich sofort um ihr Handgelenk. Mit einem raschen Schütteln riß sie sich davon los. Erleichterung überkam sie. Sie hatte nicht viel Anstrengung dafür gebraucht; offensichtlich war das Ding an ihr nicht interessiert – im Augenblick noch nicht.

Sie duckte sich, als über ihr die Tentakeln durch die Luft zuckten, Lisa folgte ihrem Beispiel.

In seiner Hast, dem Wesen auszuweichen, stolperte Flyte und fiel hin. Ein Tentakel bewegte sich auf ihn zu. Flyte kroch zurück bis an die Wand und drückte sich daran. Der Tentakel folgte ihm, schwebte über ihm in der Luft, als wolle er ihn zerschmettern, bewegte sich dann aber wieder weg. Das Wesen war auch an Flyte nicht interessiert.

Obwohl es eine sinnlose Geste war, feuerte Bryce seinen Revolver ab. Tal brüllte etwas, das Jenny nicht verstehen konnte, und stellte sich vor sie und Lisa, so daß er zwischen ihnen und dem Verwandler stand.

Zwei dicke Tentakel glitten an Sara vorbei, legten sich pfeilschnell um Frank Autrys Körper und zerrten ihn von den anderen weg. Er war es, den das Wesen haben wollte.

Frank trat wild um sich und schlug nach dem Ding, das ihn festhielt. Sein Gesicht war vor Entsetzen verzerrt, und er stieß einen wortlosen Schrei aus.

Alle schrien nun, selbst Bryce und Tal.

Bryce rannte hinter Frank her, packte ihn am rechten Arm und versuchte, ihn dem Wesen zu entreißen, das ihn unaufhaltsam an sich heranzog.

»Schafft das Ding weg! Schafft es weg von mir!« brüllte Frank.

Bryce versuchte, einen Tentakel von dem Deputy zu lösen, aber ein anderer schleimiger Strang fuhr vom Boden hoch und versetzte Bryce einen ungeheuren Schlag, so daß er zu Boden stürzte.

Frank wurde in die Luft gehoben. Seine Augen traten hervor, als er auf die glitzernde, fließende Masse des Alten Feinds herabsah. Seine verzweifelten Versuche, sich zu befreien, brachten ihm nichts ein.

Wieder brach ein Pseudopod aus der Hauptmasse des Verwandlers hervor. An seiner Seite schien sich die grau und rotbraun gescheckte Haut aufzulösen, und rohes, nasses Gewebe trat darunter hervor.

Lisa würgte und wollte sich übergeben. Nicht nur der ekelhafte Anblick ließ die Übelkeit in ihr hochsteigen. Auch der widerliche Geruch war stärker geworden.

Eine gelbliche Flüssigkeit begann aus der offenen Wunde in dem Tentakel zu tropfen. Wo die Tropfen auf den Boden fielen, brodelten sie, schäumten und fraßen sich in die Kacheln hinein.

»Säure!« hörte Jenny jemanden sagen.

Franks Schreie wurden noch greller und verrieten deutlich sein Entsetzen und seine Verzweiflung.

Der säuretriefende Tentakel legte sich geschmeidig um den Hals des Deputys und zog sich fest wie eine Garotte zu.

»O Gott, nein!«

»Nicht hinsehen«, sagte Jenny zu Lisa.

Wie ein prahlerisches Kind zeigte der Verwandler, wie er Jakob und Aida Liebermann enthauptet hatte.

Frank Autrys Schreie erstarben mit einem blubbernden, gurgelnden Röcheln. Die Säure fraß sich mit erschreckender Schnelligkeit durch seinen Hals, und nur eine oder zwei Sekunden später löste sich der Kopf und fiel mit einem lauten Krachen auf die Kacheln.

Jenny kam die Galle hoch, aber sie schluckte sie wieder herunter. Sara Yamaguchi schluchzte.

Das Ding hielt Franks kopflosen Körper noch immer in der Luft.

Nun öffnete sich in dem Schleimklumpen auf dem Boden ein riesiger zahnloser Rachen, der groß genug für ihn war, und die Tentakeln warfen den Körper hinein. Das dunkle Fleisch floß um ihn herum, und dann schloß sich der Mund und existierte nicht mehr.

Auch Frank Autry existierte nicht mehr.

Bryce starrte den abgetrennten Kopf ungläubig an. Die blicklosen Augens sahen ihn an, sahen durch ihn durch.

Frank war tot. Frank, der verschiedene Kriege und eine jahrelange gefährliche Arbeit bei der Polizei überlebt hatte, hatte das hier nicht überlebt. Bryce dachte an Ruth Autry, und seine Trauer um seinen Deputy wurde noch tiefer. Die beiden waren sich sehr nahe gewesen, und es würde eine schmerzhafte Pflicht werden, ihr den Tod ihres Mannes zu unterbreiten.

Die Tentakel zogen sich wieder in die schleimige Masse zurück, die ein Drittel des Raums füllte, und waren innerhalb von ein bis zwei Sekunden spurlos verschwunden.

Bryce konnte sich vorstellen, wie es lautlos durch die prähistorischen Sümpfe floß, mit dem Schlamm verschmolz und sich an sein Opfer anschlich. Ja, den Dinosauriern wäre es mehr als ebenbürtig gewesen.

Er hatte bisher geglaubt, der Verwandler hätte ihn und die anderen nur deshalb am Leben gelassen, damit sie Flyte nach Snowfield locken könnten. Nun aber überlegte er sich, daß das nicht stimmen konnte. Der Verwandler hätte ebensogut ihre Stimmen am Telefon nachahmen können, und Flyte hätte sich davon auch nach Snowfield locken lassen. Sie waren also aus einem anderen Grund verschont worden. Vielleicht wollte diese unheimliche Kreatur sie vor Flytes Augen töten, um ihm vorzuführen, wie sie funktionierte.

Großer Gott.

Der Verwandler ragte bedrohlich vor ihnen auf und pulsierte, als schlügen in ihm ein Dutzend nichtsynchronisierter Herzen.

»Ich wünschte nur, ich könnte eine Gewebeprobe davon bekommen«, sagte Sara mit einer Stimme, die noch unsicherer klang, als Bryce sich fühlte. »Ich würde es mir zu gern einmal unter dem Mikroskop ansehen ... seine Zellenstruktur untersuchen. Vielleicht würden wir ja eine Schwäche finden ... einen möglichen Angriffspunkt, der uns vielleicht sogar einen Sieg über es ermöglichen würde.«

Flyte sagte: »Ich möchte es auch genauer untersuchen ... nur um es zu *wissen*.«

Ein Auswuchs wucherte aus der formlosen Masse heraus und begann eine menschliche Form anzunehmen. Bald erkannten sie entsetzt, daß da Gordy Brogan nachgebildet wurde. Bevor das Gesicht jedoch ganz fertig war, öffnete sich der halb gebildete Mund und sprach, aber nicht mit Gordys Stimme, sondern, und das brachte die Zuhörer ganz besonders aus der Fassung, mit der Stu Wargles.

»Gehen Sie ins Labor«, sagte die Stimme aus dem halb ausgebildeten Mund mit völliger Klarheit. »Dort werde ich Ihnen alles zeigen, was Sie sehen wollen, Dr. Flyte. Sie sind mein Matthäus, mein Lukas. Gehen Sie ins Labor. Gehen Sie ins Labor.«

Die unfertige Nachbildung Gordy Brogans löste sich auf wie Rauch und verschwand wieder in der Hauptmasse Protoplasma. Dann begann die gesamte pulsierende Masse wieder die Wand hochzufließen und in dem Heizungsschacht zu verschwinden, und bald verriet nur noch Franks Kopf und das herausgedrückte Gitter, daß eben noch eine Kreatur der Hölle hiergewesen war.

Nach der elektrischen Wanduhr war es 3:44. Die Nacht war fast um. Wie lange es wohl noch dauert, bis es dämmert, fragte sich Bryce. Noch anderthalb Stunden? Wahrscheinlich spielte es keine Rolle.

Den Sonnenaufgang würde er sicher nicht mehr erleben.

37. Arroganz

Die Tür des zweiten Laborwagens stand weit offen. Die Lichter brannten. Die Video-Schirme glühten. Alles war für sie bereit.

Jenny hatte versucht, sich an dem Glauben festzuklammern, daß sie sich trotz allem noch irgendwie wehren könnten und vielleicht eine, wenn auch verschwindende kleine, Chance hätten, den Verlauf der Ereignisse zu beeinflussen. Nun war auch diese geringe Hoffnung verschwunden. Sie waren machtlos. Sie konnten nur das tun, was *es* wollte, nur dorthin gehen, wohin *es* wollte.

Die sechs drängten sich in das Labor hinein.

»Was jetzt?« fragte Lisa.

»Wir warten«, sagte Jenny.

Sie standen eine längere Zeit wortlos herum und fragten sich im stillen, wer wohl als nächster würde sterben müssen. Schließlich sagte Bryce: »Dr. Flyte, wenn diese prähistorischen Wesen Millionen von Jahren überlebt haben und nur dann und wann an die Oberfläche kommen, um Nahrung aufzunehmen, warum sind dann solche Vorfälle wie hier nicht viel häufiger?«

Flyte zupfte sich mit einer schmalen, langfingrigen Hand am Kinn und sagte: »Weil sie nur selten auf Menschen treffen.«

»Warum denn das?«

»Ich bezweifle es, daß mehr als eine Handvoll dieser Kreaturen überlebt hat. Wahrscheinlich sind die meisten einer klimatischen Veränderung zum Opfer gefallen.«

»Trotzdem, selbst wenn es nur wenige sind –«

»Sehr wenige«, betonte Flyte. »Und die sind über die ganze Erde verteilt. Vielleicht müssen sie nur selten Nahrung zu sich nehmen. Nehmen Sie doch zum Beispiel eine Boa Constrictor; die kommt wochenlang ohne Nahrung aus. Vielleicht braucht der Alte Feind nur alle zwei Jahre Nahrung zu sich nehmen. Sein Stoffwechsel ist von unserem so völlig verschieden, daß praktisch alles möglich ist.«

»Vielleicht gibt es für sie auch eine Art Winterschlaf«, sagte Sara. »Nur daß der nicht eine Jahreszeit lang dauert, sondern möglicherweise Jahre.«

»Gut möglich«, sagte Flyte und nickte. »Das würde es auch erklären, daß es so selten zu Begegnungen mit Menschen kommt. Ich darf Sie außerdem daran erinnern, daß die Menschen weniger als ein Prozent der Oberfläche unseres Planeten bewohnen. Selbst wenn der Alte Feind regelmäßig an die Oberfläche kommen würde, ständen die Chancen schlecht, daß er dabei gesehen wird.«

»Und wenn doch, wird das höchstwahrscheinlich auf dem Meer passieren«, sagte Bryce. »Schließlich ist der größte Teil der Erdoberfläche mit Wasser bedeckt.«

»Genau«, sagte Flyte. »Und wenn alle lebenden Organismen auf dem betreffenden Schiff getötet und gefressen werden, erfährt davon niemand etwas. Die Geschichte der Seefahrt ist voll von Berichten über verschwundene Schiffe und Geisterschiffe, von denen die Mannschaft spurlos verschwunden ist.«

»Die *Mary Celeste*«, sagte Lisa mit einem Seitenblick auf Jenny.

Jenny erinnerte sich daran, wann ihre Schwester die *Mary Cele-*

ste zum erstenmal erwähnt hatte. Es war früh am Sonntag abend gewesen, als sie bei den Santinis den gedeckten Tisch vorgefunden hatten.

»Das ist ein berühmter Fall«, stimmte ihr Flyte zu, »aber einzigartig ist er nicht. Buchstäblich Hunderte von Schiffen sind unter geheimnisvollen Umständen verschwunden, und zwar bei gutem Wetter, in Friedenszeiten ohne eine ›logische‹ Erklärung.«

Tal sagte: »Da gibt es doch dieses Gebiet in der Karibik, in dem so viele Schiffe verschwunden sind ...«

»Das Bermuda-Dreieck«, warf Lisa schnell ein.

»Genau«, sagte Tal. »Ob es vielleicht auch ein Verwandler ...?«

»Durchaus möglich« sagte Flyte.

In diesem Augenblick erschien eine Nachricht auf den Video-Schirmen: ICH SCHICKE EUCH EINE SPINNE.

»Was soll das denn bedeuten?« fragte Flyte.

Sara tippte ihre Frage: UNKLAR. DEUTLICHER.

Die gleiche Nachricht wurde wiederholt: ICH SCHICKE EUCH EINE SPINNE.

UNKLAR. DEUTLICHER.

SCHAUT EUCH UM.

Jenny sah sie zuerst. Sie hockte links von Sara auf einer Arbeitsfläche. Eine schwarze Spinne. So groß wie Tarantula war sie nicht, aber wesentlich größer als eine gewöhnliche Spinne.

Sie zog ihre langen Beine ein und rollte sich zu einer Kugel zusammen. Sie verwandelte sich. Zuerst wurde ihre schwarze Farbe von der grau-roten Färbung des Verwandlers ersetzt, und dann wurde aus der Spinne eine Kakerlake, eine abstoßend häßliche, übernatürlich große Kakerlake, und dann eine kleine Maus mit zuckender Nase.

Neue Worte erschienen auf dem Video-Schirm.

HIER IST DIE GEWEBEPROBE, DIE SIE VERLANGT HABEN, DR. FLYTE.

»Warum ist es denn plötzlich so entgegenkommend?« fragte Tal.

»Weil es weiß, daß wir ihm mit nichts, was wir herausbekommen, etwas tun können«, sagte Bryce düster.

»Irgendwie muß ihm beizukommen sein«, sagte Lisa. »Wir dürfen einfach die Hoffnung nicht aufgeben.«

Die Maus löste sich nun zu einem formlosen Klumpen auf.

DAS IST MEIN LEIB, DER FÜR EUCH GEGEBEN WIRD, teilte es ihnen mit und verspottete sie wieder mit einem Bibelzitat.

Der Klumpen war wie der größere, der Frank Autry getötet hatte, ständig in Bewegung und formte kleine Vertiefungen oder Auswüchse. Es war allem Anschein nach nicht in der Lage oder nicht bereit, auch nur eine Sekunde lang ruhig zu bleiben.

SEHET DAS WUNDER MEINES FLEISCHES, DENN NUR IN MIR KÖNNT IHR UNSTERBLICHKEIT ERLANGEN. NICHT MIT GOTT ODER MIT CHRISTUS. NUR MIT MIR.

Der Schirm flackerte auf, und eine neue Nachricht erschien: IHR DÜRFT ES BERÜHREN. IHR WERDET NICHT VERLETZT WERDEN, WENN IHR ES BERÜHRT.

ICH MÖCHTE, DASS IHR MICH VERSTEHT UND MEINE WUNDER SEHT.

»Das Ding hat nicht nur ein Bewußtsein«, sagte Bryce. »Es zeigt sogar eine ausgesprochene Arroganz.«

Schließlich streckte Sara Yamaguchi zögernd eine Hand aus und berührte den Protoplasma-Klumpen mit einer Fingerspitze.

»Es ist nicht warm, so wie unser Fleisch. Kühl. Kühl und ein wenig ... fettig.«

Das kleine Stück des Verwandlers zitterte aufgeregt.

Sara zog hastig ihre Hand zurück. »Ich muß einen Schnitt davon anfertigen.«

»Ja«, sagte Jenny. »Wir brauchen einen oder zwei dünne Schnitte für das Licht-Mikroskop.«

»Und noch einen für das Elektronen-Mikroskop«, sagte Sara. »Und ein etwas größeres Stück für die Analyse.«

Der Alte Feind ermutigte sie durch den Computer.

VORWÄRTS. VORWÄRTS. VORWÄRTS. VORWÄRTS.
VORWÄRTS.
VORWÄRTS.

38. Eine kleine Chance

Nebelfetzen wehten durch die offene Tür in das Labor hinein.

Sara hockte gebückt über einem Mikroskop. »Unglaublich«, sagte sie leise.

Jenny saß neben ihr vor einem zweiten Mikroskop und untersuchte eine weitere Gewebeprobe des Verwandlers. »So eine Zellstruktur habe ich noch nie gesehen.«

»Es ist einfach unmöglich ... und doch ist es wahr«, sagte Sara.

Bryce stand hinter Jenny. Er hätte nur zu gern auch einen Blick durch das Mikroskop geworfen, obwohl ihm das nicht viel eingebracht hätte, weil er den Unterschied zwischen einer normalen und einer nicht normalen Zellstruktur nicht kannte. Trotzdem wollte er es sich unbedingt ansehen.

Dr. Flyte war zwar Wissenschaftler, aber kein Biologe, und über Zellenstruktur wußte er kaum mehr als Bryce. Trotzdem wollte auch er sich den Zellenaufbau des Alten Feinds gern einmal ansehen und stand lauernd hinter Sara. Auch Tal und Lisa standen in der Nähe und warteten interessiert auf die Möglichkeit, sich den Teufel unter einem Mikroskop anzusehen.

Sara schaute weiter angestrengt durch das Mikroskop und sagte: »Der größte Teil des Gewebes hat *keine* Zellenstruktur.«

»Bei der Probe hier ist es genauso«, sagte Jenny.

»Aber jede organische Materie muß doch eine Zellenstruktur haben«, sagte Sara. »Eine Zellenstruktur ist praktisch die Definition von organischer Materie. Jegliches lebendes Gewebe, sei es nun pflanzlich oder tierisch, besitzt eine Zellenstruktur.«

»Wenn ich es nicht besser wüßte« sagte Jenny, »würde ich den größten Teil davon als anorganisch bezeichnen, aber das ist ja nicht möglich.«

Bryce sagte: »Allerdings. Wir wissen schließlich alle, wie lebendig es ist.«

»Hier und dort sehe ich auch Zellen«, sagte Jenny. »Nicht viele, aber einige sind doch da.«

»In der Probe hier auch«, sagte Sara. »Die Zellen scheinen aber unabhängig voneinander zu existieren.«

»Sie sind auf jeden Fall sehr weit auseinander«, sagte Jenny. »Sie scheinen einfach in einem Meer aus undifferenzierter Materie zu schwimmen.«

»Sehr flexible Zellwände«, sagte Sara. »Ein dreifach gegabelter Zellkern. Eigenartig. Und er beansprucht mehr als die Hälfte des Zell-Innenraums.«

»Was bedeutet das?« fragte Bryce. »Ist das wichtig?«

»Ich weiß noch nicht, ob es wichtig ist oder nicht«, sagte Sara und lehnte sich mit finsterem Gesicht von dem Mikroskop zurück. »Ich habe keine Ahnung, was das bedeutet.«

Auf allen drei Video-Schirmen leuchtete eine Frage auf: HATTET IHR DENN NICHT ERWARTET, DASS DES SATANS FLEISCH GEHEIMNISVOLL IST?

Der Verwandler hatte ihnen eine mausgroße Probe seines Fleisches geschickt, aber bis jetzt war erst ungefähr die Hälfte davon für die verschiedenen Tests verwendet worden. Die andere Hälfte lag weiterhin in einer Schale auf dem Tisch.

Der kleine Klumpen zitterte wie Gelatine.

Er verwandelte sich in eine Spinne, die unruhig um die Schale herumkrabbelte.

Die Spinne wurde zu einer Kakerlake, dann zu einer Schnecke, zu einer Grille und schließlich zu einem grünen Käfer mit einem roten Muster auf dem Panzer.

Bryce und Dr. Flyte saßen nun vor den Mikroskopen, während hinter ihnen Lisa und Tal warteten, bis sie an der Reihe waren.

Jenny und Sara saßen vor dem Schirm des Elektronenmikroskops und waren mit der Untersuchung eines Zellkerns beschäftigt.

»Haben Sie irgendwelche Ideen?« fragte Jenny.

Sara antwortete ihr, ohne von dem Schirm wegzusehen. »Zum gegenwärtigen Zeitpunkt kann ich nur Vermutungen anstellen. Ich würde aber sagen, daß die undifferenzierte Materie, die offensichtlich die Hauptmasse dieses Wesens ausmacht, jede beliebige Zellstruktur nachahmen kann. Das Gewebe selbst ahmt also nach. Im Ruhezustand hat es keine eigene Zellstruktur. Die vereinzelten Zellen müssen den Verwandlungsprozeß irgendwie steuern; sie produzieren Enzyme oder teilen dem unstrukturierten Gewebe mit chemischen Signalen mit, was es werden soll.«

»Das heißt also, daß diese vereinzelten Zellen unverändert bleiben, welche Form das Wesen auch einnimmt, oder?«

»Ganz richtig. Allem Anschein nach trifft das zu. Wenn der Verwandler zu einem Hund wird, und wir würden davon eine Probe nehmen, würden wir Hundezellen sehen, aber hier und da würden wir auf vereinzelte flexible Zellen treffen, die einen dreifach gegabelten Kern besitzen, und das würde uns verraten, daß es doch kein Hund ist.«

»Sagt uns das aber irgend etwas darüber, wie wir uns retten könnten?« fragte Jenny.

»Soweit ich das beurteilen kann, nicht.«

Der formlose Klumpen in der Schale hatte wieder die Gestalt einer Spinne angenommen. Dann löste sich die Spinne auf, und Dutzende von winzigen Ameisen blieben übrig, die in der Schale umherkrochen. Sie fügten sich zusammen zu einem Wurm, der sich wieder in einen Käfer verwandelte. Die Verwandlungen schienen sich in ihrem Tempo zu beschleunigen.

»Wie das Gehirn wohl aussieht?« überlegte sich Jenny laut.

Sara sagte: »Wie meinen Sie das?«

»Das Ding da muß doch irgendwo ein Zentrum seiner Intelligenz haben. Sein Erinnerungsvermögen, sein Wissen und sein logisches Potential sind doch sicherlich nicht in diesen vereinzelten Zellen gespeichert.«

»Wahrscheinlich haben Sie recht«, sagte Sara. »Irgendwo in diesem Wesen ist höchstwahrscheinlich ein Organ, das dem menschlichen Gehirn entspricht. Es sieht natürlich nicht so aus wie unser Gehirn, aber seine Funktionen müßten ähnlich sein. Wahrscheinlich kontrolliert es die Zellen, die wir gesehen haben, und die wiederum kontrollieren das formlose Protoplasma.«

Mit wachsender Erregung sagte Jenny: »Die Gehirnzellen hätten zumindest eine wichtige Gemeinsamkeit mit den vereinzelten Zellen in dem amorphen Gewebe: sie würden selbst *nie* die Form wechseln!«

»Höchstwahrscheinlich haben Sie recht. Erinnerung, Logik und Intelligenz können sicherlich nur in einem Gewebe mit einer permanenten, festen Zellstruktur gespeichert werden.«

»Und das heißt, daß ein Loch, was man dort hineinschlägt, auch ein Loch *bleibt*. Wenn man dieses Gewebe also schwer genug beschädigen könnte, wäre es nicht mehr in der Lage, das amorphe Gewebe zu kontrollieren, und damit würde das gesamte Wesen sterben.«

Bryce sagte: »Das mag ja alles sein, aber wie sollen wir dieses Gehirn denn finden? Der Verwandler wird es doch ganz sicher so vor uns schützen, daß wir es auf keinen Fall erreichen können.«

Jennys Aufregung legte sich abrupt wieder. Bryce hatte recht. Vielleicht war das Gehirn tatsächlich der schwache Punkt des Verwandlers, aber sie würden keine Gelegenheit bekommen, diese Theorie zu prüfen.

Sara brütete über dem Ergebnis der chemischen Analyse.

»Eine extrem breite Vielfalt von Kohlenwasserstoffen«, sagte sie.

»Kohle ist aber auch ein Grundelement von allem lebenden Gewebe«, sagte Jenny. »Was ist daran also so besonders?«

»Hier haben wir aber so eine breite Vielfalt von Kohle in den verschiedensten Formen ...«

»Bringt uns das irgendwie weiter?«

»Ich weiß es nicht« erwiderte Sara nachdenklich.

Kellerassel. Heuschrecke. Raupe. Käfer. Ameisen. Raupe. Kellerassel. Spinne. Ohrwurm. Kakerlake. Tausendfüßler. Spinne.

Käfer-Wurm-Spinne-Schnecke-Ohrwurm.

Lisa starrte auf den Gewebeklumpen in der Schale herab. Es veränderte sich ständig, und die Wechsel wurden von Minute zu Minute schneller.

Irgend etwas stimmte nicht.

»Petrolatum«, sagte Sara.

»Was ist das?« fragte Bryce.

»Vaseline« sagte Jenny.

Flyte sagte zu Sara: »Sie wollen doch nicht etwa sagen, daß das amorphe Gewebe so etwas Einfaches wie Vaseline ist?«

»Nein, nein, nein«, sagte Sara hastig. »Natürlich nicht. Das ist schließlich lebendes Gewebe, und es ist weit komplexer als Petrolatum. Ich habe nicht den leisesten Schimmer, wie es seine Nahrung verarbeitet, wie das ganze Wesen ohne ein Kreislaufsystem oder ein Nervensystem funktionieren kann, wie es atmet. Aber diese extrem hohen Kohlenwasserstoff-Werte ...«

Ihre Stimme erstarb, und sie sah nachdenklich ins Leere. Tal hatte das Gefühl, daß sie aus irgendeinem Grund plötzlich sehr aufgeregt war. Das zeigte sich zwar an ihrem Gesichtsausdruck oder ihrer Körperhaltung nicht, aber sie hatte irgend etwas an sich, was ihm verriet, daß sie einer wichtigen neuen Erkenntnis auf der Spur war.

Tal sah zu Bryce hinüber, und ihre Blicke trafen sich. Offensichtlich war auch Bryce die Veränderung in Sara aufgefallen.

Fast unbewußt drückte Tal sich beide Daumen.

»Schaut euch das hier an«, sagte Lisa eindringlich.

Sie stand bei der Schale mit dem Rest der Gewebeprobe des Verwandlers. Als die anderen nicht sofort reagierten, sagte sie noch einmal: »Los, beeilt euch, schaut euch das an.«

Jenny und die anderen versammelten sich um sie und starrten auf den Protoplasma-Klumpen in der Schale.

Heuschrecke - Wurm - Tausendfüßler - Spinne - Schnecke - Spinne - Wurm . . .

»Es geht immer schneller«, sagte Lisa.

Spinne - Wurm - Spinne - Wurm - Spinnenwurmspinnewurmspinnewurm . . .

»Es hat sich kaum halb in einen Wurm verwandelt, wenn es schon wieder anfängt, sich wieder in eine Spinne zurückzuverwandeln«, sagte Lisa. »Irgendwie wahnsinnig hektisch. Seht ihr das? Da tut sich was mit dem Ding.«

»Es sieht aus, als hätte es völlig die Kontrolle über sich verloren«, sagte Tal.

»Sieht fast aus wie eine Art Zusammenbruch«, sagte Flyte.

Abrupt veränderte sich die Beschaffenheit des kleinen Gewebeklumpens. Eine milchige Flüssigkeit floß aus ihm, und dann brach der Klumpen zu einem nassen Häufchen aus leblosem Brei zusammen.

Es rührte sich nicht und nahm auch keine andere Form mehr an.

Sara nahm einen kleinen Laborlöffel und stieß damit an den Haufen in der Schale. Er rührte sich nicht.

Sie rührte ihn um. Das Gewebe wurde noch flüssiger, reagierte aber sonst nicht.

»Es ist tot«, sagte Flyte leise.

Bryce schien von dieser Entwicklung wie elektrisiert. »Was war in der Schale, bevor die Probe hineingekommen ist? *Das* ist unsere Waffe gegen den Verwandler.«

»Es tut mir leid, Ihre Hoffnungen enttäuschen zu müssen, aber die Schale war steril«, sagte Jenny. »Wahrscheinlich ist es eher so, daß ein vom Hauptteil des Verwandlers getrennter kleinerer Teil nur verhältnismäßig kurze Zeit überlebensfähig ist. Es wäre doch zum Beispiel möglich, daß das amorphe Gewebe eine stetige Zufuhr eines bestimmten Enzyms braucht, um seinen Zusammenhalt zu bewahren, und daß dieses Enzym im Gehirn produziert wird.«

»Das ist keineswegs unwahrscheinlich«, sagte Sara. »Das menschliche Gehirn produziert schließlich auch Enzyme und Hormone, ohne die unser Körper nicht überleben kann. Warum sollte der Verwandler nicht ähnlich funktionieren?«

Bryce sank enttäuscht in sich zusammen. »Damit sind wir doch genauso weit wie vorher. Wir müssen dieses Gehirn erst finden, bevor wir einen tödlichen Schlag gegen diesen Organismus führen können, und das wird der natürlich niemals zulassen.«

»Wir sind *nicht* genauso weit wie vorher«, sagte Sara und deutete auf den leblosen Schleim in der Schale. »Wir wissen jetzt, daß das amorphe Gewebe in einem empfindlichen Gleichgewicht lebt, *das gestört werden kann.*«

Die tiefen Kummerfalten in Bryces Gesicht wurden etwas weicher.

Sara sagte weiter: »Das Fleisch des Verwandlers kann beschädigt werden, sogar abgetötet. Der Beweis liegt in der Schale hier.«

»Wie sollen wir diese Erkenntnis für uns verwenden?« fragte Tal. »Wie können wir das chemische Gleichgewicht in ihm stören?«

»Das müssen wir herausbekommen«, sagte Sara.

»Haben Sie denn keine Idee?« fragte Lisa die Genetikerin.

»Nein«, sagte Sara. »Keine.«

Jenny hatte plötzlich das Gefühl, daß Sara Yamaguchi log.

Sara wollte ihnen von dem Plan erzählen, der ihr eingefallen war, aber sie konnte kein Wort sagen. Erstens bot ihre geplante Strategie nur eine sehr dürftige Hoffnung, und sie wollte ihren Leidensgefährten nicht sinnlos Mut machen, nur um sie dann später wieder grausam enttäuschen zu müssen. Wenn sie außerdem wie durch ein Wunder eine Methode gefunden hatte, wie der Verwandler zu vernichten wäre, würde auch er es erfahren, wenn sie den anderen davon berichtete, und er würde sie an der Durchführung ihres Plans hindern. Sie konnte ihren Plan hier nirgends mit den anderen in Sicherheit diskutieren. Ihre beste Chance sah sie darin, den Verwandler in seiner überheblichen Arroganz zu bestätigen.

Für die Durchführung ihres Plans brauchte sie jedoch Zeit. Der Verwandler war Millionen Jahre alt und praktisch unsterblich. Was waren für ein solches Wesen schon ein paar Stunden? Es würde ihre Bitte bestimmt erfüllen. Ganz bestimmt.

Sie setzte sich an einen der Computerausgänge, wischte sich mit einer Hand über die vor Müdigkeit brennenden Augen und tippte:

BIST DU DA?

JA.

WIR HABEN EINIGE TESTS DURCHGEFÜHRT, tippte sie, während sich die anderen um sie drängten.

ICH WEISS.

WIR SIND FASZINIERT VON DIR! WIR MÖCHTEN NOCH MEHR ÜBER DICH ERFAHREN.

SELBSTVERSTÄNDLICH.

WIR MÖCHTEN NOCH ANDERE TESTS DURCHFÜHREN.

WARUM?

DAMIT WIR MEHR ÜBER DICH ERFAHREN.

UNKLAR. DEUTLICHER, lautete die spöttische Antwort.

Sara überlegte einen Augenblick und tippte dann: DR. FLYTE BRAUCHT NOCH ZUSÄTZLICHE ANGABEN, UM RICHTIG ÜBER DICH BERICHTEN ZU KÖNNEN.

ER IST MEIN MATTHÄUS.

ER BRAUCHT WEITERE ANGABEN, WENN ER DEINE GESCHICHTE SO ERZÄHLEN SOLL, WIE SICH DAS GEHÖRT.

MACHT WEITER MIT EUREN TESTS.

WIR MÜSSEN DAZU MEHR LABORAUSRÜSTUNGEN KOMMEN LASSEN.

WARUM? IHR HABT DOCH EIN VOLL AUSGERÜSTETES LABOR.

Saras Hände waren feucht. Sie wischte sie an ihren Jeans ab, bevor sie weitermachte.

DAS LABOR IST NUR FÜR DIE ANALYSE BIOLOGISCHER UND CHEMISCHER KAMPFSTOFFE AUSGERÜSTET. AUF EIN WESEN WIE DICH WAREN WIR NICHT VORBEREITET. WIR BRAUCHEN DAHER ZUSÄTZLICHE LABOREINRICHTUNGEN, UM UNSERE SACHE RICHTIG MACHEN ZU KÖNNEN.

VORWÄRTS.

Sie starrte auf die grün auf grün gedruckten Worte und konnte es kaum glauben, daß es so leicht war, mehr Zeit herauszuschlagen.

Sie gab wieder etwas in den Computer ein: WIR MÜSSEN IN DAS HOTEL ZURÜCK UND DORT DAS TELEFON BENUTZEN.

VORWÄRTS, DU SCHLAMPE. DU LANGWEILST MICH. VORWÄRTS. VORWÄRTS!

Ihre Hände waren wieder feucht geworden. Sie wischte sie ab und stand auf. An den Blicken der anderen erkannte sie, daß sie genau wußten, daß sie etwas versteckte, und daß sie auch den Grund dafür kannten. Woher wußten sie das aber? War sie so leicht zu durchschauen? Bedeutete das, daß *es* auch Bescheid wußte?

Sie räusperte sich und sagte mit unsicherer Stimme: »Also los.«

»Also los«, sagte Sara Yamaguchi unsicher, aber Timothy sagte: »Augenblick, bitte. Nur eine Minute oder zwei. Ich möchte etwas versuchen.«

Er setze sich an den Terminal, holte tief Luft und tippte:

HIER SPRICHT TIMOTHY FLYTE.

ICH WEISS.

WIR MÜSSEN UNS UNTERHALTEN.

VORWÄRTS.

MUSS ES DENN UNBEDINGT DURCH DEN COMPUTER SEIN?

DAS IST BESSER ALS DURCH EINEN BRENNENDEN BUSCH.

Eine oder zwei Sekunden lang wußte Timothy nicht, was damit gemeint war. Als er den Witz endlich verstand, hätte er beinahe laut gelacht. Das Ding da hatte tatsächlich einen gewissen perversen Sinn für Humor. Er tippte: DEINE SPEZIES UND MEINE SOLLTEN IN FRIEDEN LEBEN.

WARUM?

WEIL WIR DIE ERDE TEILEN.

WIE DER BAUER DIE ERDE MIT SEINEM VIEH TEILT! IHR SEID MEIN VIEH.

WIR SIND DIE BEIDEN EINZIGEN INTELLIGENTEN ARTEN AUF DER ERDE.

IHR GLAUBT, IHR WÜSSTET SO VIEL! IN WIRKLICHKEIT WISST IHR SO WENIG.

WIR SOLLTEN ZUSAMMENARBEITEN, forderte Flyte beharrlich.

IHR SEID MIR UNTERLEGEN.

WIR HABEN VIEL VONEINANDER ZU LERNEN.

ICH HABE VON EURER ART NICHTS ZU LERNEN.

VIELLEICHT SIND WIR KLÜGER, ALS DU MEINST.

IHR SEID UNSTERBLICH. IST DAS NICHT DIE WAHRHEIT?

JA.

FÜR MICH SIND EURE LEBEN SO KURZ UND UNWICHTIG, WIE DAS LEBEN EINER EINTAGSFLIEGE FÜR EUCH.

WENN DU SO ÜBER UNS DENKST, WARUM SOLL ICH DANN ÜBER DICH SCHREIBEN?

ES AMÜSIERT MICH, DASS EINER VON EUCH DURCH THEORETISCHE ÜBERLEGUNGEN AUF MEINE EXISTENZ GEKOMMEN IST. DAS IST SO, WIE WENN EIN LIEBLINGSÄFFCHEN EIN SCHWIERIGES KUNSTSTÜCK LERNT.

ICH HALTE UNS NICHT FÜR UNTERLEGEN, tippte Flyte beharrlich.

VIEH.

ICH GLAUBE, DU WILLST NUR DESHALB, DASS ÜBER DICH GESCHRIEBEN WIRD, WEIL DU EINE GANZ MENSCHLICHE EITELKEIT ENTWICKELT HAST.

IRRTUM. ICH GLAUBE, DU BIST ERST DANN ZUM INTELLIGENTEN WESEN GEWORDEN, ALS DU ANGEFANGEN HAST, ANDERE INTELLIGENTE WESEN ZU FRESSEN, NÄMLICH DIE MENSCHEN.

DEINE IGNORANZ ENTTÄUSCHT MICH.

Timothy forderte es weiter heraus: ICH MEINE, DU HAST ERST DURCH DEINE MENSCHLICHEN OPFER WISSEN UND ERINNERUNG UND DAMIT AUCH INTELLIGENZ AUFGENOMMEN. DEINE ENTWICKLUNG VERDANKST DU UNS.

Keine Antwort.

Timothy löschte seine beiden vorherigen Sätze und schrieb weiter: DEIN BEWUSSTSEIN SCHEINT EINE SEHR MENSCHLICHE STRUKTUR ZU HABEN – ICH, ÜBER-ICH UND SO WEITER.

VIEH, lautete die Antwort. SCHWEINE, ERBÄRMLICHE TIERE. IHR LANGWEILT MICH.

Und dann erloschen alle Schirme.

Timothy lehnte sich in seinem Stuhl zurück und seufzte. »So eine Arroganz«, sagte er.

»Wie es sich für einen Gott gehört«, sagte Dr. Paige. »Und dafür scheint es sich ja wohl zu halten.«

»In gewisser Beziehung«, sagte Lisa, »ist er das ja auch.«

»So ist es«, sagte Tal Whitman. »Was uns betrifft, könnte es ebensogut ein Gott sein. Es hat schließlich Macht wie ein Gott, oder?«

»Oder wie ein Teufel«, sagte Lisa.

Hinter den Straßenlaternen war der Horizont jetzt grau. Die ersten Anzeichen der Dämmerung kündigten sich an.

Sara wünschte, Dr. Flyte hätte den Verwandler nicht so kühn herausgefordert, weil sie befürchtete, er hätte davon Wut bekommen und würde sein vorher gegebenes Versprechen nicht halten.

Auf ihrem kurzen Weg von dem Labor zum Hotel wurden sie von merkwürdigen Tierstimmen begleitet, von einem seltsamen Geheul, wie es Sara noch nie vorher gehört hatte. *Es* führte ihnen weiter seine Künste vor. Einmal brachte ein höllischer Schrei, der ganz aus der Nähe kam, die Überlebenden dazu, sich eng aneinander zu drängen.

Sie wurden jedoch nicht angegriffen, und auch im Hotel erwartete sie keine neue Überraschung.

Sara setzte sich an den Schreibtisch und wählte die Nummer des Standorts in Dugway, Utah. Die anderen versammelten sich um sie, um zuzuhören.

Wegen der Krise in Snowfield war das Telefon in Utah nicht nur wie normal besetzt; Captain Daniel Tersch, Armee-Arzt und Spezialist für ansteckende Krankheiten, meldete sich sofort.

Sara berichtete ihm über ihre letzten Entdeckungen, und Tersch war fasziniert, obwohl das nicht zu seinem Sachgebiet gehörte.

»Petrolatum?« unterbrach er sie an einem Punkt überrascht.

»Das amorphe Gewebe ähnelt Petrolatum nur insofern, als es eine ähnliche Mischung von sehr hochwertigen Kohlenwasserstoffen ist. Es ist natürlich weit komplexer aufgebaut.«

Sie betonte das besonders, denn sie wollte, daß er es an die übrigen Wissenschaftler in Dugway weitergab. Wenn sich ein anderer Biochemiker oder Genetiker die Liste der Bestellungen ansah, wußte er ganz bestimmt, was sie vorhatte, und dann könnte die Waffe schon vorher zusammengesetzt werden, und sie brauchten sich nicht hier damit aufzuhalten, während der Verwandler ihnen über die Schulter sah. Sie konnte Tersch nicht einfach sagen, was sie vorhatte, weil der Verwandler ganz sicher zuhörte.

Zum Schluß sprach sie die zusätzlichen Labor-Geräte an, die sie noch brauchte. »Den größten Teil davon können Sie sich von Universitäts- und Industrie-Labors hier in Nordkalifornien ausleihen. Ich brauche es nur so schnell wie möglich.«

»Was brauchen Sie denn genau?« fragte Tersch. »Sagen Sie es mir einfach, und in vier oder fünf Stunden haben Sie es.«

Sie las ihm eine Liste von Geräten vor, die sie in Wirklichkeit gar nicht brauchte, und erst ganz zum Schluß sagte sie: »Ich brauche außerdem soviel wie möglich von der vierten Generation von Dr. Chakrabartys kleinem Wunder. Verpacken Sie es und schikken Sie es mir so schnell wie möglich.«

»Wer ist denn Chakrabarty?« fragte Tersch verwirrt.

»Den kennen Sie sicher nicht. Ich brauche außerdem noch zwei oder drei Druckluft-Sprühgeräte.«

»Was ist das denn für ein kleines Wunder? Was meinen Sie damit?«

»Notieren Sie nur Chakrabarty, vierte Generation.« Sie buchstabierte ihm den Namen.

»Ich habe keine Ahnung, worum es geht«, sagte er.

Gut, dachte Sara erleichtert. Ausgezeichnet.

Wenn Tersch gewußt hätte, was Dr. Chakrabartys kleines Wunder war, hätte er es vielleicht ausgeplaudert, bevor sie ihn daran hindern konnte, und damit wäre der Alte Feind gewarnt gewesen.

»Das liegt außerhalb Ihres Sachgebiets«, sagte sie. »Warum sollten Sie auch darüber informiert sein.« Sie versuchte jetzt hastig, von dem Thema so schnell und so weit wie möglich wegzukommen. »Ich habe im Augenblick keine Zeit für Erklärungen, Dr. Tersch. Andere werden Ihnen das erklären können. Vier oder fünf Stunden, sagten Sie?«

»Damit müßten wir hinkommen«, sagte Tersch. »Wie sollen wir das Zeug denn liefern?«

»Wäre es vielleicht möglich, es mit einem Hubschrauber einfliegen zu lassen?« fragte Sara.

»Aber sicher.«

»Sagen Sie dem Piloten, er soll nicht zu landen versuchen. Der Verwandler würde dann denken, wir wollten zu fliehen versuchen. Er würde uns und die Hubschraubermannschaft bestimmt in dem Augenblick töten, in dem der Hubschrauber aufsetzt. Sie sollen die Geräte im Schwebeflug mit einer Winde ablassen.«

»Das wird alles zusammen ein ziemlich großes Paket werden, aber sie werden es schon schaffen. Ihnen wünsche ich viel Glück.«

»Vielen Dank«, sagte Sara. »Wir werden es brauchen können.«

Sie legte auf.

»Plötzlich kommen einem fünf oder sechs Stunden wie eine Ewigkeit vor«, sagte Jenny.

Sie warteten offensichtlich ungeduldig auf eine Möglichkeit, etwas über Saras Plan zu erfahren, wußten aber zugleich, daß sie nicht darüber sprechen konnten. Selbst in ihrem Schweigen aber entdeckte Sara einen neuen Optimismus.

Erhofft euch nicht zuviel, dachte sie sorgenvoll. Es war durchaus möglich, daß ihr Plan nichts taugte. Das war sogar die wahrscheinlichere Möglichkeit. Und wenn der Plan scheiterte und der

Verwandler herausbekam, was sie vorgehabt hatten, würde er sie alle auf eine ganz besonders brutale Art töten.

Draußen dämmerte es.

Der Nebel leuchtete nicht mehr fahl wie vorher, sondern reflektierte blendend weiß die Morgensonne.

39. Die Erscheinung

Fletcher Kale wachte um die Morgendämmerung auf.

Im Wald herrschte noch Halbdunkel. Nur hier und da fielen vereinzelte Sonnenstrahlen wie weiße Speere durch Lücken in der Decke aus Blättern. Das Sonnenlicht war in dem Morgennebel diffus und undeutlich.

Er hatte die Nacht in dem großen Jeep verbracht, den er aus Jake Johnsons Garage geholt hatte. Nun stieg er aus, stellte sich neben den Jeep und lauschte angestrengt, ob ihn jemand verfolgte.

Gestern nacht war er um kurz nach elf auf dem Weg zu Johnsons geheimem Zufluchtsort auf eine Straßensperre gestoßen, die dafür sorgen sollte, daß niemand das Quarantänegebiet um Snowfield betrat. Die Fahndung nach ihm lief schon seit Stunden, und die Polizisten hatten bestimmt sein Foto bekommen. Wenn sie ihn erkannten, war er in einer Stunde wieder im Gefängnis.

Nun erinnerte er sich daran, daß er im Radio gehört hatte, um Snowfield sei eine Quarantänezone eingerichtet worden, aber er hatte gedacht, nur auf der anderen Seite des Bergs.

Zwei Deputies stiegen aus dem schräggestellten Polizeiwagen aus, und er wünschte sich, er hätte zur Abwechslung einmal genauer zugehört, als die Nachrichten kamen.

Überraschung war seine einzige Hoffnung. Die Polizisten erwarteten bestimmt keine Schwierigkeiten an dieser langweiligen Straßensperre. Das HK 91-Sturmgewehr lag auf dem Sitz neben ihm unter einer Decke. Er zog es hervor, stieg aus dem Jeep aus und eröffnete das Feuer. Die automatische Waffe ratterte, und die beiden Deputies tanzten einen kurzen Totentanz.

Er rollte die Leichen in den Straßengraben, kurvte den Polizeiwagen zur Seite und fuhr den Jeep daran vorbei. Dann hielt er an und brachte den Polizeiwagen wieder an die gleiche Stelle wie vorher, damit es so aussah, als sei der oder die Mörder nicht daran vorbeigefahren. Er fuhr auf dem Waldweg weiter, bis der Weg nach ungefähr sechs Kilometern auch mit dem Jeep nicht mehr befahrbar war. Er versteckte ihn im Gebüsch, so gut es ging, und stieg aus.

Außer dem HK 91 trug er noch die anderen Waffen aus Johnsons Speisekammer in einem Sack, und die $ 63440 hatte er in den Taschen seiner Jacke verteilt. Sonst hatte er nur noch eine Taschenlampe dabei, und mehr brauchte er auch nicht, weil er alles andere in der Höhle finden würde.

Er hatte zwar ursprünglich vorgehabt, den letzten halben Kilometer, der nur zu Fuß zu schaffen war, sofort hinter sich zu bringen, aber er mußte bald feststellen, daß ein Marsch durch einen nächtlichen Wald auch mit einer Taschenlampe keine Kleinigkeit ist, und so war er zu dem Jeep zurückgegangen und hatte in ihm geschlafen. Selbst wenn die beiden toten Deputies noch vor dem Morgen entdeckt wurden, würde sicher erst dann ein Suchtrupp ausgeschickt werden, wenn es hell war, und bis sie hierherkamen und den Jeep fanden, war er in seinem Höhlenversteck in Sicherheit.

Nun stand er im Licht des frühen Morgens neben dem Jeep und lauschte, ob jemand kam. Er hörte nichts. Eigentlich hätte ihn das auch überrascht, denn es war ihm nicht vom Schicksal bestimmt, in einem Gefängnis zu verfaulen. Vor ihm lag eine goldene Zukunft. Das wußte er sicher.

Er streckte sich, gähnte herzhaft und machte sich auf den Weg. Das war ihm in der Nacht zwar noch nicht aufgefallen, aber der Fußweg war voller frischer Spuren. Es war noch nicht lange her, seitdem er von verschiedenen Leuten benützt worden war.

Er entsicherte das Sturmgewehr und ging vorsichtig weiter. Er hielt dabei das Gewehr im Anschlag, um jeden, der auftauchen sollte, sofort niedermähen zu können.

Weniger als eine halbe Studen später erreichte er die Lichtung um die Hütte – und sah, wer den Weg benutzt hatte. Vor der Hütte waren acht Harleys mit dem Namen Chrom-Dämonen auf dem Tank aufgestellt.

Das war Gene Terrs Bande. Nicht alle. Wahrscheinlich ungefähr die Hälfte. Kale drückte sich an einen Kalkfelsen am Rand der Lichtung und musterte die Blockhütte. Es war niemand zu sehen. Er holte sich leise ein Ersatzmagazin für das Gewehr aus seinem Wäschesack und setzte es ein.

Wie war Terr mit seiner Schlägerbande hierher gekommen? Es war doch sicher unheimlich gefährlich, mit den schweren Motorrädern in die Berge zu fahren, aber diese Typen liebten ja die Gefahr. Was wollten sie aber bloß hier? Wie hatten sie die Hütte gefunden, und warum waren sie hergekommen?

Kale lauschte angestrengt, und nach einer Weile wurde ihm bewußt, daß nicht einmal das Geräusch von Tieren oder Insekten zu hören war. Keine Vögel. Absolut nichts. Unheimlich.

Dann aber raschelte es hinter ihm in dem Gebüsch. Ein leises Geräusch, aber in der unnatürlichen Stille laut wie ein Kanonenschuß.

Kale hatte auf dem Boden gekniet. Mit katzenhafter Schnelligkeit rollte er sich seitlich ab und hob das Sturmgewehr.

Er war bereit zu töten, aber auf diesen Anblick war er nicht vorbereitet gewesen. Es war Jake Johnson, der in knapp zehn Metern Entfernung grinsend und nackt aus den Bäumen und dem Nebel kam. Splitterfasernackt.

Wieder eine Bewegung links von Johnson.

Ein zweiter Mann kam durch den Nebel aus dem Wald, und das hohe Gras wogte um seine nackten Beine. Auch er war nackt und grinste breit.

Das war aber nicht das Schlimmste. Das Schlimmste war, daß dieser zweite Mann auch Jake Johnson war.

Kale sah erschreckt und verwirrt von einem zum anderen. Die beiden Männer waren sich so ähnlich wie eineiige Zwillinge. Aber Jake war doch ein Einzelkind gewesen – oder? Von einem Zwillingsbruder hatte Kale noch nie etwas gehört.

Nun trat eine dritte Gestalt aus dem Schatten unter einer riesigen Tanne hervor. Noch einmal Jake Johnson.

Kale bekam keine Luft. Es war vielleicht entfernt möglich, daß Johnson einen Zwillingsbruder hatte, aber er war auf gar keinen Fall einer von Drillingen.

Irgend etwas stimmte hier nicht. Plötzlich waren es nicht mehr die unmöglichen Drillinge, die Kale Angst einjagten. Mit einem Mal schien alles bedrohlich: der Wald, der Nebel, die steinerne Silhouette der Berge ...

Die drei Gestalten kamen langsam von verschiedenen Seiten den Hang hinauf auf Kale zu. Ihre Augen hatten einen seltsamen Ausdruck, und ihre Münder waren grausam.

Kale stand hastig auf. »Keinen Schritt weiter!«

Sie blieben jedoch nicht stehen, obwohl er bedrohlich sein Sturmgewehr schwenkte.

»Wer bist du? Was *soll* das denn?« fragte Kale.

Sie antworteten ihm nicht, sondern kamen wie Zombies weiter auf ihn zu.

Er riß den Wäschesack mit den Waffen an sich und zog sich hastig und ungeschickt von dem alptraumhaften Trio zurück.

Nein. Inzwischen war es kein Trio mehr, sondern ein Quartett. Unten am Hang kam ein vierter Jake Johnson zwischen den Bäumen hervor, völlig nackt wie die anderen.

Kales Angst drohte in Panik umzukippen.

Die vier Johnsons kamen fast geräuschlos auf Kale zu. Nur die trockenen Blätter unter ihren Füßen raschelten. Sie beschwerten sich nicht über die Steine und die Dornen und die spitzen Holzstücke unter ihren nackten Fußsohlen, die ihnen weh getan haben mußten. Einer von ihnen begann, sich die Lippen abzulekken, und die anderen drei folgten sofort seinem Beispiel.

Kale durchzuckte das eiskalte Entsetzen, und er fragte sich, ob er den Verstand verloren hatte. Der Gedanke hielt sich jedoch nicht lange. Kritische Betrachtungen seiner eigenen Person waren Kale fremd, und er hielt sich auch diesmal nicht lange damit auf.

Er ließ den Wäschesack fallen, packte die HK 91 mit beiden Händen und eröffnete das Feuer. Während des Feuerstoßes ließ er die Mündung herumwandern und sah, wie alle vier Männer von den Kugeln getroffen wurden und die Wunden aufbrachen. Kaum waren sie jedoch sichtbar, schlossen sie sich bereits wieder, verheilten und waren innerhalb von Sekunden verschwunden.

Die Männer kamen weiter auf ihn zu.

Nein, nicht Männer, das war etwas anderes.

Halluzinationen? Vor Jahren während seiner Schulzeit hatte Kale oft LSD eingeworfen. Nun fiel es ihm wieder ein, daß man noch Monate oder gar Jahre, nachdem man das LSD genommen hatten, von Flashbacks geplagt werden konnte. Ihm selbst war so etwas zwar noch nie passiert, aber er hatte davon gehört. War das hier ein Flashback? Halluzinationen?

Vielleicht. Auf der anderen Seite glänzten die Männer hier, als würde sich der Morgentau auf ihrer Haut niederschlagen, und solche Details registrierte man normalerweise bei Halluzinationen nicht. Außerdem war dieses Erlebnis hier völlig anders als alles, was er bisher unter Drogen erlebt hatte.

Noch immer grinsend hob der eine Doppelgänger einen Arm und deutete auf Kale. Es war unglaublich, aber das Fleisch hatte sich von dieser Hand völlig gelöst und war anscheinend in den Arm zurückgeflossen, als sei es Wachs, das von einer Kerze herunterläuft. Das Handgelenk wurde dadurch etwas dicker, aber von der Hand blieb nichts als weiße Knochen. Ein Knochenfinger deutete voller Verachtung, Zorn und Anschuldigung auf Kale.

Kale wollte seinen Augen nicht mehr trauen.

Die anderen drei Exemplare Jake Johnsons hatten sich noch makabrer verändert. Bei einem war aus einem Teil des Gesichts das Fleisch verschwunden; ein Backenknochen war zu sehen, eine Reihe Zähne, und vom rechten Auge war nur noch der Augapfel übrig, der feucht in der fleischlosen Höhle glänzte. Dem dritten Mann fehlte ein Stück Fleisch von seinem Rumpf; man konnte seine spitzen Rippen und dunkle, pulsierende innere Organe sehen. Der vierte ging auf einem normalen Bein, aber von dem anderen waren nur noch Knochen und Sehnen übrig.

Als sie näher kamen, sagte einer von ihnen: »Kindermörder«.

Kale schrie, ließ sein Gewehr fallen und rannte los. Er blieb jedoch sofort wieder stehen, als er zwei weitere Johnsons von der Hütte her kommen sah. Sie hatten ihn eingekreist, und jetzt blieb ihm nur noch die Höhle. Er rannte zu ihrem Eingang, schob keuchend das Gebüsch davor zur Seite und hastete in die dunkle Höhle hinein. Er tastete sich an der Wand weiter, versuchte, sich daran zu erinnern, wie der Gang verlief und wünschte sich, er hätte die Taschenlampe behalten. Plötzlich kam ihm die Idee, daß das hier vielleicht keineswegs so sicher war, wie er angenommen hatte. Je mehr er darüber nachdachte, desto sicherer wurde er sich, daß sie ihn in der Höhle haben *wollten* – und als er sich umsah, standen zwei von den verwesenden Männern im Eingang. Er heulte auf und rannte weiter, stieß gegen die Felswand, schürfte sich eine Hand auf, und dann sah er vor sich plötzlich Licht durch die offene Tür der Felsenkammer. Er rannte durch und warf sie hinter sich zu, obwohl er wußte, daß sie sich davon nicht würden aufhalten lassen. Er hastete wie im Traum an aufgestapelten Lebensmitteln auf die Lichtquelle zu, die in der zweiten Kammer war.

Das Licht stammte von einer Campingleuchte.

Kale trat in die dritte Kammer.

Was er da in dem blassen, weißlichen Licht der Gaslampe sah, ließ ihm das Blut in den Adern gefrieren. Es war aus dem unterirdischen Fluß durch die Öffnung im Boden der Höhle aufgestiegen, in der Jake Johnson seine Wasserpumpe angebracht hatte. Es wand sich, zuckte und pulsierte. Dunkles, fleckiges Fleisch. Formlos.

Flügel begannen sich zu bilden, schmolzen aber dann wieder.

Ein schwefeliger Geruch hing in der Luft, nicht stark, aber ekelerregend.

Auf der ganzen sieben Fuß hohen Säule aus Schleim öffneten sich Augen und richteten sich auf Kale. Er wich vor ihnen zurück bis an die Wand der Kammer und klammerte sich an dem Gestein fest, als könne er sich nur noch mit dieser letzten Berührung mit der Realität vor dem Abgrund des Wahnsinns retten.

Manche der Augen waren menschlich, manche aber auch nicht. Sie schauten ihn durchbohrend an, und dann schlossen sie sich wieder und verschwanden.

Münder öffneten sich, wo vorher keine Münder gewesen waren. Zähne. Fänge. Gespaltene Zungen über schwarzen Lippen. Aus anderen Mündern schlängelten sich wurmähnliche Auswüchse und verschwanden wieder wie die Augen.

Ein Mann saß einige Fuß weit von dem pulsierenden Ding auf dem Boden. Sein Gesicht lag im Schatten.

Als er sah, daß Kale ihn bemerkt hatte, lehnte er sich leicht vor und ließ das Licht auf sein Gesicht fallen. Er war einen Meter neunzig oder noch größer; er hatte einen Bart, und sein langes, blondes, lockiges Haar hielt er mit einem zusammengerollten Stirnband zusammen. Ein goldener Ohrring baumelte herab. Er lächelte Kale eigenartig an, hob eine Hand zur Begrüßung, und auf ihre Handfläche war in Rot und Gelb ein Auge tätowiert.

Es war Gene Terr.

40. Biologische Kriegsführung

Der Armee-Hubschrauber kam dreieinhalb Stunden nach Saras Gespräch mit Daniel Tersch in Dugway an, also früher als versprochen. Offensichtlich war er von einer Base in Kalifornien ausgeschickt worden, und offensichtlich hatten ihre Kollegen verstanden, wie ihr Plan aussah. Es war ihnen klargeworden, daß sie den größten Teil der Geräte gar nicht wirklich brauchte, und hatten ihr nur das geschickt, was sie für den Angriff auf den Verwandler brauchte. Sonst hätte der Hubschrauber nicht so schnell dasein können.

Der große, mit Tarnfarbe gestrichene Hubschrauber mit seinen zwei großen Rotoren schwebte zwar ungefähr zwanzig Meter über der Skyline Road, wirbelte aber trotzdem Nebel und trockene Blätter auf. Seitlich an dem Hubschrauber ging eine Tür auf, ein Mann lehnte sich heraus und erkundigte sich durch Handzeichen, ob hier die mitgebrachten Geräte abgelassen werden sollten. Sara wies die anderen an, sich in einem großen Kreis aufzustellen.

Daraufhin wurde ein in Leinen gewickeltes Bündel aus dem Hubschrauber gestoßen, mit einer elektrischen Winde äußerst vorsichtig abgelassen und landete mitten in ihrem Kreis sanft auf dem Boden.

Bryce war der erste, der das Paket erreichte. Er löste den Schnappverschluß des Windenkabels, und als Sara und die anderen zu ihm kamen, wurde es bereits wieder nach oben gezogen, und der Hubschrauber flog hoch und verschwand aus der Gefahrenzone.

Sara kauerte sich neben das Bündel und begann, in fieberhafter Eile die Nylonverschnürung zu lösen, und innerhalb von wenigen Sekunden hatte sie den Inhalt ausgepackt.

Da waren zwei blaue Kanister mit handgeschriebenen weißen Worten und Zahlen darauf. Sie seufzte erleichtert auf, als sie sie sah. Ihre Nachricht war richtig verstanden worden. Außerdem waren da noch drei Sprühtanks, wie sie für die Schädlingsbekämpfung benutzt werden, die jedoch nicht mit einer Handpumpe bedient wurden, sondern mit Druckluft arbeiteten. Jeder Tank hatte einen Rückentragegurt. Ein Gummischlauch mit einer Hochdruckdüse aus Metall von einem Meter Länge ermöglichte es, ein Ziel aus einer Entfernung von vier bis fünf Metern anzusprühen.

Während der Hubschrauber im Westen am Himmel verschwand, fragte Lisa: »Sara, das ist doch alles, was Sie brauchen – oder?«

»Alles, was ich angefordert habe«, war die ausweichende Antwort.

Sie sah sich nervös um und erwartete jeden Augenblick den

Angriff des Verwandlers. Als aber keine Spur von ihm zu entdekken war, sagte sie: »Tal, wenn Sie vielleicht zwei von den Tanks tragen könnten ...«

Der Sheriff und der Deputy legten sich die Tanks an den Tragegurten an und zogen die Gurte fest. Sie wußten beide offensichtlich, daß die Tanks eine Waffe enthielten, mit der sie den Verwandler vielleicht zerstören könnten, auch ohne daß ihnen das jemand gesagt hatte. Sara wußte, daß sie vor Neugier fast zersprangen und war beeindruckt davon, daß sie keine Fragen stellten.

Eigentlich hatte sie das dritte Sprühgerät selbst bedienen wollen, aber es war viel schwerer, als sie angenommen hatte. Wenn sie sich anstrengte, würde sie es wohl tragen können, aber dann könnte sie sich nicht mehr schnell bewegen, und auf Schnelligkeit und Beweglichkeit kam es in den nächsten beiden Stunden vor allem an. Auch Lisa oder Flyte waren für das Gerät zu schwach, und damit blieb nur noch Jenny übrig. Sie war allem Anschein nach in bester körperlicher Verfassung und würde das Gewicht des Sprühgeräts relativ mühelos bewältigen können.

Auch Jenny selbst war dieser Meinung. Sara half ihr, den Tank anzulegen, und sie waren kampfbereit.

Noch immer war von dem Verwandler nichts zu sehen.

Sara wischte sich den Schweiß von der Stirn. »Also gut. Sobald es sich zeigt, sofort einsprühen. Verschwendet keine Sekunde. Sprüht es ein, versucht vielleicht, mehr davon herauszulocken, aber vor allem sprühen, sprühen, sprühen.«

»Ist das eine Säure – oder was?« fragte Bryce.

»Nein, Säure ist das nicht«, sagte Sara. »Es wird allerdings ungefähr so wirken – wenn es überhaupt wirkt.«

»Wenn es keine Säure ist, was ist es dann?« fragte Tal.

»Ein einziger, hochspezialisierter Mikro-Organismus«, sagte Sara.

»Viren?« fragte Jenny überrascht.

»Ja. Sie schwimmen in einer Nährlösung.«

»Wollen wir den Verwandler etwa *krank* machen?« fragte Lisa skeptisch.

»Das hoffe ich auf jeden Fall inständig«, sagte Sara.

Nichts rührte sich. Nichts. Trotzdem war da draußen etwas und hörte ihnen mit feinem Gehör zu.

»Sehr, sehr krank, wenn wir Glück haben«, sagte Sara weiter. »Weil Krankheit scheinbar die einzige Möglichkeit ist, es zu töten.«

Nun waren ihre Leben bedroht, denn *es* wußte, daß sie es betrogen hatten.

Flyte schüttelte den Kopf. »Aber der Alte Feind ist doch so völlig anders als Menschen oder Tiere ... Krankheiten, die für andere Organismen schädlich wären, würden ihm wahrscheinlich nicht das geringste ausmachen.«

»Ganz richtig«, sagte Sara. »Aber diese Mikrobe ist keine gewöhnliche Krankheit. Eigentlich ist es überhaupt kein Krankheitserreger.« Sara sah sich unruhig um und erzählte ihnen von Ananda Chakrabarty und seiner Entdeckung.

1972 hatte General Electrics für seinen Angestellten Dr. Chakrabarty zum ersten Mal eine von Menschenhand hergestellte Bakterie patentieren lassen. Mit Zellfusion hatte Chakrabarty einen Mikro-Organismus hergestellt, der die Kohlenwasserstoff-teile von Erdöl verzehren und verdauen konnte, was sich bei Katastrophen mit Öltankern sehr nützlich erweisen könnte. Die Bakterien fraßen das Öl buchstäblich auf und machte es für die Umwelt harmlos.

Nach einer Reihe von Rechtsstreitigkeiten sprach der Oberste Gerichtshof in einer bahnbrechenden Entscheidung General Electrics das Recht zu, Dr. Chakrabartys Erfindung patentieren zu lassen. Mit dieser Entscheidung vom Juni 1980 war zum ersten Mal ein von Menschenhand hergestellter Organismus patentiert worden.

»Und das ist in den Tanks?« fragte Bryce.

»In einer weiterentwickelten Form, Biosan 4. Der ursprüngliche Organismus war zu empfindlich und konnte nur im Labor überleben.«

In der Stadt herrschte Grabesstille, aber trotzdem hatte Jenny das untrügliche Gefühl, daß *es* kam, daß es zugehört hatte und schon ganz nahe war. Auch die anderen spürten es und sahen sich unruhig um.

Sara sagte: »Erinnern Sie sich noch, daß ich gesagt habe, das Gewebe des Verwandlers wäre wie Petrolatum? Nicht genauso, aber vielleicht wie ein organischer, metabolisch aktiver Verwandter von Petrolatum. Ich hoffe daher, daß das Biosan ...«

Es kommt etwas.

»Sie hoffen, daß es sich in den Verwandler genauso hineinfrißt wie in Erdöl, oder daß es zumindest sein empfindliches chemisches Gleichgewicht so durcheinanderbringt, daß der gesamte Organismus destabilisiert wird.«

Es kommt, es kommt, aber woher? Wo ist es?

»Das kommt mir aber wie eine sehr dürftige Hoffnung vor«, sagte Flyte.

»Sie ist auch sehr dünn, aber sie ist alles, was wir haben.«

Ein Geräusch. Ein Zwitschern, ein Zischen, das ihnen die Haare zu Berge stehen ließ. Sie erstarrten und sahen sich um.

Nichts. Stille senkte sich wieder über die Stadt. Das Geräusch kam nicht wieder.

Bryce Hammonds Gesicht war zutiefst beunruhigt. »Dieses Biosan ist doch wohl nicht schädlich für uns?«

»Völlig harmlos«, sagte Sara.

Wieder ein Geräusch. Ein kurzer Ausbruch, und dann Ruhe.

»Jetzt kommt etwas«, sagte Lisa leise.

Gott sei uns gnädig, dachte Sara.

»Jetzt kommt etwas«, sagte Lisa, und Bryce spürte es auch. Ein Gefühl einer nahenden, entsetzlichen Gefahr. Die Luft wurde dicker und kühler. Wirklichkeit? Einbildung? Er war nicht sicher. Er wußte nur, daß er es fühlte.

Das Geräusch setzte wieder ein, aber nun anhaltend. Es klang ähnlich wie eine elektrische Bohrmaschine, aber so etwas Harmloses und Alltägliches verursachte es sicher nicht. Nein, es klang eher nach Insekten. Bienen. Nein, das verstärkte Summen von Hornissen.

Er sagte: »Ihr drei ohne Sprühgerät, stellt euch in die Mitte.«

Sara, Lisa und Dr. Flyte stellten sich zusammen, während Bryce, Jenny und Tal einen Ring um sie bildeten.

Dann plötzlich erschien in der Nähe der Bäckerei ein Monster am Himmel, schwebte über die Häuser und flog wieder über die Skyline Road. Eine Wespe. Ein Phantom von der Größe eines Schäferhundes. Ein solches Insekt hatte es während der Jahrmillionen, die der Verwandler schon existierte, mit Sicherheit noch nie gegeben. Nein, das war wieder ein Produkt seiner bösartigen Fantasie. Sechs Fuß große Flügel schimmerten in der Sonne. Die schwarzen Facetten-Augen saßen schräg in dem spitzen, bösartigen Kopf. Der segmentierte, schimmelfarbig weiße Körper endete mit einem dreißig Zentimeter langen, nadelspitzen Stachel.

Bryce hatte ein Gefühl, als würden sich seine Eingeweide in Eiswasser verwandeln.

Die Wespe schwebte nicht mehr. Sie griff an.

Jenny schrie, als die Wespe auf sie zuraste, rannte aber nicht weg, sondern zielte mit ihrer Sprühdose auf den Kopf. Ein milchiger Dunst sprühte knapp zwei Meter weit.

Die Wespe war noch sieben Meter weit weg und kam immer näher.

Jenny drückte den Knopf ganz herunter. Aus dem Dunst wurde ein Strahl, der fünf oder sechs Meter weit reichte.

Auch Bryce fing an zu sprühen. Die beiden Biosan-Strahlen trafen sich in der Luft.

Die Wespe kam in Reichweite. Die beiden Strahlen trafen sie, ließen das Schimmern der Flügel verlöschen und tränkten den geteilten Körper. Das Insekt stockte abrupt, zögerte, sank etwas herab, als könne es die Höhe nicht mehr halten, schwebte. Sein Angriff war aufgehalten worden, obwohl es sie noch aus haßerfüllten Augen anstarrte.

Jenny spürte, wie Erleichterung und Hoffnung sie durchzuckte.

»Es funktioniert!« rief Lisa.

Dann griff die Wespe sie wieder an.

Gerade, als Tal gedacht hatte, sie seien sicher, griff die Wespe sie wieder an. Sie flog durch einen Nebel von Biosan, aber sie flog noch.

»Herunter!« brüllte Bryce.

Sie duckten sich, und die Wespe flog über ihre Köpfe weg. Von ihren grotesken Beinen und von der Spitze ihres Stachels tropfte dabei eine milchige Flüssigkeit herab.

Tal erhob sich wieder, um sie bei ihrem nächsten Anflug voll mit dem Biosan-Strahl zu erwischen. Sie schwang zu ihm herum, aber bevor er sie mit seinem Sprühgerät erreichen konnte, schwankte die Wespe in der Luft, flatterte wild mit den Flügeln und stürzte auf den Boden. Sie flatterte und summte wütend, schaffte es aber nicht, wieder aufzusteigen. Dann verwandelte sie sich.

Sie verwandelte sich.

Timothy Flyte wagte sich mit den anderen näher an sie heran und beobachtete fasziniert, wie sie zu einem formlosen Protoplasma zusammenschmolz. Das Hinterbein eines Hundes begann sich zu bilden, dann die Schnauze. Es würde ein Dobermann werden. Ein Auge öffnete sich. Der Verwandler schaffte es aber nicht mehr, die Transformation ganz durchzuführen, und der

Hund verschwand wieder. Das amorphe Gewebe zitterte und pulsierte wie im Fieber, und so hatten sie es noch nie gesehen.

»Es stirbt«, sagte Lisa.

Timothy starrte die Zuckungen des unmenschlichen Fleisches mit atemlosem Staunen an. Dieses bisher unsterbliche Wesen lernte die Bedeutung des Todes und die Angst davor kennen.

Überall auf der Masse brachen nun offene Schwären aus, die eine dünne, gelbe Flüssigkeit absonderten. Bald war die gesamte Oberfläche damit bedeckt, die nun aussah wie eine riesige eitrige Wunde. Dann degenerierte dieses Phantom wie die kleine Gewebeprobe in der Schale zu einer leblosen Pfütze aus stinkendem, wäßrigem Brei.

»Mein Gott, Sie haben es tatsächlich geschafft«, sagte Timothy und drehte sich zu Sara um.

Drei dicke Tentakeln stiegen aus einem Abfluß drei Meter hinter ihr hoch und kamen auf sie zu. Jeder davon war so dick wie Timothys Handgelenk. Die Spitze der ersten war kaum einen Meter weit von Sara entfernt.

Timothy stieß einen Warnschrei aus, aber er kam zu spät.

Flyte rief ihr etwas zu, und Jenny fuhr herum. *Es* war da.

Drei Tentakeln zuckten mit tödlicher Schnelligkeit vom Bürgersteig hoch und fielen auf Sara. In einem Bruchteil einer Sekunde hatte sich einer um ein Bein der Genetikerin gelegt, einer um ihre Hüfte und einer um ihren schlanken Hals.

Großer Gott, es ist zu schnell, einfach zu schnell für uns, dachte Jenny. Noch in der Drehung zielte sie mit der Düse ihres Sprühgeräts und lenkte fluchend einen Strahl Biosan auf Sara und die Tentakeln. Auch Bryce und Tal kamen ihr mit ihren Geräten zu Hilfe, aber sie waren alle zu langsam und kamen zu spät.

Saras Augen weiteten sich, sie riß ihren Mund zu einem lautlosen Schrei auf. Sie wurde in die Luft gehoben und –

Nein! betete Jenny.

– wie eine Puppe hin und her geschleudert – *Nein!*

– und dann fiel ihr Kopf von ihren Schultern und schlug mit einem lauten, entsetzlichen Krachen auf die Straße auf.

Jenny konnte nur mit Mühe ihren Brechreiz unterdrücken und stolperte zurück.

Die Tentakeln hoben sich vier Meter in die Luft. Sie zuckten und wanden sich, als das Biosan die bindende Struktur des amorphen Gewebes zerstörte. Wie Sara gehofft hatte, wirkte der Mikroorganismus auf den Verwandler fast so wie Schwefelsäure auf menschliches Gewebe.

Tal rannte an Jenny vorbei direkt auf die drei Tentakeln zu, und sie rief ihn entsetzt zurück.

Was hatte er denn vor, um Gottes willen?

Tal rannte durch die beweglichen Schatten der Tentakel über ihm und betete, daß keiner auf ihn herabfallen würde. Als er den Abfluß erreichte, aus dem sie aufgestiegen waren, sah er, daß die drei Auswüchse von der Hauptmasse aus dunklem, zuckendem Protoplasma getrennt wurden. Der Verwandler stieß infiziertes Gewebe ab, bevor die Bakterien die Hauptmasse des Organismus erreichen konnten. Tal steckte die Düse seines Sprühgeräts durch den Rost des Abflusses und sprühte Biosan hinein.

Die Tentakeln rissen sich von dem Rest des Wesens los und zuckten und wanden sich auf der Straße. Unten in der Kanalisation zog sich der feuchte Schleim vor dem Spray zurück und stieß ständig Stücke von sich ab, die zu zucken und aufzuschäumen begannen, um dann zu sterben.

Selbst der Teufel war verwundbar. Selbst Satan war nicht unverletzlich.

Nun siegessicher sprühte Tal weiter Biosan in die Kanalisation.

Das amorphe Gewebe zog sich weiter zurück und verschwand außer Sicht.

Tal drehte sich um und sah, daß die Tentakeln inzwischen ihren Zusammenhalt verloren hatten und nicht mehr waren als Stränge aus nässendem Gewebe. Sie peitschten, scheinbar in Höllenqualen, wild um sich und degenerierten schnell zu einem leblosen, stinkenden Brei.

Er sah sich nach einem anderen Abfluß um, betrachtete die leblosen Häuser und die Straße und fragte sich, woher der nächste Angriff kommen würde.

Plötzlich rumpelte es unter seinen Füßen und der Boden bäumte sich auf. Flyte vor ihm wurde zu Boden geworfen, und seine Brille zerbrach. Tal taumelte zur Seite und hätte fast Bryce niedergetreten.

Wieder bewegte sich der Bürgersteig und bäumte sich noch heftiger als beim ersten Mal auf, als liefen die Wellen eines Erdbebens darunter. Das war jedoch kein Erdbeben. *Es* griff nun an – nicht nur ein Teil von ihm, ein weiteres Phantom, sondern sein größter Teil, vielleicht sogar seine gesamte Riesenmasse drängte sich mit unglaublicher Zerstörungskraft an die Oberfläche wie ein verratener Gott, um sich in seinem furchtbaren Zorn an den Frauen und Männern zu rächen, die es gewagt hatten, sich gegen es zu stellen, und deshalb formte es sich zu einer ungeheuren Masse von Muskeln und Sehnen und drückte nach oben, daß die Straße sich hochwölbte und aufsprang.

Tal wurde zu Boden geworfen und schlug mit seiner Kinnspitze auf, so daß er beinahe das Bewußtsein verloren hätte. Er versuchte aufzustehen, um die Kreatur mit seinem Sprühgerät angreifen zu können, wenn sie erschien, aber der Boden schwankte noch zu sehr, und er legte sich wieder flach hin, um abzuwarten, bis er sich etwas beruhigt hatte.

Wir werden alle sterben, dachte er.

Bryce lag flach auf dem Bauch und klammerte sich am Boden fest. Lisa lag neben ihm. Sie schrie oder weinte laut, aber wegen des ohrenbetäubenden Lärms konnte er sie nicht hören.

In dem ganzen Block erreichte eine atonale Symphonie der Zerstörung ein ohrenbetäubendes Crescendo, als risse die Welt selbst auseinander. Die Luft war voller Staub, der aus den immer breiter werdenden Rissen im Boden aufstieg.

Die Straße neigte sich mit ungeheurer Gewalt zur Seite. Stücke davon flogen in die Luft. Die meisten davon waren nur so groß wie Kieselsteine, aber einzelne waren auch so groß wie eine Faust. Vereinzelte Brocken waren sogar noch größer, und fünfzig, hundert oder sogar zweihundert Pfund schwere Betonstücke flogen zwei oder drei Meter hoch in die Luft, als die Kreatur darunter mit unheimlicher Wucht von unten dagegenrammte.

Bryce zog Lisa an sich und versuchte sie zu schützen. Er fühlte, wie stark sie zitterte.

Die Erde unter ihnen hob sich und fiel mit einem lauten Krachen wieder zurück, und hob und senkte sich sofort noch einmal. Geröllbrocken regneten auf das Gerät auf Bryces Rücken und auf seinen Kopf. Er zuckte zusammen und sah sich verzweifelt um.

Wo war Jenny?

Die Straße hatte sich hochgeschoben, und in der Mitte der Skyline Road hatte sich ein Kamm gebildet. Offensichtlich war Jenny auf seiner anderen Seite und klammerte sich dort an der Straße fest.

Sie lebt, dachte er. Sie lebt. Verdammt noch mal, sie *muß* einfach noch leben!

Ein riesiger Betonbrocken wurde links von ihnen aus der Straße herausgerissen und flog zwei oder drei Meter hoch in die Luft. Er war sicher, der Brocken würde auf sie stürzen und hielt Lisa fest, so eng er konnte, obwohl ihnen das nichts nützen würde, wenn er sie wirklich treffen sollte. Er traf jedoch Timothy Flyte. Der Brocken fiel dem Wissenschaftler auf beide Beine, brach sie und klemmte ihn ein. Flyte heulte in seinem Schmerz so laut auf, daß Bryce ihn trotz des ungeheuren Lärms noch sehr deutlich hören konnte.

Es konnte nur noch Sekunden dauern, bis *es* durchbrach und sich auf sie stürzte, bevor sie es geschafft hatten, aufzustehen, um sich gegen es zu wehren.

Ein Beton-Geschoß von der Größe eines Baseballs schlug fünf oder zehn Zentimeter von Jennys Kopf entfernt auf den Boden auf. Ein Splitter traf sie an der Wange, und ein dünner Blutfaden lief herab.

Dann hörte der Druck von unten, der den Kamm gebildet hatte, plötzlich auf. Die Straße hörte auf zu beben und stieg nicht mehr weiter hoch.

Die Geräusche der Zerstörung ließen nach und verstummten ganz. Jenny konnte ihren eigenen rasselnden, keuchenden Atem hören.

Einen Meter weit von ihr entfernt begann Tal Whitman mühsam, sich zu erheben. Auch sie versuchte, aufzustehen, aber die Straße bebte noch einmal kurz, und sie wurde flach auf den Boden geworfen. Auch Tal fiel unter lauten Flüchen wieder hin.

Abrupt begann die Straße einzustürzen. Sie gab ein gequältes Geräusch von sich, und von den aufgebrochenen Spalten brachen Stücke ab und fielen ins Leere. Zuviel Leere war da: Es klang so, als würden die großen Betonstücke in einen Abgrund fallen, und nicht nur in die Kanalisation. Dann brach die ganze hochgeschobene Sektion mit einem donnernden Krachen zusammen, und Jenny fand sich am Rand dieses Abgrunds.

Sie lag mit erhobenem Kopf auf dem Bauch und wartete darauf, daß etwas aus der Tiefe aufsteigen würde.

Es kam jedoch nichts. Nichts stieg aus dem Loch auf.

Der Einbruch war drei Meter breit und mindestens zwanzig Meter lang. Auf seiner anderen Seite versuchten Bryce und Lisa aufzustehen. Bei ihrem Anblick hätte Jenny fast einen lauten Freudenschrei ausgestoßen. Sie lebten!

Dann sah sie Timothy. Seine Beine waren unter einem riesigen Beton-Klotz eingeklemmt. Schlimmer noch – er war auf einem Stück Straße gefangen, das ohne Untergrund über den Rand des Loches hinausragte. Es konnte jeden Augenblick abbrechen und ihn mit sich reißen.

Jenny rutschte vorsichtig einige Zentimeter vor und starrte in das Loch hinab. Es war mindestens zehn Meter tief und zweifellos stellenweise noch tiefer; das war nicht genau abzuschätzen, weil sie zum Teil nicht bis auf den Boden sehen konnte. Der Alte Feind war offensichtlich nicht nur aus der Kanalisation aufgestiegen, sondern aus den einstmals stabilen Kalksteinhöhlen unter dem Boden, auf dem die Straße gebaut war.

Welche ungeheure Stärke und unvorstellbare Größe mußte es besitzen, wenn es nicht nur die Straße, sondern auch noch den gewachsenen Fels darunter bewegen konnte! Wohin war es jetzt verschwunden?

Das Loch schien leer, aber Jenny wußte, daß *es* da unten irgendwo sein mußte, in den tieferen Regionen. Es versteckte sich in den unterirdischen Kammern vor dem Biosan, wartete ab und lauschte.

Sie sah hoch und erkannte, das Bryce Flyte zu retten versuchte.

Ein kurzer, trockener Knall hallte durch die Luft. Flytes Kanzel aus Beton neigte sich leicht. Sie würde gleich abbrechen und in den Abgrund stürzen.

Bryce erkannte die Gefahr. Er kletterte hastig über ein schräges Betonstück und versuchte Flyte noch rechtzeitig zu erreichen.

Jenny glaubte nicht, daß er es schaffen würde.

Dann aber knarrte und zitterte auch der Boden unter ihren Füßen, und es wurde ihr klar, daß auch sie sich in Gefahr befand. Sie stand vorsichtig auf. Der Beton unter ihren Füßen brach mit einem Donnerschlag durch.

41. Luzifer

Die Schatten an den Höhlenwänden änderten sich ständig, und auch das Wesen, das die Schatten warf, blieb niemals ruhig. In dem merkwürdigen, kalkweißen Licht der Gaslampe sah das Wesen aus wie eine Säule aus dichtem Rauch, sich windend, formlos, dunkel wie Blut.

Obwohl Kale gern geglaubt hätte, daß es nur Rauch war, wußte er es besser. Ektoplasma. Das mußte es sein. Dieses komische Zeug, aus dem Dämonen, Geister und andere Wesen aus dem Jenseits bestanden.

Kale hatte nie an Geister geglaubt. Der Glaube an ein Leben nach dem Tode war eine Krücke für Schwächlinge. Fletcher Kale brauchte so etwas nicht. Aber jetzt...

Gene Terr saß auf dem Boden und starrte die Erscheinung an. Sein einzelner Gold-Ohrring glitzerte.

Kale stand mit seinem Rücken an die kühle Kalksteinwand gedrückt. Er hatte das Gefühl, er sei mit dem Fels verschmolzen.

Noch immer hing der abstoßende, schweflige Geruch in der feuchten Luft.

Links von Kale kam ein Mann aus dem ersten Raum des Höhlenverstecks. Nein, nicht ein Mann. Es war einer der Johnson-Doppelgänger. Derjenige, der ihn Kindermörder genannt hatte.

Kale gab ein leises, verzweifeltes Geräusch von sich.

Es war die dämonische Version von Johnson, bei der die Hälfte des Fleisches vom Schädel fehlte. Ein nasser Augapfel sah Kale aus einer leeren Augenhöhle bösartig an. Dann drehte sich der Dämon zu der Monstrosität in der Mitte des Raums um. Er ging auf die Säule aus beweglichem Schleim zu, breitete seine Arme aus, legte sie um die Gelatine-ähnliche Masse – und verschmolz einfach damit.

Kale starrte verständnislos darauf.

Wieder kam ein Jake Johnson herein. Ihm fehlte das Fleisch am Rumpf. Unter den freiliegenden Rippen pochte blutig das Herz, und die Lungen arbeiteten. Trotzdem fielen die Organe nicht durch die Lücken heraus. Es war einfach unmöglich. Das war aber eine Erscheinung, eine Kreatur der Hölle – da war er doch, der Geruch nach Schwefel, der Geruch des Teufels! –, und deshalb war *alles* möglich.

Kale *glaubte* jetzt.

Die einzige Alternative dazu war Wahnsinn.

Die restlichen Johnsons kamen nacheinander herein, sahen kurz zu Kale hinüber und verschmolzen mit der pulsierenden Schleim-Säule.

Die Camping-Lampe zischte leise.

Das schleimige Fleisch des Besuchers aus der Unterwelt begann schreckliche, schwarze Flügel zu bilden, die aber gleich wieder in die Säule hineinschmolzen. Insektenartige Gliedmaßen nahmen allmählich Form an.

Endlich sagte Gene Terr etwas. Er sah aus, als sei er in Trance – aber seine Augen blitzten lebhaft. »Ich komme so zwei- oder dreimal im Jahr mit ein paar von meinen Leuten hier hoch, verstehst du? Das ist hier nämlich der ideale Platz für einen Todesfick. Kein Mensch sieht was, kein Mensch hört was. Verstehst du?«

Nun gelang es Jeeter, seinen Blick von der Kreatur loszureißen und Kale direkt anzusehen.

Kale sagte: »Was zum Teufel ist ein... ein Todesfick?«

»Na ja, so alle zwei Monate, oder manchmal auch öfter, kreuzt irgendeine Alte bei den Dämonen auf und will mitmachen, weißt du. Meistens wollen solche Weiber irgendeinen von uns zum Freund, oder sie wollen einfach nur mitfahren.« Jeeter saß mit eingeschlagenen Beinen da, und seine Hände ruhten unbeweglich auf seinem Schoß. Er sah aus wie ein bösartiger Buddha. »Manchmal will ja einer von uns tatsächlich einmal was Neues, oder die Alte sieht echt gut aus, und dann darf sie mitmachen, wenn sie sich von uns allen flachlegen läßt. So was kommt aber nicht allzu oft vor, und wir sagen ihr einfach, sie soll abhauen.«

In der Mitte der Höhle schmolzen die Insektenbeine wieder in die Schleimsäule zurück. Dutzende von Händen begannen sich zu formen, und die Finger öffneten sich wie seltsame Blütenblätter.

Jeeter sagte: »Dann und wann meldet sich aber auch einmal eine verdammt gut aussehende Alte, aber wir brauchen sie nicht oder wollen sie nicht bei uns haben. Statt dessen nehmen wir sie mit und haben unseren Spaß mit ihr. Oder wir sehen einen Teenie, der von zu Hause weggelaufen ist und Anhalter macht. Die nehmen wir manchmal mit, ob sie es wollen oder nicht. Zuerst geben wir ihr dann etwas Koks oder Hasch, damit es ihr richtig gut geht, und dann schaffen wir sie hoch, vögeln sie alle ein, zwei Tage lang, bis keiner mehr einen hochkriegt, und dann machen wir sie auf irgendeine richtig interessante Art alle.«

Das dämonische Wesen in der Mitte des Raums veränderte sich wieder. Die Hände schmolzen, und Rachen mit rasiermesserscharfen Zähnen öffneten sich. Gene Terr warf einen kurzen Blick auf diese letzte Manifestation, schien aber keine Angst davor zu haben. Er lächelte sogar leicht darüber.

»Wie, ihr macht sie alle?« fragte Kale. »Bringt ihr sie um?«

»Klar, Mann«, sagte Jeeter. »Aber auf eine echt interessante Art. Die Leichen begraben wir dann auch gleich hier. Wer soll sie denn hier in der gottverdammten Wildnis jemals finden? Das hat immer Spaß gemacht, bis letzten Sonntag. Sonntag nachmittag war es, wir waren alle da draußen auf der Wiese vor der Hütte und hatten unseren Spaß mit einer Frau, die wir mitgebracht hatten, bis plötzlich Jake Johnson total nackt aus dem Wald herausgekommen ist. Zuerst dachten wir ja, der will auch mal ran bei der Alten, und wir dachten, mit dem haben wir auch unseren Spaß. Wir würden ihn später zusammen mit der Frau umlegen, damit keine Zeugen übrigbleiben, aber bevor wir ihn uns greifen können, kommt wieder ein Jake aus dem Wald, und dann noch einer –«

»Genau wie bei mir«, sagte Kale.

»– und noch einer und noch einer. Wir haben auf sie geschossen und sie mitten in die Brust getroffen, aber sie sind nicht umgefallen und weiter auf uns zugekommen. Also hat sie Little Willie, das war einer meiner besten Männer, mit dem Messer angegriffen, aber das hat auch nichts genützt, weil die Johnsons sich Willie gegriffen haben. Er ist einfach nicht von ihnen losgekommen, und auf einmal ist Johnson nicht mehr Johnson, sondern ... sondern ein komischer Klumpen ohne irgendeine Form, und der hat Willie aufgefressen, ich sage es dir, Mann, einfach aufgelöst. Danach wurde das Ding größer und verwandelte sich in einen riesigen Wolf –«

»Mein Gott«, sagte Kale.

»– aber in einen Wolf, wie du noch nie einen gesehen hast, und dann haben sich die anderen Johnsons auch verwandelt, in eine Art Eidechse oder so was, und noch mehr verrückte Tiere. Einen Teil von uns haben sie gleich erwischt, und die anderen haben sie in die Höhle gejagt.«

»Genau wie mich«, sagte Kale.

»Wir wußten von dieser Höhle bis dahin noch gar nichts, und dann im Dunkeln hat es angefangen, uns umzubringen, Mann, alle nacheinander, das war echt hart, das kann ich dir sagen, all die Schreie, und ich konnte meine Hand nicht vor den Augen sehen. Ich bin dann weggekrochen und habe gehofft, es würde mich nicht wittern, aber viel Hoffnung hatte ich nicht.«

Die Rachen mit den Zähnen verschwanden, und nur das blutfarbene Gewebe pulsierte.

»Nach einer Weile waren die Schreie vorbei und alle waren tot. Es war unheimlich still..., und dann habe ich Bewegungen gehört.«

Kale hörte Terr zu, starrte dabei aber die Schleimsäule an. Eine andere Art von Maul bildete sich, wie man es vielleicht bei einem exotischen Fisch erwarten würde. Das Maul öffnete sich gierig, als erwarte es Fleisch.

Kale schüttelte sich. Terr lächelte.

Auf der ganzen Säule bildeten sich weitere Fischmäuler.

Jeeter lächelte noch immer und erzählte weiter: »Ich sitze also da in der Dunkelheit und höre Bewegungen, aber nichts greift mich an. Plötzlich wird es hell. Ein Johnson hockt vor mir und macht die Gaslampe da an. Er sagt mir, ich soll mitkommen. Er packt mich am Arm, und seine Hand ist eiskalt, Mann, aber verdammt stark. Er packt mich also am Arm und zerrt mich hierher, wo das Ding da aus dem Boden kommt, und so etwas hatte ich noch nie gesehen. Ich hätte mir fast in die Hose geschissen, Mann! Er sagt mir, ich soll mich hier hinsetzen, und dann geht er einfach zu dem Schleimding dort und verschmilzt damit. Seitdem sitze ich hier, und das Ding verwandelt sich ständig.«

Es verwandelte sich weiter, wie Kale sah. Die Fischmäuler verschwanden, und Dutzende von Hörnern aller Arten wuchsen aus der Gelatine-Masse.

»So geht das seit ungefähr anderthalb Tagen«, sagte Terr. »Ich sitze hier und beobachte es, wenn ich nicht gerade einmal eingenickt bin oder mir nebenan etwas zu essen hole. Dann und wann spricht es auch mit mir, weißt du. Es weiß anscheinend praktisch alles von mir, auch Dinge, die nur meine engsten Vertrauten bei den Dämonen wußten. Es weiß sogar über die dreckigen Mexikaner Bescheid, die wir umgelegt haben, als wir von ihnen den Drogenring übernahmen, und es weiß auch von dem einen Bullen, den wir vor zwei Jahren in Stücke gehackt haben, und noch nicht einmal die anderen Bullen haben einen Verdacht, daß wir damit etwas zu tun hatten. Das Ding da, diese wunderbare, seltsame Ding kennt alle meine Geheimnisse. Und was es noch nicht weiß, will es von mir hören, und es hört mir echt gut zu. Es findet mich in Ordnung. Mann, ich hätte nie gedacht, daß ich das Ding endlich einmal kennenlernen würde. Seit Jahren schon bete ich es an, und meine ganze Gang hat früher einmal, einmal in der Woche eine schwarze Messe gefeiert, aber ich dachte nie, daß es mir wirklich einmal erscheinen würde. Alles haben wir versucht, die richtigen Beschwörungsformeln haben wir gesagt, Opfer haben wir ihm gebracht, sogar Menschenopfer, aber nie hat sich etwas getan. Ein richtiges Wunder ist das hier.« Jeeter lachte. »Mein ganzes Leben lang tue ich schon sein Werk, Mann, und bete es an. Jetzt ist es gekommen, das Tier. Es ist echt ein Wunder.«

Kale verstand ihn nicht. »Ich kapiere gar nichts.«

Terr starrte ihn an. »Doch, doch, du kapierst mich ganz genau. Du weißt, wovon ich rede. Du *weißt* es.«

Kale sagte nichts.

»Du hast gedacht, das ist ein Dämon aus der Hölle. Aus der Hölle kommt es tatsächlich, aber ein Dämon ist es nicht. Er selbst ist es. *Er.* Luzifer.«

Zwischen den Dutzenden von spitzen Hörnern öffneten sich zahlreiche kleine, rote Augen und starrten sie haßerfüllt und voll bösem Wissen an.

Terr winkte Kale näher zu sich her. »Er erlaubt es mir, weiterzuleben, weil Er weiß, daß ich Sein wahrer Jünger bin.«

Kale rührte sich nicht. Sein Herz schlug donnernd. Es war nicht Angst, die ihm das Adrenalin in das Blut schickte. Nicht allein Angst. Da war noch eine Emotion, die ihn erschütterte, ihn überwältigte, eine Emotion, die er noch nicht richtig identifizieren konnte...

»Es hat mich leben lassen«, sprach Jeeter weiter, »weil Er weiß, daß ich immer Sein Werk tue. Die anderen... vielleicht waren sie Ihm nicht so völlig ergeben wie ich, und deshalb hat Er sie getötet. Ich aber... ich bin anders. Er läßt mich leben, damit ich weiter Sein Werk tue. Vielleicht läßt Er mich ewig leben, Mann.«

Kale blinzelte.

»Und dich läßt Er aus dem gleichen Grund leben, weißt du«, sagte Jeeter. »Klar. Genauso ist es. Weil du Sein Werk tust.«

Kale schüttelte den Kopf. »Ich war nie ein... ein Teufelsanbeter. Ich habe nie daran geglaubt.«

»Egal. Du tust trotzdem Sein Werk, und das gefällt dir.«

Die roten Augen beobachteten Kale.

»Du hast deine Frau umgebracht«, sagte Jeeter.

Kale nickte stumm.

»Mann, sogar deinen kleinen Jungen hast du umgebracht. Wenn das nicht *Sein* Werk ist, was denn sonst?«

Keines von den leuchtenden roten Augen blinzelte, und Kale begann die Emotion zu identifizieren, die ihn beherrschte. Begeisterung, Staunen ... religiöse Verzückung.

»Wer weiß, was du im Lauf der Jahre sonst noch getan hast«, sagte Jeeter. »Auf jeden Fall war vieles davon Sein Werk. Vielleicht war praktisch alles, was du getan hast, Sein Werk. Du bist genau wie ich, Mann. Du bist ein geborener Gefolgsmann Luzifers. Du und ich ... das steckt in unseren Genen, Mann. In unseren *Genen.*«

Endlich löste sich Kale von der Wand.

»So ist es richtig«, sagte Jeeter. »Komm her, komm nahe zu ihm.«

Die Emotion hatte Kale überwältigt. Er hatte schon immer gewußt, daß er anders war als andere Menschen. Besser. Etwas Besonderes. Gewußt hatte er es schon immer, aber so etwas hätte er trotzdem nicht erwartet. Nun war er da, der unbestreitbare Beweis, daß er auserwählt war. Eine wilde, alles überwältigende Freude erfüllte ihn.

Er kniete sich neben Jeeter vor die wunderbare Erscheinung.

Endlich war er am Ziel. Sein großer Augenblick war gekommen.

Hier, dachte Kale, erfüllt sich mein Schicksal.

42. Die andere Seite der Hölle

Der Boden unter Jennys Füßen brach mit einem Donnerschlag durch. Sie kroch hastig zurück, war aber nicht schnell genug. Der Boden neigte sich und brach ihr unter den Füßen weg.

Sie fiel in das Loch. Großer Gott, nur das nicht! Wenn der Sturz sie nicht das Leben kostete, würde *es* aus seinem Versteck kommen und sie wegschleifen; es würde sie verschlingen, bevor die anderen auch nur einen Versuch unternehmen konnten, sie zu retten –

Tal Whitman packte sie an den Knöcheln und hielt fest. Sie hing kopfüber in den Abgrund hinein. Der Betonboden, auf dem sie eben noch gelegen hatte, fiel in das Loch und landete mit einem Krachen. Der Boden unter Tals Füßen zitterte und wollte nachgeben, und fast hätte er Jenny losgelassen. Dann aber trat er zurück und hob sie von dem abbröckelnden Rand weg. Als er wieder festen Boden erreicht hatte, half er ihr auf die Füße.

Obwohl sie wußte, daß es biologisch unmöglich war, daß ihr Herz wie ein Kloß in ihrem Hals saß, schluckte sie es trotzdem herunter.

»Mein Gott«, sagte sie atemlos. »Vielen Dank, Tal! Wenn Sie nicht –«

»Gehört alles zum Service«, sagte er, obwohl er ihr beinahe selbst in die Grube gefolgt wäre.

Nur eine Lappalie, dachte Jenny und erinnerte sich an die Geschichte, die ihr Bryce über Tal erzählt hatte.

Sie sah, daß Timothy Flyte auf der anderen Seite des Einbruchs nicht so viel Glück hatte wie sie. Bryce würde ihn nicht mehr rechtzeitig erreichen.

Der Boden unter Flyte gab nach. Ein drei Meter langes und einen Meter breites Stück Beton trug den Wissenschaftler mit sich in die Tiefe wie auf einem Schlitten. Als Flyte unten ankam, war er noch am Leben. Er schrie vor Schmerzen.

»Wir müssen ihn schnellstens herausholen«, sagte Jenny.

»Es hat keinen Sinn, es auch nur zu versuchen«, sagte Tal.

»Aber –«

»Sehen Sie doch!«

Es stürzte sich auf Flyte. Es explodierte aus einem der Tunnels in der Wand des Loches, die offensichtlich in tiefere Höhlen führten. Ein riesiger Pseudopod aus amorphem Protoplasma stieg zitternd auf, löste sich von der Hauptmasse, die sich in der Tiefe verborgen hielt, und verwandelte sich in eine obszön fette, schwarze Spinne von der Größe eines Pferdes. Sie war nur drei oder vier Meter weit von Flyte entfernt und kroch mit offensichtlich mörderischer Absicht auf ihn zu.

Timothy lag hilflos auf dem Beton-Brocken, der ihn in die Grube getragen hatte, und beobachtete die Spinne. Seine Schmerzen wurden von einer Welle von namenlosem Entsetzen verdrängt.

Die dünnen schwarzen Beine mit den Tausenden von borstigen, drahtähnlichen, schwarzen Haaren darauf kamen schneller voran als ein Mensch. Der aufgeblähte Körper war glatt und glänzte wie Leder.

Drei Meter weit weg, zwei. Es gab ein Geräusch von sich, das halb Schrei, halb Zischen war und das Blut in den Adern gefrieren ließ.

Anderthalb Meter, einen Meter.

Es blieb vor Timothy stehen, und er sah in einen Rachen mit riesigen Greifklauen davor.

Die Tür zwischen Wahnsinn und Vernunft begann sich für ihn zu öffnen.

Plötzlich fiel ein milchiger Regen auf Timothy. Einen Moment dachte er, die Spinne würde ihn mit Gift bespritzen, aber dann wurde ihm klar, daß es sich um Biosan handelte. Sie standen über ihm am Rand des Einbruchs und sprühten auf ihn herunter.

Auch die Spinne wurde von der Flüssigkeit getroffen. Weiße Flecken begannen auf ihrem schwarzen Körper zu erscheinen.

Bryces Sprühgerät war durch umherfliegendes Geröll beschädigt worden. Er bekam keinen Tropfen heraus.

Fluchend legte er das Gerät ab und ließ es auf die Straße fallen. Während Tal und Jenny von der anderen Seite des Loches Biosan herabsprühten, holte sich Bryce hastig zwei Ersatzkanister der mit Bakterien angereicherten Flüssigkeit und trug die schweren Behälter zum Rand der Grube. Dort zögerte er kurz, und dann kletterte er mit den beiden Kanister hinein und ganz bis zum Boden herunter. Irgendwie gelang es ihm, sie dabei alle beide in der Hand zu behalten.

Er ging nicht zu Flyte. Jenny und Tal machten schon alles, was möglich war, um die Spinne zu vernichten. Statt dessen kletterte er auf das Loch zu, durch das der Verwandler sein letztes Phantom herausgeschickt hatte.

Timothy Flyte beobachtete entsetzt, wie die Spinne über ihm sich in einen riesigen Hund verwandelte. Es war nicht einfach nur ein Hund, sondern eine Kreatur der Hölle, und sein Gesicht war zum Teil menschlich. Sein Fell war noch schwärzer als die Spinne, wo es nicht mit Biosan bespritzt war, die Krallen an seinen Riesenpranken hatten Widerhaken, und seine Zähne waren so groß wie Timothys Finger. Er stank nach Schwefel und etwas noch Schlimmerem aus seinem Rachen.

Wunden begannen auf dem Hund zu erscheinen, als die Bakterien sich in sein Fleisch hineinfraßen, und ein leiser Hoffnungsschimmer keimte in Timothy auf.

Der Hund sah auf ihn herab und sagte mit einer schrecklichen, metallischen Stimme: »Ich dachte, du wärst mein Matthäus, aber du warst mein Judas.«

Der riesige Rachen öffnete sich.

Timothy schrie.

Obwohl die Kreatur bereits von den Bakterien zerfressen wurde, schnappte sie zu und biß ihm brutal in sein Gesicht.

Tal Whitman stand am Rand des Einbruchs und beobachtete wie gebannt gleichzeitig das schreckliche Schauspiel von Flytes Mord und Bryce bei seinem selbstmörderischen Unternehmen.

Flyte. Der Phantom-Hund löste sich zwar unter dem Einfluß der Bakterien auf, aber er starb nicht schnell genug. Er biß Flyte in das Gesicht und dann in den Hals.

Bryce. Sieben Meter von dem Höllenhund entfernt hatte Bryce das Loch erreicht, aus dem vor zwei Minuten das Protoplasma gekommen war. Er begann, einen der Behälter aufzuschrauben.

Flyte. Der Hund zerfleischte Flytes Gesicht. Der hintere Teil der Kreatur hatte seine Form verloren und löste sich schäumend auf, aber das Phantom bemühte sich, so lange wie möglich seine Gestalt zu behalten, um sich an Flyte zu rächen.

Bryce. Er hatte von dem ersten Behälter nun den Deckel abgeschraubt. Tal hörte ihn klappern, als Bryce ihn wegwarf. Er war sicher, jetzt würde gleich etwas aus den Höhlen aufsteigen und Bryce mit seiner tödlichen Umarmung umschlingen.

Flyte. Er hatte aufgehört zu schreien.

Bryce. Er hob den Behälter und goß die Bakterien-Lösung in die unterirdische Höhle unter dem Boden des Loches.

Flyte war tot.

Von dem Hund war nur noch sein großer Kopf übrig. Obwohl ihm der Körper fehlte und er voller nässender Wunden war, schnappte er noch immer nach dem toten Archäologen.

In dem Augenblick, in dem Bryce begann, Biosan aus dem blauen Kanister in das Loch im Boden zu schütten, meinte er dort unten eine Bewegung sehen. Er erwartete jeden Augenblick einen Angriff des Phantoms, goß aber trotzdem den gesamten Inhalt seines Behälters in die Höhle hinab. Nichts rührte sich.

Schweißtriefend schleifte er den zweiten Kanister durch die Trümmer und die gebrochenen Rohrleitungen. Er ging vorsichtig um eine gerissene und funkensprühende elektrische Leitung herum, sprang über eine kleine Pfütze, die sich neben einem gebrochenen Wasserrohr gebildet hatte, kam an Flytes zerfleischter Leiche vorbei und sah die stinkenden Überreste des Hundes, der den alten Mann getötet hatte.

Als Bryce das nächste Loch erreichte, das zu der Höhle darunter führte, schraubte er den zweiten Kanister auf und goß seinen Inhalt hinunter. Als er leer war, warf er ihn zur Seite und rannte los. Er wollte versuchen, aus der Grube herauszukommen, bevor ihn das Phantom erwischte wie Flyte.

Er hatte ein Drittel des Aufstiegs zur Oberfläche, der schwieriger war, als er angenommen hatte, geschafft, als er hinter sich etwas Schreckliches hörte.

Jenny sah zu, wie Bryce hastig zur Straße hochkletterte. Sie hielt den Atem an und befürchtete, er würde es nicht schaffen.

Plötzlich wurde ihr Blick zu dem ersten Loch gezogen, in das er Biosan geschüttet hatte. Der Verwandler stieg aus seinem unterirdischen Reich auf und floß auf den Boden des Loches. Es sah aus wie eine Flut von halb erstarrtem Abwasser. Bis auf die Stellen, die von der Bakterien-Lösung erfaßt waren, sah das Fleisch des Wesens dunkler als vorher aus. Es pulsierte und brodelte unruhiger als je zuvor; vielleicht war das ein Anzeichen für Verfall. Die milchigen Flecken der Infektion breiteten sich nun deutlich auf das ganze Wesen aus. Blasen bildeten sich, schwollen an und platzten; häßliche Schwären brachen auf, und eine wäßrige, gelbe Flüssigkeit lief heraus. Innerhalb weniger Sekunden hatte das Loch mindestens eine Tonne von dem gallertartigen Fleisch ausgespuckt. Es war allem Anschein nach durchwegs von der Krankheit infiziert, und immer mehr kam nach, sprudelte wie ein Lava-Strom aus lebendem Gewebe aus dem Felsen. Nun kam noch mehr aus einem anderen Loch heraus. Die Masse floß über das Geröll und bildete Pseudopodien – formlose, wild rudernde Arme –, die in die Luft aufstiegen, aber dann schnell schäumend wieder zurücksanken. Und dann kam wieder aus einem anderen Loch ein grauenhaftes Geräusch: die Stimmen von tausend Männern, Frauen, Kindern und Tieren, die alle in Schmerzen, vor Entsetzen und trostloser Verzweiflung schrien. Es war ein Heulen von so herzzerreißender Not, daß Jenny es nicht ertragen konnte und sich die Ohren zuhielt. Das nutzte ihr jedoch nichts, denn der Schrei war zu laut. Es war natürlich der Todesschrei von nur einer Kreatur, des Verwandlers, dieses geheimnisvollen

Wesens, aber da *es* selbst keine Stimme hatte, war es gezwungen, die Stimmen seiner Opfer zu benutzen, um nichtmenschliche Emotionen und nichtmenschliches Entsetzen auf eine sehr menschliche Art auszudrücken.

Es floß über das Geröll auf Bryce zu.

Bryce war halb hochgeklettert, als sich das Geräusch hinter ihm vom Geheul von tausend Stimmen zu einem Wutschrei veränderte.

Er wagte es, sich umzusehen. Drei oder vier Tonnen Gewebe waren inzwischen in die Grube geflossen, und ständig sprudelte noch mehr nach, als wolle sich die Erde selbst entleeren. Das Fleisch des Alten Feinds zuckte und brodelte, und überall platzten nässende Blasen auf. Das Wesen versuchte, geflügelte Phantome zu bilden, aber es war entweder zu schwach oder zu instabil dafür. Die halb herausgebildeten Vögel oder Insekten lösten sich entweder zu Brei auf oder sanken kraftlos in die Hauptmasse zurück. Trotzdem kam *es* in brodelnder Raserei auf Bryce zu. Es hatte fast den Fuß des Hangs erreicht, an dem er gerade hochkletterte, und nun schickte es sich auflösende, aber noch immer starke Tentakeln auf seine Beine zu.

Er wandte sich wieder von ihm ab und verdoppelte seine Anstrengungen, doch noch den Rand des Einbruchs zu erreichen.

Die beiden großen Fenster des Restaurants, vor dem Lisa stand, explodierten nach außen. Eine Scherbe verletzte sie leicht an der Stirn, aber sonst blieb sie unverletzt, denn die meisten Scherben fielen zwischen ihr und dem Haus auf den Bürgersteig.

Eine obszöne, schattenhafte Masse schob sich durch die zerbrochenen Fenster.

Lisa stolperte zurück und wäre beinahe hingefallen.

Das übelriechende, fast flüssige Fleisch schien das ganze Haus auszufüllen, aus dem es herausquoll.

Etwas legte sich um Lisas Knöchel. Aus dem Kanalgitter hinter ihr hatten sich Tentakeln geschoben, die sie nun packten.

Schreiend versuchte sie, sich von ihnen loszureißen – und stellte fest, daß ihr das überraschend leicht gelang. Die dünnen, wurmähnlichen Tentakeln fielen von ihr ab, brachen auf und waren innerhalb von Sekunden zu leblosem Schleim degeneriert.

Auch die widerliche Masse, die aus dem Restaurant quoll, fiel den Bakterien zum Opfer. Schäumende Fetzen lösten sich davon und klatschten auf die Straße. Trotzdem quoll es weiter heraus, bildete Tentakeln, und die wedelten durch die Luft und suchten Lisa, aber nur zögernd und halbherzig, als seien sie blind.

Tal sah von der anderen Straßenseite aus, wie die Fenster explodierten, aber bevor er auch nur einen Schritt machen konnte, um Lisa zu helfen, zerbrachen auch hinter ihm die Fenster der Eingangshalle und des Speiseraums des Hilltop Inn, und aus beiden Türen und aus den Fenstern quollen Tonnen von pulsierendem Protoplasma – Herrgott im Himmel, wie groß war das verdammte Ding eigentlich? So groß wie die ganze Stadt? So groß wie der Berg, aus dem es gekommen war? Unendlich? – und bildete Mengen von Tentakeln, die zwar von der Krankheit gezeichnet waren, aber deutlich aktiver als diejenigen waren, die Bryce verfolgten. Bevor Tal die Düse seines Sprühgeräts heben und auf den Auslöseknopf drücken konnte, hatten ihn die kalten Tentakeln mit bestürzender Kraft gepackt und zerrten ihn auf das Hotel zu, zu der Mauer aus Schleim, die noch immer aus den zerbrochenen Fenstern herausquoll. Die Tentakeln begannen, durch seine Kleidung durchzubrennen, er spürte, wie seine Haut brannte und Blasen schlug; er heulte auf, als sich die Säure in sein Fleisch hineinfraß, und auf seiner Brust und an seinen Armen brannte es wie Feuer. An seinem linken Oberschenkel zuckte ein Schmerz auf, als sei er mit einem glühenden Messer geschnitten worden, und er dachte daran, wie ein Tentakel Frank Autry enthauptet hatte, er dachte an seine Tante Becky, er –

Jenny wich einem Tentakel aus, der sie packen wollte.

Sie sprühte Tal und die drei schlangenhaften Gebilde an, die ihn ergriffen hatten. Zerfallendes Gewebe tropfte von ihnen herunter, aber sie lösten sich nicht völlig auf. Selbst dort, wo sie das Fleisch mit der Flüssigkeit nicht getroffen hatte, brachen nässende Wunden in ihm auf. Das ganze Wesen war verseucht und wurde von innen her zerfressen. Lange konnte es nicht mehr aushalten, aber vielleicht noch lange genug, um Tal Whitman zu töten.

Er schrie und schlug wild um sich.

Verzweifelt ließ Jenny die Düse los und ging näher an Tal heran. Sie packte einen der Tentakel, die ihn quälten, und versuchte, ihn zu lösen. Ein anderer Tentakel packte sie.

Sie befreite sich aus seinem unsicheren Griff und überlegte sich, daß ihr Feind den Kampf mit den Bakterien wohl verloren hatte, wenn ihr das so leicht gelang.

Unter ihrem Zugriff lösten sich Stücke aus dem Tentakel, totes Gewebe, das entsetzlich stank. Obwohl sie nur mit Mühe ihren Brechreiz unterdrücken konnte, zerrte sie heftiger denn je an dem Tentakel, bis er sich endlich von Tal löste. Dann fielen auch die anderen beiden von ihm ab, und Tal brach japsend und blutend zusammen.

Die blinden, tastenden Tentakel berührten Lisa nicht, sondern zogen sich in die ekelerregende Masse zurück, die aus dem Restaurant gequollen war, die krampfhaft zuckte und schäumende, infizierte Stücke von sich abstieß.

»Es stirbt«, sagte Lisa laut, obwohl niemand nahe genug war, um sie hören zu können. »Der Teufel stirbt.«

Bryce kroch die letzten Meter aus dem Einbruch heraus, erreichte den Rand und zog sich heraus.

Er warf einen Blick zurück. Der Verwandler war nicht einmal in seine Nähe gekommen. Ein unglaublich großer Gelatine-See bedeckte den Boden der Grube, der aber praktisch inaktiv war. Hier und da wollten sich noch menschliche oder tierische Formen bilden, aber der Alte Feind verlor seine Nachahmungsfähigkeit. Die Phantome waren fehlerhaft und verschwanden gleich wieder. Der Verwandler verschwand langsam unter einer Schicht aus seinem eigenen toten und sich auflösenden Gewebe.

Jenny kniete sich neben Tal nieder.

Er hatte häßliche Wunden an den Armen und auf der Brust, und auch am linken Oberschenkel war er verletzt.

»Haben Sie Schmerzen?« fragte sie.

»Während es mich gepackt hatte, unheimliche Schmerzen. Jetzt ist es aber nicht mehr so schlimm«, sagte er, obwohl an seinem Gesichtsausdruck deutlich zu erkennen war, daß er noch immer zu leiden hatte.

Der riesige Berg aus Schleim, der aus dem Hilltop herausgebrochen war, zog sich nun wieder in die Kanalisation zurück, aus der er aufgestiegen war, und ließ nur die stinkenden Überreste seines verwesenden Fleisches zurück. Ein mephistophelischer Rückzug. Zurück in die Unterwelt. Zurück zur anderen Seite der Hölle.

Jenny war überzeugt, daß ihnen zunächst keine Gefahr mehr drohte, und sah sich Tals Wunden etwas genauer an.

»Ist es schlimm?« fragte er.

»Nicht so schlimm, wie ich angenommen hatte.« Sie drückte ihn zurück und legte ihn auf den Rücken. »Stellenweise ist die Haut weggefressen. Und etwas von dem Fettgewebe darunter.«

»Hat es Venen oder Arterien erwischt?«

»Nein. Es war schon zu schwach, um noch tief brennen zu können. In dem Oberflächengewebe sind eine Menge Kapillar-Gefäße zerstört, und daher kommt auch die Blutung, aber selbst das ist nicht so schlimm, wie ich angenommen hätte. Ich hole meine Tasche, sobald es sicher ist, hineinzugehen, und dann werde ich Sie besser versorgen, damit es zu keiner Infektion kommt. Ich denke, sie sollten sich vielleicht zwei Tage ins Krankenhaus legen, damit Sie beobachtet werden können, ob nicht noch eine verzögerte allergische Reaktion auf die Säure oder andere Toxine kommt. Ich glaube aber, es geht Ihnen schon bald wieder gut.«

»Wissen Sie was?« sagte er.

»Was?«

»Sie reden so, als wäre alles vorbei.«

Jenny blinzelte und sah zum Hotel hinauf. Sie konnte durch die zerschmetterten Fenster in den Speiseraum sehen. Von dem Alten Feind war keine Spur zu entdecken.

Sie drehte sich um und sah über die Straße. Lisa und Bryce kamen zu der anderen Seite des Einbruchs hinüber.

»Ich denke, so ist es auch«, sagte sie zu Tal. »Ich glaube, es ist alles vorbei.«

43. Apostel

Fletcher Kale hatte keine Angst mehr. Er saß neben Jeeter und sah zu, wie das satanische Fleisch immer bizarrere Formen annahm.

Allmählich drang es in sein Bewußtsein ein, daß die Wade seines linken Beines juckte. Er kratzte sich geistesabwesend ständig, während er die wahrhaft wunderbare Verwandlung ihres dämonischen Besuchers beobachtete.

Da Jeeter sich seit Sonntag in den Höhlen aufgehalten hatte, wußte er nichts von den Ereignissen in Snowfield. Kale gab ihm die spärlichen Informationen weiter, die er behalten hatte, und Jeeter war fasziniert. »Weißt du, was das ist? Das ist ein *Zeichen*.

Was Er da in Snowfield gemacht hat, war ein Zeichen, mit dem Er der Welt sagte, daß Seine Zeit kommt. Seine Herrschaft wird jetzt bald beginnen. Er wird tausend Jahre lang die Erde beherrschen. Das steht sogar in der Bibel, Mann – tausend Jahre lang die Hölle auf Erden! Alle werden leiden – bis auf dich und mich und noch ein paar andere Leute, die auch so sind wie wir. Weil wir nämlich die Erwählten sind, Mann. Wir sind Seine Apostel. Wir werden die Welt zusammen mit Luzifer beherrschen, und wir können mit allen Leuten die allerletzten Sachen anstellen, wenn wir es wollen. Mit *allen* Leuten. Und niemand wird uns jemals etwas anhaben können. Kapierst du das?« fragte Terr und packte Kale am Arm. Seine Stimme war vor Erregung angestiegen, und er zitterte vor religiösem Eifer, einem Eifer, den er mit Leichtigkeit auch auf Kale übertragen konnte, der dadurch in eine neue Verzückung geriet.

Kale spürte Jeeters Hand auf seinem Arm und meinte den heißen Blick des rot und gelb tätowierten Auges zu fühlen. Es war ein magisches Auge, das ihm in die Seele sah und eine gewisse düstere Verwandtschaft erkannte.

Kale räusperte sich, kratzte sich am Knöchel, kratzte sich an der Wade und sagte: »Klar kapiere ich das. Ganz ehrlich.«

Die Säule aus Schleim in der Mitte des Raums begann einen peitschenähnlichen Schwanz zu formen. Flügel bildeten sich, breiteten sich aus und flatterten einmal. Große, muskulöse Arme wuchsen. Die Hände waren riesig, und die starken Finger endeten mit Krallen. An der Spitze der Säule begann sich ein Gesicht zu bilden: Kinn und Backenknochen wie gemeißelter Granit; ein Mund wie ein Messerschnitt mit dünnen Lippen, schiefen, gelben Zähnen und Eckzähnen, die an eine Schlange erinnerten; eine Nase wie die Schnauze eines Schweins; verrückte rote Augen, die nicht einmal entfernt menschenähnlich waren, sondern eher wie die Facettenaugen einer Fliege aussahen. Als Konzession an den christlichen Mythos wuchsen Hörner aus der Stirn. Die Haare schienen aus Würmern zu bestehen; sie glänzten fettig und grünschwarz und ringelten sich ständig zu verworrenen Knoten zusammen.

Der grausame Mund öffnete sich. Der Teufel sagte: »Glaubt ihr?«

»Ja«, sagte Terr ehrfürchtig. »Du bist mein Herr.«

»Ja«, sagte Kale mit unsicherer Stimme. »Ich glaube.« Er kratzte sich an der rechten Wade. »Ich glaube wirklich.«

»Seid ihr mein?« fragte die Erscheinung.

»Ja, für immer«, sagte Terr, und Kale stimmte ihm zu.

»Werdet ihr mich jemals verlassen?« fragte sie.

»Nein.«

»Niemals.«

»Wollt ihr mich erfreuen?«

»Ja«, sagte Terr, und Kale sagte: »Was du willst.«

»Bald werde ich euch verlassen«, sagte die Erscheinung. »Die Zeit meiner Herrschaft ist noch nicht gekommen. Sie wird kommen. Bald. Es gibt jedoch Bedingungen, die eingehalten werden müssen, Prophezeiungen müssen sich erfüllen. Dann aber werde ich wiederkommen, und dann werde ich nicht nur ein Zeichen für die ganze Menschheit geben, sondern ich werde für tausend Jahre herrschen. Bis dahin werde ich euch mit meiner ungeheuren Macht schützen; niemand wird euch verletzen oder in euren Weg treten können. Ich schenke euch die Unsterblichkeit. Ich verspreche euch, daß die Hölle für euch ein Ort großer Freuden und ungeheurer Belohnungen sein wird. Ihr müßt als Gegenleistung dafür fünf Aufgaben erfüllen.«

Er sagte ihnen, was sie tun sollten, um sich zu beweisen und um Ihm zu gefallen. Während Er zu ihnen sprach, brachen überall an Ihm Blasen und Schwären aus, aus denen eine dünne gelbe Flüssigkeit lief.

Kale fragte sich, was das wohl zu bedeuten hätte, aber dann fiel ihm wieder ein, daß Luzifer der Vater aller Krankheiten war. Vielleicht war das eine gar nicht sanfte Erinnerung daran, welche schrecklichen Seuchen Er ihnen schicken könnte, wenn sie nicht bereit waren, die fünf Aufgaben zu übernehmen.

Das Fleisch schäumte und löste sich auf. Große Stücke davon fielen auf den Boden und zersetzten sich; einige wurden durch die krampfhaften Windungen und Verrenkungen der Gestalt sogar an die Wand geschleudert. Der Schwanz des Teufels brach von seinem Körper ab und fiel zuckend auf den Boden. Innerhalb von Sekunden war nicht mehr als ein lebloser Brei übrig, der nach Tod stank.

Als Er ihnen gesagt hatte, was sie für Ihn tun sollten, fragte Er sie: »Gilt unser Pakt?«

»Ja«, sagte Terr, und Kale sagte: »Unser Pakt gilt.«

Das Gesicht Luzifers, das mit offenen Wunden bedeckt war, zerschmolz ebenso wie die Hörner und die Flügel. Unter Windungen sank das Ding in den Boden und verschwand in dem unterirdischen Fluß. Es ließ nichts als eine eitrige Flüssigkeit zurück.

Es war eigenartig, aber das stinkende tote Gewebe verschwand nicht. Ektoplasma sollte eigentlich zusammen mit dem übernatürlichen Wesen spurlos verschwinden, aber dieses Zeug blieb ekelerregend stinkend und im Gaslicht leicht glitzernd liegen.

Allmählich legte sich Kales Verzückung. Er begann, die Kälte, die der Steinboden ausstrahlte, durch seine Hosen zu spüren.

Gene Terr hustete: »Na... war das... vielleicht nichts?«

Kale kratzte seine juckende Wade. Unter dem Juckreiz hatte sich inzwischen ein leichter Schmerz gebildet, der dumpf klopfte.

Es hatte das Ende seiner Periode der Nahrungsaufnahme erreicht. Es hatte sogar zuviel Nahrung aufgenommen. Es hatte vorgehabt, sich heute später am Tag durch eine Reihe von Höhlen, unterirdische Kanäle und Flüsse zum Meer hinzubewegen. Es hatte geplant, über das Kontinentalschelf hinauszuschwimmen und in einem der tiefen ozeanischen Gräben zu verschwinden. Zahllose Male hatte es seine lethargische Periode – die manchmal viele Jahre dauerte – in der kühlen, dunklen Tiefe des Meeres verbracht. Dort unten, wo der Druck so hoch war, daß nur noch wenige Lebensformen ihn aushalten konnten, und wo die absolute Dunkelheit und Stille so gut wie keine Eindrücke von außen brachte, konnte der Alte Feind seinen Stoffwechsel verlangsamen und in einen sehr erwünschten traumartigen Zustand versinken, in dem er ungestört nachdenken konnte.

Aber das Meer würde er nicht mehr erreichen. Nie mehr. Er starb.

Die Vorstellung, das Wesen könne sterben, war noch so neu, daß es sich noch nicht mit dieser düsteren Realität abgefunden hatte. Immer wieder stieß es kranke Teile ab und kroch in stygischer Finsternis tiefer, immer tiefer in die Erde, in ihre infernalischen Regionen, in die Wohnungen von Orcus, Hades, Osiris, Erebus, Minos, Loki, Satan. Jedesmal, wenn es sich schon frei von den gefräßigen Mikro-Organismen gefühlt hatte, stellte sich irgendwo in seinem amorphen Gewebe ein Kribbeln ein, das sich zu einem Schmerz entwickelte, der völlig anders als menschlicher Schmerz war, und wieder war er gezwungen, sich von infiziertem Fleisch zu trennen. Noch tiefer stieg es hinab, in die Gehenna, nach Sheol, nach Abbadon, in die Grube. Im Verlauf der Jahrhunderte hatte es gern die Rolle des Satans und anderer Repräsentanten des Bösen übernommen, für die die Menschen es gehalten hatten, und es hatte sich durch die Ausnutzung ihres Aberglaubens amüsiert. Nun aber war er selbst zu einem Schicksal verurteilt, das genau zu der Mythologie paßte, die zu schaffen es selbst geholfen hatte. Es dachte voll Bitterkeit über diese Ironie nach. Es war in den Abgrund gestoßen worden. Es war verdammt. Es mußte für den Rest seines Lebens in Finsternis und Verzweiflung existieren – und diese Zeit konnte in Stunden gemessen werden.

Zumindest hatte es zwei Apostel zurückgelassen. Kale und Terr. Sie würden weiter sein Werk tun, auch wenn es selbst nicht mehr existierte. Sie würden Furcht und Schrecken verbreiten und es rächen. Für diese Aufgaben waren sie ausgezeichnet geeignet.

Nun war von dem Verwandler nur noch sein Gehirn und ein minimaler Rest von Stützgewebe übrig. Er zog sich in eine Nische der Unterwelt und wartete auf sein Ende. Seine letzten Minuten verbrachte er rasend vor Haß und Wut auf die gesamte Menschheit.

Kale rollte sein Hosenbein hoch und sah sich seine rechte Wade an. Im Licht der Lampe sah er zwei kleine, rote Flecken; sie waren geschwollen, juckten und waren sehr empfindlich.

»Insektenstiche«, sagte er.

Gene Terr sah sie sich an. »Zecken. Sie bohren sich unter die Haut. Das Jucken hört erst auf, wenn man sie mit einer Zigarette ausgebrannt hat.«

»Hast du mal eine?«

Kale grinste. »Ich habe noch Gras. Damit funktioniert es genauso gut, und außerdem sterben die Zecken sehr fröhlich.«

Sie rauchten einen Joint, und Kale brannte damit die Zecken aus. Es tat nicht sehr weh.

»Im Wald muß man immer die Hosen in die Stiefel stecken«, sagte Terr.

»Sie *waren* in meine Stiefel gesteckt.«

»So? Und wie kommen dann die Zecken an dein Bein?«

»Keine Ahnung.«

Nachdem sie noch eine Weile an dem Joint geraucht hatten, runzelte Kale die Stirn und sagte: »Er hat uns doch versprochen, niemand könne uns verletzen, weil wir unter Seinem Schutz stehen.«

»So ist es, Mann. Unbesiegbar.«

»Und warum habe ich dann die Scheiß-Zecken im Bein?« fragte Kale.

»Mensch, das ist doch bloß eine Kleinigkeit.«

»Aber wenn wir doch unter Seinem Schutz stehen –«

Jeeter zuckte die Achseln. »Das ist doch unwichtig, Mann. Außerdem haben dich die Scheiß-Zecken schon gebissen, *bevor* wir den Pakt geschlossen haben, oder nicht?«

»Ach ja.« Kale konnte wegen dem Gras nicht mehr allzu klar denken und nickte. »Tatsächlich, da hast du recht.«

Sie blieben eine Weile still, und dann sagte Kale: »Was meinst du wohl, wann wir von hier verschwinden können?«

»Wahrscheinlich suchen sie dich noch überall.«

»Aber sie können mir doch nichts tun –«

»Es hat doch keinen Sinn, sich das Leben schwerzumachen«, sagte Terr.

»Wahrscheinlich hast du recht.«

»Wir halten uns noch ein paar Tage versteckt. Bis dahin ist es mit der Fahndung nicht mehr so schlimm.«

»Und dann legen wir die fünf um, wie er es uns gesagt hat.«

Sie blieben eine Weile still. Dann sagte Terr: »Erzähl mir, wie du deine Frau und dein Kind umgebracht hast.«

»Was willst du denn wissen?«

»Alles, Mann. Was war das für ein Gefühl, besonders bei dem Kind? Ich habe noch nie ein Kind umgebracht. Ist das irgendwie anders? Was genau hast du gemacht?«

»Nur das, was ich machen mußte. Sie waren mir im Weg.«

»Ein Klotz am Bein, was?«

»Alle beide.«

»Klar, das verstehe ich. Aber was hast du *gemacht*?«

»Ich habe sie erschossen.«

»Das Kind auch?«

»Nein, den habe ich mit einem Hackmesser zerstückelt.«

»Echt, ohne Scheiß?«

Sie rauchten weiter Gras, und die Gaslampe zischte, und durch das Loch im Boden stieg das Flüstern und Lachen des unterirdischen Flusses hoch, und Kale erzählte, wie er Joanna und Danny und den Deputy umgebracht hatte.

Dann und wann kicherte Jeeter bekifft und sagte: »Hey, Mann, was werden wir Spaß haben, was? Meinst du nicht auch, wir beide werden zusammen einen irren Spaß haben? Erzähl weiter. Mann, werden wir einen Spaß haben!«

44. Sieg?

Bryce stand auf dem Bürgersteig, sah sich um und lauschte angestrengt. Von dem Verwandler war keine Spur zu entdecken, aber er konnte es noch nicht richtig glauben, daß er tatsächlich tot war. Er befürchtete, er würde ihn sofort anfallen, wenn er nicht mehr auf der Hut war. Tal Whitman lag auf dem Boden. Jenny und Lisa säuberten seine Säureverbrennungen, puderten sie mit einem Antibiotikum ein und legten ihm einen Verband an.

In Snowfield war es weiter so still wie auf dem Meeresgrund.

Als Jenny mit der Versorgung Tals fertig war, sagte sie: »Wir sollten ihn sofort ins Krankenhaus bringen. Die Wunden sind zwar nicht tief, aber vielleicht kommt es noch zu einer verzögerten Reaktion auf die Toxine des Verwandlers. Das Krankenhaus ist auf die schlimmsten Möglichkeiten vorbereitet. Ich nicht.«

Bryce sah sich um und sagte: »Was ist denn, wenn wir alle in einem fahrenden Auto gefangen sind, wenn *es* zurückkommt?«

»Es ist tot«, sagte Lisa.

»Sicher wissen wir das nicht«, sagte Bryce.

»Fühlen Sie das nicht? Den Unterschied?« beharrte Lisa. »Es ist weg! Es ist tot. Das *fühlt* man doch an der Luft.«

Bryce machte sich klar, daß das Mädchen recht hatte. Der Verwandler war nicht nur physisch, sondern auch geistig präsent gewesen; Bryce selbst hatte seine fast greifbare Bösartigkeit gefühlt. Der Alte Feind hatte subtil etwas ausgestrahlt, das mit den Sinnen nicht erfaßt werden konnte, wohl aber mit dem Unterbewußtsein, dem Instinkt. Davon war jetzt nichts mehr zu spüren. Es lag keine Drohung in der Luft.

Tal sagte: »Wenn Sie sich noch nicht in ein Auto setzen wollen, macht das auch nichts. Wir können noch eine Weile warten. Mir geht es gut.«

»Ich habe meine Meinung geändert«, sagte Bryce. »Wir können fahren, und nichts wird uns aufhalten. Es ist tot.«

Als Bryce in dem Streifenwagen den Motor anließ, sagte Jenny: »Wissen Sie noch, was Flyte über die Intelligenz dieses Wesens gesagt hat? Bei seinem Dialog über den Computer hat er ihm gesagt, es hätte seine Intelligenz und sein Bewußtsein wahrscheinlich erst dann erworben, als es anfing, intelligente Wesen zu verzehren.«

»Ich weiß es noch«, sagte Tal vom Rücksitz, wo er mit Lisa saß. »Das hat ihm gar nicht gefallen.«

»Und?« fragte Bryce. »Worauf wollen Sie hinaus?«

»Nun, wenn es seine Intelligenz dadurch erworben hat, daß es unsere Intelligenz und kognitiven Fähigkeiten mit seiner Nahrung aufgenommen hat..., hat es dann auch seine Grausamkeit und Brutalität von uns, von der Menschheit bekommen?« Sie erkannte, daß diese Frage Bryce unangenehm war, aber sie ließ trotzdem nicht nach. »Wenn man es richtig bedenkt, sind die einzigen wirklichen Teufel vielleicht Menschen. Nicht die Menschen als Ganzes, sondern nur die Kranken, Verdrehten, die niemals Güte oder Mitleid empfinden. Wenn der Verwandler wirklich der Teufel war, wie wir ihn aus der Mythologie kennen, dann ist das Böse in den Menschen nicht eine Reflexion des Teufels, sondern der Teufel selbst ist eine Reflexion unserer eigenen Brutalität und Grausamkeit. Vielleicht ist es das, was dahintersteckt... wir haben uns den Teufel nach unserem eigenen Bild geschaffen.«

Bryce blieb lange still. Schließlich sagte er: »Vielleicht haben Sie recht. Wahrscheinlich sogar. Es hat keinen Sinn, seine Energie dafür zu verschwenden, sich vor Teufeln, Dämonen und Geistern zu fürchten... weil wir letztlich niemals etwas Entsetzlicheres finden werden als die Ungeheuer unter uns. Die Hölle ist immer da, wo man sie sich macht.«

Sie fuhren die Skyline Road hinunter.

Snowfield sah heiter und schön aus. Nichts versuchte, sie aufzuhalten.

45. Gut und Böse

Am Sonntagabend, eine Woche, nachdem Jenny und Lisa Snowfield in Grabesstille vorgefunden hatten, und fünf Tage nach dem Tod des Verwandlers besuchten sie alle Tal Whitman im Krankenhaus in Santa Mira. Es hatte sich nämlich doch eine leichte toxische Reaktion auf die von dem Verwandler abgesonderten Flüssigkeiten eingestellt, und außerdem hatte er eine leichte Infektion entwickelt. Ernsthaft gefährdet war er aber nie gewesen, und jetzt war er fast so gut wie gesund und wartete ungeduldig darauf, endlich heimgeschickt zu werden.

Als Lisa und Jenny in Tals Zimmer kamen, saß er in seiner Uniform in einem Sessel beim Fenster und las ein Magazin. Seine Dienstpistole und sein Halfter lagen auf dem kleinen Tisch neben ihm.

Lisa legte ihre Arme um ihn, bevor er aufstehen konnte, und Tal drückte sie auch an sich.

»Gut sehen Sie aus«, sagte sie zu ihm.

»Und du siehst Spitze aus«, antwortete er.

»Sie werden allen Frauen den Kopf verdrehen.«

»Und wegen dir werden sich die Jungen rückwärts überschlagen.«

Dieses Ritual spielten sie jeden Tag durch, eine kleine Zeremonie der Zuneigung, die Lisa immer leicht zum Lächeln brachte. Jenny sah das gern; in den letzten Tagen hatte sie nicht oft gelächelt, und richtig gelacht hatte sie kein einziges Mal.

Tal stand auf, und Jenny nahm ihn auch in die Arme. Sie sagte: »Bryce ist bei Timmy. Er kommt auch gleich hoch.«

»Ich habe den Eindruck, daß er damit jetzt viel besser fertig wird«, sagte Tal. »Im ganzen letzten Jahr konnte man deutlich sehen, daß Jimmys Zustand ihn fertiggemacht hat, aber jetzt scheint er damit auszukommen.«

Jenny nickte. »Er war zu der Überzeugung gekommen, daß Timmy besser tot wäre. Dort oben in Snowfield hat er aber seine Meinung geändert. Ich glaube, er ist für sich zu dem Ergebnis gekommen, daß es nichts Schlimmeres als den Tod gibt. Solange noch Leben da ist, kann man auch noch hoffen. Vielleicht ändert er seine Meinung wieder, wenn Timmy in einem Jahr immer noch im Koma liegt, aber im Augenblick ist er schon dankbar dafür, wenn er sich jeden Tag ein wenig zu ihm setzen und seine Hand halten kann.« Sie sah zu Tal hinüber und fragte streng: »Was soll das denn, daß Sie hier in Straßenkleidern herumsitzen?«

»Ich werde entlassen.«

»Fantastisch!« sagte Lisa.

Timmys Zimmergenosse war zur Zeit ein achtzigjähriger alter Mann, der an ein Infusionsgerät, einen piepsenden Herzmonitor und ein keuchendes Beatmungsgerät angeschlossen war.

Obwohl Timmy nur an dem Infusionsgerät hing, war seine Bewußtlosigkeit ebenso tief wie das Koma des alten Mannes. Ein oder zweimal in der Stunde, nie öfter und nie länger als jeweils eine Minute, flatterten die Augenlider des Jungen, oder seine Lippen bewegten sich leicht, oder ein Muskel an seiner Wange zuckte. Das war alles.

Bryce saß neben dem Bett, hatte eine Hand durch das Gestell geschoben und hielt die Hand seines Sohnes. Seit Snowfield reichte dieser bescheidene Kontakt aus, um ihn zufrieden zu machen. Jeden Tag ging es ihm besser, wenn er aus dem Zimmer ging.

Nun, da der Abend gekommen war, war es nicht sehr hell in dem Zimmer. Am Kopf des Betts hing eine kleine Lampe an der Wand, die mit ihrem sanften Schein jedoch nur bis Timmys Schultern reichte und seinen zugedeckten Körper im Schatten ließ. In dem Halbdunkel sah Bryce, wie dünn und verkümmert der Junge geworden war. Er hatte trotz der Nährlösung an Gewicht verloren, und er sah dünn und zerbrechlich aus. Sein Sohn war schon immer klein für sein Alter gewesen, aber nun schien die Hand, die Bryce da hielt, einem Kleinkind zu gehören.

Sie war aber warm. Sie war warm.

Nach einer Weile ließ Bryce sie widerwillig los. Er fuhr dem Jungen durch das Haar, zog sein Leintuch glatt und schüttelte das Kissen auf.

Es war Zeit zu gehen, aber das konnte er im Augenblick noch nicht. Er weinte und wollte nicht mit Tränen im Gesicht in den Gang hinausgehen.

Er zog sich einige Kleenex-Tücher aus der Schachtel auf dem Nachttisch, stand auf, ging zum Fenster hinüber und sah auf Santa Mira hinaus.

Er weinte jeden Tag, wenn er hierherkam, aber das waren andere Tränen als früher. Sie brannten heiß, wuschen das Elend weg und heilten ihn. Stückchen für Stückchen heilten sie ihn langsam.

»Entlassen?« fragte Jenny mit finsterem Gesicht. »Wer sagt das?«

Tal grinste. »Ich sage das.«

»Seit wann sind Sie denn Ihr eigener Arzt?«

»Ich dachte eben, ich sollte doch sichergehen, und deshalb habe ich mich selbst konsultiert, und meine Empfehlung lautete: Entlassung.«

»Tal –«

»Doch, doch, mir geht es ausgezeichnet. Die Schwellung ist weg, ich habe seit zwei Tagen kein Fieber mehr, und deshalb bin ich überreif für eine Entlassung. Wenn Sie versuchen, mich hier noch länger einsperren zu wollen, haben Sie meinen Tod auf Ihrem Gewissen.«

»Tod?«

»Das Essen hier bringt mich um.«

»Er sieht doch aus, als könnte er tanzen gehen«, sagte Lisa.

»Und wann hast *du* deinen Doktor gemacht?« fragte Jenny. Sie richtete sich wieder an Tal: »Na ja... lassen Sie sich einmal ansehen. Ziehen Sie Ihr Hemd aus.«

Er schlüpfte schnell und mühelos aus ihm und schien tatsächlich keine Schwierigkeiten mehr zu haben. Jenny nahm ihm vorsichtig den Verband ab und stellte fest, daß er nicht geschwindelt hatte: keinerlei Schwellung, und die Wunden heilten gut ab.

»Gewöhnlich entlassen wir abends keine Patienten. Die Anweisungen werden morgens ausgeschrieben, und Entlassungen finden zwischen zehn und zwölf Uhr statt.«

»Bestimmungen sind dafür da, daß man sie bricht.«

»Das ist vielleicht eine Aussage für einen Polizisten«, sagte sie spöttisch. »Nein, im Ernst, Tal, ich würde es lieber sehen, wenn Sie noch eine Nacht bleiben würden, nur für den Fall, daß –«

»Und ich würde es lieber sehen, wenn ich sofort verschwinden könnte, weil ich sonst einen Koller bekomme.«

»Sie sind wirklich fest entschlossen?«

»Er ist wirklich fest entschlossen«, sagte Lisa.

Tal sagte: »Sie hatten meine Pistole zusammen mit ihren Drogen im Safe eingeschlossen, und ich mußte bei einer süßen Schwester namens Paula meine ganze Überredungskunst aufbringen, damit sie sie mir rausholt. Ich habe mir gesagt, Sie würden mich ganz sicher heute abend rauslassen. Sie müssen wissen, daß diese Paula sehr attraktiv ist, jung, alleinstehend, einfach zum Anbeißen –«

»Es reicht, es reicht«, sagte Lisa. »Ich bin schließlich noch minderjährig.«

»Ich möchte mich mit Paula zu einem Rendezvous verabreden«, sagte Tal. »Wenn Sie mir aber jetzt die Entlassung verweigern, dann bekommt Paulas Oberschwester heraus, daß sie mir ohne Entlassungsanweisung meinen Revolver gegeben hat, und dann bekommt sie Schwierigkeiten wegen mir und geht nicht mit mir aus, und dann wird es auch nichts mit den kleinen Tal Whitmans, die ich sonst bekommen hätte, weil ich Paula natürlich heiraten werde, und damit würden Sie der Welt einen kleinen schwarzen Einstein oder einen kleinen schwarzen Beethoven nehmen.«

Jenny lachte und schüttelte den Kopf. »Na gut, wenn das so ist, schreibe ich Ihnen die Entlassungsanweisung aus, und Sie können noch heute verschwinden.«

Er nahm sie kurz in die Arme und begann, sein Hemd anzuziehen.

»Paula sollte sich vorsehen«, sagte Lisa. »Eigentlich sollten Sie nicht auf Frauen losgelassen werden.«

»Ich? Wieso denn nicht?« Er schnallte sich sein Halfter an. »Ich bin doch ein schüchterner Mensch.«

»Gewiß doch«, sagte Lisa.

Jenny sagte: »Wenn Sie –«

Und plötzlich wurde Tal zum Berserker. Er stieß Jenny zur Seite, so daß sie mit der Schulter gegen das Bett prallte und schwer auf dem Fußboden aufschlug. Sie hörte Schüsse, sah Lisa fallen und wußte nicht, ob sie getroffen war oder sich nur in Sicherheit brachte; einen Moment lang dachte sie, Tal würde auf sie schießen, aber dann sah sie, daß er noch damit beschäftigt war, seinen Revolver aus dem Halfter zu ziehen.

Noch während der Schuß durch das Zimmer hallte, klirrte Glas. Es war das Fenster hinter Tal.

»Fallenlassen!« brüllte Tal.

Jenny drehte ihren Kopf um, und da stand in dem helleren Licht, das aus dem Gang draußen hereinfiel, Gene Terr in der Tür.

Bryce stand in den tiefen Schatten am Fenster und trocknete sich die Tränen. Er hörte ein leises Geräusch aus dem Zimmer hinter sich und nahm an, es sei die Schwester. Er drehte sich um – und sah Fletcher Kale. Einen Moment starrte er ungläubig.

Kale stand am Fuß von Timmys Bett; er war in dem dürftigen Licht kaum zu erkennen. Er hatte Bryce nicht bemerkt. Er beobachtete den Jungen – und er grinste. Wahnsinn stand in seinem Gesicht geschrieben. Er hielt eine Pistole in der Hand.

Bryce trat vom Fenster weg und griff nach seinem eigenen Revolver. Zu spät fiel es ihm ein, daß er nicht in Uniform war und deshalb keinen Revolvergurt trug, sondern nur eine private .38er mit einem kurzen Lauf, die in einem Knöchelhalfter steckte. Er beugte sich herab, sie zu ziehen.

Aber Kale hatte ihn gesehen. Die Pistole in seiner Hand zuckte hoch und bellte einmal, zweimal, dreimal kurz hintereinander auf.

Bryce spürte an seiner linken Seite einen Schlag wie von einem Vorschlaghammer, und der Schmerz durchzuckte seine gesamte Brust. Als er zu Boden sank, hörte er die Waffe des Mörders noch dreimal röhren

»Fallenlassen!« brüllte Tal, und Jenny sah Jeeter. Ein zweiter Schuß prallte von dem Bettgestell ab und knallte gegen die Decke. Zwei Platten fielen herunter.

Tal duckte sich und schoß zweimal. Der erste Schuß traf Jeeter am linken Oberschenkel. Der zweite traf ihn in den Bauch und warf ihn nach hinten in eine Ecke, wo er blutüberströmt landete. Er rührte sich nicht mehr.

»Was war *das* denn, zum Teufel?« fragte Tal.

Jenny rief nach Lisa und kroch auf allen vieren um das Bett herum, um festzustellen, ob sie noch am Leben war.

Kale ging es schon seit zwei Stunden schlecht. Er hatte Fieber, seine Augen brannten, und er hatte ein Gefühl, als sei Sand darin. Es war ganz plötzlich gekommen. Er hatte auch Kopfweh, und als er am Bett des Jungen stand, war ihm plötzlich übel geworden, und seine Knie hatten nachgegeben. Er konnte das einfach nicht verstehen; angeblich war er doch unverletzlich, unbesiegbar. Na ja, vielleicht war Luzifer ungeduldig geworden, weil sie fünf Tage lang abgewartet hatten, bis sie aus der Höhle herausgegangen waren, und die Krankheit war eine eindringliche Ermahnung, sich jetzt endlich an die Arbeit zu machen. Wahrscheinlich würden die Symptome in dem Augenblick verschwinden, in dem der Junge starb. Genau. So würde es kommen. Kale grinste das komatose Kind an, hob langsam seinen Revolver und zuckte zusammen, als ihm ein Krampf die Gedärme zusammenzog.

Dann sah er in den Schatten eine Bewegung und fuhr herum. Ein Mann. Er kam auf ihn zu. Hammond. Kale eröffnete sofort das Feuer und schoß die ganze Trommel leer, um sicherzugehen. Ihm war schwindlig, er sah nicht sehr scharf, seine Augen waren schwach, und er konnte kaum die Pistole festhalten; selbst aus so großer Nähe konnte er sich nicht darauf verlassen, daß er treffen würde.

Hammond stürzte schwer zu Boden und blieb bewegungslos liegen.

Obwohl das Licht düster war und Kale nicht genau sehen konnte, erkannte er die Blutflecken an der Wand und auf dem Boden.

Kale lachte fröhlich und fragte sich, wann die Krankheit ihn wohl wieder verlassen würde, nachdem er doch jetzt die erste der Aufgaben erfüllt hatte, die ihnen von Luzifer aufgetragen worden waren. Er schwankte auf den Körper zu, um ihm den Gnadenschuß zu geben. Selbst wenn Hammond schon tot war, wollte Kale ihm in sein selbstzufriedenes Gesicht schießen und es zerstören.

Dann würde er sich um den Jungen kümmern.

Das war es, was Luzifer gewollt hatte. Fünf Morde. Hammond, sein Junge, Whitman, Dr. Paige und das Mädchen.

Er erreichte Hammond, beugte sich zu ihm herab –

– und dann schlug der Sheriff zu. Seine Hand war blitzschnell. Er riß eine Pistole aus einem Knöchelhalfter, und bevor Kale reagieren konnte, sah er das Mündungsfeuer.

Kale war getroffen. Er stolperte und fiel hin. Seine Pistole flog aus seiner Hand. Er hörte, wie sie klappernd gegen ein Bein des Betts prallte.

Das kann doch nicht sein, sagte er sich selbst. Ich bin beschützt. Niemand kann mir etwas anhaben.

Lisa lebte. Als sie hinter das Bett gefallen war, war sie nicht getroffen gewesen, sie hatte sich nur in Sicherheit bringen wollen. Jenny hielt sie fest in ihren Armen.

Tal hockte vor Gene Terr. Der Rocker-Chef hatte ein riesiges Loch im Bauch und war tot.

Eine Menge hatte sich versammelt: Schwestern, zwei Ärzte, ein oder zwei Patienten in Bademänteln.

Ein rothaariger Pfleger kam hergerannt. Er sah aus, als würde er noch unter Schock stehen. »Im ersten Stock hat es auch eine Schießerei gegeben!«

»Bryce«, sagte Jenny, und die Angst durchzuckte sie wie eine Klinge aus Eis.

»Was ist hier eigentlich los?« fragte Tal.

Jenny rannte auf den Gang hinaus und die Treppe hinunter. Bis sie den ersten Stock erreicht hatte, hatte Tal sie eingeholt und hielt ihr die Tür auf. Sie rannten beide zusammen durch den Gang zu Timmys Zimmer.

Auch davor hatte sich eine Menge von Neugierigen versammelt. Jennys Herz schlug ihr bis zum Hals, während sie sich durch sie durchdrängte.

Jemand lag am Boden, und eine Schwester kauerte daneben.

Zuerst dachte Jenny, das sei Bryce, aber dann sah sie ihn ein einem Sessel sitzen. Eine Schwester schnitt ihm das Hemd von der Schulter. Er war nur verwundet.

Bryce zwang sich ein Lächeln ab. »Sehen Sie sich vor, Doc. Wenn sie immer so schnell da sind, nennt man sie bestimmt bald eine übereifrige Patientenjägerin.«

Sie brach in Tränen aus. Sie konnte einfach nichts dagegen tun. Sie hatte sich in ihrem ganzen Leben noch nie über etwas so gefreut wie über den Klang seiner Stimme.

»Nur ein Kratzer«, sagte er.

»Sie sind genau wie Tal«, sagte sie und lachte durch ihre Tränen. »Ist Timmy etwas passiert?«

»Kale wollte ihn umbringen. Wenn ich nicht dagewesen wäre...«

»Ist das Kale?«

»Ja.«

Jenny wischte sich mit einem Ärmel die Tränen ab und untersuchte Bryces Schulter. Die Kugel war glatt durchgegangen. Es gab zwar keinen Grund für die Annahme, daß sie aufgesplittert war, aber sie würde die Schulter trotzdem röntgen lassen. Die Wunde blutete stark, aber das Blut spritzte nicht, und sie ließ die Blutung von der Schwester durch Borsäure-getränkte Wattebäusche stillen.

Er würde wieder gesund werden.

Nun wendete sich Jenny dem Mann auf dem Boden zu. Sein Zustand war ernster. Die Schwester hatte ihm Jacke und Hemd aufgerissen und seine Schußwunde in der Brust freigelegt. Dann bemerkte Jenny, daß Kale Fieber hatte. Seine Stirn war heiß, und sein Gesicht gerötet. Als sie sein Handgelenk nahm, um seinen Puls zu fühlen, sah sie, daß es voller roter Flecken war. Sie schob seine Ärmel hoch und stellte fest, daß sie sich auch am Arm fanden. Sein Gesicht und sein Hals aber waren frei davon. Auf seiner Brust waren ihr blaßrote Flecken aufgefallen, aber die hatte sie für Blut gehalten. Als sie sie sich jetzt noch einmal näher ansah, stellte sie fest, daß sie wie die Flecken an seinen Armen aussahen.

Masern? Nein. Etwas anderes, das ernster als Masern war.

Die Schwester kam mit zwei Pflegern und einer fahrbaren Liege zurück, und Jenny sagte zu ihr: »Wir werden das Stockwerk hier unter Quarantäne stellen müssen. Das darüber auch. Wir haben hier eine Krankheit, und ich bin nicht ganz sicher, was das ist.«

Nachdem Bryces Verwundung geröntgt und verbunden worden war, wurde er in ein Zimmer auf dem gleichen Stock wie Timmy gelegt. Die Schmerzen in seiner Schulter wurden immer stärker, denn die Auswirkungen des Schocks begannen nun nachzulassen. Schmerzstillende Mittel lehnte er ab, weil er einen klaren Kopf behalten wollte, bis er genau wußte, was hier passiert war, und warum.

Jenny besuchte ihn für eine halbe Stunde, nachdem er ins Bett gebracht worden war. Sie sah erschöpft aus, aber ihrer Schönheit tat das keinen Abbruch. Ihr Anblick war die beste Medizin für ihn.

»Wie geht es Kale?« fragte er.

»Die Kugel hat sein Herz nicht beschädigt. Ein Lungenflügel ist zusammengebrochen, und eine Arterie ist verletzt. Normalerweise würden seine Chancen gut stehen, aber er muß sich nicht nur von seiner Verwundung erholen. Er hat außerdem noch Rocky-Mountain-Fleckfieber.«

Bryce blinzelte überrascht. »Fleckfieber?«

»An seiner rechten Wade hat er zwei Verbrennungen von Zigaretten, wo er sich zwei Zecken ausgebrannt hat, und von denen wird diese Krankheit übertragen. Nach den Verbrennungen zu urteilen, ist er vor fünf oder sechs Tagen von ihnen gebissen worden, und das ist ungefähr die Inkubationszeit von Fleckfieber. Die Symptome müssen innerhalb der letzten Stunde eingesetzt haben. Schwindelgefühl, Kältegefühl, Gliederschmerzen...«

»Deshalb hat er so schlecht gezielt!« sagte Bryce. »Er hat dreimal aus nächster Nähe auf mich geschossen, und ich habe nur einen ungefährlichen Durchschuß.«

»Dann sollten Sie Gott dafür danken, daß er Kale die Zecke das Hosenbein hochgeschickt hat.«

Er dachte darüber nach und sagte: »Es scheint tatsächlich wie Gottes Hand, nicht wahr? Was hatten er und Terr aber vor? Warum haben sie das Risiko nicht gescheut, mit Pistolen hierherzukommen? Ich kann ja noch verstehen, daß Kale mich umbringen will, oder sogar Timmy, aber warum Tal und Sie und Lisa?«

»Sie werden das jetzt wahrscheinlich nicht glauben«, sagte sie. »Seit Dienstag morgen hat Kale schriftlich darüber Bericht geführt, was seit dem ›Tag Seiner Ankunft‹, wie er es nennt, passiert ist. Wie es aussieht, haben Kale und Terr einen Pakt mit dem Teufel abgeschlossen.«

Montag früh um vier Uhr, nur sechs Tage nach der Ankunft, von der Kale geschrieben hatte, starb er im Krankenhaus. Bevor er dieses Leben verließ, öffnete er die Augen, starrte die Schwester mit wildem Blick an, sah an ihr vorbei und richtete seinen Blick auf etwas Schreckliches hinter ihr, das sie nicht sehen konnte. Irgendwie fand er die Kraft, die Arme zu heben, als wolle er sich schützen, und dann stieß er einen dünnen Schrei aus. Als die Schwester ihn beruhigen wollte sagte er: »Aber *das* ist doch nicht mein Schicksal.«

Und dann war er tot.

Am 31. Oktober, mehr als sechs Wochen nach den Ereignissen in Snowfield, feierten Tal Whitman und seine neue Freundin aus dem Krankenhaus, Paula Thorne, in Tals Haus in Santa Mira eine Halloween-Party. Bryce ging als Cowboy, Jenny als Cowgirl. Lisa war als Hexe verkleidet und trug einen schwarzen spitzen Hut und viel Schminke.

Tal öffnete die Tür und sagte: »Putt! Putt!« Er trug das Kostüm eines Huhns.

Jenny hatte noch nie so ein albernes Kostüm gesehen. Sie lachte so laut, daß sie eine Zeitlang nicht bemerkte, daß auch Lisa lachte.

Es war das erste Mal seit sechs Wochen, daß sie laut gelacht hatte. Bisher hatte sie sich nur ein Lächeln abringen können, aber nun lachte sie Tränen.

»Hey, was soll das?« fragte Tal mit gespielter Empörung. »Du siehst in deinem Hexenkostüm auch ganz schön doof aus.«

Er zwinkerte Jenny zu, und es wurde ihr klar, daß er sein Kostüm wegen seiner Wirkung auf Lisa ausgesucht hatte.

»Verschwinden Sie um Gottes willen von der Tür und gehen Sie hinein«, sagte Bryce. »Wenn die Leute Sie so sehen, verlieren sie auch noch den letzten Rest von Respekt für das Sheriffs-Büro, den sie bis jetzt noch hatten.«

An diesem Abend beteiligte sich Lisa an der Unterhaltung und den Spielen, und sie lachte viel dabei. Es war ein neuer Anfang.

Im August des folgenden Jahres, es war der erste Tag ihrer Flitterwochen, fand Jenny Bryce auf dem Balkon ihres Hotelzimmers, wie er nachdenklich auf den Strand von Waikiki herabsah.

»Machst du dir Gedanken, weil du so weit weg von Timmy bist?« fragte sie.

»Nein. Ich habe aber tatsächlich an Timmy gedacht. Ich habe in der letzten Zeit das Gefühl, daß alles wieder in Ordnung kommen wird. Fast wie eine Vorahnung. Gestern nacht habe ich geträumt, daß Timmy aus seinem Koma aufgewacht ist, hallo zu mir gesagt hat und einen Big Mac haben wollte. Es war ganz anders als irgendein anderer Traum... Es war so *wirklich.*«

»Na ja, die Hoffnung hast du ja nie aufgegeben.«

»Doch, eine Zeitlang hatte ich sie aufgegeben, aber ich habe sie wieder zurückgewonnen.«

Sie blieben noch eine Weile schweigend stehen, ließen sich von dem warmen Meerwind umspielen und lauschten dem Rauschen der Wellen.

Dann liebten sie sich wieder.

An diesem Abend saßen sie in einem guten chinesischen Restaurant in Honolulu. Sie tranken den ganzen Abend nichts anderes als Sekt, obwohl der Kellner schüchtern andeutete, zu manchen Gerichten würde vielleicht ein anderes Getränk besser passen.

Beim Dessert sagte Bryce: »Timmy hat in dem Traum noch etwas zu mir gesagt. Als ich überrascht war, daß er aufgewacht ist, sagte er: ›Aber Daddy, wenn es einen Teufel gibt, muß es doch auch einen Gott geben. Hast du dir das nicht auch überlegt, als du den Teufel getroffen hast? Gott würde es nicht zulassen, daß ich mein ganzes Leben verschlafe.‹«

Jenny starrte ihn unsicher an.

Er lächelte. »Keine Angst, ich drehe jetzt nicht durch und schicke Geld an all die Scharlatane im Fernsehen und sage ihnen, sie sollen für Timmy beten. Ich fange nicht einmal an, in die Kirche zu gehen. Sonntag ist schließlich der einzige Tag, an dem ich ausschlafen kann! Ich rede hier nicht von der gewöhnlichen Feld-, Wald- und Wiesen-Religion –«

»Ja, aber es war doch nicht *wirklich* der Teufel«, sagte sie.

»Wirklich nicht?«

»Es war ein prähistorisches Wesen, das –«

»Wäre es denn nicht möglich, daß es *beides* war?«

»Was soll das denn jetzt? Eine philosophische Diskussion während unserer Flitterwochen?«

»Ich habe dich zum Teil auch geheiratet, weil du so ein kluges Köpfchen bist.«

Später im Bett sagte er noch kurz vor dem Einschlafen: »Auf jeden Fall hat der Verwandler mir deutlich gemacht, daß es auf dieser Welt noch weit mehr Geheimnisse gibt, als ich angenommen hatte. Ich werde in Zukunft nichts mehr einfach als unmöglich abtun. Und wenn man bedenkt, was wir in Snowfield ausgehalten haben, und daß Tal gerade seine Pistole umgeschnallt hatte, als Jeeter hereinkam, und daß Kale wegen seinem Fleckfieber nicht richtig zielen konnte... na ja, ich habe den Eindruck, es war uns bestimmt, daß wir überlebt haben.«

Am Morgen sagte sie: »Eines weiß ich sicher.«

»Was?«

»Es war uns bestimmt, daß wir heiraten.«

»Auf jeden Fall.«

»Was auch immer passiert wäre, irgendwann hätte uns das Schicksal einander in die Arme getrieben.«

Als sie am Nachmittag am Strand spazierengingen, dachte Jenny, daß die Wellen fast wie riesige, rumpelnde Räder klangen. Dadurch fiel ihr der Spruch wieder ein, daß Gottes Mühlen langsam mahlen. Das Donnern der Wogen ließ in ihren Gedanken ein Bild von zwei riesigen Mühlsteinen entstehen, die sich polternd gegeneinander drehten.

Sie sagte: »Meinst du also, es hat einen Sinn gehabt?«

Er brauchte sie nicht zu fragen, was sie meinte. »Ja. Im Leben hat alles einen Sinn.«

Das Meer schäumte am Strand.

Jenny lauschte den Mühlrädern und fragte sich, welche Geheimnisse und Wunder, welche Schrecken und Freuden wohl in diesem Augenblick gemahlen wurden, um in der Zukunft Wirklichkeit zu werden.

EINE BEMERKUNG FÜR DEN LESER

Wie alle anderen Charaktere dieses Romans ist auch Timothy Flyte eine fiktive Person, aber die Massenverschwindungen, von denen er spricht, sind nicht Produkte der Fantasie des Autors, sondern sind wirklich passiert. Die verwaiste Kolonie von Roanoke, das Geheimnis des leerstehenden Eskimo-Dorfes Anjikuni, die Auswanderung der Mayas, das unerklärliche Verschwinden von Tausenden von spanischen Soldaten im Jahr 1771, der ebenso rätselhafte Verlust des chinesischen Bataillons von 1939 und bestimmte andere, in *Phantome* erwähnte Fälle sind historisch verbürgt.

Es gibt auch einen *echten* Dr. Ananda Chakrabarty. Die in *Phantome* genannten Einzelheiten seiner Entwicklung treffen zu, und der Mikro-Organismus war tatsächlich nur unter Labor-Bedingungen lebensfähig. Biosan-4 aber, die widerstandsfähigere Weiterentwicklung, existiert nur in diesem Roman. Soweit ich weiß, ist kein Versuch unternommen worden, Dr. Chakrabartys Erfindung weiterzuentwickeln und zu verbessern, und sie bleibt vor allem wegen der für zukünftige Fälle äußerst wichtigen Entscheidung des Obersten Gerichtshofs eine unserer bekannteren Labor-Entwicklungen.

Auch der Alte Feind ist natürlich das Produkt der Fantasie des Autors. Was wäre aber, wenn…

RICHARD MATHESON

Das Höllenhaus

18. Dezember 1970

15.17 Uhr: Seit fünf Uhr morgens hatte es geregnet. Hundewetter, dachte Dr. Barrett. Er mußte ein Lächeln unterdrücken, denn er kam sich wie die Figur in einer Schauergeschichte vor. Der Dauerregen, die Kälte, die zwei Stunden Autofahrt in einem von Urbans schwarzen, ledergepolsterten Straßenkreuzern. Das endlose Warten in diesem Vorzimmer, während besorgt dreinblikkende Damen und Herren durch die Tür von Urbans Schlafzimmer herein- und heraushasteten und ihm gelegentlich einen Blick zuwarfen.

Er zog die Uhr aus der Westentasche und ließ den Deckel aufspringen. Eine Stunde war er jetzt hier. Was wollte Urban von ihm? Es hatte sicher mit Parapsychologie zu tun. Die Tagesblätter und Illustrierten des alten Mannes brachten ja dauernd Artikel über dieses Thema. ›Aus dem Grabe zurück‹; ›Das Mädchen, das niemals starb‹ – immer kolportagehaft, kaum je auf Tatsachen fußend.

Ächzend kreuzte Dr. Barrett das rechte Bein über das linke. Er war ein großer, etwas massiger Mann, Mitte Fünfzig, das schüttere Haar noch immer blond, obwohl der gestutzte Bart bereits einzelne weiße Fäden aufwies. Er saß aufrecht auf dem Stuhl mit der geraden Lehne und blickte auf die Tür zu Urbans Schlafzimmer. Edith, die unten wartete, war sicher schon unruhig. Es tat ihm leid, sie mitgenommen zu haben. Aber wer konnte wissen, daß es so lange dauern würde.

Die Tür zu Urbans Schlafzimmer wurde geöffnet, sein Sekretär Hanley erschien und sagte: »Dr. Barrett.« Er griff nach seinem Stock, stand auf, hinkte durch den Gang und blieb vor dem etwas kleineren Mann stehen. Er wartete, bis der Sekretär sich in die Türöffnung lehnte und ihn anmeldete: »Dr. Barrett, Sir.« Dann ging er an Hanley vorbei und betrat den Raum. Der Sekretär schloß hinter ihm die Tür.

Das dunkel getäfelte Schlafzimmer war riesig. Das Allerheiligste des Monarchen, dachte Barrett, als er über den Teppich schritt. Vor dem massiven Bett angelangt, blieb er stehen und blickte auf den darin sitzenden alten Mann. Rolf Rudolph Urban war siebenundachtzig, mager wie ein Skelett, und seine Augen blickten aus knöchernen Höhlen. »Guten Tag«, sagte Barrett und lächelte. Verblüffend, daß dieses verbrauchte Männchen ein Imperium regiert, dachte er.

»Sie sind ja Invalide?« rasselte Urbans Stimme, »hat mir keiner gesagt.«

»Wie bitte?« fragte Barrett eisig.

»Lassen Sie nur«, unterbrach ihn Urban. »Ist nicht so wichtig. Meine Leute haben Sie empfohlen. Man sagt, Sie seien einer der fünf Besten auf diesem Gebiet.« Schnaufend zog er die Luft ein. »Ihr Honorar beträgt einhunderttausend Dollar.«

Barrett gab es einen Ruck.

»Sie müssen Tatsachen bringen. Das ist Ihre Aufgabe.«

»Tatsachen über was?« fragte Barrett.

Urban schien mit der Antwort zu zögern. Es war, als ob er dafür keine Bezeichnung fände. Schließlich sagte er: »Unsterblichkeit.«

»Ich soll Ihnen –?«

»– sagen, ob es das gibt oder nicht.«

Barrett verlor den Mut. Ein solcher Betrag würde für ihn alles bedeuten. Aber dennoch, konnte er ihn guten Gewissens auf dieser Basis annehmen?

»Ich will keine Lügen«, sagte Urban. »Ich kaufe die Antwort so oder so, vorausgesetzt, sie ist eindeutig.«

Barrett war verzweifelt. »Wie kann ich Sie denn überzeugen – so oder so?« Er fühlte sich gezwungen, dies zu sagen.

»Indem Sie mir Tatsachen liefern«, sagte Urban gereizt.

»Und wo soll ich die finden? Ich bin Physiker und studiere seit zwanzig Jahren Parapsychologie. Aber Fakten habe ich bisher noch –«

»Wenn es sie überhaupt gibt«, unterbrach ihn Urban, »dann finden Sie sie am einzigen Ort der Welt, an dem Unsterblichkeit bisher noch unbestritten ist. Im Belasco-Haus in Maine.«

»Höllenhaus?«

Ein Glitzern kam in die Augen des Alten.

»Höllenhaus«, sagte er.

Barrett verspürte prickelnde Aufregung. »Ich dachte, die Erben Belascos hätten das Haus versiegeln lassen, nach alldem, was geschehen ist –«

»Das war vor dreißig Jahren«, unterbrach ihn Urban wieder. »Jetzt brauchen Sie Geld; ich habe das Haus gekauft. Können Sie bis Montag dort sein?«

Barrett zögerte, dann, als er merkte, daß Urban die Stirn runzelte, nickte er kurz. »Jawohl.« Er durfte diese Chance nicht an sich vorübergehen lassen.

»Es werden noch zwei andere mitkommen«, sagte Urban.

»Wer, wenn ich fragen darf?«

»Florence Tanner und Benjamin Franklin Fischer.«

Barrett versuchte, seine Enttäuschung zu verbergen. Die Frau war ein überempfindliches, spiritistisches Medium, der Mann der einzige Überlebende des Debakels von 1940. Er fragte sich, ob er sich erlauben konnte, dagegen zu sein. Er hatte selbst eine eingearbeitete Gruppe von Medien und konnte sich nicht vorstellen, daß Florence Tanner oder Fischer für ihn eine besondere Hilfe sein würden. Fischer hatte als Kind unwahrscheinliche Fähigkeiten besessen, aber nach seinem Zusammenbruch hatte er die Gabe verloren, wurde in vielen Fällen des Schwindels überführt und verschwand schließlich ganz von der Bildfläche. Mit nur halber Aufmerksamkeit hörte er zu, als Urban ihm sagte, Florence Tanner würde mit ihm hinfliegen, während Fischer erst in Maine zu ihnen stoßen würde.

Der Alte bemerkte seine verdrießliche Miene. »Keine Sorge, man wird unter Ihrer Führung arbeiten«, sagte er; »Miß Tanner geht nur deshalb mit, weil meine Leute mir sagten, sie sei ein erstklassiges Medium...«

Barrett nickte. Er sah, daß es hier keinen Ausweg gab. Er dachte daran, einen seiner Leute später hinzuzuziehen, wenn die Sache erst angelaufen war. »Wegen der Spesen –«, sagte er schließlich.

Der alte Mann winkte ab. »Das können Sie mit Hanley besprechen. Sie haben kein Spesenlimit.«

»Und wieviel Zeit?«

»Zeit haben Sie keine«, sagte Urban. »Ich will in einer Woche die Antwort haben.«

Barrett sah betroffen drein.

»Sie können nur ablehnen oder annehmen«, bemerkte der Alte plötzlich mit wütender Miene. Barrett hatte keine andere Wahl und dachte, er könnte es vielleicht schaffen, wenn seine Maschine zeitgemäß fertiggestellt sein würde.

Er nickte kurz. »In einer Woche«, sagte er.

15.50 Uhr: »Was benötigen Sie noch?« fragte Hanley.

Barrett ging die Liste im Geiste nochmals durch. Eine komplette

Aufstellung aller seltsamen Ereignisse, die im Belasco-Haus beobachtet worden waren. Reparatur der elektrischen Einrichtung. Neu installierte Telefone. Schwimmbecken und Dampfbad zu seiner Verfügung. Barrett hatte das Stirnrunzeln des kleinen Mannes bei diesem vierten Punkt ignoriert. Für ihn waren ein tägliches Dampfbad und einige Längen Schwimmen eine Notwendigkeit.

»Dann hätte ich noch einen Wunsch«, sagte er. Er versuchte, es beiläufig zu sagen, doch er fühlte deutlich, daß seine Erregung bemerkbar war. »Ich brauche eine Maschine. Ich habe die Konstruktionszeichnungen dafür in meiner Wohnung.«

»Wann werden Sie sie brauchen?« fragte Hanley.

»So schnell wie möglich.«

»Ist sie sehr groß?«

Zwölf Jahre, dachte Barrett. »Ziemlich groß«, sagte er.

»Ist das alles?«

»Alles, was mir im Moment einfällt. Natürlich habe ich nichts bezüglich der Verpflegung und Unterbringung erwähnt.«

»Es sind genügend Zimmer für Ihren Bedarf hergerichtet worden. Für Ihre Mahlzeiten wird ein Ehepaar aus Caribou Falls sorgen, sie werden sie Ihnen zubereiten und hinbringen.« Hanley hatte etwas wie ein Schmunzeln im Gesicht. »Schlafen wollen sie nämlich nicht in dem Haus.«

»Macht nichts«, meinte Barrett und erhob sich, »sie würden doch nur im Weg sein.«

Hanley ging mit ihm bis zur Bibliothekstür. Ehe sie die Klinke in der Hand hatten, wurde die Tür ziemlich unsanft von einem dicklichen Mann aufgestoßen, der Barrett böse anblickte. Obwohl vierzig Jahre jünger und an die hundert Pfund schwerer, sah William Reinhardt Urban doch unverkennbar seinem Vater ähnlich.

Er schloß die Tür. »Ich möchte Sie jetzt schon warnen«, drohte er, »ich werde diese Sache blockieren.«

Barrett starrte ihn an.

»Die Wahrheit«, sagte Urban. »Ist das nicht eine Zeitverschwendung? Schreiben Sie sie doch einfach auf, und ich zahle Ihnen tausend Dollar auf die Hand.«

Barrett spannte sich. »Ich verstehe nicht ganz ...«

»Übernatürlich, das gibt es doch gar nicht, oder?« Urbans Hals begann rot anzulaufen.

»Ganz richtig«, sagte Barrett. Urban grinste triumphierend.

»Das Wort heißt nämlich ›übersinnlich!‹ Die Natur kann niemals über –«

»Wo, zum Teufel, ist da der Unterschied?« unterbrach ihn Urban. »Ist doch alles nur Aberglaube!«

»Tut mir leid, aber das ist falsch.« Barrett wollte an ihm vorbei. »Wollen Sie mich jetzt bitte entschuldigen.«

Urban packte ihn am Arm. »Hören Sie, geben Sie die Sache auf. Ich werde veranlassen, daß Sie das Geld niemals bekommen –«

Barrett entwand ihm seinen Arm. »Tun Sie, was Sie wollen«, sagte er, »und ich mache weiter, solange ich nicht von Ihrem Vater einen anderen Auftrag bekomme.«

Er schloß die Tür und begann, den Korridor hinabzugehen. In Gedanken sagte er zu Urban, daß jeder, der parapsychologische Erscheinungen für Aberglauben hält, einfach nicht sieht, was in der Welt vorgeht.

Barrett lehnte sich an die Wand. Sein Bein begann wieder zu schmerzen. Zum erstenmal dachte er an die Anstrengungen, denen er ausgesetzt sein würde, wenn er eine Woche im Belasco-Haus verbrachte, und an seine körperliche Verfassung.

Und wenn es tatsächlich so schlimm sein sollte, wie es die beiden Berichte schilderten?

16.37 Uhr: Der Rolls-Royce flitzte den Highway entlang, der nach Manhattan hineinführte.

»Das ist aber ein Haufen Geld.« Edith wollte es immer noch nicht glauben

»Für ihn nicht«, sagte Barrett. »Besonders, wenn du bedenkst, daß es für ihn eine Art Versicherung auf die Unsterblichkeit bedeutet.«

»Aber er muß doch wissen, daß du nicht dran glaubst –«

»Natürlich weiß er das«, unterbrach Barrett sie. Er wollte die Möglichkeit, daß Urban davon nichts mitgeteilt worden war, einfach nicht erwägen. »Er ist nicht der Typ, der etwas unternimmt, ohne genau informiert zu sein.«

»Aber hunderttausend Dollar!«

Barrett lächelte. »Ich kann's doch selbst kaum glauben«, sagte er. »Wär ich wie meine Mutter, dann würde ich es sicher als Gotteswunder betrachten. Ausgerechnet die beiden Dinge, die ich bisher noch nicht erreicht habe, bekommen wir ins Haus geliefert

– eine Gelegenheit, meine Theorie zu beweisen, und eine Rücklage für unseren Lebensabend. Mehr kann ich wirklich nicht verlangen.«

Edith lächelte zurück. »Ich bin so froh für dich, Lionel«, sagte sie.

»Dank dir, Liebes.« Er tätschelte ihre Hand.

»Immerhin, schon Montag nachmittag.« Edith sah besorgt aus. »Viel Zeit haben wir da nicht.«

Barrett erwiderte: »Ich weiß nicht, ob ich nicht lieber allein gehen sollte.«

Sie starrte ihn an.

»Nicht ganz allein natürlich«, erklärte er, »es kommen ja noch zwei andere mit.«

»Und deine Verpflegung?«

»Dafür wird gesorgt. Ich brauche mich um nichts als um die Arbeit zu kümmern.«

»Ich habe dir doch immer geholfen«, sagte sie.

»Freilich, es ist nur, daß –«

»Was denn?«

Er zögerte. »Es wäre mir eigentlich lieber, du kämst diesmal nicht mit.«

»Warum, Lionel?« Sie sah beunruhigt aus, als er nicht antwortete. »Ist es wegen mir?«

»Natürlich nicht.« Barretts Lächeln war etwas zerstreut. »Es ist wegen des Hauses.«

»Ist es denn nicht wieder eines der Häuser, von denen es heißt, daß es drin spukt?« fragte sie. Sie hatte sich seiner Ausdrucksweise bedient.

»Ich fürchte, nein«, gab er zu. »Es ist sozusagen der Mount Everest aller Spuk-Häuser. Man hat schon zweimal versucht, es zu untersuchen, einmal 1931, dann 1940. Beide Male mit katastrophalem Mißerfolg. Acht Teilnehmer an diesem Unternehmen wurden entweder getötet oder irrsinnig, oder sie haben sich umgebracht. Ein einziger überlebte, und ich habe keine Ahnung, in welchem Zustand er sich heute befindet: Er heißt Benjamin Franklin Fischer und ist einer von den beiden Leuten, die jetzt wieder dabeisein werden. Nicht daß ich vielleicht das Haus selber fürchte«, meinte er und versuchte damit, seine Beschreibung etwas zu verschönern. »Ich kann mich auf das, was ich weiß, verlassen. Aber die Einzelheiten der Untersuchungen könnten« – er zuckte die Achseln – »schon ziemlich unangenehm werden.«

»Und gerade deshalb willst du, daß ich dich allein gehen lasse?«

»Aber Liebes –«

»Und wenn dir etwas zustößt?«

»Mir geschieht schon nichts.«

»Dann sehe ich auch keinen Grund, warum ich nicht mitkommen sollte.« Sie versuchte ein Lächeln. »Ich fürchte mich nicht, Lionel.«

»Das weiß ich.«

»Ich bin dir bestimmt nicht im Wege.«

Barrett seufzte.

»Ich gebe zu, ich verstehe nicht viel von dem, was du arbeitest, aber es gibt doch Dinge, die ich übernehmen kann. Deine Ausrüstung überwachen. Deine Experimente vorbereiten. Manuskripte abtippen. Und gerade, wenn du deine Theorie beweisen kannst, will ich doch bei dir sein.«

Barrett nickte. »Laß mich's überlegen.«

Es war klar, sie wollte nicht zurückstehen. Konnte er es wagen? Schließlich hatte sie schon genügend psychische Phänomene miterlebt, um sich daran gewöhnt zu haben.

Aber dieses Haus hatte es in sich. Nicht umsonst hatte man es Höllenhaus getauft. Es waren dort genug Kräfte vorhanden, um acht Personen zu vernichten, körperlich oder psychisch, und drei davon waren Wissenschaftler gewesen wie er selbst.

Und selbst wenn er wußte, wie diese Kräfte beschaffen waren – konnte er es wagen, ihnen Edith auszusetzen?

20. Dezember 1970

22.39 Uhr: Florence Tanner überquerte den Hof, der ihr kleines Haus von der Kirche trennte, und ging die kleine Allee zur Straße hinüber. Sie blieb auf dem Gehsteig stehen und sah ihre Kirche an. Sie war zwar nur ein umgebauter Laden, aber für sie war er in diesen letzten sechs Jahren alles gewesen. Sie blickte auf die Inschrift auf dem bemalten Glasfenster: TEMPEL DER GEISTIGEN HARMONIE. Sie lächelte. Es war genau das. Diese sechs Jahre waren die harmonischste Zeit ihres ganzen Lebens gewesen.

Sie ging zur Eingangstür, schloß auf und trat ein. Die Wärme tat gut. Sie machte Licht im Vorraum. Dort hing das Schwarze Brett:

Sonntags-Gottesdienste – 11 Uhr, 20 Uhr
Heilung und Prophezeiung – Dienstag, 7.45 Uhr
Lesung und Begrüßung der Geister – Donnerstag, 19.45 Uhr
Heilige Kommunion – 1. Sonntag im Monat

Sie blickte sich um und sah auf ihr Foto, das an der Wand befestigt war, und auf die Worte darüber: *Hochwürden Florence Tanner*. Es machte ihr Spaß, daran erinnert zu werden, daß sie schön war. Obwohl 43 Jahre alt, war sie gutaussehend, ihr langes, tizianrotes Haar noch ohne einen Schimmer von Grau, die junonische Figur schlank wie vor 20 Jahren. Sie mußte über sich selbst lächeln. O Eitelkeit der Eitelkeiten, dachte sie.

Sie ging ins Kircheninnere, über den teppichbelegten Mittelgang, stieg zum Rednerpult hinauf und nahm die altgewohnte Pose ein. Sie überblickte die Stuhlreihen, die Gesangbücher auf jedem dritten Platz, und sie stellte sich vor, wie die Gemeinde vor ihr saß. »Meine Lieben«, murmelte sie.

Sie hatte ihnen gesagt, daß sie für eine Woche fort sein würde, daß endlich ihre Gebete erhört worden waren, so daß jetzt die Mittel zum Neubau einer eigenen Kirche zur Verfügung stehen würden.

Florence legte ihre Hände auf das Rednerpult, schloß die Augen und betete um die Kraft, ihre Aufgabe erfüllen zu können, die von anderen mit Tod, Selbstmord und Irrsinn bezahlt worden war. Sie würde helfen, das Belasco-Haus von seinem Fluch zu befreien. Dafür betete sie.

Dann hob sie wieder ihren Blick und dachte sinnend an ihre Gemeinde, die sie so liebte und der sie gerade zur Weihnachtszeit die Mittel geben konnte, die zu einem Neubau nötig waren.

Gott war gütig.

23.17 Uhr: Edith bereitete sich zur Nachtruhe vor. Sie hatte ihre Zähne gebürstet und betrachtete sich im Spiegel. Kurzgeschnittenes, rötliches Haar, starke, fast männliche Züge. Ihre Miene war sorgenvoll. Sie löschte das Licht im Badezimmer und ging in das Schlafzimmer zurück.

Lionel schlief bereits.

Sie lag auf der Seite und blickte ihn an. So beunruhigt hatte sie ihn noch nie gesehen. Sie hatte ihm versprechen müssen, nicht von seiner Seite zu weichen, sobald sie im Belasco-Haus angekommen sein würden. War es wirklich so schlimm? Sie war mit

Lionel in so vielen Gespenster-Häusern gewesen und hatte sich nie geängstigt. Er war immer so ruhig und seiner Sache sicher; unmöglich, sich in seiner Gegenwart zu ängstigen.

Und doch war er diesmal ängstlich gewesen und hatte darauf bestanden, sie immer neben sich zu haben. Ob ihre Gegenwart sich für ihn nachteilig auswirken konnte? Könnte es vielleicht sein, daß die Sorge um sie so viel von seinen – ohnedies begrenzten – Kräften verbrauchen würde, daß die Arbeit darunter leiden mußte? Das wollte sie nicht. Sie wußte, wie sehr er an seiner Arbeit hing.

Aber sie mußte mit. Alles war besser, als allein zu bleiben. Er wußte nicht, wie sehr sie darunter litt. Jedes Spuk-Haus war besser als die Einsamkeit.

23.41 Uhr: Er konnte nicht einschlafen. Fischer öffnete die Augen und blickte sich in der Kabine von Urbans Privatflugzeug um. Eigenartig, im Lehnsessel eines Jets zu sitzen, dachte er. Es war sein erster Flug. Er nahm eine Illustrierte zur Hand und wollte lesen, doch die Seite verschwamm vor seinen Augen. Er dachte an seinen letzten Besuch im Belasco-Haus. Er war der einzige von neun Menschen, der dieses Abenteuer überlebt hatte. Und nun ging er wieder zurück, um es noch einmal zu versuchen.

An jenem Septembermorgen 1940 hatte man ihn an der Schwelle der Eingangstür gefunden, nackt, zusammengekauert wie ein Embryo, halb bewußtlos und mit starrem Blick. Als man ihn auf eine Bahre legte, begann er zu schreien, erbrach Blut, und seine Muskeln verkrampften sich zu Steinen. Dann hatte er drei Monate im Koma im Caribou-Hospital gelegen. Als er endlich seine Augen öffnete, sah er aus wie ein Dreißigjähriger. Damals war er knapp sechzehn Jahre alt gewesen. Jetzt, mit fünfundvierzig, ging er wieder zurück.

Fischer setzte sich in seinem Sessel zurecht. Was konnte ihm schon geschehen? Er war heute nicht mehr fünfzehn, war weder naiv noch leichtgläubig, er war gewiß nicht mehr die leichte Beute, die er damals, 1940, gewesen war. Diesmal würde es anders ausgehen.

In seinen kühnsten Träumen hätte er nicht erwartet, noch einmal die Chance zu haben. Nach dem Tod seiner Mutter war es ihm schlecht ergangen. Er hatte absichtlich mehrere Spiritisten irregeführt, um nicht mehr von ihnen belästigt zu werden, und seine Betrügereien hatten die gewünschte Wirkung. Man ließ ihn in Ruhe. Er hatte sich recht und schlecht als Tellerwäscher, Farmarbeiter und Hausierer durchgebracht, alles, nur um sein Hirn nicht mehr belasten zu müssen. Dreißig Jahre lang.

Aber irgendwie war es ihm gelungen, seine Fähigkeiten zu erhalten. Sie waren noch vorhanden. Vielleicht nicht so eindrucksvoll wie damals mit fünfzehn, aber gut einsetzbar. Außerdem war er jetzt erfahrener und vorsichtiger, war nicht mehr der blind auf seine Kräfte vertrauende Halbwüchsige. Er war bereit, seine eingeschläferten, psychischen Muskeln wieder zu trainieren, sie zu erwecken, um sie nochmals im Kampf gegen diese Geisterburg einzusetzen.

Gegen das Höllenhaus.

21. Dezember 1970

11.19 Uhr: Die beiden schwarzen Cadillacs fuhren auf der kurvenreichen Straße zwischen dichtem Wald entlang. Im ersten Wagen saß Urbans Beauftragter. Im zweiten folgten Dr. Barrett, Edith, Florence Tanner, Fischer und der Fahrer Urbans. Fischer saß auf einem Klappstuhl den anderen gegenüber.

Florence legte ihre Hand auf Ediths Arm. »Ich hoffe, Sie hielten mich vorhin nicht für unfreundlich«, sagte sie. »Ich war nur besorgt um Sie, weil Sie in dieses Haus mitgehen.«

»Ich verstehe«, sagte Edith und zog den Arm zurück.

»Miß Tanner, ich wäre Ihnen dankbar, wenn Sie meine Frau nicht vorzeitig beunruhigen würden«, bat Barrett.

»Das war keineswegs meine Absicht, Dr. Barrett. Aber immerhin –« Florence zögerte und fuhr dann fort: »Ich hoffe, Sie haben Mrs. Barrett etwas vorbereitet.«

»Meine Frau ist informiert worden, daß es dort gewisse Vorfälle geben wird.«

Fischer brummte. »So kann man's auch nennen.« Es war das erstemal seit einer Stunde, daß er gesprochen hatte. »Darf ich rauchen?« fragte er. Sein Blick streifte die anderen. Als er keinen Widerspruch bemerkte, zog er eine Zigarette aus einem Päckchen und zündete sie an.

Schließlich sagte Florence zu Barrett: »Es ist doch eigentlich seltsam, daß ein Mann wie Urban so ein Unternehmen finanziert. Ich hätte niemals vermutet, daß er sich für diese Dinge interessiert.«

»Er ist ein alter Mann«, sagte Barrett. »Er denkt eben ans Sterben und möchte bewiesen haben, daß das nicht das Ende vom Lied ist.«

»Das ist es ja auch nicht«, betonte Florence.

Barrett lächelte nur.

»Sie kommen mir bekannt vor«, meinte Edith zu Florence.

»Vor einigen Jahren war ich Schauspielerin. Hauptsächlich Fernsehen, ab und zu auch Film.«

Edith nickte. »Warum heißt das eigentlich Höllenhaus?«

»Sein früherer Besitzer, Emeric Belasco, hatte dort seine Privat-Hölle etabliert«, erklärte Barrett.

»Und soll er es sein, der noch im Hause spukt?«

»Unter vielen anderen«, sagte Florence. »Die beobachteten Erscheinungen sind zu vielfältig, um nur von einem einzigen überlebenden Geist zu stammen.«

»Ich würde zunächst nur sagen, daß sich irgend etwas dort abspielt«, meinte Barrett mit der Vorsicht des Wissenschaftlers.

»Also gut.« Florence lächelte.

Als der Wagen abwärts fuhr, sahen alle durch die Fenster. Fischer, der die Gegend kannte, sagte: »Wir sind gleich da.«

Das Tal vor ihnen war voll von grünlichem Nebel. Der Fahrer verlangsamte das Tempo und beugte sich zur Windschutzscheibe vor, um besser zu sehen. Nach ein paar Metern schaltete er die Scheinwerfer ein und ließ die Scheibenwischer laufen.

»Wie kann man nur an so einem Ort ein Haus bauen?« fragte Florence.

»Für Belasco war das wie Sonnenschein«, sagte Fischer.

Alle starrten durch die Fenster in den dräuenden Nebel. Das Ganze glich einer Fahrt in einem Unterseeboot, das durch geronnene Milch gleitet. Hin und wieder zeichneten sich Bäume oder Buschwerk ab, die sofort wieder im Nebel verschwanden. Niemand sprach, man hörte nur das leise Brummen des Motors.

Dann wurde der Wagen gebremst, und sie sahen die Umrisse des Cadillacs vor ihnen, aus dem Urbans Bevollmächtigter ausstieg. Man hörte das dumpfe Zuklappen der Tür. Er kam aus dem Nebel auf sie zu und beugte sich zum Fenster des Wagens. Barrett drückte den Knopf, und das Wagenfenster glitt abwärts. Ein unangenehmer Nebelgeruch stieg ihm in die Nase und erfüllte den Wagen.

»Hier ist die Abzweigung«, sagte der Mann. »Der Fahrer fährt mit uns weiter nach Caribou Falls. Einer von Ihnen kann die paar Meter bis zum Haus ja selber fahren. Telefon und Strom sind schon angeschlossen, die Zimmer sind hergerichtet.« Er warf einen Blick auf den Boden des Wagens. »Für heute nachmittag haben Sie ja Proviant in diesem Korb. Um 18 Uhr bringt man Ihnen das Abendessen. Irgendwelche Fragen?«

»Brauchen wir keinen Schlüssel für das Eingangstor?« fragte Barrett.

»Nein, das ist nicht verschlossen.«

»Besser, Sie geben uns einen«, sagte Fischer.

Der Mann nahm einen Schlüsselring aus seiner Manteltasche, löste einen Schlüssel davon und reichte ihn Barrett. »Noch was?«

»Falls ja, können wir ja telefonieren.«

Der Mann lächelte kurz. »Also dann, Wiedersehen«, sagte er und ging.

Barrett ließ das Fenster hochschnurren.

»Ich fahre den Katzensprung«, sagte Fischer und kletterte nach vorn, ließ den Motor an und lenkte den Wagen nach links auf den holprigen Teerweg, der zum Haus führte.

Edith fragte: »Was uns jetzt wohl erwartet?«

»Erwarten Sie allerhand«, sagte Fischer, ohne sich umzudrehen.

11.47 Uhr: Fünf Minuten lang fuhr der Wagen langsam die neblige Anfahrt entlang. Dann hielt Fischer an und zog die Handbremse. »Da wären wir«, sagte er, öffnete die Vordertür und guckte hinaus, während er seinen Regenmantel hochknöpfte.

Edith sah, daß Lionel neben ihr die Tür ebenfalls öffnete und steifbeinig ausstieg. Dann rutschte sie nach. Als sie den Türgriff hielt, schlug ihr die Kälte entgegen. »Huh«, sagte sie, »und ein Gestank ist das!«

»Es ist bestimmt ein Sumpf in der Nähe.«

Florence schloß sich ihnen an, und die vier standen einige Augenblicke und blickten sich um.

»Hier entlang«, sagte Fischer und zeigte nach links.

Barrett meinte: »Vielleicht sehen wir uns mal schnell um, wir können das Gepäck ja nachher holen.« Dann wandte er sich an Fischer. »Könnten Sie vorangehen?«

Nach einigen Metern kamen sie zu einem Betonbrückchen. Im Gehen blickte Edith hinunter, konnte aber wegen des Nebels nicht sehen, ob unten Wasser stand. Sie drehte sich um. Die Limousine war bereits vom Nebel verschluckt worden.

»Fallen sie nicht in den Tümpel, das ist ein Bastard-Loch.« Fischers Stimme kam von vorn. Sie sah einen Kiesweg, der eine schlammbedeckte Wasserfläche begrenzte. Faulende Blätter, Grashalme und Abfall moderten auf der Oberfläche und verbreiteten den verwesungsähnlichen Geruch, der ihr schon beim Aussteigen den Atem verschlagen hatte. Die Steine am Wasserrand waren mit schleimigen, grünen Algen bedeckt.

Sie gingen weiter, schweigend, nur der Kies unter ihren Absätzen knirschte. In der nassen Kälte, die ihr bis auf die Knochen schnitt, schlug Edith den Mantelkragen hoch und versuchte, in Barretts Nähe zu bleiben. Hinter ihnen ging Florence Tanner.

Als Barrett stehenblieb, blickte Edith nach vorn. Die geisterhaften Umrisse eines Hauses zeichneten sich im Nebel ab.

»Unheimlich«, sagte Florence. Edith sah sie an. »Wir sind ja noch nicht mal drinnen, Miß Tanner«, sagte Barrett, Spott in der Stimme. Aber auch er war von der Szenerie deutlich beeindruckt.

Plötzlich beugte Edith sich vor und rief: »Das hat ja keine Fenster.«

»Er hat sie zumauern lassen«, sagte Barrett.

Sie gingen die letzten Meter des Kiesweges und erreichten die breiten Stufen, die zur Türschwelle führten. Edith bemerkte, daß die Stufen breite Sprünge hatten, aus denen Pilze und gelbliches Gras wuchsen.

Vor dem massiven Doppeltor blieben sie stehen.

»Wenn das jetzt von allein aufgeht, dann lauf ich nach Hause«, scherzte Edith, um ihre Furcht zu verbergen. Barrett erfaßte den Türgriff und versuchte, ihn zu bewegen. Es ging nicht. Er blickte zu Fischer. »Ist Ihnen das auch passiert?«

»Ziemlich oft sogar.«

»Gut, daß Sie den Schlüssel verlangt haben.« Barrett nahm ihn aus der Manteltasche und ließ ihn in das Schlüsselloch gleiten. Er ließ sich nicht drehen. Er rüttelte einige Male, um den Bolzen zu lösen.

Plötzlich drehte sich der Schlüssel von selbst, und die große Tür gab nach. Florence hielt den Atem an, und Edith fragte: »Was war das?« Florence schüttelte den Kopf. »Kein Grund zur Aufregung«, sagte Barrett. Edith sah ihn erstaunt an.

»Das ist nur die Reaktion, Mrs. Barrett«, sagte Florence. »Ihr Mann hat ganz recht. Kein Grund zur Aufregung.«

Fischer hatte inzwischen den Lichtschalter gefunden, und sie hörten das Klicken des Kontakts. Ohne Erfolg allerdings. »Das wäre also der angeschlossene Strom«, sagte er.

»Hätten wir uns eigentlich denken können. Der Generator ist schon alt«, sagte Barrett. »Da wird Urban einen neuen beschaffen müssen. Bis dahin werden wir eben mit Kerzen auskommen.«

Fischer holte eine kleine Taschenlampe aus seinem Regenmantel, richtete den dünnen Strahl auf die nächstgelegene Innenwand, holte Atem und trat in das Halbdunkel. Hinter ihm ging Barrett. Er trat über die Schwelle, schien kurz zu horchen, dann streckte er seine Hand zu Edith hinaus. Sie umfaßte seinen Arm wie einen Rettungsring und ließ sich hineinführen. »Dieser Geruch«, sagte sie, »noch schlimmer als draußen!«

»Es ist eben ein sehr altes Haus und hat keine Lüftung mehr«, meinte Barrett. Dann blickte er zurück und fragte: »Miß Tanner, kommen Sie?«

Florence nickte und versuchte zu lächeln. »Ich komme.« Sie hielt sich sehr gerade, machte noch einen tiefen Atemzug und trat ein. Dann blickte sie umher und sagte: »Völlig negative Atmosphäre, hier drinnen.« Es sollte professionell klingen, aber ihre Stimme verriet Bedrückung.

»Die Atmosphäre ist aber aus dieser Welt, nicht aus dem Jenseits«, sagte Barrett etwas trocken.

Fischer ließ seinen kleinen Lichtkegel durch die immense Eingangshalle gleiten. Möbel, riesige Ölbilder mit kaum erkennbaren Farben, Gobelins an den Wänden, alles mit Staub bedeckt. Das Licht tanzte weiter und erfaßte eine breite Treppe, die in großer Kurve in die Finsternis des nächsten Stockwerks führte. Ganz oben, im schwachen Licht kaum mehr erkennbar, eine riesige, holzgetäfelte Decke.

»Welch bescheidene Hütte«, meinte Barrett zynisch.

»Ich finde, es stinkt geradezu vor Arroganz«, sagte Florence.

Barrett seufzte: »Auf jeden Fall stinkt es.« Er blickte nach rechts. »Nach dem Grundriß müßte die Küche da drüben sein.«

Als sie weitergingen, blieb Edith neben ihm. Ihre Schritte hallten auf dem harten Parkettboden.

Florence sah sich um. »Es weiß, daß wir hier sind«, sagte sie.

»Miß Tanner.« Barrett runzelte die Stirn. »Bitte glauben Sie nicht, ich will Sie beeinflussen –«

»Verzeihung«, sagte Florence. »Ich werde mich bemühen, meine Eindrücke für mich zu behalten.«

Sie fanden den Weg zur Küche. Fischer trat zuerst ein und hielt die Schwingtür für die anderen offen.

»Donnerwetter.« Ediths Augen wanderten mit dem Licht von Fischers Taschenlampe umher. Die Küche war gut 20 Meter lang und etwa zehn Meter breit. An den Längsseiten standen riesige, metallbelegte Arbeitstische, dunkel gebeizte Wandschränke, eine badewannengroße Doppelspüle, an der Schmalseite ein gigantischer Herd mit drei Backröhren, gegenüber eine Gefrierkammer mit eigener, mannshoher Tür. In der Mitte ein langer Dampftisch mit gewölbtem Deckel. Er glich einem Sarg.

»Gäste scheint er genug gehabt zu haben«, sagte Edith.

Fischer ließ das Licht auf einer Wanduhr über dem Herd ruhen. Die Zeiger waren um 7.31 Uhr stehengeblieben. An welchem Tag wohl? dachte Barrett und hinkte zur Längswand an seiner Rechten, wo er einige Regaltüren öffnete. Als Fischers Lichtkegel ihm folgte, grunzte er genüßlich: »Echter Geist, Weingeist«, denn er hatte eine Reihe staubbedeckter Flaschen entdeckt. »Den sollten wir vielleicht nach dem Essen beschwören.«

12.19 Uhr: Sie gingen zur Eingangshalle zurück. Die brennenden Kerzen trugen sie in Haltern. Ihre Schatten tanzten an den Wänden, als sie der Halle zustrebten.

»Die große Halle muß wohl da drüben sein«, vermutete Barrett.

Sie gingen durch einen meterbreiten Türrahmen und blieben überwältigt stehen. Selbst Barrett pfiff anerkennend, als er seine Kerze hob, um den Raum auszuleuchten.

Die große Halle maß 30 mal 20 Meter, ihre Wände erstreckten sich auf eine Höhe von zwei Stockwerken und waren bis in etwa drei Meter Höhe mit gemasertem Holz getäfelt, darüber befanden sich roh behauene Steinblöcke als Abschluß. Ihnen gegenüber stand ein riesiger Kamin, eingerahmt von bearbeitetem Stein.

Die Möbel, bis auf die herumstehenden Stühle und Sofas, waren antik. Alles andere war im Stil der zwanziger Jahre gehalten. Hier und dort standen Marmorstatuen auf hohen Sockeln. An der Westseite der Halle befand sich ein Konzertflügel und in der Mitte ein runder Tisch, etwa sieben Meter im Durchmesser, um ihn herum standen sechzehn hochlehnige Stühle, und darüber hing ein großer Kristallüster. Guter Platz, um meine Apparate aufzustellen, dachte Barrett. Man sah sofort, daß die Halle kurz vorher gesäubert worden war. Er senkte seine Kerze wieder und sagte: »Na, dann gehen wir mal weiter.«

Sie verließen den großen Saal, gingen quer durch die Eingangshalle unter der Treppe hindurch und gelangten in einen anderen Korridor. Nach einigen Metern kamen sie zu einer doppelten, holzgetäfelten Schwingtür, die sich auf der linken Seite befand. Barrett öffnete einen Flügel, blickte hinein und sagte: »Das Theater.«

Als sie eintraten, schlug ihnen Modergeruch entgegen. Das Theater mußte etwa hundert Personen fassen, die Wände waren mit antikem, rotem Brokat tapeziert, der abwärtsgeneigte Fußboden hatte drei Mittelgänge, die mit dickem, rotem Samt ausgelegt waren. Die Bühne war von vergoldeten Renaissance-Säulen eingerahmt. An den Wänden hingen in regelmäßigen Abständen silberne Kandelaber, die für elektrische Glühbirnen eingerichtet waren. Die Sitze waren den Körperkonturen angepaßt und mit rotem Samt bezogen.

»Wie reich war eigentlich dieser Belasco?« fragte Edith.

»Soviel ich weiß, hinterließ er bei seinem Tode an die sieben Millionen Dollar«, antwortete Barrett.

Fischer hielt ihnen die Schwingtür auf, und sie gingen in den Korridor zurück. »Ich denke, hier geht es weiter zum Swimmingpool und zum Dampfbad«, sagte Barrett, »aber solange wir keinen Strom haben, hat das wohl Zeit.« Er hinkte über den Korridor und öffnete eine schwere Eichentür.

»Was ist das?« fragte Edith.

»Sieht aus wie eine Kapelle.«

»Kapelle?« Florence sah erschrocken aus. Je näher sie der Tür kam, um so deutlicher konnte man Zeichen starker Unruhe an ihr bemerken. Edith sah sie beunruhigt an.

»Miß Tanner«, fragte Barrett, »sind Sie okay?«

Sie antwortete nicht. Nahe der Tür blieb sie stehen.

»Lassen Sie's doch lieber«, schlug Fischer vor.

Sie schüttelte den Kopf. »Ich muß.« Sie wollte eintreten. Unwillkürlich stieß sie einen schwachen Schrei aus und zuckte zurück. Edith gab sich einen Ruck.

»Was haben Sie denn?« Florence konnte nicht antworten. Sie atmete schwer und bewegte ihren Kopf nur schwach hin und her. Barrett legte seine Hand auf Ediths Arm. Sie blickte ihn an und sah mehr als sie hörte, daß er begütigend auf Florence einsprach.

»Ich kann jetzt nicht hineingehen«, sagte Florence und schien sich zu entschuldigen. Sie schluckte vergeblich und wisperte schließlich: »Die Atmosphäre ... ich kann sie nicht ertragen.«

»Dann gehen wir allein ... wir sind gleich wieder zurück!« versicherte Barrett.

Edith erwartete, daß sie in der Kapelle eine grauenhafte Entdeckung machen würden. Als nichts dergleichen geschah, drehte sie sich zu Lionel um und wollte Aufklärung, doch Fischer stand in Hörweite. Etwas später flüsterte sie Lionel zu: »Warum konnte sie denn nicht hereinkommen?«

»Sie ist ein psychisches Medium. Ihre Beschaffenheit reagiert also besonders stark auf psychische Energien«, erklärte Barrett. »Es ist ziemlich sicher, daß die Atmosphäre hier drinnen besonders stark damit aufgeladen ist.«

Edith nickte, blickte dann auf Fischer und sagte: »Warum spürt er es nicht, er ist doch auch ein Medium?«

»Er hat mehr Erfahrung und kann sich besser dagegen schützen.«

In der geräumigen Kapelle waren hölzerne Betbänke für etwa 50 Personen aufgestellt. Der Altar war vorn, darüber hing eine lebensgroße Figur des Gekreuzigten in natürlichen Farben. Edith bemerkte plötzlich, daß die Figur kein Lendentuch trug. Zwischen den Beinen ragte ein enormer Penis steil und auffallend in die Luft. Körperliches Mißbehagen befiel sie, die Luft schien plötzlich in ihrer Kehle zu gerinnen, als sie auf das obszöne Kruzifix starrte.

Bei näherem Hinsehen bemerkte sie, daß die Seitenwände der Kapelle mit pornographischen Fresken bedeckt waren. Eine besonders auffallende Szene stellte halbbekleidete Nonnen und Priester dar, die eine Massenorgie feierten. Die Gesichter der Figuren hatten geile, lustverzerrte Züge.

»Entweihung des Sakralen ist eine besonders abstoßende Form überreizter Sexualität«, sagte Barrett.

»Er war krank, das ist klar«, murmelte Edith.

Als sie die Kapelle verließen, um Florence wieder zu treffen, war diese verschwunden. Edith starrte auf Barrett. »Wie kann sie das nur tun?«

»Wahrscheinlich ist ihr schon besser«, meinte Barrett.

»Woher wollen Sie das wissen?« fragte Fischer gereizt.

»Miß Tanner!« rief Barrett. »Können Sie mich hören?«

Als sie wieder in die Eingangshalle kamen, sahen sie in der großen Halle Kerzenschein.

»Miß Tanner!« rief Barrett wieder.

»Ja!«

Sie stand am unteren Ende der Halle. »Das hätten Sie nicht tun sollen, Miß Tanner«, sagte Barrett, als sie bei ihr waren. »Sie haben uns sehr beunruhigt.«

»Verzeihen Sie«, sagte Florence, aber es war nur eine Floskel der Höflichkeit, sie war sichtlich mitgenommen. »Ich hörte eine Stimme.«

Edith schauderte.

Florence zeigte auf ein altmodisches Möbelstück. Es war ein Plattenspieler mit Handkurbel aus der Vorkriegszeit. »Das habe ich gehört.« Sie reichte Barrett eine verstaubte Platte.

»Eine Heimaufnahme«, sagte er, »haben Sie sie gespielt?«

»Nein, nur gehört«, war die kryptische Antwort. »Belasco!«

Barrett sah sie zweifelnd an. »Seine Stimme?« Sie nickte.

Barrett drehte an der Kurbel bis zum Anschlag, fühlte mit den Fingerspitzen nach der rostigen Nadel, reinigte sie methodisch und setzte dann das Grammophon in Bewegung. Nach anfänglichen Kratzgeräuschen kam eine Stimme aus dem Kasten.

»Willkommen in meinem Hause«, sagte Emeric Belasco. »Ich freue mich, Sie hier zu haben.«

Edith erschauerte und verschränkte ihre Arme.

»Ich bin sicher, Sie werden Ihren Aufenthalt höchst aufschlußreich finden.« Belascos Stimme war weich und flüssig, und doch klang etwas Furchtbares in ihr mit. Die Stimme eines kultivierten Wahnsinnigen. »Es ist bedauerlich, daß ich nicht selbst hier sein kann, aber ich mußte gehen, ehe Sie ankamen.«

Hundsfott, dachte Fischer.

»Lassen Sie sich durch meine physische Abwesenheit bitte nicht stören. Betrachten Sie mich als Ihren unsichtbaren Gastgeber und seien Sie sicher, daß ich während Ihres Aufenthaltes bei Ihnen sein werde – im Geiste!«

Edith mußte ein Zähneklappern unterdrücken. Diese Stimme!

»Für all Ihre Bedürfnisse ist vorgesorgt worden«, fuhr die Stimme fort. »Nichts ist übersehen worden. Gehen Sie, wohin Sie wünschen, und tun Sie, was Ihnen beliebt – dies sind die Grundprinzipien meines Hauses. Wir haben keine Regeln, Sie haben keine Verantwortung – ich übrigens auch nicht. Mögen Sie die Antwort auf das, was Sie suchen, finden... Sie wird Ihnen gegeben werden, das kann ich Ihnen versprechen.« Dann folgte eine kurze Pause. »Und nun ... au revoir and good bye.«

Die Nadel machte noch ein kratzendes Geräusch auf der Platte. Barrett hob den Tonarm und schaltete den Plattenspieler aus. Die große Halle war vollkommen lautlos.

»Auf Wiedersehen ... bis wir uns wiedersehen«, sagte Florence.

»Was er wohl damit meint?« fragte Edith.

»Das ist nicht auf uns gemünzt«, sagte Barrett mit Autorität. »Die Platte ist vor einem halben Jahrhundert aufgenommen worden. Seht doch, der Staub. Reiner Zufall, daß das, was er sagt, auf uns zugeschnitten zu sein scheint.«

Er blickte zu Fischer. »Hat die Platte damals 1940 schon existiert? Die Akten erwähnen nichts davon.«

Nach einigem Zögern kam die Antwort: »Anscheinend wurde die Platte vor Neuankömmlingen gespielt, während er sie aus einem Versteck beobachtete. Genau das könnte jetzt auch der Fall gewesen sein.«

»Das würde ich stark bezweifeln«, sagte Barrett.

»Und wer sagt Ihnen, daß er nicht mitten unter uns war, jetzt, als die Platte gespielt wurde?«

12.46 Uhr: Als sie die Treppe hinaufgingen, um die Schlafräume zu inspizieren, löschte eine plötzliche kalte Brise Ediths Kerzenflamme aus. Die anderen Lichter flackerten ebenfalls.

»Ein Luftzug«, sagte Barrett und neigte seine Kerze zu ihrer, um sie wieder zu entzünden. »Wir sprechen später darüber.« Edith schluckte, blickte zu Florence und ging neben Barrett die Treppe hinauf. Florence und Fischer tauschten einen Blick. Wortlos. Sie erreichten eine ganze Flucht von Schlafzimmern im Oberstock, der durch eine Balustrade abgegrenzt war. Barrett öffnete eine Tür und sah hinein. »Willst du hier wohnen?« Nach einem Augenblick meinte sie: »Nicht schlecht.« Sie schlossen die Tür von innen. Links von ihnen standen holzgeschnitzte Renaissancebetten, dazwischen ein Tischchen mit Bettlampe und ein Telefon. Es war ein Feldtelefon moderner Bauart und zweifellos erst kürzlich installiert worden. Gegenüber in der Wand befand sich der Kamin, und davor stand ein schwerer Schaukelstuhl aus Nußholz. Der Parkettboden war von einem enormen bläulichen

Perserteppich fast völlig bedeckt, in der Mitte stand ein achteckiger Tisch mit einem dazu passenden, rotledern überzogenen Lehnstuhl.

Barrett blickte flüchtig in das Badezimmer und sagte dann: »Wegen dieses Windstoßes vorhin, ich wollte nicht mit Miß Tanner eine Diskussion beginnen. Daher bin ich drüber weggegangen.«

»Aber es ist doch wirklich passiert?«

»Natürlich«, lächelte er. »Kinetische Energie nennt man das: einfache und ziellose Energie, egal, was Miß Tanner drüber denkt. Ich hätte es dir nur sagen müssen, ehe wir hier ankamen.«

»Was sagen?«

»Einfach, daß du dich nicht zu sehr von dem beeindrucken läßt, was sie in diesen Tagen alles erzählen wird. Sie ist, das weißt du ja, Spiritistin. Kontakte mit den Abgestorbenen und so, das ist für sie eine Glaubensfrage. Eine irrige allerdings, und das möchte ich eben hier beweisen. Mittlerweile wird es gut sein, wenn du dich vorbereitest, ab und zu ihre Ansichten darüber zu hören, ich kann sie schwerlich bitten, alles für sich zu behalten.«

Zu ihrer Rechten, mit dem Kopfteil zur Wand, standen zwei Betten mit geschnitzten Rahmen, dazwischen eine große Kommode mit Schubladen. In der Mitte ein marokkanisches Tischchen mit einer Stehlampe und einem Feldtelefon. Florence durchquerte das Zimmer, in das sie einquartiert worden war, und hob den Hörer auf. Tot. Kein Ton. Hab' ich mir wirklich vorgestellt, es würde funktionieren? dachte sie halb belustigt.

Sie wandte sich ab und sah umher. Etwas befand sich mit ihr im Zimmer. Was konnte es wohl sein? Eine Persönlichkeit? Oder Überreste verflossener Emotionen? Florence schloß die Augen und wartete. Kein Zweifel, sie fühlte irgendein Wesen, einmal stärker, dann schwächer, als ob ein furchtsames Tier sich nähern wollte und sich dann wieder zurückzog.

Nach einigen Minuten öffnete sie die Augen. Es ist wohl noch nicht soweit, dachte sie. Sie ging ins Badezimmer und blinzelte, als die weißen Kacheln das Kerzenlicht zurückwarfen. Sie stellte den Kerzenhalter an den Rand des Beckens und öffnete den Warmwasserhahn. Zunächst erfolgte gar nichts. Dann ertönte ein gurgelndes Rattern, als ein Schuß rostbraunes Wasser in das Bekken spritzte. Sie wartete, bis der Wasserstrahl klar wurde, hielt prüfend die Hand darunter und zuckte sogleich zurück. Das Wasser war eiskalt. Hoffentlich ist der Warmwasserspeicher nicht auch defekt, dachte sie. Sie beugte sich über das Becken und befeuchtete das Gesicht mit dem kalten Wasser.

Ich hätte doch in die Kapelle gehen müssen, anstatt bei der ersten Schwierigkeit zu kneifen. Sie nahm sich vor, diese Aufgabe morgen zu versuchen. Schrittweise, dann würde es schon gehen. Gott wird mir Kraft geben, wenn es soweit ist, dachte sie.

Sein Zimmer war kleiner als die anderen beiden. Es befand sich nur ein Bett mit einem Baldachin darin. Fischer saß am Fußende und starrte auf die verschlungenen Ornamente des Teppichs vor sich. Er fühlte das Haus um sich, wie ein großes, unsichtbares Wesen. Es spürt meine Gegenwart, dachte er. Belasco auch, alle wissen, daß ich hier bin: ihr einziger Mißerfolg. Bestimmt wurde er beobachtet, damit sie sehen konnten, was er nun unternehmen würde.

Er würde nichts überstürzen, soviel war sicher. Es war besser, nichts zu unternehmen, ehe er seine Umgebung nicht im Griff hatte.

14.21 Uhr: Fischer kam in die große Halle hinunter, seine Taschenlampe in der Hand. Er hatte sich umgezogen. Seine Arbeitskleidung bestand aus einem schwarzen Rollkragenpulli, einer Samthose und weißen Tennisschuhen. Seine Schritte waren lautlos, als er sich dem großen, runden Tisch näherte, an dem Barrett saß, während Edith neben ihm stand und ihm beim Auspacken seiner Apparaturen half. Ein Feuer brannte im Kamin.

Edith fuhr etwas zusammen, als er aus dem Schatten trat. »Brauchen Sie Hilfe?« fragte er.

»Es geht alles prima«, sagte Barrett lächelnd, »vielen Dank für das Angebot.«

Fischer setzte sich auf einen der Stühle, nahm seine Zigaretten aus der Tasche und zündete eine an. Als er die Sorgfalt bemerkte, mit der Barrett seine Apparate säuberte, dachte er: Aha, ein Geräte-Fetischist. »Halten Sie immer noch Physik-Vorlesungen?« fragte er.

»Nur wenige, meiner Gesundheit wegen.« Barrett zögerte, dann fuhr er fort: »Ich hatte Kinderlähmung mit zwölf, mein rechtes Bein ist teilweise gelähmt.«

Fischer sah ihm schweigend zu, als er ein anderes Instrument auf dem Tisch aufstellte und es sorgfältig reinigte. Er blickte Fischer an und sagte: »Wird unser Projekt aber nicht stören.« Fischer nickte.

»Bei unserer Ankunft sagten Sie, als wir beim Tümpel vorbeigingen, es sei ein Bastard-Loch?« fragte Barrett und blickte von seiner Arbeit auf, »was meinten Sie damit?«

»Einige von Belascos weiblichen Gästen wurden schwanger, während sie hier waren.«

»Und da haben sie einfach –?« Barrett unterbrach seine Arbeit und sah auf.

»Dreizehnmal.«

»Fürchterlich«, sagte Edith.

Fischer blies den Rauch von sich weg. »Hier sind viele fürchterliche Dinge geschehen«, sagte er.

Barrett überprüfte die Instrumente, die sich bereits auf dem Tisch befanden.

Als er den elektrischen Lampenträger mit verschiedenfarbigen Glühbirnen auspackte, fragte Fischer: »Wie wollen Sie das alles benützen, wenn wir keinen Strom haben?«

»Morgen haben wir Strom«, sagte Barrett. »Ich habe mit Caribou-Falls telefoniert; das Telefon neben der Eingangstür funktioniert übrigens. Morgen wird der neue Generator installiert.«

Fischer sagte nichts mehr. Im Kamin knackte ein brennendes Scheit. Edith zuckte zusammen, sagte aber nichts und bemühte sich um eine besonders schwere Kiste.

»Nein, Liebling, die ist zu schwer«, sagte Barrett.

»Ich komme schon«, rief Fischer, erhob sich und hob die Kiste schnaufend auf den Tisch. »Was ist denn da drin, ein Amboß?« fragte er neugierig.

Barrett bemerkte das Interesse Fischers, als er eine Latte der Kiste mit dem Hebel aufbog. »Könnten Sie, bitte –?« fragte er. Fischer hob das große, metallische Gerät heraus und setzte es vorsichtig auf die Tischplatte. Es war würfelförmig, dunkelblau gestrichen, mit 0–900 markiert, die feine rote Nadel stand auf Null. Quer über der Oberseite des Instruments stand mit Stencil-Buchstaben: BARRETT – E M R.

»E M R?« fragte Fischer.

»Ich erklär's Ihnen später«, sagte Barrett.

»Ist das Ihre Maschine?«

Barrett verneinte: »Die ist noch in Konstruktion.«

Im Gang wurde das Geräusch von Florences Absätzen hörbar, die mit einem brennenden Kerzenlicht herabkam. Sie hatte sich umgekleidet und trug eine grüne Wolljacke mit langen Ärmeln, ein dickes Tweedhemd und Schuhe mit flachen Absätzen.

»Hallo«, sagte sie heiter.

Beim Näherkommen überblickte sie die Ansammlung von Geräten auf dem Tisch und lächelte. Zu Fischer gewandt, fragte sie. »Wollen wir uns nicht ein wenig die Beine vertreten?«

»Warum nicht?«

14.53 Uhr: Als sie in die Garage kamen, konnte Fischer seine Taschenlampe ausknipsen, denn durch die verschmutzten Türgläser filterte etwas Tageslicht. Florence versuchte die Atmosphäre zu empfangen, doch der Ort schien weitgehend neutral zu sein. Fischer beobachtete sie, als sie den Raum durchschritt, der Platz für etwa sieben große Autos bot. Jetzt war er leer. Ein rostiger Hammer lag auf dem Boden. Im Halbdunkel leuchteten die weiße Haut und das tizianrote Haar des Mediums. Sie mußte sich mit etwas Kölnisch Wasser besprüht haben. Florence sah ihn mit flüchtigem Lächeln an. »Ich würde gern einen allgemeinen Eindruck von den Nebenräumen bekommen, die wir noch nicht gesehen haben.«

Nach einigen Momenten kam sie zu Fischer zurück. »Hier scheint nicht viel los zu sein, finden Sie nicht auch?«

Sie gingen über die Treppe, die in den Korridor führte, und Fischer mußte wieder seine Taschenlampe einschalten. Als sie langsam weitergingen, fragte Florence: »Haben Sie Dr. Barretts Artikel gelesen, in dem er uns Medien mit einer Art Geigerzähler vergleicht?«

»Nein.«

»Ich finde, das ist kein schlechter Vergleich. Wir sind ja in gewisser Hinsicht wirklich wie Geigerzähler. Man setzt uns irgendwelchen psychischen Ausstrahlungen aus, und schon beginnen wir zu ticken. Der einzige Unterschied ist wohl, daß wir nicht nur registrieren, sondern auch interpretieren. Wir nehmen nicht nur Eindrücke auf, sondern bewerten sie auch.«

Fischer sagte: »Uh-uh.« Florence sah ihn an.

Sie waren an den Treppen angelangt, die zur Kapelle führten. Florence fühlte die Ausstrahlung sofort. Sie mußte sich am Geländer festhalten, so stark war ihr Widerwille. »Diese gottverfluchte Senkgrube! So viel Gift, so viel Verwünschung an einem einzigen Ort habe ich noch nie verspürt.« Sie atmete zitternd die schale Luft ein. »Ein extrem feindliches Wesen. Kein Wunder, wer kann es ihm übelnehmen, wenn es für immer an so ein Haus gefesselt ist?«

Sie gingen weiter und kamen zu einer doppelten Schwingtür aus Metall, in deren Füllung zwei lukenartige Fenster eingelassen waren. Fischer hielt eine Tür für Florence auf. Als sie eintraten, klangen ihre Schritte laut auf dem Kachelboden und hallten an der Decke wider.

Der Swimmingpool war in Olympia-Maßen gebaut. Fischer senkte den Strahl seiner Taschenlampe in die schmutziggrüne Flut. Er ging zu einem Ende und hielt seine Hand hinein. »Gar nicht kalt«, stellte er überrascht fest. Er tastete umher. »Da kommt sogar Wasser hinein. Das Becken muß wohl an einen separaten Generator angeschlossen sein.«

Florence blickte über die Oberfläche, die im Schein der Taschenlampe glitzerte.

»Am anderen Ende ist der Dampfraum«, sagte Fischer und kam wieder an ihre Seite.

»Den sollten wir sehen.«

Die hallenden Schritte, die sie im Weitergehen verursachten, klangen, als ob ihnen jemand folgen würde. Florence sah über ihre Schulter zurück. »Ja«, sagte sie leise und war sich kaum bewußt, daß sie gesprochen hatte.

Fischer stieß die schwere Metalltür auf und hielt sie offen. Gleichzeitig ließ er den Lichtkegel seiner Taschenlampe umhertanzen. Die Dampfkammer war mittelgroß, die Wände, der Fußboden und die Decke war mit weißen Kacheln ausgelegt. An den Wänden standen Holzbänke, und auf dem Boden wand sich schlangengleich ein grüner Schlauch, der an einen Wasserhahn angeschlossen war.

Florences Gesicht zuckte. »Irgend etwas Pervertiertes ist da drin«, sagte sie. Sie mußte schlucken. »Jawohl, aber was könnte es sein?«

Fischer ließ die Tür wieder zurückschwingen, der Ton des Zuschlagens verursachte ein lautes Echo. Florence blickte ihn an. »Dr. Barrett ist ausgezeichnet ausgerüstet, finden Sie nicht?« sagte sie, wohl mehr, um Fischers Trübsinn zu zerstreuen. »Es ist aber doch merkwürdig, daß er wirklich annimmt, die Wissenschaft könne die Macht dieses Hauses brechen.«

»Und was sonst sollte das können?«

»Liebe«, sagte sie. Sie drückte seinen Arm. »Soviel wissen wir doch, nicht wahr?«

Fischer hielt die Schwingtür für sie offen, und sie gingen in den Korridor zurück. Sie kamen an der Tür zum Weinkeller vorüber, die Gestelle waren leer. Sie gingen nicht hinein, sondern stiegen die Treppe hinauf, die zum Oberstock führte. Als sie wieder an der Kapellentür vorbeikamen, erschauerte Florence. »Das ist der schlimmste Platz im ganzen Haus, obwohl ich nicht alles gesehen habe, aber ich kann es deutlich fühlen . . .« Ihre Stimme versagte. Sie räusperte sich. »Ich muß ja doch noch hinein, aber nicht heute.«

Sie fanden einen Nebenkorridor. Fünfzehn Meter weiter vorn ging rechts ein gewölbter Gang ab. Florence fragte: »Was ist das wohl?« Ihr Atem stockte: »Ist das ein Haus«, sagte sie.

Der Ballsaal war immens, die hohen, brokatbedeckten Wände waren mit roten Samtvorhängen verziert. Von der holzgetäfelten Decke hingen drei riesige Kristallüster. Der Boden bestand aus reich gemustertem Eichenparkett. Am Ende des Saales war eine Loge für die Musiker. Florence blickte auf Fischer. »Ich glaube, Sie haben recht, es wird eine Weile dauern. Wir *werden* es schaffen.«

Sie hörten beide ein klingelndes Geräusch in dem schweren Kristallüster. Fischers Lichtstrahl fuhr sofort an ihm entlang. Keine Bewegung war sichtbar.

»Die Herausforderung ist angenommen«, sagte Florence leise.

»Ich würde es nicht so schnell als Herausforderung gelten lassen«, warnte Fischer.

Florence sah ihm in die Augen, die sie kaum erkennbar in der Dunkelheit anblickten. »Sie blockieren alles.«

»Was?«

»Jawohl, Sie blockieren alles. Sie wehren sich, deshalb haben Sie bisher auch nichts gefühlt.«

»Ich wehre mich keineswegs«, unterbrach er sie. »Nur will ich meinen Kopf nicht riskieren. Als ich 1940 herkam, war ich genau wie Sie, nein, schlechter, viel schlechter. Ich habe wirklich geglaubt, ich sei etwas, ich sei ein gutes Medium, gesegnet mit einer besonderen Gottesgabe.«

»Sie waren doch das beste Medium, das je in diesem Land gearbeitet hat, Ben.«

»Ich bin es auch immer noch, Florence. Nur bin ich jetzt etwas vorsichtiger. Ganz einfach das. Und ich würde Ihnen empfehlen, es auch so zu halten. Gehen Sie nicht herum wie eine offene Nervenantenne. Wenn Sie wirklich mal etwas finden, wird's Sie teuer zu stehen kommen. Man hat diesen Ort Höllenhaus genannt. Das ist keine Übertreibung. Dieses Haus möchte jeden einzelnen von uns töten, und Sie täten wirklich gut daran, wenn Sie lernen würden, sich selbst zu schützen, bis Sie bereit sind, wirkliche Arbeit leisten zu können. Oder Sie werden nur ein neues Opfer auf der langen Liste sein, die schon existiert.«

Für Augenblicke sahen sie sich an, ohne zu sprechen. Dann berührte sie seine Hand: »Wer seine Gaben nicht nützet –«, zitierte sie.

»Ah, Bockmist«, sagte er, ein gröberes Kraftwort unterdrükkend, drehte sich um und ließ sie allein.

18.42 Uhr: Sie saßen an dem 15 Meter langen, von 30 Stühlen umgebenen Tisch in der Mitte des immensen Speisesaals. Barrett hatte am Kopfende Platz genommen, die anderen links und rechts von ihm. Das unsichtbare Dienerpaar aus Caribou-Falls hatte das Abendessen um sechs Uhr fünfzehn gebracht.

»Wenn niemand etwas dagegen einzuwenden hat, würde ich heute abend gern eine Sitzung versuchen«, sagte Florence.

Barretts Hand blieb einen Moment in der Luft hängen, ehe er sich eine zweite Portion Brokkoli auftischte. »Ich habe nichts dagegen«, sagte er.

Florence sah zu Edith, die den Kopf schüttelte. Sie blickte zu Fischer. »Okay«, sagte auch er und langte nach der Kaffeekanne.

Florence nickte. »Nach dem Essen also.« Ihr Teller war leer. Außer etwas Wasser hatte sie nichts zu sich genommen, seit sie bei Tische saßen.

»Würden *Sie* dann vielleicht morgen vormittag eine Sitzung machen, Mr. Fischer?« fragte Barrett.

Fischer schüttelte den Kopf. »Noch nicht.«

Barrett dachte, ah, fängt ja gut an. Erste Bitte ist abgeschlagen. Er sagte in gleichgültigem Ton: »Bisher hat das Haus eigentlich noch nicht gezeigt, was es kann.«

Fischer sah von den Speiseresten auf seinem Teller auf. »Es scheint mit unserer Einschätzung noch nicht fertig zu sein«, sagte er ohne eine Spur von Humor in der Stimme.

»Ich würde auch nicht das Haus als den treibenden Faktor betrachten«, sagte Florence. »Es scheint mir klar, daß die Schwierigkeiten von überlebenden Persönlichkeiten verursacht werden – wer immer sie auch sein mögen. Der einzige, von dessen Existenz wir sicher sein dürfen, ist Belasco selbst.«

»Sie haben heute mit ihm Kontakt aufgenommen, nicht wahr?« fragte Barrett. Sein Ton war freundlich, aber Florence fühlte doch eine gewisse Spitze. »Nein«, sagte sie, »aber Mr. Fischer hat es getan, als er 1940 hier war. Die Gegenwart Belascos ist einwandfrei dokumentiert.«

»Ich würde sagen, es existiert ein Bericht«, meinte Barrett gelassen.

Florence zögerte. Dann sagte sie. »Ich meine, Dr. Barrett, es wird Zeit für uns, die Karten auf den Tisch zu legen. Ich sehe, Sie sind immer noch der Ansicht, es gäbe keine Geister.«

»Wenn Sie damit überlebende Persönlichkeiten meinen, dann haben Sie recht«, sagte Barrett.

»Auch wenn man sie seit undenklichen Zeiten beobachtet hat?« fragte Florence. »Man hat sie gesehen, und zwar nicht nur eine Person, sondern mehrere. Sogar von Tieren wurden sie gesehen, fotografiert hat man sie. Sie haben Informationen gegeben, die später als richtig bestätigt wurden; haben Leute berührt, Objekte bewegt, wurden sogar gewogen.«

»Diese Tatsachen, Miß Tanner, sind Beweis eines Phänomens, aber kein Beweis für das Vorhandensein von Geistern.«

Florence lächelte mühsam. »Ich kann das nicht beantworten.«

Barrett erwiderte ihr Lächeln, machte eine Handbewegung, als ob er sagen wollte: Wenn wir uns schon nicht einig werden können, dann lassen wir die Sache doch auf sich beruhen.

»Sie lassen also Überleben nicht gelten«, bohrte Florence.

»Es ist eine reizvolle Vorstellung«, sagte Barrett, »ich habe auch nichts dagegen, solange man von mir nicht verlangt, ich solle an die Möglichkeit einer Verbindung zu den sogenannten Überlebenden glauben.«

Florence sah ihn betrübt an. »Haben Sie eine Alternative anzubieten?«

»Gewiß.« Barrett erwiderte ihren Blick mit Herausforderung. »Eine weitaus interessantere, wenn auch wesentlich komplexere und schwierigere Alternative; das sublimierte Ich, diese riesige und noch weitgehend unerforschte menschliche Landschaft, die wie die Spitze eines Eisbergs bisher nur einen winzigen Teil unserem Bewußtsein offenbart hat. Sehen Sie, Miß Tanner, hier liegt die ganze faszinierende Problematik, und nicht in einem Jenseits, das wir niemals erforschen werden. Das ist die Herausforderung, die wir annehmen können. Und sie steht vor uns, hier und jetzt, und sie wartet darauf, daß wir die unbekannten Mysterien des menschlichen Spektrums erforschen. Hier haben Sie die Alternative, die ich bieten kann: Die erweiterten Möglichkeiten des menschlichen Systems, die bisher noch unerforscht sind. Eben jene Fähigkeiten des Menschen, die, davon bin ich überzeugt, imstande sind, all diese psychischen Phänomene zu produzieren.«

Florence blieb einige Augenblicke still, ehe sie lächelte und sagte: »Wir werden ja sehen.«

Barrett nickte kurz. »Jawohl, das werden wir.«

Fischer schenkte sich noch eine Tasse Kaffee ein, als Barretts Blick auf ihn fiel. »Ich habe übrigens den Eindruck, daß Sie eine Menge Dinge über Belasco wissen, die für uns interessant sein können«, sagte er.

Fischer blickte ihn an. »Was würde Sie denn interessieren?«

»Nun, ein Überblick über sein Leben zum Beispiel. Es ist immer gut, seinen ›Gegner‹ zu kennen«, scherzte er.

Fischer legte seine Hand um die Kaffeetasse und begann zu berichten. »Er kam 1879 zur Welt. Er war ein unehelicher Sohn des amerikanischen Munitionsfabrikanten Myron Sandler und einer englischen Schauspielerin namens Noelle Belasco.«

»Warum nahm er den Namen seiner Mutter an?« fragte Barrett.

»Sandler war verheiratet«, erklärte Fischer. »Seine Jugend verlief ereignislos. Mit neun erhängte er eine Katze, um zu sehen, ob nun das zweite der neun Katzenleben beginnen würde. Als nichts geschah, wurde er wütend, zerhackte das Tier und warf die Teile zum Fenster hinaus. Seine Mutter nannte ihn den ›Bösen‹. Der nächste bekannte Zwischenfall ereignete sich etwas später in Form eines sexuellen Überfalls auf seine jüngere Schwester. Mit zehneinhalb Jahren kam er in ein College, wo er von mehreren homosexuellen Lehrern mißbraucht wurde. Belasco lud einen von ihnen zu sich nach Hause ein. Nach einer Woche ging der Mann heim und erhängte sich.«

»Wie sah Belasco denn aus?« fragte Barrett.

Fischer kramte in seinem Gedächtnis. Nach einer Weile kam

sein Bericht. »Seine Zähne sind die eines fleischfressenden Tieres. Wenn er lächelt, hat man den Eindruck, ein Hund fletscht die Zähne. Seine Gesichtsfarbe ist weiß, denn er haßt die Sonne und vermeidet es, ins Freie zu gehen. Er hat erstaunlich grüne Augen, die stark funkeln, so, als ob sie von innen beleuchtet wären. Breite Stirn, kohlschwarzer, gestutzter Backenbart. Trotz seines an sich guten Aussehens hat sein Gesicht etwas Erschreckendes, wie ein Dämon, der sich in einen Menschen verwandelt hat.«

»Wer hat ihn so beschrieben?« fragte Barrett.

»Seine zweite Frau. Sie hat sich hier umgebracht, ich glaube, es war 1927.«

»War er groß oder klein?« fragte Barrett.

»Recht groß, über 1,90 Meter. Man nannte ihn übrigens den ›Brüllenden Riesen‹.«

»Erziehung?« fragte Barrett weiter.

»New York, London, Berlin, Paris, Wien. Keine Fakultät, nur Kurse in Logik, Ethik, Religion und Philosophie.«

»Soweit ich weiß, hat er von seinem Vater viel geerbt«, meinte Barrett.

»Ja, der Alte hinterließ ihm zehneinhalb Millionen Dollar, alles aus dem Waffengeschäft.«

»Das hätte ihm ein Schuldgefühl geben können«, meinte Florence.

»In seinem ganzen Leben hatte er nicht eine Minute lang Schuldgefühle. Außerdem war er nicht nur einseitig schlecht, er hatte auch interessante Seiten, war ein brillanter Debattierer, der in zwölf Sprachen diskutieren konnte, egal, welches Thema angeschlagen wurde. Sein Hirn war ein unerschöpfliches Informationszentrum, und seine Energie kannte keine Grenzen.«

»Hat er jemals in seinem Leben eine einzige Person geliebt?« fragte Florence.

»Er glaubte nicht an die Liebe«, sagte Fischer, »sondern an Willensstärke. ›Einfluß nehmen auf andere, nicht sie lieben‹, sagte er selbst im Jahre 1913.«

»Hatte er Kinder?« fragte Florence.

»Man sagt, er hätte einen Sohn gehabt, aber niemand wußte es genau«, antwortete Fischer. Man merkte, er hatte seinen ›Gegner‹ studiert.

»Begann das wüste Leben in diesem Haus gleich 1919?«

»Nein. Zuerst war alles ganz manierlich. High Society, Dinnerpartys. Tanzabende im Baalsaal. Soirées. Da gab es Leute, die reisten aus allen Ecken des Landes an, um ein Wochenende hier zu verbringen. Belasco war ein erstklassiger Gastgeber – blitzgescheit und charmant. Dann – 1920 ›un peu‹, wie er selbst sagte. Später wurden die Feste sinnlicher. Erst in Gesprächen, dann auch in körperlicher Hinsicht. Dazu kamen kleine Intrigen. Der Wein tat ein übriges. Schlafzimmer wurden getauscht, anfangs heimlich, später immer offener. Und alles begünstigt durch Belasco und seine ›Einflußnahme‹.«

Fischer fuhr fort: »Später gründete er einen Klub, den er ›Die Aphroditen‹ nannte. Jeden Abend, später auch zwei- bis dreimal am Tage, wurde ein Meeting, abgehalten. Belasco nannte das ›Sündposium‹. Alles bekam Drogen und Aphrodisiaka serviert, man saß hier um diesen Tisch herum und sprach von Sex, bis alle entsprechend in Stimmung waren. Dann begann eine Orgie.«

»Soweit ich gehört habe«, sagte Barrett, »war es aber nicht nur sexueller Exzeß, der hier getrieben wurde, sondern es wurde auch in anderen Dingen bis an die Grenze des Möglichen gegangen. Trinken wurde zu Sauforgien, Essen zu Völlerei, und der Genuß von Drogen nahm Formen an, die zur totalen Abhängigkeit führten.«

»Genau«, bestätigte Fischer. »Das Leben hier wurde von Belasco und seinen Gästen derart umstilisiert, daß viele von seinen Besuchern erst Monate, dann Jahre hindurch hier lebten, weil sie nicht mehr fähig waren, ein normales Leben zu führen. Langsam begann dann das Haus über seine Besucher zu dominieren, und der Erfolg war der, daß viele von ihnen das Leben in diesem Hause als normal betrachteten, weil ihnen die Vergleichsmöglichkeit mit der Außenwelt nicht mehr zur Verfügung stand. So betrachteten Bewohner des Hauses es als gang und gäbe, wenn täglich neue Abnormitäten praktiziert, täglich neuen Verirrungen Raum gegeben wurde und schließlich Brutalität, Mord und fleischliche Maßlosigkeit als Norm angesehen wurden.«

»Hat eigentlich Belasco selbst auch Drogen genommen?« fragte Barrett.

»Im Anfang, ja. Später hat er sich immer mehr von seinen Gästen zurückgezogen. Anscheinend begann er zu dieser Zeit ein systematisches Studium des Bösen, und es genügte ihm, wenn er seine Macht über das Haus und seine Bewohner ausübte, indem er sie durch seine Einflußnahme immer mehr in die Gosse ziehen konnte.

Schließlich, 1926, schien er den absoluten Höhepunkt seiner Verworfenheit erreicht zu haben. Er steigerte seinen Einfluß auf die Gäste des Hauses, indem er sie anspornte, jede nur mögliche Grausamkeit und Perversion, die sie sich ausdenken konnten, vorzuführen. Er veranstaltete Wettbewerbe für die scheußlichsten Ideen. Die Wettbewerbe wurden nonstop, 24 Stunden lang, abgehalten, er nannte das die ›Tage des Lasters‹. Er führte De Sades ›120 Tage in Sodom‹ hier im Theater auf, Szene für Szene, unter Mitwirkung aller Gäste. Er begann Monstren aus aller Welt zu importieren, die dann unter die Gäste gemischt wurden: Bucklige, Zwerge, Hermaphroditen, Mißgeburten aller Art.«

Florence schloß die Augen, beugte den Kopf und preßte beide Hände fest gegen ihre Stirn.

»Um diese Zeit«, fuhr Fischer fort, »begann sich die Hausordnung aufzulösen. Es gab keine Dienerschaft mehr, um für den Unterhalt zu sorgen, da sie bereits nicht mehr von den Gästen zu unterscheiden war. Es gab keine Wäsche mehr. Jeder mußte seine eigene Leibwäsche reinigen – was sie natürlich nicht lange durchhielten. Es gab keine Köche mehr, und man mußte sich das Essen selbst zubereiten, aber die Vorräte schwanden dahin, weil niemand mehr neue beschaffte. Im Jahre 1927 herrschte eine Grippeepidemie im Hause. Mehrere Ärzte behaupteten, der Nebel des Matawaskie Valleys sei gesundheitsschädlich, und daher ließ Belasco alle Fenster zumauern. Der Generator funktionierte nur zeitweilig, und jedermann trug seine eigenen Kerzen mit sich herum. Die Heizung funktionierte nicht mehr richtig, es wurde bitterkalt in allen Räumen. Vierzehn Gäste starben an Lungenentzündung.

Die anderen kümmerten sich kaum um die Toten. Sie waren schon jenseits aller menschlichen Regungen und übten ihre täglichen Perversionen, als seien es die wichtigsten Dinge des Lebens. Gegen 1928 waren sie auf der untersten Stufe angelangt und tauchten in einem Morast von Mord, Verstümmelung und Kannibalismus unter.«

Die drei saßen regungslos und schweigend da. Fischer fuhr fort: »Im Juni 1929 hielt Belasco eine Version der römischen Zirkusspiele im Theater ab. Der Höhepunkt des Programms war das Auffressen einer Jungfrau durch einen hungrigen Leoparden. Damals waren die Hausbewohner, mit Ausnahme Belascos, bereits auf dem Niveau der Tiere angelangt, wuschen sich kaum mehr, trugen zerfetzte, schmutzige Kleidung, aßen oder tranken, was ihnen in die Hand kam, und brachten sich gegenseitig um wegen Essen, Wasser, Schnaps, wegen Sex oder sogar, um Menschenfleisch zu fressen, was viele von ihnen als äußerste Perversion besonders hoch schätzten. Und jeden Tag ging Belasco unter ihnen umher, wie Satan in der Herde seiner Verdammten. Immer schwarz gekleidet. Eine gigantische, furchterregende Gestalt, der die Hölle betrachtete, die er selbst geschaffen hatte.«

»Und wie hat es geendet« fragte Barrett.

»Wären wir hier, wenn es geendet hätte?« gab Fischer zurück.

»Jetzt wird es aber enden«, sagte Florence.

Barrett insistierte: »Was geschah mit Balesco?«

»Das weiß niemand«, sagte Fischer. »Als Verwandte einiger Gäste im November 1929 die Türen aufbrechen ließen, waren alle tot. Siebenundzwanzig Personen.

Belasco war nicht darunter.«

20.46 Uhr: Florence kam in die große Halle zurück. Sie hatte in den letzten zehn Minuten in einer Ecke gesessen, »um sich vorzubereiten«, wie sie sagte. »Wollen wir jetzt Platz nehmen?«

Die vier setzten sich an den großen Rundtisch, Fischer gegenüber von Florence, Barrett einige Stühle von ihnen entfernt mit Edith an seiner Seite. Er fragte Florence: »Wird meine Apparatur Ihnen nicht im Wege sein?«

»Keineswegs. Ganz im Gegenteil, es wird vielleicht gut sein, wenn Sie das Magnetband laufen lassen, wenn Rote Wolke zu sprechen beginnt. Es könnte sein, daß er etwas Wertvolles zu sagen hat.«

Barrett nickte unverbindlich.

»Es läuft doch auf Batterien, nicht wahr?«

Barrett nickte nochmals.

»Gut.« Florence lächelte. »Die anderen Instrumente sind natürlich für mich kaum nötig.« Sie sah Edith an. »Ihr Gatte hat Ihnen gewiß gesagt, daß ich lediglich geistige Kontakte herstelle, und daß ich *nur* Empfänger von *Gedanken* aus der anderen Welt bin.« Sie blickte umher. »Würden Sie bitte jetzt die Kerzen löschen?«

Edith fühlte Spannung, als Barrett seine Kerze mit zwei Fingern auslöschte und auch ihre Kerze ausblies. Als dann Fischer sein Licht ebenfalls gelöscht hatte, überfiel sie die Dunkelheit wie eine Flutwelle. Sie tastete nach Lionels Hand.

»Oh, Geist der Liebe und der Güte«, begann Florence. »Wir kommen heute hier zusammen, um besseres Verständnis für die Gesetze zu erringen, die unser Sein regieren.«

Barrett fühlte die eiskalte Hand seiner Frau und konnte sich ihren Seelenzustand vorstellen, nachdem sie Fischers grauenhaften Bericht gehört hatte.

»Und so weise uns, o göttlicher Lehrmeister, die Wege, auf denen wir uns mit denen im Jenseits treffen können, insbesondere aber mit denen, die dieses Haus in ruheloser Qual durchwandeln.«

Fischer schöpfte tief und unruhig Luft. Er dachte an seine erste Séance hier im Jahre 1940 – in dieser Halle und an diesem selben Tisch. Objekte flogen damals durch die Luft. Dr. Graham wurde von etwas getroffen und war bewußtlos geworden. Fischers Hals fühlte sich ausgetrocknet an. Ich hätte da nicht mitmachen dürfen, dachte er.

Florence begann mit leiser und melodiöser Stimme eine Art Hymne zu singen. Trotz der angenehmen Stimme fühlte Edith während des leisen Gesanges, wie sich ihre Haut zusammenzog, als ob sie einer plötzlichen Kälte ausgesetzt würde.

Als die Hymne beendet war, begann Florence tief einzuatmen und Handbewegungen vor ihren Augen auszuführen. Nach mehreren Minuten rieb sie mit beiden Händen ihre Arme und Schultern, glitt über ihre Brüste, ihren Schoß und ihre Hüften. Die Hände strichen mit beinahe sinnlichen Bewegungen über ihren Körper, als massiere sie sich selbst, die Lippen waren geöffnet, die Augen halb geschlossen, und ihr Gesicht hatte einen Ausdruck eigenartig sinnlicher Hingabe. Ihr Atem wurde langsamer und lauter und wurde zu einem heiser klingenden Stöhnen. Ihre Arme und Beine zuckten etwas, doch die Hände lagen jetzt leblos in ihrem Schoß. Ihr Kopf sank immer mehr nach hinten, bis er den Rand des Stuhles berührte. Sie zog den Atem mit einem letzten wimmernden Laut ein und blieb dann völlig still.

Die große Halle war lautlos. Barrett starrte auf den Platz, wo Florence sitzen mußte, obwohl er sie nicht sehen konnte. Edith hatte die Augen geschlossen. Sie zog ihre eigene, private Finsternis dem Dunkel des sie umgebenden Raumes vor. Fischer saß gespannt auf seinem Platz und wartete.

Der Stuhl, auf dem Florence saß, machte ein knarrendes Geräusch. »Ich, ›Rote Wolke‹«, sagte sie mit tiefer und sonorer Stimme. Ihr Gesicht war in der Dunkelheit wie versteinert, ihr Ausdruck beinahe majestätisch. »Ich, ›Rote Wolke‹«, wiederholte sie.

Barrett seufzte. »Guten Abend.«

Florence nickte und fuhr mit tiefer Stimme fort: »Ich von weit her kommen. Bringen Grüße aus Gefilde ewigen Friedens. ›Rote Wolke‹ happy euch sehen. Immer happy, wenn Erdenleute in gläubige Versammlung sehen. Wie immer euch sehen. Tod nicht Ende von Weg. Tod nur Tor sein von Welt ohne Ende. Wir das wissen!«

»Ja«, sagte Barrett. »Könnten Sie jetzt –«

Florence unterbrach und sagte: »Tanner-Frau sagen, daß Maschine soll laufen, für Stimme auf Streifen. Ich nicht wissen, was meint. Sie das machen?«

Barrett brummte »Okay«. Er tastete im Dunkel nach dem Tonbandgerät, schaltete es ein und hielt das Mikrofon in die Nähe von Florences Mund. »Könnten Sie jetzt –«

»›Rote Wolke‹ ist Schutzgeist von Tanner-Frau, wird jetzt andere Geister zu ihr bringen.«

Florence sah sich plötzlich um, fletschte die Zähne und zog die Augenbrauen herab. Ihrer Kehle entrangen sich Töne des Unmuts. »Schlechtes Haus. Ort der Krankheit. Schlechte Medizin.« Sie schüttelte den Kopf und sagte nochmals: »Schlechte Medizin.«

Dann drehte sie sich plötzlich auf die andere Seite und brummte überrascht, so, als ob jemand von hinten gekommen wäre, der ihre Aufmerksamkeit erweckt hatte. »Mann hier. Häßlicher Mann. Wie Höhlenmensch. Langes Haar. Schmutzig im Gesicht. Kratzer und Wunden. Gelbe Zähne. Keine Kleider. Wie Tier. Atmet schwer. Sehr krank. Sagt: ›Gib mir Frieden. Befreiung.‹«

Edith umkrampfte Lionels Hand, sie wagte ihre Augen nicht zu öffnen, als ob sie nicht die Gestalt erblicken wollte, die Florence beschrieben hatte.

Florence schüttelte den Kopf, hob langsam den Arm und zeigte in Richtung Eingangshalle. »Weggehen, Haus verlassen.« Sie starrte in die Dunkelheit und drehte sich dann brummend wieder zurück. »Nicht gut. Zu lange hier. Nichts hören. Nichts verstehen.« Sie tippte mit dem Finger auf die Stirn. »Zu krank da drinnen.«

Plötzlich wurde sie von neuem geschüttelt, als ob jemand sie an der Schulter gepackt hätte. »Geh fort«, brummte sie. »Junger

Mann hier. Sagt muß sprechen – muß dringend sprechen.« Sie gab noch einige Brummtöne von sich, dann war sie ruhig.

Plötzlich zuckten alle drei zusammen, als Florence aufschrie: »Ich kenne euch nicht!« Sie blickte umher, und ihr Gesichtsausdruck zeigte Wut und Aufregung. »Warum seid ihr hier? Es hat doch keinen Zweck. Nichts wird sich ändern. Nichts! Raus mit euch, oder ich werde euch Schaden antun! Ich kann mir nicht helfen und ihr mir auch nicht. Ihr verdammten Scheißkerle!«

Edith drückte ihr Rückgrat mit Gewalt gegen die Stuhllehne. Die Stimme war vollkommen verschieden von Florences sonstigem Tonfall – hysterisch, unausgeglichen und drohend. »Seht ihr nicht, ich bin hilflos! Ich will euch nicht weh tun, aber ich muß. *Ich muß*!« Der Kopf von Florence ging nach vorn, eine Maske mit Glotzaugen, die Lippen entblößten zusammengepreßte Zähne. »Ich warne euch«, sagte sie in gutturalen Tönen. »Verlaßt dieses Haus, ehe ich euch alle umbringe.«

Edith schrie unwillkürlich auf, als plötzlich eine Serie von sehr lauten Klopftönen den Tisch erzittern ließ. »Was war das?« fragte sie. Ihre Stimme ging in dem lauten Getrommel der Schläge auf der Tischplatte unter. Es war, als ob jemand mit einem Hammer darauf schlagen würde, hart, schnell und mit großer Kraft. Barrett wollte seine Instrumente in Betrieb setzen, erinnerte sich aber daran, daß kein Strom vorhanden war. Verdammt! dachte er.

Urplötzlich hörten die Schläge auf. Edith blickte auf Florence und hörte, daß das Medium stöhnende Töne von sich gab. In ihren Ohren dröhnten noch die lauten Schläge nach. Ihr Körper war schlaff, als ob die Vibrationen ihr Fleisch gefühllos gemacht hätten. Sie fühlte plötzlich, wie sich unter dem Tisch eine Kälte ausbreitete, die sie erzittern ließ. Gleichzeitig erschien neben ihr ein kleines, rötliches Licht. Barrett hatte seinen Leuchtschreiber eingeschaltet und beleuchtete damit das Gesicht des Mediums. Er nahm das Mikrofon und notierte: »Temperaturabfall. Nur fühlbar, da keine Instrumentablesung möglich. Physische Manifestationen begannen mit Serien starker Klopftöne.« Er lenkte den schwachen Lichtstrahl nochmals auf Florence. »Miß Tanner reagiert unregelmäßig. Trancestadium fortbestehend, jedoch verschiedenartig. Mögliche Verwirrung durch unerwartete physische Phänomene. Übergabe einer Tube Uraniumsalz-Lösung an Medium.«

Barrett reichte über den Tisch und preßte die Tube in Florences

Hand. Sie reagierte sofort, setzte sich gerade und öffnete die Augen. Barrett sagte ins Mikrofon: »Medium beendet Trance.« Dann schaltete er das Tonbandgerät ab und zündete eine Kerze an. Florence beschattete ihr Gesicht, als die Kerze aufleuchtete. Dann sagte sie: »Wie war es?«

Als Barrett den Verlauf der Séance erzählte, war sie sichtlich verstört, da ihre Trancezustände bisher niemals physikalische Erscheinungen wie Klopfen gezeitigt hatten, sondern auf das psychische Gebiet begrenzt waren. Sie sagte: »Gott geht oft seltsame Wege.«

»Und dieses Haus wohl auch«, sagte Fischer.

»Sie glauben, das Haus hat etwas damit zu tun?« fragte sie überrascht.

»Ich würde Ihnen raten, sehr vorsichtig zu sein. Gott hat nicht viel Einfluß im Höllenhaus.«

21.49 Uhr: ... Wissenschaft ist in erster Linie Forschung mit Methode. Es besteht kein Grund zur Annahme, daß parapsychologische Phänomene nicht aufgrund methodischer Forschung untersucht werden können. Denn, genau wie Physik und Chemie, ist die Parapsychologie eine Wissenschaft über natürliche Vorgänge ...

»Lionel?«

Barrett sah von seinem Manuskript auf.

»Kann ich dir helfen?« fragte Edith.

»Danke, nein, ich bin gleich fertig.« Er sah sie an, wie sie im Bett saß, einen Kissenberg hinter ihrem Rücken. Mit ihrem kurzen Haar und der schlanken Gestalt sah sie irgendwie kindlich aus. Barrett lächelte: »Übrigens kann es auch warten«, entschied er, legte das Manuskript in die Mappe und sah kurz auf die Titelaufschrift: »Grenzen menschlicher Fähigkeiten, von Lionel Barrett, Dr. phil.« Der Anblick erfüllte ihn mit Freude und Dankbarkeit. Es war alles in bester Ordnung. Er hatte die Chance, seine Theorie zu beweisen, hatte nunmehr auch genügend finanziellen Rückhalt für seinen Lebensabend, und sein Buch war fast beendet. Vielleicht würde er einen Nachsatz über die Woche im Belasco-Haus schreiben, eventuell sogar ein dünnes, separates Essay. Lächelnd löschte er die Kerze, stand auf und ging quer durch das Zimmer. Er setzte sich zu Edith ans Bett und legte seinen Stock beiseite. »Hast du Angst gehabt, vorhin?« fragte er. »Du warst so still nach der Sitzung.«

»Es ging schon an die Nerven. Besonders diese plötzliche Kälte. Ich kann mich noch immer nicht daran gewöhnen.«

»Du weißt aber, was es ist«, sagte er. »Es ist das Medium selbst, dessen System der Luft die Wärme entzieht, um sie in Energie umzuwandeln.« Er sprach nicht weiter, als er sah, wie Edith plötzlich mit einem erschreckten Aufzucken über seine Schulter blickte. Er fuhr herum und sah den Schaukelstuhl, der plötzlich in Bewegung geraten war.

»Was ist das?« wisperte sie.

Barrett stand auf und hinkte zu dem Möbel, das immer weiterschaukelte, ohne berührt worden zu sein. »Es ist das gleiche, wie das mit dem kalten Wind«, sagte er zu ihr.

»Aber es sieht ganz so aus, als ob jemand drin säße.« Edith hatte sich unbewußt gegen die Kissen gepreßt.

»Niemand sitzt drin, gar niemand, das kann ich dir garantieren«, versicherte Barrett. »Schaukelstühle sind sehr leicht in Bewegung zu bringen. Deshalb ist dieses Phänomen gerade in Spukhäusern so häufig. Der kleinste Energieaufwand genügt.«

»Aber –«

»– was verursacht den Aufwand?« Barrett hatte den Satz für sie beendet. »Sogenannte Restenergie.« Edith hielt den Atem an, als er einfach die Hand ausstreckte und den Stuhl zur Ruhe brachte. »Siehst du?« Er hatte seine Hand zurückgezogen, und der Stuhl blieb still. »Die Energie ist verflüchtigt.« Er stieß den Stuhl an, der einige Zeit schaukelte und dann wieder stillstand. »Nichts mehr da«, sagte er. Er tätschelte ihr beruhigend die Hand. »Nichts als eine Art von herrenloser, mechanischer Kraft, die den Weg des geringsten Widerstandes geht. Und das äußert sich dann eben in Windstößen, Türenschlagen, Klopfen, Fußtritten, bewegten Schaukelstühlen, alles Dinge, die ohne viel Energie bewerkstelligt werden.«

Sie nickte. Dann legte sie ihm wie einem kleinen Kind einen Finger auf die Nase. »Du mußt jetzt schlafen«, sagte sie.

Barrett küßte sie auf die Wange, stand auf und ging zu dem anderen Bett zurück. »Soll ich die Kerze brennen lassen?« fragte er.

»Wenn es dich nicht stört?«

»Nein. Wir werden ein Nachtlicht brennen lassen, solange wir hier sind. Das macht gar nichts.« Er kroch ins Bett. »Gute Nacht, Liebling-Geist«, sagte er scherzend.

Sie schloß beruhigt die Augen.

22.21 Uhr: Der heiße Wasserstrahl spritzte auf Florences Hals und rann an ihren Brüsten herab. Sie stand im Duschkabinett, Kopf zurückgeneigt, Augen geschlossen, und fühlte die Wasserstrahlen über die Hüften hinunter zu ihren Beinen laufen.

Sie dachte an das Tonband der heutigen Sitzung. Es schien ihr so, als ob darin eine einzige Stimme Bedeutung hatte: jene halb verrückt klingende, zitternde Stimme, die gesagt hat, sie müßten aus dem Haus verschwinden, oder sie würden getötet werden. Irgend etwas, das fühlte sie, hatte es mit dieser Stimme auf sich. Zunächst war die Sache noch zuwenig aufschlußreich. Aber es war ein Beginn.

Sie drehte die Wasserhähne ab, stieß die Tür des Duschkabinetts auf und trat auf die Badematte. Der Raum war bitter kalt. Sie riß ein Badetuch vom Haken und rieb sich ab, bis sich die Haut rötete. Es war angenehm. Sie zog ihr Flanellnachthemd über den Kopf und schlüpfte in die langen Ärmel. Dann putzte sie sich die Zähne, zog die Hausschuhe an, nahm die Kerze und ging zu einem der beiden Betten. Die Laken waren kalt, sie strampelte munter mit den Füßen, um sich zu wärmen, streckte sich aus und zog die Decke bis ans Kinn. Nach kurzer Zeit hörte das Zittern auf. Sie befeuchtete zwei Finger und löschte die Kerzenflamme damit aus.

Komplette Stille. Sie mußte wieder an die Stimme auf dem Tonband denken. Was hatte die wohl zu bedeuten? Trotz der Drohungen hatten in der Stimme Verzweiflung und Angst mitgeklungen.

Sie drehte ihren Kopf. Die Tür zum Korridor war geöffnet worden. Sie blickte durch die Finsternis. Die Tür wurde ruhig geschlossen.

»Ja?« sagte sie.

Die Schritte kamen näher, sie hörte sie auf dem Teppich. Florence wollte nach der Kerze greifen, zog die Hand aber wieder zurück, denn sie wußte, daß es keiner der drei anderen war. »Also gut«, murmelte sie.

Die Schritte gelangten zum Stillstand. Florence horchte sorgfältig. Ein Atemgeräusch, war vom Fußende des Bettes zu vernehmen. »Wer ist da?« fragte sie.

Atemgeräusch, sonst nichts. Florence starrte in die Finsternis, konnte jedoch nichts erkennen. Sie schloß die Augen. »Wer ist hier, bitte?« Ihr Tonfall war gleichmäßig und ohne Furcht.

Das Atemgeräusch war noch hörbar.

»Will jemand mit mir sprechen?«

Atmen.

»Sind Sie die Stimme, die uns heute gewarnt hat?«

Das Atemgeräusch wurde stärker. »Jawohl«, sagte sie. »Sie sind es, nicht wahr?«

Das Atmen wurde mühsam. Es war das eines jungen Mannes. Sie konnte ihn in ihrer Vorstellung deutlich sehen, da unten am Fußende des Bettes. Seine Haltung war voller Spannung, das Antlitz verriet die innere Qual.

»Sie müssen zu mir sprechen oder mir sonst ein Zeichen geben«, sagte sie. Keine Antwort. »Ich warte auf Sie in Gottes Liebe. Helfen Sie mir, und Sie werden den Frieden finden, den Sie suchen.«

War das ein Schluchzen? Sie spannte sich. »Ja, ich höre, ich verstehe. Sagen Sie mir, wer Sie sind. Ich kann Ihnen helfen.«

Der Raum war plötzlich völlig still geworden. Das Atemgeräusch hatte aufgehört. Mißmutig griff sie nach den Zündhölzern auf der Kommode. Sie strich eines an, entzündete die Kerzenflamme und blickte umher. Das Etwas befand sich noch im Raum.

»Soll ich die Kerze auslöschen?« fragte sie.

Stille.

»Na schön.« Sie lächelte. »Sie wissen ja, wo ich bin. Wann immer Sie wollen –«

Das Etwas hatte das Bettuch weggerissen. Es flog in die Luft, schlug gegen das Fußende des Bettes und senkte sich flatternd.

Darunter stand eine Gestalt.

Florence faßte sich wieder. »Jetzt kann ich Sie sehen«, sagte sie. »Wie groß Sie sind!« Sie erinnerte sich an Fischers Wort vom ›Brüllenden Riesen‹. Sie starrte auf die Gestalt. Man konnte ihre breite Brust sich heben und senken sehen, als ob sie vom Atem bewegt würde.

»Nein«, sagte sie auf einmal. Es war nicht Belasco. Sie erhob sich, sah auf die Gestalt und ließ ihre Beine zu Boden gleiten. Der Kopf der Gestalt bewegte sich, als ob er ihr nachblickte.

»Sie sind nicht Belasco, nicht wahr? Diese Art von Kummer kommt nicht von ihm. Ich fühle Ihre Ängste. Sagen Sie mir, wer –«

Das Bettuch fiel in sich zusammen. Florence blickte es eine Weile an, dann bückte sie sich, um es aufzuheben.

Sie fuhr in die Höhe, als sie fühlte, daß eine Hand ihr Hinterteil streichelte. Sie blickte verärgert umher. Leises Kichern war hörbar. Florence holte etwas unsicher Atem: »Jedenfalls haben Sie Ihren Sex verraten«, sagte sie. Das Kichern wurde deutlicher. Florence schüttelte den Kopf und sagte mitleidig: »Wenn Sie so klug sind, warum sind Sie dann in diesem Haus gefangen?«

Das Kichern verstummte, und alle drei Bettdecken flogen vom Bett hoch, als ob sie jemand in Rage weggerissen hätte. Das gleiche geschah mit den Bettüchern, dann mit den Kissen und schließlich mit der Matratze. In wenigen Sekunden war die ganze Bettwäsche häufchenweise auf dem Teppich verstreut, und die Matratze war total verschoben.

Sie lächelte, begann, die Bettwäsche wieder aufzuheben. Das Etwas versuchte, ihr eine Bettdecke aus der Hand zu ziehen. Sie gab nicht nach. »Genug jetzt, ich finde das keineswegs komisch!« Sie wandte sich zum Bett. »Gehen Sie jetzt und kommen Sie bitte nicht zurück, ehe Sie bessere Manieren angenommen haben.«

Als sie ihr Bett wieder in Ordnung brachte, wurde die Korridortür geöffnet. Sie machte sich nicht einmal die Mühe, hinzusehen, als sie wieder geschlossen wurde.

22. Dezember 1970

7.33 Uhr: Florence klopfte leise an Fischers Tür. »Ben?« fragte sie durch die geschlossene Tür. Als er nicht antwortete, öffnete sie sie einen Spalt breit. Er lag im Bett, gestützt von Kissen, das Gesicht bleich und ausgezehrt. Die Kerze an seiner Seite war beinahe herabgebrannt. Sein Anblick war bemitleidenswert.

Florence ging weiter und gelangte in die Speisehalle, wo sie Barrett und seine Frau beim Frühstück antraf.

»Guten Morgen, Miß Tanner, gut, daß Sie schon auf sind«, sagte Barrett, »das Frühstück ist schon abgeliefert worden.« Sie setzte sich an den Tisch, nahm Rührei und Toast. Schließlich sagte sie: »Ich glaube, eine teilweise Erklärung für den Spuk in diesem Hause liefern zu können.«

»Oh?« Barrett sah sie mit einem Blick an, der deutlich zeigte, daß er eher höflich als interessiert war.

»Die Stimme, die uns gewarnt hat. Das Tischklopfen. Ein Wesen, das mich gestern nacht in meinem Zimmer aufgesucht hat. Es ist ein junger Mann.«

»Und wer?« fragte Barrett.

»Belascos Sohn.«

Sie sahen sie ohne Kommentar an.

»Sie erinnern sich doch, er wurde in Mr. Fischers Erzählungen gestern abend erwähnt.«

»Aber hat er nicht gesagt, niemand sei sicher, ob Belasco überhaupt einen Sohn gehabt hat?« fragte Barrett.

Florence nickte. »Er hatte einen. Er ist jetzt hier, scheint leidend und gequält zu sein. Er muß wohl schon mit etwa zwanzig Jahren hinüber sein. Ich fühle, daß er sehr jung ist und sich fürchtet. Und weil er sich fürchtet, ist er böse und aggressiv. Wenn ich ihn von hier wegbringen könnte, würde bestimmt ein gut Teil der negativen Kräfte eliminiert werden.«

Barrett nickte. Glaub ihr kein Wort, dachte er und sagte laut: »Das ist wirklich interessant.«

Florence dachte, ich weiß, er glaubt mir nicht.

Sie wollte noch etwas bemerken, als ein lautes Klopfen an der Eingangstür ertönte. Edith erschrak und verschüttete dabei etwas von ihrem Kaffee. Barrett lächelte zu ihr hinüber und sagte: »Ich nehme an, jetzt bringt man unseren Generator. Hoffentlich kommt auch der Zimmermann mit.«

Er stand auf, nahm seine Kerze und den Stock, und ehe er zur Eingangshalle ging, blieb er stehen, blickte Edith an und meinte: »Ich hoffe, ich kann euch einen Moment allein lassen.«

Als er die Eingangstür öffnete, sah er Urbans Beauftragten auf der Schwelle stehen, den Mantelkragen hochgeschlagen, einen Regenschirm in der Hand. Barrett war erstaunt, zu sehen, daß es regnete.

»Ich bringe Ihren Generator, den Handwerker und die bestellte Katze«, sagte der Mann.

Barrett lächelte befriedigt. Jetzt konnte er loslegen.

13.17 Uhr: Die Lichter gingen an und, unisono, alle vier gaben ihrer Befriedigung Ausdruck. »Verdammt schön«, sagte Fischer. Sie lächelten sich an. »Ich hätte nie gedacht, daß elektrisches Licht so herrlich sein kann«, sagte Edith.

Die große Halle, nunmehr in Licht gebadet, schien ein völlig anderer Raum zu sein. Seine Größe wirkte jetzt majestätisch statt unheimlich. Ohne den schwarzen, flackernden Schatten war sie jetzt ein eher solide aussehender Museums-Saal mit erlesenen

Kunstwerken und keineswegs mehr die dräuende Höhle, die sie noch vor wenigen Augenblicken gewesen war. Edith blickte zu Fischer. Er war sichtlich erfreut, hatte eine völlig veränderte Haltung, und aus seinen Augen war die Besorgnis verschwunden. Sie sah Florence zu, die mit der Katze auf ihrem Schoß spielte. Sie lächelte. Es schien überhaupt kein Geisterhaus mehr zu sein.

Florence sah zu Fischer hinüber, traf seinen Blick und lächelte ihm zu. Er gab das Lächeln nicht zurück. Idioten, dachte er. Es brauchen nur einige Birnen anzugehen, und schon glauben sie, alle Gefahr sei vorüber.

13.58 Uhr: Das Kabinett für die Séancen war in der Nordostecke der Halle errichtet worden, indem man einen langen Holzbalken über Eck in die Wände eingelassen hatte. Vom Holzbalken abwärts hing, an Ringen befestigt, ein langer grüner Vorhang, der auf diese Weise einen dreieckigen, etwa zwei Meter hohen, abgeteilten Raum bildete, in welchem ein geradlehniger, hölzerner Armstuhl stand. Barrett drückte die beiden Vorhänge, die den Eingang bildeten, an die Seiten und stellte einen kleinen Tisch, den Fischer gebracht hatte, in die Öffnung. Auf die Tischplatte legte er ein Tamburin, eine kleine Gitarre, eine Tischglocke und ein kurzes Seil. Dann überprüfte er das Ganze mit zufriedener Miene und wandte sich den anderen zu.

Aus der Kiste, der er die Utensilien entnommen hatte, holte er nun ein Paar schwarze Strumpfhosen sowie ein ebenfalls schwarzes, blusenartiges Hemd mit langen Ärmeln. Er hielt Florence diese eigens für Séancen gearbeiteten, taschenlosen Kleidungsstücke entgegen. »Ich glaube, das wird Ihnen passen«, sagte er. Als Florence ihn etwas spättisch anblickte, fügte er hinzu: »Ich hoffe, Sie haben nichts dagegen, aber die Kleidung gehört zur Standardprozedur bei Séancen; ohne sie würden Resultate von Sitzungen wissenschaftlich nicht akzeptiert werden...«

Florence nahm die Kleidungsstücke, ging in das Kabinett und zog die Vorhänge hinter sich zu. Barrett wandte sich an Edith. »Würdest du sie bitte überprüfen?« fragte er.

Edith ging zum Kabinett. Sie hatte diese Kontrollen immer gehaßt, obwohl sie es Lionel gegenüber niemals erwähnt hatte.

Florence hatte bereits ihre Oberkleider abgelegt, und als sie ihren Büstenhalter aufmachte, wollte Edith sich zur Seite wenden. »Es tut mir leid«, murmelte sie, »ich weiß, daß –«

»Das macht durchaus nichts«, sagte Florence. »Ihr Mann hat ganz recht, es gehört eben zur Standardprozedur.«

Edith nickte und sah zu, wie das Medium sich des Büstenhalters entledigte, ihn über die Stuhllehne hängte und sich dann vorneigte, um den Slip auszuziehen. Sie war erstaunt über die vollen Brüste und sah dann auf, als Florence aufrecht vor ihr stand.

Edith sah die leichte Gänsehaut am Oberarm des Mediums und sagte: »Wir werden es schnell machen, damit Sie wieder in die Kleider kommen.« Dann begann sie die Untersuchung. »Den Mund, bitte?«

Florence öffnete den Mund, und Edith blickte kurz hinein. Sie kam sich lächerlich vor. »Na, außer Sie haben was in einem hohlen Zahn versteckt –«

Florence schloß den Mund und lächelte. »Es ist ja tatsächlich nur Formsache, Ihr Mann weiß, daß ich nichts verstecke.«

Edith nickte. »Ihr Haar?«

Florence hob beide Arme, um die Haare aufzumachen. Die Bewegung drängte ihre Brüste nach vorn, deren harte Spitzen Ediths Pullover streiften. Edith trat etwas zurück und sah die dichten Strähnen roten Haares, die über Florences cremefarbene Schultern flossen. Nie zuvor hatte sie eine so schöne Frau untersucht.

»Okay?« sagte Florence.

Edith begann das Haar des Mediums mit den Fingern zu durchsuchen. Es war warm und seidenweich. Der Duft von Florences Parfüm umgab sie. Balenciaga, dachte sie. Sie spürte, wie Florences Brüste gegen ihre eigenen drückten. Sie wollte zurücktreten, es gelang nicht gut. Sie blickte in die grünen Augen des Mediums und sah rasch zu Boden. Dann drehte sie Florences Kopf, um die Ohren zu untersuchen. Ich werde ihr nicht in die Nase sehen, dachte sie. Dann zog sie ihre Hände etwas verlegen zurück und sagte: »Achselhöhlen?«

Florence hob ihre Arme, was die Brüste wieder in die Nähe von Ediths Gesicht brachte. Sie wich etwas aus und sah die rasierten Achselhöhlen. Edith nickte kurz und Florence senkte die Arme wieder. Edith fühlte ihren eigenen Herzschlag. Die Wände des Kabinetts schienen enger geworden zu sein. Sie sah Florence unglücklich an. Es war, als ob die beiden in einem zeitlosen Raum eingeschlossen wären. Dann sah sie, daß Florence an sich herunterblickte, und senkte den Blick. Florences Hände waren unter ihre Brüste geglitten und hielten sie hoch. Lächerlich, dachte sie. Sie nickte, und Florence nahm ihre Hände wieder von den Brüsten.

Sie sah, wie Florence sich in den Stuhl setzte, die Beine spreizte und sich zurücklehnte. Edith blickte auf den Körper des Mediums: den schönen, ovalen Schwung der Brüste, den Hügel des Bauches, die milchweiße Fülle ihrer Lenden und den zweigeteilten, tizianfarbigen Berg ihrer Schamhaare. Edith konnte ihren Blick nicht abwenden. Sie fühlte eine merkwürdige Hitze in ihrem Inneren. Dann dachte sie, ich werde einfach sagen, ich habe alles untersucht; es ist zu lächerlich, diese Frau hat nichts zu verbergen. Sie warf ihren Kopf ziemlich schnell hoch, so daß ein starker Schmerz in ihren Halswirbel schoß. Sie sah nur den Querbalken des Kabinetts. Und doch!

»Was ist los?« fragte Florence.

Edith schüttelte den Kopf. Das Genick schmerzte. »Ich denke, wir können uns den Rest schenken –« Sie brach ab, machte eine unbeholfene Geste mit ihrer zitternden Hand, drehte sich um und verließ das Kabinett. Sie nickte Lionel zu und ging zum Kamin. Obwohl sie sicher war, daß man ihren Gemütszustand erkennen konnte, hoffte sie, man würde keine weiteren Fragen stellen.

Sie starrte in das Kaminfeuer. Ihr Halswirbel schmerzte immer noch. Hatte sie doch etwas gesehen, das sich bewegt hatte? Es war doch nichts zu sehen gewesen! Und doch hätte sie schwören können, daß jemand von oben in das Kabinett geblickt hatte.

Und zwar auf sie.

14.19 Uhr: »Zu eng?« fragte Barrett.

»Gerade recht«, erwiderte Florence ruhig.

Barrett beendete die Prozedur des Handschuhanlegens, indem er an ihren Handgelenken die Schnüre zuband. Florence sah über seine Schulter zu Edith hinüber, die beim Gerätetisch saß, die Katze auf dem Schoß.

»Legen Sie jetzt die Handflächen auf die Sessellehne«, befahl Barrett. Die Handschuhe, die er Florence angezogen hatte, besaßen an den Handflächen Kontaktplatten. Sowie Florence die Hände auf die Sessellehne legte, leuchteten zwei kleine Lämpchen auf dem Gerätetisch auf.

»Solange Ihre Hände am Platz bleiben, werden diese Lämpchen brennen«, sagte er ihr. »Bei unterbrochenem Kontakt –« Er hob ihre Hände hoch, und die Birnen gingen aus.

»Werden die Fußplatten die gleichen Birnen steuern?« fragte sie.

»Zwei andere.«

»Ist das nicht sehr viel Helligkeit?«

»Alle Lampen zusammen haben nur zehn Watt«, sagte er, als er die Schuhplatten anschloß. »Sie wissen ja, ich kann völlige Finsternis als Testbedingung ohnedies nicht akzeptieren. Andererseits können Sie absolut beruhigt sein, diese winzigen Lichter sind gerade genügend, um noch das Nötigste zu erkennen.«

Fischer saß da und sah auf das Medium, dessen üppige Figur durch die straffe Séancekleidung noch hervorgehoben wurde. Der Anblick erregte ihn nicht. Verdammtes schwarzes Wäschezeug, dachte er. Wieviel hatte er selbst davon getragen? Die Erinnerung an seine Jungenjahre war voll von endlosen Sitzungen dieser Art, mit seiner Mutter war er mit Bussen von Stadt zu Stadt gefahren, von einem Test zum anderen.

Er zündete sich eine neue Zigarette an und sah Barrett zu, wie er zwischen dem Medium und dem Tisch eine Art Moskitonetz aufhängte, an das kleine Schellen angenäht waren, die die Aufgabe hatten, eine direkte Verbindung des Mediums zu den Objekten am Tisch zu melden.

Dann richtete Barrett die infraroten Lampen so, daß ihre Strahlen die Tischfläche vor dem Kabinett beleuchteten.

»Das wär's«, sagte er.

Die Katze sprang von Ediths Schoß, als ob sie es verstanden hätte. Barrett schaltete die Rot- und Gelblichter auf die Minimumstärke, griff dann zum Wandschalter und drückte ihn herunter. Die große Halle lag im Dunkeln. Barrett ging zu seinem Tisch und schaltete das Magnetband ein. »22. Dezember 1970«, sprach er ins Mikrofon. »Anwesend: Dr. Lionel Barrett und Frau, Mr. Benjamin Franklin Fischer. Medium: Miß Florence Tanner.« Dann zählte er schnell die Vorsichtsmaßnahmen und andere Versuchsdetails auf, setzte sich zurück und sagte: »Los.«

Die drei saßen schweigend da, als Florence die Anfangsformel sprach und darauf eine Hymne sang. Bald danach begann sie tief einzuatmen. Ihre Hände und Füße bewegten sich, als ob sie schwache elektrische Schläge erhielten. Der Kopf rollte von einer Seite zur anderen, aus ihrer Kehle kamen gurgelnde Töne. »Nein«, brachte sie hervor. »Nein, jetzt nicht.« Dann Stille.

»Vierzehn Uhr acht; Miß Tanner anscheinend in Trance«, sagte Barrett ins Mikrofon.

Edith zog ihre Beine ein und preßte sie aneinander, als sie die Kälte unter dem Tisch verspürte. Sie starrte zu Florence hinüber. Alles, was sie sehen konnte, waren die Hände und das Gesicht des Mediums, das anscheinend die Augen geschlossen hatte.

Sie hörte die Kameraverschlüsse klicken. »Infrarote Strahlen unterbrochen, Kameras betätigt«, sagte Barrett. Edith blickte wieder auf die Hände des Mediums, schloß die Augen und öffnete sie wieder. Es war kein Zweifel möglich.

Aus den Fingerspitzen des Mediums kamen schmale, weißliche Gebilde.

»Teleplasma beginnt sichtbar zu werden«, sagte Barrett.

Er wartete, bis die weißliche Masse aus den Fingern sich zu einer einzigen, etwa armdicken Rolle vereinigt hatte, die mit unsicheren Bewegungen in Richtung der Kabinettöffnung vorschwankte. Edith drückte den Rücken gegen die Stuhllehne, als sie sah, wie die Masse ohne Anzeichen von Schwierigkeiten das Moskitonetz durchdrang und gegen den Tisch vorstieß.

»Werde jetzt versuchen, Material zu erhalten«, sagte Barrett. Er stand auf und stellte eine Porzellanschale auf den Tisch vor dem Kabinett. »Bitte etwas Material in die Schale zu geben«, sagte er mit ruhiger, fast geschäftsmäßiger Stimme.

Die grauweiße Masse schwankte vor und zurück, wie eine Wasserpflanze in der Strömung. »Bitte etwas Material in die Schale«, sagte Barrett mit unveränderter Stimme. Er sah auf seinen EMR-Anzeiger. Die Nadel hatte 300 überschritten. Dennoch war er gezwungen, seine Anweisung siebenmal zu wiederholen, ehe der Riesenrüssel sich wieder bewegte und sein Ende der Schale näherte. Edith starrte unverwandt auf die Erscheinung, die sie abstieß, aber gleichzeitig auch faszinierte. Die weißliche Masse näherte sich der Porzellanschale, zog sich wieder zurück, und beim fünften Male blieb das Ende des Rüssels an der Schale, krümmte sich mehrere Male und füllte das Gefäß bis an den Rand. Darauf zog es sich langsam zurück und entschwand den Blicken.

Barrett erhob sich und stellte die Schale auf den Gerätetisch. Edith blickte in die fluide, transparente Masse, die unbeweglich in dem Gefäß ruhte. »Mustermaterial in Schale zurückbehalten«, sagte Barrett und sah es sich an. »Kein Geruch, keine Farbe und etwas trübe.«

Florence begann plötzlich unruhig zu werden, als aus ihrem

Mund neuerlich eine weißliche, flockenartige Masse erschien und sich diesmal sehr schnell zu einem Nebel verdichtete, der in wenigen Sekunden die Form eines Wesens annahm, das deutlich menschliche Formen hatte. Augen und Mund waren als Löcher erkennbar, die Hände hatten keine einzelnen Finger, eher Klauen, die am Ende beinahe durchsichtig waren, während der Körper bereits so kompakt erschien, daß er Florence verdeckte. Edith fühlte buchstäblich, wie ihre Kopfhaut sich zusammenzog, als sich das unheimliche Etwas zu ihr wandte und den Arm ausstreckte. Ein Schrei löste ihre Spannung. »Nur ruhig«, sagte Barrett, doch ehe er noch gesprochen hatte, erfüllte ein hohles Lachen den ganzen Raum und, wie mit einem Schlage, war die Figur verschwunden.

Beinahe gleichzeitig schrie auch Florence mit heiserer Stimme, was Edith neuerlich zusammenzucken ließ. Fischer stand schwankend auf. Barrett zog den Netzvorhang zurück und leuchtete mit seinem Bleistiftlichtchen in Florences Gesicht. Er zog es sofort wieder zurück, prüfte seine Geräte und sagte ins Mikrofon: »Miß Tanner kommt aus der Trance.« Nach kurzem Schweigen fügte er hinzu: »Vorzeitige Retraktion, dadurch wahrscheinlich kurzer, systemischer Schock.« Er blickte zu Fischer.

»Helfen Sie ihr jetzt«, sagte er.

16.23 Uhr: Edith erwachte und fuhr in die Höhe. Sie sah zur Uhr und bemerkte, daß sie über eine Stunde geschlafen haben mußte.

Lionel saß an dem achteckigen Tisch und sah in sein Mikroskop. Ab und zu notierte er etwas in dem danebenliegenden Heft. Er sah sie lächelnd an und fragte: »Ist dir schon besser?«

Sie nickte. »Entschuldige meinen Auftritt vorhin.«

»Aber ich bitte dich, Edith.«

Sie sah betreten drein. »Ich habe also die ›vorzeitige Retraktion‹ verursacht, nicht wahr?«

»Es sind ihr bei ihren Sitzungen gewiß schon ärgere Dinge geschehen«, sagte er begütigend. »Sieh mal das an.« Er zeigte auf das Mikroskop.

Edith blickte hinein. Sie sah auf dem Objektträger eine Anzahl formloser Massen und Gruppen von ovalen und vieleckigen Körpern. »Was ist das?« fragte sie.

»Ein Stück Teleplasma in Wasser präpariert. Interessanterweise enthält es ausschließlich Substanzen dieser Welt. Was die Spiritisten als Ektoplasma bezeichnen, ist nichts anderes als Produkte aus dem Körper des Mediums, der Rest sind Gemische aus Fasern der Kleidung, pflanzliche Bestandteile, bakterielle Sporen, Stärkekörnchen, Staubteilchen etc. In der Hauptsache besteht es aber aus organischen Substanzen. Bedenke mal, was das bedeutet: organische Veräußerlichung von Gedanken; Geist, der zu Materie reduziert ist, der also wissenschaftlich erfaßt, gemessen und analysiert werden kann.« Er schüttelte den Kopf in tiefer Verwunderung. »Verglichen damit erscheint die Vorstellung von Geistern ganz einfach prosaisch.«

»Miß Tanner hätte also diese Figur aus ihrem eigenen Körper produziert?«

»Im wesentlichen, ja.«

»Und warum?«

»Um etwas zu beweisen. Diese Figur sollte zweifellos die Reproduktion von Belascos Sohn darstellen – ein Sohn, den es niemals gegeben hat.«

18.21 Uhr: Florence betrat den Speisesaal. »Guten Abend«, sagte sie.

Fischer lächelte kaum. Er sah ihr zu, wie sie Platz nahm, die Salate, die auf dem Tisch standen, musterte und sich die Serviette auf den Schoß legte. Dann hielt sie inne und sagte: »Wir sollten vielleicht auf die Barretts warten. Wo sind sie denn?«

»Essen Sie ruhig den Salat«, sagte er.

Florence wartete einen Augenblick, dann meinte sie: »Er sieht recht appetitlich aus, so frisch. Gut, daß wir das Dienerpaar haben, das für unser Essen sorgt.« Sie sah ihn an. »Wollen Sie auch?« Er schüttelte den Kopf. Ehe sie weitersprach, nahm sie etwas Salat, dann sagte sie: »Waren Sie eigentlich in Kontakt mit Belascos Sohn bei Ihrem letzten Hiersein?«

Ehe Fischer auf die halb vertraulich gestellte Frage antworten konnte, ertönten hinter ihnen die Schritte von Barrett und Edith.

»Guten Abend.« Barrett lächelte höflich. »Geht es Ihnen besser?«

Florence nickte: »Danke, ich bin schon wieder in Ordnung.«

»Freut mich wirklich«, sagte Barrett, schob Edith den Stuhl zurecht und setzte sich ebenfalls.

»Wir haben über Belascos Sohn gesprochen«, sagte Florence beiläufig.

»Ach ja, Belascos Sohn.«

Etwas in Barretts Ton ließ Florence hochfahren. Sie hatte ein feines Ohr für den spöttischen Tonfall in seiner Antwort. Er glaubte ihr nicht. Trotz aller für sie demütigenden Kontrollen, trotz der für sie deutlichen Manifestitionen, die für ein Wesen sprachen, das Belascos Sohn sein mußte, glaubt er ihr immer noch nicht. »Wird dieses Mißtrauen niemals aufhören, Dr. Barrett?« fragte sie. »Glauben Sie wirklich, daß ich ein Medium bin, das seine Sache nicht genauso ernst nimmt wie Sie die Ihre? Ich bin der Ansicht, daß Gott die Aufgabe der Medien darin sieht, seine Gegenwart dem Menschen näherzubringen.«

»Miß Tanner«, sagte Barrett, »ich weiß wirklich nicht, auf was Sie hinauswollen, aber –«

Er brach ab, denn die Kaffeetasse zerbarst in seiner Hand. Edith zuckte zurück, es verschlug ihr den Atem. Barrett war im Augenblick wie versteinert und starrte auf das Stückchen des Henkels der Tasse, das in seiner Hand verblieben war. Blut begann aus der Wunde in seinem Daumen zu sickern. Florences Schläfen begannen zu pulsieren. Fischer blickte ebenfalls verwundert umher. »Was, in Gottes Namen –?« begann Barrett von neuem.

Seine Stimme wurde durch ein Trinkglas übertönt, das neben seinem Teller explodierte, die Scherben flogen über den Tisch. Edith riß ihre Hände hoch, als plötzlich ihr Teller vom Tisch hochflog, sich seitlich bewegte und die darauf befindlichen Speisen über den Fußboden streute, ehe er aufschlug und in Stücke zerbrach. Sie mußte sich zur Seite beugen, da der obere Rand ihres Trinkglases absprang und quer über den Tisch zu Lionel flog. Barrett riß ein Taschentuch heraus und entging dem Glasbrocken mit knapper Mühe. Er wurde nur noch am Arm getroffen, dann sprang das Stück auf den Boden und zerbarst mit lautem Klang. Fischers Glas explodierte, doch er schützte sich, indem er sein Gesicht mit den Armen bedeckte.

Florences Teller sprang hoch, der Salat flog über den Tisch. Sie versuchte, nach dem Teller zu greifen, doch dieser änderte seine Richtung und flog geradewegs auf Barrett zu, der mit einer Kopfbewegung auszuweichen versuchte. Der Teller streifte sein Ohr, rollte über den Fußboden und zerschellte an der Wand.

Fischer sprang auf und wollte nach hinten entweichen. Er wurde durch den Stuhl, der gegen seine Kniekehlen stieß, an die Tischfläche gepreßt. Er sah, wie seine Kaffeetasse vom Tisch aufsprang und ihren Inhalt auf Barretts Hemd ergoß, als sie an seiner Brust zerschellte. Dann gab Fischers Stuhl plötzlich nach, und er sank in die Knie, sein Gesicht eine Maske ohnmächtigen Schreckens.

Barrett versuchte noch immer, das Taschentuch um seine Wunde zu legen, als die silberne Kaffeekanne umfiel, sich dann hochhob und über den Tisch auf ihn zuflog, während der Kaffee unterwegs ausrann. Barrett machte eine Bewegung, um ihr auszuweichen, rutschte auf den Speiseresten auf dem Fußboden aus, ruderte mit seinen Armen, um das Gleichgewicht wiederzugewinnen, und krachte hilflos zu Boden. Die Kaffeekanne erfaßte ihn dennoch an seiner Hüfte und ergoß den Rest des heißen Inhalts auf seine Kleidung. Er schrie auf, als die Hitze seine Haut verbrannte. Edith versuchte aufzustehen, um ihm zu helfen, doch auch ihr Stuhl schaukelte nach hinten und ließ sie die Balance verlieren. Ein Messer und ein Löffel flogen knapp an ihrer Wange vorbei.

Fischer schrie: »Unter den Tisch!« und warf sich auf den Boden, um die Tischplatte als Schild zu benützen, die anderen versuchten es ebenfalls. Die schweren Silberlampen begannen zu schwingen und erreichten bald einen beängstigenden, weiten Pendelausschlag. Zwei der Leuchter krachten zu Boden, die Funken stoben, als das Metall auf den Steinboden aufschlug.

Alle vier bemerkten zu ihrem Schrecken, daß der massive Tisch über ihnen zu schwanken begann und schließlich auf und nieder tanzte, wobei die schweren Holzbeine einen ohrenbetäubenden Lärm verursachten. Die Stühle, einer nach dem anderen, neigten sich nach hinten und fielen zu Boden. Es klang wie Gewehrschüsse, als die geschnitzten Rückenlehnen auf dem Steinboden aufknallten.

Urplötzlich schob sich der ganze Tisch über ihnen zur Seite und schlitterte über die blankpolierten Steinfliesen. Er landete in dem schmiedeeisernen Schutzgitter vor dem Kamin und verbog es zu einem grotesken Metallgebilde.

Dann herrschte Stille. Nur die verbliebenen Leuchter schwangen in immer kleiner werdenden Bögen. Edith neigte sich über Barrett. »Lionel?« Sie berührte seine Schulter. Er nickte mühevoll.

Florence saß benommen auf dem Fußboden und fragte: »Sind Sie in Ordnung, Dr. Barrett?« Er gab keine Antwort, richtete sich nur stöhnend auf und stützte sich auf die Tischplatte. Edith sah ihn beunruhigt an. »Lionel?« fragte sie.

»Morgen ist alles gut«, sagte er trocken und wickelte das blutige Taschentuch fester um den verletzten Daumen. Sein ganzer Körper schmerzte, Arme, Füße, Kinn, das Brustbein und natürlich sein krankes Bein. Der Daumen begann zu stechen.

Florence starrte zu ihm herüber. Warum hatte er nicht geantwortet? Plötzlich verstand sie. Barrett dachte wahrscheinlich, daß sie...

Inzwischen war Barrett, gestützt von Edith, hinausgehumpelt. Sie blieb mit Fischer allein. »Ben«, sagte sie, »es ist nicht wahr!«

Fischer drehte sich weg. Dann begann er sich langsam zu bewegen. »Ich glaube, Sie sollten nicht mehr hierbleiben«, sagte er. »Das letztemal, 1940, da war ich das Werkzeug, mit dem die anderen vernichtet wurden. Jetzt sind Sie es!«

Er schlurfte hinaus.

18.48 Uhr: Barrett setzte sich mühsam auf. »Meinen Handkoffer«, murmelte er. Edith ließ seinen Arm los und eilte zu dem Tischchen, auf dem die Handtasche mit der Reiseapotheke stand. Dann kam sie damit zu seinem Bett zurück. Er hatte inzwischen begonnen, den Notverband vorsichtig abzunehmen. Er biß vor Schmerzen die Zähne aufeinander.

Der Anblick des tiefen, blutigen Schnittes erschreckte Edith. »Shhhh«, machte sie. »Das kommt schon in Ordnung«, meinte Barrett, mehr, um sie zu beruhigen, denn der Schmerz war stark, und im Daumen hatte es zu hämmern begonnen. Er nahm Sulfapillen aus einem Behälter. »Etwas Wasser, bitte.« Sie brachte es aus dem Badezimmer. Er nahm etwas Wasser und spülte die drei Tabletten damit herunter. Dann nahm er eine Gazerolle, brach das Siegel und reichte sie Edith. Sie schüttelte den Kopf und sagte: »Das muß genäht werden.«

»Ich glaube nicht.« Barrett biß die Zähne aufeinander, als sie den Finger umwickelte. »Mach es nur fest.«

Als der Daumen versorgt war, schob er sein Hosenbein in die Höhe. Ein dunkelroter Brandfleck wurde sichtbar. Edith sagte bestürzt: »Du mußt zum Arzt, Lionel.«

»Gib etwas Brandsalbe drauf.«

Sie sah ihn einen Augenblick lang unschlüssig an, dann kniete sie nieder und tupfte etwas von der gelben Brandsalbe auf die Stelle. Der Schmerz ließ Barrett aufstöhnen, doch er kontrollierte mit geschlossenen Augen seinen Gesichtsausdruck, da er wußte, daß sie ihn besorgt anblickte.

Edith legte etwas Gaze auf und umwickelte das Bein mit einer neuen Verbandrolle. Barrett stöhnte wieder und drehte sich auf die andere Seite. »Ich komme mir vor wie eine Puppe beim Erste-Hilfe-Kurs«, sagte er mit einem müden Versuch, zu scherzen.

»Lionel, gehen wir weg von hier.«

»Warum soll ich aufgeben, nur weil ich sie geärgert habe?«

»Du meinst« – Edith zögerte –, »*sie* hat das alles getan?«

»Mit Hilfe der hier vorhandenen Kräfte«, sagte er, »die sie zu Poltergeist-Phänomenen umgewandelt hat. Das Ganze ist natürlich unbewußt von ihr mobilisiert worden, doch kann sie damit einen ganz hübschen Schaden anrichten, das hast du ja gesehen. Aber ich werde den gleichen Fehler nicht noch mal machen.«

»Ist es wirklich so wichtig, daß wir bleiben?« fragte sie.

Lionel antwortete ruhig: »Du weißt, es bedeutet alles für mich.« Edith nickte. Noch fünf ganze Tage, dachte sie mit Grauen.

20.09 Uhr: Florence ging unruhig auf und ab, während dieselben Gedanken wieder und wieder durch ihren Kopf kreisten. Hatte Barrett recht? Sie konnte beim besten Willen nicht daran glauben. Und doch waren Beweise dafür vorhanden. Sie *war* ja wütend geworden. Die Poltergeist-Phänomene hatten hauptsächlich ihn zur Zielscheibe gehabt. Sie fühlte sich niedergeschlagen wie immer, wenn sie eine Séance hinter sich hatte.

Nein, sie konnte das nicht gelten lassen. Sie respektierte Dr. Barrett, liebte ihn sogar als ein menschliches Wesen, als eine brüderliche Seele. Sie würde lieber sterben, als ihm etwas anzutun. Sicher, ganz sicher!

Ein Lächeln spielte um ihre Lippen. Sie stand auf, durchquerte den Raum und ging in den Korridor. Sie sah auf ihre Uhr; sie waren bestimmt noch wach. Vor Barretts Tür angekommen, klopfte sie viermal kurz an.

Edith öffnete. Über ihre Schulter hinweg konnte Florence auf Dr. Barrett sehen. Er saß im Bett, die Beine unter der Decke.

»Könnte ich Sie sprechen? Nur einen kurzen Moment.«

Sein Gesicht zeigte deutlich die heftigen Schmerzen, doch er sagte: »Kommen Sie, bitte.«

Edith trat beiseite, und Florence ging zu Barretts Bett. »Ich weiß jetzt, was geschehen ist«, sagte sie. »Das war nicht ich, es war Belascos Sohn.«

Barrett sah sie an, antwortete aber nicht.

»Merken Sie es denn nicht? Er will uns auseinanderbringen. Wenn wir uneinig werden, dann bedeuten wir keine Gefahr mehr für ihn.«

Barrett schwieg noch immer.

»Bitte glauben Sie mir«, sagte Florence. »Ich weiß, daß ich recht habe, er will, daß wir Feinde werden.« Sie sah ihm fest in die Augen. »Wenn Sie mir nicht glauben, dann hat er gewonnen, das ist doch völlig klar.«

Barrett seufzte. »Miß Tanner –«

»Ich will gleich morgen noch eine Sitzung für Sie machen«, unterbrach sie ihn, »und Sie werden selbst sehen –«

»Es werden keine Sitzungen mehr gemacht.«

Florence sah ihn ungläubig an. »Keine Sitzungen mehr?«

»Es ist nicht mehr nötig.«

»Aber wir haben doch eben erst angefangen. Wir können doch jetzt nicht unterbrechen, wo wir so viel zu erfahren haben.«

»Ich habe erfahren, was ich wissen will.« Barrett spürte wieder starke Schmerzen, und er befürchtete, die Geduld zu verlieren.

»Sie denken also immer noch, ich sei es gewesen, die –«

»Ich denke es nicht nur, ich weiß es, Miß Tanner« unterbrach er sie. »Und jetzt bitte, verlassen Sie mich, ich habe starke Schmerzen.« Seine Stimme war jetzt schneidend.

»Das kann ich sehen –«, begann sie von neuem.

»Miß Tanner –«, bat Edith.

Florence sah sich um. Sie hätte um alles in der Welt versucht, Barrett zu überzeugen, aber der besorgte Blick in Ediths Augen ließ sie innehalten. Sie sah noch einmal zu Barrett zurück.

»Sie sind im Irrtum«, sagte sie und ging daraufhin zur Tür. »Tut mir wirklich leid«, meinte sie leise zu Edith, »bitte verzeihen Sie mir.«

Sie hatte sich in der Gewalt, bis sie in ihr Zimmer zurückgekehrt war. Dort setzte sie sich auf die Bettkante und begann zu weinen. »Sie irren sich«, flüsterte sie. »Sehen Sie das wirklich nicht ein? Sie irren sich. Sie irren sich.«

22.18 Uhr: Edith lag auf dem Rücken und blickte an die Decke. Dutzende von Malen hatte sie schon versucht, die Augen zu schließen, aber der Schlaf wollte nicht kommen. Sie war hellwach.

Sie drehte den Kopf zur Seite und blickte auf den schlafenden Lionel neben sich. Kein Wunder, er brauchte Schlaf, nach alldem, was er durchgemacht hatte. Sie war entsetzt gewesen, als sie ihm beim Auskleiden geholfen und den Pyjama übergezogen hatte. Der ganze Körper war mit leichten und schwereren Verletzungen bedeckt, die sich langsam zu verfärben begannen.

Sie schloß wieder die Augen, doch ihre Unruhe war zu stark. Sie stand vorsichtig auf, rieb sich die Augen, blickte umher und dachte, wie gut es wäre, jetzt ein Buch zu haben, das sie ablenken könnte. Zur Rechten des Kamins stand ein Schränkchen mit einer Flügeltür. Sie öffnete sie und entdeckte zu ihrer Freude einige ledergebundene Bände. Die Bezeichnungen auf den Buchrücken waren schwer erkennbar. Sie zog einen Band heraus, er handelte von militärischer Taktik im 18. Jahrhundert. Ein anderer Band war in Latein verfaßt. Seufzend zog sie ein größeres, in blaues Leder gebundenes Werk heraus, dessen Seiten mit Goldschnitt versehen waren.

Das Buch war innen hohl. Als sie den Deckel öffnete, fiel ein Stoß Fotografien heraus und flatterte auf den Teppich. Als sie sich bückte, um sie aufzuheben, fiel ihr Blick auf die vergilbten Bilder. Ihr Herzschlag beschleunigte sich.

Sie mußte schlucken, dann hob sie ein Foto auf. Ein Zittern rann durch ihren Körper. Das Bild zeigte zwei Frauen in sexueller Umarmung. Alle Fotos waren pornographisch – Männer und Frauen in vielen Stellungen. Auf einigen konnte man erkennen, daß die Männer und Frauen auf dem großen Tisch in der Halle ihre perversen Spiele trieben, während andere als Zuschauer mit geilen Blicken die Szenen verfolgten.

Edith preßte die Lippen zusammen, sammelte alle Fotos auf und machte ein Bündel daraus. Wirklich ein greuliches Haus, dachte sie. Sie legte das Bündel wieder in das Buch und schob es in das Regal zurück. Als sie die Flügeltür schließen wollte, sah sie im oberen Regal eine Brandyflasche mit zwei silbernen Schalen auf einem Tablett stehen.

Sie ging zu ihrem Bett zurück. Es war kühl. Sie zitterte etwas. Kalt, dachte sie, sah Lionel an, der ruhig weiterschlief, und legte vorsichtig ihre Hand auf die seine. Wenn sie nur neben ihm liegen könnte! Nicht wegen Sex, nur, um seine Wärme zu fühlen.

Nein, nicht wegen Sex. Sie schloß die Augen. Hatte sie jemals Sex von ihm gewollt? Er war zwanzig Jahre älter als sie, und außerdem hatte ihn die Kinderlähmung praktisch impotent gemacht.

Sie räkelte sich auf dem Rücken und sah an die Decke. Was ist nur los mit mir? dachte sie. Nur weil meine Mutter mir einreden wollte, Sex sei schlecht und unwürdig, muß ich doch nicht das ganze Leben Angst davor haben? Meine Mutter war eine verbitterte Frau, verheiratet mit einem Trunkenbold und Schürzenjäger. Ich habe einen ganz anderen Mann. Für mich gibt es diesen Grund nicht. Ganz und gar nicht.

Plötzlich setzte sie sich auf und blickte erschreckt umher. Jetzt sieht mir wieder jemand zu, dachte sie. Sie fühlte, wie sich die Haut im Genick zusammenzog. Die Kopfhaut begann zu prikkeln. Jemand sieht mich an und weiß, was ich fühle!

Sie sah zu ihrem schlafenden Gatten hinüber. Wecken kam nicht in Frage, er brauchte den Schlaf. Er würde ihr nur wieder sagen, daß es keine Geister gäbe. Und er wußte es. Sie schloß die Augen. Es gibt keine Geister, sagte sie zu sich selbst. Niemand sieht mir zu. Es gibt keine Geister. Lieber Gott im Himmel, es gibt keine Geister.

23.23 Uhr: Fischer riß den Blechverschluß einer Bourbonflasche ab und drehte die Kappe auf. Er goß sich etwas in ein Glas und stellte die Flasche hin. Dann schwenkte er das Glas und ließ den Inhalt kreisen. Seit Jahren hatte er nichts mehr getrunken. Ob es ein Fehler war, wieder damit anzufangen? Es gab eine Zeit, da konnte er nicht mehr aufhören, wenn er einmal damit angefangen hatte. Er wollte bestimmt nicht wieder auf diese Stufe zurücksinken. Besonders hier nicht.

Er nahm einen Schluck, verzog das Gesicht zu einer Grimasse, als das Getränk durch die Kehle jagte, mußte husten, und seine Augen tränten. Er rieb sie mit den Fingern. Dann lehnte er sich an den Wandschrank und genoß den Bourbon in kleinen Schlückchen. Er wärmte die Kehle und beruhigte angenehm die mitgenommenen Nerven. Als er weitertrank, dachte er über das Haus nach. Was hatte es wohl diesmal vor? Daß ein Plan existierte, daran bestand kein Zweifel. Darin bestand ja gerade das Grauen hier. Es war nicht ein einfaches Haus, in dem es spukte, mal hier, mal da. Das Höllenhaus hatte Methode. Es arbeitete gegen Eindringlinge völlig systematisch. Wie das möglich war, hatte bisher niemand herausfinden können.

Die Korridortür wurde geöffnet, und Florence trat ein. Sie sah erschöpft und gequält aus.

»Warum sind Sie noch auf?« fragte sie.

»Und warum schlafen Sie noch nicht?«
»Ich suche Belascos Sohn.«
Er sagte nichts.
»Sie glauben auch nicht an seine Existenz, nicht wahr?«
Fischer wußte nicht, was er antworten sollte.
»Ich werde ihn finden«, sagte sie und wandte sich zum Gehen.
Er überlegte einen Augenblick, ob er sie begleiten sollte.
Nein. Alles geschah immer in ihrer Gegenwart, ein Zeichen dafür, daß sie zu offen für alles war. Er wollte keine neuen Erfahrungen, für heute hatte er genug. Ihre Schritte verklangen, es war wieder alles still.
Fischer saß bewegungslos und nippte an seinem Bourbon. Er fühlte, daß er jetzt etwas allein unternehmen sollte, vielleicht eine andere Methode versuchen mußte, um zu den Geheimnissen des Hauses zu gelangen. Es mußte etwas sehr Kluges sein, etwas, das die Methode des Hauses zunichte machte. Ein Plan gegen den Plan, sozusagen. Aber wie?
Nach einigen Minuten stellte er seinen Drink weg, sprang auf und ging zur Eingangshalle. Mal einen Rundgang machen, dachte er, aber allein, ohne Florence Tanner, die seine Gedanken nur ablenken würde.
Er durchquerte den Raum und hielt plötzlich inne, sein Herz klopfte. Eine Gestalt kam die Treppe herunter. Fischer blinzelte, um besser zu sehen, wer es sein konnte. Das Licht auf der Treppe war schwach.
Es war Edith in einem hellblauen Pyjama, ihre Augen starrten ausdruckslos vor sich hin. Er mußte handeln, es war ein klarer Fall von Somnambulismus. Er ging auf sie zu, faßte sie behutsam am Arm und sagte: »Kommen Sie mit.«
Sie zitterte in der kalten Eingangshalle. Er führte sie schnell in die große Halle, wo die Glut im Kamin noch nicht ausgegangen war. Er nahm ein Scheit und warf es auf die Glut, faßte die Feuerzange, schürte Glut um das Scheit, und bald begannen die Flammen emporzuzüngeln. »So, das ist besser«, sagte er ruhig. Er sah sie an. Sie starrte auf die Kaminumrandung, ihr Gesichtsausdruck war angespannt, aber undeutbar. Fischer blickte auf die Stelle, die Edith so fest fixierte. Es waren pornographische Schnitzereien auf dem Kaminsims, die er bisher noch nicht bemerkt hatte...
Als sie begann, das Oberteil ihres Pyjamas aufzuknöpfen, wuß-

te er nicht, wie er jetzt vorgehen mußte. »Was tun Sie denn?« fragte er. Sein Herzschlag wurde schneller, als sie die Pyjamajakke über den Kopf zog und zu Boden warf. Sie hatte eine Gänsehaut, schien aber keine Kälte zu verspüren. Dann begann sie, die Pyjamahose abzustreifen. Ihre ausdruckslosen Augen waren entnervend. »Lassen Sie das«, sagte er ihr.

Anscheinend hörte sie ihn nicht. Sie zog die Pyjamahose mit einiger Anstrengung herunter und ließ sie über die Beine zu Boden gleiten. Dann stieg sie darüber hinweg und bewegte sich auf Fischer zu. »Nein«, sagte er halblaut, als sie zu ihm kam. Mit einem Seufzer preßte sie ihren Körper gegen seinen und legte ihre Arme um seinen Hals. Dann drängte sie ihre Flanken gegen ihn. Als sie seinen Hals küssen wollte, gab es ihm einen Ruck, denn gleichzeitig glitt ihre Hand hinunter und griff nach ihm. Er wich nach hinten aus. Ediths Augen waren ausdruckslos. Er nahm sich zusammen und schlug sie, so stark er konnte.

Edith drehte sich, gab einen Laut von sich und fiel beinahe zu Boden. Fischer packte ihren Arm und stellte sie wieder auf die Füße. Sie sah ihn an, Schock in den Augen. Dann blickte sie an sich hinunter und rang nach Luft. Sie befreite sich so heftig von seinem Griff, daß sie neuerlich wankte und beinahe stürzte. Als sie das Gleichgewicht wiedergefunden hatte, griff sie hastig nach dem Pyjama am Boden und hielt ihn vor ihren Körper.

»Sie haben schlafgewandelt«, sagte er zu ihr. »Ich sah Sie die Treppe hinuntergehen, anscheinend wollten Sie ins Freie, vielleicht in den Tümpel.«

Sie antwortete nicht. Die Augen vor Angst weit offen, ging sie rückwärts von ihm weg auf die Treppe zu.

»Mrs. Barrett, das war das Haus –«

Er brach ab, denn sie drehte sich um und rannte quer durch den Raum. Er drehte sich um und starrte ins Feuer.

Jetzt hatte das Haus auch sie in der Gewalt.

23.56 Uhr: Irgend etwas zog sie in Richtung Keller. Florence schritt die Stiegen hinunter und stieß die Schwingtür auf, die zum Swimmingpool führte. Sie erinnerte sich an das Gefühl, das sie gestern hatte, als sie mit Fischer einen Blick in den Dampfraum geworfen hatte: ein Gefühl von etwas Ungutem, Pervertiertem.

Ihre Schritte hallten und widerhallten, als sie am Becken entlangging. Trotz ihrer Müdigkeit fühlte sie deutlich, daß sie nicht einschlafen würde, ehe sie sich selbst nicht den Beweis geliefert hatte, daß Belascos Sohn keine Einbildung war. Sie blickte in die Dampfkammer, die jetzt in Betrieb war. Man hatte also die nötigen Reparaturen ausgeführt. Sie blickte kurz in das wolkige Halbdunkel, fühlte ziemlich genau eine bösartig aufgeladene Atmosphäre; doch sie war ebenso sicher, daß dies nichts mit Belascos Sohn zu tun hatte. Andererseits, wenn Belascos Sohn nicht hier war, warum hatte es sie so stark in den Keller gezogen? Es gab doch nur das Schwimmbecken und das Dampfbad. Nein, das stimmte nicht; jetzt erinnerte sie sich. Gegenüber im Korridor war noch der Weinkeller.

In dem Augenblick, als sie sich darüber klar wurde, schien ihr, als ob diese Erkenntnis in ihr förmlich explodierte. Ein erregtes Lächeln spielte um ihre Lippen, als sie durch die Schwingtür auf den Gang und zur Kellertür strebte, die sie sofort öffnete. Mit der Hand versuchte sie den Lichtschalter zu ertasten. Sie fand ihn, drückte ihn herunter, und die dünne Deckenbeleuchtung, verfinstert durch jahrelangen Schmutz, warf ein schwaches Licht in den Raum.

Florence ging hinein und sah sich um. Ihre Empfindungen waren so intensiv, daß ihre Blicke beinahe automatisch auf eine Stelle fielen, an der die leeren Flaschengestelle an der Wand ein kleines Stück Mauer frei ließen. Sie starrte darauf. Jawohl, dachte sie. Sie ging darauf zu.

Sie schrie auf, als unsichtbare Hände sie an der Gurgel packten. Sie ergriff sie und begann, sich von ihnen zu befreien. Sie waren kalt und feucht. Es gelang ihr, die Hände wegzureißen, und sie taumelte dabei zur Seite. Dann ging sie wieder gegen die Wand vor. Die Hände ergriffen ihren Arm und drehten ihn seitwärts. Sie rollte über den Boden und stieß an ein Weingestell. »Nicht«, rief sie, »ich bin hier, um zu helfen.« Die Hände ließen nicht lokker. Jetzt hatten sie ihre Schultern gepackt. Sie flog gegen die Tür, doch gelang es ihr, das Gleichgewicht zu bewahren. »Du wirst mich nicht irremachen«, sagte sie entschlossen. Dann begann sie wieder, vorwärts zu streben und betete dabei mit sanfter, aber unbeirrbarer Stimme. Die Hände packten sie wieder. Sie entwand sich ihnen und sprach laut und deutlich: »Im Namen des Vaters, des Sohnes und des Heiligen Geistes!« Florence stürzte zur Wand vor und stemmte sich dagegen. Jetzt war sie sich völlig sicher. »Ja«, rief sie. Visionsartig leuchtete es in ihr auf: ein junger Mann, gefangengehalten an einem furchterregenden Ort. Er sah sie bittend an. Sie schluchzte vor Freude. »Daniel!« Sie hatte ihn gefunden! »Daniel!«

23. Dezember 1970

6.47 Uhr: Ein Schrei, der von außen in das Zimmer drang, schnitt wie ein Messer in Ediths Schlaf. Sie zuckte zusammen, öffnete die Augen und starrte verwirrt nach oben. Neben ihr raschelte es, sie fuhr herum und sah Lionel, der sich in seinem Bett auf die Ellbogen gestützt aufgesetzt hatte. Er blickte sie an. »Was war das?« fragte sie.

Barrett schüttelte den Kopf.

»Ich meine den Schrei.«

Barrett sagte noch immer nichts.

Der zweite Schrei ließ ihren Atem stocken. Auch Barrett hielt die Luft an. »Miß Tanner.« Er ließ seine Beine über den Rand der Matratze gleiten und suchte mit den Füßen nach seinen Hausschuhen. Edith setzte sich auf. Sie sah, wie Barretts Beine nachgaben und er gegen das Bett sackte. »Sshhh«, zischte er vor Schmerz, als er seinen Daumen benützen wollte.

»Bist du nicht zu krank?« fragte sie besorgt.

»Es geht schon«, meinte er und humpelte, mühsam auf den Stock gestützt, zur Tür. Edith folgte ihm und knöpfte im Gehen ihren Morgenrock zu. Sie blickte hinüber zu Fischers Zimmer. Er mußte den Schrei bestimmt gehört haben.

Barrett hielt vor der Tür zu Florences Zimmer an und klopfte dreimal kurz an. Als keine Antwort erfolgte, öffnete er und ging hinein. Der Raum war dunkel. Edith fühlte ihre Spannung ins Unerträgliche wachsen, als Lionel nach dem Schalter tastete und das Licht anknipste.

Florence Tanner lag auf dem Rücken, die Arme über der Brust gekreuzt. »Was fehlt Ihnen?« fragte er. Edith stand hinter ihm.

Florence blickte ihn nur mit schmerzverzerrtem Gesicht an. Er beugte sich trotz seiner starken Schmerzen zu ihr herunter und fragte: »Miß Tanner, was haben Sie?«

Sie zog langsam ihre Arme zurück, und Edith sah, wie er den

Schlafanzug des Mediums aufknöpfte, auf dem zwei feuchte Lappen lagen, einer auf jeder Brust. Als Barrett das Hemd beiseite schob, zuckte Edith zurück.

Tiefe Bißspuren umsäumten die beiden Brustwarzen des Mediums. Florence schob mit einer konvulsivischen Bewegung die Decke hoch, und ein Schluchzen kam aus ihrer Kehle. Sie versuchte, es zu unterdrücken. »Wehren Sie sich nicht, weinen Sie, Miß Tanner«, sagte Barrett zu ihr. Florence schluchzte, und Tränen rannen über ihre Wangen.

Fischer trat ein und trat zu ihnen ans Bett. »Was ist denn geschehen?« fragte er.

Nach kurzem Zögern schob Florence die Decke von ihren Brüsten, und als Edith die Bißwunden wieder sah, mußte sie sich zurückhalten, um nicht laut zu stöhnen.

»Er richtet mich arg zu«, sagte Florence. »Ich habe ihn gestern abend gefunden. Er ist Daniel Belasco.«

Es wurde sehr still im Zimmer. Barrett sah etwas verlegen drein. Florence gelang ein kleines Lächeln. »Nein, ich bilde es mir nicht ein.« Sie legte eine Hand auf ihre Brust. »Das da habe ich mir bestimmt nicht eingeredet!«

Barrett machte eine hilflose Geste.

»Sein Leichnam ist im Weinkeller. Wollen Sie mir helfen, ihn zu exhumieren?«

»Ich würde es tun, aber nach den gestrigen Ereignissen bin ich beim besten Willen nicht zu körperlicher Anstrengung fähig«, sagte Barrett.

Florence wandte sich an Fischer. »Wollen Sie mir bitte helfen?«

Fischer sah sie schweigend an. Edith war es plötzlich klar, daß er den Schrei Florences bestimmt auch gehört hatte, aber zu ängstlich gewesen war, hereinzukommen, ehe Lionel erschienen war. Jetzt hatte er Angst, zu helfen.

Als Fischer nicht antwortete, biß Florence die Zähne zusammen und hielt ein Schluchzen zurück. »Gut, dann mache ich es eben allein.« Der Schmerz der Bißwunden schien sie zu überwältigen, und sie schloß die Augen.

»Ich werde Ihnen helfen«, sagte Fischer plötzlich.

Florence öffnete die Augen und lächelte mühsam. »Danke Ihnen, Ben.«

Barrett blickte anerkennend zu Florence und meinte: »Ich kann Ihnen zwar nicht helfen, aber wir kommen natürlich mit herunter.«

Edith fühlte es plötzlich kalt über den Rücken rieseln.
Was erwartete sie da unten im Weinkeller?

7.29 Uhr: Fischer trieb das Brecheisen in die Wand und lockerte mit Mühe ein weiteres Stück Mauerwerk. Es hatte mehr als zwanzig Minuten gedauert, um ein kleines Loch, nicht größer als eine Faust, in die harte Wand zu schlagen. Seine Hosen und die Tennisschuhe waren mit Mörtelstaub bedeckt. Er mußte niesen, weil der Staub ihm in die Nase stieg, wandte sich ab und blies in sein Taschentuch. Florence sah ihm gespannt zu. Sie lächelte mühsam. »Ich weiß, es ist schwer.«

Fischer nickte, hob das Brecheisen und rammte die Spitze in die kleine Öffnung. Ein kleines Mauerstück fiel auf die Erde. »Das kann den ganzen Tag dauern, wenn es so weitergeht«, sagte er.

Barrett wurde ungeduldig und wollte gehen. Florence hielt ihn zurück. »Warten Sie bitte nur noch eine kleine Weile, ich werde Mr. Fischer ablösen«, doch dieser ließ nicht locker. Er hieb das Eisen mit großer Anstrengung in die Mauer, und als er es herauszog, zeigte sich deutlich ein handbreiter Spalt.

»Warten Sie«, sagte er, etwas außer Atem, zur Barrett. Er nahm seine Taschenlampe und hielt sie in die Öffnung.

»Was sehen Sie?« Florence konnte ihre Spannung kaum mehr meistern.

Fischer versuchte, durch die staubige Öffnung in das Innere des Hohlraumes zu sehen, der anscheinend vorhanden war. Er blies hinein, leuchtete dann nochmals mit seiner Lampe und meinte: »Sieht aus wie ein Strick.« Dann griff er mit der Hand in die Öffnung und umklammerte mit seinen Fingern das staubige Seil. Er versuchte zu ziehen, doch es gab nicht nach. Er zog stärker, es bewegte sich etwas. Als er nachließ, rutschte es zurück, so, als ob am anderen Ende etwas befestigt sei.

Florence hielt den Atem an. »Ein Gegengewicht?«

Fischer packte nochmals das Brecheisen und stieß das abgeschrägte Ende mehrmals in die Randpartien des Loches, um es zu vergrößern. Dann warf er es weg und steckte beide Hände in die Öffnung. Er packte das Seil und zog es nach oben. Der Widerstand war zu groß. Die eigene Neugier verlieh ihm neue Kräfte. Er nahm sich zusammen, packte das Seil, stemmte seinen Kopf gegen die staubige Mauer und zog mit zusammengebissenen

Zähnen. Beweg dich, du verfluchtes Zeug, dachte er, gib doch nach!

Mit einem Male schnappte das Seil hoch, und Fischers rechtes Handgelenk schlug gegen den oberen Ziegelrand des Loches. Er riß seine Hände zurück. Als er die kleine Wunde ansah, hörte man ein polterndes Geräusch im Innern der Wand. Er blickte hin und sah zu seinem Erstaunen, daß ein Teil der Wand zu schwanken begann. Neben ihm stand Florence, Nerven und Sinne angespannt, und starrte auf die schwankende Mauer.

Fischer zog die Lippen zurück, eine Grimasse von Spannung und Erschöpfung zugleich. Der Seufzer der Erleichterung, den Florence ausstieß, berührte ihn eigenartig.

In dem kleinen Hohlraum, an die hintere Wand gefesselt, hingen die mumifizierten Reste eines Mannes.

»Edgar Allan Poes nachgelassene Werke«, murmelte Barrett.

»Ich sagte Ihnen, daß er hier sein muß«, stieß Florence hervor.

Fischer starrte auf die grauen, pergamentartigen Formen der Leiche. Die Augen waren wie schwarze, harte Kirschen, die Lippen waren zurückgezogen und schienen in einem tonlosen Schrei erstarrt. Es war klar, er war noch lebend an die Mauer gefesselt worden.

»Nun, Doktor?« fragte Florence.

»Was ich sehe, ist die Mumie eines Mannes. Wieso wissen sie, daß es Daniel Belasco ist?«

»Ich *weiß* es«, sagte sie.

»Ohne Zweifel, ohne den geringsten Zweifel?«

»Natürlich.« Sie konnte die Frage kaum begreifen.

Barrett lächelte. »Ich denke, das verlangt noch andere Beweise.«

Florence starrte ihn an. »Sie haben ganz recht«, sagte sie schroff. Sie wandte sich der Maueröffnung zu, griff nach der rechten Hand der gefesselten Leiche und nestelte an einem der Finger. Fischer sah, daß sie einen Ring abzog. »Hier.« Sie hielt ihn Barrett entgegen.

Barrett zögerte, ehe er ihn ergriff. Fischer sah zu Edith. Sie blickte besorgt auf ihren Mann. Dann sah er Barrett an. Der Physiker gab den Ring zurück, auf seinen Lippen ein säuerliches Lächeln. »Sehr gut«, sagte er.

»Glauben Sie mir jetzt?«

»Ich muß darüber nachdenken.« Florence wollte protestieren. Er ließ sie nicht zu Wort kommen. »Ich benötige etwas mehr Zeit, um diese Information zu verarbeiten und meine Schlüsse daraus zu ziehen. Immerhin möchte ich Ihnen schon jetzt sagen, daß ein Ring am Finger einer Leiche nicht imstande sein wird, die wissenschaftlich fundierten Überzeugungen eines ganzen Lebens umzuwerfen.«

»Aber Doktor, ich will ja Ihre Überzeugungen gar nicht umwerfen. Was ich Ihnen biete, ist doch Zusammenarbeit. Können Sie denn nicht annehmen, daß wir beide im Recht sind?«

Barrett schüttelte den Kopf. »Leider nein, ich kann und werde das niemals annehmen.« Er drehte sich kurz um und humpelte zum Korridor. »Kommst du, Liebling?« fragte er. Edith sah einen Moment zu Florence hinüber, dann drehte sie sich um und folgte ihrem Mann. Fischer nahm den Ring von Florence. Er war aus Gold und hatte ein ovales Wappen.

Es bestand aus zwei verschnörkelten Buchstaben, aus den Anfangsbuchstaben »D. B.«.

8.16 Uhr: Seit etwa zwanzig Minuten hatten sie schweigend gegessen. Dann schob Barrett seinen Teller beiseite und zog die Kaffeetasse zu sich. Er blickte über den Tisch zu dem EMR-Anzeiger. Unangenehm, daß man an dem gleichen Tisch essen mußte, auf dem die Apparate standen. Aber es gab keine andere Möglichkeit, denn der Speisesaal war nach den gestrigen Ereignissen ein Trümmerhaufen.

Edith saß bewegungslos, die Hände um die Kaffeetasse gelegt. Sie sah aus wie ein verschrecktes Kind.

Er wußte, was sie verstörte. »D. B. muß nicht unbedingt Daniel Belasco bedeuten«, sagte er.

Sie schien nicht überzeugt.

»Es könnte auch David Barth, Donald Bascomb oder«, er lächelte, »Doktor Barrett heißen.«

»Ja, aber –«

»Andererseits könnte es natürlich auch Daniel Belasco heißen, wenn man annimmt, daß es einen solchen überhaupt gegeben hat.«

»Ist denn die ganze Sache im Keller dafür kein Beweis?«

»Wichtig ist nicht der Beweis, wichtig ist, wer ihn gefunden hat.« Barrett lächelte. »Sieh mal, Miß Tanner ist doch tatsächlich ein höchst sensibles Medium. Sie, und nur sie, kann die freien Kräfte, die sich in so großer Zahl in diesem Haus herumtreiben, mobilisieren. Daß sie es tut, wenn auch vielleicht unbewußt, darüber kann es keinen Zweifel geben, denn sie will damit beweisen, daß sie mit ihrer Idee über Belascos Sohn im Recht ist.«

Edith sah immer noch besorgt drein. Barrett wußte, daß sie ihm gern glauben würde, doch brachten sie die Tatsachen aus der Fassung. »Und was bedeuten die Bißspuren?« sagte er.

Sie sah auf.

»Das ist doch, was du fragen wolltest?«

Sie lächelte nur wenig. »Bist du auch ein Medium?«

Barrett kicherte. »Nicht im geringsten. Es ist nur die einzige Sache, über die du dir nicht im klaren bist.«

»Lionel –« Edith war jetzt mehr denn je verwirrt. »Du wirst doch nicht sagen wollen, es seien keine Bißspuren?«

»Es könnten welche sein«, sagte er. »ich bin nur völlig sicher, daß sie nicht von Daniel Belasco stammen.«

»Aber sie selbst kann es doch wohl nicht gewesen sein.«

»Wahrscheinlich nicht, obwohl auch das nicht unmöglich wäre«, sagte er. »Aber nach meiner Auffassung sind die Verletzungen in die Kategorie der Stigmata einzureihen.«

Sie seufzte. »Und was wird jetzt weiter geschehen?«

»Was geschehen wird, ist, daß heute morgen meine Maschine geliefert wird und ich bis morgen den sogenannten Fluch des Höllenhauses mit den Mitteln der Wissenschaft ausgetrieben haben werde.«

Fischer erschien in der großen Halle, seine Kleider und Hände mit Erdspuren bedeckt. Er sagte nichts, setzte sich, schüttete sich eine Tasse Kaffee aus der Kanne ein und zündete eine Zigarette an.

»Kommt Miß Tanner nicht zum Frühstück?« fragte Barrett.

»Im Moment möchte sie allein bleiben«, sagte Fischer.

Barrett nickte, dann nahm er seinen Stock, stellte sich mühsam auf die Beine, zog eine Grimasse des Schmerzes, als er das Gewicht auf das verbrannte Bein verlagerte, und hinkte zur Treppe. Edith war gleichzeitig aufgestanden und ging neben ihm. »Er scheint ziemlich mitgenommen zu sein«, sagte er, als sie zur Eingangshalle kamen.

»Mmmm.«

Er sah sie an. »Du übrigens auch.«

»Das Haus«, sagte sie nur.

»Natürlich.« Er lächelte. »Warte nur bis morgen. Du wirst staunen, wie sich das verändern wird.«

Er blickte mit einem zufriedenen Lächeln umher. Jemand klopfte an der Eingangstür. »Meine Maschine«, sagte er.

8.31 Uhr: »Und so hat dieser geschundene Körper den Geist freigegeben, der nie mehr zu ihm zurückkehren wird. Dieser Körper hat seinen Zweck erfüllt, er ist nutzlos geworden. Erde zu Erde, Asche zu Asche, Staub zu Staub. Amen.«

Sie hatte die Worte des Bestattungsritus nun schon dreimal gesprochen, das erste Mal, als sie und Fischer den Leichnam Daniel Belascos zur ewigen Ruhe gebettet hatten, und noch zweimal, nachdem sie in ihr Zimmer zurückgekehrt war. Nun konnte seine Seele Frieden finden.

Es war draußen bitter kalt gewesen, die Erde steinhart gefroren. Sie hatten Fischers Versuch, ein Grab zu schaufeln, schließlich aufgeben müssen, hatten dann an einer etwas abgelegenen Stelle eine kleine Grube gefunden, in die sie den Leichnam hineinlegten und dann mit Blättern und Steinen notdürftig bedeckten. Dort hatte sie die rituellen Worte gesprochen, den Kopf gebeugt, die Augen geschlossen.

Sie griff in die Tasche ihrer Wolljacke und holte Daniels Ring hervor, hielt ihn in der Hand und schloß die Finger um ihn.

Die Bilder erschienen augenblicklich. Sie sah ihn: dunkelhaarig, gutaussehend, in königlicher Haltung und doch – unter der oberflächlichen Arroganz verwundbar und schutzlos wie ein Kind. Sie sah ihn lachend im Speisesaal, im Ballsaal, wo er mit einer schönen, jungen Frau tanzte. Jugend und Zärtlichkeit standen in seinem Gesicht.

Dann verdunkelten sich die Visionen schnell. Daniel im Theater, wie er einem Stück zusah, die Züge angespannt, die Augen glitzernd. Florence spannte sich. Was er sah, wollte er vielleicht nicht sehen, aber er war jung und beeindruckbar. Sie sah ihn den Korridor entlangschwanken, am Arm schleifte er eine betrunkene Frau. Sie sah ihn in seinem Schlafzimmer, wo er trotz aller Verworfenheit um ihn herum versuchte, dem Sexakt etwas Schönes abzugewinnen.

Der Abstieg ging weiter. Trunkenheit. Verzweiflung. Ein kurzer Fluchtversuch und dann wieder die hilflose Rückkehr in das Höllenhaus, von wo er nie mehr entkommen sollte. Florence zuckte zusammen. Sie sah ihn in der großen Halle, nackt, an dem großen runden Tisch sitzen, wie er die Szenen vor sich mit den

Augen verschlang. Sie sah ihn mit der Injektionsnadel in der Armbeuge, sah ihn sexuelle Abnormitäten vollführen, die sie in der Dunkelheit erzittern ließen. Und doch – hinter der Maske äußerster Verworfenheit, die ihm das Höllenhaus aufgezwungen hatte, kauerte der kleine Junge, fluchtbereit und dennoch unfähig zu handeln. Ein Junge, der die Liebe suchte und Unzucht fand.

Die Vision verblaßte. Sie fand zu sich zurück, halb schlafend, halb noch unter dem Eindruck des Gesehenen. Sie wußte sich wieder in ihrem Zimmer, auf ihrem Bett. Eine Tür ging. War es die Tür zu ihrem Zimmer, oder eine Tür aus ihrer Traumwelt? Alles, was sie wußte, war, daß sie ihre Augen fest geschlossen hielt, daß sie schlief und doch wach war. Hellwach. Sie hörte Schritte, die sich näherten.

Sie sah eine Gestalt. Mit geschlossenen Augen konnte sie die Silhouette ausmachen, wie aus schwarzem Papier geschnitten. War es Einbildung? War die Gestalt im Zimmer oder ein Produkt ihrer Fantasie?

Er kam ans Bett und setzte sich neben sie. Sie konnte die Matratze fühlen, die unter ihm nachgab. Schlagartig wußte sie, daß es Daniel war, und gleichzeitig ertönte ein ächzender Laut. Er konnte nicht von ihm kommen! Er ruhte in Frieden! Sie und Fischer hatten ihn beerdigt, und sie hatte das Grab geweiht. Er konnte nicht zurückkehren. Unmöglich. Schlafend und doch wachend sah sie ihn neben sich am Bettrand sitzen. Eine Gestalt in Schwarz. Sah er sie an? Hatte der dunkle Kopf überhaupt Augen?
»Bist du es?« fragte sie. Sie hörte ihr eigene Stimme ohne zu wissen, ob sie es war, die gesprochen hatte.

»Ich bin es.«

»Warum?« fragte sie. »Du solltest schon fort sein.«

»Ich kann nicht.«

»Du mußt gehen«, sagte sie, »du bist befreit worden.«

»Ich suche keine Befreiung, du weißt, was ich suche.«

Sie wußte es. Es kam wie ein eiskalter Wind, der durch ihr Herz peitschte. »Du mußt fort«, sagte sie.

»Dann muß ich dich töten, Florence.« Es war Daniel.

Eiskalte Hände umklammerten ihren Hals. Florence schrie im Schlaf auf. Sie versuchte, sich von ihnen zu befreien. Plötzlich war sie wach. Die Hände waren fort. Sie wollte sich aufsetzen, erstarrte vor Schreck und ihr Herzschlag stockte.

Ein unheimlich-furchtbarer Laut, halb tierisch, halb menschlich, abartig gurgelnd, ertönte neben ihrem Bett. Vor Entsetzen blieb sie wie gelähmt. Was war das? Florence drehte sich ganz langsam auf die Seite. Durch die offene Badezimmertür drang etwas Licht in den Raum. Es war die Katze.

Sie sah, wie das Tier sie anstarrte. Seine Augen glitzerten wie tollwütig. Der unnatürliche jaulende Ton kam aus seiner Kehle. Sie hob ihre Hand. »Im Namen Gottes«, flüsterte sie.

Mit einem wilden Jaulen sprang die Katze sie an. Florence zuckte zurück. Sie schützte ihr Gesicht mit beiden Armen, doch die Katze sprang mit einem Satz an ihr hoch und grub die Krallen tief in ihre Arme. Florence schrie auf, als sie spürte, wie die spitzen Zähne tief in ihren Kopf drangen. Sie versuchte, das Tier loszureißen, doch es gelang ihr nicht. Das Tier war so an ihr festgeklammert, daß sein heißes Fell ihre Augen und ihren Mund bedeckte. Seine Zähne gruben sich nur noch tiefer ein, und die Krallen der Vorderpfoten waren fest in ihre Arme verhakt. Aus der Kehle des Tieres drang immer noch der gurgelnde Wahnsinnslaut. Florence bekam endlich ihren Arm frei und grub ihre Finger tief in das Fell des Tieres, um den Kopf loszureißen. Die Zähne gaben nach, doch nun schoß der Kopf wieder nach vorn, um an ihre Kehle zu springen. Florence schützte sich mit einem Arm, und die Katze hackte ihre Raubtierzähne wieder in ihr Fleisch. Aufstöhnend vor Schmerz versuchte sie, den Kopf des Tieres loszureißen, doch es begann, mit den Hinterbeinen wie verrückt auszuschlagen. In ihrer Verzweiflung packte Florence die Kehle des Tieres und drückte sie mit aller Kraft zusammen. Es begann, schreckliche, gurgelnde Laute auszustoßen, die Hinterbeine trommelten wild gegen Florences Unterleib. Plötzlich gaben die Zähne nach. Florence schleuderte die Katze auf den Boden.

Schweratmend setzte sie sich auf. Im schwachen Licht, das aus dem Badezimmer kam, sah sie, wie die Katze über den Boden rollte und dann wieder auf die Füße kam. Florence sprang vom Bett auf und rannte zum Badezimmer. Die Katze warf sich gegen ihre Beine und vergrub sich mit Zähnen und Krallen im empfindlichen Fleisch ihrer Schenkel. Sie schrie auf, verlor das Gleichgewicht und taumelte gegen den kleinen Tisch, der rechte Arm krachte in das Telefon. Sie ergriff sofort den Hörer und hieb damit auf die Katze ein. Der erste Schlag landete auf ihrem Knie. Sie keuchte vor Schmerz, holte nochmals aus und traf die Katze direkt auf den Kopf. Nun landete sie mehrere Schläge auf den Hinterkopf, bis die Zähne sie freigaben, schleuderte das Tier weit von sich und rannte ins Badezimmer, die Katze hinter sich, doch gelang es ihr, die Tür zuzuwerfen. Sie hörte,wie die Krallen das Holz der Tür von außen in ohnmächtiger Wut bearbeiteten.

Florence taumelte zum Waschbecken und sah in den Spiegel. Ihr Gesicht war unbeschreiblich zugerichtet. Tiefe Löcher in der Stirn, das Blut sickerte in kleinen Bächen aus unzähligen Biß- und Krallenwunden. Sie hob die Wolljacke hoch und stöhnte beim Anblick ihres Oberkörpers, der mit einem Netz von blutigen Kratzern bedeckt war. Ihr zerrissener Büstenhalter war blutbefleckt.

Sie sah, daß ihre Arme tiefe Löcher von den wütenden Bissen davongetragen hatten. Sie wimmerte und schluchzte verzweifelt, nahm ein Tuch, befeuchtete es und begann, die Verletzungen zu reinigen. Das Wasser tat gut, aber die Wunden brannten teuflisch, so daß sie die Zähne zusammenbeißen mußte. Heiße Tränen ließen ihren Blick verschwimmen.

Während sie die Wunden auswusch, hörte sie immer noch das wütende Kratzen der Krallen an der Außenseite der Tür und das gurgelnde Fauchen, das aus der Kehle des Tieres hervordrang.

9.14 Uhr: »Wie groß das ist«, sagte Edith.

Barrett hatte schon eine Weile an der mannshohen Kiste gearbeitet, auf deren Vorderwand die Buchstaben VORNE gepinselt standen. Mit einem Brecheisen versuchte er nun, die einzelnen Bretter der Verpackung loszulösen. Er war nicht sehr gewandt im Umgang mit dem Werkzeug, und es rutschte mehrere Male ab, ehe es ihm gelang, einige Planken zu lockern. Schweißtropfen standen auf seiner Stirn.

»Lionel, bitte übertreibe nicht«, bat Edith. Sie war beunruhigt, als sie bemerkte, mit welch hektischem Eifer ihr Mann zu Werke ging. »Warum läßt du dir nicht von Mr. Fischer helfen?« fragte sie.

»Das mache ich besser selbst«, meinte er und schnaufte.

Was wohl in der Kiste ist, dachte Edith, das ihn so sehr aus der Fassung bringt? Sie hatte ihren Mann in all den Jahren als ruhigen, immer besonnenen Wissenschaftler gekannt. Jetzt wirkte er wie ein Kind, das ein Weihnachtspaket aufmacht und vor Erregung die Bindfäden nicht lösen kann. »Bitte, Lionel, ruhe dich jetzt etwas aus«, sagte sie mit etwas mehr Betonung.

Barrett blickte sie an, seine Brust hob und senkte sich vor Erregung und Anstrengung, und er sagte: »Dies Ding hier, na ja, es ist sozusagen der Höhepunkt all meiner Jahre, die ich mit Parapsychologie zugebracht habe.« Er wischte sich über die Stirn. »Vielleicht hätte ich niemals die 70000 bis 80000 Dollar aufgebracht, die diese Maschine kostet, und jetzt bekomme ich sie sozusagen als Draufgabe für die Arbeit hier. Jetzt wirst du vielleicht verstehen, warum ich etwas ungeduldig bin.«

Nach einigen Minuten konnte Barrett die letzte Vorderplanke der Kiste entfernen, und die Maschine stand vor ihnen.

Edith blickte über die vielen Zifferblätter und Skalenanzeiger des komplizierten Apparates. »EMR«, murmelte sie, als sie das Metallschild las, das unter dem größten der Zifferscheiben angebracht war. Die Zahlen darauf gingen von null bis 120000.

»Was ist EMR, Lionel?«

»Ich erkläre dir das später, Liebling«, sagte er zerstreut. Dann löste er ein großes Kuvert, das an die Maschine geheftet war, öffnete es und entnahm ihm eine Reihe von Plänen, die er sorgsam ausbreitete. Er leuchtete mit seinem Leuchtstift hinter die mit einem Gitter verdeckte Öffnung an der Seite des Apparates, runzelte die Stirn, ging zu den Plänen, holte dann einen Schraubenzieher und begann, eine Platte an der Maschine abzunehmen.

Edith ging zum Kamin und hielt ihre Hände gegen die Flammen.

Als sie wieder zu Lionel wollte, stürzte Fischer herein. Edith fuhr auf, als er schon beim Eintreten rief: »Doktor.«

Barrett fuhr herum.

»Miß Tanner ist wieder verletzt worden.«

Barrett nickte kurz, nahm seinen Stock und die schwarze Reiseapotheke vom Tisch. »Wo ist sie?« fragte er.

»In ihrem Zimmer.«

Sie eilten zu dritt durch die große Halle. »Ist es ernst?« fragte Barrett im Gehen.

»Sie ist völlig zerkratzt, zerfetzt und zerbissen.«

»Wie ist das geschehen?«

»Weiß ich nicht. Möglicherweise war es die Katze.«

»Die Katze?«

»Ich hatte Miß Tanner etwas Essen hinaufgebracht. Nachdem auf mein Klopfen nicht geöffnet wurde, machte ich die Tür auf. Da fuhr das Biest heraus und verschwand.«

»Und Miß Tanner?«

»War im Badezimmer. Erst wollte sie gar nicht herauskommen. Als sie dann kam –« Er hielt inne und schnitt eine Grimasse.

Als sie eintraten, lag sie auf ihrem Bett. Sie öffnete die Augen und verfolgte sie mit den Blicken. Edith erschrak zutiefst. Die Haut des Mediums war wachsbleich, am Kopf hatte Florence tiefe, blutige Bißwunden und an Hals und Wangen aufgedunsene Kratzer.

Barrett sah sich die Wunden an, dann bemerkte er die Risse an Florences Wolljacke. »Am Körper auch?«

Sie nickte, und Tränen traten in ihre Augen.

»Dann sollten Sie lieber die Jacke ausziehen.«

»Ich habe mich schon gewaschen.«

»Das wird nicht genügen. Es besteht starke Infektionsgefahr.«

Florence sah Fischer an. Ohne ein Wort zu sagen, drehte er sich um und setzte sich mit dem Gesicht zur Wand auf das andere Bett. Florence begann, die Jacke auszuziehen. »Bitte hilf ihr, Edith«, bat Barrett.

Edith ging zu Florence und mußte sich beherrschen, um beim Anblick des geschundenen Körpers nicht aufzuschreien. Der ganze Oberleib, die Bauchdecke und die Arme hatten tiefe Risse abbekommen, die zum Teil noch bluteten. Sie griff nach hinten, um den Büstenhalter aufzuhaken, und trat zurück, als Florence ihn ablegte. Beide Brüste des Mediums waren ebenfalls mit Kratzwunden übersät.

Barrett schraubte eine Flasche auf, nahm ein Wattestäbchen und tauchte es in die Flasche. »Das wird weh tun«, sagte er. »Wollen Sie ein Codein?« Sie verneinte.

Der Schmerz trieb Tränen in Florences Augen, als Barrett die Wunden behandelte. Edith konnte es nicht mit ansehen. Sie drehte sich um und sah zu Fischer hinüber. Der starrte auf die Wand. Einige Minuten vergingen, während derer man nur das gelegentliche Seufzen Florences und einige gemurmelte Entschuldigungen von Barrett vernahm. Als dies vorüber war, legte er ein Tuch quer über ihre Brust. »Vielen Dank«, sagte sie. Edith drehte sich wieder um.

»Die Katze hat mich angefallen«, sagte Florence. »Sie war von Daniel Belasco besessen.«

Edith sah ihren Mann an. Seine Miene war unverändert.

Das Medium versuchte ein Lächeln. »Ich weiß, Sie denken –«

»Es ist unwesentlich, was ich denke, Miß Tanner«, unterbrach sie Barrett. »Wesentlich ist nur, daß Sie so zugerichtet sind.«

»Das geht schnell vorüber.«

»Gerade das weiß ich nicht, Miß Tanner. Ich weiß nicht, ob Sie nicht besser von hier fortgehen sollten.«

»Nein, Doktor.« Florence schüttelte den Kopf. »Ich glaube nicht, daß das richtig wäre.«

Barrett sah sie einen Augenblick lang an, ehe er wieder sprach. »Mr. Urban muß ja nichts davon erfahren«, sagte er. »Ich meine, Sie haben schon mehr als genug zu diesem Projekt beigetragen.«

»Sie meinen, Sie wollten dafür sorgen, daß ich trotzdem ausbezahlt würde. Das wollen Sie doch damit sagen?«

»Ich versuche nur, Ihnen zu helfen, Miß Tanner.«

»Gut, das glaube ich Ihnen«, sagte das Medium, »aber ich werde trotzdem nicht von hier fortgehen.«

Barrett nickte. »Okay. Es liegt natürlich bei Ihnen.« Er hielt inne, dann fügte er hinzu: »Ich würde jedoch skrupellos handeln, nämlich in bezug auf meine Verantwortlichkeit Ihnen gegenüber, wenn ich Ihnen nicht nahelegen würde, dieses Haus zu verlassen, solange Sie es noch können.« Er hielt nochmals inne. »Sollte ich übrigens finden, daß Ihr Leben in Gefahr ist, behalte ich mir vor, Sie auch gegen Ihren Willen zum Verlassen des Hauses aufzufordern.«

Florence war tief betroffen.

»Ich werde nicht wider besseres Wissen zusehen, wie Sie ein weiteres Opfer des Höllenhauses werden«, sagte Barrett zu ihr. Dann klappte er die Apothekertasche zu und nahm sie in die linke Hand. »Kommst du, Liebling?« fragte er, stand mühsam auf, nahm den Stock in die rechte Hand und wandte sich zur Tür.

10.43 Uhr: Edith drehte sich auf die rechte Seite und sah zu dem anderen Bett hinüber. Lionel schlief. Sie hätte niemals erlauben dürfen, daß er die Kiste allein aufmachte. Fischer hätte helfen müssen.

Sie dachte daran, was Lionel ihr erklärt hatte, ehe er zu Bett gegangen war: daß Florence Tanner derart dringend wünschte, ihre Meinung durchzusetzen, daß sie ihr körperliches Wohl opferte, um es zu erreichen. Und er hatte hinzugefügt: »Ich kann nicht sagen, ob Daniel Belasco tatsächlich existiert hat, aber die Persönlichkeit, mit der Miß Tanner in Kontakt zu sein vorgibt, ist nichts anderes als ein Teil ihrer eigenen Persönlichkeit.«

Edith war verwirrt und verstört. Sie mußte immerfort an diese schrecklichen Bißspuren an Florences Brust denken und an die

Bisse und Kratzwunden, die von der Katze stammen sollten. Wie hätte Florence – wenn auch unbewußt – sich all dies selbst zufügen können?

Edith setzte sich auf und ließ die Füße zu Boden gleiten. Dann schlüpfte sie in die Hausschuhe und stand auf. Was war so gefährlich daran? dachte sie. Es war lächerlich, immer diese dumme Angst vor dem Alkohol. Nur weil ihr Vater ein Trinker gewesen war, der ihre Kindheit zerstört hatte, mußte sie nicht alle Drinks wie die Pest fürchten. Alles, was sie wollte, war ein Gläschen, um sich etwas zu entspannen.

Sie ging zu dem Schränkchen und öffnete es. Dann nahm sie die Karaffe und eine der kleinen Silberschalen und brachte sie zum Tisch. Ehe sie den Brandy einschenkte, nahm sie ein Kleenex aus der Tasche und reinigte das Gefäß. Die Flüssigkeit sah recht dunkel aus. War der Brandy vielleicht vergiftet? Man könnte sich einen schöneren Tod denken!

Sie tippte einen Finger in den Brandy, führte ihn zur Zunge. Wie erkennt man vergifteten Brandy? Die Zunge begann zu brennen, sie schluckte nervös. Die Wärme strömte angenehm durch ihre Kehle. Sie hielt die Silberschale an die Nase. Das Aroma war köstlich. Der Brandy war bestimmt nicht vergiftet. Sicher hatte schon jemand vorher gekostet. Sie nahm noch einen Schluck. Ein kleines Feuerchen begann angenehm in ihrem Magen zu brennen und breitete sich langsam aus. Das ist genau, was ich brauche. Ich bin doch keine Alkoholikerin, die nach dem ersten Schluck nicht aufhören kann. Sie nahm sich ein Herz und setzte sich in den Schaukelstuhl, lehnte sich zurück und trank mit Entschlossenheit noch einige Schlucke. Sie schloß die Lider.

Als die Schale leer war, öffnete sie die Augen und sah zum Tisch hinüber. Nein, dachte sie, ein Drink ist genug. Sie fühlte sich entspannt, das war alles, was sie wollte.

Sie dachte an Fischer. Es war nicht nett von ihr gewesen, ihn am Morgen einfach nicht zu beachten, wo er sich ihr gegenüber doch so taktvoll benommen hatte. Sie müßte ihm eigentlich dafür danken. Sie öffnete die Tür, trat auf den Korridor und schloß die Tür leise hinter sich. Es war das erste Mal, daß sie in diesem Hause allein war, wenn sie ihren schlafwandlerischen Ausflug, der ja unbewußt geschehen war, nicht rechnete. Aber der Brandy hatte ihr Mut gemacht, und sie ging weiter. Was konnte denn schon geschehen, mit Lionel in seinem Zimmer, ein paar Schritte von hier entfernt? Sie ging zu Fischers Tür. War es ein Fehler? Nein, dachte sie, ich schulde ihm Dank.

Sie klopfte an Fischers Tür und wartete. Kein Laut kam von drinnen. Nach einiger Zeit klopfte sie noch einmal, wieder, ohne Antwort zu erhalten. Edith drehte den Türknopf und öffnete. Was mache ich nur hier? dachte sie. Sie konnte sich jedoch nicht entschließen, umzukehren. Fischers Zimmer war wesentlich kleiner als der Raum, den sie und Lionel hatten. Sie ging zu dem Sessel neben dem Tisch, auf dem Fischers Handkoffer offen dalag. Edith blickte hinein.

Es riß sie herum, ihr Atem stockte.

Fischer stand in der Tür.

Sie standen und sahen sich schweigend an. Edith schien es eine Ewigkeit zu dauern. Ihr Herz raste, sie fühlte lodernde Hitze im Gesicht.

»Was ist los, Mrs. Barrett?«

Sie versuchte, sich in die Gewalt zu bekommen. Was mußte er von ihr denken, sie so in seinem Zimmer vorzufinden? »Ich wollte mich bedanken«, brachte sie heraus.

»Mir danken, wofür?«

»Für Ihre Hilfe gestern nacht.«

Unwillkürlich wich sie zurück, als Fischer näher kam. »Sie hätten Ihren Mann nicht verlassen dürfen.«

Sie wußte keine Antwort.

»Sind Sie in Ordnung?«

»Natürlich.«

Fischer sah sie scharf an. »Ich finde, Sie sollten jetzt in Ihr Zimmer zurückgehen«, sagte er.

Er ging neben ihr, als sie über den Teppich schritt. »Versuchen Sie, sich die Handgelenke ans Bett zu binden, wenn Sie schlafen«, sagte er zu ihr.

Edith nickte, als er ihr auf den Korridor folgte und sie bis zu ihrem Zimmer geleitete. Dann drehte sie sich zu ihm und sagte: »Vielen Dank.«

»Verlassen Sie keinesfalls mehr Ihren Mann«, sagte er. »Sie sollten niemals –«

Er brach ab, lehnte sich vor, als ob er sie küssen wollte. Edith zuckte zusammen und bog sich etwas zurück. »Haben Sie was getrunken?« fragte er.

Sie erschrak. »Warum?«

»Weil es gefährlich ist, hier zu trinken. Man darf hier nie die Kontrolle über sich verlieren.«

»Ich verliere nie die Kontrolle«, sagte sie kühl, drehte sich um und ging in das Zimmer.

11.16 Uhr: Florence fuhr auf, als jemand an die Tür klopfte. »Herein.« Es war Fischer.

»Ben.« Sie versuchte, aufzustehen.

»Bleiben Sie liegen«, bat er. Dann kam er auf sie zu. »Ich möchte mit Ihnen reden.«

»Nett von Ihnen, Ben«, sagte sie und deutete mit der Hand auf das Bett. »Setzen Sie sich hier neben mich.«

Fischer setzte sich auf den Bettrand. »Tut mir leid, daß Sie Schmerzen haben.«

»Das geht vorüber.«

Er nickte ohne große Überzeugung, dann sah er sie schweigend an, bis Florence lächelte. »Also?« fragte sie.

Er bereitete sich auf ihre Reaktion vor. »Ich bin auch der Meinung von Dr. Barrett, daß Sie fortgehen sollten.«

»Ben!«

»Sie werden hier in Stücke gerissen, Florence, das sehen Sie doch selbst.«

»Sie glauben doch nicht auch, daß ich mir das alles selbst zufüge, nicht wahr?«

»Nein, bestimmt nicht«, antwortete er. »Aber ich weiß auch nicht, *wer* es Ihnen antut. Sie sagen, es sei Daniel Belasco. Und wenn Sie sich irren, wenn Sie zum Narren gehalten werden?« Sie sagte nichts.

»1940 war ein weibliches Medium mit uns hier, Grace Lauter hieß sie. Sie war überzeugt davon, daß ein Schwesternpaar im Haus den ganzen Spuk verursacht. Sie hat das alles sehr überzeugend dargestellt. Der einzige Fehler daran war, daß sie unrecht hatte. Am dritten Tag unseres Hierseins hat sie sich die Kehle durchgeschnitten.«

»Aber Daniel Belasco existiert doch. Wir haben seine Leiche und den Ring mit seinen Initialen gefunden.«

»Ja, und wir haben ihn sogar begraben, so daß er in Frieden ruhen könnte. Warum, frage ich Sie, kann er trotzdem keine Ruhe finden?«

Florence schüttelte den Kopf. »Ich weiß nicht.« Ihre Stimme war schwach. »Ich weiß es einfach nicht.«

»Nicht böse sein.« Er streichelte ihre Hand. »Ich will wirklich nur Ihr Bestes, weil ich meine, Sie verdienen es.«

»Vielen Dank, Ben.« Nach einigen Augenblicken lächelte sie ihn an. »Benjamin Franklin Fischer«, sagte sie, »wer hat Ihnen denn diesen Namen gegeben?«

»Mein Vater. Er war ein großer Verehrer von Benjamin Franklin.«

»Erzählen Sie doch.«

Fischer wollte antworten, doch brach er ab, als irgendwo in der Gegend die Katze jaulte. Florence blickte gequält auf. »Das arme Wesen.« Sie wollte aufstehen.

Fischer drückte sie wieder in die Kissen zurück. »Ich sehe nach.«

»Aber –«

»Ruhen Sie«, bestimmte er stehend.

»Ehe Sie gehen, geben Sie mir bitte meine Handtasche.«

Fischer ging hinüber und holte sie. Florence öffnete sie und entnahm ihr ein Medaillon, das sie Fischer reichte. Auf ihm war ein einziges Wort eingraviert: GLAUBE.

»Wenn Sie glauben, haben Sie alles, was Sie brauchen«, sagte sie.

Er wollte es ihr zurückgeben. »Nein, behalten Sie es«, sagte sie. »Von mir, für Sie mit Liebe.«

Fischer lächelte etwas. »Danke Ihnen.« Er ließ das Medaillon in die Tasche gleiten. »Geben Sie acht auf sich, Florence, Sie sind in Gefahr, nicht ich«, sagte er.

Sie ging nicht darauf ein. »Werden Sie, nachdem ich etwas ausgeruht sein werde, wieder an meiner Sitzung teilnehmen?« fragte sie. »Ich muß Daniel Belasco erreichen, und das geht am schnellsten in Trance. Aber ich möchte es nicht allein tun.«

»Sie wollen also nicht lieber abreisen?«

»Ben, ich kann nicht. Sie wissen das.« Sie sah ihn an. »Werden Sie teilnehmen?«

Fischer blickte sie besorgt an. Schließlich nickte er. »Ja.«

Er verließ den Raum ohne ein weiteres Wort.

12.16 Uhr: Barrett hatte seine vierte Bahn im Schwimmbecken gezogen und kam prustend und erfrischt am seichten Ende des Beckens an, wo Edith ihn mit einem Handtuch erwartete. Sie warf es um seine Schultern und rieb ihn kräftig ab. »Würdest du noch ein paar Minuten mit mir in die Dampfkammer gehen?« fragte er.

»Ich meine, es wird mir guttun, der Daumen schmerzt noch immer, und auch das Bein brennt wie Feuer.«

»Geh nur hinein.« Sie zog die schwere Tür auf.

»Es wäre besser, du würdest deine Oberkleider ablegen«, meinte er.

»Okay.«

Barrett warf das Handtuch auf die Holzbank in der Kammer, und Edith ließ die Tür von außen zufallen. Er grunzte vor Vergnügen über die nasse Hitze, die in seine Poren drang. Dann tastete er sich in dem nebligen Halbdunkel, das nur von einer schmutzigen und schwachen Glühlampe an der Decke milchig aufgehellt wurde, weiter, fand die Sitzbank, deren Oberfläche brennend heiß war, und fischte mit dem Stockende den Wasserschlauch vom Boden auf. Er drehte den Kaltwasserhahn auf, berieselte die Bank und setzte sich. Den Stock behielt er in Griffnähe. Die Badehose zog er aus und legte sie auf die Bank neben sich.

Er blickte besorgt zur Tür, da Edith noch nicht erschienen war. Er wollte sie unter keinen Umständen mehr als einige Sekunden allein lassen, doch sein Bein schmerzte, und er wollte noch nicht aufstehen. Endlich hörte er, wie die Tür geöffnet wurde, und als die Umrisse Ediths sichtbar wurden, bemerkte er, daß sie alle Kleider abgelegt hatte. Sie bewegte sich vorsichtig durch den dampferfüllten Raum. Barrett hatte die Bank neben sich inzwischen mit kaltem Wasser benetzt und ließ Edith Platz nehmen.

Sie hustete. »Ich werde mich nie daran gewöhnen können, in diesem Dampf richtig zu atmen.«

»Versuch es mit kaltem Wasser im Gesicht und atme dabei.«

»Es geht schon, danke.«

Barrett schloß die Augen und genoß die feuchte Hitze auf seiner Haut. Er zuckte erstaunt zusammen, als Edith mit ihrer Hand seinen Schenkel ertastete. Als er seine Hand auf die ihre legte, beugte sie sich zu ihm und küßte ihn auf die Wange. »Ich hab' dich lieb«, sagte sie.

Barrett legte seinen Arm um ihre Schultern. »Ich dich auch«, flüsterte er. Sie gab ihm einen Kuß auf den Mundwinkel. Barrett wurde erregt, als sie schließlich ihre Lippen fest auf die seinen preßte. Sie glitt mit der Hand an seinem Körper abwärts. Edith? dachte er verwundert.

Nach einigen Augenblicken stand sie plötzlich auf und setzte sich mit geöffneten Schenkeln auf ihn. Er fühlte ihren heißen, feuchten Bauch, der sich gegen seinen preßte. Sie glitt mit der Hand hinab, ergriff sein Glied und begann, damit an ihrem Geschlecht zu reiben. Barretts Atem ging schwerer. Die heiße Luft brannte in Kehle und Brust. Als sie ihre Zähne in seine Unterlippe grub, gab er einen leichten Ton des Unwillens von sich. Er erkannte den Brandygeschmack auf ihren Lippen.

Ihre Zunge fuhr über seine Haut, die Lippen erfaßten sein Ohrläppchen. »Laß ihn hart werden«, flüsterte sie in sein Ohr. Ihre Stimme klang feurig. Sie griff nach seiner Hand und wollte sie zu ihrer Brust führen, faßte aber nur den verbundenen Daumen und riß ihn hoch.

Selbst der starke Schmerzensschrei Barretts brachte sie nicht zur Besinnung. Er atmete mühsam die glühendheiße Luft ein. Die Welt verschwamm fast vor seinen Augen. Edith schien nichts gehört zu haben, denn sie hielt noch immer sein Organ umklammert und stöhnte so laut, daß sein Herz trotz des irrsinnigen Schmerzes zu rasen begann. »Herrgott, laß es doch hart werden«, keuchte sie und preßte ihre Lippen wieder auf seinen Mund.

»Edith«, stöhnte er.

Sie riß sich hoch und wandte sich zur Tür. »Nicht«, ächzte er und versuchte, sie zu halten. Er fühlte die kalte Außenluft, als sie die Tür öffnete, sah einen Augenblick ihre Umrisse im Türrahmen, dann krachte die schwere Holztür zu.

Schweratmend griff er nach dem Wasserschlauch, besprengte sein Gesicht und zog die Luft durch die Zähne ein. Mein Gott, was ist über sie gekommen? dachte er. Es war sicher, daß das sehr begrenzte Sexualleben zwischen ihnen keine gute Wirkung auf sie haben konnte, aber sie hatte noch niemals ein so dringendes und ungehemmtes Bedürfnis gezeigt. Ob das Haus auch sie negativ beeinflußt hatte?

Er stand mühsam auf, nahm seinen Stock und humpelte zum Ausgang, fand den Drehknopf und wollte die Tür öffnen, doch ließ sie sich nicht bewegen. Wahrscheinlich hatte das jahrelang trockengehaltene Holz zu quellen begonnen und war nun durch Ediths starkes Zuwerfen mit dem Rahmen verklemmt. Er hämmerte an die Tür. »Edith, die Tür klemmt.« Kein Laut. O Gott, sie wird doch nicht schon hinaufgegangen sein? Er bearbeitete die Tür mit der Faust seiner gesunden Hand, so stark er konnte. »Edith!« schrie er mit aller Kraft.

»Was ist los?« hörte er endlich ihre Stimme.

»Die Tür klemmt, versuche, sie von außen zu öffnen.«

Er wartete, dann hörte er, wie sie den Holzverschluß von außen bearbeitete, doch die Tür gab nicht nach.

»Was soll ich tun?« hörte er sie ängstlich fragen.

»Am besten, wir rufen Fischer«, rief er durch die Tür.

Zunächst kam keine Antwort. Beide dachten gleichzeitig daran, daß sie nun allein durch das ganze Haus gehen mußte, um Fischer zu mobilisieren. Barrett hatte es ihr streng verboten, er hatte daher selbst ein ungutes Gefühl, doch er konnte sich nicht anders aus der Dampfkammer befreien, die ihre heißen Nebelwolken erbarmungslos in den Raum zischen ließ. Schließlich hörte er sie rufen: »In Ordnung, ich bin gleich zurück!«

Mittlerweile könnte ich versuchen, das Dampfventil zu finden, dachte er und begann, sich an der Wand entlangzutasten. Das Ventil war bald gefunden, doch so sehr er auch daran rüttelte, es ließ sich nicht bewegen. Etwas wie Angst begann in ihm aufzusteigen. Erst die Tür, dann der verdammte Dampfhahn, wirklich höchst ärgerlich und verdächtig. Aber beides waren rein mechanische Probleme, Dinge, die in einem alten Haus eben vorkommen konnten. Edith wird ja gleich mit Fischer hier sein, und im schlimmsten Fall würde er sich flach auf den Boden legen und sich mit kaltem Wasser zeitweilig berieseln lassen, während ...

Er fuhr herum. Ein Geräusch, so deutlich, daß es durch das Zischen des Dampfes hörbar war, kam aus einer Ecke der Dampfkammer. Es klang wie das Schleifen einer weichen Masse auf dem Boden. Barretts Gesichtszüge verhärteten sich. Er starrte in den qualmenden Dampf, der dicht, weißlich und formenbildend den Raum durchwogte. Eine Person mit unkontrolliertem Vorstellungsvermögen würde darin alle möglichen Dinge erkennen. Aber das Geräusch ging weiter. Wenn es wirklich ein Phänomen sein sollte, mußte er auf der Hut sein und die Übersicht nicht verlieren. Nichts in diesem Hause konnte ihm etwas anhaben, solange er nicht den Kopf verlor.

Vielleicht ist es der Schlauch? dachte er plötzlich. Wenn feuchte Hitze das Holz zum Arbeiten brachte, dann konnte nasse Kälte im Schlauch das Gegenteil bewirken. Er begann, nach dem Schlauch zu tasten. Nach einigen Augenblicken hatte er ihn gefunden und griff mit der Hand auf den Boden.

Er schrie auf und fuhr zurück. Er hatte in eine heiße, schleimige Masse gegriffen. Barrett hielt die Hand vor seine Augen und versuchte, in dem trüben Licht etwas zu erkennen. Sein Herz stockte. Eine Art dunkler, fadenziehender Schleim hing an seiner Hand. Voll Abscheu rieb er die Hand an der Bank ab.

Wieder fuhr er herum, als das Geräusch, stärker noch als vorher, hörbar wurde. Es kam ihm vor, als ob der Ton ihm näher gekommen wäre. Barrett zog sich unbewußt etwas zurück und versuchte, die Ursache dieses merkwürdig und unheimlich gurgelnden Tons auszumachen. Unbewußt rieb er sich die Augen mit der Hand und schmierte damit etwas von der Masse in sein Gesicht. Ekel und Ärger überkam ihn, und er rieb sich schleunigst mit der anderen Hand ab. Die Sache hatte einen irgendwie bekannten Geruch, nach Fäulnis. Jetzt habe ich genug, dachte er bei sich. Wo war die Tür? Er starrte in den Dampf, konnte sie aber nicht sehen. Das Geräusch ging weiter – ein schwabbliges Gurgeln. Barrett fühlte, wie ihm Entsetzen den Rücken hinaufkroch. Er mußte sich jetzt sehr zusammennehmen. Keine Panik, befahl er sich.

Er schrie vor Grauen auf, als sein Fuß in heißen, dickflüssigen Schlamm trat. Er wollte zurückspringen, rutschte aus und schlug mit dem Ellenbogen auf den Steinboden. Ein stechender Schmerz ließ ihn aufschreien. Er krümmte sich hilflos am Boden, fühlte, wie der Schleim wie heiße Gelatine gegen seine Hüfte schlug und versuchte, sich aufzurichten. Es war der Geruch fauligen Wassers – jetzt hatte er es – das Wasser des Tümpels vor dem Haus roch genauso. Panik ergriff ihn. Wie konnte der Tümpel in das Haus eindringen? Wo war die Tür? Und wo blieb Edith? Sie müßte längst zurück sein. Es gelang ihm, sich aufzurichten, er machte einige Schritte in die Richtung, in der er die Tür vermutete. Sein Fuß stieß an etwas, das sich körperlich anfühlte, sich bewegte. Mit einem Schrei des Entsetzens fiel Barrett vornüber. Es bewegte sich unter ihm und schob ihn auf den Rücken. Es war heiß, gallertartig und roch faulig. Barrett spürte mit Grauen, daß es seinen Fuß erfaßte. Er stieß mit aller Kraft den anderen Fuß dagegen und fühlte, daß er in eine quallige Masse trat, die sich wie gekochte Pilze anfühlte. Dann war es vor ihm. Glitzernd und von unbestimmter Farbe und Form, die sich unentwegt veränderte. Es gelang ihm nicht, seinen Fuß zu befreien, er fühlte die saugende Hitze an seinem Bein emporsteigen.

Plötzlich schob sich die Tür hinter ihm auf, er wurde vorwärts gedrückt, direkt in die dräuende Masse vor ihm, die ihm ins Gesicht schlug. Sein schreiender Mund füllte sich mit dem quellenden, widerlichen Schleim. Dann fühlte er einen kalten Luftzug an seiner Seite und zwei Hände, die ihm unter die Arme griffen. Er glaubte, Ediths Schrei zu hören. Jemand begann, ihn über den Steinboden zu schleifen. Er blickte in die Höhe und meinte, Fischers Gesicht zu erkennen, es war blaß. Kurz ehe Barrett das Bewußtsein verlor, blickte er an seinem Körper entlang. Er bemerkte keine Spuren an ihm. Nicht den kleinsten Fleck.

12.47 Uhr: Fischer trank den Kaffee in großen Schlücken, die Hände um die Tasse gelegt. Die Leute aus Caribou Falls waren wieder dagewesen, hatten Speisen gebracht und waren gegangen, ohne von einem der vier bemerkt zu werden.

Er dachte nochmals an die unheimliche Szene, die er soeben erlebt hatte, als er den wild schreienden, halb bewußtlosen Dr. Barrett aus der Dampfkammer schleppen mußte, deren Tür er mit Hilfe einer draußen stehenden Holzbank eingerammt hatte.

Er stellte die leere Tasse auf den Tisch und bedeckte die Augen. Sein Denken war völlig verwirrt. Er dachte an all die merkwürdigen Dinge, die schon geschehen waren, und für die es keine rationale Erklärung gab. Die offene Tür, die geschlossen gewesen war, als sie ankamen. Das plötzlich wieder funktionierende elektrische System des Hauses, das vorher nicht arbeitsfähig war. Florences Unvermögen, die Kapelle zu betreten. Die Grammophonplatte, die von allein zu spielen begonnen hatte. Die kalte Brise auf den Treppen, in einem Haus, dessen Fenster vermauert waren. Die Klopfzeichen während der Séance. Florences Produktion von Teleplasma, das sich zu einer Figur verdichtete, die sie alle beinahe hysterisch gewarnt hatte. Der Poltergeist-Überfall. Die schlafwandelnde Mrs. Barrett, die ihren Pyjama auszog und sich heute morgen so eigenartig verhalten hatte. Die Bisse auf Florences Brüsten, der Leichnam in der Wand, der Ring. Die Katze, die Florence attackiert hatte. Und nun der unsichtbare Überfall auf Dr. Barrett im Dampfbad.

Er warf sich in den Sessel zurück. Sie waren keinen Schritt weitergekommen bei ihrem Vorhaben.

Er dachte an seinen letzten Aufenthalt hier im Höllenhaus. Gesichter tauchten auf.

»Und jetzt bin ich wieder hier«, murmelte er mit zitternder

Stimme. »Ich bin zurückgekommen.« Er schloß die Augen und konnte ein Zittern nicht unterdrücken. Wie? dachte er. Ich habe keine Furcht, es nochmals zu versuchen, aber wie soll ich es anstellen? Ohnmächtige Wut packte ihn und verkrampfte seine Muskeln. Er riß die Augen auf, packte die Kaffeetasse und warf sie weit durch den Saal. Das alles ist so verdammt kompliziert! schrie er innerlich, aber kein Laut kam über seine Lippen. Er hatte sich schnell wieder in der Hand. Dr. Barrett lag jetzt in seinem Zimmer. Er hatte gesagt, er würde nicht aufgeben, ehe er morgen seine Maschine in Betrieb gesetzt hatte. War das der richtige Weg? Er war sich nicht darüber im klaren. Aber es war wohl besser, als ohne strategisches Konzept einfach so weiterzumachen. Aber Gott helfe uns, wenn wir damit versagen!

14.21 Uhr: »Du Geist der unsterblichen Wahrheit«, begann Florence, »hilf uns heute, uns zu erheben über Zweifel und Furcht in unserem Leben. Öffne unser Sein zu mächtigen Erkenntnissen. Gib uns Augen zu sehen und Ohren zu hören. Und segne unser Tun, das wir unternehmen, um die Dunkelheit dieser Welt zu lichten.«

Die Lampe aus dem Badezimmer warf einen schwachen Schimmer auf die Stelle, an der sie Platz genommen hatten. Florence saß im Sessel neben dem Tisch, die Augen geschlossen, die Hände im Schoß, Knie und Füße eng zusammengepreßt. Fischer hatte den anderen Stuhl herangezogen und saß ihr in einer Entfernung von vier Metern gegenüber.

»Und gib uns die Kraft, mit der Seele zu kommunizieren, die immer noch an diesen Ort gebunden scheint, unbefreit, ungeweiht und ohne Frieden: Daniel Belasco.«

Es war nun alles ruhig. Fischer hörte sein eigenes Schlucken. Dann begann Florence, eine kurze Hymne anzustimmen.

Als der Gesang beendet war, begann sie, tief einzuatmen, doch zog sie die Luft mit zusammengepreßten Zähnen in ihre Lungen ein und rieb dabei mit den Händen über ihren Körper. Bald danach klappte ihr Mund auf, und der Kopf rollte in den Nacken. Das Atmen klang immer noch mühevoll. Dann wurde sie still.

Als schwache Lichtpünktchen vor Florences Kopf auftauchten, fuhr Fischer etwas zusammen. ›Kondensations-Fokus‹. Die Bezeichnung trieb automatisch durch sein Hirn. Er starrte die Lichtflecken an, die langsam größer wurden und in der Luft vor Florence wie eine Milchstraße winziger Sonnen schwebten.

Als er das Teleplasma bemerkte, das sich aus der Nase des Mediums zu formen begann, gruben sich seine Fingernägel in die Armlehne des Sessels. Die fingerdicken, schlangengleichen Strähnen verbanden sich zu einer dichteren Masse, die bald das Gesicht Florences bedeckte. Geruch von Ozon erfüllte den Raum. Das Teleplasma nahm langsam die Form einer männlichen Figur an. Nase, Mund, Augen waren andeutungsweise sichtbar. In weniger als einer Minute war die Gestalt komplett, die Züge hatten an Deutlichkeit zugenommen und zeigten nun das Antlitz eines dunkelhaarigen, ernst blickenden, jungen Mannes.

Fischer räusperte sich. Sein Herzschlag ging unregelmäßig. »Hast du eine Stimme?« fragte er.

Ein gurgelnder Laut wie Todesröcheln wurde hörbar. Fischer fühlte, wie seine Haut sich zusammenzog. Dann brach der Laut ab, und es war wieder alles ruhig.

»Kannst du nun sprechen?« fragte Fischer.

»Ja.« Die Stimme war deutlich die eines Mannes.

Fischer zögerte, dann holte er schnell Atem und fragte: »Wer bist du?«

»Daniel Belasco.« Die Lippen der Figur bewegten sich nicht, doch kam die Stimme ohne Zweifel aus dem blassen Gesicht des jungen Mannes.

»War es dein Körper, den wir heute gefunden haben?«

»Ja.«

»Wir haben dich eingesegnet, warum bist du noch hier?«

»Ich kann nicht fort.«

»Warum?«

Keine Antwort.

»Warum?«

Stille. Fischer krampfte seine Hände zusammen und fragte weiter.

»Hast du etwas mit der Attacke auf Dr. Barrett im Dampfbad zu tun?«

»Nein.«

»Wer hat das getan?«

Es kam keine Antwort.

»Hast du Dr. Barrett gestern im Speisesaal attackiert?« fragte Fischer weiter.

»Ich war es nicht.«
»Wer denn?«
Schweigen.
»Hast du Miß Tanner heute gebissen?«
»Nein, ich nicht.«
»Wer war es?«
Stille.
»War die Katze, die sie angegriffen hat, von dir besessen?«
»Nein.«
»Wer hat es getan?«
Schweigen.
»Wer hat es getan?« beharrte Fischer. »Wer überfiel Dr. Barrett, wer biß Miß Tanner, von wem war die Katze besessen?«
Schweigen.
»Wer?« drängte Fischer.
»Kann's nicht sagen.«
»Warum nicht?«
»Kann nicht.«
»Warum?«
Stille.
»Du mußt es uns sagen, wer hat das alles getan?«
Er hörte einen verstärkten Atem.
»Wer?« Seine Stimme wurde lauter.
Die Stimme begann zu bitten: »Kann nicht –«
»Wer?« fragte Fischer.
»Kann es nicht sagen.«
»Wer?« Es klang wie ein Kommando. Fischer fühlte, daß der Widerstand sich verringerte.
»Bitte nicht –«
»Wer?«
Er hörte eine Art Schluchzen.
»ER«, sagte die Stimme.
»Wer ist das?«
»Er, ER!«
»*Wer*?« Fischer spürte den Erfolg nahen.
»ER«, schrie die Stimme. »Der Riese! Er! Vater, Vater.«
Fischer blieb in erstarrter Stille sitzen und sah, wie die Form sich auflöste und plötzlich in die Nase des Mediums zurückflutete. In weniger als sieben Minuten war alles verschwunden. Fischer hörte Florence stöhnen. Er erhob sich, ging beinahe tau-

melnd ins Badezimmer und füllte ein Glas mit Wasser. Er brachte es Florence, die gerade die Augen öffnete. Sie trank das Glas in einem Zug leer. Er ging zum Lichtschalter und knipste die Lampe neben ihrem Bett an.

»Ist er durchgekommen?« fragte sie.

Er berichtete, was geschehen war, und ihre Züge spannten sich zu höchster Erregung.

»Belasco«, sagte sie. »Natürlich, natürlich, wir hätten das bedenken müssen.«

Fischer antwortete nicht.

»Jetzt wird alles klar«, sagte sie. »Daniel wird hier von seinem Vater zurückgehalten.«

Fischer sah sie nur an, er wollte seine Ideen noch nicht an ihre These binden, obwohl sie ihm plausibel erschien.

»Sie kämpfen miteinander, Daniel will aus dem Höllenhaus fliehen, und sein Vater will mich glauben machen, daß Daniel die Überfälle auf mich und Barrett verübt hat, um mich gegen ihn einzunehmen. Aber alles, was Daniel will, ist –«

Sie brach ab, als sie sah, daß Fischer die Augen zukniff. »Was will er denn?« fragte er.

»Meine Hilfe.«

»Das wollten Sie jetzt gar nicht sagen, sondern etwas anderes.«

»Doch, nur das. Ich bin die einzige Person, die ihm helfen kann. Die einzige, der er vertraut. Sehen Sie das nicht ein?«

Fischer sah sie vorsichtig an. »Ich hoffe, ich kann es einsehen«, sagte er.

15.47 Uhr: Edith setzte sich auf und ließ die Beine über den Rand des Bettes gleiten. Sie blickte lange auf den schlafenden Lionel neben sich. Dann stand sie entschlossen auf, ging zu dem Schränkchen und öffnete es. Schon gut, beide hatten sie gewarnt, aber zugestoßen war ihr doch nichts. Der Brandy hatte sie entspannt, das war alles. Wenn sie wirklich bis morgen noch hier bleiben mußte, warum sollte sie sich den Aufenthalt nicht angenehm machen?

Sie nahm die Karaffe und eine der Silberschalen heraus und stellte sie auf den Tisch. Dann zog sie den Glasstöpsel heraus und goß den Becher voll Brandy, leerte ihn mit einem Schluck. Sie warf den Kopf zurück, schloß die Augen, öffnete den Mund und zog begierig Luft nach, als der Brandy die Kehle heizte. Er schmeckte wie heißer Sirup. Die Hitze pulsierte nach außen, sie spürte sie bis in die Venen.

Sie goß sofort noch einen Becher voll und nippte daran, dann machte sie es sich auf dem Tisch bequem, indem sie Lionels Manuskript achtlos beiseite schob. Dann nippte sie nochmals und goß gleich darauf den ganzen Inhalt in sich hinein, warf den Kopf wieder zurück. Ihr Mund stand offen, und ihr Gesicht verzog sich in sexuellen Lustgefühlen.

Sie dachte an die Szene mit Lionel im Dampfbad und wollte es sich vor sich selbst nicht zugeben, daß sie von einem bestimmten Moment an wütend war über seine Impotenz, als ob es seine Schuld sei und nicht die Schuld der Kinderlähmung. Hatte er jemals etwas für ihre sexuellen Bedürfnisse getan?

Mit einer Bewegung des Unwillens griff sie heftig nach der Karaffe und schob dabei die Schachtel mit dem Manuskript über den Tischrand, so daß die Blätter sich über den Fußboden zerstreuten. Erst wollte sie sie wieder einsammeln, dann runzelte sie die Stirn und ließ sie liegen. Das mache ich später, dachte sie, schloß die Augen und trank noch einen Becher Brandy leer.

Dann glitt sie vom Tisch, fiel beinahe hin und dachte, ich bin doch betrunken. Schuldgefühl überfiel sie für einen Augenblick. Mama hatte recht, ich bin doch wie er, dachte sie. Nein, doch nicht, ich bin ein braves Mädchen. Mädchen? Ich bin eine Frau. Mit unerfüllten Wünschen. Das müßte er wissen. Er ist nicht *so* alt. Oder *so* impotent.

Sie verscheuchte den Gedanken, ging zum Schränkchen und fühlte sich voll wohliger Wärme. Wenn die Karaffe leer wird, kann ich ja in die Küche gehen, da gibt es noch Brandy im Schrank, dachte sie und schwankte. Sie griff nach dem hohlen Buch, doch es entglitt ihren Fingern und fiel zu Boden, die Fotos vermischten sich mit den Seiten des Manuskripts. Sie kniete nieder und betrachtete eingehend ein Bild nach dem anderen. Beim Foto der beiden nackten Frauen leckte sie sich unbewußt die Oberlippe, als sie es betrachtete. Die Frauen lagen auf der Tischplatte des Speisesaals und trieben Cunnilingus miteinander. Ihr wurde heiß.

Plötzlich warf sie das Foto beiseite. »Nein«, murmelte sie ängstlich. Sie fuhr zusammen, sah Lionel an, der sich etwas bewegt hatte, stand unsicher auf und sah sich im Zimmer um, wie ein in die Enge getriebenes Tier.

Sie durchquerte das Zimmer. Dann öffnete sie die Tür, glitt hinaus und schloß sie wieder hinter sich. Es ging nicht ganz so lautlos, wie sie es gewollt hatte. Dann schüttelte sie stark den Kopf, damit er wieder klar wurde und ging zu Fischers Zimmer. Er war nicht im Raum.

Er muß in der Halle sein, dachte sie und machte sich auf, die Treppe hinunterzugehen. Angst hatte sie keine, im Gegenteil, sie fühlte sich frei und sicher. Ein Grund mehr, dem Alkohol dankbar zu sein. Beinahe wäre sie das breite Treppengeländer hinabgerutscht wie ein Schulkind.

Unten angekommen, hörte sie Holz splittern. Sie zögerte etwas, dann ging sie weiter. Sie schloß die Augen. Ich fliege, sagte etwas in ihr. Dann wieder: Vater und Tochter, beide Trinker!

Im Türbogen blieb sie stehen und versuchte augenzwinkernd zu erkennen, woran Fischer arbeitete. Er stand mit dem Rücken zur ihr, das Brecheisen in der Hand. Ach richtig, er öffnete die Seitenteile der großen Kiste für Lionel. Das war nett von ihm.

Sie fuhr zusammen, als Fischer sich plötzlich erschreckt umdrehte, das Brecheisen wie eine Waffe in der Hand.

»Kamerad«, sagte sie und hob ihre Arme hoch, als wollte sie sich ergeben.

Er starrte sie an. Wortlos. »Sind Sie böse?« fing sie an.

Er unterbrach sie sofort. »Was machen Sie hier, verdammt noch mal?«

»Nichts.« Sie stieß sich vom Türbogen ab und schwankte auf ihn zu.

»Sind Sie betrunken?« Es klang erstaunt.

»Ich habe einige Drinks gehabt, wenn Sie das interessiert.«

Fischer trat zu ihr, reichte ihr den Arm und befahl: »Kommen Sie.«

»Gern, wo wollen wir hin?«

»Aber Mrs. Barrett!«

»Sagen Sie doch Edith.«

Fischer nahm sie am Arm und sagte: »Sie sollten Ihren Mann nicht allein lassen.«

»Dem geht es gut. Er schläft.«

»Sie müssen sofort hinaufgehen«, sagte er.

»Ich denke nicht daran.« Sie lächelte, nahm den Finger und rieb damit auf der Tischfläche. »Hier haben sie es getrieben«, sagte sie.

»Wer?«

»Die Lesbierinnen. Genau hier auf diesem Tisch.«

»Sie wissen wohl nicht, was Sie sagen«, meinte er und zog seine Hand weg, die sie ergiffen hatte.

»Oh, ich weiß das ganz genau, Mr. Fischer.« Sie kicherte.

Er erstarrte, als sie sich an ihn lehnte und ihre Arme um ihn legte. »Haben Sie mich nicht lieb?« fragte sie. »Ich weiß, ich bin nicht so schön wie Florence, aber ich –«

»Es ist das Haus. Das macht Sie so –«

»Gar nichts macht das Haus«, unterbrach sie ihn. »Wer etwas macht, bin ich.«

Er versuchte, ihre Hände wegzuschieben. Sie drückte sich noch fester an ihn. »Sind Sie auch impotent?« spottete sie.

Er zwang ihren Arm von seinem Hals und drückte sie von sich. »Wachen Sie auf!« schrie er.

Zorn flammte in ihr auf. »Wachen Sie lieber selbst auf, Sie geschlechtsloser Zwitter.« Edith torkelte rückwärts zum Tischrand, stellte sich schwankend und keuchend auf die Platte und begann, sich das Hemd vom Leib zu reißen. »Was ist los, Sie kleines Männchen?« höhnte sie. »Noch nie eine Frau gehabt?« Sie griff nach ihrer Jacke und riß sie auf, daß die Knöpfe flogen. Mit klammen Fingern öffnete sie die Vorderseite des Büstenhalters und packte ihre Brüste, hielt sie hoch und schrie: »Was ist los mit Ihnen, Sie Männchen?« Sie grinste: »Noch niemals ein paar Titten gehabt? Versuch's doch! Die werden dir schmecken!«

Sie glitt vom Tisch, schwankte zu Fischer hin, ihre Hände hielten ihm die Brüste hin. »Saug doch dran«, ihre Stimme zitterte vor Haß und Begierde, das Gesicht verzerrt vor Wut. »Saug sie, leck sie, du komischer Lump, oder ich find mir ein Weib, das es mir macht!«

Er riß seinen Kopf seitwärts. Sie sah es und folgte seinem Blick. Ein Zentnergewicht preßte sie nieder.

Lionel stand im Türrahmen.

Dunkelheit verschlang sie.

16.27 Uhr: Musik erklang. Irgendwoher. Langsam, zärtlich. Ein Walzer. Sie tanzte zur Musik und glitt durch einen duftenden Nebel. War sie im Ballsaal? Das Gesicht ihres Tänzers war nicht klar erkennbar, aber sie wußte, daß es Daniels Gesicht war. Sie fühlte seinen Arm, der sie stützte und führte. Die Luft war warm und duftete nach Rosen. Ein kleines Streichorchester spielte. Florence wiegte sich im Takt mit ihrem Partner.

»Glücklich?« fragte er.

»Ja«, flüsterte sie, »sehr.«

Wo war sie? Drehte man einen Film? Sie versuchte, sich zu erinnern, konnte es aber nicht. Es war bestimmt kein Film. Keine Kamera, keine Scheinwerfer, keine fehlende Wand, hinter der das Personal zusah. Nein, es war ein echter Ballsaal.

Jetzt sah sie auch sein schönes Gesicht. »Ich habe dich lieb«, sagte sie.

»Ich dich auch.«

»Ich möchte immer bei dir sein.«

»Ich verlasse dich nie. Niemals, Liebling.«

Sie fühlte eine duftende Brise im Gesicht. Ihr Partner war mit ihr aus dem Ballsaal auf die große Veranda getanzt. Der Mond schien rund und silbern. Der Garten unter ihnen atmete sommerlich. War sie betrunken? Nein, es war Trunkenheit des Geistes. Es war Freude und Liebe, süße Musik aus der Ferne, und sie tanzte mit ihrem geliebten Daniel immer weiter und weiter gegen –

Er schrie: »Nein!«

Florence stockte der Atem, ihre Sinne waren verwirrt. Vor ihr stand Daniel im Nebel, weiß im Gesicht, erschreckt und wild gestikulierend, um sie aufzuhalten. Eiskaltes Wasser ließ ihre Füße und Knöchel erstarren, kalter Wind zerschnitt ihr Gesicht, Geruch von Fäulnis drang ihr in die Nase. Sie schrie auf, wankte rückwärts, und stürzte. Etwas hinter ihr schien davonzustürmen. Florence drehte sich herum und sah noch einen Augenblick lang eine große, schwarzgekleidete Figur im Nebel verschwinden.

Sie schauderte, als die eisige Luft tief in ihre Haut schnitt. Sie lag neben dem Tümpel, vor dem Höllenhaus.

Sie war im Begriff gewesen, hineinzutanzen.

Mit einem Schreckenslaut riß sie sich hoch und begann, dem Haus entgegenzulaufen, dessen augenlose Fassade dräuend aus dem Nebel ragte. Das Tor stand offen. Sie rannte hinein, warf es hinter sich zu und stemmte sich dagegen. Sie schreckte auf, als sie eine Gestalt sah, die die Treppe herunter zur Küche eilte. Es war Fischer mit einem Glas in der Hand. Als er sie erblickte, blieb er einen Augenblick stehen, dann kam er auf sie zu: »Was ist geschehen?« fragte er.

»Ist das Whisky?«

Fischer nickte.

»Geben Sie mir etwas, bitte.«

Er gab ihr das Glas, und Florence trank gierig, bis sie spürte, wie die Flüssigkeit ihre Kehle erwärmte. Sie gab das Glas zurück.

»Was ist geschehen?« fragte er nochmals.

»Er wollte mich umbringen.«

»Wer?«

»Belasco«, sagte sie. Sie packte seinen Arm. »Ich habe ihn gesehen, Ben. Ich habe ihn draußen vor dem Haus gesehen, wie er mich am Tümpel verließ.«

Sie erzählte ihm, was vorgefallen war.

Fischer führte sie zum Kamin, wo sie sich der naßkalten Schuhe und Strümpfe entledigte, während ein neu aufgelegtes Scheit zu lodern begann. Florence sagte: »Ben, jetzt kenne ich das Geheimnis vom Höllenhaus.« Sie blickte Fischer an, der nichts erwiderte. »Das Geheimnis ist Belasco selbst.«

»Wieso?«

»Er sorgt dafür, daß das Haus nie zur Ruhe kommt, indem er als versteckter Veranstalter die vorhandenen Kräfte immer wieder mobilisiert.« Sie konnte deutlich sehen, daß er interessiert war. Er setzte sich aufrecht hin, seine Augen auf sie gerichtet.

»Bedenken Sie, Ben«, sagte sie, »es ist ›kontrollierter mehrfacher Spuk‹. Etwas, das es nur in diesem Haus gibt. Ein überlebender Wille, der so stark ist, daß er über jede andere überlebende Persönlichkeit im Haus dominiert.«

»Und Sie meinen, diese anderen merken das nicht?«

»Die anderen kümmern mich wenig. Sicher ist, daß Daniel es weiß, sonst hätte er mich nicht gewarnt, und ich läge jetzt tot im Tümpel.

Es paßt alles zusammen, Ben. Von Anfang an war es Belasco, der alles dirigierte. Und er ist es auch, der Daniel hier gefangenhält, trotz unserer Einsegnung. Bedenken Sie, Ben, über welche Kräfte er verfügen muß.«

Sie lehnte sich in ihren Stuhl zurück und blickte in die Flammen. »Er ist wie ein General mit seiner Armee. Er kontrolliert alles, aber er selbst kämpft nicht mit.«

»Und wie kann man ihm dann beikommen? Generäle sterben nicht im Krieg.«

»Man muß ihn besiegen, indem man seine Armee Stück für Stück vernichtet, so daß er zum Schluß allein übrigbleibt und doch kämpfen muß. Allein!« Sie sah Fischer mit herausfordernden Augen an.

»Aber wir haben nur bis Sonntag Zeit.«

Florence schüttelte den Kopf. »Ich bleibe hier, bis die Aufgabe erfüllt ist. Meine Aufgabe!«

18.11 Uhr: Fischer setzte sich allein an den gedeckten Tisch und begann, sich an den gut zubereiteten Speisen gütlich zu tun. Dabei dachte er an Florences Erklärungen. Diesmal war sie auf dem richtigen Wag. Er konnte es beinahe körperlich fühlen. Merkwürdig, daß man nicht schon früher auf die Idee gekommen war. Es hatte doch schon mit der Grammophonplatte begonnen, mit der Belasco sie begrüßt hatte. ›Willkommen in meinem Hause. Ich freue mich, Sie hier zu haben.‹ Er hörte im Geiste den zynischen Unterton, der in der Stimme mitgeklungen hatte.

Fischer vernahm Schritte, drehte sich um und sah Barrett hinkend den Speisesaal durchqueren, blaß und unnahbar aussehend. Ob er nach all den peinlichen Szenen, die recht erniedrigend für ihn waren, wohl mit ihm sprechen würde?

Er wartete. Barrett blieb bei seiner Maschine stehen, einen verwunderten Ausdruck im Gesicht. Er blickte zu Fischer hinüber. »Haben Sie das ausgepackt?« fragte er mit leiser Stimme.

Fischer nickte.

Barretts Mundwinkel zogen sich um ein winziges Stückchen nach oben. »Danke Ihnen«, murmelte er.

Barrett hinkte zum Tisch und legte einige Speisen auf zwei Teller. Fischer sah ihm aus den Augenwinkeln zu und bemerkte deutlich, wie sehr der verbundene Daumen ihn schmerzen mußte.

»Ich muß Ihnen noch danken für Ihre Hilfe heute nachmittag«, sagte Barrett. »Im Dampfbad«, fügte er eilig hinzu.

»Doktor?« sagte Fischer und wollte auf das Thema Edith überleiten.

Barrett blickte auf.

»Wegen der Sache von vorhin –«

»Darüber möchte ich nicht sprechen, wenn Sie gestatten.«

Fischer fand es notwendig, die Sache zu klären. »Ich versuchte nur, zu helfen.«

»Ich weiß das zu schätzen, trotzdem –«

»Dr. Barrett«, unterbrach Fischer ihn, »etwas in diesem Haus will auf Ihre Frau einwirken. Was vorhin passiert ist –«

»Mr. Fischer –«

»– war nicht ihre Schuld.«

»Mr. Fischer, ich muß Sie bitten –«

»Dr. Barrett, es geht um Tod und Leben. Wußten Sie, daß Ihre Frau gestern im Begriff war, aus der Eingangstür hinauszugehen und wahrscheinlich in den Tümpel gefallen wäre?«

Barrett sah erschrocken auf. »Wann?« fragte er.

»Gegen Mitternacht. Sie schliefen bereits.« Fischer wartete, um den Effekt zu vergrößern. »Sie schlief auch.«

»Sie schlafwandelte?« Barrett war schockiert.

»Wenn ich sie nicht rechtzeitig aufgehalten hätte –«

»Das hätten Sie mir früher sagen müssen.«

»Sie hätte das tun müssen!« sagte Fischer. »Daß sie es nicht getan hat, ist ein Beweis, daß –«

»Was sie gesagt oder nicht gesagt hat, ist für die Sache recht irrelevant«, sagte Barrett gemessen.

»Irrelevant?« Fischer sah ihn verwundert an. »Was, zum Teufel, nennen Sie irrelevant? Was hier geschieht, richtet sich gegen Ihre Frau, gegen Florence und, wie Sie gesehen haben, auch gegen Sie selbst, falls Sie das gemerkt haben sollten.«

Barrett sah ihn schweigend an. Seine Miene war hart. »Ich habe eine Menge Dinge bemerkt, Mr. Fischer«, sagte er schließlich, »und eine davon ist, daß Mr. Urban etwa ein Drittel seines Geldes zum Fenster hinauswirft.«

Er nahm Teller und Besteck auf und entfernte sich.

Fischer blieb zurück und dachte über die letzte Bemerkung Barretts nach. Was, zum Teufel, erwartete er von ihm? Sollte er ratenweise Selbstmord begehen, wie Florence? Wenn ihm bisher nichts geschehen war, so doch wohl deshalb, weil er richtig vorgegangen war. Und doch, was hatte er bis jetzt wirklich zu dem Unternehmen beigetragen? Eine Kiste geöffnet. Die ›Rettung‹ Barretts aus dem Dampfbad? Jeder andere hätte das auch tun können. Dasselbe traf auf sein Zusammentreffen mit Edith zu. Himmelherrgott, er wurde doch ausgesucht, weil er einst das beste Medium Amerikas gewesen war. Was hatte er denn auf seinem ureigensten Gebiet wirklich zur Lösung der Frage des Höllenhauses beigetragen? Seit wieviel Jahren hatte er keine Séancen mehr gemacht? Waren seine Kräfte denn überhaupt noch vorhanden?

Er ging auf einen der Sessel zu, setzte sich hinein, konzentrierte sich, schloß die Augen, atmete tief ein. Er würde sich nicht einfach überfallen lassen in seiner Trance, wie es mit Florence geschah. Er hatte seine Erfahrungen, war kein grüner Junge mehr wie damals 1940.

Er lauschte in sich hinein. Nichts. Hatte er zu lange ausgesetzt? War seine Kraft verschwunden? Er preßte die Lippen aufeinander, bis sie weiß wurden. Nochmals tief einatmen, dachte er. Langsam begann er ein längst vergessenes Prickeln in den Fingerspitzen zu fühlen. Seine Sinne wurden empfindlicher. Er hörte jedes kleinste Geräusch. Das Knacken des Feuers wurde überlaut.

Und dennoch, nichts geschah. Das Haus war gewiß übervoll von magischen Kräften, man konnte das fühlen, selbst wenn man kein Medium war. Edith hatte es gespürt, selbst Barrett, wenn er es auch nicht zugeben würde.

Plötzlich schlug es zu. Es hatte den Moment gut gewählt, als er verzweifelt sein Innerstes geöffnet und seine Antennen ausgestreckt hatte. Er versuchte, es zurückzuhalten, sich zu wehren, doch die Attacke kam zu schnell. Etwas Schwarzes, Enormes raste auf ihn zu, genau auf ihn gezielt, um ihn zu treffen, zu zermalmen.

Zu spät. Er konnte sich nicht mehr schützen. Die Kraft, die auf ihn losgelassen wurde, drang tief in sein Innerstes, durch den Spalt, den er selbst aufgetan hatte. Er schrie laut auf, als es ihn an den vitalsten Punkten des Körpers packte, ihm sein Innerstes herauszureißen drohte, sein Hirn zerschnitt. Die Augen aufgerissen, starrte er schreckerfüllt ins Leere. Er klappte nach vorn, beide Hände über der Magengrube gekreuzt. Etwas warf sich gegen seinen Rücken, den Kopf, das Genick, schleuderte ihn aus dem Sessel auf den Boden. Er krachte gegen eine Tischkante, wurde zurückgerissen. Der Raum begann, sich zu drehen, die ganze Atmosphäre war erfüllt von einem Strudel gigantischer Kräfte. Fischer brach in die Knie, die Arme gekreuzt, um sich gegen die wütende Macht zu schützen, sie aus sich herauszupressen. Er versuchte, ihm die Arme auseinanderzureißen. Er kämpfte dagegen an, mit zusammengebissenen Zähnen, das Gesicht zu einer steinernen Maske ohnmächtigen Widerstandes erstarrt, gurgelnde Laute drangen aus seiner Kehle. Du kriegst mich nicht, ich wehre mich, fort mit dir, dachte er mit der letzten Kraft, zu der er noch fähig war.

Das Etwas ließ urplötzlich ab von ihm, wie von der Luft aufgesaugt. Fischer richtete sich kniend auf, sein Gesicht hatte den stieren Ausdruck eines Menschen, der soeben in den Leib bajonettiert worden ist. Er wollte sich aufrecht halten, konnte es nicht und fiel mit einem erstickten Laut auf die Seite. Seine Beine zogen sich nach oben, der Rücken krümmte sich, und der Kopf beugte sich auf die Brust, wie bei einem Embryo. Seine Augen schlossen sich, und er begann am ganzen Körper hemmungslos zu zittern. Er spürte den Teppich an seiner Wange, hörte das Prasseln des Feuers, und es war ihm, als ob jemand über ihm stünde. Jemand, der ihn mit kalter, sadistischer Lust anblickte und sich am Anblick seiner hilflosen Willensauflösung ergötzte.

Jemand, der es lässig in der Hand hatte, ihn zu vernichten, wann und wie es ihm beliebte.

18.27 Uhr: Barrett stand neben ihrem Bett, blickte auf Edith herab und schwankte, ob er sie wecken sollte oder nicht. Das Essen wurde kalt, aber war es denn Essen, das sie brauchte, oder Schlaf?

Er dachte an die Worte, die er von Edith gehört hatte, als er sie mit offenem Büstenhalter, die Brüste in der Hand, vor Fischer gesehen hatte, und sie ihn aufforderte, sie zu . . .

Er ging zu ihr hinüber, Sie mußten sich aussprechen. Er konnte diesen Zweifel nicht länger ertragen. Er berührte sie an der Schulter.

Sie erwachte mit einem jähen Seufzer, die Augen waren sofort weit offen, die Beine zog sie plötzlich an. Barrett versuchte, zu lächeln, es gelang ihm nicht. »Ich habe dir das Abendbrot gebracht«, sagte er.

»Abendbrot.« Sie sagte es, als ob sie das Wort noch niemals gehört hätte.

Edith blickte herum. Ob sie wohl bemerkte, daß er die Fotos weggeräumt hatte? Sie blickte an sich herab. Er hatte, als er sie mit Fischer heraufbrachte, ihren Büstenhalter geschlossen und die Jacke, soweit noch Knöpfe daran waren, zugeknöpft. Ihre rechte Hand fingerte nervös an der Vorderseite der Jacke. Dann stand sie auf und ging in das Badezimmer.

Er setzte sich mit einiger Anstrengung an den achteckigen Tisch, sah den Lammbraten und das Gemüse auf seinem Teller an und seufzte. Er hätte sie niemals in dieses Haus bringen dürfen. Es war ein schrecklicher Fehler gewesen.

Er drehte sich um, als sich die Badezimmertür öffnete. Edith hatte sich das Gesicht gewaschen, die Haare gekämmt, kam nun zum Tisch und setzte sich. Sie nahm ihre Gabe jedoch nicht auf, sondern saß nur gebeugt da, den Blick abgewandt, wie ein gezüchtigtes Kind. Barrett räusperte sich. »Das Essen ist schon kalt«, sagte er, »aber du mußt ja wohl etwas zu dir nehmen.«

Er sah, wie sie die Zähne in die Unterlippe schlug, als diese zu zittern begann. Nach einigen Momenten antwortete sie: »Du brauchst nicht höflich zu mir zu sein.«

Barrett fühlte zwar einen plötzlichen Drang, sie anzuschreien, unterdrückte jedoch diese Regung und sagte: »Du hättest nichts mehr von diesem Brandy trinken dürfen. Ich habe ihn untersucht, und wenn ich mich nicht irre, enthält er über fünfzig Prozent Absinth.«

Sie sah ihn fragend an.

»Ein Aphrodisiakum.«

Sie schwieg beharrlich.

»Und wegen alldem anderen«, hörte er sich sagen, »es gibt tatsächlich sehr starke Einflüsse in diesem Haus, und ich denke, es beginnt sich auf dich auszuwirken.« Warum sage ich ihr das? fragte er sich, warum muß ich sie freisprechen?

»Ist das alles?« fragte sie schließlich.

»Wie meinst du das?«

»Hast du . . . das Problem gelöst?« Ihre Stimme war demütig und vorwurfsvoll zugleich.

Barrett spannte sich. »Ich versuche, vernünftig zu bleiben.«

»Ich verstehe«, wisperte sie nur.

»Soll ich lieber toben? Schimpfworte brüllen?« Er riß sich gerade. »Ich versuche für den Augenblick, es den äußeren Einflüssen zuzuschreiben.«

Edith sagte nichts.

»Ich weiß, ich habe dir nicht viel... physische Liebe gegeben«, sagte er verlegen-schwerfällig. »Die Schädigung durch die Polio... ist zwar keine hundertprozentige Entschuldigung, aber da war doch auch der Einfluß meiner Mutter – und vielleicht die völlige Vertiefung in meine Arbeit, die Unmöglichkeit, zu –«

»Lionel.«

»Doch, ich gebe dem allen die Schuld«, sagte er entschlossen. »Mir selbst und dem Haus.« Auf seiner Stirn schimmerte dünner Schweiß. Er nahm das Taschentuch und wischte ihn ab. »Laß mir bitte diese Gründe«, sagte er, »und wenn es noch andere geben sollte... dann können wir später darüber sprechen. Nachdem wir aus diesem Haus heraus sind.«

Edith zwang sich zu einem Nicken.

»Ehe wir wieder hinuntergehen, werde ich mein Bein etwas hochlegen müssen«, sagte er.

»Mußt du denn heute noch arbeiten?«

»Ich muß morgen damit fertig werden.«

Sie ging mit ihm zum Bett und sah zu, wie er sich unter Schmerzen niederließ.

Sie stand an seinem Bett und sah ihn beunruhigt an.

»Willst du, daß ich nicht mehr hierbleibe, Lionel?«

Er war eine Weile still, ehe er antwortete. »Nicht, wenn du von jetzt an keinen Schritt mehr von meiner Seite weichst.«

»In Ordnung.« Sie schien sich zurückhalten zu wollen, dann aber setzte sie sich plötzlich neben ihn. »Ich weiß, du kannst mir jetzt nicht verzeihen«, sagte sie, »ich erwarte es auch nicht – nein, bitte laß mich sprechen. Ich weiß, was ich getan habe. Ich würde zwanzig Jahre meines Lebens dafür geben, es ungeschehen zu machen.«

Ihr Kopf sank nach vorn. »Ich weiß nicht, warum ich soviel getrunken habe, außer, daß ich nervös war – geängstigt. Ich weiß nicht mehr, warum ich herunterging. Ich war mir der Sache bewußt und doch, gleichzeitig –«

Sie blickte auf. Tränen standen in ihren Augen. »Ich bitte dich nicht um Verzeihung. Versuche nur, mich nicht zu sehr zu verachten. Ich brauche dich, Lionel. Ich habe dich lieb. Und ich weiß nicht, was mit mir vorgeht.« Sie konnte kaum noch sprechen.

»Liebling.« Trotz seiner Schmerzen setzte sich Barrett auf und legte seine Wange an die ihre. »Es ist alles wieder in Ordnung. Wenn wir aus diesem Haus fortgehen, wird alles vergessen sein.« Er wandte ihr sein Gesicht zu, um ihr Haar zu küssen. »Ich habe dich auch lieb. Aber das hast du doch immer gewußt, nicht wahr?«

Edith umschlang ihn schluchzend. Alles wird in Ordnung kommen, sagte er zu sich. Es war bestimmt nur der Einfluß des Hauses. Alles würde in Ordnung kommen, wenn sie erst einmal draußen wären.

19.31 Uhr: Florence richtete sich auf. Sie ächzte, lehnte ihre Arme an den Rand der Matratze, um sich aufzustützen, und stand vollends auf. Wie spät ist es wohl? fragte sie sich. Sie sah auf ihre

Uhr. Ihr Gebet hatte über zwei Stunden gedauert. Sie hatte neben dem Bett gekniet, die Hände ineinander geschlungen. All die hilfreichen Geister, die ihr in der Vergangenheit beigestanden hatten, waren von ihr angerufen worden. Zwei volle Stunden hatte sie auf den Knien gerungen, um Daniel Belascos Fesseln zu lösen, die ihn an das Höllenhaus gebunden hielten.

Es war ihr nicht gelungen. Sie spürte immer noch die Gegenwart Daniels, spürte, wie er wartete.

Mechanisch ging sie ins Badezimmer, erfrischte das Gesicht mit etwas Wasser und ging quer durch das Zimmer zur Tür, die zum Korridor führte, öffnete sie und trat hinaus. Mechanisch ging sie weiter und kam zur Treppe. Sie fühlte, daß ihre zunehmende Verstrickung mit Daniel sich schlecht für sie auswirken mußte, denn es hielt sie davon ab, all das zu erforschen, was in diesem furchtbaren Haus noch auf Erlösung wartete. Es waren ja so viele, die sich bereits manifestiert hatten. War es gerecht, all ihre Arbeit auf Daniel zu konzentrieren? Es warteten so viele andere. Aber sie hatte ja sowenig Zeit. Urban war nicht an der Erlösung von irgendwelchen Überlebenden interessiert. Wenn er Barretts Bericht bekommen hatte, würde er das Haus gewiß wieder versiegeln lassen. Und war es nicht besser, wenigstens Daniel zu retten? Sie straffte sich, schob mit einer energischen Bewegung ihre Schultern zurück und ging aufrecht weiter. Ich werde tun, was ich kann. Und wenn ich die ganze Woche brauche, nur um Daniel zu erlösen, dann muß das genug sein. Entschlossen ging sie auf die große Halle zu. Sie hatte Hunger. Beim Tisch angekommen, begann sie, sich etwas Essen auf den Teller zu legen.

Als sie sich setzen wollte, sah sie ihn. Er saß vor dem Kamin und starrte in die Flammen. Er hatte sich nicht umgedreht, obwohl er sie gewiß hatte kommen hören.

»Ich habe Sie gar nicht bemerkt«, sagte sie und nahm ihren Teller mit zu ihm herüber. »Darf ich mich zu Ihnen setzen?«

Er sah sie flüchtig an, so als sei sie eine Fremde. Florence setzte sich in einen Sessel und begann zu essen.

»Was ist los, Ben?« fragte sic, als er keinerlei Anstalten machte, ihre Gegenwart zur Kenntnis zu nehmen.

»Nichts.«

Sie zögerte, dann fuhr sie fort: »Ist etwas geschehen?«

Fischer antwortete nicht.

»Ich dachte, wir vertrauen einander, Ben.«

»Ich vertraue nichts und niemandem«, sagte er, »und derjenige, der es doch in diesem Hause tut, ist ein Narr.«

»Also ist doch etwas geschehen.«

»Eine ganze Menge«, sagte er bissig.

»Nichts, was sich nicht regeln läßt.«

»In diesem Haus gibt es nichts, was wir regeln können.« Sie sah seine Augen, die dunkel glänzten – vor Angst und vor Wut.

»Das stimmt nicht, Ben, wir haben doch schon gute Fortschritte gemacht.«

»Fortschritte? Zu unserem gemeinsamen Grab vielleicht!«

»Nein.« Sie schüttelte den Kopf. »Wir haben eine Menge herausbekommen. Daniel zum Beispiel; und wir wissen jetzt, wie Belasco vorgeht.«

»Daniel, wie wollen Sie wissen, ob es ihn überhaupt gibt? Barrett meint, Sie hätten ihn erfunden. Woher wollen Sie wissen, daß er nicht recht hat?«

»Aber Ben, der Leichnam und der Ring –«

»Wenn das alles ist«, unterbrach er sie, »würden Sie dafür um Ihren Kopf wetten?«

Florence war erschreckt über die Gehässigkeit in seiner Stimme. Irgend etwas mußte ihm zugestoßen sein, das er für sich behielt.

Er riß sich in die Höhe und sagte: »Im übrigen haben Sie recht, ich bin kein ergiebiges Medium mehr. Ich bin zu wie eine Faust, und ich bleibe zu, bis diese Woche hier vorüber ist. Dann hol ich mir meine Hunderttausend und komme niemals mehr in die Nähe dieses gottverdammten Hauses. Und Sie sollten das gleiche tun.«

Er drehte sich auf dem Absatz um und ging mit grimmiger Miene aus dem Raum.

Sie konnte nicht weiteressen. Seine Worte hatten sie tief getroffen. All ihre Unsicherheit kehrte zurück und schwächte ihren Glauben an sich selbst und ihre Fähigkeiten.

Und dennoch, es konnte nicht sein. Daniel existierte, mußte existieren. Er hatte ihr Leben gerettet. Hatte mit ihr gesprochen, mit ihr argumentiert.

Die Worte Fischers kamen ihr wieder in den Sinn: ›Wie wollen Sie wissen, ob es ihn überhaupt gibt? Barrett meint, Sie hätten ihn erfunden...‹

Sie versuchte, das Argument nicht einsinken zu lassen, aber es ließ sich nicht vertreiben. Andere Worte tauchten in ihrem Gedächtnis auf. Es waren die Worte, die sie zu Daniel gesprochen hatte, als sie im Ballsaal tanzten. ›Bist du glücklich?‹ ... ›Ja, sehr.‹ ›Bist du glücklich?‹ ... ›Ja, sehr.‹

»O mein Gott«, murmelte sie, als sie sich erinnerte. Es waren die Worte, die sie einst in einem Fernsehstück zu sprechen hatte.

Sie versuchte vergeblich, der Lawine des Zweifels zu entrinnen, die sich auf sie zubewegte, doch der Damm des Widerstandes war gebrochen, und die schwarzen Gedanken überfluteten alles. ›Ich habe dich lieb‹ ... ›und ich dich auch.‹ »Nein«, flüsterte sie, und die Tränen drangen ihr aus den Augen. ›Ich möchte immer bei dir sein ... ich verlasse dich nie. Niemals, Liebling.‹

Sie sah ihn vor sich, wie er damals im Spital gelegen hatte, blaß, eingefallen, mit Augen, in denen schon der Tod glitzerte: ihr geliebter Bruder David. Die Erinnerung überfiel sie schonungslos. Er hatte vorher von Laura, dem Mädchen, das er liebte, gesprochen. Er hatte sie niemals besessen, und jetzt war es zu spät.

Er hatte ihre Hand umkrampft, sein Gesicht eine faltige und graue Maske, als er damals diese Worte zu ihr gesagt hatte: ›Ich habe dich lieb.‹ Sie flüsterte zurück: ›Und ich dich auch.‹ Ob er damals wohl wußte, daß sie es war, die bei ihm saß? Hatte er vielleicht in seiner Sterbestunde gedacht, sie sei Laura? ›Ich möchte immer bei dir sein‹, hatte er gewispert, und sie hatte geantwortet: ›Ich verlasse dich nie. Niemals, Liebling.‹

Ein Schluchzen des Grauens brach aus ihr. Nein, es war nicht wahr. Sie begann zu weinen. Aber es war doch die Wahrheit: Sie hatte Daniel Belasco unbewußt erfunden. Es gab keinen Daniel Belasco. Es gab nur die Erinnerung an ihren Bruder, wie er starb, und die Erinnerung an den Verlust, den sie damals verspürt hatte.

»Nein, nein, nein, nein, nein.« Ihre Hände umklammerten die Stuhllehne, der Kopf sank ihr auf die Brust, sie zitterte, und heiße Tränen quollen aus ihren Augen. Nein, es war nicht so! Sie konnte das nicht getan haben, nicht einmal unbewußt. Es war zu unwahrscheinlich, es widersprach ihrer innersten Empfindung. Es mußte einen Weg geben, das zu beweisen! Irgendwie mußte sie es schaffen!

Sie warf ihren Kopf mit einem Ruck hoch und starrte durch den Schleier der Tränen auf das Feuer. Es war, als hätte ihr jemand etwas ins Ohr geflüstert. Zwei Worte.

Die Kapelle.

Ein zittriges Lächeln fand den Weg zu ihren Lippen. Sie stand wankend auf und ging, sich die Augen reibend, zur Eingangshalle. Es gab eine Antwort in der Kapelle. Sie hatte das immer gewußt. Nun war es klar, hier war die Antwort, die sie brauchte. Es war ihr Beweis und ihre Rechtfertigung.

Diesmal würde sie hineingehen.

Sie versuchte, ihre Ungeduld zu zügeln, konnte aber nicht umhin, beinahe laufend die Eingangshalle zu durchqueren, ihre energischen Schritte hallten an den Wänden wider, ihre Kleider raschelten bei dem schnellen Gang. An der Treppe vorbei gelangte sie in den Korridor, den sie in einigen Sekunden durchmaß.

Sie erreichte die Tür der Kapelle und legte ihre Hand auf den Türknopf. Eiskalter Widerstand durchfuhr sie bis in ihr tiefstes Inneres, grenzenlose Übelkeit überfiel sie. Sie preßte beide Hände gegen die Tür und begann zu beten. Nichts auf dieser oder in der anderen Welt konnte sie mehr aufhalten.

Die Widerstandskraft im Inneren der Kapelle schien zu schwanken. Florence stemmte ihr Gewicht gegen die Tür. »Im Namen des Vaters, des Sohnes und des Heiligen Geistes!« sagte sie mit lauter, klarer Stimme. Die Kraft begann, sich zurückzuziehen. Ihre Lippen bewegten sich, als sie schnell weitersprach: »Du kannst mich nicht mehr zurückhalten, denn Gott ist mit mir! Wir treten zusammen jetzt ein! Öffne! Du kannst mich länger nicht zurückhalten! Aufgemacht!«

Plötzlich war die Kraft verschwunden. Florence stieß die Tür auf, ging hinein und knipste das Licht an. Sie lehnte sich mit dem Rücken gegen die Eingangstür, schloß die Augen und sprach: »Danke, o Gott, daß du mir Kraft gegeben hast.«

Nach einer Weile öffnete sie die Augen und blickte umher. Das blasse Licht der Wandlampen hielt die Dunkelheit mit Mühe zurück. Die Stille war so tief, daß sie gegen das Trommelfell zu drücken schien.

Sie ging im Mittelgang nach vorn, und als sie das schamlose Kruzifix über dem Altar bemerkte, senkte sie ihren Blick. Sie fühlte: Hier muß es sein. Es gab keinen Zweifel mehr. Unsichtbare Fäden zogen sie unwiderstehlich nach vorn.

Sie kam bis knapp an den Altar und bemerkte eine schwere Bibel mit Metallschließe, die in der Mitte der Altarplatte ruhte. Eine Bibel an diesem gräßlichen Platz, dachte sie schaudernd. Ihr Blick schweifte suchend umher. Doch die unsichtbare Kraft zog sie immer noch nach vorn, gegen... was? Die Altarwand? Den Altar selbst? Sicher nicht gegen das Kruzifix. Florence fühlte sich vorwärts gezogen, immerzu vorwärts.

Sie fuhr zusammen, als plötzlich der Deckel der Bibel aufsprang und heftig zurückgeschlagen wurde. Als sie hinsah, begannen die Seiten sich so rasend umzublättern, daß das Auge nur mehr die Bewegung selbst sah. Florence fühlte, daß es in ihren Schläfen hämmerte. Plötzlich kamen die Seiten zum Stillstand. Florence beugte sich vor, um die aufgeschlagene Seite anzusehen.

»Ja!« flüsterte sie tiefbewegt. »O ja!«

Am Kopf der Seite stand eine Rubrik GEBURTEN. Darunter stand eine einzige vergilbte Eintragung: ›Daniel Myron Belasco, geboren am 4. November 1903 um 2 Uhr morgens.‹

21.07 Uhr: »Es muß doch irgend etwas geben, das ich tun kann«, sagte sie. Barrett wandte sich von der Maschine ab, an der er einen offenliegenden Schaltkreis mit den Planskizzen verglichen und geduldig die Transistoren und das gesamte Drahtnetz geprüft hatte. Sie hatte ihm in nervöser Ruhe etwa zwanzig Minuten zugesehen und deutlich bemerkt, wie müde er aussah. Erst dann entschloß sie sich, zu sprechen.

»Nein, ich fürchte, du kannst nichts für mich tun«, sagte er. »Es ist einfach zu kompliziert. Es würde zehnmal länger dauern, wenn ich es dir erklären müßte, als wenn ich es selbst mache.«

Edith nickte ohne Überzeugung. Er hatte nun über eine Stunde an diesem kleinen Schaltkreis gearbeitet, und der ganze Reversor war riesenhaft. Wenn das so weiterging, dauerte es die ganze Nacht, und das konnte er einfach nicht durchhalten. Auch war er bei weitem nicht mehr so zuversichtlich wie am Anfang, auch wenn er es vor ihr zu verbergen suchte. Das Erlebnis im Dampfbad hatte ihn mehr mitgenommen, als er sich selbst eingestehen wollte. Auch er hatte die Macht Belascos zu spüren bekommen. Edith konnte ein Lied davon singen, wenn sie an ihre eigenen Erlebnisse im Höllenhaus dachte.

»Was soll deine Maschine eigentlich leisten?«

Er blickte über die Schulter. »Ich kann es dir jetzt nicht erklären. Es ist zu kompliziert.«

»Kannst du es nicht mit ein paar Worten sagen?«

»Doch, im wesentlichen ist es eine Art Abfluß-Stöpsel, durch den alle ungebundenen Kräfte dieses Hauses abfließen werden.« Er machte eine Schluckbewegung, ging zur Wasserflasche und goß sich ein Glas Wasser ein. »Ich erkläre dir das morgen genauer«, fuhr er fort. »Es ist so, daß jede Form von Energie auch aufgelöst werden kann – und genau das werde ich morgen tun.« Sie sah ihn eine Tablette Codein nehmen, die er mit Wasser hinunterspülte. »Morgen um diese Zeit wird das Höllenhaus bereits drainiert sein, sozusagen ent-energisiert.«

Rhythmisches Klatschen kam vom Eingang des Saales. Fischer stand dort, hatte ihm zugehört und sagte: »Bravo.« Er hatte eine Flasche unter dem Arm.

Edith drehte sich zur Seite. Sie war brennend rot geworden.

»Haben Sie getrunken, Mr. Fischer?« fragte Barrett.

»Das hab' ich und werd' es auch weiterhin tun«, verkündete Fischer. »Nicht genug, um die Kontrolle zu verlieren, aber gerade genügend, um die Sinne stumpf zu machen.« Barrett wollte etwas erwidern, doch Fischer ließ ihn nicht zu Wort kommen. Er sagte überlaut: »Nichts in diesem gottverdammten Haus wird mir noch etwas antun können. Ich hab' mein Teil abbekommen, das genügt mir.«

»Tut mir leid«, sagte Barrett nach einigen Augenblicken. Er fühlte sich etwas verantwortlich für Fischers Zustand.

»Sie brauchen mich nicht zu bedauern, bedauern Sie sich lieber selbst.« Fischer zeigte auf den Reversor. »Der verdammte Blechhaufen da wird auch nichts ausrichten, außer einen Höllenlärm zu machen . . . wenn er überhaupt funktionieren wird. Glauben Sie wirklich, das Haus wird sich wegen dieser lächerlichen Musik-Box da ändern? Einen Dreck wird es. Belasco wird Ihnen ins Gesicht lachen wie allen anderen Idioten, die hierherkommen, um alles zu . . . ent-energisieren.« Er machte einen zischenden Laut mit den Lippen. »Ent-energisieren Sie mein Arschloch.« Er funkelte Barrett an und machte eine Geste zu Edith hinüber. »Verduften Sie«, sagte er, »verdrücken Sie sich, Sie werden hier nichts erreichen.«

Und Sie selbst?« fragte Barrett.

»Ich kämpfe nicht. Das Haus hat es nicht gern, wenn man es attackiert. Belasco kann dann sehr unangenehm werden. Sie wissen doch, ›ein General mit seiner Armee‹ . . .« Fischers Gesicht nahm einen wütenden Ausdruck an, als er mit dem Finger auf Barrett deutete. »Ich kann Ihnen nur raten, lassen Sie diese ganze

Scheiße hier sein. Vergessen Sie Ihre großartige Maschine. Verbringen Sie den Rest der Woche hier essend und schlafend, und tun Sie überhaupt nichts. Dann, am Sonntag, sagen Sie dem alten Urban alles, was er gerne hören möchte, und kassieren Sie Ihr Geld. Haben Sie mich verstanden, Mann? Wenn Sie weiterforschen, dann sind Sie zum Wochenende ein toter Mann, ich sag' es nochmals: ein toter Mann.« Er sah auf Edith. »Mit einer toten Frau an Ihrer Seite.«

Edith starrte ihren Mann an. Barrett blickte Fischer mit verstörtem Blick nach. Dann sah er sie an. »Armer Kerl«, sagte er, »das Haus hat ihn wirklich fertiggemacht.« Fischer hat recht. Sie hörte sich diese Worte förmlich sagen, aber sie hatte nicht den Mut, sie auszusprechen.

Barrett hinkte zu ihr, zog einen Stuhl neben sie und setzte sich mit einem Seufzer. Er saß eine Weile still, holte tief Atem und sagte dann: »Er hat nicht recht. Was er einen Blechhaufen nennt«, er lächelte über den Ausdruck, »ist der Schlüssel zum Höllenhaus.« Er hob die Hand. » Okay, ich gebe zu, es sind Dinge vorgekommen, die ich selbst nicht ganz durchschauen kann – wenn ich Zeit hätte, könnte ich auch das –, aber darauf kommt es nicht an. Der Mensch bedient sich ja auch der Elektrizität, ohne sie im Grunde zu verstehen. Die Einzelheiten über die hier vorhandenen Kräfte sind nicht so wesentlich wie die Tatsache, daß« – er zeigte auf die Maschine – »dieser Apparat imstande ist, jene Kräfte zu vernichten. Und morgen werde ich dir das kristallklar beweisen können.«

Er drehte sich um und ging wieder zu dem Reversor. Edith sah ihn gehen. Sie wünschte sich von Herzen, ihm glauben zu können, aber Fischers Worte hatten die Angst so tief in ihr Inneres getrieben, daß sie sie bis ins Blut zu spüren glaubte, scharf wie Säure, kalt nagend.

22.19 Uhr: ». . . Daniel, bitte, versteh mich. Was du verlangst, ist nicht vorstellbar. Das weißt du. Nicht daß ich keine Sympathie empfände. Ich habe dir mein Herz ganz geöffnet. Ich glaube an dich und vertraue dir. Du hast mein Leben gerettet. Laß mich jetzt deine Seele retten.

Nimm meine Hand an und laß dich aus diesem Haus heraus in den ewigen Frieden führen. Bleibe nicht in diesen öden Mauern. Du kannst frei werden. Glaube mir und laß dich führen, Daniel.«

Aber Daniel wollte nicht hören. Sie stand auf, ging mit müden Schritten in das Badezimmer, um sich für die Nacht zurechtzumachen. Dann kam sie zurück und ging zu Bett. Morgen versuche ich es nochmals, dachte sie. Früher oder später würde er auf sie hören. Sie spürte stechende Schmerzen in ihren Brüsten, legte sich auf den Rücken und starrte mit schweren Lidern an die Zimmerdecke. Morgen also, dachte sie.

Sie drehte den Kopf.

Eine Gestalt stand neben der Tür. Sie sah sie ohne Furcht an, es lag keine Drohung in der Erscheinung.

»Daniel?«

Die Gestalt kam auf sie zu. In dem schwachen Licht, das aus dem Badezimmer drang, konnte sie deutlich die Gesichtszüge erkennen: jugendlich, gutaussehend, ernster Blick, die Augen voller Verzweiflung.

»Kannst du sprechen?« fragte sie.

»Ja.« Seine Stimme war sanft und schmerzlich.

»Warum willst du nicht fort von hier?«

»Ich kann nicht.«

»Du mußt aber.«

»Nicht ohne –«

»Nein, Daniel«, sagte sie.

Er wandte das Gesicht ab.

»Daniel – «

»Ich liebe dich«, sagte er. »Du bist die einzige Frau, der ich das jemals gesagt habe. Ich habe noch nie jemanden wie dich getroffen. Du bist so gut . . . so gut . . . die gütigste Frau, die ich je gekannt habe.«

Sein Gesicht wandte sich ihr wieder zu. »Ich kann nicht länger bleiben. Er erlaubt es nicht. Bitte erfüll mir meinen Wunsch. Wenn ich von hier vertrieben werde, ohne – «

»Vertrieben?« Florence horchte auf.

»Euer Doktor Barrett hat die Mittel dazu.«

Sie sah ihn erschüttert an.

»Er weiß Bescheid über die Vorgänge hier und kann mich von hier fortjagen. Aber er weiß nur das. Alles andere, mein Herz, meine Seele, meinen Geist, kennt er nicht. Und so treibt er mich nur von einer Hölle in die andere. Nur du kannst mir helfen. Wenn du mir hilfst, kann ich das Haus noch heute verlassen.« Seine Stimme begann nachzulassen. »Wenn du mir wohlwillst, dann hilf mir. Habe Mitleid . . . bitte.«

»Daniel – «

Sie hörte noch einige Augenblicke sein verzweifeltes Schluchzen, dann wurde es still. Sie starrte auf die Stelle, wo er gestanden hatte. »Du weißt, ich kann nicht«, sagte sie. »Bitte, Daniel. Du weißt, ich kann nicht. Ich kann nicht.«

22.23 Uhr: Barrett war todmüde. Die Arbeit am Reversor hatte ihn so fasziniert, daß er die dahineilende Zeit nicht beachtete. Nun mußte er den kleinen Rest, der noch zu tun war, doch auf morgen verschieben, sonst könnte sein übermüdetes Gehirn vielleicht ein Detail übersehen, das dann die ganze Arbeit in Frage stellen würde. Er wankte die Treppen hinauf, auf Edith gestützt. Sie öffnete ihm die Tür und half ihm zu seinem Bett.

Als sie ihm aus den Kleidern helfen wollte, winkte er ab.

»Besser, wir machen uns nicht die Arbeit, sondern schlafen in den Kleidern«, schlug er vor und blickte auf Edith.

»Würde es dir etwas ausmachen, heute nacht neben mir in diesem winzigen Bett zu liegen?«

»Ich wäre froh darüber – und hätte auch weniger Angst«, sagte sie sofort.

»Dann hol bitte meine Krawatte aus dem Schrank und bring sie mir her, bevor du ins Badezimmer gehst.«

Sie blickte ihn verwundert an und gehorchte.

Als aus dem Badezimmer die vertrauten Geräusche ihrer Zahnpflege drangen, dachte er: Symphonie Domestique.

In der Hölle.

Als sie nebeneinanderlagen, befestigte Barrett ein Ende der Krawatte an ihrem Handgelenk. »Damit du nicht wieder schlafwandelst«, sagte er und band das andere Ende am Bettpfosten fest. »So hast du genügend Bewegungsfreiheit.«

Sie nickte, legte ihren Kopf auf die Stelle zwischen seinem Arm und seiner Schulter und seufzte: »Jetzt fühle ich mich endlich sicher.«

Er schlief sofort ein. Edith lag neben ihm und gab sich Mühe, die Augen zu schließen. Nach kurzer Zeit öffnete sie sie wieder. Wie oft hatte sie jetzt schon die Augen geschlossen, geöffnet und wieder geschlossen? Sie atmete tief ein. Immer dieser faulige Geruch aus dem Tümpel. Man müßte das ganze Haus niederbrennen bis auf den Grund.

Sie zuckte zusammen und starrte hinüber.

Der Schaukelstul hatte begonnen, sich zu bewegen.

»Lionel«, flüsterte sie. Nein. Er brauchte den Schlaf. Es ist doch nur Energie, sagte sie zu sich selbst. Ungeführte Kinetik ohne Intelligenz, die den Weg des geringsten Widerstandes nimmt. Zufallende Türen, Brisen, Schritte, Schaukelstühle.

Und trotzdem, sie wußte, wußte es tatsächlich, daß etwas in dem Schaukelstuhl saß – jemand, den sie nicht sehen konnte.

23.28 Uhr: Es war heiß im Zimmer. Florence warf sich schlaflos von einer Seite zur anderen. Schließlich setzte sie sich auf. Daniels Worte beschäftigten sie noch immer. Vertrieben, durch Barretts Maschine, hatte er gesagt. Was konnte sie tun? Sie mußte ihn retten. Für einen Moment dachte sie daran, hinunterzulaufen und die Maschine zu zerstören. Sie verwarf den Gedanken sofort. Dr. Barrett war ein korrekter Wissenschaftler, der an seinem Lebenswerk ebenso hing wie sie an ihrem. Wenn er es auch mit anderen Mitteln durchführte.

Sie blieb wie versteinert stehen und starrte auf das kleine Tischchen.

Dort läutete das Telefon.

Unmöglich, dachte sie. Das ist seit dreißig Jahren nicht mehr in Betrieb.

Sie wußte, was es bedeutete. Sie durfte nicht antworten.

Es fuhr fort, zu läuten.

»Nein«, sagte sie.

Es läutete, läutete, läutete.

Mit einem gequälten Laut stürzte sie hin und riß den Hörer auf, so daß er auf den Tisch fiel. Sie fühlte sich schwach und mußte sich am Tischrand festhalten. Für einen Augenblick fürchtete sie, die Sinne zu verlieren. Sie konnte kaum atmen.

Aus dem Hörer kam eine dünne Stimme. Sie konnte aus der Entfernung nicht hören, was sie sagte – ein einzelnes Wort, immer wiederholt –, aber sie wußte, daß es Daniels Stimme war.

»Nein«, flüsterte sie.

Die Stimme sagte wieder und wieder das gleiche Wort, bis sie den Hörer hochriß und verzweifelt »nein« hineinschrie.

»Bitte«, sagte Daniel.

Florence schloß die Augen. »Nein«, wisperte sie.

»Bitte.« Seine Stimme klang erbarmenswert.

»Nein, Daniel.«

»Bitte.«

»Nein, nein.«

»Bitte.« Noch nie hatte sie in einer Stimme so viel Qual gehört.

»Bitte.«

»Nein.« Sie konnte kaum mehr sprechen. Tränen tropften über ihre Wangen. Ihre Kehle war wie zugeschnürt.

»Bitte«, bettelte er.

»Nein«, wisperte sie, »nein, nein.«

»Bitte.« Es war die Stimme eines Wesens, das um seine nackte Existenz bettelte. »Bitte.« Sie sei seine einzige Hoffnung. »Bitte.« Morgen würde er durch Dr. Barrett in das Grauen gestoßen. »Bitte.« Es gab nur einen Weg. »Bitte.« Er begann zu weinen. »Bitte.« Immerfort »bitte«. Die Welt verging. Nur sie zwei blieben übrig. »Bitte.« Sie müßte ihm helfen. »Bitte.« Er schluchzte: »Bitte!« O Gott, ihr Herz zerbrach! »Bitte! Bitte! Bitte!«

Sie legte schnell den Hörer auf, und ein heftiges Schütteln raste durch ihren Körper. Also gut! dachte sie. Es ist der einzige Weg. Ihre Schutzgeister würden ihr helfen und sie beschützen; Gott würde ihr beistehen und ihr helfen. Es war der einzige Weg. Sie glaubte Daniel und glaubte an sich. Es gab nur diesen Weg. Sie sah es jetzt mit völliger Klarheit.

Mit zitternden Beinen ging sie zum Bett, sank auf die Knie, beugte den Kopf und verschlang die Hände ineinander. Sie schloß die Augen und betete: »Lieber Gott, reiche mir deine Hand und gib mir deinen Schutz. Hilf mir diese Nacht, auf daß ich die leidende Seele Daniel Belascos in deine Hut bringen kann.«

Während fünf Minuten betete sie ohne Unterlaß. Dann erhob sie sich langsam und legte ihre Kleider ab. Sie sah an ihrem Körper hinab. So sei du sein Tempel, dachte sie. Sie zog die Bettdekke seitwärts und legte sich auf den Rücken.

Der Raum war beinahe dunkel, die Badezimmertür fast geschlossen. Sie senkte ihre Lider und begann tief einzuatmen. Daniel, rief sie im Geiste. Ich gebe dir nun die Liebe, die du niemals kanntest. Ich gebe sie freiwillig, damit du stark genug wirst, dieses Haus verlassen zu können. Mit Gottes Liebe und mit meiner sollst du heute Nacht im Paradies ruhen.

Sie hob die Lider. »Daniel«, sagte sie, »deine Braut erwartet dich.«

An der Tür bewegte sich etwas. Eine Gestalt kam auf sie zu.

»Daniel?«

»Ja, Liebste.«

Sie öffnete ihre Arme.

Er durchquerte den Raum, und Florence spürte, wie sich ihr Körper zu ihm hingezogen fühlte, als er sich näherte. Sie konnte seine Züge erkennen, sanft, ängstlich und dürstend nach ihr. Er legte sich neben sie auf das Bett. Sie wandte sich ihm zu, konnte seinen Atem fühlen, schmiegte sich an ihn und reichte ihm ihre Lippen.

Sein Kuß war lang und zart. »Ich liebe dich«, flüsterte er.

»Und ich liebe dich.«

Sie schloß die Augen, legte sich wieder zurück und fühlte, wie sein Gewicht sich auf sie schob. »Mit Liebe«, murmelte sie. »Bitte mit Liebe.«

»Florence«, sagte er.

Sie öffnete die Augen.

Ihr Herz versagte in versteinertem Entsetzen, als sie gewahr wurde, was auf ihr lag.

Es war der Körper eines menschlichen Kadavers, das Gesicht in fortgeschrittener Verwesung zu einer Fratze entstellt. Aschgraues, sich auflösendes Fleisch hing von seinen Knochen, die faulenden Lippen bildeten ein geiles Grinsen, dahinter bleckten verfärbte Zahnruinen. Lediglich die gelben Augenschlitze waren lebendig und starrten auf sie mit dämonischer Lust. Ein bleifarbenes Licht umgab den ganzen Körper, aus dem Verwesungsgase aufstiegen.

Ein Aufschrei wahnsinnigen Grauens fuhr aus ihrer Kehle, als die modernde Gestalt in sie eindrang.

23.43 Uhr: Fischer fuhr keuchend hoch, als er den Schrei im Nebenzimmer hörte. Für Augenblicke saß er bewegungslos, erstarrt vor Schrecken. Dann trieb es ihn hoch und quer durch den Raum. Er stürzte in den Korridor zu Florences Tür, drehte den Türknopf und wollte hinein.

Die Tür war verschlossen.

»Oh, mein Gott.« Er blickte in panischer Verzweiflung umher, den Ton der wahnsinnigen Schreie von Florence in seinen Ohren. Er sah hinüber zu Barretts Zimmer, wo plötzlich die Tür aufging und Edith sichtbar wurde. Ihr Gesichtsausdruck war bestürzt und fassungslos.

Fischer taumelte den Korridor entlang, ergriff einen schweren

Holzstuhl und schleppte ihn zur Tür. Er hob ihn hoch und rammte ihn dagegen. Das Schreien verstummte. Er bearbeitete das Türholz weiter mit dem Stuhl, bis diesem ein Bein abbrach. »Verdammt.« Er hieb wie irrsinnig gegen die Tür und sah am Rande seines Blickfeldes Edith und Barrett, die auf ihn zueilten.

Plötzlich zersplitterte der Türpfosten, und die Tür sprang auf. Fischer warf den Stuhl beiseite, griff hinein und knipste das Licht an. Dann stürzte er in das Zimmer.

Beim Anblick Florences verschlug es ihm den Atem. Er hörte hinter sich, wie Edith sich erbrach. »Mein Gott«, stammelte Barrett.

Sie war nackt, lag auf dem Rücken, die Beine weit gespreizt, die Augen aufgerissen, ihr Blick bewegungslos in totalem Schock in die Höhe gerichtet.

Der ganze Körper war voller Schläge, Bisse, Kratzwunden und Quetschungen und blutete an mehreren Stellen.

Fischer blickte nochmals in ihr Gesicht. Es war das Antlitz einer Frau, die soeben etwas in den Wahnsinn getrieben hatte. Ihre Lippen bewegten sich schwach. Er beugte sich über sie, um sie zu verstehen. Zunächst waren nur röchelnde Töne in ihrer Kehle. Dann wimmerte sie: »Randvoll.« Sie stierte ihn mit weit offenen, unbeweglichen Augen an. »Randvoll.«

Er konnte nicht anders als zu fragen: »Mit was?«

Ganz unvermittelt begann sie, grauenerregend zu lächeln.

24. Dezember 1970

7.19 Uhr: Fischer saß zusammengesackt in einem Lehnstuhl und starrte zu Florence hinüber. Er hatte die ganze Nacht an ihrem Bett gewacht, nachdem Barrett und Edith gegangen waren. Er rieb sich die Augen. Etwas Kaffee täte gut, dachte er. Statt dessen ging er ins Badezimmer und tauchte das Gesicht in eiskaltes Wasser.

Als er zum Bett zurückkam, sah er, daß sie die Augen geöffnet hatte. Sie sah ihn an, als ob sie ihn niemals gesehen hätte. Ein gurgelnder Laut kam aus ihrer Kehle.

Er ging nochmals ins Badezimmer, füllte ein Glas mit Wasser und kam damit zum Bett zurück. »Hier«, sagte er und hielt es ihr hin. Sie stierte weiter ins Leere.

»Können Sie sprechen?« fragte er.

»Warst du die ganze Nacht hier?«

»Ja, Florence.«

Sie brachte einen Laut zynischer Lustigkeit heraus. »Idiot«, sagte sie dann, »du hättest mit mir schlafen können.«

Fischer wartete behutsam.

Sie begann, sich das Nachthemd aufzuknöpfen.

»Was machen Sie?«

Sie beachtete ihn nicht, sondern riß die Vorderseite des Hemdes auseinander und zeigte ihm ihre Brüste. Die Bißspuren waren rot und sahen infiziert aus. Florence packte mit jeder Hand eine Brust und drückte sie, so daß die Warzen sich härteten. »Schau sie dir doch an«, sagte sie.

Er nahm ihre Hände und drückte sie von den Brüsten weg an die Seite. In diesem Augenblick schien sie zu sich zu kommen und vergrub ihr Gesicht mit einem Stöhnen in die Kissen. Fischer zog die Decke hoch. »Ich nehme Sie heute noch von hier fort«, sagte er.

»Er hat mich angelogen.« Ihre Stimme war tonlos. »Er sagte, es sei der einzige Weg.«

»Sie glauben immer noch, daß es einen Daniel gibt?« fragte er.

»Ja«, sagte sie. »Ich weiß es genau. Ich fand die Anzeige seiner Geburt in der Bibel, unten in der Kapelle. Sie können es selbst nachprüfen.« Mit einem Seufzer der Verzweiflung sagte sie dann: »Ben, jetzt ist er in mir. Ich kann ihn fühlen, wie er darauf wartet, um mich in seine Gewalt zu bringen.«

Sie wurde von heftigem Zittern ergriffen.

Fischer legte seine Arme um sie und sagte wie zu einem Kind: »Sshh, alles wird gut werden. Wir gehen heute noch fort von hier.«

Florence riß sich los und schlug mit dem Kopf heftig an das Kopfende des Bettes. »Wer bist du denn, du kleiner Scheißer?« zischte sie. »Meinst du, du kannst hier zu einem Fick kommen? Kann sein, daß du was wert warst mit zwölf, aber jetzt bist du ein Haufen Scheißdreck. Hörst du, Scheißdreck hab' ich gesagt.«

Fischer starrte sie nur schweigend an. Nach einer Weile sagte er, als ob nichts gewesen wäre: »Ziehen Sie sich an, wir gehen.«

Sie nickte mechanisch wie eine Marionette, ging zu der Kommode, nahm einige Kleidungsstücke heraus und wollte damit in das Badezimmer.

»Florence –«

Sie drehte sich um. Fischer nahm einen Anlauf und sagte: »Sie sollten sich vielleicht besser hier im Zimmer anziehen.«

Die Haut spannte sich um ihre Backenknochen. »Ich muß aber pissen, ist das verboten?«

»Aufhören«, schrie er sie an.

Sie sah ihn an und sagte dann beschämt: »Aber ich muß...« Sie konnte es nicht sagen.

Fischer sah sie prüfend an. Was würde geschehen, wenn sie drinnen plötzlich wieder besessen sein würde? Sie konnte sich etwas antun, wenn sie allein blieb. Er seufzte: »Lassen Sie bitte die Tür unverschlossen.«

Als sie nach einer Weile wieder erschien, war er erleichtert, reichte ihr die Kleider und drehte sich zur Wand. »Sprechen Sie bitte während des Anziehens.«

»Okay.« Er hörte das Rascheln ihres Nachtgewandes, als sie es auszog. Doch sie sprach nicht.

»Bitte sprechen!« sagte er.

»Warrrumm?«

Der Ton ihrer Stimme ließ ihn herumfahren. Sie stand splitternackt an der Seite des Schreibtisches und lächelte ihn an. »Jetzt zieh du dich aus«, sagte sie.

Fischer bewegte sich nicht. »Florence, bekämpfen Sie's.«

»Warum soll ich meine Lust auf einen Schwanz bekämpfen?«

»Florence –«

»Ausgezogen, ich möchte es treiben.« Sie ging ärgerlich auf ihn los. »Strip doch endlich, du Schweinekerl. Du wolltest mich doch schon die ganze Woche ficken; also tu's jetzt!«

Er packte ihre Hände und rüttelte sie, bis sie vor Wut und Schmerz aufheulte.

»Ich will ficken!« schrie sie.

»Kämpfen Sie, Florence, besiegen Sie es.«

»Ich will ficken. Ich will ficken.«

Er ließ ihren Arm los und schlug ihr mit aller Kraft ins Gesicht. Ihr Kopf kippte nach rechts, der Gesichtsausdruck war voll erschrecktem Staunen.

Als sie den Kopf aufrichtete, sah er, daß sie wieder bei Sinnen war. Sie stand eine Weile zitternd da und sah ihn mit offenem Mund an. Dann blickte sie an sich herunter. »Bitte schauen Sie weg«, bat sie.

Fischer ließ ihr zweites Handgelenk los und drehte sich um.

»Ziehen Sie sich an«, sagte er. »Kümmern Sie sich nicht um Ihre Koffer, die bringe ich später nach. Gehen wir jetzt so schnell wie möglich weg von hier.«

»In Ordnung.«

O Gott, ich hoffe, es ist wirklich in Ordnung, dachte er. Und was würde geschehen, wenn er sie nicht mitnehmen durfte?

Er schauderte.

7.48 Uhr: »Noch Kaffee?«

Lionel fuhr mit dem Kopf hoch, und Edith merkte, daß er vor Müdigkeit eingenickt war. »Tut mir leid, habe ich dich erschreckt?« fragte sie.

»Nein, nein«, beeilte er sich zu antworten. Er rückte sich im Sessel zurecht.

»Wir müssen unbedingt deinen Daumen behandeln lassen.«

»Ab morgen können wir wieder an uns denken«, sagte er und lächelte mühsam. Er hatte in aller Frühe den Reversor überprüft und wollte ihn nachmittags in Betrieb setzen. Das bedeutete, daß sie voraussichtlich am Abend das Haus verlassen konnten.

Inzwischen waren Fischer und Florence die Treppe herabgekommen. Sie hatten ihre Mäntel an. Barrett blickte verwundert, als sie sich dem Tisch näherten.

»Haben Sie die Wagenschlüssel?« fragte Fischer.

Barrett versuchte, seine Verwunderung zu verbergen. »Im Zimmer oben«, antwortete er.

»Kann ich für Sie hinaufgehen?«

»Ich wäre Ihnen dankbar. Sie sind in der Tasche meines Überziehers.«

Fischer wollte Florence nicht mehr allein lassen. Er befürchtete jeden Augenblick einen neuen Ausbruch. »Bitte geben Sie Miß Tanner etwas Kaffee, ich bin gleich wieder hier«, sagte er. »Wenn etwas geschieht, bringen Sie sie bitte gleich vor die Eingangstür.«

»Was Mr. Fischer nämlich nicht gesagt hat, ist, daß ich seit gestern nacht von Daniel Belasco besessen bin und jeden Augenblick wieder die Kontrolle über mich verlieren kann.«

»Ich glaube, es wäre wirklich gut, wenn Sie gleich fortgingen, wir werden Sie heute bestimmt nicht mehr benötigen, Miß Tanner«, meinte Barrett säuerlich. »Das Haus wird noch heute nachmittag in Ordnung gebracht.«

»Sie wollten mir doch erklären, wie das geschieht?« sagte Florence sofort.

»Ja, das wollte ich. Aber unter den neuen Umständen . . .«

»Bitte tun Sie es. Ich muß das wissen, ehe ich gehe.«

»Wir haben keine Zeit dazu«, sagte Fischer.

»Ich muß es unbedingt wissen, Ben.« Ihr Blick war voll Verzweiflung. »Ich kann nicht fort, ohne Bescheid zu wissen.« Sie dachte nach. »Wenn ich die Kontrolle verlieren sollte, dann bringen Sie mich eben sofort hinaus. Ich weiß, es ist kompliziert, aber Sie können sich ja auf das Wesentlichste beschränken.«

»Also gut, dann holt Mr. Fischer den Schlüssel nachher, und ich erkläre es in kurzen Zügen.«

Fischer setzte sich unwillig nieder. Warum gehorche ich? fragte er sich. Er glaubte nicht im geringsten an irgendeine Wirkung, die die Maschine auf das Höllenhaus haben könnte.

»Als grundlegende Voraussetzung«, begann Barrett, »können wir davon ausgehen, daß sämtliche Phänomene auf natürlicher Grundlage stattfinden, wobei die Natur jedoch als ein Gebiet betrachtet werden kann, das über das hinausreicht, was die Wissenschaft heute darunter versteht. Trotzdem handelt es sich um natürliche Vorgänge. Dies gilt ebenso für die sogenannten psychischen Vorgänge. Die Parapsychologie ist in der Tat nur eine Erweiterung der Biologie.«

Fischer behielt Florence im Auge. Sie war heute schon mehrere Male vom Normalzustand in die Besessenheit abgeglitten.

»Wenn wir nun von paranormaler Biologie sprechen«, setzte Barrett fort, »so meinen wir damit die Tatsache, daß der Mensch weiter reicht als seine sichtbaren Körpergrenzen, wie Doktor Carrel es ausdrückt. Der menschliche Körper strahlt eine Art Energie aus – ein psychisches Fluidum, wenn wir es mal so nennen wollen. Diese Energie umgibt den Körper mit einem unsichtbaren Mantel, den man ›Aura‹ nennt. Sie kann aber auch über diese Aura hinausreichen und produziert dann mechanische, chemische und physikalische Effekte: Erschütterungen, Gerüche, Bewegungen von Objekten und andere, wie wir sie hier in den letzten Tagen wiederholt erlebt haben.«

Fischer blickte Barrett an. Zweierlei Emotionen wurden in ihm geweckt. Dieser ältere Mann klang so vertrauensvoll. War es möglich, daß all das, an was er in seinem Leben geglaubt hatte, in einem Laboratorium nachvollzogen werden konnte?

»Nun wissen wir, daß sich im Mittelalter besonders viele abergläubische Menschen in Gedanken mit Dämonen und Hexen befaßt haben. Und gerade weil man daran geglaubt hat, war es möglich, daß diese Dinge sich manifestierten, weil sie durch die psychische Energie, durch dieses Fluidum eben, hervorgebracht werden konnten.

Nun haben Medien immer die Eigenschaft gehabt, Phänomene zu produzieren, die mit den Dingen zusammenhängen, an die sie selbst glauben.« Fischer warf einen Seitenblick auf Florence und bemerkte, daß sie bei diesen Worten kritisch blickte. »Und dies ist ganz gewiß auch beim Spiritismus der Fall. Die Medien, welche dieser Richtung angehören, produzieren dementsprechende Phänomene – sogenannte Kommunikation mit Geistern.

Wie funktioniert nun tatsächlich so ein Mechanismus, so eine Energie? Reichenbach, ein österreichischer Chemiker, hat zwischen 1845 und 1868 bereits die Existenz derartiger physiologischer Strahlung nachgewiesen. Seine Experimente bestanden darin, daß er zunächst Magnete durch Medien betrachten ließ. Sie stellten einen Lichtschein an den Polen fest, etwa wie Flammen von ungleicher Länge, die kürzere jeweils am positiven Pol. Beobachtungen von Elektromagneten brachten die gleichen Resultate, ebenso auch die Betrachtung von Kristallen. Und schließlich wurde das Phänomen auch am menschlichen Körper beobachtet.

Ein gewisser Coronel de Rochas entdeckte, daß diese Emanationen am positiven Pol eine blaue und am negativen eine rote Farbe hatten. Im Jahre 1912 publizierte Dr. Kilner, ein Mitglied des Royal College of Physicians in London, die Resultate langjähriger Experimente, während derer es gelungen war, durch eine Apparatur die sogenannte Aura des Menschen sichtbar zu machen. Wenn man die Versuchsperson einer elektrostatischen Aufladung aussetzte, dann verschwand die Aura langsam und kehrte wieder, wenn die Spannung der Aufladung sich verflüchtigt hatte.

»Natürlich vereinfache ich nun«, sagte er, »aber das Endresultat ist unwiderlegbar: Die psychischen Emanationen, die alle Lebewesen aussenden, bestehen aus einem Feld elektromagnetischer Strahlung.«

Er blickte um den Tisch herum und war enttäuscht über die anscheinende Teilnahmslosigkeit ihrer Mienen. Waren sie sich nicht dessen bewußt, was er eben gesagt hatte?

»Elektromagnetische Radiation – EMR – ist also die Antwort.

Alle lebenden Organismen senden diese Form der Energie aus, und der Dynamo, der es bewerkstelligt, ist der menschliche Geist. Je stärker die emotive Spannung des Geistes ist, desto stärker wird auch das den Körper umgebende Feld aufgeladen sein. In extremen Fällen wird die gesamte Atmosphäre der unmittelbaren Umgebung davon aufgeladen, so daß besonders sensitive Lebewesen, also eben Medien, aber auch Katzen und Hunde, davon angesprochen werden. Die Orte, wo solche Kräfte in stärkerem Maße auftreten, sind dann als Spukhäuser bekannt.

Und was das Höllenhaus betrifft – ist es denn ein Wunder, daß es so ist, wie wir es erleben? Denken Sie an die Jahre heftigster Emotionen und Zerstörung – das Böse an sich, wenn Sie so wollen –, dessen Strahlungen das Innere dieses Hauses verseucht haben. Das Höllenhaus ist im Grunde nichts als eine gigantische Batterie, deren negative Kräfte unweigerlich auf jene einwirken, die hier eintreten, sei es absichtlich oder unabsichtlich. Dazu gehören Sie, Miß Tanner, genauso wie Sie, Mr. Fischer, wie meine Frau oder ich selbst. Wir alle haben unter diesen giftigen Emanationen zu leiden, aber Sie besonders, Miß Tanner, denn Sie haben sich ihnen ja geöffnet, indem Sie unbewußt versucht haben, Ihre persönliche Interpretation der Spuk-Phänomene damit zu beweisen.«

»Das ist nicht wahr.«

»Es ist aber doch so«, entgegnete Barrett.

»Und wie wollen Sie beweisen, daß Ihre Auslegung der Dinge nicht auch unrichtig ist?« fragte Fischer.

»Sehr einfach«, sagte Barrett. »Binnen kurzem wird mein Reversor das Haus mit einer massiven, elektromagnetischen Statik aufladen. Diese Gegenstrahlung, die der Ladung der Atmosphäre entgegengesetzt ist, wird ihre Polarität umkehren und damit auflösen. Genau wie das Licht für mediale Phänomene nicht zuträglich ist, wird die Radiation meines Reversors die Phänomene des Höllenhauses neutralisieren.«

»Nun«, sagte Florence mit ruhiger Stimme, »in diesem Fall ist für uns ja die Sache erledigt, nicht wahr?«

Ihre nächste Bewegung war so unheimlich schnell, daß alle anderen erst Augenblicke später reagieten. Sie war blitzschnell aufgesprungen und rannte zum Reversor. Sie befand sich bereits auf halbem Wege, als Fischer erst aufsprang, dabei seinen Stuhl umwarf und ihr nachsetzte.

Florence ergriff das große Brecheisen und schwang es mit aller Kraft gegen die Vorderseite des Reversors. Barrett stellte sich auf die Beine, so schnell er konnte. Sein Gesicht war aschgrau. Er zuckte zusammen, als er den hellen Ton vernahm, mit dem Stahl auf Stahl aufschlägt. Es war ihm, als ob er selbst getroffen würde. »Nein«, schrie er. Florence schlug noch einmal zu. Die Glasscheibe eines Zifferblattes zersprang. Barrett stürzte vorwärts, doch sein rechtes Bein knickte ein, und er fiel mit einem Schreckenslaut zu Boden. Edith fuhr in die Höhe. »Lionel!«

Nun war Fischer bei Florence angelangt, riß sie an der Schulter zurück und versuchte, sie vom Reversor wegzubringen. Sie fuhr herum und schwang das Brecheisen gegen ihn. Ihr Gesicht hatte einen Ausdruck manischer Wut. Fischer duckte sich, doch das schwere Brecheisen landete auf seinem rechten Handgelenk. Er schrie auf, als ein stechender Schmerz seinen Arm lähmte. Er sah den nächsten Schlag kommen, konnte ihm nicht ausweichen und wurde am Schädel getroffen. Der Schmerz, der in ihm explodierte, ließ ihn in die Knie brechen, doch Florence hob von neuem das Brecheisen. Barrett stürzte sich auf sie. Die Verzweiflung verlieh ihm Riesenkräfte, und er entwand das Brecheisen den Händen der rasenden Florence. Doch er stürzte wieder zu Boden, und Florence sprang auf und ergriff von neuem die gefährliche Waffe.

Anstatt jedoch wieder den Reversor zu bearbeiten, wandte sie sich Edith zu, die vor Entsetzen gelähmt vor ihr stand. »Jetzt kommst du dran«, geiferte Florence, »du lesbische Hure.«

Edith starrte sie entgeistert an, als Florence sie anfauchte: »Ich werde dir jetzt deinen Schädel eindreschen, jawohl, ich schlag dir dein Hurengehirn zu Brei.«

Edith drehte sich um und rannte zur Treppe, Florence hinter ihr her, der Abstand zwischen den beiden verkleinerte sich zusehends. In ihrer Not rannte Edith auf die erste Tür zu, riß sie auf und zog sie schnell hinter sich zu, um den Schlüssel umzudrehen. Sie bemerkte zu ihrem Entsetzen, daß sie in Florences Zimmer geraten war, deren Türschloß seit dem Eindringen Fischers nicht mehr funktionierte. Es war zu spät. Die Tür wurde wieder aufgerissen. Sie taumelte zurück, strauchelte, verlor das Gleichgewicht und stürzte auf den Teppich.

Im Türrahmen stand Florence schweratmend und lächelte. »Vor was hast du denn Angst?« fragte sie. Sie warf das Brecheisen achtlos weg und sagte: »Ich will dich ja nicht verletzen.«

Edith hockte immer noch auf dem Boden und starrte sie an.

»Ich werde dir bestimmt nicht weh tun, Kindchen.« Edith fühlte, wie sich ihr Innerstes zusammenzog. Die Stimme des Mediums war plötzlich honigsüß, beinahe gurrend.

Als Florence begann, sich der Kleider zu entledigen, überfiel Edith ein Zittern. Sie schüttelte den Kopf.

»Du brauchst keine Angst zu haben«, sagte Florence, »du und ich werden uns jetzt ein Weilchen glänzend unterhalten.« Sie warf ihre Jacke auf den Boden und öffnete ihren Büstenhalter.

»O Gott, bitte nein.« Edith schüttelte immer noch den Kopf, als Florence bereits auf sie eindrang. Der Büstenhalter lag schon am Boden, Florence begann, ihren Rock aufzumachen, das Lächeln war nicht von ihren Lippen gewichen. Edith kroch über den Boden, um der Rasenden zu entkommen, doch sie gelangte nur bis zum Bettrand, wo sie verzweifelt und zitternd zusah, wie Florence sich immer mehr entkleidete und dabei auf sie zukam. Als Florence zuletzt noch ihren Slip auszog, keuchte Edith verzweifelt: »Nein, bitte nicht.«

Florence ließ sich auf die Knie nieder und riß Ediths Beine auseinander. Dann packte sie ihre eigenen Brüste und hielt sie Edith ins Gesicht. Edith wand sich verzweifelt. Sie sah die roten Bißspuren dicht vor sich. »Hab' ich nicht schöne Titten?" fragte Florence. »Sehen sie nicht wunderbar aus? Willst du sie denn gar nicht?« Edith wand sich in höchster Bedrängnis hin und her, als Florences Brüste vor ihrem Gesicht tanzten. »Hier, greif sie doch an«, forderte sie, ließ eine Brust los und erfaßte Ediths Hand.

Das Gefühl, das durch das warme, weiche Fleisch in Ediths Fingerspitzen geweckt wurde, brach einen Damm in ihrer Brust. Sie wurde von einem Schluchzen geschüttelt.

Nein, nein, ich bin nicht so, schrie es in ihrem Inneren.

»Natürlich bist du so«, sagte Florence, als ob Edith gesprochen hätte. »Wir sind beide so; wir sind schon immer so gewesen. Die Männer sind häßlich und grausam. Vertrauen können nur wir Mädchen unter uns haben. Nur Frauen können geliebt werden. Dein eigener Vater wollte dich doch vergewaltigen, stimmt's?«

Wie konnte sie das wissen! dachte Edith entsetzt. Sie warf beide Hände um ihren Leib, hielt die Arme fest an den Körper gepreßt und schloß krampfartig die Augen.

Mit einem tierischen Laut fiel Florence über sie her. Edith versuchte, sie wegzustoßen, doch sie war zu schwer. Sie fühlte an ihrem Hinterkopf die Hände des Mediums, die ihr Gesicht in die Höhe zwangen. Dann spürte sie mit einem Mal die Lippen Florences gegen die ihren gepreßt, der Mund war offen, die Zunge versuchte, in ihren Mund einzudringen. Edith versuchte, sich zu wehren, doch Florence war zu stark. Ihre Kräfte verließen sie, das Zimmer begann sich zu drehen, als sie spürte, daß Florences Zunge tief in ihren Mund drang und den Gaumen zärtlich streichelte. Wellen begannen in ihrem Körper zu schwingen. Sie fühlte, wie Florences Hand ihre Finger wieder zur Brust führten. Sie konnte die Hand nicht wegziehen. Ihr Herz klopfte mit mächtigen Schlägen bis in das Trommelfell. Hitze begann, sie wie ein Mantel zu umgeben.

Lionels Stimme durchdrang das Klopfen in ihren Ohren. Edith warf ihren Kopf auf die Seite, um an Florance vorbeizusehen, der heiße Mantel war verschwunden, und an seiner Stelle kroch Kälte an ihr hoch. Lionel rief nochmals ihren Namen. »Hier herein!« schrie sie. Florence zog sich von ihr zurück und erkannte plötzlich mit Grauen die beschämende Situation. Sie sprang auf und rannte in das Badezimmer. Edith erhob sich schwankend, ging unsicher durch das Zimmer und fiel in Lionels Arme. Sie begann, hilflos zu weinen.

9.01 Uhr: Lionel öffnete vorsichtig die Tür von Florences Zimmer und ging, von Edith gefolgt, zu ihrem Bett. Sie lag unbeweglich unter der Decke. Nachdem Lionel lange durch die Badezimmertür auf sie eingeredet hatte, war sie endlich herausgekommen, ein Badetuch um den Leib gewickelt. Sie war stumm geblieben, vermied aber, sie anzusehen, die Augen niedergeschlagen wie ein reuiges Kind. Sie hatten ihr drei Schlaftabletten gegeben, die sie widerstandslos genommen hatte. Dann war sie ins Bett gekrochen, hatte die Augen geschlossen und war sofort eingeschlafen.

Barrett hob ihr Augenlid hoch und sah in die starre Pupille. Edith mußte wegblicken. Dann nahm Lionel wieder ihren Arm, und sie verließen den Raum, um zu ihrem Zimmer hinüberzugehen.

»Würdest du mir etwas Wasser geben?« fragte er.

Als sie damit aus dem Badezimmer zurückkehrte, lag er bereits im Bett, die Kissen im Rücken. »Danke dir«, sagte er leise, als sie ihm das Glas reichte. Er hatte zwei Codein-Tabletten in der Hand, die er mit dem Wasser hinunterspülte. Sein Daumen mußte wieder aufgegangen sein, denn frisches Blut sickerte aus dem Verband. Es war gewiß eine Folge des Kampfes mit Florence um das Brecheisen.

Auch Fischer hatte sich zu Bett legen müssen. Sein Handgelenk und vor allem der Kopf hatten mehrere Volltreffer abbekommen. Obwohl Barrett zu seiner Erleichterung feststellen konnte, daß keine der Verletzungen eine sofortige Behandlung erforderte, war er jetzt doch entschlossen, die Ambulanz rufen zu lassen, um Fischer und Florence in das nächste Krankenhaus bringen zu lassen.

»Gut, daß der Reversor keinen ernsten Schaden genommen hat«, meinte Barrett, »so wird die ganze Sache bis heute nachmittag erledigt sein.«

»Wirklich?« fragte Edith und sah ihn unsicher an.

»Edith« – Barrett blickte überrascht –, »hast du das Vertrauen in mich verloren?«

»Und das –«

»– was vorhin geschehen ist?« Er holte stockend Luft. »Gerade das beweist doch meinen Standpunkt. Siehst du das nicht ein?«

»Wieso, Lionel?«

»Ihr Angriff auf den Reversor war ihr letzter Beitrag. Sie weiß, daß ich recht habe. Sie selbst hat doch gesagt: ›Dann ist ja für uns die Sache erledigt‹; und dann versuchte sie, den Beweis meiner Ansichten zu zerstören, ehe ich die ihren zerstören kann.«

Barrett streckte seine Hand aus und zog Edith an sich. »Sie ist nicht besessen, weder von Daniel Belasco noch von jemand anders – es sei denn von ihrem innersten Ich, von ihrem wahren und unterdrückten Ich.«

Wie ich es gestern war, dachte sie. Sie starrte Lionel an. Gewiß, sie wollte ihm glauben, aber sie konnte es nicht mehr.

»Was wir heute morgen von Miß Tanner erlebt haben, ist der Teil ihrer Persönlichkeit, den sie immer versteckt hat, sogar vor sich selbst. Und das verwandelt ihre Geduld in Wut, läßt ihre Zurückhaltung einer überaus drastischen Ausdrucksweise weichen.« Er zögerte. »Ihre Keuschheit wird zu ausschweifender Sexualität.«

Edith senkte den Kopf. Sie konnte ihn nicht ansehen. Genau wie ich, dachte sie nur.

»Schon gut«, sagte Barrett und blickte sie verstehend an.

»Nein.« Sie schüttelte den Kopf.

»Wenn gewisse Dinge besprochen werden müssen, dann wollen wir das zu Hause tun.«

Zu Hause, dachte sie. Es klang fern und unwahrscheinlich.

»Genaugenommen habe ich zusätzlich zu meiner Arbeit einige persönliche Erkenntnisse gewonnen.« Er lächelte sie an. »Kopf hoch, Liebling, alles wird gut werden.«

9.42 Uhr: Barrett öffnete erstaunt die Augen. Er hatte nicht einschlafen wollen. Neben ihm lag Edith und schlief fest, ihr Atem ging regelmäßig. Wie lange hatte er geschlafen? Er sah auf die Uhr. War es 9.42 Uhr am Vormittag oder am Abend? In diesem verdammten Haus mit seinen zugemauerten Fenstern konnte man das ja nicht gleich sehen.

Er schlüpfte mühevoll in seine Schuhe. Es gelang ihm, obwohl die Knöchel noch stark geschwollen waren. Auch sein Daumen hämmerte stärker als zuvor. Man wird ihn wohl aufschneiden müssen, dachte er. Später, später. Erst muß man Fischer und Edith von hier fortbringen lassen. Er mußte sofort nach der Ambulanz telefonieren.

Langsam hinkend ging er zur Tür. Kann ich Edith einen Moment allein lassen? Sie hatte ihren Schlaf dringend nötig. Wenn ich die Tür offenlasse, kann ich alles gut kontrollieren, sagte er sich.

Als er an Fischers Tür vorbeikam, öffnete er sie und sah ihn ruhig schlafen.

Er drehte sich schwerfällig um und ging zu Florences Tür. Sie lag ebenfalls in tiefem Schlummer.

Er schloß Florences Tür wieder und hinkte zur Treppe, ließ sich auf das Geländer gestützt hinunter und erblickte den Reversor. Gut, daß Florence in ihrer Wut nicht genauer gezielt hatte, sonst hätte die Reparatur Tage, vielleicht Wochen gedauert. Außer dem zersprungenen Glas des Zifferblattes war nichts geschehen. Er konnte hoffen, keine Verzögerung zu erleiden. Hätte anders ausgehen können. Er erzitterte bei dem Gedanken.

So würden sie also alle lebend wieder herauskommen, dachte er nicht ohne Befriedigung: Gegen 1931 und 1940 war das geradezu ein gutes Resultat zu nennen. Die anderen waren ja buchstäblich dezimiert worden.

Er ging zur Eingangstür und öffnete einen Flügel. Tageslicht. Er schloß sie wieder, humpelte zum Telefon und hob den Hörer auf.

Keine Antwort. Er klopfte mehrere Male auf die Gabel. Wartete. Klopfte wieder. Komm schon, dachte er. Er konnte Fischer und Florence sonst nicht abtransportieren lassen.

Er wollte schon aufgeben, als es im Hörer knackte und die Stimme von Urbans Bevollmächtigtem durchkam. »Ja?« sagte er.

Barrett fiel ein Stein vom Herzen. »Hier ist Barrett. Wir brauchen einen Ambulanzwagen.«

Stille.

»Haben Sie gehört?«

»Ja.«

»Werden Sie ihn sofort senden können? Miß Tanner und Mr. Fischer müssen sofort ins Krankenhaus.«

Keine Antwort.

»Haben Sie verstanden?«

»Ja.« Wieder Stille.

»Ist etwas nicht in Ordnung?« fragte Barrett.

Der Mann schnaufte etwas. »Verdammt, es ist nicht fair«, sagte er.

»Was ist nicht fair?«

Der Mann zögerte.

»Also, was ist nicht fair?«

Nochmals Zögern. Dann sagte der Mann schnell: »Der alte Urban ist heute morgen gestorben.«

»Gestorben?«

»Krebs im Endstadium. Hat zu viele Tabletten geschluckt, um den Schmerz zu lindern. Hat sich versehentlich dabei umgebracht.«

Barrett fühlte einen plötzlichen Druck im Schädel. »Warum haben Sie uns nicht verständigt?« fragte er.

»Man hat es mir verboten.«

Der Sohn wahrscheinlich, dachte Barret. »Ja und...« Seine Stimme versagte. »Was wird jetzt?«

»Ich sollte Sie einfach Ihrem Schicksal überlassen.«

»Und das Geld?« Barrett mußte das fragen, obwohl er die Antwort kannte.

»Davon weiß ich nichts, aber unter diesen Umständen –« Der Mann seufzte, »haben Sie etwas schriftlich?«

Barrett schloß die Augen. »Nein.«

»Das ist bös«, sagte der Mann. »Der Kerl von einem Sohn wird Ihnen bestimmt nicht –« Er brach ab. »Hören Sie, ich bitte um Verzeihung, wenn ich Sie nicht verständigt habe, aber meine

Hände sind gebunden. Ich muß nach New York zurück, und zwar sofort. Sie haben ja den Wagen. Ich würde Ihnen raten, daß Sie alle sofort abreisen. Es gibt ein Krankenhaus in Caribou Falls, wo Sie hinkönnen. Ich werde tun, was in meiner Macht steht...« Seine Stimme wurde schwächer, und er ließ einen Laut des Widerwillens hören. »Verdammt«, sagte er. »Ich werde wahrscheinlich selbst hinausfliegen. Kann den Sohn nicht ausstehen. Der Vater war schon arg genug, aber –«

Barrett legte auf, weil eine Welle der Verzweiflung ihn zu übermannen drohte. Kein Geld, keine Versorgung für Edith, keine Versorgung für sein Alter, also auch keine Aussicht auf die wohlverdiente Ruhe. Er lehnte seine Stirn an die Wand. »Nein, o nein«, murmelte er.

Er ging in die große Halle, wo der Reversor stand. »Du wirst mich nicht besiegen, Höllenhaus, da steht der Apparat, der dich vernichten wird.« Er mußte sich anlehnen. Der Schmerz im Finger hämmerte qualvoll, sein ganzer Körper fühlte sich geschunden. Macht nichts, dachte er. Meine Gesundheit, Ediths Sicherheit, Tanners und Fischers Probleme mußten warten. Sie traten in den Hintergrund vor der einen, großen Aufgabe, die jetzt vor ihm lag: die Vernichtung des Höllenhauses und der Sieg seiner Arbeit.

10.33 Uhr: Sie ließ die Dunkelheit hinter sich. Daniels Stimme war bei ihr, schmeichelnd und bittend. Du mußt nicht mehr schlafen, sagte er in ihr. Sie verspürte brennenden Druck in Nieren und Blase, versuchte, zu widerstehen. Es gelang ihr nicht. Laß doch los, sagte die Stimme in ihr. Florence stöhnte. Sie konnte sich nicht beherrschen, spürte es aus ihrem Körper fließen und schrie gleichzeitig vor Scham.

Plötzlich war sie wach, warf die Bettücher zur Seite und starrte auf den nassen Fleck auf dem Leintuch. Er saß so fest in ihr, daß er sogar ihre Körperfunktionen kontrollierte.

»Florence.«

Sie warf den Kopf herum und sah sein Gesicht. »Bitte«, sagte er.

»Laß das.«

»Bitte«, sagte er.

»Laß das, Daniel.«

»Bitte, bitte, bitte, bitte, bitte, bitte, bitte, bitte!« Er sagte es spöttisch und mit höhnischem Unterton.

Sie lief ins Badezimmer. »Gehst du fort?« fragte seine Stimme. Sie drehte den Kaltwasserhahn auf und besprengte ihr Gesicht. Im Spiegel starrte ihr ein verunstaltetes Antlitz entgegen, voller blutiger Kratzwunden, Beulen und Schrammen mit gestocktem Blut. Die Brüste waren übersät mit Bißwunden, die eine beinahe schwarze Farbe angenommen hatten.

Die Tür hinter ihr klappte zu. Sie fühlte Daniel hinter sich und lehnte sich lächelnd zurück. Er drang in ihr Rektum ein, sein Glied zuckte, die Hände packten ihre Brüste und kneteten sie. Edith kam in das Badezimmer, kniete vor ihr hin, und ihre lange, gierige Zunge schoß tief in Florences Scheide. Sie stieß wollüstig zurück, als sich Daniels Glied wild in ihr bewegte. Es war herrlich, darauf hatte sie immer gewartet.

Sie warf sich hin und her, als ob ein elektrischer Strom sie durchpulste. Plötzlich sah sie sich im Spiegel, halb gebückt, das Gesicht verzerrt vor Geilheit, die Finger ihrer rechten Hand tief in ihrem Körper wühlend. Sie stieß einen Schrei des Widerwillens aus und zog die Finger zurück. Ein hartes Lachen erklang hinter ihr. Sie drehte sich um. Das Badezimmer war leer. Ich habe zugesehen, sprach seine Stimme in ihr.

Sie stürzte in das Zimmer zurück, ging auf die Knie vor dem Bett, verschlang die Hände ineinander und legte die Stirn darauf. »Lieber Gott, bitte hilf mir; Rote Wolke, hilf mir, helft mir, meine Schutzgeister. Ich bin besessen. Laßt Gottes Stärke in mich fließen, damit seine Macht mir Kraft zur Verteidigung gebe.«

»Laß Gottes starkes Glied in meinen Mund sinken«, sagte sie, »laß mich seinen brennenden, heiligen Samen trinken, laß mich –«

Sie weinte vor Pein und Scham. Sie ballte ihre Hand zur Faust und biß so heftig zu, bis der Schmerz sie ganz erfüllte. Daniel verschwand. Nach einiger Zeit nahm sie die Faust von den Zähnen weg und blickte sie an. Ihre Zähne hatten die Haut durchbohrt. Blut rann über ihre Finger. Sie fühlte sich freier.

Zur Kapelle jetzt, dachte sie. Dort ist die Antwort auf alles.

Sie rannte durch den Raum und riß die Tür auf. Stürmte zur Treppe. Im Laufen kann er mich nicht besitzen, dachte sie.

Sie stockte, das Herz schlug wild. Eine Gestalt stand im Wege: ein schmaler Mann mit schmutziger, zerrissener Kleidung. Knochen standen durch die Haut hervor, langes, ungepflegtes Haar umgab das Gesicht, das von Krankheit entstellt war. Kleine, brennende Augen lagen in tiefen Höhlen. Der Mund war voll gelbbrauner Zähne. Florence starrte ihn an. Er war eines der Opfer Belascos, sie wußte es. So hatte er ausgesehen, kurz vor seinem Tode.

Die Figur verschwand. Florence ging weiter, treppabwärts. Wieder fühlte sie die von innen kommende Veränderung und biß sofort in die Faust, bis sie sich freier fühlte. Schmerz war die Antwort! Immer, wenn Daniel sie anfiel, würde sie ihn mit Schmerz vertreiben, denn der Schmerz füllte ihren Geist aus und ließ keinen Platz für ihn frei!

Wieder mußte sie stehenbleiben. Zwei Figuren, ineinander verschlungen, lagen auf den Treppen. Ein Mann und eine Frau. Der Mann stieß sein Messer in die Kehle der Frau, begann in der klaffenden Wunde herumzureißen, das Blut spritzte und befleckte sein verzerrtes, höhnisches Gesicht. Er war im Begriff, den Kopf der Frau vom Rumpf zu trennen. Florence stieß die Faust in die Zähne, biß zu und erstarrte vor Schmerz. Der Mann und die Frau verschwanden.

Sie kam in die große Halle, sah Barrett an seiner Maschine arbeiten: Narr, dachte sie. Nie wird das funktionieren. Sein Hirn ist voller Scheiße, dieser stupide –

Nein! Wieder grub sie die Zähne in die Faust, die Augen aufgerissen, starrend. Lieber die Finger abbeißen, als nochmals von Daniel ergriffen zu werden. Sie wünschte, sie hätte ein Messer, das sie sich ins Fleisch rennen könnte, tief genug, um den Schmerz konstant zu halten. Das war die Lösung: Der Schmerz blockierte sie gegen die vergiftete Seele Daniels.

Sie kam zur Kapellentür. Davor saß ein Mann. Sein Gesicht war weiß, sein Ausdruck der eines Rauschgiftsüchtigen. Er hielt eine abgeschnittene menschliche Hand und biß genüßlich einen Finger ab. Sie rammte die Zähne in die Faust. Die Gestalt war verschwunden. Florence fiel gegen die Tür und drückte sie auf.

Ein Mahlstrom von Kraft erfüllte die Luft. Hier war der Kern, das innerste Kraftzentrum des Hauses. Auf dem Boden lag die Katze. Florence sah, daß sie tot war. In zwei Teile zerschnitten. Eine Blutlache umgab sie.

Jetzt nicht nachgeben, dachte sie. Daniel war beinahe besiegt, jetzt würde sie das Haus selbst besiegen. Sie stieg über die Katze und ging gegen den Altar vor. O Gott, die Kraft war übermächtig! Sie fühlte sie in sich eindringen, jeder Pulsschlag trieb sie weiter in sie hinein. Dunkelheit begann, sie zu umgeben. Sie rammte ihre schmerzende Hand in den Mund und biß hinein. Die Dunkelheit erhellte sich etwas. Dann ging sie weiter, der Kraft entgegen, ihre Augen unverwandt auf den Altar gerichtet. Mit Gottes Hilfe konnte sie die Schlacht noch gewinnen. Plötzliche Schwäche übermannte sie. Sie fiel nach vorn gegen den Altar. Die Kraft war zu stark. Sie blickte in die Höhe und sah das Kruzifix. Es schien sich zu bewegen. Voll Entsetzen sah sie, daß es auf sie zukam. Nein, dachte sie. Sie versuchte, auszuweichen, konnte sich aber nicht bewegen, als ob sie durch einen gigantischen Magneten an den Platz gefesselt sei. Nein! Das Kruzifix fiel, es mußte sie treffen.

Florence schrie auf, als es auf Kopf und Brustkasten gleichzeitig aufschlug und sie heftig nach hinten riß. Sie krachte rücklings auf den Boden, das riesige Kreuz und die Figur stürzten zentnerschwer auf sie und beraubten sie des Atems. Eine schlangenartig sich bewegende Kälte stieg in ihrem Rückgrat hoch. Sie wollte schreien, konnte es aber nicht. Dunkelheit war um sie.

Die Besessenheit löste sich urplötzlich auf.

Sie versuchte, das schwere Kruzifix wegzuschieben, doch es ließ sich nicht bewegen. Statt dessen verspürte sie einen irrsinnigen Schmerz, der sie aufstöhnen ließ. Sie lag bewegungslos unter der Last des Kruzifixes. Sei versuchte nochmals, es zu verschieben, aber jede Bewegung ließ sie beinahe wieder bewußtlos werden.

Nach unzähligen Versuchen gelang es ihr, sich von dem Kruzifix zu befreien, sie versuchte sich aufzusetzen, dann drehte sie sich langsam um und kam auf die Knie. Sie spürte Blut, das ihre Oberschenkel hinablief.

Der Anblick des Phallus des Gekreuzigten ließ sie erbrechen. Sie übergab sich auf den Fußboden, die Augen gläsern vor Schmerz. Er hatte sie getäuscht. Es gab hier keine Antwort. Er hatte nur die endgültige und äußerste Profanierung ihres Geistes und Körpers hier begehen wollen. Sie sah ihre Hand an. Nein, genug, dachte sie. Als sie herumblickte, bemerkte sie den großen Nagel, der aus der Rückseite des Kruzifixes ragte. Er war mit aus der Mauer herausgerissen worden. Sie schleppte sich über den Fußboden, bis sie zu dem Nagel gelangte. Sie hockte sich davor und begann, die Innenseite ihrer Handgelenke damit aufzureißen. Vor Schmerz wimmernd begann sie zu schluchzen. »Genug«, sagte sie. »Genug.«

Sie sank nach hinten. Blut schoß aus ihren Handgelenken wie Wasser. Sie schloß die Augen, fühlte das Leben aus ihrem Körper fließen. Daniel konnte ihr nun nichts mehr antun. Sie entfloh ihm. Ihr Fühlen wurde schwächer, der Schmerz ließ nach. Gott würde ihre Selbstzerstörung verzeihen. Sie hatte keinen anderen Ausweg gehabt. Ihre Lippen formten ein Lächeln der Hingabe.

Gott wird mich verstehen.

Im letzten Augenblick durchfuhr sie ein Gedanke. Sie mußte es die anderen wissen lassen! Sie versuchte, sich aufzurichten, doch alles um sie war wolkige Dunkelheit. Sie drehte ihren Kopf und sah ihr Blut auf dem Fußboden. Gott, hilf mir! Sie mußte die anderen verständigen.

Langsam und in beginnender Agonie streckte sie den Arm aus und formte blutrote Streifen auf dem Fußboden.

11.08 Uhr: Fischer erwachte, riß sich auf die Beine und rannte über den Korridor zu Florences Zimmer. Er öffnete die Tür, und als er Florence nicht erblickte, lief er ins Badezimmer. Nichts. Er stürmte zurück und raste die Treppe hinunter, kam in die große Halle, wo Barrett noch immer vor seiner Maschine hockte. Edith stand neben ihm. »Wo ist sie?« fragte er hastig. »Sie ist nicht in ihrem Zimmer.«

»Ich war noch vor kurzem bei ihr, sie schlief. Ich hatte ihr Schlaftabletten gegeben.«

»Zum Teufel mit Ihren Schlaftabletten«, schrie Fischer, doch gleichzeitig ließ ihn ein scharfer Schmerz im Schädel beinahe das Bewußtsein verlieren. Er wankte und ließ sich auf einen Stuhl fallen. Ein Röcheln kam aus seiner Kehle. Barrett beugte sich besorgt über ihn. Fischer war totenblaß geworden. Er versuchte, sich wieder in die Gewalt zu bekommen. Barrett reichte ihm ein Glas Wasser, das er hastig hinuntergoß. Er mußte eine Vision gehabt haben, denn plötzlich war er wieder er selber und sagte mit lallender Stimme: »In der Kapelle.«

Ediths Schrei des Entsetzens durchdrang den kleinen Raum der Kapelle. Sie drehte sich zur Wand und hielt sich mit Mühe aufrecht.

»O mein Gott«, murmelte Barrett nur.

Fischer wankte zu dem leblosen Körper und starrte ihn an. Ihre Augen waren offen, blickten aufwärts, das Gesicht wachsbleich. Sein Blick streifte ihre Geschlechtsteile. Sie waren blutverklebt, die äußeren Teile zerrissen. »Tot«, sagte er. »Umgebracht von diesem Haus.« Barrett konnte ihm nicht widersprechen. Trotz schwerster Schlaftabletten war sie aufgestanden und allein in die Kapelle gelaufen. Er fühlte sich schuldbewußt. Er sah, daß Fischer unverwandt auf das gefallene Kruzifix blickte, dessen hölzerner Phallus mit Blut verschmiert war. Seine Magenwand zog sich zusammen. »Mein Gott«, war alles, was er sagen konnte.

»Aber nicht hier«, sagte Fischer. »Hier in diesem verfluchten Dreckshaus gibt es keinen Gott.« Er kniete neben dem leblosen Körper nieder und stützte seine Hände auf dem Boden auf. Sie wurden von Florences Blut genetzt. Und sie hat sich doch so bemüht, sagte er zu sich. Mit einer Hand fuhr er über seine Kleider, um das Blut abzuwischen, dann streckte er sie aus und schloß Florences Augen mit einer unendlich zarten Bewegung.

»Sehen Sie, hier«, sagte Barrett.

Fischer sah auf, die Bewegung schmerzte heftig. Barrett starrte auf den Fußboden in der Nähe von Florences Leiche. Er konnte nichts sehen. Barrett suchte in seinen Taschen, dann rieb er ein Streichholz an. Durch den plötzlichen Lichtschein zogen sich Fischers Pupillen schmerzlich zusammen.

Sie hatte etwas auf den Fußboden gemalt und mußte dafür einen Finger benutzt haben, den sie in ihr Blut getaucht hatte. Es war ein mühsam gezogener Kreis, in den ein Zeichen geschmiert war. Fischer blickte angestrengt, um es zu entziffern. Plötzlich verstand er, was es war. Barrett sprach im gleichen Moment.

»Es sieht aus wie der Buchstabe ›B‹.«

11.47 Uhr: Sie standen in der offenen Eingangstür und blickten Fischer nach, der langsam im Nebel verschwand. Dann drehte Barrett sich um und sagte: »Okay.«

Sie folgte ihm in die große Halle. Barrett hinkte eilig auf den Reversor zu, und Edith sah, wie er die letzten Handgriffe ausführte. Sie versuchte, nicht an Florence zu denken.

»Fertig«, stellte er fest.

Sie konnte sich vorstellen, welche Emotionen er jetzt auskostete. »Ich weiß, wie wichtig dieser Moment für dich ist«, sagte sie.

»Wichtig für die Wissenschaft«, sagte er, wandte sich dem Reversor zu und stellte den Zeitschalter ein, drehte noch einige Knöpfe, wartete eine spannungsgeladene halbe Minute und schaltete den Strom ein.

Einige Sekunden lang schien es Edith, als ob nichts geschehen würde. Dann hörte sie ein Summen, das sich rasch zu einer Vibration steigerte, die den Boden unter ihren Füßen erzittern ließ. Sie konnte die Vibrationen körperlich spüren, wie sie durch ihre Beine in den Körper drangen. Kraft, dachte sie, das einzige, das man dem Haus entgegensetzen kann. Sie verstand nichts davon, doch die heftige Bewegung, die sich ihrem ganzen Körper mitteilte, und der immer stärker werdende Brummton ließen sie kaum noch an einem Erfolg zweifeln.

Dann sah sie hinter den Metallgittern der Maschine die Glasröhren phosphoreszierend aufglühen. Barrett zog sich langsam zurück. Seine Finger zitterten, als er die Taschenuhr zog. Genau 12 Uhr mittags. Genau, wie es sich gehört, dachte er. Er steckte die Uhr wieder in die Tasche und wandte sich Edith zu. »Wir müssen jetzt gehen.« Im Korridor lagen ihre Mäntel bereit. Barrett half ihr eilig hinein, warf den seinen um und sagte: »Schnell.« Die Vibrationen des Reversors waren inzwischen bis zur Eingangstür gedrungen und schmerzten in den Ohren. Eine Vase in der Nähe begann zu rattern.

Augenblicke später hatten sie das Haus hinter sich gelassen und eilten über die kleine Brücke zu dem Cadillac, der im Nebel wartete. Edith dachte daran, daß Florences Leiche im gleichen Wagen lag und schauderte.

Barrett öffnete die Tür und sah, daß der mit einem Laken bedeckte Körper neben Fischer auf dem Sitz lag. Er hatte seinen rechten Arm um die Schultern der Leiche gelegt, der Kopf ruhte auf seiner Schulter. »Könnte man nicht –«, begann Barrett, brach aber sofort ab, als er sah, daß Fischer ihn beinahe haßerfüllt anstarrte. Nach einigem Zögern schloß er die Tür.

»Wir setzen uns eben auf die Vordersitze«, sagte Barrett leise zu Edith, die zitternd meinte: »Könnten wir nicht in das Haus zurückgehen?«

»Unter keinen Umständen. Die Strahlung würde uns töten.«

Sie zögerte. »In Ordnung«, sagte sie endlich.

Sie öffneten die Vordertür und setzten sich in den Wagen. Barrett sah durch den Rückspiegel, daß Fischers Kinn auf den Kopf der Leiche gestützt war. Wie stark hat ihn dieser Tod doch mitgenommen, dachte er. Dann erinnerte er sich und sagte zu Edith: »Urban ist tot.«

Sie antwortete nicht sofort. Dann meinte sie: »Macht nichts.«

Einen Augenblick lang war er wütend. Macht nichts? dachte er.

Warum dann sich aufregen? Er hatte sein Bestes getan, um sie zu versorgen. Wenn sie selbst sich keine Sorgen machte, um so besser. Dann sagte er laut nach hinten: »Mr. Fischer«, bekam aber keine Antwort. Barrett blickte sich um: »Urban ist tot«, sagte er. »Sein Sohn weigert sich, zu zahlen.«

»Was macht das schon aus?« murmelte Fischer. Barrett sah, daß seine Finger die Schultern der Leiche stärker umklammerten. Er steckte den Zündschlüssel ein, drehte ihn aber nur so weit herum, daß er den Benzinanzeiger lesen konnte. Er sah, daß sie nicht genug Benzin hatten, um den Motor anzulassen und ihn die vierzig Minuten laufen zu lassen, die sie hier zu warten hatten. Die Kälte drang bereits in seine Glieder. Zu dumm, dachte er, man hätte Decken mitnehmen müssen und eine Flasche Brandy. Er lehnte seinen Kopf zurück. Ihm war es eigentlich gleichgültig. Dieser Augenblick war für ihn so spannungsgeladen, daß er die Kälte gewiß ertragen konnte.

Hinter diesen fensterlosen Mauern, ein paar hundert Meter entfernt, lag das Höllenhaus im Sterben.

12.45 Uhr: Barrett klappte den Springdeckel seiner Uhr wieder zu. »Erledigt«, sagte er.

Niemand antwortete ihm. Er war der einzige, der sich eine Vorstellung davon machen konnte, was in diesen 45 Minuten in dem Haus geschehen war. Er drehte sich zu Fischer um und fragte: »Könnten Sie bitte mit uns hineinkommen?« Fischer sagte nichts. »Das Haus ist jetzt okay.«

»So!« war die karge Antwort.

»Mr. Fischer, ich brauche Sie jetzt, damit Sie feststellen, daß das Haus keine freien Kräfte mehr hat. Es dauert nur wenige Minuten.«

Fischer sah eine Weile lang teilnahmslos vor sich hin, dann begann er langsam, Florences Körper auf den Sitz zu betten, blickte sie einige Augenblicke lang an und wandte sich zur Wagentür.

Sie trafen sich draußen vor dem Wagen. Déjà vu, dachte Edith. Es war, als ob die Zeit wieder zurückgedreht worden wäre. Nur die Abwesenheit von Florence störte die perfekte Illusion. Wie am Montag, als sie angekommen waren, knirschten ihre Schuhe auf dem Kies, atmeten sie den fauligen Geruch des Tümpels ein, und genau wie am Montag biß die Kälte bis tief in die Knochen. Edith konnte sich nicht von dem Gedanken frei machen, daß alles umsonst, daß Lionels Mühe vergeblich gewesen sei und sie alle drei von neuem in eine Falle gingen.

Sie beschloß in Gedanken, das Höllenhaus nicht mehr zu betreten. Aber als sie an der mächtigen Eingangstür angelangt waren, öffnete Barrett für sie, und sie ging ohne Zögern hinein – warum, konnte sie sich selbst nicht erklären. Als sie eintraten, sah Edith, daß die Vase auf den Boden gefallen und zersprungen war.

Barrett sah Fischer fragend an.

»Ich weiß nicht«, sagte Fischer.

Barrett spürte Fischers Widerstand und sagte: »Sie können sich beruhigt öffnen, Mr. Fischer, es ist alles vorbei.«

Fischer blickte unsicher umher. Die Atmosphäre war tatsächlich anders als vorher. Immerhin, es konnte auch ein Trick sein. Er war schon einmal darauf hereingefallen. Er ging etwas weiter, vorsichtig witternd, die inneren Antennen noch nicht ganz ausgefahren. Barretts Theorie hatte gut geklungen. Aber Barrett verlangte von ihm, daß er sein Leben dafür einsetzte.

Er ging weiter, kam in die Halle, die voll war von zerbrochenen Objekten. Ihm gegenüber hing ein Gobelin halb verdreht an der Wand. Was hatte der Reversor wirklich gleistet? Er brannte darauf, es zu erfahren, hatte aber nicht den Mut, es zu erforschen. Er blieb stehen, wartete, horchte innerlich.

Dann, auf einen Impuls hin, ließ er die Barrieren fallen. Er schloß die Augen, breitete die Arme aus, spreizte die Finger, bereit, alles aufzunehmen, was die Atmosphäre noch an lauernder Kraft verborgen hielt. Er riß seine Augen auf und blickte erstaunt umher. Er registrierte nichts.

Mißtrauen kehrte zurück. Er fuhr herum und raste an ihnen vorbei. Edith blickte ihm alarmiert nach, doch Barrett packte sie am Arm. »Er ist verblüfft, weil er nichts mehr vorfinden kann«, flüsterte er ihr zu.

Fischer rannte in die Eingangshalle zurück. Nichts. Er stürzte den Korridor entlang zur Kapelle, riß die Tür auf. Nichts. Er drehte wieder um, rannte zur Treppe, die er trotz seiner Kopfschmerzen mit ausgebreiteten Armen hinabjagte, kam zum Swimming-pool, durchlief den Raum, erreichte die Tür des Dampfbades und riß sie auf. Ehe er eintrat, rüstete er sich zum Widerstand.

Nichts.

Er kam zurück, erschüttert. »Ich kann es nicht fassen.«

Er lief zum Weinkeller mit dem Loch in der Wand. Nichts. Treppen zurück, hinauf, japsend nach Luft. Das Theater. Nichts. Ballsaal. Nichts. Küche, Speisesaal und zurück zum Treppenaufgang vorbei an Edith und Barrett, er hielt an der Treppe an, um Atem zu holen, wollte sprechen, unterbrach sich und sprang die Treppe hinauf, raste in die Zimmer Ediths, Barretts und in sein eigenes. Nichts. Nichts. Nichts.

Barrett überfiel ein Rausch der Siegesfreude. »Geschafft«, sagte er. »Es ist geschafft, Edith, geschafft!« Er warf seine Arme um sie und zog sie an sich. Sein Herz klopfte rasend. Sie konnte es immer noch nicht glauben.

Fischer rannte weiter, bis zu Belascos Zimmer, durcheilte alle unbenützten Zimmer, jeden Winkel des Hauses. Allmächtiger Gott! Barrett hatte es geschafft. Nichts war mehr zu spüren.

Das Höllenhaus war restlos gesäubert!

Er ließ sich in einen Sessel fallen und dachte: Wenn sie eine einzige Stunde länger ausgehalten hätte, wäre sie jetzt noch am Leben. Fühlte plötzlichen Zorn in sich aufsteigen. Warum hatte Barrett sie allein gelassen?

Doch der Zorn verrauchte schnell. Wurde ausgelöscht von der Ehrfurcht, die er vor dem Physiker empfand, der geduldig und ohne zu zweifeln seine Arbeit getan hatte, obwohl er wußte, daß man ihm nicht glaubte. Er, er allein hatte recht behalten. Fischer schüttelte verwundert den Kopf. Ein Wunder. Er zog tief Luft ein und lächelte. Die Luft roch immer noch schlecht. Aber nicht mehr nach Verwesung.

14.01 Uhr: Fischer bremste den Cadillac etwas ab, als er in eine kleine Nebelwand kam. Er hatte sich entschlossen, den Wagen zu behalten und zu verkaufen. Wenn das nicht möglich sein sollte, so würde er die verdammte Kiste in einen See fahren, aber Urban würde ihn nicht mehr sehen. Man mußte einen Weg finden, auch den Reversor aus dem Haus zu schaffen, der sicher ein kleines Vermögen wert war. Er dachte wieder an Florence, deren Leiche er soeben in Caribou Falls gelassen hatte. Wie hätte sich ihr fester Glaube zu der Tatsache verhalten, daß Barrett recht behalten hatte? War das nun völlig abzuschreiben? War es wirklich so, wie Barrett behauptete, daß sie ihre eigene, unbewußte Energie mobilisiert hatte, um ihre Version zu beweisen? Es schien tatsächlich der Fall zu sein. Es erschütterte ja schließlich auch seine Ansichten, aber nachdem, was er eben erlebt hatte, mußte er sich darauf einstellen.

Er dachte weiter. Wenn es je einen Daniel Belasco gegeben haben sollte, der in dem Loch in der Kellerwand lebendig eingemauert worden war, so hatte die hochsensitive Florence diesen Umstand zweifellos richtig erfühlt, sonst hätten sie den Leichnam nie finden können. Florences Fehler war, daß sie die falschen Schlüsse daraus gezogen hatte. Aber warum hatte sie nach einem Leben voll ehrlicher und hilfreicher medialer Tätigkeit sich selbst umgebracht, um ihre Annahme zu untermauern? Hatte das Höllenhaus so stark auf sie eingewirkt, daß sie nicht mehr fähig war, dem ihre eigenen moralischen Intentionen dagegenzusetzen? Barrett würde das sicher nicht bezweifeln. Und dennoch...

Neue Zweifel überfielen ihn. Es war alles so grenzenlos kompliziert erschienen. Die verunglückten Expeditionen von 1931 und 1940 hatten einen so komplexen Gesamteindruck hinterlassen, daß mehr als hundert verschiedene Phänomene registriert werden konnten. Er dachte an Barretts Liste. Und das alles sollte ganz einfach durch Strahlung negativiert werden können, wie man einen Lichtschalter abdreht? Hatten nicht alle bisherigen Opfer des Höllenhauses geglaubt, den Schlüssel des Geheimnisses in der Hand zu haben? Mit Florence war es genauso gewesen. Wenn das Höllenhaus eine Methode hatte, nach der es vorging, so war es die, daß es seine Opfer in dem Augenblick überwältigte, wo sie auf der Höhe ihrer scheinbaren Erkenntnisse waren.

Er schüttelte den Kopf. Das durfte er nicht glauben. Nicht nach dem Ergebnis, das er heute selbst überprüft hatte. Das Haus war zweifelsohne jetzt befreit. Das hatte er selbst gespürt; um Christi willen, was wollte er mehr? Barrett hatte absolut recht behalten. Die Antwort auf alle Phänomene war elektromagnetische Gegenstrahlung.

Warum, wenn das so war, drückte sein Fuß unbewußt immer stärker auf das Gaspedal, bis der Wagen immer schneller vorwärts schoß, viel zu schnell für das neblige Wetter? Warum begann sein Herz plötzlich zu hämmern? Warum spürte er das eisige Prickeln in seinem Nacken? Warum hatte er jetzt dieses sich immerzu steigernde, dunkle Gefühl, daß er zu dem Haus zurückkommen müsse, ehe es zu spät war?

14.17 Uhr: Sie war endlich eingeschlafen. Barrett hatte zärtlich ihre Hand gehalten, sie hatte immer noch nicht ganz glauben können, daß alles vorbei sei. Nur mit Mühe hatte er sie davon überzeugt, als sie auf die Rückkehr Fischers warteten. Jetzt brauchte sie Schlaf. Vorsichtig löste er seine Finger aus den ihren und stand auf.

Sein Lächeln verstärkte sich, als er sich vom Bett abwandte. Höllenhaus, das war jetzt ein falscher Name geworden. Von nun an würde es Belasco-Haus heißen. Er ging zum Spiegel und kämmte sein schütteres Haar. Sein Blick fiel auf den Schaukelstuhl in der anderen Ecke, und er lächelte wieder. Das war jetzt alles vorbei, all diese kleinen, kinetischen Energieschübe. Keine Brisen mehr, kein Klopfen; nichts.

Er durchquerte den Raum und ging in den Korridor bis zum Treppenabsatz. Es war nett von Fischer gewesen, den Leichnam von Florence Tanner allein nach Caribou Falls zu bringen, um Edith die Fahrt mit einer Toten im Wagen zu ersparen. Fischer mußte jetzt bald wieder zurück sein, dann würden sie packen und sofort abreisen.

Langsam ging er die Treppen hinab und humpelte in die Halle zu dem Reversor. Starrte nochmals kopfschüttelnd auf das große Zifferblatt: 14.780. Er hätte nie gedacht, daß es so hoch gehen würde. Kein Wunder, daß man dieses Haus den Everest aller Spukhäuser genannt hatte. Er klopfte mit der Hand auf die Oberseite des EMR-Recorders, wie man ein Rennpferd nach einem Sieg tätschelt.

Die Nadel des Apparates bewegte sich.

Barrett zuckte zusammen. Er starrte auf die Nadel. Jetzt war sie wieder bewegungslos. Wahrscheinlich hatte etwas statische Elektrizität die Nadel bewegt, als er den Recorder berührte. Das würde sich nicht mehr wiederholen.

Aber die Nadel schlug wieder aus und zitterte auf Null zurück.

Barrett fühlte einen Stich in der rechten Wange. Was ging hier vor? Der Recorder konnte allein nicht funktionieren, nur wenn ein Medium gegenwärtig war, konnte man ihn auf die Messung von Energie umstellen. Er mußte lachen. Wäre doch grotesk, wenn ich plötzlich entdeckte, daß ich ein Medium bin, dachte er. Außerdem gab es ja keine Strahlung mehr im Haus. Er hatte sie negativiert.

Wieder begann die Nadel sich zu bewegen. Diesmal schlug sie

weder aus noch zitterte sie. Sie kroch über das Zifferblatt, als ob sie eine sich steigernde Radiation registrierte. »Nein«, sagte Barrett. Er war irritiert. Das war lächerlich.

Die Nadel stieg weiter. Barrett starrte sie an, als sie die Marke 100 erreicht hatte, dann die 150. Er schüttelte den Kopf. Das war absurd. Es konnte einfach nicht sein. Sein Blick wurde in die Höhe gerissen. Er sah, daß sich auch die Nadel des Dynamometers zu bewegen begann. Er starrte auf das Thermometer. Es registrierte einen Temperaturabfall.

Er hielt den Atem an, als er hörte, daß die Kamera klickte, starrte hin und hörte, wie der Film sich automatisch weiterdrehte und wie dann nochmals das Klicken des Verschlusses ertönte. Nein, dachte er, es kann einfach nicht sein, irgend etwas ist mit dem Recorder nicht in Ordnung. Die Nadel war inzwischen bei 700 angelangt. »Falsch, Irrtum, Nonsens«, brüllte er.

Plötzlich sah er, daß der Recorder zu schwellen begann, als seien seine Wände aus Gummi. NEIN. Das war völlig unmöglich. Er würde nicht –

Er schrie auf, als das große Gerät plötzlich explodierte, und er stöhnte vor Schmerz, als dessen Metall- und Glassplitter ihn im Gesicht und an den Augen trafen. Den Stock ließ er fallen und schützte das Gesicht mit beiden Händen. Irgend etwas flog über den Tisch in seine Richtung, er wurde nach hinten gerissen, als die Kamera seine Beine traf.

Im Stürzen fühlte er eine enorme, arktisch-kalte Kraft, die ihn erfaßte, als sei er ein Spielzeug. Er stieß einen Schrei erschreckter Verwirrung aus, als die eiskalte Kraft ihn durch die Luft wirbelte und gegen die Vorderseite des Reversors schleuderte. Barrett fühlte, daß der rechte Arm gebrochen war, schrie nochmals vor Schmerz auf und fiel zu Boden.

Die unsichtbare Kraft erfaßte ihn neuerlich, zog ihn durch die ganze große Halle. Er konnte sich nicht befreien. Vergeblich versuchte er, um Hilfe zu rufen, als er über den Fußboden geschleudert wurde. Der riesige Tisch stand ihm im Weg. Er bewegte sich auf ihn zu, ohne es zu wollen, fühlte wieder die Kraft, die ihn dagegenstieß, und versuchte noch, den Arm zum Schutz zu heben. Sein bandagierter Daumen krachte gegen die Tischkante und wurde gegen das Handgelenk zurückgerissen. Blut quoll aus dem locker gewordenen Verband, und während er vor wildem Schmerz aufschrie, sah er, daß der Daumen von der Hand baumelte, anscheinend nur noch von etwas Fleisch und Verband gehalten.

Die gewaltige Kraft ließ nicht locker. Er wurde, Füße voran, durch die Eingangshalle und in den Korridor gerissen. Sein Gesicht war zu einer blutverschmierten Maske schmerzverzerrten Grauens erstarrt. Seine Brust füllte sich mit scharfem Schmerz, als er fühlte, daß eiskalte Hände sein Herz packten. Er konnte nicht mehr atmen. Arme und Beine wurden gefühllos. Das Gesicht färbte sich dunkelrot. Die Halsadern traten hervor, die Augen quollen aus den Höhlen. Sein Kinn hing herab. Der beinahe bewußtlose Mann versuchte vergebens, Luft zu bekommen, als die Riesenkraft ihn weiterriß und seinen gebrochenen Körper durch die Schwingtür schleuderte. Unter ihm bewegte sich jetzt der Kachelfußboden. Dann gar nichts mehr. Er flog durch die Luft.

Das eiskalte Wasser um ihn spritzte hoch auf. Die Kraft, die ihn umklammerte, ließ nicht nach, zog ihn auf den Grund des Beckens. Seine Kehle füllte sich mit Wasser. Er kämpfte gegen das Ersticken, aber die Kraft hielt ihn unten. Wasser drang in seine Lungen. Er krümmte sich nach vorn. Im Todeskampf sah er, daß das Blut seines Daumens eine rote Wolke um ihn formte. Dann kam er in Rückenlage und starrte mit offenen Augen nach oben. Es war ihm, als würde jemand am Rand des Beckens stehen und auf ihn hinuntersehen. Die rote Wolke seines Blutes ließ die Figur verschwinden. Er drehte sich willenlos um die eigene Achse, seine Augen erblickten nichts mehr. Tief in den letzten intakten Zellen seines Gehirns zuckte noch ein Funken seines Geistes und formte den letzten Gedanken: Edith!

Dann kam das Dunkel, umhüllte ihn wie ein Leichentuch, und er versank in der Nacht.

12.46 Uhr: Ediths Hand zuckte und fuhr in die Höhe. Ihr Ehering war gespalten und auf das Bett gefallen. Sie riß die Lider hoch. Der Raum war dunkel. »Lionel?«

Die Tür wurde geöffnet. Der Korridor war finster. Jemand trat ein. »Lionel?« fragte sie wieder.

»Ja.«

Sie setzte sich schlaftrunken auf. »Was ist geschehen?«

»Nichts Besonderes. Der Generator ist ausgefallen.« Sie hörte seine Schritte im Raum, fühlte sein Gewicht, das die andere Seite ihres Bettes beschwerte, und streckte die Finger aus, um seine Hand zu fassen. »Bist du sicher, daß alles in Ordnung ist?«

»Natürlich.« Die Hand begann, ihr Haar zu streicheln. »Hab' keine Angst. Wenn es schon dunkel ist, können wir gleichwohl davon profitieren.«

»Was meinst du?« Sie griff nach ihm, doch er war weiter von ihr entfernt, als sie vermutete.

»Wir waren lange nicht beisammen!« Lionels Hand streifte ihre Wange. »Und du brauchst es doch.« Seine Hand strich über ihre rechte Brust und drückte sie. »Lionel, nicht doch«, wehrte sie ab.

»Warum nicht? Bin ich dir nicht gut genug?« sagte er. »Fischer war gut genug, sogar Florence Tanner.« Seine Finger preßten ihre Brust, daß es schmerzte. »Wir wär's mit einem kleinen Quicky jetzt auch für den Alten?«

Edith fühlte ihr Herz pochen. »Nein«, murmelte sie.

»Ja«, sagte er, und seine Hand strich schnell an ihr herab, schob das Hemd in die Höhe und zwängte sich zwischen ihre Schenkel. »Ja, du lesbische Sau.«

Plötzlich ging das Licht an.

Edith schrie auf. Die Hand ließ sie los, zog sich zurück. Sie war blutleer, vom Hendgelenk abgetrennt und schwebte schaukelnd vor ihren entsetzten Augen. Die Enden der Venen hingen frei in der Luft. Edith wich gegen das Kopfende des Bettes zurück, doch die Hand stieß zu ihr herunter und preßte ihre Brustwarze zwischen Daumen und Zeigefinger. Sie schrie auf und wollte sie wegreißen. Die Hand sprang in die Höhe wie eine lepröse Spinne, zwickte sie im Gesicht. Sie roch nach Verwesung und war eiskalt. Edith schrie nochmals und begann, mit den Füßen nach dem Ding zu treten, um es von sich fernzuhalten. Die Hand flog hoch und gestikulierte in der Luft, die Finger wackelten hin und her. Edith versuchte, aus dem Bett zu fliehen, kam auf die Füße und schlug gegen den achteckigen Tisch, bevor sie auf dem Boden landete. Der Tisch fiel um und warf die Seiten von Lionels Manuskript in die Luft. In irrer Panik wollte sie sie auffangen, doch sie zerrissen in der Luft zu kleinen Stücken, die wie ein Schneefall zu Boden flatterten. »Nein«, schrie sie. »Nein«, rief eine spottende Stimme zurück, wie ein Tonband. Sie weinte. Die Stimme echote das Weinen. Mit verzweifelter Kraft sprang sie auf die Füße und entfloh zur Tür, die auf den Korridor führte. Riß sie mit letzter Kraft auf und sprang mit einem Schrei zurück.

Florence stand in der Tür, nackt, starrte sie an. Dunkles Blut rann aus ihrem Unterkörper die Beine hinab. Die Gestalt kam näher, umfaßte sie, und als sie schreien wollte, drückte sie ihre kalten Lippen auf die ihren. Edith kämpfte verzweifelt und versuchte, den Kopf abzuwenden. Florence verschwand.

»Lionel«, schrie sie in höchster Not. »Lionel, Hilfe.«

»Hierher«, rief er ihr zu. Ediths Kopf fuhr hoch. Er kam auf sie zu, beinahe laufend. Sie warf sich ihm hilfesuchend entgegen. Ihr Vater stand vor ihr, mit dem schwammigen Trinkergesicht, mit beiden Händen hielt er ihr seinen riesigen Penis entgegen.

Sie klammerte sich an das Treppengeländer. Ein paar starke Hände rissen sie davon weg. Sie fuhr herum und sah Lionel, der sie umklammert hielt. »Ich bin's«, sagte er. Der Ton der vertrauten Stimme ließ sie aufschluchzen, als sie wimmerte: »Nimm mich weg von hier, Lionel.«

»Wir gehen schon«, antwortete er. Sein linker Arm umfing sie, und sie rannten vorwärts. Sie sah ihn an, er hatte keinen Stock und hinkte nicht. »Nein«, ächzte sie. Er rannte mit ihr treppabwärts. Edith versuchte, sich von ihm frei zu machen. »Ich bin's doch«, sagte er, doch er ließ sie nicht los. Lachen erklang um sie herum. Sie drehte sich zu Lionel, aber es war nicht er, sondern seine Karikatur. Jeder Zug von ihm war lächerlich vergröbert, die Stimme hatte einen bösartig nachäffenden Tonfall, als er sagte: »Ich bin's. Ich bin's.« »Nein«, schrie sie und wollte sich losreißen. Doch sein Griff war eisern. Er blickte nicht einmal nach vorn, als sie weiterrannten, sondern grinste sie während des Laufens an.

Die Theatertür wurde aufgerissen. Sie befand sich auf der Bühne. Als sie die Augen öffnete, sah sie unten nackte Gestalten, die sie aus ihren Samtstühlen mit geilen Blicken angrinsten. Die Karikatur Lionels band sie an einem Pfahl fest und riß ihr die Kleider vom Leibe. Das Publikum röhrte vor Vergnügen. Neben ihr erklang ein Knurren. Sie wandte den Kopf. Ein Leopard strich geduckt auf die Bühne. Das Publikum jauchzte, als die Bestie sie ansprang und ihr die Zähne tief ins Fleisch grub. Sie spürte den Raubtieratem über ihr Gesicht streichen. Die Krallen der Hinterbeine rissen ihren Bauch auf. Wahnsinniger Schmerz ließ sie aufkreischen.

Plötzlich war das Theater leer. Nein. In den hinteren Reihen saß noch jemand. In Schwarz gekleidet. Sie vermeinte eine tiefe Stimme zu hören, die in ihrem Kopf widerhallte. »Willkommen in meinem Haus«, sagte die Stimme.

Und wieder erschien Lionel. »Ich bin's«, sagte er. Sie fühlte sich vorwärts getrieben, obwohl niemand sie gepackt hielt. Sie wandte sich um. Niemand. Vor ihr Lionel an der Treppe zum Untergeschoß. Sie wurde hinuntergerissen. Lionel stand an der Schwingtür zum Swimming-pool und sagte: »Ich bin's.« Die Doppeltür wurde mit Wucht aufgerissen, so daß ihre beiden Flügel innen gegen die Kacheln krachten. Die Kraft stieß sie zum Beckenrand und ließ sie los. Sie starrte in das blutige Wasser. Dort schwamm Lionel, Gesicht nach oben, knapp unter der Wasseroberfläche. Sie raste zurück. Eine Gestalt rannte ihr auf den Stufen entgegen und fing sie in den Armen auf. Sie schrie auf und versuchte verzweifelt, sich zu wehren. Die Gestalt rief ihr etwas zu, doch sie hörte nur ihre eigene Stimme. Etwas schlug gegen ihr Kinn, und plötzlich spürte sie sich fallen, hörte noch im Stürzen ihre eigene Stimme kreischen und verlor die Besinnung.

15.31 Uhr: Edith begann sich zu rühren. Die Augendeckel zuckten langsam auf, und sie starrte einen Augenblick lang gegen die Vorderseite des Wagens. Dann drehte sie sich verwirrt auf die Seite und sah ihn an. Sie blickte ihn fragend, aber schweigend an.

»Tut mir leid, daß ich Ihnen einen Kinnhaken geben mußte«, sagte er.

»Sie waren das?«

Er nickte.

Edith blickte abrupt auf die andere Seite. »Lionel.«

»Seine Leiche ist im Kofferraum.«

Sie wollte zur Tür, doch Fischer hielt sie zurück. »Sie sehen ihn jetzt besser nicht an.« Sie strebte immer noch der Wagentür zu.

»Lassen Sie es sein«, bat er ernst.

Edith fiel in die Kissen zurück und verbarg ihr Gesicht. Fischer saß stumm daneben und hörte ihr Schluchzen.

Sie drehte sich wieder zu ihm. »Gehen wir fort von hier.«

»Ich bleibe«, sagte er nach einer Pause.

Edith blickte ihn an und verstand nicht. Schließlich sagte sie: »Fischer, Sie wissen nicht, was da drin vorgeht. Es hat meinen Mann umgebracht, hat Florence Tanner getötet, und wenn Sie mich nicht gerettet hätten... Sind zwei Tote nicht genug? Müssen Sie auch noch sterben?«

»Ich denke nicht an Sterben.«

Sie ergriff seine Hand und drückte sie. »Was kann Ihnen daran liegen, in dieses schreckliche Haus zurückzukehren und mich allein zu lassen?«

»Edith.« Fischer nahm ihre Hand in seine beiden und wartete, bis ihr Schluchzen sich beruhigt hatte. »Hören Sie mir jetzt gut zu.«

Sie schüttelte den Kopf und schloß die Augen.

»Ich muß hinein. Ich muß es tun für Florence und für Ihren Mann.«

»Die würden es bestimmt nicht wollen.«

»Aber ich will es«, unterbrach er sie. »Ich brauche es. Wenn ich das Höllenhaus jetzt so verließe, könnte ich genausogut in mein Grab kriechen und sterben. Sehen Sie, die ganz Woche habe ich nichts getan, nichts geleistet, nichts zur Arbeit von Florence und ihrem Mann beitragen.«

»Eine Arbeit, die zu nichts geführt hat als zu ihrem Tod. Das Höllenhaus, das haben wir doch erlebt, kann eben nicht besiegt werden.«

»Vielleicht nicht.« Er machte eine Pause. »Trotzdem werde ich hineingehen und es versuchen, ich muß es tun, das fühle ich.«

»Sie werden sterben wie Florence und Lionel«, flüsterte sie.

Fischer zog den Atem langsam ein.

»Dann sterbe ich eben«, sagte er.

Fischer ging über die Brücke und über den Kiesweg, der den Tümpel umgab. Jetzt war er allein. Edith hatte geweint, als sie von einander schieden, und war mit dem Cadillac allein losgefahren. Obwohl der Anblick des Hauses, das jetzt wieder langsam aus dem Nebel auftauchte, ihm unheimlicher vorkam als je zuvor, hatte er keine andere Wahl mehr. Selbst wenn er wollte, konnte er in seinen Tennisschuhen und ohne einen warmen Mantel nicht zu Fuß nach Caribou Falls gehen. Er begann zu zittern, machte seinen Rücken steif, um es zu bekämpfen. Es war nicht wesentlich, ob er Erfolg haben würde. Er war hier und hatte es zu tun. Edith hatte versprochen, ihm Essen zu bringen und es an der Haustür zu deponieren. Es war auch unwesentlich, wie lange es dauerte. Tief in seinem Inneren fühlte er, daß er es mehr für Florence tat. Er griff in seine Tasche und fühlte Florences Medaillon. Ihr hätte er helfen können. Ihr hätte er helfen müssen.

Er kam zur Eingangstür, die noch offenstand, wie er sie gelassen hatte, als er Barretts Leiche hinausgetragen hatte. Im Eingang stand das Telefon. Er nahm den Hörer ab. Die Leitung war tot.

Was hast du erwartet? fragte er sich. Er warf den Hörer auf den Tisch. Er war nun vollkommen abgeschnitten von der Welt. Er drehte sich um und sah umher.

Als er die Eingangshalle durchquerte, hatte er das Gefühl, daß das Haus ihn bei lebendigem Leibe verschluckte.

18.29 Uhr: Fischer saß an dem großen, runden Tisch in der großen Halle, aß ein Sandwich und trank eine Tasse Kaffee. Edith hatte ihm zwei Päckchen mit Essen gebracht und war wortlos wieder fortgegangen. Es ist völlig irrsinnig, hatte er sich wieder und wieder gesagt, denn seit er zurückgekommen war, hatte die ganze Atmosphäre des Hauses nicht die geringste Spannung oder Präsenz mehr aufgewiesen. Er konnte es deutlich fühlen, selbst ohne sich völlig zu öffnen. Und es war auf eine andere Art leer als beim letzten Hiersein. Obwohl er am frühen Nachmittag auf Bitten Barretts alle Räume überprüft und sie neutral gefunden hatte, blieb doch in seinem Bewußtsein ein Rest von Gegenwart, irgend etwas Lauerndes, das sich irgendwie versteckt hielt. Jetzt war es völlig anders.

Durch jeden Raum war er gegangen, hatte mehr als zwanzig Minuten in der großen Halle zugebracht und die Verwüstung betrachtet: der massive Tisch, der im verbogenen Eisengitter des Kamins steckte, der riesige Kirchenleuchter, zerbrochen am Boden, die umgestürzten Stühle, die Trümmer der Teller und Gläser, das umhergestreute Silberbesteck, das vertrocknete Essen, die Kaffeeflecken überall. Er starrte all das an und versuchte zu ergründen, was wirklich geschehen war. Wer hatte recht gehabt? War es Florence, die das Geschehen ausgelöst hatte, wie Barrett behauptete? Oder war es Daniel Belasco, wie Florence bis zuletzt behauptet hatte?

Er war durch den Ballraum gegangen. Was hatte den Kristallüster zum Schwingen gebracht, elektromagnetische Strahlung oder die toten Seelen?

Die Kapelle. War es Daniel Belasco, vom dem Florence besessen wurde, oder selbstmörderischer Wahnsinn? Er war in die Garage gegangen, ins Theater, zum Swimming-pool, ins Dampfbad. Was war es, das Barrett angegriffen hatte, geistlose Kraft oder Belasco?

Der Weinkeller. Minuten stand er vor dem Loch in der Wand. Auch hier nichts; völlige Leere.

Wo steckte die Kraft?

Fischer fand den Kassettenrecorder, auf dem Barrett die Séancen kommentiert hatte, schloß den Strom an und hörte Barretts Stimme: »Teleplasma beginnt sichtbar zu werden.« Stille. Fischer erinnerte sich an die nebelartige Form, die Florences Kopf und Schultern damals wie ein feuchter Vorhang bedeckt hatte. Fischer ließ das Band zurücklaufen und drückte die Wiedergabe-Taste. »Atmung des Mediums jetzt zweihundertzehn«, sagte Barretts Stimme. »Temperatur – « Er brach ab, ließ das Band weiter abschnurren. »›Ich warne euch. Verlaßt dieses Haus, ehe ich euch alle umbringe.‹«

Er spielte diese Stelle wieder und wieder ab. War das die Stimme Belascos gewesen? Barrett konnte recht gehabt haben, es war durchaus möglich, daß Florences Unterbewußtsein nicht nur die Stimme, sondern auch die Drohung selbst formuliert hatte.

Er hörte nochmals die ganze Séance von vorn. Die Stimme des alten Indianers mit seiner lächerlichen Aussprache. Die ›Ankunft‹ des ›jungen Mannes‹, die hysterische Stimme mit den Drohungen; dann das laute Klopfen und Barretts Stimme, die die anschließend einsetzenden physischen Phänomene beschrieb.

Das Band brachte keine Lösung. Er dachte an seinen Entschluß, allein das Geheimnis des Hauses lösen zu wollen, kam sich vor wie Don Quichote. Lächerlich, dachte er.

Er stand auf. Und doch, er würde bleiben. Und wenn es ein Jahr kostete. Er würde bleiben, bis sich irgend etwas Neues ergab. Irgendwo mußte die Antwort liegen.

Nochmals durch die große Halle. Alle Antennen weit offen. Es schien keine Gefahr zu drohen. Das Haus war völlig leer. Und doch mußte es irgendwo noch etwas geben, ein ungelöstes Geheimnis, das er finden mußte.

Als er eben die letzten inneren Visiere geöffnet hatte und durch die Eingangshalle schritt, verspürte er etwas, das ihn von rückwärts schob. Die unerwartete Berührung ließ ihn beinahe stürzen. Sofort kreuzte er die Arme und bereitete sich auf einen Angriff vor. Es kam nichts. Fischer brummte. Er wußte, daß er sich jetzt wieder öffnen mußte, wagte es nicht. Und doch, dachte er, jetzt ist es endlich soweit. Ich habe etwas Greifbares.

Mit unendlicher Vorsicht öffnete er sich so weit, daß er glaubte, das ungewollte Eindringen feindlicher Kraft kontrollieren zu können. Gleichzeitig schützte er seinen Körper mit beiden Armen. Die eindringende Kraft drängte ihn zum Korridor. Gleichzeitig spürte er unsichtbare Hände, die an seinen Kleidern zu zerren schienen, ihn am Arm ergriffen, seine Hand hielten. Vorsichtig folgte er dem Drängen, erstaunt über dessen Sanftheit. Es war nicht wie eine dunkle, zerstörerische Macht, sondern eher wie ein besorgtes Wesen, das ihn vorwärts schob. Ein Gedanke durchzuckte ihn: Florence! Eine Welle der Freude überflutete ihn. Florence half ihm! Er kam zur Kapelle, öffnete die schwere Tür und trat ein.

Große Stille. Vorn der Altar.

Er sah die offene Bibel mit der Seite GEBURTEN. ›Daniel Myron Belasco, geboren am 4. November 1903, um 14 Uhr.‹ Er fühlte ernüchternde Enttäuschung. Das war es nicht, konnte es nicht sein.

Plötzlich begannen die Seiten der Bibel zu rauschen. Er konnte im Gesicht den Wind spüren, den sie verursachten. Dann wieder Stille. Er blickte auf die aufgeschlagene Seite. Es war Math. 7.7. ›Bittet, so wird euch gegeben, suchet, so werdet ihr finden, klopfet an, so wird euch aufgetan.‹ Er verstand nicht, öffnete sich weit, breitete jede Faser seines Innersten aus.

»Florence«, sagte er ratlos.

Ein Geräusch ließ ihn hochfahren. Er sah, daß hinter dem Altar ein Stück Tapete losgerissen war, hinter dem die Wand hervorblickte.

Fischer spürte, daß Florences Medaillon, das er sich um den Hals gehängt hatte, warm und dann heiß wurde, so daß er mit der Hand in sein Hemd greifen mußte und es hastig vom Halse riß. Dabei fiel es zu Boden und zerbrach in Stücke. Er blickte es verwirrt und traurig an. Die Stücke formten einen Keil, der wie die Spitze eines Richtungspfeiles...

Es kam urplötzlich. Fischer stand da, ungeschützt, hypnotisiert und bewegungslos wie eine Maus, die eine Schlange vor sich hat.

Im nächsten Augenblick hatte die Kraft ihn erreicht, nach hinten gerissen, war über ihn geflutet und bedeckte ihn mit nachtschwarzer Finsternis. Kein Widerstand war möglich. Hilflos lag er da, als die kalte Flutwelle sein Inneres ausfüllte, jede Ader anschwellen ließ und seinen ganzen Körper mit schwarzer Verpestung erfüllte. JETZT! brüllte eine Stimme in seinem Inneren. Und plötzlich wußte er die Antwort, genauso, wie Florence Tanner und Barrett sie gewußt hatten, und er fühlte, daß der Moment gekommen war, in dem er sterben mußte, in dem er aber gleichzeitig die Antwort erfuhr auf das Rätsel des Höllenhauses.

Lange Zeit lag er am Boden wie ein Toter, dann, langsam und mit unbewegtem Gesicht, stand er auf und schwankte zur Tür. Er stieß sie auf und ging in die Eingangshalle. Dann öffnete er mechanisch die Außentür, schritt hinaus in die beißende Kälte, über den Kies und weiter vorwärts. Er starrte immer geradeaus, als er über den Rand des Teiches stieg und in die gallertartige Schlamm-Masse eintauchte. Das Wasser reichte ihm bis zu den Knien.

Aus der Ferne hörte er einen Schrei, blinzelte kurz und ging vorwärts. Etwas plantschte in das Wasser hinter ihm, ergriff seine Wolljacke und riß ihn zurück. Stechender Schmerz, als die Kälte ihn weiter umfing. Er versuchte, sich nach vorn in das eisige Wasser zu werfen, aber etwas hielt ihn zurück, versuchte, ihn zum Ufer zurückzuziehen. Die kalten Hände ergriffen ihn am Hals. Fauchend versuchte er, sich davon zu befreien. Er fiel auf die Knie. Das Wasser spritzte in sein Gesicht. Er erhob sich wieder und wollte weiter in den Teich hineinwaten. Die Hände ließen nicht locker. Er sah auf und erblickte durch einen gelatinösen Schleier ein weißes, entstelltes Gesicht, dessen Lippen sich bewegten, aber er konnte keinen Ton hören. Er starrte stumpf wieder nach vorn. Er mußte sterben. Er wußte es.

Belasco hatte es ihm gesagt.

19.58 Uhr: Seit einer halben Stunde hatte Fischer im Inneren des Wagens gehockt, das Gesicht weiß wie Kalk, zähneklappernd, die Arme um den Bauch geschlungen, den starren Blick nach vorn gerichtet. Sein Zittern ließ die Decke immer wieder von den Schultern rutschen; immer wieder mußte Edith ihn von neuem einhüllen. Er bemerkte es nicht. Es war, als ob sie für ihn nicht existierte.

Sie waren ihr unendlich lang vorgekommen, die Minuten, während derer sie immer wieder versucht hatte, ihn daran zu hindern, in den Teich zu waten. Obwohl seine Kräfte immer schwächer geworden waren, blieb doch der Wille zum Selbstmord ungebrochen. Wie ein Schlafwandler hatte er immer wieder versucht, sich von ihr zu befreien. Nichts, was sie gesagt oder getan hatte, machte auf ihn irgendeinen Eindruck. Edith hatte mit ihm gekämpft, bis sie selbst ebenso erschöpft und durchnäßt war wie er selber.

Sie blickte auf den Benzinanzeiger. Seit sie in den Wagen gestiegen waren, hatte sie Motor und Heizung laufen lassen. Der Cadillac war nun erwärmt. Doch schien dies keine Wirkung auf Fischer zu haben. Er fuhr fort zu zittern und bemerkte sie nicht. Sie starrte in seine verzerrten Züge. Wieder eine Runde vorbei. Der Gedanke war nicht zu verdrängen gewesen.

Auch dieser Angriff auf das Höllenhaus war fehlgeschlagen, genauso wie die Versuche vorher.

Minuten später zeigten sich die ersten Spuren von Farbe in Fischers Gesicht. Er öffnete die Augen und sah sie an. Er streckte die Hand nach ihr aus, sie erfaßte sie. Die Finger waren kalt wie Eis.

»Danke Ihnen«, murmelte er.

Sie konnte nichts erwidern.

»Wie haben Sie mich hierher bekommen?«

Er hörte aufmerksam ihren Bericht. Dann fragte er: »Warum sind Sie denn wieder zurückgekommen?«

»Ich wollte Sie nicht allein lassen.«

Seine Finger umschlossen die ihren.

Sie saßen eine Weile nebeneinander. Dann sagte Fischer: »Florence hat uns alles erklärt, aber ich habe es nicht verstanden.«

»Was denn?«

»Das ›B‹ in dem Kreis«, antwortete Fischer. »Belasco allein.«

»Allein?« Sie verstand noch immer nicht.

»Er allein hat alles veranstaltet.«

»Woher wissen Sie das?«

»Er hat es mir gesagt, denn ich war ja an der Schwelle des Todes ... wie die anderen.« Er dachte nach. »Kein Wunder, daß das niemand herausgefunden hat«, sagte er dann, »so etwas hat es in der Geschichte der Spukhäuser bisher noch nicht gegeben. Eine einzelne Persönlichkeit, die so mächtig ist, all diese komplexen und verschiedenartigen Phänomene allein zu produzieren. Er ist wie ein Orgelspieler, der imstande ist, von seinem Sitz aus sämtliche Register zu ziehen.«

Der Wagen wurde kalt. Sie hätten in die Stadt zurückfahren müssen, doch Edith wollte Fischers Bericht nicht unterbrechen.

»Florence war deshalb sein erstes Opfer«, sagte er, »weil sie die erste war, die sich ganz öffnete. Mit diabolischer Schlauheit gaukelte er ihr die Figur eines schönen Daniel vor und mixte seine Worte mit denen, die Florences sterbender Bruder gesprochen hatte. Dadurch wurde Florence überzeugt. Gleichzeitig aber schuf er dadurch die feindliche Situation zwischen Ihrem Mann und Florence, dann kam der Poltergeist-Angriff, der zum Teil durch Florences Kräfte, zum Teil durch seine eigenen zustande kam. Dies wieder vertiefte die Differenzen zwischen den beiden, und andererseits schwächte es Ihren Mann. Vielleicht hatte er schon damals etwas Angst, oder zumindest dürfte es ihm unheimlich gewesen sein, daß sich die ›freien Kräfte‹, wie er sie nannte, nun plötzlich auf ihn konzentrierten.«

»Er hatte niemals Angst«, sagte Edith; aber Fischer überhörte es.

»Dann veranstaltete er das ›Finden‹ von Daniel Belasco. Zuerst die starke Resistenz gegen die Kapelle, so daß sie annehmen mußte, etwas sollte verborgen bleiben. Als sie es gefunden hatte, war natürlich ihre Meinung über Daniel Belascos Persönlichkeit felsenfest verankert. Alles andere ist klar. Florence hoffte, durch ihre Hingabe Daniel Belasco zu erlösen. Wen sie empfing und von wem sie besessen wurde, war der Vater.

Von da an war ihr Schicksal besiegelt«, fuhr Fischer fort. Bitterkeit und Wut klangen in seiner Stimme mit. »Ich hätte ihr helfen können, als wir sie aus dem Haus bringen wollten. Statt dessen setzte ich mich nieder und hörte mir die Erklärungen Ihres Mannes an. Sie war dabei, saß artig wie ein Schulmädchen daneben und hörte scheinbar zu. Wer in Wirklichkeit zuhörte, war Belasco. Er wollte Details erfahren. Und die Attacke auf den Reversor war wiederum von Florence ausgegangen, sie wollte die Erlösung ihres Daniel nicht gefährden. Belasco selbst brauchte die Maschine nicht zu fürchten.«

»Aber Sie sagten doch, das Haus sei gesäubert, nachdem Lionel den Reversor benützt hatte.«

»Wieder nur ein Trick Belascos.«

»Ich kann es nicht glauben –«

»Er ist immer noch in dem Haus, Edith«, unterbrach Fischer sie und deutete in die Richtung, in der es liegen mußte.

»Er hat Ihren Mann umgebracht, er hat Florence getötet, und er war kurz davor, uns beide zu liquidieren.«

Er lachte bitter auf. Es klang hoffnungslos.

»Und jetzt spielt er seine letzte Karte aus, aber, obwohl wir nun beide sein Geheimnis kennen, sind wir um keinen Schritt weiter als zuvor.«

20.36 Uhr: Fischer ging nicht sofort in das Haus, als sie wieder vor der Eingangstür standen. Edith wandte sich zu ihm und blickte ihn fragend an.

»Ich weiß nicht, ob ich hineingehen kann«, sagte er.

Sie zögerte. Schließlich meinte sie: »Ich muß unsere Habseligkeiten haben, Ben.«

Fischer gab keine Antwort.

»Sie sagten doch, wenn Sie sich verschlossen hielten, könne Belasco Ihnen nichts anhaben.«

»Ich habe vieles gesagt in dieser Woche. Das meiste davon war falsch.«

»Soll ich hineingehen?« fragte Edith.

Er ging auf die Tür zu und stieß den rechten Flügel auf. Er blickte einige Sekunden hinein, dann sagte er: »Ich mache es, so schnell ich kann«, und ging hinein.

Einige Minuten lang stand er nahe der Eingangstür, wartete auf den Eindruck, den ihm die Atmosphäre vermitteln würde. Nichts erfolgte. Er ging durch die Eingangshalle zur Treppe. Keine Präsenz machte sich bemerkbar. Er war sich nicht sicher, ob es ihm diesmal helfen würde, sich verschlossen zu halten, aber er hielt sein Inneres geschlossen wie eine Auster. In Barretts Zimmer angekommen, warf er die Koffer auf die Betten und öffnete sie. Dann sammelte er schnell die herumliegenden Kleidungsstücke, Gebrauchsgegenstände und Toilettenartikel ein und warf sie in die offenen Koffer. Dabei dachte er daran, daß Belasco sich von Anfang an nie selbst gezeigt hatte. Niemand würde ihm die Schuld zuschreiben, solange er nicht selbst in Erscheinung getreten war. Nur eines war ihm unbegreiflich. Warum hatte Belasco, der mit teuflischer Schlauheit Florence und Barrett gemordet hatte, einen so unsicheren Weg gewählt, um ihn, Fischer, zu töten? Jemanden aus dem Haus zu lassen, selbst mit der Absicht der Selbstvernichtung, konnte zu Verwicklungen und Zufällen führen, die nicht vorhersehbar waren. Wenn Belascos Macht so unbegrenzt war, warum hatte er es nötig, eine so unsichere Methode anzuwenden?

Fischer hielt abrupt mit dem Packen inne.

Es sei denn, diese Macht war gar nicht mehr unbegrenzt!

War es möglich? Er war gewiß Belasco ausgeliefert gewesen, als er in der Kapelle stand. Dies wäre der Ort gewesen, an dem Belasco ihn ohne Schwierigkeiten liquidieren konnte. Und trotzdem wählte er den Umweg über den Selbstmord im Tümpel. Warum wohl? Hatte er wirklich noch so viel mediale Kraft? Er schüttelte den Kopf. Früher mochte das vielleicht der Fall gewesen sein, heute bestimmt nicht, auch wenn es seinem Ego gutgetan hätte. Dann war schon eher die Annahme richtig, daß Belascos Macht nicht mehr die gleiche war wie vorher.

Aber, nochmals, warum? Wenn der Reversor gewirkt hätte, dann wäre Belasco verschwunden.

Was war es also?

Edith stampfte mit den Füßen auf den Boden vor der Haustür. Die Decke, in die sie sich eingehüllt hatte, hielt nicht warm genug. Die nassen Kleider taten ein übriges. Sie schaute von außen in die Halle. Konnte es etwas schaden, wenn sie ein paar Schritte hineinging, um sich vor der ärgsten Kälte zu schützen?

Sie trat nach einigem Zögern ein und schloß die Tür. Es schien ihr, als ob sie in einem anderen Leben in dieses Haus gekommen wäre. Der vergangene Montag war in ihrem Geist unendlich weit in die Ferne gerückt. Seit Lionel tot war, erschien ihr nichts mehr wichtig. Wie lange würde es dauern, bis sie die volle Wirkung seines Todes verspüren würde? Vielleicht, wenn sie seine Leiche wiedersah.

Wie leicht hatte sie es Belasco gemacht! Ein paar Brandys, die Nacktfotos, um ihre Angst vor lesbischer Veranlagung mit einem Verlangen nach Fischer auszugleichen; das war alles, was nötig gewesen war, um von ihm manipuliert zu werden.

Sie empfand diese Gedanken als einen Affront gegen Lionel. Durch ihr Zurückkommen an diesen Ort schien sie davon überzeugt zu sein, daß er in allem, was er getan und gedacht hatte, einem Irrtum unterlegen war. Wie konnte es möglich sein, daß seine gesamte Arbeit umsonst gewesen war? Sie fühlte in sich Ärger gegen Fischer aufsteigen, der ihren Glauben an Lionel zerstört hatte. Mit welchem Recht tat er das?

Ein Aufwallen von Gereiztheit ließ sie die Halle durchqueren. Bei den Treppen angelangt, stieg sie hoch und sah, daß die beiden Koffer bereits gepackt vor ihrem Zimmer standen.

Fischer fuhr auf, als sie plötzlich eintrat. »Ich sagte Ihnen doch, Sie sollten –«

»Ich weiß, was Sie sagten«, unterbrach sie ihn. Sie mußte ihm alles sagen, ehe er weitersprach. »Ich möchte wissen, warum Sie so sicher sind, daß mein Mann im Irrtum war.«

»Das bin ich gar nicht.«

Der plötzliche Ärger gegen ihn hatte sie ihrer Reaktionsfähigkeit teilweise beraubt. Sie wollte weitersprechen, doch nach dieser unerwarteten Antwort konnte sie nur ein erstauntes »Wie?« herausbringen.

»Ich denke soeben darüber nach, ob er nicht teilweise recht hatte.«

»Ich verstehe nicht.«

»Florence sagte einmal zu Ihrem Mann: ›Könnte es nicht sein, daß wir beide recht haben?‹«

»Ich verstehe immer noch nicht.«

»Ich denke drüber nach, ob Balesco nicht doch von dem Reversor geschwächt worden ist«, sagte er, »aber anderseits, wenn die Maschine einen Einfluß auf ihn hatte, dann wäre Belasco ganz vernichtet worden. Auch hatte er ja die Möglichkeit, ihn vorher zu zerstören.« Fischer zermarterte sein Hirn. Wie konnte man diese Tatsachen unter einen Hut bringen?

»Sie sagten doch, daß Balesco jeden, den er umbringt, zuerst demütigt, indem er ihm vor Augen führt, wie falsch seine Annahmen waren«, sagte Edith und war froh, einen Weg zur Rechtfertigung Lionels gefunden zu haben.

»Wie meinen Sie das?« fragte Fischer. Er fühlte, daß sich hier etwas ergeben könnte.

»Nun, Lionel glaubte an den Reversor«, sagte sie. »Vielleicht wußte Belasco, daß die Strahlungen für ihn schädlich sein konnten. Um sein Opfer zu demütigen, ließ er Lionel zuerst die Maschine verwenden und tötete ihn nachher. Würde das nicht, zusätzlich zur körperlichen Vernichtung, die Vernichtung seines Lebenswerkes bedeuten? Denn Lionel mußte, als er starb, geglaubt haben, daß seine Theorie falsch war. Gerade das wollte doch Belasco erreichen.«

Das Gefühl, auf der richtigen Spur zu sein, verstärkte sich bei Fischer und wurde zur Gewißheit. Hatte Belasco tatsächlich diese Absicht bei der Tötung Lionels gehabt, dann hatte er die Gefahr auf sich genommen, selbst dabei geschwächt zu werden. Nur ein manisches Ego würde –

Es klang wie ein Stöhnen, das seinen ganzen Körper erschütterte.

»Was ist mit Ihnen?« fragte Edith alarmiert.

»Ego«, sagte er.

Ohne es zu bemerken, zeigte er mit dem Finger auf Edith. »Ego«, wiederholte er.

»Was meinen Sie?«

»Der Grund, warum er so handelte und nicht anders! Er ließ Ihren Mann tatsächlich den Reversor benutzen, damit er scheinbar Belascos Macht zerstörte. Und dann, auf dem Gipfel seines wissenschaftlichen Triumphes, vernichtete er ihn.« Er nickte erregt. »Jawohl, nur so konnte er sein Ego befriedigen.

Ehe er Florence tötete, mußte er sie wissen lassen, daß er allein es war, der sie umbrachte. Ego. Ihrem Mann muß er es zu verstehen gegeben haben. Ego. Er ließ Sie es wissen, im Theater. Ego. Mir selbst hat er es deutlich gezeigt. Ego.«

Er zitterte vor Erregung. »Und wenn er jetzt die Kapelle nicht verlassen kann?«

»Aber Sie sagten doch, daß er Sie dorthin dirigierte.«

»Und wenn er es nicht war? Wenn sie es war, Florence? Vielleicht wußte sie, daß er dort festsaß?«

»Aber Florence würde Sie doch nicht der Vernichtung zuführen?«

Fischer war ratlos, und sein Gesichtsausdruck verriet es. »Sicher würde sie das nicht. Warum hat sie mich *doch* hingeführt? Es muß einen Grund dafür geben.«

Er hielt seinen Atem an. »Das Bibelwort.« In seinem Inneren pulsierte es so stark, wie er es seit seinen Jungenjahren nicht mehr gespürt hatte. Eine vibrierende Kraft, die nach außen drängte. »Suchet, so werdet ihr finden.« Er ging ruhelos auf und ab, fühlte sich auf der Spitze des Berges, kurz bevor die Nebel sich teilen und die Wahrheit erscheinen würde. »Suchet, so werdet ihr finden – «

Er konnte den Sinn noch nicht ganz erfassen. Was war in der Kapelle geschehen? Die abgerissene Tapete. Was hatte das zu sagen? Das gebrochene Medaillon, dessen Teile einen Richtungspfeil gebildet hatten, dessen Spitze zum Altar zeigte. Und auf dem Altar die offene Bibel. »O Gott«, seine Stimme bebte vor Erregung. Er war der Lösung nahe, ganz nahe. Er spürte es. »Suchet, so werdet ihr finden.« Ein Gefühl innerer Sicherheit durchflutete ihn.

Er raste aus dem Zimmer, kam zur Treppe, sprang sie mit ein paar Sätzen hinunter, lief weiter in den Korridor. Edith folgte ihm nur mit Mühe. Er hielt nicht an, als er bei der Kapellentür angekommen war, sondern stieß sie weit auf, stürzte in den Raum und schrie: »Belasco! Ich bin wieder hier. Zerstöre mich, wenn du kannst!« Sekunden später kam Edith und stellte sich neben ihn.

»Komm doch«, schrie er, »wir beide sind hier! Liquidiere uns doch! Mach doch ganze Arbeit!«

Tiefes Schweigen trat ein, und Edith hörte nur den seltsam klingenden Atem Fischers. »Komm doch«, murmelte er nochmals. Plötzlich rief er: »Komm doch, du lausiger Dreckskerl!«

Fischers Augen starrten nach vorn.

Ediths Blicke waren ebenfalls auf den Altar gerichtet. Für einen Moment glaubte sie, ihren Ohren nicht zu trauen. Dann wurde das Geräusch lauter, klarer und unmißverständlich.

Schritte, die sich näherten.

Unbewußt zog sie sich etwas zurück, die Augen fest auf den Altar gerichtet. Die Schritte wurden lauter. Sie spürte Fischers Hand nicht, die sie berührte. Immer noch starrte sie auf den Altar. Der Ton wurde mit jeder Sekunde lauter. Der Boden begann zu vibrieren. Es war, als ob sich ein unsichtbarer Riese näherte.

Edith wimmerte, blieb mit der Hand in ständigem Kontakt mit Fischers geballter Faust. Die Schritte waren nun beinahe ohrenbetäubend. Sie versuchte, ihre Hände an die Ohren zu legen, es gelang ihr nur mit der linken Hand. Die ganze Kapelle schien unter dem donnernden Laut zu erzittern, der immer noch näher kam. Sie riß sich gewaltsam zurück, ihr panischer Schrei wurde von dem Krachen der titanischen Schritte verschluckt. Näher; näher. Wir müssen sterben, dachte sie.

Wir müssen sterben.

Sie schrie auf, als eine heftige Explosion die Kapelle erschütterte, und schloß unwillkürlich die Augen.

Die darauffolgende Grabesstille war so verwunderlich, daß sie die Lider wieder öffnete.

Fischer hielt sie an der Hand. »Nicht fürchten«, sagte er mit gespannter Stimme, in der die Erregung zitterte. »Das ist ein großer Moment, Edith. Niemand hat bisher auch nur eine Fingerspitze von ihm gesehen; das heißt, außer wenn sie sterben mußten. Schau ihn dir gut an, Edith. Ich stelle dir vor: Emeric Belasco, der ›brüllende Riese‹.« Fischer hatte unwillkürlich ›du‹ gesagt.

Edith starrte die Gestalt an.

Belasco war riesenhaft; die Kleidung schwarz, die Gesichtszüge breit und weiß, umrahmt von einem pechschwarzen Bart. Seine Zähne, die ein grausames Lächeln bloßlegte, waren die eines Raubtieres. Die grünen Augen funkelten, als ob sie von innen beleuchtet wären. In ihrem ganzen Leben hatte Edith kein so furchterregendes Antlitz gesehen. Tief in ihrer schreckerstarrten Seele wunderte sie sich, warum sie beide noch nicht getötet worden waren.

»Sage mir, Belasco«, fragte Fischer mit beißender Herausforderung, »warum bist du eigentlich nie herausgekommen? Warum hast du die Sonne gemieden? Wolltest du nicht?

Oder war es besser, sich im Schatten zu verstecken?«

Die Riesengestalt ging auf sie zu. Ediths Hand verließ den beruhigenden Kontakt mit Fischer und zuckte angstvoll zurück. Entsetzt bemerkte sie, daß Fischer einen Schritt vorwärts ging.

»Du gehst mit recht mühsamen Schritten, Belasco«, sagte er. »Deine Bewegungen lassen sich schwer beherrschen, nicht wahr?«

Er brüllte plötzlich: »Stimmt das, Belasco?«

Ediths Mund blieb vor Staunen offenstehen.

Belasco war stehengeblieben. Seine Gesichtszüge waren wutentbrannt, aber es schien auch Zorn der Verzweiflung darin zu liegen.

»Sieh doch deine Lippen an, Belasco«, sagte Fischer und ging unbeirrt auf ihn zu. »Sie sind krampfhaft zusammengepreßt. Sieh deine Hände an. Sie liegen verkrampft an deinem Körper. Warum denn? Vielleicht bist du gar ein Schwindler?«

Sein zynisches Lachen klang durch die Kapelle. »Brüllender Riese«, schrie er, »du und ein Riese? O mein Arsch! Du Drecksartist! Du kleiner, abgesägter Zwerg!«

Edith hielt den Atem an. Belasco machte einen Schritt rückwärts.

Fischer ging auf die kleiner werdende Gestalt zu, die sich zurückzuziehen schien. »Kleiner Dreckskerl.« Die Gestalt zog sich weiter zurück. »Das stört dich, wenn ich ›kleiner Dreckskerl‹ sage? Oh, Belasco, was warst du doch in Wirklichkeit für ein kleiner Kerl. Eine richtig komische Wanze von einem Geist. Und ein Genie warst du auch nicht, sondern ein Trottel, ein Sadist vielleicht, aber ein trauriger, ein frakassierter Typ. Und obendrein ein abgesägter, kleiner Bastard!«

Als die Figur mit unsäglich grauenhaftem Heulen und verzerrten Zügen immer nebulöser wurde und hinter dem Altar zu verschwinden drohte, fühlte Fischer plötzlich Mitleid.

»Gott helfe dir, Belasco«, sagte er. Die Gestalt verschwand. Sie hörten einen langgezogenen Schrei, wie von jemand, der in einen bodenlosen Schacht stürzt. Der Schrei wurde schwächer. Dann war alles still.

Fischer ging auf die Stelle hinter dem Altar zu, die durch die zerrissene Tapete sichtbar geworden war.

Er lächelte. Auch das hatte sie ihm gezeigt; wenn er es nur früher hätte deuten können! Er beugte sich vor und stemmte sich gegen die Wand. Rumpelnd öffnete sie sich, und eine kurze Treppe erschien, die abwärts führte. Er reichte Edith die Hand. Sie stiegen hinab, kamen an eine schwere Tür. Fischer stemmte die Schulter dagegen.

Sie standen im Türbogen und blickten auf die mumifizierte Gestalt, die aufrecht in einem großen, hölzernen Armsessel saß.
Sie betraten den kleinen, kaum erhellten Raum und gingen zu dem Sessel. Obwohl sie fühlte, daß alles vorbei war, konnte Edith sich doch nicht eines Schauers erwehren, als sie die dunklen, glänzenden Augen Emeric Belascos erblickte, die sie im Tode anstarrten.

»Sieh mal.« Fischer nahm einen Krug in die Hand.

»Was ist das?«

»Ich bin noch nicht sicher, aber –« Fischer fuhr mit seiner Hand über die Oberfläche des Kruges, während seine Augen geschlossen waren. Die Eindrücke waren sofort da: »Belasco hat ihn neben sich gestellt und hat sich selbst verdursten lassen«, sagte er ihr. »Das war seine letzte Willensleistung. Zumindest im Leben.«

Edith riß ihren Blick von den Augen des Toten los und blickte an ihm hinunter. Der Raum war so dunkel, daß sie es nicht eher bemerkt hatte. »Die Beine«, sagte sie.

Fischer antwortete nicht. Er stellte den Krug hin und kniete sich vor Belascos Leiche auf den Boden. Sie sah, wie er im Halbdunkel herumhantierte und stieß einen kleinen Schreckensschrei aus, als er aufstand und ein Bein in der Hand hielt. Er strich mit der Hand über die perfekte Prothese. »Er hat seinen kleinen Wuchs dermaßen verabscheut, daß er seine Beine operativ entfernen ließ und statt dessen diese hier trug, nur, um größer zu erscheinen. Deswegen hat er auch vorgezogen, hier zu sterben, damit niemand es je erfährt. Für die Welt mußte er immer der ›brüllende Riese‹ bleiben. Er hatte einfach nicht genug innere Größe, um seinen kleinen Wuchs auszugleichen.«

Er drehte sich abrupt herum, sah umher, stellte das Bein weg, ging durch den Raum und berührte mit seiner Hand die Wand. »Mein Gott«, sagte er.

»Was denn?«

»Vielleicht war er doch ein Genie.« Er ging in der Kammer umher, berührte alle Wände, untersuchte die Decke und den Fußboden. »Suchet, so werdet ihr finden«, murmelte er halb für sich und dachte dankbar an Florence. »Das letzte Geheimnis ist jetzt auch enthüllt«, sagte er. »Seine Macht war doch nicht so groß, daß er dem Reversor widerstehen konnte.« In Fischers Stimme klang Ehrfurcht mit. »Er muß bereits vor vierzig Jahren Bescheid gewußt haben über die Zusammenhänge zwischen elektromagnetischer Strahlung und dem Überleben nach dem Tode.

Die Wände, die Tür und die Decke sind mit Bleiplatten ausgelegt.«

21.12 Uhr: Die beiden gingen langsam die Treppen hinunter. Edith trug ihren Handkoffer, Fischer schleppte Barretts großen Koffer und seinen eigenen.

»Wie kommt man sich vor?« fragte sie.

»Bitte?«

»Wie kommt man sich vor als Bezwinger des Höllenhauses?«

»Ich habe es nicht bezwungen«, sagte er, »wir alle haben dazu beigetragen.«

Edith versuchte, ein Lächeln zu unterdrücken. Sie wußte, daß dies stimmte, wollte es aber von ihm hören.

»Die Anstrengungen deines Mannes schwächten Belascos Macht. Die letzte Antwort fanden wir durch Florences Beitrag. Ich habe nichts anderes getan, als alles zusammenzufügen, und selbst das wäre nicht möglich gewesen, wenn du mir nicht das Leben gerettet hättest.

Und so hat es auch kommen müssen«, fuhr er fort. »Die Forschungen deines Mannes halfen uns, aber sie waren für sich allein nicht ausreichend. Florences Spiritismus half uns, war aber für sich ebenfalls nicht ausreichend. Es war noch ein Element nötig – und das habe ich eben dazu beigetragen –, nämlich die Bereitschaft, es mit Belasco unter seinen Bedingungen aufzunehmen und ihn mit seinen eigenen Schwächen zu besiegen.«

Ironie lag in seiner Stimme, als er sagte: »Übrigens hätte Belasco sich beinahe selbst besiegt; ich vermute, das gehört auch zum Gesamtbild. Schließlich hatte er dreißig Jahre auf neue Gäste gewartet. Es könnte gut sein, daß er so erpicht darauf war, seine Macht wieder auszukosten, daß er sich dabei übernommen und die ersten Fehler selbst begangen hat.«

Sie kamen zur Eigangstür und wandten sich noch einmal zurück. Für einige Minuten standen sie schweigend nebeneinander. Edith dachte daran, daß sie nach Manhattan zurückgehen würde und an ihre Zukunft ohne Lionel. Sie konnte es sich nicht recht vorstellen, doch in diesem Augenblick war sie von einem ihr selbst unerklärlichen Frieden erfüllt. Sie führte die Überreste seines Manuskripts mit sich, konnte es vielleicht veröffentlichen lassen und damit erreichen, daß die Fachleute erfuhren, was er erreicht hatte. Dann würde sie über ihr weiteres Leben nachdenken.

Fischer, der neben ihr stehengeblieben war, streckte ein letztes Mal prüfend und witternd seine sensitiven Fühler nach dem Inneren des Hauses aus. Gleichzeitig überlegte er sehr bewußt, was die Zukunft für ihn wohl bringen werde. Nicht, daß es ihm viel bedeutete. Was immer es war, er hatte jetzt die Chance, damit fertig zu werden. Es war bizarr, daß sich gerade in diesem Haus, in dem sein Drama überhaupt erst angefangen hatte, auch die ersten Anzeichen eines zurückgekehrten Selbstvertrauens regten.

Er wandte sich Edith zu und lächelte. »Sie ist nicht mehr hier«, sagte er. »Sie blieb nur so lange, wie ihre Hilfe nötig war.«

Ein letzter Blick auf alles. Dann gingen sie schweigend in den Nebel hinaus. Fischer brummte etwas.

»Wie bitte?« fragte sie.

»Fröhliche Weihnachten«, wiederholte er sanft.

RICHARD CURTIS

Halloween

Prolog

Der Horror begann am Vorabend von Samhain in einem nebligen Tal in Nordirland in der Morgendämmerung der keltischen Rasse. Nachdem er einmal losgelassen war, durchstreifte er für immer ruhelos die Erde und schlug plötzlich, schnell und mit unglaublicher Brutalität zu. Wenn dann sein Blutdurst gestillt war, verschwand er für ein Jahr, eine Dekade oder vielleicht eine ganze Generation wieder im Nebel der Zeiten. Er schlief jedoch nur und starb nicht, denn er konnte nicht getötet werden. Am Vorabend von Samhain dann rührte er sich wieder, und wenn sein Blutdurst stark genug war, erhob er sich und erfüllte den Fluch, der in dunkler Vergangenheit ausgesprochen worden war. Die Menschen verriegelten dann ihre Türen.

Viel nützte ihnen das nicht, weil dieses Wesen über Schlösser und Riegel nur lachte, und außerdem gab es immer die Unvorsichtigen. Immer waren sie da, die Unvorsichtigen.

Samhain. Das Druidenfest der Toten. Der Sommer war vorbei, und auch jener Ausbruch frühherbstlicher Wärme, den wir jetzt Altweibersommer nennen, war vorüber. Das Grün war aus dem Land verschwunden, die Ernte war eingebracht, und wie der Todesengel hatte sich die Kälte des Winters herabgesenkt. Die Menschen befürchteten, daß die Sonne nie wieder das Land erwärmen würde, und feierten ihr Fest, um ihre Gottheit Muck Olla zu besänftigen. Auf den Hügeln, in den Höhlen und den Lehmhütten wurden große Feuer angezündet, und die Geister der Toten wurden von ihren Verwandten eingeladen, sich mit ihnen daran zu wärmen und noch einmal fröhlich zu sein, bevor der Schnee die Erde bedeckte. Die Druidenpriester weissagten, wer im kommenden Jahr leben und wer sterben würde, wer heiraten würde, Kinder gebären, reich werden und gesund bleiben würde. Und sie versuchten, mit Opfern und anderen Riten die Hexen und bösen Geister in Schach zu halten, die in jenen Tagen ihr Unwesen trieben, Kinder stahlen, die Saat zerstörten, die Tiere der Bauern töteten ... und manchmal noch schlimmeres.

Deirdre war die dritte und jüngste Tochter des Druidenkönigs Gwynwill. Ihr Haar war sandbraun, und manchmal leuchtete es wie Bernstein, ihre Augen waren grün wie das Meer, und ihre Haut war wie Milch und wilde Rosen. Sie war jetzt schon größer als ihre Schwestern, und ihre frühe Entwicklung hatte in der

Stammesgemeinschaft viel Unruhe ausgelöst. Die anderen Jungfrauen tuschelten neidisch; die verheirateten Frauen äußerten ihre Mißbilligung und rieten ihrer Mutter, sie zu verheiraten, bevor das Mädchen seinem aufkeimenden Drängen nachgab; die jungen Krieger beobachteten sie voller Verlangen, und die älteren Krieger dachten verbotene Gedanken und grübelten über verblaßte Erinnerungen.

Sein Name war Enda. Er war fünfzehn Jahre alt, und er liebte Deirdre mit einer verborgenen Leidenschaft, die ihn quälte und im Schlaf schreien ließ. Als das Gerücht umging, daß Deirdres Vater, der König, daran dachte, ihre Hand zur Ehe anzubieten, wandte sich Enda an seine Verwandten und fragte sie, ob sie dachten, daß ein Antrag von ihm mit Wohlwollen aufgenommen werden würde. Er hatte zwar schon vermutet, wie die Antwort aussehen würde, aber seine Sehnsucht war stärker als seine Schüchternheit.

»Was? Deirdre dich heiraten?« lachte sein Vater. »Mit deinem verkümmerten Arm und deinem zuckenden Maul?« Enda hatte sich nämlich mit dem falschen Ende zuerst der Welt präsentiert, als seine Mutter ihn gebar, und die Hebammen hatten seine Geburt verpatzt.

»Da würde sie noch eher meinen Ziegenbock heiraten!« johlte sein Onkel.

»Oder Bulech!« mischte sich sein Bruder ein und deutete auf den räudigen Köter, der in einer Ecke der Hütte an einem fettigen Knochen nagte.

»Außerdem«, sagte sein Vater, »ist sie so gut wie verlobt mit Cullain, soweit ich weiß.«

»Also, *das* ist ein Junge, der so ein hübsches Mädchen verdient!« platzte sein Onkel heraus und hob seinen Weinschlauch an seine dicken Lippen. Sie unterhielten sich weiter über Deirdres Reize, während sich Enda niedergeschlagen aus der Hütte in die kalte Nacht hinausschlich.

Der Junge litt die Qualen, wie sie nur die Heranwachsenden kennen. Schließlich faßte er einen Plan. Wenn es ihm irgendwie gelingen könnte, direkt mit Deirdre zu sprechen, könnte er sie vielleicht davon überzeugen, daß er zwar in seiner äußeren Erscheinung nicht vom Glück begünstigt war, sonst aber in jeder Beziehung als ein würdiger Bewerber um ihre Gunst zu betrachten wäre. Das war jedoch leichter gesagt als getan, weil die Jungfrauen von ihren Müttern und ihren kampfeslustigen Brüdern genau beobachtet wurden. Eines Tages aber nutzte Enda die Gelegenheit, als Deirdre von dem Bach am Fuß des Hügels Wasser holen ging. Er folgte ihr heimlich, hastete von Baum zu Baum, bis er sie an dem Bach vor sich sah. Sie stand über das Wasser gebeugt, sang leise vor sich hin und füllte dabei ihre Tongefäße mit Wasser.

»Deirdre?« rief er schüchtern.

Sie drehte sich um, schnappte nach Luft und starrte ihn mit angstvoll aufgerissenen Augen an.

»Du! Was willst du?« Ihr Körper spannte sich an, und sie schien zu hastiger Flucht bereit.

»Ich ... ich möchte ...« Die Panik in ihrem Gesicht erschreckte ihn. Er hatte wohl erwartet, daß er sie überraschen würde, aber er hatte es sich nicht vorgestellt, daß sie ihn mit solchem Abscheu begrüßen würde. Er trat einen Schritt vor und streckte beschwichtigend eine Hand aus, aber sie mißverstand seine Geste und sprang zurück. Sie stolperte und wäre fast in das Wasser gefallen, und Enda ging hastig auf sie zu, um ihr zu helfen.

»Nein!« schrie sie auf. »Geh mir aus den Augen, du Ungeheuer!« Sie kam wieder auf die Füße, rannte weg und rief dabei laut: »Hilfe! Hilfe! Er will mir Gewalt antun!«

Endas Körper war bei seiner Geburt verkrüppelt worden, aber seine Seele war bis zu diesem Augenblick nicht verkrüppelt gewesen ...

Und nun war Samhain gekommen. Enda stand unvorstellbar erniedrigt am Rand des Platzes und sah den Feiernden zu, die singend um das Feuer tanzten. In seiner rechten Hand hielt er das dreißig Zentimeter lange Schlachtmesser, mit dem er Schweinen und Hühnern die Kehle durchzuschneiden pflegte.

Sein Blick war voll Bitterkeit auf Deirdre und Cullain gerichtet, die zur ungeheuren Erleichterung des Stammes überschwenglich um das Feuer herumwirbelten. Zur Freude und Beruhigung von allen war nämlich ihre Verlobung bekanntgegeben worden.

Endas Knie zitterten, und trotz der starken Hitze des Feuers schauerte er am ganzen Körper in der kalten Nacht. Als dann das Paar wieder an ihm vorbeitanzte, sprang er wie eine Wildkatze auf seine beiden Opfer zu. Sie hatten die Ellbogen verschränkt, waren unbewaffnet und hatten so keine Chance. Endas Messer durchbohrte Cullain. Seine Beine streckten sich krampfhaft, dann brach er zusammen und zog Deirdre mit sich herab. Sie drehte lachend ihren Kopf weg, denn sie dachte, ihr Partner sei in seiner Trunkenheit nur gestolpert. Endas Messer erwischte sie mit diesem Lachen in ihrem Gesicht, dem gleichen Lachen, mit dem sie ihn nach ihrer Rückkehr zum Stamm an jenem Tag verspottet hatte, als sie von ihm am Bach angesprochen worden war. In dem allgemeinen Stimmengewirr hörte niemand, wie ihr die Luft aus den Lungen wich, hörte niemand ihr Wimmern oder sah den Blick der entsetzlichen Erkenntnis, während das Licht in ihren Augen erlosch – niemand außer Enda.

Die Genugtuung über seine Rache war das letzte Gefühl, das Enda spürte, denn einen Augenblick später wurde er von dem vor Wut tobenden Stamm buchstäblich in Stücke gerissen. Nur sein Kopf und sein Herz wurden verschont und auf die Bitte des trauernden Königs hin aufgehoben, nachdem die Raserei sich gelegt hatte. Nachdem Deirdre und Cullain am nächsten Tag auf geweihtem Boden beigesetzt worden waren, wurde Endas Kopf und Herz auf den Gipfel des Hügels der Teufel gebracht, wo Feiglinge und andere Ausgestoßene ohne Segnung verfaulten. Der König bat den Zauberer, die Überreste des gemeinen Mörders mit einem speziellen Fluch zu belegen. »Deine Seele soll bis zum Ende der Zeiten die Erde durchstreifen, deine schändliche Tat und die schändliche Strafe dafür sollst du immer wiedererleben, und der Gott Muck Olla soll deinen Geist für immer und ewig mit allen Qualen verfolgen.«

Der Himmel verdüsterte sich, und Blitze zuckten. Der Tag wurde pötzlich finster und kalt, und von nirgendwoher peitschten Schneeschauer auf den versammelten Stamm herab. In seiner gesamten Geschichte hatte es noch nie so früh im Jahr geschneit. Der Zauberer war überzeugt, daß Muck Olla sein Gebet erhört hatte. Er wies seinen Stamm an, Enda den Rücken zu kehren und in das trauernde Dorf zurückzukehren ...

Die Feier am Vorabend von Samhain verwandelte sich im Lauf der Jahrhunderte. Die erobernden Römer nahmen die Tradition von den Britischen Inseln in der Form des Erntefests der Pomona mit zurück, und die frühen Christen nannten die Feier Erntedankfest. Die Päpste des Mittelalters weihten den 1. November als Allerheiligen, und der Tag davor erhielt im Verlauf des nächsten Jahrtausends den Namen Halloween.

Mit dem Anbruch der modernen Zeit verloren die heidnischen

Gepflogenheiten und Traditionen des ursprünglichen Fests ihre Bedeutung und Vitalität. Reste davon hielten sich noch in dem Brauch, Kerzen in ausgehöhlten Kürbissen anzuzünden, Puppen von Hexen oder Kobolden vor den Häusern aufzuhängen und den Nachbarn gutartige Streiche zu spielen, die nur noch ein schwacher Abglanz der Gewalttätigkeiten früherer Zeiten waren. Kinder stolzierten in Kostümen umher, die schon seit langem ihre Beziehung zu dem Schrecken des Bösen verloren hatten, von dem früher einmal die Welt zu Beginn des Winters gepackt worden war. Halloween war wie viele andere Feste zu einer leeren Scharade geworden.

Nur dann und wann wurde das unschuldige Treiben am Vorabend von Samhein durch irgendein brutales und unerklärliches Verbrechen abrupt beendet, und der ursprüngliche Geist dieses Fests wurde einer entsetzten Welt vor Augen geführt. Dann verriegelten die Menschen ihre Türen.

Viel nutzte ihnen das nicht ... und außerdem gab es immer die Unvorsichtigen.

1

Man schrieb 1963, und Amerika war sich seiner Sache ganz sicher, oder es sah zumindest so aus. Besonders in Haddonfield, Illinois. Die Spannungen des kalten Kriegs, die Kuba-Krise, die bedrohliche Entwicklung in Südostasien, all das plätscherte an den Türen dieser freundlichen, unauffälligen Stadt im Mittelwesten vorüber, ohne sie jedoch wirklich zu berühren. In weniger als einem Monat würde der Präsident in Dallas ermordet werden und damit den Beginn einer Ära ungeheurer Gewalt und tiefgreifender Unruhen einläuten, die die Herzen und Heime der Amerikaner im ganzen Land erfassen sollte.

Das aber lag in der Zukunft, und heute, am 31. Oktober, wurde gefeiert. Es war Halloween. Mehr noch als Weihnachten vielleicht war das der harmloseste Feiertag im Kalender. Ja, mehr noch als Weihnachten, denn an Weihnachten wurde ein frohes Ereignis gefeiert, und außerdem war der gute alte Nikolaus sowieso ein freundliches Symbol. Die Ursprünge von Halloween dagegen waren finsterer, viel finsterer, und wenn die Kinder diesen Tag als freudiges Ereignis wie Weihnachten feierten, so zeigte das deutlich, wie lange für uns die Zeit vergangen war, als die Menschheit die Mächte des Bösen noch respektierte.

Die Großmutter des kleinen Michael Myers schüttelte mißbilligend den Kopf, als ihr sechsjähriger Enkel mit seinem rosigen Gesicht, der bei ihr zu Besuch war, ihr das Kostüm in der Woolworth-Schachtel zeigte. »Was soll das denn darstellen?« sagte sie, lehnte sich in ihrem bequemen Sessel vor und rückte sich die Brille zurecht.

»Einen Clown, Oma.« Er fuhr mit einer Hand über das Spaßmacherkostüm aus rotem und grünem Nylon und die dazu passende Mütze mit ihrem lustigen Zipfel.

»Ein Clown«, seufzte sie.

»Komm, Mutter«, kam Michaels Mutter Edith zu Hilfe. »Ich weiß, was du sagen wirst.«

»Mein Gott, es stimmt aber trotzdem. Früher auf der Farm, als ich klein war, hatten wir nie so billigen Schund. Wir haben Halloween noch ernst genommen. Als wir Vogelscheuchen aufgestellt und Kürbisse ausgehöhlt haben, wollten wir damit wirklich den schwarzen Mann vertreiben. Also, der schwarze Mann, der hat *echte* Streiche gespielt und *echten* Schaden angerichtet. Er ist nicht herumgelaufen und hat den Leuten mit Socken voller Kreidestaub auf die Kleider geschlagen oder die Fenster mit Seife eingeschmiert, wie sie das heute tun.«

»Was hat der schwarze Mann denn gemacht, Oma?«

Mrs. Myers rutschte unruhig auf ihrem Stuhl herum. »Ich glaube nicht, daß Michael das hören will«, sagte sie und warf ihrer Mutter einen bedeutungsvollen Blick zu. »Er könnte davon schlechte Träume bekommen.«

Oma aber kümmerte sich nicht um die Warnung. »An schlechten Träumen ist nichts auszusetzen. Sie erinnern uns zumindest daran, daß diese Welt nicht nur eitel Freude und Sonnenschein ist. Mein Gott, heutzutage ist alles so sauber und – *unecht.* Wie ein großer Werbespot im Fernsehen. Clownskostüm!« seufzte sie und spielte mit dem billigen Stoff in der Woolworth-Schachtel.

»Was hat der schwarze Mann gemacht?« beharrte Michael.

Die weißhaarige Frau lehnte sich vertraulich vor, und ein schelmisches Lächeln trat in ihr freundliches Gesicht voller Lachfalten. »Na ja, wenn man Glück hatte, ist einem nichts Schlimmeres passiert, als daß ein paar Hühner enthauptet wurden.«

»Enthauptet?«

»Daß ihnen die Köpfe abgeschnitten worden sind«, erklärte sie genüßlich. Michael riß die Augen auf, und seine Mutter verzog das Gesicht, nahm eine Illustrierte auf und durchblätterte sie nervös. »Wenn man so viel Glück nicht hatte, verlor man eine oder zwei Kühe.«

»Abgehauptet?«

»*Ent*hauptet, ja.«

»Haben die Köpfe dann direkt neben der Kuh gelegen, oder waren sie ...?

»Mutter, jetzt reicht es aber. Also wirklich!« protestierte Mrs. Myers und schlug empört die Illustrierte zu.

Oma aber hatte Geschmack an dem Thema gefunden. Hinter ihrer Brille sahen ihre blauen Augen ihre Kindheit vor sich, und ihr Kopf nickte in Erinnerung an ein schreckliches Ereignis. »Einmal hat er jemand die Scheune niedergebrannt. Hieß der nicht Winfield? Nein, *Winter*field. Er hat Mr. Winterfield die Scheune bis auf die Grundmauern niedergebrannt, mit dem Vieh und allem.« Sie sah den Jungen an, der ihr mit großen Augen zuhörte, und dann ihre entsetzte Tochter, und es wurde ihr klar, daß sie zu weit gegangen war. »Wir hatten natürlich immer den starken

Verdacht, daß das gar nicht der schwarze Mann war, Michael. Vielleicht waren es bloß Nachbarn, die sich für irgendeine Beleidigung rächen wollten. Wenn man Kostüme und Masken anhatte, kam man mit solchen Dingen leichter durch. Ich erinnere mich aber an einen Vorfall ...«

»Bitte nicht die Geschichte mit dem Kamin«, flehte Mrs. Myers sie an.

»Ach, erzähl mir doch die Geschichte mit dem Kamin!« bettelte ihr Enkel.

»Also gut«, sagte die alte Frau und nahm ihn auf den Schoß. »Das war Halloween neuzehnhundert ... neun? Oder war es neunzehnhundertzehn?«

»Ist doch egal, erzähl einfach weiter«, sagte Michael. Obwohl er erst sechs Jahre alt war, erkannte er, daß ein langweiliger Anfall von Omas ›Welches Jahr war das doch gleich wieder?‹ bevorstand.

»Ja. Es war Halloween, aber schon lange nach Mitternacht. Vielleicht so zwei oder drei Uhr früh. Wir waren alle schon schlafen gegangen, und das Feuer unten in der Halle hatten wir brennen lassen, weil es eine scheußlich kalte Nacht war. Plötzlich habe ich meinen Bruder Jimmy rufen hören: ›Rauch! Rauch! Alles aufwachen, das Haus brennt!‹ Ich habe mir schnell einen Bademantel übergezogen und bin direkt hinter meinem Vater die Treppe hinuntergerannt. Der hatte schon den Eimer Wasser in der Hand, der bei uns immer oben an der Treppe stand. Das ganze Erdgeschoß war tatsächlich voller Rauch, aber Feuer konnte ich keines sehen. Der Rauch kam aus dem Kamin, und es sah so aus, als wäre der Abzug geschlossen.«

»Was ist das, der Abzug?«

Oma erklärte ihm, was ein Abzug ist. »Wir haben dann die Glut aus dem Kamin geholt und Türen und Fenster aufgemacht, damit der Rauch abziehen konnte. Dann hat sich Vater den Abzug angesehen, aber der war offen. Irgend etwas blockierte den Kamin. Wir hatten gerade keine Leiter, weil Vater sie zerlegt hatte, um einige angefaulte Sprossen zu ersetzen, und deshalb mußte Jimmy im Kamin hochklettern, um nachzusehen, was da in dem Kamin steckte.«

»Und was war das?« fragte der Junge, und seine Mutter schüttelte in unangenehmer Erwartung den Kopf.

»Ein totes Schwein.«

»Mensch!«

»Jemand – oder etwas – hatte dem Schwein die Kehle durchgeschnitten und es oben auf den Kamin gelegt.« Sie lachte freudlos. »Die Sache ist nur die, daß das Schwein fast dreihundert Pfund schwer war. Wie ist es ohne die Leiter dort hinaufgekommen? Ohne, daß wir etwas davon gehört haben? Ohne daß unser Hund Toby einen Höllenlärm mit seinem Gebell veranstaltet hat, wie er das gewöhnlich tat, wenn jemand um das Haus herumschlich? Ohne die Gartentür aufzuschließen oder Fußspuren zu hinterlassen? Kannst du mir das vielleicht sagen, mit deinem Clownskostüm von Woolworth?«

»Ich habe keine Ahnung.«

»Ich schon. Das war der schwarze Mann, das ist alles.«

»Mutter, jetzt reicht es aber wirklich!« fuhr Mrs. Myers sie an. »Der Junge hat so schon genug Probleme in der Nacht, und du machst es nur noch schlimmer.«

»Probleme? Was für ...? Äh, Michael, geh doch mal ins Schlafzimmer und probier das Kostüm für Oma an. Ich helfe dir dann, wenn es zu weit ist.«

»Es soll weit sein«, sagte der kleine Junge und trug die Schachtel in das Zimmer nebenan.

»Also, was hat es mit diesen ›Problemen‹ auf sich?« fragte sie ihre Tochter.

Edith Myers, eine jüngere, dunkeläugigere Wiedergabe ihrer Mutter, fuhr sich mit einer Hand durch ihr lockiges blondes Haar. »Ich habe dir doch schon erzählt, daß er in der letzten Zeit in der Schule öfter in Prügeleien verwickelt worden ist. Zu Hause auch, mit Judith. Außerdem macht er jetzt wieder ins Bett, und das hat er schon seit drei Jahren nicht mehr getan.«

»Worum ging es bei diesen Prügeleien?«

»Mutter, können wir das nicht einfach vergessen?«

Die Augen der alten Frau verengten sich zu Schlitzen. »Nein, das können wir nicht. Was sind das für Schwierigkeiten, die der Junge hat?«

»Stimmen«, platzte Mrs. Myers schließlich nach einer gequälten Pause heraus. »Er hört Stimmen.«

»O mein Gott!« rief die alte Frau. Sie wechselte einen langen, bedeutungsvollen Blick mit ihrer Tochter. »Ich habe Angst davor zu fragen, was diese Stimmen sagen.«

»›Sie befehlen mir, ich soll den Leuten sagen, daß ich sie hasse.‹ So hat Michael es ausgedrückt, als ich ihn danach gefragt habe. Don meint, wir sollten Michael vielleicht von jemand untersuchen lassen.«

»Meinst du, von einem Psychiater?«

»Ja.«

»Ich halte zwar nicht viel von Psychiatern, aber schaden würde es wohl nichts. Helfen allerdings auch nicht, wenn es das ist, was ich glaube.«

Die jüngere Frau wurde immer erregter. »Ich weiß, was du glaubst, und deshalb wollte ich mich auch nicht mit dir über dieses Thema unterhalten. Wahrscheinlich wirst du jetzt sagen, daß es bei Großvater Nordstrom auch so angefangen hat.«

»Wir müssen der Wahrheit ins Gesicht sehen, mein Kind. So hat es bei dem Vater deines Vaters tatsächlich angefangen.«

»Mutter, alle Kinder hören imaginäre Stimmen. Erinnerst du dich nicht mehr an meinen Teddybär, der mir immer ...?

»Das ist nicht das gleiche. Du solltest es zumindest nicht ignorieren. Hat der Junge böse Träume?« Ihre Tochter nickte. »Erinnert er sich später an sie?«

»Ja, und sie sind sehr brutal.« Ihr Gesicht wurde rot, und sie wendete ihre Augen von dem durchdringenden Blick ihrer Mutter ab. »Mutter, als Großvater Nordstrom ... ich meine ... Also, du hast mit uns niemals über diesen Zwischenfall gesprochen, und meiner Ansicht nach gibt es genug Ähnlichkeiten ...«

»Pst, da kommt Michael wieder. Wenn du heimkommst, ruf mich an, sobald du kannst. Ich glaube, es ist Zeit, daß ich dir alles erzähle. Ach, da ist ja mein Kleiner«, sagte sie übertrieben zärtlich, als Michael raschelnd wieder in das Zimmer kam. »Genau wie aus einer Theateraufführung.«

Da stand er vor ihnen, ein Engel in rotem und grünem Nylon. Gummibänder an den Knöcheln und Handgelenken ließen das Kostüm am Ende der Gliedmaßen anliegen, während es sonst überall weit war. Eine Rüsche um den Hals und eine kleine, weite Zipfelmütze rundeten das hübsche Bild ab.

»Omas Baby!« lachte sie und drückte den Jungen an sich. »Edith, würdest du mir bitte etwas Gesichtscreme und einen Lippenstift aus meinem Schlafzimmer bringen. Wenn wir schon dabei sind, können wir die Sache auch richtig machen.«

»Ich will nicht angemalt werden«, protestierte Michael.

»Aber gewiß doch. Du willst doch nicht, daß dich jemand erkennt, wenn du herumläufst und Streiche spielst.

»Ich will doch gar keine Streiche spielen. Ich will nur Süßigkeiten haben.«

»So ist es richtig, mein Junge. Feiere du nur ein harmloses Woolworth-Halloween.«

Sie begleitete die beiden zur Tür. »Denk daran, Edith, und ruf mich an, sobald du kannst.«

»Ganz bestimmt, Mutter. Und mach dir keine Gedanken.«

»Ich will's versuchen«, sagte sie und schloß die Tür. Sie begann zu zittern und fragte sich, ob es richtig gewesen war, daß sie zu ihrer Tochter etwas über Großvater Nordstroms Träume gesagt hatte.

2

Judith Myers saß bis auf ein Paar Höschen mit roten aufgedruckten Blumen nackt vor ihrem Spiegel und bürstete ihr langes blondes Haar. Sie sang vor sich hin und betonte jede dritte Note, während sie die Schildpattbürste zu ihren Schultern herunterzog. Sie betrachtete sich gern selbst und bemerkte, wie ihre Brüste flacher wurden, wenn sie die Bürste zu ihrem Kopf hob, und wie sie sich wieder rundeten und ausfüllten, wenn die Bürste den tiefsten Punkt des Strichs erreichte. Sie war besonders froh, weil das Haus an diesem Abend leer war, was nur äußerst selten vorkam.

Das leere Haus bedeutete, daß keine Eltern da waren, um sie zu belästigen, daß kein kleiner Bruder hereinplatzte und versuchte, sie in den Busen oder in den Hintern zu kneifen, oder daß er vielleicht versuchte, sie durch das Schlüsselloch zu beglotzen. Vor allem aber bedeutete es, daß sie es mit Danny auf der Couch oder vielleicht sogar im Bett treiben konnte, ohne sich dabei ständig Gedanken um Störungen machen zu müssen. In Autos fand sie es nicht mehr so recht befriedigend. Jetzt, da es kalt wurde, mußte man die Scheiben hochkurbeln und die Heizung laufen lassen, und da wurde es immer muffig und stickig. Da sie mit Danny nun den großen Schritt getan hatte, wartete sie ungeduldig auf eine Möglichkeit, es endlich auch einmal auf eine zivilisierte Art zu versuchen. Dannys Vorschlag, in ein Motel in Mapleton zu gehen, entsprach nicht ihrer Vorstellung von der zivilisierten Art.

Die Türglocke klingelte.

»Mein Gott, jetzt ist er schon da!« murmelte sie in sich hinein, zog sich hastig ihren unerotisch dicken Bademantel über und fuhr in flauschige Pantoffeln. Sie warf einen Blick auf den Wecker auf dem Nachttisch. Es war Viertel vor sieben. Danny kam fünfzehn Minuten zu früh. »Den bringe ich um. Schau doch nur, wie ich aussehe. Widerlich.«

Die Türklingel meldete sich wieder lange und beharrlich. »Schon gut, schon gut, ich komme!« Sie wußte zwar, daß sie sowieso wieder ausgezogen werden würde, aber sie wollte den Abend mit Danny zumindest angezogen beginnen, und zwar halbwegs ordentlich angezogen, verdammt noch mal, und nicht wie ein dickliches Waschweib. Sie holperte die Treppe hinunter, wurde dabei immer wütender und riß die Tür auf. »Verdammt noch mal, Danny, du hast mir doch gesagt ...«

»Du mußt uns etwas geben!«

Sie waren zu acht und hielten Einkaufstaschen in der Hand. Einige von ihnen hatten auch UNICEF-Schachteln mit Geldeinwurfschlitzen, mit denen sie Münzen für ihre Schulsammlung betteln wollten. Ihre Kostüme waren alle billig und im Laden gekauft; nur ein Mädchen war mit dem Bauernrock, einer Bluse und einem Zigeunerkopftuch von ihrer Mutter verkleidet. Da war ein Pirat, ein Cowboy, eine Ballerina, zwei Super-Girls in identischen billigen Kostümen, ein Raumfahrer und ein Clown. Die Kostüme waren schäbig und sahen aus, als würden sie zerreißen, wenn man sie scharf ansah. Sie trugen zwar alle Masken, aber Judy erkannte sie trotzdem fast alle. Der Raumfahrer und der Cowboy waren Adam und Charlie Beck, der Priat und die Ballerina waren Chris und Hope Ritzinger. Die Zigeunerin war Katie Schaller. Ein Super-Girl sah ganz nach Christian Frank aus, aber das andere erkannte Judy nicht.

»Du mußt uns etwas geben!« verlangten sie noch einmal.

»So, wirklich?« reizte Judy sie. »Und wenn ich euch nichts gebe?«

Die Kinder standen schweigend und verwirrt da. Bisher hatte sie noch niemand weggeschickt. Sie gingen von der stillschweigenden Voraussetzung aus, daß ihre Einkaufstaschen einfach mit Süßigkeiten gefüllt werden müßten. Sie hatten keinerlei Ahnung, welche Streiche sie spielen sollten, wenn jemand ihre Bitte ablehnte. Judy blieb einen Moment lang in der Tür stehen und freute sich an ihrem Dilemma. Rechts von Judy standen auf einem kleinen Tisch im Flur sechs Schalen mit den verschiedensten Süßigkeiten und Popcorn sowie ein Teller mit Pennis für die UNICEF-Sammlung.

»Na? Was wollt ihr machen, wenn ich euch nichts gebe?«

Sie zuckten die Achseln, traten unruhig von einem Bein auf das andere und kicherten nervös.

Dann sagte einer von ihnen: »Dann bringen wir dich um.«

Judy sog sich zischend die Luft in die Lungen. »Wer hat das gesagt?«

Die Kinder sahen einander an, und dann richteteten sie ihren Blick wieder auf sie.

»Michael Myers, warst du das? Wenn ja, dann kann ich dir nur sagen, daß das überhaupt nicht witzig war. Ich werde es Vater und Mutter erzählen, wenn sie heimkommen.«

»Ich bin nicht Michael Myers, ich bin ein Clown.«

Judy bemerkte das Blitzen von Dannys '59er Chevy, der in die Straße einbog. »Na gut, Kinder, ihr habt gewonnen. Macht eure Taschen auf.« Sie ging zu den Schalen, holte einige Handvoll von Süßigkeiten und verteilte sie in die Taschen. Dann nahm sie den Teller mit den Pennis und warf vier oder fünf in jede der Kisten.

»Vielen Dank«, sagten sie höflich. »Wiedersehen. Frohes Halloween«, riefen sie über die Schulter, während sie zum nächsten Haus weiterrannten.

Judy schloß die Tür, rannte hastig die Treppe hoch und zog unterwegs den Bademantel aus. Als sie oben war, schleuderte sie ihre Pantoffeln in eine Ecke und warf den Bademantel in ihren Schrank. Sie holte sich schnell eine Bluse und einen Rock, durchwühlte ihre Schubladen nach einem BH, einem Paar Kniestrümpfe und einem Pullover. All das zog sie in Rekordgeschwindigkeit an, und als die Türglocke klingelte, war sie fertig mit unauffälliger, schulmädchenhafter Kleidung angezogen. Obwohl sowohl sie als auch Danny wußten, wo sie heute abend landen würden, beschloß sie, zumindest so *auszusehen,* als sei sie schwer zu kriegen, weil Danny sie sonst für ein Früchtchen halten und das in der Schule verbreiten würde.

Sie holte tief Luft und ging mit feierlichen Schritten die Treppe hinunter. Sie machte ruhig die Tür auf, als hätte sie die Verabredung fast vergessen.

»Ach, du bist's, Danny.«

Der große, muskulöse Junge neigte seinen Kopf. »Natürlich bin ich es. Wen hattest du denn erwartet? Seth Dooley vielleicht?« Dooley war der Klassentrottel und der letzte, mit dem Judy sich jemals verabreden würde.

»Nein, ich dachte, es wären wieder Kinder, die Süßigkeiten betteln wollten. Komm rein.«

Er trat ein und schloß die Tür hinter sich. »Ich dachte, wir machen unsere eigene, private Halloween-Feier«, sagte er und nahm sie in die Arme. »Süßigkeiten sind dafür ja genug da. Mmmm.« Er vergrub seine Lippen in ihrer Halsbeuge.

Judy kicherte und entwand sich seiner Umarmung. »Das glaubst aber auch nur du. Schau dich doch einmal an. Du kommst in Jeans und einem Polohemd her und erwartest, daß sich ein Mädchen für dich die Kleider vom Leib reißt.«

Er lachte. »Was spielt das schon für eine Rolle, was wir anhaben? Was wir bald nicht mehr anhaben, das zählt!« Er griff wieder nach ihr, aber sie duckte sich und ließ sich nicht fangen.

»Nicht so schnell, mein Bester. Erstens einmal ist es noch nicht einmal dunkel. Zweitens fürchte ich, daß wieder Kinder an der Tür klingeln und uns unterbrechen, während wir ... äh, unsere Hausaufgaben diskutieren. Und drittens weiß ich noch nicht einmal, ob ich in der richtigen Stimmung dafür bin. Du nimmst eine ganze Menge für selbstverständlich, weißt du das.«

»Genau. Ich bin ein richtiges Tier«, sagte er und tat so, als wollte er sich strafend auf die Finger schlagen.

»Außerdem können mein Vater und meine Mutter jeden Augenblick heimkommen«, sagte sie und tänzelte in die Küche.

Er kam direkt hinter ihr her. »Erzähl mir doch nichts. Du hast mir doch gesagt, daß sie Halloween immer ins Kino gehen, weil sie es hassen, wenn die Kinder an der Tür klingeln. Hey, was hast du denn mit dem Messer vor?«

Judy hatte ein langes Fleischmesser aus der Schublade unter dem Spültisch geholt, das sie nun drohend über ihren Kopf hob. »Dein Dings schneide ich dir ab, das habe ich mit dem Messer vor«, zischte sie wie eine Hexe.

»Jetzt laß es aber gut sein«, sagte Danny und zog sich zu dem Küchentisch zurück. »Ich finde das nicht witzig. Mit diesem Ding könntest du jemand weh tun.«

»Genau das habe ich vor, mein Süßer«, sagte sie mit ihrer Hexenstimme. Sie sprang auf ihn zu, und er sprang zur Seite, als die Klinge bis zum Heft in ...

... einen dicken Kürbis hineinfuhr.

Judy lachte. »Du Idiot. Ich will doch bloß den Kürbis aushöhlen.«

Danny stand keuchend eng an die gegenüberliegende Küchenwand gedrängt. »Mein Gott, ist das witzig. Wirklich schrecklich witzig. Deinen Sinn für Humor möchte ich haben. Hahaha. Du hättest jemand umbringen *können*, Herrgott noch mal.«

»Hilf mir nur, den oberen Teil von dem Ding hier abzuschneiden. Je schneller du damit fertig bist, desto eher können wir mit unseren Hausaufgaben anfangen.«

Dannys Atem beruhigte sich wieder, und er nahm ihr das gefährliche, zwanzig Zentimeter lange Messer aus der Hand. Er begann vorsichtig um das Oberteil des Kürbisses herumzuschneiden, bis es sich ganz löste. Er legte ihn zur Seite, bat um einen großen Kochlöffel und begann, die Kerne und das Fruchtfleisch herauszulöffeln. »Es sieht so aus, als hätte er mehr Hirn als du.«

»Halt den Mund und sieh zu, daß du fertig wirst«, sagte sie und schlang von hinten ihre Arme um ihn. »Ich werde langsam hungrig, und zwar nicht nach Kürbiskernen.«

Ihre Hände glitten über seine Brust und seinen Bauch nach unten, und Danny wurden die Knie weich. Dann aber nahm er das Messer wieder auf und schnitt seitlich in den Kürbis. »Baby, ich stelle einen neuen Geschwindigkeitsrekord im Kürbisschneiden auf.« Geschickt schnitt er eine dreieckige Nase, zwei dreieckige Augen und dann einen langen, breiten Mund mit gezackten Zähnen aus. »Hast du eine Kerze?«

»Wozu?« Ihre Augen blitzten schelmisch.

»Für den Kürbis, blöde Frage.« Er sah sie ungläubig an und sagte dann: »Ach so, ich verstehe.« Er schüttelte den Kopf. »Ich frage mich manchmal, ob Frauen nicht noch eine schmutzigere Fantasie als Männer haben.«

»Euer Glück, daß es so ist«, sagte sie und holte eine dicke Kerze aus der Vorratskammer.

Er schnitt ein Loch in den Boden des Kürbisses, steckte die Kerze an und stellte sie hinein. Dann bohrte er mit einem kleineren Messer einige Luftlöcher in das abgeschnittene Oberteil, damit die Flamme Sauerstoff bekam.

Sie spülten ab, und Judy räumte das Geschirr weg, während Danny den Kürbis zu dem Fenstersims an der Vorderseite des weißen Holzhauses trug. Er leuchtete intensiv und schloß sich mit seinem grotesken Lächeln den Dutzenden von anderen Kürbissen an, die überall an der friedlichen Straße standen. Danny war kein besonders intellektueller Junge, aber einen Augenblick lang betrachtete er die Reihe von leuchtenden gelb-roten Kürbisgesichtern und fragte sich, welche Mächte diese Totems wohl früher einmal abwehren sollten.

Die Nacht war ruhig und sternenerfüllt, und vom Norden her kam eine leichte Brise auf – gutes Footballwetter, dachte Danny. Von irgendwoher hallte ein leises Echo von ›Du mußt uns etwas geben!‹ aus einer Reihe von Kindermündern durch die Straße. Danny dachte über all diese Traditionen nach – die ausgehöhlten Kürbisse, Papierhexen und Pappskelette, bettelnde Kinder, Apfelschnappen, Geister und Kobolde. Lange dachte er aber nicht nach. Ihm wurde kalt.

Außerdem stieg die Lust in ihm hoch.

Judy war gerade damit fertig geworden, den gelb-roten Kürbissaft vom Küchentisch wegzuwischen. Sie trocknete sich an einem Papierhandtuch die Hände ab und drehte sich um, um Danny zu finden.

»Buh!«

Judy klopfte das Herz bis zum Hals. »Mein Gott, du hast mich fast zu Tode erschreckt!« japste sie und sank in Dannys Arme. Er hatte sich eine Horrormaske aus Gummi angezogen, ein Frankensteingesicht mit tiefliegenden Augen und einer auffälligen Narbe über eine Wange.

Er drückte sie eng an sich und spürte durch den Pullover ihre Brüste, die vor Angst wogten. Er schob seine Hände unter den Pullover und zog ihr die Bluse aus dem Rock. Er fand den Verschluß ihres Büstenhalters, brachte ihn nach ein oder zwei vergeblichen Versuchen auf und schob seine Hände nach vorn, bis sie auf ihren Brüsten lagen. Es verblüffte ihn immer wieder, daß sie bekleidet so unauffällig aussahen, sich aber als herrliche Brüste entpuppten, wenn Judy sich auszog. Sie stöhnte, als sich seine Handflächen und Finger darum schlossen.

»Du sollst sie küssen«, bat sie ihn.

»Bist du sicher?« antwortete er mit hohler Stimme.

Sie löste ihren Kopf von seiner Brust und brach in Gelächter aus. Er hatte noch immer seine Frankensteinmaske auf. »Zieh das Ding aus.«

»Wenn du dein Ding ausziehst, zieh ich mein Ding aus.«

»Einverstanden.«

Er nahm die Maske ab und führte sie an der Hand zur Treppe. »Bist du wirklich sicher, daß deine Eltern nicht kommen?«

»Die kommen frühestens um zehn Uhr heim.«

»Und Michael?«

»Ich habe dir doch gesagt, daß er unterwegs ist und Süßigkeiten bettelt. Wir haben schon Zeit, aber nicht die ganze Nacht. Also jetzt Schluß mit dem Gerede!«

»Schon gut, ich bin ja schon still.«

Sie drehte ihm den Rücken zu und tänzelte die Treppe hinauf; sie schwenkte dabei verführerisch ihr Hinterteil und zog sich unterwegs Bluse und Pullover aus. Danny kam wie ein hungriger junger Hund hinter ihr her und riß sich die eigenen Kleider vom Leib.

Nur noch mit ihrem Höschen bekleidet, stand sie in dem dürftigen Licht der Nachttischlampe vor ihm.

Danny starrte sie ungläubig an. So etwas Schönes hatte er noch nie gesehen. Bisher kannte er den Körper seiner Freundin nur vom blinden Gefummel in dunklen, engen Autos, aber jetzt verschlang er ihren festen, jungen Körper mit seinen Augen und vergaß fast, seine eigenen Hosen auszuziehen.

Endlich löste er seinen Gürtel und zog Jeans und Unterhose zusammen zu den Knöcheln herab.

»Oh«, murmelte Judy, und ihre Augen weiteten sich.

Er ging zu ihr, nahm sie in die Arme und packte ihre Pobacken mit beiden Händen. Sie ließ sich auf das Bett sinken und lenkte ihn ans Ziel. Langsam und genußvoll drang er in sie ein. Sie legte ihre Hände auf sein Hinterteil und zog ihn mit katzenhafter Wildheit in sich hinein und freute sich an den starken Muskeln, die ihren Körper und ihre Seele mit Ekstase erfüllten.

»So ist es also im Bett«, flüsterte sie.

»So ist es im Bett.«

3

Er stand im Schatten der hohen Hecke, und er beobachtete und lauschte. Er hatte sie in der Küche schmusen gesehen, und dann war Danny eine Minute lang herausgekommen, um den ausgehöhlten Kürbis aufzustellen. Als Danny wieder ins Haus zurückgekehrt war, waren sie nach oben gegangen. Einige Minuten später war das Licht in Judys Schlafzimmer erloschen. Nun wurde das Rascheln des Winds in den trockenen Blättern der riesigen Eichen vor dem Haus von ihrem Seufzen, Stöhnen und Kichern übertönt.

Die Geräusche erfüllten ihn mit einem mörderischem Haß.

Die Stimme in seinem Kopf war für den Augenblick leiser geworden, während er Judy und Danny zuhörte. Er wußte nicht wirklich, was die Laute zu bedeuten hatten; es war ihm nur irgendwie klar, daß sie etwas mit Liebe zu tun hatten. Aus dem Zimmer seiner Mutter und seines Vaters hatte er schon ähnliche Laute gehört, aber sie hatten nur freundliche Gefühle in ihm erweckt. Sie machten sich glücklich, seine Mutter und sein Vater, und damit machten sie auch ihn glücklich.

Warum verspürte er dann einen so verzehrenden Haß auf seine Schwester und ihren Freund?

Es war die Stimme. Die Stimme ließ den Haß in ihm aufsteigen. Sie hatte das schon in seinen Träumen getan, und nun gelang es ihr auch im wirklichen Leben. Es hatte mit den seltsamen Bildern begonnen, die er nachts in seinem Kopf gesehen hatte, Bilder von Leuten, die er noch nie gesehen hatte – außer vielleicht in Comics oder im Fernsehen, aber im wirklichen Leben noch nie. Leute in seltsamen Kleidern, in Tierfellen, mit Panzern, in Leder, Leute, die tranken und wild um ein Feuer herumtanzten. Ein paar ganz besonders. Sie sahen wie Judy und Danny so aus, als seien sie wild ineinander verliebt, und sie tanzten in einem Kreis um das riesige Feuer herum, während er, Michael, in der Menge stand und die Eifersucht in sich brennen fühlte.

Dann hatte sich in seinem Traum eine Stimme in seinem Kopf gemeldet, eine Stimme, die ihm befahl, das tanzende verliebte Paar aufzuhalten. Die Stimme war in der letzten Zeit lauter und deutlicher geworden, herrischer, und ihre Befehle immer bestimmter. Er hatte begonnen zu glauben, daß die Stimme vielleicht weggehen und ihn in Ruhe lassen würde, wenn er auf sie hörte und ihre Befehle ausführte. Sie war nicht mehr nur eine Stimme im Traum, sondern sprach auch zu ihm, wenn er wach war. Heute abend hatte sie laut zu ihm gesprochen, während er von Haus zu Haus ging und Süßigkeiten bettelte, während der Spiele bei der Party. Sie hatte ihn angewiesen, sofort zurück nach Hause zu gehen.

Er sah sich um, um sicherzustellen, daß er nicht beobachtet wurde, und dann glitt er über den Rasen an der Haustür vorbei. Vor dem Kürbis duckte er sich, um von seinem Lichtschein nicht erfaßt zu werden. Danach drückte er sich an den Schindeln an der Seitenmauer des Hauses vorbei und ging die Treppe zur Hintertür hinauf. Er drehte den Türknauf, und die Tür öffnete sich.

Er war nicht überrascht darüber. In Haddonfield verschlossen die Leute ihre Türen nicht; was gab es hier schließlich zu fürchten?

Er schlich lautlos in die Küche und ging zum Spülstein hinüber. *Los,* befahl ihm die Stimme, *du weißt, was zu tun ist.* Er zog die Schublade auf und griff hinein. Seine Finger schlossen sich um das, was er gesucht hatte, und er zog es aus der Schublade.

Es war das Schlachtermesser.

Er berührte seine Spitze mit seinem Zeigefinger. Sie piekste ihn. Er fuhr mit dem Daumen entlang der Schneide der zwanzig Zentimeter langen Klinge. Sie hinterließ eine dünne, saubere Blutspur.

Er glitt aus der Küche in den Flur hinaus und blieb dort lauschend stehen. Er hörte, wie sie sich unterhielten, während sie sich anzogen und Ordnung machten. Er drückte sich an die Wand, als Schritte knarrend die Treppe herabkamen.

Zuerst sah er Danny in Bluejeans und einem blaugestreiften Polohemd. Sein Haar war verwühlt und seine Wangen gerötet, als sei er voller Leidenschaft geküßt worden. Dann kam Judy mit einem Bettuch um sich gewickelt, das sie mit einem Daumen unten an ihrer Wirbelsäule festhielt. Der Eindringling sah auf die Hinterbacken mit ihren Grübchen, auf die schlanken Beine, und dann spielte er zitternd mit der Messerklinge.

Sie küßten sich, und endlich ließ sie das Tuch los, so daß es nur noch von dem Druck von Dannys Körper gegen den ihren hochgehalten wurde. »Mußt du wirklich weg?«

Er hob hinter ihrem Kopf seine Uhr hoch. »Unbedingt. Deine Alten können jetzt jeden Augenblick kommen.«

Ihre Hand glitt an seinem Oberschenkel hoch. »Wollen wir nicht schnell noch einmal?«

»Hier? Jetzt? Bist du verrückt?«

»Du bist vielleicht ein Angsthase.«

»Ich könnte höchstens laufen wie ein Hase, wenn deine Eltern hier hereinkommen, während wir es hier im Gang treiben.« Er schob sie weg, und das Bettuch fiel auf den Boden. Seine Augen traten hervor, als er seinen Blick ein letztes Mal über ihren Körper wandern ließ. »Herrgott nochmal, es ist wirklich ein verlockendes Angebot ... Nein. Nein, ich muß wirklich weg.« Er hob das Tuch auf und legte es wieder um sie. »Na bitte, Ritterlichkeit ist doch noch nicht ausgestorben.«

»So ein Pech. Rufst du mich morgen an?«

»Na klar.«

»Versprichst du es mir?«

»Ich müßte doch verrückt sein, wenn ich es nicht tun würde, oder?«

Sie küßten sich ein letztes Mal und trennten sich wie Romeo und Julia. Judy schloß hinter ihm die Tür, lehnte sich einen Augenblick dagegen und stöhnte in Erinnerung an die gerade vergangenen Wonnen. Dann lief sie mit leichten Schritten wieder die Treppe hinauf.

Er trat aus dem Schatten im Gang heraus, schlich sich die Treppe hinauf und blieb oben stehen, um sich umzuschauen und zu lauschen. Ihre Kleider waren noch in einer Spur von der Spitze der Treppe bis zu ihrem Bett verstreut. Er folgte ihnen wie ein Jäger, der der Spur seiner Beute folgt. Vor ihrer offenen Tür blieb er stehen und sah hinein. Sie saß in ihrem Höschen mit den roten aufgedruckten Blumen vor dem Spiegel und bürstete ihr Haar. Sie summte mit ihrer hübschen Stimme ein Lied vor sich hin.

Er trat in das Zimmer und hatte es halb durchquert, bis sie ihn bemerkte. Ihre Augen umwölkten sich, und sie zog verständnislos ihre Augenbrauen zusammen. Sie verschränkte ihre Arme vor ihren Brüsten. Sie erkannte ihn trotz seiner Maske und rief verwirrt seinen Namen. »Michael, soll das ein Witz sein ...?«

Er kam weiter auf sie zu.

»Mach, daß du hier rauskommst, verdammt noch mal. Verschwinde, bevor ich ...«

Der Hieb mit dem Messer erwischte sie am Handgelenk. Sie sah die Wunde mit mehr Überraschung als Schmerz an. Sie konnte nicht glauben, was passierte. Dann aber kam es ihr voll zu Bewußtsein.

Sie sprang auf, warf dabei ihren Stuhl um, und zog sich zur Wand zurück. »Was machst du denn? Was machst du denn?« schrie sie. Als er das Messer wieder hob, streckte sie eine Hand aus, um sich zu schützen. Er hieb ihr in die Hand, und ihr Arm sank schlaff an ihrer Seite herab. Sie schrie nun wie eine Wahnsinnige, denn es wurde ihr klar, was hier vor sich ging. Er stieß noch einmal zu, und Blut lief aus der Wunde über seine Hand und sein Handgelenk. Er wußte nicht, an welchem Punkt sie starb, denn nun, da sie sich nicht mehr verteidigen konnte, stieß er immer wieder zu, und eine wilde, ungezügelte Freude erfüllte ihn, wie er sie bisher noch nie erlebt hatte.

Seine Raserei begann sich zu legen, und er stand völlig erschöpft über ihr. Dann drehte er sich um, stieg über die umgeworfenen Möbelstücke und die verstreuten Kleider, ging die Treppe hinunter und in die Küche. Plötzlich wurde ihm bewußt, daß er Hunger hatte. Er griff in eine Schale auf dem Küchentisch und stopfte sich ein Plätzchen in den Mund, und dann ging er zum Kühlschrank und holte sich eine Flasche Milch heraus. Er trank sie aus und wischte sich mit seinem blutigen Ärmel den Mund ab; er hinterließ dabei einen roten und weißen Streifen auf seiner Wange.

Er öffnete die Hintertür und ging hinaus. Das Messer hielt er noch immer in der Hand. Er trat auf den Rasen hinaus und blieb dort eine Minute lang unentschlossen stehen.

In diesem Augenblick hielt ein dunkler Sedan am Bordstein an. Der Mörder unternahm keinen Versuch zu fliehen, sondern blieb auf dem Rasen stehen und wartete darauf, daß die Insassen des Autos ausstiegen. Einen Augenblick später öffneten sich beide vorderen Türen, und eine Frau und ein Mann stiegen aus. Sie gingen zwei oder drei Schritte auf das Haus zu. Dann bemerkten sie ihn, blieben stehen und starrten die Gestalt in dem blutverschmierten Clownskostüm mit dem Messer in der Hand an.

Der Mann streckte eine Hand aus und nahm dem Jungen die Maske vom Gesicht.

»Michael ...?«

4

Sie wußten nicht, wie sie ihn nennen sollten, und sie wußten nicht, was sie mit ihm anfangen sollten.

Er war kein Mann, und deshalb konnte er nicht wegen Mord angeklagt werden. Er war noch nicht einmal ein Jugendlicher. Die Jugendgesetze erfaßten zwar auch Sechsjährige, aber irgendwie erschien es unpassend, daß die Gesetze, die für jugendliche Schläger, Automatenknacker, Handtaschendiebe und Autodiebe vorgesehen waren, für ihn auch gelten sollten. Wenn man ihn während der Verhandlung vor dem Jugendgericht betrachtete, sah man einen hübschen, fast schönen kleinen Jungen mit roten Backen vor sich, der mit einem ordentlichen Tweedanzug, einer Krawatte und glänzend geputzten Schuhen bekleidet war. Sein Blick war freundlich, sein Lächeln ungekünstelt, und er sprach mit kindlicher Offenheit. Mehr als nur ein Zeitungsbericht hatte ihn sogar ›charmant‹ genannt.

Trotzdem hatte dieser kleine Junge es selbst zugegeben, daß er nach Schätzung des Leichenbeschauers seiner Schwester mindestens einunddreißig Stichwunden beigebracht hatte. Wahrscheinlich mehr.

Das Gericht kam zu dem Entschluß, daß der Junge entweder verrückt war oder log. Der kleine Kerl wurde genau befragt, ob nicht jemand anders die Tat begangen und ihm dann das Messer in die Hand gedrückt hatte. Da der Junge aber auf seiner Geschichte beharrte und keine zusätzlichen Beweise gefunden worden waren – obwohl die Polizei mit dem armen Danny, Judys Liebhaber, sehr hart umgesprungen war und er um ein Haar angeklagt worden wäre –, war das Gericht gezwungen gewesen, es für die Tat eines Wahninnigen zu erklären.

Trotzdem tat sich der Richter mit seinem Urteil sehr schwer, denn er wußte, was das für eine Anstalt war, in die der Junge geschickt werden würde, und was das für Menschen waren, mit denen man ihn zusammensperren müßte. Er hatte die Landesirrenanstalt in Smith's Grove kürzlich bei einem offiziellen Besuch mit eigenen Augen gesehen und war sich klar darüber, daß er mit seinem Spruch Michael jenen tobenden Irren und den Gangstern, die sie bewachten, in die Hand geben würde.

Erschöpft und mit aschfahlem Gesicht rief er eine Woche später das Gericht wieder zusammen. »Meine Damen und Herren, in den zweiundvierzig Jahren, die ich nun dem Gesetz und diesem Gericht loyal gedient habe, wurde es nie von mir verlangt, eine auch nur entfernt so grausame Entscheidung wie in diesem Fall zu treffen. In diesem Augenblick, während ich zu Ihnen spreche, muß ich mich bemühen, meinen Blick nicht auf den Angeklagten in dieser bizarren Episode zu richten, denn ich weiß, daß ich vielleicht zögern würde, meiner Pflicht nachzukommen, wenn ich ihn ansehen würde. Da jedoch kein gegensätzliches Beweismaterial vorliegt, es weder einen Zeugen noch irgendeine Person gibt, die die Tat gestanden hätte, da der Geschichte des Kindes nichts widerspricht, der Angeklagte, wenn ich ihn so nennen kann, keinerlei Schuldgefühle zeigt, und vor allem, weil ihm offensichtlich das Unterscheidungsvermögen zwischen Gut und Böse vollständig abgeht, was in der Gesetzgebung über gemeingefährliche Geisteskranke eine zentrale Rolle spielt, bleibt mir keine Wahl, als Michael Audrey Myers in die psychiatrische Anstalt von Smith's Grove in Warren County, Illinois, einzuweisen. Er wird dort unter die Aufsicht des Anstaltspsychiaters gestellt, der diesem Gericht regelmäßig Bericht erstatten wird. Der Fall soll nicht weniger als zweimal pro Jahr geprüft werden, und auf die Empfehlung des Psychiaters hin kann der Junge wieder der Aufsicht seiner Eltern unterstellt werden.

Es ist mir zwar unmöglich, mir einen längeren Aufenthalt Michaels in dieser Anstalt vorzustellen, weil seine schreckliche Tat meiner Ansicht nach die Folge eines vorübergehenden Wahnsinnsanfalls war, der hoffentlich für immer vorüber ist, aber ich bin verpflichtet, hier die Bestimmung aus der Gesetzgebung zu gemeingefährlich geisteskranken Minderjährigen zu nennen, die besagt, daß sie im Alter von einundzwanzig Jahren einem ordentlichen Gericht vorgeführt werden müssen.

Falls Michael sich in fünfzehn Jahren noch in der Anstalt von Smith's Grove befinden sollte, wird er an seinem einundzwanzigsten Geburtstag vor ein Gericht gestellt werden, wo er sich als Erwachsener wegen des Mordes an Judith Margaret Myers verantworten muß.

»Ich habe hier«, sagte er und hielt einige Blatt Papier hoch, »eine Liste von zusätzlichen Anweisungen bezüglich der Pflege Michaels in der Anstalt von Smith's Grove zusammengestellt, und ich hoffe, daß die Probleme, die in solchen Anstalten auftauchen, seine Chancen nicht beeinträchtigen werden, als ein normaler, gesunder, voll funktionsfähiger Mensch in die Gesellschaft zurückzukehren. Die Sitzung ist geschlossen.«

Er erhob sich, und das Publikum, das fast ausschließlich aus Zeitungsreportern bestand, stand mit ihm auf. Er drehte sich um und verließ den Sitzungssaal durch die Hintertür, ohne dabei den Jungen anzusehen, den er gerade zu dem lebendigen Tod in einer Irrenanstalt verurteilt hatte. Michaels Eltern schluchzten, als er von einer streng aussehenden Matrone aus dem Raum geführt wurde, und selbst die Reporter, die schon alles gesehen hatten und sonst nicht gerade zimperlich waren, sahen bedrückt und nachdenklich aus.

Ein Beobachter aber blieb ungerührt. Sam Loomis, ein Mann mit einem runden Gesicht, einem kleinen Spitzbart und einem glattrasierten Schädel, hatte den angeklagten Jungen durchdringend angestarrt. In seinen Berufsjahren in der klinischen Psychiatrie hatte er zwar von solchen Fällen gehört oder gelesen, aber er hatte noch nie Gelegenheit gehabt, sich aus eigener Beobachtung ein Urteil zu bilden. Der Fall Myers hatte ihn daher sehr interessiert, und das ganz besonders noch deshalb, weil Loomis in Smith's Grove der für die Jugendlichen verantwortliche Anstaltspsychiater war. Wie alle anderen hatte die engelhafte Erscheinung und das Benehmen des kleinen Jungen auch Loomis tief gerührt, bis der Junge während seines Berichts über die Ereignisse vom 31. Oktober Loomis zufällig direkt in die Augen geschaut hatte. Der Mann spürte eine kalte Vorahnung, die ihm fast das Blut in den Adern gerinnen ließ ...

Sechs Monate waren seit der Verhandlung vergangen, und wie das Gesetz es vorschrieb, erschien Loomis nun vor Richter Christopher im Gerichtsgebäude. Sie saßen bei einem Glas Portwein, und Loomis bemerkte, wie sehr der Richter in der Zwischenzeit gealtert war. Er brachte das taktvoll zur Sprache.

»Der Fall hat mich damals zutiefst beunruhigt, und daran hat sich bis jetzt nichts geändert. Er verfolgt mich bei Tag und bei Nacht. Ich glaube, ich mußte noch nie eine so schwere Entscheidung treffen. Aber was sollte ich tun? Was hätten Sie getan? Wie geht es ihm denn?«

»Es geht ihm ... gut. Wenn ich ›gut‹ sage, so muß ich das natürlich in meiner beruflichen Kapazität so einschränken ...«

»Bitte jetzt kein Psychologen-Chinesisch, Loomis. Berichten Sie mir in einfachen Worten über sein Verhalten.«

»In einfachen Worten? Soweit wir das wissen, hat er nichts getan, was auf etwas anderes als Normalität schließen lassen könnte.«

»Soviel Sie wissen?«

»Richter Christopfer«, sagte Loomis, stand auf und fuhr mit seinen Fingern geistesabwesend über die rot und beige eingebundenen juristischen Fachbücher in den Regalen des Richters. »Im Verlauf der letzten sechs Monate ist es in Smith's Grove zu verschiedenen merkwürdigen und unangenehmen Ereignissen gekommen. Besonders in der Jugendlichenstation.«

Der Richter lehnte sich vor. »Zum Beispiel?«

»Nun, Sie müssen sich zuerst einmal klarmachen, daß Michael bei weitem – vielleicht um acht oder neun Jahre – der jüngste Patient in der Station ist und deshalb unter normalen Umständen oft und massiv unter Druck gesetzt werden würde, wenn Sie verstehen, was ich meine?«

»Ich denke schon.«

»In diesem Fall ist aber in der Richtung auch nicht der leiseste Versuch unternommen worden. Nicht einmal im Ansatz.«

Der Richter strich sich über die Wange. »Und was schließen Sie daraus?«

»Ganz sicher das gleiche wie Sie. Sie haben Angst vor ihm. Ich habe es selbst erlebt, wie er den hartgesottensten Verbrecher in der Station mit einem Blick versteinert hat.«

Der Richter verdaute das. »Und das ist alles, was Sie mir zu sagen haben? Halten Sie das für einen ausreichenden Grund, ihn weiter einzusperren ...«

»Da war außerdem noch die Geschichte mit Gilden, dem Vertrauensmann. Gilden ist in der ganzen Station wegen seiner Streiche bekannt. Die Kinder lieben ihn; er ist der einzige, der etwas frische Luft in die Anstalt bringt. Ungefähr einen Moant nach der Einlieferung Michaels hat der alte Gilden dem Jungen einen seiner harmlosen Streiche gespielt – wie ich das schon bei zahllosen Gelegenheiten erlebt habe.«

»Was hat er denn gemacht?«

»Ach, er hat bei dem Salzstreuer den Deckel losgeschraubt, so daß das ganze Salz Michael ins Essen gefallen ist, als er es salzen wollte. Das war praktisch die Empfangszeremonie für die jungen Neuzugänge in der Anstalt.«

»Und ...?«

»Michael fand das gar nicht witzig.«

»Was hat er getan?«

»Zu der Zeit gar nichts. In der Nacht aber hatte Gilden so schwere Krämpfe, daß wir ihm den Magen auspumpen mußten. Bei der Analyse des Mageninhalts haben wir Nahrungsmittelvergiftung festgestellt ...«

»Aber Sie glauben ...?«

»Ja, obwohl ich mir nicht vorstellen kann, wie der Junge in die Küche gekommen sein konnte, oder was er benutzt hat. Die Jugendlichenstation ist von der Küche durch eine Reihe von bewachten und verschlosssenen Türen getrennt.«

»Ich verstehe. Sonst noch etwas?«

»Eigentlich nichts Greifbares. Die anderen Jungen in meiner Station sind aber ... na, ziemlich unruhig geworden, seitdem Michael eingeliefert worden ist. Wie eine Viehherde, die instinktiv spürt, daß da draußen in der Dunkelheit Wölfe lauern. Man hat immer den Eindruck, daß sie kurz davor stehen, auszubrechen. In Panik.«

Der Richter musterte ihn. »Dr. Loomis, ich denke, Sie wissen, wie schwer mich diese Angelegenheit mitgenommen hat und wie verzweifelt ich daran interessiert bin, es zu erleben, daß Michael behandelt und entlassen wird. Ihre Beobachtungen heute morgen haben mich nicht sonderlich beeindruckt, und nur Ihr guter Ruf hindert mich daran, in meiner Kritik noch deutlicher zu werden. Ich möchte jetzt wissen, ob der Junge bei seiner Geschichte bleibt, ob er seine Tat versteht, ob er Reue empfindet und ob der mörderische Haß von ihm gewichen ist, den er uns in dem Prozeß beschrieben hat, und derartiges mehr.«

»Herr Richter«, sagte Loomis und sank in einen Ledersessel, »die Geschichte und die Einstellung des Jungen haben sich seit dem Prozeß nicht im Geringsten verändert, obwohl ich seit sechs Monaten jeden Tag zwei Stunden mit ihm verbracht habe. Ich kann mich auf nichts weiter beziehen als auf meine Erfahrung und meine Vermutungen, und aufgrund der Erkenntnisse, die ich mir in den fünfzehn Jahren angeeignet habe, die ich jetzt das menschliche Gehirn durchforsche, kann ich Ihnen nur sagen, daß ich es für möglich halte, daß Michael Myers der gefährlichste Mensch ist, mit dem ich jemals zu tun hatte.«

Loomis sah mit seinen kristallblauen Augen Christopher an und begegnete seinem Blick unverwandt für einen langen Moment. Dann wendete der Richter seinen Blick ab und schüttete nervös den Rest seines Portweins hinunter. »Verdammt noch mal, Loomis, ich kann meine Urteile nicht auf Vermutungen, Hörensagen und Zufälle gründen. Ich brauche unumstößliche Beweise. Wenn Sie mir also nicht irgend etwas Konkretes nennen können, irgend etwas, was er gesagt oder getan hat, werde ich mir ernsthaft überlegen, ob ich den Jungen bei unserer nächsten Zusammenkunft nicht freigeben soll. Ist das klar?«

»Ja, *Euer Ehren*«, sagte Loomis leise und ging ohne den geringsten Gruß hinaus.

In den folgenden Monaten kam es zu weiteren Vorkommnissen, und für Loomis bestand kein Zweifel daran, wer für sie verantwortlich war. Jedesmal, wenn Michael zurückgesetzt oder gekränkt wurde, oder wenn er sich das einbildete, wurde der Pfleger oder Patient, der seiner Meinung nach dafür verantwortlich war, von einer schweren Rache heimgesucht. Das konnte einen Tag, eine Woche oder einen Monat dauern, aber irgendwann rächte sich Michael.

Das Problem für Loomis dabei war, daß niemand den Jungen direkt dabei beobachtete. Eines Tages saßen die Jungen im Aufenthaltsraum und sahen Fernsehen; ein Fünfzehnjähriger stand auf und drehte den Ton leiser. Michael stand auf und drehte ihn wieder lauter. Als der andere Junge das Gerät daraufhin wieder leiser stellte, zuckte Michael die Achseln und akzeptierte die Situation resigniert.

Als der andere Junge am gleichen Abend duschte, wurde das Wasser plötzlich kochend heiß. Der Junge wurde nicht schwer verletzt und mußte nur eine Woche lang leichte Schmerzen ertragen, aber es hätte auch ernster ausgehen können, und jeder wußte, wer dahintersteckte. Michael aber hatte offensichtlich sein Zimmer nicht verlassen.

Es gab noch mehr solche Zwischenfälle. Eine Schwester, die sich mit Michael gestritten hatte, fiel zwei Tage später die Treppe hinunter und brach sich das Becken. Ein Junge, der ein Spiel von Michael geborgt und dann vergessen hatte, es ihm wieder zurückzugeben, bekam plötzlich einen heftigen Ausschlag, der ihn einen Monat lang ins Krankenbett zwang.

Was Loomis doppelt verstörte war, daß der Junge langsam, aber deutlich die Führung in der Jugendlichenstation übernahm, weil sich niemand mehr traute, etwas gegen ihn zu unternehmen. Jeder, ob Personal oder Insassen, tat ihm seinen Willen, und so bekam er so gut wie immer, was er wollte.

Loomis fragte sich, wann die Reihe wohl an ihm war, aber soweit kam es nie, und der Psychiater glaubte, daß Michael wußte, daß Loomis ihm nur helfen wollte, wie sehr er ihn auch plagte.

Der Junge erkannte widerwillig Loomis' Autorität an, und das war seiner Meinung nach das einzige, was Michael davon abhielt, die Anstalt ungehindert zu verlassen. »Du weißt, daß du gehen könntest«, sagte Loomis eines Nachmittags während der regelmäßigen Therapiesitzung zu ihm. »So sehr fürchten sie dich. Du könntest von einem Pfleger seinen Schlüssel verlangen oder eine Wache bitten, im richtigen Augenblick nicht hinzusehen, und dann könntest du in aller Ruhe hier herausgehen. So groß ist die Macht, die du über sie hast. Stimmt das etwa nicht, Michael?«

Die Augen des Jungen trübten sich, und er zuckte die Achseln. »Ich weiß nicht, wovon Sie reden, Sir.«

»Doch, aber du wirst es nicht tun«, sagte Loomis fast selbstgefällig. »Du wirst es bleiben lassen, weil du es nirgend so gut haben wirst wie hier. Du hast hier deine eigene kleine Welt. Was würde dich denn erwarten, wenn du von hier fliehen würdest? Nichts als Unruhe und Verfolgungen! Also bleibst du hier, sicher und bequem! Stimmt das etwa nicht, du kleiner Teuf –«

Loomis unterbrach sich. Ganz gleich, was er glaubte, es war unprofessionell, es so auszudrücken, und außerdem, wenn man es sich richtig überlegte, *hatte niemand jemals gesehen, daß das Kind jemand etwas getan hätte.*

Deshalb klimperte Michael auf diesen Ausbruch von Loomis hin nur seine langen Wimpern, lächelte und sagte: »Ich verstehe Sie nicht, Dr. Loomis.«

Loomis hatte Angst vor der nächsten sechsmonatlichen Zusammenkunft mit Richter Christopher, denn wenn Loomis keine konkreten Beweise für igendwelche Übeltaten von Michael vorlegen konnte, war es durchaus möglich, daß der Richter seine Freilassung anordnen würde.

So ging es weiter durch den Sommer und den Frühherbst. Dann ließ Michael eines Tages Mitte Oktober nach einer weiteren fruchtlosen Therapiesitzung eine Bombe platzen.

»Dürfen wir eine Halloween-Party feiern, Dr. Loomis?«

Loomis traten die Augen beinahe aus den Höhlen. »Eine Halloween-Party! Ausgerechnet du ...«

»Alle anderen Kinder halten das für eine hervorragende Idee. Schwester Kramer auch, und Dr. Martin hat gesagt, er hätte nichts dagegen.«

»Schwester Kramer und Dr. Martin sind mir unterstellt, und sie ...«

»Sind Sie sicher, daß Sie es uns nicht erlauben wollen?« fragte Michael. Die Sache war ihm offensichtlich sehr wichtig.

»Natürlich bin ich ...« Er brach mitten im Satz ab und überlegte sich plötzlich, daß eine Halloween-Party genau das richtige sein könnte. Ein Plan stieg in ihm auf, und nach kurzer Überlegung sagte er: »Eigentlich könnte es nichts schaden.«

Allein die Ankündigung der Party erwies sich für die meisten Jungen der Station als therapeutisch, denn sie machten sich eifrig ans Werk und bastelten Dekorationen und Kostüme. Die Kostüme, die sie sich aussuchten, enthüllten ihre tiefsten Wünsche, und allein das war für die Psychiater ein unerwarteter Bonus, denn sie hätten sonst monatelang die Gedanken durchforschen müssen, um das gleiche Material zu erhalten.

In der letzten Woche vor Halloween begann Michael unruhig, nervös und leicht reizbar zu werden. Loomis war das psychiatrische Phänomen, das als ›Jahrestagssyndrom‹ bekannt war, durchaus geläufig, das eine geistig gestörte Person das traumatische Erlebnis des Vorjahrs noch einmal durchmachen läßt. Michael schien dem klassischen Muster zu folgen, und am Vorabend des 31. Oktober gab Loomis an das Personal, wie er es nur halb scherzhaft ausdrückte, Alarmstufe eins aus. Die Kinder (den Mädchen war erlaubt worden, die Party zusammen mit den Jungen zu feiern) sollten genau beobachtet werden, und Loomis beauftragte zwei Pfleger, nichts anderes zu tun als außer ihm zusätzlich Michael im Auge zu behalten. Loomis brauchte nicht nur einen Zwischenfall, sondern auch Zeugen dafür.

Die Kinder wurden in die kleine Turnhalle geführt, wo schwarze und gelb-rote Girlanden aufgehängt worden waren; außerdem hatten die Kinder ausgeschnittene Hexen und Kobolde, schwarze Katzen und Kürbisköpfe an den Wänden festgeklebt. Die Kinder trugen ihre Kostüme, und selbst die Schwestern und Pfleger trugen Masken, Hüte oder Kostüme und beteiligten sich so an der Feier.

Michael war als Clown verkleidet.

Nachdem Kuchen und Limonade verzehrt worden war, begannen die Spiele. Aus offensichtlichen Gründen waren sie einfach und unbedrohlich gehalten. Nachdem aber bei einer Runde von ›Die Reise nach Jerusalem‹ ein sechzehnjähriges Mädchen namens Sophie Michael den letzten Stuhl vor der Nase weggeschnappt hatte (hätte sie den Ruf des Jungen gekannt, so hätte sie ihn Michael überlassen), lehnte sich Loomis gespannt vor und beobachtete ihn genau. *Irgend etwas* würde nun passieren.

Das nächste Spiel war Apfelschnappen. Aus der Küche war ein riesenhaftes Faß ausgeliehen und mit Wasser gefüllt worden, und darin schwammen ein Dutzend Äpfel. Die Kinder sollten nun allein mit ihren Zähnen die Äpfel aus dem Wasser holen.

Nachdem acht oder neun Kinder ihr Glück versucht hatten, war Sophie an der Reihe. Michael stand drei oder vier Kinder hinter ihr in der Schlange. Sie lehnte sich über den Faßrand und bemühte sich, ihre Hände hinter ihrem Rücken zu halten, um so der Versuchung zu widerstehen und nicht mit der Hand nach den Äpfeln zu greifen.

Die Lichter gingen aus.

Ein Stromausfall war in Smith's Grove kein ungewöhnliches Ereignis, und zwar besonders in stürmischen Nächten, wenn in ländlichen Gegenden oft Bäume auf die Lichtleitung stürzten.

Auf alles war Loomis vorbereitet gewesen, nur auf das nicht. Er sprang von seinem Stuhl auf und rannte in der totalen Finsternis zu der Stelle, wo seiner Erinnerung nach das Faß stand. Er stieß dabei verschiedene kreischende Kinder um und tastete sich die letzten Schritte vor, bis er mit der Plattform zusammenstieß, auf der das Faß stand. In diesem Augenblick erfüllten die Notgeneratoren der Anstalt, die sich bei Ausfall des öffentlichen Stromnetzes automatisch einschalteten, die Halle wieder mit Licht.

Sophie lag mit dem Gesicht nach unten neben dem Faß und war von der Hüfte an aufwärts völlig durchnäßt. Loomis suchte den Raum nach Michael ab. Er stand mindestens zehn Schritte weit von ihr entfernt unter dem Basketballkorb und lächelte. Loomis sah sich Kostüm und Hände des Jungen an: Sie waren völlig trocken.

Mit Unterstützung seiner Schwester versuchte Loomis künstliche Beatmung, und einen Moment später erbrach das Mädchen eine große Menge Wasser und kam hustend und nach Luft schnappend wieder zu sich.

Die Party war vorbei. Loomis' Falle hatte versagt.

Letzten Endes blieb er jedoch trotzdem der Sieger. An dem Tag vor seinem Treffen mit dem Richter, dem er den Fall vortragen sollte, erhielt er nämlich einen Anruf vom Jugendgericht.

Richter Christopher hatte in der Nacht zuvor einen schweren Herzanfall erlitten und war auf der Fahrt zum Krankenhaus verstorben.

Richter Christophers Nachfolger brachte Michael Myers bei weitem nicht soviel Sympathie entgegen. Er hatte von dem Fall nur gelesen und war davon überzeugt, daß Michael tatsächlich der brutale Mörder war, für den der Psychiater ihn hielt. Loomis legte dem neuen Richter einen fünfundvierzigseitigen Artikel vor, in dem er Michaels Persönlichkeit beschrieb und die Ereignisse des vergangenen Jahres schilderte, und obwohl es für Loomis' Überzeugung, daß Michael ein gemeingefährlicher Psychopath sei, noch immer nicht den geringsten Beweis gab, schloß sich der Richter seiner Meinung an und entschied, daß der Junge am besten weiter in einer Anstalt eingeschlossen blieb.

Und so kam es, daß fünfzehn Jahre vergingen ...

5

Am Abend des 30. Oktober 1978 raste auf der Highway 116 ein neuer Buick Caravan durch die Dunkelheit der verregneten Nacht nach Osten auf die Anstalt von Smith's Grove zu. Die Vordertür des glänzenden Wagens trug das Emblem der Anstalt. Das einzige, was ihn sonst noch von einem normalen Auto unterschied, war das Drahtgeflecht, das die Vordersitze von den Rücksitzen trennte.

Drinnen saß Schwester Marion Treadwel und sah in die finstere Nacht hinaus. Ihr Gesicht wurde nur von dem unheimlichen Licht vom Armaturenbrett und dann und wann von dem gelb-roten Leuchten der Zigarette angestrahlt, an der ihr Beifahrer nervös zog. Sie trug eine gestärkte weiße Schwesterntracht, eine Haube und ein blaues Cape mit roter Umrandung an den Schultern. Ihre Knöchel am Steuerrad traten weiß hervor. Der Auftrag von heute abend machte sie sowieso schon nervös, und dazu kam noch dieses scheußliche Wetter, so daß sie so unruhig wie ein Fixer auf der Suche nach seinem nächsten Schuß war.

Während ihr Mitfahrer rauchte und mit ihr sprach, widerstand Marion der Versuchung, ihn anzusehen. Sie hatte schon so viel von Dr. Loomis gehört, gutes wie schlechtes, und nach dem kurzen Blick, den sie auf ihn hatte werfen können, als sie ihn vor seinem Haus abgeholt hatte, war ihr klargeworden, warum man über ihn mit jener Mischung von Respekt und Angst sprach, die sonst einer Gestalt wie Rasputin vorbehalten ist. Sein Schädel war kahl rasiert, aber er trug einen grauen Spitzbart, der ihm ein etwas diabolisches Aussehen verlieh. Er war mit einem lappigen, faltigen braunen Anzug und einem nicht besonders wasserdichten Trenchcoat bekleidet, und offensichtlich spielten für ihn die Konventionen guter Kleidung keinerlei Rolle. Seine kristallblauen Augen waren von furchterregender Intensität, und man wußte sofort, daß ein Mann mit solchen Augen über so belanglosen Dingen wie der korrekten Kleidung stand.

Er hielt einen Aktenordner auf dem Schoß und versuchte, mit seinem Zeigefinger Notizen in ihm zu folgen. »... Dann wird er noch einmal von einer staatlichen Stelle untersucht und dann dem Richter vorgeführt. Denken Sie aber daran, daß es diesmal kein Jugendgericht sein wird, weil er ja dann volljährig ist. Wenn wir Glück haben, wird das nur vier Stunden dauern. Dann machen wir uns wieder auf den Weg. Wie vorher wird er unter schwere Betäubungsmittel gesetzt.«

»Was haben Sie ihm denn vorher gegeben?«

»Thorazin.«

Die Fahrerin runzelte die Stirn. »Aber dann ist er sicher kaum in der Lage, sich aufzurichten.«

Loomis lächelte grimmig. »Deshalb bekommt er es ja. Da wären wir.« Er deutete auf ein großes weißes Schild, das an einer niedrigen Backsteinmauer hing. Es trug die Worte:

Smith's Grove
Psychiatrische Landesanstalt
Warren Country

Durch die Dunkelheit und den strömenden Regen konnte sie undeutlich den schattenhaften Block der Anstalt auf einem Hügel ausmachen. Sie war von einem starken Drahtzaun umgeben, über dem drei Streifen von gefährlich aussehendem Stacheldraht geführt waren.

»Die Einfahrt ist ein paar hundert Meter weiter auf der rechten Seite«, sagte Loomis und gestikulierte mit seiner Zigarette.

Die Schwester, eine attraktive Rothaarige, war etwas enttäuscht darüber, daß Loomis ihr keinerlei Fragen über sie selbst gestellt hatte. Sie lenkte das Auto in die Zufahrtsstraße. Loomis' Erklärung, daß er beabsichtige, ihren Schützling zu betäuben, paßte genau zu den Gerüchten, die sie über diesen unbeirrbaren Mann mit dem kantigen Gesicht gehört hatte. Man sagte, daß die Patienten, die er mit Erfolg behandelte, wirklich geheilt in die Welt zurückkehrten und völlig normale Leben führen konnten. Man sagte aber auch, daß diejenigen, die er für unheilbar hielt, so stark betäubt wurden, daß sie nicht gefährlicher als ein Sack Kartoffeln waren. »Gibt es noch irgendwelche besonderen Anweisungen?« fragte sie.

Zum erstenmal sah er ihr direkt ins Gesicht. »Sie sollten sich bloß klarmachen, womit wir es hier zu tun haben. Unterschätzen Sie es nicht.

Ihre Augen verengten sich. »Meinen Sie nicht auch, wir sollten ›es‹ besser ›ihn‹ nennen?«

Loomis zuckte die Achseln. »Wenn Sie meinen«, sagte er ohne Überzeugung.

»Ihr Mitgefühl ist wirklich überwältigend, Doktor«, sagte sie und griff nach einer Packung Zigaretten, holte sich eine heraus und schob sie sich zwischen ihre vollen Lippen. Dann suchte sie nach ihren Streichhölzern. Loomis griff in die Tasche, um ihr mit seinem Feuerzeug die Zigarette anzuzünden, aber sie fand ihre Streichhölzer vorher und machte es selbst. Loomis sah sie nun zum erstenmal wirklich an und bemerkte den Glanz ihres kastanienbraunen Haars, die hohen Backenknochen, die Stupsnase, als das aufflammende Streichholz kurz ihr attraktives Gesicht beleuchtete. Sie legte die Streichhölzer auf das Armaturenbrett, aber sie fielen herunter, als das Auto nach rechts schwankte. Loomis hob sie von dem Teppichboden auf. ›Zum Roten Kaninchen – täglich Shows‹. Ein merkwürdiger Name, dachte er und fragte sich, ob die junge Dame das Lokal wohl regelmäßig besuchte und was das für Shows waren, die dem interessierten Publikum dort vorgeführt wurden.

»Haben Sie so etwas schon einmal gemacht?« fragte er.

»Nur harmlose Fälle mit minimalen Sicherheitsvorkehrungen.«

»Ich verstehe«, sagte er, und es gelang ihm dabei nicht, das Mitleid in seiner Stimme zu verbergen.

»Was soll das heißen ...« Er musterte sie, um festzustellen, wie reif sie war, und kam zu dem Ergebnis, daß er in dieser Hinsicht nicht allzuviel erwarten konnte. »Das soll heißen, daß ich verstehe, das ist alles.«

»Sie brauchen die Sache nicht schwerer zu machen als sie sowieso schon ist«, sagte sie trotzig.

Loomis lächelte kalt. »Das könnte ich nicht schaffen, auch wenn ich mich noch so sehr bemühen würde.«

»Das einzige, was mir zu schaffen macht, ist ihr sinnloses Geplapper. Wenn sie einmal anfangen, können sie einfach nicht aufhören ...« Sie schloß den Gedanken mit einem leichten Zittern und einem angeekelten Gesichtsausdruck ab.

»Davor brauchen Sie diesmal keine Angst zu haben«, sagte Loomis. »Er hat seit Jahren kaum ein Wort gesagt.«

Plötzlich erschien nicht weit von ihnen entfernt eine geisterhafte Gestalt im Licht der Scheinwerfer. Loomis lehnte sich vor und sah mit besorgt zusammengezogenen Augenbrauen angestrengt durch die Scheibe. »Da stimmt etwas nicht.«

Marion nahm ihren Fuß vom Gaspedal, hielt ihn über der Bremse und wartete auf weitere Anweisungen und sah dabei selbst in die unruhige Nacht hinaus. Die schemenhafte Gestalt war im Augenblick wieder verschwunden. Dann erschienen fünf weitere Patienten in vom Regen durchnäßten weißen Gewändern, die auf dem Feld vor dem Zaun umherwanderten oder herumtollten. Ihre Augen waren hohl und fast leblos, und ihre Gesichter waren von Jahrzehnten hinter den Gittern der Anstalt schwer gezeichnet.

»Seit wann lassen sie sie denn draußen herumlaufen?« fragte Marion zynisch.

»Das tun sie nicht«, antwortete Loomis unnötig und bedeutete ihr mit einer ungeduldigen Handbewegung, sie solle bis zum Tor weiterfahren, wo es ein Telefon gab. »Los, fahren Sie!«

Eine Gestalt trat vor das Auto, ein Patient mit einem verrückten Grinsen und rotgeränderten Augen. Marion war gezwungen, anzuhalten, weil sie ihn sonst überfahren hätte. Loomis stieß seine Tür auf und sprang heraus. Er trabte zu dem verstörten Ausbrecher und stellte ihm eine Frage. Der Mann gestikulierte wild mit seinen knochigen Händen. Loomis' Augen waren vor Angst getrübt. Er rannte zu dem Auto zurück und sprang hinein. Regentropfen liefen ihm in kleinen Bächen von seinem kahlen Schädel auf sein Gesicht und in seinen Bart. »Halten Sie beim Eingangstor!«

»Sollten wir ihn nicht mitnehmen?«

»Fahren Sie los!«

Marion drückte auf das Gaspedal. Die Hinterreifen drehten auf der nassen Straße kreischend durch, und dann griffen sie. Der große Wagen hätte den hilflosen Patienten beinahe umgefahren. »Was hat er denn gesagt?«

»Er hat mich gefragt, ob ich ihm vielleicht helfen könnte, seinen purpurroten Rasenmäher wiederzufinden.«

»Ich halte das nicht für den richtigen Augenblick für Scherze«, verkündete Marion indigniert. »Ich bin schließlich ...«

»Er hat noch etwas gesagt«, sagte Loomis düster. »Es hat gesagt: ›Jetzt ist es wieder gut. Er ist weg. Das Böse ist weg.‹«

Die beiden tauschten einen besorgten Blick. »Was soll das heißen?«

»Warten Sie hier«, sagte er, sprang aus dem noch rollenden Auto und rannte zum Wächterhaus. Er schob die Tür auf und trat auf etwas Weiches. Er kniete sich davor. Es war der Wächter. Sein Kopf war herumgedreht, als hätte eine Riesenhand versucht, ihn abzuschrauben. »Mein Gott!« stieß Loomis hervor und griff nach dem Telefon.

In dem Auto zog Marion nervös an ihrer Zigarette, während die ausgebrochenen Insassen weiter ihren *danse macabre* auf dem Parkplatz abhielten. Der Regen, der auf Dach und Kühler herunterprasselte, und Loomis' verzerrtes Gesicht in dem Wachhaus, der gerade seine Nachricht zu dem Hauptgebäude weiterbrüllte, trugen nicht zu ihrer Beruhigung bei.

Plötzlich traf das Autodach ein ungeheurer, dumpfer Schlag; es bog sich kurz durch, bevor es mit einem leisen Knall seine alte Form wieder einnahm. Marion sah aus ihren Augenwinkeln kurz ein weißes Tuch flattern, und es wurde ihr klar, was das war. »O nein, jetzt ist einer von ihnen auf dem Dach«, murmelte sie und kurbelte das Fenster auf der Fahrerseite herunter, um den Patienten dazu zu überreden, wieder herunterzukommen. Der Krach auf dem Dach war unvorstellbar, und es klang so, als würde jemand darauf herumtanzen. »Also gut, jetzt reicht es aber ...«

Sie bemerkte die kräftige Hand nicht, die vom Dach herabreichte, aber einen Augenblick später hatte sie sie an den Haaren gepackt und versuchte, sie durch das Fenster zu zerren. Als der Angreifer bemerkte, daß er das nicht schaffte, versuchte er, sie am Kinn zu packen, um ihr den Kopf herumzudrehen.

Einen Moment lang schrie sie in hilfloser Panik, aber Loomis sah entweder nicht, was da vor sich ging, oder er konnte ihr nicht helfen. Es gab nur noch eine Möglichkeit, bevor diese monströse Hand ihr das Genick brach. Sie tastete verzweifelt nach der Fensterkurbel, und es schien ihr eine Ewigkeit zu vergehen, bis sie sie endlich gefunden hatte.

Sie schaffte eine Vierteldrehung mit ihrer freien Hand, aber nun war das Problem, daß ihr Kopf aus dem Fenster herausgestreckt war und der starke Zugriff des Mannes es verhinderte, daß sie ihn wieder hereinzog. Verzweifelt zerrte sie an der Hand und kratzte sie. Ein Finger strich über ihren offenen, schreienden Mund. Sie biß mit all ihrer Kraft hinein. Ihr Angreifer stieß ein unmenschliches Geheul aus und lockerte kurz seinen Griff. Hastig zog sie ihren Kopf in das Auto hinein, kurbelte das Fenster hoch und versperrte so der Hand den Zugang. Er brüllte wieder auf und zog seine Hand aus dem Fenster, bevor sie ihn ganz einklemmen konnte.

Marion giff sich mit beiden Händen an die Kehle und schnappte nach Luft. Für den Augenblick glaubte sie sich in Sicherheit, aber einen Moment später hatte sie mit dem Fenster auf der Beifahrerseite alle Hände voll zu tun. Der Patient, der noch immer auf dem Dach war, hatte mit so brutaler Gewalt gegen das Fenster geschlagen, daß das Sicherheitsglas in tausend geometrische Stücke zersplittert war, die zwar im Augenblick noch zusammenhingen, bei seinem nächsten Schlag aber in das Auto fliegen würden. Die Kreatur glotzte von oben in das Auto hinein, und Marion sah ein schreckliches, regennasses Wesen, das durch das Spinnwebmuster des gesprungenen Fensters noch schreckenerregender wurde.

Nun trat sie in blinder Panik das Gaspedal voll durch. Die Reifen drehten auf dem nassen Asphalt zuerst durch, aber dann griffen sie, und das Auto fuhr ruckartig los. Marion raste wild auf dem Parkplatz herum und riß das Steuer immer wieder heftig nach links und rechts. Der Wagen schwankte und schleuderte, aber das Wesen auf dem Dach hielt sich an Türgriff und Scheibenwischer fest, und irgendwie gelang es ihm, oben zu bleiben. Der Regen prasselte gegen die Windschutzscheibe, und sie konnte nicht das geringste sehen; den Randstein des Parkplatzes sah sie auf jeden Fall nicht und prallte dagegen. Das Steuer wurde ihr aus der Hand gerissen, und sie schlug mit dem Kinn gegen seinen Rand. Sie vorlor die Kontrolle über das Auto und wurde auf den Beifahrersitz geschleudert. Dann prallte es breitseits gegen einen anderen Randstein, und von diesem Augenblick an erinnerte sich Marion an nichts mehr, bis ihr Loomis wieder auf die

Füße half. Sie lag auf dem nassen Gras eines Banketts; es klang ihr laut in den Ohren, und die Nerven ihrer Kopfhaut zuckten noch von dem Schmerz, den ihr Angreifer ihr mit seinem Zerren am Haar verursacht hatte.

Ungefähr ein Dutzend Schritte entfernt stand der Caravan mit laufendem Motor. Loomis untersuchte sie kurz und stellte befriedigt fest, daß sie keine ernsthaften Verletzungen davongetragen hatte. Dann drehte er sich zu dem Auto um. »Großer Gott, da sitzt ja jemand drin!«

Er konnte die geisterhafte Gestalt auf der Fahrerseite erkennen, und sie schien wütend auf das Steuerrad einzutrommeln, als wolle sie so versuchen, das Auto in Bewegung zu setzen. Loomis rannte darauf zu, aber in dem Augenblick, in dem er es erreichte, machte es einen Satz nach vorne und schleuderte wild hin und her. Bis der Fahrer das Steuer unter Kontrolle zu bekommen schien und zuerst auf der Einfahrt und dann auf dem Highway davonraste.

Loomis ging zu Marion zurück, die hysterisch schluchzte und in dem kalten Regen zitterte. Er zog ihr das Cape enger um die Schultern und hielt sie fest in seinen Armen. Zusammen sahen sie den Rücklichtern des Caravans nach, bis sie in der Dunkelheit dieser Nacht in Illinois verschwanden.

Dann drehte er sich zu ihr um. »Sie können sich jetzt wieder beruhigen. Das Böse ist weg.«

Irgendwie brachte ihr das keinerlei Trost.

6

Laurie Strode trat aus der Tür des weißen Holzhauses in der Oak Street und sog die Luft durch die Nase ein. Sie war kühl und würzig und enthielt einen leichten Geruch von Holzrauch. Irgend jemand in der Straße hatte Feuer im Kamin angezündet, und für Laurie hatte das eine besondere Bedeutung: Für sie war das der offizielle Beginn des Winters. Natürlich begann der Winter eigentlich erst in der dritten Dezemberwoche, also in etwas weniger als zwei Monaten, und einen herbstlicheren Tag als Halloween konnte man kaum verlangen, und das wurde heute nacht gefeiert. Trotzdem dachte Laurie an den Winter und spürte die gleiche Mischung von Vorfreude und Angst, die die meisten Bewohner des Mittelwestens vor dieser Jahreszeit empfinden.

Sie war ein hübsches Mädchen, schlank und schlaksig, und ihr dunkelblondes Haar fiel gerade und untoupiert bis auf ihre Schultern herab. Abenteuerliche Windstoßfrisuren waren zwar gerade groß in Mode, aber Laurie hielt sie für affektiert, und außerdem war ihre Pflege äußerst lästig. Sie war zwar nicht gerade ein Bücherwurm, aber sie war zu dem Entschluß gekommen, daß es einfach zu viele interessante Dinge zu tun gab, zu denen auch Lesen gehörte, um die Zeit mit Haarewaschen, Fönen, Toupieren und Kämmen zu verschwenden, von dem Färben und den sonstigen Sonderbehandlungen des Haars ganz zu schweigen, die anscheinend unerläßlich waren, wenn man die Sache richtig machen wollte.

Sie trug einfache Schulkleidung, einen bedruckten Rock, Kniestrümpfe, kräftige Schuhe und ein Jungenhemd unter einem Pullover. Unter der Last ihrer zwei schweren Büchertaschen sah sie rundschultrig und flachbrüstig aus, aber darüber machte sie sich keine Gedanken. Sie wußte, daß sie sich vor niemand in ihrer Klasse zu verstecken brauchte, wenn sie sich für eine Verabredung schön anzog und schminkte. Heute aber war ein normaler Schultag, und an einem Schultag war es einfach unmöglich, sexy und auffällig auszusehen, wenn man keinen Gepäckträger oder Chauffeur hatte, der einen selbst und die Bücher in die Schule trug. Man konnte also nur sein Bestes tun, und wenn die Freundinnen spitze Bemerkungen über den Watschelgang machten, grinste man eben und ertrug es.

Sie war etwas überrascht, als sie einige jüngere Kinder sah, die jetzt schon Halloween-Kostüme trugen. Dann aber überlegte sie sich, daß sie nicht um acht Uhr früh nach Süßigkeiten bettelten, sondern einfach für Halloween-Partys in der Schule verkleidet waren. Ein warmer Ausdruck trat in ihre kühlen blauen Augen, als zwei kleine Mädchen mit ungeheuer feierlichem Gesichtsausdruck in Satinroben und Straßtiaras vorbeirauschten und sich ab und zu umdrehten, um den kleinen Piraten und Cowboys, die ungefähr zehn Schritte hinter ihnen herliefen und ihnen freche Bemerkungen nachriefen, eine Warnung zuzubellen. Sie war sich nicht ganz sicher, ob einer der Jungen Tommy Doyle war, für den sie heute abend Babysitter spielen sollte.

Babysitter. Der langweiligste Job, den es gab. *Langweilig!* Manche ihrer Freundinnen nutzten diese Gelegenheit, um sich mit ihren Freunden zu vergnügen. Wenn Laurie an jemand interessiert wäre, würde sie es vielleicht genauso machen, aber sie hatte im Augenblick keinen Freund, und so sah es ganz so aus, als würde sie wieder einen Abend mit der Beaufsichtigung von Tommys Sucht nach Horrorfilmen und seiner ewigen Gier (ihre allerdings auch, das mußte sie zugeben) nach Popcorn verbringen.

Sie dachte über das nach, was ihre Freundinnen mit ihren Freunden anfingen, während sie als Babysitter angestellt waren. Manche von ihnen hatten gebeichtet – sogar gebrüstet hatten sie sich damit –, daß sie ihre Freunde ganz gewähren ließen. Laurie war nicht ohne Erfahrung, und prüde war sie auch nicht, aber sie kannte sich selbst gut genug, um zu wissen, daß sie mit diesem Schritt im zarten Alter von siebzehn Jahren noch nicht fertig werden würde. Sie fragte sich sogar manchmal, ob mit ihr irgend etwas nicht stimmte und sie vielleicht etwas zurückgeblieben oder so etwas sei. Die verborgene Glut der Pubertät hatte ihren Körper eigentlich nie wirklich so gequält, wie das manche ihrer Freundinnen (Annie zum Beispiel) von sich erzählten. Und obwohl fast jeder in ihrer Klasse Gras rauchte, war der gepriesene Effekt bei ihr nicht nur ausgeblieben, sondern sie brachte es auch einfach nicht fertig, den Rauch in ihre Lungen zu ziehen, ohne dabei einen Hustenanfall zu bekommen. Irgendwelche anderen Drogen interessierten sie nicht, dazu war sie zu schlau.

»Laurie, Laurie«, sagte sie leise zu sich selbst und schüttelte düster den Kopf, »wenn du so weitermachst, dauert es nicht mehr lange, und du bist genauso vernünftig wie deine Mutter. Eine scheußliche Vorstellung!«

»Wovon träumst du denn, Liebling?« kam die Stimme ihres Vaters von hinten. Chester Strode stand auf dem Absatz vor der Eingangstür und spielte mit einem Schlüsselring.

»Ach, das übliche: Sex und Drogen«, lachte sie; sie wußte, daß er sie nicht ernst nehmen würde.

»Gott sei Dank«, sagte er. »Ich hatte schon befürchtet, von englischer Literatur und Politik.«

»Da besteht keine Gefahr«, gab sie zurück. »Meine Eltern haben mich gut erzogen, und ich bin ein anständiges und ehrliches Mädchen.«

Sie gingen zusammen zu seinem Wagen, einem schwarzen Sedan mit der Aufschrift ›Strode Immobilien‹ in auffälligem

Schwarz und Rot auf der Tür. Es war ihr immer peinlich, daß alle Leute diese protzige Werbung sahen, wohin sie auch fuhren. So etwas mochte vielleicht in Cleveland oder Chicago oder St. Louis übich sein, aber in einer kleinen Stadt wie Haddonfield neigten die meisten Leute eher zu Zurückhaltung. Na ja, dachte sie, es war gut für das Geschäft ihres Vaters, und gute Geschäfte (wie ihr Vater gern bemerkte) brachten Essen und Kleider und eine gute Schule für sie. Sie konnte sich also eigentlich nicht beschweren.

Sie blieben einen Moment neben dem Auto stehen, bis ihr Vater endlich den richtigen Schlüssel von seinem Schlüsselring gelöst hatte, an dem so viele Schlüssel hingen, daß er wie ein Gefängniswärter aussah (er nannte das eine Berufskrankheit). Er gab ihr einen einfachen Messingschlüssel und sagte: »Vergiß nicht, den bei dem Haus der Myers abzugeben.«

»Bestimmt nicht«, sagte sie. Sie beschloß, ihn in der Hand zu behalten, statt ihn in ihre Büchertasche zu stecken, weil er dort ›aus den Augen, aus dem Sinn‹ verschwinden würde.

»Sie kommen um halb elf, um das Haus zu besichtigen. Du läßt ihn also am besten unter der Matte.«

»Ich verspreche es dir.«

Sie drehte sich um, um wegzugehen.

»Hast du nicht etwas vergessen?« rief er ihr nach. Er stand mit geneigtem Kopf neben dem Auto und hielt ihr seine frischrasierte Wange hin.

Laurie ging zu ihm zurück und berührte hastig seine Wange mit ihren Lippen; sie hoffte, daß niemand von ihren Freundinnen das gesehen hatte, und sofort danach hatte sie Schuldgefühle. Warum sollte es einem Mädchen peinlich sein, wenn es seinem eigenen Vater einen Kuß gab, verdammt noch mal?

Sie machte sich die Oak Street entlang auf den Weg und rollte dabei unter dem Gewicht der Bücher von einer Seite zur anderen – das berühmte Laurie-Gewatschel. In ihrer rechten Hand schien sie der Schlüssel zu dem Haus der Myers zu kribbeln, und plötzlich richteten sich ihre Gedanken auf das Haus. Es war das einzige Haus in den Akten ihres Vaters, von dem er sich zu sprechen schämte, und seine Erleichterung darüber, daß er es vielleicht loswerden würde, war zur Abwechslung einmal stärker als sein Wunsch, einen guten Profit zu machen. Das war nämlich das Haus, in dem ein siebzehnjähriges Mädchen vor fünfzehn Jahren von ihrem Bruder brutal abgeschlachtet worden war.

Die Myers waren einige Monate nach der Tragödie weggezogen. Der Kummer, die Scham und die Belästigungen durch die Reporter und die sensationslüsternen Nachbarn hatten ihnen das Leben in Haddonfield unerträglich gemacht. Von irgendwo in Indiana zahlten sie weiter die Hypothek und die Steuern, was, wie Lauries Vater oft sagte, eine schreckliche Doppelbelastung war. Sie konnten nicht nur all die Jahre keinen Käufer finden, sondern mußten dazu die emotionelle Belastung ertragen, die es für sie bedeutete, einen Scheck für die Finanzierung des unverkäuflichen Hauses auszuschreiben.

Chester Strode hatte jeden Trick aus seinem großen Verkäuferrepertoire eingesetzt, um den ›Weißen Truthahn‹, wie er das Haus nannte, zu verkaufen. Sobald die prospektiven Käufer aber von den Nachbarn, die die Geschichte nur allzugern erzählten, von den Ereignissen am 31. Oktober 1963 erfuhren, war der Aberglaube unweigerlich stärker, und aus dem Verkauf wurde nichts. Mr. Strode konnte die prospektiven Kunden nicht einmal dazu überreden, den Besitz wegen des wertvollen Grundstücks zu kaufen. »Kaufen Sie es doch und brechen das Haus ab, wenn Sie so denken«, pflegte er ihnen zu sagen. Der Besitz aber hatte seinen Ruf, und niemand wollte den Köder schlucken.

Dem Himmel sei Dank für das Paar aus New York, das meinte, das Haus sei genau das, wonach sie suchten, und das zu modern dachte, um an den Unsinn zu glauben, den die Nachbarn ständig erzählten. Das Paar aus New York hatte die Vorstellung, ein verwunschenes Haus zu besitzen, sogar bezaubernd gefunden, weil sie damit bei ihren Bekannten angeben könnten. Also gab Mr. Strode den New Yorkern noch etwas, womit sie angeben konnten – einen so lächerlich niedrigen Preis, daß man ihn (um seinen patentierten Ausdruck zu gebrauchen) als ›Apfel ohne Ei‹ bezeichnen konnte.

Laurie fragte sich, wie es in jener Nacht wohl für das Mädchen der Myers gewesen war, als sie gesehen hatte, wie ihr kleiner Bruder mit einem riesigen Schlachtmesser auf sie losging. Das mußte man sich vorstellen, wie ihr das Messer in ihren Magen fuhr, ihre Brüste, ihre ... sogar ihre ...! Es war unsagbar, unvorstellbar.

»Hey, Laurie!«

Selten war sie so erleichtert gewesen, aus einem Traum herausgerissen zu werden. Der Rufer war Tommy Doyle, der Junge, auf den sie heute abend aufpassen sollte. Der achtjährige Junge mit seinem braunen Wuschelkopf und den blanken Augen kam zu ihr herübergelaufen und schwang in einer Hand zwei oder drei Bücher, die mit einem Gürtel zusammengeschnallt waren. Laurie, deren eigene Bücherlast sie für die Gepäckträgergewerkschaft qualifiziert hätte, seufzte bei dieser Erinnerung an die schwindende Jugend. »Hallo, Tommy.«

Er holte sie ein, und sie gingen einige Schritte nebeneinander her. »Kommst du heute abend zu uns rüber?«

»Gleiche Zeit, gleicher Ort.«

»Können wir Kürbisköpfe machen?«

»Klar.«

»Können wir uns Horrorfilme ansehen?«

»Klar.«

»Liest du mir etwas vor? Machen wir Popcorn?«

»Klar. Klar.«

Ihre Antworten kamen geistesabwesend und automatisch. Es waren immer die gleichen Fragen, aber dieses Mal dachte sie an die arme Judith Myers, als sie um die Ecke bogen und die hundert Schritte in die Peecher Street bis zu dem Haus der Myers gingen. Sie wurde das Bild von dem langen, silbernen Messer nicht los, das durch die Luft zuckte und sich in ihren Körper bohrte. Ein Messer, das ein ...

»Wie alt bist du?«

Sie waren abrupt stehengeblieben, und Laurie starrte den Jungen an. »Du weißt doch, wie alt ich bin. Ich bin acht. Warum?«

Sie zögerte und wollte dem Kind, auf das sie heute abend aufpassen sollte, nicht den Kopf mit ihren mörderischen Gedanken füllen. Trotzdem gab es da aber etwas, was sie wissen mußte. »Hattest du schon einmal Lust, jemand – jemand umzubringen?«

Der Junge zuckte die Achseln. »Klar.«

»*Wirklich?*«

Natürlich. Geht das nicht jedem so?«

»Meinst du?« Ihre Augen traten hervor.

»Sicher. Wenn einem jemand etwas wegnimmt, oder wenn die Eltern sagen, daß man etwas nicht bekommt, oder wenn der Lehrer zuviel Hausaufgaben aufgibt, dann hat man doch Lust, sie umzubringen. Hast du das gemeint?«

»Äh, also ...«

»Ach, *das* hast du gemeint!« sagte Tommy; seine Augen wurden rund, und die Farbe wich ihm aus dem Gesicht. Sie waren an dem Haus der Myers angekommen.

Es war nur noch ein Schatten seiner selbst; das Wetter hatte es schwer mitgenommen, und es sah heruntergekommen aus. Es war zwanzig oder fünfundzwanzig Schritte von der Straße zurückgesetzt und stand in dem kühlen Herbstmorgen bedrohlich wie ein räudiges, lauerndes Tier da. Sein früher einmal leuchtendweißer Anstrich, das Symbol des Stolzes für jedes ordentliche Heim im Mittelwesten, hatte sich in ein schäbiges Grau verwandelt, und große Flecken davon waren abgeblättert, so daß die verwitterten und faulenden Schindeln darunter sichtbar wurden. Verschiedene Scheiben waren von Kindern oder Vandalen eingeschlagen worden, und einige von ihnen waren so mutig gewesen, Sprüche auf die Haustür zu kritzeln. Eine riesige Ulme schlug gegen ein Fenster im ersten Stock, als der Wind nun etwas stärker wurde.

»Da soll man nicht hingehen«, sagte der Junge und blieb wie erstarrt stehen.

Laurie zeigte stolz ihren Schlüssel vor. »Ich schon.«

»Auf keinen Fall. In dem Haus spukt es.«

»Dann paß mal auf«, sagte sie und ging kühl zu der Eingangstür. Sie hob die Fußmatte und legte den Schlüssel darunter, wie ihr Vater es ihr gesagt hatte. Sie hatte Tommy vorführen wollen, daß sie keine Angst hatte, aber wenn sie so frei von Furcht war, warum war dann ihre Hand feucht vor Schweiß, als sie die Matte wieder zurechtrückte?

Einen Moment blieb sie regungslos stehen und dachte an jene Nacht vor fünfzehn Jahren – ›Mein Gott, genau in der gleichen Nacht vor fünfzehn Jahren!‹ überlegte sie sich – als das tragische Ereignis stattgefunden hatte. Sie hörte vage, wie Tommy sie vom Bürgersteig her anflehte, von dort zu verschwinden, aber auf irgendeine perverse Art fühlte sie sich von dem Schrecken angezogen. War das die Faszination, die die Unschuldigen angesichts des Bösen empfinden, oder einfach nur morbide Neugier? Oder kam es daher, daß sie vielleicht selbst zu einer so grauenhaften Tat fähig war?

Sie schloß die Augen und stellte sich vor, daß sie selbst ein Schlachtmesser in die Hand nahm und damit zustieß, in die Brust von ... von wem? Wen verabscheute sie so sehr, daß sie ihm oder ihr so etwas antun wollte? Einem Mitglied der eigenen Familie sogar! Es fiel ihr beim besten Willen niemand ein.

»Laurie, bitte, ich bekomme hier Angst«, winselte der Junge.

»Ich auch«, lachte sie mit einem leichten Schauer und lief die Treppe vor der Eingangstür hinunter zu ihm.

Als sie dem Haus den Rücken kehrte, schob sich eine dunkle, schattenhafte Gestalt in ihm zu der Haustür vor und schob mit einem Knöchel die zerfransten Vorhänge zur Seite. Sie beobachtete das schlanke, blonde Mädchen, wie es lachend seinen Kopf zurückwarf und bedrohlich seine Arme hob, um ihren jungen Begleiter zu erschrecken.

Er atmete schwer und rasselnd, während er das Mädchen beobachtete, und eine Erinnerung stieg in ihm auf, die Erinnerung an ein anderes Mädchen, auch es blond, schlank und hübsch. Er erinnerte sich an den gefangenen, verängstigten Ausdruck in ihren Augen und an ihre vergeblichen, rührenden Versuche, sich mit ihren erhobenen Händen zu schützen.

Er folgte dem Mädchen und dem Jungen mit seinem Blick, bis sie aus seiner Sicht verschwanden. Dann ging er die knarrende Treppe hinauf in den ersten Stock und sah in das Zimmer, in dem alles passiert war ....

»Ich dachte, du magst es, wenn es schaurig ist«, neckte Laurie den kleinen Tommy. »Du fährst ja weiß Gott genug auf Horrorfilme ab.«

»Schon, aber das sind Filme. Man kann immer den Fernseher abstellen, wenn es *zu* schaurig wird. Das wirkliche Leben kann man nicht abstellen.«

»Das ist eine sehr kluge Beobachtung, Tommy.«

»Lonnie Elam hat gesagt, da soll man nie hingehen, weil es da spukt. Er hat mir echt grauenhaftes Zeug erzählt, was da drinnen passiert ist.«

»Lonnie Elam wird bestimmt noch in der Sonderschule enden.«

»Ich muß los. Bis heute abend dann«, sagte Tommy und rannte los.

»Bis dann.«

Sie blieb mit dem eigenartigen Gefühl an der Ecke stehen, als würde ihr jemand in den Hinterkopf bohren. Sie drehte sich um und sah zu dem Haus der Myers zurück. Sie konnte noch den Fenstergiebel des Schlafzimmers sehen, in dem Judith Myers umgebracht worden war.

Ihre Augenbrauen zogen sich zusammen. War sie verrückt, oder stand da wirklich eine Gestalt in dem Fenster und starrte sie an? Sie rieb sich die Augen und sah noch einmal hin. Nein, da war doch nichts. Ihre Phantasie spielte ihr wieder Streiche. Sie fuhr auf dem Absatz herum und ging weiter in Richtung Schule; sie versuchte, mit festen Schritten zu laufen, aber sie rollte trotzdem in dem leichten Watschelgang, den jeder als exklusives Merkmal von Laurie Strode kannte.

7

Sam Loomis stampfte die Treppe der Anstalt hinunter und gestikulierte zum Himmel hinauf, als wolle er den Allmächtigen beschwören, er solle ihm helfen, damit es der Trottel neben ihm endlich verstand. Der andere Mann, grauhaarig und aschfahl im Gesicht, duckte sich vor dem Zorn von Loomis.

»Ich bin *nicht* verantwortlich dafür, Sam«, brachte Dr. Wynn unüberzeugend vor.

»Natürlich nicht.«

»Ich habe ihnen sein Persönlichkeitsbild gegeben.«

Loomis blieb abrupt stehen und starrte den Verwaltungsleiter der Anstalt an. »Sie haben ihnen das Persönlichkeitsbild eines Dorftrottels gegeben und nicht eines gemeingefährlichen Wahnsinnigen. Zwei Straßensperren und eine allgemeine Warnung würden doch keinen Fünfjährigen aufhalten!« Er rannte praktisch zu seinem Auto zurück und schleuderte dabei wieder Beschwörungen zum Himmel. »Manchmal frage ich mich, wer eine Schockbehandlung nötiger hat, die Patienten oder das Personal!«

»Er war schließlich Ihr Patient, Doktor«, widersprach Wynn halbherzig, während Loomis sein Auto aufschloß. »Wenn die Vorsichtsmaßnahmen nicht ausreichend waren, hätten Sie das melden sollen ...«

»Ich habe das allen möglichen Leuten gemeldet. Sie haben doch eine fünfzehn Zentimeter dicke Akte über diesen Mann. Entweder lesen Sie diese Dinge nicht, oder Sie kapieren nichts. Mein Gott, rette mich vor diesen Bürokraten!« Er glitt schnell in das Auto und suchte nach dem richtigen Schlüssel.

»Ich kann jetzt nichts mehr tun«, sagte der unglückliche Wynn.

»Das steht fest. Sie haben vorher nichts getan, und warum sollten sie dann jetzt etwas tun können? Wie wäre es denn, wenn Sie sich an das Telefon setzen würden, um den Leuten ganz genau zu erzählen, was das war, das gestern abend von hier ausgebrochen ist? Sagen Sie ihnen auch noch, wohin er unterwegs ist.«

»Wir wissen nicht, was gestern abend von hier ausgebrochen ist. Ihre fünfzehn Zentimeter dicke Akte ist voller Vermutungen. Und was sein Ziel anbetrifft, so ist das auch nicht mehr als eine Vermutung.«

»Nennen Sie eine Wache mit gebrochenem Genick eine Vermutung? Sagen Sie das mal seiner Witwe! Nennen Sie den Angriff auf die Schwester eine Vermutung? Er hat ihr die Hälfte ihres Haares aus der Kopfhaut gerissen, verdammt noch mal.«

»Die Polizei wird ihn fangen.«

»Wenn sie in Haddonfield nach ihm sucht, vielleicht.«

Wynn lächelte Loomis herablassend an und machte ihn damit noch wütender. »Sam, Haddonfield ist zweihundertvierzig Kilometer weit weg von hier. Wie soll er dahinkommen? Er kann doch nicht einmal fahren.«

»Gestern abend konnte er es aber ganz gut. Vielleicht hat ihm jemand hier Fahrstunden gegeben. Wenn Sie die Akte gelesen haben, wissen Sie, daß er hier kommen und gehen konnte, wie er wollte. Patienten und Personal hatten eine Todesangst vor ihm und haben ihm jeden Wunsch erfüllt. Es ist also gut möglich, daß ihn jemand fahren gelehrt hat.«

»Das ist doch absurd. Wenn er soviel Freiheit hatte, warum ist er dann nicht schon vor Jahren von hier weggelaufen?«

»Weil es ihm hier gutging. Er hatte sein kleines Reich.«

Wynn schüttelte den Kopf und rollte seine Augen zum Himmel; Loomis brachte ihn ebensosehr auf die Palme wie er ihn. »Und warum ist er dann jetzt auf einmal ausgebrochen?«

»Weil ...« Loomis hatte einen starken Verdacht, warum: aus dem gleichen Grund, aus dem er jetzt seiner Ansicht nach nach Haddonfield unterwegs war. Wenn aber Lynn keine seiner bisherigen Erklärungen angenommen hatte, würde er ihm das ganz sicher auch nicht glauben. »Ich weiß nicht, warum«, sagte Loomis gereizt. »Warum wollen Sie die Sache nicht der Presse melden?«

»Sie kennen den Grund.«

Loomis schlug sich mit der flachen Hand vor die Stirn. »Ja, weil das schlecht für die Anstalt aussehen würde. Sie sind bereit, einen Schlächter frei herumlaufen zu lassen, nur um Ihre Stelle zu behalten. Mein Gott, rette mich vor den Bürokraten!« sagte er noch einmal heftiger. Er ließ das Auto an und rollte die Scheibe herunter. »Eines will ich Ihnen sagen, *Doktor* Wynn, wenn es erst einmal die ersten Toten gegeben hat, ist Ihre Stelle keinen roten Heller mehr wert. Sie können dann von Glück sagen, wenn man Sie nicht wegen grober Pflichtverletzung ins Gefängnis steckt.« Er rollte das Fenster wieder hoch, legte einen Gang ein und raste wie ein Rennfahrer aus dem Parkplatz heraus.

Ungefähr drei Meilen weiter wurde er auf dem Highway von einem Polizisten angehalten, der einen beiläufigen Blick auf den Rücksitz warf und von Loomis nicht einmal verlangte, er solle den Kofferraum öffnen. Loomis schüttelte bedauernd den Kopf und raste von der Straßensperre weiter in Richtung Haddonfield.

Nach ungefähr einer Stunde kam er zu einem Straßenschild mit der Aufschrift ›Haddonfield 115 Kilometer‹, neben dem eine Telefonzelle stand. Direkt dahinter stand ein roter Lieferwagen. Eine Tür des heruntergekommenen Fahrzeugs stand offen, aber Loomis konnte niemand sehen.

Loomis hielt am Straßenrand und sah sich stirnrunzelnd um; hier bot sich eine Gelegenheit, verschiedene Fliegen mit einer Klappe zu schlagen. Er mußte seine Frau anrufen, er mußte austreten, und außerdem wollte er sich den Lieferwagen mit der offenen Tür ansehen.

Zuerst rief er seine Frau an, weil das am unwichtigsten war.

»Nein«, sagte er nach einigen Entschuldigungen, die beiden schon sehr vertraut waren, »seit Donnerstag nicht mehr. ...Ja, es geht mir gut. Mach dir keine Gedanken. Wenn das hier vorbei ist, schlafe ich eine ganze Woche lang, zwei Wochen. Jetzt aber muß ich ihn erst einmal aufhalten. Natürlich ist das möglich«, antwortete er auf eine Vermutung, die so albern wie einige von Wynn war. »Ich kenne ihn aber. Und wenn er dorthin kommt, dann gnade uns Gott.« Er verschwendete noch einige Zeit mit Zusicherungen und trommelte dabei ungeduldig mit den Fingern auf dem Telefongerät. Er wollte gerade aufhängen, aber dann sagte er noch: »Ach, eines noch, Liebling. Wenn sie heute abend bei dir klingeln und Süßigkeiten haben wollen, mach doch bitte die Tür nicht auf. Ich *weiß*, es ist lächerlich, aber könntest du mir nicht den Gefallen tun?«

Er hing ein, ging zu einem Stück mit hohem Gras hinüber, das von der Straße aus nicht zu sehen war, und leerte seine zum Platzen volle Blase. Dann ging er zu dem Lieferwagen, um ihn zu untersuchen. Vielleicht war er nur vor Monaten dort stehengelassen worden. Auf der anderen Seite ...

Auf dem Sitz lag eine Zeitung. Loomis holte sie heraus und sah auf das Datum: 31. Oktober 1978. Von gestern.

Er wollte sie gerade wieder zurücklegen, als er eine zerdrückte Packung Zigaretten und ein Heft mit Streichhölzern bemerkte, die von dem Dreck zu seinen Füßen halb verdeckt waren. Er beugte sich herab, hob sie auf und las mit Entsetzen in seinem Herzen die Aufschrift auf den Streichhölzern: ›Zum Roten Kaninchen – täglich Shows.‹

Er rannte zurück zu seinem Wagen, sprang hinein, ließ den Motor an und raste mit quietschenden Reifen auf den Highway zurück.

Ungefähr sechs Schritte weit von der Stelle entfernt, an der er seine Blase erleichtert hatte, lag ein Mann im Gras. Bis auf seine Unterhosen war er nackt. Seine Augen schauten in blicklosem Entsetzen zu den Wolken hinauf, die begonnen hatten, über den Himmel zu ziehen. Sein Körper aber lag mit dem Bauch nach unten auf dem Boden.

8

»... Und das Buch endet, aber wovon Samuels hier eigentlich spricht, ist das Schicksal.«

Mrs. Fredericks schlug das Buch mit einem leisen Knall zu. Dann ging sie zur Tafel und schrieb mit der Seite der Kreide in großen, auffälligen Lettern das Wort *Schicksal* auf. Dann schrieb sie ungefähr einen Meter davon entfernt den Namen *Rollins* hin und verband die beiden Worte mit vier Pfeilen. Einer davon ging direkt von *Rollins* zu *Schicksal*, während die anderen drei große Bögen beschrieben.

Laurie hatte in der Stunde bisher nicht besonders aufgepaßt, denn ihre Gedanken wanderten immer wieder zu dem Bild eines sechsjährigen Jungen, der ihr das blitzende Schlachtmesser immer wieder in ihren weichen Körper stieß. Sie hatte die Beine übereinandergeschlagen, und sie drückte ihre Oberschenkel zusammen, so fest sie konnte, um die vorgestellte Klinge am schrecklichsten Stoß von allen zu hindern.

Sie sah auf das Notizbuch herab, und die Bedeutung der Zeichnungen, die sie geistesabwesend während der Interpretation des Romans durch die Lehrerin gemacht hatte. Dolchähnliche Pfeile, die ein Herz durchbohrten, wurde ihr klar. Vielleicht war das der Grund dafür, daß sie sich aufmerksam aufgerichtet hatte, als sie die Pfeile bemerkte, die Mrs. Fredericks an die Tafel gemalt hatte. Sie gingen alle von *Rollins* aus, und sie hatten alle unterschiedliche Richtungen. Trotzdem kamen sie schließlich alle bei *Schicksal* an.

»Wie ihr seht«, führte Mrs. Fredericks weiter aus, »sind hier verschiedene Leben vom Schicksal eingeholt worden. Ganz gleich, was Rollins auch tat, sein Schicksal war ihm vorherbestimmt, sein Tag der Abrechnung stand fest. Dahinter steht die Vorstellung, daß das Schicksal eine ganz reale, konkrete Sache ist, mit der jedermann fertig werden muß.« Sie unterstrich ihre Worte, indem sie fünfmal hintereinander mit der Kreide auf das Wort Schicksal klopfte, bis sie abbrach. Zwei oder drei Schüler kicherten, aber Laurie holte einmal tief Luft.

Sie dachte über das Schicksal nach. Angenommen, es ist mir vom Schicksal bestimmt, wie Judith Myers zu sterben. Ganz gleich, wohin ich laufe, ganz gleich, wie ich mich dagegen zu wehren versuche, würde die Klinge dann auf mich warten. Mein Gott, das kann doch nicht *mein* Schicksal sein. Ich bin zu jung. Ich bin zu, na, zu nett. Judith Myers war aber auch jung, und wahrscheinlich war sie nicht weniger nett als ich. Es war ihr einfach vom Schicksal bestimmt, das ist alles. Es war ihr vor Millionen von Jahren von Gott vorherbestimmt worden, daß sie, Judith Myers, am 31. Oktober 1963 auf schreckliche Weise ermordet werden würde. Warum aber sollte Gott einem netten Mädchen so etwas antun? So etwas Böses würde er doch nie tun, oder? Ich habe doch im Kindergottesdienst gelernt ...

Während sich ihre Gedanken träumerisch mit diesen tiefschürfenden Fragen befaßten, bemerkte sie einen Caravan, der draußen auf der Straße geparkt war. Hinter dem Steuer saß ein Mann, der in das Klassenzimmer hineinsah und sie sogar direkt anzuschauen schien. Zumindest hielt sie ihn für einen Mann. Soweit sie das erkennen konnte, war er mit einem dunklen, verdreckten Mechanikeroverall bekleidet. Sein Haar war schwarz, aber sein Gesicht war unnatürlich weiß, fast so, als hätte er es eingepudert. Je länger sie sich das Gesicht mit seinen roten Lippen und tieffliegenden Augen mit den dunklen Ringen darum ansah, desto stärker vermutete sie, daß er eine Maske trug. Das wäre wohl besser, denn wenn das sein eigenes Gesicht ist, ist der Typ dort in *Schwierigkeiten.* Mensch, wenn er mich ansieht, dann bin *ich* in Schwierigkeiten!

Sie hoffte, er würde verschwinden und richtete ihre Aufmerksamkeit wieder auf Mrs. Fredericks, die ihr abgebrochenes Kreidestück aufgehoben hatte und durch Unterstreichung und Umrandung des Wortes *Schicksal* ihre Intepretation von *Der Mensch gegen das Schicksal* den letzten Schliff gab. Da sie sich für diesen Tag oder für ein ganzes Leben schon genug morbide Gedanken gemacht hatte, konzentrierte sich Laurie auf den Unterricht. »Edwin«, fragte Mrs. Fredericks, »wie unterscheidet sich Samuels' Einschätzung des Schicksals von der Costains?«

Ich werde nicht nach diesem Mann schauen, schwor sich Laurie, während der Junge in der übernächsten Reihe eine Antwort vor sich hinmurmelte. Ich sehe ihn zwar aus den Augenwinkeln, aber ich werde ihm nicht die Befriedigung verschaffen, ihn direkt anzusehen. Na ja, vielleicht nur ein kurzer Blick, um zu sehen, ob er noch ...

Sie drehte ihren Kopf ganz leicht.

Er war noch da.

»Laurie?«

Ihr Name hallte wie ein Donnerschlag durch das Klassenzimmer, und sie zuckte zusammen, als sei sie von einer Kugel getroffen. »Ma'am?«

»Würdest du mir vielleicht meine Frage beantworten.«

Sie schloß die Augen und holte sich die Frage wieder ins Bewußtsein zurück. Dann überlegte sie kurz und angestrengt, um sich eine Antwort einfallen zu lassen.

»Äh ... Costain meint, daß das Schicksal irgendwie nur mit der Religion zu tun hat.« Das zustimmende Lächeln der Lehrerin forderte Laurie auf, weiterzusprechen und verlieh ihrer Stimme Festigkeit. »Samuels dagegen vertritt die Meinung, das Schicksal sei wie ein Naturelement, wie Erde, Luft, Feuer und Wasser.«

»Ganz richtig«, sagte Mrs. Fredericks. »Samuels hat auf jeden Fall das Schicksal personifiziert ...«

Jetzt war er weg.

Noch während sie gesprochen hatte, hatte sie beschlossen, ihren Kopf herumzureißen, wenn sie fertig war, und den mysteriösen Mann unverwandt anzusehen, bis es ihm peinlich wurde und er den Blick abwendete.

Aber er war weg.

Er war wieder da.

Als einige Stunden später mit scheppernden Klingeln die Schule endete, saß er in dem gestohlenen Caravan und beobachtete die Kinder, die unter lautem Geschrei aus der Tür herausgerannt kamen. Viele von ihnen waren mit Halloween-Kostümen verkleidet und trugen in der Schule ausgeschnittene schwarze und gelb-rote Hexen und Kürbisköpfe, schwarze Katzen und Teufel, Skelette und Geister. Ein kleines Mädchen tat so, als würde sie auf einem Besenstiel mit einer schwarzen Katze darauf reiten, während ein anderes einen ausgehöhlten Kürbis auf dem Kopf trug und wie der berüchtigte kopflose Reiter aussah.

Nach einer Weile kamen vier Jungen heraus, von denen einer einen Kürbis trug, der so groß war, daß er wie ein überladener Esel hin und her schwankte. Die anderen drei schubsten ihn herum und ärgerten ihn. Der Junge, den sie bedrängten, war der gleiche, den er heute morgen gesehen hatte, wie er mit dem hübschen blonden Mädchen sprach.

»Laßt mich doch in Ruhe«, bettelte der Junge.

Sie wackelten ihm mit den Fingern vor dem Gesicht herum. »Er kommt dich holen, er kommt dich holen, er kommt dich holen!«

Der Junge schlug nach den Fingern. »Laßt mich in Ruhe.«

»Der schwarze Mann kommt.«

»Nein, er kommt nicht. Laßt mich in Ruhe.«

»Er glaubt uns nicht. Weißt du denn nicht, was an Halloween passiert?« sagte der größte von den Jungen und schob sein Gesicht nahe an Tommy heran.

Tommy zuckte die Achseln. »Klar, wir kriegen Süßigkeiten.«

Sie lachten, tanzten um ihn herum und wedelten ihm mit den Händen vor dem Gesicht herum. »Ooooh, der schwarze Mann, ooooh, der schwarze Mann, der schwarze Mann, der schwarze Mann, der schwarze Mann ...«

Tommy drückte seinen Kürbis eng an seine Brust und versuchte, sich durch sie durchzudrängen, aber einer von ihnen streckte einen Fuß aus und stellte ihm ein Bein. Tommy fiel auf den Kürbis, der mit einem schmatzenden Geräusch aufplatzte und einen säuerlichen Geruch verströmte. Tommy hatte sich das Knie aufgeschlagen, aber davon abgesehen war nur sein Stolz verletzt. Er kämpfte gegen die Tränen an, die ihm in die Augen stiegen.

Das Geräusch des Gelächters der grausamen Jungen verschwand, als sie wegliefen. Tommy stand unter Schmerzen wieder auf. Seine Jacke war mit Kürbiskernen und Fruchtfleisch bedeckt. Als er begann, sie abzulösen, spürte er plötzlich, wie das Sonnenlicht von einer großen, schattenhaften Gestalt verdeckt wurde. Er sah auf, und da stand ein Mann in einem dunklen Overall und blickte ihn an.

»Hallo«, sagte Tommy.

Der Mann sagte nichts. Tommy hörte seinen schweren Atem, konnte aber sein Gesicht nicht deutlich erkennen, weil er von der Sonne geblendet wurde. Was er aber sehen konnte, erstickte sofort jeden Wunsch in ihm, hier noch länger zu bleiben. Der Mann hatte dunkle Lippen mit roten Flecken, und seine Augen waren purpurrot umrandet, als hätte er sich mit Augen-Make-up vollgeschmiert. Eine grellrote Narbe lief gezackt seine Wange herunter.

Was die Sache so unheimlich machte, war die Tatsache, daß Tommy sich nicht vorstellen konnte, daß das wirklich das eigene Gesicht des Mannes war. Wenn er aber eine Maske trug, sollte er sie dann nicht allmählich abnehmen – ›Buh!‹ sagen und zeigen, wer er war?

Tommy gefiel das gar nicht. Erwachsene schlichen sich nicht mit Masken vor dem Gesicht auf dem Schulhof herum, Halloween oder nicht. Und wie der Mann atmete! Das klang genauso wie damals im Krankenhaus, als er seinen sterbenden Großvater besucht hatte. Richtig unheimlich! Er sah auf den Kürbis herab und fragte sich, ob er noch zu retten war.

Ausgeschlossen. Fruchtfleisch, Saft und Kerne quollen aus der geborstenen Schale wie der Inhalt eines gelbroten Schädels.

Als der Mann einen Schritt auf ihn zumachte, hatte Tommy keine weiteren Ermahnungen nötig, sondern rannte wie ein Verrückter los. In einem Augenblick hatten ihn seine wirbelnden Beine aus dem Schulhof und auf die Straße hinaus getragen. Er dachte dabei an den schwarzen Mann.

Der Mann blieb noch einen Moment unentschlossen stehen und ging dann zu seinem Caravan zurück. Für einen so großen Mann hatte er einen schnellen, geschmeidigen Gang. Er ließ den Motor an, fuhr von der Schule ab, bog um die Ecke und fuhr in die Straße, in die der kleine Junge gerannt war. Da war er, und er rannte noch immer.

Er fuhr parallel neben dem Jungen her und musterte ihn für einen langen Moment. Dann beschleunigte er wieder und ließ den Jungen in seiner Staubwolke zurück. Er bog um die nächste Ecke und begann dann, aufs Geratewohl herumzufahren, um sich mit dem Muster der Straßen vertraut zu machen – oder um zu den Stellen zurückzukehren, an die er sich dunkel erinnerte ...

»*Totaler* Wahnsinn!« sagte die langbeinige Blondine. Ihre Hände flogen in einer wilden Geste in die Luft und brachten Laurie zum Lachen. Linda brachte Laurie immer zum Lachen. Praktisch alles, was das Mädchen war, alles was sie tat, war Lindas Gedanken und Verhalten so fremd, daß ihr Linda wie eine Besucherin von einem anderen Stern vorkam. Während Lauries Reize bescheiden unter unauffälligen Kleidern und einer eigentlich biederen Frisur versteckt waren, trug Linda hautenge Jeans und Pullover, bunte Bänder im Haar und schrie mit ihrem gesamten Erscheinungsbild praktisch jedem, der es sehen wollte, ›Hier gibt's Sex!‹ zu.

Linda hatte es nie gelernt, ihre Stimme zu dämpfen, und daher war alles, was sie sagte, eine Erklärung oder Bekanntmachung, die von ihren gestikulierenden Händen noch unterstrichen wurde. Von solchen Störfaktoren wie Bücher oder Schulaufgaben blieb sie unberührt.

Die Freundinnen des Mädchens hatten sie einstimmig zur Präsidentin des Clubs ›Modewort des Monats‹ gewählt. Linda fing wie ein Blitzableiter neue Ausdrücke und Worte auf, die sie dann einen Monat lang bis zum Erbrechen gebrauchte, um sie dann für immer zur großen Erleichterung aller Bekannten aus ihrem Wortschatz zu verbannen. Vor drei Monaten war es ›grell‹ gewesen; vor zwei Monaten ›ätzend‹; im letzten Monat hatte sie jedermann ›Jack‹ genannt. Das Wort dieses Monats war *total*.

»Totaler Wahnsinn! Am Vormittag müssen wir drei neue Tänze einstudieren, am Nachmittag ist das Spiel, um fünf muß ich zum Friseur, und um acht ist der Tanz. Bis dahin bin ich *total* fertig!«

»Meiner Ansicht nach hast du morgen zu viel zu tun«, bemerkte Laurie überflüssigerweise.

»*Total!*« antwortete Linda noch überflüssiger.

Laurie seufzte. »Ich dagegen habe wie üblich gar nichts zu tun.«

»Das ist aber deine eigene Schuld, und du tust mir auch nicht leid deshalb«, erklärte Linda, während sie um die Ecke in eine schattige Straße einbogen. »Schau dich doch an, Laurie Strode. Du ziehst dich an wie ein Flüchtling aus Frau Dr. Saubermanns Anstalt für brave Jungfrauen. Dein Haar ist *total* nichtssagend. Du benutzt keinerlei Make-up, keinen Lidschatten, nicht einmal Lippenstift. Wenn du hoffst, dir so einen Jungen angeln zu können, hast du dich geschnitten. So wie du aussiehst, angelst du dir nicht mal einen Frosch.«

»Schönen Dank auch!«

»Spiel jetzt bloß nicht die Beleidigte. Du weißt genau, für wie hübsch ich dich halte, aber du läufst herum, als wäre es dir peinlich, wenn dich jemand für hübsch halten könnte. Ich weiß nicht, ob es in Haddonfield irgend jemand gibt, der weiß, daß du Titten hast, weil du sie immer hinter einem Stapel Bücher versteckst, der groß genug ist, um einen Sumoringer in die Knie zu zwingen, Herrgott noch mal! Und dieser Gang!«

Laurie schüttelte sich vor Lachen. »Jetzt reicht es aber!«

»Dieser Gang!« schrie Linda sie nieder, denn sie hatte gerade erst richtig angefangen. »Mit all den Büchern und Taschen siehst du aus wie eine besoffene Bergziege mit einem verletzten ...«

»Hallo, Linda. Laurie!«

Sie brauchten sich nicht umzudrehen, um diese durchdringende Stimme zu erkennen. Linda hatte das Organ ihrer Freundin Annie einmal als so kräftig charakterisiert, daß sie damit einen Käsesandwich zerschmettern könnte. Ihre unzertrennliche Freundin schob sich zwischen die beiden, und sofort verdoppelte sich ihre Geschwindigkeit, denn Annie hatte es immer eilig, obwohl niemals jemand hinter den Grund dafür gekommen war. Sie hatte es eilig, irgendwohin zu kommen, und wenn sie da war, wollte sie genauso eilig wieder weg. Auch mit dem Essen hatte sie es so eilig, und dann hatte sie soviel Zeit übrig, daß sie sich ständig über Langeweile beschweren mußte. Sie war dunkelhaarig, und ihre zahlreichen Löckchen glänzten im Licht der Spätnachmittagssonne rötlich. Sie trug einen roten Pullover und darüber eine weite Weste, verbarg damit aber so gut wie nichts von der Üppigkeit ihrer Brüste, die ungehindert darunter wippten. Trotz des neuen Trends gingen die meisten Teenager, entweder wegen der traditionellen Zurückhaltung des Mittelwestens oder wegen eines elterlichen Verbots, nicht ohne Büstenhalter herum. Annie aber, deren Vater der Sheriff der Stadt war, kümmerte sich nicht im geringsten um die traditionelle Zurückhaltung des Mittelwestens oder um elterliche Verbote. Sie war nicht nur die erste in der Clique gewesen, die den BH aufgegeben hatte, sondern mit ihrer Jungfräulichkeit war es genauso gewesen. Linda war die zweite gewesen, die mit einem Jungen geschlafen hatte, und nun unterhielten sich die beiden Mädchen über ›das‹ wie zwei Feinschmekker, die französische Drei-Sterne-Restaurants diskutierten.

»Warum habt ihr denn nicht auf mich gewartet?« keuchte Annie.

»Haben wir doch«, sagte Linda. »Eine Viertelstunde, aber du bist nicht gekommen.«

»Das stimmt nicht. Ich bin doch da.«

»Was ist denn los mit dir?« fragte Laurie. »Du lächelst ja gar nicht.«

Ich werde nie wieder lächeln. Paul hat mich in den Umkleideraum der Jungen gezerrt ...«

»Wenn ein Junge das mit mir machen würde, würde ich aber eine Menge lächeln«, sagte Linda überschenglich.

»War das Erforschung von Neuland?« fragte Laurie.

»So neu auch wieder nicht«, bemerkte Linda kichernd.

»Nein, er hat mich da hineingezerrt, weil er mit mir reden wollte.«

»Ihr habt also bloß geredet, was?«

»Wir haben bloß geredet.«

»Aber sicher«, sagten ihre beiden Freundinnen wie aus einem Mund.

»Doch, ehrlich. Der Trottel hat sich dabei erwischen lassen, wie er Eier geschmissen und Fenster mit Seife beschmiert hat. Seine Eltern haben ihm für das Wochenende Ausgangsverbot erteilt. Er kann also heute abend nicht kommen«, seufzte Annie, den Tränen nahe.

»Ich dachte, du spielst heute abend wieder Babysitter«, sagte Laurie.

Linda grinste höhnisch. »Babysitter spielt die doch nur aus einem Grund: Sie braucht einen Platz für ...«

»Scheiße!« rief Laurie und schnippte mit ihren Fingern.

»Dafür *habe* ich einen Platz!« sagte Annie mit gespielter Empörung.

»Nein, ich habe mein Chemiebuch vergessen.«

»Na und?« lachte Linda. »Ich vergesse mein Chemiebuch *immer*.«

»Du vergißt doch alles außer deiner Pille«, sagte Annie.

Laurie drehte sich auf dem Absatz herum und überlegte sich, ob es die Mühe wert war, zur Schule zurückzulaufen und das Buch zu holen. Vielleicht könnte sie sich einfach eines leihen.

Der Caravan bog in die Straße ein und fuhr langsam auf sie zu. Laurie runzelte die Stirn. Es war das gleiche Auto, in dem der unheimliche Mann gesessen hatte, den sie vor dem Fenster des Klassenzimmers gesehen hatte. Sie sah auf die Gestalt auf dem Fahrersitz, aber der Glanz der Spätnachmittagssonne und die Reflexion der Bäume auf der Windschutzscheibe machten es unmöglich, ihn zu erkennen.

Auch die beiden anderen Mädchen drehten sich um und sahen auf das Auto, als der Fahrer Gas gab und an ihnen vorbeifuhr. Er starrte sie dabei durchdringend an.

»Ist das nicht Davon Graham?« sagte Linda und kniff die Augen zusammen. »Den finde ich scharf.«

»Ich glaube nicht«, sagte Laurie. Sie sah wieder das merkwürdige blasse Gesicht mit den dunkel umrandeten Augen. Einen Augenblick später zischte das Auto an ihnen vorbei, und die drei standen da und glotzten dem nach, was sie hinter dem Steuer zu sehen geglaubt hatten.

»Das ist hier keine Rennbahn!« schrie Annie dem Faher nach.

Plötzlich hielt der Wagen mit quietschenden Reifen an. Die Gestalt hinter dem Steuer saß da und wartete.

Die Mädchen blieben zögernd auf dem Bürgersteig stehen. Normalerweise stiegen sie gern in ein Auto ein, das für sie anhielt, selbst wenn sie den Fahrer nur entfernt kannten. Dieses Mal aber beunruhigte sie irgend etwas an der Situation. »Du verstehst wohl keinen Spaß?« sagte Annie zu dem Auto hin, paßte dabei aber auf, daß der Faher sie nicht verstehen konnte.

Er starrte sie an und machte sie damit äußerst unruhig, als habe er die Fähigkeit, durch Kleider sehen zu können. Dann gab er zu ihrer Erleichterung Gas, fuhr los und verschwand um die nächste Ecke.

Laurie schüttelte den Kopf. »Annie, eines Tages wirst du uns noch alle in ernsthafte Schwierigkeiten bringen.«

»Total!« stimmte ihr Linda zu, legte eine Hand auf die Brust und holte tief Luft.

»Ein Typ mit einem Auto und ohne Sinn für Humor geht mir auf den Keks.«

»Mit anderen verabredest du dich doch gar nicht«, sagte Linda.

Sie gingen weiter; ihre Stimmung war durch die Begegnung etwas gedämpft worden. Laurie war nachdenklich und beunruhigt. Dieser Mann ... die Gestalt im Fenster des Hauses der Myers ... Halloween ... ein Schlachtmesser, das auf sie zufuhr ...

Inzwischen plapperten ihre Freundinnen weiter.

»Und?« sagte Linda. »Läuft heute abend trotzdem etwas?«

»Also, *ernsthafte* Schwierigkeiten möchte ich nicht bekommen, Linda«, antwortete Annie.

»Komm, Annie. Bob und ich haben das doch schon die ganze Woche geplant.«

Annie seufzte. »Na gut. Die Wallaces gehen um sieben weg.«

Laurie riß sich mit einer bewußten Anstrengung aus ihren morbiden Gedanken heraus. »Ich spiele Babysitter bei den Doyles. Das ist direkt auf der anderen Straßenseite, und wir können uns Gesellschaft leisten.«

»Toll«, stöhnte Annie. »Ich habe also drei Möglichkeiten. Ich kann dem Kind beim Schlafen zusehen, Linda zuhören oder mich mit dir unterhalten.« Sie blieben vor Lindas Haus stehen, einem dunkelgrünen Fachwerkhaus mit pastellgrünen Fensterläden. Es stand unter einer riesigen Ulme, deren Blätter mit jedem Windstoß raschelnd auf den Rasen herumterwirbelten.

»Also wann?« fragte Annie ohne Begeisterung.

»Ich weiß noch nicht«, antwortete Linda. »Ich muß noch irgendwie darum herumkommen, meinen doofen Bruder verkleidet auf der Straße herumzuführen.«

»Du würdest wohl lieber Bob entkleidet woanders rumführen, was?« fragte Annie fröhlich.

»Sehr witzig. Also, bis später.« Linda ging den Fußweg zu ihrem Haus entlang und schwenkte dabei verführerisch ihr eng bekleidetes Hinterteil.

»Du brauchst ihn nicht so zu schwenken«, rief Annie ihr nach. »Es sind keine Jungen in der Nähe.«

»Das weiß man nie, vielleicht versteckt sich ja jemand in den Büschen«, gab Linda zurück, stieß mit einer Schulter die Haustür auf und ging hinein.

Annie und Laurie gingen weiter die Straße entlang. Annie begann eine Schimpftirade über Pauls Dummheit, sich ausgerechnet an einem der wichtigsten Wochenenden im Jahr Ausgangsverbot einzuhandeln. Während sie sich darüber ausließ, sah Laurie die Gestalt wieder.

Zumindest glaubte sie das. Ungefähr fünfzig Meter weiter die Straße entlang stand jemand am Rand einer hohen Hecke, die zwei Grundstücke trennte. Sein khakifarbiger Overall fügte sich so gut in das Olivgrün der Hecke ein, daß sie ihn für einen Augenblick nur für einer Verlängerung der Pflanzen hielt. Dann aber sah sie das geisterhafte, weiße Gesicht durch die Blätter. »Sieh mal!«

»Sieh mal was?«

»Hinter dem Busch da.«

Laurie deutete auf ...

... einen leeren Platz neben der Hecke.

»Du wirst mir jetzt bestimmt sagen, daß da ein Typ in den Büschen versteckt war, stimmt's?«

»Doch, da war jemand.«

»Sehr witzig. Eine Sekunde, nachdem Linda gesagt hat, daß sich vielleicht jemand in den Büschen versteckt ... Also wirklich, Laurie. Du hast vielleicht einen Sinn für Humor.«

»Ich sage es dir doch. Das war der Mann, der an uns vorbeigefahren ist, dem du nachgerufen hast.«

»Raffinierter Typ, was? Hey, du Spanner!« Annie rannte vor ihrer Freundin her die Straße hinunter und ballte eine Faust, um sie dem Mann im Gebüsch ins Gesicht zu schlagen. Sie sah sich um und ... Ein listiges Lächeln trat in Annies Gesicht. »Hey, Laurie. Er will mir dir reden«, rief sie. Laurie stand wie festgenagelt auf dem Bürgersteig. »Er will heute abend mir dir ausgehen!«

Laurie ging vorsichtig auf die Hecke zu, ihre Beinmuskeln waren gespannt, damit sie sofort weglaufen konnte. Wie ein ängstliches Kätzchen sah sie um die Hecke herum. Es war niemand da. »Sehr witzig, um deinen Ausdruck zu gebrauchen.«

»Ein Witz verdient den anderen.«

»Genau hier hat er gestanden.«

»Arme Laurie«, bemitleidete Annie sie. »Jetzt hast du wieder einen verjagt.« Sie tätschelte ihrer Freundin den Kopf.

»Ach, laß mich in Ruhe.«

Sie schlenderten weiter die Strße entlang. Laurie sah sich nervös immer wieder um und näherte sich jeder Hecke mit Zittern.

Annie wurde ernst. »Es ist wirklich tragisch. Du gehst einfach nie aus. Du mußt doch inzwsichen vom Babysitting ein Vermögen angesammelt haben. Was hast du für eine Entschuldigung? Hast du Angst? Ich zeige dir, wie man sich entspannt. Magst du lieber Mädchen? Ich bin bereit, alles einmal zu versuchen.«

Laurie lachte und zuckte die Achseln. »Die Jungen meinen, ich wäre zu schlau.«

»Ich nicht. Ich glaube, du spinnst. Du siehst doch schon Männer hinter Büschen!« Sie blieben vor einem hübschen Ranchhaus stehen, das von zwei großen Bäumen teilweise vor der Straße versteckt wurde. »Da wären wir ja. Trautes Heim, Glück allein. Bis später.«

»Okay. Tschüs.«

»Ich rufe dich an, oder du rufst mich an.«

»In Ordnung«, sagte Laurie und ging angespannt auf die letzte Hecke der Straße zu. Sie lehnte sich langsam, Zentimeter um Zentimeter, um sie herum.

Niemand.

Sie sah sich um und ging schließlich rückwärts, um die Straße nach der geheimnisvollen Gestalt oder ihrem Caravan abzusuchen.

Plötzlich packte sie eine Hand am Arm.

Sie schrie auf und ließ ihre Bücher fallen. Sie versuchte, wegzulaufen, aber der Griff der Hand war zu fest. Über ihre rechte Schulter konnte sie die schattenhafte Gestalt eines großen Mannes erkennen. Vage fielen ihr einige Judogriffe ein, die sie im Sportunterricht zur Abwehr von Angriffen gelernt hatte. Sie verlagerte ihr Gewicht, packte den Mann am Handgelenk und stellte einen Fuß zwischen seine Beine. Sie begann, nach vorne zu rollen. »*Uff*«, stöhnte sie, als der Mann ohne Anstrengung stehenblieb. Für einen kurzen Augenblick erwartete sie, daß der kalte Stahl seines Messers in ihren Magen fahren oder in ihre Kehle schneiden würde. Dann aber bemerkte sie die Farbe seines Ärmels.

Marineblau.

Sie entspannte sich, und die Hand ließ sie los. Sie fuhr herum und wäre vor Erleichterung Sheriff Lee Brackett, Annies Vater, beinahe in die Arme gesunken.

Der gutaussehende Mann mit der gesunden Gesichtsfarbe in der blauen Polizeiuniform lachte. »So wirst du aber keinen schwarzen Gürtel gewinnen.«

Laurie seufzte laut. »Mister Brackett! Gott sei Dank!«

»Hast du vielleicht den schwarzen Mann erwartet?«

»Ich weiß nicht, wen ich erwartete habe.«

»Tut mir leid, Kleine, ich wollte dich nicht erschrecken.«

»Schon gut.«

»Na ja«, sagte er, während er sich bückte, um ihr zu helfen, ihre auf dem Boden verstreuten Bücher aufzuheben. »Schließlich ist ja Halloween. Da verdient wohl jeder einen ordentlichen Schrecken.«

»Stimmt, Sir.«

»Aber jetzt hör mal. Wenn das nächste Mal jemand so von hinten kommt, mußt du dich anders dagegen wehren. Der Griff geht eigentlich so.«

Er stellte sich vor sie und demonstrierte das klassische Manöver.

»Erstens einmal hast du den falschen Fuß benutzt. So hast du keine Hebelkraft. Leg deine Bücher einmal einen Augenblick hin.«

Laurie legte sie ab und stellte sich vor Brackett auf, der mehr als einen Meter achtzig groß war und sicher fast zweihundert Pfund wog. »Ich glaube, ich könnte leichter eine Eiche umwerfen als Sie«, lachte sie nervös.

»Irgendein alter Grieche hat einmal gesagt: ›Gib mir einen Hebel, der lang genug ist, und ich könnte die Welt aus den Angeln heben.‹«

Laurie blinzelte. »Ich bin beeindruckt. Was wissen Sie denn von den alten Griechen?«

Brackett lachte. »Es würde dich überraschen, wie gebildet wir dummen Bullen sind. Also«, sagte er und stellte sie vor sich auf, »stell *diesen* Fuß hierher, pack mich *so* am Arm, und dann rollst du mit deinem ganzen Gewicht ... *Autsch!*« Laurie streckte ihre Hüfte vor und warf den großen Mann über ihre Schulter auf den Rasen.

»Mein Gott, das tut mir leid, Mr. Brackett. Ich wußte nicht, wie ...«

»... stark du bist? Genau darum geht es, denke ich.« Er erhob sich wieder und klopfte sich die Uniform ab. »Also, jetzt bist du ja bereit für den schwarzen Mann.« Er beugte sich wieder nach ihren Büchern herab.

»Vielen Dank, Mr. Brackett. Sagen Sie Annie, ich melde mich heute abend bei ihr.«

»Wird gemacht.« Er klopfte sich noch einige Blätter von der Uniform und machte sich dann auf den Heimweg.

Sie bog in ihre Straße ein und dachte über die seltsamen Ereignisse des Tages nach. »Na, Alte«, sagte sie zu sich selbst, »ich dachte, über Aberglauben wärst du hinausgewachsen.« Bevor sie auf den mit Platten ausgelegten Weg zu ihrem Haus trat, beobachtete sie einen Moment lang eine Gruppe von Kindern, die in ihren albernen, im Laden gekauften Kostümen die Straße hinunterstolzierten, und fragte sich, welchen Ursprung all die Traditionen wohl hatten: die Hexen, Kobolde, die ausgehöhlten Kürbisse und die schwarzen Katzen. Sie mußte sich eingestehen, daß sie über Halloween auch nicht mehr wußte als über Judogriffe – sogar weniger, denn nun wußte sie zumindest, wie ein Sheriff zu Boden geworfen werden konnte, wenn er lange genug stillhielt.

Es war ihr vage klar, daß der Feiertag auf die Zeiten zurückgehen mußte, als das Böse noch mehr Respekt in der Welt genoß. Sie hatte *Der Exorzist* und *Das Omen* gesehen und wußte, daß es möglich war, daß das Böse und seine Inkarnationen – wie Geister, der Teufel und Hexen – wirklich existierte, aber sie hatte noch nie jemand getroffen, der ernsthaft daran glaubte, und ganz tief in ihrem Innern glaubte sie sicherlich auch nicht daran. Was aber hatte sich seit den Tagen verändert, als die Priester noch Exorzismen durchgeführt hatten, als die Menschen Angst davor hatten, auf Friedhöfe zu gehen, und als sie Rituale durchführten, um den Teufel erscheinen zu lassen oder ihn zu vertreiben?

Habe ich schon einmal etwas kennengelernt, was wirklich böse war? fragte sie sich. Bis auf Mr. Langleys Geschichtsarbeiten hätte Laurie nichts nennen können.

Und doch, *etwas* gab es.

Vor fünfzehn Jahren war in dieser Stadt etwas wirklich Böses geschehen, nicht mehr als einige Blocks weit von der Stelle entfernt, wo sie jetzt stand. Anders konnte man den Horror nicht nennen, als ein süßer kleiner sechsjähriger Junge in das Zimmer eines hübschen, normalen Teenagers hochgeschlichen war und ihr mit einem langen Messer ein Dutzendmal oder mehr in den Bauch gestochen hatte. Das war böse. Es gab kein anderes Wort dafür.

Sie schüttelte sich und ging ins Haus hinein. »Hallo, Mom, ich bin da.«

»Hallo, Liebling.« Laurie ging zu ihrer Mutter, einer rothaarigen Frau mit der gleichen eckigen Schlankheit wie ihre Tochter, in die Küche, wo sie gerade damit beschäftigt gewesen war, Äpfel mit Karamell zu lasieren.

Laurie legte ihre Bücher auf dem Küchentisch ab und streckte ihre müden Arme. Sie gab ihrer Mutter einen Kuß und stippte mit einem Finger in die Lasur, um sie zu probieren. »Mom, hast du schon einmal jemand kennengelernt, der wirklich böse war?«

Ihre Mutter neigte ihren Kopf und sah Laurie mit hochgezogenen Augenbrauen an. »Das ist vielleicht eine Frage!«

»Und?«

Ihre Mutter wusch sich die klebrigen Finger am Spülstein und trocknete sie an einem Papierhandtuch ab. »Na ja, von Hitler hat man gesagt, er sei böse gewesen, aber ich bin zu jung, um mich an den Krieg noch zu erinnern, und von seinen Greueltaten weiß ich natürlich nur das, was ich gelesen oder in Filmen gesehen habe. Ich meine, ich habe noch nie persönlich jemand kennengelernt, der wirklich böse war, wenn du das meinst.«

»Ich glaube schon. Was ist mit diesem kleinen Jungen, der das Mädchen der Myers erstochen hat?«

Mrs. Strode schüttelte den Kopf. »Du machst dir aber heute wirklich düstere Gedanken, junge Dame.«

»Ich weiß.«

»Es ist aber interessant, daß du das erwähnst. Wenn du mehr in die Kirche gehen würdest, wüßtest du auch, warum.«

»Was?«

»Doch. Der Fall Myers ist nämlich von Reverend Peters in seiner letzten Predigt erwähnt worden.«

»Tatsächlich?« Laurie lehnte sich fasziniert vor.

»Ja. Zunächst hat er uns daran erinnert, daß Halloween in der kommenden Woche bevorsteht, und dann hat er uns wirklich interessante Dinge über den Ursprung von Halloween erzählt und daß es auf die Feiern zur Abwehr von Dämonen zur Erntezeit in uralten Tagen zurückgeht.«

»Und was hat das mit dem Fall der Myers zu tun?«

»Nun, Reverend Peters hat gesagt, daß dieser Mord, der vor fünfzehn Jahren an Halloween begangen worden ist, uns daran erinnert, daß es das Böse in der Welt noch gibt. Er sagte, wir hätten versucht, es wie alles andere keimfrei zu machen und es in eine schöne neue Verpackung einzuwickeln, und daß man es im Supermarkt kaufen kann und mit einem Coupon noch fünf Cents Ermäßigung bekommt. Dann auf einmal passiert etwas wie der Fall der Myers, und wir stehen mit offenen Mäulern da und sehen in ... wie hat er es noch genannt? ... ins Herz der Finsternis.

Vielleicht ist das der Grund dafür, daß Gott Teufel wie den kleinen Myers auf die Erde geschickt hat – damit wir die finstere Seite der menschlichen Natur nicht vergessen. Und du solltest dich vielleicht hinter deine Bücher setzen. Ich bezweifle es, daß du heute abend viel Hausaufgaben erledigen wirst.«

»Vielen Dank, Mom, das war wirklich interessant, was du mir da erzählt hast.« Ihre Mutter warf ihr einen skeptischen Blick zu, aber Laurie hatte nicht ihren schelmischen Gesichtsausdruck aufgesetzt. »Doch, das meine ich ernst.« Sie hob ihre Bücher vom Küchentisch auf und ging mit schweren Schritten die Treppe hinauf.

»Bist du sicher, daß du nicht eine Grippe ausbrütest?« rief Mrs. Strode hinter ihr her.

»Nein, nur ein leichter Gruselanfall. Schließlich haben wir Halloween.«

Sie ließ ihre Bücher auf den Schreibtisch fallen und ging sofort zu ihrem Telefon, um sich ihren täglichen Schuß Klatsch, wie sie es nannte, abzuholen. Das Telefon stand auf einem Tisch neben dem Seitenfenster ihres Zimmers, das auf zwei Einfahrten – die ihres Hauses und die der Nachbarn – herabsah. An sonnigen Tagen hängte ihre Mutter hier die Wäsche auf.

Sie sah beiläufig aus dem Fenster, während sie die ersten beiden Zahlen wählte. Dann sog sie heftig die Luft durch die Zähne ein und legte den Hörer unnötig laut wieder auf die Gabel.

Er war da draußen.

Teilweise von flatternden Bettüchern verdeckt, stand er da und sah zu ihrem Fenster hoch. Sein Gesicht war mehlig weiß, seine Lippen rot angemalt, und seine Augen waren dunkel und unergründlich. Seine Haut sah aus, als sei sie aus Gummi, aber es war noch immer unmöglich festzustellen, ob er eine Maske trug. Bis zu diesem Augenblick hatte sie noch immer den leisen Verdacht gehabt, daß das Eddie Sheehan oder Paul Lester oder einer von den Witzbolden war, die ständig darauf aus waren, irgendwelche Streiche zu spielen. Und außer dem ersten April, wenn sie Sonderschichten einlegten, war Halloween schließlich *der* Tag für Streiche.

Aber nein, diese Gestalt war anders. Der Mann, wenn es einer war, war kräftiger gebaut als irgendeiner von den Jungen von der Schule. Wie er sich außerdem versteckte, statt die Maske herunterzureißen, sich zu zeigen und zu sagen, daß der Scherz jetzt vorüber war, wie das jeder normale Witzbold tun würde! Der da draußen war wie ein Geist. Man sah hin, und da war er, und dann blinzelte man, und er war weg. Und dieser Caravan. Sie hatte ihn hier noch nie gesehen, und sie und ihre Freundinnen kannten ganz sicher jedes Auto in der Stadt. Als er heute nachmittag an ihnen vorbeigefahren war, hatte sie auf seiner Tür irgendein Emblem bemerkt. Wenn er das nächste Mal vorbeifuhr, würde sie ihn sich genau ansehen und versuchen, die Autonummer zu lesen.

Aber jetzt ...

Jetzt war er weg.

Sie biß sich auf die Lippen, knallte das Fenster zu und verriegelte es. Sie rieb sich mit den Knöcheln über die Zähne, ging unruhig in ihrem Zimmer auf und ab und überlegte sich, was sie tun sollte. Sie riß plötzlich ihren Kopf zum Fenster herum, um ihn unvorbereitet zu erwischen, aber er war verschwunden. Sie begann, an ihren Sinnen zu zweifeln.

Ihr Telefon klingelte und ließ sie zusammenfahren, als sei zu ihren Füßen ein Schrotgewehr losgegangen. Sie nahm den Hörer ab. »Hallo?«

Am anderen Ende der Leitung war jemand, der aber keinen Ton von sich gab. Irgend jemand lauschte nur.

»Hallo?«

Es kam ein Geräusch, das so klang, als würde jemand mit den Lippen schmatzen.

»Wer ist denn da?«

Das Geräusch wurde lauter, und jemand knurrte unterdrückt. Laurie knallte den Hörer auf die Gabel und schlang ihre Arme um sich, um das Zittern zu unterdrücken.

Das Telefon klingelte wieder. Laurie sah es an und überlegte hin und her. Dann, nachdem es dreimal geklingelt hatte, nahm sie den Hörer ab und hielt ihn für einen langen Moment an ihr Ohr, bevor sie es wagte, den Mund aufzumachen. »Hallo?«

»Warum hast du denn aufgelegt?« sagte Annie empört und schluckte das hinunter, woran sie gekaut hatte.

»Annie, du warst das?« Lauries Hand flog erleichtert zu ihrer Brust hoch.

»Natürlich.«

»Warum hast du denn nichts gesagt? Du hast mich zu Tode geängstigt.«

»Ich hatte den Mund voll Erdnußbutter. Hast du mich denn nicht gehört?«

»Nein.«

»Was dachtest du denn, was es wäre?«

»Weiß ich auch nicht, vielleicht ein Telefonschwein oder so was.«

»Also, jetzt hörst du schweinisches Gekaue.« Sie schmatzte und schob mit ihrer Zunge laut die Überreste eines durchgeweichten Sandwichs im Mund herum. »Weißt du was, Laurie? Du verlierst langsam die Kontrolle.«

»Ich glaube, die habe ich schon verloren.«

»Das bezweifle ich. Hör mal, meine Mutter gibt mir das Auto. Ich hole dich ab. Halb sieben.«

»Alles klar. Bis später dann.«

»Sprech nicht mit fremden schwarzen Männern – es sei denn, sie können gut tanzen.«

»Okay. Tschüs.« Sie legte auf und versuchte, Hausaufgaben zu machen, aber die Bücher lagen vor ihr auf dem Schreibtisch, als seien sie in einer außerirdischen Sprache geschrieben. Jedes Thema, mit dem sie sich zu befassen versuchte, führte sie durch freie Assoziationen zu dem geheimnisvollen Mann, der ihr den ganzen Tag gefolgt war. Die Hausaufgabe in Englisch über das Thema Schicksal erinnerte sie an die arme Judith Myers, die auf den Tag genau vor fünfzehn Jahren von ihrem Schicksal ereilt worden war – fast auf die Stunde genau. Sie versuchte es mit Mathematik, aber sie konnte nur an all die Stichwunden in Judiths brutal zerfleischtem Körper denken, aus denen dunkelrotes Blut lief. In Geschichte wurde gerade die Herrschaft von Julius Caesar behandelt, und sie hatte gerade angefangen, sich darin zu vertiefen, als sie an die Ermordung des Imperators durch Brutus und seine Freunde kam – mit Dolchen, die sie unter ihrer Toga versteckt hatten.

Sie schob heftig ihren Stuhl zurück, stand auf und begann, ruhelos in dem Zimmer auf und ab zu gehen. Sie schlug sich dabei immer wieder mit einer Faust in die Handfläche. »Beruhige dich, Laurie, das ist doch einfach lächerlich«, befahl sie sich selbst laut.

Das war es auch. Aber trotzdem sah sie immer wieder zum Fenster hinaus.

9

Der Himmel war marmorgrau geworden, und vom Westen her zogen Sturmwolken auf, aber die untergehende Sonne setzte sie von unten in Brand wie ein gelb-roter Schweißbrenner und beleuchtete den polierten Marmor der Grabsteine auf dem Friedhof von Haddonfield, so daß sie sich in einem ungewöhnlichen Glanz darboten.

Angus Taylor, der Friedhofwärter, stampfte keuchend den steilen Hang hinauf und las laut von einem Notizblock ab, während er seinen Besucher im Trenchcoat den mit Steinplatten ausgelegten Pfad entlangführte. »Ich schaffe den Hügel einfach nicht mehr so wie früher«, sagte er zwischen schweren Atemzügen. »Zuviel Bier, zu wenig Sex. Ich glaube natürlich, daß man von beidem nicht zuviel bekommen kann, aber ich denke, wenn ich für meinen Körper wirklich bekäme, was er braucht, wäre ich besser in ...«

Ein Blick auf seinen Besucher, der ihn mit einer Mischung von Gleichgültigkeit und Ekel anstarrte, unterbrach Taylors Ausführungen. Er blieb einen Augenblick stehen und sah auf die Karte auf seinem Notizblock. »Na, dann wollen wir mal sehen. Myers. Judith Myers. Reihe achtzehn, Grab zwanzig. Hier entlang.«

Sie bogen in einen Seitenweg ein, dessen Steine schon fast unter dem wuchernden Gras verschwunden waren. Trauerweiden peitschten ihnen mit ihren Zweigen ins Gesicht, während sie in der immer düsterer werdenden Abenddämmerung Namen und Daten ansahen, die von ausgefüllten Leben erzählten und von erbärmlichen, von frohen Leben und von traurigen, von langen und kurzen, die aber alle gnadenlos von der gleichen grimmigen Hand beendet worden waren.

Der mürrische Taylor war inzwischen ruhig geworden. Er hatte zwar schon sein ganzes Leben lang mit Friedhöfen zu tun gehabt, aber erst in jüngerer Zeit war ihm langsam klargeworden, daß sein Interesse an ihnen über den beruflichen Aspekt hinausging. Mit seinen zweiundsechzig Jahren hatten die Dutzende von Gräbern, deren Aushebung er beaufsichtigt hatte, ihn zu locken begonnen, und seine Gedanken waren immer wieder zu der Frage zurückgekehrt, was es wohl bedeutete, eine Ewigkeit in einem von ihnen zu verbringen. Er hatte sich sogar taufen lassen, um auf geweihtem Boden beerdigt werden zu können, wo er sich zumindest die Illusion von Gnade und Erlösung bewahren konnte und wo er von Menschen umgeben war, die durch ihren gemeinsamen Glauben mit ihm verbunden waren. »Glauben Sie an Gott, Mister?«

Loomis richtete seine Augen unter seinen buschigen Augenbrauen auf den Mann und kam zu dem Entschluß, daß er es nicht wert war, eine philosophische Diskussion mit ihm zu beginnen. »Tut das nicht jeder?« sagte er. »Wie geht's weiter?«

»Nach links.«

Sie gingen langsam weiter und sahen sich die Grabsteine an.

»So etwas passiert in jeder Stadt einmal«, sagte der schwer atmende Mann. »Ich erinnere mich noch an einen Typ in Russellville. Wie hieß er doch, Charley Bowles? Der netteste Mann, den man sich vorstellen konnte. In den Arsch konnte man ihm treten, und er hat sich nicht beschwert. Dann aber eines Tages, vor zwanzig Jahren ungefähr war das, soweit ich mich erinnere, steht er vom Essen auf, entschuldigt sich und geht in die Garage, kommt mit einer Stahlsäge in der Hand zurück, verabschiedet sich mit einem Kuß von seiner Frau und seinen Kindern, und dann . . .«

»Mr. Taylor, wo sind wir?« unterbrach ihn Loomis gereizt.

Taylor hielt seinen Notizblock hoch, um das nachlassende Sonnenlicht einzufangen. »Nur noch ein Stück da lang. Und ich erinnere mich noch an Judith Myers. Wirklich ein süßes Ding war sie, das kann ich Ihnen sagen. Ein Blick von ihr, und man wollte am Boden zerfließen. Sicher, der Typ hat ja zugegeben, daß er sie flachgelegt hatte, aber das macht ein Mädchen noch nicht zu einem Flittchen. Heutzutage nicht mehr. Ich kenne da eine *Vierzehnjährige,* die ... *hmmmm.* Eigentlich hatte ich gedacht, hier müßte es sein.« Er warf wieder einen Blick auf seinen Block und sah sich einen Wegweiser aus Marmor an, der an der Kreuzung von zwei Wegen stand.

»Haben Sie sich verlaufen?« sagte Loomis mit einem deutlichen Unterton von Ungeduld.

»Es müßte direkt hinter Ed Sanders und neben Cornelia Stirley sein. Scheiße, Mann!«

Sie kamen zum Grab von Judith Myers.

Der Grabstein war verschwunden.

Die Erde war so frisch aufgewühlt, daß Loomis den frischen Lehm riechen und lange Regenwürmer sehen konnte, die sich nach der heftigen Störung wieder ins Erdreich bohrten.

»Gottverdammte Kinder. So was passiert mir jedes Halloween.«
»Sind Sie sicher, daß das Judith Myers' Grab ist?«
Loomis' Augen leuchteten in den letzten Sonnenstrahlen rot.
»Hier, sehen Sie selbst.« Taylor hielt Loomis seinen Block unter die Nase, damit er sich selbst überzeugen könnte. Er deutete mit einem dicken Zeigefinger auf einen Plan und sagte: »Sehen Sie? Siebzehn, achtzehn ist Myers, neunzehn ist Cornelia Stirley. Das ist das Grab von Judith Myers, daran besteht kein Zweifel. Der Grabstein dürfte irgendwo hier in der Nähe herumliegen. Sie könnten mir vielleicht helfen, ihn zu suchen. Die Dinger werden ihnen gewöhnlich zu schwer, und sie geben es auf.«
»Wer denn?«
»Die Kinder. Teenager, Leute vom College.«
»Was machen sie denn mit den Grabsteinen?«
»Irgendwelchen Blödsinn. Oft stellen sie sie den Leuten auf den Rasen. Vor zwei Jahren haben ein paar Jungen einen Stein in das Büro des Schuldirektors gestellt. Mann, das hat vielleicht einen Aufstand gegeben!« Taylor ging einige Schritte bergab und suchte die nähere Umgebung nach dem Grabstein ab.
»Sie werden ihn nicht finden«, verkündete Loomis ruhig.
»Weshalb sind Sie da so sicher?«
»Ich bin sicher. Er ist heimgekommen«, sagte Sam Loomis und stützte sich schwer auf einen Grabstein.

10

Halloween war mit Macht hereingebrochen. Die Kinder waren zugleich aus den Häusern herausgeströmt, als hätten sie auf ein von den Erwachsenen unhörbares Signal reagiert. Laurie stand auf dem Bürgersteig vor ihrem Haus, wartete auf Annies roten zweitürigen Hardtop und beobachtete die Prozession von Piraten, Clowns, Cowboys, Ärzten, Krankenschwestern, Gerippen, Ballerinas, Polizisten, Feuerwehrleuten und Soldaten, die in Gruppen von vier oder fünf mit ihren immer schwerer werdenden massenproduzierten schwarzen und gelb-roten Taschen methodisch die Straßen abklapperten.
Am meisten berührte sie der Gedanke, daß diese Kinder die Freiheit hatten, die Straßen sicher und ungehindert zu durchstrei-

fen und keine Angst vor den Schlägern, Räubern und Handtaschendieben zu haben brauchten, die in New York, Chicago oder den anderen Großstädten in den Schatten lauerten. Sicher war der eine oder andere Pulk von Kindern von einem Erwachsenen begleitet, aber der Grund für ihre Anwesenheit war der Straßenverkehr und nicht der Schutz vor Verbrechen. Die Kleinsten neigten dazu, in dieser Stunde der Dämmerung einfach auf die Straße zu laufen, in der die fast untergegangene Sonne mit einer Helligkeit glänzte, die dem Leuchten der gelb-roten Kürbisse auf den Vorbauten oder in den Fenstern in jedem Haus gleichkam. Man las zwar jedes Jahr wieder von einem Verrückten in den Zeitungen, der Kinder haßte und die Äpfel vergiftete oder Rasierklingen in den Süßigkeiten versteckte, aber das war nicht der Grund dafür, daß manchmal ein Rudel von bettelnden Kindern von einem Erwachsenen begleitet wurde, der in seinen Alltagskleidern albern und in einem Kostüm noch alberner aussah. Nein, die Kinder, die hier bei Sonnenuntergang die Straßen von Haddonfield durchschwärmten, waren nicht in Gefahr.

Von außen zumindest nicht, überlegte sich Laurie. Vielleicht aber von innen? War es nicht möglich, daß unter diesen Dutzenden von fröhlich herumspringenden Kindern eines zu einem so entsetzlichen Verbrechen fähig war, daß einem normalen Menschen allein bei dem Gedanken daran der Ekel in der Kehle hochstieg? Die Vorstellung war absurd, lächerlich, und doch war es auf den Tag genau vor fünfzehn Jahren so gewesen. Angeblich sollte er ein Clownskostüm angehabt haben, sagte sich Laurie, und sie suchte unter den kleinen Gestalten nach einem Clown. Innerhalb von einer Minute hatte sie vier gefunden. Die Vorstellung, daß einer von ihnen ein Messer ziehen und ihr die Eingeweide herausschneiden könnte, war viel schrecklicher als die von einem Messerstecher aus der Großstadt, der das gleiche Messer führte, weil man das von ihm zumindest erwartete. Laurie kehrte mit ihren Gedanken kurz zu Judith Myers zurück und versuchte, sich in ihre Lage zu versetzen, als der Junge mit den rosigen Wangen und den Rehaugen sein Schlachtmesser zog und auf sie zukam. Es ist ein Witz, aber jetzt kannst du wieder damit aufhören, hörte sich Laurie selbst zu ihrem imaginären kleinen Bruder sagen. Der kleine Bruder aber hörte nicht auf, und als er das Messer zum erstenmal hob und wieder herunterfahren ließ, wußte man in dem Bruchteil einer Sekunde, bevor sich die Spitze in das

Fleisch bohrte, etwas über das Böse, was seit Jahrhunderten, vielleicht sogar Jahrtausenden vergessen worden war.

In diesem Augenblick wußte man, daß all das, was man im Verlauf der Erziehung glauben gelernt hatte, alles, was man für sicher und normal gehalten hatte, daß all das eine so ungeheuerliche Lüge war, daß man sie nie ganz erfassen könnte, auch wenn man noch hundert Jahre lang zu leben hätte, und nicht nur noch fünf Sekunden. In diesem Augenblick von erstarrter Zeit zwischen dem Herabfahren des Kinderarms und dem brennenden Schmerz, wenn die Klinge wie rotglühend in den Körper fuhr, erfaßte das Gehirn all das, was früher einmal Trost und Sicherheit bedeutet hatte; das Fernsehgerät und die Klimaanlage, das neue Auto mit dreihundert PS und indirekter Steuerung und Scheibenbremsen, der Kühlschrank mit dem Tiefkühlfach, das automatisch Eiswürfel machte, den Elektroherd, der ein Signal gab, wenn der Braten fertig war, die Gasheizung, die sich automatisch einschaltete, wenn die Temperatur unter achtzehn Grad fiel, das glückliche Zuhause und die liebenden Eltern und die tollen Lehrer und die sagenhaften Freunde, all das erfaßte es, und es war nichts als Lügen, Lügen, denn wenn es den Bauch vor dem Messer in der Hand dieses wahnsinnigen Sechsjährigen schützen sollte, boten all diese Annehmlichkeiten nicht mehr Schutz als die Seidenhöschen, die die Haut jetzt bedeckten.

»Buh! Hast du was für uns?«

Laurie schützte unwillkürlich ihren Bauch mit einer Hand. »Macht, daß ihr fortkommt!« schrie sie.

Die Kinder machten runde Augen und zogen sich einige Schritte zurück.

Laurie holte tief Luft und lachte verlegen. »Seid mir nicht böse, aber ihr habt euch so an mich angeschlichen. Ich wohne in dem Haus hier. Wenn ihr an die Tür geht, gibt euch meine Mutter etwas Gutes.«

Reiß dich zusammen, befahl sich Laurie selbst, während die Kinder zu der Haustür gingen.

Annies Auto raste um die Ecke und blieb mit quietschenden Reifen stehen. Laurie ging um es herum zum Beifahrersitz und stieg ein. Sie sog prüfend die Luft durch die Nase ein. »Mußt du das Zeug denn unbedingt beim Fahren rauchen?«

»O Entschuldigung!«

»Hör mal, ich bin bestimmt nicht engstirnig, aber heute abend sind die Straßen überall voller Kinder. Würdest du also bitte vorsichtig fahren!«

»Ja, Mutti«, sagte Annie und fuhr mit übertriebener Vorsicht los. »Wohin fahren wir denn?«

»Das übliche. Nur eine kurze Fahrt durch die Stadt, um zu sehen, wer so rumhängt, und mit wem. Dann warten ja unsere Pflichten als Babysitter auf uns. Stöhn. Und da fragst du noch, ob ich unbedingt was rauchen muß«, sagte sie, suchte in ihrer Handtasche herum und zog einen ungeschickt gerollten Joint mit kanariengelbem Papier heraus. An einem Stoppschild zündete sie ihn an, zog laut zischend daran und bot ihn Laurie an.

Laurie hatte nie viel von Gras gehalten, und auch diesmal hatte sie keine großen Erwartungen, aber da sie sich nicht ausschließen wollte, zog sie so daran, wie man das ihr beigebracht hatte. Sie mußte eine besonders starke Stelle in dem Joint erwischt haben, oder vielleicht war es eine besonders kräftige Sorte, denn sie begann, unkontrolliert zu husten.

Annie nahm ihr den Joint wieder ab. »Aus dir wird nie eine gute Rauschgiftsüchtige«, sagte sie und zog selbst noch einmal.

Sie fuhren langsam in der allgemeinen Richtung der Innenstadt, und Laurie hielt den Kürbis auf dem Schoß, den sie für Tommy gekauft hatte. Sie kamen an einigen Bekannten vorbei, hupten, winkten ihnen zu und fuhren weiter.

»Hast du immer noch solche Angst?« fragte Annie ihre Freundin.

»Ich hatte doch gar keine Angst.«

»Lüge.«

»Ich habe nur jemand in Mr. Riddles Hinterhof stehen sehen, das war alles.«

»Wahrscheinlich Mr. Riddle.«

»Er hat mich beobachtet.«

»Mr. Riddle hat dich beobachtet?« Annie kicherte in drei verschiedenen Noten, wie sie das immer tat, wenn das Gras bei ihr zu wirken begann. »Laurie, Mr. Riddle ist siebenundachtzig.«

»Deshalb kann er mich doch trotzdem beobachten.«

»Wahrscheinlich ist das aber auch alles, was er noch kann.«

Annie sah in den Rückspiegel, bevor sie das Gas wegnahm, und bemerkte beiläufig den gleichen Caravan, dem sie nach der Schule nachgerufen hatte. Er war ungefähr fünfzig Meter hinter ihr. Es hatte wahrscheinlich nichts zu bedeuten, und da Annie die arme Laurie nicht noch mehr beunruhigen wollte, als sie es sowieso schon war, beschloß sie, nichts davon zu sagen. Sie fragte sich aber, wer dieser Penner war. Wenn er Mädchen aufreißen wollte, war das auf jeden Fall nicht die richtige Methode. Und wenn er pervers war, benahm er sich mit seiner Verfolgung von zwei Mädchen ungefähr so unauffällig, als wenn er eine Bombe in eine Polizeistation werfen würde.

Sie sah noch einmal in den Rückspiegel, aber jetzt war er verschwunden. So ein Pech. Jetzt würde sie es nie erfahren. Die Assoziation brachte sie jedoch auf einen Gedanken, und sie sprach ihn aus. »Hast du schon einmal eine Maske aufgehabt?«

»Was?«

»Ich meine, wenn man eine Maske trägt, wie zum Beispiel an Halloween? Ich meine aber eine wirklich gute, die dein Gesicht so versteckt, daß die Leute dich nicht erkennen?«

»Was ist damit?« fragte Laurie und runzelte in Erwartung des Gags die Stirn.

»Das ist wie im *Alexandria Quartett*«, sagte Laurie. »Ist das nicht von Lawrence Durrell?«

»Ich habe das nie gelesen.«

»Das kann ich mir denken«, sagte Laurie spöttisch. »In irgendeinem von diesen Romanen beschreibt Durrell die schrecklichen Dinge, die an Karneval passieren können, weil die Leute Masken tragen. Morde, Vergewaltigungen, weil die Leute sich dann hinter ihren Masken verstecken und ihre geheimen Lüste ausleben ...«

»Mensch, toll, bekomme ich für eine Fahrkarte nach Alexandria eine Schülerermäßigung?«

»Jetzt mal ernsthaft, Annie. Du hast mit dem Thema schließlich angefangen.«

»Entschuldigung. Aber genau das ist es, was ich gemeint habe. Die Idee, daß ich für nichts, was ich tue, verantwortlich bin, weil ich eine Maske trage – das macht mich irgendwie an.«

»Dich vielleicht. Dich macht allerdings praktisch alles an.«

»Na ja, so ein Mädchen bin ich eben. Vielleicht solltest du auch einmal eine Maske aufsetzen, damit du deine Hemmungen endlich einmal ablegst und irgend etwas Verrücktes anstellst. Es ist schließlich Halloween, und wann gibt es wohl eine bessere Gelegenheit, einmal ein bißchen was loszumachen? Ich wette, tief in dir steckt ein Teufel, der gebrechliche alte Damen vor Autos stoßen würde, wenn er meint, er würde nicht erwischt werden.«

»Niemals!« sagte Laurie empört. Dann stockte sie kurz, und ein listiges Lächeln breitete sich auf ihrem Gesicht aus. »Gebrechliche alte Männer vielleicht, aber nie gebrechliche alte Damen.«

Die beiden brachen in Gelächter aus.

»Wozu hast du denn den Kürbis dabei?« fragte Annie und tippte auf den Gegenstand auf dem Schoß ihre Freundin.

»Den habe ich für Tommy gekauft. Ich dachte, ich könnte ihn vielleicht beschäftigen, wenn er ihn aushöhlt.«

»Ich habe schon immer gesagt, daß du eine sagenhafte Pfadfinderin abgeben würdest.«

»Vielen Dank.«

»Da wir gerade davon sprechen, heute abend könnte ich genausogut eine Pfadfinderin sein«, seufzte sie.

»Weil er dich versetzt hat, meinst du«, sagte Laurie.

»Genau. Wahrscheinlich machen wir Popcorn und sehen uns *Doktor Dementia* an. Sechs Stunden lang ununterbrochen Horrorfilme. Lindsey Wallace wird kaum noch aus den Augen gucken können.«

»Besser Horrorfilme als die Realität«, sagte Laurie bedrückt.

»Was soll denn das schon wieder heißen?« fragte Annie mit gerunzelter Stirn.

»Ach, nichts. Ich habe heute nur so morbide Gedanken gehabt.«

Annie bot ihrer Freundin den halb aufgerauchten Joint an. »Dann solltest du besser einen tiefen Zug davon nehmen, du Ärmste. Das ist ein sicheres Heilmittel gegen so was.«

Laurie schob ihn weg. »Annie, hast du dir jemals über, über, na, über das Böse Gedanken gemacht?«

»O weh, heute sind wir aber ernst.«

Laurie reagierte nicht darauf und zwang damit Annie zum Nachdenken.

»Na ja, Daddy ist Polizist, wie du weißt, und er hat mir so einiges erzählt. Ich weiß allerdings nicht, ob du das böse nennen würdest. Hier bei uns fällt in der Hinsicht nicht allzuviel vor! Als er aber noch in Columbus gearbeitet hat, hat er so einiges erlebt: Schlägereien, Vergewaltigungen, Morde. Für meine Begriffe hat sich das auf jeden Fall recht böse angehört. Ich versuche auf jeden Fall, über derartige Dinge nicht nachzudenken. Wenn meine Gedanken in eine solche Richtung gehen, schalte ich einfach um ...«

»Ich wünschte nur, ich könnte meine Gedanken auch so leicht umschalten«, beklagte sich Laurie.

»Das ist ganz leicht, wenn man sich von vorneherein nicht zu viele Gedanken macht. Hey, wenn man von meinem Vater redet ...« Als der Wagen um eine leichte Kurve in Richtung Stadtzentrum bog, sahen sie den Wagen des Sheriffs vor Nichols' Eisenwarenladen stehen. Das rote und blaue Blinklicht auf ihm beleuchtete den Eisenwarenladen, den Getränkemarkt und den Süßwarenladen daneben, während sich langsam Dunkelheit über Haddonfield senkte. Eine Alarmglocke läutete schrill, und eine Menge von Schaulustigen starrte Annies Vater an, der vor der zerbrochenen Schaufensterscheibe stand und den Schaden prüfte.

Annie und Laurie kurbelten hastig die Scheiben herunter und wedelten wie zwei verängstigte Vögel mit den Händen, um den erdrückenden Rauchgestank aus dem Auto zu vertreiben. Annie bemekte, daß der Caravan, der ihnen gefolgt war, plötzlich wieder verschwunden war, während sie ihr Auto am Straßenrand parkte. Lee Brackett strahlte auf und kam zu ihnen herüber. »Hallo, Annie, Laurie.«

»Hallo, Vater. Was ist denn passiert?«

»Wie?« Er deutete zu dem Eisenwarenladen hinüber, und Annie wurde es klar, daß er sie wegen des Lärms der Alarmglocke nicht gehört hatte. Sie wiederholte ihre Frage lauter. »Jemand ist in den Laden eingebrochen. Wahrscheinlich Kinder.«

»An allem sind die jungen Leute schuld«, warf Annie ihrem Vater vor.

Er zuckte die Achseln. »Es fehlen nur ein paar Halloween-Masken, ein Stück Seil und ein Satz Tranchiermesser, soweit das Mr. Nichols bisher feststellen konnte. Nach wem hört sich das denn deiner Meinung nach sonst an? Nach einem mittleren Manager von IBM vielleicht?«

Annie sah ihre Freundin an. »Es ist wirklich schwer, mit einem Zyniker zusammenzuleben.«

»Bist du nicht als Babysitter bestellt, Liebling?« brüllte ihr Vater.

»Was?«

»Ich sagte, ›bist du nicht als Babysitter bestellt!‹ Du wirst dich noch verspäten!«

»Brüllen tut er auch noch«, sagte Annie und winkte zu ihrem Vater hinüber. Die Mädchen kurbelten die Scheiben hoch und lachten. »Meinst du, er hat etwas gerochen?« fragte Laurie und sog prüfend die Luft durch die Nase ein.

»Mein Vater? Er ist zwar ein guter Polizist, aber als Detektiv ist er ein Versager.«

»Das hoffe ich. Es wäre mir gar nicht recht, wenn meine Eltern etwas zu hören bekämen.«

»Hör mal, Laurie, wenn deine Eltern nicht wissen, daß du Gras rauchst, haben sie wahrscheinlich auch noch nicht bemerkt, daß du einen Busen bekommen hast.« Sie warf von der Seite einen Blick auf Lauries Brust. »Das nehme ich zurück. Ich bin nicht sicher, ob es überhaupt jemand bemerkt hat, daß du einen Busen bekommen hast.«

»Dieses Früchtchen! Hat sie doch wieder von diesem Zeug geraucht«, murmelte Sheriff Brackett in sich hinein, als er einen mürrisch aussehenden, kahlköpfigen Mann mit einem grauen Spitzbart aus der Menge treten sah. Er trug einen schokoladenfarbigen Anzug unter einem verknitterten Trenchcoat.

»Sheriff? Mein Name ist Dr. Sam Loomis«, brüllte der Mann, um die Alarmglocke zu übertönen.

»Lee Brackett«, sagte der Sheriff und musterte ihn prüfend. »Wir brauchen keinen Arzt. Das ist nur ein ganz normaler Einbruch.«

»Ich bin nicht so eine Art Doktor. Ich möchte gern kurz mit Ihnen reden, wenn das möglich wäre.«

»Wenn Sie noch ein paar Minuten warten, ja. Ich muß noch hierbleiben.«

»Es ist wichtig.« Seine eingesunkenen und leicht rot umrandeten Augen sahen Brackett flehentlich an wie die eines Hundes am Eßtisch.

Brackett sah auf die Uhr und zuckte die Achseln. »Zehn Minuten?«

»Wir sehen uns dann hier«, sagte Loomis und drehte sich einen Augenblick zu spät herum, um den Caravan, hinter dem er her war, weiterfahren zu sehen, dessen Fahrer angehalten hatte, um ihn zu beobachten.

Auch Brackett bemerkte ihn nicht. Er hatte am Abend vorher und an diesem Morgen die Fahndungsmeldung im Radio gehört, und obwohl niemand wirklich eine Erklärung darüber geliefert hatte, wer der Fahrer des dunkelroten Caravans mit dem Staatssiegel auf den Türen war, hätte er ihn routinemäßig verfolgt.

Loomis brachte die zehn Minuten mit einem Spaziergang die Hauptstraße entlang herum und sah sich uninteressiert die Schaufenster an, die sich nicht von denen in anderen Städten dieser Größe im Mittelwesten unterschieden. Es fanden sich einige Anzeichen für den Wandel der Zeiten, wie zum Beispiel ein Laden mit biologischer Gesundheitsnahrung, ein Buchladen mit erstaunlich anspruchsvollen Titeln im Fenster, und ein Café, das sich auf Espresso, Cappuccino und Kräutertees spezialisierte und sich damit deutlich von den gewöhnlichen Cafés des Mittelwestens unterschied, in denen die Art von Essen serviert wurde, wie es besonders die Fernfahrer mochten. Zumindest aber gab es keinen Laden für den speziellen Raucherbedarf, wie man ihn in den größeren Städten des Mittelwestens häufig antraf: kein Laden, der spezielle Zigarettenblättchen, Haschischpfeifen, Kokainlöffel und die exotischeren Gerätschaften der Rauschgiftszene verkaufte. Loomis wußte zwar, daß die Jugendlichen auch in diesen Städten Rauschgift konsumierten, aber die Stadtverwaltungen gingen sehr hart gegen jede öffentliche Zurschaustellung der Drogenkultur vor.

Als Loomis an einem Getränkeladen vorbeikam, nickte er in Erinnerung an die flammende Anklage gegen die doppelte Moral seiner Generation, die ihm sein halbwüchsiger Sohn kürzlich vorgetragen hatte. Sie bestrafe auf der einen Seite den Genuß von Drogen, zeige aber auf der anderen Seite stolz ihre Alkoholika in den Schaufenstern, als sei das Trinken eine Tugend, die ermutigt werden sollte. Der Junge hatte recht damit. Trotzdem würde es sicher noch mindestens zehn Jahre dauern, bis man in Haddonfield, Illinois, ein Spezialgeschäft für Drogenkonsum sehen würde.

Brackett schloß gerade seinen Bericht ab und überwachte die Aufstellung einer hastig zusammengestellten Absperrung um den Eisenwarenladen. Mr. Nichols hatte sein eingeschlagenes Schaufenster mit einem großen Brett abgedeckt, bis am nächsten Morgen eine neue Scheibe eingesetzt werden würde. Er trat zurück, um sich seine Arbeit anzusehen, und musterte prüfend den Rand des Schaufensters, als überlege er sich, ob er nicht ein verschließbares Eisengitter davor anbringen sollte. Er schüttelte traurig den Kopf. Er machte das nur sehr ungern. Ein Gitter wäre nicht nur häßlich, sondern es würde darüber hinaus seine Konzession an den wachsenden Vandalismus in der Stadt symbolisieren.

»Können wir uns vielleicht in Ihren Wagen setzen, Sheriff?« fragte Loomis.

»Wie Sie wollen, Doktor.« Sie ließen sich auf den Vordersitzen nieder. Brackett schaltete die Heizung an. »Es wird doch recht kühl. Der Winter kann jetzt jeden Tag kommen.«

»Mmmm«, sagte Loomis geistesabwesend und fuhr mit den Fingern an den beiden Läufen des großkalibrigen Schrotgewehrs entlang, das zwischen den Sitzen stand. »Waren Sie schon einmal gezwungen, das hier zu benutzen?«

»Die Wachteln erwischt man nicht mit bloßen Händen«, lachte Brackett.

»Sie wissen doch, was im meine.«

Brackett schüttelte den Kopf. »Ich habe damit schon auf ein oder zwei ›Tatverdächtige‹ gezielt, wie meine Kollegen sie gern nennen.«

»Wer ist denn Ihrer Meinung nach dafür der Tatverdächtige?« fragte Loomis und machte eine Kopfbewegung zu dem Eisenwarenladen hinüber.

»Höchstwahrscheinlich Jugendliche. Wer würde denn sonst Halloween-Masken stehlen?«

»Und Messer? Und Seil? Was sollen Jugendliche denn damit anfangen?«

»Fragen Sie mich nicht. Manchmal brechen sie bloß ein und greifen sich, was sie bekommen können, bloß weil es da ist.«

Er sah Loomis an, dessen Gesicht in dem phosphoreszierenden Licht des Armaturenbretts grün leuchtete. »Haben Sie vielleicht eine bessere Idee?«

»Vielleicht schon. Erinnern Sie sich noch an den Fall Judith Myers?«

Bracketts Augen verengten sich mißtrauisch zu Schlitzen. »Natürlich erinnere ich mich daran.« Darauf folgte Stille, und Loomis kratzte sich mit einem schabenden Geräusch seinen Spitzbart. Brackett wartete ungeduldig und musterte diesen Mann, der in sein Leben eingedrungen war und ihn an ein schreckliches Ereignis erinnert hatte, das dadurch, daß es in einer so idyllischen Umgebung geschehen war, noch entsetzlicher wurde. Das Funkgerät meldete quäkend unbedeutende Sachbeschädigungen in der ganzen Gegend. »Im Bereich der Gleason-Farm in der Carter Road wurde ein Einbruch gemeldet! – Fenster von vier maskierten Personen eingeschlagen, wahrscheinlich Jugendlichen! – Meldung vom Haus der Carty-Familie in der Post Road in der Nähe von Deller! – Meldung über Farbschmierereien an Haustüren von drei Unbekannten...«

»Was wollen Sie mir sagen, Doktor?«

Loomis erzählte ihm von dem Ausbruch aus der Anstalt am Vorabend. Brackett hörte ihm mit beunruhigtem Gesicht zu. »Das Haus der Myers. Würden Sie mich bitte dorthin fahren?«

Brackett trommelte mit den Fingernägeln auf dem Steuerrad. »Ich weiß nicht so recht, Loomis. Ich habe heute abend alle Hände voll zu tun. An Halloween ist in meinem Beruf Hochsaison. Hören Sie es sich doch selbst an.« Er drehte das Funkgerät lauter.

Loomis hörte ungerührt und ausdruckslos zu.

»Das sind doch alles nur Kinder!« protestierte er schließlich. »Harmlose Streiche!«

»Nennen Sie eingeschlagene Fenster und Farbschmierereien auf der Haustür etwa harmlos? Dann sollten Sie einmal versuchen, den Schaden wieder zu reparieren. Versuchen Sie, ihn zu bezahlen! Im ganzen Land ist das ein Schaden von Millionen. *Millionen!*«

»Wir reden hier aber doch über etwas ganz anderes, Sheriff, über eine andere ... *Dimension.*«

»Von irgendwelchen anderen Dimensionen weiß ich nichts, Loomis, aber eines weiß ich: Der Schaden, der heute nacht von Ihren sogenannten süßen unschuldigen Kindern angerichtet wird, ist für mich realer als irgend etwas, das vor fünfzehn Jahren ein Irrer gemacht hat.«

»Ein *ausgebrochener* Irrer.«

Loomis' Einwurf beeindruckte den Sheriff gegen seinen Willen. »Mmmm, da haben Sie allerdings recht«, gestand er zögernd ein.

Loomis führte ihm die Situation noch deutlicher vor Augen. »Meinen Sie etwa, der Mann ist hierhergekommen, um jemand die Scheiben mit Seife einzuschmieren?« Er rieb sich heftig seinen Spitzbart und produzierte ein Geräusch wie ein Tischler, der ein Möbelstück abschmirgelt.

Brackett zuckte die Achseln. »Eine Überprüfung ist die Sache wohl wert, aber ich garantiere Ihnen, daß Sie nichts finden werden.«

»Diese Garantie würde ich nur zu gern akzeptieren, Sheriff.«

Wieder quäkte das Funkgerät auf. »Meldung über einen Brand auf einem Feld hinter der Kochner-Farm, Route 167-A, Nähe Market Road«, verkündete die Stimme.

»Kinder sind Kinder«, lachte der Sheriff bitter.

Loomis war sich noch immer nicht sicher, ob der Sheriff das Problem in seiner Tragweite erfaßt hatte.

Während Brackett seinen Wagen durch die dunkle wolkige Nacht lenkte, berichtete er Loomis alles, was er über den Fall Myers wußte oder gehört hatte. Loomis hörte ihm aufmerksam zu, obwohl Brackett aus seinen halbgeschlossenen Augen vielleicht hätte schließen können, daß der Mann am Einschlafen war. Brackett sagte Loomis nichts Neues, bis er beiläufig eine Bemerkung fallenließ, die den Psychiater dazu brachte, seine Augen weit zu öffnen und sich steif aufzurichten. »Würden Sie das bitte noch einmal wiederholen, Sheriff?«

»Ich sagte, daß der Großvater so etwas Ähnliches getan hat.«

»Erzählen Sie mir Näheres darüber.« Loomis atmete schwerer. Bracketts beiläufige Bemerkung hatte ihn erregt, als sei er am Verhungern und jemand habe ihm ein Stück Kuchen unter die Nase gehalten.

»Nun, viel weiß ich darüber nicht, und es ist bei der Verhandlung auch nicht angesprochen worden, aber irgend jemand hat in der Nacht gehört, wie Mrs. Myers gesagt hat: ›Er ist zurückgekommen‹ oder ›Es ist zurückgekommen‹. Immer wieder hat sie das gesagt. Ich habe damals noch nicht hier gewohnt und weiß das deshalb nur aus zweiter Hand.«

»Weiter.«

»Also hat sie Ron Barstow, der damals Sheriff war, gefragt: ›Wer ist zurückgekommen? Was ist zurückgekommen?‹ – und da hat sie irgend etwas von dem Ding erzählt, das ihren Großvater in die Gewalt bekommen hat. Wahrscheinlich hat sie damit eine Besessenheit gemeint.«

Trotz des kühlen Abends hatte Loomis begonnen, zu schwitzen. Er atmete mit einem lauten Zischen. »Hat sie sich näher über das Ding geäußert, das ihren Großvater besessen hat?«

»Nein, aber Ron ist in die Stadthalle ins Archiv gegangen und hat sich einige Zeitungsausschnitte angesehen.«

»Und?«

»Es sieht so aus, als sei der Mann in den 1890er Jahren plötzlich Amok gelaufen.«

»Loomis saß mit hervortretenden Augen auf seiner Sitzkante. »Amok gelaufen? Wie?«

»Ich glaube, Ron hat erzählt, das sei bei einer Tanzveranstaltung gewesen. Der Mann ist plötzlich aufgesprungen, hat einen

Revolver aus seinem Gürtel gezogen und ein tanzendes Paar niedergeschossen. Sie haben ihn aufgehängt.«

Sie fuhren einen Moment wortlos weiter. Loomis konnte seine Erregung nur mühsam unterdrücken und stellte die nächste Frage fast genüßlich: »Wann ist das passiert?«

»1898, 1899, so ungefähr.«

»Nein, nein, ich meine, an welchem Datum?«

»Woher soll ich das ... Augenblick mal. Natürlich weiß ich es! Ron hat das ausdrücklich erwähnt.«

»Ja?«

»Am Vorabend vor Allerseelen. Es war ein Erntetanz. Halloween!« Bracketts Fuß drückte unwillkürlich fester auf das Gaspedal, und sein Wagen fuhr schneller in die gefährliche Nacht hinein. »Mein Gott«, schnaufte der Sheriff.

»Warum ist das bei der Verhandlung nicht erwähnt worden?« fragte Loomis und sank noch immer schwer atmend in seinen Sitz zurück.

»Ich glaube, Ron hat gesagt, weil das nach Meinung des Verteidigers entweder irrelevant oder nachträglich für das Kind war.«

»Irrelevant? Nachträglich?« Loomis stieß ein trockenes Lachen aus, ein Lachen, das völlig freudlos war und wie ein Rasseln klang. »Hat Ihr Freund Ihnen vielleicht noch mehr über diesen Urgroßvater erzählt?«

»Ich denke gerade darüber nach.« Die Sekunden tickten auf der Uhr am Armaturenbrett schwerfällig weiter. »Stimmen.«

»Stimmen?«

»Der Mann hat Stimmen gehört, die ihm gesagt haben, er soll genau die beiden umbringen.«

»Also diese beiden bestimmten Personen. Hat er also mit anderen Worten nicht einfach blind in die Menge geschossen? Hat er die Opfer gekannt?«

Brackett kratzte sich hinter dem Ohr. »Ich bin mir jetzt nicht sicher, ob ich den Teil der Geschichte richtig zusammenbekomme. So wie Ron sie mir erzählt hat, hat der Mann *behauptet*, er habe gewußt, auf wen er schießt, aber als er seine Opfer identifizieren sollte, hat er ihnen ganz eigenartige Namen gegeben, die er angeblich in seinen Träumen gehört hätte.« Brackett deutete mit seinem Zeigefinger auf seinen Kopf und machte eine kreisende Bewegung damit. »Verrückt.«

»Vielleicht. Die Namen, Sheriff. Waren sie keltisch? Würden Sie sie wiedererkennen? Deirdre? Cullain?«

»Tut mir leid, Freund, die sagen mir gar nichts. Was sind das für Namen?«

»Namen von Opfern in Michaels Träumen. Wenn wir eine Kontinuität von dem Urgroßvater bis zu dem Jungen herstellen könnten ...« Der Psychiater überlegte.

»Eine Kontinuität?« Brackett schnappte nach Luft. »Jetzt kommen Sie aber, Loomis. Wenn ein Traum zwei oder drei Generationen überspringen soll, müßten Sie doch damit ...« Er schüttelte den Kopf. »Doktor, ich glaube, Sie sind selbst auch nicht mehr ganz richtig.«

»Wahrscheinlich. Das ist ein Berufsrisiko.«

Brackett zog den Wagen nach rechts und hielt am Randstein vor dem düsteren, verwitterten Haus, das zwischen seinen weißen, gutgepflegten Nachbarn auffiel wie eine verschrumpelte alte Vettel in einer Reihe von Teenagern. Sie stiegen aus dem Auto, blieben davor stehen und lauschten dem Geräusch von Zweigen, die im ersten Stock gegen ein Fenster schlugen. »Hat jemand darin gewohnt, seit ...«

»Das soll wohl ein Witz sein«, sagte Brackett. »Jedes Kind in Haddonfield glaubt, daß es in diesem Haus spukt. Vielleicht auch jeder Erwachsene.«

»Vielleicht haben sie recht.«

Brackett griff in seinen Wagen und holte eine lange Taschenlampe heraus. Er leuchtete damit auf das ›Zu verkaufen‹-Schild, das in dem ungepflegten Rasen steckte, und sagte: »Seine Eltern haben ihn gefunden, wie er genau da stand; er hatte ein Clownskostüm mit Rüschen um den Hals an und hätte richtig süß ausgesehen, wenn er nicht ein Schlachtmesser, so lang wie die Taschenlampe hier, in seiner Hand gehabt hätte und von oben bis unten mit frischem Blut verschmiert gewesen wäre.« Er leuchtete noch einmal auf das Schild. »Eigentlich dürfte das nicht mehr hier stehen. Soweit ich gehört habe, ist das Haus verkauft. Chester Strode muß vor Erleichterung besoffen sein. Er ist der Makler.«

»Verkauft?« wiederholte Loomis und schüttelte ungläubig den Kopf.

»Ich verstehe, was Sie meinen. Das waren Leute aus New York. Sie dachten, es müßte Spaß machen, in einem Haus zu wohnen, in dem es spukt. New Yorker«, stöhnte er und gebrauchte das Wort fast wie einen Fluch.

»Können wir rein?«

»Ich habe keinen Schlüssel, aber vielleicht...« Sie gingen die Treppe zum Vorbau hinauf.

»Wir könnten durch eines der zerbrochenen Fenster dort einsteigen«, schlug Loomis vor.

»Das wollte ich auch gerade sagen – *hmmm.*«

Loomis ging zu der Eingangstür, auf die der Sheriff seine Taschenlampe gerichtet hatte. Der Türknauf baumelte von ihr herab, und auf dem Rahmen darum waren frische Kratzer im Holz. Brackett stieß gegen die Tür, und sie schwang auf. »Bitte! Ein Spukhaus, komplett mit knarrender Tür«, sagte er.

»Wenn Sie das so witzig finden, warum haben Sie dann Ihre Pistole aus dem Halfter gezogen?« fragte Loomis mit einem grimmigen Lächeln.

Brackett hörte diese Bemerkung nicht gern. Er leuchtete die Eingangshalle vorsichtig ab, trat vorsichtig hinein und suchte angespannt vorgebeugt die Zimmer mit der Taschenlampe ab. Erst dann bedeutete er mit einer Kopfbewegung Loomis, er solle auch hereinkommen. Sie gingen vorsichtig auf den Bodenbrettern, und Loomis kehrte seinem Begleiter den Rücken zu, um so dem Sheriff als ein zusätzliches Paar Augen auf seiner Rückseite zu dienen. Der Psychiater hatte eine Hand tief in die Tasche seines Trenchcoats gesteckt.

Plötzlich blieb Brackett stehen, und Loomis stieß gegen ihn. »Was ist?«

Brackett leuchtete in eine Ecke des Eßzimmers neben der Küche. »Das ist eine gute Frage. Was *ist* das?«

Der Lichtstrahl beleuchtete etwas, das wie ein schwarzer und weißer zotteliger Bettvorleger mit roten Streifen aussah. Brackett beugte sich darüber und schluckte schwer. »Es ist ein Hund.« Er streckte eine Hand aus und berührte mit einem Finger die Eingeweide, die aus dem Tier herausgerissen und achtlos über seine Hinterbeine gelegt worden waren. »Mein Gott, er ist noch warm!«

Loomis sah auf das verstümmelte Tier herab, dessen hervorgetretene Augen das Licht gelb-rot reflektierten. »Er wird Hunger bekommen haben.«

»Er? Sie meinen...? Kommen Sie, Doktor. Das kann doch auch ein Skunk oder ein Waschbär gewesen sein.«

»Schon möglich«, sagte Loomis ohne Überzeugung.

»Ein Mensch würde doch so etwas nicht fertigbringen«, sagte Brackett und leuchtete auf die glänzenden Eingeweide.

»Er ist kein Mensch«, antwortete Loomis.

Sie drehten dem Kadaver den Rücken zu und durchsuchten den Rest des Erdgeschosses. Es sah überall furchtbar aus. Bodenbretter waren herausgerissen, der Putz war stellenweise heruntergefallen, Leisten waren abgebrochen, und an der Decke zeigten sich nasse Flecken. Brackett machte noch einige sarkastische Bemerkungen über die Leute aus New York.

»Sollen wir nach oben gehen?« sagte Loomis.

»Äh, sicher. Die Besichtigung eines Spukhauses ist schließlich ohne den ersten Stock nicht komplett.«

»Nach Ihnen, Sheriff.«

Brackett schnaubte und ging vor Loomis her. Sie schlichen langsam die Treppe hinauf und hielten sich dabei nahe an der Wand, weil das Geländer heruntergebrochen war. Als sie sich der Spitze der Treppe näherten, blieb Brackett stehen und hielt die Luft an. »Hören Sie das Geräusch? Was meinen Sie, was das wohl ist?«

Loomis lauschte angespannt. »Ich glaube, das ist ein Zweig, der gegen ein Fenster schlägt. Es kommt aus dem Zimmer da. Ich habe es schon von unten vom Rasen aus gesehen.«

»Natürlich«, sagte Brackett und trat auf einige laut knirschende Gipsbrocken.

Er hielt Pistole und Taschenlampe nahe beieinander und ging in das erste Schlafzimmer. Das Geräusch stellte sich tatsächlich als das heraus, was Loomis vermutet hatte. »Hier ist es passiert. Hier hat sie gesessen und sich die Haare gebürstet. Soweit ich weiß, hatte sie nur ihr Höschen an. Er ist zu ihr hereingekommen, und natürlich hat sie ihn erkannt und nichts zu ihrer Verteidigung unternommen. Warum auch? Es war schließlich niemand als ihr sechsjähriger Bruder! Hier haben sie sie gefunden, unter diesem...« Ein plötzlicher Windstoß schlug den Zweig mit unheimlicher Wucht gegen das Fenster, zerschmetterte es und schleuderte ihnen Glassplitter vor die Füße. Beide Männer sprangen unter Flüchen zurück. Dann lachten sie nervös.

Brackett führte Loomis hastig durch den Rest des Obergeschosses und sagte dann: »Hier ist nichts.«

Draußen lehnte sich Brackett an seinen Wagen. »Wie geht's jetzt weiter?«

»Er war hier, und vielleicht kommt er wieder. Ich werde auf ihn warten.«

»Ich überlege ständig, ob ich Hilfe holen soll. Vielleicht sollte auch über das Radio eine Warnung ausgegeben werden.«

»Wenn Sie das tun, werden die Leute ihn überall sehen, an jeder Straßenecke, in jedem Haus. Sagen Sie Ihren Leuten, sie sollen den Mund halten und die Augen aufmachen.«

Der Sheriff deutete auf seine Pistole. »Wollen Sie etwas haben?«

»Ich habe etwas.« Loomis zog eine .357 Magnum aus seinem Regenmantel. Brackett stieß einen Pfiff aus. Sie sah aus wie ein Schiffsgeschütz. »Keine Sorge. Ich habe einen Waffenschein.«

»Mein Gott. Sie sind ja wie für eine Bärenjagd bewaffnet.«

11

Er ließ seine Scheinwerfer ausgeschaltet, während er dem roten Auto mit den beiden Mädchen folgte, und er hielt einen sicheren Abstand. Sein Herz schlug schwer, aber regelmäßig. Sein Herzschlag hatte sich seit dem Sonnenuntergang jedoch beschleunigt, und das machte ihn langsam nervös und aufgeregt. Seine Handflächen waren feucht und sein Mund trocken, und er hatte eine unangenehme Erektion, die ihm eher Schmerzen als Lust bereitete. Er fuhr an den gelb-rot glühenden ausgehöhlten Kürbisköpfen vorbei, die ihn zu verspotten schienen, vorbei an den fröhlich lachenden Kindern, die in ihren albernen Kostümen von Haus zu Haus zogen.

Er erinnerte sich noch an das Clownskostüm, das er in jener Nacht getragen hatte, rot und grün mit einem Spitzenkragen, und eine Mütze mit einem albernen Ball daran, der ihm ständig vor der Nase herumbaumelte. Er erinnerte sich an den Geruch seiner Großmutter, als sie ihm sein Kostüm zurechtrückte. Er erinnerte sich an den Geschmack des Zuckermaiskolbens bei der Party an jenem Abend, erinnerte sich daran, wie er zuerst von seiner weißen Spitze abgebissen hatte, dann von seinem gelb-roten Mittelteil und dann von seinem gelben Unterteil, um festzustellen, ob sie unterschiedlich schmeckten, aber es war das gleiche Material gewesen und hatte nur unterschiedliche Farben gehabt.

Er erinnerte sich auch noch daran, wie ihn plötzlich, während des Apfelschnappens, das Gefühl gepackt hatte, eine Kraft wie eine eiserne Hand, die ihn praktisch aus der Tür hinaus und auf die Straße stieß, erinnerte sich daran, wie seine kleinen Beine ihn nach Hause getragen hatten, während ihm eine Stimme sagte, was er nun zu tun hatte. In Gedanken hatte er in jener Nacht ein Bild seiner Schwester vor sich gesehen, wie er sie manchmal durch das Schlüsselloch ihres Schlafzimmers oder durch einen Spalt des Badezimmers gesehen hatte, rosig, fest, mit ihrem schönen, knackigen Hinterteil und ihren runden, hohen Brüsten, und die Stimme begann zu befehlen.

Er erinnerte sich daran, wie seine eigene innere Stimme dagegen protestiert hatte, aber er war nur ein kleiner Junge gewesen, und seine Stimme so leise und machtlos, daß die Erwachsenenstimme sie leicht niedergebrüllt hatte. Sie hatte seinen kleinen Beinen befohlen, schneller heimzulaufen, und sie hatte ihm befohlen, von hinten durch die Küchentür ins Haus zu gehen, sich das Messer aus der Schublade unter dem Spülstein zu holen und dann in den ersten Stock hinaufzugehen.

Er erinnerte sich an den Ausdruck in ihren Augen, als er in das Zimmer kam, ein Ausdruck, der sich innerhalb einer Sekunde von Überraschung zu Bewußtwerdung und zu Entsetzen verdüstert hatte. Er erinnerte sich, wie seine Kleinjungenstimme gerufen hatte: *Was machst du denn?* Aber die Erwachsenenstimme hatte geschrien: TÖTE SIE! TÖTE SIE! TÖTE SIE! TÖTE SIE! TÖTE SIE! TÖTE SIE! TÖTE SIE! TÖTE SIE!

Er hatte gewußt, daß sie schrie, weil er sah, wie sich ihre Lippen bewegten, aber gehört hatte er nichts als die Erwachsenenstimme, die in seinen Ohren brüllte. Er erinnerte sich an ihr Blut und an seinen seltsam vertrauten Geruch.

Er erinnerte sich daran, wie er auf ihre Leiche auf dem Boden herabgesehen hatte und wie die Kleinjungenstimme in ihm sagte: *O weh, das wird was geben, wenn Mommy und Daddy heimkommen.* Und so war es auch gekommen.

Mommy und Daddy waren sehr böse auf ihn gewesen, als sie heimkamen.

Und jetzt sprach die Stimme wieder zu ihm, und es war fast genauso, nur daß er jetzt selbst erwachsen war, und genauso groß und stark wie sein Daddy, und diesmal würde ihn niemand wegbringen und einsperren können.

Die Bremslichter des Autos vor ihm leuchteten auf, und er trat selbst auf die Bremse und fuhr an den Straßenrand, um zu beobachten. Das blonde Mädchen stieg aus, das am Morgen an seine Haustür gekommen war und das ihn so sehr an Judy erinnerte. Er sah zu, wie sie zu dem weißen Haus ging und an seiner Tür klingelte, während ihre Freundin in die Einfahrt des großen Hauses auf der anderen Straßenseite einbog und ihr Auto in der Garage abstellte.

Die Tür öffnete sich für das blonde Mädchen, und sie trat ein. Dann kam auf der anderen Straßenseite das dunkelhaarige Mädchen aus der Garage, klingelte an der Haustür und wurde eingelassen.

Er beobachtete weiter.

Fünf Minuten später kamen aus jenem Haus eine Frau und ein Mann heraus. Das Paar, das aus dem Haus herauskam, in das das blonde Mädchen hineingegangen war, gab einem kleinen Jungen einen Abschiedskuß. Das Paar, das aus dem Haus herauskam, in das das dunkelhaarige Mädchen gegangen war, gab einem kleinen Mädchen einen Abschiedskuß. Dann stieg jedes der beiden Paare in ein Auto und fuhr in verschiedenen Richtungen los.

Er stieg aus dem Caravan und glitt zwischen die Hecken um das Haus mit dem blonden Mädchen. Der dunkle Overall, den er dem Fahrer ausgezogen hatte, verschmolz mit den Nachtschatten. Vorsichtig schlich er sich an ein Fenster. Dahinter war ein dunkles Zimmer, aber durch eine offene Tür auf der anderen Seite konnte er das Mädchen, das ihn an Judy erinnerte, sehen, wie sie mit dem Jungen sprach. Der Junge war fast so jung, wie er es vor fünfzehn Jahren gewesen war. Der Junge trug einen glänzenden Astronautenanzug mit NASA-Abzeichen darauf. Er war der gleiche, den er heute vor der Schule gesehen hatte, wie er von den anderen Jungen belästigt worden war.

Er ging um das Haus herum, prüfte lautlos die Türen und Fenster und stellte fest, daß die Glastür des Fernsehzimmers nicht verschlossen war. Er drang jedoch nicht ein. Noch nicht.

Er ging zu der Vorderfront des Hauses zurück und drückte sich in die Hecken, als eine Gruppe von Kindern vorbeikam. Sie waren so nahe, daß er sie hätte packen können, aber das war zu gefährlich.

Als die Luft wieder rein war, wagte er sich über die Straße. Das

Haus war riesig und hatte auf beiden Seiten einen großen Vorbau. Wieder ging er um das Haus herum und sah sich die Fenster an. Er sah das dunkelhaarige Mädchen vor einem Spiegel im Flur stehen und seine Haare bürsten. Es unterhielt sich mit dem kleinen Mädchen, das sie bewundernd beobachtete. Das dunkelhaarige Mädchen hatte große Brüste, die sich nach vorne drängten, obwohl es seine Arme über dem Kopf ausgestreckt hatte.

Lautlos wie eine Katze schlich er an die Seite und zu der Hinterfront des Hauses. Er fand eine unverschlossene Küchentür. Im Hinterhof führte ein mit Platten ausgelegter Pfad zu einem kleinen Haus, das wie ein Bungalow aussah. Er ging zu ihm hin und sah hinein. Eine Waschmaschine und ein Wäschetrockner standen darin.

Er ging zu dem Haupthaus zurück und beobachtete es weiter. Das Glied zwischen seinen Beinen zuckte unangenehm. Die Stimme flüsterte ihm etwas zu, was er noch nicht verstehen konnte, aber er wußte, daß sie lauter werden würde, wenn er noch etwas abwartete.

In seinem Gürtel trug er das Tranchiermesser und das Seil, das er sich aus dem Laden in der Stadt geholt hatte.

»Na, was sollen wir jetzt machen?« sagte Laurie und sah auf ihre Uhr. Sie wußte, welche Antwort kommen würde, hoffte aber trotzdem, daß Tommy Doyle ihr vorschlagen würde, er wolle ruhig allein spielen, während sie Geschichte lernte. Ein schöner Traum!

Tommy deutete auf den Stapel Comic-Hefte in seinem Zimmer. »Wir können mit denen da anfangen. Wenn wir die fertig haben, hole ich noch mehr.«

»Und was passiert, wenn wir die auch fertig haben?« fragte Laurie sarkastisch.

»Dann hole ich den Stapel alte Hefte, die ich in meinem Schrank habe«, antwortete er feierlich.

»Das hatte ich mir schon gedacht«, seufzte sie.

Sie setzten sich auf ein kleines Sofa, und Laurie nahm ein Comic-Heft von dem Stapel. »›Nun gut‹, schrie Arthur...«

»Was soll das heißen, schrie? Warum schreit er denn?«

»Nicht so wie ein Baby, Tommy. Das bedeutet auch noch ›rufen‹. ›Nun gut‹, *schrie* Arthur. ›So soll niemand kampflos hier vorüberziehen!‹ – ›Wie ihr wollt‹, antwortete der Ritter mit kühner, stolzer Stimme ...« Sie raschelte mit dem Heft. »Hör auf, so herumzurutschen. Was ist denn los?«

»Die Geschichte gefällt mir nicht.«

»Ich dachte, König Arthur ist dein Lieblingsheld?«

»Jetzt nicht mehr. Kannst du ein Geheimnis bewahren?«

»Sicher.«

Er ließ sich auf Hände und Knie nieder, griff unter das Sofa und zog noch einen Stapel Hefte hervor.

»Warum sind sie denn darunter versteckt?«

»Mom sieht nicht gern, wenn ich mir sie anschaue.«

Laurie sah sie durch. »Neutron-Man, Laser-Man, Die Spinne ... Das kann ich verstehen.«

»Ich finde sie astrein.«

»Astrein«, wiederholte Laurie zurückhaltend.

»Laurie, gibt es wirklich einen schwarzen Mann?«

»Natürlich. Er frißt kleine Jungen, die Comics lesen.«

»Wirklich?« Der Junge machte große Augen. »Vielleicht sollte ich für den Rest der Nacht lieber Horrorfilme anschauen.«

»Das könnte dir so passen ...« Da klingelte das Telefon. Sie ging durch das Zimmer zu dem Telefon auf einem kleinen Tisch neben dem Sofa gegenüber und spürte dabei ein nervöses Zittern in ihrem Magen ... »Hallo?«

Ihre Unruhe wurde durch das Geräusch am anderen Ende der Leitung nicht geringer. Es klang wie Schüsse. Schließlich sagte eine Stimme: »Hörst du das? Das ist das Geräusch von Popcorn. Das ist das Geräusch eines scharfen Teenagers, den der Freund versetzt hat«, sagte Annie gelangweilt.

»Mein Herz blutet für dich.«

»Amüsierst du dich? Du brauchst mir nichts zu sagen, du amüsierst dich bestimmt. Ich habe ganz große Neuigkeiten für dich.«

»Welche denn?«

»Also ... huch! Augenblick mal.«

Laurie lauschte mit wachsender Unruhe dem Lärm am anderen Ende der Leitung. »Autsch! Hey, aufhören ... Los, verschwinde ... Mein Gott, das tut weh, du Idiot ... Lindsey! Lindsey, er reißt mich ja in Stücke!«

»Annie!« schrie Laurie mit klopfendem Herzen in das Telefon. »Annie, was ist denn los?«

»Lester reißt mir die Kleider kaputt!« schrie Annie. *»Lindsey! Schaff den verdammten Köter hier raus!«*

Laurie hörte ein Knurren, das Kratzen von Nägeln auf Linoleum und dann eine Kleinmädchenstimme. »Lester, komm her, los, komm!«

Annie meldete sich keuchend wieder am Telefon. »Ich hasse diesen Hund! Ich bin die einzige Person in der Welt, die er nicht leiden kann.«

»Was hat er denn gemacht?« fragte Laurie lachend.

»Mein Gott, er ist eben ein Rüde, und die gehen einem immer sofort zwischen die Beine. Na ja, mehr werde ich in dieser Hinsicht wohl heute nacht nicht erleben. Vielleicht sollte ich mich gar nicht darüber beschweren.«

»Annie, das geht wirklich zu weit. Was ist das also für eine ganz große Neuigkeit?«

»Was würdest du dazu sagen, wenn du morgen abend auf den Tanz gehen würdest?«

»Dazu würde ich sagen, daß du die falsche Nummer gewählt haben mußt«, sagte Laurie.

»Da sieht man es wieder einmal, wie wenig du weißt.«

»So? Und was weißt *du*?«

»Nun, ich habe gerade mit Ben Tramer gesprochen, und er wurde richtig aufgeregt, als ich ihm erzählt habe, wie attraktiv du ihn findest.«

Laurie bekam weiche Knie. »O Annie, das kann doch wohl nicht wahr sein. Bitte sag mir, daß es nicht wahr ist.«

»Ihr zwei werdet ein sagenhaftes Paar abgeben.«

Während die Mädchen sich am Telefon unterhielten, sah Tommy durch das Fenster der letzten Gruppe von verkleideten Kindern nach, die durch die Dunkelheit nach Hause eilten. Plötzlich fiel ihm eine dunkle Gestalt auf dem Rasen auf der anderen Straßenseite auf. Einen Augenblick dachte er, es sei eines von diesen Pappskeletten mit beweglichen Armen und Beinen, die Lindseys Eltern an den Baum gehängt hatten, aber dafür war sie zu groß und dreidimensional. Sie stand da und sah das Haus an, sah direkt auf *ihn*. Sie rührte sich nicht, aber sie war definitiv ein lebender Mensch und auf keinen Fall eine Pappfigur. Tommy schluckte und wendete sich ab.

Laurie war noch immer mit ihrem Telefongespräch beschäftigt. Tommy zupfte ihr am Hemd. »Laurie?«

»Das ist mir so peinlich«, sagte Laurie gerade. »Ich könnte ihm nicht ins Gesicht sehen. Ich weiß nicht, ob ich jemals wieder in die Schule gehen kann, so peinlich ist mir das.«

»Es wird dir wohl nichts anderes übrigbleiben«, sagte Annie. »Er ruft dich morgen an, um zu fragen, wann er dich abholen soll.«

»Annie, nein. Wie konntest du nur... Augenblick mal.« Sie reagierte auf Tommys beharrliches Zupfen. »Tommy, ich führe gerade ein wirklich wichtiges Telefongespräch.«

»Ich weiß, Laurie, aber draußen steht der schwarze Mann. Komm her, dann siehst du ihn selbst.«

»Bleib dran, Annie, ich muß mir nur eben den schwarzen Mann ansehen.«

»Frag ihn doch, ob er Lust auf eine Nummer hat«, sagte Annie.

Laurie ging zum Fenster hinüber, wo Tommy stand und ihr die Vorhänge auseinander hielt. »Da ist niemand, Tommy.«

»Eben war er aber noch da.«

»Gewiß. Wie wär's, wenn du ins Wohnzimmer gingst und dir ein bißchen Fernsehen anschaust? Da laufen gerade eine Menge Horrorfilme.«

Sie drehte sich wieder um, während Tommy am Fenster stehenblieb und angestrengt in die Nacht hinaussah. Die Gestalt erschien wieder und kam auf das Küchenfenster der Wallaces zu.

»Falscher Alarm«, sagte Laurie.

»So ein Pech. Das wäre vielleicht einmal eine Abwechslung gewesen.«

»Annie, irgendwann gerätst du wirklich mal in ernste Schwierigkeiten.«

»Ich kann es kaum erwarten. Jetzt hör mal, die ganze Sache ist doch ganz einfach. Du magst ihn, und er mag dich. Alles, was du brauchst, ist ein kleiner Stoß.«

»Am liebsten würde ich *dir* einen kleinen Stoß geben, aber vom Dach eines Hochhauses herunter.«

»Herrgott noch mal, es wird dir doch nicht weh tun, wenn du einmal mit ihm ausgehst. Er ist doch nicht gerade... Scheiße!«

»Das weiß ich auch, daß er nicht gerade...«

»Nein, das habe ich gar nicht gemeint. Ich habe mich nur mit geschmolzener Butter bekleckert. Ich rufe dich später zurück. Ich habe mich wie üblich total eingesaut. Bis später.« Laurie hörte ein scharfes Klicken und lachte. Annie war zwar verrückt, aber sie mochte sie trotzdem. Eigentlich mochte sie sie, *weil* sie verrückt war. Unter ihrer Verrücktheit war sie eine Person voller Wärme und eine wunderbare Freundin. Diese Sache mit Ben Tramer war wieder typisch für sie. Sicher stand es ihr eigentlich nicht zu, Ben

Tramer zu sagen, daß Laurie ihn mochte, aber vielleicht war es am besten so. Wenn Laurie nicht in der Lage war, sich Jungen gegenüber auszudrücken, wie sollten sie sie dann je zum Ausgehen einladen? Heutzutage trauten sich die Mädchen weit mehr als je zuvor. Das typische Rollenverhalten der Geschlechter verschwand von Tag zu Tag mehr. Vielleicht würde Laurie es nie fertigbringen, so weit zu gehen wie manche ihrer Freundinnen – wie zum Beispiel Linda, die Laurie selbst dabei beobachtet hatte, wie sie zu einem wildfremden Typ an der Bar gegangen war, um ihm zu sagen, sie hätte Lust, mit ihm ins Bett zu gehen –, aber zumindest könnte sie in dieser Richtung mehr unternehmen, als sie das bisher getan hatte. Und wenn nicht, hatte sie immer noch Annie, die das für sie tat. Natürlich war es furchtbar peinlich, aber mein Gott, es gab wirklich Schlimmeres, als von Ben Tramer angerufen zu werden.

Er stand in der Dunkelheit und sah dem Mädchen zu, wie sie telefonierte. Mit ihrem dunklen, lockigen Haar hatte sie zwar keine Ähnlichkeit mit Judy, aber das machte nichts. Sie brauchten nicht wie Judy auszusehen. Sie brauchten nicht einmal Mädchen zu sein.

Sie stand neben dem Wandtelefon in der Küche, hatte sich den Hörer unter das Kinn geklemmt, schüttelte mit einer Hand einen großen Topf mit Popcorn über einer Herdplatte und rührte mit der anderen Butter in einer Pfanne. Durch die Glasscheiben der Küchentür konnte er ihr eigenartiges Lachen hören.

Plötzlich kam der große Schäferhund in die Küche, als sie gerade anfing, die Butter über das Popcorn zu gießen. Er erschreckte sie, und sie goß sich die Butter über ihren roten Pullover und ihren karierten Rock. Ihr Fluch war durch das Glas deutlich zu hören.

Sie legte den Hörer auf und zog sich den Pullover über den Kopf und faßte zu einem Regal hoch, um sich eine Schachtel Maisstärke herunterzuholen. Sie schüttete sich etwas davon auf den Butterfleck auf ihrem Pullover, schlüpfte aus ihrem Rock und verteilte auch auf ihm etwas von dem weißen Pulver. Sie trug rosa und blau bedruckte Höschen, die wie ein Bikiniunterteil geschnitten waren, und obwohl ihre Beine nicht so lang waren wie die von Judy, spannte ihr größerer Po die Höschen straff. Seine Hand öffnete und schloß sich unwillkürlich auf dem Griff seines Messers.

Sie drehte sich einen Augenblick zur Tür um, und er zog sich hastig wieder in die Schatten zurück. Sein Kopf stieß gegen eine Hängepflanze, und ihr Topf prallte an die Seitenwand des Hauses. Er griff nach oben, um ihn festzuhalten, aber es war zu spät. Der Schäferhund begann wie wahnsinnig zu bellen, das halbnackte Mädchen stieß einen erschreckten Schrei aus, und das kleine Mädchen begann, den Hund anzuschreien, er solle still sein.

Die Küchentür ging auf, und das Mädchen sah, mit einer Schürze vor der Brust, die sie mit einer Hand festhielt, in die Dunkelheit hinaus. Er hatte sich um die Hausecke zurückgezogen und drückte sich schwer keuchend an die Wand. Das Gebell des Hundes klang bedrohlich durch die Nacht.

Schließlich murmelte das Mädchen etwas vom Wind in sich hinein und machte die Tür wieder zu. Er konnte noch immer das gedämpfte Gebell des Hundes hören. Er blieb an die Wand gedrängt stehen und wartete darauf, daß es endlich aufhörte, aber das Tier wollte keine Ruhe geben. Es wußte, daß es da war.

Plötzlich ging die Küchentür wieder auf. »Lindsey«, hörte er das Mädchen sagen, »Lester macht mich wahnsinnig. Ich lasse ihn raus, okay?« Einen Moment später kam der Hund aus dem Haus gerast, lief bellend im Hof herum und folgte dem verwirrenden Geruch, den der Eindringling auf seinem Weg hinterlassen hatte. Der kauerte inzwischen neben einem Rhododendronbusch und wartete angespannt auf den Satz, der sicher kommen würde.

Und tatsächlich kam er. Der Hund schien eine frische Spur gefunden zu haben und sprang in einer flüssigen Bewegung mit gefährlichem Knurren und gebleckten Zähnen los, um sie dem Mann in den Arm zu schlagen. Der Mann aber war vorbereitet. Mit einer Schnelligkeit und Stärke, die man fast als übernatürlich hätte bezeichnen können, wich er dem Angriff aus, packte den Hund von hinten, drückte ihm mit einem Unterarm das Maul zu und preßte sich seinen Körper mit dem anderen Arm gegen die Brust. Der Hund knurrte und versuchte, sich mit den Klauen seiner Hinterbeine von den Armen zu befreien, aber da seine Zähne außer Gefecht gesetzt waren, konnte er nicht viel Schaden anrichten. Der Mann drückte den Hund fester an sich, schnürte ihm mit seinem muskulösen Unterarm die Luftröhre zu und preßte mit seinem anderen Arm seinc Wirbelsäule gegen die Rippen, bis er voller Befriedigung die Wirbel splittern hörte. Der Hund stieß schrille Schreie aus, die zu einem Winseln wie von einem jungen

Hund erstarben, als das Leben in ihm langsam erlosch. Seine Hinterbeine krallten schwach und vergeblich nach den Armen, dann zuckte er noch einige Sekunden lang und wurde dann ganz schlaff.

Er hielt ihn noch eine Minute lang fest, bis er sicher war, daß der Hund nicht mehr lebte, und dann ließ er ihn wie einen Sack voller Fleisch in den Rhododendronbusch fallen.

»Lester? Lester!« Annies Stimme erfüllte die Nacht, und dann kam noch die dünne Stimme des kleinen Mädchens dazu.

»Was meinst du wohl, was mit ihm passiert ist?« fragte die Kleine.

»Wahrscheinlich hat er eine läufige Hündin gefunden, der Glückliche.«

»Was ist das, läufig?« hörte er das Kind noch fragen, bevor die Tür sich schloß. Annies Antwort hörte er nicht mehr.

12

»Wo ist euer Wäscheraum?« fragte Annie. Sie hatte sich einen von Mrs. Wallaces Bademänteln angezogen und stand vor Lindsey, die auf einem Sofa vor dem Fernsehapparat saß und wie hypnotisiert den Vorspann zu *Das Ding aus einer anderen Welt* verfolgte.

»Lindsey, hast du mich gehört?«

Das Kind befand sich in Video-Trance.

»Erde an Lindsey, Erde an Lindsey, können Sie mich hören?« Sie trat vor das Kind und verstellte ihm den Blick auf den Fernsehapparat.

»Was?«

»Wo ist eure Waschmaschine?«

»Draußen.«

»Draußen«, sagte Annie nachdenklich. »Aha. Und der Wäschetrockner ist wahrscheinlich in einem Baum.«

»Nein, sie stehen beide in dem kleinen Haus im Hinterhof.«

»Darf ich fragen warum?«

»Der Krach hat Mommy gestört.«

»Ach so. Der lästige weite Weg hat sie wohl nicht gestört, was?«

Das Kind zuckte die Achseln und schob Annie aus dem Weg. »Ich sehe nichts von dem Film.«

»Das tut mir wirklich furchtbar leid, meine Dame«, flötete Annie. »Hör mal, ich trage nur die Sachen hier in euer Waschhaus hinaus, oder wie ihr es sonst nennt. Es macht dir ja wohl nichts aus, wenn du mal einen Augenblick allein bist, oder?«

Das Kind glotzte auf den Fernsehschirm und sah und hörte nichts als das, was er von sich gab.

»Mein Gott«, sagte Annie und schüttelte den Kopf. »Und ich dachte, *Religion* wäre das Opium des Volkes.« Sie trat wieder zwischen Lindsey und das Fernsehgerät. »Ich stecke nur das hier in die Waschmaschine und bin in fünf Minuten wieder da, okay?«

»Schon gut«, sagte Lindsey und verrenkte sich bei dem Versuch beinahe den Hals, das Programm um Annies Beine herum zu verfolgen.

»Ich glaube es einfach nicht«, murmelte Annie laut vor sich hin, während sie auf den Platten des Wegs zu der kleinen Hütte im Hinterhof ging. Ein Windstoß fuhr ihr in den dünnen Bademantel und wehte ihn auf. Annies »Verdammte Scheiße!« hallte durch den Hinterhof.

Sie befreite eine Hand von ihrer Last von Wäsche und der Schachtel Waschpulver, öffnete dieTür, trat ein und ließ alles auf die glatte Oberfläche des Trockners fallen. Sie tastete nach dem Lichtschalter, der eigentlich direkt neben der Tür hätte sein müssen, aber die Familie Wallace schien ihre eigene Logik zu haben, denn da war kein Schalter. »Wunderbar.«

Die Tür knallte zu.

Annie sprang das Herz bis zum Hals. Sie drückte ihre Schulter gegen die Tür, und unter Schwierigkeiten gelang es ihr, sie aufzumachen. Danach drehte sie sich wieder um, um ihre Suche nach dem Lichtschalter fortzusetzen. In diesem Augenblick tauchte ein Gesicht vor der Tür auf, dessen Gesichtszüge aus Gummi durch das Mondlicht noch unheimlicher wurde, denn die eingefallenen Augen und die großen Nasenlöcher sahen in ihm tiefschwarz aus. Der Eindringling beobachtete das Mädchen im Bademantel, das blind nach dem Schalter tastete, und dann griff er nach dem Türgriff. Plötzlich fand Annie den Schalter und machte das Licht an. Er sprang in den Schutz der Dunkelheit zurück und raschelte dabei in den trockenen, toten Blättern eines anderen Rhododendronbusches.

Das Mädchen streckte den Kopf heraus. »Hallo?« Stille. »Wer ist da?« Wieder Stille. »Paul? Ist das wieder einer deiner billigen

Tricks?« Wieder folgte Stille, und nur das Rauschen des Winds in den Blättern war zu hören. »Scheinbar doch nicht«, sagte sie enttäuscht. »Keine Süßigkeiten für Annie heute abend.« Sie musterte die Schalter an der Waschmaschine und sprach dabei laut mit sich selbst, um die Kontrolle über ihre zum Zerreißen gespannten Nerven nicht zu verlieren. »Na, dann wollen wir mal sehen. Wäsche in Trommel einfüllen. Das schaffe ich wohl noch. Waschmittel zugeben. Weichspüler oder Bleichmittel nach Bedarf in Tank geben. Scheiß drauf, brauche ich nicht. Trommel schließen, Temperaturwählschalter auf kalt, warm oder heiß stellen. Dann nehme ich wohl warm, damit die Butter schmilzt. Wäschemengenwählschalter auf klein, mittel oder groß stellen. Klein wird wohl hinkommen. Mein Gott, sie müßten in der Schule wirklich einen Waschmaschinenbedienungskurs anbieten. Rechten Schalter auf Waschen stellen, Länge des Waschgangs einstellen. Na, Annie, was hältst du von acht Minuten. Wunderbar. Bedienungsknopf herausziehen, und jetzt nichts wie weg von hier.«

Die Waschmaschine setzte sich mit einem Ruck in Gang, und Wasser lief in die Trommel ein.

Peng!

Ein starker Windstoß schlug die Tür so fest zu, daß die Fensterscheiben klirrten. Annie rannte zur Tür und zerrte an dem Griff. Die Tür rührte sich nicht. Sie schüttelte mit von Adrenalin gespeister Kraft an dem Griff, aber selbst das reichte nicht aus, um sie aufzubekommen. »Lindsey! *Lindsey!* Komm raus zu mir! Als ob sie rauskommen würde. Die würde sich doch nicht vom Fernsehschirm wegrühren, wenn eine Atomrakete direkt vor dem Haus einschlagen würde. Lindsey, verdammt noch mal, ich bin im Waschhaus eingesperrt!« Sie hämmerte gegen die Scheiben der Tür und war schon versucht, sie einzuschlagen, aber dann entschloß sie sich, es mit dem Fenster über dem Trockner zu versuchen und sich so die Mühe zu ersparen, lästige Erklärungen abgeben zu müssen und den Wallaces den Schaden zu bezahlen.

Sie kletterte auf den Trockner und öffnete das Fenster. Es war nicht groß; sie versuchte, abzuschätzen, ob sie mit ihren Hüften durchkommen würde, und kam zu dem Ergebnis, daß es äußerst knapp werden könnte. Was blieb ihr aber anderes übrig?

Sie versuchte es zuerst mit den Beinen nach vorne, aber sie blieb mit den Hüften stecken und überlegte sich, daß sie vielleicht leichter durchrutschen würde, wenn sie mit dem Kopf zuerst durchkletterte. Als sie ihre Brüste durch das Fenster zwängte, hörte sie im Haupthaus das Telefon klingeln. »Auch das noch«, stöhnte sie.

Außerdem hörte sie ein Geräusch in den Büschen, das nicht vom Wind verursacht wurde. Sie zuckte erschreckt mit dem Bekken nach vorne, und ihre Hüften verklemmten sich fest in dem Fenster. Wieder hörte sie ein Geräusch, aber diesmal war es lauter. Irgend jemand lauerte um die Ecke des kleinen Hauses im Gebüsch. Das Geräusch kam immer näher. »Lindsey! Lindsey! Mein Gott, *Lindsey*...«

»Annie?« Lindseys Stimme klang glockenhell durch die windige Nachtluft. Das Ding im Gebüsch, was es auch war, zog sich in die Schatten zurück, als das kleine Mädchen aus der Dunkelheit um das Haupthaus auftauchte. »Annie, was machst du denn da?«

»Was ich hier mache? Ich versuche, das Fenster hier mit meinen Hüften auszuweiten, das mache ich.«

»Es sieht aber so aus, als würdest du festhängen.«

»Ich...« Annie holte tief Luft und schluckte ihre Wut hinunter. »Hör zu, du versuchst jetzt, die Tür da aufzubekommen, und dann ziehst du mich wieder herein, okay?«

»Okay.«

Annie hörte, wie die Glasscheiben klirrten, als Lindsey ohne Erfolg an der Tür schüttelte. Dann aber nahm das Kind offensichtlich seine ganze Kraft zusammen, und Annie hörte voller Befriedigung, wie die Tür aufging, und spürte die kalte Nachtluft an ihren Beinen. Als nächstes spürte sie, wie ein Paar kleiner Hände an ihren Beinen zog, und dann gelang es ihr, ihre Hüften aus dem Fenster herauszudrehen. Sie zog ihren Oberkörper zurück in den Waschraum und sprang von dem Trockner herunter.

»Vielen Dank, Lindsey. Was hat dich denn dazu gebracht, hier herauszukommen?«

»Es war gerade ein Werbespot im Fernsehen. Außerdem hat Paul angerufen. Er ist noch am Telefon und wartet auf dich.«

»Paul? Paul ist am Telefon? O Gott. Äh, Lindsey, du läufst jetzt zurück und sagst ihm, ich komme sofort. Und sag ja nichts davon, daß ich im Fenster steckengeblieben bin, okay?«

»Okay.« Lindsey stampfte über den Fußweg zurück, während Annie hastig die nasse Wäsche aus der Waschmaschine holte und in den Trockner steckte; sie stellte ihn auf eine halbe Stunde ein. Dann zog sie ihren Bademantel enger um sich, rannte über den

Hof und kam gerade noch rechtzeitig an, um Lindsey ins Telefon sagen zu hören: »Sie ist im Fenster steckengeblieben, aber sie kommt gleich.« Sie legte den Hörer ab und widmete sich wieder ihrem Horrorfilm.

»Hallo, Paul.«

»Hallo, Annie. Hör mal, wenn du das nächste Mal aus dem Haus willst, solltest du es einmal mit dieser tollen neuen Erfindung versuchen, von der ich gerade gehört habe. Sie ist viel bequemer als Fenster und nennt sich Tür.«

»Schon gut, das kannst du dir sparen. Ich bin im Fenster stekkengeblieben, weil deine tolle neue Erfindung Tür hinter mir zugeknallt ist und ich sie nicht mehr aufbekommen habe. Das kann jedem passieren.«

»Jedem mit *deiner* Figur.«

»Na schön, aber ich habe es schon erlebt, wie du in ganz anderen Stellen steckengeblieben bist!«

»Okay, okay. Jetzt hör dir die frohe Botschaft an. Meine Alten haben eine kurzfristige Einladung zu einer Party angenommen. Sie sind gerade weggefahren.«

»Um einen Ausdruck von Linda zu gebrauchen, das ist ja total irre. Warum kommst du nicht einfach rüber?«

»Ich muß leider hierbleiben. Meine Eltern haben gesagt, sie wollten hier anrufen, um zu überprüfen, ob ich dableibe. Das ist doch unglaublich, was? Wie wär's also, wenn du hierherkämst?«

»Ausgeschlossen. Ich bin doch als Babysitter für Lindsey angestellt, hast du das vergessen?«

»Ach, richtig.« Darauf folgte eine Pause, und Paul überlegte angestrengt. »Vielleicht könnten wir Lindsey zu Laurie rüberbringen. Sie ist doch nur auf der anderen Straßenseite, oder?«

»Nicht schlecht, die Idee. Meine Kleider stecken aber in der Waschmaschine. Ich kann jetzt noch nicht weg.«

»Dann komm doch ohne sie.«

»Mund halten, du Lüstling. Ich habe einen Bademantel an. Du denkst aber auch an nichts anderes.«

»Du etwa nicht?«

»Das stimmt nicht. Ich denke an jede Menge andere Dinge.« Ein listiges Grinsen verbreitete sich auf ihrem Gesicht. »Warum stehen wir eigentlich hier herum und reden nur darüber, statt direkt zu Taten zu schreiten? Also gut, wir sehen uns dann in ein paar Minuten.« Sie legte den Hörer auf und dachte über das Problem nach. Dann aber hatte sie sich alles zurechtgelegt und schnippte mit den Fingern.

Lindsey saß vor dem Fernsehgerät und hatte sich beide Hände vor die Augen gelegt. »Was machst du denn da?«

»Ich habe Angst«, sagte das Kind.

»Und warum sitzt du dann hier im Dunkeln?«

»Ich weiß nicht.«

»Egal. Los, komm, hol dir deinen Mantel.«

»Meinen Mantel? Wo gehen wir denn hin?«

»Auf die andere Straßenseite zu Tommy Doyle.«

»Ich mag Tommy Doyle nicht.«

»Pech für dich. Heute abend wirst du Tommy Doyle mögen müssen, weil ich heute abend Paul *lieben* werde.«

»Muß ich wirklich?«

»Komm, Lindsey, ich dachte, wir beide verstehen uns.«

»Kannst du mal fragen, ob Tommy sich den gleichen Film anschaut?«

»Ganz bestimmt. Ihr kleinen Masochisten schaut euch doch alle den gleichen Film an.«

»Na gut«, sagte das Kind schließlich mit deutlichem Widerwillen. »Warte aber zumindest noch, bis ein Werbespot kommt.«

Annie ging zum Kleiderschrank, holte Lindseys Parka heraus und borgte sich Mrs. Wallaces Tweedmantel. Sie warteten bis zum nächsten Werbespot, und dann schob Annie das Kind aus der Haustür, und die beiden rannten auf die andere Straßenseite.

In einem Lizyniengestrüpp neben dem Vorbau des Hauses der Wallaces stand die dunkle Gestalt mit dem Messer in der Hand. Er beobachtete die beiden Mädchen, wie sie die Straße überquerten und vor der Tür des Hauses stehenblieben, in dem das andere Mädchen war. Er wollte es noch nicht riskieren, hinüberzugehen, und so blieb er stehen, wartete ab, was sie machen würden, und spürte ein Zucken zwischen seinen Beinen und ein schmerzhaftes Hämmern in seinen Schläfen. Die Stimme wurde immer lauter. Vor einigen Minuten wäre es beinahe soweit gewesen, aber in der letzten Sekunde war ihm das kleine Mädchen dazwischengekommen.

Das machte ihm nichts. Er hatte die ganze Nacht vor sich. Es würde sich wieder eine Gelegenheit bieten ...

Annie klingelte zum drittenmal an der Tür. Endlich öffnete sie sich einen Spalt, und Annie trat zurück, als die Klinge eines gefährlich aussehenden Messers erschien. »Wer ist da?« fragte Lauries Stimme hinter dem Messer.

»Ich bin's, du Angsthase.«

»O Annie, Gott sei Dank. Ich war unheimlich nervös.« Laurie machte die Tür ganz auf und senkte das Messer, das mit glänzendem, gelb-rotem Fruchtfleisch beschmiert war. Neben ihr stand Tommy Doyle.

»Wir waren gerade dabei, einen Kürbiskopf zu machen«, sagte Tommy zu Lindsey.

»Ich will fernsehen«, sagte Lindsey und rannte an dem Jungen vorbei ins Fernsehzimmer.

Laurie sah sich ihre bizarr gekleidete Freundin an, die in einem braunen Tweedmantel über einem langen blauen Bademantel vor ihr stand. »Schick«, sagte Laurie.

»Heute abend ist mir aber auch alles schiefgegangen«, antwortete Annie und ging hinter ihr her in die Küche. »Meine Klamotten sind in der Waschmaschine, weil ich mich mit Butter bekleckert habe, dann bin ich in einem Fenster steckengeblieben . . .«

»Ich bin froh darüber, weil ich mir die Sache überlegt habe, und du etwas für mich machen sollst. Du sollst jetzt sofort Ben Tramer anrufen und ihm sagen, daß du nur Scheiß gemacht hast.«

»Das kann ich nicht.«

»O doch, das kannst du.« Laurie sah sie ernsthaft und mit erregt wogendem Busen an.

»Er ist mit Mike Godfrey ausgegangen, um einen zu trinken, und er wird erst spät wieder zurückkommen. *Du* mußt ihn morgen anrufen; das ist alles, was dazu zu sagen ist. Außerdem bin ich zu Paul unterwegs.«

»Wie bitte? Augenblick mal.«

»Ich mache dir einen Vorschlag. Wenn du auf Lindsey aufpaßt, werde ich es mir *überlegen,* ob ich morgen früh Ben Tramer anrufe.«

Laurie schüttelte in einer Mischung von Empörung und Bewunderung den Kopf. »Na gut, einverstanden.«

Sie schlugen die Handflächen aneinander.

»Hey, ich dachte, Paul hat Ausgangsverbot«, erinnerte sich Laurie.

»Hat er auch. Seine Eltern gehen aber aus. Hör zu, ich rufe dich in ungefähr einer Stunde an.« Und bevor Laurie noch etwas sagen konnte, war Annie aus der Haustür herausgerannt.

Sie trabte die Straße hinunter und schleifte den Saum ihres Bademantels hinter sich her wie eine Fürstenbraut. Sie ging direkt in den Hinterhof und öffnete die Tür des Waschraums. Diesmal baute sie vor und stellte eine Schachtel Waschpulver in die Tür, so daß sie nicht wieder zufliegen konnte. »O Paul, heute bist du mein«, sang sie und riß die Tür des Trockners auf. Sie grinste. Flauschig trocken waren ihre Kleider nicht, aber sie waren trocken.

Sie zog sich Mantel und Bademantel aus, zog sich den roten Pullover über, schlüpfte in den Rock und trug die ausgezogenen Kleidungsstücke ins Haus zurück. Sie suchte ihre Handtasche, legte etwas Puder und Rouge auf und zog ihre Lippen mit einem aggressiven roten Strich nach. »Jetzt kann's losgehen«, sagte sie zu ihrem Spiegelbild.

Das Telefon klingelte. »Hallo?«

»Annie, ich bin's.«

»Oh, hallo Dad.«

»Was machst du gerade?«

»Ich schaue mir mit Lindsey einen Film im Fernsehen an.«

»Gut. Sei vorsichtig.«

»Ich soll vorsichtig fernsehen?«

»Nein«, lachte der Sheriff. »Du sollst nur allgemein vorsichtig sein.«

»Woher soll ich denn wissen, wovor ich mich vorsehen soll, wenn du es mir nicht sagst?«

»Sieh zu, daß die Türen und Fenster verschlossen sind, und ruf mich an, wenn du etwas Verdächtiges siehst oder hörst.«

»Das einzige, was mir im Augenblick verdächtig vorkommt, bist du. Aber ich verstehe. Das ist Sheriff Bracketts Standardwarnung Nummer 305.«

»Nein, etwas mehr ist es schon.« Seine Stimme war tödlich ernst.

»Okay, Dad. Ich schließe bestimmt ab.«

»So ist es recht.«

Sie legte auf. »Ich schließe bestimmt ab, *nachdem* ich aus dem Haus herausgegangen bin«, sagte sie laut und hatte sofort ein etwas schlechtes Gewissen, weil sie sich über ihren Vater lustig machte. »So ist es recht, sagt er. Wenn er mich nur sehen könnte.« Sie nahm den Hausschlüssel aus der Schale in der Eingangshalle, rannte aus dem Haus und schloß die Tür hinter sich ab.

Sie zitterte leicht, als sie herauskam und um die Seite des Hauses zur Garage ging. Das Geräusch zerbrechender Zweige erschreckte sie. »Lester, mein Gott, jetzt hör doch endlich einmal auf, hier herumzuschleichen.«

Als sie in die Garage ging, sang sie vor sich hin: »Paul, mein Paul, jetzt bin ich bald bei dir.« Sie stieg in das Auto und schnippte mit den Fingern. »Keine Schlüssel, aber nur Geduld, Paul, jetzt dauert es nicht mehr lange . . .« Sie hatte gedacht, sie hätte die Schlüssel steckengelassen, aber offensichtlich waren sie doch in der Handtasche. Sie rannte ins Haus zurück, fand sie und kehrte zu dem Auto zurück.

Komisch. Sie hätte schwören können, daß sie die Autotür zugemacht hatte, als sie vor einem Moment weggegangen war. »Mein Gedächtnis läßt nach«, murmelte sie. »Entweder das, oder die Türen der Welt haben mir den Krieg erklärt.« Sie setzte sich auf den Fahrersitz und steckte den Schlüssel ins Zündschloß.

Noch bevor sie ihn umdrehen konnte, richtete er sich von dem Rücksitz auf, massiv, ungeheuer stark und grotesk häßlich in seiner Halloween-Maske aus Gummi. Ihr blieb nur noch Zeit für einen kurzen Blick auf ihn im Rückspiegel, und ihr Herzschlag raste wie besessen. Sie schrie, aber die geschlossenen Türen und Fenster des Autos dämpften das Geräusch. Eine Sekunde später hatte er ihr seinen Unterarm mit seinen stählernen Muskeln unter das Kinn geschoben und drückte ihr damit die Luftröhre zu. Sie schlug auf den Arm und kratzte ihn, aber das war vergeblich. Ihre Lungen versuchten verzweifelt, Luft in ihren Körper zu saugen. In einem letzten Versuch, sich zu befreien, drückte sie auf die Hupe am Rand des Steuerrads. Sie plärrte für einen langen Augenblick in die Nacht hinaus. Dann blitzte das Messer.

Sie hörte buchstäblich, wie ihre Gedanken über die Kälte und Länge der Klinge nachdachten, die in sie eindrang, aber Schmerzen spürte sie nicht. Schrecken und Resignation hatten sie unempfindlich dafür gemacht. Sie wußte, daß sie tot war, und in ihrem letzten Augenblick spürte sie eine Mischung von Überraschung und Bedauern darüber, daß das Ereignis so friedlich und undramatisch sein konnte. Sie wünschte sich, sie hätte ihren Eltern ein richtiges Lebewohl sagen können. Sie wünschte, sie hätte die Warnung ihres Vaters verstanden, vorsichtig zu sein. Sie fragte sich, ob sie wohl wiedergeboren werden würde und dann eine Chance bekommen könnte, vorsichtig zu sein. Das Licht verdüsterte sich, und das letzte Geräusch, das sie hörte, war die Autohupe.

Auf der anderen Straßenseite sahen die Kinder zu, wie der *Schrecken vom Amazonas* aus seinem Versteck im trüben Wasser herausschwamm und auf die zappelnden weißen Beine des hübschen Mädchens zuglitt. Laurie war in der Küche mit den letzten Feinheiten des Kürbiskopfes beschäftigt.

Tommy kam eine Idee für einen Streich. Er stand von dem Sofa auf und versteckte sich hinter einem Vorhang. Lindsey war so in den Film vertieft, daß sie es nicht bemerkte, daß ihr Freund nicht mehr neben ihr saß. Plötzlich rief hinter ihr eine unheimliche Stimme vom Fenster her: *»Lindseeeyyy. Lindseeeyyy!«*

Lindsey fuhr von dem Sofa hoch. »Wer ist das? Tommy? Wo bist du?«

Sie sprang auf und sah sich in dem Zimmer um, und ihr kleines Herz schlug ihr vor Angst bis zum Hals. Dann sah sie den ausgebeulten Vorhang.

Dahinter sah Tommy in diesem Augenblick zufällig aus dem Fenster. Er bemerkte eine riesige, dunkle Gestalt mit einem weißen, grotesken Gesicht, die den schlaffen Körper eines Mädchens aus der Garage der Wallaces trug. In Tommy stieg eine Angst auf, wie er sie bisher noch nie erlebt hatte. *»Der schwarze Mann!«* schrie er auf und versuchte, hinter dem Vorhang hervorzurennen, verhedderte sich aber darin. Er spürte, wie ihn etwas um die Hüfte packte und auf ihn einschlug. Die Luft war von angsterfülltem Geheul erfüllt.

Laurie kam hereingelaufen und fand Lindsey, Tommy und den Vorhang ineinander verschlungen. Die Kinder schrien hysterisch. Sie trennte sie und versuchte, sie zu beruhigen, aber Tommy sagte immer wieder: »Da ist er, da ist er! Der schwarze Mann! Ich habe ihn wieder gesehen! Er ist drüben in Lindseys Haus! Ich sage euch doch, da ist der schwarze Mann!«

Linda hielt den Jungen in den Armen. »Nur ruhig, Tommy, da ist kein schwarzer Mann. Sieh nur.«

»Ich will nicht hinsehen.«

»Ich auch nicht«, sagte Lindsey, die sich nicht recht zwischen dem Teufel da draußen und dem auf dem Fernsehschirm entscheiden konnte. Schließlich wählte sie den draußen, aber da war nichts zu sehen. Die Straße war leer. Ihr Elternhaus sah genauso aus wie immer. Da war nichts, niemand.

»Ich habe ihn gesehen, ich sage es euch doch. Er hat eine Leiche getragen.«

»Tommy, jetzt hör aber auf! Du machst Lindsey Angst.« Laurie schüttelte den Jungen an den Schultern.

»Er war groß und stark, und sein Gesicht hat so ausgesehen . . .« Er steckte zwei Finger in die Mundwinkel und zog sie auseinander.

»Ich habe gesagt, du sollst damit aufhören! Da ist kein schwarzer Mann. Da draußen ist überhaupt nichts. Wenn du jetzt nicht Ruhe gibst, schalte ich den Fernseher ab und schicke dich ins Bett.«

Diese Drohung hatte die gewünschte Wirkung. Tommy ging brav zurück zu dem Sofa, und Lindsey folgte ihm. Sie setzten sich so hin wie vorher und trösteten sich mit dem filmischen Schrecken, der vor ihnen ablief. »Niemand glaubt mir«, beschwerte sich der Junge unterdrückt.

»Ich glaube dir, Tommy«, sagte Lindsey und drückte ihn an sich. *Der Schrecken vom Amazonas* streckte eine widerliche ledrige Klaue aus und machte sich bereit, den Knöchel der hübschen Schwimmerin zu packen . . .

13

In einer dunklen Sackgasse namens Porter Lane schlichen sich drei kleine Gestalten in dunkler Kleidung auf ein großes Steinhaus zu. Ein großes Panoramafenster, das auf eine breite Rasenfläche ausblickte, zeigte eine Familie vor dem Fernseher: ein Vater und eine Mutter, ein junges Mädchen, ein kleiner Junge und eine ältere Frau, wahrscheinlich die Großmutter.

Die drei dunklen Gestalten verschmolzen mit den Schatten wie Jaguare auf Beutejagd. Auf ein Zeichen von der mittleren Gestalt hin schwärmten die beiden an der Seite aus, während der Führer auf dem Bauch auf das Ziel – das große Fenster – zukroch.

Nun kauerten die drei direkt unter dem Fenster, und der Anführer bedeutete ihnen, daß die Zeit gekommen war. Sie setzten ihre Horrormasken auf und erhoben sich mit ihren Seifenstücken in der Hand wie ein Mann. *»Yaaarrrgh«,* brüllten sie, klatschten mit einer Handfläche gegen das Fenster und schmierten mit den Seifenstücken in der anderen auf ihm herum. Die Kinder rasten kreischend aus dem Zimmer. Die ältere Frau drückte ihre Hand auf ihr Herz und schrie lautlos. Die Mutter glotzte blöde, während der Vater, der als einziger erfaßt hatte, was sich hier abspielte, mit einer Mischung von Zorn und Belustigung zu ihnen hinaussah. Wahrscheinlich hatte er als Kind genau das gleiche getan.

Keith, Richie und Lonnie flohen unter brüllendem Gelächter in die Nacht hinaus, überquerten das gefrorene Bett des Baches auf dem Grundstück der Samuels und fielen am Willow Circle keuchend wieder in Schrittgeschwindigkeit.

»Habt ihr gesehen, was die alte Frau für ein Gesicht gemacht hat?« sagte Keith.

»Klar. Ich hoffe nur, daß sie keinen Herzanfall bekommen hat«, sagte Lonnie.

»Ach was«, sagte Keith verächtlich, aber einen Augenblick lang machte er sich doch Gedanken.

»Und jetzt?« fragte Richie.

»Du weißt es doch«, sagte Keith.

»Das Haus der Myers, stimmt's?«

»Genau. Schaut euch bloß Richie an«, sagte Keith zu Lonnie. »Er macht ein Gesicht, als hätten wir gerade von ihm verlangt, auf dem Taft Square die Hosen herunterzulassen.«

»Quatsch«, sagte der Kleinste von den dreien.

»Also los dann. Und du gehst als erster rein.«

»Von mir aus«, sagte Richie und biß sich auf die Lippen.

Sie nahmen eine Abkürzung durch den Hinterhof der Hendersons und fanden sich auf dem Bürgersteig zwei Häuser vor dem Haus der Myers. Es stand gedrungen, düster und bösartig zwischen den anderen Häusern wie eine deformierte Kreatur. Der böige Wind schlug die Äste eines riesigen, unbeschnittenen Baumes gegen das Obergeschoß.

»Okay, Klugscheißer, geh vor«, sagte Lonnie.

Richie schob sein Kinn vor. »Klar. Paßt nur auf.« Er ging arrogant bis zur Haustür, aber dann zögerte er. Er drehte sich zu seinen Freunden um und winkte ihnen zu, sie sollten ihm folgen. Lonnie und Keith traten in ständiger Fluchtbereitschaft einige Schritte vor. »Wovor hast du denn Angst?« rief Lonnie.

»Ich habe keine Angst.«

»Erzähl doch nichts. Du hast Angst vor dem schwarzen Mann. Heute morgen, als du Tommy Doyle vor der Schule herumgeschubst hast, hattest du noch keine Angst davor.«

»Du hast ihn doch auch herumgeschubst, das weißt du genau, aber ich sehe nichts davon, daß du in das Haus hier gehst.«

»Wir gehen rein, wenn du reingehst.«

»Also gut, aber dann bleibt direkt hinter mir.«

Die beiden Jungen sahen nach oben. Undeutlich silberne Schatten huschten über das Gebäude, als sich Wolken vor den Mond schoben. Der Wind wurde heftiger und beschleunigte den Trommelwirbel der Äste gegen die Bretter des ersten Stocks.

Plötzlich raschelte es in den Büschen neben dem Haus, und eine menschliche Gestalt brach aus ihnen hervor. *»Macht, daß ihr fortkommt!"* brüllte sie und wedelte mit den Armen.

»Oohhh!«

»Ach du Scheiße!«

»Mein Gott!«

So schnell wie der Wind stolperten die drei Jungen von dem Vorbau, rannten die Straße hinunter und blieben nicht eher stehen, bis sie sicher hinter der verschlossenen Haustür ihrer eigenen Häuser angekommen waren.

Sam Loomis grinste. Es war zwar ein schmutziger Trick gewesen, aber er hatte sie sowohl in ihrem als auch seinem Interesse von hier wegjagen müssen. Nun bezog er wieder seinen Beobachtungsposten, wartete weiter und fror in der kalten Nachtluft.

Er sah die Hand nicht, die sich nach seiner Schulter ausstreckte, aber bei der ersten Berührung wirbelte er in einer flüssigen Bewegung herum, und die riesige Pistole erschien in seiner Hand wie das Kaninchen eines Zauberkünstlers.

»Hey, ich bin's, nicht schießen!« rief Sheriff Brackett.

»Mein Gott, Brackett, schleichen Sie sich doch nicht so an mich an.«

»Entschuldigung, Loomis, das ist mir zur zweiten Natur geworden. Stecken Sie die Kanone weg.«

»Ja, natürlich. Ich bin ziemlich nervös, wie Sie ja selbst sehen.«

»Aber es geht Ihnen doch gut?«

»Sicher. Ist etwas passiert?«

Brackett schüttelte den Kopf. »Nichts weiter. Nur das übliche, Kinder, die Streiche spielen, Süßigkeiten betteln, und die Älteren parken irgendwo, schmusen und ziehen einen durch. Ich habe das Gefühl, daß Sie hier ganz falsch liegen.«

»Dann haben Sie das falsche Gefühl«, sagte Loomis.

»Sie haben allerdings nicht allzuviel anzuführen, womit Sie mich widerlegen könnten. Außer einem halbgefressenen Hund...«

»Was wollen Sie denn noch?«

»Das weiß ich nicht, aber Sie werden eine Menge mehr als komplizierte psychologische Interpretationen liefern müssen, wenn ich die ganze Nacht lang in den Büschen herumkriechen soll.«

Loomis sah ihn mit einer Direktheit an, die Brackett äußerst unruhig werden ließ. »Ich habe ihn fünfzehn Jahre lang beobachtet, wie er in seiner Zelle saß, *durch* die Wände sah, wenn Sie das verstehen können, wie er durch die Wände starrte und *diese Nacht* vor sich sah. Auf sie hat er gewartet, für sie hat er geplant, und auf sie hat er sein ganzes Leben ausgerichtet. Er ist ein unmenschlich geduldiger Patient gewesen. Stunde um Stunde, Tag um Tag hat er auf einen lautlosen, unsichtbaren Alarm gewartet, der ihn aktivieren würde – eine Stimme, die ihm sagte, daß jetzt die Zeit gekommen ist, ein Ventil, das ihm verriet, daß sein Blut begonnen hat, zu kochen. Der Tod ist in Ihre kleine Stadt gekommen, Sheriff. Sie können das ignorieren, oder Sie können mir helfen, ihn aufzuhalten.«

Brackett schüttelte skeptisch den Kopf. »Das ist doch wieder nichts als hochgestochenes Gefasel. Wollen Sie wissen, was Haddonfield ist? Familien. Kinder. Ordentliche weiße Häuser, die in Reihen in diesen Straßen stehen. Eichen. Gartenzäune. Eine alte Schule mit einem neuen Anbau, eine Menge Kirchen für alle Religionen. Ein Supermarkt, ein Eisenwarenladen, ein Kosmetiksalon, ein Café, ein paar Bars und Tankstellen. Ich beschreibe Ihnen hier eine kleine Stadt im Mittelwesten, Loomis, und nicht ein Schlachthaus.«

»Ihre Stadt könnte zu beidem werden.«

»Ich bleibe heute nacht mit Ihnen draußen, weil es ja immerhin möglich ist, daß Sie recht haben. Und wenn Sie tatsächlich recht behalten sollten, dann soll Sie der Teufel holen, weil Sie ihn rausgelassen haben.«

Loomis senkte seinen Kopf. Er konnte darauf nichts erwidern.

Sein Name war Bob Sims, und alle Mädchen hielten ihn für fantastisch. Er war groß und schlaksig, spielte sowohl im Baseballteam als auch im Footballteam, war in seiner Klasse der aussichtsreichste Kandidat für die Abschiedsrede und gehörte zu ihren drei oder vier besten Schülern. Er konnte sich jedes College aussuchen, das er wollte, und jedes Mädchen.

In dieser speziellen Nacht wollte er Laurie und Annies langbeinige blonde Freundin Linda.

Bob holte sie in dem Kleinbus seines Vaters ab, der zu einem Campingwagen umgebaut worden war und in seinem hinteren Teil ein Bett hatte. Bob und Linda hatten sich auf ihm schon oft geliebt, und obwohl der Wagen eine Standheizung hatte, zogen sie nun, da das Wetter kalt geworden war, dafür ein Haus vor. Als daher Annie als Babysitter für Lindsey Wallace angestellt worden war, hatten die beiden Mädchen sich einen Plan zurechtgelegt. Sobald Lindsey eingeschlafen war, würde Annies Freund Paul herüberkommen, und die beiden würden sich nach oben in das Schlafzimmer der Wallaces zurückziehen, während Bob und Linda sich unten auf dem ausklappbaren Sofa vergnügen könnten. Ein guter Plan.

»Bist du bereit für unsere kleine private Halloweenfeier?« fragte sie Bob, als er sie abholte und riß den Verschluß einer Büchse Budweiser mit einem lauten Knall und einem Schaumberg auf.

»Aber sicher«, lachte Linda. Sie lachten, umarmten sich und knutschten ein wenig herum, dann fuhren sie zu dem Haus der Wallaces.

Als sie davor anhielten, faßte Linda noch einmal den Plan zusammen. »Also, bist du jetzt sicher, daß du alles kapiert hast?«

»Klar. Zuerst reiße ich dir die Kleider vom Leib...« Er lehnte sich zum Beifahrersitz hinüber, vergrub seine Lippen in Lindas weichem Hals und schob ihr eine Hand unter den Pullover.

Sie lachte und verschüttete ihm Bier auf den Kopf. »Du Idiot!«

»Dann reißt du mir die Kleider vom Leib. Dann reißen wir *Lindsey* die Kleider vom Leib. Doch, ich denke, ich hab's.«

»Du hast tatsächlich etwas«, sagte sie und fuhr ihm mit einer Hand an seinem muskulösen Oberschenkel hoch. »Und jetzt habe *ich* etwas.«

»Mein Gott, Linda«, stöhnte Bob, von der Lust überwältigt. »Wir können nur beten, daß Lindsey bald einschläft.«

»Ja, aber falls unsere Gebete nicht erhört werden sollten, könnten wir ihr vielleicht etwas Valium in den Kakao geben.«

»Du bist furchtbar.«

»Total«, sagte Linda und stieß die Tür auf.

Bob öffnete seine Tür, stieg aus und half Linda auf der anderen Seite heraus. Sie gingen den Weg zu dem großen alten Haus hinauf, und als sie die Haustür erreichten, hob Bob Linda mühelos hoch und trug sie hinein. »Bob, laß mich runter. Laß mich runter! Du spinnst doch total!« protestierte Linda, aber ihre schwächlichen Abwehrversuche sprachen eine andere Sprache. Das Paar blieb hinter der offenen Tür stehen. »Annie?«

Das Haus war dunkel und still.

»Annie, wir sind da.«

Keine Antwort.

Sie ließen ihren Augen Zeit, um sich an die Dunkelheit zu gewöhnen, und dann gingen sie in das Haus hinein. Sie lauschten angestrengt und glaubten, im Obergeschoß ein Knarren zu hören. Wieder riefen sie Annies Namen. Wieder keine Antwort. »Ich möchte wissen, ob sie überhaupt hier sind«, sagte Bob.

»Vielleicht sind sie schon oben. Lindsey schläft, und Annie und Paul sind schon oben«, meinte Linda.

Bob schaltete das Licht an. »Ich weiß nicht. Ich habe keine Lust auf Überraschungen mitten im . . . na ja, eben mittendrin. Schauen wir uns doch mal um, vielleicht haben sie uns eine Nachricht hinterlassen.«

»Lieber nicht«, sagte Linda, schaltete das Licht wieder aus und glitt in seine Arme. Er drückte seinen Mund auf ihren, und ihre Lippen öffneten sich. Ihre Zunge zuckte vor, und ihr Körper schmolz an seine muskulöse Gestalt. Seine Hände glitten über ihren Rücken, packten ihre Hinterbacken und hoben ihren ganzen Körper vom Boden hoch. »Wollen wir also jetzt weiter nach Plan A vorgehen?« murmelte sie.

»Schon«, sagte er und führte sie zu der Couch hinüber. »Ich möchte mir nur gern Sicherheit über Annie und Paul verschaffen.« Er ging zum Fuß der Treppe und bemerkte einen Lichtschein unter der Tür des großen Schlafzimmers. Ein leichtes Knarren war aus dieser Richtung zu hören. Er blieb unentschlossen stehen und sah hinauf.

Linda kam zu ihm und legte von hinten ihre Arme um ihn. »Bob, das einzige, worum du dir Gedanken machen mußt, ist, ob du für die Gelegenheit auch einen hochkriegst.«

»Das war bisher noch nie ein Problem, und es dürfte auch diesmal keines werden.« Er nahm sie bei der Hand, und sie legten sich auf die Couch. Sie drängte sich ihrem Liebhaber entgegen, und er nahm das Angebot begierig an, schob ihren Pullover zum Hals hoch und bedeckte Brüste und Bauch mit Küssen. Er liebkoste ihr zärtlich den Bauch, und dann glitten seine Finger unter ihre Jeans und die seidige Glattheit ihres Höschens. Er öffnete den Verschlußknopf ihrer Jeans und schob geschickt den Reisverschluß nach unten, dann legte er eine Hand auf das seidige Stück Stoff zwischen ihren Beinen. Sie stöhnte und drängte ihren Körper unter seinen Liebkosungen nach oben.

Er stand im Schatten der Küchentür und sah ihnen zu. Sein Atem ging schwer, aber ihr Keuchen übertönte das Geräusch.

Nach jenem unglaublich erregenden Augenblick, in dem er das dunkelhaarige Mädchen getötet hatte, war eine euphorische Ruhe über ihn gekommen. Eine Weile hatte er gedacht, daß sein Blutdurst völlig gestillt war, und die Stimme hatte sich beruhigt. So war es auch mit Judy gewesen.

Damals war er erst sechs Jahre alt gewesen, und jetzt war es anders. Der Anblick des Paares auf der Couch hatte in seinem Körper neue Gelüste erweckt, und nun flüsterte die Stimme in seinem Kopf wieder.

Er wußte, daß diese Nacht noch nicht vorüber war.

Das Telefon klingelte, und er zog sich wieder in den Schutz der Dunkelheit zurück.

Bob und Linda richteten sich abrupt auf und ließen das Telefon in der Hoffnung dreimal klingeln, daß Annie oben abheben würde. Die Wallaces würden es bestimmt merkwürdig finden, wenn jemand anders als ihr Babysitter ihren Anruf beantworten würde. Als aber niemand abnahm, nahm Linda von dem Apparat auf dem Tisch neben der Couch den Hörer ab.

»Hallo«, sagte Linda verträumt.

»Linda? Bist du das?«

»Laurie? Hallo!«

»Hallo. Was tut sich so bei euch?«

»Das möchtest du wohl gerne wissen«, kicherte Linda. »Weißt du übrigens, wo Annie ist?«

»Ja, sie ist . . . Tommy, laß das. Augenblick mal, Linda.«

Im Hintergrund hörte Linda ein geisterhaftes Geräusch, dann Laurie, die anscheinend jemand schimpfte. Endlich meldete sie sich wieder am Telefon.

»Entschuldigung, aber Tommy hat Lindsey mit einem Kürbis auf dem Kopf verfolgt.«

»Ist Lindsey bei *dir*?« frage Linda erstaunt.

»Ja. Weißt du, Annie hat sich entschlossen, zu Paul hinüberzugehen und hat deshalb Lindsey hier bei mir gelassen.«

»Ach so. Das heißt, daß wir das Haus für uns haben.«

»So sieht es aus. Aber hör mal, könntest du vielleicht Annie ausrichten, sie soll mich auf jeden Fall sofort anrufen, wenn sie zurückkommt? Ich muß Lindsey doch zurückbringen, bevor ihre Eltern heimkommen.«

»Geht in Ordnung.«

»Amüsiert euch gut«, sagte Laurie.

»Das haben wir vor.«

Linda legte auf und nahm Bob an der Hand. »Na, mein Alter, wie es aussieht haben wir das Haus ganz für uns allein, und damit auch das Bett oben.«

Bob lachte. »Das ist ja total irre, um deinen Lieblingsausdruck zu gebrauchen. Gehen wir?«

Er bot ihr seinen Arm, und sie hakte sich bei ihm unter. »Vielen Dank, werter Herr.« Er ging vor ihr her die Treppe hinauf; vor dem großen Schlafzimmer zögerte er, weil die Tür geschlossen war und unter ihr ein Licht in den Gang schien, ein flackerndes gelb-rotes Licht. Dann zuckte er die Achseln und machte die Tür auf. Sie lachten.

Auf dem Nachttisch flackerte eine Kerze in einem ausgehöhlten Kürbis.

»Nun, Mr. Kürbis, heute abend wirst du einiges zu sehen bekommen«, sagte Linda und tätschelte ihn. »Wie wär's damit für den Anfang?« Sie drehte sich dem grotesken Grinsen der gelbroten Kugel zu und führte ihm einen erotischen Striptease vor, zog sich langsam den Pullover aus, wackelte mit ihren Brüsten, legte ihre Hände darunter und bot sie ihm wortlos an, und dann schälte sie sich aus ihren engen Jeans, bis sie nur noch in ihrem Höschen vor dem Kürbis herumtanzte.

Bob lachte, streckte eine Hand aus und packte sie am Handgelenk. »Ich bin eifersüchtig.«

»Auf einen Kürbis?«

»Wenn du auf Gemüse so stehst, solltest du einmal diese Zucchino probieren« – sagte er und legte ihre Hand an seine Jeans.

»*Mmmm,* ich habe plötzlich unheimlich Appetit auf Zucchini«, flüsterte sie und half ihm, seinen Gürtel zu lösen und seine Jeans aufzuknöpfen.

Seine Knie wurden ihm weich, und er lehnte sich auf ihre Schultern, um sich zu stützen. Dann konnte er es nicht mehr aushalten und zog sie auf die Füße und zum Bett hin.

Er schloß seine Arme fest um ihre schlanke, feste Taille, und sie bedeckte seinen breiten Rücken mit ihren Fingern und scharfen Nägeln. »O Bob, ich glaube . . . ich glaube, ich bin bald soweit«, wimmerte sie

»Ich auch.«

In diesem Augenblick klingelte das Telefon.

Bob hörte abrupt auf, und Unsicherheit überkam ihn.

»Scheiße! Doch nicht schon wieder!«

»Vergiß es einfach«, sagte Linda. »Wir haben Wichtigeres zu tun.« Das Telefon klingelte wieder.

»Was ist, wenn das Annie ist?«

»Die ruft wieder an.«

»Und was ist, wenn es die Wallaces sind?«

»Wenn sie es wirklich sind und wir gehen dran, bekommt Annie Schwierigkeiten.«

»Schon, aber was ist, wenn . . .«

»Wenn es deine Mammie ist?« neckte ihn Linda.

Bob lachte. »Dann sage ich ihr einfach, ich stecke im Augenblick in einer so wichtigen Sache, daß ich mich einfach nicht davon losreißen kann. Na bitte, jetzt hat es aufgehört. Ich nehme den Hörer von der Gabel.«

Er griff über ihren Körper zu dem Nachttisch hinüber, wo der Kürbis das Telefon bewachte, und nahm den Hörer ab. Dann richtete er seine Aufmerksamkeit wieder auf sie. »Also, wo waren wir?«

»Der alte Mr. Zucchino wird aber langsam verdammt weich«, sagte sie und brachte ihn mit einigen geschickten Bewegungen ihrer Hüften wieder in Fahrt. »Na also, so ist es besser.«

»O ja, so ist es besser, viel besser.«

Er stand im Gang und sah ihnen zu, wie sie ihre Verbindung wieder aufnahmen, und das Verlangen kehrte zurück. Seine Finger liebkosten den Griff seines Messers im Takt mit den kraftvollen Stößen des Mannes gegen den ausgebreiteten Körper des Mädchens. Die Stimme sprach jetzt laut zu ihm und forderte ihn zum Handeln auf, aber er hielt sich zurück, weil er den Abschluß ihrer Vorführung noch sehen wollte.

Bald wurde er belohnt. »O Bob, ich glaube, jetzt ist es soweit . . . jetzt . . . jetzt!«

»Ja, *ja,* JA!« rief Bob und nagelte sie mit seinem schlanken, kräftigen Körper ans Bett.

Ihre Stimmen mischten Stöhnen und Keuchen und Zärtlichkeiten, während sie ihre Lust miteinander auslebten. Dann blieben sie eine oder zwei Minuten regungslos liegen, und der Rücken des Jungen bot dem Mann vor der Tür ein verlockendes Ziel. Er atmete tief, aber lautlos. Nein, noch nicht.

Schließlich rollte Bob von Linda herunter und tastete auf dem Boden nach seinem Hemd. Er fand es, holte eine Packung Zigaretten heraus, steckte zwei an und reichte ihr eine. Sie lagen auf dem Rücken und bliesen dünne Rauchfahnen in die Luft.

»Fantastisch«, seufzte Linda. »Total fantastisch.«

»Genau.«

»Willst du ein Bier?«

»Genau.«

»Ist das alles, was du zu sagen hast?«

»Genau.«

»Dann hol mir ein Bier.«

»Ich dachte, du wolltest mir eins holen«, sagte Bob.

»*So?*«

»Schon gut.« Widerwillig kletterte Bob aus dem Bett und zog sich seine Jeans an. Dann suchte er auf dem Boden nach seiner Brille, fand sie und setzte sie auf.

Linda sah ihn an. »Brauchst du die wirklich?«

»Ich setze sie nur auf, wenn ich Bier suche«, antwortete er mit einem Grinsen. »Ich bin sofort wieder da.« Er lehnte sich über das Bett und küßte sie. »Zieh dich nicht an.«

Lautlos zog sich der Besucher von seinem Beobachtungsposten vor der Tür zurück, schlich die Treppe hinunter und versteckte sich in dem großen Besenschrank in der Küche. Er wartete und lauschte mit gezücktem Messer. Bald sah er durch die angelehnte Tür den Jungen in die Küche kommen. Er hatte Jeans an, aber kein Hemd, keine Schuhe und Strümpfe, und er trug eine Hornbrille. Der Körper des Jungen war glatt, haarlos und muskulös.

Bob ging direkt zum Kühlschrank und öffnete seine Tür; ein Lichtstrom fiel auf den Küchenboden. Er holte zwei Bier heraus, machte die Tür zu und öffnete einen Schrank. »Erdnüsse, Erdnüsse, Erdnüsse ... ah, da sind sie ja. Und Kartoffelchips sind ... hier.«

Er lud sich alles in die Arme und drehte sich zum Gehen um, sah aber die Beine eines Hockers nicht, der halb unter dem Tisch stand, stolperte darüber und warf alles hin. Er murmelte etwas in sich hinein, bückte sich und hob es auf. Dann hörte er hinter sich eine Tür knarren.

Er machte sich mit seinen beladenen Armen eine Hand frei und öffnete die Küchentür. »Annie, Paul?« rief er. »Jetzt keine Scherze bitte. Ich bin gerade mit einer sehr wichtigen Angelegenheit beschäftigt.« Keine Antwort. Er machte die Tür zu und schloß ab. Dann hörte er das Knarren wieder und es wurde ihm klar, daß es von dem Besenschrank kam. Er stellte das Bier und die Nahrungsmittel auf den Tisch und schlich sich auf den Schrank zu. Dann riß er ihn auf. »Schon gut, Linda, komm raus. Los, komm, ich weiß, daß du...«

Er kam mit einem Satz wie ein Tiger heraus und packte mit seiner linken Hand Bobs Hals in einem tödlichen Griff. Bob fiel zurück, griff sich an den Hals und schlug seinem Angreifer gegen den Kopf. Der Schlag erwischte den Mann voll im Gesicht, aber er kümmerte sich nicht darum. Er knallte Bob gegen die hölzerne Speisekammertür und hob ihn an seinem Hals vom Boden hoch. Bob gab gurgelnde Geräusche von sich und krallte nach der Gummimaske vor dem Gesicht seines Angreifers. Wenn er davonkommen wollte, mußte er seinen besten Schlag sofort führen, denn sein Sauerstoffvorrat ließ rapide nach, und er wußte, daß er nur noch einige Sekunden Zeit hatte. Er verschränkte seine Hände über dem Kopf und schlug sie mit all seiner Kraft dem Mann auf den Kopf. Er schüttelte sich, aber sein Griff um Bobs Hals wurde nicht schwächer. Aus den Augenwinkeln sah Bob das Messer in der freien Hand des Mannes, und in einer hilflosen Geste von Selbstschutz hob er seine Knie an. Er hörte den dumpfen Schlag, als das Messer in ihn drang. Dann senkte sich die Dunkelheit über ihn.

Linda zog ungeduldig an ihrer Zigarette und drückte sie in dem Aschenbecher direkt unter dem grinsenden Mund des Kürbisses auf dem Nachttisch aus. »Na, wo bleibt er denn? Vor zehn Minuten habe ich ihn runtergeschickt, damit er ein lausiges Bier holt. Muß er das erst brauen, oder was? Wenn er nur halb der Mann wäre, nach dem er aussieht, hätte er das in Rekordgeschwindigkeit erledigt und wäre schon längst wieder bei mir im Bett. Habe ich nicht recht, Mr. Kürbis?« Die Flamme in dem Kürbis antwortete ihr mit stummem Flackern. Linda nahm noch eine Zigarette aus der Packung und klebte sie sich an die Unterlippe. Dann kam ihr ein Einfall und sie grinste. »Come on, Baby, light my fire«, sagte sie zu dem Kürbis, steckte die Zigarette durch seine Nasenöffnung und steckte sie sich an der Kerze an. »Herzlichen Dank. Du magst zwar wie der letzte Penner aussehen, aber tief in deinem Innern bist du ein echter Gentleman. Ganz im Gegensatz zu manchen anderen Leuten.«

Sie hörte die Treppenstufen knarren und legte sich unter der Decke zurecht. Die Schritte waren schwer, als käme da ein alter Mann oder jemand, der sich mit einer schweren Last abmühte. »Gott sei Dank«, seufzte Linda. »Wo bleibt mein Bier?«

Die Tür öffnete sich und sie schüttelte lachend den Kopf. Er trug ein Bettuch mit ausgeschnittenen Augenschlitzen über dem Kopf und darüber hatte er Bobs dicke Brille aufgesetzt. Er stand in der Tür, starrte sie an und atmete schwer. Jedesmal, wenn er ausatmete, blies er das Bettuch von seinem Mund weg. »Witzig, Bob, wirklich witzig. Jetzt komm her, du alberner Kerl.«

Er rührte sich nicht.

»Ich wette, *den* Geist kann ich austreiben«, sagte sie und ließ die Decke aufreizend von ihrer Brust herabgleiten.

Linda lachte über ihren eigenen Witz, aber als der Geist wie angewurzelt in der Tür stehenblieb, runzelte sie die Stirn und zog sich die Decke brüsk wieder bis zum Hals hoch. »Schon gut, schon gut. Und wo ist das Bier?«

Keine Antwort.

»Komm, mach den Mund auf! Na gut, dann läßt du es eben. Mensch, du bist vielleicht komisch.« Noch immer keine Antwort. Der Geist stand unbeweglich wie ein Baum an seinem Platz. »Bob, jetzt reicht es aber langsam. Du machst mich nervös.« Keine Antwort. »Du kannst mich mal.« Sie stieg aus dem Bett und ging völlig nackt zu dem Haufen Kleider an seinem Fuß. In dem sanften Licht der Kerze sah sie unglaublich schön aus. Sie schien nicht zu gehen, sondern eher zu gleiten. Ihre Wirkung auf Männer war ihr bekannt und wenn sie damit Bob nicht aus der Reserve locken konnte, mußte er aus Stein sein. Sie suchte ihr Höschen aus dem Stapel Kleider heraus, schwenkte sie dem Geist vor der Brille hin und her und streichelte sie mit einer Hand. »Das ist deine letzte Chance, Kumpel, bevor ich die Juwelen verstecke.« Sie machte eine Pause und wartete auf eine Antwort. Einen Augenblick später zuckte sie die Achseln. »Also gut.« Sie zog sich das Höschen an und drehte sich um.

»Also, ich rufe jetzt Laurie an. Ich möchte wissen, wo Annie und Paul sind. *So* kommen wir auf jeden Fall nicht weiter.« Sie nahm den Hörer ab und wählte mit dem Rücken zu dem Geist die Nummer der Doyles.

Der Geist kam langsam auf sie zu. Linda sah ihn aus ihren Augenwinkeln. Während sie darauf wartete, daß Laurie den Hörer abnahm, sagte sie: »Na, endlich habe ich dich dazu gebracht, daß du dich rührst. Das wußte ich, sobald ich meinen Hintern versteckt habe, willst du mir die Hosen runterziehen. Ihr Männer seid doch alle glei---*arrggghhh*...«

Mit einer Hand hielt er ihr den Mund zu und mit der anderen wickelte er ihr das Telefonkabel um den Hals. Sie reagierte mit der Wildheit eines Opfers in voller Panik, krallte sich an seiner Hand fest und kratzte ihm Hautstreifen vom Handrücken. Trotz des brennenden Schmerzes packte er sie fester. Am anderen Ende der Leitung hörte er jemand sagen: »Hallo? Hallo?«

Er zog das Kabel fester an. Das Mädchen tanzte wie eine Wahnsinnige in seinem Griff, biß, trat, wand sich, kratzte ihn, trommelte auf ihn ein und zerrte an ihm. Sie wehrte sich mehr als alle anderen und kämpfte mit erstaunlichem Mut, aber es war vergeblich. Alles vergeblich. Ihre Bewegungen begannen langsamer zu werden, unkontrollierter und hektischer.

In einem letzten, verzweifelten Versuch zielte sie mit ihren Fingernägeln auf seine Augen, aber er drückte ihr sein Gesicht an den Hals, so daß sie ihr Ziel verfehlte. Ihre Nägel blieben in dem Bettuch hängen. Als ihre Hände endlich schlaff heruntersanken, zerrten sie das Tuch mit herab und enthüllten ihren Mörder.

Er trug eine groteske Maske.

»Hallo? Hallo?« Laurie tippte ungeduldig mit den Fingernägeln auf dem Telefon. »Schon gut, Annie! Dein berühmtes Kauen habe ich schon gehört. Kriege ich jetzt auch noch deine berühmten Schreie vorgeführt?«

Das Gurgeln und Keuchen hörte nicht auf. »Annie? Annie, fehlt dir etwas?« Jetzt hörte sie schweres, kehliges Atmen. »Annie, ist das wieder ein Witz von dir? Ich bring dich um, wenn das ein Witz ist. Mein Gott, wenn doch dieser Tag nur endlich vorbei wäre«, sagte sie und knallte den Hörer auf die Gabel.

Sie ging zum Fenster und sah zur anderen Straßenseite hinüber. Bobs Campingbus stand noch am Straßenrand, aber bis auf ein gelb-rotes Leuchten aus einem Fenster im ersten Stock brannte in dem Haus der Wallaces kein Licht. Laurie entschloß sich, noch einmal dort anzurufen; wenn niemand sich meldete, würde sie über die Straße laufen müssen.

Sie wählte die Nummer der Wallaces und wartete. Das Telefon klingelte vier-, fünf-, sechs-, siebenmal. Mit jedem Klingeln betete Laurie inbrünstiger darum, daß der Scherz ein Ende finden würde und daß Linda oder Bob oder Annie oder Paul den Hörer aufnehmen würde, um ihr mit jenem unnachahmlichen Lachen zu eröffnen, daß sie sie nur auf den Arm nehmen wollten. Achtmal klingelte es, neun, zehn.

Elf, zwölf, dreizehn.

Vierzehn, fünfzehn, sechzehn...

14

Laurie ließ den Hörer mit schwerer Hand auf die Gabel sinken und dachte darüber nach, welche Möglichkeiten ihr offenstanden. Es ging eigentlich nicht so sehr darum, daß sie nicht wußte, was sie tun sollte; das war ihr völlig klar, aber sie hatte keine Lust dazu.

Sie ging auf Zehenspitzen hinauf. Tommy und Lindsey lagen auf Tommys Bett, ließen Hände und Füße über die Kante baumeln und sahen in ihrem tiefen Schlaf aus, als seien sie aus einer Höhe von drei Metern fallengelassen worden. Puppen, Teile von Spielen, Autos, Lastwagen, Feuerwehrautos und Legosteine bedeckten das Bett und den Fußboden, als habe sie jemand in einen Mörser gesteckt und wahllos in das Zimmer geschossen. Tommy trug seinen Schlafanzug, aber Lindsey, die nicht erwartet hatte, so lange zu bleiben, war noch in ihren Kleidern.

Laurie hatte keine Bedenken, sie zurückzulassen; sie wußte von zahllosen Babysitting-Abenden bei ihnen, daß sie direkt nach dem Einschlafen am tiefsten schliefen. Es war nicht zu erwarten, daß sie aufwachen und den Panikknopf drücken würden, weil sie sie nicht im Haus vorfanden.

Sie ging wieder hinunter und öffnete ihre Handtasche. Sie hatte einen Ring mit vier oder fünf Hausschlüsseln von Leuten, auf deren Kinder sie regelmäßig aufpaßte, und sie suchte den für das

Haus der Wallaces heraus. Sie öffnete die Haustür der Doyles, trat hinaus, sah voller Widerwillen auf die andere Straßenseite und machte die Tür hinter sich zu. Sie überquerte die Straße, blieb vor dem dunkel aufragenden Haus der Wallaces stehen und suchte nach einem Lebenszeichen in ihm. Außer dem sanften Flackern einer Kerze im Obergeschoß war keines zu entdecken. Sie sah in Bobs Campingbus, aber darin war auch niemand.

Sie hatte ein Gefühl in den Füßen, als hätte sie Bleischuhe an, als sie die letzten Meter zu der Treppe der Terrasse hinter sich brachte, die um das Haus lief, und sie hinaufstieg. Sie versuchte den Griff der Haustür. Sie hätte ihren Schlüssel nicht gebraucht. Die Tür war offen.

Sie sah hinein und lauschte angestrengt. Sie glaubte, das Knarren eines Bodenbretts zu hören, aber vielleicht täuschte sie sich auch. Sie ging in das Haus hinein und blieb in der Tür zum Wohnzimmer stehen. »Annie? Bob? Linda?«

Völlige Stille begrüßte sie und ließ es ihr kalt den Rücken hinunterlaufen. Sie streckte eine Hand nach dem Schalter an der Wand aus und kippte ihn.

Das Zimmer blieb dunkel. Fluchend ging sie in die Eingangshalle zurück und versuchte, den großen Kronleuchter dort anzuschalten.

Keine Reaktion.

»Bei euch sind wohl *wirklich* ein paar Sicherungen durchgebrannt«, sagte sie mit einem nervösen Lachen.

Sie blieb einen Augenblick in der Eingangshalle stehen, um ihren Augen Zeit zu lassen, sich an die Dunkelheit zu gewöhnen. Dann wagte sie sich in das Wohnzimmer vor. Nichts rührte sich darin, aber eine Untersuchung der Kissen auf der Couch verriet ihr, daß sich wahrscheinlich ein Paar hier vergnügt hatte. Wahrscheinlich waren sie oben.

Alle? fragte sie sich. »Mein Gott, das fehlt mir gerade noch – eine Orgie zu unterbrechen«, sagte sie laut.

Sie zuckte zusammen, als sie hörte, wie oben etwas Schweres, das nach einem Möbelstück klang, verrückt wurde. Darauf folgte ein lautes Krachen. Sie lief zum Fuß der Treppe und starrte hinauf. Die Schlafzimmertür war geschlossen, aber ein unheimliches gelb-rotes Licht schien unter ihr durch.

Sie rang sich ein Lächeln ab und schüttelte den Kopf. »Also gut, ihr Spinner. Der Witz ist vorbei.« Sie ging zögernd eine Treppenstufe hinauf und blieb stehen, um zu lauschen. »Komm, Annie, jetzt reicht's.«

Ein neues Geräusch begrüßte sie, das so klang, als würde etwas über den Boden geschleift. Das Geräusch stockte abrupt, und dann ging oben im Schlafzimmer eine Kleiderschranktür zu.

Laurie ging drei Stufen weiter. »Hört mal, das ist aber jetzt wirklich nicht mehr komisch. Laßt es gut sein jetzt!«

Nun kam ein schabendes Geräusch.

Ihr Herz begann donnernd zu klopfen, und sie überlegte sich, ob sie fliehen sollte, aber sie wußte, wie sehr man dann in der Schule über sie lachen würde, wenn Annie und Paul und Linda und Bob allen erzählen würden, wie sie Laurie Strode an Halloween so erschreckt hatten, daß sie beinahe durchgedreht wäre.

»Das werdet ihr büßen!« rief sie und machte sich entschlossen daran, die Treppe hinaufzugehen.

Loomis war es kalt, und es wurde ihm immer kälter. Wenn er gewußt hätte, daß er mitten in einer kalten Oktobernacht in einer Hecke würde lauern müssen, hätte er sich entsprechend angezogen. So aber hatte er nur einen Trenchcoat über einem Sommeranzug an, und ihn fror.

Bis auf die Kinder, die er fortgejagt hatte, hatte sich bei dem Haus der Myers nichts gerührt, und als es immer später wurde, begann sich Loomis zu fragen, warum er jemals erwartet hatte, daß sich hier etwas tun würde. Sicher, der Mann war in bester Kriminellentradition zum Schauplatz des Verbrechens zurückgekehrt, aber das war jetzt schon lange her. Warum sollte er denn hier bei dem Haus bleiben? Würde er nicht woanders nach Opfern suchen?

Weil Loomis fror, und weil es ihm langsam klarzuwerden begann, daß er das falsche Haus bewachte, fing er an, auf und ab zu gehen. Er ging in dem Block auf und ab und sah dabei immer wieder über seine Schulter, um das Haus der Myers nicht völlig aus den Augen zu verlieren. Er entfernte sich dabei allmählich immer weiter von dem Haus, und dabei wurde er immer sicherer, daß seine Beute in der Nähe war. Diese Überzeugung war sowohl auf Überlegungen als auch auf Gefühle begründet. Intellektuell überlegte er sich, daß sein Patient mit der eigenartigen Zuneigung des Jägers zu seinem Opfer tatsächlich heute heimgekommen war, und daß er in der unmittelbaren Nachbarschaft nach Opfern suchen würde.

Es war jedoch nicht nur ein intellektueller Schluß; es war ein Gefühl, eine Eingebung. Loomis' Wirbelsäule zitterte wie eine Wünschelrute in der Nähe von Wasser. Das Böse war unterwegs, und zwar ganz in der Nähe. Wenn er nur ein definitives Zeichen finden könnte...

Loomis' unruhige Wanderungen führten ihn immer weiter von dem Haus der Myers weg, und bald drehte er ihm den Rücken zu, ohne sich umzusehen, denn er war nun überzeugt davon, daß sein Wahnsinniger nicht dort war. Wie ein Pendel schwang Loomis hin und her, stellte sich auf die Vibrationen des Bösen in der Luft ein und versuchte, wie ein Pilot, der in einer stürmischen Nacht einem Leitstrahl folgt, ihren Ursprung zu finden.

Er überlegte sich, ob er weiter gerade den Block entlang auf und ab gehen oder besser abbiegen und mit seinen Schritten eine Art Suchraster bilden sollte. An einer bestimmten Ecke fühlte er sich stark angezogen und beschloß, sich von dieser Kraft leiten zu lassen, selbst wenn er dabei das Haus der Myers ganz aus den Augen verlor. Es war so, als wäre er ein Stein auf einem Ouija-Brett, und jemand hätte ihn gefragt: *Ist hier ein Mörder in der Nähe?* Die Kraft der Vibrationen schickte ihn... wohin? Diese eichenbestandene Straße hinunter und auf dieses Auto zu. Warum dieses Auto?

Aber das war kein gewöhnliches Auto, das war ein Caravan. Ein Caravan! Konnte das der richtige sein? Seine Schritte wurden schneller. Die Farbe des Wagens war in dem gelben Licht der Bogenlampen nur schwer zu erkennen, aber es sah aus, als wäre sie das gleiche kräftige rötliche Braun wie der Caravan der Anstalt. Ein Blick auf die Seite des Fahrzeugs würde ihm Sicherheit bringen. Er strengte seine Augen an, um das Emblem auf der Tür auszumachen, und seine Beine bewegten sich mit einer Geschwindigkeit, wie sie das seit zehn Jahren nicht mehr getan hatten. Und in seinem Kopf wurden mit jedem Meter, den er zurücklegte, die Vibrationen des Bösen stärker...

Sie stand gelähmt vor Unsicherheit am Ende der Treppe im ersten Stock im Flur. Am Fuß der Treppe war sie noch sicher gewesen, daß das alles nur ein Scherz ihrer Freunde und Freundinnen war. Mit jeder Stufe aber, die sie hochgestiegen war, waren auch ihre Zweifel gewachsen. Wenn das wirklich ein Ulk war, dann war er, na, zu gut, zu professionell. Wo war das Getuschel und Gekicher, wo das Flüstern und unterdrückte Gelächter? Es war alles zu still. Viel zu still.

Sie sah auf die Spalte unter der Tür, eine sanft gelb-rote Linie, die verführerisch leuchtete wie ein Neonlicht, das ein verbotenes Vergnügen versprach. Sie biß die Zähne zusammen. Wenn das wirklich für sie vorbereitet war, hatten sie ihre Sache ausgezeichnet gemacht – sogar Spezialeffekte hatten sie vorbereitet! Wie konnte sie draußenbleiben?

Sie trat zwei Schritte vor und legte eine Hand um den Türgriff. Ihre Beinmuskeln waren gespannt wie die eines Sprinters am Start, und sie war bereit, beim ersten Anzeichen von Schwierigkeiten zurückzuspringen und die Treppe hinunterzulaufen.

Sie schob die Tür einen Spalt auf. Auf dem Bett konnte sie ein paar Füße erkennen, aber sie wußte nicht, wem sie gehörten. Etwas außerhalb von ihrem Blickfeld stand eine Kerze oder ein ausgehöhlter Kürbis und warf ein gelb-rotes Licht auf die Beine.

Laurie öffnete die Tür fünf Zentimeter weiter und streckte ihren Kopf in das Schlafzimmer. Sie konnte immer mehr von der Gestalt auf dem Bett erkennen. Die Füße, die Knie, die Oberschenkel, das Schamhaar, das Becken, den Bauch...

...das weiße, blutleere Gesicht Annies, den Mund zu einem lautlosen Schrei aufgerissen, das namenlose Entsetzen in ihren weitgeöffneten Augen...

Und hinter ihrem Kopf ein Grabstein.

Auf dem Grabstein stand:

Unserer geliebten Tochter
Judith Margaret Myers

Darunter standen Zahlen, aber Laurie las sie nicht, weil sich von diesem Moment an die Ereignisse überstürzten.

Sie hörte ihren eigenen Schrei, und im gleichen Augenblick war ihr klar, daß das oder der, der ihre beste Freundin ermordet hatte, hier sein mußte, ganz in der Nähe, und auf sie wartete. Erst dann bemerkte sie Bob, der an einem Seil von der Decke herabhing. Lauries Beine schienen unter ihr wegzuschmelzen, und die Fluchtbereitschaft verließ sie, als sei sie mit einem Hahn abgelassen worden. Es kam ihr wie eine Woche vor, bis sie es geschafft hatte, sich umzudrehen, aber als es ihr endlich gelungen war, schwang rechts von ihr langsam die Tür eines großen Kleiderschranks auf und enthüllte Linda, die nackt auf einen Stuhl gesetzt worden war. Im Gegensatz zu Annie und Bob war ihr Körper vom Hals an abwärts unversehrt. Nur Hals und Gesicht waren tiefrot, als habe eine ungeheure Kraft das Blut in den Kopf gedrückt.

Laurie wußte nicht mehr, ob sie noch schrie, denn die Angst ließ ihr so das Blut in den Ohren sausen, daß sie nichts mehr hören konnte. Für eine Person, deren Erfahrung mit dem Entsetzen bisher auf den Anblick von kleinen Tieren beschränkt gewesen war, die jemand auf der Straße überfahren hatte, war die Belastung ihres Systems ungefähr so, als habe jemand eine Million Volt durch einen Draht geschickt, der für hundert vorgesehen war. Sie wußte nicht, was sie in diesem Augenblick daran hinderte, ihr Bewußtsein zu verlieren, aber eine Stimme in ihrem Gehirn befahl ihr, Maßnahmen zu ergreifen, um zu überleben, und darauf konzentrierte sie sich, obwohl all ihre Instinkte danach schrien, in blinder Panik zu versinken.

Im gleichen Bruchteil einer Sekunde, in dem sie zu diesem Ergebnis kam, sah sie einen dunklen, schrecklichen Schatten im Flackern der Kerze aufragen. Sie wußte, daß das der Mann war, der den ganzen Tag ihren Schritten gefolgt war, und sie wußte auch, daß er erwartete, sie würde nach hinten sinken, wo er auf sie wartete. Also tat sie etwas Unlogische und rettete damit ihr Leben.

Sie duckte sich.

Sie ging im gleichen Augenblick in die Hocke, in dem er sich auf sie stürzte. Seine Hand griff nach ihrem Hals, als er über sie stolperte, aber mehr erwischte er nicht von ihr. Nun aber stand sie vor einem noch größeren Problem, denn sein Sprung hatte ihn in den Gang hinausgetragen, so daß ihr der Fluchtweg die Treppe hinunter versperrt war; sie saß in der Falle, und er brauchte jetzt bloß noch die Lücke zwischen ihnen zu schließen. Er griff an seinen Gürtel und zog ein riesiges, blutverschmiertes Messer heraus, nachdem er langsam, fast lässig aufgestanden war. Laurie zog sich zurück und überlegte sich, ob sie ihren Angreifer von der Treppe weglocken könnte, aber als er näherkam, hielt er seinen Körper zwischen ihr und dem Gang.

Wie ein Computer prüfte ihr Gehirn die Möglichkeiten. Sie konnte sich in das Schlafzimmer zurückziehen und versuchen, die Tür zu verrammeln. Zu riskant. Sie konnte in ein anderes Zimmer fliehen. Das war auch nicht sicherer.

Oder sie konnte über das Treppengeländer springen und den Sturz riskieren.

So mußte sie es versuchen. Sie sah über das Geländer und schätzte die Entfernung bis zum Erdgeschoß auf ungefähr zweieinhalb bis drei Meter. Sie machte sich für den Sprung bereit, und auch er spannte seine Muskeln. Wie im Sportunterricht stützte sie sich mit einer Hand auf das Geländer, als sei es ein Schwebebalken, und flankte darüber. Einen Moment lang hielt sie sich an dem Geländer fest, um ihren Sturz zu dämpfen. Als sie ihren Griff löste, spürte sie, wie er sie mit einer Hand am Handgelenk packte. Sein Griff war zwar ungeheuer stark, aber er befand sich in einer ungünstigen Position. Er versuchte verzweifelt, sie mit einer Hand festzuhalten und hieb mit dem Messer nach ihr, aber es streifte ihren Arm nur, und er ließ sie los. Sie versuchte, mit ihren Füßen gerade auf den Stufen unter ihr zu landen, aber mit ihrem rechten Fuß erwischte sie eine Stufe nicht richtig, und ein heftiger Schmerz durchzuckte ihren Knöchel. Ihr rechter Arm brannte, wo ihn die Spitze seines Messers erwischt hatte. Als sie ihn ergriff, spürte sie die Nässe von Blut.

Aber sie lebte noch, und jetzt mußte sie zusehen, daß sie hier herauskam. Sie sah, daß er noch über das Geländer gebeugt war, aber er erholte sich schnell und kam hinter ihr her. Laurie sprang auf. Der Schmerz in ihrem Knöchel brannte wie Feuer, aber es gelang ihr, in die Küche zu humpeln. Hinter ihr hörte sie ihn die Treppe hinunterstampfen.

Als sie die Küche erreichte, bog er gerade um die Kurve am Fuß der Treppe, und der Stahl seiner Messerklinge blitzte im Schein der Straßenlaternen. Sie warf die Küchentür zu und holte einen Stahlstuhl vom Küchentisch. Es gelang ihr gerade noch, ihn unter den Türknauf zu klemmen, bevor sie den dumpfen Schlag seiner Schulter gegen die Tür und sein gedämpftes Grunzen hörte.

Sie humpelte zu der Tür nach außen und drehte ihren Knauf um. Sie war verschlossen oder verklemmt, wahrscheinlich absichtlich von der gleichen Hand, die auch die Lichter ausgeschlagen hatte. Sie tastete nach dem Knopf, der manchmal Türen von dieser Art entriegelte, konnte ihn aber nicht finden.

Plötzlich explodierte die andere Tür, als seine Faust sie durchbrach, und ein Schauer von Holzsplittern flog durch die Küche. Die Türbretter knarrten und bogen sich nach innen, als sein Arm sich bis zur Schulter durch sie schob. Laurie betrachtete sich das faziniert mit großen Augen, bis sie sich wieder der Aufgabe zuwendete, hier herauszukommen. Sie schüttelte verzweifelt an dem Türknauf, erreichte aber damit nicht mehr, als ihre Scheiben zum Klirren zu bringen. Hinter ihr hörte sie, wie er das Loch mit einem zweiten splitternden Schlag ausweitete.

Na schön, sagte sie sich in der verzweifelten Bemühung, ihre Gedanken beieinanderzuhalten, wenn er seine Tür einschlagen kann, kann ich das mit meiner auch. Sie sah sich nach einem Werkzeug oder auch nur einem Handtuch oder einem Kissen um, um ihre Hand vor den Glassplittern zu schützen, aber da sie nichts dergleichen fand und den Stuhl, den sie unter die Tür geklemmt hatte, auf den Boden rutschen hörte, ballte sie eine Faust und schlug damit gegen die Glasscheibe neben dem Türknauf. Sie zerbrach, und ein Dutzend Glasscherben zerschnitten ihr die Knöchel, aber in ihrer Angst und Verzweiflung spürte sie den Schmerz nicht. Sie tastete nach dem Schloß und fand eine kleine Flügelschraube unter dem Griff. Sie legte sie um, drehte den Türknauf innen mit ihrer anderen Hand um und drückte zugleich mit ihrer Schulter gegen die Tür. Sie gab nach, und Laurie fiel im gleichen Augenblick hinaus, in dem er den Stuhl zur Seite trat und durch die Küche stampfte.

Sie ließ sich noch immer von der Vernunft leiten, schloß die Tür hinter sich und legte den Riegel wieder um, um sich so noch ein paar Sekunden zu erkaufen. Als sie sich aufrichtete und auf das Nachbarhaus zuhumpelte, hörte sie sein enttäuschtes Grunzen, als er die zweite Tür verschlossen fand. Er versuchte, die Tür aus dem Rahmen zu schütteln, und sie hörte, wie jede Glasscheibe vibrierte.

Sie lehnte sich gegen die Türklingel der Martinsons, eines älteren und nicht besonders freundlichen Paares. Es schien eine Ewigkeit zu dauern, bis sie reagierten, aber ein Licht ging an. Sie hämmerte an die Tür und schrie: »Bitte helfen Sie mir! Rufen Sie die Polizei! Bitte!«

Sie sah eine Hand, die einen Vorhang zur Seite schob, und ein Auge sah zu ihr heraus. »Bitte rufen Sie die Polizei!« rief sie dem Gesicht zu. Das Fenster wurde zwei Zentimeter hochgeschoben.

»Jetzt keine Halloween-Scherze mehr! Es ist spät. Verschwinde! Wir haben keine Süßigkeiten mehr!«

»O Gott!« stöhnte Laurie, als das Licht ausging. In diesem Augenblick hörte sie eine Glasscheibe zerbrechen und die Hand ihres Verfolgers auf der Suche nach dem Schloß außen gegen die Tür hämmern.

Mit ihrem verstauchten Knöchel humpelte sie mühsam über die Straße. Sie sah über ihre Schulter; die Hintertür brach auf, und die dunkle Gestalt taumelte auf die Einfahrt heraus. Er sah sich um und fand sie. Sie hatte inzwischen fast die Haustür der Doyles erreicht.

Der Schlüssel. Wo war der Schlüssel?

Sie hatte einen Schlüsselring in der Hand gehabt, als sie bei den Wallaces hereingekommen war. Ihre Jeans waren zu eng gewesen, um ihn in die Tasche zu stecken, und so hatte sie ihn in der Hand behalten. In dem Tumult hatte sie ihn dann irgendwann verloren.

Er kam mit stetigen Schritten hinter ihr her, ohne sich zu beeilen. Sein Messer hielt er in der Hand, als wolle er der ganzen Welt die Herausforderung entgegenschleudern, ihn aufzuhalten zu versuchen. Wenn jemand die Szene gesehen hätte, hätte er sie für eine Halloween-Pantomime gehalten, die von zwei begabten Jugendlichen vorgeführt wurde. Also, diese Schreie von ihr waren wirklich so durchdringend, daß man sie für echt halten könnte. Und schaut doch nur, wie realistisch er seine Messerklinge angemalt hat! Es sieht wirklich wie Blut aus!

Laurie schlug immer wieder mit ihrer Handfläche an die Haustür. »Tommy, Tommy, mach auf! Ich habe mich ausgeschlossen!« Nun klopfte sie mit der geballten Faust an die Tür. »Tommy, wach auf, ich bin's, Laurie!«

Sie sah sich um und fand einen Blumentopf mit Geranien neben der Fußmatte. Sie hob ihn auf, trat zurück und warf ihn an das Fenster des Schlafzimmers, in dem Tommy und Lindsey lagen. Bitte, lieber Gott ...

Krach!

»Tommy, wach auf, ich bin's, Laurie!«

Sie stand auf und wartete hilflos darauf, daß endlich das heiß ersehnte Gesicht im Fenster erscheinen würde. Wieder rief sie. Die Gestalt hatte inzwischen die Straße halb überquert, und ihr Gesicht war im Licht der Straßenlaternen besser zu sehen. Entweder war es eine Gummimaske, oder sein wirkliches Gesicht war unvorstellbar häßlich. »*Tommy!*«

Ein schläfriges Gesicht sah durch die zerbrochene Scheibe. »Laurie?«

»Tommy, komm ganz schnell runter und mach mir die Tür auf. Eil dich!«

Das Gesicht verschwand, und Laurie schickte ein Stoßgebet zum Himmel, daß der Junge nicht glaubte, er träumte, und sich wieder ins Bett legte. Der Mörder hatte nun den Rasen erreicht und kam mit erhobenem Messer auf sie zu. Laurie sah in Gedanken noch einmal Annie vor sich, wie sie mit aufgeschlitztem Bauch auf dem Bett lag. »Tommy, schnell!«

Dann hörte sie das herrliche Geräusch, wie ein Riegel zurückgeschoben wurde. Sie drehte den Türknauf, schob die Tür auf und warf Tommy dabei um. Sie warf die Tür wieder hinter sich zu, verriegelte das Schloß und schob den Riegel vor, während Tommy sich erhob und seine Augen rieb.

»Tommy, ich möchte, daß du sofort wieder nach oben gehst...«

»Was ist denn los, Laurie?«

»Sei still! Hol jetzt Lindsey, und dann geht ihr beide wieder in das Schlafzimmer und schließt die Tür hinter euch zu.«

»Ich habe Angst...«

»Tu, was ich sage! Los!«

Er ging langsam wieder zur Treppe zurück. »Laurie?«

»Was ist?«

»Es ist der schwarze Mann, nicht?«

»Eil dich!«

Tommy brach in hysterisches Schluchzen aus und rannte die Treppe hinauf. Die Schlafzimmertür schlug zu und klickte, als Tommy sie verschloß. Sie hörte, wie Tommy und Lindsey sich gegenseitig vor Angst halb wahnsinnig machten, aber sie hatte jetzt nicht die Zeit, um sie zu beruhigen. Sie rannte zum Telefon, nahm den Hörer ab und wartete mit dem Finger über der Wählscheibe auf das Freizeichen. Kein Freizeichen. Das Telefon war tot. Sie knallte den Hörer auf die Gabel, blieb wie gelähmt stehen und versuchte, sich ihren nächsten Schritt zu überlegen.

Ein Luftzug fuhr ihr durch das Haar. Er kam aus der Küche. Sie ging einen Schritt auf die Küche zu, blieb aber dann stehen und zog sich wieder zurück. Wenn die Küchentür schon offen war, war es zu spät. Er war bereits im Haus.

Nun überwältigte es sie. Die Realität des Bösen, der Horror dieser Realität, drang ihr ins Bewußtsein, das seit ihrer Geburt darauf programmiert worden war, den Horror und das Böse als etwas zu betrachten, was man auf den Rahmen der Bildröhre eines

Fernsehgeräts beschränken konnte. Der Schock war so heftig, daß sie glaubte, sie würde den Verstand verlieren. Sie vergrub ihr Gesicht in den Händen und stieß ein klagendes Geheul aus, auf das ein ersticktes Schluchzen folgte. »Bitte, bitte hör auf«, wimmerte sie und sank vor der Couch im Wohnzimmer auf die Knie. »Bitte!«

Sie registrierte noch ein anderes Geräusch in dem Zimmer.

Jemand atmete schwer. Und kam auf sie zu.

»Bitte...?«

Sam Loomis rannte mit geneigtem Kopf die Straße entlang wie ein Bluthund, der einer Spur folgt. Er aber folgte nicht einem Geruch, sondern einem Gefühl, einer Vibration. »Jetzt wärmer; nein, wieder kälter; jetzt wird es wieder wärmer, noch wärmer; nein, kälter«, schien ihm eine Stimme zu sagen. Seine Augen musterten ein Haus nach dem anderen in der Hoffnung, etwas Außergewöhnliches zu entdecken, aber er sah nur das enttäuschende Bild eines ordentlichen Hauses nach dem anderen unter schützenden Bäumen auf angenehm gepflegtem Rasen vor sich. Wenn das doch nur das Transsylvanien des neunzehnten Jahrhunderts wäre, sagte er sich düster, dann wüßte ich, wo ich zu suchen habe, aber wir sind im letzten Viertel des zwanzigsten Jahrhunderts in einer schönen Kleinstadt im Mittleren Westen des modernen Amerika. Hier müßte doch sicher jede Manifestation des Bösen wie ein Leuchtfeuer auffallen!

»Du Kreatur der Hölle, zeig dich!« rief er zum Nachthimmel hinauf.

Ein Polizeiwagen bog in die Straße ein, und er wurde im Licht von zwei Scheinwerfern gefangen. Der Wagen hielt abrupt neben ihm an. »Wo waren Sie denn, zum Teufel?« brüllte Brackett aus seinem Fenster. Loomis sah, daß sein Gesicht rot vor Zorn war. »Ich bin zum Haus der Myers zurückgefahren . . .«

Loomis brachte ihn mit einer ungeduldigen Handbewegung zum Schweigen. »Ich habe den Caravan der Anstalt gefunden. Er ist hier!«

»Wo steht der Wagen?«

»Drei Blocks von hier. Hören Sie, Sie fahren jetzt diese Straße hinauf und die nächste hinunter. Drücken Sie auf die Hupe, wenn Sie etwas sehen. Schießen Sie, wenn es ernst wird. Ich schieße dann auch.«

»Und wenn ich ihn sehe?«

»Dann schießen Sie auf ihn . . . in sein Herz.«

15

In der Nähe des Todes gingen Laurie eine Menge verrückter Gedanken durch den Kopf. Es war nicht ganz so, wie man sagte, daß ihr ganzes Leben vor ihr vorübergezogen wäre, sondern eher so, als sähe sie Momentaufnahmen von sich selbst, die jemand aus einer unsortierten Sammlung herausgezogen hatte: ein Ausflug zu einem See in Michigan mit ihrem Vater, bei dem ihr Kanu von einem plötzlichen Windstoß ans Ufer getrieben worden war; eine zweischichtige Torte, die sie mit ihrer Mutter gebacken hatte, nur um festzustellen, daß sie nur genug Füllung für eine Schicht gemacht hatten; ein kleiner Waschbär, den sie sich als Haustier gehalten hatte, bis er ihr das Zimmer in einem Wutanfall zerstörte.

Sie fragte sich, wie es wohl gewesen wäre, wenn sie mit einem Mann ins Bett ging; sie fragte sich, wer wohl zu ihrem Begräbnis kommen würde; sie fragte sich, welche Noten die Lehrer wohl gaben, wenn jemand mitten im Schuljahr starb; sie fragte sich, was sie ihr wohl zum Begräbnis anziehen würden und ob ihr Gesicht verstümmelt werden würde, so daß sie den Sarg nicht mehr aufmachen konnten; sie fragte sich, was wohl passiert wäre, wenn sie die Verabredung mit Bill Tramer eingehalten hätte.

Sie fragte sich, wie es wohl war, wenn man starb und tot war.

Sie saß am Fuß der Couch, fühlte sich fast heiter und kam sich vor wie eine Verurteilte, die auf den Scharfrichter wartete. Neben ihr lag Mrs. Doyles Strickzeug. Die Nadeln . . .

Die Nadeln!

Ihre blutverschmierte Hand schloß sich genau in dem Augenblick um eine der Stricknadeln, in dem sich sein Unterarm um ihren Hals legte. Sein Arm war so fest und muskulös, daß er sich wie Mahagoni anfühlte, und für den kurzen Augenblick, bevor sie handelte, drückte er ihr die Luftröhre wie mit einer Stahlklammer zu. Sie spürte den ekelhaften Dunst des Blutes auf seinem Arm und roch den Gestank seines Atems. Sie wußte, daß alles vorbei wäre, wenn sie auch nur zwei Sekunden lang zögern würde, denn selbst wenn er sie nicht erstickte, konnte das Messer in seiner Hand schon in diesem Augenblick niederfahren.

Sie überlegte sich ihre nächste Bewegung ganz genau, denn sie wußte, daß ein Fehler jetzt tödlich für sie wäre, und stieß die zwanzig Zentimeter lange Nadel in die Richtung seines Gesichts. Sie spürte, wie sie sich tief ins Fleisch hineinbohrte.

Sie hörte ein Grunzen, und sein Unterarm lockerte sich lange genug, um ihr Gelegenheit zu geben, unter ihm herauszurutschen. Sie rannte zur Treppe und sah sich unterwegs ganz kurz um. Er taumelte von der Couch zurück und zerrte an der Nadel, die tief in seinem Hals steckte. Trotz des stechenden Schmerzes in ihrem Knöchel, der inzwischen angeschwollen war, rannte sie mit großen Sätzen die Treppe hinauf.

Sie hämmerte an die verschlossene Schlafzimmertür. »Lindsey, Tommy, ich bin's. Macht die Tür auf, schnell.«

Tommy öffnete die Tür und streckte seinen Kopf heraus. Sie rannte in das Zimmer und warf dabei den Jungen ein zweites Mal um. Sie trat die Tür zu und verschloß sie. Die Gesichter der Kinder waren tränenüberströmt, und ihre Augen rollten unwillkürlich. Sie standen gefährlich kurz davor, durch den Schock das Bewußtsein zu verlieren. »Es ist alles in Ordnung, Kinder, alles in...«

Sie neigte den Kopf. Von unten waren Bewegungen zu hören. Möbel wurden herumgeschoben, und schwere Schritte taumelten auf die Treppe zu.

»Jetzt hört mir genau zu«, sagte sie und bemühte sich, die Angst zu unterdrücken, die ihr wie mit eisernen Klauen das Herz zusammendrückte. »Ihr müßt euch jetzt umziehen. Wir machen draußen einen Spaziergang.«

»Das war der schwarze Mann«, sagte der Junge. Sein Körper zitterte wie der eines gefangenen Tiers.

»Nein«, sagte Laurie und lauschte. Vom Fuß der Treppe kam ein schwerer Schlag, und dann folgte Stille. Wenn das tatsächlich das Geräusch war, für das sie es hielt, war alles vorbei. »Nein, das war er nicht.«

»Ich habe solche Angst«, wimmerte Lindsey.

»Du brauchst jetzt keine Angst mehr zu haben«, beruhigte sie das kleine Mädchen. Wieder lauschte sie. Es war still.

»Bist du sicher?« winselte Tommy.

»Ja.«

»Weshalb weißt du das?«

»Weil ich ihn umgebracht habe.«

»Den schwarzen Mann kann man nicht umbringen.«

»Ich schon, und ich habe es getan. Er liegt am Fuß der...«

Ihr Satz wurde zusammen mit ihrer Zuversicht durch einen ungeheuren Schlag gegen die Tür beendet. Sie hielt ihn zwar aus, aber das Holz neben dem Griff wölbte sich nach innen, und ein

Schauer von getrockneter Farbe fiel auf den Boden. Den nächsten Schlag würde sie nicht mehr aushalten.

Laurie hatte ihre Widerstandskraft zwar schon fast völlig verlassen, aber instinktiv versuchte sie, die Kinder zu retten, und schob sie in das Badezimmer. Sie wehrten sich wie Rinder auf dem Weg zum Schlachthaus, als sie die Tür hinter ihnen zumachte und rief: »Schließt die Tür ab! Schließt sie ab!« Sie wartete zehn Leben lang, bis sie endlich das Klicken hörte, und fragte sich dabei, was es ihnen wohl nützte, wenn sie die Tür abschlossen, wenn diese Bestie sie wie Reispapierschirme durchbrechen konnte. Schon war seine Faust durch das angeschlagene Türblatt gebrochen und tastete nach dem Schloß. Nur zu gern hätte sie mit einem schweren Gegenstand auf diese Hand eingeschlagen, aber sie konnte nicht weggehen, bis die Kinder die Tür nicht verschlossen hatten. »Tommy . . .!«

Der Riegel der Badezimmertür wurde vorgeschoben, aber im gleichen Augenblick gab der Riegel der Schlafzimmertür nach. Laurie zog sich zurück und sah sich in dem Zimmer nach einer Waffe oder einem Versteck um, konnte aber nichts Besseres entdecken als einen großen, begehbaren Kleiderschrank mit Lamellentüren. Sie rannte zu ihm hin, riß die Doppeltür auf, schlüpfte hinein und warf sie hinter sich wieder zu.

Sie bemerkte einen Krawattenhalter an der Tür, zerrte eine Krawatte heraus und wickelte sie um die beiden kleinen Porzellantürknöpfe, um die Tür zuzuhalten. Sie wußte nicht, was ihr das nützen sollte, und sie lächelte grimmig bei dem Gedanken, daß sich jemand, der mit der bloßen Faust anderthalb Zentimeter Sperrholz durchschlagen könnte, sich von einer Tür aus dünnen Kieferlamellen aufhalten lassen würde, die von einer Krawatte zugehalten wurde. Vielleicht konnte sie sich aber damit noch drei Sekunden erkaufen, um zu überlegen, sich vorzubereiten und zu verteidigen.

Oder vielleicht erkaufte sie sich damit auch nur noch drei Sekunden Lebenszeit.

Sie hörte, wie die Schlafzimmertür aufbrach und er mit schweren Schritten in das Zimmer kam. Er knurrte beim Atmen, und wieder erfüllte der ekelhafte Gestank des frischvergossenen Bluts ihrer Freunde an seinen Händen den Raum.

Sie drückte sich weiter in den Schrank zurück und warf dabei einige leere Kleiderbügel klappernd auf den Boden. *Schön ge-*

macht, Laurie, sagte sie zu sich selbst. *Warum habe ich dann nicht gleich gerufen: »Hier bin ich, Mr. Mörder!«*

Er schlurfte auf den Schrank zu und rüttelte mit elementarer Kraft daran. Laurie zog sich in eine Ecke des Schranks zurück und sank auf den Boden. *Hier also wirst du sterben,* verkündete sie sich innerlich.

Eine Sekunde später fuhr seine Faust mit der Leichtigkeit eines Hammers, der ein Spielzeug aus Balsaholz zerschmettert, durch die Lamellen. Die blutverschmierte Hand fuhr durch den Schrank, und ihre Finger suchten ein Stück, irgendein Stück von Lauries Körper, fanden aber nur Kleider und Bügel. Die wiederum fielen auf sie und brachten ihr erschöpftes Gehirn auf die einzige, die letzte Maßnahme, die ihr noch blieb, bevor sie vor dem wahnsinnigen Angriff des Mörders kapitulierte.

Sie nahm einen Kleiderbügel aus Draht auf.

Sie begann, den Griff aufzudrehen, der aus zwei ineinander verschlungenen dicken Drähten bestand. Während die Hände des Mörders an den Lamellen auf und ab fuhren, gelang es ihr endlich, die beiden Drahtenden voneinander zu trennen und den Bügel aufzubiegen. Sie packte ihn so fest, daß er halb in die Luft gerichtet war, und machte sich bereit.

Die Tür hing nur noch an Splittern. Der nächste Schlag würde sie zerstören. Tatsächlich wölbte sie sich nach innen und explodierte in tausend Stücke. Laurie schien sie alle wie in Zeitlupe scharf sehen zu können, wie die Stücke eines bis zur Unkenntlichkeit zersplitterten Lebens – ein Vater, eine Mutter, ein Zuhause, eine Schule, eine Freundin, eine Vergangenheit, eine Zukunft, eine Gegenwart...

Die bösartig knurrende Kreatur war bei ihr im Schrank, fegte die herunterhängenden Kleider zur Seite und warf sie auf den Boden. Ihre Wildheit bot einen faszinierenden Anblick, und ein losgelöster, nüchterner Teil von ihr verfolgte die Vorstellung mit Bewunderung, als sei sie in einer Manege und sie, Laurie, säße sicher unter den Zuschauern.

Dann aber war sie keine Zuschauerin mehr. Sie war der große Preis, um den es hier ging. In dem Schrank war es zwar dunkel wie in einem Kohlenbergwerk, aber trotzdem sah sie, daß sich ihr Verfolger nun von dem hinteren Ende des Schranks abgewendet hatte und ihr sein Gesicht zudrehte. Er sah sie in der Dunkelheit ebenso deutlich wie sie ihn. Die beiden starrten sich an, und bis auf das Geräusch ihres Atems herrschte völlige Stille. Es folgte ein Moment, in dem Laurie fantasierte, er würde sich nicht auf sie stürzen, sondern seine Maske herunterreißen, lachen und sagen, es sei alles nur ein Halloween-Ulk gewesen und die Leichen auf der anderen Straßenseite nur geschickt aufgemachte Schaufensterpuppen, und jetzt könnte sie heimgehen, und nächstes Halloween sehen wir uns wieder.

Oder vielleicht war er zu dem Entschluß gekommen, daß er für eine Nacht genug Menschen abgeschlachtet hatte und daß er sich umdrehen und der Polizei stellen würde? Oder vielleicht würde er in diesem letzten Augenblick der Verwundung erliegen, die sie ihm mit Mrs. Doyles Stricknadel am Hals beigebracht hatte?

Gewiß, Laurie, gewiß. Du träumst noch bis zum letzten Augenblick, was?

Langsam und bedächtig zog er das Messer aus seinem Gürtel, kniete sich vor sie hin und suchte sich die Stelle aus, in die er sein Messer stoßen würde.

Sie packte den Kleiderbügel mit beiden Händen und konzentrierte sich auf die einzige verwundbare Stelle, wo sie ihrer Einschätzung nach Schaden anrichten konnte. Sie spürte seinen heißen Atem auf ihrem Gesicht und wußte, daß er ihr nie näher kommen würde, solange sie noch lebte. Mit aller Kraft stieß sie in das schwarze Loch in der Maske, in dem das Glitzern eines Augapfels das dürftige Licht reflektierte. Er zuckte mit einem primitiven Geheul zurück, das sich für immer als das unheimlichste Geräusch, was sie je gehört hatte, in ihr Gedächtnis eingraben würde.

In einer Reflexbewegung schwang er das Messer nach ihr, aber sie war bereits unter ihm durchgeglitten, rollte sich aus dem Schrank und erhob sich taumeld auf die Füße. Der Angreifer torkelte mit beiden Händen vor dem Gesicht hinter ihr heraus. Sein Messer war vor seinen Füßen auf den Boden gefallen, und sie überlegte sich, ob sie es aufheben könnte.

Sie umkreiste ihn, bis sie das Blickfeld seines unverletzten Auges verlassen hatte, aber er stand fast auf dem Messer, und sie mußte ihn dazu bringen, davon herunterzugehen. Sie nahm einen von Mrs. Dolyes Parfümzerstäubern, warf ihn nach ihm und rief: »Hier bin ich! Hier, du Penner!«

Er fuhr in die Richtung herum, aus der ihre Stimme gekommen war, und sie veränderte gleichzeitig ihre Position, um auf seiner blinden Seite zu bleiben. Er taumelte auf die Stelle zu, wo sie gerade noch gewesen war, und gab ihr damit die Möglichkeit, zu dem Messer hinzuspringen. Sie packte seinen Griff mit beiden Händen. Plötzlich verließ sie jegliche Erregung, und Ruhe und Klarheit erfaßte sie. »Hier, hier bin ich. Komm doch, und hol mich«, lockte sie fast verführerisch.

Wenn ihr vor ein paar Stunden jemand gesagt hätte, daß sie einem Mann ein Messer in den Körper stoßen würde, hätte sie diese Person für irrenhausreif erklärt. Nun aber, da sie wußte, daß dieser Alptraum von selbst nicht enden würde, daß niemand sie an der Schulter schütteln würde, um zu sagen: »Komm, aufwachen, es ist Zeit für die Schule«, fühlte sie sich zu allem bereit und in der Lage. Sie hatte sich im Verlauf einer halben Stunde von einer großäugigen Unschuld zu einer fast ebenbürtigen Teilnehmerin an diesem tödlichen Spiel entwickelt. Kein Soldat hatte je eine schnellere Grundausbildung hinter sich gebracht.

Mit einer Hand auf seinem geblendeten Auge und seiner anderen auf der Suche nach seinem Opfer stampfte er auf sie zu und brüllte vor Schmerz und Wut. Sie kauerte sich hin, so daß er den Raum über ihr mit seiner dunklen Gestalt ausfüllte. *Jetzt, Laurie?*

Nein, noch nicht, noch eine Sekunde, laß ihn nahe genug an dich herankommen, daß er über dich stolpert.

Jetzt, Laurie? Bitte, jetzt? Schnell, bevor es zu spät ist. Ja. Jetzt. Jetzt ist es soweit, Laurie.

Gerade als er direkt vor ihr war, stieß sie zu. Sie war nicht sicher, ob sie wirklich getroffen hatte. Nur sein schmerzerfülltes Gebrüll bestätigte ihr, daß sie ihr Ziel nicht verfehlt hatte. Er sank stöhnend weg von ihr in eine Ecke des Zimmers, und sie wollte das Risiko nicht eingehen, ihm in der Dunkelheit den Gnadenstoß zu versetzen.

Währenddessen weinten die Kinder hysterisch im Bad, und sie mußte sie herausholen. Sie hatte davon gehört, daß Menschen sich buchstäblich zu Tode ängstigen konnten, und nun wußte sie, daß das möglich war. Auch so würden die Kinder die Spur dieser traumatischen Nacht für immer in ihrer Seele tragen. Du auch, Laurie, sagte sie zu sich selbst, während sie zur Badezimmertür lief, du wirst diese Nacht dein Leben nicht vergessen.

Sie mußte einige Minuten lang betteln und den Kindern gut zureden, bis sie sie dazu gebracht hatte, die Tür aufzumachen. Sie sah immer wieder über ihre Schulter und lauschte. Einmal rührte sich etwas in der Ecke, aber das hörte bald wieder auf. Er *muß* einfach tot sein, sagte sie sich. Ihre Gedanken kehrten jedoch zu dem großen Hecht zurück, den ihr Vater während eines gemeinsamen Ausflugs in die Wälder von Wisconsin gefangen hatte. Da er vergessen hatte, seinen Fischkorb mitzubringen, hatte er den Fisch in eine Zeitung eingewickelt und in eine Plastiktüte gesteckt. Als sie eine halbe Stunde später wieder auf dem Heimweg waren, hatte der Fisch, den sie schon lange für tot gehalten hatte, im Todeskampf heftig zu zappeln begonnen und die beiden damit so erschreckt, daß ihr Vater beinahe gegen einen Baum gefahren wäre.

Endlich war es ihr gelungen, die Kinder aus dem Bad herauszulocken. Sie fielen schluchzend in Lauries Arme.

Ihre Augen waren vom Weinen verschwollen, und sie zitterten wie kleine Hunde. »Hört mir zu, Kinder, hört mir doch bitte zu«, flehte sie sie an. »Beruhigt euch erst einmal. Holt tief Luft, und denkt nicht mehr daran. Es ist alles vorbei.«

»Das hast du schon einmal gesagt.«

»Nein, jetzt ist es wirklich vorbei. Ich möchte jetzt, daß ihr zur Tür geht, die Treppe hinunter und dann zur Haustür hinaus.«

»Du kommst mit uns«, sagte Lindsey. Es war zugleich eine Frage und ein Befehl.

»Hört mir zu. Ihr sollt die Straße entlang bis zu den MacKenzies gehen und an ihre Tür klopfen. Dann sagt ihr ihnen, sie sollen die Polizei rufen und hierherschicken. Versteht ihr mich?«

»Laurie, komm doch mit uns«, bettelte Tommy.

»Nein! Ihr tut jetzt, was ich sage.«

Sie führte die beiden durch das Schlafzimmer zur Treppe und schickte sie mit einem Klaps auf den Po los. Sie rannten die Treppe hinunter und flohen schreiend in die Nacht hinaus, während Laurie auf die oberste Stufe sank, um Luft zu schnappen und ihre ganze Kraft für einen letzten Besuch im Schlafzimmer zusammenzunehmen, um sich zu versichern, daß das Ungeheuer wirklich tot war. Sie würde nie wieder schlafen können, wenn sie sich nicht selbst davon überzeugt hatte, daß es nie wieder eine Hand gegen die Menschen erheben könnte.

Sie vergrub ihr Gesicht in den Händen und versuchte mit aller Kraft, sich wieder unter Kontrolle zu bekommen. So bemerkte sie die schattenhafte Gestalt nicht, die sich aus dem Schlafzimmer herausschleppte.

Das Geschrei kam vom nächsten Block, und Loomis wußte sofort, daß das kein Halloween-Ulk war. Jetzt spielten keine Kinder mehr auf der Straße, dazu war es zu spät, und wenn in ihren Hilferufen nicht echtes Entsetzen mitklang, wußte Loomis nicht, was echtes Entsetzen war.

Er rannte über den Rasen und entdeckte sie, wie sie gerade den Fußweg zu einem weißen Ranchhaus entlangrannten. Als sie seine mephistophelische Gestalt mit seinem Spitzbart, seinem kahlen Kopf und seinem im Wind flatternden Trenchcoat sahen, schrien sie noch lauter, drehten sich um und flohen in einen Hinterhof.

»Das ist er, der schwarze Mann«, hört er eines der Kinder rufen.

Er sprang über einen Holzzaun und rannte in den Hof.

»Kommt, Kinder, es ist alles in Ordnung«, murmelte er in seinem beruhigendsten Tonfall. »Es ist ja wieder gut, Kinder, ich bin euer Freund.«

Es war nicht schwer, sie zu finden. Er bemerkte ihre helle Kleidung hinter einem Baum, der zu dünn war, um sie zu verbergen, und obwohl er wußte, daß er sie damit zu Tode erschrecken würde, mußte er sie fangen, um herauszubekommen, wovor sie wegliefen.

Er ging auf Zehenspitzen zu dem Baum, rannte um ihn herum und packte sie beide mit starken, aber sanften Armen. Sie brachen in hysterisches Geschrei aus und wanden sich in dem verzweifelten Versuch, ihm zu entkommen, in seinen Armen. Er hielt sie fest, murmelte ihnen zärtliche Liebkosungen zu, und endlich entspannten sie sich lange genug, um seine Fragen beantworten zu können.

»Woher kommt ihr?«

»Von da«, sagte der kleine Junge und erfaßte mit seiner Handbewegung den gesamten westlichen Horizont.

»Von wo dort? Zeig es mir.«

Sie begleiteten ihn zu dem Rasen vor dem Haus zurück. Tommy deutete auf ein Haus schräg gegenüber von ihnen. Seine Lichter waren aus, und die Haustür stand weit offen.

»Was ist denn da draußen los?« brüllte eine Stimme. Ein Außenlicht ging an, und ein Mann im Schlafanzug kam aus dem Haus gestürmt.

»Auf der anderen Straßenseite ist etwas passiert. Etwas Ernstes«, sagte Loomis und zerrte die Kinder an ihrem Hemdkragen zu dem Mann. »Nehmen Sie die Kinder und rufen Sie sofort die Polizei. Lassen Sie sich Sheriff Brackett geben und sagen Sie ihm, ich hätte unseren Freund in... in dem Haus dort gefunden.«

»In dem Haus der Doyles?«

»Wenn es das ist, wo die Haustür offen steht.«

»Mister, ist das auch bestimmt kein Witz? Ich bin heute abend schon zu Tode verulkt worden.«

»Sie wissen nicht, was Tod ist«, zischte Loomis, zog seine Pistole und rannte über die Straße.

Laurie holte tief Luft und überlegte sich dabei, daß das ihr erster ruhiger Atemzug war, seit alles angefangen hatte. Sie erhob ihr Gesicht aus den Händen und überlegte sich ihren nächsten Schritt. Sie war sich nicht sicher, was sie nun tun sollte. Sie hätte gern auf die Polizei gewartet, aber wer wußte, ob die Kinder ihre Anweisungen befolgt hatten. Deshalb wollte sie nicht warten. Sie wollte aber auch nicht aus dem Haus fliehen. Was war denn, wenn sie wegging, mit der Polizei zurückkam, und dann war er nicht mehr da? Würde sie jemals wieder ruhig schlafen können, solange sie wußte, daß er da draußen war, am Leben, auf sie lauerte und sie verfolgte? Nein, entweder mußte sie hier vor dem Schlafzimmer Wache halten, oder...

...oder hineingehen und sich seine bewegungslose Leiche ansehen, damit sie sich mit ihrem Bild beruhigen konnte, wenn der Schrecken sie in ihren Träumen aufsuchte.

Das hieß, wenn er tot war.

Angenommen, er war es nicht?

Sie wußte, daß er schwer verletzt war. Solche Verletzungen konnte doch sicher niemand überleben, der nicht übernatürliche Kräfte besaß.

Was hielt sie dann davon ab, dort hineinzugehen?

Es war das Wissen, daß sie die Sache zu Ende bringen mußte, wenn er durch irgendein Wunder *doch* noch am Leben war. Sie hatte keine Angst mehr, daß er ihr etwas tun könnte; es war ihr unvorstellbar, daß er noch *so* lebendig sein könnte, wenn er überhaupt noch lebte. Nein, sie schreckte vor der Vorstellung zurück, jemand kaltblütig umzubringen. Notwehr war eine Sache. Aber ein hilfloser Mann, selbst wenn er ihre drei besten Freunde abgeschlachtet und das gleiche auch bei ihr versucht hatte – nun, sie war sich nicht sicher, ob sie sich dazu überwinden könnte.

Je länger sie dasaß, desto verwirrter und unsicherer wurde sie. Sie wünschte sich, die Entscheidung würde ihr aus der Hand genommen.

Einen Augenblick später wurde ihr Wunsch erfüllt.

In einer Nacht voller entsetzlicher Schrecken war dies der entsetzlichste und erschreckendste Augenblick, als eine Hand sie am Haar packte und daran zerrte, bis sie sicher war, er würde ihr die Kopfhaut herunterreißen wie eine Orangenschale. Sein anderer Arm legte sich um ihren Hals, und nur weil sie die Arme vor dem Gesicht gehabt hatte, brach er ihr nicht sofort das Genick.

Sie hörte aber in ihrem Handgelenk einen Knochen brechen, und sie wußte, daß diesmal alles vorbei war. Dreimal hatte sie Glück gehabt, aber sie hatte ihren Gegner unterschätzt. Nun war sie ihm ausgeliefert. Sie kam noch einmal auf die Füße und drehte und wendete sich in seinem Griff. Sie hoffte, es könnte ihr gelingen, sie beide die Treppe hinunterzustürzen, aber er erriet ihren Plan und riß sie vom Geländer zurück. Sein Unterarm drückte fester gegen die Handgelenke vor ihrem Gesicht, und der Schmerz war so furchtbar, daß sie wußte, sie würde in einer Sekunde das Bewußtsein verlieren.

Dann hörte sie die Explosion und spürte, wie sein Körper zuckte, als habe ihm jemand einen Faustschlag versetzt. Sie war frei und fiel auf den Boden. In ihrer Hand hielt sie eine nasse Gummimaske. Sie sah sich nach ihrem Angreifer um und fand ihn an die Wand gelehnt. An seiner rechten Schulter war ein dunkler Fleck, der schnell größer wurde. Durch die Dunkelheit und die blitzenden Lichter, die vor ihren Augen tanzten, sah sie in sein Gesicht, sah es endlich: weiß, mit noch weißeren, reißzahnähnlichen Zähnen. Sein nasses schwarzes Haar klebte verfilzt an seiner Stirn, und sein Auge trat hervor wie bei einem toten Fisch. Wo früher sein anderes Auge gewesen war, war ein nasses, blutiges Loch.

Eine Bewegung auf der Treppe erregte ihre Aufmerksamkeit. Ein kahlköpfiger Mann mit einem Spitzbart kam mit einem riesigen schwarzen Revolver in seinen zitternden Händen die Treppe heraufgerannt. »Aus dem Weg!« brüllte er sie an.

Sie rollte sich zur Seite, als er näher kam. Der sterbende Mann taumelte in das Schlafzimmer auf die Glastür zu, die auf den Balkon der Doyles hinausführte. Der kahlköpfige Mann erreichte den Flur im ersten Stock, trat in das Schlafzimmer und zielte mit seiner Pistole auf die zurücktorkelnde Gestalt.

Die Explosionen waren ohrenbetäubend, und nach der ersten hörte Laurie die anderen kaum noch, sondern fühlte sie eher. Sie sah, wie der Mörder mit jedem Schuß zurücktaumelte, als sei er von einer Keule getroffen worden. Er brach rückwärts durch die Glastür und fiel von dem Balkon in den Hinterhof darunter. Im Licht des Mondes und der Straßenlaternen konnte man das Blut an mindestens drei Einschußlöchern in seiner Brust sehen.

Sie fragte zunächst nicht, wer ihr Retter war, sondern sank einfach in seine Arme und brach in herzzerreißendes Schluchzen aus. Seine Umarmung war so beruhigend, daß sie darin hätte einschlafen können. Wenn sie das tat, würde sie dann die Welt wieder so vorfinden, wie sie heute morgen gewesen war, wenn sie wieder aufwachte? Heute morgen? War das nur sechzehn oder siebzehn Stunden her, seit sie vor ihrer Tür gestanden und mit ihrem Vater herumgealbert hatte? Es schien ihr so, als habe sie in dieser kurzen Zeit drei Leben durchlebt.

Plötzlich stellten sich Schmerzen ein. Das Adrenalin, das vorher wie ein Betäubungsmittel gewirkt hatte, verlor langsam seine Wirkung. Ihr Knöchel, den sie sich verstaucht hatte, als sie in Lindseys Haus auf die Treppe gesprungen war, pochte schmerzhaft. Ihr Handgelenk tat ihr weh und begann, anzuschwellen, wo er ihr den Knochen gebrochen hatte. Der Schnitt an ihrem Arm brannte wie Feuer. Sie hatte ein Gefühl in der Kopfhaut, als habe ihr jemand ein Tomahawk hineingeschlagen. Nein, das waren nicht die Symptome eines Traums. Das war der Alptraum der Realität. Es würde Jahre dauern, bis sie diese Wahrheit ganz akzeptiert hatte, und nachdenken würde sie darüber ihr ganzes Leben lang.

Der Mann ließ sie los, und sie sah zu ihm auf. »Vielen Dank. Sind Sie Polizist?«

Er lächelte. »Nein. Nur ein Freund.«

»Ein Freund mit einer Pistole. Gott sei Dank.«

»Gott sei Dank.« Loomis zitterte. Er holte verschiedene Male tief Luft, um seinen rasenden Herzschlag zu beruhigen. Dann ging er zu der zerbrochenen Glastür und sah hinunter.

Er lag auf dem Rücken mitten zwischen tausend Glasscherben, die im Mondlicht wie Rauhreif glitzerten. Auf der Vorderseite des von dem Fahrer des Lieferwagens gestohlenen Overalls glänzte dunkel das Blut, das aus den großen Wunden in seinem Fleisch floß, die Loomis' Magnum gerissen hatte. Eines seiner Augen sah blicklos zum Himmel; wo das andere gewesen war, war nur ein schwarzes Loch. Loomis starrte die Leiche lange an und lauerte auf das geringste Lebenszeichen. Als er keines entdecken konnte, drehte er sich wieder zum Schlafzimmer um und griff in die Tasche seines Trenchcoats.

»Was machen Sie jetzt?« fragte das Mädchen.

»Ich lade nach«, sagte er und schob die langen, schweren Patronen in die Trommel seiner Pistole.

»Warum?«

Loomis zuckte die Achseln. »Weil ich mich dann sicherer fühle«, sagte er mit einer Ironie, die ihr entging. Er ging die Treppe hinunter.

»Wohin gehen Sie?«

»Ich will die Leiche untersuchen. Geh du bitte auf die andere Straßenseite und warte auf die Polizei.«

»Nein«, sagte Laurie. »Ich glaube, ich komme lieber mit Ihnen.«

Loomis musterte sie prüfend. »Hast du für eine Nacht nicht genug erlebt?«

»Ich möchte mich versichern, daß alles vorbei ist.«

»Wie du willst. Ich versichere dir aber, daß alles vorbei ist.«

Deshalb hast du auch deine Pistole nachgeladen, sagte Loomis zu sich selbst, während er die Treppe hinunterging. An der Art, wie sich das Mädchen an seinem Arm festklammerte, erkannte er, daß sie das gleiche dachte. Armes Ding. Wenn sie wüßte, was er wußte, wären ihre Gedanken noch düsterer.

Sie würde an den Traum denken, den der kleine Michael ihm mit engelhaftem Chorknabengesicht wie zu einem Gebet zur Decke gerichtet vor fünfzehn Jahren erzählt hatte, ein Traum von seiner Rache an einem Druidenmädchen, das seine Liebe nicht erwidert hatte, und an ihrem Liebhaber, der ihn verspottet hatte, ein Traum von einer Zeremonie auf einem fluchbeladenen Friedhof, wo sein Kopf und sein Herz den Elementen überlassen worden waren, um zu verfaulen, während der Zauberer einen schrecklichen Fluch über ihn aussprach, der ihn dazu verurteilte, für alle Zeiten voller Blutdurst die Erde zu durchstreifen.

Sie würde an Michaels Urgroßvater denken, der von dem gleichen Traum gequält worden war, ein Traum, der beide zu schrecklichen Bluttaten getrieben hatte.

Sie würde an die Stimmen denken, die sowohl zu Michael als auch zu seinem Großvater gesprochen und sie dazu aufgestachelt hatten, sich an jemand zu rächen, der vor mehr als tausend Jahren gelebt hatte.

Sie würde an ein Fest namens Samhain denken, dessen groteske Rituale die Ernte der Druiden vor dem Schaden schützen sollten, der ihr von heulenden Dämonen drohte, und das sich im Verlauf von tausend Jahren oder mehr in einen harmlosen Festtag namens Halloween verwandelt hatte.

Halloween. Süße Kinder in witzigen Kostümen, die nach Süßigkeiten bettelten, aus Pappe ausgeschnittene Gerippe und Hexen auf Besenstielen, warm leuchtende ausgehöhlte Kürbisse, harmlose Partys und unterhaltsame Spiele, unheimliche Filme im Fernsehen, harmlose Streiche.

Loomis ging in die kalte Nacht hinaus und bog, von Laurie gefolgt, um die Hausecke. Vorsichtig schlich er auf den Hinterhof zu, und das Mondlicht glänzte auf dem blauschwarzen Lauf seiner Pistole. Noch eine Ecke. Loomis streckte vorsichtig seinen Kopf um sie und richtete seinen Blick auf die Stelle, auf die der Körper von dem Balkon gefallen war.

Er war weg.

Er rannte zu ihr hin und unterdrückte ein enttäuschtes Schluchzen. Ein Stück flachgedrücktes Gras, das von blitzenden Glassplittern umgeben war. Keine andere Spur, nicht einmal Blut.

Das donnernde Pochen des Blutes in seinen Ohren wurde von dem Wimmern des Mädchens hinter ihm übertönt. Er drehte sich um und gab ihr seinen Arm, um sie zu stützen. Wortlos starrten sie auf das Stück Gras. Bis zu diesem Augenblick hatte er trotz allem gehofft, daß das Wesen, das er bis in diese Stadt verfolgt hatte, ein Mensch aus Fleisch und Blut wie er selbst war, obwohl er tief in seinem Herzen gewußt hatte, daß das nicht stimmte. Die Beweise sprachen nicht nur für eine andere Interpretation, sondern, wie er zu Sheriff Brackett gesagt hatte, für eine andere Dimension.

Er schüttelte sich bei dem Gedanken, welcher andere kleine Junge wohl in diesem Augenblick unruhig schlief und von einem Traum von einer tragischen Liebe gequält wurde, zu der es weit weg und vor langer Zeit gekommen war, gequält von einer Stimme, die dem Träumer befahl, sich zu rächen.

Lauries Nägel gruben sich in seine Schulter, während sie fassungslos auf die leere Stelle im Gras starrte. »Das *war* der schwarze Mann, nicht wahr?« murmelte sie.

»Das war er tatsächlich«, antwortete Loomis.

GARY BRANDNER

Katzenmenschen

Prolog

Die Frau hieß Luna. Sie war vor ihre Hütte getreten und verharrte im Glast der Mittagssonne. Dann und wann sah sie besorgt zu den Männern hinüber, die im tiefergelegenen Teil des Dorfes ihren Rat abhielten. Sie hatten sich an den Rand des verdorrten Feldes gehockt und bildeten einen Kreis. Unweit der Versammlung lag die Wasserstelle. Nach Monaten der Trockenheit war sie ein Tümpel geworden, in dessen Mitte verkrusteter Lehm an die Zeiten erinnerte, als hier noch ein Quell aus der Erde sprudelte. Mensch und Tier hatten ihren Durst löschen können. Inzwischen war der Traum von Fruchtbarkeit zu einem Alptraum an Dürre geworden.

Luna drehte sich um und betrachtete den Dschungel, der bis an den Rand des Dorfes heranreichte. Wie lange schon war der Regen ausgeblieben? Sie wußte es nicht. Die Skelette der entlaubten Baumriesen schienen seit Urzeiten dort zu stehen. Erst jenseits der Ebene war Grün zu erkennen. Dahinter ragten die verschneiten Gipfel einer Gebirgskette in den wolkenlosen Sommerhimmel. Wer die Schneemengen herüberleuchten sah, mußte sie als Hohn auf die Trockenheit empfinden, die dem kleinen Gemeinwesen den Lebensfaden abzuschnüren begann.

Der Blick der Frau fiel auf den Jungen, der vor der Hütte im Dreck kniete und spielte. Er hielt einen Kiesel in der winzigen braunen Faust, holte aus und ließ den Kiesel über den trockenen Boden hüpfen. Als er den Blick seiner Mutter auf sich spürte, sah er auf und lächelte. Er hatte weiße, regelmäßig gewachsene Zähne. Luna erwiderte das Lächeln. Ihr standen die Tränen in den Augen, aber das konnte der Junge nicht sehen.

»Hund«, sagte der Junge in der Sprache der Eingeborenen. Er hatte den Kiesel wieder aufgenommen und zeigte ihn seiner Mutter.

Sie nickte. »Ich verstehe. Das ist dein Hund. Ein schönes Tier.«

Der Junge setzte sein kleines Spiel fort. »Spiele, mein Sohn, solange du noch spielen kannst«, sagte sie, so leise, daß er es nicht vernehmen konnte. »Genieße den Tag.« Ein bitterer Zug hatte sich um ihre Mundwinkel gelegt.

Die Versammlung der männlichen Dorfbewohner schien zu Ende zu sein. Luna beobachtete, wie sie mit finsteren Gesichtern zu ihren Hütten zurückkehrten.

Dann sah sie Darak. Ein eisiger Schreck durchzuckte sie. Der Mann hielt den Blick gesenkt. Sein Weg führte zu Lunas Hütte.

Abrupt wandte die Frau sich ab, schob das gegerbte Fell zur Seite, das als Türvorhang diente, und verschwand im Inneren der primitiven Behausung. Als Darak eintrat, fand er sie über einen irdenen Topf gebeugt. Auf dem Boden des Topfes war eine Handvoll zerstoßener Mais zu erkennen, das Abendessen für Luna und ihren Jungen.

»Die Entscheidung ist gefallen«, sagte er.

»Die Opferung der Kinder?« fragte sie.

»Ja.«

»Gibt es keinen anderen Ausweg?«

»Du weißt selbst, daß es keine andere Lösung gibt.«

»Und wenn wir noch ein paar Tage warten?«

Darak trat zum Türloch und riß das Fell zur Seite. Ein Schwall heißer Luft floß herein. Luna nahm es den Atem.

»Warten?« wiederholte Darak. »Auf was denn? Auf das Ende? Du hast doch Augen im Kopf. Du hast gesehen, wie das Vieh starb und wie das Korn am Halm vertrocknet ist. Wir haben nichts mehr zu trinken.« Er kniff die Augen zusammen und deutete hinaus. »Der Dschungel weicht vom Dorf zurück. Das Dorf ist verhext.«

»Es wird wieder regnen.«

»Es wird nicht regnen, solange die Götter der Dunkelheit zürnen. Wir haben gefrevelt. Jetzt müssen wir den Preis zahlen.« Er zögerte. »Oder sterben.«

»Aber die Kinder haben damit doch nichts zu tun.«

»Das Gesetz will es so. Die Kinder müssen geopfert werden.«

Sie suchte nach einer Spur Mitleid in seinen Zügen. Schließlich wandte sie sich ab. »Auch unser Sohn, Darak ?«

»Auch unser Sohn.« Der Mann ließ das Fell zurückgleiten, das Innere der Hütte versank im Dunkel. »Er gehört zu den Auserwählten, Luna.«

»Unser einziges Kind.«

»Ich weiß.«

»Er gehört nicht zu jenen, die einen Frevel begangen haben.«

»Darauf kommt es nicht an. Der Spruch ist gefällt. Niemand kann mehr etwas daran ändern.«

Das gleißende Rad der Sonne rollte auf den Horizont zu, als die auserwählten Kinder auf die Lichtung in der Mitte der Ansiedlung geführt wurden. Es waren vier, zwei Mädchen und zwei Jungen. Einer der Jungen war Lunas und Daraks Sohn. Alle Einwohner des Dorfes waren versammelt. Die Gesichter waren ernst und gespannt, mit Ausnahme der vier Kinder, die dem Geschehen voller Neugier und Unternehmungslust folgten.

Wie die anderen drei Mütter, hatte auch Luna die Erlaubnis erhalten, in den inneren Kreis zu treten. Ihr Junge entdeckte sie im Halbdunkel der steigenden Schatten. Er lächelte.

»Ein neues Spiel?« fragte er.

Es gelang ihr, eine gleichgültige Miene zu bewahren. »Ja«, sagte sie. »Ein neues Spiel.«

»Kommst du mit, Mutter?«

»Diesmal nicht.«

»Und Vater?«

»Er wird ein Stück mitgehen, ja.«

»Du auch. Bitte!«

»Das geht leider nicht.«

Der Blick des Kleinen verdüsterte sich. Aber wenig später war die Mißstimmung vergessen. Die Kinder steckten die Köpfe zusammen und kicherten. Sie waren Mittelpunkt der allgemeinen Aufmerksamkeit.

Die Sonne versank. Dunkelheit kroch über die Ebene, durchdrang den Dschungel und fraß sich die Wege der Ansiedlung hoch.

»Die Zeit ist gekommen«, sagte der Dorfälteste.

Die Frauen traten zur Seite. Eine Abordnung der Männer nahm die Opfer in die Mitte. Darak war einer von ihnen. Als er seinen Arm um den Jungen legte, begegnete er dem Blick seiner Frau. Er schloß die Augen.

Einer der Männer hatte ein altes Kinderlied angestimmt, ein Wiegenlied. Die Kinder kannten die Melodie, sie sangen mit. Wenig später hatte die kleine Gruppe das Dorf verlassen. Sie schritten auf die verdorrten Baumriesen des nahen Dschungels zu.

Luna war mit den anderen Frauen zurückgeblieben. Sie sah ihrem Sohn nach, bis er im mannshohen Dornengestrüpp verschwand. Immer noch waren die Stimmen der Kinder zu hören, silberhell wie eine Glocke. Als die Gruppe von den sinkenden Schatten verschluckt worden war, wandten sich die Frauen ab. Schweigend gingen sie in ihre Hütten zurück.

Der Zug mit den vier Opfern war am Rande des Dschungels angekommen. Erst nachdem sie einen breiten Trockengürtel passiert hatten, stießen sie auf saftiges Grün. Hier begann der Urwald, der von den Göttern der Dunkelheit verschont worden war. Die Kinder wurden zu einem knorrigen alten Baum geführt. Man wies sie an, sich mit dem Rücken an den Stamm zu stellen und einen Kreis zu bilden, mit dem Baum als Mittelpunkt.

»Gebt euch die Hände!«, sagte einer der Männer. Die Kinder gehorchten. Sie wehrten sich nicht, als man ihnen die Handgelenke mit einer Liane zusammenband. Jeder der vier Väter, so bestimmte es das Gesetz, hatte zu prüfen, ob die Handgelenke seines Kindes so fest umschnürt waren, daß es sich nicht von der Fessel befreien konnte.

Darak schloß den Knoten mit einem Ruck. Dann prüfte er die Festigkeit und stellte zufrieden fest, daß sich die Fessel nicht mehr lösen ließ. Er sah sich um. Der Dorfälteste war noch mit dem Festbinden seines Kindes beschäftigt. Er kehrte Darak den Rücken zu. Rasch brachte Darak seine Lippen an die Schläfen des Kleinen.

»Ein Spiel, Vater?« fragte der Sohn.

»Die Zeit des Spielens ist vorüber, mein Kind. Du mußt jetzt sehr tapfer sein. Sing das Lied!«

Auf ein Zeichen des Dorfältesten traten die Männer ein paar Schritte zurück. Die gefesselten Kinder waren sich selbst überlassen. Darak sah, wie sein Sohn den Kopf hob.

»Sing das Lied!« wiederholte er.

Der Kleine begann zu singen, mit piepsiger Stimme erst, dann kräftiger. Eines nach dem anderen fielen die Kinder ein. Der Klang des Liedes folgte den Männern, die sich mit raschen Schritten von dem Baum entfernten.

Luna war allein. Sie lag auf der Pritsche, die sie mit Darak zu teilen pflegte, und hörte dem Gesang der Kinder zu, der vom schwülen Abendwind herübergetragen wurde. Die Stimme ihres Sohnes, so schien es ihr, war klar zu erkennen. Luna ließ ihren Tränen freien Lauf. Sie rollten die Wangen hinunter auf den festgestampften Lehmboden der Hütte, wo sie zu kleinen, dunklen Punkten wurden.

Luna hätte gewünscht, daß ihr Mann in dieser Stunde an ihrer Seite wäre. Aber sie wußte, daß das nicht möglich war. Die Männer des Dorfes hatten die Nacht des Opfers um das Feuer geschart zu verbringen. Keinem von ihnen war es erlaubt, Mitgefühl mit dem Los der Kinder zu bekunden. Die Frauen durften unter der Bedingung weinen, daß niemand Zeuge dieser Schwäche wurde. Und Luna weinte, wandelte ihren Schmerz zu Tränen.

Mit einem Schlag verstummte der Gesang, so plötzlich, als sei den Kindern der Hals durchgeschnitten worden. Luna fuhr auf ihrem Strohlager hoch und starrte in die Nacht. Samtschwarze Leere, Stille, nichts.

Dann begannen die Schreie. Angstschreie. Die Stimme eines Mädchens war zu erkennen, dann das zweite Mädchen, dann ein Junge. Schließlich hörte Luna, wie ihr Sohn um Hilfe schrie.

Sie biß sich auf die Lippen. Blut rann ihr das Kinn hinab und suchte sich seinen Weg zu den vollen Brüsten.

Was dann kam, war für Luna schwer zu ertragen. Das hungrige Grunzen einer Bestie war zu vernehmen. Ein Tier des Dschungels, das sich seiner Beute näherte.

Schmerzensschreie ertönten und verebbten. Das Opfer war angenommen worden.

Luna hielt die Fäuste auf die Ohren gepreßt, um das grauenhafte Schmatzen der Bestien nicht zu hören. Vergebens. Das gierige Schlingen, das Krachen der Knochen war deutlich zu vernehmen. Erst nach Stunden gewannen die gewohnten Geräusche des Dschungels die Oberhand. Die Schlangen raschelten, und die Zikaden zirpten. Es war wie jede Nacht.

Am nächsten Tag kam der Regen.

Es regnete wochenlang, mit altbekannter Regelmäßigkeit. Die Quelle am Rande des Dorfes hatte zu sprudeln begonnen. Das Vieh kam zur Tränke, labte sich und wälzte sich im Schlamm. Zwischen den verdorrten Halmen auf den Feldern sproß frisches Grün, eine zweite Ernte nach der ersten, die zu Spreu verflogen war, ehe man sie hatte einbringen können. Die Stämme am Rande des Dschungels trieben neue Äste. Wenige Monate später war das Dorf wieder eine Insel im grünen Ozean.

Die Jahre vergingen. Für die Bewohner des Dorfes waren es Jahre des Friedens. Es gab Wasser, es gab Ernten. Die Menschen waren glücklich.

Luna war nicht glücklich. Immer noch war sie eine Schönheit, trotz der Strähnen, die ihr blauschwarzes Haar grau zu färben begannen. Wer sie Jahre nach dem Menschenopfer wiedersah, dem wären die Falten um den Mund aufgefallen und die feinen Linien um die Jochbögen. Inzwischen lebte sie allein. Darak hatte eine andere Frau genommen, nachdem klar war, daß Luna keine weiteren Kinder haben würde. Sein gutes Recht, wie Luna wußte. Sie verspürte keine Bitterkeit, als er ihr seinen Entschluß mitteilte. Er befolgte das Gesetz, nicht mehr und nicht weniger.

Sie hatte es sich zur Gewohnheit gemacht, nach getaner Arbeit an den Rand des Dschungels zu gehen. Lunas Gedanken wanderten dann in die Vergangenheit, kreisten um jene Jahre, als ihre Welt aus Darak und ihrem kleinen Sohn bestanden hatte. Auch in den Jahren vor dem Menschenopfer hatten sie oft Hunger gelitten. Rätselhafte Krankheiten hatten die Eingeborenen heimgesucht, hatten ihre Opfer unter Jung und Alt gefordert. Aber es hatte auch Zeitspannen des Glücks, der Sorglosigkeit gegeben. Sie hatte mit ihrem Sohn gespielt, wenn Darak, mit Beute beladen, aus dem Dschungel heimkehrte. Luna dachte vor allem an jene guten Jahre, wenn sie in der Kühle der aufsteigenden Nacht an der grünen Wand entlangging.

Es war an einem solchen Abend, als sie einen seltsamen Laut vernahm. Das Geräusch kam aus dem Dschungel.

Sie hielt den Atem an und lauschte.

Das Geräusch kam näher. Es ist eine Stimme, dachte sie. Eine menschliche Stimme. Aber dann wandelte sich der Ton zu einem Knurren, zum Jaulen eines wilden Tieres. Das Beängstigende: die Stimme rief nach ihr, nach Luna.

Es gehörte nicht zu den Gewohnheiten der Dorfbewohner, den Dschungel ohne zwingenden Grund zu betreten. Im Schatten der mächtigen Bäume, unter dem grünen Dach der Stauden, lauerten Gefahren. Eine falsche Bewegung konnte den Tod bedeuten. Luna dachte nicht an solche Gefahren, als sie die ersten Äste auseinanderbog. Unbeirrt vom Kreischen der Affen, die sich hoch über ihr von Wipfel zu Wipfel schwangen, schritt sie vorwärts, zertrat prallgrüne Schößlinge, befreite ihren Fuß vom Geflecht der Lianen, die sie zurückhalten wollten. Immer näher kam die Stimme, von der sich Luna auf geheimnisvolle Weise angezogen fühlte.

Am Fuße des Baumes, wo die Kinder geopfert worden waren, sah sie es. Das Tier war ein schwarzer Schatten in blaugrüner Nacht. Es schien zu kauern. Die gelben Augen leuchteten, der ruhige Blick war auf Luna gerichtet.

Sie empfand keine Angst, als sie sich der Bestie näherte. Welch eine Anmut, dachte sie. Das Fell glänzte im Mondlicht. Die Vordertatzen, jede von ihnen größer als zwei Männerfäuste, waren in den weichen Boden gestemmt, die todbringenden Krallen verborgen. Das Tier war von atemberaubender Schönheit. Es war ein schwarzer Leopard.

Sie sah, wie sich die Kiefer öffneten. Wieder war jenes tiefe Knurren zu hören, das Luna in den Dschungel gelockt hatte. Und dann formte der Leopard seine Lippen mit sichtlicher Anstrengung zu einem Wort menschlicher Sprache.

»Mutter!«

Der Frau schossen die Tränen in die Augen. Diesmal war es nicht Schmerz, sondern Freude. Sie machte einen Schritt auf die Wildkatze zu und öffnete die Arme.

»Mein Sohn!«

Der Jubellaut eines Kindes entrang sich der Kehle des Tieres. Dann spürte sie, wie sich die Krallen in ihren Hals gruben.

Erstes Kapitel

Mit langsamen, geschmeidigen Bewegungen folgten die großen Wildkatzen dem Kreis, dessen äußerer Rand von den Gitterstäben des Käfigs gebildet wurde. Sie gingen hintereinander, lässig, fast schläfrig. Hin und wieder warf eines der Raubtiere einen scheinbar beiläufigen Blick auf Philipp Gallier, den Mann in der weißen Korduniform, der in der Mitte des Käfigs stand. Gallier, ein großgewachsener, schlanker Mann, beobachtete seine sechs Schützlinge mit gespannter Aufmerksamkeit. Die Prozession vollzog sich in der üblichen, vom Raubtierdresseur bestimmten Reihenfolge: Löwe, Tiger, Löwe, Tiger, Löwe, Tiger. Die Schritte der Tiere waren nicht zu hören. Wenn sich die mächtigen Pranken vom Boden lösten, wirbelten sie kleine Staubwolken auf. Die Löwen hielten den Kopf erhoben, eine ruhige Würde ging von ihnen aus. Im Vergleich zu ihnen wirkten die Tiger wilder, eigensinniger. Es schien, daß sie den Löwen nicht näher kommen wollten als unbedingt nötig.

Während die Wildkatzen ihren Rundgang fortsetzten, fixierte Philipp Gallier ein Tier nach dem anderen, zugleich rief er die Namen auf.

»He, *Gunner,* hoch mit dem Kinn! So ist es besser. Gut so. Und du, *Pretty Boy,* zeig mir deine Zähne. Ein breites Lachen, jawohl, du weißt schon, was ich meine. Etwas mehr Tempo, *Captain,* wenn ich bitten darf. Du bringst ja die Beine überhaupt nicht mehr vom Boden. Na siehst du, es geht schon, wenn man will. Stolz sollst du gehen, Captain, stolz. Gut so. *Murphy,* du bist zu schnell. Du trittst Captain auf die Pfoten, wenn du so dicht aufkommst. *Cowboy,* du mußt besser in der Reihe bleiben. Und *Cisco,* du hörst auf, mit Cowboys Schwanz zu spielen, oder es gibt ein Unglück!«

Wer Philipp Gallier zusah, mußte den Eindruck gewinnen, daß er die Arbeit genoß. Seine Haltung war locker und seine Miene strahlte gute Laune aus. Nicht zu diesem Bild von Lässigkeit paßten die Augen. Wenn er eine der Katzen fixierte, beobachtete er die anderen aus den Augenwinkeln. Er wußte zu jedem Zeitpunkt, an welcher Stelle des Kreises sich welche Katze befand. Seine Gesten unterstrich er mit einem Stock, der fast einen Meter maß. Seine Bewegungen waren sanft, überlegt, abgezirkelt. An seiner Hüfte baumelte ein 38er Revolver. Gallier trug die Waffe, weil das Publikum von einem Raubtierdresseur erwartete, daß er eine Waffe trug. Geschäft war Geschäft, und im Zirkus wurde gemacht, was die Zuschauer verlangten. Der Revolver war geladen. Benutzt hatte Gallier ihn noch nie.

Er hob den Knüppel. »Alle jetzt den Kopf hoch! *Hoch,* sage ich. Vergeßt nicht, wer ihr seid. Ihr seid die Könige des Dschungels. Die größten Fleischfresser, die im Regenwald herumlaufen. Habt ihr das kapiert? Gut so, ja, so gefallt ihr mir. Gut, wirklich gut! Und weiter.«

Philipp Gallier ließ sie eine weitere Runde gehen, dann machte er eine wohlberechnete Geste mit dem Knüppel. Die sechs Raubtiere kamen zum Stehen, jedes vor seinem Hocker. Aufmerksam äugten sie zu Gallier hinüber. Die Piedestale waren verschieden hoch. Das niedrigste maß 60 Zentimeter, das höchste über 1,80 Meter. Jede Katze kannte ihren Hocker und fauchte ärgerlich, wenn ihr eine andere den Platz streitig zu machen suchte. Jetzt aber herrschte Einvernehmen und Stille.

»Fertig!«

Er sah, wie sich die Muskeln der Tiere spannten.

»Hoch!«

Der Befehl kam scharf und deutlich. Mit einem machtvollen Satz schwebten die Raubtiere zu den Piedestalen hinauf, wo sie sich hinhockten.

»Gut. Sehr gut sogar.«

Eine der Katzen war ins Schwanken geraten.

»Ruhig, Captain. Ganz ruhig. Setz dich hin.«

Das Tier fand seine Balance wieder. Indessen hatte Gallier sich überzeugt, daß die anderen sicheren Halt gefunden hatten. Er hob den Kopf, die Katzen folgten seinem Blick. Gespannte Ruhe erfüllte das stählerne Rund. Gallier deutete mit dem Stock zur Kuppel des Zirkuszeltes.

»Fertig? Jetzt zeigt ihr mir, wie *groooß* ihr seid. Auf!«

Gehorsam erhoben sich die großen Raubkatzen auf die Hinterpfoten.

»Gut. Sehr gut. Und jetzt will ich eure Stimme hören. Ich will euch hören!«

Die mächtigen Kiefer öffneten sich, und ein Brüllen stieg zur Dekke. Ein Brüllen voller Wildheit, voller Zorn auf Gitterstäbe, Unfreiheit, auf den Dresseur und die Menschheit im allgemeinen. Gallier wußte, es war ein Klang, den kein Zirkusbesucher so bald vergaß.

»Wunderbar«, lobte er die Katzen. »Wirklich wunderbar. Gut gemacht. Guuut! Und jetzt ... runter mit euch!«

Behende sanken die Tiere auf die Piedestale zurück. Eine Sekunde später berührten ihre Pranken wieder das Sägemehl auf dem Boden. Philipp Gallier machte eine Geste mit dem Stock, worauf die sechs wieder ihren Rundgang durch den Käfig antraten. Noch ehe der Kreis geschlossen war, hatte der Helfer das Stahlgatter zum Tunnel geöffnet, der zu den Aufenthaltskäfigen führte. Eine Katze nach der anderen verschwand in der Öffnung. Nur Gunner, der größte der drei Löwen, schien nicht mit den Weisungen seines Herrn und Meisters übereinzustimmen. Er blieb stehen, fletschte die Zähne und ließ ein dunkles, langsam anschwellendes Knurren vernehmen. Gallier reagierte auf die Unbotmäßigkeit, indem er den Stock nach Gunner ausstreckte. Mit einem Prankenhieb versuchte das Raubtier den Stock fortzuschlagen, ein Manöver, das erfolglos blieb, weil Philipp das Symbol seiner Macht rechtzeitig zurückgezogen hatte. Hätte das Tier den Stock erreicht, er wäre an den Gitterstäben zerbrochen.

Richie Laymon, der Helfer, war an den Käfig getreten. Er war 20. Die Nervosität, mit der er seinen 2,40 m langen Stock hielt, war nicht gespielt. Zwar wußte er, daß sich die Katzen vor dem Stahldorn an der Spitze des Stockes fürchteten, aber ein sanftes Ruhekissen war dieses Wissen nicht. Es gehörte zur Raubtiernummer, daß sich Gunner vor dem Verlassen des Käfigs gegen den Dresseur aufbäumte. Aber die Grenze zwischen Spiel und Ernst, fand Richie Laymon, war fließend. Die Reißzähne des Löwen waren furchterregend, und beim Betrachten der messerscharfen Krallen überkam den Helfer jedesmal eine Gänsehaut.

Richie war froh, daß dieser Part der Nummer bei der eigentlichen Vorstellung von Nora Gallier, der attraktiven Frau des Raubtierdresseurs, übernommen wurde. Nora, dachte er. Eine geheimnisvolle Kühle, eine erregende Fremdartigkeit ging von dieser Frau aus. Während sie im Käfig stand, um ihrem Mann zu assistieren, hatte Richie Laymon seine Clownsnummer in der Arena abzuspulen. Als Clown war er in seinem Element. Mit ein paar Grimassen, mit ein paar tapsigen Sprüngen, die das Geschehen im Käfig nachvollzogen, konnte man die Zuschauer zum Lachen bringen. Es war gut, die lachenden Gesichter zu sehen. Seltsam, dachte Richie. Wenn die Leute lachten, verschwanden die Unterschiede. Jung und Alt, Arm und Reich waren gleich, wenn sie sich amüsieren wollten. Jedenfalls, so fand Richie Laymon, war die Arbeit eines Clowns viel befriedigender als die eines Raubtierbändigers, der sich mit einem halben Dutzend vierpfotiger Killer in einen Käfig einschließen lassen mußte, aus dem es im Ernstfall kein Entrinnen gab.

Im Käfig, Richie sah es mit Entsetzen, lief derweil nicht alles so, wie es sollte. Nach dem Timing der Nummer mußte Gunner bereits im Tunnel verschwunden sein. Statt dessen stand er in der Mitte des mit Sägemehl ausgestreuten Runds und wiederholte die einstudierten Drohgebärden. Der zottige Schädel war gesenkt, der Schweif peitschte hin und her. Gefährliche Vorboten, wie Richie wußte.

Unsicher tastete Richie sich außen an den Gitterstäben entlang. Was im Ernstfall zu tun war, darüber hatten Gallier und er merkwürdigerweise nie gesprochen. Erst jetzt, angesichts der Gefahr, wurde ihm das Versäumnis bewußt. Wieder und wieder wischte er sich die schweißnassen Hände an der Hose ab, um den Raubtierstab mit sicherem Griff packen zu können. Gallier gab ihm ein Zeichen. Keine Bewegung, bedeutete die Geste. Richie bewunderte den Mann, der dem Löwen auf zwei Armlängen Entfernung gegenüberstand. Sein Blick war wie gebannt auf das Halfter an Galliers Gürtel gerichtet. Aber der schien gar nicht daran zu denken, zur Waffe zu greifen. Statt dessen ließ er den Knüppel fallen und ging mit kleinen Schritten auf Gunner zu. Richie Laymon spürte, wie ihm der Angstschweiß ausbrach. Wieder hieb Gunner mit der Pranke durch die Luft. Das Grollen war verhaltener geworden. Richie schien es wie die Ruhe vor dem Sturm. Die dolchartigen Krallen des Löwen, beim Rundgang im Käfig in der Behaarung der Pfoten verborgen, waren jetzt deutlich zu sehen. Gefährliche Waffen, mit denen das Tier einen Menschen im Bruchteil einer Sekunde vom Brustkorb bis zum Schambein aufschlitzen konnte.

Philipp Gallier war vor dem Löwen angekommen. Er griff mit der Rechten hinter das Ohr des Tieres und kraulte es. »Was ist heute los mit dir, Gunner? Du weißt doch, in unserm Job können wir uns keine Launen leisten.« Er suchte den Blick der Katze. »Ich brauche dich, Gunner. Du bist mein Star.« Seine Hand liebkoste den Hals des Tieres. »Du mußt den anderen ein Vorbild sein.«

Verlegen – so mußte man die Gestik des Tieres wohl nennen –

ließ der Löwe die Pranke sinken. Er stieß mit dem Kopf an Galliers Knie, in der Hoffnung, dieser werde mit dem Streicheln fortfahren.

»So mag ich dich schon lieber«, sagte der Raubtierbändiger. »Wenn du so knurrst wie vorher, dann kommen die Leute womöglich auf den Gedanken, wir beide hätten etwas gegeneinander.«

Ein wohliges Schnurren aus tiefer Kehle. Gunner hielt die Augen zusammengekniffen. Am liebsten wäre er an Ort und Stelle eingeschlafen.

»Braver Junge. Und jetzt geh in deinen Käfig. Du mußt wieder fit sein, wenn heute nachmittag die Vorstellung beginnt. Wir werden den Leuten eine Show liefern, wie es sich gehört.« Der Löwe wandte sich ab. Sanft wie ein Lamm trottete er zur Laufröhre und verschwand in der Öffnung. Eine Sekunde später rasselte das Gitter ins Schloß. Philipp Gallier ging zur Käfigtür, schob den Riegel zur Seite und trat hinaus. Richie Laymon, der immer noch seinen Raubtierstab umklammert hielt, starrte ihn an wie einen Geist.

»Die Burschen sind ein bißchen gereizt heute«, sagte Gallier leichthin. »Aber für die Show ist das ganz gut. Sieht gefährlich aus.«

Richie schluckte. »Zum Schluß, mit Gunner, habe ich ein bißchen Angst gehabt.«

»Gunner? Der wollte sich doch nur aufspielen.«

»Von draußen sah es nicht wie ein Spiel aus.« Er zögerte. »Ich habe mich immer gefragt, wieso Sie den Tieren nicht die Krallen wegoperieren lassen.«

Galliers Miene verdüsterte sich. »Einem Raubtier die Krallen ausziehen? Das wäre das gleiche, als ob man es kastriert.«

Richie zuckte die Schultern. »Sie sind der Boß. Aber ich will Ihnen was sagen, Mr. Gallier. Sie könnten mir Geld geben, mehr als ich mit beiden Armen wegtragen kann, und ich würde nicht mit diesen Katzen in einen Käfig gehen.«

Gallier stützte die Arme in die Hüften und grinste. Er hatte starke, gesunde Zähne, deren Weiß von seiner dunklen Haut hervorgehoben wurde. »Mit Raubtieren zu arbeiten, Richie, das muß man im Blut haben. Du hast den Mumm, oder du hast ihn nicht, es gibt keinen Kompromiß. Wie ich die Dinge sehe, fühlst du dich außerhalb des Käfigs wohler.«

»Sie sagen es, Mr. Gallier.« Er lehnte seinen Stock an das Gitter und fuhr mit der Hand in seine Hosentasche. »Hier sind die Wagenschlüssel, falls Sie jetzt in die Stadt fahren wollen.«

»Ich glaube, ich fahre erst morgen«, quittierte Gallier die Erinnerung. »Die Stände haben noch genügend Ware für die Vorstellungen heute. Die Genehmigungen sind okay. Ich habe übrigens mit ein paar Farmern aus der näheren Nachbarschaft gesprochen. Sie werden zwischen den Vorstellungen kommen, um den Dung abzufahren.« Er reckte und streckte sich. »Ich bin ein bißchen müde. Ich werde noch ein Nickerchen im Wohnanhänger einlegen, damit ich nachher wieder frisch bin.«

Eine Falte erschien auf Richies Stirn. »Haben die Tiere denn schon ihr Futter?«

Gallier nickte. »Daran denke ich immer zuerst.« Er kniff die Augen zusammen und musterte sein Gegenüber. »Ist irgend was, Richie? Hast du Sorgen?«

»Nein«, sagte Laymon hastig. »In keiner Weise. Es ist nur – ich dachte, es ist noch früh genug, um zusammen in die Stadt zu fahren und Einkäufe zu machen.«

»Wenn du reinfahren willst, dann fahr. Ich brauch den Wagen nicht. Ich werde mich etwas aufs Ohr legen.«

Richie rührte sich nicht von der Stelle.

»Du hast doch Sorgen.« Gallier sprach in dem gleichen beruhigenden Tonfall, den er bei der Dressur der Raubkatzen benutzte.

»Wirklich nicht, Mr. Gallier.« Richie machte einen Schritt zurück. »Ich – ich nehme den Lkw, wenn ich in die Stadt muß. Bis nachher dann.«

Mit federndem Schritt ging er davon. Philipp Gallier starrte eine Weile auf die Spuren, die der andere auf dem Sägemehl zurückließ. Dann zuckte er die Schultern und verließ das Zelt in der entgegengesetzten Richtung.

Um zu den Wohnanhängern zu gelangen, mußte man an den drei Sattelschleppern vorbei. Es war kein großes Unternehmen, das Gallier sich hatte aufbauen können. »Gallier Family Circus« stand in verschnörkelter Goldschrift auf den Seitenwänden der Anhänger. Jedesmal, wenn Philipp die Aufschrift sah, sträubten sich ihm die Härchen auf dem Unterarm. Es war ein Gefühl heimlichen Besitzerstolzes auf den kleinen Wanderzirkus, der von Philipps Vater gegründet worden war. Anfang 1900 war das gewesen. In den über fünfzig Jahren, die seither vergangen waren, hatte sich manches geändert. Vor allem die Zuschauergewohnheiten. Die Leute blieben lieber daheim im bequemen Sessel sitzen und ließen das Fernsehprogramm vor sich ablaufen, anstatt sich in einen Zirkus zu begeben, wo Menschen aus Fleisch und Blut, wo wilde Tiere auftraten. Es schien, als sei die Zirkusbranche zum Tode verurteilt. Gewiß, in den großen Städten konnten die Mammutunternehmen der Branche noch Zuschauer anziehen. Die kleineren Orte wurden von Familienunternehmen abgeklappert, die sich von den Eintrittsgeldern mehr schlecht als recht über Wasser hielten.

Schon bald hatte Philipp Gallier eingesehen, daß er mit seinem Wanderzirkus kein reicher Mann werden würde. Aber er wäre nicht bereit gewesen, einen anderen Beruf zu ergreifen. Die Manege bot ihm das Leben, das er sich wünschte. Er liebte den Geruch nach Sägemehl, Türkischem Honig, Hot dogs und den Exkrementen der Raubtiere. Er liebte es zuzusehen, wenn das Zelt aufgestellt wurde, wenn die Masten hochgehievt und festgepflockt wurden. Das Schauspiel wiederholte sich in jeder Stadt, die das kleine Unternehmen bereiste. An Anziehungskraft hatte es deshalb für Philipp Gallier nicht verloren.

Mehr noch als das Flair des wandernen Gewerbes liebte Gallier die Raubtiere, mit denen er arbeitete. Wie schon sein Vater vor ihm, hatte er eine sehr beherzte Art, mit den Großkatzen umzugehen. Andere Dompteure hätten es als Mangel an Vorsicht, ja als Wagemut bezeichnet. Trotzdem – oder eben deshalb – hatte Gallier sich als Dompteur einen Namen gemacht. Er hätte jederzeit beim Riesen der Branche, bei ›Ringling Bros./Barnum & Bailey‹ unterkommen können, und das zu vorteilhaften Bedingungen. Aber daran lag ihm nichts. Philipp zog es vor, Herr im eigenen Hause zu bleiben und mit den eigenen Katzen zu arbeiten, nicht mit Tieren, die ein Konsortium heute ihm, morgen einem anderen zur Verfügung stellte. Gewiß hätte er, wenn er unter der Fuchtel eines Großzirkus auf Plätzen wie dem Madison Square Garden aufträte, seinen Verdienst vervielfachen können. Ihm waren die Katzen wichtiger – die Katzen und das Gefühl, seine Zukunft selbst bestimmen zu können.

Er hatte die in Reih und Glied geparkten Sattelschlepper passiert und ging auf die Wohnwagenanhänger zu, in denen die Artisten und Wanderarbeiter untergebracht waren. Auch die Standinhaber, mit denen Gallier Konzessionsverträge unterhielt, hatten hier ihre Unterkünfte. Er kam am Wohnwagen der Clowns vorbei und am Wagen der Trapezkünstler. Sein eigener Wohnwagen war der größte der Gruppe. Er war das Dach über den Kopf für Nora und die beiden Kinder. Gallier sorgte dafür, daß sein Anhänger immer unmittelbar neben den Käfigwagen aufgestellt wurde.

Vor seinem Wohnwagen angekommen, hielt er inne. Paul und Irena waren da, seine beiden Kinder. Sie standen vor einem der Raubtierwagen, und zwar vor jenem, den Gallier jeweils in einiger Entfernung von den anderen zu plazieren pflegte. Paul war ein tüchtiger Junge, dachte er. Er hatte eine kleine Nummer bei den Akrobaten, die er mit Hingabe und Sorgfalt absolvierte. Für die Arbeit mit den Katzen war er noch zu klein. Es gab noch einen anderen Grund, warum Gallier zauderte, Paul als Nachfolger heranzuziehen. Von dem stillen, dunkeläugigen Jungen ging etwas aus, das ihn beunruhigte, ohne daß er das Gefühl näher erklären konnte. Irena hingegen war ein Frechdachs, stets wohlgelaunt und stets zu Streichen aufgelegt. Sie war der Liebling der ganzen Truppe.

Er nahm den Fuß von dem Treppchen, das zum Wohnwagen hinaufführte, und ging zu den beiden hinüber. Immer noch standen sie wortlos vor den Käfigwagen. Irena knabberte hingebungsvoll an einem Zuckerapfel. Paul hielt die Hände verschränkt, er wirkte nervös. Gallier trat hinter die beiden, ohne etwas zu sagen.

Sein Blick fiel auf den schwarzen Leoparden, auf das gepflegte Fell, dessen Schimmer ihn immer an den Widerschein des Mondes im Meer erinnerte. Der Leopard hatte keinerlei Nummer im Programm. Die Besucher durften ihn bewundern, wenn das Schild ›Raubtierbesichtigung‹ ausgehängt wurde, das war alles. Weder Philipp Gallier noch sein Vater hatten je mit Leoparden gearbeitet.

Das Tier hatte sich bequem, im hinteren Teil des Käfigs, gelagert. Vor ihm lag ein abgenagter Knochen. Eine der schwarzen Pranken ruhte auf der anderen. Der Blick der Katze war auf die drei Menschen gerichtet, die Lider über den gelben Augen halb geschlossen.

»Ihr sorgt dafür, daß es unserem Freund nicht zu langweilig wird, stimmt's?«

Die Kinder fuhren zu ihm herum. Ein Lächeln der Überraschung stahl sich auf Irenas Züge. Sie breitete beide Arme aus und umklammerte den Stiefel ihres Vaters.

»Oh, Papi, er ist so wunderschön«, sagte sie. »Am liebsten würde ich ihn mit in den Wohnwagen nehmen.«

Philipp Gallier beugte sich hinunter, um seine kleine Tochter in die Arme zu nehmen. Schließlich hob er sie hoch und setzte sie auf seine Armbeuge.

»Ich fürchte, das wäre keine gute Idee.«

Einige Sekunden verstrichen. Es war Paul, der das Schweigen brach.

»Er ist nicht nur schön, er ist auch unheimlich stark. Stärker als die Löwen, wette ich.«

»Ich weiß nicht, ob er stärker ist als die Löwen«, sagte Gallier. »Aber er ist sicher stärker als ihr und ich.«

»Töten Leoparden Menschen, Papi?« fragte Irena.

»Das kommt vor«, gab Gallier zur Auskunft. »Allerdings nur unter ganz bestimmten Umständen. Wenn sie halbverhungert sind zum Beispiel. Oder wenn man sie mißhandelt. Oder wenn man sie aus ihrer natürlichen Umgebung verjagt.«

»Wenn man sie mißhandelt?« wiederholte Irena. »Warum sollte jemand einen Leoparden mißhandeln? Es sind doch wunderschöne Tiere.«

»Ich weiß nicht. Es kommt nicht selten vor, daß Menschen wunderschöne Dinge zerstören, ohne jeden Grund.«

Paul beschloß, das Thema zu wechseln. »Fährst du heute nicht in die Stadt, Vater?«

»Ich möchte mich noch etwas ausruhen vor der Nachmittagsvorstellung. Ist Mutter im Wohnwagen?«

Die Kinder nickten.

»Ich glaube, sie hat sich auch hingelegt«, sagte Paul.

»Sie hat gesagt, wir sollen draußen spielen und sie nicht stören«, fügte Irena hinzu.

Philipp Gallier spürte, wie ihm ein Schauder über den Rücken kroch. »Hat sie Kopfschmerzen?« fragte er.

»Sieht nicht so aus«, mutmaßte Paul.

»Nein, sie hat keine Kopfschmerzen«, sagte Irena.

»Na gut, dann werde ich einmal nach ihr schauen.« Gallier wandte sich zum Gehen.

»Können wir mitkommen, Pappi?« fragte Irena. »Mir ist langweilig draußen.«

»Nein.« Gallier blickte zum Wohnanhänger hinüber. Es war fast Mittag geworden, aber der Himmel war dunkler als vor ein oder zwei Stunden. Vor dem düsteren Hintergrund erhob sich die fahrbare Behausung als bedrohliche Silhouette. »Spielt noch etwas draußen. Unterhaltet euch mit dem Leoparden.«

Er ließ die beiden Kinder vor dem Käfigwagen stehen und ging zum Wohnwagen hinüber. Für zehn Monate im Jahr war dieser Wagen ihr Heim. Die übrigen zwei Monate verbrachte die Familie in einem Motel unweit vom Winterquartier des Zirkus, in Florida. In New Orleans hatte Philipp Gallier vor Jahren ein geräumiges Einfamilienhaus erworben. Aber es hatte sich ergeben, daß sie praktisch nie in diesem Hause wohnten. Zum Leidwesen von Nora, der das Leben in einer Stadt wie New Orleans ganz gut gefallen hätte. Philipp indes war nicht zu überreden, mehr Tage als unbedingt nötig in der Stadt zu verbringen. Er wollte bei seinen geliebten Katzen sein. Was die Kinder anging, so fanden sie das Umherziehen mit dem Zirkus phantastisch. Sie hätten sich kein aufregenderes Leben wünschen können.

Als Philipp vor dem Wohnwagen ankam, hörte er, wie eine Bö das Zeltdach an die Masten klatschte. Der Wind hatte aufgefrischt. Hoffentlich gab es keinen Sturm. Abschätzend blickte er zu den grauen Wolkengebirgen hinüber, die sich am Horizont auftürmten. Sturm war der Feind aller Zirkusleute. Er konnte ein Zelt verwüsten und das Unternehmen um Jahre zurückwerfen. Philipp Gallier verdrängte den Gedanken. Er drückte die Tür des Wohnanhängers auf und trat ein.

Im Wohnraum und in der kleinen Küche war niemand zu sehen, auch in den Nischen der Kinder nicht. Alles war sauber. Ordentlich aufgeräumt, wie es Nora immer tat. Nach drei großen Schritten war er an dem Vorhang angelangt, der den Schlafbereich vom übrigen Wohnwagen abtrennte. Er schob den Vorhang zur Seite und trat ein.

Nora lag im Bett. Als sie ihn erblickte, hob sie den Kopf. In langen, weichen Wellen fiel das dunkle Haar über ihre wohlgeformte Stirn bis auf die entblößten Brüste.

Iwan Schoffner, mit Artistennamen »The Great Samson«, der neben Nora gelegen hatte, sprang hoch und wich in die äußerste Ecke der Schlafnische zurück. Er hatte ein Bettlaken ergriffen, mit dem er seine Blöße zu bedecken suchte. Auf den Muskeln seines herrlich gewachsenen Körpers glänzten die Schweißperlen. Sein Blick war auf die Pistole in Galliers Halfter gerichtet.

»Laß dir erklären, Philipp. Warte, mach keine Dummheiten.«

Seine Stimme klang höher, als man es bei dem starken Mann vermutet hätte.

»Mach, daß du rauskommst, Samson!« herrschte Philipp ihn an. Er hielt Nora fixiert.

Der Muskelmann war dabei, in aller Eile seine Kleider zusammenzuraffen, die am Boden zerstreut lagen. »Ich gehe schon, Philipp. Wie du meinst.« Er balancierte auf einem Fuß, während er mit dem anderen nach seinem schwarzen Slip angelte.

»Laß deine Kleider, wo sie sind«, sagte Gallier. »Raus mit dir! *Sofort!*« Das letzte Wort kam laut und hart wie ein Peitschenschlag.

Samson hatte sein Hemd erwischt und an sich gedrückt. Den Blick auf Philipp und dessen Waffe gerichtet, schob er sich an ihm vorbei. Nachdem er den Vorhang erreicht hatte, begann er zu laufen. Dann fiel die Tür hinter ihm ins Schloß. Philipp und Nora waren allein.

Sie leckte sich die Lippen. Ihre Augen leuchteten. Es war nicht schwer zu sehen, daß sie in diesem Augenblick eine abgründige Wollust empfand.

»Wie geht's, Philipp«, begrüßte sie ihn.

Er sah sie lange an, bevor er antwortete. Seine Stimme klang rauh. »Warum, Nora? Warum hast du das getan?«

»Nur so. Es ist eben passiert, versteht du? Ich habe mir nichts dabei gedacht.«

»Du lügst. Du hast alles darauf angelegt, daß ich dich erwischen mußte. Wie immer, bin ich der letzte, der es erfährt. Sogar der kleine Richie weiß, was gespielt wird, nur ich nicht.« Er hob das Kinn. Sie tastete nach ihren Brüsten. »Wie lange geht das schon mit dir und Samson?«

»Nicht lange. Ein Monat oder sechs Wochen.«

»Hast du mich außer mit Samson mit einem anderen betrogen?«

»Nein.«

»Macht es dir Spaß, mich zu verletzen, Nora?«

Ihre Augen wurden feucht. »Nein, Philipp. Ich wollte dich nicht verletzen. Ich wollte mich einfach einmal so benehmen wie andere Leute. Samson war die bequemste Lösung.«

»Du hast einen Fehler gemacht«, sagte Gallier. »Du kannst nicht sein wie andere Leute. Weder du noch ich, Nora. Du weißt, wer und was wir sind. Wir haben keine andere Wahl, wir müssen bei unseresgleichen bleiben, das ganze Leben lang.«

»Ich werde es nie wieder tun, Philipp.«

»Du *darfst* es nie wieder tun«, sagte er. »Da! Schau dich an!« Mit einem Ruck zog er ihr das Laken fort. Sie war nackt. »Es ist nur eine Frage der Zeit, bis Samson dich einmal so zu sehen bekommt. Er oder irgendein anderer. Ich werde nicht zulassen, daß es soweit kommt.«

Philipp Gallier hatte den Revolver gezogen. Breitbeinig stand er vor dem Bett und zielte. Ein letztes Mal tauchte er seinen Blick in ihre Augen.

»Ich liebe dich, Nora«, sagte er. Dann drückte er ab.

In dem kleinen Raum war das Geräusch des Schusses laut wie ein Donnerschlag. Der nackte Körper auf dem Bett bäumte sich im Todeskampf auf und sank dann auf das Laken zurück. Nur das Ticken von Galliers Armbanduhr war zu hören.

»Vater!«

Philipp fuhr herum. Seine beiden Kinder standen hinter ihm. Paul hielt noch die Hand am Vorhang. Die kleine Irena hielt sich vor Schreck den Mund zu.

Er ging auf die beiden zu.

»Es tut mir leid, was passiert ist. Ich liebe euch beide, wirklich, aber es wäre besser gewesen, ihr wärt nie auf die Welt gekommen. Ich verspreche euch, es wird nicht weh tun. Es wird euch alle Leiden ersparen, die sonst auf euch zukommen.«

Er hob die Waffe und zielte, aber dann verließ ihn der Mut. Bevor er abdrücken konnte, hatte Paul seine kleine Schwester ergriffen und war mit ihr hinausgestürzt. Er kam zu Fall, machte eine Rolle vorwärts, zog seine Schwester, die mit dem Knie aufgeschlagen war, mit sich. Als Gallier an der Tür anlangte, waren die Kinder zwischen den Sattelschleppern verschwunden.

»Gott helfe euch, meine beiden Kleinen«, murmelte er. Dann machte er kehrt, legte sich auf das Bett, steckte sich die Mündung des Revolvers in den Mund und drückte ab. Als seine Leiche gefunden wurde, lag der tote Leopard neben ihm.

Zweites Kapitel

Die DC-10 zog eine Schleife über dem Lake Pontchartrain. Dann begann der Landeanflug auf den Flughafen von New Orleans. Irena Gallier hielt ihre Hände im Schoß verschränkt. Sie wagte nicht hinauszusehen. Es war ihr erster Flug. Sie war 21.

Mit einem kaum merklichen Hopser setzte die Maschine auf. Irena lauschte dem Geräusch der Motoren, das zu einem dumpfen Grollen anschwoll, als der Pilot die Bremsen einschaltete. Rasch verlor die Maschine an Fahrt, bis sie schließlich mit ruhigen 30 Stundenkilometern dahinrollte. Irena atmete auf. Sie entfaltete ein Papiertaschentuch und wischte sich die Innenflächen der Hände trocken.

Der gemütliche Dicke im Sitz neben ihr grinste ihr zu. »Ich hab' Ihnen ja gesagt, daß man mit dem Leben davonkommt.«

Sie dankte ihm mit einem Lächeln. Gleich zu Beginn des Fluges hatte er sie mit seinem Redeschwall überfallen. Er hatte ihr erzählt, daß er als Vertreter einer Kosmetikfirma arbeitet. In dieser Funktion hatte er eine Reihe von Firmen und Einzelhändlern in den Oststaaten besucht. Jetzt kehrte er zu seiner Familie nach New Orleans zurück. Sie wußte, daß er ihr das nur erzählte, um ihre Angst vor dem Fliegen zu zerstreuen. Daß es ihr erster Flug war, hatte sie ihm schon im Gang, als er sie an sich vorbeiließ, gestanden. Alles in allem war es gut zu wissen, daß jemand neben einem saß, der keine Angst hatte und sich um einen kümmerte.

»Es war ein wundervoller Flug«, sagte sie. »Ich komme mir richtig dumm vor, daß ich mir überhaupt Sorgen gemacht habe.« Sie zögerte. »Ich fand es sehr nett, daß sie mich auf andere Gedanken gebracht haben.«

»Hab' ich gern getan«, sagte der Vertreter. »Ich freue mich immer, wenn ich neben jemanden zu sitzen komme, der mir zuhört.« Er lachte.

Immer noch rollte das Flugzeug die Betonschneise entlang, auf das langsam näherkommende Abfertigungsgebäude zu. Irena hatte einen kleinen Taschenspiegel und eine Haarbürste hervorgezogen. Sie trug ihr Haar kurz wie ein Junge. Die großen Augen ließen sie noch jünger aussehen als sie ohnehin war.

Mit einem sanften Ruck kam die Maschine zum Stehen, das Pfeifen der Triebwerke erstarb. Im Gang gab es Bewegung. Die ersten Passagiere hatten ihre Sitzgurte gelöst und drängten hinaus. Irenas Sitznachbar war aufgestanden. Er hatte seine Tasche unter dem Sitz hervorgeholt und seinen Trenchcoat aus dem Gepäckfach genommen. »Alles Gute dann«, grinste er.

»Danke. Für Sie auch.«

Sie vergewisserte sich, daß sie nichts im Gepäcknetz des Vordersitzes hatte liegenlassen. Dann löste sie den Gurt, stand auf und schloß sich den Passagieren an, die im Gang warteten.

In der Ankunftshalle des Flugplatzes angekommen, beobachtete sie, wie die anderen Passagiere von Freunden oder von ihren Familienangehörigen begrüßt wurden. Ob sie ihren Bruder Paul überhaupt wiedererkennen würde, wenn er vor ihr stand? Immerhin waren siebzehn Jahre vergangen, seit sie sich zuletzt gesehen hatten.

Das Lachen und die Gespräche der Reisenden drang an ihr Ohr. Ihr war wehmütig zumute. Passagiere, die sich umarmten, die Küsse austauschten, die sich die Hände schüttelten. Alle hatten eine Familie, nur sie nicht. Da drüben war auch der Handelsvertreter. Er wurde von einer hübschen, etwas üppigen Frau abgeholt, die zwei rothaarige Jungen an der Hand hielt. Als er Irenas Blick auf sich ruhen spürte, löste er sich von der kleinen Gruppe und kam auf sie zu.

»Werden Sie nicht abgeholt?«

»O doch! Von meinem Bruder. Er wohnt in New Orleans. Ich nehme an, er hat sich nur ein paar Minuten verspätet.«

»Das ist gut möglich«, stimmte er ihr zu. »Es gibt aber auch eine andere Möglichkeit.« Er deutete nach vorn. »Vielleicht wartet Ihr Bruder dort bei der Gepäckausgabe auf Sie.«

»Ja natürlich«, sagte sie. Es klang gar nicht natürlich. »Ich danke Ihnen«, fügte sie, fast schuldbewußt, hinzu.

»Nichts zu danken. Alles Gute noch mal!«

»Alles Gute!«

Sie sah ihm nach, wie er zu seiner Familie zurückging, und schämte sich des Gefühls der Erleichterung, das sie verspürte. Er war ihr zu nahe gekommen. Und er war zu aufdringlich gewesen, zu besorgt.

Der Mann war bei seiner Frau angekommen. Er legte ihr den Arm um die Hüfte, und so gingen die beiden auf den Ausgang zu. Die beiden Jungen tanzten neben ihnen her. Irena spürte, wie sie der Neid durchzuckte. Würde sie je eine Ehefrau sein können wie diese Frau, die sich von ihrem Mann ganz selbstverständlich in den Arm nehmen ließ? Würde sie Kinder gebären können? Würde sie in der Lage sein, ein normales Leben zu führen?

Sie war der letzte Passagier, der in diesem Flügel der Ankunftshalle wartete. Allmählich wurde ihr ungemütlich. Sie hatte das Gefühl, unsichtbare Augen seien auf sie gerichtet. Ihr Blick fiel auf das Leuchtzeichen ›Baggage Claim‹, neben dem ein Hinweispfeil flimmerte, der nach unten zeigte. Sie entschloß sich, die Treppen hinunterzugehen, in Richtung des Pfeils.

Die Halle, in die sie gelangte, hatte eine kalte und unpersönliche Ausstrahlung. Steinfußboden, Leuchtröhren, in der Mitte eine große Metallplatte, die sich drehte und die Gepäckstücke mit Zentrifugalkraft nach außen beförderte, wo sie von den Besitzern ausgespäht und fortgenommen wurden. Sie erkannte einige Passagiere ihres Fluges. Die meisten drehten ihr den Rücken zu.

Geduldig blieb sie inmitten der Halle stehen, bis die meisten Passagiere den Raum verlassen hatten. Am Rande der Metallplatte kreiste ihre Reisetasche, die sie für diesen Flug gekauft hatte. Vielleicht hat Paul mich falsch verstanden, durchfuhr es sie. Vielleicht hat er das Datum verwechselt. So etwas kommt schließlich vor. Sie wußte, daß die Erklärung wenig wahrscheinlich war. Ihre Unruhe wuchs.

Als die Tasche das nächste Mal an ihr vorbeiglitt, griff sie zu. Das Gepäckstück war schwerer, als sie es in Erinnerung hatte. Dann fiel ihr ein, daß sie die Tasche beim Packen bis zum Rand vollgestopft hatte. Sie stellte sie zu Boden und verschnaufte. Als ihre Hand erneut nach dem Griff fuhr, kam aus einer Ecke der Halle ein junger Mann auf sie zu, den sie bis dahin überhaupt nicht bemerkt hatte. Wie ein Student sah er aus, kurzhaarig, frisch gewaschen und jung, sehr jung. Vom Alter her, dachte sie, konnte es nicht Paul sein. Aber der Mann kam ohne Zögern auf sie zu. Er lächelte. Sie erwiderte das Lächeln.

»Hallo«, sagte er. »Wie geht's?«

»Danke gut«, kam die kühle Antwort.

»Sie sehen ganz so aus, als ob Sie keine Probleme hätten. Aber es gibt niemanden, dem es im Leben nicht noch etwas besser gehen könnte. Finden Sie nicht?«

Sie gab keine Antwort.

»Ich möchte Ihnen dieses Buch schenken.«

Erst jetzt gewahrte Irena, daß der junge Mann einen Stapel grüner Broschüren in der Armbeuge trug. Er nahm das obenauf liegende Exemplar fort und reichte es ihr.

»Bitte, tun Sie mir einen Gefallen, und nehmen sie mein Geschenk an. Sie brauchen wirklich nichts zu bezahlen. Wenn Sie freiwillig etwas spenden wollen, dann ist Ihre Gabe natürlich willkommen.«

Sie warf einen raschen Blick auf den Titel der Broschüre. Er lautete: *Der Weg zum immerwährenden Frieden und zur Harmonie.* »Danke«, sagte Irena. »Aber das kann ich nicht annehmen.«

»Und wenn ich Sie herzlich bitte?« beharrte er. Immer noch stand das Lächeln in seinem Gesicht, wie festgefroren. »Ich sagte Ihnen schon, daß es sich um ein Geschenk handelt. Ich schenke Ihnen das Buch im Geiste der Weltbrüderschaft. Sollten Sie trotzdem eine Spende machen wollen, dann kann ich Ihnen versichern, daß Ihr Geld guten Zwecken zugeführt wird.«

»Danke, nein.«

Sie wandte sich ab und machte ein paar Schritte, um den lästigen Gesprächspartner loszuwerden. Er folgte ihr und verstellte ihr den Weg. Sein Lächeln war härter geworden.

»Sie sollten sich wenigstens die Mühe machen und in das Buch hineinsehen. Sie werden überrascht sein, was Ihnen dieses Buch zu sagen hat. Es könnte Ihrem ganzen Leben eine neue Richtung geben, wie schon so vielen anderen Menschen.«

»Tut mir leid. Ich möchte Ihr Buch nicht. Lassen Sie mich jetzt bitte durch.«

Erneut versuchte sie an ihm vorbeizukommen. Wieder versperrte er ihr den Weg.

»Hier!« Er hielt ihr das Buch vor die Augen. »Ich gebe es Ihnen, ohne irgendeine Gegenleistung zu verlangen. Als Geschenk, verstehen Sie? Lesen Sie, was der Prophet uns zu sagen hat.« Das Lächeln verschwand. Sein Gesicht signalisierte jetzt eine nicht näher bestimmbare Drohung. »Oder sind Sie etwa nicht daran interessiert, den Weg zum immerwährenden Frieden und zur Harmonie zu finden?«

»Lassen Sie mich durch!« beharrte Irena. »Ich will Ihr Buch nicht!«

Mit einer geschmeidigen Bewegung ergriff der junge Mann sie beim Ellenbogen. Irena hatte sich auf die Zehenspitzen gestellt. Sie blickte zum Ausgang, auf der Suche nach irgend jemanden, der ihr hätte zu Hilfe eilen können. Aber die Passagiere, die auf diese Entfernung zu sehen waren, hatten mit ihren eigenen Angelegenheiten zu tun. Keine Stewardeß, kein Steward, kein Polizist.

Der Griff um ihren Arm wurde zum Schraubstock. Der junge Mann hielt ihr den Stapel Broschüren vor die Augen.

»Ich glaube, Sie verstehen nicht, was ich Ihnen sagen will«, sagte er. »Das Buch ist gratis, vollkommen gratis. Die Höhe der

Spende, wenn Sie eine Spende machen wollen, steht Ihnen frei. Wenn Sie das Buch annehmen, bedeutet es Gutes für Ihr ganzes weiteres Leben. Sie werden mein Angebot doch nicht ausschlagen, oder? Wenn Sie das tun, dann werden Sie es bereuen.«

»Lassen Sie mich los, Sie tun mir weh.«

»Lassen Sie mich wenigstens einige wichtige Passagen des Buches erklären.« Er brachte seinen Mund an ihre Wange. Sein Atem roch nach Lakritze.

»Lassen Sie das Mädchen los!«

Die fremde Stimme kam tief, volltönend, als Befehl. Irena erschrak. Auch der junge Mann schien überrascht von der Störung. Er gab ihren Ellenbogen frei und trat einen Schritt zurück.

Der Fremde, der hinter ihm gestanden hatte, war großgewachsen, etwa dreißig Jahre alt. Er trug einen dunklen Anzug. Der Hemdkragen verriet, daß er Priester sein mußte. Die Haut war bleich. Er hatte große, ausdrucksvolle Augen. Und er war wütend, in einer Weise, die den jungen Mann zu höchster Vorsicht gemahnte.

»Ich habe der jungen Dame nur ein Buch schenken wollen«, entschuldigte er sich. »Ich habe wirklich nicht ...«

»Verschwinden Sie! *Sofort!*«

Der junge Mann warf einen raschen Blick auf den Priester. Dann packte er seinen Stapel Broschüren unter den Arm und rannte auf den Ausgang zu.

Irena schenkte dem Mann im dunklen Anzug ein Lächeln, das von Herzen kam. »Danke. Ich wußte gar nicht mehr, wie ich diesen Kerl loswerden sollte.«

»Die meisten dieser Burschen sind harmlos. Aber lästig wie Wanzen.« Er deutete auf ihre Reisetasche. »Darf ich das für Sie tragen?«

Unsicher blickte sie sich um. »Ich – ich warte hier auf meinen Bruder. Er hat mir versprochen, mich abzuholen.«

Er lächelte. »Was ist mir dir los, Irena? Erkennst du mich wirklich nicht?«

Sie starrte ihm in die Augen. »Paul? Bist du's wirklich, Paul?«

»Willkommen zu Hause, meine kleine Schwester«, sagte er und öffnete die Arme.

Sie warf sich ihm an den Hals und küßte ihn. Die Haut auf den Wangen war glattrasiert und kühl. Ein Hauch seines strengen, männlichen Rasierwassers stieg ihr in die Nase. Der Körper fühlte sich überraschend muskulös an.

Unvermittelt gab er sie frei und trat einen Schritt zurück. »Es tut mir leid, daß ich so spät komme. Ich bin im dichten Verkehr steckengeblieben.«

»Ist schon gut«, sagte Irena. »Hauptsache, wir haben uns gefunden.« Sie musterte ihn prüfend und deutete auf seinen Kragen. »Ich wußte nicht, daß du ...«

»Daß ich ein Priester bin?« Er lachte. »Ich bin nur Laienpriester. Ich helfe aus in einer Missionsstation im Französischen Viertel.«

»Wieso bist du ... Ich meine, wie kommt es, daß du dich für diese Dinge interessierst?«

Er wurde ernst. »Ich habe zehn Jahre meines Lebens in einer Weise verbracht, daß ich mich heute noch schäme. Dann wollte ich etwas tun, um auf der guten Seite etwas in die Waagschale zu werfen. Ich helfe anderen, so gut ich kann.« Er tippte sich an den steifen Kragen. »Wenn dich das stört, kann ich es abnehmen.«

Irena warf ihm die Arme um den Hals und küßte ihn. »Unsinn! Bleib wie du bist! Ich freue mich für dich, und vor allem freue ich mich, daß wir endlich zusammen sind. Wir haben uns so viel zu erzählen.«

»Das stimmt, meine kleine Schwester.«

Beide lachten.

Eine Sekunde später hatte er ihre Tasche ergriffen und sie mit dem freien Arm um die Taille gefaßt. Wohlgelaunt verließen sie die Halle. Der Platzregen, der draußen niederging, hatte aufgehört.

Drittes Kapitel

Sie fuhren nach New Orleans hinein. Irena war auf die äußerste Kante des Beifahrersitzes vorgerutscht. Neugierig nahm sie das Bild in sich auf, das sich ihr beim Blick durch die Windschutzscheibe bot.

»Nun, wie findest du deine Heimatstadt?« fragte Paul. »Falls Heimatstadt die richtige Bezeichnung ist.«

»Mir kommt es vor, als wäre ich zum ersten Mal hier.«

»Das ist nicht weiter verwunderlich. Erstens sind wir nie lange in New Orleans geblieben, und zweitens warst du damals noch sehr klein. Drei Jahre alt, schätze ich.«

Sie nickte. »Alles sieht so neu aus, als hätte man die Stadt eben erst eingeweiht.«

Paul lachte. »Das liegt an den vielen Neubauten. Vor allem in den nördlichen Stadtteilen sind viele neue Häuser entstanden. Es gibt ein frischeröffnetes Zentrum des Internationalen Handels und es gibt jede Menge Luxushotels. Hilton, Hyatt, all die Großen haben in New Orleans eine Dependance eröffnet. Die Wolkenkratzer, die du dort drüben siehst, das sind Appartementhäuser für Leute mit dicker Brieftasche. Ja, man kann schon sagen, daß New Orleans eine Skyline bekommen hat.«

»Ich hoffe, die alten Gebäude sind nicht alle abgebrochen worden«, sagte Irena.

»Aber nein. Die Stadt ist immer noch eine bezaubernde Mischung von Tradition und Fortschritt. Ich werde dich gleich morgen mitnehmen, auf einen Bummel durch die Altstadt. Dann wirst du das New Orleans kennenlernen, von dem du sprichst. Ich werde dir das *Vieux Carré* zeigen.«

»Der Platz liegt im Französischen Viertel, nicht wahr?«

»Ganz recht. Dieses Stadtviertel wurde 1718 von Sieur de Bienville angelegt. Ich bin sicher, daß es dir gefallen wird.«

»Ich auch.« Irena deutete zum Seitenfenster. »Was ist denn das da? Sieht aus wie eine fliegende Untertasse.«

»Wie eine fliegende Untertasse, die Startschwierigkeiten hat«, lachte ihr Bruder. »Das ist unser Fußballstadion. Wir nennen es auch den Superdom, weil die Kuppel an eine Kirche erinnert.«

Sie waren in die Canal Street eingebogen, eine breite Avenue, gesäumt von Hotels und Bürogebäuden. Wenig später tauchten sie in die Altstadt ein. Paul lenkte den Wagen die elegante St. Charles Avenue entlang, und Irena bewunderte die altehrwürdigen Bürgerhäuser, die von verschwenderischen Rasenflächen umgeben waren. Die Abendsonne spielte in den Zweigen der Ulmen.

»Ich finde New Orleans wunderbar«, sagte Irena.

»Nicht alle Viertel sind so schön wie dieses«, schränkte Paul ein. »Unser Haus zum Beispiel kann sich nicht messen mit diesen Villen.« Er deutete auf ein palastähnliches Gebäude, das von einer Veranda umgeben war. »Aber immerhin ist es besser, als in einem Wohnwagen zu leben.«

Nach einer Fahrt, die Irena überraschend kurz vorkam, brachte Paul den Wagen vor einem zweistöckigen Backsteinhaus zum Stehen. Das Haus war von einem hohen Eisengitter umgeben, dessen Stäbe in messerscharfen Spitzen endeten. Die alten Ulmen, deren Äste auf den Gitterzaun hinabreichten, milderten den strengen Eindruck. Der Weg zum Eingang des Hauses war mit Platten ausgelegt. Über der Haustür wölbte sich ein Vordach, das von Säulen getragen wurde. Im ersten Stock des Hauses fiel Irena der langgestreckte schmiedeeiserne Balkon auf. Die Fensterscheiben waren staubig, der Rasen ungepflegt. Alles in allem sah das Haus merkwürdig verlassen aus. Jedenfalls deutete auf den ersten Blick nichts darauf hin, daß hier Menschen wohnten.

»Kannst du dich noch an das Haus erinnern?« fragte Paul.

Irena schüttelte den Kopf. »Ich glaube, ich war noch zu jung, um mir das Haus einzuprägen. Allerdings kommt es mir vor, als hätte ich das Haus im Traum schon mal gesehen.«

»Auch Träume können Erinnerungen sein.«

Sie stiegen aus. Scheinbar ohne Anstrengung hob Paul die schwere Reisetasche aus dem Wagen. Dann öffnete er seiner Schwester das Gartentor und geleitete sie hinein. Er ließ sie vorgehen. Vor der Haustür angekommen, reichte er an ihr vorbei und stieß die schwere Eichentür auf. Irena trat ein und sah sich um. Die Eingangshalle mit der hohen Decke, an der sich der Widerschein der Abendsonne brach, erinnerte an eine Kathedrale. Es roch muffig. Außerdem war da ein Geruch, den Irena nicht recht einzuordnen vermochte. *Roh* war vielleicht die Bezeichnung, die der Sache am nächsten kam.

»Nun, wie gefällt es dir?« fragte Paul. Irena fuhr aus ihren Gedanken hoch.

»Es ist ... beeindruckend, Paul. Du lebst doch hier nicht allein, oder?«

»Natürlich nicht.« Er lächelte. »Es ist komisch. Ich komme mir in diesem Haus manchmal wie ein Pensionsgast vor, seit Femolly eingezogen ist und Regie führt.«

»Wer ist Femolly?«

Er hob den Kopf. Irgendwo im hinteren Teil des großen Hauses wurde eine Tür geöffnet. Kurz darauf war zu hören, wie die Tür wieder geschlossen wurde. »Du wirst Femolly gleich kennenlernen«, sagte Paul.

Er versetzte ihr einen liebenswürdigen Rippenstoß und deutete auf das Gewölbe, das zum Speisezimmer führte. Schritte waren zu hören. Dann erschien eine große, stattliche Frau, die mit ruhigen, festen Schritten auf Irena zuging. Sie trug einen langen Glockenrock, eine Seidenbluse und einen bunten Schal, den sie um den Kopf geschlungen hatte. Die Haut war milchkaffeefarben und von makelloser Glätte; die Augen schwarz, der Blick lebendig und herzlich. Vor Irena angekommen, blieb die Frau stehen, stemmte die Hände in die Hüften und betrachtete ihr Gegenüber von oben bis unten.

»Dann ist das kleine Mädchen also endlich nach Hause zurückgekehrt.« Sie schürzte die Lippen. »Nur – klein ist das Mädchen nun nicht mehr.«

»Darf ich bekanntmachen«, sagte Paul. »Femolly, das ist meine Schwester Irena.«

»Kein Zweifel möglich«, sagte die stattliche Frau. »Sie haben die typischen Augen der Familie Gallier, mein Kind.« Sie trat einen Schritt zurück und musterte Irena von der Seite. »Ja, Sie sind ganz die Mutter. Nur noch schöner, würde ich sagen.«

»Sie sind sehr liebenswürdig«, sagte Irena. Die Art, wie die andere sie begutachtete, begann ihr Unbehagen zu bereiten.

Paul brach das Schweigen. »Ich fürchte, Femolly paßt nicht in das übliche Bild, das man sich von einer treusorgenden Haushälterin macht.«

Irena quittierte die rätselhafte Bemerkung mit einem Lächeln. Ihr fiel beim besten Willen nicht ein, was sie darauf hätte antworten sollen.

»Du mußt nur darauf achten, daß sie nicht anfängt, dich herumzukommandieren, sonst geht es dir zum Schluß wie mir«, setzte Paul nach.

»Hören sie nicht auf Ihren Bruder, mein Kind«, sagte Femolly. »Er hat eine blühende Phantasie.« Prüfend ließ sie ihren Blick auf Paul Gallier ruhen, als erwartete sie, daß er ihrem Urteil zustimmte. »Er war übrigens ganz nervös vor Erwartungsfreude«, fügte sie hinzu. »Sie hätten ihn sehen sollen, wie er im Haus herumfuhrwerkte, um alles für sie vorzubereiten. Wie ein kleiner Junge vor der Bescherung.«

Irena lächelte ihr scheu zu.

»Ich bin sicher, wir werden gut miteinander auskommen«, sagte Femolly. »Vor allen Dingen werden wir uns den Kopf nicht verdrehen lassen von einem Priester, nicht wahr?«

Irena fiel auf, daß Femolly jede Gelegenheit nutzte, um Paul, halb im Spaß, halb im Ernst, in die Defensive zu drängen. Trotzdem war der Unterton von Güte und Liebe, der in ihren Worten mitklang, unverkennbar. Dieser Frau, so schloß Irena, war Paul alles andere als gleichgültig.

»Da sehe ich überhaupt keine Probleme«, lachte Irena.

Femolly strahlte.

»Femolly ...«, sagte Irena gedankenverloren. »Es ist das erste Mal in meinem Leben, daß ich diesen Namen höre. Was ist das für ein Name?«

»Kommt aus Louisiana, glaube ich. Sie müssen wissen, meine Mutter starb bei meiner Geburt, und meinen Vater habe ich nie gekannt. Die Behörden schrieben einfach in die Geburtsurkunde: ›Child, female‹. Meine Pflegemutter, der ich bald nach der Geburt übergeben wurde, kannte sich in Dokumenten nicht besonders aus. Sie dachte, Female sei der Name. Sie nannte mich Femolly.«

»Der Name klingt schön«, sagte Irena.

»Danke, Kleines. Mir gefällt er. Und jetzt geh und mach dich frisch. Bald gibt es Abendessen. Ein Abendessen im New Orleans-Stil.«

»Was habe ich gesagt«, mischte sich Paul ein. »Kaum bist du hier, und schon kommandiert sie dich herum.«

»Das finde ich gar nicht«, widersprach Irena. Sie folgte der großen, dunkelhaarigen Frau zum Badezimmer.

Es war Femolly, die dann das Essen auftrug. Paul und Irena hatten am Ende eines langen Tisches Platz genommen; sie saßen einander gegenüber. Irena fragte sich gerade, ob das andere Ende des Tisches je benutzt wurde, als der Geruch der Speisen sie aus aus ihren Träumen riß. Es gab Krabben und Austern, gefolgt von einem verführerischen Nachtisch und Kaffee.

Nachdem sie sich gesättigt hatte, lehnte Irena sich mit einem wohligen Seufzer zurück. »Wie in aller Welt schaffst du es, Paul, bei dieser Kost deine schlanke Figur zu bewahren?«

»Training«, sagte Paul. »Ich jogge jeden Tag. Und ich fahre Fahrrad.«

»Schwimmen?«

Pauls Miene verdüsterte sich. »Nein. Ich gehe nicht gern ins Wasser!«

Seine Reaktion auf ihre unschuldige Frage verwunderte sie. »Das kann ich gut verstehen«, lenkte sie ein. »Ich schwimme nämlich auch nicht gern. Ich hoffe, wir werden noch eine ganze Reihe Gemeinsamkeiten feststellen.«

Sie sah, wie seine gute Laune zurückkehrte. »Ich bin ganz sicher, daß wir viel gemeinsam haben«, sagte er. »Gott sei dank haben wir jetzt ja genügend Zeit, um uns zu beschnuppern und die Eigenheiten des anderen kennenzulernen. Wie sind deine Pläne für New Orleans.«

»Ich denke, ich werde mich erst einmal nach einer Stellung umsehen.«

»Aber das eilt doch nicht, oder?«

»Ich möchte dir nicht länger auf der Tasche liegen, Paul. Du hast mir das Kunststudium ermöglicht, und dafür bin ich dir ewig dankbar, aber ab jetzt möchte ich auf eigenen Füßen stehen.«

»Du mißt dem finanziellen Problem zu große Bedeutung bei, Irena. Es hat mir doch Spaß gemacht, dich beim Studium zu unterstützen.« Er wurde nachdenklich. »Ich hatte eigentlich vor, dich schon viel früher in dieses Haus zu holen. Aber es gab da einige Schwierigkeiten, die ich erst aus dem Wege räumen mußte. Es tut mir leid. Ich hatte nicht einmal die Zeit, dich zu besuchen.«

Seine Ernsthaftigkeit, auch die Offenheit, mit der er seine Versäumnisse eingestand, machten ihr Eindruck. Sie beugte sich über den Tisch und nahm seine Rechte in ihre Hände. »Vergiß es«, sagte sie. »Du bist mein Bruder, und jetzt sind wir wieder zusammen. Das ist die Hauptsache.«

»Du hast recht. Wir haben viel nachzuholen.« Er setzte sich gerade und betrachtete sie aufmerksam. »Wir sind ja beide bei Stiefeltern aufgewachsen, aber anscheinend hat das nicht allzu viele Narben hinterlassen.«

»Was mich angeht – schön war's gerade nicht. Aber ich sollte wohl nicht undankbar sein. Ich hätte es natürlich auch viel schlimmer antreffen können. Was mir am meisten leid tut, ist, daß wir all die Jahre getrennt waren.«

»Von jetzt an werden wir zusammenbleiben«, sagte Paul. Er sah zu der mannshohen Großvateruhr herüber, die in einer Ecke des Raumes stand. »Du wirst müde sein nach dem Flug, nicht wahr?«

»Schon, aber ich bin zu aufgeregt, um jetzt schon schlafenzugehen.«

»Nur keine Hast. Wir haben in diesem Haus keinen starren Stundenplan. Jeder geht zu Bett, wann es ihm paß. Komm, ich werde dir erst einmal dein Zimmer zeigen.«

Während Femolly das Geschirr abräumte, ging Irena hinter Paul zum Obergeschoß des Hauses hinauf. Im Treppenhaus verlangsamte sie ihren Schritt, um die Bilder an der Wand zu betrachten. Die Bilder stellten exotische Landschaften dar, Dschungel, Wüste, dahinter nebelverhangene Berge. Eine bedrückende Stimmung ging von den Bildern aus. Die Schatten des Dschungels schienen aus der Ebene der Leinwand auf das Haus überzugreifen.

Paul war am oberen Treppenabsatz angekommen. »Wo bleibst du?« rief er. Sie riß sich vom Anblick der Bilder los. »Bin schon da.«

Er erwartete sie in dem breiten Flur, von dem eine Tür zu einem Vorraum führte. Erst dahinter war das Zimmer, von dem er gesprochen hatte, ein kleiner Raum, untadelig hergerichtet. Es gab einen Kleiderschrank, eine Kommode mit Schubladen und ein verschließbares Schreibpult. Aus dem verhältnismäßig großen Fenster blickte man auf den Balkon, der die Frontseite der ersten Etage einnahm. Irena fiel auf, daß die Fensterflügel geöffnet waren. Die weißen Tüllvorhänge bauschten sich im Abendwind.

»Diesen Raum mag ich«, stellte Irena fest. Sie sagte es aus voller Überzeugung.

»Du wirst sicher noch einige Dinge ändern wollen, bis es dir wirklich gefällt. Wenn du erst einmal eingezogen bist, kannst du alles so herrichten wie du willst.«

Sie zögerte. »Paul, ich glaube nicht, daß ich so lange bei dir wohnen bleibe.«

Wieder senkte sich ein Schatten über seine Stirn. »Was willst du denn damit sagen«, entfuhr es ihm. »Hier wohnen bleiben ... Du befindest dich in deinem eigenen Haus, Irena! Es gehört dir so gut wie mir, verstehst du?«

»Es ist nur ... Ich habe gern meinen eigenen Bereich. Etwas, das überschaubar ist. Vielleicht suche ich mir ein Appartement. Hier ... dieses Haus ist so groß.«

Er ging über ihren Einwand hinweg. »Wir werden noch Gelegenheit haben, darüber zu sprechen.« Mit sanfter Geste geleitete er sie in den Vorraum zurück, durch den sie das Zimmer betreten hatten. »Ich schlafe zwei Türen weiter, meine Tür ist gleich gegenüber dem Bad.« Er betrachtete sie. »Bist du immer noch nicht müde?«

Verwundert schüttelte sie den Kopf.

»Dann sehen wir uns noch mein Spielzimmer an«, bot er an.

»Dein Spielzimmer?«

»Ja. Das ist der Name, den ich diesem Raum gegeben habe.« Er ging vor ihr den Gang entlang, der ins Dunkel führte. »Komm, ich bin sicher, das wird dich interessieren.«

Sie waren am Ende des Korridors angelangt. Paul öffnete eine Tür. Der Raum, der sich dahinter auftat, unterschied sich von den anderen Räumen des Hauses durch seine hohe Decke und durch seine bessere Ausleuchtung. Es gab vier große Fenster, durch deren Scheiben das letzte Licht des Abends einfiel. Die Wände waren mit bunten Zirkusplakaten bedeckt. Aus den Aufschriften ging hervor, daß einige Plakate aus der Zeit der Jahrhundertwende stammten, aber es gab auch solche der sechziger Jahre zu sehen. An den Wandhaken waren Glitzerkostüme und Clownsgewänder aufgehängt. In der Ecke stand ein Automat, der einst zur Zubereitung von Popcorn gedient hatte. Weitere Ausstellungsstücke waren die grellbemalte Holzfront eines Kassenhäuschens, ein buntes Poster, das eine bärtige Dame zeigte, die Peitsche eines Löwenbändigers, ein schwerer Hocker, der offensichtlich bei der Dressur von Raubtieren Verwendung gefunden hatte, und der mit Rüschen besetzte Schirm einer Seiltänzerin.

»Na, wie findest du das?« fragte Paul.

Voller Bewunderung hatte Irena die Eindrücke in sich aufgenommen. »Wie bist du an all diese Dinge gekommen?«

»Als ich bei meinen Pflegeeltern auszog, um mich hier, im Haus unserer Eltern, einzuquartieren, habe ich begonnen, den Spuren unseres Familienzirkus nachzugehen. Ich habe an alle möglichen Leute geschrieben und mich erkundigt, was eigentlich aus der Ausrüstung des *Gallier Family Circus* geworden ist. Wie ich herausbekam, war nach dem Tod unserer Eltern alles, was nicht niet- und nagelfest war, verkauft worden, um die offenen Rechnungen zu bezahlen. Der größte Teil des Zubehörs wird wohl für immer verschollen bleiben, aber es ist mir gelungen, ein paar Einzelstücke aufzuspüren und käuflich zu erwerben. Ich habe das Zeug dann verpacken und nach hierher verfrachten lassen. Die Sachen waren ja über die ganzen Vereinigten Staaten verstreut.« Er beschrieb eine weitausholende Geste. »Das ist alles, was ich zusammengebracht habe. Wie schade, daß Vater und Mutter diese Sachen jetzt nicht sehen können.« Er hielt inne, als hätte er sich zu weit vorgewagt, und betrachtete sie prüfend. »Es macht dir doch nichts aus, wenn ich über unsere Eltern spreche, oder?«

»Das ist schon in Ordnung, Paul. Ich weiß ja Bescheid, was damals passiert ist. Es ist komisch, einerseits weiß ich genau, wie Vater und Mutter zu Tode gekommen sind, und andererseits kann ich mich an keinerlei Einzelheiten erinnern. Ich glaube, so etwas nennt man einen psychologischen Block.«

Ihr Bruder zuckte die Schultern. »Ich würde sagen, es ist eher ein Segen, daß du in der Lage bist, die Erinnerung zu verdrängen.« Er ließ den Blick über die Wände mit den alten Plakaten gleiten. »Ich mag alles sehr gern, was mit Zirkus zu tun hat. Hast du gewußt, daß Vater begonnen hatte, mich als Akrobat auszubilden?«

»Nein, davon hatte ich keine Ahnung.«

»Es stimmt aber.«

Unvermittelt warf Paul seine Arme nach hinten, schnellte hoch, kam mit den Handflächen auf dem Fußboden auf, stieß sich katzengleich ab und kam wieder auf die Füße zu stehen. Er grinste wie ein Junge, der stolz ist auf seine kleinen Streiche.

Irena klatschte lachend in die Hände. »Wunderbar machst du das!"«

»Ich wäre vielleicht ein guter Akrobat geworden, was meinst du?«

»Nach dieser Kostprobe zu urteilen, sogar ein sehr guter«, lobte sie.

»Ich kann noch eine ganze Reihe anderer Übungen«, sagte er. »Ich werde es dir bei Gelegenheit einmal vorführen. Vater pflegte zu sagen, die guten Sachen soll man dem Publikum immer erst zum Schluß zeigen.« Er leckte sich die Lippen. »Wenn die Leute Zucker bekommen haben, fressen sie das Salz nicht mehr.«

Irena war zu einem Tischchen gegangen, das an der Wand stand. Sie nahm das Fotoalbum hoch, das dort lag, und öffnete es. Auf der Seite, die sie aufgeschlagen hatte, war das Bild eines gutaussehenden jungen Paares zu sehen. Der Mann trug eine Uniform aus weißem Kord und Stiefel, die Frau ein Trikot, das mit Glitzersternchen besetzt war.

Irena deutete auf das Bild. »Sind das unsere Eltern?«

»Ja.« Er wartete eine Weile. »Fällt dir nicht auch auf, wie ähnlich sie uns sind?«

Sie betrachtete das Bild von nahem. Paul hatte recht. Vor allem die Augenpartie hatte eine verblüffende Ähnlichkeit. Wenn man von Dingen wie Haarschnitt und Make-up absah, worin sich die

Mode in den letzten zwanzig Jahren sehr gewandelt hatte, sahen Philipp und Nora Gallier genauso aus wie Paul und Irena.

Irena blätterte Seite um Seite des Albums auf. Schließlich verharrte sie bei einem Foto, das einen älteren Mann mit buschigen Augenbrauen und stolzem Schnauzbart zeigte. Die Augenpartie war dem Foto von Philipp Gallier täuschend ähnlich.

»Das muß Großvater sein«, sagte Irena.

Ihr Bruder nickte. »Das ist Henry Gallier«, bestätigte er. »Das Foto ist um 1910 entstanden, als Großvater den *Gallier Family Circus* gründete. Das Unternehmen ist zwar auch nachher, unter Vater, nie das gewesen, was man so das große Geschäft nennt, aber als Großvater die ganze Sache startete, hatte er verdammt wenig Geld. Der ganze Zirkus bestand aus einem Wagen, einem betagten Elefanten und ein paar Clowns, die umschichtig als Akrobaten, Tierpfleger und Mädchen für alles arbeiteten. Tja, und dann gab es noch eine Wildkatze.«

Paul nahm ihr das Album ab und begann zu blättern. Bei einer bestimmten Seite hielt er inne, um ihr das Bild zu zeigen. Irena starrte das Foto an, das einen großen schwarzen Leoparden zeigte. Die Zähne waren gefletscht, so daß die Fangzähne bedrohlich hervortraten. Von den golden leuchtenden Augen ging ein Zauber aus, der Irena alsbald in Bann zog. Paul beobachtete sie mit wachem Interesse. Als sie aufsah, trafen sich ihre Blicke.

»Sieht gefährlich aus«, sagte sie. »Gefährlich und wild.«

»Der schwarze Leopard nimmt eine Sonderstellung ein unter den Raubtieren«, erklärte Paul. »Er ist am schwierigsten zu dressieren.«

Eine Weile lang hielt er Irena fixiert. Schließlich senkte sie den Blick. Sie achtete darauf, daß die Geste zufällig wirkte.

»Jetzt bin ich doch müde geworden«, sagte sie. »Ich denke, ich werde schlafengehen.«

»Wenn du irgendwas brauchst, du weißt ja, wo du mich finden kannst«, bot Paul an. »Du brauchst nur an die Tür zu klopfen.«

»Danke, Paul.« Sie küßte ihn zärtlich auf die Wange.

Drei oder vier Herzschläge lang hielt er sie umschlungen. Seine Hände fühlten sich warm an, sie konnte die Wärme durch den Stoff ihres Kleides spüren. Es war beunruhigend, ja unangenehm.

Als hätte sich ihm ihre Verwirrung mitgeteilt, gab er sie frei und trat einen Schritt zurück. Ein Lächeln spielte um seinen energischen Mund. »Gute Nacht, meine kleine Schwester«, sagte er wohlgelaunt. »Ich bin froh, daß du endlich wieder zu Hause bist.«

»Gute Nacht, Paul«, gab sie zurück. »Ich freue mich auch. Wirklich.«

Irena ging in ihr Zimmer zurück. Sie war überrascht, wie müde sie sich auf einmal fühlte. Sie suchte und fand ein Nachthemd in ihrer Reisetasche. Auspacken, entschied sie, würde sie morgen, wenn sie ausgeschlafen war. Sie stieg ins Bett und versank fast in der weichen Matratze.

Aber der ersehnte Schlaf ließ auf sich warten. Die Geräusche des alten Hauses erschreckten sie. Die Balken ächzten und die Schindeln auf dem Dachboden knackten. Eine Stunde oder zwei vergingen, bis Irena die ungewohnten Geräusche zugeordnet hatte. Auch nachdem sie sich bereits vergewissert hatte, daß das Rascheln am Balkongitter von den Zweigen der Ulme herrührte, blieb eine schwer erklärbare Unruhe.

Schließlich wurde die Müdigkeit so groß, daß sie einschlummerte. Sie wußte nicht, wieviel Zeit vergangen war, als sie aus dem Schlaf hochfuhr. Sie war sofort hellwach. Instinktiv wußte sie, warum sie aufgewacht war. Irgend jemand beobachtete sie. Im Zimmer war es stockdunkel. Nur das grauschwarze Rechteck des Fensters war zu erahnen. Sie kniff die Augen zusammen. Es gelang ihr, einen Schatten zu erkennen, der einen Teil des Fensters abzudecken schien.

»Wer ist da?« flüsterte sie.

Keine Antwort.

Der Schatten schien sich zu bewegen. Voller Angst tastete sie nach dem Drücker der Nachttischlampe. Das Licht flammte auf und tauchte den Raum in schmerzliche Helligkeit. Der Fensterrahmen war leer. Nur das Astwerk der Ulme war zu sehen, das fast bis an die Scheiben heranreichte. Sie sah, wie die Blätter im Nachtwind zitterten.

Irena löschte die Lampe und legte sich wieder schlafen. Meine Nerven spielen mir einen Streich, dachte sie. Ich habe einen langen Tag hinter mir, und jetzt spielt das Gehirn verrückt. Ihre Einbildungskraft hatte ihr das Gefühl vermittelt, jemand beobachte sie. Aber wie immer, wenn man Licht machte, lösten sich die Alpträume in nichts auf.

Es dauerte aber trotzdem lange, bis der Schlaf wiederkam.

Viertes Kapitel

Es war spät geworden. Ruth Warren war rechtschaffen müde. Bin heute viel zu lange auf den Beinen gewesen, dachte sie. Und zu wenig in der Horizontalen.

Auf ihrem Weg zur Bourbon Street machte sie vor dem Schaufenster eines Sexshops Halt. Der Blick ins Innere des Ladens wurde durch einen schweren roten Samtvorhang verhindert. Wer drinnen in den obszönen Heftchen blätterte, legte Wert auf eine gewisse Intimität. Für die Frauen, die vor dem Fenster stehenblieben, bot der Vorhang den Vorteil, daß man sich vor diesem Hintergrund besser in der Spiegelscheibe betrachten konnte.

Ruth machte der jungen Frau, die ihr aus der Scheibe entgegenstarrte, eine Grimasse. Heute abend bin ich wirklich nicht fit für eine Schönheitskonkurrenz, dachte sie. Ich sehe aus wie neunundzwanzig. Okay, okay, wie dreiunddreißig. Es hatte keinen Zweck, sich zu belügen. Sie *war* dreiunddreißig. Das Alter, in dem bei einer Prostituierten die Brüste nicht mehr über die Falten unter den Augen hinwegtäuschen. Wer als Hure etwas verdienen wollte, sinnierte sie, mußte jung und knackig sein. Wie die meisten Mädchen, die auf den Strich gingen, so hatte auch Ruth ihren Traum. Sie träumte von einem Kunden, der sich so sehr in ihre körperlichen Reize verliebte, daß er ihr eine kleine Wohnung kaufte und sie mit Taschengeld versorgte. Nicht viel Geld. Nur genug, um hin und wieder kleine, unnütze Dinge kaufen zu können.

Der Traum jeder Hure, dachte sie bitter. Die Chance, daß es je wahr wurde, war gering. Mit den Feuerwehrjobs für die Massagesalons in der Bourbon Street war jedenfalls das große Geld nicht zu machen. Als Eddie Mays sie heute abend angerufen hatte, war sie drauf und dran gewesen, ihn und die zugeknöpften Freier, die er vermittelte, zum Teufel zu schicken. Aber sie beherrschte sich. Das Geschäft tagsüber war flau gewesen. Sie konnte ein Zubrot gebrauchen.

Ruth zupfte die Locken ihrer Farrah-Fawcett-Perücke zurecht und setzte ihren Weg fort. Das Klicken ihrer Pfennigabsätze hallte über die Straße, aber die Werbung traf auf einen Markt, den man beim besten Willen nicht anders als tot bezeichnen konnte. Wie sie mit sicherem Rundumblick über das Gewimmel der Fußgänger feststellte, gab es kaum Touristen. In der Zeitung hatte gestanden, daß es heute keinen Kongreß gab. Also fielen schon mal die Vertreter weg, die sich auf Kosten ihrer Firma durch die Betten der örtlichen Dirnen bumsten. Es gab auch kein Spiel im *Superdom*. Nur ein paar pickelige Jugendliche waren unterwegs, die nach einem Dealer für einen billigen Schuß Ausschau hielten. Und jede Menge gutangezogener Japaner, die alles und jeden fotografierten, aber kein Geld ausgaben.

Sie war an der Conti Street angelangt. Die Tür zur *New Original Dixie Bar* stand offen. Vier schwarze Jazzmusiker bearbeiteten ihre Instrumente, daß es einen Stein erweichen konnte. Die Gesichter waren alt und verbraucht. So alt wie die Musik, die sie spielten, ging es Ruth Warren durch den Kopf. Sie blieb stehen und ließ die Szene auf sich einwirken. Die Gesichter der Schwarzen waren ausdruckslos, die Bewegungen der Hände mechanisch. Den Gästen der Bar schien all das nichts auszumachen. Sie schlürften ihren Pernod und stampften begeistert den Takt, als würde der Dixieland jetzt, hier und exklusiv für sie erfunden.

Sie sah auf ihre Uhr und beschleunigte ihren Schritt. Die vertraute Szenerie: Bars und noch mehr Bars, eine Pfandleihe, ein Kino, wo ›Deep Throat‹ angekündigt wurde. Vor einem mannshohen Schild kam sie zum Stehen. Der Text: *Der Massagesalon für den besonderen Geschmack – Volle Zufriedenheit oder Geld zurück – Unsere Spezialität: Französische und Orientalische Massage.* Für Betrachter, die jetzt immer noch nicht verstanden hatten, um welche Art Etablissement es sich handelte, war hinzugefügt: *Im Sonderangebot: Intime Einzelzimmer. Attraktive junge Damen verwöhnen Sie!!!*

Zwei Rockertypen lehnten im Eingang des Massagesalons. Sie trugen Jeansjacken, deren Ärmel in der Höhe des Ellenbogens abgeschnitten waren, damit die Tätowierungen auf dem Unterarm zur Geltung kamen. Einer der beiden hielt einen Joint in der Hand. Die Blicke, aufdringlich bis aggressiv, waren auf Ruth gerichtet. Die beiden dachten nicht daran, zur Seite zu weichen. Als sie sich an ihnen vorbeiquetschte, ließ der Junge, der ihr am nächsten stand, ein idiotisches Kichern hören. Sie hastete die Stufen hinauf, versuchte die beschmierten Wände nicht zur Kenntnis zu nehmen und stand schließlich in dem Raum, den Besitzer Eddie Mays als ›Empfangshalle‹ seines Massagesalons zu bezeichnen pflegte. Bestimmendes Element der Empfangshalle war ein verglaster Schalter, hinter dessen dicker Glasscheibe Eddie Mays thronte. Im Schaukasten waren Gummipenise in verschiedenen Ausführungen, Handschellen, Kautschuknachbildungen der weiblichen Geschlechtsorgane, Vibratoren, organplastische Hilfsmittel zur schnellen Herbeiführung des Orgasmus und andere Artikel zum Verkauf gestellt, die nach Eddie Mays weitherziger Auslegung der Staatsgesetze unter der Rubrik ›Ehehygiene‹ vermarktet werden konnten. Eddie selbst war ein grämlich dreinblikkender Dreißiger, an dem Ruth außer dem aknegespickten Gesicht eigentlich nichts Bemerkenswertes finden konnte.

»Du kommst mit Verspätung«, stellte er mißbilligend fest. »Du hast Glück, der Freier ist geduldig. Er sitzt schon seit fünfundvierzig Minuten in der Kabine und wartet.«

»Ich bin gekommen, so schnell ich konnte«, entschuldigte sich Ruth. »Aber ich mußte mich erst etwas zurechtmachen. Ich konnte ja nicht ahnen, daß ich so spät abends noch einen Kunden kriegen würde.«

»Wenn dir meine Aufträge keinen Spaß machen, es gibt genug andere Mädchen, die sich die Finger danach lecken.«

»Ich arbeite gern für dich, Eddie«, sagte sie. »Und ich brauche die Aufträge. Ich mache wirklich alles, damit die Kunden zufrieden sind.«

»Also gut, dann geh rein und besorg's dem Jungen. Kabine zwölf.«

Ruth ging den spärlich erleuchteten Korridor entlang. Als der Wäscheschrank in Sicht kam, blieb sie stehen und nahm zwei frische Frotteehandtücher heraus. Aus den Lautsprechern, die Eddie über sein Etablissement verteilt hatte, floß sanfte Musik. Ruth kannte die Kassetten, kannte die Reihenfolge der Songs. Nachdenklich ging sie weiter, bis sie vor der rosa angestrichenen Tür mit der Nummer 12 ankam. Die Ziffer 2 fehlte. Aber die Zahl ließ sich unschwer ergänzen, weil die Stelle heller war, wo die 2 einmal gehangen hatte. Ruth tastete ein letztes Mal nach ihrer Perücke, um den sicheren Sitz zu überprüfen. Dann leckte sie ihre Lippen feucht, setzte ein verführerisches Lächeln auf und öffnete die Tür.

»Guten Abend. Tut mir leid, daß ich spät ...«

Sie blieb im Türrahmen stehen und ließ den Blick über das Innere des kleinen Raumes gleiten. Das Bett war leer. Daneben stand eine Frisierkommode, die schon bessere Tage gesehen hatte. Von dem Kunden, den Eddie angekündigt hatte, war nichts zu sehen. Im stillen verwünschte sie Eddie Mays, der sie mit seinem Anruf in Trab gesetzt hatte, und das für nichts und wieder nichts.

Dann sah sie den dunklen Anzug, der ordentlich über die Stuhllehne gelegt worden war. Die Tür zum Badezimmer war geschlossen, durch die Türritze fiel ein Lichtstrahl. Wäscht sich, dachte sie. Ein wohlerzogener Freier. Es geschehen Zeichen und Wunder.

Sie ging zur Badezimmertür und klopfte. »Ich bin da, Liebling. Hörst du mich? Komm raus, sobald du fertig bist, okay?«

Keine Antwort.

Ruth seufzte. Hoffentlich war der Freier nicht einer von jenen Sonderlingen, denen man gut zureden mußte, bevor sich etwas regte. Verdammt noch mal, die Kerle wußten doch, daß die Mädchen hier die Beine breitmachten. Warum brachten sie's dann nicht ohne viel Protokoll hinter sich?

Sie schälte sich das Kleid vom Leibe und hielt es in der Hand, während sie sich mit der anderen die Schuhe auszug. Es tat gut, aus den Pumps herauszukommen.

»Hast du dir die Preise schon sagen lassen?« Sie sprach laut, damit er es im Bad hören konnte. »Die einfache Massage kostet fünfundzwanzig Dollar. Ich meine, für die fünfundzwanzig bekommst du eben nur eine Massage, und sonst nichts. Wenn du ein Trinkgeld gibst, bekommst du mehr. Ich hätte einige gepfefferte Extras zu bieten, wenn du weißt, was ich meine.«

Ich weiß ganz genau, daß du wegen der Extras kommst, nicht wegen der Massage, dachte sie. Und ich möchte dir geraten haben, alle Spezialitäten, die deine kleine Ruth zu bieten hat, widerspruchslos über dich ergehen zu lassen. Ich habe schließlich nicht meinen Fernsehabend sausenlassen und mich in meine hochhakkigen Pumps gezwängt, damit du eine Massage kriegst und Leine ziehst. Andere Mädchen, sinnierte sie, war so etwas schon passiert. Der Typ hatte sich durchkneten lassen, hatte seine biblischen fünfundzwanzig Piepen hingeblättert und sich wohlgelaunt verabschiedet.

Als sie ihr Kleid über den Stuhl legte, fiel ihr die Ausbuchtung in der Gesäßtasche der Hose auf. Sie warf einen prüfenden Blick zur Badezimmertür. Immer noch geschlossen. Beherzt zog sie die Brieftasche heraus und öffnete sie. »Die einfache Massage dauert zehn Minuten«, sagte sie. »Was die Extras angeht, kommt es darauf an, wie kompliziert du's gerne hättest.«

In der Brieftasche war ein Bündel Banknoten zum Vorschein gekommen. Noten in wahlloser Reihenfolge. Keine Kennkarte. Ruth fand das seltsam. Aber auch entbehrlich. Wenn der Typ inkognito bleiben wollte, bitteschön. Sie zog eine Zwanzigdollarnote aus dem Bündel und steckte den Schein in ihre Handtasche. Dann verstaute sie die Brieftasche wieder in der dunklen Anzughose und legte die Hose gefaltet auf die Stuhllehne zurück.

»Du kannst auch mit Kreditkarte bezahlen«, fuhr sie in ihrem aufreizenden Singsang fort. »Visa, Master Card, American Express, alles was du willst. Aber nur für die Massage. Die Extras sind bar, Liebling.«

Sie schrak zusammen, als ein kratzendes Geräusch ertönte. Sorgsam strich sie die Bügelfalte der Hose glatt. »Die Extras sind vielleicht das Interessanteste, was ich zu bieten habe.«

Sie löste den Verschluß ihres Büstenhalters und trat vor den Spiegel. Als sie die Schulter bewegte, begannen die Brüste zu schwingen. Die besten Tutteln, die man in New Orleans kaufen konnte, fand Ruth. Voll und griffig, wie sie die Männer liebten. Und doch so fest, daß der Ästhet im Manne auf seine Kosten kam. Seit einiger Zeit trug sie sich mit dem Gedanken, die Brust durch eine Silikoneinlage vergrößern zu lassen. Wie es hieß, war das Verfahren inzwischen ohne medizinische Risiken. Ambulante Operation. Sie stellte sich so, daß sie sich von der Seite betrachten konnte und ließ die Brüste wippen. Gute Mädchen haben gute Tittis. So hieß doch das Gutenachtgebet im Kloster der leichten Muse.

Sie ließ sich aufs Bett nieder und begann ihre Schenkel zu streicheln. Glatte Haut, leicht gebräunt. Lange Beine, Waden gut ausgeprägt, aber nicht zu muskulös. Ruths Markenzeichen waren ihre Beine. Sie ließ die Hand auf der Innenfläche der Schenkel ruhen. Warm fühlte sich die Haut an. Vielleicht sorgte auch der Nylonstrumpf dafür, daß die Wärme gespeichert wurde. Sie trug einen Strumpfbandgürtel und Strapse. Erst einmal anlassen, entschied sie. Eine ganze Reihe Männer fanden Strapse sehr anregend.

Ruth stand auf und klopfte sich auf den Bauch. Eine Spur zu füllig, aber fest.

»Komm jetzt, Liebling«, sagte sie, so laut sie konnte. »Die Sanduhr tickt. Du hast schon fünf Minuten deiner Zeit verbraucht.«

Sie war im Begriff, das Bettuch abzuziehen, als ihre Finger in etwas Kaltes, Nasses griffen. Sie hielt inne. Dann zog sie das Laken mit spitzen Fingern hoch. Ein rosa Hautfetzen kam zum Vorschein. Er sah aus wie ungekochtes Hühnerfleisch.

Ein Mann, der auf Abarten steht, dachte sie. Auch das noch! Sie bohrte mit dem Zeigefinger in dem Hautfetzen herum und erschauderte, als die Fingerkuppe in der schleimigfeuchten Masse steckenblieb. Was in Dreiteufelsnamen stellte sich dieser Typ eigentlich vor, was er für seine fünfundzwanzig Dollar alles verlangen konnte? Es gelang ihr, den Finger wieder herauszuziehen und das mysteriöse Gebilde mit dem Fingernagel zur Seite zu schieben. Eine Lache aus Blut und Schleim wurde sichtbar. Von der Lache führte eine dünne, feuchte Spur über das Bettuch bis zur Bettkante. Unten, auf dem Spannteppich, schimmerte ein Blutgerinnsel. Wie die Spur einer Kobra, dachte Ruth.

Angewidert und fasziniert zugleich beugte sie sich hinab, um das Gerinnsel auf dem Teppich näher zu betrachten. Dann entdeckte sie das Seil. Zumindest sah es aus wie ein Seil, wie eine dicke, schwarze Schnur, die unter dem Bett hervorschaute.

Was Ruths Bereitschaft anging, den Wünschen ihres Kunden zu entsprechen, so brachte die neue Beobachtung das Faß zum Überlaufen. Sie war jetzt entschlossen, diesem Freier den Laufpaß zu geben. Voller Verachtung schob sie das Seil mit dem Fuß fort.

Das Seil bewegte sich.

Wie von der Tarantel gestochen sprang sie auf. Das schwarze Gebilde am Boden wedelte hin und her.

Das Knurren eines wildes Tieres erfüllte den Raum.

»Mein Gott!« entfuhr es ihr. Mit fliegender Hast raffte sie ihre Unterwäsche zusammen, die sie neben sich auf das Bett gelegt hatte. Wieder das Knurren, diesmal drohend, ärgerlich, wild.

Das Bett erzitterte. Mit Entsetzen spürte Ruth, wie die Matratze angehoben wurde. Sie schrie ihren Schreck hinaus, gellend und wie von Sinnen, und hastete zur Tür. Sie hatte die Hand fast am Türknopf, als das Bett umgeworfen wurde und krachend auf dem Boden landete.

»Hilfe! Nein! Hilfe! So helft mir doch!«

Niemand war da, um Ruth zu helfen, als sie von etwas Starkem, Unbezwingbarem am Fuß ergriffen und in den Raum zurückgezogen wurde.

Sie merkte nicht mehr, daß sie schrie. Ich darf es nicht ansehen, sonst bin ich verloren. Es gelang ihr, zur Tür zu humpeln.

Halb irrsinnig vor Angst wurde ihr bewußt, daß sie immer noch festgehalten wurde. Der Türknopf war schlüpfrig, er entglitt ihren Fingern. Sie hörte, wie ihr Fersenknochen splitterte. Das Starke, Unbezwingbare hieb wie eine Sichel in ihren Fuß. Seltsamerweise blieb der Schmerz aus.

Der Türknopf drehte sich, die Tür schwang auf. Ruth stürzte hinaus, in die Arme eines entsetzten Eddie Mays. Jetzt erst kam der Schmerz. Sie schaffte es, die Tür hinter sich zuzuschlagen. Sekunden später erschütterten schwere Schläge Rahmen und Füllung. Das Knurren war zu einem wilden Gebrüll angeschwollen.

»Du verdammte kleine Hure, was hast du jetzt schon wieder mit ...«

»Bring mich weg von hier!« fiel sie ihm ins Wort. »Weg! Fort!«

Ohne weitere Fragen zu stellen, schleifte er sie den Gang entlang.

Sie waren vor Eddies Schalter angekommen, als Ruths Blick auf ihren Fuß fiel. Die Zehen waren verschwunden, der Ballen ebenfalls. Was früher in wohlgeformten Linien endete, war jetzt ein Torso aus blutigen Sehnen und zersplitterten Knochen. Ruth Warren, 33, Strichmädchen und Callgirl, berühmt für ihre langen Beine, schrie, bis der Schock sie in eine wohltuende Ohnmacht fallen ließ.

Fünftes Kapitel

In einem Haus mittlerer Größe in der Burgundy Street, drei Kilometer von Eddie Mays' Massagesalon für den besonderen Geschmack, saß Dr. Oliver Yates vor einem verglasten Terrarium. Sein Blick war auf eine Echse gerichtet, die mit schläfrigen Bewegungen durch den Sand kroch.

»Die ersten Anzeichen der Besserung«, sagte er befriedigt. Er vermied es, das Mädchen anzusehen, das auf der gegenüberliegenden Seite des Zimmers auf der Couch kuschelte. »Der kleine Bursche ist heute schon viel munterer als gestern. Wenn Tyrone so weitermacht, können wir ihn Anfang nächster Woche wieder in den Zoo geben.«

»Freut mich zu hören«, sagte Alice Moore. Sie machte keine Anstrengung, ihr Desinteresse zu verbergen. Alice war eine junge Dame mit roten Haaren, grünen Augen und einem wunderschönen Mund. Für Oliver Yates, so abgeklärt er sich im Moment auch gab, war eine Steigerung ihrer Reize nur denkbar, wenn Alice lächelte. Aber heute lächelte sie nicht.

Seufzend wandte er sich von der Riesenechse ab, auf die er in der letzten Viertelstunde seine Aufmerksamkeit konzentriert hatte. »Du machst nicht gerade den Eindruck, als ob dich meine Tiere sehr interessieren«, sagte er eingeschnappt.

Sie stand auf, durchquerte den Raum und drückte ihm einen Kuß auf die Wange. »Glaub mir, Oliver, ich freue mich mit dir, daß es Tyrone besser geht. Ich möchte nur, daß du auch für mich so viel Zuwendung übrig hast wie für dein krankes Kuscheltier.«

Er wollte antworten, aber sie ließ ihn nicht zu Worte kommen. »Ich weiß, daß Manager die Angewohnheit haben, sich aus dem Büro Arbeit mit nach Hause zu nehmen. Aber das sind dann Akten, keine Echsen.«

»Du bist ungerecht«, gab er zurück. »Du weißt, daß ich für das Wohlergehen dieser Tiere verantwortlich bin. Und außerdem gehört die Pflege der Echsen auch zu deiner Arbeit. Hast du das vergessen?«

»Keineswegs. Ich weiß die Ehre zu schätzen, als Assistentin des jüngsten Zoodirektors der Vereinigten Staaten zu wirken. Ich dachte nur, du könntest dich einmal vom Anblick deines vierfüßigen Lieblings losreißen. Dann würde dir nämlich auffallen, daß deine zweibeinige Freundin mit einer neuen Frisur zum Dienst gekommen ist.«

Oliver grinste. »Das habe ich schon lange gemerkt.«

»Und?«

»Du wirst zu hübsch.«

»Der Friseur sagt, diese Frisur hat den Vorteil, daß man sie nicht durcheinanderbringen kann.«

»Durcheinanderbringen?«

»Zerwühlen«, sagte Alice heiser. »Du weißt schon.« Sie hob den Blick und schürzte die Lippen. »Wollen wir's mal probieren?«

»Die beste Idee, die du heute hattest«, sagte Oliver. Er zog sie in seine Arme und schloß ihre Lippen mit einem Kuß. Die ersten Locken hatten sich gelöst, als es an der Tür klopfte.

»Verdammt noch mal«, fluchte er, »ich habe keine Ahnung, wer das sein könnte.«

»Wenn es wieder das Erdferkel mit den Halsschmerzen ist, dann kannst du mein Arbeitsverhältnis als beendet betrachten.«

Oliver zog ratlos die Schultern hoch. Er hatte sich von ihr gelöst und war aufgestanden. »Sehen wir der Gefahr ins Auge«, scherzte er. Mit raschen Schritten ging er zur Tür des Wohnzimmers und öffnete.

Im Licht der Laterne stand ein breitschultriger Polizist. Hinter ihm, am Straßenrand, war das Blinklicht eines Streifenwagens zu erkennen. Als sich Olivers Augen an das Dunkel gewöhnt hatten, konnte er die blauweiße Bemalung des Fahrzeugs ausmachen, die Farben der Polizei von New Orleans.

»Sind Sie Dr. Yates?«

»Ganz recht.«

»Ich bin Sergeant Brant.« Er hielt ihm seine Dienstmarke und seinen Ausweis samt Foto hin. »Kann ich reinkommen?«

Oliver machte eine einladende Geste. Der Polizist betrat das gemütlich eingerichtete Wohnzimmer. Als er Alice bemerkte, die über das Terrarium gebeugt stand, begrüßte er sie mit einem respektvollen Kopfnicken.

»Was führt Sie zu mir, Sergeant?« erkundigte sich Oliver.

»Es scheint, daß eine Ihrer Raubkatzen ausgerissen ist«, sagte der Polizist. »Das Biest ist in einen Massagesalon eingedrungen. In den *Massagesalon für den besonderen Geschmack*«.

Oliver blinzelte. »Sie scherzen, Sergeant.«

»Ich bin dienstlich hier, Herr Dr. Yates. Ich mache keine Scherze.«

»Also gut«, räusperte sich Oliver. »Eine Raubkatze ist in einen Massagesalon eingedrungen. Wie kommen Sie darauf, daß die Katze aus meinem Zoo ist?«

»Es kommt nur Ihr Zoo in Frage, Dr. Yates. Wir haben uns bereits im Audubon-Tierpark vergewissert, daß dort keine Raubkatze ausgebrochen ist. Im Umkreis von dreihundert Kilometern gastiert weder ein Zirkus noch eine Raubtierschau. Und um ein entlaufenes Haustier kann es sich ja wohl kaum handeln.«

»Vorhin um sechs, als ich den Zoo verließ, waren die Katzen noch vollzählig,« sagte Oliver. »Um was für ein Tier handelt es sich genau?«

Sergeant Brant hob die Schultern. »Die Katze ist ziemlich groß, schwarz und sieht verdammt gefährlich aus. Ich hab sie nur durch ein Guckloch sehen können, aber ich versichere Ihnen, daß es keine Hauskatze ist.«

»Ihrer Beschreibung nach dürfte es sich um einen schwarzen Leoparden handeln«, sagte Oliver. »Was mich wundern würde.«

»Falls es Sie interessiert, das Tier hat einer Frau den halben Fuß abgerissen, und ich habe nicht vor zu warten, bis alle Ihre Zweifel ausgeräumt sind. Wir müssen etwas unternehmen, und zwar sofort.«

»Sie haben mich mißverstanden«, sagte Oliver rasch. »Ich habe keinen Zweifel an der Gefährlichkeit der Situation. Was mich wundert, ist etwas anderes. Wir haben nämlich überhaupt keinen schwarzen Leoparden im New Orleans Zoo. Wir sind ein verhältnismäßig kleiner Tierpark, verglichen mit Audubon.«

»Was mich angeht, so schenke ich Ihnen das Tier, wenn Sie es aus dem Massagesalon entfernen! Ich habe das Gefühl, daß niemand Anspruch auf diese Katze erheben wird.«

»Ich werde tun,was in meiner Macht steht«, versprach Oliver. »In einem Massagesalon, sagten Sie. In der Bourbon Street?«

»Wo sonst?«

Oliver wies auf Alice. »Meine Assistentin. Miss Moore. Wenn Sie uns die Hausnummer des Massagesalons geben, können wir in einer Viertelstunde dort sein.«

»Draußen steht mein Streifenwagen. Ich bringe Sie hin.«

»Ich brauche meinen Lkw, um das Tier zu transportieren«, sagte Oliver. »Ich muß auch noch etwas technisches Gerät mitnehmen und einen Helfer. In einer Viertelstunde, ich verspreche Ihnen, es dauert nicht länger!«

Der Polizist zuckte die breiten Schultern. »Es kommt nicht auf die Minute an. Die Katze ist eingesperrt. Schätze, es wird sich keiner zu dem Biest reinwagen, solange Sie nicht da sind.«

Er zog seinen Block hervor, notierte die Adresse des Massagesalons auf einem Kärtchen und überreichte es Oliver. Dann verabschiedete er sich und stapfte zu seinem Streifenwagen zurück.

Sie waren am New Orleans Zoo vorbeigefahren, um ihre technische Ausrüstung zu vervollständigen. Jetzt wartete Alice im Führerhaus des Lastwagens, den Oliver vor einem unansehnlichen Appartementhaus angehalten hatte. Sie folgte ihm mit den Blicken, wie er aus der Haustür herauskam und zur Ladefläche des Wagens ging, wo er noch einmal die Ausrüstung überprüfte. Alice fuhr zusammen, als er an der Tür des Stahlkäfigs zu rütteln begann, den sie im Zoo aufgeladen hatten. Schließlich öffnete sich die linke Tür des Führerhauses. Oliver stieg ein. Die Aufregung war ihm anzumerken.

»Was ist?« fragte Alice. »Kommt Joe mit oder nicht?«

»Er war nicht sehr angetan wegen der späten Störung, aber er kommt. In einer Minute ist er hier.«

»Ich weiß nicht, ob es eine gute Idee ist, wenn wir Joe mitnehmen. Soweit ich sehe, tut er sich ziemlich schwer mit den Tieren.«

»Joe steht noch ganz am Anfang«, sagte Oliver. »Er muß noch viel lernen. Bei diesem Job ist er ganz richtig. Er kann zupacken. Ich denke, wir können ihn brauchen.«

»Wie du meinst«, sagte Alice. Es klang nicht sehr überzeugt.

Auf dem Außenflur des Appartementhauses ging eine Tür auf. Joe Creigh trat auf den Gang. Er trug Jeans und war gerade dabei, sich das karierte Hemd in den Hosenbund zu stopfen. Er war blond. Das Haar fiel ihm locker in die gebräunte Stirn.

Er kam die Treppe heruntergelaufen und riß die Beifahrertür auf und nahm außen, neben Alice, Platz. »Ich war schon im schönsten Schlaf«, maulte er. »Bekomme ich wenigstens Überstunden bezahlt, wenn ich mitten in der Nacht auf die Jagd nach entlaufenen Katzen geschickt werde?«

»Du kannst ja einen Antrag einreichen«, pflaumte Oliver zrück. »Aber die Chancen stehen schlecht. Du weißt ja, der Zoo sitzt auf dem Geld.«

»Und ob ich das weiß! Die Tiere bekommen besser zu essen als wir.«

Oliver hatte den Motor gestartet und den Gang eingelegt. Dann waren sie unterwegs, zum French Quarter von New Orleans. Oliver hatte das Kärtchen mit der Adresse an die Windschutzscheibe gesteckt.

Der *Massagesalon für den besonderen Geschmack* war nicht schwer zu finden. Eine Menge Neugieriger hatte sich vor dem Haus in der Bourbon Street angesammelt. Der Bürgersteig wurde von zwei Polizeiwagen und einem Krankenwagen in Beschlag genommen. Ein halbes Dutzend Polizisten war damit beschäftigt, die Gaffer vom Eingang des Gebäudes fernzuhalten. Vom oberen Teil der Straße wehte Dixielandmusik herüber.

Als Oliver mit seinem Lastwagen aufkreuzte, gebot ihm ein Polizist Halt. »Die Straße ist gesperrt. Sie müssen die Umleitung benutzen.«

»Ich bin Dr. Yates vom New Orleans Zoo. Sergeant Brant hat mich hergebeten.«

»Ach so!« Der Polizist war an die heruntergekurbelte Seitenscheibe getreten und musterte ihn prüfend. Schließlich winkte er ihn durch. »Sergeant Brant erwartet Sie oben im Haus.«

Nicht ohne Genugtuung betrachtete Oliver das Parkverbotsschild an der Stelle, an die ihn der Polizist hindirigiert hatte. Dann eilte er zum Seiteneingang des Gebäudes. Alice und Joe folgten ihm. Sie hasteten das Treppenhaus hinauf, das sich ihnen im Licht der Polizeischeinwerfer in seiner ganzen Häßlichkeit darbot.

Eddie Mays schwitzte. Er wurde von mehreren Beamten vernommen. Als Sergeant Brant den Zoodirektor entdeckte, winkte er ihn zu sich.

»Irgendwelche Neuigkeiten?« erkundigte sich Oliver.

Der Beamte schüttelte den Kopf. »Die Situation ist unverändert. Das Tier ist nach wie vor im Raum eingesperrt.« Er hob das Kinn und sah zu Eddie Mays hinüber. »Wir versuchen gerade, aus dem Besitzer des Salons etwas Vernünftiges herauszubekommen.«

»Ich hab Ihnen alles gesagt, was ich weiß«, verteidigte sich Eddie. »Ich hab echt keine Ahnung, wie das Biest ins Zimmer gekommen ist.«

»Könnte die Katze nicht die Treppe raufgekommen und an Ihnen vorbeigegangen sein?« gab einer der Beamten zu bedenken.

»Sie machen mir Spaß! Ich hab vielleicht nicht die Augen eines Adlers, aber wenn ein schwarzer Panther an mir vorbeigeht und eines meiner Zimmer belegt, also das würde ich merken.«

»Kein Panther, ein Leopard«, sagte Oliver.

Eddie betrachtete ihn von der Seite. »Was sagen Sie da?«

»Das Tier ist ein schwarzer Leopard, kein schwarzer Panther«, wiederholte Oliver geduldig.

»Was macht das für einen Unterschied?« sagte Eddie gereizt. »Ein Eichhörnchen ist es jedenfalls nicht. Wer sind Sie eigentlich?«

Oliver stellte sich vor. »Hat der Massagesalon einen Hintereingang?« fragte er dann.

»Ja, aber der ist mit doppeltem Schloß gesichert. Ich habe die Tür persönlich verschlossen. Das Tier kann unmöglich ...«

»Wie steht's mit dem Notausgang? Gibt es einen gekennzeichneten Fluchtweg für den Brandfall? Gibt es eine Feuerleiter?«

»Nein.« Eddies Blick war auf Sergeant Brant gerichtet. Ihm war sichtlich unwohl in seiner Haut. »Ich weiß, daß es eine Auflage gibt, einen Notausgang anzulegen.« Er zögerte. »Ich hatte vor, um eine Ausnahmegenehmigung einzukommen.«

»Lassen wir das jetzt, deshalb bin ich nicht hier«, sagte Sergeant Brant.

»Ich denke, wir sollten uns das Tier erst einmal ansehen«, schlug Oliver vor. Eben in diesem Augenblick war aus dem Gang ein dumpfes Grollen zu hören.

»Klingt nicht sehr einladend«, stellte Joe Creigh fest.

»Nicht sehr einladend?« sagte Eddie pikiert. »Was glauben Sie, was hier los war, als ich das Mädchen aus dem Zimmer holte! Was mir nicht klar ist: Wo steckt der Kunde? Muß wohl bei dem ganzen Durcheinander splitternackt weggelaufen sein.«

Sie folgten Eddie Mays zum Nebenraum von Zimmer 12. Er öffnete die Tür und deutete auf die Gucklöcher, die in der Wand eingelassen waren.

»Ist das der Raum für die Voyeure?« fragte Alice.

»Des Menschen Wille ist sein Himmelreich«, sagte Eddie. »Und manche wollen eben zuschauen, wie die anderen es treiben.« Er räusperte sich. »Ich sehe das ganz wertfrei, müssen sie wissen.«

Alle vier – Oliver, Joe, Alice und Sergeant Brant – traten an die Gucklöcher, die den Blick in das Zimmer nebenan freigaben. Oliver konnte eine Blutspur ausmachen, die vom Bett zur Tür führte. Auf dem Bett lag etwas, das im Halbdunkel wie ein blutiger Hautfetzen aussah. Von der Raubkatze war nichts zu sehen.

»Wo hat sich der Bursche versteckt?« flüsterte Joe.

»Vielleicht unter dem Bett?« meinte Eddie.

»Wäre es denkbar, daß das Tier durch das Fenster geflüchtet ist?« fragte Oliver.

»Unmöglich. Die Eisenstäbe sind so dick, daß nicht einmal King Kong sie auseinanderbiegen könnte.«

»Geht das Fenster auf den Hof?«

»Auf die rückwärtige Straße.«

Es war, als explodierte das Bett. Ein schwarzer Schatten sprang auf die Wand zu. Mit blutigen Krallen mißhandelte der Leopard das Mauerwerk, als ahnte er, daß jenseits der Trennwand seine Gegner auf der Lauer lagen. Erschreckt wichen die vier von ihren Gucklöchern zurück.

»Das ist ja eine schöne Bescherung«, stellte Joe Creigh fest.

»Er ist riesig«, befand Alice.

Eddie Mays stand mit verschränkten Armen da. Er fühlte sich bestätigt. »Was habe ich Ihnen gesagt.«

Oliver und Sergeant Brant kehrten an ihre Gucklöcher zurück.

»Der wiegt seine neunzig Kilo«, sagte der Polizist.
»Hundert Kilo«, sagte Oliver. »Ein schönes Tier. Wirklich ein Prachtexemplar.«
»Ein Alptraum von einem Leopard«, sagte Alice.
»Wie wollen Sie ihn rauskriegen?« fragte Eddie.
Oliver verließ sein Guckloch. Er wandte sich zu Alice und Joe. »Holt die Ausrüstung rauf!«
»Die Winchester mit den Magnum-Patronen?« fragte Joe.
»Ich bin hierhergekommen, um das Tier zu fangen, nicht um es in tausend Stücke zu zerblasen«, sagte Oliver geduldig. »Ich brauche das Narkosegewehr.«
»Mit was für einer Ladung?« fragte Alice.
»Ketamin, zweitausend Milligramm. Das müßte ihn recht schnell einschläfern. Sobald die Narkose wirkt, stecken wir ihn in den Käfig.«
Alice und Joe rannten los. Oliver hörte, wie sie die Treppe hinunterpolterten.
Der Polizist wandte sich zu Oliver. »Von wo wollen Sie schießen?«
»Ich möchte auf keinen Fall, daß Löcher in meine Wände geschossen werden«, protestierte Eddie. Er zog sich einen tadelnden Blick des Beamten zu, worauf er sich weitere Einwände verkniff.
»Durch das Fenster«, sagte Oliver. »Ist in einem der Polizeiautos eine Leiter, die wir von außen anlegen können?«
»Ja«, gab Sergeant Brant zur Auskunft. »Können meine Männer Ihnen sonst noch irgendwie helfen?«
»Ich fürchte, nein. Aber ich danke Ihnen für das Angebot.«
Oliver ging zur Wand und warf einen letzten Blick durch das Guckloch. Auf der anderen Seite stand der Leopard und starrte ihn an.
Oliver trat von der Wand zurück. »Der weiß genau Bescheid, was wir mit ihm vorhaben«, sagte er.
Sergeant Brant rieb sich das Kinn. »Ich beneide Sie wirklich nicht um Ihren Job. Was mich angeht, ich hätte lieber mit einem bewaffneten Bankräuber zu tun als mit einer solchen Bestie.«
Sie gingen hinunter und besichtigten den rückwärtigen Teil des Gebäudes. Indes ließ Sergeant Brant die Straße sperren, die hinter dem Haus vorbeiführte.
Dann wurde eine ausziehbare Leiter herangeschleppt. Sie war

aus Holz, ein altmodisches Fabrikat, so schwer, daß drei Mann mit anfassen mußten.

»Wir haben leider keine Aluminiumleiter«, entschuldigte sich der Fahrer des Polizeiwagens. »Die Anschaffung war geplant, aber die Mittel wurden gestrichen.«

»Das Lied kenne ich«, sagte Oliver, nicht ohne Sympathie. »Für den Zoo wird das Geld auch jeden Tag weniger.«

Er stand dabei, als die Leiter auf der Rückseite des Hauses an die Backsteinwand gelehnt wurde. Nachdem die oberen Holme bis an das Fenster heranreichten, nahmen zwei Polizeibeamte am Fuß der Leiter Aufstellung, um ein Verrutschen zu verhindern. Joe Creigh kam. Er brachte das Narkosegewehr.

»Geladen?« fragte Oliver.

»Mit zwei Schuß«, bestätigte Alice. »Zweitausend Milligramm Ketamin pro Spritze.«

Oliver nickte. Dann brachte er ein Grinsen zustande, das mehr Zuversicht signalisierte als er eigentlich empfand. Er stieg die ersten Sprossen hinauf und blickte hinab. Die scharfen Spitzen des Umfriedungsgitters ragten ihm entgegen. Wenn er ausglitt und hinabfiel, würde er aufgespießt wie ein Heringsbrötchen. Er verdrängte den Gedanken und setzte den Aufstieg fort. Schließlich stand er so hoch, daß er sich am Fenstersims des Raumes abstützten konnte. Der Blick durchs Fenster allerdings geriet zur Enttäuschung. Die Scheibe war mit einem dicken Schmierfilm belegt, so daß das Innere des Raums nur undeutlich zu erkennen war. Oliver zog sein Taschentuch heraus und wischte sich ein Guckloch frei.

Der Leopard saß hinter dem Fenster und blickte ihn erwartungsvoll an.

»Bleib so sitzen, mein Junge«, sagte Oliver. »Du bist jetzt ein mustergültiger Leopard und hältst still, dann ist das Ganze vorüber, ehe du etwas merkst.«

Behutsam nahm er das Narkosegewehr hoch. Als der Gewehrkolben nur noch eine Armlänge von der Scheibe entfernt war, stieß er zu. Ein lautes Knacken ertönte, aber die Scheibe hielt.

»Verdammt, das hat mir noch gefehlt«, murmelte Oliver.

Der Leopard machte sich zum Sprung bereit. Aus gelbleuchtenden Augenschlitzen betrachtete er den Mann, dessen Silhouette sich hinter der freigewischten Scheibe abzeichnete.

»Nur die Ruhe, mein Kleiner«, flüsterte Oliver. »Gleich hast du's hinter dir.«

Der zweite Versuch. Aufs neue hieb er mit dem Gewehrkolben auf die Scheibe ein, wieder ohne Erfolg. Beim dritten Mal holte Oliver so weit aus, daß die Leiter ins Schwanken geriet. Die Zurufe der Polizisten schallten herauf. Er achtete nicht auf die guten Ratschläge.

Während er noch darüber nachdachte, wie er die Scheibe zertrümmern konnte, setzte der Leopard zum Sprung an. Als seine Pranken auf die Scheibe prallten, barst das Glas. Es war, als hätte sich innen, unmittelbar am Fenster, eine Explosion ereignet.

Oliver sah, wie der Leopard mit seinen Pranken nach außen, durch die Zwischenräume des Fenstergitters, hieb. Er war so weit wie möglich zurückgewichen und hielt sich an die Holme der Leiter geklammert. Wo die Krallen des Leoparden die Holme erreichen konnten, splitterte das Holz, als würde es von einer scharfen Axt bearbeitet. Dann spürte Oliver, wie etwas das Hosenbein seiner Jeans aufschlitzte. Die Haut hatte das Raubtier mit seinem Prankenhieb nicht erreichen können, die engstehenden Gitterstäbe hinderten es daran.

Wieder und wieder griff die Raubkatze an. Oliver konnte das Gewehr nicht in Anschlag bringen, er war ausreichend damit beschäftigt, auf der wild schwankenden Leiter die Balance zu bewahren. Schreckerfüllt machte er die Entdeckung, daß die schmiedeeisernen Stäbe durch die Gewalt der Schläge auseinandergebogen wurden. Die Verankerung des Gitters im Mauerwerk begann nachzugeben. Ziegelsteinbrocken lösten sich, feiner Mörtelstaub rieselte nach unten und verschwand wie ein Schleier in der Nacht.

Er räumt das Gitter weg, dachte Oliver. Als wär's eine Gardine, die man zur Seite schiebt.

»Kommen Sie runter!« hörte er Sergeant Brant rufen.

Er äugte nach unten und sah, daß einer der Polizisten ein Jagdgewehr in der Hand hielt.

»Kommen Sie runter!« wiederholte der Sergeant. »Sobald er wieder ans Fenster kommt, können wir ihn erschießen.«

»Den Teufel werdet ihr tun«, knurrte Oliver. Er stieg eine Sprosse höher, so daß sein Körper das Fenster abdeckte. Die Prankenhiebe des Leoparden hatten der Scheibe den Rest gegeben, so daß man ungehindert ins Innere des Raumes blicken konnte. Das Tier hatte sich an die hintere Wand geflüchtet. Dort hockte es mit zitternden Flanken, bereit zu einem neuen Angriff.

»Jetzt oder nie!« murmelte Oliver. Er brachte das Narkosegewehr in Anschlag, zielte und drückte ab.

Der Rückstoß brachte ihn zum Schwanken, aber er hatte sich bald gefangen. Wie er mit einem Blick in den Raum feststellte, war der Pfeil mit der Narkoseflüssigkeit in die Flanken der Katze eingedrungen. Gut, dachte er. Ich habe Glück gehabt.

Wenn er gedacht hatte, der Leopard würde unmittelbar nach Abgabe des ersten Schusses in die Knie gehen, so hatte er sich getäuscht. Das mächtige Tier jaulte vor Wut. Es drehte sich im Kreise und versuchte, nach der Spitze des Pfeils zu beißen. Plötzlich blieb die Raubkatze stehen und starrte zu Oliver herüber.

»Gib auf, mein Junge«, sagte Oliver. »Gib auf, und dir passiert nichts, ich verspreche es dir. Leg dich einfach hin, und mach ein Schläfchen.«

Ein neuer Sprung gegen das Gitter, mit weniger Wucht allerdings als die bisherigen. Die Narkoseflüssigkeit, die sich in der Blutbahn des Tieres befand, tat ihre Wirkung.

»Tu dir nicht weh«, sagte Oliver. »Leg dich hin und schlaf.«

Die Katze sah ihn an. Sie schien zu verstehen, daß weitere Ausbruchsversuche sinnlos waren. So richtete sich ihre Wut gegen das Mobiliar. Oliver sah, wie das Bett in Stücke zerrissen wurde, wie Stuhl und Frisierkommode zu Bruch gingen, wie der Wandputz des Raumes zerkratzt wurde. Allmählich jedoch ließ die Zerstörungswut nach. Der Leopard hockte sich hin, hob ein letztes Mal die Pranken, dann kippte er zur Seite und blieb hechelnd liegen.

Oliver beobachtete das Tier noch eine Weile. Als er sah, daß die Atembewegungen ruhiger wurden, kletterte er die Leiter hinunter.

»Haben Sie ihn erwischt?" erkundigte sich Sergeant Brant.«

»Der Narkosepfeil sitzt«, sagte Oliver. »Aber wir müssen uns beeilen. Wir haben es mit einem kräftigen Burschen zu tun, die Wirkung wird also nicht lange anhalten. Stecken wir den Kerl erst einmal in den Käfig. Wenn er aufwacht, möchte ich, daß er hinter Gittern ist.«

Sechstes Kapitel

Unvermittelt war sie wach. Ihr Herz schlug wie wild. Sie spürte, wie die Angst ihr die Kehle zuschnürte. Mein Gott, wo bin ich? Es dauerte einige Sekunden, bis Irena bewußt wurde, daß sie sich im Haus ihrer Eltern in New Orleans befand, in dem Raum im Obergeschoß, den Paul, ihr Bruder, ihr zur Verfügung gestellt hatte. Langsam schwand das Gefühl der Beklommenheit.

Irenas Blick glitt zum offenen Fenster. Die weißen Vorhänge wiegten sich im Wind, der durch das Blattwerk der Bäume hereinströmte. Ein dicker Ast war zu sehen, der nahe an die Scheibe heranreichte. Irena erinnerte sich, das Bild schon einmal gesehen zu haben. Richtig, sie hatte geträumt, sie säße in ihrem Bett und ein unheimliches Wesen, jedenfalls kein Mensch, beobachtete sie durch das Fenster.

Sie stand auf und ging barfuß über den Parkettboden bis zum Fenster. Sie schob den Vorhang zur Seite und sah in den Garten hinaus. Rasen, Ulmen. Das Rascheln der Blätter.

Sie ließ den Vorhang zurückgleiten und seufzte. Ich benehme mich wie jemand, der an Geister glaubt, schalt sie sich. Sie starrte auf den Estrichboden des Balkons. Was habe ich denn vorzufinden erwartet? Die blutigen Fußspuren eines Ungeheuers?

Sie schüttelte den Kopf. Auspacken müßte ich, dachte sie. Es war ohnehin bald Zeit zum Aufstehen. Sie öffnete die Reisetasche und nahm ihre Kleider heraus. Nachdem sie die Falten entfernt hatte, legte sie die kleineren Kleidungsstücke in die Kommode, die größeren hängte sie im Schrank auf. Schließlich nahm sie ihre Waschutensilien und trat in den Vorraum hinaus.

Eine seltsam anmutende Ruhe erfüllte das Haus. Auf dem Gang war keine Menschenseele zu sehen. Die Türen zu den Zimmern waren geschlossen. Irena ging auf Zehenspitzen bis zum Badezimmer. Ob Paul schon aufgestanden war? Sie klopfte sacht an die Badezimmertür. Nichts. Nach einigen Sekunden des Zögerns drehte sie den Türknopf und trat ein.

Das Bad war mit neuen Armaturen ausgestattet worden; das sah man auf den ersten Blick. Ursprünglich, als die Eltern das Haus bezogen, war das Bad wohl im Erdgeschoß gewesen, in jenem Raum, der jetzt als Toilette diente.

Irena entkleidete sich, stellte sich unter die Dusche und drehte auf. Es war ein wohliges Gefühl, Zeit zu haben, das dampfend heiße Wasser über sich rinnen zu lassen. Sie benutzte eines der flauschigen Frotteebadetücher, die über einem Bügel hingen, um sich trockenzureiben. Das Haar trug sie kurz. Die Frisur war praktisch, sie ersparte den Friseur. Jetzt, nach dem Duschen, genügte es, das Haar am Kopf trocknen zu lassen. Die Frisur saß tadellos, wenn die Strähnen erst einmal trocken waren.

Sie reinigte den Wannenrand mit einem Schwamm, dann zog sie ihr Nachthemd wieder über und ging in ihr Zimmer zurück. Immer noch herrschte vollständige Ruhe im Haus. Wann Paul normalerweise wohl aufstand? Und frühstückten die beiden zusammen, er und Femolly?

Sie nahm ihre Armbanduhr vom Nachttischen und zog sie auf. Dann erst betrachtete sie das Zifferblatt. Es war schon neun. Ich werde gehen und nachsehen, ob Paul schon aufgestanden ist, nahm sie sich vor. Sie streifte sich den Morgenmantel über und ging wieder in den Gang hinaus. Von Paul war nichts zu sehen und zu hören.

Langsam schlenderte sie den Gang entlang, bis sie an der Tür jenseits des Bades ankam. Leise klopfte sie an.

»Paul?«

Sie klopfte noch einmal, diesmal lauter. Drinnen rührte sich nichts.

Als sie nach dem Türknopf tastete, kam sie sich fast wie eine Diebin vor. Wie albern ich mich aufführe, schalt sie sich. Paul ist mein Bruder. Warum sollte ich mich nicht in seinem Zimmer umsehen, auch wenn er nicht drin ist? Das Schloß ließ sich überraschend leicht betätigen, die Tür schwang auf. Ihr Blick fiel auf das Bett, das den Raum beherrschte. Eine faltenlose Bettdecke war über den Bezug gebreitet. Die beiden Kissen waren zusammengerollt und am Kopfende, unter der Bettdecke verstaut worden. Wenn Paul das Bett überhaupt benutzt hatte, dann hatte er es heute früh mit peinlicher Sorgfalt wieder hergerichtet.

Zögernd durchmaß sie das Schlafzimmer ihres Bruders. Der Duft eines männlich-herben Eau de Cologne hing im Raum. Irena trat an das geöffnete Fenster und sah hinaus. Der Blick ging über die Terrasse in den Garten. Es war die gleiche Terrasse, die an ihrem Zimmer vorbeiführte. Der Wind raschelte in den Baumwipfeln.

Sie fröstelte. In einer plötzlichen Eingebung wandte sie sich um. Aus irgendeinem Grunde hatte sie erwartet, einen Menschen hinter sich vorzufinden. Aber der Raum war immer noch so leer, wie sie ihn betreten hatte.

Außer dem Bett gab es keine Möbel, nicht einmal ein Tischchen. Und es gab nur einen einzigen Wandschmuck, ein Foto der Eltern im Zirkuskostüm. Beide hielten die Arme erhoben, die Handflächen nach oben gekehrt, und lächelten. Der klassische Gruß der Artisten ans Publikum.

Sie betrachtete Pauls Haarbürste, das Nageletui, die Spraydose mit Deodorant und die Dose mit weißem Puder. Alles war mustergültig sauber und aufgeräumt. Irena schoß das Blut in die Wangen. Es schickt sich nicht, daß ich in den Sachen meines Bruders herumstöbere, durchfuhr es sie. Sie verließ Pauls Schlafzimmer, zog die Tür hinter sich zu und kehrte in ihren eigenen Raum zurück.

In Windeseile war sie angezogen. Ein merkwürdiges Haus, dachte sie. Die Stille ging einem auf die Nerven. Es war irgendwie ungemütlich, ja bedrohlich. Merkwürdig auch, daß Paul schon verschwunden war. Er hätte mit dem Frühstück auf sie warten können. Es war ein Bruch zu seinem Verhalten am Vorabend. So warmherzig, so besorgt hatte er sich gegeben.

Als sie sich der Treppe näherte, stieg ihr der Duft frischgebrauten Kaffees in die Nase. Ein angenehmes Aroma, dachte sie. Gemütlich. Jedenfalls war sie nicht allein im Haus. Sie eilte hinunter.

Die Küche, fand Irena, war der schönste und hellste Raum im Haus der Eltern. Über der Spüle öffnete sich ein breites, weißgerahmtes Fenster, das auf den Garten hinausging. Ungehindert fiel das Sonnenlicht hier ein. Die Blüten der Geranien, ein fröhliches Rot und Rosa, die aus dem Blumenkasten auf dem Fenstersims hochrankten, waren aus der Küche zu sehen. Irena trat näher. Eine ganze Wand der Küche war mit Töpfen, Pfannen und Küchengeräten vollgehängt. Nicht nur zur Zierde, sondern zum täglichen Gebrauch. Auf der Kommode und dem Bord standen Krüge, bunte Flaschen und unzählige Tiegel mit rätselhaften Gewürzen. Inzwischen roch es nicht nur nach Kaffee, sondern auch nach Frühstücksschinken, der in einer Pfanne brutzelte. Himmlisch, befand Irena. Alles war so, wie man sich ein Frühstück erträumte.

Femolly, die schwarze Haushälterin, stand vor dem Gasherd und kehrte ihr den Rücken zu. In der Hand hielt sie eine Pfanne. Den Topf mit dem Kaffee hatte sie auf ein kleines Feuer gestellt.

»Guten Morgen«, sagte Irena.

»Was möchten Sie zum Frühstück?« fragte die dunkelhäutige Frau. »Eier oder Waffeln?«

»Eier, wenn's möglich ist.«

»Sehr gut. Ich habe nämlich keine Waffeln.« Femolly hatte sich umgedreht und strahlte sie an. Es war, wie Irena vermutete, nicht das erste Mal, daß Femolly diesen Scherz machte. »Es hört sich immer gut an, wenn man den Leuten eine Wahl läßt«, fügte die Frau hinzu.

Femollys Lachen war ansteckend. Irena mochte diese Frau. Und sie mochte die Küche. In der Ecke des Raums hatte sie einen runden Tisch entdeckt, auf dem ein rotweiß-kariertes Tischtuch leuchtete. Eine Zuckerdose stand dort, ein Milchkännchen und große, lustige Streuer für Pfeffer und Salz. Irena ging auf den Tisch zu.

»Soll ich das Geschirr auftragen?« schlug sie vor.

»Kommt nicht in Frage. Sie frühstücken übrigens dort, Kind.« Femolly deutete mit dem Daumen zur Tür, die von der Küche zum Speisezimmer führte.

»Aber hier in der Küche ist es doch viel gemütlicher.«

»Sie frühstücken im Speisezimmer«, sagte Femolly mit Bestimmtheit. »Sie sind kein Dienstbote, sondern Teil der Familie. Setzen Sie sich schon an den Tisch, ich bringe das Frühstück raus, wenn alles fertig ist.«

Irena ging ins Speisezimmer. Sie knipste die Deckenbeleuchtung an, aber der Kronleuchter, der über dem Tisch hing, vermochte die Holztäfelung des Raumes und die düstere Tapete nicht aufzuhellen. Schon gestern abend war ihr aufgefallen, wie bedrückend der Raum wirkte. Wenn man gerade aus der gemütlichen Küche kam, war der Unterschied geradezu niederschmetternd.

Der Tisch war bereits gedeckt. Nur ein Gedeck war aufgelegt. Wedgewood-Porzellan und altes Silber. Neben dem Gedeck lag eine säuberlich gefaltete Serviette aus gestärktem Leinen.

Die Tür ging auf, Femolly kam herein. Sie brachte eine Kanne mit dampfendem Kaffee.

»Die Eier sind gleich soweit«, sagte sie, nachdem sie Irena eingeschenkt hatte.

»Ist Paul nicht da?«

»Nein.«

»Ich bin in sein Zimmer gegangen. Das Bett sieht aus, als ob er gar nicht hier übernachtet hat.«

»Wirklich?«

Ohne weiteren Kommentar verschwand Femolly in der Küche. Es würde schwer sein, dachte Irena, von ihr jene Fragen beantwortet zu erhalten, die ihr auf dem Herzen lagen.

Wenig später war die großgewachsene Schwarze wieder aus der Küche zurück. Sie brachte eine Pfanne Rührei mit, außerdem einen Teller mit gebratenem Schinken.

»Sieht aus, als ob wir heute gutes Wetter bekommen«, bemerkte Irena.

»Hm.«

»Paul wollte mir heute die Stadt zeigen. Ich hatte mich schon so darauf gefreut.«

»Aber Kindchen, Sie brauchen doch nicht Ihren Bruder, um New Orleans zu besichtigen. An jedem Kiosk werden Stadtführer für die Touristen verkauft. Und am Eingang zum French Quarter sind jede Menge Busse für Besichtigungsfahrten. Man kann sie gar nicht verfehlen. Wenn Sie die oberen Stadtviertel besuchen wollen, ist wohl die St.-Charles-Straßenbahn die günstigste. Sie fährt durch unser Viertel.«

»Paul hätte mir vielleicht die etwas abgelegeneren Sehenswürdigkeiten zeigen können.«

»Abgelegene Sehenswürdigkeiten?« Die große dunkelhäutige Frau lächelte. »Wenn Sie dem Taxifahrer ein paar Dollar Trinkgeld in die Hand drücken, bringt er Sie an Orte, wohin selbst der Bürgermeister von New Orleans noch nie den Fuß gesetzt hat.« Sie schmunzelte. »Ich hol jetzt das Toastbrot.«

Sie kam mit einem Korb knusprigem Toast und einem Teller eisgekühlter Butter zurück.

»Ich werd's dann wohl machen, wie Sie sagen.« Irena betrachtete Ihr Gegenüber, während sie die Tasse zum Mund führte. »Ich nehm die Straßenbahn bis zum French Quarter, und dort steige ich um in einen Sighteeing-Bus.«

Femollys Stimme klang beruhigend, sicher, warm. »Es wird Ihnen Spaß machen, ganz bestimmt, Kindchen. Die Leute in New Orleans sind aufgeschlossen und hilfsbereit. Wenn Sie irgendeine Frage haben, wird Ihnen jeder Auskunft geben.«

»Ich – ich werde mich schon zurechtfinden, denke ich«, sagte Irena. »Ich bin nur etwas enttäuscht, weil . . .«

»Weil Paul Sie nicht begleitet? Aber Kindchen, kümmern Sie sich doch nicht darum, wann Paul kommt und wann er geht. Wissen Sie, seine Arbeit in der Missionsstation ist ein Tag-und-Nacht-Job. Ein bißchen wie der Stundenplan eines Hausarztes. Manchmal wird Paul mitten in der Nacht angerufen und muß los.« Sie schien den fragenden Blick bemerkt zu haben, mit dem Irena sie musterte. Ein vertrauenerweckendes Lächeln erschien in ihren Mundwinkeln. »Wenn den Leuten der Bauch wehtut, dann rufen sie den Arzt. Und bei seelischen Problemen Ihren Bruder. So ist das nun mal, wenn man sich dieser Berufung verschreibt.«

Das Lächeln wurde breiter. »Ich glaube allerdings, daß Paul sich mehr Mühe gibt als irgendein praktischer Arzt. Es gibt ja kaum noch jemanden, der mitten in der Nacht kommt, wenn man ihn ruft.«

»Ich hoffe nur, daß Paul nicht zu lange wegbleibt«, sagte Irena. »Wir haben uns überhaupt noch nicht richtig miteinander unterhalten können. Nach all den Jahren hätten wir uns soviel zu erzählen.«

Femolly zuckte die Schultern. »Schwer zu sagen, wann er wieder zurück sein wird. Manchmal bleibt er zwei oder drei Nächte fort. Bei anderen Anrufen dauert es dann wieder nur drei oder vier Stunden.«

»Ich werd' mich dran gewöhnen müssen«, sagte Irena.

»Sicher«, stimmte Femolly zu. »Jedenfalls wird es wegen dieser Dinge keine Probleme zwischen Ihnen und Ihrem Bruder geben. Noch etwas Kaffee?«

»Danke, nein.«

»Rufen Sie mich, wenn Sie noch Kaffee möchten. Ich stelle die Kanne wieder aufs Feuer, damit er heiß bleibt.«

Femolly ging in die Küche zurück. Bewundernd sah Irena ihr nach. Die Haltung dieser Frau war beeindruckend. Das glatte dunkle Haar umrahmte ein Gesicht, dessen Züge jede Deutung zuließen. Hals und Schultern waren wohlgeformt. Femolly ging aus der Hüfte heraus. Lange Beine, deren untadelige Linie sich unter dem langen Rock erahnen ließ. Ein Bild von einer Frau. Ich werde sie fragen, ob sie sich von mir zeichnen läßt, nahm Irena sich vor.

Die Idee, das Zeichnen wieder anzufangen und Femolly als Modell zu nehmen, verscheuchte die Unsicherheit, die sie gespürt hatte. Mit mehr Appetit, als sie sich selbst zugetraut hätte, verzehrte Irena den Toast und das Rührei. Sie ließ sich noch zwei Tassen von dem Kaffee einschenken, den Femolly zubereitet hatte.

Als sie gesättigt war, stand sie auf und ging in ihr Zimmer zurück. Sie nahm den Zeichenblock aus der Schublade, spitzte ein halbes Dutzend Zeichenstifte und steckte alles in ihre Schultertasche, die sie bei der Stadtbesichtigung mit sich zu führen gedachte. Strahlende Helle erfüllte den Raum, in dem sie sich letzte Nacht so geängstigt hatte. Draußen glitzerte das Sonnenlicht im Blattwerk der Bäume. Der Wind hatte aufgefrischt, die Brise wehte durch das Fenster herein und liebkoste Irenas Wangen.

Nur Mut, dachte sie, und mußte lächeln über die Zaghaftigkeit, die sie am frühen Morgen verspürt hatte. Sie ging an der Küche vorbei, um Femolly auf Wiedersehen zu sagen. Dann verließ sie das Haus.

Siebtes Kapitel

Erstes Anlaufziel Irenas an jenem Morgen war das Informationsbüro für Touristen an der Royal Street. Die freundliche alte Dame hinter dem Schalter versorgte sie mit einem ganzen Stapel von Stadtplänen, Broschüren, Flugzetteln und Einkaufstips. Als sie ihr auch noch eine Tasse Kaffee anbot, lehnte Irena höflich, aber bestimmt ab.

Draußen setzte sie sich auf eine Bank, um das erhaltene Informationsmaterial zu sichten. Wie Femolly gesagt hatte, gab es organisierte Besichtigungstouren mit Bussen. Sie entschloß sich für eine Tour, die mit einer Streckenlänge von fünfzig Meilen kreuz und quer durch New Orleans führte und alle wichtigen Punkte zu berühren schien. Auch der Preis war annehmbar. Zwölf Dollar.

Im Programm war näher bezeichnet, daß sich der Sammelpunkt für diese Tour an der Ecke Royal Street und St. Ann Street befand. Der Bus wartete bereits. Sie erstand eine Fahrkarte und nahm auf einem der blauglänzenden Kunstledersitze Platz. Merkwürdig, dachte sie. Das bedrückende Gefühl war wieder da. Ihr Blick glitt über die Gesichter der anderen Fahrgäste. Touristen aller Altersgruppen, offensichtlich aus den verschiedensten Bundesstaaten zusammengewürfelt. Ausnahmslos Paare und Familien. Irena schien die einzige zu sein, die sich ohne Begleitung auf die Besichtigungstour begab. Das fröhliche Lärmen der Kinder erfüllte die Sitzreihen. Die jungen Paare steckten die Köpfe zusammen. Sie interessierten sich für die Reize des Partners ungleich mehr als für die Sehenswürdigkeiten von New Orleans. Und die älteren Paare verstanden sich ohne Worte. Irena fühlte sich ausgesperrt.

Ich werde wohl nie den Mann finden, nach dem ich mich sehne, ging es ihr durch den Kopf. Dabei war es doch eigentlich gar nicht so schwierig. Der Mann, dem sie sich anvertrauen würde, mußte kein Ausbund von Charme und Männlichkeit sein. Einfach jemand, der bei einem war, wenn man ihn brauchte. Zum Beispiel jetzt, bei der Besichtigung dieser Stadt. Ein Mann, mit dem man Freud und Leid teilen konnte. *Teilen* – welch ein schönes Wort. Selbst die Tatsache, daß Psychiater und Verhaltenstherapeuten die Vokabel überstrapazierten, vermochte dem Wort nichts von seiner geheimnisvollen Anziehungskraft zu nehmen. Ein magisches Wort. Man gab etwas von sich selbst und wurde zugleich größer, wichtiger, glücklicher.

Der Bus ruckte an. Irena verdrängte die wehmütigen Gedanken und versuchte sich auf die Bilder der Stadt zu konzentrieren, die nun an ihrem Fenster abzurollen begannen.

Zuerst ging es die Esplanade Avenue entlang. Dann bog der Bus in die Rampart Street ein. Sie markierte die Trasse der Stadtmauer, die einst die Verbindung zwischen den drei Wehrtürmen auf der Nordseite New Orleans' dargestellt hatte. Wie der Fahrer durchs Mikrofon erklärte, war das Zentrum der Altstadt, der Beauregard Square, früher den Negersklaven vorbehalten gewesen. Damals hatte der Platz noch Congo Square geheißen, weil viele der Schwarzen aus dem Kongo herübergebracht worden waren. Jeweils am Samstagabend, nach der Woche Arbeit, durften sich die Schwarzen hier versammeln, trinken, Musik machen, schwatzen, ja sogar auf ihre weißen Herren schimpfen.

Nächster Punkt im Sightseeing-Programm des Busunternehmens war das Theater, dessen Festsäle durch die feuchtfröhlichen Mardi-Gras-Feiern über die Grenzen der Mississippi-Staaten hinaus berühmt geworden waren. Natürlich vergaß der Fahrer nicht auf die legendäre Basin Street hinzuweisen, die den Erfindungsgeist der Jazzmusiker beflügelt hatte.

Irena schauderte, als der Bus an der Stadt der Toten haltmachte. Die alten Sarkophage mit den Gebeinen berühmter Bürger wurden in oberirdischen Grabstätten aufbewahrt. Ungleich bunter und versöhnlicher war das Stadtviertel der Quadroons. In dieser Gegend hatten früher gutgestellte kreolische Gentlemen ihre milchkaffeefarbenen Geliebten untergebracht.

Nachdem der Bus das Französische Viertel passiert hatte, fuhren sie die Uferpromenade des Bayou St. John und das Ufer des Lake Pontchartrain entlang. Nächster Schwerpunkt der Tour war die Gartenstadt, der Garden District, so genannt wegen der großzügigen Grünflächen der Häuser, die hier einst von wohlhabenden amerikanischen Familien errichtet worden waren. Hier, ›uptown‹ in New Orleans, galt es, gegen die französische Aristokratie aufzutrumpfen, deren Paläste südlich der Canal Street lagen. Eine romantische Stimmung ging von diesen Herrenhäusern aus. Mit vollen Zügen sog Irena den Duft der Blüten in sich ein, der aus den parkartigen Grünflächen herüberwehte.

Die letzte Etappe der Tour war einer Gegend gewidmet, der Irena wenig Gefallen abgewinnen konnte. Fat City, der moderne Teil von New Orleans, erwies sich als eine gesichtslose Ansammlung von Diskotheken, Luxusgeschäften, Gourmet-Restaurants und vielstöckigen Kästen aus Stahl und Glas, die genausogut in Chicago oder Manhattan hätten stehen können.

Irena war alles andere als zufrieden, als sie am Endpunkt der Tour, in der Royal Street, den Bus verließ. Der Fahrer hatte die Leute an den Sehenswürdigkeiten vorbeigekarrt, ohne daß Gelegenheit gewesen wäre, das Erlebte in sich aufzunehmen. Alles war sehr schnell gegangen, zu schnell. Irena entschied, daß sie sich New Orleans zu Fuß erschließen würde. Das war wohl die einzige Methode, wie man mit einer fremden Stadt warm werden konnte.

Begierig, das wirkliche New Orleans kennenzulernen, machte sie sich auf den Weg. Auf eigene Faust würde sie die schmalen Straßen erkunden. Sie würde die Musik hören, die hier aus der Taufe gehoben worden war, würde die Gerüche der Altstadt in sich aufnehmen, den Eigenheiten des French Quarter nachspüren, die Menschen studieren, die hier leben und arbeiten. Sie würde den Rhythmus dieser Stadt verstehen lernen.

Am Jackson Square, inmitten des French Quarter, fielen ihr die Kunstmaler auf, die hier das Abbild der St.-Louis-Kathedrale auf die Leinwand zu bannen suchten. Als weltliches Gegenstück der Kathedrale bot sich den Jüngeren des Pinsels das Reiterstandbild von General Andrew Jackson an. Der General hielt den Hut mit stolzer Geste erhoben, die Stiefel waren trotzig in die Steigbügel gestemmt, als wollte er den immerwährenden Anspruch Amerikas auf das französisch-spanische Mischwesen bekräftigen, das hier zu Beginn des achtzehnten Jahrhunderts gegründet worden war.

Der Anblick der Maler vor ihren Staffeleien ließ den Funken der Begeisterung in Irena aufflammen, auf den sie unbewußt gewartet hatte. Sie zog ihr Skizzenheft aus der Tasche, ließ sich auf einer Bank aus Stein nieder und begann zu zeichnen.

Zwanzig Minuten waren vergangen, als Irena ihren Zeichenstift wieder wegsteckte. Sie war frustriert. Es schien einfach unmöglich, Umrisse und Ausstrahlung der Kathedrale in der Zeichnung einzufangen. Das Licht war wohl ungünstig. Oder der Blickwinkel, den sie gewählt hatte. Vielleicht bin ich auch einfach nicht in der richtigen Laune, befand sie.

Einigermaßen entmutigt, klappte sie ihren Block zu und schlenderte zu den Malern hinüber, die ihre fertigen Gemälde entlang des niedrigen Eisengitters aufgestellt hatten, das die Grünflächen des Jackson Square umsäumte. Die Preise freilich, die auf den Bildern klebten, fand Irena unangemessen hoch. Wahrscheinlich, so mutmaßte sie, waren sie nur als Verhandlungsbasis gedacht. Nicht nur die Kathedrale und das Reiterstandbild von General Jackson waren zigmal verewigt worden. Es gabe jede Menge trauriger Clowns und gedankenverlorener Kinder in Öl, die den gelangweilten Betrachter anstarrten. Der letzte Maler in der schier endlosen Reihe, fand Irena, war wohl der begabteste. Er hatte vor allem Stilleben ausgestellt, die an van Gogh erinnerten.

»Wenn Ihnen ein Bild gefällt, über den Preis können wir reden«, sagte der Künstler in ihre Gedanken hinein. Unbemerkt war er hinter sie getreten, in der Hoffnung, einen Käufer für eines seiner Bilder eingefangen zu haben.

»Die Bilder gefallen mir ganz gut, aber ...«

Sie hielt inne. Ihr Blick war auf ein Gemälde gefallen, das sich von allen anderen unterschied. Eine Katze war dargestellt, eine weiße Katze. Das Tier lag zusammengekuschelt auf einem dunkelblauen Kissen. Auffallend war das Fell. Irena vermochte keine rechte Bezeichnung für die Art und Weise zu finden, wie der Künstler das Fell dieses Tieres dargestellt hatte. Stachelig vielleicht. Die Vorstellung von Drachenzähnen, die in ein Samtkissen eingebettet waren, huschte an ihr vorbei. Und dann die Augen. Ein entrückter Ausdruck beseelte dieses Tier, der Widerschein des Wahnsinns. Irena erschauderte.

»Eines von den weniger guten«, kommentierte der junge Maler.

»Das würde ich nicht sagen. Das Bild ist irgendwie anders ...«

»Ich kenne meine Schwächen«, lenkte er ein. »Ich bin nicht gut im Malen von Tieren. Aber die Kunden mögen Tiere. Man muß für den Markt malen.«

Sie spürte, wie eine rätselhafte Beklemmung ihr die Gurgel hochkroch. Nur mit Mühe gelang es ihr, den Blick von der Katze zu wenden. Nur fort, dachte sie.

»Entschuldigung«, stammelte sie und eilte weiter, die Blicke des Mannes in ihrem Rücken.

Erst in der St. Ann Street ebbte die unangenehme Empfindung ab. Irena verlangsamte ihren Schritt und blickte zu den Häusern hoch, deren Giebel über ihr aufeinander zuzustreben schienen. Sie zwang sich weiterzugehen. Seltsam laut klangen die hohen Absätze auf diesem Pflaster. Oder lag es daran, daß die Straße so verlassen, so ausgestorben war? Sie ging weiter. Schließlich fand sie sich unter dem Straßenschild ›Bourbon Street‹ wieder.

Dixielandklänge, das Schlürfen der Sohlen, wenn die Touristen den Bürgersteig entlangschlenderten. Die Musik kam blechern, fast schal, fand Irena. Im Vergleich zu der Einsamkeit, die in der St. Ann Street geherrscht hatte, schoben sich die Fremden hier in Pulks an den Häuserwänden entlang. Grelle Reklameschilder lockten. Plötzlich fühlte sie sich schläfrig. Ich muß mich ausruhen, entschied sie. Ganz in der Nähe gab es eine kleine Bar, über der das Schild ›Le Whiskey‹ prangte. Sie wagte einen Blick hinein. Kühle, Dämmerlicht, kaum Gäste. Sie trat ein.

Als sich ihre Augen an die Finsternis gewöhnt hatten, wurde Irena gewahr, daß sich außer ihr nur zwei Gäste in der Bar aufhielten. Sie schwang sich auf einen der Barhocker. Der Barkeeper begrüßte sie mit einem Lächeln.

»Tag, Miss. Was möchten Sie trinken?«

»Eine Cola bitte.«

»Mit etwas Bourbon?«

»Nein. Nur Cola.«

»Gern, Miss.«

Sie sah ihm zu, wie er das Glas zu einem Drittel mit Eisstücken füllte. Dann ließ er Colaflüssigkeit einlaufen, aus einem Zapfhahn.

»Bißchen Zitrone dazu, Miss?«
»Nein, danke.«
Er seufzte und breitete eine Serviette vor ihrem Platz aus. Dann stellte er das gefüllte Glas auf das Tuch.
»Wissen Sie, ich freue mich, wenn die Gäste was Anspruchsvolleres bestellen, nicht nur Cola«, erklärte er. »Sonst kommt man sich als Barmann sehr überflüssig vor.«
Sie schenkte ihm ein Lächeln, um ihn über das Colaproblem hinwegzutrösten.
»Noch sehr ruhig für die Tageszeit«, bemerkte er.
»Ach ja?« Irena verspürte wenig Interesse, mit einem unbekannten Barkeeper Mutmaßungen über das geschäftliche Auf und Ab der Gastronomie in der Bourbon Street auszutauschen. Andererseits schien dieser Mann in ganz New Orleans der einzige zu sein, der ihr helfen konnte, die Isolation zu durchbrechen. Es war einfach gut, jemanden zu haben, mit dem man sich unterhalten konnte.
»Wirklich sehr ruhig«, bestätigte er. »Erst gegen Abend geht's dann wieder los. Und dann so durch bis zum Morgengrauen.« Wieder das Lächeln.
»Ich stell mir den Job echt aufregend vor«, sagte sie höflich.
»Hält sich in Grenzen. Wenn man, wie ich, eine Reihe von Jahren hinter dem Tresen gestanden hat, wird alles zur Routine. Nur hin und wieder passieren Dinge, die wirklich aus der Rolle fallen. Letzte Nacht zum Beispiel, da hätten Sie hier sein sollen. Im angrenzenden Häuserblock war der Teufel los.«
»Was Sie nicht sagen.« Irena nahm einen langen, erfrischenden Schluck aus ihrem Glas. Sie hörte nur halb zu. Der Mann sprach einschläfernd, aber keineswegs unangenehm.
»Ich schwöre es Ihnen. Die Polizei war da. Sirenen, Krankenwagen, Feuerwehr, alles, was gut und teuer ist. Ein regelrechter Zirkus, wenn Sie mich fragen.«
Der Barmann schien so erpicht darauf, weitere Einzelheiten seiner Story loszuwerden, daß Irena die erwartete Frage stellte.
»Was war denn passiert?«
»Ganz genau hab' ich's nicht in Erfahrung bringen können. Ein Löwe oder etwas in der Art ist in ein Haus eingedrungen und hat sich auf eine junge Frau gestürzt. Hat ihr den Fuß abgebissen. Einfach so.«
»Ein Löwe?« Plötzlich erwachte Irenas Interesse. Sie spürte, wie sich die Haare in ihrem Nacken sträubten.

»Ja, ein Löwe oder eine andere Raubkatze. Vielleicht ein Tiger, ich hab' keine Ahnung. Jedenfalls, die Leute waren natürlich völlig aus dem Häuschen. Als alles vorüber war, kamen sie dann in meine Bar. Die haben hier in Dreierreihen gestanden und erzählt. Leider hatte jeder eine andere Version.«

Das Glas war leer. Irena stellte es auf die Theke zurück.

»Nochmals das gleiche?«, bot er an.

»Danke, sehr freundlich. Aber ich muß jetzt gehen.« Sie hatte ihren Skizzenblock und ihre Umhängetasche an sich genommen und eilte hinaus.

»Schönen Tag noch«, sagte der Barmann. Irena hörte es nicht mehr.

Ziellos irrte sie die Bourbon Street entlang. In ihrem Kopf jagten sich die Gedanken wie Fledermäuse, die im Dunkel eines Heuschobers hin und her taumelten, ohne je an die Drähte zu stoßen, die der Professor quer durch den Raum gespannt hatte. Widersprüchliche Gedanken waren es, Erinnerungsfetzen und Fragen, die unbeantwortet geblieben waren. Ohne zu wissen warum, blieb sie vor einer Telefonkabine stehen, trat ein und schlug die Adresse der »Tabernacle Mission« nach.

Die Missionsstation entpuppte sich als ein scheunenähnliches Gebäude. Sie befand sich in der North Rampart Street. Die Bretter, das sah man schon von weitem, hatten seit Jahren keine frische Farbe mehr gesehen. Irena stieg die ausgetretenen Holzstufen, die zum Eingang führten, hinauf, und stieß die Tür auf. Vor ihr öffnete sich ein Raum, der die ganze Scheune einzunehmen schien. Es gab regelmäßig angeordnete Bankreihen, auf denen ein Dutzend Männer und zwei oder drei Frauen Platz genommen hatten. Der Gestank von Schweiß, modrigem Holz und Desinfektionsflüssigkeit vermischte sich zu einer ekelerregenden Geschmacksnote. Peinlich berührt betrachtete Irena die Gesichter. Schäbig sahen diese Menschen aus, schäbig und resigniert. Ihre Blicke waren auf den Prediger gerichtet, einen Fünfziger mit rosa Hamsterbäckchen, der hinter dem Altar stand und seinen Zuhörern den wahren Reichtum, den Reichtum der Seele versprach. Teilhaftig werden konnte man dieses Reichtums, wenn man sich zu Jesus bekannte. Den Mienen nach zu urteilen, schien der Sinn der Zuhörer, ungeachtet der schönen Worte, mehr auf irdisches Gut gerichtet.

Im Seitenschiff gab es Bewegung. Eine junge Frau, kurzes Haar, helles, frisches Gesicht, kam auf Irena zu.

»Ich heiße Marianne. Kann ich Ihnen irgendwie helfen?«

»Ich bin auf der Suche nach Paul Gallier. Ich bin seine Schwester, Irena Gallier.«

»Tut mir leid, aber Paul hat sich heute noch nicht sehen lassen. Er kommt nur zweimal pro Woche.« Sie zögerte. »Nicht, daß wir ihm nicht für die zwei Tage dankbar wären, die er für die Missionsstation erübrigen kann.«

»Ich verstehe«, sagte Irena. Etwas kitzelte sie in der Kehle. Sie räusperte sich. Das Gefühl blieb. »Kann es sein, daß jemand von Ihnen Paul vergangene Nacht angerufen und hierher, zur Mission, bestellt hat?«

Ein erstaunter Blick traf sie. »Vergangene Nacht, sagen Sie? Wieso sollten wir Paul mitten in der Nacht anrufen?«

»Ich meine, es gibt doch dringende Fälle, wo man mitten in der Nacht helfen muß. Ich habe mir vorgestellt, wenn ...«

»So dringend haben es unsere Kunden nicht«, unterbrach sie die junge Frau. Sie lächelte. Ihr Blick war auf die abgerissenen Gestalten gerichtet, die auf den Bänken hockten. »Wer zu uns kommt, hat meist spirituelle Probleme, keine akuten Nöte, die man mitten in der Nacht heilen könnte. Probleme des Glaubens. Diese Leute kommen, um das Wort des Herrn zu hören. Wir belohnen sie mit einem warmen Essen nach der Predigt. Wie Sie sehen, finden nur wenige zu uns. Aber man muß den guten Willen dieser wenigen anerkennen. Anstatt zur Fürsorge zu laufen und um Lebensmittelgutscheine zu betteln, kommen sie zu uns.«

»Mein Bruder ist also weder vergangene Nacht noch heute im Laufe des Tages hiergewesen«, stellte Irena fest.

»So ist es.«

Irena bedankte sich für die Auskunft. Dann verabschiedete sie sich und verließ das Missionsgebäude, nicht ohne einen Schein in den Opferstock zu stecken, der neben der Ausgangstür stand. Sie fühlte sich erschöpft. Statt zur Straßenbahnstation in der Carondelet Street zu gehen, die noch ziemlich weit entfernt lag, entschloß sie sich, ein Taxi anzuhalten.

Wenig später hielt sie den Messingknauf der Tür zum Haus ihrer Eltern in der Hand. Die Tür gab nach, man schien sie zu erwarten. Paul war immer noch nicht zu Hause, nur Femolly. Sie hatte ein Abendessen vorbereitet, gebackenes Hähnchen mit Kräutern.

»Hat mein Bruder angerufen?« erkundigte sie sich. »Hat er irgendeine Nachricht für mich hinterlassen?«

»Nein«, sagte Femolly knapp. »Ich sagte Ihnen ja schon, manchmal bleibt er zwei, drei Tage fort. Sie sollten sich deswegen keine Sorgen machen. Er wird sicher bald zurück sein.«

Mit diesen Worten verschwand die dunkelhaarige Frau in der Küche, um erst zum Abräumen wiederzukehren. Als sie den Raum mit dem Tablett auf dem Arm verlassen wollte, stellte sich Irena ihr in den Weg.

»Femolly, haben Sie meinen Vater und meine Mutter noch gekannt?«

»Gewiß doch, Kind. Ich habe damals hier im Haus gedient, so wie ich es heute tue. Ihre Eltern waren sehr selten zu Hause, aber ich habe die Wohnung immer tipptopp in Ordnung gehalten, so daß sie jederzeit herkommen konnten.«

»Ich war damals noch so klein, Femolly«, sagte Irena. »Ich habe oft versucht, mich an meine Eltern zu erinnern. Aber alles liegt wie ... wie in einem Dunkel.« Sie ergriff die hochgewachsene Frau am Arm. »Was für Menschen waren das, meine Eltern?«

Femollys Blick verlor sich in der Ferne. »Gute Menschen, auf ihre Art. Besondere Menschen, wenn Sie wissen, was ich meine. Ihr Vater war der fescheste Mann, der mir je begegnet ist. Er hat sich redlich abgemüht, um der Familie einen guten Lebensstandard zu bieten. Und Ihre Mutter ...« Sie zögerte. »Ihre Mutter war einfach wunderschön, mein Kind. Sie war Ihnen sehr ähnlich. Ein gutaussehendes Paar, die beiden, würde ich sagen.«

»Glauben Sie, daß die beiden sich wirklich geliebt haben, Femolly?«

»Da bin ich ganz sicher. Wenn je zwei Menschen sich geliebt haben, dann Ihre Eltern.«

»Dann verstehe ich nicht, warum ... Ich meine, warum hat Vater dann ...« Sie ließ ihre Frage unvollendet.

Eine Falte erschien auf Femollys Stirn. »Sie sagten doch vorhin, Sie hätten keinerlei Erinnerung an Ihre Eltern.«

»Das stimmt auch. Aber es gibt Freunde, die mir erzählt haben, was damals vorgefallen ist. Ich habe dann in einem zeitungswissenschaftlichen Archiv die alten Zeitungen eingesehen, wo über die Sache lang und breit berichtet wurde.«

»Das hätten Sie besser nicht getan«, stellte Femolly fest. »Solche Dinge läßt man besser ruhen.«

Irena hätte der dunkelhaarigen Frau gern noch einige Fragen gestellt. Aber der Blick der anderen belehrte sie, daß sie keine Antwort erhalten würde.

»Sie sind sicher müde von dem Herumlaufen in der Stadt«, sagte Femolly, unvermittelt freundlich. »Warum gehen Sie nicht rauf und legen sich aufs Ohr?«

»Mag sein, daß ich müde bin«, gab Irena zu. »Aber ich glaube kaum, daß ich einschlafen kann.«

»Wofür gibt's denn Fernsehen?« kam Femollys Antwort. »Fernsehen ist das beste Schlafmittel. Welches Programm auch immer, nach zwanzig Minuten dämmere ich ein.«

»Eine gute Idee«, sagte Irena, »Fernsehen.«

Wenig später saß sie im Fernsehzimmer. Der Raum lag nahe der Eingangshalle des Hauses. Gemütlich, fand Irena. Wirklich gemütlich. Ledersessel, Bücherwände, ein wertvoller, alter Schreibtisch. Ein Hauch von Pfeifentabak hing in der Luft. Ob das wohl Vaters Lieblingszimmer gewesen war? Jedenfalls war es nicht die Art von Raum, in dem ein Mann wie Paul sich wohl fühlen würde.

Sie betätigte den Einschaltknopf des Fernsehgeräts und wartete, bis das Bild aus den Tiefen der Röhre auf die Mattscheibe kam. Dann machte sie es sich in einem der schweren, weichen Sessel bequem. Der Krimi, in den sie sich eingeschaltet hatte, spielte in San Francisco. Die Handlung war unklar, und Irena machte sich nicht die Mühe, zu den dramaturgischen Feinheiten vorzudringen. Irgendwie ging es um Polizisten, die einen Zwist mit Dunkelmännern ausschossen. Das Pfeifen der Querschläger, das Jaulen der Reifen – vertraute, beruhigende Geräusche, die ihre Wirkung auf Irena nicht verfehlten.

Nach dem Krimi erschien der Nachrichtensprecher auf dem Bildschirm. Irena ließ wohlig-müde die Krisenberichte aus aller Welt an sich vorbeiflimmern. Ihre Lider wurden bleischwer, als dann auch noch die Baseballergebnisse durchgegeben wurden. Als der Sprecher die Lokalnachrichten ankündigte, fuhr sie hoch.

Der Kopf eines Leoparden füllte den Bildschirm. Dann fuhr die Kamera zurück und zeigte das ganze Tier. Erst jetzt sah man, daß der Leopard in einem Käfig saß. Irena hatte zunächst nicht auf die begleitenden Worte der Sprecherin geachtet. Jetzt lauschte sie angestrengt. »... konnte der Leopard überwältigt und in den New Orleans Zoo gebracht werden, wo er in diesem Käfig unter Beobachtung gehalten wird. Erst nach verschiedenen Tests wird sich sagen lassen, ob die Raubkatze unter einer Krankheit leidet. Alle Versuche, den Eigentümer des Tieres festzustellen, sind bis jetzt fruchtlos geblieben.«

Die Kamera fuhr noch weiter zurück, so daß die Reporterin, eine schlanke, junge Frau mit Windstoßfrisur, ins Bild kam. Sie hielt ein Mikrofon in der Hand.

»Wenn sich der Eigentümer des Tieres nicht meldet, liegt es beim Zoo zu entscheiden, was mit diesem schwarzen Kuscheltier zu geschehen hat. Christine Goode, aus dem New Orleans Zoo. Vielen Dank fürs Zuschauen.«

Irena ließ den Rest der Nachrichten im Halbschlaf an sich vorüberziehen. Es folgte die Wiederholung einer Folge aus der Serie Starsky & Hutch, eine Geschichte, die Irena ebensowenig zu fesseln vermochte wie vorher das Opus aus San Francisco. Es war nach Mitternacht, als sie todmüde auf ihr Zimmer ging und sofort in tiefen Schlaf sank. Im Unterschied zu den Ereignissen auf der Mattscheibe gab es in Irenas Träumen in jener Nacht weder Polizisten noch Privatdetektive. Die Handlung wurde von Tieren bestritten. Von Leoparden.

Achtes Kapitel

Sie erwachte schweißbedeckt. Regungslos hingen die Tüllvorhänge vor dem offenen Fenster. Die Wolken standen tief. Der Himmel war grau, die Hitze drückend.

Sie stand auf, ging auf den Flur hinaus und klopfte an Pauls Tür. Keine Antwort. Sie drehte den Türknopf und trat ein. Alles war noch so, wie sie es gestern verlassen hatte. Das Bett war makellos, ohne Falten, das Fenster geöffnet. Alles lag an seinem Platz, so ordentlich, wie Paul es zu hinterlassen pflegte.

Sie zog sich an und ging zum Frühstück hinunter. Diesmal vermied sie es, Fragen über den Verbleib ihres Bruders zu stellen. Femolly schien froh zu sein, daß das Thema nicht angeschnitten wurde. Schweigend servierte sie Toast und Waffeln. Schweigend aß Irena, was ihr aufgetischt wurde.

»Gibt's eine Zeitung im Haus?« fragte Irena, als die dunkelhaarige Frau das Geschirr abräumen kam.

Femolly schüttelte den Kopf. »Ihr Bruder hält keine Zeitung.

Kann ihn gut verstehen. Die Zeitungen sind voll von Krieg und Mord. Warum soll man dafür auch noch Geld bezahlen?«

Irena nickte, stand auf und begab sich ins Fernsehzimmer. Sie probierte alle Kanäle durch, ohne auf die erhoffte Nachrichtensendung zu stoßen. Die eine Hälfte der Sender brachte Quizsendungen und Ratespiele, die andere Filmkomödien aus der Frühzeit des Zelluloids. Enttäuscht schaltete Irena das Gerät ab und ging auf ihr Zimmer zurück.

Eine ganze Stunde lang verbrachte sie mit dem Aufräumen und Umräumen ihrer Sachen. Dann nahm sie sich den Zeichenblock vor und schlug das Blatt mit der Skizze auf, die sie gestern gefertigt hatte. Hier, im Licht des Zimmers, sah die St.-Louis-Kathedrale noch windschiefer, noch verquollener aus als gestern. Sie riß das Blatt aus der Spiralhalterung, zerknüllte es und warf es in den Papierkorb.

Als ihre Nervosität den Höhepunkt erreichte, trat sie auf den Balkon hinaus. Eine Weile lang lehnte sie mit den Ellenbogen auf dem Geländer und betrachtete die Autos, die jenseits der alten Ulmen der Straßen entlangglitten.

Schließlich konnte sie es nicht mehr aushalten im Haus. Sie nahm ihren Skizzenblock und ihre Umhängetasche und ging die Treppe hinunter. Femolly saß in der Küche, an dem gemütlichen Tisch mit dem rotweiß-karierten Tischtuch. Ein Kreuzworträtsel lag vor ihr.

»Ich geh' etwas spazieren«, sagte Irena.

»Hm.«

»Was meinen Sie, werd' ich wohl einen Regenmantel brauchen? Der Himmel sieht etwas bedrohlich aus.«

»Es wird nicht regnen«, sagte Femolly.

Irena zögerte. »Wir ... wir sehen uns dann später«, brachte sie heraus.

Dann verließ sie das Haus, Femollys Blick folgte ihr.

Sie nahm die Straßenbahn. Als sie ein Taxi am Straßenrand warten sah, stieg sie aus, winkte dem Fahrer und ließ sich auf den Rücksitz fallen.

Schon wenige Minuten später waren sie an dem Fahrtziel, das sie genannt hatte; ein hohes Backsteingebäude mit einem eindrucksvollen Gittertor. Vor dem Tor war ein einfaches Kassenhäuschen zu erkennen. Durch die Gitterstäbe blickte man auf eine Reihe finsterer Bauten, die sich stilistisch, wie Irena aus ihrem Kunststudium wußte, der Neugotik der Südstaaten zuordnen ließen. Besucher waren zu sehen, die ohne Hast zwischen den Blumenbeeten entlangschritten.

»Sind wir da?« fragte Irena.

»Sie haben gesagt, ich soll Sie zum New Orleans Zoo bringen. Wir stehen jetzt vor dem New Orleans Zoo.«

Sie suchte nach dem passenden Geldschein.

»Wollen Sie nicht doch lieber zum French Quarter fahren?« fragte der Fahrer.

»Das kenne ich schon.«

»Wenn Sie einen Zoo besuchen wollen, Miss, warum sehen Sie sich dann nicht den Audubon Park an? Der ist größer, moderner und sauberer als der New Orleans Zoo.«

»Nein, danke«, sagte Irena. »Hier sind wir richtig.« Sie stieg aus.

Der Fahrer zuckte die Schultern, nahm den Fahrpreis entgegen und setzte sein Fahrzeug in Bewegung. Manche Touristen, sinnierte er, haben eine recht seltsame Vorstellung von den Zerstreuungen, die New Orleans zu bieten hat.

Irena hatte einen Dollar Eintritt entrichtet. Sie bekam ihr Ticket und passierte das rostige Eingangstor. Alsbald fühlte sie sich von der altmodischen Atmosphäre dieses Zoologischen Gartens gefangengenommen. Gewiß, die Gebäude wirkten nicht so sauber, so antiseptisch wie die Tierparks, die man heute errichtete. Aber sie hatten eine spröden Charme, der durch die Patina des Alters nur noch gesteigert wurde.

Es war kühler hier als in der City. Das lag an dem Baumbestand, der Schatten spendete, und an dem Buschwerk, mit dem die Wege und Tierhäuser besetzt waren. Erwartungsvoll, mit einer Erregung, die ihr selbst unerklärlich blieb, sog Irena den Geruch der Tiere, der sich in den Blütenduft der Beete mischte, in sich ein.

Die Besucher, die ihr auf den Wegen entgegenkamen, waren von anderer Art als jene, die sie auf der Bourbon Street erlebt hatte. Die mittleren Jahrgänge fehlten. Es gab ältere Leute, die auf herkömmliche Weise gekleidet gingen und ganz offensichtlich nicht von dem Zwang beherrscht wurden, alle Sehenswürdigkeiten von New Orleans, inklusive aller Tiere des New Orleans Zoo, binnen zwei Stunden abzuhaken.

Und es gab Kinder, die Irena auf der Bourbon Street vermißt

hatte. Eine Gruppe spanischsprechender Schülerinnen kam ihr entgegen, angeführt von vier Nonnen in Ordenstracht.

Irena hatte den Andenkenkiosk passiert, als sie den Mann und die Frau bemerkte. Die beiden waren schon älter. Sie trugen Schirmmützen.

Auffallend waren die Namen, die auf dem elastischen Kopfband eingestickt waren: *Deedee* und *Big Sam*. Als der Mann und die Frau an Irena vorbeikamen, lächelten sie ihr zu. Ein warmes, mitfühlendes Lächeln. Irena erwiderte die freundliche Geste. Dann war die seltsame Begegnung vorüber. Die beiden verloren sich zwischen einer Gruppe von Japanern. Irena setzte ihren Weg zur Abteilung der Primaten fort, wobei sie sich nach einem Schild mit entsprechender Aufschrift orientierte. Zügigen Schrittes ging sie an einem großen Käfig vorbei, in dem etwa zwanzig Affen auf dem abgenagten Geäst eines Kletterbaumes spielten. Als Herkunftsland der Tiere war Südamerika angegeben. Mit wachem Blick beobachteten sie die Vorübergehenden. Irena vermied es, die Gruppe anzusehen. Sie hatte Affen nie gemocht. Sie waren ihr zu menschenähnlich. Es war unangenehm, mit dieser Spezies konfrontiert zu werden. Ein einziges Mal hatte Irena eine längere Weile vor einem Affenkäfig zugebracht. Zu ihrer Bestürzung hatten die Tiere all jene Schwächen und Tricks demonstriert, die man auch bei den Menschen finden konnte. Es gab welche, die die anderen herumkommandierten, und es gab Feiglinge. Es gab Kriecher und Angeber. Und es gab Einzelgänger, auf denen die anderen unbarmherzig herumhackten. Affen waren wirklich wie Menschen.

Sie blieb stehen, als sie den Klang einer Stimme vernahm. Die Stimme kam aus einem Münzlautsprecher, in den eine Besucherfamilie gerade eine Münze eingeworfen hatte. Irena las das Schild: *Orang Utans*. Sie trat zu der Gruppe und lauschte.

»... Heute gibt es nur noch knapp dreitausend dieser verspielten, intelligenten Geschöpfe auf der Welt. Schuld ist der Mensch, der die Orang Utans ihres natürlichen Umfelds beraubt.«

Die Stimme gefiel ihr. Ein junger Sprecher offenbar. Wie der das sagte, das klang warmherzig, offen und ehrlich, Man gewann den Eindruck, daß diesem Mann am Wohle der Tiere gelegen war.

»*Dante* und *Josie*, die beiden Orang Utans, die Sie gerade betrachten, sind in Gefangenschaft geboren. Die Empfängnis war nur möglich durch künstliche Befruchtung. Orang Utans zeigen unter den Bedingungen der Gefangenschaft und unter dem Einfluß unserer Zivilisation wenig Neigung zu romantischen Gefühlen.«

Irena mußte lächeln.

»Der Zoo ist wie eine Arche Noah«, fuhr der Sprecher in seinen Erklärungen fort. »Wir sind bemüht, die bedrohten Arten zu erhalten.«

Es knackte. Die Lautsprecheransage, gesteuert durch den Münzautomaten, war zu Ende. Die beiden Affen applaudierten, was für einige Fröhlichkeit bei der Besucherfamilie sorgte. Irena nickte den Fremden zu, dann setzte sie ihren Weg fort, vorbei an einem Käfig mit Meerkatzen, die sie aus ihren hundeähnlichen Gesichtern musterten. Sie ließ diesen Käfig ebenso unbeachtet wie das Gehege der Schimpansen.

Von den Primaten gelangte man zu den Reptilien. Der Eingang zu den Reptilien war verglast; hinter der Schleuse schlug Irena feucht-schwüle Luft entgegen. Sie trat zu einer Gruppe, die sich vor einem der Schaukästen angesammelt hatte, und stellte sich auf die Zehenspitzen. Ein Python war zu sehen. Das Tier war etwa dreieinhalb Meter lang und so dick wie der Arm eines kräftigen Mannes. Mit bewundernswerter Geschmeidigkeit kroch es auf eine Ratte zu, die vor Angst gelähmt in der Ecke des Glaskastens kauerte. Als der Python die Kiefer aufklappte, um die Ratten zu verschlingen, wandten sich einige Zuschauer angewidert ab. Irena verfolgte das Schauspiel bis zum blutigen Ende. Sie sah, wie der Python seine Beute in aller Ruhe ins Maul nahm, einspeichelte und lebendig verschlang.

Nach dem Reptilienhaus teilte sich der Weg. Zur Linken waren die Bärenkäfige zu erkennen. Die Tiere standen auf den Hinterbeinen und vollführten alle möglichen Verrenkungen. Belohnt wurden sie für solche Anstrengungen mit Erdnüssen, die ihnen von den Besuchern zugeworfen wurden. Wie in anderen Tierparks, so waren auch im New Orleans Zoo die Bären die Lieblinge des Publikums.

Irena wählte den Pfad, der nach rechts abbog. Erst nachdem sie ein paar Meter weit gegangen war, wurde das Hinweisschild sichtbar: *Großkatzen*. Sie spürte, daß sie wegen der Großkatzen in den Zoo gekommen war, ohne daß sie für diese Entscheidung einen Grund hätte angeben können. Auslöser waren die Fernsehnachrichten gestern abend gewesen. Auslöser, aber kein logischer Grund. Es gab keinen Anlaß, die Großkatzen im New Orleans Zoo aufzusuchen, nachdem die bereits vorhandenen Tiere sicherlich ebenso aussahen wie der unplanmäßige Zuwachs, von dem die Reporterin berichtet hatte.

Zielstrebig ging sie auf die Käfige zu. Zuerst kamen die Löwen. Große Tiere mit wallender Mähne und bernsteinfarbenen Augen, deren Ausdruck nichts von dem erahnen ließ, was in diesen Köpfen vor sich ging. Ein älteres Männchen saß auf einen Felsvorsprung gekauert, deutlich höher als die anderen. Der Patriarch. Auf dem Boden des Käfigs ein junger Löwe, der rastlos hin und her ging. Im Dschungel würde der junge Löwe den alten beim ersten Anzeichen der Schwäche und des Alters herausfordern. Vier Löwinnen dösten am Rande des Wasserbeckens aus Beton. Es gab auch zwei Löwenjunge, die unter den wachsamen Blicken der Löwenmutter eine Art Ringkampf vollzogen, bei dem nichts erlaubt war, was Mutter nicht ausdrücklich zuließ.

Irena ging weiter, auf den Tigerkäfig zu. Es gab zwei Tiger, ein Männchen und ein Weibchen. Beide Tiere waren in einen Rundgang vertieft, der sich nach unerklärlichen Regeln vollzog. Als sie Irena erblickten, blieben sie stehen und betrachteten sie aufmerksam.

Irena trat näher. Ihre Erregung war gewachsen, je näher sie dem Käfig kam. Es war ein zutiefst sinnliches, ja sexuelles Erleben, das sie erfüllte. Je tiefer die Scham wurde, die sie empfand, um so süßer wurde die Befriedigung, die als Lohn und Höhepunkt winkte. Mit klopfendem Herzen stand sie vor dem Gitter. Schön und bedrohlich zugleich waren diese Tiere, wie fleischgewordene Gottheiten. Gebannt verfolgte sie das Muskelspiel der Schultern und Flanken.

»Ich grüße euch«, flüsterte sie und brachte ihren Mund zwischen die Käfigstangen. »Ich grüße euch, meine wunderschönen Freunde.«

Erwartungsvoll starrten die Tiger zu ihr hinüber. Sie war jetzt nur noch drei Armlängen von ihnen entfernt.

Mit geschärften Sinnen erlebte sie, was sie jetzt überkam. Noch nie, das spürte sie in den Tiefen ihres Fleisches, hatte sie so intensiv gelebt und geliebt wie heute. Zum ersten Mal in ihrem Leben empfand sie Glück. Zum ersten Mal kostete sie die Gewißheit aus, einer neuen Gattung anzugehören. Das Gefühl war groß und erhebend, wie ein Sieg über sich selbst.

Sie ließ die süßen Schauder abebben, ehe sie sich abwandte. Ihre Lippen waren trocken geworden, ihre Schenkel zitterten. Sie wischte sich den Schweiß von der Stirn und ging den ausgeschilderten Weg weiter. Vor einer Lücke im Buschwerk, das den Weg begrenzte, blieb sie stehen. Sie bog die dichtgewachsenen Zweige zur Seite und entdeckte einen Seitenpfad, der rechtwinklig vom Hauptweg abbog. Der Wind trug einen scharfen, nie erlebten Duft herüber, der sie erregte und zwang, in den Seitenpfad einzubiegen.

Sie war nur wenige Schritte auf dem teils überwucherten Pfad vorgedrungen, als sie an eine Kette gelangte, die zwischen zwei Metallpfosten gespannt war. An der Kette baumelte ein Schild. Sie las die Aufschrift:

ZUTRITT FÜR UNBEFUGTE UNTERSAGT!
TIER IN QUARANTÄNE!

Ohne auch nur einen Augenblick nachzudenken, schlüpfte sie unter der Kette hindurch. Der Pfad führte durch eine Baumgruppe, die den Blick nach vorn versperrte. Stimmen waren zu hören, Rufe, Schimpfen. Ein Mann fluchte, und eine Frau versuchte, ihn zu beruhigen. Im Hintergrund war das Knurren einer Großkatze zu vernehmen.

Irena bog einen Busch zur Seite. Dann sah sie den Käfig; er war nur noch zehn Meter von ihr entfernt. Der Pfad, auf dem sie gekommen war, ging jenseits des Käfigs weiter, an einer Baumgruppe vorbei, einen begrünten Hang hinauf, auf ein altes Backsteingebäude zu. Der Mann, den sie fluchen gehört hatte, hatte dem Käfig den Rücken gewandt. Er war unterwegs zu der Baumgruppe. Irena fiel sein steifer, unnatürlicher Gang auf. Die Frau, mit der er gestritten hatte, war beim Käfig zurückgeblieben. Sie hielt den Strahl eines Schlauchs auf den Boden des Käfigs gerichtet, wobei sie darauf achtete, daß das Tier keinen Spritzer abbekam.

Schließlich sah Irena, wie die Frau eine gefüllte Plastiktüte aufhob und dem Mann folgte. Der hatte inzwischen die Baumgruppe passiert und war soeben vor dem Backsteinhaus angekommen.

Irena wartete, bis auch die Frau im Haus verschwunden war. Dann erst verließ sie ihr Versteck und ging auf den Käfig zu.

Neuntes Kapitel

Das Verwaltungsgebäude des New Orleans Zoo lag im Schatten hoher Bäume verborgen, nur einen Steinwurf weit vom Quarantänekäfig entfernt, den Dr. Yates für den schwarzen Leoparden hatte aufstellen lassen. In diesem Augenblick war das Interesse des Zoodirektors allerdings nicht auf die Raubkatze, sondern auf eine Schlange gerichtet. Mit Hilfe einer chirurgischen Zange war er bemüht, dem Reptil den Häutungsprozeß zu erleichtern. Behutsam zupfte er an der Haut, die sich vom Rumpf der Schlange gelöst hatte. Eine einzige unvorsichtige Bewegung würde die empfindliche neue Haut, die unter der alten sichtbar wurde, durchstoßen und für das Tier den Tod bedeuten.

»Eine wunderbare Sache, nicht?« Dr. Yates' Frage war an einen älteren Herrn gerichtet, der mit verschränkten Armen hinter ihm stand. »Wenn diesen Burschen ihre alte Haut lästig wird, werfen sie sie einfach ab«, fuhr er fort. »Die neue Haut ist gleich darunter, jung und makellos. Eine Wiedergeburt, wenn man es recht bedenkt. Zu dumm, daß wir Menschen nicht auch unsere alte Schale abwerfen können, wenn sie uns nicht mehr gefällt.«

Bronte Judson war zu einem Stuhl gegangen. Er nahm Platz, ohne den Blick von der Zange zu nehmen, mit der Oliver seinem gefährlichen Schützling zu Leibe rückte. Trotz der Hitze trug Judson einen Anzug mit Weste, nicht zu vergessen die fest zugeknotete Krawatte über dem schneeweißen Hemd. Wenn man schon dem Verwaltungsrat des New Orleans Zoo präsidierte, dann hatte sich dies der Mitwelt auch äußerlich mitzuteilen.

»Vergessen wir einmal Ihre Schlange«, sagte er unvermittelt. »Was mir viel mehr Sorgen macht, ist der Leopard.«

Oliver hob ein Stückchen trockene Schlangenhaut hoch und legte es auf den Operationstisch. »Ich sehe das mit dem Leoparden nicht so problematisch«, widersprach er. »Sobald er aus der Quarantäne ist, besorgen wir ihm einen Platz in einem der Käfige. Ich bin ganz angetan von dem Zuwachs. Wenn man bedenkt, daß uns das Tier keinen Cent gekostet hat ... Natürlich ist es auch möglich, daß im letzten Moment jemand kommt und den Leoparden als sein Eigentum zurückfordert.«

»Und was machen wir, wenn sich das Tier als gefährlich erweist?«

Oliver legte die Zange aus der Hand und sah Bronte Judson an.

»Wie meinen Sie das, gefährlich? Natürlich ist der Bursche gefährlich! Alle Großkatzen stellen eine Gefahr dar.«

»Ich weiß, ich weiß«, sagte Judson. »Aber dieser Leopard ist anders als die übrigen. Ich habe ihn mir heute morgen mal aus der Nähe angesehen, und ich muß Ihnen sagen,ich habe es mit der Angst zu tun gekriegt, trotz der dicken Eisenstäbe. Ein merkwürdiges Tier. Mir ist so etwas noch nicht über den Weg gelaufen.«

»Das Tier verhält sich eigenartig«, gab Oliver zu. »So eigenartig, daß ich bereits Dr. Fritch verständigt habe. Er wird mit einem der nächsten Flüge nach New Orleans kommen und unseren Quarantänepatienten unter die Lupe nehmen.«

»Dr. Fritch, sagen Sie?«

Dr. Yates nickte.

»Aber der kommt doch aus San Francisco!« protestierte Judson. »Sind sie sich darüber klar, was uns das kostet?«

»Dieses Problem überlasse ich Ihnen«, sagte Oliver. »Sie sind zuständig für die Finanzen, ich für die Tiere.«

»Zum Teufel noch mal, Dr. Yates! Sie wissen doch, wie schwer es ist, bei der Stadt Geld für unseren Zoo lockerzumachen. Wenn es nach dem Stadtkämmerer von New Orleans ginge, dann gehört unser Zoo geschlossen, damit sie das ganze Geld dem Audubon-Park zustecken können. Wie soll ich dem wohl klarmachen, daß wir unbedingt Dr. Fritch aus San Franciso einfliegen mußten?«

»Warum müssen wir unbedingt unsere Karten offenlegen? Sie können die Ausgaben doch irgendwo anders verbuchen, damit die Flugrechnung nicht so ins Auge fällt.«

Judson schüttelte den Kopf. »Mein lieber Dr. Yates, Sie machen sich keine Vorstellung, was für Verwirrungen es gibt, wenn man die Ausgaben miteinander vermischt. Ganz abgesehen von der Revision, die über einen solchen Posten stolpern würde. Das geht hinein bis in die Politik. Der Stadtrat wartet doch nur darauf, uns etwas am Zeug zu flicken.«

»Ich will Ihnen mal was sagen. Wenn wir Dr. Fritch einfliegen lassen, dann kostet uns das viel weniger, als wir für den Kauf eines Leoparden ausgeben müßten.«

»Warum brauchen wir denn unbedingt einen schwarzen Leoparden? Wir sind bis jetzt doch ganz gut ohne ausgekommen.«

»Weil er nun einmal hier ist, mein lieber Judson«, antwortete Oliver geduldig. »Ob wir einen schwarzen Leoparden wollen oder nicht, wir haben bereits einen im Käfig. Wir sind verantwortlich für dieses Tier. Oder was hätten Sie für einen Vorschlag, was wir mit dem Burschen anfangen sollen?«

Bronte Judsons Blick war in die Ecke des Raumes gerichtet. »Wir könnten das Tier einschläfern.«

»Das Tier töten? Das ist doch nicht Ihr Ernst!«

Judson zwang sich, Oliver in die Augen zu sehen. »Doch! Es ist vielleicht die beste Lösung, wenn wir den Kerl einschläfern.«

»Vielleicht ist das eine Lösung für uns. Für den Leoparden sicher nicht.«

Ein sorgenvoller Zug erschien in Judsons Mundwinkeln. »Ich fürchte, Sie leiden unter dem Dr.-Doolittle-Komplex. Ich darf Sie daran erinnern, daß dies hier ein Zoo ist, kein Heim für herrenlose Tiere. Mehr noch, die Stadt erwartet von uns, daß wir Profit machen. Mein Gehalt und auch das Ihre werden vom Gewinn bezahlt, den der Zoo erwirtschaftet, nicht von städtischen Zuschüssen. Die Tiere in den Käfigen sind gewissermaßen unser Betriebskapital. Es hat wenig Sinn, wenn Sie sich bei Ihren Entscheidungen von Sympathie oder Mitleid leiten lassen.«

»Ich werde nicht zulassen, daß der Leopard eingeschläfert wird«, sagte Oliver fest. Er sagte es mit der Härte, die ihm zu Gebote stand.

»Können wir darüber nicht noch reden?«

»Nein, darüber diskutiere ich nicht. Wir haben es hier mit Tieren zu tun, nicht mit Fernsehgeräten oder Küchenmaschinen. Mit Lebewesen, Mr. Judson!« Er redete sich mehr und mehr in Rage. »Wir halten diese Tiere hier eingesperrt, auch den schwarzen Leoparden. Wir haben ihn nicht gefragt, ob er in unseren Käfig wollte. Wir haben ihn überlistet und hinter Schloß und Riegel gebracht. Und jetzt sind wir für sein Wohlergehen verantwortlich, ob wir wollen oder nicht. Diese Großkatze und die anderen wilden Tiere, die wir den Besuchern zeigen, die würden ja liebend gern im Dschungel hausen, wenn wir sie nur ließen. Aber das tun wir nicht. Wir zerstören das natürliche Umfeld, das sie brauchen, und stecken sie in unsere Käfige. Sie und ich, Mr. Judson, wir sind verantwortlich dafür, daß diese Tiere in der Gefangenschaft nicht mehr leiden als unbedingt nötig. Zugegeben, der Leopard, den wir da am Hals haben, führt sich anders auf, als man erwarten dürfte. Aber das gibt uns noch kein Recht, ihn einzuschläfern. Wir werden mit Hilfe von Dr. Fritch herausfinden, was dem Burschen fehlt, und dann Abhilfe schaffen.«

»Aber ich wollte doch nur sagen ...«

Oliver dachte nicht daran, den anderen zu Worte kommen zu lassen. »Was glauben Sie eigentlich, warum ich diese Arbeit hier mache? Etwa des Geldes wegen? Ich habe Angebote von vier amerikanischen Universitäten, außerdem von der Universität von Mexico City. In jeder der fünf Stellungen würde ich vom ersten Tage an doppelt soviel verdienen, wie ich hier bekomme. Ich werde Ihnen sagen, warum ich die Angebote nicht annehme. Ich hänge an dieser Bruchbude von Tierpark, weil die Tiere mich brauchen. Sie brauchen jemand, der für sie sorgt, jemand, der sie gern hat. Das ist *mein* Job, Mr. Judson. Dafür werde *ich* bezahlt.«

Mit resignierender Geste hob Judson die Hände. »Schon gut, Dr. Yates, ich habe verstanden. Sie haben sich klar genug ausgedrückt. Sie können Dr. Fritch aus Kalifornien einfliegen lassen, damit er sich Ihren Leoparden ansieht. Ich werde sehen, wo ich das Geld für die Flugkosten herbringe. Geld ist *mein* Job, um bei Ihren Worten zu bleiben.«

Oliver Yates musterte den Vorsitzenden des Verwaltungsrates mit breitem Grinsen. »Bronte«, knurrte er und plötzlich klang seine Stimme liebenswürdig und versöhnlich, »ich bin vielleicht der einzige Mensch in New Orleans, den Sie mit Ihrem Pokergesicht nicht täuschen können. Sie haben ein Herz, auch wenn Sie sich noch so Mühe geben, alle Regungen zu unterdrücken.«

Judson verzog keine Miene. »Darauf«, entgegnete er mit fester Stimme, »würde ich mich an Ihrer Stelle besser nicht verlassen. Sie haben mich überredet, das ist alles.«

Die Tür des Laboratoriums wurde mit solcher Heftigkeit aufgestoßen, daß die beiden Männer zusammenfuhren. Joe Creigh kam in den Raum gestolpert. Sein Gesicht war eine Maske des Ekels. Angewidert hielt er die Hände von sich gestreckt. T-Shirt und Jeans waren von einer breiigen Masse bedeckt. Ein säuerlicher Geruch begann sich im Raum auszubreiten.

»Was ist denn passiert?« erkundigte sich Oliver.

»Das verfluchte Biest hat mich vollgekotzt!«

»Der Leopard?«

»Natürlich. Wer sonst?«

»Aber was hattest du denn im Käfig zu suchen?«

»Der Hurensohn sah aus, als ob er schlief. Ich hab nur versucht, ihm die Vitaminpille in den Rachen zu stecken, und da hat er mich von oben bis unten vollgespien.«

»Ich habe dir doch ausdrücklich gesagt, daß ich ihm die Medikamente persönlich geben will«, stellte Oliver fest.

»Das können Sie von jetzt an auch tun«, gab der junge Mann zurück. »Ich lasse mich nicht mehr vollkotzen, das gehört nicht zu meinem Job.«

Judson hielt seine Nase bedeckt und räusperte sich. »Es ist vielleicht am besten, Creigh, wenn Sie sich erst einmal waschen und die Kleider wechseln.«

Oliver nickte. »Geh und nimm eine Dusche, Joe. Im Umkleideraum liegt ein frischer Overall im Schrankfach, den kannst zu nehmen.«

»Dieser verdammte Leopard . . .«

»Ich weiß«, unterbrach ihn Oliver. »Er hat dich vollgekotzt.«

Mit angewiderter Miene quittierte Creigh den versteckten Tadel. Dann schlurfte er hinaus.

Oliver wandte sich zu Judson. »Ich kann den Leoparden gut verstehen«, sagte er. »Manchmal verhalten sich Tiere wie Menschen.«

Die Tür ging auf, Alice Moore kam herein. Sie hielt eine zugeschnürte Plastiktüte in der Hand.

»Tag«, sagte sie und rümpfte die Nase. »Wie ich feststellen muß, war Joe schon hier.«

»Er ist zum Duschen gegangen. Wo warst du eigentlich, als die Sache passiert ist?«

»Ich hatte gerade eine Stuhlprobe aus dem Kot im Käfig entnommen. Ich . . . ich weiß auch nicht, was in Joe gefahren ist, daß er sich plötzlich als Tierarzt versucht.«

»Es war sicher das erste und das letzte Mal.«

»Das glaube ich auch.«

Oliver deutete auf die durchsichtige Plastiktüte in Alices Hand. »Was hast du da?«

»Etwas sehr Interessantes.« Sie hielt die Tüte gegen das Licht, so daß die Konturen des Inhalts besser zu erkennen waren. »Was würden Sie sagen, was das ist?«

Judson war näher getreten. Neugierig musterte er den Inhalt der Tüte. Auch Oliver trat ans Fenster, um das Objekt einer näheren Betrachtung zu unterziehen.

»Sieht aus wie ein angeknabbertes Stück Pizza«, sagte Judson.

Alice Moore strahlte ihn an. »Der Kandidat hat hundert Punkte«, verkündete sie. »Die erste Antwort, und schon ein Treffer.«

»Es ist vielleicht eine törichte Frage«, warf Oliver ein, »aber warum trägst du dieses angeknabberte Stück Pizza in einem Plastikbeutel durch die Gegend?«

»Weil diese Pizza zu dem Mageninhalt des Leoparden gehörte«, gab Alice zur Antwort.

Judson wich zurück.

»Du erzählst uns ja schöne Geschichten«, sagte Dr. Yates. Er nahm ihr den Beutel aus der Hand und wog ihn abschätzend in der Rechten. »Ein schwarzer Leopard, der Pizza frißt. Eine höchst seltene Spezies.«

»Könnte ihm jemand das Stück Pizza heute morgen im Zoo zu fressen gegeben haben?« fragte Judson.

»Unmöglich«, sagte Oliver. »Außer Joe, Alice und mir hat niemand Zugang zum Quarantänekäfig.«

»Aber wie ist der Leopard an die Pizza gekommen?«

»Wahrscheinlich hat er das Stück in irgendeiner Mülltonne aufgestöbert, bevor er sich dann in den Massagesalon verlief.«

»Warum ist er überhaupt in das Gebäude reingegangen?« fragte Alice. »Hungrig kann er nicht gewesen sein, dem Mageninhalt nach zu urteilen.«

»Vielleicht war er auf der Suche nach weiblicher Gesellschaft«, frotzelte Oliver. »Er muß gedacht haben, ein Massagesalon sei der richtige Ort, um sich die Einsamkeit zu vertreiben.«

»Ein höchst ungewöhnlicher Leopard«, stellte Alice fest.

»Gibt es schon Resultate von den Tests?«

»Die Laborproben sind alle negativ. Keine Ascariasis, keine Staupe, keine Encephalitis. Wenn man von seinen seltsamen Ausflügen in die Zivilisation und seiner Vorliebe für Pizza absieht, scheint das Tier gesund zu sein.«

Oliver nickte. »Ich habe sicherheitshalber Dr. Fritch gebeten, herzukommen und sich den Burschen einmal anzusehen.«

»Eine gute Idee«, bemerkte Alice.

»Ja, eine sehr gute Idee«, echote Judson ironisch.

»Der Herr Vorsitzende des Verwaltungsrates ist nicht sehr angetan von unserem neuen Haustier«, erklärte Oliver, zu Alice gewandt. »Aber ich bin sicher, er wird den kleinen Kerl mit der Zeit noch liebgewinnen.«

Judson war bereits auf dem Weg zur Tür. »Da täuschen Sie sich, Dr. Yates«, sagte er. »Ich verstehe nicht, was Sie an dem Tier finden, aber ich werde mein Wort halten. Ich werde jetzt zu den Stadtvätern gehen und diesen klarmachen, daß ein teurer Spezialist aus Kalifornien einfliegen muß, der Ihrem neuen Lieblingsspielzeug die Pfote hält und seine neurotischen Verhaltensweisen auslotet.«

»Ich frage mich, warum Sie diesen Job nicht selbst übernehmen«, pflaumte Oliver. Judson antwortete nicht. Er sandte Oliver einen strafenden Blick zu, dann war er fort.

Als die Tür ins Schloß gefallen war, ging Alice zu Oliver hinüber und kuschelte sich an ihn. »Der Zoo schließt gleich«, bemerkte sie. »Hast du heute abend noch irgendwas vor?«

»Ich will noch arbeiten«, sagte er. »Ich will die Laborproben vom Leoparden noch einmal genau anschauen. Vielleicht haben wir irgend etwas Wichtiges übersehen.«

»Soll ich dableiben und dir helfen?«

»Sehr nett von dir, aber du kannst bei der Sache herzlich wenig tun. Du würdest nur rumsitzen und deine Zeit vertrödeln.«

»Kommst du noch vorbei, wenn du fertig bist?«

»Kann sein.«

»Also dann. Bis später.«

»Wiedersehn, Alice.«

Sie verließ das Labor. Oliver schlenderte zur Labortheke hinüber, hob die Plastiktüte hoch und hielt sie gegen das Licht.

»Pizza«, murmelte er. »Merkwürdig. Äußerst merkwürdig.«

Zehntes Kapitel

Der Käfig war ein Rechteck von etwa 10 bis 12 m^2 mit Gitterstäben auf drei Seiten und einer massiven Stahlwandung auf der vierten. Es gab eine Art Pritsche aus Holz, auf der das Tier lagern konnte. 1,80 m lang, einen knappen Meter breit. Wie Irena fand, hatte das ganze Gebilde eine unselige Ähnlichkeit mit einer Gefängniszelle. Seit einer ganzen Weile schon betrachtete sie den schwarzen Leoparden, der sich in den äußersten Winkel des Käfigs geflüchtet hatte.

»Du armes Geschöpf«, sagte sie schließlich. »Du tust mir so leid.«

Das Tier war in Not. Es gab keine äußeren Anzeichen, die darauf hinwiesen. Aber Irena spürte auf geheimnisvolle Weise, daß es so war. Sie *wußte* es.

»Hast du Schmerzen?« fragte sie leise.

Der Leopard regte sich nicht.

»Ich weiß, was du fühlst«, fuhr sie fort. »Ich weiß es nur zu gut. Du bist ein Gefangener. Sie haben dich hinter Schloß und Riegel gebracht. Sie haben dir genommen, was dir am meisten bedeutet, die Freiheit.«

Die Großkatze hob den Kopf.

»Du bist ein wunderschönes Tier«, sagte Irena. »Ich schäme mich für die Menschen, die dich hier gefangenhalten.« Sie suchte den Blick der gelben Augen. »Ich wüßte nur zu gern, wo du zu Hause bist. Ich meine dein wirkliches Zuhause. Ich wette, du hast Heimweh.«

Sie machte einen Schritt auf den Käfig zu. Mit einem Satz war der Leopard auf den Beinen. Sie sah, wie sich die Muskeln unter dem schwarzglänzenden Fell spannten.

»Ich werde dir nicht wehtun«, versprach sie. »Glaube mir, ich werde nie etwas tun, was dir Leid bereitet. Du weißt, daß ich die Wahrheit sage.«

Der Leopard blinzelte.

»Zu mir hast du Vertrauen, nicht wahr? Und jetzt sag mir, ob dir irgend jemand hier im Zoo wehgetan hat. Sag mir, ob sie dich mißhandeln.«

Mit majestätischer Anmut drängte sich der Leopard an die Gitterstäbe, wo Irena stand.

»So ist es gut«, schmeichelte sie. »Komm zu mir. Ganz nah zu mir. Ich bin deine Freundin.«

Die Großkatze hatte das Gitter erreicht. Die Zunge glitt aus der Schnauze und schob sich über die glänzendschwarze Nase.

»Du bist wunderschön«, flüsterte Irena.

Sie setzte sich ins weiche Gras, nur ein paar Schritte vom Käfig entfernt, und zog ihren Skizzenblock hervor.

»Ich werde ein paar Zeichnungen von dir machen«, sagte sie. »Wie findest du die Idee? Wir beide werden uns unterhalten, und währenddessen mache ich Bilder von dir.«

Der Leopard machte eine Bewegung mit dem Kopf. Ein sanftes Knurren drang aus seiner Kehle. Es war keine Drohung, eher ein Gruß.

Irena lächelte. »Du freust dich, daß ich gekommen bin, stimmt's? Ich kann deine Gedanken lesen, weißt du?«

Stolz und ruhig blieb der Leopard sitzen, als wüßte er, daß er ihr Modell saß. Irena hatte ihren Bleistift aus der Tragetasche genommen, legte sich den Block auf die Knie und begann ihre Arbeit.

Sie machte eine ganze Reihe von Skizzen. Erst als es dunkel wurde, merkte sie, daß einige Stunden vergangen sein mußten.

Die Tore des New Orleans Zoo wurden jetzt wohl geschlossen. Irena war es recht so. Sie hatte nur noch Augen für das Tier, das im Käfig saß und sie anblickte. Wir sind allein auf der Welt, dachte sie. Der Leopard und ich.

Oliver hatte sich auf die Schreibtischkante gesetzt und ließ die Beine baumeln. Die Rasenflächen und Baumgruppen um das Verwaltungsgebäude waren im Dunkel des Abends versunken. Er war der einzige, der jetzt noch arbeitete. Wieder und wieder las er die Berichte und Analysen, die der Tierarzt aufgrund der Laborproben gefertigt hatte. Nein, es gab keinerlei Anzeichen, daß der schwarze Leopard an einer Krankheit litt. Zumindest in physischer Hinsicht war nichts festzustellen. Und doch stimmte etwas nicht mit diesem Tier.

Auffällig waren Größe und Gewicht. Der Leopard, ein ausgewachsenes Männchen, wog 110 Kilo, also 40 kg mehr als der Durchschnitt. Schulterhöhe, Brustkorb, Körperlänge, Fußspur – in allen Punkten übertraf dieses Exemplar die Norm. In den Berichten des Tierarztes fand sich kein Hinweis, der die Anomalie erklärt hätte. Vielleicht, so hoffte Dr. Yates, konnte das Rätsel durch Dr. Fritch bei einer neuerlichen Untersuchung gelöst werden.

Nach wie vor war es ein Geheimnis, wo das Tier überhaupt herkam. Gleich nach dem Abtransport des Leoparden aus dem Massagesalon hatte Dr. Yates seinen Kollegen im Audubon Tierpark angerufen. Nein, dort fehlte kein Leopard. Ebenso ergebnislos waren die Anrufe bei den Zirkussen und Tierschauen, die im näheren und weiteren Umkreis um New Orleans gastierten.

Wo also war die Großkatze hergekommen? Die Vorstellung, daß ein Privatmann in New Orleans in seinem Hinterhof klammheimlich dieses Prachtexemplar von Leopard hielt, war widersinnig, ja lächerlich. Und doch schien es keine andere Erklärung zu geben. Die Polizei hatte den Bestand an Großkatzen im Umkreis von fünfhundert Meilen überprüft. Kein Ausreißer. Und auch kein Hinweis, wo das Tier herkam. Nichts.

Je länger Oliver nachdachte, um so rätselhafter erschien ihm die ganze Angelegenheit. Selbst wenn man einmal unterstellte, daß es in New Orleans einen Geistesschwachen gab, der sich in aller Heimlichkeit eine Großkatze als Haustier hielt, und wenn man weiter unterstellte, daß dieser gestörte Mensch nach dem Vorfall im Massagesalon Angst hatte, sich als Eigentümer des Leoparden zu bekennen, blieb eine Frage ungeklärt. Wie konnte ein 110 Kilo schwerer Leopard unbemerkt die Bourbon Street entlangtapsen, durch eine Gegend, die an Fußgängerverkehr von keiner anderen Straße der Welt übertroffen wurde? Wie konnte der gleiche Leopard quer durch den ganzen Massagesalon bis ins Zimmer jenes Callgirls gehen, ohne daß ihn jemand sah? Sergeant Brant, mit dem Dr. Yates sich lange unterhalten hatte, wußte keine Lösung für diese Frage. Und Oliver Yates auch nicht.

Er schob seinen Stuhl vom Schreibtisch zurück und stand auf. Die Augen begannen zu schmerzen. Ich habe nicht viel Schlaf bekommen, seit der schwarze Leopard da ist, sinnierte er. Nicht mal für ein Nickerchen zwischendurch war Zeit gewesen. Dabei konnte er etwas Entspannung sehr gut gebrauchen. Ich hätte Alices Angebot doch annehmen sollen, schoß es ihm durch den Kopf. Sie hätte ihm beim Studium der Berichte Gesellschaft geleistet. Angenehme Gesellschaft, wie man zugeben mußte. Sie hätten dann irgendwo noch einen Drink oder zwei genommen, um die Gedanken an all die unerledigten Probleme zu verdrängen. Und nachher wären sie miteinander ins Bett gegangen.

Er mochte dieses Mädchen. Alice war eine tüchtige Kraft, eine echte Hilfe bei der Arbeit im Zoo. Und sie sah gut aus. Wunderschöner Körper. Es machte Spaß, mit Alice auszugehen. Und es war ein Genuß, mit Alice zu schlafen. Liebe zu ihr allerdings empfand Oliver nicht.

Er machte sich in der letzten Zeit sogar Sorgen, ob die Zuneigung, die sie ihm bekundete, nicht die Grenzen überschritt, die er sich selbst für diese Beziehung gesetzt hatte. Bei der Arbeit würde es sich mit Sicherheit störend auswirken, wenn sich aus dem Flirt eine Liebesgeschichte entwickelte. Nein, entschied er. Es war schon richtig gewesen, daß er sie heute gleich nach der Arbeit nach Hause geschickt hatte. Überhaupt, so nahm er sich vor, würde er darauf hinwirken, daß die Beziehung langsam abkühlte.

Er schreckte aus seinen Gedanken hoch, als er den Leoparden knurren hörte. Es klang nicht ärgerlich, eher wohlig-genüßlich. Seltsam, dachte er. Man wurde nicht schlau aus diesem Tier.

Wieder das Knurren. Er trat ans Fenster. Der Quarantänekäfig war von einer Baumgruppe verdeckt. Macht nichts, dachte er. Tut mir ganz gut, wenn ich ein paar Schritte mache.

Er verließ das Gebäude und ging den Hang hinunter, auf die Bäume zu. Der Käfig lag im Schatten verborgen. Oliver blieb stehen, als er ungewohnte Geräusche zu vernehmen glaubte. Aber er hatte sich wohl geirrt. Es war nie völlig ruhig im Tierpark, gerade nachts nicht. Die Tiere hatten ihre eigene Art, sich die Dinge mitzuteilen, die für sie wichtig waren.

Vorsichtig wand er sich zwischen den Büschen hindurch und fluchte, weil er keine Taschenlampe mitgebracht hatte. Zweige schlugen ihm ins Gesicht, ein paarmal stolperte er über Baumwurzeln, die es auf seine Fußspitzen und Gelenke abgesehen hatten.

Schließlich hatte er die Strecke bewältigt und trat auf die Lichtung hinaus, in deren Mitte der Quarantänekäfig postiert war. Was er sah, ließ ihm den Atem stillstehen.

Eine junge Frau stand vor dem Käfig, im Licht des Mondes. Ihre Brüste berührten das Gitter. Und wenn er es auf die Entfernung richtig deutete, dann hielt dieses wahnsinnige Geschöpf auch noch die Hand durch die Gitterstäbe.

Er bezwang seinen Impuls, ihr eine Warnung zuzurufen. Statt dessen eilte er, so geräuschlos wie er konnte, durch das hohe Gras auf den Käfig zu. Jedes laute Geräusch würde den Leoparden erschrecken. Je nachdem wie er auf die Störung reagierte, konnte das schlimme Folgen für die Frau haben.

Es war nicht das erste Mal, daß Unbefugte in den Zoo eindrangen. Eine ganze Reihe von Tieren waren von unbekannten Tätern, mutmaßlich Halbwüchsigen, übel zugerichtet worden. Einige Exemplare Rotwild waren mit Geschossen vom Kaliber 22 getötet worden. Wohl die gleichen Täter hatten einigen wehrlosen Bergziegen den Hals aufgeschlitzt. Oliver packte die Wut, wenn er an die Menschen dachte, die zu so etwas fähig waren. Wäre er ihrer habhaft geworden, er hätte sie kaltblütig zum Krüppel geschlagen.

Als er näher an den Quarantänekäfig kam, wurde ihm klar, daß diese Frau dem Leoparden nichts Böses antun wollte. Die beiden verstanden sich, als gingen sie seit Jahren miteinander um. Der schwarze Leopard gab sich sanft und duldsam wie eine Hauskatze. Er hielt den Kopf an die Gitterstäbe gepreßt, so daß die Frau ihn kraulen konnte.

Verstohlen trat Dr. Yates näher und vernahm, wie sie sich mit dem Tier unterhielt.

»Das gefällt dir, nicht wahr? Ich wußte, daß du das genießen würdest. Ich habe es nämlich auch gern, wenn man mir den Kopf krault. Mein armer Liebling, wie können die Menschen so grausam sein und dich hier gefangenhalten? Wenn ich könnte, würde ich das Gitter öffnen und dir die Freiheit schenken. Hast du es eigentlich schon gemerkt? Ich spüre etwas für dich, und du spürst etwas für mich. Es ist ein sehr besonderes Gefühl. Wir sind uns näher, als die meisten Menschen sich je sein werden.«

Einen Augenblick lang kam es Oliver so vor, als sei er Störenfried bei einem Stelldichein von Liebenden. Er verdrängte den Gedanken und schlich sich näher an das Mädchen heran. Nur nicht auf einen trockenen Ast treten. Ein einziges Geräusch konnte die Katze alarmieren und die mondbeschienene Szenerie in einen blutigen Alptraum verwandeln.

Oliver war jetzt nahe genug heran, daß er der Frau über die Schulter sehen konnte. Der Leopard hielt den Kopf gebeugt, die Frau massierte ihm die Stelle hinter den Ohren mit kräftigen Bewegungen ihrer Fingerspitzen.

Oliver setzte zum Sprung an und riß sie zur Seite. Er kam zu Fall und spürte, daß sie auf ihm zu liegen kam. Benommen vom Aufprall blieb er einige Sekunden liegen, ohne den Griff um ihre Hüften zu lockern. Sie hatte den Kopf gewandt, so daß er ihr Gesicht betrachten konnte. Sie war noch ein Mädchen. Eine Schönheit. Er fühlte ihren Herzschlag an seiner Brust, hielt sie an sich gepreßt, kostete den Reiz aus, den die Berührung ihrer Brustspitzen ihm vermittelte. Verlegen spürte er, wie sein Glied steif wurde.

Er hörte, wie das Mädchen nach Luft zu ringen begann. Hoffentlich beginnt sie nicht hysterisch loszuschreien, dachte er. »Bitte bleiben Sie ganz ruhig«, sagte er. »Ich bin der Direktor des Tierparks. Mein Name ist Dr. Yates. Sie brauchen keine Angst zu haben, daß Ihnen irgend etwas passiert.«

Nur der Atem des Mädchens war zu hören. Und das grollende Knurren des Leoparden, der mit der Pranke an die Gitterstäbe schlug.

»Müssen Sie mich so fest halten?« fragte sie.

Er gab sie frei. Zu seiner Erleichterung brach sie nicht in Tränen aus. Beide standen auf und reinigten sich von den Gras- und Laubresten, die an der Kleidung hingen. Ein Gefühl der Verlegenheit beschlich Oliver, ohne daß er in der Lage gewesen wäre, einen Grund dafür anzugeben.

»Was haben Sie hier zu suchen?« fuhr er sie an.

»Ich habe ein paar Skizzen von dem Leoparden gemacht«, sagte sie. »Ich bin Malerin.«

»Sie haben den Leoparden gezeichnet, sagen Sie?«

»So ist es.« Das Mädchen sah sich suchend um, bis sie ihren Skizzenblock im Gras entdeckt hatte. Sie hob ihn auf und reichte ihn Oliver. Der blätterte die Seiten durch. In der Tat kamen einige Zeichnungen zum Vorschein, mit den Umrissen eines Leoparden. Es gab Details vom Kopf, vom Rumpf und von den Gliedmaßen. Und es gab eine gelungene Zeichnung, die das ganze Tier zeigte. Oliver betrachtete die Blätter mit wachsendem Interesse. Auf einmal wurde ihm das Absurde der Situation bewußt.

»Sie sagen, Sie haben den Leoparden gezeichnet«, sagte er ärgerlich. »Ich habe gesehen, wie Sie Ihre Hand durch die Gitterstäbe gestreckt haben.«

»Das war, als ich mit dem Zeichnen fertig war. Ich habe mit dem Leoparden geschmust.«

»Ich glaube, ich höre nicht richtig! Sie haben mit meinem Leoparden geschmust?«

»Aber gewiß doch. Und das war auch sehr angebracht. Als ich zu zeichnen anfing, hab ich nämlich gleich gemerkt, daß der Leopard wegen irgend etwas wütend war. Es muß irgend etwas passiert sein, was ihn aus dem Gleichgewicht gebracht hat. Und dann hab ich natürlich auch gleich gesehen, daß er sich sehr einsam fühlt. Ich glaube, in diesem Zoo ist niemand, der für dieses Tier die nötige Liebe aufbringt.«

Oliver starrte das Mädchen an. »Wollen Sie mich auf den Arm nehmen?«

»Keineswegs. Mir ist es ernst, mit jedem Wort, das ich sage.«

»Aber ist Ihnen denn nicht klar, daß es sich um ein höchst gefährliches Raubtier handelt? Was dieses Exemplar angeht, so wissen wir bereits, daß es eine Frau angegriffen und schwer verletzt hat. Der Himmel weiß, was es sonst noch alles auf dem Kerbholz hat.«

»Unsinn. Das Tier braucht nur etwas Liebe. Das ist die Hauptsache, und alle Probleme lösen sich.«

»Das Tier braucht Liebe«, äffte er sie nach. »Das haben Sie natürlich sofort gerochen, nicht wahr?«

»So etwas spürt man«, sagte sie, ohne auf seinen Sarkasmus einzugehen. »Und wenn Sie der ... was sagten Sie noch, was Sie sind ...«

»Ich bin der Direktor des Tierparks.«

»Wenn Sie der Direktor des Tierparks sind, dann müßten Sie eigentlich auch ein Gespür dafür haben, was Tiere empfinden.«

»Das habe ich auch«, beschwichtigte sie Oliver. »Aber das geht nicht so weit, daß ich meinen Arm in den Käfig eines Raubtiers stecke. Wenn der Leopard zuschlägt, ist der Arm weg, mit Gespür oder ohne.«

»Es war nicht gefährlich, das versichere ich Ihnen«, sagte das Mädchen. Sie lächelte. Und Oliver Yates gefiel dieses Lächeln.

»Ich habe mich bereits vorgestellt«, bemerkte er. »Würden Sie mir jetzt vielleicht auch sagen, wer Sie sind?«

»Mein Name ist Irena Gallier.«

Oliver machte eine weitausholende Geste. »Willkommen im New Orleans Zoo, Miss Gallier. *Miss* ist doch richtig, oder?«

»*Miss* ist richtig.«

»Ich werde Sie gern durch den ganzen Zoo führen, nachdem Sie sich so für Tiere erwärmen. Aber ich schlage vor, daß wir dafür eine Tageszeit wählen, in der der Zoo für das Publikum geöffnet ist.«

»Ich weiß«, sagte sie leise. »Ich bin für Sie ein unerwünschter Eindringling. Es ist nur ... Ich habe völlig vergessen, daß es schon so spät war.«

Ihre Knie zitterten. Oliver sah, daß sie plötzlich blaß wurde. Er fing sie auf.

»Ist Ihnen nicht gut?«

»Ich ... Es ist nichts, danke. Mir war nur einen Moment schwindlig.«

Wie leicht, wie hilflos sie sich anfühlte. Zum zweiten Mal an diesem Abend hielt er sie in seinen Armen. Behutsam legte er ihr die Hand auf die Stirn.

»Sie haben Temperatur«, bemerkte er.

Sie lehnte sich an ihn und genoß das Gefühl, gehalten, beschützt zu werden. »Ihre Hand fühlt sich gut an. So kühl.« Wieder das Lächeln.

»Meinen Sie, daß Sie gehen können?«

»Ich denke schon. Wenn ich mich etwas auf Sie stützen kann.«

»Gern. Gehen wir zum Verwaltungsgebäude. Wir haben dort eine Erste-Hilfe-Station mit den wichtigsten Medikamenten.«

»Wirklich, ich brauche nichts«, sagte sie hastig. »Es wird mir gleich besser gehen. Es war nur der Schreck. Sie kamen so plötzlich ...«

»Ich bleibe bei meinem Vorschlag, daß wir zum Verwaltungsgebäude gehen, damit wir Sie verarzten können.«

»Aber ...«

»Habe ich Ihnen eigentlich schon gesagt, daß ich etwas von Medizin verstehe?«

»Sie sind Arzt?«

Er grinste. »Nicht einmal Tierarzt. Aber mein Doktortitel befähig mich immerhin, Ihnen ein Aspirin zu verabreichen.«

»Okay«, sagte sie schwach. »Sie sind der Boß, was Sie sagen, geschieht.«

Er schrak zusammen, als der Leopard hinter ihnen zu knurren begann. »Kommen Sie«, überspielte er die Situation.

Sie ließ sich führen. Wenig später waren sie im Verwaltungsgebäude angelangt. Er geleitete sie zur Erste-Hilfe-Station und redete ihr gut zu, sich auf der Liege niederzulassen, die dort stand. Er fand ein Tuch, hielt es unter das kalte Wasser, wrang es aus und legte es ihr auf die Stirn.

»Wirklich«, sagte sie, »ich möchte Ihnen keine Umstände machen.«

»Pst! Sie sind jetzt die Patientin. Wenn ich ein Thermometer finde, werden wir Ihre Temperatur messen. Nötigenfalls rufen wir einen Arzt.« Er grinste. »Einen richtigen.«

Er nahm ein Fläschen mit Tabletten vom Bord, schüttete sich zwei davon in die Hand und reichte ihr die Medizin, zusammen mit einem Glas Wasser.

»Ich würde sagen, nehmen Sie das erst einmal ein.«

»Ich halte nicht viel von Medikamenten.«

»Aber das ist doch nur Aspirin.«

»Ich brauche keine Aspirin. Es geht mir gut. Wirklich. Ich fühle mich pudelwohl.«

Irena nahm sich das nasse Tuch von der Stirn. Mit einer entschlossenen Bewegung setzte sie sich auf.

»Sehen Sie?« lächelte sie. »Wie neugeboren.«

Oliver betrachtete sie nachdenklich. »Vor ein paar Minuten wirkten Sie noch ziemlich angeschlagen.« Er trat zu ihr und legte ihr die Hand auf die Stirn. Jetzt fühlte sich die Haut auf einmal kühl an. Kühl, glatt, verlockend.

»Das verstehe ich nicht«, bemerkte er. »Als Sie in diesen Raum kamen, hatten Sie Temperatur. Jetzt ist die Temperatur weg.«

Sie lächelte. »Ich habe einen merkwürdigen Stoffwechsel. Die Ärzte sagen, ich zeige ganz andere klinische Reaktionen als der Durchschnitt.«

»Ein medizinisches Wunder«, frotzelte er.

»Ja«, sagte sie ernst. »So könnte man's nennen. Ich hab übrigens was gegen Ärzte. Wie gut, daß Sie kein richtiger Arzt sind.«

»Ich bin Wissenschaftler und Forscher«, verteidigte er sich. »Sie sprechen mit einem ausgewachsenen Doktor der Zoologie.«

»Nicht ganz so schlimm wie ein richtiger Doktor.«

»Nett, wie Sie das sagen.«

»Sind Sie mir noch böse?«

»Eigentlich sollte ich das«, schmunzelte er. »Aber Sie machen es mir sehr schwer. Ganz im Ernst, Sie sollten sich nicht so leichtsinnig in Gefahr begeben.« Er betrachtete sie prüfend. »Sie nehmen also kein Aspirin, egal wie sich Ihr Stoffwechsel gerade aufführt.«

»Nein.«

»Kann ich Ihnen sonst irgend etwas bringen? Etwas zur Stärkung vielleicht?«

Sie ließ den Blick über die verglasten Schränke schweifen. »Ich fürchte, hier wird nichts Eßbares aufbewahrt.« Sie zögerte. »Ich habe nämlich auf einmal einen furchtbaren Hunger.«

»Ich weiß nicht, ob Ihnen die Art der Speisen gefällt, die wir hier im Tierpark zu bieten haben. Was halten Sie von einem Auflauf aus Mehlwürmern und Heuschrecken?«

Sie verzog das Gesicht zu einer Grimasse.

»Oder von gehacktem Pferdefleisch?«

»Igitt.«

»Ich mache Ihnen einen anderen Vorschlag. Wir gehen zusammen abendessen. Ich bin nämlich genauso hungrig wie Sie.«

»Mit Vergnügen.«

Oliver war überrascht von ihrer Antwort. Er hatte einige schüchterne Ausflüchte erwartet, die Art von Ausreden, die ein junges Mädchen gebrauchte, bevor sie nach langem Hin und Her die berühmte erste Einladung zum Essen annahm. Dieses Mädchen hatte nicht nur einen rätselhaften Stoffwechsel, sie reagierte auch im psychologischen Bereich anders als der Durchschnitt.

»Sehr schön«, sagte er. »Nicht weit von hier ist ein Steak House. Ganz ordentliche Küche, ich habe dort schon einige Male gegessen.«

»Wenn es geht, würde ich lieber kein Fleisch essen«, sagte sie.

»Also gut.« Er musterte sie aus den Augenwinkeln. Hoffentlich bin ich nicht auf eine Gesundheitsfanatikerin gestoßen, dachte er. Ein verspätetes Blumenkind, das hat mir gerade noch gefehlt. Sie wird mir zum Auftakt in den Ohren hängen mit abenteuerlichen Theorien von Geburt ohne Narkose. Und den Rest des Abends wird sie von der Rettung der Wale und von den Gefahren der Atommeiler faseln.

»Mögen Sie Fisch?« fragte er. »Oder Meeresfrüchte?«

»Mein Leibgericht«, sagte sie.

»Sehr schön.« Er war bemüht, sich seine Erleichterung nicht anmerken zu lassen. »Dann sind wir in der richtigen Stadt. Es gibt in New Orleans mindestens soviel Fischrestaurants wie Dixieland-Bands. Gehen wir.«

Sie verließen den Tierpark. Oliver wählte einen Weg, der in gehöriger Entfernung vom schwarzen Leoparden verlief.

Elftes Kapitel

Das ›Little Napoleon Fish House‹ in der Toulouse Street gehörte zu jenen Restaurants, die nicht in den Touristenführern von New Orleans verzeichnet waren. Die Leitung legte wenig Wert auf Ausstattung und das, was die vornehmeren Wettbewerber als *Ambiente* zu verkaufen pflegten. Trotzdem, oder vielleicht gerade deshalb, war die Gaststätte bei Einheimischen wie Fremden gleichermaßen beliebt. Wer gut essen, aber nicht zuviel Geld ausgeben wollte, kam hier auf seine Kosten. Er mußte nur auf jene Äußerlichkeiten verzichten, die den Preis der Gastlichkeit anderswo in die Höhe trieben.

Mitten im ›Little Napoleon Fish House‹, dies war der Clou des Hauses, gab es eine Austernbar, an der die Gäste von einem stämmigen, stets wohlgelaunten farbigen Barkeeper bedient wurden. Der Mann, ein rechtes Original, servierte freilich keine Drinks. Seine Spezialität war das blitzschnelle Knacken der Austernschalen vor den Gästen. Man deutete auf ein Dutzend Austern, und wenige Augenblicke später bekam man die Delikatesse, geöffnet, kühl und appetitlich zugereicht. Oliver gefiel die hemdsärmlige Atmosphäre, die hier herrschte; deshalb hatte er das ›Little Napoleon Fish House‹ für sein Essen mit Irena Gallier ausgewählt. Die weißgescheuerten Tische waren spärlich beleuchtet, wohl damit man nicht sah, wie einfach, ja schäbig alles war. Das Restaurant verzichtete auf Hintergrundmusik, es gab nicht einmal einen Musikautomaten, wie er in den anderen Gaststätten zum Standard gehörte. Aber brauchte man noch Musik, wenn doch durch die offene Tür die Dixielandklänge aus der Bourbon Street herüberschallten?

Oliver und Irena hatten an einem der kleinen Tische Platz genommen, sie saßen einander gegenüber. Mit zufriedenem Lächeln sah er ihr zu, wie sie ihre Austern in die Soße tauchte und zum Munde führte.

»Mache ich irgendwas falsch?« fragte sie.

»Warum meinen Sie?«

»Weil sie mich so komisch ansehen. Es könnte ja sein, daß ich die Austern nicht so esse, wie es sich gehört.«

Olivers Lachen kam frisch und ungekünstelt. »Ich weiß auch nicht so genau, wie man die Dinger ißt. Hauptsache, es schmeckt. Ich freue mich nur, daß Sie so einen herzhaften Appetit haben. Zuerst, als ich Sie da vor dem Käfig stehen sah, hatte ich gedacht, mit der stimmt was nicht.«

Sie schürzte die Lippen. »Da haben Sie ins Schwarze getroffen. Ich habe Sie ja gewarnt. Mein Stoffwechsel bewegt sich außerhalb jeder Norm.«

»Damit können wir leben. Der Rest von Ihnen ist, soweit ich das ohne Hautkontakt beurteilen kann, ganz in Ordnung.«

Der Schimmer eines verführerischen Lächelns glomm in ihren Augen. »Sie werden doch nicht etwa mit mir zu flirten beginnen, Herr Zoodirektor?«

»Nur ein bißchen. Ich lege sozusagen die Fundamente für das Haus, an dem wir dann zusammen weiterbauen werden.«

Irena betrachtete ihn prüfend. »Sie sehen übrigens gar nicht aus wie ein Zoodirektor.«

»Aha. Und wie sieht ein Zoodirektor aus, wenn ich fragen darf?«

»Vor allem älter. Ein Zoodirektor hat graues Haar, das sich bereits etwas lichtet. Brille mit dünner Metallfassung. Er geht leicht gebeugt, von der Last der Verantwortung. Karierter Blazer mit Ledereckеn auf den Ellenbogen.«

»Mit dieser Art von Blazer kann ich dienen.«

»Sie sehen trotzdem nicht wie ein Zoodirektor aus.«

»Für was würden Sie mich denn halten, wenn Sie meinen Beruf nicht schon wüßten?«

Irena legte den Kopf auf die Seite. »Ich weiß nicht recht. Für den Mannschaftstrainer an einer Universität zum Beispiel. Rennfahrer. Oder Bergsteiger. Das sind so Berufe, die zu Ihnen passen.«

»Das klingt alles sehr hochfliegend«, widersprach er. »Ich bin und bleibe der Leiter des New Orleans Zoo, und ich möchte auch gar nichts anderes sein.«

Er sah auf. Der Kellner war an den Tisch getreten. Er stellte zwei Platten mit gegrilltem Fisch auf den Tisch. »Zweimal Pompano«, sagte er. »Heute morgen frisch gefangen im Bretonsund.«

»Einen Augenblick noch«, sagte Oliver. Er wandte sich zu Irena. »Was trinken wir? Es gibt hier einen recht guten Chablis. Zwei kleine Karaffen Chablis?«

»Wenn es Ihnen nichts ausmacht, hätte ich lieber ein Glas kalte Milch.«

»Aber gern.« Er gab dem Kellner ein Zeichen. »Also ein Glas kalte Milch und eine kleine Karaffe Chablis.«

»Was Alkohol angeht, kann ich nicht mithalten«, sagte sie, als der Kellner fort war. Es klang wie eine Entschuldigung. »Ich mag lieber alkoholfreie Sachen.«

»Schade«, bemerkte Oliver. »Mein Plan war, Sie betrunken zu machen. Wenn Sie dann völlig enthemmt sind, hätte ich mich über Sie hergemacht.«

»Jetzt verstehe ich auch, warum Sie mir zuerst Austern bestellt haben. Ich sollte Durst bekommen.«

Er zuckte die Schultern. »Leider hat es nicht geklappt. Aber ich würde sagen, es war den Versuch wert.«

Irena nahm einen Bissen vom Fisch, führte ihn zum Mund und schloß verzückt die Augen. »Köstlich! Ich *liebe* Fisch.«

Er mußte lächeln. Ehe er seinen Kommentar abgeben konnte, erschien der Kellner mit den Getränken. Irena und Oliver prosteten sich zu, sie mit dem Milchglas in der Hand, er mit dem Weinglas.

»Warum erzählen Sie mir jetzt nicht haargenau, was ein Zoodirektor alles zu tun hat?« sagte sie.

»Interessiert Sie das wirklich?« wunderte er sich.

»Ganz brennend.«

»Meine Arbeit im Tierpark spielt in die Tiermedizin hinein. Sie sollten vielleicht wissen, das hat mit der Ausbildung eines Doktors der Zoologie nur unmittelbar zu tun. Ich bin, wie gesagt, kein Tierarzt, aber in der Praxis obliegt mir die medizinische Betreuung der Tiere. Dann betreibe ich Forschung, das nimmt sogar einen großen Teil meiner Zeit in Anspruch. Und schließlich sind da die Verwaltungsaufgaben. Ich bin derjenige, der Tiere kauft und verkauft. Manchmal, wenn wir einen Zuschuß von der Regierung oder Zuwendungen von privater Seite erhalten, gehe ich sogar auf Expedition.«

»In den Dschungel?«

»Manchmal auch in den Dschungel, ja. Es kommt auf die Art der Tiere an, die wir fangen wollen.«

»Das finde ich fürchterlich aufregend. Ich wußte doch, daß Sie sich nicht mit einem bürokratischen Posten begnügen.«

»Ihr Wunsch in Gottes Ohr, aber die Bürokratie gehört dazu.« Er wurde nachdenklich. »Wissen Sie, die meisten Expeditionen, die ich unternehme, führen in den Dschungel der Verwaltung. Ich habe mich mit den Stadtvätern herumzuschlagen, mit dem Stadtkämmerer, mit dem Vorsitzenden des Verwaltungsrates, mit dem Finanzamt, mit Stiftungen und privaten Geldgebern. In der Stadtverwaltung von New Orleans ist man der Ansicht, die Stadt brauchte keine zwei Tierparks, Audubon genüge. Ganz unter uns gesagt, es ist etwas Wahres dran an einer solchen Sicht der Dinge.«

»Wie lange sind Sie denn schon in diesem Beruf?«

»Seit ich vom College abging. Warten Sie mal, zehn Jahre ist das jetzt her. Angefangen hat alles eigentlich schon früher, als Kind. Ich habe Tiere immer sehr gern gehabt. Jahre hindurch waren Tiere meine liebsten Spielgefährten, nicht die anderen Kinder. Genaugenommen ist das heute noch so. Ich widme den Tieren mehr Zeit als den Menschen.«

»Ich liebe Tiere ebenso wie Sie«, sagte sie ernst. »Tiere lügen nicht.«

»Zumindest habe ich noch keinen Affen dabei ertappt, wie er ohne Führerschein Auto fuhr.« Sie lachten beide.

»Ich finde, ich habe jetzt genug über Oliver Yates erzählt«, stellte er fest. »Jetzt sind Sie dran. Aus welcher Gegend sind Sie gebürtig? Was bringt Sie nach New Orleans? Und warum stecken Sie meinem Leopard Ihre zarte Hand in den Rachen?«

»Welche Frage möchten Sie zuerst beantwortet haben?«

»Sie können sich's aussuchen.«

»Dann sage ich Ihnen erst einmal, was ich in New Orleans mache. Ich bin auf Arbeitssuche. Ich hatte gehofft, mein Bruder Paul würde mir behilflich sein, einen Job zu finden. Aber er hat keine Zeit für mich. Vor zwei Tagen hat er mich am Flugplatz abgeholt, und dann haben wir zusammen zu Abend gegessen. Seitdem habe ich ihn nicht mehr zu sprechen bekommen. Jetzt vertreibe ich mir die Zeit und hoffe, daß Paul bald wieder auftaucht.«

»Was für einen Job suchen Sie?«

»Vielleicht angewandte Grafik. Arbeit in einer Werbeagentur zum Beispiel. Das würde meiner Ausbildung entsprechen. Aber ich bin nicht festgelegt auf Grafik. Ich würde auch jede andere Arbeit annehmen, damit ich erst einmal Geld verdiene. Später kann ich dann immer noch zu meinem Fach überwechseln.«

»Jede andere Arbeit?«

»Ein Job, wo ich mit Kindern zu tun habe, zum Beispiel. Ich verstehe mich gut mit Kindern. Als ich noch bei meinen Pflegeeltern lebte, habe ich auf die Kinder aufgepaßt.«

»Sie sind bei Pflegeeltern aufgewachsen?«

Irena senkte den Blick. »Ja. Ich ... ich habe meine leiblichen Eltern nie kennengelernt.«

»Das tut mir leid. Sprechen wir von etwas anderem. Ich komme mir vor, als stocherte ich in Sachen herum, die mich wirklich nichts angehen. Entschuldigen Sie bitte.«

»Nichts zu entschuldigen«, gab Irena zurück. »Es macht mir nichts aus, darüber zu reden. Ein Verhaltenstherapeut, den ich einmal konsultierte, hat mir sogar gesagt, es sei gut, wenn ich darüber rede.« Sie hielt inne, als müsse sie Mut holen für das, was jetzt kam. »Als ich vier Jahre alt war«, fuhr sie fort, »wurde meine Mutter von meinem Vater erschossen. Mein Vater hat sich nach der Tat selbst gerichtet. Ein anderer Mann soll im Spiel gewesen sein, sein Verhältnis mit Mutter war wohl das Motiv für die Tat.«

Oliver faßte ihre Hand und drückte sie. »Sie armes Kind. Es tut mir so leid für Sie, was damals passiert ist.«

Irena schüttelte den Kopf, als wolle sie das Erlebnis ungeschehen machen. »Die Sache liegt lange zurück. Siebzehn Jahre, um exakt zu sein. Ich selbst erinnere mich nicht an die Tat, obwohl die Polizei herausgefunden hat, daß ich Augenzeuge gewesen sein muß. Wahrscheinlich habe ich die fürchterlichen Sekunden, als Vater auf Mutter schoß, aus meinem Gedächtnis verdrängt. Ich bin ganz froh, daß es so ist. Trotzdem – manchmal frage ich mich, was das für Menschen waren, mein Vater und meine Mutter. Aus den Fotos, die ich von ihnen habe, läßt sich nicht viel rekonstruieren. Man erkennt nur, daß beide sehr gut aussahen. Ein Traum von einem Paar. Das sagen auch die Leute, die meine Eltern kannten.«

»Es wundert mich keinen Augenblick, daß Ihre Eltern gut aussahen«, bemerkte Oliver. »Die Tochter, die vor mir sitzt, ist der Beweis.«

»Sie vergessen meinen Bruder.«

»Der sich nicht um Sie zu kümmern scheint. Ich mache Ihnen einen Vorschlag. Bis Sie eine Stellung finden, die Ihrer Ausbildung entspricht, können Sie im Tierpark arbeiten.«

Irena strahlte. »Das wäre wunderbar! Den ganzen Tag mit Tieren zusammensein, das würde ich sogar ohne Bezahlung tun. Aber ich habe leider keinerlei Vorbildung für eine solche Tätigkeit. Ich glaube kaum, daß ich Ihnen eine große Hilfe sein würde.«

»Für den Job, an den ich denke,« sagte Oliver, »brauchen Sie keine Vorbildung. Sie müssen ganz einfach ein einnehmendes Wesen haben und charmant lächeln können. Ich glaube, diese beiden Voraussetzungen können wir Ihnen bei einiger Großzügigkeit zubilligen.«

»Danke, Sir.«

»Damit Sie die Sache lebend überstehen, werde ich Sie nicht zu den Raubtieren in den Käfig stecken. Sie sollen im Geschäft mithelfen, in dem die Andenken verkauft werden. Eines der Mädchen, die dort arbeiten, hat aufgehört. Sie würden als Aushilfe einspringen, bis wir eine Vertretung für dauernd haben.«

»Klingt verlockend. Meinen Sie wirklich, daß Sie das möglich machen können?«

Oliver erstarrte in der Pose des Charmeurs alter Schule. »Ich habe so meine Verbindungen, mein Kind. Ich kann viel für Sie tun, wenn wir uns gut verstehen.«

Sie mußten beide lachen.

»Das Schlimme ist, daß Sie das nicht nur spielen«, frotzelte sie. »Sie sind fähig und ziehen an allen Drähten, bis ich Ihr willenloses Geschöpf bin.«

Er rief den Kellner und bat um die Rechnung.

Er sah ihr zu, wie sie ihr Glas Milch austrank. Auf ihrer Oberlippe blieb ein weißer Rand zurück, den sie mit der Zunge wegleckte.

Er bezahlte. Dann geleitete er sie hinaus, zum Parkplatz des Restaurants, und öffnete ihr die Beifahrertür des kleinen Lkw, mit dem sie gekommen waren. Dann ging er um das Führerhaus herum und setzte sich hinter das Steuer.

»Nehmen wir noch einen Drink bei mir zu Hause?« schlug er vor.

»Gleich beim ersten Treffen?« Irena schmunzelte. »Ich glaube, Sie überschätzen das Aphrodisiakum Austern.«

»Ist das ein Nein?«

Sie ergriff zärtlich seinen Arm. »Ich bin sehr müde, Oliver. Wirklich.«

»Aber aufgeschoben ist nicht aufgehoben?« Es kam als Frage.

»Wenn Sie wollen, nehmen wir den Drink ein andermal«, stimmte sie zu.

»Gern.« Er ließ den Motor aufheulen. »Wo darf ich Sie hinbringen?«

Sie sagte ihm, wo sie wohnte. Das Gespräch während der Fahrt durch das nächtliche New Orleans drehte sich um alltägliche Dinge. Es war ein gutes Gefühl, neben diesem Mann zu sitzen und gefahren zu werden, fand Irena. Und Oliver spürte, daß er diesem Mädchen nicht gleichgültig war. Wieder und wieder glitt sein Blick zu ihr hinüber.

»Wir sind gleich da«, verkündete sie. »Dort vorn, das Haus mit den dunklen Fenstern.«

Er brachte den Wagen zum Stehen. Erstaunt betrachtete er die düstere Backsteinfassade und den unwirtlichen Gitterzaun.

»Hier wohnen Sie, Irena?«

»Sagen wir, mein Bruder wohnt hier. Ich bin nur bei ihm zu Gast, bis ich eine eigene Wohnung gefunden habe.«

»Es sieht irgendwie finster aus«, sagte Oliver. »Finster und abstoßend.«

Sie seufzte. »Man sagt, jedes Haus spiegelt den Charakter der Menschen wider, die in ihm wohnen.«

»Da jetzt auch Sie in diesem Haus leben, wird es nicht lange dauern, bis sich der Charakter der übrigen Bewohner aufhellt.«

»Sie sagen so nette Dinge über mich.« In einer plötzlichen Eingebung lehnte sich Irena zu ihm hinüber und gab ihm einen Kuß auf die Wange. Er umfing sie mit seinen Armen, zog sie an sich und küßte sie auf den Mund. Nach kurzem Widerstand überließ sie ihm ihre Lippen. Ihr Körper wurde weich. Wieder spürte er ihre Brustspitzen durch das Tuch ihrer Bluse. Sein Verlangen nach dieser Frau begann übermächtig zu werden. Enttäuschung durchflutete ihn, als sie sich von ihm freimachte und die Türklinke niederdrückte.

»Ich muß jetzt schlafengehen.«

»Sind Sie mir böse?«

»Nein. Es ist nur ... Es ist schon sehr spät.«

Er griff über sie hinweg, um sie am Verlassen des Führerhauses zu hindern. »Sagen Sie mir erst, ob ich etwas falsch gemacht habe.«

»Das ist es ja«, sagte sie ernst. »Sie haben alles richtig gemacht.«

»Ich verstehe nicht, was Sie damit sagen wollen.«

»Nichts. Bitte lassen Sie mich jetzt gehen.«

Er gab die Tür frei. Sie öffnete den Türflügel, blieb aber sitzen.

»Sind Sie mir wirklich nicht böse?« fragte er.

Sie schenkte ihm das zauberhafte Lächeln, das er an ihr liebte. »Unsinn. Ich bin sehr glücklich über den Abend, den wir gemeinsam verbracht haben. Gutes Essen, ein gutes Gespräch, ein gutes Gegenüber. Ich habe heute abend sogar einen Job gefunden. Wenn das Angebot noch gilt.«

»Das Angebot gilt«, sagte er. »Ich erwarte Sie um zehn im Zoo.«

Unvermittelt riß sie ihn an sich und küßte ihn. Es geschah mit einer Leidenschaft, auf die er nicht vorbereitet war.

»Bis morgen um zehn, Oliver«, flüsterte sie. »Ich werde pünktlich sein.« Sie sprang auf den Bürgersteig hinab. Er sah ihr nach, wie sie auf das düstere alte Haus zueilte.

Oliver wartete, bis er den Türschlüssel klirren hörte. Er sah, wie sich die schwere Tür öffnete. Mit langem Nachhall fiel sie wieder ins Schloß.

Er startete den Wagen und blieb eine Minute oder zwei mit laufendem Motor sitzen. »Irena Gallier«, murmelte er. Eine Frau, die es in sich hatte. Es hatte ihr Spaß gemacht, mit dem Feuer zu spielen. Aber bei alldem wußte sie, was sie wollte. Was sie *nicht* wollte, war, sich schon am ersten Abend hinzugeben.

Ein besonderes Mädchen. Schön wie die Nacht, und verführerisch wie eine Nixe. Vielleicht war sie die Frau, nach der er immer gesucht hatte.

Der Diskjockey im Autoradio hatte eine alte Platte von den Beach Boys aufgelegt. Dr. Oliver Yates, Direktor des New Orleans Zoo, summte die Melodie mit. Erst als die Platte zu Ende war, legte er den Gang ein.

Zwölftes Kapitel

Schon am Morgen war es heiß. Heiß und drückend. Die Wetterlage war nicht ungewöhnlich für New Orleans, auch wenn von dieser Tatsache in den Broschüren des Verkehrsbüros mit keinem Wort die Rede war. Die Schwüle, die seit Wochen über der Stadt lag, schien den Tieren ebenso zuzusetzen wie den Menschen. Besonders gut beobachten ließ sich das im Tierpark. Vögel und Rotwild, die sich sonst schon am frühen Morgen überaus lebendig zeigten, gaben sich lustlos und verschlafen. Ohne Anteilnahme betrachteten sie die Besucher, die im Schleichtempo über die Wege wandelten. Viele waren es nicht. Die meisten hatten es vorgezogen, in der Kühle des klimatisierten Hotelzimmers zu bleiben.

Es gab einige wenige Tiere, die von der Hitze in keiner Weise beeinträchtigt schienen. Zu ihnen gehörte der schwarze Leopard in seinem Quarantänekäfig. Rastlos durchmaß er den engen Raum zwischen den Gitterstäben, den Blick auf die drei Menschen gerichtet, die vor dem Käfig standen.

Oliver Yates hielt eine feste Unterlage auf dem linken Arm, auf welcher ein Block mit Aufzeichnungen festgeklemmt war. Position für Position las er eine Liste vor, die minutiös die Fütterungsmengen und Fütterungszeiten für den Leoparden angab. Aufmerksame Zuhörerin war Alice Moore. Deutlich weniger interessiert gab sich Joe Creigh, der Tierpfleger. Er stand ein paar Schritte entfernt an einen Baum gelehnt, die Hände in den Taschen, eine Zigarette lose im Mundwinkel.

»Das Tier ist jetzt so weit stabilisiert, daß wir auf das normale Fütterungsschema umstellen können«, führte Oliver aus. »Also jeweils ein Fastentag, ein Tag mit leichter Nahrung, dann fünf Tage normales Futter, in regelmäßiger Folge. Wichtig ist, daß die ausgewogene Mischung des Futters beibehalten wird. Nun, darüber habe ich dir eingangs ja schon das Grundsätzliche gesagt. Aber wiederholen wir es ruhig noch mal. Die beste Zusammenstellung ist Muskelfleisch und Eingeweide ...«

»... und hin und wieder eine tüchtige Portion Knochen«, nahm Alice Moore den Faden auf. »Die Vitaminration nicht zu vergessen.« Sie sah zu dem Leoparden hinüber, der an der Breitseite des Käfigs stehen geblieben war. »Ich könnte mir vorstellen, daß ihn der regelmäßige Fütterungsrhythmus und die richtige Zusammensetzung der Nahrung wieder ins Lot bringen.«

»Das halte ich für ein Gerücht«, bemerkte Joe. Es war das erste Mal seit Beginn der Belehrung, daß er sich ins Gespräch einschaltete. Er sprach, ohne die Zigarette aus dem Mundwinkel zu nehmen. »Dieser Leopard ist durch und durch bösartig und wird es ewig bleiben.«

»Wenn ein Tier bösartig wird, dann nie ohne Grund. Und immer ist dieser Grund ein Mensch. Jemand, der dieses Tier grundfalsch behandelt hat.«

Joe schwieg. Er hatte die Zigarette aus dem Mund genommen und betrachtete angelegentlich das angefeuchtete Mundstück.

»Was dich angeht, Joe, so brauche ich ja wohl nicht zu wiederholen, daß ich dich nicht mehr im Käfig sehen will.«

»Ich kann mich bremsen«, sagte Joe.

Oliver Yates zuckte die Schultern und versuchte, seinen Ärger zu überspielen. »Im Umgang mit Tieren stehst du noch ganz am Anfang, Joe. Und was diesen Leoparden angeht, so glaube ich kaum, daß ihr beide je Freundschaft schließen werdet.«

»Ich sehe wenig Grund, mit diesem Kotzbrocken Freundschaft zu schließen«, bemerkte Joe. »Das Schwein hat mir mein T-Shirt und meine Jeans ruiniert.«

»Ich werde sehen, ob der Zoo die Kosten für die Reinigung übernimmt«, versprach Dr. Yates. »Jedenfalls möchte ich, daß du dich von dem Leoparden fernhältst. Ist das klar?«

»Ich habe gute Ohren«, sagte Joe eingeschnappt. »Sie brauchen mir nicht alles zweimal zu sagen.«

Oliver sandte ihm einen nachdenklichen Blick zu. Dann wandte er sich an Alice. Mit einem Griff in die Tasche seines Jacketts brachte er einen Plastikbeutel hervor. Er öffnete den Reißverschluß und deutete auf den Inhalt, eine tote Ratte, die er zu Beginn des Dienstes aus dem Schrank für Tiefkühlfutter entnommen hatte.

»Ich habe einen Leckerbissen für unseren schwarzen Freund mitgebracht. Sie können ihm das geben, wenn Sie Punkte sammeln wollen, Alice. Ein Schuß Protein kann nie schaden.«

Sie übernahm den Beutel und betrachtete die Ratte mit einer Mischung aus Befremden und Heiterkeit. »Ein Leckerbissen, sagst du.« Sie kniff die Augen zusammen. »Im ersten Augenblick habe ich gedacht, das Geschenk wäre für mich bestimmt.«

»Was nicht ist, kann noch werden«, versprach Oliver. »Wenn du recht lieb bist, will ich schauen, ob ich für dich ein zweites Exemplar abzweige.«

Er hatte gezögert, bevor er den Satz beendete. Seine Augen waren auf das Verwaltungsgebäude gerichtet.

Alice folgte seinem Blick. Ein dunkelhaariges Mädchen stand dort. Schlank sah sie aus. Und frisch, als könne ihr die drückende Schwüle nichts anhaben.

»Wir sehn uns nachher noch«, sagte Oliver Yates. Er nickte Alice und Joe zu. Dann setzte er sich in Richtung auf das dunkelhaarige Mädchen in Bewegung.

Alice starrte ihm nach, sie hielt ihre Augen mit der Hand beschattet.

»Hast du eine Ahnung, wer das Mädchen ist, Joe?«

»Hab sie noch nie im Zoo gesehen. Vielleicht eine Neuerwerbung für die Abteilung Primaten.«

»Sehr witzig.« Sie nahm die Ratte aus dem Plastikbeutel. Im Unterschied zu Joe, der angesichts von Blut oder Eingeweiden die Nase rümpfte, war ihr kein Ekel anzumerken. »Hier, mein Kätzchen, ein Happen zwischendurch.« Sie warf die Ratte durch die Gitterstäbe. Der Leopard fing den Bissen mit einem Schwung seines Kopfes auf. Alice sah, daß die Schnauze der Ratte zur einen Seite aus dem mächtigen Gebiß hervorschaute. Auf der anderen Seite war der fadenartige Schwanz zu sehen. Eine Sekunde später war der Bissen von den Kiefern zermalmt.

Ein unziemliches Glücksgefühl durchströmte Oliver, als er auf das dunkelhaarige Mädchen zuging. Er zwang sich, seinen Schritt zu mäßigen. Es wäre von Nachteil, wenn sie ihm seine Eile anmerkte. Schließlich war offen, was aus der ganzen Sache werden würde. Sie hatten sich erst ein einziges Mal gesprochen. Der Abend war, wenn man die Dinge aus der Sicht eines Mannes betrachtete, nicht eben erfolgreich verlaufen.

»Ich freue mich, daß Sie Wort gehalten haben«, begrüßte er sie.

»Was ich verspreche, das halte ich.«

»Immer?«

Sie lächelte kokett. »Meistens.«

»Da habe ich ja Glück gehabt«, lachte er. »Also gut. Dann werde ich Sie jetzt zum Kiosk begleiten und mit den anderen bekannt machen.«

»Ich würde erst noch gern ...« Sie verstummte.

»Bitte, was würden Sie gern?«

»Den schwarzen Leoparden besuchen.«

»Ihnen ist viel gelegen an diesem Tier, stimmt's?«

Sie nickte.

»Der Käfig wird gerade saubergemacht«, erklärte er. »Es ist besser, wenn Sie Ihren Liebling später besuchen.«

»Okay, Boß«, lächelte Irena.

Er nahm sie am Arm und führte sie an den Gehegen und am Haupteingang vorbei. Es war eine lange Strecke Wegs, und Irena nutzte die Gelegenheit, um eine Reihe von Fragen zu stellen, die Dr. Yates wegen ihrer Praxisbezogenheit in Erstaunen versetzten. Irena hatte, wie es schien, ganz ähnliche Ansichten, was Schutz und Pflege bedrohter Tierarten anging. Und sie war, wenn nicht sachkundig, so doch wissensdurstig in einer Weise, die ihn an einem so hübschen Mädchen beeindruckte.

Sie waren am Andenkenladen angekommen. Oliver öffnete seiner Begleiterin die Tür. Sie traten ein. Wo sonst reger Betrieb herrschte, empfing sie an diesem Morgen gähnende Leere. Eine mütterlich wirkende Frau kam hinter der Registrierkasse hervor und ihnen entgegen.

»Guten Morgen, Mrs. Deever«, begrüßte sie Dr. Yates. »Ich möchte Ihnen die Hilfe vorstellen, von der ich sprach. Irena, das ist Mrs. Deever, sie leitet den Laden.«

»Es wäre gut, wenn Sie die Tätigkeit hier nicht nur als Job für ein paar Tage ansehen, Irena. Bisher habe ich mit meinen Mädchen nicht viel Glück gehabt. Eintagsfliegen, eine wie die andere. Kaum, daß sie den Job hatten, haben sie geheiratet.« Sie musterte Irena prüfend. »Sie haben doch nicht etwa vor, sich kurzfristig zu verheiraten, oder?«

»Nicht daß ich wüßte«, sagte Irena und sah zu Oliver hinüber. Der senkte den Blick wie ein Schuljunge, den man beim verbotenen Stelldichein ertappt hat.

Es gab eine ganze Reihe von Dingen, die Dr. Yates sich für diesen Morgen vorgenommen hatte. Aber er verdrängte den Gedanken an die dringenden Erledigungen und blieb im Andenkenladen, während Mrs. Deever ihre neue Hilfe einwies. Sie erklärte die Preisfestsetzung, zeigte Irena das Lager, füllte mit ihr ein paar Bestellungen für fehlende Artikel aus und weihte sie in die Geheimnisse der Registrierkasse ein. Oliver heuchelte Interesse für all die Schmucktassen und Aschenbecher, die den Namen des New Orleans Zoo in alle Wohnstuben Amerikas trugen, sah gerührt zu, wie sich Irena für die ausgestopften Tiere und die Keramiknachbildungen bestimmter Arten begeisterte. Ihr Gesicht wurde ernst und gespannt, als sie die steinerne Nachbildung eines Leoparden entdeckte. Oliver sah, wie sie dem Tier den Kopf streichelte. Was sie der Statue zuflüsterte, vermochte er nicht zu verstehen, so leise hatte sie gesprochen.

Alice Moore hatte die Stuhlproben des Leoparden eingesammelt. Es war nicht die Art von Arbeit, die ihr besonderen Spaß machte. In der letzten Zeit war das Interesse rapide abgeflacht. Und daran hatte, wie Alice zu wissen meinte, Oliver schuld. Ihre Beziehung war kühler und kühler geworden.

Als sie Joe Creigh neben sich gähnen hörte, fuhr sie aus ihren Gedanken hoch. »Du kannst jetzt den Käfig mit dem Wasserstrahl ausspritzen, aber paß auf, daß der Leopard keine Dusche abkriegt. Gib ihm Zeit, daß er sich zur Seite drücken kann, dann läuft alles wie am Schnürchen.«

»Ich kenne meinen Job besser, als du denkst«, gab Joe zurück.

»Und bleib um Himmels willen aus dem Käfig raus, hast du verstanden?«

»Das ist heute schon das zweite Mal, daß ich dieses Lied höre«, sagte Joe gelangweilt.

Alice hob die Schultern. Dann ging sie davon, auf die Baumgruppe zu. Wenig später war ihr Kleid hinter den dichtbelaubten Zweigen verschwunden. Joe hatte dem Mädchen nachgeschaut, solange noch ein Farbklecks von ihr zu sehen war. Was immer man von dem Gesicht der Kleinen halten mochte, der Hintern war vorzüglich, fand er. Es war schön zuzusehen, wie sich die Fältchen des Stoffes beim Gehen kreuz und quer legten. Trug wahrscheinlich nicht einmal einen Slip, dieses Flittchen. Ob Herr Zoodirektor Dr. Oliver Yates von diesem Kraftgericht bereits genascht hatte? Wahrscheinlich hatte er das. Die Vorstellung, wie Alice und Oliver zusammen ins Bett gingen, erhöhte Joes Appetit auf den ihm vorenthaltenen Genuß ins Maßlose. Er war entschlossen, sich das Mädchen einmal vorzunehmen, sobald sich die Gelegenheit bot. Wahrscheinlich war es am günstigsten, wenn er sie unter irgendeinem Vorwand in einen abgelegenen Teil des Tierparks lockte. Es würde ihr nichts nützen, wenn sie sich wehrte. Niemand würde ihre Schreie hören. Im schlimmsten Falle gab es Mittel und Wege, das kleine Luder endgültig zum Schweigen zu bringen.

Er fühlte seinen Schwanz steif werden und ließ die Hand in die Tasche gleiten, um die Erregung mit sachkundiger Geduld zum Höhepunkt zu führen. Er hörte sein Herz klopfen, als sein Samen in die Unterhose spritzte. Wie man die Dinge auch drehte und wendete, an einer ebenso klaren wie deprimierenden Erkenntnis kam man nicht vorbei. Ich habe in der letzten Zeit nicht mehr genügend Weiber vor die Flinte bekommen, dachte er. Nicht einmal die Mädchen in den billigen Bars schienen ihn zu mögen. Und das waren immerhin Dirnen, die sonst mit jedem in die Falle stiegen, der ihnen einen Schein in den Ausschnitt schob. Wahrscheinlich lag es an dem Tiergestank, den er von der Arbeit im Zoo mitbrachte, daß die Frauen ihn so abstoßend fanden.

Er verstellte die Spitze der Schlauchmündung und richtete den kräftiger werdenden Wasserstrahl auf den Boden des Leopardenkäfigs. Das Tier hielt sich in die Ecke gedrückt. Angstvoll beobachtete es, wie der Wasserstrahl sich aufstaute und über den Boden wälzte.

»Du sitzt im gemachten Nest, du schwarzes Scheusal«, schimpfte Joe. »Du wirst gefüttert und verwöhnt, du kriegst den Käfig saubergemacht und du brauchst keine Minute am Tag zu arbeiten.«

Er hob die Schlauchspitze an. Die Fontäne des aufkommenden Strahls kroch auf den Leoparden zu.

»Ich bin sicher, die suchen dir noch ein Leopardenweibchen, wo du deinen schwarzen Schwanz reinstecken kannst.« Ein Grinsen entstellte seine Züge. »Ich würde sagen, du hast es zu gut. Aber dem läßt sich abhelfen.« Er ließ den Schlauch hochzucken, so daß die Pfoten des Tieres überspült wurden.

Die Reaktion der Katze war ein markerschütterndes Brüllen. Joe taumelte erschrocken zurück. Der Leopard hatte eine Pranke erhoben und ließ ein Fauchen hören. Die messerscharfen Krallen, sonst eingerollt, waren jetzt deutlich zu erkennen.

»Du wirst noch lernen, daß man mich nicht anbrüllt«, sagte Joe haßerfüllt. Wie ein Peitschenschlag schnitt der Strahl durch das volle Haarkleid auf der Bust des Tieres.

Mit einem Satz schnellte der Leopard an den Stäben hoch, hinter denen sich Joe Creigh in Sicherheit wußte. Aus seinen Augen leuchtete abgrundtiefe Wut.

»Du magst kein Wasser, wie? Nun, es tut mir in der Seele leid, aber du wirst dich daran gewöhnen müssen. Mit Joe Creigh gibt es reichlich Wasser, und zwar direkt aufs Maul!«

Er drehte die Öffnung auf und richtete den Strahl mitten auf die Schnauze des Tieres. Vergeblich versuchte der Leopard, dem Wasser auszuweichen. Wenn er zur Seite sprang, führte Joe Creigh den Strahl nach. Es bereitete ihm Vergnügen, die Bewegungen des Tieres vorauszuberechnen.

»Du wirst es wagen, mich noch mal vollzukotzen! Meinst du, ich habe Angst vor deinen Krallen? Von jetzt ab wirst du den Schwanz einkneifen, wenn Joe Creigh kommt.«

Vor Angst brüllend versuchte das Tier, dem Wasserstrahl auszuweichen. Joe Creigh gab kein Pardon. Er hatte bis zum Anschlag aufgedreht, hielt den harten Strahl auf den Leoparden gerichtet und setzte die mitleidlose Marter auch dann noch fort, als die mächtige Katze sich in den hintersten Winkel des Käfigs kauerte und jedes äußere Zeichen des Widerstands aufgab.

Im Andenkenshop hatte Mrs. Deever ihren Rundgang mit Irena beendet. Jetzt gab es für Oliver keinen Vorwand mehr, mit dem er sein weiteres Verweilen hätte motivieren können.

»Ich werde mich dann zurück zur Verwaltung begeben«, verkündete er, einigermaßen verlegen.

Irena geleitete ihn zur Tür. »Ich möchte Ihnen noch einmal sagen, wie dankbar ich Ihnen bin, daß Sie mir diesen Job besorgt haben. Sie sind so gut zu mir.«

Oliver Yates winkte ab. »Von einem gutbezahlten Job kann man bei der Sache ja wohl nicht sprechen. Ich hoffe trotzdem, daß Ihnen die Arbeit Spaß macht.«

»Für mich ist das Wichtigste, daß ich in der Nähe von Tieren sein kann.«

Aus der Richtung der Raubtierkäfige drang ein qualvolles Heulen herüber. Irena fuhr zusammen.

Oliver lächelte. »So hört sich das an, wenn die Burschen ihre Stimmbänder ausprobieren.«

Sie schüttelte den Kopf. »Das war der Leopard. Er hat Angst, fürchterliche Angst.«

»Jetzt sagen Sie bloß, Sie können die Katzen schon an der Stimme unterscheiden.«

»Der Leopard braucht Hilfe«, sagte sie. »Ich sehe nach.«

Es war an der Zeit, sich durchzusetzen, fand Oliver. »Ihre Arbeit spielt sich hier im Andenkengeschäft ab, Irena«, sagte er. »Die Tiere lassen Sie meine Sorge sein!«

Er machte sich auf den Weg, aber ihr Blick verfolgte ihn. Er wandte sich um.

»Dem Leoparden ist etwas zugestoßen«, stammelte sie.

»Ich werde sofort gehen und nachsehen«, versprach er.

»Bitte tun Sie das. Und dann kommen Sie und sagen mir Bescheid, was los war, ja?«

»Also gut.«

Ein Besucherpaar mit zwei aufgeregten Kindern betrat den Laden.

»Kundschaft für Sie«, rief Oliver. »Ich komme nachher vorbei, ich verspreche es Ihnen.«

Sie sah ihm nach, wie er in Richtung Quarantänekäfig davoneilte. Erst als Mrs. Deever mißbilligend hüstelte, wandte sie sich der Kundschaft zu.

Dreizehntes Kapitel

Er hatte sich von hinten genähert, so daß er ihn auf frischer Tat erwischte. Immer noch hielt Joe Creigh den Wasserstrahl auf den Kopf des Leoparden gerichtet. Olivers erster Gedanke beim Anblick der Szene war, den Mann zu erwürgen. Er überwand den Impuls, den ihm die Wut und die Erbitterung über das Schicksal des wehrlosen Tieres eingaben. Wortlos drehte er das Wasser ab.

Joe Creigh fuhr herum. Oliver verkniff sich die Strafpredigt. Er beschränkte sich auf die Weisung, daß Joe sich am nächsten Tag Punkt zwölf in der Verwaltung einzufinden habe. Es war klar, was das bedeutete: die Entlassung. Hätte Yates die Kündigung in der Erregung des Augenblicks ausgesprochen, so hätte er sich nachher, wenn die Wut abgeflaut war, vielleicht Vorwürfe gemacht. Wichtige Entscheidungen, das gehörte zu seiner Philosophie, durften nicht aus der Laune des Augenblicks heraus getroffen werden.

Jetzt saß Dr. Yates, Direktor des New Orleans Zoo, in seinem Büro und wartete. Die Uhr zeigte bereits eins, und von Joe Creigh war immer noch nichts zu sehen. Ich hätte ihn doch sofort feuern sollen, dachte er. Sein Blick fiel auf ein gerahmtes Plakat, das eine Löwenherde inmitten der endlosen Weiten Afrikas zeigte. Tiere brauchen Freiheit, ging es ihm durch den Kopf. Mindestens soviel Freiheit wie die Menschen. Ein bitteres Lächeln spielte um seinen Mund. Wenn man bei der Lebensweise der Menschen noch von Freiheit sprechen konnte.

Der Zeiger der Uhr war auf fünf nach eins gerückt, als sich die Tür öffnete. Joe Creigh trat ein. Er war unrasiert. Eine Dunstwolke aus Schweiß und Fusel verbreitete sich, kaum daß er die Tür hinter sich geschlossen hatte.

»Sie wollten mich sprechen«, begann er unsicher.

»Du bist wieder betrunken«, stellte Oliver fest.

»Das bin ich nicht«, widersprach Joe. Er wich dem Blick seines Vorgesetzten aus.

»Deine Besäufnisse allein würden genügen, um die Entlassung auszusprechen«, sagte Oliver. »Aber ich habe dich nicht herbestellt, weil du trinkst, sondern weil du keinerlei Verantwortungsgefühl bei der Arbeit zeigst. Was du dir gestern mit dem Leoparden geleistet hast, reicht mir. Du bist gefeuert!«

»Wieso eigentlich?« brachte Joe hervor. »Ich habe doch nur den Käfig ausgespritzt, wie angewiesen. Was kann ich dazu, wenn das Schwein von Leopard in den Strahl springt und ein paar Tropfen Wasser abbekommt?«

»Du lügst, Joe! Ich habe gesehen, was los war. Du hast den Strahl mit Absicht auf den Kopf der Katze gerichtet, um sie zu quälen.«

»Und wenn schon! Schließlich hat mich das Biest vollgekotzt.«

»Du weißt, daß du daran selbst schuld bist. Wir haben das Thema bereits abgehandelt, ich möchte das jetzt nicht wieder aufrollen. Du holst deine Siebensachen aus dem Umkleideraum und verläßt den Zoo. Geld wird dir noch bis Ende der Woche ausbezahlt. Ich werde dafür sorgen, daß es auf deinem Konto landet. Aber laß dich hier nicht wieder sehen! Und vergiß nicht die Schlüssel abzugeben, bevor zu verschwindest.«

Creighs Gesicht war vor Wut rot angelaufen. »Ich scheiße auf Sie und Ihren ganzen Zoo«, schrie er los. »Es gibt genug Jobs, wo ich mehr bezahlt bekomme als in dieser Irrenanstalt.«

»Raus jetzt!« herrschte ihn Oliver an.

Joe Creigh trat einen Schritt auf ihn zu. »Ich gehe, wann *ich* will. Wir sind noch nicht fertig miteinander, Herr Zoodirektor. Ich habe noch einiges auf dem Herzen, was Sie sich gefälligst anhören werden.«

Oliver Yates war aufgesprungen. Seine Hände waren zu Fäusten geballt. Er ertappte sich bei der Hoffnung, der andere möge angreifen und ihm so den Vorwand liefern, zuzuschlagen. »Ich werde mir deinen Schwachsinn nicht weiter anhören«, sagte er eisig. »Raus!«

Unschlüssig musterte Creigh das Gesicht des Mannes, der ihm jetzt Auge in Auge gegenüberstand. Plötzlich wandte er sich ab. »Sie können mir gestohlen bleiben, Mr. Yates! Sie und Ihre verdammten Tiere!« Er machte auf dem Absatz kehrt und schlurfte hinaus.

Oliver blieb in der Mitte des Raumes stehen und dachte nach.

Nur langsam wich die Spannung. Er empfand Enttäuschung und Leere. Was für eine Genugtuung wäre es gewesen, Joe Creigh die Nase zu zerschlagen. Er hatte die Gelegenheit ungenutzt vorübergehen lassen. Jetzt oder schon vorher, bei der Einstellung dieses Mannes, hatte er etwas falsch gemacht. Der Vorwurf, den Alice vor kurzem formuliert hatte, kam ihm ins Gedächtnis. Vielleicht hatte Alice recht. Er kümmerte sich wirklich zu viel um Tiere und zu wenig um Menschen.

Der Umkleideraum für die Angestellten des Tierparks lag im Kellergeschoß des Verwaltungsgebäudes. Joe Creighs erste Reaktion beim wohlvertrauten Anblick der grüngestrichenen Spindtür war ein Faustschlag, den er auf der metallenen Türwandung landete. Befriedigt betrachtete er die Beule, die sein Schlag im Schrank hinterlassen hatte. Seine Knöchel bluteten, er leckte die Tropfen ab. Dann sah er sich suchend im Raum um. Er stellte fest, daß er allein war.

»Wenn du wüßtest, was für einen Gefallen du mir mit der Kündigung getan hast, Yates«, knurrte er. »Hast du etwa gedacht, ich bin geil darauf, mein ganzes Leben in deinem Zoo zu schuften?«

Er ergriff den Schlüsselbund, der an einer Kette an seinem Gürtel hing, suchte den Schrankschlüssel heraus und schloß auf. Die Wodkaflasche stand noch dort, wo er sie bei Dienstbeginn hingestellt hatte. Sie war halbleer.

Er nahm sie heraus und schwenkte sie mit spöttischer Geste in die Richtung, wo er das Büro des Zooleiters vermutete. »Auf dein Wohl, Klugscheißer Yates. Ich wünsch dir, daß du bald verreckst.« Er führte die Flasche an den Mund und trank in hastigen Zügen. Das Manöver endete in einem Hustenanfall, als ihm ein Mundvoll der Flüssigkeit in die Speiseröhre geriet.

Als sich der Hustenreiz wieder gelegt hatte, schraubte Joe die Flasche zu und versuchte, sie in seiner Gesäßtasche zu verstauen. Er tat es mit denkbar wenig Geschick, so daß die Flasche auf den Estrichboden fiel und zerbrach.

»Verdammte Scheiße!« fluchte er. »Dieser Leopard bringt mir nichts als Unglück.« Erbost stieß er nach den Glasscherben, die in der Woldkalache zu seinen Füßen lagen.

Nach einer Weile wich die Wut. Ein Ausdruck von Heimtücke und Verschlagenheit war in seine Augen getreten. Die Gedanken waren verworren, vom Alkohol umnebelt. Und doch mündete der Strudel in einem Plan, den Creigh mit der Skrupellosigkeit des Trinkers auszuführen gedachte. Er war gefeuert. Sehr schön. Dann konnte ihm ja nichts mehr passieren. Er war vogelfrei, konnte tun und lassen, was er wollte. Welch eine Gelegenheit, dem verhaßten Leoparden einen Denkzettel zu verpassen.

Mit unsicheren Schritten wanderte er zur äußersten Ecke des Umkleideraums. In dem Stahlschrank neben der Tür, das wußte er, wurden die Gewehre verwahrt. Die Waffen waren für den Katastrophenfall bestimmt. Wenn Feuer ausbrach oder wenn der Tierpark von irgendeinem anderen Unglück heimgesucht wurde, würden sie zum Einsatz kommen. Die Versuchung, sich eines dieser Gewehre zu bemächtigen, war verlockend. Aber die Hindernisse waren übermächtig. Der Klugscheißer von Direktor hielt die Schlüssel zum Waffenschrank in seiner Hosentasche verwahrt. Den Stahlschrank aufzubrechen würde Zeit und Arbeit kosten. Er konnte entdeckt werden, was den ganzen Plan torpedieren würde. Nein, es gab einen einfacheren Weg, die Rechnung mit dem Leoparden zu begleichen.

Er ging zum Geräteschrank hinüber, öffnete ihn mit einem der Schlüssel, die an seinem Hosenbund baumelten und begann, in den Fächern zu wühlen. Netze und Seile kamen zum Vorschein; Fallen, Schlingen und Fußfesseln, die beim Einfangen der Tiere und bei Transporten von Zoo zu Zoo benutzt wurden. Ganz auf dem Boden des Schrankes fand er den Stachelstock, nach dem er gesucht hatte.

Das Ding sah aus wie ein überlanger Billardstock, mit dem Unterschied, daß die dünne Spitze aus Kupfer und der Handgriff aus Gummi bestand. Das dicke Ende war mit einer Lederschlinge versehen.

Joe schraubte den hohlen Griff auf. Zu seiner Befriedigung erwiesen sich die Batterien als vollständig. Hoffentlich hatten sie sich im Laufe der Monate nicht entladen. Seit Klugscheißer Yates im Zoo das Sagen hatte, war der elektrische Stachelstock nicht mehr zum Einsatz gekommen. Weisung des Meisters. Tieren, die dem Pfleger die Jeans vollkotzten, durfte kein Haar gekrümmt werden. Joe Creigh spuckte aus und grinste. Er schraubte den Griff wieder zu, nahm den Stock in die Hand, trat einen Schritt zurück und näherte die Spitze des Geräts dem Scharnier des Vorhängeschlosses, das aus der Schrankreihe hervorragte. Dann drückte er auf den Knopf, der die Spannung freigab. Befriedigt sah er, wie ein bläulicher Funken von der Spitze des Stachelstocks zum Scharnier übersprang.

Er mußte laut lachen. »Yeah«, grölte er. »Ich habe eine Überraschung für dich, du Kotzbrocken. Du wirst an Joe Creigh denken, solange du lebst.«

Es gelang ihm, das Gebäude unerkannt zu verlassen. Sein Ziel war die Baumgruppe mit der Lichtung, wo der Quarantänekäfig stand. Mit dem Stachelstock in beiden Händen pirschte er sich vorwärts. Ein Prickeln kroch ihm über den Rücken. Warum war ihm das nicht schon früher eingefallen? Mit diesem herrlichen Instrument konnte man alle möglichen Tiere quälen, nicht nur den Leoparden. Obwohl, der Leopard war sicher das Tier, das die Strafe am meisten verdiente. Schließlich war er es gewesen, der Joe Creigh um seinen Job gebracht hatte. Jetzt würde die verfluchte Katze bluten müssen für das, was sie angerichtet hatte.

Der Leopard lag zusammengekauert auf seiner Pritsche und döste.

»Du fauler Scheißkerl!« flüsterte Creigh. »Ich werde dich muntermachen.«

Auf Zehenspitzen ging er auf den Käfig zu. Es war wichtig, daß er das Tier überraschend traf. Schmerz wurde tiefer empfunden, wenn man nicht darauf vorbereitet war.

Mit aller Sorgfalt, die sein betrunkener Zustand zuließ, band er sich die Lederschlinge ums Handgelenk. Dann führte er die Spitze des Stachelstocks durch das Gitter und näherte sich der Flanke des schlafenden Leoparden. Schön langsam, dachte er. Nur keine falsche Bewegung. Je präziser er dem Biest den Schmerz zufügte, um so größer würde das Vergnügen sein.

»Jetzt!« zischte Joe Creigh. Er hatte auf den Knopf am Griff des Stockes gedrückt. Die metallene Spitze zuckte vor und grub sich in die Flanke der Katze.

Es gab ein knisterndes Geräusch, als ob ein Falter in einer Kerzenflamme verglühte. Erst danach war das Brüllen des Leoparden zu hören, der mit einem Sprung seine Pritsche, die in halber Höhe an der Längsseite des Käfigs angebracht war, verlassen hatte. Das Tier landete auf allen Vieren in der Mitte des Käfigs und starrte voller Furcht auf den Mann, der vor dem Gitter stand.

Übermütig schlug sich Joe Creigh auf die Schenkel. Die Sache entwickelte sich genauso lustig, wie er es sich vorgestellt hatte. Wie schade, daß er die Gelegenheit zu solchen Spielen nicht schon früher wahrgenommen hatte.

Der Leopard hatte seinen Peiniger erkannt. Die Furcht verschwand aus seinen Augen. Haß erschien.

»Na, wie hat dir das gefallen, Niggerkatze?« feixte Creigh. »Ich sehe schon, du kannst es nicht erwarten, bis es weitergeht.«

Ein tiefes Knurren kam aus dem Käfig. Der Leopard hatte die Fangzähne entblößt.

»Du machst mir keine Angst«, höhnte Joe. »Nicht, solange du in deinem hübschen kleinen Käfig bist.«

Wie ein Fechter sprang er vor. Der Stachel seines Stocks grub sich in die Nase des Leoparden.

Wieder das Brüllen des getroffenen Tieres. Die Katze war unter die Pritsche zurückgewichen und rieb sich die Nase mit der Pranke.

Gut, fand Joe Creigh. Richtig gut. Ein Leopard, der Angst hatte. Angst vor Joe Creigh. Ein herrliches Gefühl, süß und befriedigend wie verbotener Sex. Er spürte, wie sein Glied anschwoll.

Behutsam ging er um den Käfig herum und trat an die Schmalseite, von der er das Tier besser erreichen konnte. »Es hat keinen Zweck, wenn du dich in die Ecke drückst, mein Freund«, höhnte er. »Du kannst dich nicht vor Joe Creigh verstecken. Und das willst du doch auch gar nicht, wo wir uns doch jetzt so gut verstehen.«

Wieder sprang er vor. Der Stachel traf die Katze in die muskulöse Brust. Das Tier schnellte hoch und kam auf der Rückwand des Käfigs zum Liegen.

Den Blick auf sein Opfer gerichtet, ging Joe zur Breitseite des Käfigs zurück. »Du hörst mir nicht richtig zu«, sagte er, als er dem Tier wieder gegenüberstand. »Ich habe dir gesagt, es hat keinen Zweck, wenn du dich vor mir versteckst, und du springst hin und her, als hättest du Hummeln im Hintern. Ich sehe schon, wir müssen andere Saiten mit dir aufziehen.« Er kicherte. Dann schürzte er die Lippen und betrachtete seinen Stachelstock mit gespielter Bewunderung. »Ich habe da eine Idee, Niggerkatze. Wir wollen einmal ausprobieren, ob mein Stock in dein Ohr paßt.«

Lauernd lag der Leopard am Boden. Das Gebiß war zur Drohgeste entblößt. Blitzschnell stach Joe durch das Gitter. Die Spitze der Waffe war auf das rechte Ohr des Tieres gerichtet.

Der Leopard war schneller. Ehe Creigh wußte, wie ihm geschah, hielt das Tier den Stock zwischen den Zähnen. Die metallene Spitze, die so schmerzhafte Schläge ausgeteilt hatte, konnte ihm jetzt nichts mehr anhaben.

»Hol dich der Teufel!« brachte Joe hervor. Er ließ den Griff des Stachelstocks los und versuchte sich die Lederschlinge vom Handgelenk zu streifen. Es war zu spät. Mit einem wütenden Zucken des Schädels hatte der Leopard seinen Widersacher an das Gitter gezerrt. Hilflos hatte Creigh nachgeben müssen. Die Schlinge um sein Handgelenk war straffgespannt. Das Tier war in den hintersten Winkel seines Gefängnisses zurückgewichen. Creighs rechter Arm befand sich jetzt fast zur Gänze im Inneren des Käfigs.

Eine endlose Sekunde lang starrten sich Mensch und Tier an. Als der Schmerz im Schultergelenk unerträglich wurde, öffnete Creigh den Mund zum Schrei. In diesem Augenblick gab der Leopard den Stock frei. Seine Fangzähne gruben sich in Creighs Oberarm.

Vierzehntes Kapitel

Alarmiert fuhr Oliver Yates von seinem Stuhl hoch. Der Schrei war aus der Richtung gekommen, wo der Quarantänekäfig stand.

In zwei Sprüngen war er an der Tür. Er rannte über den Flur und prallte am Ausgang des Gebäudes fast mit Alice Moore zusammen, die aus dem gegenüberliegenden Gang angelaufen kam.

»Was ist passiert?« schrie sie.

»Keine Ahnung. Aber der Hilferuf kam aus der Richtung des Leopardenkäfigs.«

Ohne sich weiter mit Erklärungen aufzuhalten, lief er den Hang hinunter. Alice folgte ihm, so schnell sie konnte.

Der Andenkenladen lag bedeutend weiter vom Quarantänekäfig entfernt als das Verwaltungsgebäude. Trotzdem hatte auch Irena den Hilferuf des Mannes vernommen. Sie federte von ihrem Schemel an der Kasse hoch.

Mrs. Deever, die gerade einen Stapel T-Shirts mit dem Aufdruck *Born free* sortiert hatte, sah erstaunt zu ihr hinüber.

»Was hast du, Irena?«

»Haben Sie das denn nicht gehört?«

»Was?«

Der Schrei des Mannes war verebbt, als ein anderes Geräusch den Weg zu Irenas Ohr fand. Es war das triumphierende Knurren einer Raubkatze, die ihre Fänge in die Beute geschlagen hat.

»Ich muß sofort zum Leoparden.« Irena hastete zur Tür.

Auf Mrs. Deever malte sich aufrichtige Besorgnis ab. »Ist dir nicht gut, Irena?«

»Es... es tut mir leid«, stammelte Irena. Dann war sie zum Käfig unterwegs. Das Klingeln der Türglocke verfolgte sie, bis ihr keuchender Atem das Geräusch übertönte.

Als Dr. Yates die Baumgruppe umrundet hatte, blieb er wie angewurzelt stehen. Dort, an die Stangen des Quarantänekäfigs geschmiegt, stand Joe Creigh. Drinnen saß der Leopard. Seine Kiefer waren um den Oberarm des jungen Helfers geschlossen.

»Joe!« schrie Oliver.

Joe Creigh wandte den Kopf, soweit es seine Stellung am Gitter erlaubte. Sein Gesicht war von wächserner Starre.

»Hilfe!« röchelte er. »Helfen Sie mir!«

Alice hatte Oliver eingeholt. Schnaufend stützte sie sich auf seine Schulter. »Mein Gott, der Leopard hat ihn erwischt.«

»Bleib hier«, keuchte Oliver. Mit ruhigen Schritten ging er auf den Quarantänekäfig zu. Er hielt die Arme ausgestreckt und die Hände geöffnet, um das Tier nicht noch weiter zu ängstigen. Mit aufmerksamem Blick verfolgte die Katze hinter den Gitterstäben, wie er näher kam.

»Ganz ruhig«, sagte Oliver. »Du bist jetzt ganz ruhig.« Die Worte waren gleichermaßen an den Leoparden und an Joe gerichtet. Creigh schien am Ende seiner Nerven zu sein. Wenn er in Panik ausbrach, würde ihm das Tier den Arm vom Rumpf trennen.

Oliver war noch drei Schritte vom Gitter entfernt, als er den Stachelstock bemerkte, der auf dem Boden des Käfigs lag.

»Scheiße«, sagte er. Der Leopard ließ ein sanftes Knurren hören, dann verstärkte er den Druck seiner Kiefer auf Joes Arm. Oliver hörte, wie der Knochen splitterte.

Der junge Pfleger stieß einen markerschütternden Schrei aus. Seine Blase gab den Urin frei. Oliver sah, wie sich zu Creighs Füßen eine Lache bildete.

Alice war Oliver gefolgt. »Was können wir tun?« flüsterte sie.

»Ich brauche das Betäubungsgewehr«, sagte Oliver. »Lauf und hol's mir aus dem Wagen. Ich bleib solange hier und versuche, das Schlimmste zu verhindern.«

Als ob die Raubkatze ihn verstanden hätte, zog sie sich ins Innere des Käfigs zurück, den Pfleger hinter sich herzerrend, bis Creigh mit der Schulter zwischen die Gitterstäbe gezwängt wurde.

»Ich kann die Schmerzen nicht mehr aushalten«, stöhnte der junge Mann. »So tun Sie doch was, Dr. Yates!«

Oliver fuhr herum, als er das Geräusch nahender Schritte vernahm. Es war Irena.

»Was wollen Sie hier?« sagte er unwirsch.

Irena sah ihn aus weitaufgerissenen Augen an. »Ich habe den Leoparden brüllen gehört.«

Die Nackenmuskeln des mächtigen Tieres zuckten. Es war nur eine kaum wahrnehmbare Bewegung gewesen. Sie genügte, um den Armknochen des Opfers zu zermalmen.

»Nein!« schrie Joe. »Nein, nein, nein!«

Oliver biß die Zähne zusammen. Es hatte keinen Zweck mehr, auf Alice zu warten, die mit dem Betäubungsgewehr zurückkehren würde. Er sprang vor, umfaßte Joe an den Hüften und versuchte, ihn vom Gitter wegzuzerren.

Der Leopard hielt die Kiefer zusammengekniffen. Seine Pfoten waren gegen die Stäbe am Boden des Käfigs gestemmt. Oliver wußte, daß er auf aussichtslosem Posten kämpfte. Gegen die Kraft des Tieres war wenig auszurichten.

Er gab Joe frei und rannte zur Rückseite des Käfigs, wo der Kasten mit dem Kohlendioxidfeuerlöscher hing. Erst vor sechs Monaten war es Oliver gelungen, Bronte zu dieser Anschaffung zu bewegen. Er riß das Gerät aus der Halterung und lief wieder nach vorn.

Der Boden des Käfigs war jetzt mit dem Blut bedeckt, das aus Creighs Arm strömte. Der Pfleger stand an das Gitter gequetscht. Das Stöhnen war schwächer geworden.

Behend pirschte sich Oliver an den Gitterstäben entlang, bis er freies Ziel auf den Leoparden hatte. Er betätigte den Hebel. Zischend entwich das Gas. Binnen Sekunden hüllte eine weiße Wolke den Käfig ein. In das Geräusch des entweichenden Gases mischte sich das Knirschen der Sehnen, die vom Biß des Leoparden durchtrennt wurden.

Oliver warf den Feuerlöscher ins Gras und jagte Joe nach, der vom Käfig fortgetorkelt war und auf der Lichtung einen makabren Tanz aufführte. Aus dem Stumpf an seiner linken Schulter sprudelte eine Blutfontäne.

Alice kam angelaufen, sie brachte das Betäubungsgewehr. Als sie Joe erblickte, ließ sie die Waffe fallen und erbleichte.

Die Gaswolke hatte sich gelichtet, Oliver sah, wie sich die Umrisse des Tieres hinter dem milchigen Nebel abzuzeichnen begangen. Der Leopard hockte auf den Flanken. Die beiden Enden des blutigen Armes ragten links und rechts aus seinem Maul.

Die Schreie Creighs erstarben. Er sank zu Boden. Eine gnädige Ohnmacht hatte sich über ihn gesenkt.

Oliver rannte zu ihm und kniete sich an seine Seite. Noch während er nach dem Puls des Bewußtlosen tastete, spürte er Alices Hand auf seiner Schulter.

»Lauf zum Telefon«, wies er sie an. »Wir brauchen einen Krankenwagen, so schnell es geht.«

»Es ist zu spät«, sagte Irena.

Oliver ließ Joes Hand sinken und wandte sich um. Er hatte vergessen, daß Irena anwesend war. Sie stand mit den Füßen in dem Blut, das unter Creighs Körper hervorquoll und über den Rasen floß.

»Was meinen Sie mit *zu spät?«* fragte er.

»Er stirbt«, stellte sie fest. »Sie können nichts mehr für ihn tun.«

Oliver drehte den Kopf des Bewußtlosen so, daß er seine Züge betrachten konnte. Die Gesichtsfarbe war aschgrau geworden. Die Fontäne an der Schulter hatte zu sprudeln aufgehört. Joes Augen waren weit aufgerissen. Dr. Yates wußte, daß sein Herz zu schlagen aufgehört hatte.

»Trotzdem, wir müssen es versuchen«, sagte er verbissen.

Als er aufstand, fiel sein Blick auf Irena, die den Leoparden anstarrte. Der hielt Creighs Arm immer noch quer im Maul. Seine ruhigen Augen waren auf Irena gerichtet.

Fünfzehntes Kapitel

Dr. Yates war bereit gewesen, im Krankenhaus zu warten, bis sich abzeichnete, ob die Wiederbelebungsversuche an Joe Creigh zum Erfolg führten oder nicht. Aber die Ärzte machten ihm klar, daß das Ergebnis des Eingriffes möglicherweise erst nach Stunden feststehen würde. So entschloß er sich, in den Zoo zurückzufahren. Er nutzte die Fahrt, um Alice vor ihrer Wohnung abzuliefern. Sie hatte im Krankenhaus ein Beruhigungsmittel bekommen und würde den Dienst im Zoo erst am nächsten Tag wieder aufnehmen. Was Irena anging, so war sie inmitten der Aufregung am Quarantänekäfig spurlos verschwunden. Oliver nahm sich vor, sie sobald wie möglich an der Adresse aufzusuchen, zu der er sie am ersten Abend begleitet hatte.

Die Nacht war bereits eingebrochen, als Bronte Judson ins Büro kam. Oliver bat ihn, Platz zu nehmen. Er war nervös. Durch das offene Fenster drangen die Geräusche der Tiere. Die meisten konnte Oliver identifizieren. Was ihn ängstigte, waren jene Laute, für die er keine Erklärung wußte. Bronte Judson hatte vor Olivers Schreibtisch Platz genommen. Eine Falte zuckte auf seiner Stirn. Dr. Yates wußte, daß das nichts Gutes bedeutete. Aber Judson schwieg sich aus.

Als das Telefon klingelte, sprangen beide auf. Oliver riß den Hörer von der Gabel. »Ja?« schrie er.

Mit verkniffenem Gesicht saß er da und hörte sich den Bericht des Chirurgen an. Was der Arzt sagte, bestätigte seine Befürchtungen. Grußlos legte er den Hörer auf die Gabel zurück.

»Ein Anruf vom Krankenhaus«, sagte Oliver.

»Ich kann mir denken, daß der Anruf vom Krankenhaus kam. Wer sollte sonst wohl noch so spät anrufen. Was sagt der Arzt?«

»Joe Creigh ist tot.«

Judson seufzte. »Das hat uns noch gefehlt. Jetzt werden die Herren von der Stadtverwaltung über uns herfallen. Der New Orleans Zoo als Sicherheitsrisiko, etwa in der Machart. Wenn es dabei bleibt! Ich würde mich nicht wundern, wenn der Staatsanwalt ein Ermittlungsverfahren eröffnet. Fahrlässige Tötung, Verletzung der Aufsichtspflicht.«

Oliver schien ihm nicht zuzuhören. »Der arme Junge«, flüsterte er. »Joe hatte keine Chance, sagt der Arzt. Hatte schon zuviel Blut verloren. Sie haben nichts mehr für ihn tun können.«

Judson hob den Blick. »Morgen früh um acht wird bei mir das Telefon läuten. Der Bürgermeister wird dran sein. Er wird mich zu sich zitieren und eine Erklärung für die Vorgänge fordern. Was soll ich ihm sagen?«

»Sagen Sie ihm, daß wir im Zoo eine bessere Ausstattung für den Notfall brauchen. Vielleicht hätte man Joe retten können. Aber so, ohne Blutkonserven, ohne Sauerstofflaschen?«

»Glauben Sie wirklich, es ist der richtige Moment, um von der Stadt neue Mittel zu fordern? Ich befürchte etwas ganz anderes. Wenn die Versammlung der Stadtverordneten wieder zusammentritt, wird man unser Budget drastisch beschneiden. Was machen wir dann?«

Oliver sah dem Vorsitzenden des Aufsichtsrates in die Augen.

»Ich pfeif auf das Geld von der Stadt«, sagte er.

»Sie können das ja auch leicht sagen«, bemerkte Judson. »Wenn der Zoo badengeht, dann gibt es vier oder fünf Universitäten, die Sie mit offenen Armen aufnehmen. Haben Sie schon einmal daran gedacht, was aus mir wird? Ich verliere meinen Job!«

Langsam und deutlich formte Oliver die Worte. »Ein Mensch ist gestorben, Bronte!«

»Ich weiß, ich weiß. Meinen Sie, daß mir sehr wohl ist in meiner Haut? Ich bedaure den Tod von Joe Creigh genauso wie Sie. Eines weiß ich sicher. Mit dem Leoparden bin ich fertig.«

»Was wollen Sie damit sagen?«

»Ich dulde keinen Killerleoparden im New Orleans Zoo, und das werde ich den Herren von der Stadtverwaltung auch sagen. Vielleicht retten wir damit den Rest von Ansehen, den dieser Tierpark hat.«

»Der Leopard trägt keine Schuld an dem, was geschehen ist.«

»Sie rühren mich zu Tränen, Yates. Ich weiß nicht, ob Sie sich darüber klar sind, um was es eigentlich geht! Dieser Leopard hat einen Menschen umgebracht.«

»Einen Menschen, der ihn mit elektrischen Schlägen drangsalierte.«

»Das spielt keine Rolle.«

»Das spielt sehr wohl eine Rolle! Man kann nicht erwarten, daß ein Tier so was seelenruhig hinnimmt. Es wird sich wehren. Jedes Tier, nicht nur unser schwarzer Leopard.«

»Ich halte es für zwecklos, weiter über diesen Punkt zu diskutieren«, verkündete Judson. »Der Leopard kommt weg.«

»Würden Sie sich bitte näher erklären.«

»Sie sagten ja, daß es sich um ein ungewöhnlich kräftiges Exemplar handelt. Größe, Körperstärke und so weiter. Ich habe mit einem Tiermedizinischen Institut gesprochen. Mit dem Leiter der Cromartie Labs in Houston. Er hat mir einen guten Preis für das Tier geboten. Ich habe angenommen.«

Oliver sprang auf und stieß den Stuhl zur Seite. »Sie verkaufen den Leoparden an Cromartie Labs? An diese Metzger? Sie wissen doch, was dort mit den Tieren geschieht. Die zerschneiden die Kreaturen bei lebendigem Leibe. Ich werde nicht zulassen, daß ein einziges Tier aus unserem Zoo an die Cromartie Labs überstellt wird, ob für Geld oder ohne.«

»Sie können nichts mehr daran ändern, Yates. Der Vertrag ist unterzeichnet, und ich bin sehr froh darüber. Wir schlagen zwei Fliegen mit einer Klappe. Zum einen säubern wir unseren Bestand von einem Killer. Zum zweiten kommt Geld in die Kasse.«

»Sie sind bereit, den Leoparden für Geld ans Messer zu liefern? Was für ein Mensch sind Sie eigentlich, Bronte? Haben Sie denn kein Herz?«

»Doch, ich habe ein Herz«, sagte Judson ruhig. »Deshalb habe ich Ihnen bei unserem ersten Gespräch auch vorgeschlagen, den Leoparden einzuschläfern. Sie haben das damals entrüstet abgelehnt.«

»Es gibt keinen Sinn, ein Tier einzuschläfern, das nichts getan hat.«

»Da bin ich anderer Ansicht. Wollen Sie warten, bis der Leopard den nächsten Menschen umbringt? Und den Stadtvätern das Ganze dann wieder als unglückliche Verkettung widriger Umstände anbieten?«

Judson war aufgestanden. Er glättete seine Bügelfalte. »Morgen früh treffe ich die Presse. Ich werde eine vorbereitete Erklärung abgeben. Haben Sie irgendwelche Anregungen, was den Inhalt angeht?«

Oliver Yates sank in seinen Stuhl zurück. »Nein«, sagte er leise.

»Gute Nacht dann«, sagte Judson. »Und beten Sie, daß wir heil wieder aus der Sache rauskommen.« Er verließ den Raum.

Oliver ließ den Kopf auf die Tischplatte sinken. Das Kreischen aus den Affenkäfigen schallte herüber.

Cromartie Labs, dachte er. Eine Bande von Sadisten im weißen Kittel, denen schon lange das Handwerk gelegt gehörte. Aber die

Behörden schlossen die Augen vor den Unaussprechlichkeiten, die sich dort abspielten. Vivisektion war unter dem, was den Tieren in den Cromartie Labs zugefügt wurde, noch das Humanste. Er stellte sich vor, welchen Leidensweg der schwarze Leopard zu gehen hatte, bis er schließlich sein Leben aushauchen würde.

»Ich werde das verhindern«, sagte er laut. Seine Stimme hallte wider im menschenleeren Büro.

Er verließ den Raum, wanderte über den verlassenen Flur und ging die Treppe zum Tiefgeschoß hinunter. Wenig später stand er vor dem Wandschrank. Er öffnete das Schloß, entnahm eine Winchester und lud sie mit stahlummantelter 300er-Magnum-Munition. Dann holte er eine starke Taschenlampe aus dem Geräteschrank, stieg die Treppe wieder hoch und verließ das Gebäude.

Die geladene Waffe war erstaunlich schwer. Ächzend schleppte er sie den Hang hinunter. Die Vögel in ihren Volieren hatten zu zwitschern begonnen. Die Affen antworteten, und schließlich hallte der Zoo wider von den Stimmen seiner gefangenen Insassen. Noch nie im Leben hatte sich Oliver so allein, so verlassen gefühlt wie jetzt. Schritt für Schritt ging er den Pfad entlang, der längs der Baumgruppe ausgetreten worden war. Der Strahl seiner Lampe eilte ihm voraus. Da, die Lichtung. Und schimmernd, im Schein des Mondes, der Quarantänekäfig. Alles sah sehr friedlich aus. Nichts erinnerte an die Tragödie, die sich hier vor wenigen Stunden abgespielt hatte.

Er schaltete die Taschenlampe ab und ging gemessenen Schrittes auf den Käfig zu. Es hatte keinen Sinn, das Tier in Angst und Schrecken zu jagen. Es gab einen weiteren Grund, warum Oliver sich Zeit ließ. Er hatte einen Horror davor, dem Tier in die Augen zu sehen, bevor er es tötete.

Am Käfig angekommen, kniete er sich auf dem Gras nieder. Das Innere des stählernen Gevierts lag im Dunkel, in den Schatten getaucht, den das Mondlicht warf. Der Leopard war nicht zu erkennen. Aber es war eigentlich auch egal, an welcher Stelle des Käfigs sich das Tier befand. Von der Position aus, die Oliver eingenommen hatte, konnte man das Herz nicht verfehlen. Er entsicherte die Waffe und fuhr zusammen, als ein metallisches Klicken die Nacht durchschnitt.

»Tut mir leid, mein Junge«, sagte er, »aber es geht nicht anders. Ich werde nicht zulassen, daß sie dich in Houston bei lebendigem Leibe in Stücke schneiden.«

Er tastete nach der Taschenlampe, die er neben sich ins Gras gelegt hatte, und ließ den Lichtkegel wieder aufflammen. Er würde kurzen Prozeß machen. Schießen, ehe das Tier in Panik geriet.

Der Schein der Lampe fiel in einen leeren Käfig. Der Leopard war fort.

Ungläubig stand Oliver auf und preßte seinen Kopf zwischen die Lücken des Gitters.

Er fühlte, wie ein kalter Hauch seinen Rücken streifte. Er fuhr herum, lief auf die Büsche zu und ließ den Lichtfinger der Lampe durch das Blattwerk tanzen. Das Rascheln eines Eichhörnchens war zu hören. Von dem Leoparden war nichts zu sehen.

Vorsichtig sichernd, die geladene Waffe in der Rechten, ging er durch das taunasse Gras zum Käfig zurück, klemmte sich die Lampe unter den Arm und hantierte mit dem Schlüssel, bis der Bart in den Schlitz rutschte. Noch bevor er den Schlüssel umdrehen konnte, schwang die Tür auf. Der Käfig war unverschlossen gewesen.

Er stand da, den Schlüsselbund in der Hand. Die Gedanken überstürzten sich. Wie war so etwas möglich? Bevor er Joe Creigh ins Krankenhaus folgte, hatte Oliver das Schloß des Käfigs geprüft. Es war verschlossen gewesen. Jetzt war es offen.

Er betrat den Käfig und ließ den Kegel der Taschenlampe über den Boden gleiten. In der Nähe der Rückwand schien ein Haufen Fleisch zu liegen. Merkwürdig. Futter war dem Leoparden nach dem fürchterlichen Geschehen nicht verabreicht worden, nur Wasser. Der Boden war sorgfältig gesäubert worden. Und jetzt lag etwas dort, das wie Fleisch aussah.

Oliver trat näher, kniete sich nieder und betrachtete das Gebilde aus der Nähe. Es bestand in der Hauptsache aus dickflüssigem Schleim von grauer Farbe. Inmitten der gallertartigen Masse lag ein Fetzen dunkles, verwestes Fleisch.

Prüfend stieß er mit der Stiefelspitze in die stinkende Masse. Eine Schmeißfliege flog auf. Was war das für Fleisch? Wo kam es her? Wer hatte es in den Käfig gebracht? Und wer hatte dem Tier die Tür geöffnet?

Entschlossen stand er auf. Jetzt war Eile am Platze. Irgendwo in der Nacht irrte ein todbringender Leopard herum. Ein Tier, dessen Leben jetzt nicht mehr in Olivers Hand lag. Yates hatte keine Wahl, er würde die Polizei verständigen müssen. Er würde Alice anrufen und sie zum Zoo zitieren. Es versprach, eine lange Nacht zu werden.

Sechzehntes Kapitel

Irena saß auf der Kante ihres Bettes im Haus ihres Bruders. Ihr Blick war auf die Schuhe gerichtet, derer sie sich soeben entledigt hatte. Die Spuren von Joe Creighs Blut waren noch zu sehen.

Es war Nachmittag gewesen, als sie vom Zoo nach Hause kam. Es war ihr gelungen, das fürchterliche Ereignis zu verdrängen. Einigermaßen ruhig hatte sie Femolly in der Küche begrüßt. Dann hatte sie eine Dusche genommen, sich ihr langes Nachthemd aus Satin übergestreift und war ins Bett geklettert. Seitdem mußten ein paar Stunden vergangen sein. Geschlafen hatte sie nicht. Ihre Gedanken waren zwischen Wachen und Traum dahingeirrt. Schließlich war sie wieder aufgestanden. Es hatte keinen Zweck so zu tun, als wäre nichts passiert. Joe Creigh war tot. Mit einer wütenden Geste trat sie gegen ihre Schuhe, daß sie quer durch den Raum flogen. Dieser Dummkopf von Creigh! Wie konnte er nur so unvorsichtig sein und den Leoparden mit Gewalt zum Äußersten treiben?

Sie nahm ihren Skizzenblock vom Nachttisch und blätterte über die Seiten. Bei der Zeichnung, die das ganze Tier zeigte, hielt sie inne.

»Du arme Kreatur«, flüsterte sie. »Was wird jetzt aus dir werden? Wer wird dich beschützen? Wer wird dir die Liebe geben, die du brauchst?«

Krachend flog die Balkontür auf. Ein Mann stand im Türrahmen. Ihr blieb der Schrei im Halse stecken, als sie ihren Bruder erkannte.

»Paul!«

Er sah sie an, aus Augen, in denen ein wilder, entrückter Ausdruck flatterte. Sein Gesicht war bleich, mit schwarzen Bartstoppeln übersät.

»Wo bist du gewesen?«

Seine Antwort kam zögernd. »Ich war im Gefängnis.«

»Im Gefängnis? Das verstehe ich nicht.«

»Ich habe eine Reihe von Häftlingen betreuen müssen. Diese Menschen brauchen seelische Hilfe ebenso dringend wie wir, hier draußen. Vielleicht ist der Beistand eines Geistlichen für diese Armen sogar noch wichtiger als für die Menschen, die in Freiheit leben. Jedenfalls widme ich den Häftlingen soviel Zeit, wie ich nur kann.«

»Du warst so plötzlich verschwunden, Paul.«

»Es ging nicht anders, Irena. Ein Häftling lag im Sterben. Er hatte nach mir rufen lassen. Es tut mir leid, daß ich mich nicht einmal von dir verabschieden konnte.«

Irena ging auf ihren Bruder zu und warf ihm die Arme um den Hals. »Jetzt bist du wieder zu Hause, das ist das Wichtigste. Oh Paul, ich habe heute ein grauenhaftes Erlebnis gehabt.«

Aus dem Dunkel der Nacht klang das Heulen einer fernen Polizeisirene herüber. Paul befreite sich aus Irenas Umarmung, eilte zum Fenster und schloß es.

Sie musterte ihn voll neuerwachter Unruhe. »Was hast du, Paul? Du bist so verändert.«

»Wirklich?« Seine Stimme klang gehetzt. Anders als sonst, registrierte Irena. Sie folgte ihm mit den Augen, als er den Raum durchquerte, den Schlüssel der Schlafzimmertür umdrehte und in die Tasche steckte.

»Warum tust du das?« fragte sie.

Sein Lächeln ließ ihr das Blut in den Adern gefrieren. »Als du ankamst«, begann er, »wußte ich noch nicht, ob du bereit warst. Ich wollte dir Zeit lassen, wie sich die Dinge entwickeln. Ich habe gesehen, wie du dich ihm gegenüber gibst. Jetzt weiß ich, daß du bereit bist, Irena.«

»Ich habe keine Ahnung, wovon du redest. Wie ich mich wem gegenüber gebe?«

»Dem Zoodirektor gegenüber!« Paul Gallier spuckte die Worte heraus.

»Du sprichst in Rätseln, Paul.«

»Dann wird es Zeit, daß ich Klartext rede. Du willst, daß dieser Mann dich *fickt*. Habe ich recht?«

Das Wort traf sie wie ein Schlag. Sie wich zurück.

»Es hat keinen Zweck, daß du dir irgendwelche Lügen ausdenkst«, setzte er nach. »Ich kann es auf zehn Schritte riechen, wie scharf du auf den Zoodirektor bist. Du willst, daß er dich fickt und andere Schweinereien mit dir macht. Das Verlangen nach ihm brennt in deinen Eingeweiden. Dein Mund sehnt sich nach seinem Glied, nach seinem Samen. Dein Mund und dein hübsches Loch, meine liebe Schwester. Du verzehrst dich nach diesem Mann. Und zwar hier und jetzt.«

Entsetzt sah sie, wie er sich die Jacke auszog. Lächelnd kam er auf sie zu.

»Bleib mir vom Leibe!« schrie sie. »Ich will nicht mit dir schlafen!«

»Du hast mich immer noch nicht verstanden«, sagte er. Eine geheimnisvolle Drohung klang in seinen Worten. Bestürzt wurde Irena klar, daß seine Art zu reden sie in Erregung versetzte. »Du willst nicht mit mir schlafen«, fuhr er fort. »Dabei bin ich der einzige, mit dem du schlafen *kannst*. Und du bist die einzige, mit der *ich* schlafen kann. Wir sind gleich, Irena.«

»Nein! Ich bin nicht wie du. Du bist verrückt.«

»Auch wenn es dir Angst macht, meine kleine Schwester, du bist wie ich. Und du weißt es auch. Du hast es immer gewußt. Erinnerst du dich an die Zeit, als wir noch klein waren? Du und ich, wir haben damals Stimmen gehört, die andere Menschen nicht hören konnten. Und wir haben Dinge gewußt, von denen sonst keine Menschenseele eine Ahnung hatte.«

Die Polizeisirene war näher gekommen. Das Bellen von Hunden war zu hören.

»Paul, du bist krank. Du mußt dich in Behandlung begeben«, sagte sie traurig.

»Ich brauche keine Behandlung«, entgegnete er. »Ich brauche dich, ebenso sehr wie du mich brauchst. Heute nacht werden wir eins werden.« Er ergriff sie so rasch, daß ihr keine Zeit für Gegenwehr blieb. Sie fühlte, wie er ihr die Arme auf den Rücken bog. Er zwang sie, zum Bett zu gehen.

»Wir haben beide keine andere Wahl, verstehst du das nicht? Wir sind vom gleichen Blut, Irena. Jeder von uns braucht den anderen, den Körper des anderen.«

Er stieß sie vorwärts, bis sie vor dem Bett ankamen. Mit seiner kräftigen Rechten hielt er ihre Handgelenke umklammert. Plötzlich gab er ihr einen Stoß mit der Linken. Sie stürzte mit dem Gesicht aufs Bett. Er hatte ihre Handgelenke freigegeben. Aber seine Linke lag auf ihrem Rücken wie ein Schraubstock. Sie versuchte zu schreien, aber die Bettdecke erstickte jeden Laut.

»Du kannst toben, soviel du willst«, sagte er über ihr. »Ich werde mit dir schlafen, so sehr du dich auch wehrst. Und das willst du doch auch, Irena? Warum sagst du nicht die Wahrheit?«

Sie spürte, wie seine Hände über ihre Waden glitten und den Saum ihres Nachthemds hochschoben. Er entblößte sie bis zu den Schenkeln. Irena erschauderte, als sie seine Finger auf den Rundungen ihres Gesäßes spürte.

»Du ... du hast es noch nie getan«, stöhnte er.

»Nein, noch nie. Bitte, Paul, zwing mich nicht dazu. Ich bitte dich!«

»Du hast Glück, daß ich der erste bin, mit dem du schläfst, Irena. Für ein Wesen wie dich ist es sehr wichtig, daß der erste Liebhaber der Richtige ist. Einer von deiner Art, meine kleine Schwester. Wenn alles vorüber ist, wirst du mich verstehen. Du wirst mir dankbar sein, daß ich dich dazu gezwungen habe.«

Seine Hand fuhr zwischen ihre Schenkel und spreizte ihre Beine. Irena spürte Widerwillen und Wollust zugleich. Sie fühlte, wie sie bereit wurde für sein Glied.

»Siehst du?« Er lag über ihr. »Du *willst*, daß ich es tue! Du brauchst es ebensosehr wie ich.«

Er schob ihre Schenkel auseinander, bis er in sie eindringen konnte. Mit aller Kraft, die ihr zur Verfügung stand, warf sie sich zur Seite.

»Wirst du wohl stillhalten!« herrschte er sie an.

Sie verdoppelte ihre Anstrengungen, von ihm freizukommen. Als sie spürte, wie sich seine Zähne in ihren Nacken gruben, schrie sie auf und schlug mit dem Kopf nach hinten. Es gab ein hartes Geräusch, im gleichen Moment lockerte Paul seinen Griff. Wie sie vermutete, hatte sie ihn an der Stirn getroffen. Er stöhnte vor Schmerzen und taumelte zurück.

Wie eine Feder sprang sie hoch. Auge in Auge stand sie dem Verrückten gegenüber, der ihr Bruder war. Sein Mund war blutverschmiert. Sie wußte, daß es ihr Blut war. Ehe sie etwas sagen konnte, stürzte er sich wieder auf sie.

In einer instinktiven Abwehrbewegung hatte sie ihre Hände zu Krallen geformt, mit denen sie ihm das Gesicht zerkratzte. Sie sah, wie er innehielt und die blutigen Spuren mit den Fingerspitzen betastete. Er lächelte.

»Siehst du?« sagte er. Dann drang er von neuem auf sie ein.

Es gelang ihr, ihm auszuweichen. Sie lief auf die Balkontür zu, stieß sie auf und stolperte hinaus. Sein keuchender Atem war hinter ihr.

Die Polizeisirenen waren noch lauter geworden, auch das Bellen der Hunde.

In überstürzter Flucht zwängte sich Irena am niedrigen Geländer entlang, den Rücken zur Straße, den Blick auf ihren Bruder gerichtet, der ihr in kurzem Abstand folgte. Als er nach ihr greifen wollte, sprang sie hoch. Das Brett, auf dessen Kante sie hatte

Halt suchen wollen, gab nach. Sie verlor das Gleichgewicht und stürzte in die Tiefe.

Der Fall.

Sie hatte oft davon geträumt, hatte das Geschehen vorausgeahnt. Im Traum war sie mit unglaublicher Geschwindigkeit auf die näherkommende Erde zugefallen. Gefaßt, gleichsam neugierig erwartete sie den Aufprall, der ihre Knochen zerschmettern und ihre inneren Organe zerreißen würde.

Der Aufprall blieb aus. Sie landete im weichen Gebüsch, auf allen vieren. Sie war schon wieder auf den Beinen, als sie sah, daß Paul ihr nachsprang.

Nahezu irrsinnig vor Angst, rannte sie auf das Gittertor zu, wuchtete es auf und setzte ihre Flucht auf der Straße fort. Sie wußte, daß es Pauls Schritte waren, die ihr folgten. Die Schritte kamen näher.

Plötzlich waren Blendlichter da. Ein Gewirr von Stimmen und anderen Geräuschen hüllte sie ein. In blinder Panik rannte sie weiter, floh vor dem Raubtier, das einst ihr Bruder gewesen war. Sie spürte, wie ihr Tränen die Wangen herunterliefen.

Wieder Lichter, die näherkamen, das Geräusch eines Motors. Erst als sie die Reifen quietschen hörte, blieb sie stehen. Die Motorhaube des Fahrzeugs war nur noch eine Handbreit von ihr entfernt.

Sie hörte, wie die Tür des Wagens geöffnet wurde. Schritte. Sie spürte sich von starken Armen umfangen. Es war nicht Gewalt, nicht Zwang, wie Paul ihn ausübte, sondern Geborgenheit, die ihr zuteil wurde. Sie legte ihre Wange an die Brust des Mannes und schluchzte.

»Irena«, sagte Oliver. Er hielt das zitternde Mädchen an sich gepreßt. »Sag mir doch, was passiert ist!«

Siebzehntes Kapitel

Es dauerte eine Weile, bis sie wieder so weit bei Atem war, daß sie sprechen konnte. Beglückt fühlte sie, wie er sie an sich drückte. Sie hätte ewig so umfangen sein mögen.

»Du brauchst keine Angst mehr zu haben«, tröstete er sie. »Jetzt kann dir niemand mehr etwas tun.«

Sie erkannte Alice Moore, deren Silhouette sich vor den aufgeblendeten Scheinwerfern des Wagens abzeichnete. Die rothaarige Frau betrachtete die beiden mit unverhohlener Aufmerksamkeit.

»Mein Bruder Paul war hinter mir her«, stammelte Irena. »Ich weiß nicht, was mit ihm los ist. Ich denke, er hatte einen Anfall geistiger Umnachtung.« Sie zögerte. »Er hat versucht, mich zu schlagen. Ich bin aus dem Haus gerannt, um ihm zu entkommen, aber er hat mich verfolgt. Er war schon ganz nah hinter mir, da sah ich auf einmal den Wagen.« Sie schmiegte sich an Oliver. »Auf einmal warst du da, Oliver.«

Dr. Yates trat aus dem Scheinwerferkegel, stellte sich auf die Zehenspitzen und starrte eine Weile suchend ins Dunkel. »Nichts«, sagte er resigniert, als er zurückkam.

Das Geräusch eines näherkommenden Polizeiwagens war zu hören. Mit quietschenden Reifen kam das Fahrzeug zum Halten. Widerstrebend löste sich Irena aus Olivers Umarmung. Sie erkannte Sergeant Brant, der aus dem Dunkel auf sie zugelaufen kam.

»Ist dem Mädchen was passiert?« fragte er, zu Oliver gewandt.

»Nein«, sagte Oliver. »Sie hat nur einen Schock erlitten. Ihr Bruder scheint einen Anfall gehabt zu haben. Die Sache hat ihr wohl einen ziemlichen Schreck eingejagt. Haben Sie den Leoparden schon aufgespürt?«

»Die Suchhunde haben den Leoparden bis zum Anwesen von Paul Gallier verfolgt. Er muß dann im Innern des Hauses verschwunden sein.« Erstmals würdigte Sergeant Brant das Mädchen eines Blickes. »Würden Sie uns die Erlaubnis geben, das Haus zu durchsuchen, Miß Gallier? Solange wir nicht wissen, wo Ihr Bruder ist...«

»Natürlich.« Hastig gab sie ihre Zustimmung.

Sie sahen Brant nach, wie er zu seinem Wagen zurücklief, und hörten, wie er den Männern seine Anweisungen zurief. »Wir gehen ins Haus. Paßt auf, und laßt den Burschen nicht entkommen. Haltet die Hunde an der kurzen Leine, und entsichert die Waffen.«

Die Motoren der anderen Polizeiwagen heulten auf. Wenig später erstrahlte die Fassade des Hauses im Licht der Scheinwerfer.

Oliver Yates drückte das Mädchen an sich. Er folgte ihrem Blick. »Wie fühlst du dich?« fragte er. »Kannst du mitkommen, wenn wir das Haus durchsuchen?«

»Es ist vielleicht besser, wenn sie hier im Wagen bleibt«, schlug Alice vor.

»Nein«, sagte Irena rasch. »Es geht mir schon besser. Ich möchte dabeisein, wenn... wenn sie das Haus durchsuchen.«

Zu dritt gingen sie auf die hellerleuchtete Backsteinfassade zu. Oliver hielt Irena am Arm gefaßt. Alice folgte einige Schritte hinterdrein. Irena fiel auf, daß sie schweigsamer war als sonst.

Sie fanden Femolly im Speisezimmer. Die schwarzhäutige Frau hatte auf einem der Stühle Platz genommen, die um den herrschaftlichen Tisch standen. Ihr gegenüber saß ein Polizeibeamter. Das Haus hallte wider vom Bellen der Spürhunde.

»Ich habe fest geschlafen«, verkündete Femolly.

»Die ganze Zeit?« Die Frage des Polizisten kam routinemäßig.

Sie nickte.

»Wollen Sie allen Ernstes sagen, daß Sie von dem Streit zwischen Mr. Gallier und seiner Schwester nichts gehört haben?«

»Ich war schon zu Bett gegangen«, versicherte die hochgewachsene Frau. Einmal mehr bewunderte Irena die stolze Haltung dieser Schwarzen. Paul, so ging es ihr durch den Kopf, hatte bei der Anstellung dieser Frau eine außergewöhnliche Wahl getroffen. »Ich habe einen sehr festen Schlaf«, fuhr Femolly fort. »Ich bin erst aufgewacht, als Sie an die Haustür gehämmert haben. Dann hörte ich das Hundegebell und die Polizeisirenen.«

Femolly hatte in ihrer Aussage gezögert, als Irena in Olivers Begleitung den Raum betrat. Erleichterung und Besorgnis mischten sich in ihrem Blick.

Die Küchentür schwang auf, Sergeant Brant kam hereingestürzt. Er gab Oliver ein Zeichen und nahm ihn zur Seite. »Ich möchte Ihnen und Ihrer Mitarbeiterin etwas zeigen«, flüsterte er.

Oliver machte eine fragende Geste in Richtung Irena.

Der Sergeant nickte. »Ich werde für alle Fälle einen Beamten bei Miss Gallier lassen«, versprach er.

Oliver folgte ihm in die Küche, nachdem er Alice Moore gebeten hatte, ihn zu begleiten. Der mannshohe Kühlschrank, der einen Teil der Schmalseite des Raumes einnahm, war zur Seite gerückt worden. Sergeant Brant stemmte sich dagegen und erweiterte den Spalt. Eine Tür kam zum Vorschein, die mit einem schweren Vorhängeschloß gesichert war. Die Schrauben, mit denen die Schloßhalterung am Türrahmen befestigt gewesen war, lagen auf dem Boden. Offensichtlich waren sie nicht herausgedreht, sondern mit Gewalt herausgerissen worden.

Sergeant Brant öffnete die Tür. Ein Gewölbe wurde sichtbar, von dem eine Treppe in den Keller führte. Er ging voran. Schritt für Schritt näherten sie sich dem unteren Treppenabsatz. Die Luft, die ihnen entgegenströmte, war stickig und feucht. Wie in einer Gruft, dachte Oliver. Sie gingen den Estrichboden des Korridors entlang und mußten sich bücken, um nicht mit dem Kopf an die Rohre zu stoßen, die in verwirrenden Strängen an der Kellerdecke entlangliefen. Als sie um die Ecke bogen, fiel Olivers Blick auf den Lichtschein einer Glühbirne. Ein Polizist stand im Lichtkegel. Er hielt ein Taschentuch zwischen den Fingerspitzen und roch daran.

Oliver Yates kannte den Geruch, der im Raum hing. So roch Aas. Eine besondere Art von Aas. Menschenfleisch, das seit Wochen und Monaten, vielleicht seit Jahren in diesem Gewölbe dahinweste.

Er trat näher. Der Polizist deutete auf ein Verlies, das im Keller abgeteilt und mit armdicken Eisenstäben gesichert war.

»Ich denke, wir stehen vor der Lösung des Rätsels«, bemerkte Sergeant Brant. »Hier ist das Versteck unseres Leoparden!«

Oliver spähte durch die Eisenstäbe. Das Verlies war leer. Der Boden des Verstecks war mit Tierexkrementen, Knochen und mit Fetzen verwesten Fleisches bedeckt. Von der Wand hing eine Kette, die mit einem kräftigen Eisenring ins Mauerwerk eingelassen war. Die Kette endete an einem Halseisen.

»Wie grausam, daß er das Tier unter solchen Bedingungen hier eingesperrt gehalten hat«, sagte Alice.

Oliver Yates kniete sich vor das Gitter, zog das Halseisen heran und untersuchte es. »Der Verschluß ist verrostet«, sagte er. »Das Halsband ist lange schon nicht mehr benutzt worden.«

»Vielleicht wurde das Halsband nicht benutzt«, bemerkte Sergeant Brant. »Aber das Versteck ist benutzt worden, daran gibt es keinen Zweifel.«

Alice faßte durch die Stäbe und nahm einen gelblichen Knochen hoch. »Abgenagt«, stellte sie fest. »In diesem Verlies wurde ein Tier gehalten, und das Tier ist gefüttert worden.«

»Es ist besser, wenn Sie die Knochen nicht berühren«, sagte Sergeant Brant. »Es sind Menschenknochen. Dort in der Ecke liegen Überreste von menschlichen Schädeln. Aufgrund der ersten Untersuchung läßt sich sagen, daß wir es hier mit den Überresten von drei oder vier Personen zu tun haben. Es würde mich gar nicht wundern, wenn wir auf dem Grundstück oder im Haus noch weitere Funde dieser Art machen.«

»Was zum Teufel ist in diesem Keller vorgegangen?« wunderte sich Oliver.

Der Sergeant sah ihn an. »Was ich sage, muß unter uns bleiben«, begann er. »Es sieht nach den vorläufigen Erkenntnissen aus, als ob Paul Gallier eine Reihe von Frauen umgebracht hat. Die Leichen dieser Frauen oder Teile davon hat er seinem Leoparden zum Fraß vorgeworfen. Diese These wäre die passende Parallele zu einigen unaufgeklärten Leichenfunden, die wir in den vergangenen Monaten in New Orleans gemacht haben. Die Körper waren angenagt, Gliedmaße fehlten. Soweit wir die Identität feststellen konnten, handelte es sich um Prostituierte und um minderjährige Mädchen, die von zu Hause weggelaufen sind.« Er räusperte sich und warf Alice Moore einen prüfenden Blick zu. »Die Leichen wiesen fürchterliche Verstümmelungen auf, besonders in den Genitalzonen.«

Alice sah zur Seite.

»Wie können Menschen solche Verbrechen begehen?« fragte Oliver Yates.

Der Sergeant zuckte die Achseln. »Bei Menschen ist fast alles möglich. Und was Paul Gallier angeht, so sagt die schwarze Haushälterin, daß er früher von einer Nervenheilanstalt in die andere gewandert ist. Angeblich geht das so schon seit seinem zehnten Lebensjahr. Wir wissen auch, daß der Mann einen religiösen Tick hat. Da muß es dann wohl irgendwann einen Kurzschluß gegeben haben.«

»Bleibt die Frage, wie er sich den Leoparden beschafft hat. Woher hat er das Know-how, um mit einem Raubtier umzugehen?«

»Paul Gallier ist mit Raubtieren großgeworden«, erklärte der Sergeant. »Seine Eltern kamen aus dem Zirkusmilieu. Löwenbändiger.«

»Er und sie?«

»Ja. Die beiden traten als Paar auf. Merkwürdige Leute.«

»Merkwürdig? Wieso?«

»Sagen wir einmal, die beiden waren nicht eben das, was man als Onkel Fred und Tante Pamela vom Lande bezeichnet. Die Frau scheint es in sich gehabt zu haben, wenn Sie wissen, was ich meine. Ihr Mann überraschte sie beim Ehebruch. Er hat sie auf der Stelle erschossen und nach der Tat sich selbst umgebracht.«

»Und die Tochter?« fragte Alice. »Könnte Irena Gallier in die Verbrechen ihres Bruders verwickelt sein?«

Dr. Yates schüttelte den Kopf. Er gab sich keine Mühe, seinen Unwillen zu verbergen. »Wie sollte sie?« sagte er. »Irena hat ihren Bruder seit der Kindheit nicht mehr getroffen. Erst vergangene Woche haben sich die beiden wiedergesehen. Falls überhaupt, so ist sie nicht Täter, sondern Opfer. Sie wäre mir vorhin auf der Straße fast ins Auto gerannt. Ihr Bruder hat sie verfolgt, sagt sie.«

»Das möchte ich noch von ihr selbst hören«, bemerkte Sergeant Brant. »Ich habe der jungen Dame sowieso eine Reihe von Fragen zu stellen. Als Tatverdächtige scheidet sie nach unserem jetzigen Wissensstand wohl aus. Allem Anschein nach plante Paul Gallier sogar die Ermordung seiner Schwester. Solange er nicht gefaßt ist, ist das Mädchen in Gefahr. Sind Sie mit ihr näher befreundet?«

Oliver nickte.

»Dann sollten Sie ihr vorschlagen, daß sie schleunigst aus diesem Haus auszieht.«

»Ich werde mich darum kümmern«, versprach Oliver. Er ignorierte den strafenden Blick, den Alice ihm zuwarf.

»Gut«, quittierte der Sergeant seine Zusage. »Was die Polizei angeht, so stehen wir vor einem Riesenproblem. Der Leopard läuft frei herum. Wie wir wissen, handelt es sich um ein Exemplar, das Menschen anfällt.«

»Sie meinen, das Tier ist von Paul Gallier auf das Töten von Menschen abgerichtet worden?«

»Was die Auswirkungen angeht, ist es unerheblich, ob der Leopard aus eigenem Antrieb oder auf Anweisung von Paul Gallier tötet. Und da hätten wir auch schon das Problem Nummer zwei. Paul Gallier ist flüchtig. Und er ist zu allem fähig. Dieser Mann ist verrückt.« Der Sergeant rümpfte die Nase. »Gehn wir wieder nach oben«, schlug er vor. »Vielleicht bin ich verwöhnt, aber ich kann diesem Keller keinen Reiz abgewinnen.«

Die Tür zum Speisezimmer stand offen. Femolly hielt die Klinke in der Hand. Ein Polizist stand neben ihr, er hatte die dunkelhaarige Frau am Arm gepackt.

Als Brant, begleitet von Oliver und Alice, den Raum betrat, eilte Irena auf den Sergeanten zu.

»Ist es wirklich nötig, daß Sie Femolly in Arrest nehmen? Sie hat mit dem Ganzen doch nichts zu tun!«

»Es tut mir leid, Miss Gallier«, sagte Brant. »Aber die Haushälterin muß nach unserer Überzeugung mitbekommen haben, was in diesem Hause vorging. Zumindest brauchen wir jetzt ihre Zeugenaussage. Alles Weitere wird sich finden.«

Irena ging zu ihr und drückte ihr die Hand. »Sagen Sie mir, Femolly, wenn ich Ihnen in irgendeiner Weise helfen kann.«

Die Antwort kam gefaßt, ja stolz. »Machen Sie sich um mich keine Gedanken, Kind. Sie haben jetzt genug eigene Sorgen. Ich fürchte, daß...« Sie verstummte.

Sergeant Brant nickte dem Polizeibeamten zu. Femolly wurde hinausgeführt. Irena sah durch das Fenster, wie die beiden zum Polizeiauto gingen. Brant wandte sich zu Oliver. »Sie sagten, daß Sie sich um eine andere Unterkunft für Miss Gallier kümmern werden. An was denken Sie?«

»Ich könnte ihr ein Zimmer in meiner Wohnung überlassen, bis Paul Gallier gefaßt ist.« Er lächelte Irena zu. »Ich weiß natürlich nicht, ob sie damit einverstanden ist.«

»Oliver!« Der Zuruf von Alice kam scharf und klar.

Ungeduldig wandte Yates sich um. »Was ist?«

»Findest du das eine gute Idee?«

»Weißt du eine andere Lösung?« gab er zurück. »In diesem Haus kann Irena nicht bleiben, und sonst hat sie niemanden in New Orleans, der sich um sie kümmern könnte.«

»Ich möchte dir keine Umstände machen, Oliver«, sagte Irena.

»Du verursachst überhaupt keine Umstände«, sagte er. »Du wohnst einfach bei mir, bis die Angelegenheit aufgeklärt ist. Zumindest bis die Polizei deinen Bruder gefunden hat.« Er wandte sich zu Alice. »Es sei denn, du weißt eine andere Bleibe für Irena.«

»Mach, was du willst«, sagte Alice kühl.

Oliver faßte seine Schutzbefohlene bei der Schulter. »Komm, pack deine Sachen. Wirst du lange brauchen?«

»Nur ein paar Minuten. Ich hab nicht viel Gepäck.«

»Ich warte hier unten. Alice geht mit dir und hilft dir beim Pakken. Nicht wahr, Alice?«

»Warum nicht«, sagte Alice. Das Angebot kam ohne Begeisterung. »Gehen Sie vor, Irena?«

Dr. Yates sah den beiden nach, wie sie die Treppe hochstiegen. Auf der siebten Stufe wandte Irena sich um. Die Grübchen zuckten in ihren Mundwinkeln, ihre Augen lächelten. In diesem Moment wußte er, daß er sie liebte.

Achtzehntes Kapitel

Sie standen in seinem Wohnzimmer. Irena sah sich um. »Wunderschön«, befand sie.

»War früher mal ein Stall«, erklärte Oliver. »Später hat man hier die Kutschen untergestellt. Im ersten Stock waren die Zimmer für die Dienstboten.« Er machte eine einladende Geste. »Eine Art umgewandelte Garage.«

»Die Garagen, die man heutzutage baut, sind lange nicht so schön wie diese.«

Er grinste sarkastisch. »Eine ungastliche Zeit, in der wir leben.«

»Oliver?«

»Ja?«

»Alice paßt es wohl nicht sehr, daß du mich in deinem Haus unterbringst.«

Er zögerte mit der Antwort. »Sie reagiert eben wie eine Frau«, sagte er schließlich.

»Bist du und sie ...«

»Wir sind nur gute Freunde«, fiel er ihr ins Wort. »Wir arbeiten beruflich zusammen und verstehen uns gut.«

»Ich habe aber den Eindruck, daß sie in eurer Beziehung mehr sieht.«

»Das ist *ihr* Problem. Vielleicht denkt sie, ich werfe dich hier als erstes auf mein Lager und falle über dich her.« Er lächelte.

Sie blieb ernst. »Und hattest du das nicht vor?«

»Nein. Ich mag dich sehr, aber ich würde nie etwas gegen deinen Willen tun.«

»Das erleichtert mich.« Sie senkte den Blick. »Ich bin nämlich noch Jungfrau, mußt du wissen.«

Er schwieg.

»Ich hoffe, das stört dich nicht.«

»Daß du noch nie mit einem Mann geschlafen hast?«

»Ja.«

»Keineswegs. Warum sollte mich das stören?«

»Ich weiß nicht. Die Leute sind komisch. Wenn man heute mit einundzwanzig Jahren noch Jungfrau ist, denken sie, man ist nicht ganz richtig im Kopf.«

Er stand auf, kam zu ihr und legte ihr die Arme um den Hals. Dann küßte er sie. »Ich finde, du bist völlig richtig im Kopf. Und an den anderen Stellen auch. Ich finde dich sehr anziehend. Was du eben gesagt hast, macht dich in meinen Augen nur noch anziehender.«

Ein dankbares Lächeln leuchtete in ihren Augen. »Du bist lieb, Oliver.«

Er gab sie frei. »Ich bin ein hoffnungsloser Romantiker«, sagte er. »Ich stehe hier mit dir und schwinge Reden wie Romeo mit Julia, dabei mußt du todmüde sein, nach allem, was heute geschehen ist.« Seine Züge wurden ernst. »Was mir Sorgen macht, ist dein Bruder. Keiner weiß, wo er steckt. Und dann der Leopard. Wir wissen nicht, was er noch anrichten wird, wenn man ihn nicht bald fängt.« Er streichelte ihre Stirn mit der flachen Hand. »Komm, ich bring dich rauf und zeig dir dein Zimmer.«

»Oliver?«

Er hatte sich zum Gehen gewandt. Jetzt sah er sich um.

»Nächstes Jahr werd' ich einundzwanzig.«

»So etwas Ähnliches hab' ich mir fast schon gedacht.«

»Ich möchte nicht mehr Jungfrau sein, wenn ich zweiundzwanzig bin.«

Sein erstaunter Ausdruck wurde zu einem breiten Lächeln. Er kam zurück und umfing sie liebevoll. »Wir werden sehen, wie wir die Klippen deines nächsten Geburtstages umschiffen. Wahrscheinlich feiern wir die Sache mit einer wilden Party. Nur du und ich.« Er nahm sie am Arm. »Es ist schon spät, Kleines. Komm jetzt und leg dich aufs Ohr. Ich möchte auch noch ein paar Stunden schlafen. Morgen muß ich früh aufstehen. Ich hab' Sergeant Brant versprochen, daß ich ihm beim Aufspüren des Leoparden helfe.«

Sie folgte ihm zur Treppe. Vor einem verglasten Bücherschrank, der am Fuß der Treppe stand, hielt sie inne. Einige Fächer waren herausgenommen worden. In der Lücke stand ein Gewehr für die Großwildjagd.

»Du bist hoffentlich kein Jäger?« fragte sie.

»Du meinst wegen des Gewehrs? Das ist nur vorübergehend hier. Ich hab's heute aus dem Waffengeschäft mitgebracht und werd's morgen in den Zoo befördern. Ich selbst schieße keine Tiere.«

»Du weißt nicht, wie glücklich mich das macht«, sagte Irena. »Ich mag nämlich keine Jäger.«

»Ich auch nicht«, entgegnete er.

Sie sahen sich an. Erst nach einer Weile senkte sie die Augen. Er nickte ihr zu und ging voraus.

Der Raum, in den er sie führte, war einfach eingerichtet. Trotzdem strahlte er Gemütlichkeit aus. Es gab ein großes Fenster, das auf den Garten ging.

Oliver stellte ihre Reisetasche neben das Bett.

»Wenn du noch irgendwas brauchst, mein Zimmer ist nebenan.«

Irena erschauerte. Auf einmal war die Erinnerung an Paul wieder da.

Er bemerkte, wie sich ihr Gesichtsausdruck veränderte. »Du solltest jetzt nicht weiter über die Sache nachdenken, Irena. Sie werden Paul aufspüren, ich bin ganz zuversichtlich.«

Tränen standen in ihren Augen, als sie antwortete. »Ich kann nicht glauben, daß Paul diese fürchterlichen Dinge getan hat. Wer weiß, wer für diese Verbrechen verantwortlich ist. Mein Bruder jedenfalls nicht.«

»Er ist nicht zurechnungsfähig«, sagte Oliver. »Dein Bruder braucht die Hilfe eines Arztes, Irena. Wir werden dafür sorgen, daß er in Behandlung kommt, sobald wir ihn finden.«

Er blieb stehen und wartete auf ihre Antwort. Dann bemerkte er, daß sie in Gedanken weit fort war.

»Schlaf gut«, sagte er. »Ich werd' schon fort sein, wenn du aufwachst. Nimm dir, was du brauchst, und fühl dich wie zu Hause.«

Die Tür glitt ins Schloß. Irena begann sich auszuziehen. Im Spiegel, der über der Kommode hing, betrachtete sie die Bißmale an der Schulter, die Paul ihr zugefügt hatte. Sie berührte die Stelle mit den Fingerspitzen und war erstaunt über die angenehme Empfindung, die sie durchrieselte. Rasch entledigte sie sich ihres Slips, knipste das Licht aus und legte sich zu Bett.

Der Schlaf ließ auf sich warten. Das Bett war ungewohnt, das Haus voll geheimnisvoller Geräusche. Als die Angst vor der Umgebung schwand, kam die Erinnerung an die Ereignisse der letzten Stunden.

Es war lange nach Mitternacht, als sie einschlummerte. Die Alpträume kamen wie Besucher, die sich mit keinem Vorwand abweisen ließen. Irena fand sich in einen exotischen Erdteil versetzt, in einen Streifen Niemandsland zwischen Wüste und Dschungel. In der Ferne die Silhouette nebelverhangener Berge. Es war Nacht. Trotzdem war Irenas Sicht scharf und klar, als erhellte die Mittagssonne die Szenerie.

Eine merkwürdige Anziehungskraft ging von dem Dschungel aus. Sie hörte, wie ihr Name gerufen wurde. Ohne jede Anstrengung überwand sie das schwierige Gelände. Dort, am Rande des Dschungels, stand eine Gestalt. Ein Mann. Er winkte ihr zu. Irena fühlte sich hin- und hergezogen zwischen Abscheu und Verlangen. Schließlich gab sie der Verlockung nach und pirschte sich vorwärts.

Das Gesicht des Mannes war durch den Zweig eines Baumes verdeckt. Bevor sie das Hindernis überwinden konnte, wich der Mann in den Dschungel zurück. Es blieb ihr nichts anderes übrig, als ihm zu folgen.

Dichtes Buschwerk und Lianen peitschten ihre Schenkel. Ein Baum mit krummen, knorrigen Ästen ragte aus dem Regenwald empor. Das Blattwerk war dicht wie ein Dach. Der Mann erwartete sie am Fuß des Baumes. Es war Paul.

Er war nackt. Sein sehniger Körper schien zu glühen. Irenas Blick umfing die schwellenden Brustmuskeln, glitt an den Lenden hinunter und heftete sich auf das Geschlecht. Eine Stimme in ihr schrie: *Nein! Du begehrst etwas Verbotenes.* Ihr Verlangen nach dem Mann, der dort am Fuße des Baumes stand, wurde indes nur noch stärker. Sie fühlte sich hinabgezogen in einen Strudel, aus dem es kein Entrinnen gab.

Sie schwebte auf ihn zu. Jede Faser ihres jungfräulichen Körpers fieberte der Vereinigung entgegen. Paul erwartete sie mit offenen Armen. Sie schmiegte sich an ihn, fühlte seinen Schweiß auf ihre Brüste rinnen, spürte die Hitze, die von seinem Körper ausging. Sie blickte auf. Er hatte das Gesicht zum Licht gewandt, so daß sie ihn gut erkennen konnte. Er hatte den Kopf eines Leoparden.

Keuchend fuhr sie hoch. Kühle Luft drang in ihre Lungen. Sie schlug die Augen auf und sah, daß sie nackt war. Sie war nicht mehr in ihrem Zimmer. Ein Bett war da, aber es war nicht das ihre. Dann sah sie Oliver Yates. Seine Bettdecke war zur Seite geglitten und gab seine Blöße frei. Nur fort, ehe er aufwacht, durchfuhr es sie. Aber es gelang ihr nicht, die Füße von der Stelle zu bewegen. Das Verlangen, das im Traum ihre Sinne aufgepeitscht hatte, war zurückgekehrt. Sie fühlte ihren Schoß feucht werden, bereit für den Mann, den sie begehrte. Wie im Traum nahm sie wahr, daß ihre Hand zwischen die Schenkel glitt. Ihr Mittelfinger begann das Vlies zu liebkosen, in dessen Tiefen das Verlangen nach Oliver glühte.

Olivers Schlaf war unruhig geworden. Sie hörte, wie er stöhnte. Dann wälzte er sich auf die andere Seite. Seine strotzende Männlichkeit war ihren Blicken dargeboten. Sie kniete sich vor das Bett, um ihn aus der Nähe zu betrachten, streckte die Hand aus, um den Schaft seines Fleisches zu liebkosen. Wie in einem fernen Ahnen sah sie sich über ihn gebeugt, spürte den Rhythmus der Schläge, mit denen ihre Finger ihn dem Höhepunkt entgegenführten, lechzte nach dem Salz seines Samens, empfing die Wildheit seines Ergusses.

Sie hätte nicht zu sagen gewußt, ob sie Minuten oder Stunden so zubrachte. Erst als sich das Fensterkreuz im Morgengrauen abzeichnete, tauchte sie wieder auf aus dem Zustand der Trance.

Auf Zehenspitzen schlich sie sich aus Olivers Zimmer und kehrte in ihr Bett zurück. Ihr Herz klopfte bis zum Halse, als sie sich im Schutz der Bettdecke Befriedigung verschaffte. Es war eine starke, überschäumende Erfüllung, die sie erschöpft und glücklich zurückließ. Die Sonne war aufgegangen, als Irena in einen traumlosen Schlaf sank.

Neunzehntes Kapitel

Es war heller Tag, als sie erwachte. Wie ein Ruf aus der Ferne kam die Erinnerung an die vergangene Nacht wieder. Aufs neue durchpulste sie die Erregung. Das Erlebnis mit Oliver war Wirklichkeit, war kein Traum gewesen. Sie empfand Scham und Stolz zugleich. Lächelnd trat sie ans Fenster, zog die weißen Vorhänge zur Seite und genoß die frische Brise, die vom Meer heranwehte und die Blätter in den hohen Bäumen rascheln ließ. Sie duschte ausgiebig und rieb sich dann mit einem der Frotteetücher trokken, von denen ein ganzer Stapel im Badezimmer lag. Hoffentlich kommt Oliver nicht so spät heim, dachte sie. Sie war begierig ihn wiederzusehen, seine Stimme zu hören, seinen Körper zu spüren.

Rasch zog sie sich an, verstaute ihre Siebensachen im Schrank und ging ins Erdgeschoß hinunter. Mit Neugier und Verlegenheit inspizierte sie das Wohnzimmer, ließ ihre Hände über die Gegenstände gleiten, von denen sie annehmen konnte, daß Oliver sie täglich gebrauchte. Das Wohnzimmer wirkte männlich, ohne jene kühle Ausstrahlung, die bei manchen Männern mit dem guten Geschmack einherging. Erdfarbene Tapeten, Polstermöbel, in denen es sich gemütlich sitzen ließ. Sie strich mit dem Finger über die Glasscheiben der Bibliothek und mußte lächeln. Für einen Junggesellen war die Wohnung recht gut saubergehalten.

Es gab einige große Topfpflanzen mit gesunden, grünen Blättern. Ungewöhnlich, daß er als Junggeselle solche Pflanzen hat, dachte sie. Die meisten Männer vergaßen die Gewächse zu pflegen, worauf die vertrockneten Gebilde dann für immer aus der Wohnung entfernt wurden. Was Irena anging, so gefielen ihr die großen Pflanzen besser als jene mimosenhaften Pflänzchen, die Frauen zu kaufen pflegten. Wie sie bei ihrem Rundgang durchs Wohnzimmer weiter feststellte, gab es eine ganze Wand mit gerahmten Fotos. Interessiert trat sie näher.

Es waren Tierfotos, die da an der Wand hingen. Tiere, die in ihrer natürlichen Umgebung abgebildet worden waren. Neben den Tierbildern hing ein Foto von Oliver. Er trug Safarikleidung und sah, wie Irena fand, in diesem Aufzug richtig smart aus. Sie entdeckte einige Fotos, auf denen Oliver neben Eingeborenen abgebildet war. Ob die Bilder in Afrika oder in einem anderen Erdteil aufgenommen worden waren, konnte sie nicht erkennen.

Sie zuckte zusammen, als sie die Bilder sah, wo Oliver neben Alice Moore stand. Dem Hintergrund nach zu urteilen, hatte die Helferin ihn auf verschiedenen Expeditionen begleitet. Auf einem der Fotos hielt Oliver das gutaussehende Mädchen an sich gedrückt. Nur gute Freunde? Es gab Grund, daran zu zweifeln.

Das Gefühl, Oliver in trauter Zweisamkeit mit der anderen zu sehen, gab ihr einen Stich ins Herz. Ich bin eifersüchtig, wunderte sich Irena. Warum eigentlich? Ist es nicht normal, daß Oliver vor mir mit anderen Frauen verkehrt hat? Und was war schon dabei, daß er seine Mitarbeiterin für ein Foto in die Arme nahm? Selbst wenn man unterstellte, daß zwischen den beiden mehr als die sprichwörtlich gute Freundschaft gewesen war, so gab es keinen Zweifel daran, daß Alice Moore jetzt aus dem Rennen war. Sie, Irena, wohnte in seinem Haus. Ein Platz, den sie nicht freiwillig räumen würde.

Ein Geräusch ließ sie zusammenfahren. Es kam aus einem der angrenzenden Zimmer. Ein metallisches Rütteln, als ob ein Kind an einem Gitter zerrte, gefolgt von einem Piepsen. Sie folgte dem Geräusch bis zur Küche und entdeckte einen Vogelkäfig, der in der Fensteröffnung hing. Ein Wellensittich saß auf der Schaukel im Inneren des Käfigs und sah sie an.

Irena brach in befreites Lachen aus und klatschte in die Hände. »Guten Morgen, Kleiner. Hast du auch einen Namen? Komm, sag mir deinen Namen.«

Der Vogel begann zu kreischen. Sie sah, wie er auf seiner Stange seitwärts rückte.

Sie ging näher an den Käfig heran. »Was für ein hübscher Kerl du bist. Bleib schön sitzen. Du brauchst keine Angst vor mir zu haben.«

Das Tier begann zu flattern und im engen Käfig umherzuhopsen. Irena folgte seinen Flügelschlägen und bewunderte die Leichtigkeit der Bewegungen. Das Federkleid war wunderschön. Hellgrün auf der Brust, dunkelgrün an den Flügeln. Die Verlokkung, das Tier zu berühren, wurde übermächtig.

Sie öffnete den Riegel der Gitterklappe, an der das Tier gerüttelt hatte. Offenbar war der Vogel daran gewöhnt, daß er morgens eine Weile frei im Zimmer umherfliegen durfte. Statt in die Freiheit zu entschlüpfen, drängte sich der Sittich in den hintersten Winkel seines Gefängnisses und begann angstvoll mit den Flügeln zu schlagen.

»Nur die Ruhe, mein kleiner Bursche«, lockte Irena. »Niemand will dir was tun. Ich will nur etwas mit dir spielen. Du wirst sehen, wieviel Spaß wir beide haben.«

Sie näherte ihren Mittelfinger der gefiederten Brust und streichelte das Tier mit dem Knöchel. Erschrocken flatterte der Sittich in die andere Ecke. Irena mußte lachen. Sie deckte den linken Teil des Käfigs mit einer Hand ab und griff in die andere Ecke, um das Tier am Rücken zu liebkosen. Es erzitterte unter ihrer Berührung.

Sie tastete nach den zierlichen Füßen. Ein ängstliches Piepsen war die Reaktion. Plötzlich flog der Wellensittich hoch und stieß mit dem Kopf gegen die Abdeckung des Käfigs. Ein Knacken war zu vernehmen, als der kleine Körper auf der Bodenplatte aufkam. Der Vogel zuckte, dann lag er still.

Irena war das Lachen im Halse steckengeblieben. Sie barg das federleichte Tier mit der hohlen Hand und nahm es aus dem Käfig.

»Was hast du denn, mein kleiner Liebling?« schmeichelte sie. »Ich wollte dir doch nicht wehtun. Komm, sei wieder lieb zu mir.«

Das gefiederte Bündel rührte sich nicht. Die Augen waren geschlossen. Der Wellensittich war tot.

Sie biß sich auf die Lippen. Ausgerechnet jetzt, an ihrem ersten Tag in Olivers Haus, mußte ihr so etwas passieren. Was würde er sagen, wenn er heimkam und den toten Vogel entdeckte? Ich muß Ersatz beschaffen, durchfuhr es sie. Sicher, der neue Vogel würde nicht genauso aussehen wie der alte. Aber es würde ein Wellensittich sein. Und allein die Tatsache, daß sie das tote Tier durch ein neues ersetzt hatte, würde Oliver zeigen, wie sehr ihr an seiner Zuneigung, an seinem Vertrauen gelegen war.

Sie barg das tote Tier in der hohlen Hand und trug es in ihr Zimmer, wo sie es in einen Schuhkarton legte.

Dann eilte sie zum Telefon und begann, das Branchenverzeichnis zu studieren.

»Bird World« hieß das Geschäft, das Irena ausgewählt hatte. Es lag in einer ruhigen Seitenstraße, nicht weit vom Kanal. Sie blieb ein paar Atemzüge lang vor dem Schaufenster stehen. Dann, als sie für ihr Vorhaben genügend Mut geschöpft hatte, betrat sie den Laden.

Ein heller Glockenton erklang. Im nächsten Augenblick war das Zwitschern und Flattern der Vögel zu hören. Die Tiere waren in Käfigen untergebracht, die an den beiden Längsseiten des Geschäftes standen. Auch im rückwärtigen Teil des Ladens waren Vogelkäfige zu erkennen. Es gab eine ganze Reihe von Papageien, einige Kakadus und einen Keilschwanzsittich, die nicht im Käfig, sondern auf einer Stange saßen, die an Drähten von der Decke hing. Erst beim Nähertreten bemerkte Irena, daß die Tiere mit Fußkettchen an die Stange gefesselt waren.

Eine große Frau, deren Gang Irena an einen Storch erinnerte, kam aus dem Nebenraum und begrüßte sie mit einem freundlichen Kopfnicken. »Mit was kann ich dienen?«

Irena legte den Schuhkarton auf die Theke, nahm den Deckel ab und entfaltete das Seidenpapier. Der tote Wellensittich kam zum Vorschein.

»Armes kleines Ding«, sagte die Storchenfrau. »Was ist passiert?«

»Ich weiß nicht, woran das Tier gestorben ist«, sagte Irena zögernd. »Ich dachte... ich wollte fragen, ob Sie einen Vogel haben, der diesem hier möglichst ähnlich sieht.«

Die Frau berührte den toten Sittich mit dem ausgestreckten Zeigefinger, drehte ihn auf die andere Seite und betrachtete prüfend das Federkleid. »Ich denke schon, daß wir etwas Ähnliches für Sie finden können. In Wellensittichen habe ich eine ganz schöne Auswahl. Kommen Sie, sehen Sie sich die Tiere einmal an.«

Die Frau ging voraus, Irena folgte ihr in geringem Abstand. Die Vögel, an denen sie vorbeikamen, erhoben sich als flatternde Wolke. Das Kreischen war jetzt spitz, schrill, fast unerträglich.

Die Storchenfrau schüttelte den Kopf. »Ich weiß nicht, was die Tiere haben«, entschuldigte sie sich.

Irena wurde zu einem Käfig voller Wellensittiche geführt, der im hinteren Teil des Geschäftes stand.

Das gleiche Bild: Die Vögel flatterten in panischer Furcht in ihrem Gefängnis hin und her.

»Es tut mir leid«, sagte die Frau. Sie hatte sich hinter ihre Kundin gestellt und sah ihr über die Schulter. »So aufgeregt waren die Vögel noch nie. Ich verstehe das nicht.«

Irena wandte sich um und sah ihr in die Augen. Ein Vorwurf hatte mitgeklungen in der Bemerkung.

»Mörderin!« schrien die Vögel. Irena hielt den Blick auf den Käfig mit den Wellensittichen gewandt. Wie durch einen Nebel gewahrte sie das angstvolle Chaos, das sich hinter dem Gitter ausbreitete.

»Es ist besser, wenn Sie jetzt gehen«, hörte sie die Storchenfrau sagen. »Die Vögel sind sehr aufgeregt. Ich schließe den Laden, bis sich die Tiere wieder beruhigt haben.« Ihre Miene war undurchdringlich. »Es tut mir leid, aber Sie können nicht länger bleiben.«

»Ja, natürlich«, sagte Irena leise. Sie hatte Mühe, die Fassung zu bewahren. Mit raschem Griff nahm sie den Schuhkarton mit dem toten Sittich an sich und verließ das Geschäft. Das Kreischen der Tiere folgte ihr bis auf die Straße.

Zwanzigstes Kapitel

Es war nicht der Anblick der Grabsteine, der Billie Haines traurig stimmte. Seit sie heute früh in New Orleans eingetroffen war, lief alles gründlich falsch. Der Friedhof, den sie beim Betreten zunächst für einen Park gehalten hatte, war insofern nur der I-Punkt auf dem, was man unter Klosterschwestern einen versauten Tag nannte.

Die Ferien hatten mit einem Fehlschlag begonnen. Und das nach einem Jahr stumpfsinniger Arbeit in einem Versicherungsunternehmen in Seattle. Zuerst hatte es wie eine gute Idee ausgesehen. Carol Tetley, ihre einzige Freundin, hatte ihr vorgeschlagen, die Ferien gemeinsam zu verbringen. Es war billiger so, man konnte gemeinsam ein Hotelzimmer belegen. Als Ort der spritzigen Handlung hatte Carol New Orleans vorgeschlagen. Und Billie hatte nicht gezögert, auf das Angebot einzugehen. Ihre Bewunderung für die Freundin war fast grenzenlos. Billie wäre gern als Carol Tetley auf die Welt gekommen. Dann wäre alles leichter, dachte sie. Der Freundin öffneten sich alle Türen – besonders jene, hinter denen gutaussehende Männer mit sicherem Einkommen wohnten. Carol hatte herrliches, gesundes Haar, das ihr in langen, natürlichen Wellen bis über die Schultern fiel. Der Teint und der Schnitt des Gesichts waren makellos. Carol hatte den Schlafzimmerblick, bei dem Männer alles vergaßen, was ihnen ihre Mütter eingebleut hatten. Und sie hatte Brüste, bei deren Anblick Autofahrer aufs Bremspedal traten, egal ob die Ehefrau auf dem Beifahrersitz saß oder nicht. Im Büro, der Wirkungsstätte der beiden Freundinnen, wurde Carol von den Kollegen umschwärmt, als liege in ihr und zwischen ihren allzeit bereiten Schenkeln das Glück dieser Erde verborgen.

Nicht, daß Billie ihre eigenen Reize unter den Scheffel zu stellen pflegte. Sie war ein hübsches Mädchen, mit langen Beinen, gewinnendem Wesen und rundum weiblicher Ausstrahlung. Aber das schien nicht zu genügen, um neben einer Konkurrentin wie Carol Tetley zu bestehen. Billie hatte einfach nicht jenes geheimnisvolle Etwas, das die Männer auf eine Frau wie Carol fliegen ließ. Als sie dem Vorschlag der Freundin für einen gemeinsamen Urlaub in New Orleans zugestimmt hatte, war dies insgeheim in der Hoffnung geschehen, Carols erotische Anziehungskraft werde im Laufe der Tage und Wochen auf Billie abfärben. In ihrer Vorstellung hatte sich Billie von schwarzäugigen Männern umgeben gesehen. Denn New Orleans lag im Süden, für sie eigentlich schon in Mexiko oder Brasilien. Die Männer würden sich um Carol Tetleys blonde Freundin scharen, nachdem sie festgestellt hatten, daß die Schwarzhaarige nur sehr vordergründige Freuden anzubieten hatte.

Es war anders gekommen. Von erotischen Erfolgen im Jagdrevier von New Orleans konnte, was Billie Haines betraf, keine Rede sein. Um die Frühstückszeit waren die beiden Mädchen ins Hotel eingezogen, und am frühen Nachmittag waren sie zum Besuch einer Bar aufgebrochen, wo sich, der Versicherung des Portiers zufolge, Männerbekanntschaften in Hülle und Fülle machen ließen. In der Tat hatte Carol in kürzester Frist ein paar Typen aufgerissen, bei denen jeder Sekretärin das Blut in Wallung geraten würde. Anders als geplant, hatte Billie das Mauerblümchen gespielt. Die Männer schienen durch sie hindurchzusehen. Resigniert lauschte sie den mehr oder weniger verblümten Aufforderungen und Einladungen, mit denen die Freundin vom Schwarm der Verehrer überhäuft wurde. Für sie selbst fiel kein Brosamen vom Tisch. Sie blieb allein. So allein, wie sie in Seattle gewesen war.

Sie hatten knapp zwanzig Minuten in der Bar zugebracht, als Carol mit einem Anlageberater aus Baltimore davonrauschte. Der Mann sah aus wie Burt Reynolds, nur etwas jünger und wilder.

»Du bist mir hoffentlich nicht böse«, hatte sich Carol von der Freundin verabschiedet. »Aber Chuck möchte mir was kaufen.«

»Macht fast gar nichts.« Du Flittchen. Nicht Chuck möchte dir was kaufen. *Du* möchtest, daß er dir deine Protztitten mit Brillanten behängt.

»Wir sehen uns dann heute abend im Hotel, okay?« Morgen früh, meinst du wohl.

»Aber sicher. Viel Spaß.« Fahr zur Hölle!

Nach dem blitzschnellen Abschied in der Bar also nun der Spaziergang über den Friedhof von New Orleans. Sehr sinnig. Fehlt nur noch der Trauerflor an der Muschi. Billie Haines war so sehr in ihr Selbstmitleid vertieft, daß sie den Mann erst bemerkte, als er schon vor ihr stand.

»Ruhiges Plätzchen, nicht?« sagte er.

Sie fuhr zusammen. Als sie sich von ihrem ersten Schreck erholt hatte, fiel ihr auf, daß der Fremde ganz gut aussah. Sie brachte ein verlegenes Grinsen zustande. Ja, wenn man von den Grabsteinen absehe, sei der Friedhof eigentlich ein Park. Sie liebe nun einmal das Grün und die Natur. Aber natürlich auch Musik und Tanzen. Sie sei in diesem Punkt wie andere Mädchen auch. Nein, einen besonderen Grund für den Spaziergang über den Friedhof gebe es nicht. Aber ruhig sei es hier. Da hätte er ganz recht. So plätscherte die Unterhaltung dahin. Ein Wort gab das andere. Billie ließ sich nicht lange bitten, als sie der Fremde auf einen Drink einlud. Wenig später saßen sie sich in einer schummrig beleuchteten Tagesbar gegenüber.

Der Fremde hatte sich vorgestellt. »Paul ist ein schöner Name«, kommentierte Billie. Gleich darauf tat ihr die belanglose Bemerkung leid. Er mußte sie für absolut hirnlos halten.

Aber der Mann sah nicht so aus, als ob er die Bemerkung überhaupt mitbekommen hätte. Sein Blick war auf ihre Brüste gerichtet. Sie zog sich die Bluse glatt und nippte an dem rosagefärbten Drink, den die Bar den Gästen unter der Bezeichnung ›Hurricane‹ anbot.

»Ziemlich viel Betrieb hier«, sagte der Fremde in ihre Gedanken hinein.

Billie sah sich um. Man konnte beim besten Willen nicht sagen, daß die Bar überfüllt war. Aber sie verkniff sich eine Entgegnung, die ihr Gegenüber als Zurechtweisung hätte auffassen können. »Ja«, sagte sie leichthin. »Wir sind wohl in eine Bar geraten, wo viele Touristen verkehren.«

»Wäre es Ihnen recht, wenn wir irgendwo hingingen, wo wir allein sind?«

Endlich werden meine Träume wahr, dachte sie. Das Kribbeln in ihren Schenkeln war unerträglich geworden. Sie zwang sich ruhig zu erscheinen. »Warum nicht? Mein Hotel ist nicht weit von hier. Wir könnten auf mein Zimmer gehen. Die Aussicht ist nicht gerade prächtig, aber ...«

Der Mann schien keinen Wert zu legen auf die Aussicht, die sich aus Billies Hotelfenster bot. Noch bevor sie ihre Antwort ganz heraus hatte, winkte er nach der Rechnung. Ein paar Herzschläge später verließ Billie die Bar, am Arm geführt von dem Mann, dessen Muskeln sie durch die Kleidung spüren konnte.

Eine Stunde später lagen sie in Billies Hotelbett. Sie hatten sich entkleidet, und der Fremde hatte zu tun begonnen, was Billie Haines aus Seattle von ihm erwartet hatte. Seine Bemühungen waren dann allerdings – Billie diagnostizierte den Zustand mit dem Begriffsreichtum der Großraumsekretärinnen – in einer Sackgasse steckengeblieben. Jetzt saß Paul sichtlich verzweifelt auf der Bettkante, die Ellenbogen auf die Knie gestützt, und starrte auf den billigen Nadelfilz zu seinen Füßen. Sie kuschelte sich zusammen, so daß sie hinter ihm zu liegen kam, und kraulte ihm den Rücken.

»Mach dir nichts draus, Paul«, tröstete sie ihn. »So was kommt vor. Ein Mann ist schließlich keine Maschine.«

Er sah sie nicht an. »Du bist ein liebes Mädchen, Billie, weißt du das?«

»Du bist auch nett«, gab sie zurück. »Ich bin gern bei dir. Wirklich.«

»Du verstehst nicht, was ich sagen will.«

Sie richtete sich auf und setzte sich neben ihn. Ihre Hand glitt zu seinem Glied. Sie achtete darauf, daß die Spitzen ihrer Nägel die Hoden berührten. Eine Weile lang ließ sie ihre Finger spielen. *Chopin* nannten das die anderen Mädchen im Büro. Sie mußte lächeln, wenn sie an die Gespräche in den Pausen dachte. Wie wenig Haare Paul in der Schamgegend hatte. Und wie weich seine Haut war. Wie die Haut eines Babys.

»Du bist nervös, weil wir das erste Mal zusammen sind«, sagte sie. »Denk jetzt an gar nichts. Leg dich flach hin, und denk an gar nichts.«

Seufzend folgte Paul der Aufforderung. »Ich bete jedesmal, daß es nicht zum Äußersten kommt«, flüsterte er, als er auf dem Rükken lag. »Gott ist mein Zeuge, daß ich...«

Sie saß über ihn gebeugt. Ihre Fingerspitzen massierten seine Lenden. Er erschauderte. »Laß jetzt eine Weile lang den lieben Gott aus dem Spiel«, sagte sie. »Du bleibst jetzt liegen und bist ein guter Junge. Laß Billie die Arbeit machen.«

Er lag still, als ihre Lippen seine Brustwarzen liebkosten. Sie hielt seine Oberarme umfaßt. Langsam glitt ihre Zunge in die Höhlung seines Nabels.

Sie spürte, wie sich seine Muskeln anspannten, als ihre Zunge den Haaransatz oberhalb seines Glieds erreichte. Sorgfältig umschloß sie die Hoden mit der hohlen Hand. Als sie sicher war, daß er keinen Schmerz verspüren würde, verstärkte sie den Druck.

Er stöhnte vor Wollust. Sein Glied begann zu wachsen. Er machte Anstalten sich auf die Seite zu wälzen.

Behutsam drückte sie ihn auf das Bett zurück. »Ich dachte, du wolltest ein guter Junge sein.« Sie lächelte. »Laß Billie die Sache in die Hand nehmen.« Sie beugte sich zu ihm hinab und versenkte ihre Zunge in seinem Mund. Nach dem Kuß fuhr sie mit der Massage seiner Hoden fort.

Paul lag auf dem Rücken. Die Muskeln seines Brustkorbs schimmerten im Widerschein der Lampe. Er hielt die Arme ausgestreckt, die Hände waren zu Fäusten geballt.

Sie umschloß den Schaft seines Gliedes, als wollte sie eine Fakkel ergreifen. Dann ließ sie die Vorhaut in einem unendlich langsamen Rhythmus vor und zurückgleiten. Die Eichel schob sich aus der feingeäderten Hülle. Billie befeuchtete ihre Lippen und grub die Spitzen ihrer Fingernägel in die Haut am Fuße des Schaftes. Dann umschloß sie die Eichel mit den vorgestülpten Lippen.

»Ich sehe, du bist ein guter Junge«, sagte sie. »Du machst deiner Missis Freude.« Erneut öffnete sie den Mund und führte sein Glied in die feuchte Höhlung ein, bis sie die Eichel am Zäpfchen spürte.

Paul hatte versucht zu protestieren, als sie sein Glied in den Mund nahm. Aber es gelang ihm nicht, die Worte zu artikulieren, die seinen Gedanken in diesem Moment entsprachen. Stöhnend ließ er es geschehen, daß sie sein Verlangen anstachelte, daß sie ihn dem abgründigen Glück des Höhepunktes auslieferte, nach dem er sich sehnte und vor dem er sich fürchtete. Er öffnete die Augen und betrachtete seine Hände. Es war zu spät. Die Nägel waren zu Raubtierkrallen geworden.

Er wachte auf, weil sein Rücken etwas Kaltes berührte. Durch die geschlossenen Augenlider sah er den Lichtschein der Deckenleuchte. Das Plätschern eines Wasserhahns war zu hören.

Paul öffnete die Augen. Es dauerte eine Weile, bis er wußte, wo er war. Im Hotel, im Badezimmer, das an Billies Zimmer angrenzte. Benommen stützte er sich auf. Er war nackt. Seine Hand war fast so weiß wie die Fliesen des Fußbodens. Das plätschernde Geräusch kam vom Hahn des Waschbeckens über ihm. Eine furchtbare Ahnung beschlich ihn. Er sah an sich hinunter. Die Haut war schweißüberströmt und bleich.

Wieder war geschehen, was er verabscheute und begehrte.

Er stand auf und stützte sich mit den Händen auf den Rand des Waschbeckens. Angewidert schloß er den Wasserhahn. Dann trat er einen Schritt zurück und betrachtete den Mann, der ihm aus dem Spiegel entgegenstarrte. Nein, Spuren des Geschehens waren an seinem Körper nicht zurückgeblieben. Glatt und bleich spannte sich die Haut über den Muskeln. Nichts Ungewöhnliches, wenn man von dem Fetzen Schorf absah, der oberhalb des Bauchnabels sichtbar wurde. Es war nicht schwer, den Schorf zu lösen. Das Gefühl erinnerte an den leichten Schmerz, den man empfand, wenn man sich von den Überresten eines Sonnenbrandes befreite. Als er das Stück Schorf zwischen den Fingern hielt, führte er es zum Mund und aß es auf.

Ihm graute vor dem Anblick, der sich ihm bieten würde, wenn

er die Badezimmer öffnete. Aber es gab keine andere Lösung. Der Ausgang führte durch das Schlafzimmer. Paul ergriff ein Handtuch und rieb sich das Gesicht trocken. Dann betätigte er den Türknopf.

Was er sah, bestätigte seine Befürchtungen. Überall Blut, auf dem Bett, an den Wänden, sogar an der Decke. Auf dem Fußboden schimmerte eine purpurne Lache. Das Bettzeug befand sich in einem kaum beschreiblichen Durcheinander. Zwischen den Laken lagen die blutigen Gliedfetzen, lag der zur Unkenntlichkeit zerfleischte Körper jener Billie Haines, die am Morgen zuvor aus Seattle angereist war, um in New Orleans einen erotisch eingefärbten Urlaub zu verleben.

Sorgsam die blutigen Pfützen meidend, ging Paul zu dem Stuhl hinüber, wo er seine Sachen hingelegt hatte. Er beugte sich nach den Schuhen. Neben dem Stuhlbein lag eine Hand, die oberhalb des Gelenkknochens abgetrennt war. Die Sehnen hingen heraus. Ein Blutspur lief über den Handrücken. Sie endete an einem zersplitterten Knochen. Die Handfläche war nach oben geöffnet. Das Bild erinnerte Paul an ein Kind, das um Brot bittet.

Er schloß die Augen und zog sich an, so rasch er konnte. Dann öffnete er die Tür zum Gang einen Spalt und lauschte. Nichts war zu hören. Er trat hinaus. Der Gang war menschenleer. Er ließ die Tür hinter sich ins Schloß fallen, eilte an den blinkenden Aufzugtafeln vorbei und verschwand im Treppenhaus.

Einundzwanzigstes Kapitel

Oliver war rechtschaffen müde, als er vor der Tür seines Stadthauses in der Burgundy Street stand. Seine Glieder schmerzten, sein Schädel brummte. Mehrere Stunden lang hatte er im Polizeihubschrauber zugebracht, und mehr als einmal hatte er bedauert, Sergeant Brant seine Mitwirkung bei der Suche nach dem Leoparden zugesagt zu haben. Die Vorfreude auf einen Abend mit Irena zauberte ein Lächeln auf seine Lippen.

Er führte den Schlüssel ins Loch, drehte um und trat ein. Unten war es dunkel. Eine ungute Vorahnung beschlich ihn.

»Irena?« rief er.

»Hier bin ich«, kam die Antwort.

Er tastete sich durch den Flur. Dann sah er sie. Sie saß am Schreibtisch, in seinem Arbeitszimmer. Nur die Schreibtischlampe brannte. Ihr Lichtkegel fiel auf Irenas gefaltete Hände.

»Was ist?« fragte er und beugte sich zu ihr. Dann sah er, daß sie geweint hatte.

»Mir ist heute etwas Entsetzliches passiert.«

»So sprich doch!« Die Vorstellung, daß es Paul gelungen war, Irena hier, in seinem Haus, aufzuspüren, stahl sich in sein Bewußtsein.

Irena zog den Schuhkarton heran, der auf der Schreibtischkante lag und wickelte den Vogel aus dem Seidenpapier. Oliver starrte auf den winzigen Kadaver, dann auf Irena.

»Das ist Peppy.«

»Ja«, sagte sie. »Es tut mir so leid, Oliver.«

Er nahm ihre Hände und zog sie an sich. »Aber mein kleiner Liebling, Peppy war doch nur ein Vogel. Du weißt ja, daß Vögel nicht sehr lange leben. Für einen Wellensittich hatte Peppy sogar schon ein gehöriges Alter auf dem Buckel.«

»Er ist nicht einfach so gestorben, Oliver. *Ich* habe ihn getötet.«

»Wie meinst du das?«

»Ich habe mit ihm gespielt. Ich schwöre dir, Liebster, ich wollte dem kleinen Kerl wirklich kein Leid zufügen. Ich habe nur den Käfig aufgemacht, um mit ihm zu spielen. Als ich ihn berührte, fiel er um und war tot.«

»Das ist doch nicht deine Schuld.«

»Doch. Ich habe ihn zu Tode geängstigt.«

»Das ist Unsinn, Irena. Ich sage dir noch einmal, der Vogel war in dem Alter, wo man sowieso jeden Tag damit rechnen muß, daß er stirbt. Du hast wirklich keine Schuld, Kleines.« Er legte ihr den Arm um die Schulter. Dann fiel sein Blick auf die gepackte Reisetasche, die neben dem Schreibtisch stand.

»Was soll das?«

»Es ist besser, wir trennen uns, Oliver.«

»Aber warum denn? Nur weil der Vogel tot umgefallen ist?«

»Du weißt noch nicht alles, Oliver! Ich bin heute nachmittag in der Stadt gewesen, in einem Zoogeschäft. Ich wollte dir einen neuen Wellensittich kaufen. Als ich den Laden betrat, zeigten die Vögel alle Anzeichen der Todesangst. Das war kein Zufall, Oliver. Ich bin schuld. Etwas Merkwürdiges steckt in mir, das den Vögeln Angst einjagt.«

»Jetzt sei doch einmal vernünftig, Irena. Für eine solche Reaktion von Tieren gibt es zig Erklärungen. Willst du, daß ich sie dir alle aufzähle?«

Sie schüttelte traurig den Kopf. »Ich fühle mich verhext, Oliver. Es ist wie ein Fluch, der mit dem Blut von Generation zu Generation weitergehen wird. Paul hat mir den Schlüssel zum Geheimnis in die Hand gegeben. Du weißt, wie meine Eltern zu Tode gekommen sind. Und du kennst die Schuld, die mein Bruder auf sich geladen hat. Wenn das Vermächtnis auf ihn übergegangen ist, dann auch auf mich.« Bittend sah sie zu ihm auf. »Ich liebe dich, Oliver. Aber ich bin eine Gefahr für dich.«

»Du zerbrichst dir anderer Leute Kopf«, sagte Oliver. »Es gibt nicht den geringsten Anhaltspunkt dafür, daß du unter der gleichen Krankheit leidest, die Paul befallen hat.«

»O doch!« widersprach sie. Sie sagte es ruhig und gefaßt. »Es ist besser, wenn wir uns trennen. Ich werde dich verlassen, Oliver.«

»Das kannst du nicht tun!« entfuhr es ihm. Einige Sekunden lang schwieg er. »Ich lasse dich nicht gehen, weil ich dich liebe«, fügte er hinzu.

Sie hatte sich beherrscht, so gut sie konnte. Jetzt schossen ihr die Tränen in die Augen. Sie warf ihm die Arme um den Hals. »Kannst du mich wirklich lieben, jetzt wo du weißt, was in mir steckt, wo du weißt, was aus mir werden kann?«

»Ganz ruhig, mein Liebling. Du hast einige schlimme Erlebnisse hinter dir, aber du solltest dich dadurch nicht völlig aus dem Gleichgewicht bringen lassen.«

»Es ist nicht die Vergangenheit, die mir Angst macht. Mir graut vor dem, was noch passieren kann, Oliver.«

»Hörst du mir überhaupt zu? Ich habe gesagt, daß ich dich liebe.«

»Ja«, kam es zögernd.

»Ich meine keine Liebe für einen Tag. Ich möchte, daß wir zusammenbleiben, Irena. Für immer.«

Sie öffnete die Augen. Er sah das Begehren, von dem sie erfüllt war. »Oliver«, flüsterte sie. »Ich wünschte mir so sehr, dein Traum könnte Wirklichkeit werden.«

»Meine Liebe zu dir ist kein Traum«, sagte er. »Wir werden zusammenbleiben. Nichts und niemand kann daran etwas ändern, wenn wir es wirklich wollen.«

Er küßte sie. Sie überließ ihm ihren Körper. Dann, als hätte sie sich plötzlich anders besonnen, stieß sie ihn zurück.

»Was würdest du sagen, wenn wir nicht miteinander schlafen können? Würdest du dann bei mir bleiben?«

»Ich habe nie gesagt, daß das Schlafen die Hauptsache ist. Das hat Zeit.«

»Du verstehst mich nicht. Ich meine, wenn wir *nie* miteinander schlafen können.«

»Wir werden noch darüber sprechen«, sagte er. »Aber nicht heute abend. Wir sind beide zu müde, um jetzt so etwas auszudiskutieren. Und jetzt laß mich deine Tasche wieder in dein Zimmer tragen.«

Sie folgte ihm auf ihr Zimmer. Er fuhr ihr mit der Hand über das Haar. Dann küßte er sie und sagte ihr Gutenacht. Wenig später lag er in seinem Bett, ohne Schlaf zu finden. Wieder und wieder ging ihm durch den Kopf, was Irena gesagt hatte. Die Bedeutung ihrer Worte blieb ihm ein Rätsel.

Es war am frühen Morgen, als er durch das anhaltende Läuten des Telefons geweckt wurde. Benommen kletterte er aus dem Bett, stolperte die Stufen hinunter und riß den Hörer von der Gabel.

»Hier Dr. Yates.«

»Hier Brant.«

»Wer?«

»Sergeant Brant, vom New Orleans Police Department.«

»Ah ja. Was gibt's?«

»Ich möchte Sie bitten, sofort zum Hotel ›Emile Zola‹ zu kommen. Hier ist ein Mord geschehen.«

»Wer ist das Opfer?«

»Eine junge Touristin. Ihr Name war Billie Haines.«

Olivers Gedanken jagten sich. Trotzdem vermochte er nicht, das Gesagte einzuordnen. »Ich kenne die Tote nicht«, sagte er ärgerlich. »Warum rufen Sie mich an?«

»Weil es so aus aussieht, als ob Ihr Leopard wieder zugeschlagen hat.«

»Und wie soll das Tier in das Hotel gelangt sein?«

»Fragen Sie mich nicht, aber allem Anschein nach wurde das Mädchen von einem Raubtier zerfleischt. Das Tier hat sie in Stükke gerissen. Ich habe schon viele Leichen gesehen, aber keine, die so entsetzlich zugerichtet war. Ein Mensch ist zu einer solchen Tat physisch nicht imstande.«

»Ich komme«, sagte Oliver.

Er legte auf. Ein paar Sekunden lang starrte er das Telefon an.

War es denkbar, daß der Leopard das Mädchen zerfleischt hatte? Der erste Mord war in einem Massagesalon geschehen. Dieser in einem Hotel. Gab es Parallelen?

Er griff nach dem Hörer und rief Alice Moore an.

»Kannst du in zehn Minuten abholbereit vor der Haustür stehen?« begrüßte er sie.

»Sicher«, kam die schläfrige Antwort. »Was ist denn passiert?«

»Ich möchte darüber am Telefon nichts sagen. Ich erzähl' es dir gleich, bei der Fahrt in die Stadt.«

Er legte auf und hastete die Stufen hoch. Auf dem oberen Absatz stand Irena.

»Was ist denn?« fragte sie. Angst klang in ihrer Stimme.

»Der Leopard ist aufgetaucht«, sagte er. »Die Polizei möchte, daß ich hinfahre und mir die Spuren ansehe.«

Irena hatte sich umgedreht und war schon unterwegs zu ihrem Zimmer. »Ich ziehe mich an und komme mit.«

»Das ist keine gute Idee«, sagte Oliver. »Es ist besser, du bleibst hier. Ich werd' mich beeilen.«

Sie zog die Brauen zusammen. »Hast du nicht gerade mit Alice telefoniert?«

»Das ist richtig. Alice ist eine ausgebildete Tierpflegerin. Sie kann mir bei dem Job von Nutzen sein.«

»Während ich dir nur im Weg stehen würde, nicht?«

»Bitte, Irena. Wie ich das Problem löse, mußt du schon mir überlassen.«

»Dir und Alice.«

»Verdammt noch mal, ja! Alice kommt mit, und du nicht.«

Irena machte auf dem Absatz kehrt, stürmte in ihr Zimmer zurück und schlug die Tür hinter sich zu.

Er überlegte, ob er ihr folgen sollte. Dann entschied er sich anders. Es hatte keinen Zweck, in diesem Zustand mit ihr Argumente auszutauschen.

Das Hotel ›Emile Zola‹ war kein Haus im Stil der Alten Welt, wie man sie sonst im French Quarter von New Orleans antrifft. Es war auch kein Gebilde aus Stahl und Glas wie jene Unterbringungsmaschinen, die entlang der Canal Street errichtet worden waren. Das Haus war aus den fünfziger Jahren. Ein konservatives Hotel, in dem vorzugsweise Familien und Reisegruppen abstiegen. Der Komfort war knapp bemessen, die Preise niedrig.

In der Empfangshalle herrschte ein wildes Durcheinander, als Oliver und Alice eintrafen. Polizisten waren zu sehen, Fernsehreporter vom Lokalsender, Hotelbedienstete und aufgeregte Gäste. Alle sprachen zur gleichen Zeit.

Sergeant Brant bahnte sich mit den Ellenbogen einen Weg durch die Menge. Er begrüßte Oliver und Alice und begleitete sie zur wartenden Aufzugskabine.

Er drückte den Knopf für den dritten Stock. »Der Anblick da oben ist nicht sehr erfreulich«, bemerkte er, mit einem Kopfnikken in Richtung des Mädchens.

»Wenn Sie mich meinen«, sagte Alice, »ich bin nicht gekommen, um in der Hotelhalle mit den anderen Gästen Vermutungen über den Hergang der Tat auszutauschen. Hatten Sie gedacht, mir wird übel, wenn ich eine Leiche sehe?«

Sergeant Brant zuckte die Schultern.

»Es ist besser, wenn Alice mitkommt«, schaltete sich Oliver ein. »Sie kann uns bei der Identifizierung der Spuren von Nutzen sein.«

»Wie Sie meinen«, sagte Brant.

Die Tür glitt auf. Sie wurden von einem Polizeibeamten empfangen. Drei weitere Beamte hatten vor der Tür von Zimmer 312 Posten bezogen. Neugierige Gäste und das nicht minder wißbegierige Personal des Hotels wurden auf diese Weise am Betreten des Tatorts gehindert.

Sergeant Brant stieß die Tür auf und trat zur Seite, so daß Alice und Oliver den Raum überblicken konnten. Nicht ohne Genugtuung beobachtete er, wie Alice aschfahl wurde.

»Nur rein in den Metzgerladen«, sagte Sergeant Brant. »Sehen Sie sich das an, und dann sagen Sie mir, ob das ein Mensch gemacht hat oder ein Tier.«

Dr. Yates war in den Raum getreten. »Wo Sie von Mensch und Tier sprechen, Sergeant, mir fällt da *Jack the Ripper* ein. Der hat seine Leichen auch ziemlich übel zugerichtet.«

»Aber mit einem Messer, Dr. Yates. *Jack the Ripper* hat die Frauen zerschnitten, er hat sie nicht in Stücke gerissen, und er hat ihnen nicht die Knochen durchgebissen.« Er stieß die Luft durch die Nase. »Ich hoffe, Sie wissen den feinen Unterschied zu würdigen.«

»Und niemand hat einen Ton gehört?«

»O doch. Die Gäste vom Zimmer nebenan haben ausgesagt, daß sie mitten in der Nacht das Knurren eines Tieres vernommen haben. Sie haben auch eine Frau schreien gehört. Das Dumme ist, daß sie die Sache nicht sofort der Rezeption meldeten. Die haben erst ausgepackt, als man die Leichte entdeckte.«

»Warum so verschwiegen«, fragte Alice.

»Die haben gedacht, die Reisegruppe aus Südamerika feiert auf dem Zimmer weiter. Jedenfalls wollten sie mit der Sache nach Möglichkeit nichts zu tun haben.«

»Das ist ja herrlich«, bemerkte Oliver.

»Niemand hat das Mädchen gestern nacht heimkommen sehen«, fuhr der Sergeant fort. »Billie Haines hatte das Zimmer übrigens zusammen mit einer Freundin belegt. Leider war die Freundin gestern abend auch unterwegs. Als sie um vier Uhr heute früh ins Zimmer kam, fand sie Billie tot vor.«

Oliver hatte sich hingekniet. Er betrachtete die Hand, die auf dem blutverschmierten Teppichboden lag. Die Spuren der Zähne waren nicht zu übersehen.

»Sie ist von einem Raubtier getötet worden«, sagte er. »Von einem ausgesucht bösartigen Exemplar.«

»Da ist noch etwas, was ich Ihnen zeigen möchte«, sagte Sergeant Brant.

Er gab Oliver ein Zeichen, ihm zum Bett zu folgen. »Gehen Sie mal um das Bett herum. Fällt Ihnen was auf? Nur auf der äußeren Seite ist Blut. Der Teppich auf der anderen Seite ist sauber.« Er deutete auf die Wand. »Und was halten Sie davon?«

Oliver betrachtete den blutigen Pfotenabdruck auf der Tapete.

»Nun?«

»Ein Raubkatze«, sagte Oliver. »Ein Leopard.«

»*Unser* Leopard?«

Oliver schloß die Augen. Die Spur war eindeutig. Es gab keinen anderen Leoparden, der eine so große Fußspur hinterließ.

»Ja«, sagte er leise. »Unser Leopard.«

Zweiundzwanzigstes Kapitel

Die Sonne war aufgegangen. Ihre blutrote Scheibe spiegelte sich in den Fluten des Lake Pontchartrain, als Oliver in die Ausfahrt des Interstate Highway 10 einbog. Wenig später lenkte er den Wagen die unbefestigte Straße entlang, die zwischen dem sumpfigen Waldgelände verlief. Das Westufer des Sees war wegen seiner Schönheit bekannt; und wegen seines Fischreichtums. Oliver hatte seine Angelausrüstung samt hüfthohen Stiefeln mitgenommen. Und Essen für drei Tage, obwohl nur eine einzige Übernachtung geplant war. Irena saß neben ihm. Ihr Blick war auf die Straße gerichtet. Während der bisherigen Fahrt hatte sie kaum gesprochen.

»Glaub mir«, sagte Oliver, »es war wirklich besser, daß du gestern nicht mitgekommen bist. Wie diese Frau zugerichtet war, ich glaube, das hätte dir Alpträume für die nächsten drei Jahre beschert.«

»Und Alice?« sagte sie spitz. »Wie bewältigt *sie* ihre Alpträume?«

Er sah zu ihr hinüber und war erleichtert, ein Lächeln in ihren Mundwinkeln zu entdecken.

»Sie wird sich jemand suchen müssen, der ihr den Angstschweiß von der Stirn tupft«, frotzelte er. »Ich kann nicht beides zugleich: angeln und den Casanova spielen.«

»Aber wenn du's unter einen Hut bringen könntest, würdest du's machen.«

Er wurde ernst. »Es tut uns beiden gut, daß wir mal einen Tag und eine Nacht von der Stadt wegkommen«, sagte er. »Am wichtigsten ist, daß wir vierundzwanzig Stunden lang nichts mehr von dem Leoparden hören.« Er hob das Kinn und deutete hinaus. »Hab ich dir zuviel versprochen?«

»Die Gegend ist hübsch«, gab Irena zu.

»Von dem Häuschen mußt du dir allerdings nicht zuviel erwarten«, sagte er. »Es ist eigentlich nur eine Hütte. Ich hab das Ding mit Hilfe von einem Freund zusammengezimmert. Yeatman Brewer. Das Dach ist undicht, und die Hütte läßt sich schwer heizen. Aber um diese Jahreszeit ist es ganz gemütlich dort.«

»Wohnt dein Freund das ganze Jahr über dort?«

»Yeatman? Nein. Der hat sein eigenes Haus, ein paar Meilen landeinwärts. Aber er kümmert sich um die Hütte, wenn ich weg bin. Manchmal kommt er auch zum Angeln her, bringt ein paar Freunde mit. Mir ist es ganz recht, wenn jemand nach der Hütte sieht.«

»Du kommst selten her?«

»Wenn ich die Nase voll habe von der Großstadt. Ich bleibe meist ein bis zwei Tage. Angeln, Grillen, Schwimmen ...«

»Hast du schon andere Frauen hierher eingeladen?«

»Ich bin hin und wieder mit einer Gruppe von Freunden hier gewesen. Frauen waren auch dabei.«

»Und Alice?«

»Alice ist auch hier gewesen, ja.«

Sie waren am Seeufer angekommen. Er hielt den Wagen an und half Irena hinaus. »Dort ist es«, sagte er und deutete auf ein rohgezimmertes Holzhaus am Ende des Steges.

»Sieht kuschelig aus«, sagte Irena.

»Besser als nackt im Straßengraben übernachten, würde Yeatman sagen.«

Sie ließen den Wagen zurück und gingen den Steg entlang. Der Wind hatte aufgefrischt. Kleine, harte Wellen schlugen gegen die Pfähle, auf denen der Steg ruhte. Vor dem Holzhaus erwartete sie ein grauhaariger Mann, dessen Aussehen Irena an einen Förster erinnerte.

»Tag, Oliver«, sagte der Mann. »Ich hab schon alle Türen und Fenster aufgemacht, damit Licht und Luft reinkommt. Es roch ganz fürchterlich nach Fisch. Schätze, nach ein paar Stunden läßt sich's wieder aushalten.«

Oliver gab ihm die Hand. »Wie geht's, Yeatman?«

»Ich schlag mich so durch. Und du? Wenn ich das Mädchen ansehe, das du mitgebracht hast, muß ich sagen, du wirst vom Glück verfolgt.«

Oliver grinste und wandte sich zu seiner Begleiterin. »Das ist Yeatman Brewer.« Er faßte sie beim Arm und stellte sich hinter sie. »Und das ist Irena.«

Sie gab dem Mann die Hand. »Oliver hat mir schon von Ihnen erzählt.«

»Sicher nichts Gutes«, schmunzelte Yeatman.

Sie gingen hinein, Yeatman blieb vor dem Haus zurück. Aufmerksam sah sich Irena im Innenraum um. Einfache, praktische Möbel, ein großes Fenster, das auf den See ging. An den Wänden Tierfotos.

»Hier gefällt's mir«, sagte sie. »Wirklich.« Ein scheues Lächeln erschien auf ihrem Gesicht.

»Das Haus ist primitiv, aber es hat Charme«, sagte Oliver geschmeichelt.

Sie ging zur Ecke des Raumes und zog den Fransenvorhang zur Seite. Ein Doppelbett kam zum Vorschein.

»Mit Gruppen von Freunden«, frotzelte sie.

Oliver räusperte sich. »Ich werd' zum Wagen zurückgehen und das Angelzeug holen. Je früher wir anfangen, um so besser beißen die Fische.«

»Brauchst du mich noch?« fragte Yeatman. Er stand im Türrahmen.

»Nein, danke«, beschied ihm Oliver. »Ich denke, wir kommen jetzt schon zurecht, Irena und ich.«

»Sollte man meinen«, sagte der grauhaarige Mann. »Ich bin dann morgen abend wieder hier und mach sauber.« Er zwinkerte ihnen zu und ging hinaus. Sie hörten, wie seine Schritte sich vom Haus entfernten.

Es dauerte eine halbe Stunde, bis sie alles Zubehör ins Ruderboot geladen hatten. Dann kauerte sich Irena auf das Sitzbrett. Mit kräftigen Schlägen ruderte Oliver das Boot auf den See hinaus, wo sie ihr Gerät hervornahmen und zu angeln begannen.

Irena war ein Neuling in dem Geschäft, aber es machte Spaß ihr zuzusehen. Sie jauchzte vor Freude, als es ihr gelang, einen Seebarsch aus dem Wasser zu ziehen. Wenig später ging ihr ein Mondfisch an die Angel. Oliver betrachtete sie mit wohlwollendem Grinsen und lobte sie, als sie gelernt hatte, die Fische vom Angelhaken zu lösen. Irenas Launen der vergangenen Tage, die Oliver in Unruhe und Zweifel gestürzt hatten, schienen vergessen.

Sie nahmen das Mittagessen im Boot ein, draußen auf dem See. Irena packte die Butterbrote aus, die sie in New Orleans für den Ausflug vorbereitet hatten. Oliver leerte eine Bierflasche aus dem Sechserpack, das er ins Boot mitgenommen hatte. Er lächelte, als er sah, wie Irena ihre Milchtüte öffnete.

Die Beute war reichlich. Bald hatten sie so viele Fische gefangen, daß sie für einen Tag ausgesorgt hatten. Sie legten die Angeln zur Seite und machten es sich im Boot bequem. Es war noch hell. Sie ließen sich von den Wellen schaukeln. Oliver hielt Irenas Hand. Sie unterhielten sich über Olivers Freunde. Er vermied es, auf den Zoo zu sprechen zu kommen. Es war ein schöner Tag.

Als die Schatten der Bäume am Seeufer länger wurden, ruderte er das Boot zum Steg zurück und vertäute es. Irena war nicht davon abzubringen, das Ausnehmen der Fische selbst zu besorgen. Er sah ihr zu. Geschickt stellte sie sich an, erstaunlich geschickt. Und sie zeigte keine der üblichen weiblichen Empfindsamkeiten, als aus den aufgeschlitzten Fischbäuchen Blut und Innereien hervorquollen.

Sie verbrachten den Abend an der nahen Bucht. Oliver hatte ein Lagerfeuer angezündet. Der Fisch brutzelte in der Pfanne, das Geräusch des spritzenden Fettes vermischte sich mit dem Prasseln des Holzes. Sie hatten nur Salz und Pfeffer mitgebracht. Aber auch ohne erlesene Gewürze schmeckte der Fisch vorzüglich. Oliver erinnerte sich nicht, je mit solchem Appetit gegessen zu haben. Auch Irena griff zu. Sie aß mit dem gleichen Heißhunger, den er am ersten Abend, im Fischrestaurant in New Orleans, an ihr bewundert hatte.

Als sie satt waren, setzten sie sich ans Feuer und schauten in die Glut, bis die Scheite niedergebrannt waren. Dann nahm Irena Pfanne, Teller und Besteck, spülte alles im See sauber und verstaute das Zubehör in einem Bündel, das sie mit einem Lederriemen zusammenschnürte. Oliver nahm das Bündel über die Schulter. Arm in Arm gingen sie zum Haus am Steg zurück.

Plötzlich blieb sie stehen. Ihre Hand krampfte sich um seinen Arm.

»Was hast du?« fragte er.

»Hör mal!« flüsterte sie.

Er musterte die dunklen Zweige, die auf das Seeufer hinausragten. »Ich höre nichts.«

»Doch«, sagte sie. »Die Tiere sprechen. Die Geschöpfe im Wald unterhalten sich miteinander.«

Er hielt den Atem an und lauschte. Jetzt konnte er es auch vernehmen, das Zirpen der Vögel und all die anderen Geräusche, die sich zu einer kaum wahrnehmbaren Symphonie der Nacht zusammenfügten. Irena stand an ihn geschmiegt, er spürte ihr Herz pochen. Plötzlich vergaß er, worüber er nachgedacht hatte. Die Tiere und der Wald waren auf einmal nicht mehr wichtig. Er sah nur noch das Mädchen, das sich an ihn drängte, fühlte den Druck ihrer Brüste, sog die Wärme und den Duft ein, der von ihr ausging. Er nahm sie in die Arme, bog ihren Kopf zurück und küßte sie.

Irena erwiderte die Liebkosung. Sie hatte den Mund geöffnet und spielte mit seiner Zunge. Seine Hand glitt in ihre Bluse und tastete nach den Knospen ihrer Brüste.

Brüsk wich sie vor ihm zurück. »Tut mir leid. Das war meine Schuld.«

Er biß sich auf die Lippen, um seine Enttäuschung zu verbergen. Sie hörte, wie er tief Luft holte.

Erneut schmiegte sie sich an ihn. Ihre kühlen Finger fuhren auf seiner Stirn entlang. »Ich kann dich so gut verstehen, Liebster«, flüsterte sie. »Ich sehne mich ebenso sehr danach wie du.«

»Aber warum ...«

Ihre Hand legte sich auf seinen Mund. »Laß mir Zeit«, sagte sie. »Ich muß erst sicher sein.«

»Hast du Zweifel an meiner Liebe zu dir?«

»Nein. Es ist etwas anderes.«

»Willst du es mir nicht sagen?«

»Ich kann jetzt nicht darüber sprechen, Oliver.« Sie sah ihn an, aus großen, traurigen Augen.

Er löste sich aus ihrer Umarmung. »Also gut«, sagte er. Es klang bitter. »Du schläfst heute nacht im Bett und ich im guten alten Schlafsack.«

»Hab Geduld mit mir«, bat sie. »Ich verspreche dir, ich brauche nicht mehr lang, um Klarheit in meinen Gedanken zu schaffen. Ich werde dir gehören, mein Liebling.«

Er lächelte. »Keine leichtfertigen Versprechen! Der liebe Gott hört mit.« Er küßte sie auf das Haar an den Schläfen.

Die frische Luft hatte ihm gutgetan. Aber sie hatte ihn auch müde gemacht. Das Rudern bis zur Mitte des Sees war anstrengend gewesen. Und dann lag ihm die reichlich bemessene Abendmahlzeit im Magen. Zehn Minuten, nachdem er es sich in dem wattierten Schlafsack bequem gemacht hatte, übermannte ihn der Schlaf.

Irena konnte keine Ruhe finden. Noch nie hatte sie nachts durchschlafen können. Sie zog es vor, während der Tageszeit zu dösen. In dieser Nacht, nach dem Abend mit Oliver, war an Einschlafen gar nicht zu denken. Von einer seltsamen Erregung ergriffen, lauschte sie seinem Atem, zählte die Wellen, die an den Steg schlugen, erschrak beim Knacken der Verstrebungen, mit denen der Steg vor dem Haus gesichert war. Die Geräusche, so schien es ihr, waren unnatürlich laut.

Als sie sich an das Ächzen des Stegs gewöhnt hatte, wehten die Stimmen der Tiere herüber. Fast vermeinte sie zu verstehen, was die Wesen sagten.

Nachdem sie eine schlaflose Stunde unter der Bettdecke verbracht hatte, stand sie auf und ging auf Zehenspitzen zur Ecke des Raums, wo Oliver schlief. Behutsam zog sie den Vorhang zur

Seite. Es war dunkel im Haus. Aber Irena konnte sehen, als wäre der Raum vom hellen Sonnenlicht überflutet. Geräuschlos glitt sie auf das Bett und kniete sich neben Oliver. Sie beugte sich über ihn und betrachtete seine Züge. Ihre Hand stahl sich unter ihr Nachthemd und begann die Brust zu liebkosen. Die Stelle, wo Oliver mich berührt hat, dachte sie. Sie kniff die Warze mit den Nägeln und spürte, wie ein Schauder ihr Innerstes durchflutete. Ich möchte, daß er mich nimmt, dachte sie. Ich möchte seine Hände auf meinen Brüsten spüren, sein Glied zwischen meinen Schenkeln. Ihre Hand fuhr über die Bauchgrube zur Scham. Sie schloß die Augen, krümmte den Zeigefinger, ließ die Fingerkuppe zwischen die Schamlippen eintauchen und streichelte sich.

Sie versuchte, ihren Atem zu kontrollieren. Erst, als der Höhepunkt sich näherte, ließ sie ihrer Erregung freien Lauf. Die Lippen geöffnet, den Kopf zurückgeworfen, kostete sie die Erfüllung aus. Dann, als die Erregung abgeebbt war, verließ sie Olivers Bettstatt, zog den Vorhang wieder zu und eilte zur einzigen Tür des Hauses. Geräuschlos öffnete sie den Riegel, trat hinaus und schloß die Tür hinter sich. Mit ein paar Sprüngen war sie im Wald.

Die Stimmen der Tiere waren lauter geworden, eindringlicher, deutlicher. Gierig sog sie das Aroma der Nacht in sich ein. Mit tierhafter Grazie pirschte sie sich durch das Unterholz. Die Slipper an den Füßen erschienen ihr plötzlich unbequem. Sie streifte sie ab und lief barfuß weiter. Der Wald wurde dichter, die Zweige umschlossen sie wie die Arme eines Mannes, der seine Geliebte begrüßt. Vom See her wehte eine Brise herüber, sie spürte die Kühle am Flaum ihrer Wangen.

Das Fieber, das so oft nachts über sie kam, war wieder da. Das Fieber und das Licht! Das Zirpen der Vögel und die Lockrufe des Niederwilds hatten sich in Worte verwandelt, in ein deutlich wahrnehmbares Flüstern. Der Wald schien im Glast der Mittagssonne zu funkeln. Was ihr tagsüber wie ein düsteres Geheimnis erschien, bot keinerlei Überraschungen mehr. Irena konnte in jeden Winkel sehen, als sei er mit einem Scheinwerfer ausgeleuchtet.

Sie ging weiter. Eine aufgestörte Wühlmaus hastete davon. Das Flattern eines Vogels war zu hören. Irena blickte zum Nachthimmel hinauf. Eine Eule.

Schritt für Schritt drang sie in den Wald vor, kam an einem verfaulten Baumstumpf vorbei. Sie hörte, wie die Kiefer der Ameisen das Holz zermahlten. Dann durchschnitt der Todesschrei der

Maus die Stille. Die Fänge der Eule hatten sich um die Gurgel des Tieres geschlossen. Irena ging weiter. Sie schrak zusammen, als sie das Paniksignal einer Fliege hörte, die sich nach einer unvorsichtigen Kletterpartie in einem Spinnennetz wiederfand. Das Schwingen der Spinnfäden war zu vernehmen, als die Spinne auf ihre Beute zukroch.

Irena fühlte sich eins mit dem Wald und seinen Tieren. Das ist meine Welt, dachte sie. Hier gehöre ich her. Sie war am Rande einer Lichtung angelangt und ließ die Geräusche der Nacht auf sich einwirken. Sie kam sich vor wie ein Feld, das nach langer Trokkenzeit den Regen empfängt.

Etwas raschelte im kniehohen Gras. Ein Hase kam in Sicht. Sie sah, wie er nach links und rechts sicherte. Sie lächelte. Der Hase hatte sie erblickt. Sie hörte, wie sich sein Atem beschleunigte. Im nächsten Moment war er im nahen Dickicht untergetaucht. Irena setzte ihm nach.

Oliver fuhr hoch, als ein Luftzug seine schweißnassen Schläfen streifte. Als er die Tür klicken hörte, wich seine Benommenheit. Plötzlich war er hellwach.

Er blieb liegen und starrte ins Dunkel. Nichts. Oder doch? Das Tapsen nackter Füße auf den Dielenbrettern war zu vernehmen. Dann sah er die Silhouette eines Menschen näherkommen.

»Bist du's Irena?« flüsterte er.

Mit einem Ruck richtete er sich auf und tastete nach der Taschenlampe, die er vor dem Einschlafen neben sich gelegt hatte. Er fand die Lampe und knipste sie an. Irena stand vor ihm. Ihre Augen funkelten in fremdartiger Wildheit.

Aus ihren Mundwinkeln troff Blut, es sickerte in das Nachthemd, dessen Stoff nun auf der Haut klebte.

»Sieh mich nicht an!« schrie sie. Dann schlug sie ihm die Taschenlampe aus der Hand.

Dreiundzwanzigstes Kapitel

Nein, dachte sie. Das habe ich nur geträumt.

Sie blickte in ihr Spiegelbild und wiederholte den Gedanken laut. »Das habe ich nur geträumt.«

Wieder zurück, in Olivers gemütlichem Stadthaus in der Burgundy Street, war es schwer, sich vorzustellen, daß sie je fortgewesen war. Wie Schattenbilder zogen die Ereignisse der Nacht an Irena vorüber. Das Holzhäuschen am Steg, das Locken des Waldes, die Stimmen der Tiere. Dann der Hase, die Jagd, das Blut...

»Ich habe geträumt«, wiederholte sie.

Sie wußte, daß sie log, daß sie sich selbst betrog.

Der Zorn überkam sie. Es hatte keinen Zweck, vor der Wahrheit davonzulaufen. Die Szenen der vergangenen Nacht waren blutige Wirklichkeit. Alles war so vor sich gegangen, wie sie sich erinnerte.

Voll wehmütiger Zärtlichkeit dachte sie an Oliver und die Art, wie er die Situation überspielt hatte. Am Morgen danach war er besonders liebevoll zu ihr gewesen, noch behutsamer als sonst. Eher beiläufig hatte er sich erkundigt, ob es ihr gutginge. Mit keinem Wort hatte er ihre Begegnung in der Nacht erwähnt. Irena war, nachdem sie ihm die Taschenlampe aus der Hand geschlagen hatte, zum Wasserhahn gelaufen und hatte sich das Blut abgewaschen. Das bluttriefende Nachthemd hatte sie zusammengerollt und zuunterst in ihrer Reisetasche verstaut. Beim Frühstück hatte sie sich unbesorgt, wenn auch nicht übermütig gegeben. Nein, hatte sie geantwortet. Ihr fehle nichts, wirklich gar nichts. Er solle sich keine weiteren Gedanken um sie machen.

Jetzt, in der Burgundy Street, schnürte ihr der Gedanke an Oliver den Hals zu. Sie hätte weinen mögen über die schier unüberbrückbare Kluft, die zwischen ihnen lag. Oliver war der gütigste, der liebenswürdigste und der verständnisvollste Mann, denn sie je kennengelernt hatte. Mehr noch, er hatte Leidenschaften in ihr entfacht, vor denen Irena sich tabu geglaubt hatte. In der Tiefe dieser Leidenschaften allerdings, die auszukosten sie sich sehnte, lag die Gefahr. Eine Gefahr, die das Ende ihrer Liebe heraufbeschwören konnte.

Sie wanderte zu dem Tisch zurück, der in der Ecke ihres Zimmers stand, und setzte die Zeichnung fort, an der sie seit dem frühen Morgen gearbeitet hatte.

Ein Klopfen an der Tür ließ sie zusammenfahren.

Sie erkannte Olivers Stimme. »Irena, bist du schon auf?«

»Bin noch nicht richtig wach«, sagte sie. »Ich muß mich noch frischmachen und mich anziehen.«

»Ich fahr' schon in die Stadt«, sagte er. »Okay?«

»Okay.«

»Ich denk', ich kann gegen sechs zurück sein.«

»Ich freue mich auf dich.«

Schweigen.

»Ich liebe dich, Irena.«

Er wartete auf ihre Antwort. Sie schwieg. Schließlich hörte sie, wie er die Treppe hinunterging. Die Haustür klappte ins Schloß.

Sie biß sich auf die Lippen und spürte, wie die Tränen ihr die Wangen herunterliefen. Mit wütender Geste nahm sie ein Taschentuch von der Kommode und wischte sich die Augen trokken. Dann zwang sie sich, an der begonnenen Zeichnung weiterzuarbeiten.

Es war ein Selbstbildnis. Aber ihre Züge waren auf gespenstische Weise verändert. Die Augen lagen schräg, sie beherrschten das Bild. Die Nase war flachgedrückt, breit, die Ohren angelegt. Ihr war, als sähe sie in einen geheimnisvollen Spiegel. Eine phantastische Verwandlung schien mit ihr vor sich zu gehen.

In einer plötzlichen Eingebung durchkreuzte sie die Zeichnung mit dem Stift. Sie drückte so fest auf, daß die Mine abbrach. Sie riß das Blatt aus dem Block, zerknüllte das Papier und verbarg ihren Kopf zwischen den Armen. Sie weinte. Die Tränen brachten keine Erleichterung.

»Es hat keinen Zweck«, sagte Sergeant Brant. »Wir blasen die Fahndung ab.«

Dr. Yates runzelte die Stirn. Er saß Sergeant Brant gegenüber, der ihn in seinem Büro im Verwaltungsgebäude des Tierparks aufgesucht hatte. Alice Moore stand neben ihrem Chef, mit verschränkten Armen, als wolle sie den Bedenken Nachdruck verleihen, die dieser noch gar nicht geäußert hatte.

»Seit dem Tod der Frau in dem Hotel sind fünf Tage vergangen«, fuhr Brant fort. »Von dem Raubtier fehlt jede Spur.«

Oliver Yates tippte mit dem Bleistift auf die Schreibtischplatte. »Und doch habe ich das Gefühl, die Katze ist noch in der Gegend.«

»Ich sehe nicht, wie sich ein Panther von diesen Ausmaßen fünf Tage lang in einer Stadt...«

»Kein Panther«, unterbrach ihn Oliver. »Ein Leopard.«

»Also gut. Ein Leopard. Ich sehe nicht, wie sich ein Leopard dieser Größe fünf Tage und fünf Nächte lang in einer Stadt wie New Orleans verstecken kann! Keiner der fünfhunderttausend

Einwohner hat das Tier gesehen. Es kann sich schließlich nicht unsichtbar machen. Es gibt nur zwei Erklärungen. Entweder das Tier ist tot, oder es hat die Gegend verlassen und ist in einen anderen Bundesstaat übergewechselt.«

Oliver schüttelte den Kopf. »Um an ihre Worte anzuknüpfen, Sergeant – ein toter Leopard ist genausowenig unsichtbar wie ein lebendiger. Ich will damit sagen, wir haben das Problem keineswegs vom Halse.«

»Jedenfalls gibt es nichts, was die Polizei in der Sache noch tun kann«, sagte Brant. »Ich habe keine Leute, die ich für weitere ein oder zwei Wochen für die Großwildjagd freistellen könnte.«

»Ich weiß, das Budget«, sagte Oliver trocken. »Ich bekomme das in der letzten Zeit von allen Seiten zu hören.«

»Und was wird aus der Fahndung nach Paul Gallier?« fragte Alice Moore. »Stellen Sie die auch ein?«

»Die Suche nach Paul Gallier geht weiter«, entgegnete Brant.

»Gibt es denn schon irgendwelche Hinweise?« erkundigte sich Oliver.

»Nein. Aber ich bin zuversichtlich, daß wir dem Mann bald auf die Spur kommen. Ich habe Paul Gallier eine Menge Fragen zu stellen.«

»Es wäre wichtig, daß Sie den Mann schnell aufspüren«, sagte Oliver. »Es sieht so aus, als ob Gallier unter einem paranoiden Schub leidet. Niemand weiß, was er als nächstes anrichten wird.«

Sergeant Brant ging auf den Hinweis nicht ein. Er verabschiedete sich und verließ das Büro.

Alice war ans offene Fenster getreten. Ein peinliches Schweigen erfüllte den Raum.

»Ich möchte mit dir sprechen, Oliver«, sagte sie schließlich.

Er gab keine Antwort.

»Und zwar über uns.«

»Bitte.«

Aus der Ferne war Donnergrollen zu hören. Die Vorhänge blähten sich. Oliver spürte den schwülen Luftzug, der hereinstrich.

»Wir werden wohl ein Gewitter kriegen«, sagte er.

Alice hielt den Blick auf die gegenüberliegende Baumgruppe gerichtet. »Seit Irena da ist, hat sich vieles geändert zwischen dir und mir.«

Er wich aus. »Du sprichst da von Dingen, die noch ungeklärt sind.«

»Liebst du das Mädchen?«

Er zuckte unter der Direktheit ihrer Frage zusammen. »Ich weiß es nicht, Alice. Irena ist von einem Geheimnis umgeben. Das Mädchen ist ein einziges Rätsel, und ich bin nicht in der Lage, das Rätsel zu lösen.«

»Bist du mit ihr ins Bett gestiegen?«

»Nein. Ich habe nur das Gefühl, daß ich sie irgendwie beschützen muß.«

»Beschützen?« Alice sagte es mit offenem Hohn. »Dieses Mädchen braucht keinen Beschützer, sie braucht psychiatrische Betreuung. Mit Irena stimmt etwas nicht.«

»Du bist unfair«, sagte er.

»Ich habe nicht den Ehrgeiz, fair zu sein«, gab sie zurück. »Ich will nur herausfinden, wie die Dinge stehen zwischen dir und mir.«

Er deutete auf die offene Tür. »Wir können hier schlecht sprechen.«

»Dann laß uns heute abend irgendwo hingehen, wo wir sprechen *können*.«

Er zögerte. »Ich möchte Irena nicht allein zu Hause lassen.«

»Dann bringen wir die Unterredung in deiner Wohnung hinter uns«, sagte Alice. »Ich habe Anspruch auf ein klares Wort, und vielleicht ist es ganz gut, wenn Irena dabei ist. Sie ist schließlich an dem Problem nicht ganz unschuldig.«

Er seufzte. »Also gut. Wenn du es so willst, dann reden wir daheim, bei mir. Was ich nicht verstehe, ist, daß du es so eilig hast.«

Ihre Antwort kam ohne Schärfe. »Es gibt eine ganze Reihe Dinge, die ich nicht verstehe. Ich hoffe sehr, daß du sie mir erklären kannst.«

Es war halb fünf, als es zu regnen begann. Schon am frühen Nachmittag war der Himmel schiefergrau geworden. In den Büros und in den Wohnungen gingen die Lichter an.

Irena hatte sich zum Nachmittagsschlaf hingelegt. Zusammengerollt wie eine Katze lag sie auf dem Bett. Sie wachte auf, als ein heftiger Windstoß den angelehnten Fensterflügel aufstieß. Ein Regenschleier wurde hereingeweht. Die kühle Dusche landete auf Irenas Wangen und netzte ihre Lippen. Benommen stand sie auf, schleppte sich zum Fenster und schloß den Riegel. Als sie zu ihrem Bett zurück wollte, erhellte ein Blitz das Geäst der Bäume.

Wie angewurzelt blieb sie stehen. Dort drüben in den Zweigen hockte Paul, ihr Bruder.

Sie wich zurück. Ehe sie die Tür erreichen konnte, sprang er. Das Fenster zerbarst mit explosionsartigem Klirren. Paul landete auf allen vieren. Er war unverletzt. Die Lampe, die auf dem Garderobentischchen stand, war zu Boden gefallen. Ihr Fuß erschien als überdimensionaler Schatten auf der Wand.

Durch das zersplitterte Fenster fuhr der Sturm herein wie das Heulen von tausend verlorenen Seelen. Regen peitschte die Vorhänge. Ein Donnerschlag folgte dem anderen, wie ein Trommelwirbel prasselten die schweren Tropfen aufs Dach.

Paul Gallier sprang auf die Füße und verwehrte Irena den Weg zur Tür.

»Wie geht's, kleine Schwester?«

»Paul, wo bist du gewesen?«

»Überall und nirgends«, sagte er. »Du bist die einzige, die mir jetzt noch helfen kann.«

»Die Polizei sucht dich.«

»Ich weiß.« Sein Blick wurde zwingend, starr und hart. »Befreie mich, Irena. Löse meine Fesseln.«

»Ich verstehe dich nicht.«

»Du verstehst mich sehr gut.« Der Ausdruck seiner Stimme wurde drohend. »Du mußt mir helfen.«

»Aber ich *kann* dir nicht helfen, Paul!« sagte sie, krampfhaft bemüht, ihre Verzweiflung zu verbergen. »Du bist ein kranker Mensch.«

»Ich bin kein Mensch wie all die anderen. Und du auch nicht, Irena! Wenn du ehrlich bist mit dir selbst, dann weißt du es. Wenn du mich befreist, wirst auch du frei werden. Wir werden das Leben führen, das unsere Eltern geführt haben. Du weißt, daß Vater und Mutter mehr füreinander waren als Mann und Frau. Sie waren wie wir.«

Irena hielt die Hände an die Ohren gepreßt. »Nein!« schrie sie. »Schweig! Du lügst!«

Er faßte sie roh an den Handgelenken und bog ihr die Arme herunter. »Nicht ich lüge, meine kleine Schwester, sondern du. Du machst dir selbst etwas vor, weil du nicht den Mut aufbringst, der Wahrheit ins Auge zu sehen. Du glaubst, du liebst diesen Oliver Yates. Du glaubst, du kannst mit ihm wie Mann und Frau zusammenleben. Aber in deinem Inneren weißt du, daß das eine

Lüge ist. Du kannst diesem Mann keine Liebe geben, sondern nur den Tod. Komm mit mir, meine kleine Schwester. Wir werden frei sein. Wir werden so leben, wie es uns vorbestimmt ist.«

Ein Blitz zuckte auf und ließ die Wände in gleißendem Blau erstrahlen. Unmittelbar darauf folgte der Donner.

»Oliver liebt mich«, sagte Irena.

»Nein, das tut er nicht. Er liebt nicht dich, sondern das Raubtier in dir. Zugleich fürchtet er dieses Raubtier, er will es besitzen, sich seine Kräfte untertan machen. Er würde auch dich lieben, Irena, dich und deine Seele, wenn das möglich wäre. Aber ich weiß, daß du nie einem Mann gehören kannst. Überlaß Oliver seiner Freundin. Laß die beiden glücklich werden, sie gehören zusammen. Du aber gehörst mir, meine kleine Schwester. Komm in meine Arme. Laß uns die Freiheit erleben, die uns glücklich macht.«

»Nein!« schrie sie. Es gelang ihr, sich von ihm freizumachen. Angstvoll wich sie in die Zimmerecke zurück. Immer noch hielt Paul die Tür versperrt.

Es war, als hätte sich die Düsternis der Totenwelt über seine Augen gesenkt. Mit einer blitzschnellen Geste ging er in die Knie. Als er wieder hochkam, hielt er einen dolchartig geformten Glassplitter in der Rechten. Mit erhobener Hand kam er auf sie zu.

»Wenn du dich nicht mit mir vereinigen willst, müssen wir sterben.« Seine Stimme zitterte. In seinen gelben Augen glomm der Wahnsinn.

Entsetzt spürte sie, wie sie mit dem Rücken an die Wand stieß. Es gab kein Entrinnen mehr. Immer näher kam die Hand mit der Waffe. Sie spürte, wie er ihr den Splitter an die Gurgel setzte und die Haut ritzte. Blut trat aus. In einem Rinnsal floß es zum Ansatz ihrer Brüste.

»Nicht, Paul«, bat sie. »Bitte, nicht!«

»Es gibt keine andere Lösung«, sagte er. »Wir müssen zusammenfinden oder sterben.« Er verstärkte den Druck auf ihren Hals. Das Rinnsal wurde breiter. Sie spürte, wie das Blut ihre harten Knospen erreichte.

Paul war jetzt mit Argumenten nicht mehr ansprechbar, dachte sie. Es gab keinen Zweifel, daß sie es mit einem Wahnsinnigen zu tun hatte.

»Einverstanden, Paul«, sagte sie und zwang sich, ihre Stimme sanft und warmherzig klingen zu lassen. »Ich werde tun, was du willst, Bruderherz. Ich werde mit dir kommen.« Sie legte ihm die Arme um den Hals und gab ihm die Rundung ihres Busens zu spüren. Seine Arme schlossen sich um ihre Schultern.

Dann küßte sie ihn. Zuerst die Augen, dann die Wangen, die Nasenflügel, die Mundwinkel, die Lippen. »Gut«, flüsterte sie, als er den Mund öffnete und ihre Zunge eindringen ließ. Es gab ein kaum vernehmliches Geräusch, als der gläserne Dolch seiner Hand entglitt und auf den Teppichboden fiel.

Pauls Hände liebkosten den Rücken seiner Schwester. Er kniete vor ihr, und sie spürte, wie sein Glied zwischen ihren Schenkeln wuchs. Er gab ihren Mund frei. Seine Lippen glitten über die Grübchen ihres Schlüsselbeins und fanden zu den Warzenhöfen ihrer Brüste. Sie bog sich zurück, ließ es geschehen, daß er ihren Venushügel küßte. Dann fühlte sie, wie seine Zunge in ihre Scham eindrang.

Ein Schauder der Wonne schüttelte ihren Körper. Es ist Sünde, dachte sie. Ich tue Unrecht. Vielleicht das größte Unrecht, dessen sich eine Frau schuldig machen kann. Aber ich will diese Sünde begehen. Ich will, daß er es mit mir tut.

Als sie sich mit der Linken am Boden abstützte, stießen ihre Finger auf den Glassplitter, den Paul als Dolch benutzt hatte. Ohne nachzudenken, ergriff sie die Waffe. Ein vorsichtiger Blick. Paul hielt seinen Kopf zwischen ihren Schenkeln vergraben. Seine Hände drückten ihre Knie auseinander. Sein Rücken war nackt, ungeschützt. Ein Stich, und der Alptraum würde vorüber sein. Sie hob die Hand. Aber dann zögerte sie.

Es war, als ob Paul von seinem animalischen Instinkt gewarnt worden wäre. Als sie bereit war zuzustechen, ließ er von ihr ab und warf sich zur Seite. Die Spitze des gläsernen Dolches landete in seinem rechten Arm.

Blut schoß hervor. Paul stieß einen Schmerzensschrei aus. Erneut stach Irena zu. Aber ihr Bruder war schneller. Mit einer behenden Bewegung hatte er sich zur Seite gerollt.

Sie sprang auf und rannte zur Tür. Paul hatte mit der Linken seinen verwundeten Arm ergriffen. Vor Schmerz wie gelähmt, starrte er Irena an. Mit fliegender Eile riß sie den Schlüssel aus dem Loch, hastete hinaus, schlug die Tür hinter sich zu und sperrte von außen ab. Erschöpft lehnte sie sich an die Wand und lauschte. Drinnen war alles still.

Paul starrte auf den tiefen Schnitt, der ihm von seiner Schwester zugefügt worden war. Er führte den Arm an den Mund und sog das Blut aus der Wunde. Es war so viel, daß es ihm aus den Mundwinkeln rann.

Sein Blick fiel in den Spiegel. Seine Augen waren zu schrägen Schlitzen geworden.

Paul öffnete den Mund. Das Brüllen eines Raubtiers entrang sich seiner Kehle. Das Fleisch auf seinen Fingerknochen barst auf. Die Haut blätterte ab. Die Nägel krümmten sich, bis sie zu bernsteinfarbenen Krallen geworden waren.

Vierundzwanzigstes Kapitel

Der Regen peitschte auf die Windschutzscheibe. Oliver saß am Steuer seines Pickup und versuchte, die Straße zu erkennen, die da irgendwo vor ihm in der rauschenden Sintflut aufscheinen mußte. Er hatte die Geschwindigkeit des Fahrzeugs auf zwanzig Meilen mindern müssen, nachdem er in einer tiefen Pfütze ins Schleudern geraten war. Alice Moore saß auf dem Beifahrersitz. Sie hielt die Hände verkrampft, als hielte sie das Steuerrad.

Beide waren erleichtert, als die Umrisse von Olivers Haus in der Burgundy Street im Kegel des Scheinwerfers auftauchten. Eine Weile lang blieb er am Steuer sitzen. Alice rührte sich nicht. Schließlich öffnete er ihr wortlos die Tür. Mit großen Sprüngen hasteten sie zum Vordach hinüber.

Das Haus war dunkel. Befremdet knipste Oliver das Licht an. Er nahm sich vor, mit Irena zu sprechen und sie zu bitten, abends die Lichter in der Eingangshalle und im Flur anzumachen.

Er betrachtete die Tropfen, die seiner Begleiterin über die schöne Stirn rannen. »Ich könnte einen Kaffee gebrauchen«, sagte er, einigermaßen unvermittelt.

»Ich mach' das schon«, bot sie an.

»Danke. Ich hol' uns inzwischen ein paar Handtücher von oben.«

Er sah ihr nach, wie sie zur Küche ging. Dann eilte er die Treppe hinauf und nahm zwei Frotteetücher aus dem Wäscheschrank, der am Ende des Korridors stand. Er war auf dem Rückweg zur Treppe, als ihm der Lichtspalt unter Irenas Tür auffiel. Er blieb stehen und klopfte an.

»Irena? Ist alles in Ordnung?«

Der Lichtspalt verschwand. Ein Geräusch war zu hören. Es klang, als ginge jemand über Glasscherben. Er versuchte, die Tür zu öffnen, als er merkte, daß der Schlüssel von außen steckte. Er drehte ihn um, stieß die Tür auf und trat ins Dunkel.

»Irena?« Plötzlich war die Furcht da, kalt wie die Klinge eines Stiletts. Er durchquerte den Raum und betrachtete das zerschmetterte Fenster. Der Regen schlug ihm ins Gesicht.

Die Tür hinter ihm schlug zu. Oliver hörte, wie der Schlüssel umgedreht wurde.

Er fuhr herum. Im spärlichen Licht, das von der Rückseite des Hauses hereinfiel, war der Schatten einer menschlichen Gestalt zu erkennen, die auf ihn zukroch. Das Knurren einer Raubkatze war zu hören, es schien aus der gleichen Ecke zu kommen.

Ein Blitz erhellte den Raum. Für den Bruchteil einer Sekunde sah Oliver das Wesen, mit dem er eingesperrt war.

Es war Paul Gallier. Er stand an die Wand gedrückt, nackt, mit schwellenden Muskeln. Das Gesicht war ein Zerrbild jenes Menschen, den Irena ihm als ihren Bruder beschrieben hatte. Die Lippen waren zurückgewichen und gaben zwei Fangzähne frei. Das Wesen hatte Raubtieraugen. Die Gesichtshaut war verschrumpelt, wie bei einer Mumie. Sie zerfiel zu Flocken, die als kleine weiße Zeppeline zu Boden schwebten.

Dann war die Dunkelheit wieder da. Verzweifelt versuchte Oliver, die Bewegungen des Wesens auszumachen, dessen keuchender Atem näher und näher kam. Er versuchte, etwas zu sagen, aber die Worte blieben ihm im Halse stecken.

»Oliverrr...« Das Wesen hatte den Schrei in menschlicher Sprache begonnen. Das Wort mündete ein in das Gebrüll eines Raubtiers.

Oliver wich zurück. Das Schnaufen des Tieres folgte ihm. Dann roch er den Raubtieratem.

Wieder schlug ein Blitz ein, diesmal in unmittelbarer Nähe. Das Wesen, das Paul Gallier gewesen war, hatte jede Menschenähnlichkeit verloren. Zwei Armbreit von Oliver entfernt stand der schwarze Leopard. Aus seinen Augen leuchtete die Wildheit des Dschungels. Wieder das Brüllen, das den Raum erzittern ließ.

»Oliver?« kam Alices Stimme aus dem Erdgeschoß.

»Was ist los?«

Er hatte keine Zeit, ihr zu antworten. Er drückte sich an der

Wand entlang, auf der Suche nach einem Gegenstand, den er als Waffe gegen die Katze verwenden konnte.

Der Leopard hielt den Bauch an den Boden gedrückt. Zentimeter um Zentimeter schob er sich vorwärts. Der kräftige Quast seines Schwanzes hieb wie ein Schlagstock auf den Teppich.

»Oliver?«

Das klang schon näher. Alice mußte auf der Treppe sein, vielleicht auch schon oben, auf dem Gang.

»Hol das Gewehr, Alice!« schrie er. »Unten, im Bücherschrank!«

Der Leopard hatte eine seiner Pranken erhoben. Oliver wußte, daß ein einziger Schlag ihm das Bein zerschmettern konnte. Das Bein, das Rückgrat oder den Schädel. Sein Fuß stieß an etwas Metallisches. Er faßte hinter sich. Ein Lampenfuß. Keine Waffe, mit der sich gegen eine Raubkatze viel ausrichten ließ. Aber besser als gar nichts. Er mußte sich das Tier nur so lange vom Leibe halten, bis Alice mit dem Gewehr kam. *Nur.*

Die Lampe traf den Leopard mitten im Sprung. Oliver spürte, daß das Metall auf der Schädelplatte aufkam. Weh tat so etwas dem Leoparden nicht. Aber es hatte genügt, um das Tier für den Augenblick zu irritieren. Oliver sah, wie die Katze einen Schritt zurückwich.

So schnell sie konnte, war Alice die Treppe heruntergerannt. Außer Atem stand sie vor dem Bücherschrank. Da, das Gewehr! Eine Winchester. Ihre Hand tastete nach dem Griff der Glastür. Der Schrank war verschlossen, ein Schlüssel nicht in Sicht.

In wachsender Panik hastete sie durch den Raum, auf der Suche nach einem Gegenstand, mit dem sie die Verglasung zerschmettern konnte. Sie fand einen tönernen Elefanten und warf ihn mit aller Kraft gegen die Scheibe. Das Glas zersplitterte. Behutsam brachte sie ihre Hand durch die Öffnung und hob die Waffe heraus. Sie war schon auf der Treppe, als ihr der Gedanke an die Munition kam.

Oh Gott, gib, daß die Waffe geladen ist.

Sie öffnete das Magazin. Leer.

Verdammt? Wo bewahrte Oliver die Munition auf?

Von oben kam das Knurren des Leoparden. Das Bild, wie er seine Fangzähne in Olivers Halsschlagader senkte, verfolgte sie. Sie verlor wertvolle Sekunden, ehe es ihr gelang, die Vorstellung zu verdrängen.

Mit weichen Knien hastete sie zum Bücherschrank zurück.

Bitte, lieber Gott. Laß die Munition im Bücherschrank sein.

Sie benutzte den Gewehrkolben, um die Glassplitter aus der Füllung zu entfernen. Fünf stahlummantelte Geschosse kamen zum Vorschein. Sie lagen auf dem untersten Brett. Solange das Gewehr im Schrank stand, waren sie aus dem Blick des Betrachters verborgen gewesen. Mit zitternden Händen schob Alice die Geschosse ins Magazin.

Er stand da, die Lampe in der Hand. Der Leopard war vorsichtiger geworden in seinen Bewegungen. Täuschen konnte das Oliver nicht. Die Katze würde angreifen, mit der Konsequenz eines Tieres, das von der Überraschung der Beute, vom Raub lebte.

Als der Leopard zum Schlag ausholte, zielte Oliver auf die empfindliche Nase des Tieres. Die Katze kam ihm zuvor. Mit einem Prankenhieb schlug sie ihm die Waffe aus der Hand. Er hörte, wie die Lampe gegen die Wand im hinteren Teil des Zimmers flog und am Boden zerschellte.

Jetzt war er ohne Waffe. Er kroch die schmale Gasse entlang, die ihm zwischen Wand und Bett blieb. Der Leopard schien es auf einmal nicht mehr eilig zu haben. Es war, als wollte er die Genugtuung auskosten, die im Betrachten der wehrlosen Beute lag.

Oliver hatte das Bett erreicht. In fieberhafter Eile wickelte er sich das Bettuch um den Arm. Er hielt der Katze den umwickelten Arm entgegen. Der Leopard schien das Ganze als Spiel, als Zerstreuung vor dem Beginn des Festmahls zu empfinden. Er hieb probeweise nach dem weißen Armstumpf, der ihm da entgegenragte. Als er die Pranke zurückzog, hing das Tuch in Lappen vom blutenden Fleisch.

»Alice!« schrie Oliver. Wo zum Teufel blieb das Mädchen? Hatte sie ihn etwa nicht richtig verstanden?

Keine Antwort. Er war auf dem Rückzug. Auf einem Rückzug, der mit einer Niederlage enden mußte. Langsam kroch er auf dem Teppich entlang, zerrte Möbelstücke zwischen sich und das Tier. Der Leopard schmetterte die Hindernisse zur Seite wie ein Kind, das sein Spielzeug in die Ecke feuert.

Er war in der Ecke angelangt. Das Ende. Jede Bewegung würde ihn jetzt dem Leoparden näher bringen. In letzter Verzweiflung packte er die Matratze, die auf Irenas Bett lag, und hielt sie als Schild über sich.

Die Pranke des Tieres traf ihn mit der Gewalt eines Dampfhammers. Dann begann der Leopard das Hindernis zu zerfetzen. Die Baumwollfüllung ging als sanfter Schneefall auf Mensch und Tier nieder, wurde vom Luftzug quer durch den Raum getragen und bildete schließlich einen unregelmäßig verteilten Flaum auf dem Teppich.

Es gab keine Matratze mehr, kein Schild. Die Klauen der Katze ritzten Olivers Brust, bohrten sich in die Haut auf seiner Magengrube.

Er hörte, wie an die Tür gehämmert wurde.

»Verdammt noch mal, Alice, schieß das Schloß kaputt!«

Die Ruhe vor dem letzten Schlag. Oliver sah, wie sich die Muskeln unter dem schwarzglänzenden Fell spannten. Um das Tier abzulenken, schleuderte er ihm den Stuhl entgegen, der in der Ecke des Raumes stand. Der Leopard ließ das Geschoß an der ausgestreckten Pranke zersplittern.

Sekundenbruchteile später spürte er die Kralle, die ihm Schulter und Arm zerkratzte. Der Raum verschwamm vor seinen Augen.

Eine Explosion erschütterte den Raum, die Tür zerbarst. Einen Herzschlag lang standen sich Alice und der Leopard gegenüber. Als er sprang, drückte sie ab.

Die Katze vollzog eine bizarre Drehung in der Luft. Die Knochen krachten, als das Tier auf dem Boden aufkam.

Der zweite Schuß. Die Katze hockte auf den Flanken, warf den Kopf in den Nacken und versuchte die Wunde auf dem Rücken zu erreichen. Wie um Gnade heischend, starrte sie Alice an. Dann schleppte sie sich zum Fenster. Sie hatte mit ihren Vorderpfoten den Fenstersims erreicht, als Alice den dritten Schuß abgab. Das Geschoß traf den Leoparden mit solcher Gewalt, daß er zum Fenster hinausgeschleudert wurde. Oliver und Alice vernahmen einen dumpfen Aufprall, als der Körper des Tieres auf dem regennassen Gartenboden aufkam. Alice ließ das Gewehr fallen und bahnte sich einen Weg durch die zertrümmerten Möbel. Sie fand Oliver am Boden kniend. Gesicht, Schulter und Brust waren blutverschmiert. Als er ihren Arm auf der Wange spürte, öffnete er die Augen. Ein verständnisloser Blick. Schließlich erkannte er sie.

»Warum hast du so lange gebraucht?« fragte er.

Statt zu antworten, nahm sie ihn in die Arme. Es war ihr egal, daß sein Blut ihr Kleid ruinierte. Beide zuckten zusammen, als draußen, vor dem Fenster, ein Raubtier zu winseln begann.

»Er kann nicht mehr am Leben sein«, flüsterte Alice. »Unmöglich. Ich habe drei Schüsse auf ihn abgegeben. Alle drei waren Treffer.«

Wieder das Winseln.

»Faß mich unter, und hilf mir zum Fenster«, bat er.

Arm in Arm humpelten sie zum Sims. Unten lag der schwarze Leopard. Die Augen waren im Tode gebrochen, die Pfoten in die Luft gestreckt. Irena kniete neben dem Kadaver. Sie streichelte das nasse, schwarze Fell des Tieres, hob den Kopf und winselte.

Fünfundzwanzigstes Kapitel

Im Tode sah das Tier noch größer aus als lebendig. Man hatte den Kadaver auf den weißemaillierten Untersuchungstisch des Zoolaboratoriums gehievt. Oliver Yates hatte Sergeant Brant in den Raum geleitet. Arm und Schulter waren bandagiert, das Gesicht bleich.

Brant kniff die Lippen zusammen. »Ganz schöner Brocken«, sagte er.

Oliver nickte.

»Mir ist immer noch ein Rätsel, wo sich der Bursche die ganze Zeit verborgen hielt. Ebenso unklar ist, wie er den Weg zu Ihrem Haus fand.«

»Vielleicht durch Zufall?«

»Aber Dr. Yates! Der Scheißkerl hatte es auf Sie abgesehen. Auf Sie oder auf Miss Gallier. Irgendwie, allen Naturgesetzen zum Trotz, hat er Sie aufgespürt.«

»Wir wissen allgemein wenig über das Verhalten der Tiere«, gab Oliver zu bedenken, »weniger, als die Wissenschaft zugeben mag.«

»Was mich angeht, ich habe für die nächsten tausend Jahre von Leoparden die Schnauze voll«, sagte Sergeant Brant. »Ich bin nicht begierig, weitere Einzelheiten über das Verhalten dieser Biester zu erfahren.« Er wandte sich von dem Kadaver ab und deutete auf Olivers Bandagen. »Der Bursche hat Sie ganz schön auseinandergenommen. Sind Sie sicher, daß das alles wieder heilt? Ich meine, sind irgendwelche wertvollen Teile verletzt?«

Oliver schmunzelte. »Ich habe Glück gehabt. Keine der Wunden geht besonders tief. Aber sobald ich hier fertig bin, muß ich in die Ambulanz zurück. Die Ärzte wollen mich noch einmal unter die Lupe nehmen und die Verbände erneuern.«

»Kann ich Sie zum Hospital bringen?«

»Ich möchte erst noch die Autopsie vornehmen. Möchten Sie dableiben und zusehen?«

»Danke, nein. Bei der Autopsie von Menschen zuzusehen, ist schon schlimm genug. Da möchte ich mir den Leoparden schenken.« Er räusperte sich. »Das Dumme ist, ich kann meine Akte immer noch nicht schließen. Ich muß Paul Gallier finden.«

»Ich hoffe, Sie finden ihn *bald*.«

Sergeant Brant nickte. »Meine Leute arbeiten auf Hochtouren. Ich denke, daß wir bald Ergebnisse haben.« Er tippte sich an den Hut, warf dem Leoparden einen letzten Blick zu und verließ den Raum.

Oliver wählte ein schweres Skalpell. Er hatte das Tier auf den Rücken gewälzt, so daß der Bauch freilag. Er begann den Schnitt unterhalb der Kinnwamme.

Behutsam führte er das Skalpell in gerader Linie Brust und Bauch entlang. Er achtete darauf, nur die Haut aufzuschlitzen. Die inneren Organe, das war wichtig, sollten nicht beschädigt werden.

Befriedigt betrachtete er den fertigen Schnitt. Er legte das Skalpell auf das blitzende Tablett zurück und ergriff eine Zange. Mit vorsichtigem Zupfen an den Rändern begann er, die Haut zurückzuziehen.

Der Widerstand, den das Gewebe seinen Anstrengungen entgegensetzte, war ungewöhnlich, verglich man es mit Autopsien, die er an anderen Raubtieren vorgenommen hatte. Er legte die Zange aus der Hand und beugte sich über die Schnittstelle. Als er den behaarten Hautlappen mit den Fingern zur Seite zog, kam eine zweite Hautschicht zum Vorschein. Rosafarbene Menschenhaut.

Oliver erstarrte. »Oh, mein Gott!« stammelte er.

Dann setzte er das begonnene Werk fort, legte eine größere Fläche der menschlichen Haut frei. Die beiden Hautschichten – das machte die Autopsie so schwierig – waren durch knorpelige Gewebefäden miteinander verbunden. Es war unmöglich, die Tierhaut abzuziehen, wenn man nicht zuvor die Fäden durchtrennte.

Oliver benutzte ein langes Skalpell, um diesen Teil der Arbeit zu bewältigen.

Er war ins Schwitzen geraten, als das von menschlicher Haut umgebene Gebilde im Inneren des Tierkadavers schließlich freigelegt war. Es hatte die Größe eines ausgewachsenen Mannes und die Form eines menschlichen Fötus. Das Gesicht zeigte die Züge von Paul Gallier.

Er bezwang einen plötzlich aufkommenden Brechreiz und taumelte vom Untersuchungstisch zurück. Angewidert sah er, wie der rosa-durchsichtige Fötus, eingebettet in die Bauchhöhle des Leoparden, zu zittern begann. Ein Arm rutschte aus der blutigen Bauchdecke des Tieres und landete klatschend auf dem Untersuchungstisch. Der übergroße Kopf des Gebildes bewegte sich von links nach rechts.

»Nein!« schrie Oliver. »Du lebst nicht mehr! Du kannst nicht mehr leben!«

Der Fötus fuhr in seinen Bewegungen fort, schlug mit den Armen um sich, nickte ihm zu. Oliver zwang sich, an den Untersuchungstisch zurückzugehen. Er ergriff das größte Skalpell, das auf dem Tablett lag, umschloß sein rechtes Handgelenk mit der Linken und stieß das Messer tief in den Fötus.

Plötzlich erfüllte ein Zischen und Gurgeln den Raum. Oliver sprang zurück, als eine übelriechende, gelbbraune Masse aus dem Bauch des Leoparden quoll und sich über Tisch und Boden ergoß. Zugleich begann der Körper des Tieres, Fell, Eingeweide und Knochen, zu schrumpfen wie eine Plastiktüte, die im Feuer zerschmilzt. Als der Auflösungsprozeß beendet war, blieb nur ein kindskopfgroßes Hautknäuel in einem Haufen Schleim zurück.

Oliver brauchte fünf Minuten, bis er seine Nerven wieder in der Gewalt hatte. Dann machte er sich daran, Tisch und Boden zu säubern.

Irena Gallier hatte im Besuchsraum des Stadtgefängnisses von New Orleans Platz genommen. Die Beamtin hatte ihr einen Stuhl angeboten. Wenig später war Femolly hereingeführt worden. Sie waren durch ein Stahlgitter getrennt.

»Mein Bruder ist tot«, sagte Irena.

»Ich weiß«, sagte die große schwarze Frau.

»Von wem?« fragte Irena.

»Ich habe es gefühlt.« Sie sah, daß Femolly weinte. »Sie müssen nicht glauben, daß Ihr Bruder ein böser Mensch war. Er tat, was er tun mußte. Er hat sich sein Schicksal nicht aussuchen können.«

»Aber was war mein Bruder, Femolly? *Wer* war er? Und *wer* bin ich?«

Femolly warf einen Blick zur Tür, wo die Vollzugsbeamtin, eine ältere Frau, stand. Sie trug Uniform, lehnte am Türrahmen und hielt die Arme verschränkt. An der Unterhaltung, die Irena mit der Gefangenen führte, schien sie wenig interessiert.

»Es ist lange her«, begann Femolly. »In einem Land, weit von hier, gab es eine Menschenrasse, die ihre Kinder den Göttern opferte. Die Kinder mußten sterben, damit der Zorn der Gottheit besänftigt wurde. Als Götter wurden Raubkatzen verehrt. Leoparden. Im Laufe der Generationen vermischten sich die Seelen der geopferten Kinder mit den Seelen der Raubtiere. Heute leben nur noch wenige Wesen dieser Rasse.«

»Bin ich ein solches Tierwesen?« flüsterte Irena.

Femollys Blick war in eine unsichtbare Ferne gerichtet. »Ja«, kam ihre Antwort. »Sie, Ihr Vater und Ihre Mutter. Auch Ihre Großeltern. Und natürlich Ihr Bruder.«

»Und ich kann nichts daran ändern? Gibt es keinen Ausweg, Femolly?«

»Ergeben Sie sich in Ihr Schicksal, mein Kind! Niemand kann seine Natur verändern. Es hat keinen Sinn, wenn Sie die Augen verschließen vor der großen Wahrheit. Um glücklich zu werden, müssen Sie Ihresgleichen suchen. Die Welt der Menschen ist nicht Ihre Welt.«

»Aber ich liebe einen Mann.«

»Warum glauben Sie mir nicht? Sie können nicht mit einem Menschen zusammenleben, Irena. Wenn Sie es trotzdem tun, bringen Sie Tod und Verderben über den Mann und über sich selbst. Sie werden diesen Menschen töten, so wie Paul die Menschen tötete.«

»Nein, nein, nein!« Irena war aufgesprungen, der Stuhl polterte zu Boden. Die Vollzugsbeamtin an der Tür fuhr aus ihrem Halbschlaf hoch und kam herbeigeeilt.

»Was geht hier vor?« begehrte sie zu wissen. Irena schenkte ihr keine Beachtung.

»Ich bin nicht bereit, diese Wahrheit zu akzeptieren!« Sie war dicht an das Gitter getreten, das sie von Femolly trennte. »Ich möchte lachen, leben und lieben wie andere Menschen auch«, fuhr sie fort. »Ich möchte Glück empfangen und Glück geben. Ich habe kein Verbrechen begangen, für das ich sühnen müßte.«

Femollys Stimme klang ruhig. »Sie tragen keine Schuld an der Wesensart, die Ihnen von Gott mitgegeben wurde, mein Kind, ebensowenig wie ich daran schuld bin, daß ich als Schwarze auf die Welt kam. Es ist das Beste, wenn wir unser Schicksal hinnehmen.«

»Das werde ich nie tun!« schluchzte Irena. »Nie!«

Die Vollzugsbeamtin hatte sie an der Schulter ergriffen und versuchte, sie zu beruhigen. Irena riß sich los und rannte hinaus. Sie wußte nicht, wie lange sie gelaufen war, als ihr Blick auf die Scheibe der untergehenden Sonne fiel. Sie blieb stehen und betrachtete die Häuserschluchten, die heller und heller wurden, je schneller das Gestirn auf den Horizont zuraste.

Ich habe ein Recht auf Glück, dachte sie. Femolly hatte sich in eine Idee verrannt, die mit der Wirklichkeit nichts zu tun hatte. Sie, Irena, würde um ihr Glück kämpfen. Nichts und niemand würde sie daran hindern, zu leben und zu lieben.

Sechsundzwanzigstes Kapitel

Alice Moore machte ihren Trimmdichlauf. Im gemächlichen Rhythmus umrundete sie den Park, die Arme angewinkelt, den Kopf erhoben. Die Sohlen ihrer Joggingschuhe verursachten ein quietschendes Geräusch auf dem Asphalt. Das Geräusch vermischte sich mit dem Zirpen der Vögel, mit dem Rauschen der Blätter in den Bäumen. Es roch nach frischgemähtem Gras. Begierig sog sie den starken, ungewohnten Geruch in ihre Lungen ein. Der Lauf, die Anstrengung und das Erlebnis der Natur halfen ihr, den Gedanken an Oliver Yates zu verdrängen. An Oliver und an das Mädchen, das ihrer Liebe zu diesem Mann den Boden zu entziehen schien.

Alice leckte sich die Lippen. Ein salziger Geschmack, ganz wie's im Joggingbuch stand. Sie würde gut schlafen können. Vielleicht würde sie sogar so müde sein, daß ihr der immerwiederkehrende Alptraum von Oliver und Irena, die sich vor ihr auf dem Teppich ihres Schlafzimmers liebten, erspart blieb.

Sie hatte den äußeren Bogen des Joggingpfads hinter sich gebracht. Jetzt lief sie mit der Sonne im Rücken, ein Schatten eilte ihr voraus, die Silhouette einer Riesin.

Sie sah sich um. Die Sonnenscheibe tauchte in den Horizont ein. Ihr schauderte. Es würde jetzt schnell dunkel werden. Nicht gut, wenn man so spät als Mädchen allein durch den Park lief. Gefährlich. Selbst hier, in einer Wohngegend der oberen Mittelklasse. Sie beschloß, die Abkürzung zu nehmen, den aschebestreuten Weg, der quer durch den Park zur Haltestelle an der St. Charles Avenue führte. Von dort konnte sie dann die Straßenbahn nach Hause nehmen.

Sie bog in die Abkürzung ein. Das Quietschen der Sohlen erstarb und machte einem knirschenden Geräusch Platz.

Sie hatte erst ein paar Meter auf dem Seitenweg hinter sich gebracht, als sie die blanke Angst überkam. Etwas war anders, als es vorher gewesen war. Aber was? Mit gehetztem Blick suchte sie den Park nach Menschen ab. Niemand war zu sehen. Das Singen der Vögel war zu einem anhaltenden Kreischen geworden, das eher dem Zirpen der Zikaden ähnelte. Plötzlich brach das Geräusch ab, wie ein Tonband, das auf Knopfdruck zum Halt kommt. Nur das Knirschen der Plastiksohlen auf der Asche war noch zu hören.

Sie lief weiter, versuchte die Angst abzuschütteln, die sich um ihre Brust gelegt hatte. Was hatte das plötzliche Schweigen der Vögel zu bedeuten? Eben noch war der Park erfüllt gewesen von ihrem Zwitschern. Jetzt herrschte Grabesstille.

Es klang, als hätte jemand mit dem Peitschenknauf auf eine Abdeckplane geschlagen. Erschrocken sah Alice Moore zu den Bäumen hinauf. Eine Wolke von Vögeln war aufgeflogen und strebte dem Häusermeer am Rand des Parks entgegen.

Merkwürdig. Eine unheilschwangere Düsternis hatte sich über die Baumgruppe gesenkt, obwohl der Horizont im hellen Schein des Abendrots erstrahlte. Sie zwang sich weiterzulaufen, achtete auf die Regelmäßigkeit des Atmens, auf die Schrittweite, auf die kleinen Pausen, die das Handbuch vorschrieb.

Ein Rascheln im Gebüsch. Ein Zweig bewegte sich, während das übrige Blattwerk stillblieb. Die Schatten der Bäume waren länger geworden. Inmitten der Düsternis zeichneten sich die Umrisse eines Tieres ab.

Der Leopard. Der Gedanke durchfuhr sie wie ein Dolch.

Nein, dachte sie und mußte lächeln. Der Leopard war tot! Sie selbst hatte das Tier mit drei Kugeln niedergestreckt. Der Kadaver war in den Zoo gebracht worden. Oliver hatte das Tier seziert. So eine Autopsie mußte wohl eine ziemlich unangenehme Sache sein. Jedenfalls hatte Oliver jeden Kommentar über die Sache verweigert. Aber es gab, nach alledem, keinen Zweifel, daß der Leopard nicht mehr lebte.

Wieder bewegte sich der Zweig. Der Wind, dachte sie. Noch bevor sie sich des Gedankens bewußt wurde, verstand sie, daß sie nur nach einer Erklärung für das Unerklärliche suchte. Es gab keinen Wind. Sie fühlte, wie ihr der Angstschweiß ausbrach.

Die Katze, die aus dem Geäst gesprungen kam, war schwarz wie die Nacht. Es war ein Anblick, bei dem Alice ins Stolpern geriet. Sie wollte losschreien. Dann sah sie, daß es sich um eine ganz gewöhnliche Hauskatze handelte. Das Tier kam neben ihr, auf dem Pfad, auf. Mit hocherhobenem Schwanz huschte es ins Gebüsch und war verschwunden.

Ich hatte schon mal bessere Nerven, dachte Alice. Sie brach in befreites Lachen aus. Alle Dinge hatten eine Ursache. Eine natürliche Ursache. Die Vögel waren verstummt, weil die Katze ihnen nachstellte. So einfach war das. Sie winkelte die Arme an und setzte ihren Lauf fort.

Die Wipfel der Ulmen leuchteten im schwindenden Sonnenlicht. Als die Blätter dunkel wurden, kehrten Alices Zweifel zurück. Sie empfand eine Angst, die sich nicht begründen ließ, ein Gefühl, das stärker war als alle Erklärungen, die das Gehirn anbot. Plötzlich wußte sie, daß sie beobachtet, daß sie verfolgt wurde.

Als sie an dem Steinbrunnen vorbeikam, hielt sie inne und trank. Dann senkte sie ihre Hände ins kühle Wasser und benetzte den Ausschnitt ihres T-Shirts mit ein paar Spritzern.

Was war das? Ein Zweig knackte im nahen Gebüsch.

Ich muß mich zusammennehmen, dachte sie. Ich bin mit den Nerven fertig. Und alles wegen einer Hauskatze, die durch die Büsche streunt.

Der Trost, den sie sich zusprach, verfing nicht. Es war dunkel geworden. Es gab Lampen am Weg, gewiß. Aber die standen, wer weiß wie weit, auseinander. Dazwischen erstreckte sich schwarzes, geheimnisvolles Niemandsland. Sie fluchte. Es war höchste Zeit, wegzukommen aus diesem Park.

Mit lockerem Schritt lief sie weiter. Nein, sie würde sich nicht in Panik versetzen lassen von einer Eichkatze, die im Laub ihre Nüsse zusammensuchte. Auch nicht von einem Straßenköter, der sich in das kurzgeschorene Grün verirrt hatte, das für die Menschen geschaffen worden war. Das Sprichwort kam ihr in den Sinn. Am weitesten kommst du, wenn du langsam gehst. Eine von jenen Binsenweisheiten, die vom lethargischen Menschenschlag Südeuropas nach Amerika herübergebracht worden waren. Ich werde stetig, aber zügig weiterlaufen, nahm sie sich vor. In zwei oder drei Minuten habe ich den Park hinter mir. Ich werde an der vertrauten Haltestelle in der St. Charles Avenue stehen und mir gar nicht mehr vorstellen können, warum ich beim Joggen in Panik geraten bin.

Und doch waren da Schritte. Das Geräusch kam von hinten, obwohl auf der baumumstandenen Wegschneise nichts zu sehen war. Kein Mensch. Vier Füße. Ein Tier.

Fast wäre sie wild davongerannt, wäre geflüchtet vor dem Etwas, das sie ängstigte. Sie sah den zerfleischten Körper des Mädchens vor sich. In einem Zimmer des Hotels ›Emile Zola‹ war das gewesen. Der Leopard mußte den Körper mit den Fangzähnen aufgeschlitzt haben. Dann hatte er dem armen Ding die Eingeweide herausgezogen, hatte mit den Pranken die Brüste zerfleischt. Sie lief weiter. Ihr Atem kam röchelnd.

»Auf welche Distanz?«

Ihr stand das Herz still, als sie die Stimme vernahm. Sie zwang sich, die Augen wieder zu öffnen. Zwei Männer in Jogginganzügen liefen neben ihr her. Weiße. Vierzig Jahre vielleicht. Freundliches Lächeln. Nicht die Art, wie man von einem Sexualverbrecher angemacht wurde. Und was das Wichtigste war: Die beiden Männer neben ihr hatten, das ließ sich mit Sicherheit sagen, keinerlei Ähnlichkeit mit einem Leoparden.

»Was sagten Sie?« brachte sie heraus.

»Auf welche Distanz Sie laufen.« Seine randlosen Gläser blitzten. Das Lächeln wurde breiter, aber die Freundlichkeit blieb unaufdringlich.

»Keine besondere Distanz. Nur so, um fit zu bleiben.«

»Wir laufen zwanzig Meilen pro Woche«, sagte der zweite. Er war blond. Kleiner Hängebauch. »Ich könnte natürlich mehr Training gut gebrauchen. Na ja, der Geist ist willig . . .«

»Aber das Fleisch ist schwach«, vollendete der erste den Satz.

Alice quittierte die Bemerkung mit einem gefrorenen Lächeln.

»Bruder Philipp hat sich für den Marathonlauf eingeschrieben«, sagte der Mann mit der Brille. »Wir meinen alle, er hat sich da etwas viel vorgenommen. Oder wie beurteilen Sie den Marathonlauf für einen Mann in diesem Alter, Miss...?«

»Ich bin Alice Moore.«

»Freut mich, Sie kennenzulernen. Ich bin Pater Franziskus.«

»Und ich bin Pater Philipp«, sagte der Blonde.

Geistliche, dachte sie. Klosterbrüder, was auch immer. »Ich freue mich, Ihre Bekanntschaft zu machen«, sagte sie förmlich. Dann mußte sie lachen. »Ich freue mich *wirklich*«, fügte sie hinzu.

Schweigsam trotteten die Männer neben ihr dahin. Alice bekam mit, wie die beiden einen raschen Blick austauschten.

Sie fuhr zusammen, als ganz in der Nähe die Glocke der Straßenbahn ertönte.

»Hier ist meine Haltestelle«, sagte sie. »Viel Spaß noch beim Laufen. Gute Nacht.«

»Gute Nacht«, sagte Pater Philipp. »Es war nett, mit Ihnen zu sprechen.«

»Vielleicht machen Sie auch mit beim Marathonlauf«, sagte Pater Franziskus. »Sie müssen nur gesund sein, das ist die einzige Vorbedingung.«

»Ich glaube nicht«, sagte Alice Moore. Sie trat auf den Bürgersteig und sah den beiden Männern nach, deren Silhouetten in das Dunkel des Parks eintauchten. Dann überquerte sie die Straße und stellte sich auf die Halteinsel der Straßenbahn. Sie war allein. Der Zug, dessen Glocke sie gehört hatte, entschwand als heller Punkt im Dunst der St. Charles Avenue.

Eine Frau kam den Bürgersteig entlang. Alice stand im Lichtkegel der Straßenbeleuchtung. Die andere blieb im Dunkel. Ihr Gesicht war nicht zu erkennen. Etwa zwanzig Schritte von Alice entfernt blieb sie stehen und starrte herüber. Es gab keine Verbindung zwischen dieser Frau und dem Tier, das sie im Park verfolgt hatte. Sagte der Verstand. Das Gefühl kümmerte sich nicht darum.

Etwas in unmittelbarer Nähe zischte. Alices Hand fuhr zum Herzen. Sie wirbelte herum, die Arme von sich gestreckt in einer instinktiven Abwehrbewegung.

Der Druckluftmechanismus, der die Tür der Straßenbahn auseinanderschob, hatte seine Arbeit beendet, die beiden Türflügel verharrten zitternd in den Stahlzargen. Mit weichen Knien erklomm Alice die drei Stufen.

Sie steckte eine Münze in den Schlitz und balancierte den Mittelgang entlang, bis sie einen freien Fensterplatz fand. Als der Wagen anruckte, fiel ihr Blick auf die Frau, die auf dem Bürgersteig stehen geblieben war. Der Blick der schwarzglänzenden Augen war auf Alice gerichtet. Die Gesichtszüge verschwammen in der Nacht.

Als sie die Tür ihrer Wohnung im Appartementhaus hinter sich zuzog, war sie überzeugt, daß sie einer Einbildung zum Opfer gefallen war. Ihre Nerven waren überreizt. Die Art von Stimmung, in der man in jeder Putzfrau eine Giftmörderin und in jedem Fahrstuhlnachbarn einen Sittenstrolch sieht. Ich muß etwas tun, damit ich wieder zur Ruhe komme, dachte sie. Etwas Schwimmen würde ihr guttun. Der Gedanke machte sie fröhlich. Summend ging sie den Verteilerflur entlang an den Aufzügen vorbei, bis sie an die Treppe kam, die zur Schwimmhalle im Tiefgeschoß führte.

Es gab nicht nur eine Schwimmhalle. Es gab auch eine Bademeisterin, angestellt und bezahlt von der Hausverwaltung, die damit die Zahl unerwünschter Wasserleichen auf einem Minimum hielt. Sandra hieß das Mädchen, das diesen Traumjob bekommen hatte. Ein Mädchen, das es an Muskelkraft mit einem Mann aufnehmen konnte. Sie kam gerade aus der Schwimmhalle, als Alice um den Knauf der Treppenbrüstung bog.

»Kann ich noch rasch ins Wasser springen?« fragte Alice.

»Ich habe gerade zugesperrt.« Sandra sah auf ihre Armbanduhr.

»Ich brauch nicht lange. Will nur zwei oder drei Runden drehen. Ich hab einen fürchterlichen Muskelkater.« Sie strahlte das Mädchen an. »Sei kein Frosch, Sandy.«

»Also gut. Fünf Minuten.«

»Wunderbar. Danke.«

Sandra zog den Schlüssel von ihrem Schlüsselring und reichte ihn Alice. »Aber bitte nicht länger, ja?«

»Ehrenwort.«

Alice schloß die Tür zur Schwimmhalle auf, knipste das Licht an und trat ein. Blau und einladend schimmerte das Wasser, mit milchigen Monden an den Stellen, wo die Unterwasserstrahler angebracht waren. Zögernd ging Alice auf die Holzbank zu, die am Rande des Schwimmbeckens stand. Ein komisches Gefühl, allein zu sein in der großen Halle, allein mit soviel Wasser und Licht.

Sie ließ sich auf die Bank nieder und zog sich aus. Joggingschuhe, Baumwollsocken, Jogginganzug. Ein handbreiter Slip war ihr einziges Bekleidungsstück, als sie ins Becken tauchte.

Der Schock des kalten Wassers brachte ihre Lebensgeister zurück. Sie glitt am Boden des Beckens entlang und kam erst in der Mitte der Bahn wieder an die Oberfläche. Schnaufend und prustend begann sie zu kraulen. Zwei Bahnen. Dann zwei Bahnen Brustschwimmen. Sie wälzte sich auf den Rücken, ließ sich treiben. Rückenschwimmen. Mußte ganz gut aussehen, wenn man es von oben betrachtete. Wie Esther Williams in den herrlichen alten Filmen.

Ein metallisches Klicken ließ sie zusammenfahren. Das Geräusch hallte wider, wurde zurückgeworfen von den Sichtbetonwänden der Halle, die plötzlich einer urzeitlichen Höhle ähnelte. Alice verdrehte den Kopf und hob sich so weit aus dem Wasser, daß sie die Tür sehen konnte. Niemand. Wieder ließ sie die Arme nach hinten wirbeln, schnitt mit der Handkante in den blitzenden Wasserspiegel.

Ohne Warnung ging das Licht aus. Sie beschrieb eine Wende, schluckte Wasser, begann zu husten. Ein Blick zur Tür. Ein Schatten war zu erkennen. Er bewegte sich vom Lichtschalter fort, auf die Bank zu.

»Unfair!« rief sie, mit gespieltem Unmut. »Meine fünf Minuten sind noch nicht um!«

Schweigen. Drei oder vier Herzschläge später erloschen die Unterwasserstrahler. Unvermittelt fühlte sich Alice von einer namenlosen Einsamkeit umgeben. Die Wände der Halle schienen in die Unendlichkeit zu entschweben. Das Wasser war nicht mehr frisch, sondern kalt. Die Partikel stachen wie Nadeln in ihr bloßes Fleisch.

»Sandy!« rief sie. Sie spürte, daß es nicht Sandy war, die das Licht ausgeknipst hatte.

Als sich ihre Augen an die Dunkelheit gewöhnt hatten, erkannte sie inmitten der Schwärze einen Lichtschein. AUSGANG, entzifferte sie. Es war das Leuchtzeichen über der Schwingtür. Es spendete genügend Helligkeit, um die Umrisse der Gestalt zu beleuchten, die am Rande des Beckens entlangkroch.

»Was wollen Sie von mir?« fragte sie, ohne eine Antwort zu erwarten. Sie trat Wasser, um sich in der Schwebe zu halten, und achtete darauf, daß sie dem Beckenrand nicht zu nahe kam. Angestrengt lauschte sie in die Düsternis.

Das Grollen einer Raubkatze zerriß die Stille.

Erschrocken griff Alice nach den Trittstufen der Leiter, die bis auf den Boden des Beckens hinabführte. Als sie den Kopf hob, sah sie die Gestalt über sich, auf die Haltegriffe der Leiter gestützt.

Sie schwamm zur Mitte des Beckens zurück. Der Schatten, der den Eingang zum Becken verdüstert hatte, war verschwunden.

Namenlose Angst durchzuckte sie, als über ihr eine Stahlfeder zu quietschen begann. Sie sah hoch. Das Sprungbrett war in wippende Bewegung versetzt worden. Dann erkannte sie die Umrisse einer Gestalt, die auf dem Sprungbrett lag.

In panischer Flucht durchpflügte sie das Wasser, bis ihre Füße auf Grund kamen. Das seichte Ende des Beckens. Sie wäre fast hinausgewatet, als sie die Gestalt an der Schmalseite des Pools erblickte. Das Wesen, Mensch oder Tier, war schneller gewesen.

Sie kraulte zur Mitte des Schwimmbeckens zurück und versuchte sich mit rudernden Bewegungen über Wasser zu halten. Sie spürte, wie ihre Kräfte schwanden. Die Muskeln am Bauch hatten sich versteift. Die Kälte, dachte sie. Die Kälte und die Furcht.

Sie holte tief Luft und begann um Hilfe zu schreien. Der Ruf kam als Echo von den Wänden zurück.

»Pling«, machte es. Die Neonröhren gingen wieder an.

»Alice, sind Sie es?«

Alice starrte in die plötzliche Helligkeit hinein.

»Ist alles in Ordnung, Alice?«

Irena Gallier stand an der Schwingtür, neben dem Lichtschalter.

»Was haben Sie hier zu suchen?« schrie Alice. Sie hustete, bis sie ihre Luftröhre von den eingedrungenen Spritzern befreit hatte. »Warum verfolgen Sie mich?«

»Ich Sie verfolgen?« Irena war an den Rand des Schwimmbekkens getreten. »Ich verstehe nicht.«

»Sie verstehen sehr wohl!«

Die Tür flog auf. Es war Sandra.

»Was geht hier vor?« fragte sie.

Alice, immer noch im Tiefen, bemühte sich durch Wassertreten obenzuhalten, machte eine verlegene Geste. »Sie ... hat mich verfolgt. Sie ... hat das Licht ausgemacht. Und dann wollte sie mich unter Wasser drücken!«

Bestürzung zeichnete sich auf Irenas Gesicht ab. »Warum erzählen Sie denn solch einen Unsinn, Alice? Ich bin hier, weil ich

Oliver im Hospital verpaßt habe. Ich dachte, er wäre bei Ihnen. Entschuldigen Sie bitte, wenn ich Sie erschreckt habe.«

Alice starrte die Nebenbuhlerin an. Der Gesichtsausdruck war aufrichtig. Wahrscheinlich war sie wirklich zu ihr gekommen, weil sie Oliver hier zu finden hoffte. War es möglich, daß sie, Alice, sich das Vorgeplänkel der Begegnung, die Verfolgungsjagd rund ums Becken, nur eingebildet hatte?

Sandra, die Bademeisterin, hielt die Arme in die Seiten gestemmt. Unschlüssig sah sie von Irena zu Alice und von Alice zu Irena.

»Gute Nacht dann«, sagte Irena. Das schwarzhaarige Mädchen machte auf dem Absatz kehrt. Mit zügigem Schritt ging sie hinaus.

»Was hat das alles zu bedeuten?« sagte Sandra in Alices Gedanken hinein.

»Nichts«, sagte Alice ausweichend. »Wirklich nichts.« Es schien unmöglich, der Bademeisterin eine einigermaßen logische Erklärung des Vorfalls zu geben.

»War's das dann?«

»Das war's«, sagte Alice, nicht ohne Sarkasmus. Gleich danach tat es ihr leid, daß sie eine Unbeteiligte zur Zielscheibe ihres versteckten Spotts machte. »Ich zieh mich nur rasch an«, fügte sie hinzu. »Ich bring dir dann den Schlüssel.«

Sie sah Sandra nach, wie sie auf die Schwingtür zusteuerte und die Schwimmhalle verließ.

Alice watete die vom glitzernden Wasser überfluteten Stufen hoch. Ein Schüttelfrost hatte sie befallen. Sie rannte über die kalten Fliesen auf die Bank zu, wo sie ihre Kleidung hingelegt hatte. Sie brach in Tränen aus, als sie die Reste ihres Jogginganzugs erkannte. Das feste, engmaschige Tuch war zu Streifen zerfetzt worden.

Siebenundzwanzigstes Kapitel

Oliver hatte sich aufs Sofa im Wohnzimmer gekauert. Links und rechts von ihm lagen Hochglanzfotos des Leoparden. Der Leopard lebendig, der Leopard tot. Gleich daneben ein paar Aufnahmen, die Irena beim Angelausflug am Lake Pontchartrain gemacht hatte. Wieder und wieder hatte er die Fotos betrachtet, hatte Einzelheit um Einzelheit unter die Lupe genommen. Sein Ärger, seine Nervosität waren gewachsen, je länger das blinde Herumtapsen dauerte.

Richtig, dachte er. Ich bin blind. Weil ich nicht einmal weiß, wonach ich suche. Welcher Stein ist es, der im Mosaik fehlt? Zum hundertsten Mal stellte er sich diese Frage, auf die es, bei allem Einfallsreichtum, keine Antwort zu geben schien.

Er nahm das Selbstbildnis hoch, das Irena von sich gezeichnet hatte. Er wußte nicht, warum ihm diese Zeichnung Traurigkeit einflößte. Er hatte Mitleid mit ihr, wenn er das Bild betrachtete. Irena hatte eine Reihe von Änderungen an der fertigen Zeichnung angebracht. Die Augen waren schräggestellt, die Nase abgeflacht worden. Aus einem unerklärlichen Grunde machten Oliver die fratzenhaften Linien Angst. Eine tiefere Bedeutung allerdings konnte man einer solchen Skizze wohl nicht beimessen.

Was überhaupt war von Bedeutung in dem Karussell von Rätseln, das sich nun seit Tagen und Wochen um ihn drehte? Er ging durch ein Haus, in dem sich ständig neue Türen öffneten. Nicht einmal der schockierende Fund bei der Autopsie des Leoparden hatte ihn weitergebracht. Der Anblick des Fötusses, das Gesicht von Paul Gallier in der wächsernen Masse, die Sekunden später zu übelriechendem Schleim zerfloß, verfolgten ihn. Es war wohl ein Fehler gewesen, daß er mit niemandem über die Sache gesprochen hatte. Aber was hätte er sagen sollen? Es gab keine Beweise für das, was er gesehen hatte. Nur verschorfte Hautfetzen und ein undefinierbarer Sud waren übriggeblieben von dem Doppelwesen, das einst Paul Gallier gewesen war. Wer würde ihm glauben, wenn er diese Geschichte auftischte? Würde er selbst einem Menschen Glauben schenken, der mit solchen Schauermärchen herausrückte? Er konnte die Frage getrost mit Nein beantworten. Er hätte einen Gesprächspartner, der mit einer solchen Story kam, nicht einmal zu Ende angehört.

Ein weiteres Mal betrachtete er die Bilder, die neben ihm auf den Kissen lagen. Der Leopard. Irena am Lake Pontchartrain. Irena als Katze. Was zum Teufel steckte hinter dieser Zeichnung? Warum zeichnete sich eine Frau als Katze?

Er schob Fotos und Zeichnungen zur Seite und lehnte sich auf das Sofa zurück. Dann schloß er die Augen. Das konzentrierte Betrachten des Bildmaterials hatte ihn ermüdet. Der Schlaf kam nach wenigen Atemzügen.

Wilde Träume trieben durch sein Unterbewußtsein, wie Quallen, die lange, stachelbewehrte Fäden hinter sich herzogen. Raubkatzen blickten ihn an, aus phosphorgelben Augen. Nackte Frauen kamen, bedrängten ihn schamlos, zeigten ihm die Spuren von Fangzähnen auf ihren Brüsten, küßten ihn mit Lippen, von denen das Blut spritzte. Eine feine, hohe Stimme, die aus der Zukunft zu kommen schien, rief seinen Namen. Was die Stimme sonst noch sagte, konnte er nicht verstehen. Klar war nur, daß die Mitteilung für ihn bestimmt war. Die Stimme wiederholte den unverständlichen Code in regelmäßigen Abständen. Schließlich ging die Lautfolge in das Läuten des Telefons über.

Er sprang auf und versuchte die Fotos zu erwischen, die ihm vom Schoß glitten. Benommen durchquerte er das Zimmer und nahm den Hörer von der Gabel. Noch bevor er ein Wort herausbringen konnte, klickte es. Das Dauersignal drang aus der Muschel. Der Anrufer hatte aufgelegt.

Oliver fluchte. Konnte der andere nicht fünf Sekunden länger dranbleiben, anstatt den Hörer nach dem vierten oder fünften Läuten auf die Gabel zu knallen? Jetzt würde er den Rest des Abends damit verbringen, über die Identität des Anrufers nachzugrübeln, der ihn so spät noch zu erreichen versucht hatte. Als ob er nicht schon genug Sorgen hatte.

Enttäuscht legte Alice Moore den Hörer auf die Gabel zurück. Sie begann mit den Fingern auf die Tischplatte zu trommeln. Wenn Oliver nicht zu Hause war, wo war er dann? Sie spürte das dringende Bedürfnis, ihm von den Ereignissen des Tages zu berichten. Sie würde ihm von der Verfolgung im Park erzählen, von der Frau, die ihr an der Haltestelle der Straßenbahn aufgelauert hatte, von dem Schattenwesen, das ihr beinahe bis ins Schwimmbecken gefolgt wäre. Und von der Tatsache, daß dieses Wesen sehr wirklich, sehr handgreiflich war. Ihre Kleidung war zerfetzt worden. Das, zumindest das, war keine Ausgeburt ihrer krankhaften Phantasie.

Die Verfolgung galt ihr. Zugleich war klar, daß Oliver in Gefahr war. Sie war der einzige Mensch, der ihn warnen konnte. Und das würde sie auch tun. Sie beschloß, den Anruf in ein paar Minuten zu wiederholen. Vielleicht hatte Oliver noch ein paar Schritte vor die Tür gemacht, bevor er sich zu Bett legte. Die Chance bestand, daß er sich im weiteren Verlauf des Abends melden würde.

Er wankte zum Sofa zurück. Sein Blick fiel auf die Fotos und die Zeichnung, die zu Boden geglitten waren. Eine Sekunde lang fühlte er sich versucht, die vergleichende Untersuchung fortzusetzen, die er vor Stunden begonnen hatte. Die Bilder auf dem Fußboden? Richtig, er mußte eingenickt sein. Dann hatte das Telefon geläutet. Ich bin übermüdet, dachte er. Er knipste das Licht aus und stapfte die Treppe zum Obergeschoß hoch. Morgen, wenn er ausgeschlafen hatte, würde er das Problem noch einmal angehen. Bei Tageslicht sahen die Dinge oft weniger kompliziert aus, als man es sich in der Düsternis der Nacht einbildete.

Wo Irena nur blieb? Er hatte vorgehabt, im Wohnzimmer auf sie zu warten. Jetzt war es so spät geworden, daß man daran zweifeln mußte, ob sie heute überhaupt noch nach Hause kam. Überdies hatte es wenig Sinn, im Wohnzimmer auszuharren, wenn er dabei einschlief.

Er ging ins Badezimmer, zog das Hemd aus und betrachtete die Wunden, die ihm der Leopard zugefügt hatte. An einigen Stellen war das Blut durch den Verband gesickert. Das Hemd selbst hatte, Gott sei Dank, nichts abbekommen. Vorsichtig löste er die Pflaster. Saubere Wundränder, keine Verfärbung. Die Heilung würde normal verlaufen. Nur ein paar Kratzer, wenn man die Dinge einmal ohne Dramatik betrachtete. Er nahm die Tube, die ihm das Krankenhaus mitgegeben hatte, und brachte ein paar Kleckse Salbe auf die Wundränder auf. Während er noch nach dem Verschluß suchte, der hinter die Nagelbürste gerollt war, hörte er unten das Telefon klingeln. Rasch wischte er sich die Salbe von den Fingerspitzen. Dann lief er, zwei und drei Stufen auf einmal nehmend, die Treppe hinunter. Noch bevor er das Telefon erreichte, hörte das Klingeln auf. Nachdenklich ging er ins Badezimmer zurück.

Sie kaute an ihrem Daumennagel. Es war jetzt das dritte Mal, daß sie Olivers Nummer anwählte. Der Ruf ging durch. Sie beschloß, sich in Geduld zu fassen. Der Herr hatte einen gesunden Schlaf. Der Herr war daran gewöhnt, daß man es zehn- oder zwanzigmal klingeln ließ.

»Bitte, sei zu Hause«, flüsterte sie. »Bitte, nimm den Hörer ab.«

Sie war erschrocken und erleichtert zugleich, als es am anderen Ende klickte. Der Hörer war abgenommen worden.

»Wo hast du die ganze Zeit gesteckt, Oliver?« sprudelte sie. »Ich habe schon den ganzen Abend versucht, dich zu erreichen.

Ich muß dich unbedingt sprechen. Mir ist etwas Unheimliches passiert. Als ich heute...« Es klickte, dann brach die Verbindung zusammen. Nur das Summen des Drahtes war zu hören.

Alice starrte den Hörer an, als sei in der Muschel eine Natter verborgen, die ihr soeben den tödlichen Biß zugefügt hatte. Das war doch nicht möglich! Oliver würde nie mitten im Gespräch auflegen. Sie wählte noch einmal seine Nummer an. Jetzt kam das Besetztzeichen.

Was hatte das zu bedeuten? Wütend knallte sie den Hörer auf die Gabel und hielt sie einige Sekunden nach unten gepreßt. Dann wählte sie aufs neue, langsam, sorgfältig, mit gespannter Aufmerksamkeit. Wieder das Besetztzeichen. Jetzt war sie mit ihrer Geduld am Ende. Die Tränen flossen. Der Sturm, dachte sie. Der verdammte Sturm hatte die Leitungen durcheinandergebracht! Sie bearbeitete die Tischplatte mit den Fäusten, bis die Knöchel schmerzten.

Es war dunkel in Olivers Wohnzimmer. Der Hörer lag neben der Gabel. Der Summton drang aus der Muschel. Es gab niemanden, der das Geräusch hätte vernehmen können.

Oliver hatte die Wundbeschau im Badezimmer beendet. Wie ein kleiner Junge kam er sich vor, der seine Schürfwunden mit mächtigen Pflastern aufwertet.

Vorsichtig streifte er sich die Jacke des Schlafanzugs über. Die Wunden waren doch nicht ganz ohne. Er mußte die Augen zusammenkneifen, so weh tat es.

Hatte er den Gedanken an die Tapferkeit, mit der er Leopardenbisse und andere Schicksalsschläge ertrug, fast tröstlich gefunden, so traf ihn die Erinnerung an Irena wie ein jäher Nachhall von Schuld und Versagen. Wo steckte das Mädchen? Wo trieb sich dieses Kind mitten in der Nacht herum?

Das Mädchen. Das Kind. Er grinste seinem Spiegelbild zu. Er benahm sich wie ein besorgter Vater. Und doch waren seine Gefühle für Irena alles andere als väterlich.

Mitten in der Nacht. Nun ja. Väter mochten das so nennen. Als Liebhaber und Zoodirektor mußte man zugeben, daß es erst neun Uhr abends war. Eigentlich zu früh zum Schlafengehen. Er würde ins Wohnzimmer gehen, lesen und warten bis Irena heimkam. Wenn er unterdes einschlief – was war schöner, als vom Kuß eines Mädchens geweckt zu werden?

Er war zu einem Stapel Bücher unterwegs, die er im Wohnzimmer auf den Kaminsims gelegt hatte, als er den Luftzug bemerkte. Er spähte zum unbeleuchteten Teil des Zimmers hinüber. Das Fenster auf der Stirnseite seines Schreibtisches stand offen. Er wollte es schließen, als sein Blick auf den Hörer fiel, der neben dem Telefon lag.

Was in Dreiteufelsnamen ging in diesem Hause vor?

Zwischen Wut und Ratlosigkeit legte er den Hörer auf die Gabel zurück. Dann ging er zum Fenster und schloß es. Er erschrak. Das Bildnis Irenas spiegelte sich in der Glasscheibe. Er fuhr herum. Drei oder vier Sekunden lang starrten sie sich an. Keiner von beiden sprach ein Wort. Der Blick ihrer Augen war ungezähmt. Es gab nichts, was sich dieser Frau in den Weg stellen konnte. Aber die Drohung fehlte. Sie wirkte entrückt, wie ein Wesen, das in eine andere Welt schauen konnte.

Das Telefon hatte zu läuten begonnen. Beim dritten Klingeln nahm Irena ab. Wortlos reichte sie Oliver die Gabel aus Plastik und Stahl.

Alices Stimme kam aus der Muschel. »Oliver? Bist du dran?«

»Ja.«

»Du hörst dich so merkwürdig an. Ist alles in Ordnung? Hast du Schmerzen?«

Sein Blick folgte Irena, die quer durch den Raum ging und die Tischlampe löschte.

»Mir geht's gut«, sagte Oliver. Er hielt den Blick auf das schwarzhaarige Mädchen gerichtet, das ihn aus großen, ernsten Augen ansah.

»Was ist Alice? Warum rufst du an?«

»Ich hab dich schon ein paarmal zu erreichen versucht. Dein Telefon scheint gestört zu sein.«

Irena war zum Sofa geschlendert. Sie knipste die Schirmlampe aus, die auf dem Sofatisch stand. Nur noch eine einzige Lichtquelle beleuchtete den großen Raum. Oliver war im Zweifel, ob er es schummrig-unheimlich oder gemütlich finden sollte. Er fuhr zusammen, als die Stimme seiner Mitarbeiterin aus der Muschel drang. »Hast du die Störungsstelle schon angerufen?«

»Nicht nötig«, sagte er zerstreut. »Das Telefon geht schon wieder.«

Irenas Augen waren zwei dunkle Seen aus Begehren und Leidenschaft. Sie öffnete die Knöpfe ihrer Bluse. Er sah, wie der

Stoff über dem Ansatz ihrer Brüste spannte, bevor Irenas Finger in die Busenfurche vordrang.

»Na, Gott sei dank«, kam Alices Stimme. »Ich rufe dich an wegen Irena. Dieses Mädchen hat mich heute verfolgt, Oliver! Sie ist mir nachgegangen, verstehst du? Mit Irena stimmt etwas nicht. Du mußt dich vor ihr in acht nehmen, Oliver. Bist du noch dran?«

Die Bluse gab die Brüste frei. Irena zog die Ärmel herunter. Dann ließ sie das Kleidungsstück auf die Erde gleiten. Sie trug keinen Büstenhalter. Die Brüste einer Frau, dachte er. Hoch angesetzt, voll, eine handfeste Versuchung.

»Doch, ich bin noch dran«, sagte er in den Hörer.

Irena hatte den Druckknopf am Schlitz ihres Rocks geöffnet. Sie zog den Reißverschluß auf. Sein Blick folgte ihren Händen, die den Rock über die langen, mattglänzenden Schenkel streiften. Sein Mund war trocken geworden, sein Herz klopfte bis zum Halse. Der Rock war an den glatten Waden angekommen. Sie nestelte an dem Stoff, bis sie das Hindernis ihrer hohen Absätze überwunden hatte. Mit geschmeidiger Geste richtete sie sich wieder auf. Er vermochte nicht zu erkennen, ob sie noch einen Slip trug oder in sündiger Nacktheit vor ihm stand. Sie hatte zu lächeln begonnen. Herausforderung sprach aus ihrem Lächeln, die Entschlossenheit, sich den Mann zu nehmen, auf den ihr tierhaftverspieltes Verlangen gerichtet war.

»Es könnte sein, daß Irena zu dir kommt«, hörte er Alice sagen. »Wie die Dinge liegen, würde ich sagen, daß du am besten das Haus verläßt.«

Irena hatte den Blick gesenkt. Ein Bein war angewinkelt, er sah das Spiel ihrer Muskeln auf ihren Schenkeln. Ihre gebräunten Hände umschlossen die Fülle der Brüste. Die Finger mit den dolchspitzen Nägeln hatten mit den Warzenhöfen zu spielen begonnen und drangen zu den Brustspitzen vor. Er sah, wie sie die Rechte zum Schoß führte. Der Muskel über ihrem Mittelfinger spannte sich.

»Du machst dir unnütze Sorgen, Alice«, sagte er in die Muschel. »Das Mädchen stellt kein Problem dar.«

»Soll ich nicht doch besser rüberkommen?« bot Alice an.

Irena hatte sich abgewandt. Sie war unterwegs zur Treppe. Ihre Bewegungen waren von verführerischer Grazie.

»Besser nicht«, sagte Oliver.

»Bist du sicher?«

»Ganz sicher. Schau, Alice, ich schlage vor, ich ruf dich zurück.«
Er wartete ihre Abschiedsfloskel ab, dann legte er auf.

Als er ins Schlafzimmer kam, lag Irena in seinem Bett. Sie hatte das Leintuch bis zum Hals hochgezogen.

Ihr Slip lag auf dem Teppich. Sie lächelte ihm zu, eine Mischung aus Scheu, Wollust und Verworfenheit. Dann zog sie das Tuch zur Seite und nickte ihm zu. Die Rundung ihres Busens hatte sich entblößt.

Unbewegt stand Oliver am Fußende des Bettes.

»Was ist?« fragte sie. »Hast du Angst vor mir?«

Er zögerte. »Ja«, sagte er schließlich. »Ich glaube, ich habe Angst vor dir.«

Sie warf das Leintuch zurück und bot ihm ihre Nacktheit dar. »Hab Vertrauen zu mir, Oliver. Ich möchte dir gehören, nur dir.«

Er zog sich aus und trat an die Breitseite des Bettes. Irena hatte sich aufgestützt. Behutsam strich sie mit den Fingerspitzen über seine Wunden.

»Armer Oliver. Tut es sehr weh?«

»Nein«, sagte er. »Nicht mehr.«

»Komm, leg dich zu mir.«

Er setzte sich aufs Bett. Sie richtete sich auf und nahm neben ihm Platz. Unendlich sanft liebkoste sie seine Schläfen.

»Willst du es wirklich?« fragte er.

»Ja, Oliver. Unsere Zeit ist gekommen.«

Er küßte sie. Sie legte ihm die Arme um den Hals und zog ihn zu sich hinab. Er spürte, wie sich ihre Lippen öffneten. Bereitwillig, hungrig, nahm sie seine Zunge auf.

Sie hatte sich aufs Bett geworfen und stöhnte vor Erregung, als seine Lippen zu ihren Brüsten fanden. Plötzlich spürte er ihren Handrücken an seiner Wange. Mit einer entschlossenen Bewegung drückte sie ihm die Brustwarze in den Mund.

Er glitt mit der Zunge über ihren Nabel, verharrte am Ansatz des Schamhaares, drückte ihr die Schenkel auseinander. Schwer atmend wand sich Irena hin und her. Sie stieß einen Seufzer der Erfüllung aus, als seine Zunge sie zu liebkosen begann.

Unvermittelt setzte sie sich auf. Sie küßte ihn leckte den salzigscharfen Tau der eigenen Erregung von seinen Lippen. Mit zitternder Hand tastete sie nach seinem Glied, schob die Vorhaut zurück und führte ihren Zeigefinger an die empfindliche Kuppe der Eichel. Dann warf sie den Kopf zurück und sah ihm in die Augen. In ihrem Blick brannte eine Leidenschaft, die in Oliver eine fast unerträgliche Wollust entfachte.

»Jetzt!« sagte sie heiser. »Nimm mich, Oliver! Ich gehöre dir. Es gibt kein Zurück.«

Sie half ihm sich niederlegen und kniete sich mit gespreizten Schenkeln auf ihn. In langsamen, lockenden Bewegungen führte sie sein Glied ein, beschleunigte den Rhythmus, als sie spürte, wie seine Männlichkeit in ihr aufblühte. Sie schrie auf, als sein Schaft das Jungfernhäutchen sprengte. Dann öffnete sich ihr Fleisch, er fühlte sich von ihrer Liebe, von der Glut ihres Körpers umschlungen, angestachelt, beschenkt. Der Tanz ihrer Leiber wurde härter, mündete in einen Ritt bittersüßer Wollust, bei dem sich beide bis zur Erschöpfung verausgabten. Als der Höhepunkt kam, schrien sie ihre Lust hinaus, lachten, umfaßten sich, jeder streichelte die Wangen des anderen. Ihre Lippen verschmolzen in einer Sekunde der Erfüllung. Es dauerte lange, bis ihre Erregung abebbte. Sie lagen sich in den Armen, ruhig atmend, die Augen geschlossen, das Geschlecht aneinandergeschmiegt.

Sie war es, die zuerst aufstand. »Schau mich an, Oliver.« Sie war einen Schritt zurückgetreten und hielt die Arme verschränkt. Ihre Brüste berührten sich und ließen die Busenfurche noch tiefer, noch verlockender erscheinen.

Er hatte sich aufgestützt und lächelte.

»Was siehst du?« fragte sie.

»Ich sehe eine wunderschöne, sinnliche Frau.«

»Ist nichts Merkwürdiges an mir? Bin ich nicht anders als andere Frauen?«

»Dein Haar ist zerwühlt.«

»Keine Ausflüchte! Siehst du irgend etwas Merkwürdiges an mir, was andere Frauen nicht haben?«

»Nichts«, sagte er. »Beim besten Willen nichts.«

Sie begann vor Freude zu weinen. »Oh, Oliver! Ich hatte solche Angst, daß ...«

Er zog sie auf das Bett zurück. »Du brauchst dich nicht zu ängstigen«, sagte er ruhig. »Dazu gibt es überhaupt keinen Anlaß.«

»Ich dachte, es würde sich etwas ganz Schlimmes mit mir ereignen.«

»Du bist schon schlimm genug«, frotzelte er, leicht schläfrig. »Du solltest nicht den Ehrgeiz haben, noch schlimmer zu werden.«

»Ich dachte, ich würde ...« Sie hielt inne. Oliver lag an sie geschmiegt. Der Rhythmus seines Atems war langsamer geworden. Er war eingeschlafen.

Sie mußte lächeln. Eine Weile lang lauschte sie dem Herzschlag des Mannes, der wehrlos in ihren Armen lag. Dann löste sie sich aus seiner Liebkosung, sorgfältig darauf bedacht, ihn nicht zu wecken. Sie stand auf, ging ins Badezimmer, knipste das Licht an und trat einen Schritt vom Spiegel zurück, um sich in voller Größe zu betrachten.

Keine Veränderung. Alles schien in Ordnung zu sein. Sie betastete die Haut an ihren Nägeln, den Ansatz des Busens. Ein warmes, wohltuendes Gefühl. Die Haut war glatt, makellos, das Fleisch prall und fest. Plötzlich spürte sie die Feuchtigkeit zwischen ihren Oberschenkeln. Die Hand, die sie in die Scham einführte, kam blutig zurück.

Zuerst erschreckte sie der Anblick des eigenen Blutes. Dann spürte sie, wie sie eine fremdartige Faszination überkam. Sie drehte den Hahn auf und hielt ihre Finger in den kalten Strahl. Das Wasser färbte sich rosa. Sie beugte sich vor und betrachtete den Strudel, der sich am Abfluß bildete, bevor die rosa Flüssigkeit im Siphon verschwand.

Sie trat unter die Dusche und stellte das Wasser so heiß, wie sie es eben aushalten konnte. Dann seifte sie sich sorgfältig ab. Zum Schluß stellte sie die Dusche auf kalt und blieb unter dem eisigen Schauer stehen, bis sie vor Kälte zu zittern begann.

Sie trat aus der Duschwanne, frottierte sich trocken und stellte sich erneut vor den Spiegel. Keine Veränderung. Keine Besonderheiten. Ein nacktes Mädchen, dem das Glück und die Erfüllung der letzten Stunden noch in den Augen geschrieben stand.

Bevor sie das Bad verließ, putzte sie sich die Zähne. Sie spülte sorgfältig aus, gurgelte und spuckte die schaumige Flüssigkeit ins Becken. Schließlich spülte sie die innere Wandung sauber und drehte den Hahn wieder zu. Ein dunkles Gurgeln war zu hören, als das Wasser ablief. Merkwürdig, dachte sie. Das Geräusch hielt an, als sie das Bad bereits verlassen hatte. Es verfolgte sie, während sie zum Schlafzimmer zurückging, dem Pulsen einer Pumpe gleich, die sich in kurzen Abständen füllte und dann das gespeicherte Wasser wieder ausspie.

Oliver schlief noch, erschöpft und friedlich. Die Beunruhigung, die sich ihr beim Verlassen des Bades mitgeteilt hatte, wich nicht, als sie sich neben ihn legte. Das pulsierende Geräusch war lauter geworden. Unklar war, ob es überhaupt aus dem Bad kam, oder ob sie vielleicht ihren eigenen Herzschlag hörte.

Ob wohl alle Frauen solch ein Herzklopfen bekamen, wenn sie mit einem Mann schliefen? Irena vermochte die Frage nicht zu beantworten. Vielleicht war es eine Reaktion auf den Verlust des Jungfernhäutchens. Sie zog sich die Decke bis ans Kinn, drängte sich an Oliver, bis sein Körper ihre Nacktheit berührte, und versuchte einzuschlafen.

Das pulsierende Geräusch wurde eindringlicher, fordernder. Es war jetzt einem Trommelwirbel vergleichbar. Irenas Gedanken wanderten zu dem Haus am See, wo sie das Angelwochenende mit Oliver verbracht hatte. Der nächtliche Wald erschien vor ihren Augen. Und dann war da plötzlich ein ganz anderer Wald, ein Dschungel. Seltsam, dachte sie. Wieso denke ich an eine Gegend, wo ich noch nie gewesen bin? Das Trommeln wuchs zu ohrenbetäubender Lautstärke. Es war jetzt so klar, so deutlich vernehmbar, daß sie fürchtete, Oliver werde von dem Geräusch aufwachen.

Ihre Hände hatten zu jucken begonnen.

Sie zog sie unter der Bettdecke hervor und betrachtete sie im Widerschein der Gartenlampe, deren Licht sich an der Zimmerdecke brach. Etwas Merkwürdiges ging mit ihrem Körper vor.

Irena setzte sich auf und lehnte sich mit dem Rücken an das Kopfende des Bettes. Wie gebannt starrte sie auf ihre Hände. Die Haut an den Nägeln begann zurückzuweichen, die Handflächen waren aufgeklafft. Die Finger schrumpften, bildeten Gelenkknorpel. Die Fingernägel lösten sich aus dem Nagelbett, wie Blütenblätter, die von einem Todesstab berührt worden waren. Knotige, bernsteinfarbene Krallen brachen an den Stellen durch, wo vorher die Fingernägel gesessen hatten.

Entsetzt spürte Irena, wie ihr Gaumen zerbarst. Das Zahnfleisch brannte wie Feuer. Sie öffnete den Mund. Als blutige Stümpfe quollen ihr die ausgefallenen Zähne über die Lippen, vermischt mit Schleim und krausem Gewebe. Die Fangzähne brachen sich Bahn, wuchsen, krümmten sich zu tödlichen Dolchen.

»Mein Gott«, versuchte sie zu stammeln. Die Worte verfälschten sich zum Knurren eines Raubtieres. Ihr schossen die Tränen in die Augen. Für einen Augenblick löschte die Verzweiflung über die Verwandlung alle anderen Gefühle aus.

Oliver fuhr aus dem Schlaf hoch. Er setzte sich auf und drehte sich zu Irena, die von ihm abgewandt auf der Bettkante kauerte. Sie zitterte am ganzen Körper.

Er tastete nach ihrem Rücken. Als hätte er in ein Wespennest gefaßt, zog er die Hand zurück.

Beim Berühren von Irenas Rücken hatte er die Knorpel der Wirbel gespürt, die wie von Geisterhand hochgedrückt und gespreizt wurden.

»Irena, mein Liebling«, schrie er.

Er vernahm ein gespenstisches Knacken. Es folgte das Schmatzen triefender Lefzen. Mit langsamer Gebärde wandte Irena sich um, zeigte ihm die Fangzähne, die aus ihrem Unterkiefer ragten. Die Wangen des schwarzhaarigen Mädchens waren eingefallen. Von Entsetzen wie gelähmt sah er, wie ihre Nase zurückwich und zu einem schwarzglänzenden Knopf wurde. Es war die Fratze, die sie in ihren Skizzenblock gezeichnet hatte!

Der Angstschrei einer verwunschenen Kreatur entrang sich ihrer Kehle. Nichts Menschliches mehr war an diesem Schrei. Sie führte die Klauen zu den Augenhöhlen, schlitzte sich mit den Spitzen der Krallen die Lider auf. Er meinte zu träumen, als er sah, wie sie sich die Augäpfel herausriß.

Hinter dem blutbespritzten Geflecht der Sehnenstränge kamen die gelben Augen eines Leoparden zum Vorschein. Die Augen blinzelten, als Oliver sich nach hinten warf und sich in panischer Flucht im Leintuch verhedderte.

Mit einer blitzschnellen Bewegung hatten Irenas Krallen seine Arme gepackt. Sie hielt ihn auf das Bett gedrückt und zwang ihn zuzusehen, wie ihre Stirn aufklaffte. Es klang, als ob ein Stück Seide auseinandergerissen wurde. Das Fleisch der Brüste öffnete sich. Angewidert und fasziniert zugleich wurde er Zeuge, wie das Fettpolster zu schrumpfen begann. Sie hatte den Druck ihrer Pranken verstärkt. Die gelben Augen funkelten in unheilverkündendem Feuer. Von den Zahnhälsen der Fangzähne rann eine weißliche Flüssigkeit zu den gekrümmten Spitzen und troff auf die dunkelgeränderten Lefzen.

In dem Maße, wie die menschliche Haut vom tierischen Fötus zurückwich, kam die Form des Leoparden zum Vorschein. Oliver sah, wie Irena ihren Raubtierkopf schüttelte, um die grauschimmernde Membrane abzustreifen. Dann war der Schädel frei. Schwarz, naß und glänzend. Er sah, wie sie nach den menschlichen Hautresten schnappte, sich das in Auflösung begriffene Gewebe einverleibte. Der unheimliche Vorgang, dem beizuwohnen er gezwungen wurde, dauerte sechs oder sieben Minuten. Eine hellrot gefärbte, kindskopfgroße Masse aus Schleim und Knorpeln blieb zurück, wo vorher das Mädchen gelegen hatte. An ihrer Stelle hockte ein schwarzer Leopard.

Triumphierend warf das Tier den Kopf zurück und brüllte. Das Haus erzitterte. Oliver hatte die Augen geschlossen. Er wollte nicht mehr sehen, nicht mehr fühlen, wünschte sich den Tod, der seiner Verzweiflung und seinem Entsetzen ein Ende bereiten würde.

Dann merkte er, daß der Druck ihrer Pranken fort war. Er versuchte, sich aufzurichten. Aber das Tier war schneller. Er riß die Augen auf und sah, wie der Kopf des Leoparden näherkam. Das Maul war geöffnet, der Blick der schräggestellten Augen auf sein Geschlecht gerichtet. Der weiche Bauch der Raubkatze schloß sich um seine Lenden, preßte ihn auf die Bettstatt, hielt ihn gefangen.

Wie loderndes Feuer fuhr ihm Irenas Raubtieratem ins Gesicht. Verzweifelt warf er sich mit dem Oberkörper hin und her, versuchte sich aus der Klammer ihrer Flanken zu befreien.

Der Leopard ließ ein Knurren vernehmen. Es klang ärgerlich, auch erstaunt. Dann kam die Pranke. Das Tier setzte den rechten Vorderfuß wie einen Stempel auf seine Brust, brachte sein Gewicht nach vorn. Oliver spürte, wie sich die Krallen aus den ledrigen Hautsäcken schoben und seine Brust ritzten.

»Irena!« schrie er und fühlte, wie sie ihm mit der Pranke die Luft aus den Lungen preßte.

Der Leopard hob den Fuß und gab ihn frei. Oliver schnappte nach Luft. Wie in einem grausam-schönen Traum spürte er, wie der Leopard seine Brust zu lecken begann. Die Zunge des Tieres war wie mit Dornen besetztes Sandpapier. Nach wenigen Sekunden war die Haut blutig geschürft.

Oliver spannte die Muskeln. Er wußte, wie Raubkatzen ihre Beute mundfertig machten, sie vor dem Fressen abschleckten und einspeichelten. Der Schlag der tödlichen Fänge würde nicht auf sich warten lassen.

Er schrak zusammen, als sich der Leopard aufrichtete. Der Blick aus den gelben Augen kam neugierig, fast verspielt. Oliver drehte den Kopf zur Seite. Der Leopard ahmte die Bewegung nach, dann senkte er den Schädel und begann mit der Schädeldecke an Olivers Kinn zu stoßen. Es waren kurze, kräftige Stöße, eine Geste, die Raubkatzen als neckende Gebärde empfinden mochten. Für den Menschen, der die Stöße empfing, waren sie schmerzhaft, an der Grenze zur Verletzung.

»Laß das sein!« sagte Oliver. Er hob die Hand und hielt sie dem Leoparden vor die Augen. Bevor er den Arm zurückziehen konnte, schlossen sich die Kiefer des Tieres um sein Handgelenk. Aber der Leopard biß nicht zu. Vorsichtig benagte er den Gelenkknochen, wandte behutsam den Kopf, zog und zerrte mit lockeren Bewegungen an dem Arm des Mannes. Schließlich gab er das Glied wieder frei. Die Fangzähne hatten weißgeränderte Druckmale hinterlassen. Die Haut war unverletzt geblieben.

O Gott, dachte er. *Das Biest will mit mir spielen.*

Die Angst war von ihm abgefallen. Er spürte nur noch dumpfes Befremden, als der Leopard das Maul öffnete und seinen Kopf zwischen die mächtigen Kiefer nahm. Die Zähne des Tieres berührten seine Wangen, der ätzend-scharfe Atem hüllte ihn ein. Unvermittelt öffneten sich die Kiefer wieder. Der Leopard kauerte sich aufs Bett, leckte sich über die Schnauze, legte den Kopf schief und sah ihn an.

»Irena, laß mich gehen!« schrie er.

Der Leopard hob die Pranke. Oliver schloß die Augen. Wie von fern nahm er wahr, daß das Tier das Kissen zerfetzte. Dann fuhren die Krallen ins Laken, in die Matratze. Als er die Augen wieder öffnete, war das Bett ein Chaos aus Federn, Stoffetzen und Baumwollflocken. Oliver sah an seinem nackten Körper herab. Wie durch ein Wunder war er unverletzt geblieben.

Mit einem Satz sprang die Raubkatze vom Bett und pirschte sich zum offenen Fenster. An der Brüstung angekommen, blieb sie stehen und blickte ihn aus großen, leuchtenden Augen an. Oliver erkannte Irena in diesen Augen. In einer Sekunde von furchtbarer Schönheit empfing er den Widerschein ihrer Seele.

»Warte, Irena!« schrie er. Aber das Leopardenweibchen hatte sich abgewandt. Mit zauberhafter Geschmeidigkeit glitt es aus dem Fenster und verschwand im Dunkel. Er hörte das Rascheln der Büsche, als das Tier im Garten landete. Leise Schritte auf dem Kies, die sich nach Sekunden mit der Stille der Nacht vermischten.

Er war ans Fenster getreten. »Ich liebe dich«, schrie er in die Dunkelheit hinaus. »Geh nicht fort! Ich liebe dich!«

Achtundzwanzigstes Kapitel

Ein Polizeiauto parkte in der Einfahrtsschneise, als Alice Moore vor Olivers Stadthaus ankam. Das orangefarbene Blinklicht zuckte und warf einen gespenstischen Schein auf die Wipfel der Ulmen. Sie hastete den Gartenweg entlang. Die Haustür stand offen. Sie trat ein, ohne anzuklopfen.

Oliver war im Wohnzimmer. Er saß auf der Couch. Sein Hemd stand offen, seine Brust war von blutigen Kratzern übersät. Frische, tiefe Wunden, größer als die Schürfmale, die er ihr nach dem ersten Überfall des Leoparden gezeigt hatte. Oliver war nicht allein. Sergeant Brant stand vor ihm. Die beiden Männer wandten den Kopf, als sie Alice ins Zimmer kommen hörten.

»Irena ist hiergewesen«, sagte Alice. Es war eine Feststellung, keine Frage.

Oliver nickte. Er vermied es, sie anzusehen.

Sergeant Brant hob die Augenbrauen. »Der Verbleib von Miss Gallier interessiert die Polizei im Augenblick herzlich wenig«, sagte er schroff. »Wir haben ganz andere Sorgen. Ob Sie es glauben oder nicht, wir sind wieder auf der Jagd nach einem schwarzen Leoparden.«

»Ein zweiter Leopard?« sagte Oliver ungläubig.

»Ein zweiter Leopard«, stellte Brant fest.

»Haben Sie eine Spur?« fragte Oliver.

»Mehr als das. Wir haben das Tier eingekreist.« Ein harter Zug trat um seine Mundwinkel.

Oliver beugte sich vor. »Wo?« fragte er. Es klang beiläufig.

»Am Lake Pontchartrain«, kam die Antwort. »Auf der Brücke, die über den See führt. Ich dachte, es wäre ganz gut, Dr. Yates, wenn Sie bei der Erschießung dabei sind.«

Oliver war aufgestanden. Sein Gesicht war schmerzverzerrt. »Ja«, sagte er. »Das ist sicher besser.« Er wandte sich zu seiner Mitarbeiterin. »Würdest du den Wagen fahren und mich hinbringen, Alice? Ich bin nicht ganz fit, mit all diesen Kratzern.«

»Wie du willst«, sagte Alice kühl. Ihr Blick fiel auf den Bücherschrank. Die Reste der zertrümmerten Scheibe waren entfernt worden. Das schwere Gewehr lehnte an der Stelle, wo sie es in jener Nacht fortgenommen hatte. Sie war stehengeblieben und schien nachzudenken. Schließlich deutete sie auf die Waffe. »Willst du das Gewehr nicht mitnehmen, Oliver?«

»Das sollte ich wohl«, sagte er, nach einem kaum merklichen Zögern.

Er nahm die Waffe aus dem Fach, ergriff Alice am Arm und humpelte auf die Straße hinaus. Sie warteten, bis Sergeant Brant im Polizeiwagen Platz genommen hatte. Als sie den Motor aufheulen hörten, löste Alice die Bremse.

In rascher Fahrt gelangten sie zu der Brücke, die über den See führte. Oliver sah die aufgeblendeten Scheinwerfer der Streifenwagen, die von der anderen Seite her bis auf eine Distanz von schätzungsweise 800 Metern herangefahren waren. Am Beginn der Brücke war eine zweite Phalanx von Streifenwagen postiert worden. Der Leopard, wenn er sich wirklich auf der Brücke befand, saß in der Falle.

Oliver ließ sich aus dem Wagen helfen. Er ging bis zur Sperre vor, gefolgt von Alice Moore und dem Sergeant, der sich schweigsam gab.

Da! Im Lichtkegel der Scheinwerfer, die sich von beiden Seiten auf den abgesperrten Brückenabschnitt richteten, stand der Leopard. Er hielt den Kopf erhoben. Dann sah Oliver, wie er auf die jenseitige Sperre zulief, wieder abdrehte, zurücktrottete und unschlüssig stehenblieb. Die Hilflosigkeit des gefangenen Tieres war offensichtlich, der Anblick schnürte Oliver die Kehle zu.

»Können Sie den Burschen sehen?« hörte er Sergeant Brant sagen. »Wir haben dieses Jahr scheinbar eine richtige Epidemie von diesen Schoßtierchen.«

Oliver Yates wandte sich um. Er betrachtete die Scharfschützen in ihren schußsicheren Westen, die neben den Polizeifahrzeugen Aufstellung genommen hatten. Die Männer hielten automatische Sturmgewehre im Anschlag.

Kopfschüttelnd wandte er sich an Sergeant Brant. »Haben Sie Angst, daß der Leopard Ihre Männer mit einer Garbe aus seinem Maschinengewehr überlistet?« sagte er sarkastisch.

»Ich will Ihnen mal was sagen«, gab der andere zurück. »Ich habe nicht vor, mich noch mal an meinen Frühstückstisch zu setzen und in den Zeitungen zu lesen, daß die Polizei auf ihrem fetten Arsch gelegen hat. Der erste Leopard ist uns entkommen. Ich garantiere dafür, daß dem zweiten dieses Kunststück nicht gelingt.«

»Man könnte das Tier einfangen«, schlug Oliver vor. »Das wäre die vernünftigste Lösung.«

»Kommt nicht in Frage«, sagte Sergeant Brant mit Bestimmtheit. »Der Bürgermeister will einen toten Leoparden. Keinen angeschossenen, keinen gefesselten und keinen, der seinen fünfundfünfzig Verfolgern wunderbarerweise entkommen ist.« Er räusperte sich. »Einen toten Leoparden, Dr. Yates!«

Er ließ Oliver Yates stehen und ging zu einem der Scharfschützen hinüber, der mit angelegtem Teleskopgewehr auf dem Dach eines Polizeifahrzeuges lag.

»Haben Sie ihn im Visier, Brooks?«

»Jawohl, Sergeant.«

»Gewehr schußbereit?«

»Jawohl, Sergeant.«

»Halt!« sagte Oliver. Mit einer Behendigkeit, die den Sergeant überrascht zurückließ, schob er die Beamten zur Seite, die als Patrouille vor dem abgesperrten Brückenabschnitt postiert waren, und lief auf den Leoparden zu.

»Nicht schießen!« schrie Sergeant Brant, zu den Scharfschützen gewandt. Dann rannte er zu den Männern der Patrouille und starrte dem davoneilenden Direktor des New Orleans Zoo nach. »Dr. Yates!« schrie er. »Das ist doch Wahnsinn. Kommen Sie sofort zurück.«

Oliver lief nicht mehr. Gemessenen Schrittes ging er auf das Mittelstück des gesperrten Abschnitts zu, die Hand an die Stirn gelegt, um die Augen vor den Scheinwerfern der gegenüberliegenden Seite zu schützen.

Der Leopard war in der Mitte der Brücke stehengeblieben. Ruhig sah er Oliver entgegen. Sein mächtiger Körper war ein schwarzglänzender Schatten aus Fell und Muskeln. Die Augen brannten wie funkelnde Edelsteine.

Sergeant Brant hatte sich den tragbaren Lautsprecher reichen lassen. »Kommen Sie sofort zurück, Dr. Yates!« tönte seine Stimme über das Wasser. »Lassen Sie Ihre Finger von dem Leoparden, und kehren Sie zu den Polizeiwagen zurück. Wir können Ihnen keinen Feuerschutz geben.«

Oliver ging weiter.

Als er nur noch wenige Schritte von dem Leoparden entfernt war, hob das Tier den Kopf und stimmte ein markerschütterndes Gebrüll an. Wie angewurzelt blieb Oliver stehen.

Der Leopard sprang. Mit traumhafter Leichtigkeit schwebte er zu dem Brückengeländer hoch.

»Das Biest springt ins Wasser!« hörte Oliver einen Mann rufen. Dann Sergeant Brants Stimme im Megaphon. »Laßt ihn nicht entkommen!«

Ein Schuß hallte durch das Dunkel. Die Kugel traf als Querschläger am Brückengeländer auf. Sie hatte das Tier nur um Zentimeter verfehlt. Dann Trommelfeuer.

Oliver hatte sich flach auf die Fahrbahn geworfen. Er schielte zum Geländer. Das Peitschen der Schüsse und das Heulen der Querschläger erfüllte die Nacht.

Der Leopard duckte sich und sprang in die Tiefe.

Oliver achtete nicht auf die Einschläge der Kugeln um ihn her, als er auf das Geländer zulief. Der Kopf des Leoparden war zu sehen. Mit kräftigen Stößen schwamm die Katze auf das südwestliche Ufer zu. Wieder eine Salve aus den Sturmgewehren. Kleine Fontänen stiegen aus dem Wasser, wo die Geschosse den Wasserspiegel durchbrachen.

Oliver Yates hatte sich am Brückengeländer zusammengekauert. Schaudernd stellte er sich vor, daß ein einziger Treffer genügte, um ihn zur Unkenntlichkeit zu zerfetzen.

Dann sah er, wie die Raubkatze untertauchte. Der Kopf verschwand in den Fluten. Die Reflexe des Wassers, das sich über dem Kopf schloß. Kleine Wellen, Dunkel, nichts. Der Leopard blieb untergetaucht.

Er fuhr aus seinen Gedanken hoch, als Sergeant Brant und Alice angelaufen kamen.

»Ist sie getroffen?« fragte Alice.

Sergeant Brant widmete ihr einen erstaunten Blick. »Wen meinen Sie mit *sie*?«

Oliver kam ihrer Antwort zuvor. »Ich weiß nicht, ob eine der Kugeln getroffen hat«, sagte er. »Der Leopard ist mit einem Mal weggetaucht.«

»Ich würde sagen, auf dem Grunde dieses Sees liegt ein toter Leopard«, meinte Sergeant Brant. »Von hier bis zum Ufer ist es immerhin eine gute Meile. Wenn ich in Bio gut aufgepaßt habe, dann gibt es keine Raubkatze auf dieser Welt, die so weit schwimmen kann. Besonders nicht, wenn sie mit Stahl und Blei vollgepumpt ist. Was ist Ihre Meinung, Dr. Yates?«

»Ich glaube nicht, daß ein gewöhnlicher Leopard so weit schwimmen kann«, sagte Oliver.

Alice und Sergeant Brant sahen sich an. Einen Augenblick

schien es, als ob Brant eine Frage stellen wollte. Als er sah, wie Oliver auf die spiegelglatte Fläche des Sees hinausstarrte, überlegte er es sich anders.

Alice schrak zusammen, als Oliver sich brüsk umwandte. »Ich finde, es ist am besten, wenn du jetzt mit Sergeant Brant in die Stadt zurückfährst.« Er blickte den Sergeant fragend an. Der nickte.

»Aber Oliver, wir könnten doch...«

»Fahr schon vor«, schnitt ihr Oliver das Wort ab. »Ich habe noch was zu erledigen. Ich rufe dich nachher von zu Hause an.«

Sie sah ihm nach, wie er zum Ufer zurücklief, die Sperre umrundete und im Führerhaus des Pickups verschwand.

Neunundzwanzigstes Kapitel

Er trat das Gaspedal bis zum Anschlag durch. Mit quietschenden Reifen schwang der Wagen durch die weitausgelegte Südkurve der Uferpromenade. An den beiden Eichen angelangt, bog Oliver in den unbefestigten Weg ein, der durch das sumpfige Ufergelände im Westen führte. Als das Holzhaus in Sicht kam, trat er voll auf die Bremse. Er ergriff das Gewehr, das er hinter den Sitzen verstaut hatte, und rannte auf das Haus zu.

Er nahm die Abkürzung, quer durch den Garten. Wie sich zeigte, war das keine gute Idee gewesen. Die Bäume standen so dicht, daß er langsamer vorankam als auf dem befestigten Fußweg, der im rechten Winkel um Baumgruppe und Büsche herumführte. Er zuckte zusammen, als ihm ein Zweig ins Gesicht schlug. Dann sah er den Arm, der aus dem Baum herabhing. Entsetzt hob er den Blick. Der Tote, dessen Füße sich in einer Astgabel verfangen hatten, war Yeatman Brewer.

Er legte das Gewehr zu Boden und hievte Yeatmans Leichnam aus der Astgabel. Die Wunden an Brustbein und Genitalien waren eindeutig. Oliver hatte keinen Zweifel mehr, auf welche Weise sein Freund zu Tode gekommen war.

»Es tut mir leid, Yeatman«, murmelte er.

Er ließ den Kopf des Toten auf den taufeuchten Boden zurücksinken, nahm das Gewehr wieder auf und ging weiter, auf den Steg zu.

Am Geländer angekommen, stellte er sich auf die Zehenspitzen und blickte zu der Silhouette des kleinen Gebäudes hinüber, das Yeatman Brewer und er einst aus den einfachsten Materialien zusammengezimmert hatten. Ihm schien, als sei im Fenster, das auf den See hinausging, ein Lichtreflex zu erkennen. Er wartete. Nichts bewegte sich. Nichts war zu hören.

Er zwang sich zur Geduld, bis sein Atem wieder ruhig ging. Dann ergriff er das Gewehr und rannte, jede Deckung des Bodens ausnutzend, auf das Holzhaus zu. An der Brüstung des Fensters angekommen, blieb er stehen, lehnte sich mit dem Rükken an die Wand und verschnaufte.

Behutsam tastete er sich an der Wand entlang, bis seine Fingerspitzen an die Einfassung der Tür stießen. Er führte die Hand um den Rahmen und suchte das Türblatt. Als er sich vorbeugte, stellte er fest, daß die Tür geöffnet war.

Er trat aus der Deckung. Aus dem Inneren des Hauses drang der Schein einer Petroleumlampe.

Vorsichtig trat er über die Schwelle. Eines der Dielenbretter quietschte unter dem Gewicht seines Tritts. Oliver blieb stehen, die entsicherte Waffe auf das Innere des Raums gerichtet. Schritt für Schritt drang er in das Halbdunkel vor. Als er die Zimmerdekke umrundet hatte, fiel sein Blick auf den Fransenvorhang, der die Bettnische verhüllte. Der Lichtschein, den er von der Eingangstür des Hauses hatte sehen können, drang aus dem Geviert hinter dem Fransenvorhang. Mit behenden Schritten ging Oliver auf die Schlafnische zu und riß den Vorhang zur Seite.

Irena saß auf dem Bett, in Jeans und T-Shirt. Das schöne schwarze Haar war triefend naß, es hing ihr in Strähnen in die Stirn. Ruhig erwiderte sie seinen Blick.

»Ich wußte, daß du mich finden würdest«, sagte sie.

»Du hast Yeatman getötet«, sagte Oliver.

»Ja. Es tut mir sehr leid.«

»Wenn du ihn nicht gefunden hättest, hättest du mich getötet. Stimmt's?«

»Ja.«

»Du *konntest* mich töten, Irena. Warum hast du's nicht getan?«

»Weil ich dich liebe«, sagte sie. Tränen standen in ihren Augen.

»Ich möchte, daß du mir glaubst, was ich jetzt sage, Irena. Ich liebe dich auch.«

»Wirklich, Oliver?«

»Ja. Ganz bestimmt.«

Ihr Blick senkte sich auf das Gewehr in seiner Hand. »Wenn du mich wirklich liebst, dann töte mich.«

Regungslos starrte er sie an.

»Es ist der einzige Ausweg, Oliver. Du weißt, was ich bin.«

Er nickte.

»Dann weißt du auch, daß ich ausgelöscht werden muß. Ich habe deinen Freund getötet. Ich werde wieder und wieder töten. Das nächste Opfer wird Alice sein.«

Er erschauderte.

»Erschieße mich, Oliver! Tu es schnell. Ich möchte den Tod aus deiner Hand empfangen.«

Er hob das Gewehr und zielte. Als sich Kimme und Korn auf Irenas Stirn eingependelt hatten, ließ er die Waffe wieder sinken.

»Ich kann es nicht.«

»Bitte, Oliver! Du mußt es tun.«

»Nein. Es muß eine andere Lösung geben, Irena.«

Sie war aufgestanden und näherte ihm ihr Gesicht. »Es *gibt* eine andere Lösung«, flüsterte sie.

»Welche?«

»Befreie mich, Oliver! Schlafe mit mir! Liebe mich, ein letztes Mal! Danach werde ich dich verlassen. Ich werde fortgehen und mir Wesen meiner Art suchen.«

Er schüttelte den Kopf. »Das geht nicht.«

»Das geht nicht?« Ihre Stimme kam herausfordernd, eingefärbt mit unverhohlener Sinnlichkeit. Er sah, wie sie sich das T-Shirt über den Kopf streifte. Sie trat zu ihm, bis ihr Busen seine Brust berührte. Verwirrt nahm er wahr, daß sie seine Hand ergriffen hatte. Ein Lächeln umspielte ihre Lippen, als sie seinen Widerstand überwunden und seine Fingerspitzen an ihre Warzenhöfe geführt hatte. Nach einer Weile zog sie seine Hand zu den Schenkeln hinunter und drückte sie gegen ihr Schambein. Er spürte, wie eine Erregung von nie erlebter Süße sich seiner bemächtigte. Das Gefühl kam gegen seinen Willen. Seit er den Vorhang zur Seite riß, wußte er, daß er sich nicht dagegen wehren konnte.

»Du wirst mit mir schlafen, Oliver«, flüsterte sie. »Du wirst mich lieben, so wie ich es brauche.«

Er hob den Kopf. Sie war einen Schritt zurückgetreten und sah ihn aus großen, unergründlichen Augen an. Es gab ein schneidendes Geräusch, als sie den Reißverschluß ihrer Jeans aufzog. Sie war nackt vom Scheitel bis zur Sohle, als sie in seine Arme kam.

Oliver ließ das Gewehr zu Boden sinken und umfing sie mit den Armen. Ihre Haut war noch kühl vom Wasser des Sees. Er spürte, wie das Fleisch der Brüste warm wurde unter seinen Liebkosungen. Dann fanden sich ihre Lippen. Vor Wonne stöhnend, gab sie sich hin. Aus ihrem Kuß atmete die Wildheit des Dschungels.

Mit einer plötzlichen Bewegung löste sie sich von ihm.

»Hast du ein Seil im Haus, Oliver?«

»Warum fragst du?«

»Ich möchte, daß du mich auf dem Bett festbindest.« Schmerz und Zärtlichkeit paarten sich in ihrem Lächeln. »Ich liebe dich, Oliver. Ich möchte dir nicht wehtun, wenn ich... eine andere werde.«

»Und nachher?« fragte er.

»Nachher möchte ich, daß du mich allein auf dem Bett zurückläßt. Du brauchst dir keine Sorgen um mich zu machen. Wenn die Verwandlung geschehen ist, kann ich mich selbst von den Fesseln befreien.«

Er musterte sie zögernd.

Sie streckte ihm ihre Arme entgegen, kam näher. Der Geruch ihres Schoßes stieg zu ihm auf.

Er war zurückgewichen. Schließlich drehte er sich wortlos um und verließ die Bettnische. Mit wenigen Schritten war er an dem Schrank, wo er Seile und Geräte aufbewahrte. Er wählte ein dikkes Nylonseil und ein Jagdmesser und ging zum Bett zurück.

Sie erwartete ihn mit leicht geöffneten Schenkeln. Schweigend sah sie ihm zu, wie er vier gleichlange Enden von der zusammengelegten Seilschlinge abschnitt.

Als erstes band er ihr die Hände. Er befestigte die Fesseln am Kopfende des Metallbettes.

Dann spreizte er ihr die Beine, bis die Zehenspitzen das Fußende des Bettes berührten, fesselte ihre Fußknöchel mit einem doppelten Knoten und band die Schlaufen um die beiden Pfosten.

Er blieb stehen, um sie zu betrachten. Ihre Scham war feucht geworden. Sie war bereit für ihn, sehnte sich der Umarmung entgegen, die ihre letzte sein würde.

»Es ist soweit, Oliver, mein Geliebter«, flüsterte sie. »Nimm mich. Befreie mich. Liebe mich.«

Er zog sich aus und legte sich zu ihr. Mit zärtlicher Gebärde hob sie ihren Kopf, um ihn zu küssen. Fast ohne Widerstand glitt sein Glied in die Weichheit ihres Geschlechts. Er stieß zu, lauschte ihrem Atem, der schneller, rauher geworden war. Schon nach wenigen Stößen öffnete Irena den Mund. Ihren Lippen entrang sich ein gepreßtes Miauen.

Er zog sein Glied zurück und verharrte. Er sah, wie sich ihre Fesseln spannten. Ihr Blick war schwarz, fremdartig, von gebieterischer Wildheit. Von neuem warf er sich auf sie, bohrte ihr seine Männlichkeit in den Schoß.

Das Bett hatte zu quietschen begonnen, als die Stöße heftiger wurden. Oliver hatte die Fesseln so lose gebunden, daß Irena nicht jeder Bewegungsfreiheit beraubt wurde. Wieder und wieder stieß er zu, kostete die Lust, die seine Bewegungen in ihrem Schoß auslösten. Ja, er würde dieses Mädchen nehmen, sie befreien, sie lieben. Es war nicht mehr wichtig, was danach kam.

Er hörte, wie Irena zu summen begann. Er beschleunigte den Rhythmus seiner Stöße. Sie hatte den Kopf zur Seite geworfen, ihre Schenkel bebten. Das harte Schlagen seiner Lenden war zu hören, wenn er bis zum Äußersten eindrang und ihre Leiber aufeinanderprallten. Aus dem Summen war ein lustvolles Stöhnen geworden, aus dem Stöhnen das Brüllen eines Raubtiers. Ohne seine Stöße zu verlangsamen, stützte er sich auf und betrachtete ihr Gesicht. Sie lächelte. Die Fangzähne hatten sich durch ihre Lippen geschoben.

Sie liebten sich, bis sie in der Sekunde des Höhepunkts verschmolzen.

Irena hob ihren Leopardenkopf und brüllte.

Dreißigstes Kapitel

Dr. Oliver Yates, Direktor des New Orleans Zoo, ging mit seiner Helferin Alice Moore den Besucherpfad entlang, der zu den Käfigen der Großkatzen führte. Die beiden hatten einen jungen Mann in ihre Mitte genommen. Für den auf so entsetzliche Weise zu Tode gekommenen Joe Creigh war eine Nachwuchskraft eingestellt worden.

»Was ich Sie fragen wollte«, sagte Oliver, zu seinem Begleiter gewandt. »Warum haben Sie sich eigentlich für diesen Beruf entschieden?«

»Vor allem, weil ich Tiere gern habe. Ich fühle mich wohl, wenn Tiere um mich sind.« Der junge Mann lächelte.

»Man kann solche Großkatzen nicht behandeln wie Schoßtiere«, bemerkte Alice.

»Ich weiß, ich werde mich sehr in acht nehmen müssen. Ich habe in der Zeitung gelesen, was mit Joe Creigh passiert ist.«

»Und das macht Ihnen keine Angst?« fragte Oliver.

Das Gesicht des jungen Tierpflegers wurde nachdenklich. »Ich bin auf einer Farm aufgewachsen«, sagte er. »Ich habe eine Erfahrung gemacht. Kein Tier greift an, wenn der Mensch es nicht zuvor in Angst gejagt oder verletzt hat. Ich kann mir nur vorstellen, daß mein Vorgänger den Vorfall provoziert hat. Entweder er war sträflich leichtsinnig.« Er verschränkte die Hände und blickte zu Boden. »Oder ausgesprochen bösartig.«

»Ich denke, Sie sind der richtige Mann für den Job«, sagte Oliver.

Sie waren bei den Großkatzen angelangt. Die Löwen. Die Tiger. Am Ende der Käfigreihe leuchtete ein neuerrichtetes Gehege. Der Käfig, in dessen rückwärtigem Teil eine Landschaft aus Felsen und Bäumen zu erkennen war, hatte wesentlich großzügigere Abmessungen als die anderen Tierbehausungen. Es gab ein Wasserbecken mit fließendem Wasser, ein Klettergerüst aus starken Holzverstrebungen und einen Tunnel, der zu einem nicht einsehbaren Schlafteil führte.

»Was für ein Tier halten Sie in diesem Käfig?« erkundigte sich der junge Mann.

»Ich möchte, daß Sie diesen Käfig unter keinen Umständen betreten«, sagte Oliver. »Um dieses Tier kümmere ich mich persönlich.«

Aus der Schlafzone des Geheges kam ein Knurren.

Oliver Yates sah zu Alice hinüber. »Wir sind spät dran«, sagte er. »Ich habe hier noch zu tun. Es ist besser, wenn du den Rest der Führung übernimmst.«

»Na gut«, sagte Alice spitz. Sie ergriff den jungen Tierpfleger am Arm.

Oliver blickte den beiden nach, bis sie außer Sichtweite waren. Dann drehte er sich um und ging zum Gehege zurück. Wieder das kehlige Knurren, das vom Schlafteil durch den Tunnel zur Stirnseite des Käfigs übertragen wurde.

Er trat ans Gitter. »Ich bin schon da«, sagte er.

Sekunden verstrichen. Dann schob sich mit fließender Gebärde ein schwarzes Leopardenweibchen aus der Öffnung des Laufgangs. Geräuschlos glitt der herrlich geformte Körper bis zum Gitter, wo Oliver wartete. Der Boden des Geheges war so berechnet worden, daß Tier und Mensch sich Auge in Auge gegenüberstanden.

Lange sahen sich Oliver und der Leopard an. Stille herrschte. Keiner von beiden machte eine Bewegung. Schließlich streckte Oliver den Arm durch die Stäbe und begann den Kopf des Tieres zu streicheln.

»Kein Mensch wird Gelegenheit bekommen, dir Schmerz zuzufügen«, sagte er. »Das verspreche ich dir.«

Die Schatten waren länger geworden. Der Abend senkte sich über den Zoo. Nach und nach hatten die Besucher, Einheimische und Touristen, Erwachsene und Kinder, das Gelände verlassen.

Der Mann vor dem großen Käfig war jetzt der einzige Mensch im Zoo. Er hielt die Gitterstäbe umklammert und starrte in die bernsteinfarbenen Augen des Leoparden.